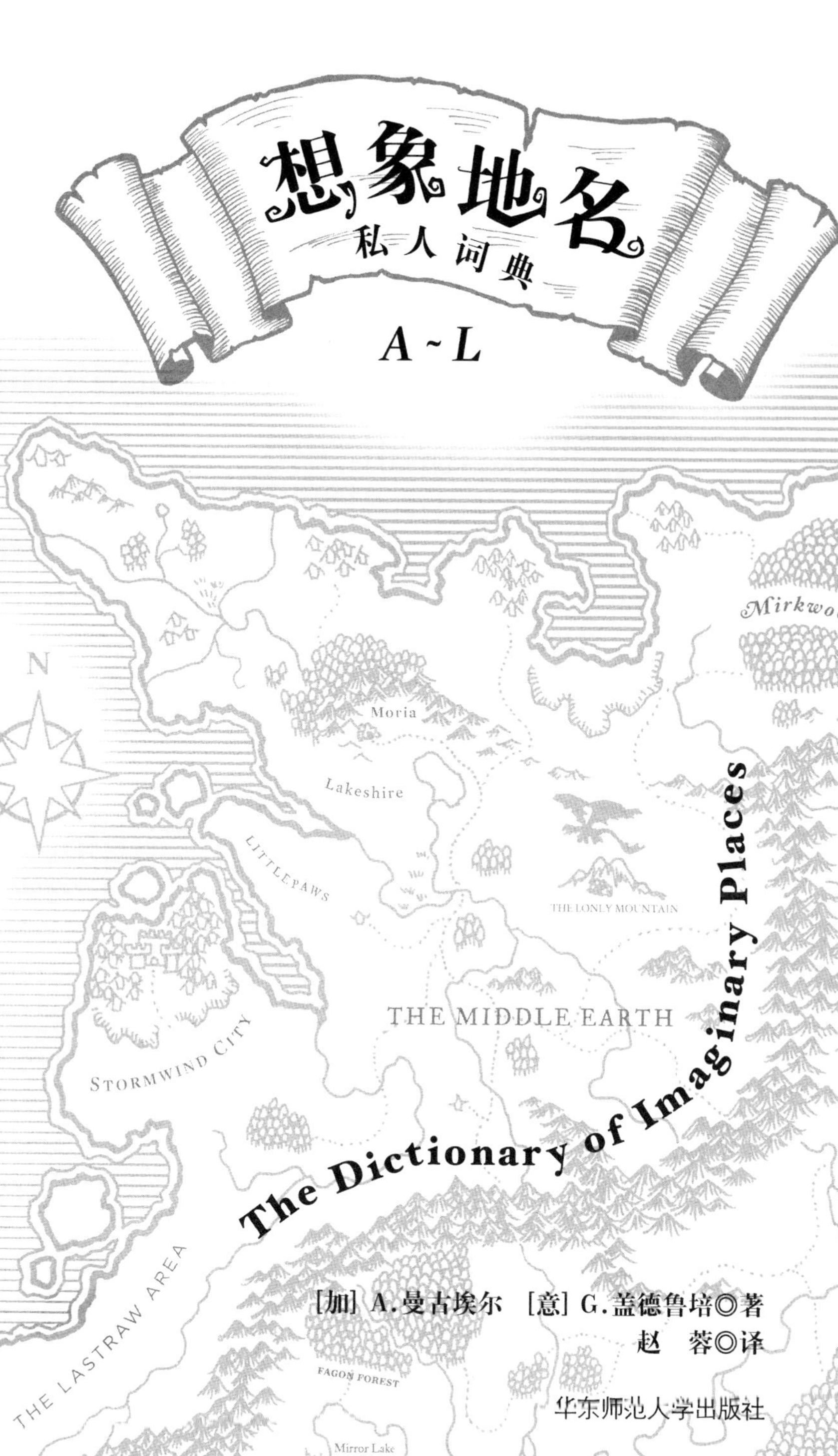

想象地名私人词典

A~L

The Dictionary of Imaginary Places

[加] A.曼古埃尔 [意] G.盖德鲁培◎著
赵 蓉◎译

华东师范大学出版社

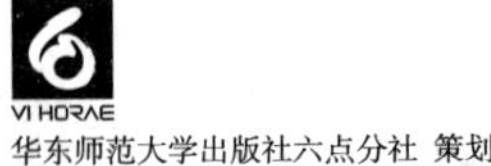

华东师范大学出版社六点分社 策划

六点私人词典系列

缘 起

倪为国

1

一个人就是一部词典。

至少，至少会有两个人阅读，父亲和母亲。

每个人都拥有一部属于自己的词典。

至少，至少会写两个字，生与死。

在每个人的词典里，有些词是必须的，永恒的，比如童年，比如爱情，再比如生老病死。每个人的成长和经历不同，词典里的词汇不同，词性不一。有些人喜欢“动”词，比如领袖；有些人喜好“名”词，比如精英；有些人则喜欢“形容”词，比如艺人。

在每个人的词典里，都有属于自己的“关键词”，甚至用一生书写：比如伟人马克思的词典里的“资本”一词；专家袁隆平的词典里的“水稻”一词；牛人乔布斯的词典里除了“创新”，还是“创新”一词。正是这些“关键词”构成了一个人的记忆、经历、经验和梦想，也构成了一个人的身份和履历。

每个人的一生都在书写和积累自己的词汇，直至他/她的墓志铭。

2

所谓私人词典，是主人把一生的时间和空间打破，以 ABCD 字母顺序排列，沉浸在惬意组合之中，把自己一生最重要的、最切深、最独到的心得或洞察，行动或梦想，以最自由、最简约、最细致的文本，公开呈现给读者，使读者从中收获自己的理解、想象、知识和不经意间的一丝感动。

可以说，私人词典就是回忆录的另类表达，是对自己一生的行动和梦想作一次在“字母顺序”排列的舞台上的重新排练、表演和谢幕。

如果说回忆录是主人坐在历史长椅上，向我们讲述一个故事、披露一个内幕、揭示一种真相；私人词典则像主人拉着我们的手，游逛“迪斯尼”式主题乐园，且读，且小憩。

在这个世界上，有的人的词典，就是让人阅读的，哪怕他/她早已死去，仍然有人去翻阅。有的人的词典，是自己珍藏的。绝大多数人的私人词典的词汇是临摹、复制，甚至是抄袭的，错字别字一堆，我也不例外。

伟人和名人书写的词典的区别在于：前者是用来被人引用的，后者是用来被人摹仿的。君子的词典是自己珍藏的，小人的词典是自娱自乐的。

3

我们移译这套“私人词典”的旨趣有二：

一是倡导私人词典写作，因为这种文体不仅仅是让人了解知识，更重要的是知识裹藏着的情感，是一种与情感相关联的知识，是在阅读一个人，阅读一段历史，阅读我们曾丢失的时间和遗忘的空间，阅读这个世界。

二则鼓励中国的学人尝试书写自己的词典，尝试把自己的经历和情感、知识和趣味、理想与价值、博学与美文融为一体，书写出中国式的私人词典样式。这样的词典是一种镜中之镜，既梳妆自己，又养眼他人。

每个人都有权利从自己的词典挑选词汇，让读者分享你的私家心得，但这毕竟是一件“思想的事情”，可以公开让人阅读或值得阅读的私人词典永远是少数。我们期待与这样的“少数”相遇。

我们期待这套私人词典丛书，读者从中不仅仅收获知识，同时也可以爱上一个人，爱上一部电影，爱上一座城市、爱上一座博物馆，甚至爱上一片树叶；还可以爱上一种趣味，一种颜色，一种旋律，一种美食，甚至是一种生活方式。

4

末了，我想顺便一说，当一个人把自己的记忆、经历转化为文字时往往会失重（张志扬语），私人词典作为一种书写样式则可以为这种“失重”提供正当的庇护。因为私人词典不是百科全书，而是在自己的田地上打一口深井。

自网络的黑洞被发现，终于让每个人可以穿上“自媒体”的新衣，于是乎，许许多多人可以肆意公开自己词典的私人词汇，满足大众的好奇和彼此窥探的心理，有不计后果，一发不可收之势。殊不知，这个世界上绝大多数私人词典的词汇只能用来私人珍藏，只有上帝知道。我常想象这样的画面：一个人，在蒙昧时，会闭上眼睛，幻想自己的世界和未来；但一个人，被启蒙后，睁开了眼睛，同时那双启蒙的手，会给自己戴上一副有色眼镜，最终遮蔽了自己睁开的双眼。这个画面可称之："自媒体"如是说。

写下这些关于私人词典的絮絮语语，聊补自己私人词汇的干瘪，且提醒自己：有些人的词典很薄，但分量很重，让人终身受用。有些人的词典很厚，但却很轻。

是为序。

目　录

阿斯托维尔岛 | Astowell 最后的陆地;芦苇小舟;没有巫术;《地海的巫师》/ 81

阿斯塔伽鲁斯王国 | Astragalus Realm 阿尔卑斯山;雪域之王;《阿尔卑斯王与万物之敌》/ 82

阿斯塔丽亚岛 | Astralia 幽灵寻求岛 / 82

阿斯尼城 | Athne / 82

阿宋特王国 | Athunt 花神岛 / 82

亚特兰蒂亚城 | Atlanteja 地下水城;残垣断壁;蓝色磷光 / 82

亚特兰特城堡 | Atlante's Castle 地狱的魔鬼;男巫亚特兰特;魔盾;《愤怒的奥兰多》/ 83

大西洋地道 | Atlantic Tunnel 法国工程师杰昂特;孩子手中的竹竿;水下桥梁;大爆炸 / 84

亚特兰蒂斯岛 | Atlantis 环形城市;马拉卡教授;美杜莎;白人奴隶;巴力神庙;绿洲王国;木乃伊 / 85

亚特尼尼王国 | Atnini / 90

阿特诺克拉岛 | Atrocla 智慧群岛 / 90

阿土安岛 | Atuan / 90

阿特瓦塔巴王国 | Atvatabar 地下王国;美洲大陆;太阳终年不落;多黄金;语言复杂 / 90

奥德拉地区 | Audela 帷幔;火焰;弗瑞狄丝女王 / 92

奥恩塔尔村 | Auenthal 德国;小学校长伍兹先生;《莱比锡国际书展目录》/ 92

奥尔斯贝格城堡 | Auërsperg Castle 黑森林;地下通道;黑魔法;奥尔斯贝格家族 / 93

奥斯帕希亚王国 | Auspasia 吵闹的王国;戏剧兴旺;国家学院;科学家莱昂纳多 / 93

澳大利亚岛 | Australia 爪哇岛;《瑟瓦拉比人的历史》/ 95

奥托诺斯岛 | Autonous's Island 大西洋;被放逐的公爵夫妇;《奥托诺斯的故事》/ 95

阿瓦罗尼城 | Avallonë / 96

阿瓦隆岛 | Avalon 小教堂;梅林巫师;湖泊夫人的手;宝剑;《亚瑟王之死》/ 96

阿瓦沙王国 | Avathar 阿曼大陆 / 97

阿冯代尔村 | Avondale 空想共产主义;祭司长和长老;十天工作制;畸形儿的处置;《故事十二则》/ 97

阿弗拉岛 | Avra 孤独群岛 / 98

阿瓦巴斯王国 | Awabath / 99

阿迪沃岛 | Awdyoo / 99

阿克塞尔岛 | Axel Isle 英国地下岛;间歇泉;《地心旅行》/ 99

阿赞尼安帝国 | Azanian Empire 非洲东海岸;旺达族;财产共有;食人部落;象牙手杖;多教堂;《黑色恶作剧》/ 99

阿扎努比扎山谷 | Azanulbizar / 101

阿扎尔山谷 | Azar 佩鲁西达;食人族;巨蚁;《恐怖王国》/ 102

B

巴巴尔王国 | Babar's Kingdom / 107

巴贝尔城 | Babel 图书馆;《歧路花园》/ 107

巴比拉瑞岛 | Babilary 女性统治;文学法庭;"为了女性的荣耀" / 108

巴赫波赛岛 | Bachepousse 金花;艺术头脑;画牛 / 109

北风背后 | Back of The North Wind 北风;美丽国家;光明的世界;时间缓慢 / 110

巴哈那港 | Baharna 梦幻世界;两座

布图阿王国｜Butua 激情游戏；半蛇半人的偶像；牧师的报酬；野蛮人的葬礼；犯罪癖好；《阿丽娜和瓦尔古》/ 201

布岩岛｜Buyan Island 令人惊讶的天气；古蛇；啼叫的乌鸦；金教堂；《俄罗斯民歌》/ 203

C

卡巴鲁萨岛｜Cabbalussa 奇怪的印第安女人；食人居民；《真正的历史》/ 207

卡克罗嘉林岛｜Cacklogallinia 变化的鸡居民；英国人布隆特；贫穷为耻辱；有关神形象的争论；鸡的葬礼；对长辈的尊敬方式 / 207

凯尔-卡丹城堡｜Caer Cadarn 争斗不断；至尊国王；死亡之君阿诺恩；艾罗妮公主；会爆炸的鸡蛋和蘑菇；《黑色大铁锅》/ 210

凯尔-达尔本农场｜Caer Dallben 敦之子；牧猪倌塔兰；神谕猪合温；巫师达尔本；《三之书》/ 212

凯尔-达赛尔城堡｜Caer Dathyl 邪恶的阿西伦；游吟文化中心；魔力宝剑；有角国王；《黑色大铁锅》/ 213

凯里恩城堡｜Caerleon 巫师梅林；亚瑟王；狩猎；《永恒之王》/ 214

卡佛罗斯岛｜Caffolos 友谊；对待生病的朋友；神的使者飞鸟；《曼德维尔游记》/ 214

卡加延-萨卢岛｜Cagayan Salu 菲律宾；食人族；星形身体；吓死人的噪音；《分裂》/ 215

凯尔-安多斯岛｜Cair Andros 船形岛；黑暗之君索伦；刚铎王国；《王者归来》/ 215

卡尔帕拉维尔城堡｜Cair Paravel 纳尼亚王国的首都 / 216

卡拉梅城｜Calamy / 216

卡利亚维岛｜Calejava 文明共和国；主张和平；机械化农业；简单而营养的食物 / 216

卡利普鲁岛｜Calemplui 女子雕像；铁铸的怪物；中国隐士；不同的神灵；《朝圣之行》/ 217

凯列班岛｜Caliban's Island / 217

卡利欧普城｜Calliope / 217

卡尔诺戈城｜Calnogor 金狮；至高女神莱侬夫人；女神的宝座 / 217

卡罗纳克王国｜Calonack 捕鱼游客的天堂；信守上帝“多繁衍子孙”的训令；大象军队 / 218

卡罗门帝国｜Calormen 危险的沙漠；狮王阿斯兰；变成驴子；“可笑的拉巴达西”；诗句比喻；《能言马与男孩》/ 219

卡利普索之岛｜Calypso's Island / 222

卡梅拉德王国｜Camelerd 衰败的王国；“被人和野撕扯之地”；《亚瑟王之死》/ 223

凯米利亚德城｜Cameliard 骑士风度；爱情诗；主持公道的国王；两个幽灵；《朱根：正义喜剧》/ 223

卡默洛特城堡｜Camelot 亚瑟王；梅林巫师；12扇彩窗；象征圆满的圆桌；决斗；绿衣骑士；《永恒之王》/ 224

卡姆佛特城｜Camford 大学城；比较解剖学的讲座；福尔摩斯；返老还童的血清；《福尔摩斯探案集》/ 226

堪帕格纳国｜Campagna “以眼还眼”的法律；偶像红牛林；《在花岗岩危崖上》/ 226

樟脑岛｜Camphor Island 樟脑树；怪兽卡卡丹；死象；鹏鸟卢克；《一千零一夜》/ 227

加拿大漂浮群岛｜Canadian Floating

塞勒菲斯城｜Celephais 神奇的名城；梦幻世界；水仙花园；猫崇拜；老酋长灰色猫 / 254

赛勒斯特城｜Celesteville 大象城；豪华剧场；赛勒斯特王后；“矮小的老母象”；《象王巴巴》/ 255

天城｜Celestial City 快乐山之外；死河；生命树；毁灭城来的游客；《天路历程》/ 255

中枢王国｜Centrum Terrae 地下王国；蜂王一样的统治；水精灵；建造湖泊的理由；《痴儿西木历险记》/ 256

塞萨瑞斯共和国｜Cessares Republic 安第斯山脉；不容西班牙人入内；法律简单；禁止酷刑 / 257

查林杰实验地｜Challenger Field 查林杰教授的实验；地球仿若鲜活的动物；发臭的粘液；火山愤怒了；《地球痛叫一声》/ 259

察纳岛｜Chana 被海水吞没；变换宗教信仰；无数的狮子；《曼德维尔游记》/ 260

机会岛｜Chance, Island of 运气说了算；各种怪物；人马错位；另一种怪物；掷骰子游戏 / 260

察尼夫岛｜Chaneph Island 伪君子岛；居民贫穷；《巨人传第四部》/ 261

指控岛｜Charges, Island of 律师国；主要工具羊皮纸、墨水壶和钢笔；骗子；《巨人传第五部》/ 262

战车城堡｜Chariot 莫甘娜女巫的城堡；可吃的城堡；黄油大桥；《永恒之王》/ 262

察瑞迪斯岛｜Charybdis / 262

卡特地峡｜Chatar Defile 巨人部落；阿迪斯坦的暴君；干旱的沙漠 / 262

希利岛｜Cheli 地中海；赞美岛；八面玲珑的潘尼贡国王；《巨人传第四部》/ 263

希尔姆城｜Chelm 犹太人居住区；声名狼藉；独特的理论体系；把阳光抬进大厅；马走人行道；《希尔姆城的聪明人》/ 264

乔胡寺｜Chiaohu Temple 中国西部；美丽神奇的翡翠枕；《太平广记》/ 264

琪成-依扎城｜Chichen Itza / 265

瓷器村｜China Country 奥兹国；小小瓷房子；脆弱的瓷人；《绿野仙踪》/ 265

京培城｜Ching Peh / 266

奇塔岛｜Chita 加勒比海；探险队；无昆虫和鸟类；中国行刑人；《随从之歌》/ 266

吉特尔之国｜Chitterlings' Land 野人岛 / 266

基督教城｜Christian City 避难所；完美之城；特别的婚姻；《宫廷里的健谈者》/ 266

基督教城邦｜Christianopolis 圆形寺庙和图书馆；被钉十字架的耶稣像；全备的教学科目；大牧师的祷告；不以死亡为惩罚；人人幸福 / 267

基督徒王国｜Christian's Country 因朝圣之路闻名；毁灭城；天城；《天路历程》/ 269

西亚克斯群岛｜Ciacos Group 食人岛 / 269

希波拉城｜Cibola 冻火城 / 271

喀耳刻之岛｜Circe's Island / 271

圆形废墟之国｜Circular Ruins, Country of 圆形废墟；梦里的男子；火神的祭司；《歧路花园》/ 271

西力斯-戈哥隘口｜Cirith Gorgor 幽灵隘口；黑色小山；黑暗之君索伦；死亡沼泽；至尊魔戒被毁；《王者归来》/ 272

西力斯-乌格尔隘口｜Cirith Ungol

D

狄奥尼索斯岛 | Dionysus' Island 赫丘利之柱；古希腊的酒神；女人葡萄藤；《真正的历史》/ 333

迪昂达岛 | Diranda 残疾居民；残酷的角斗；勇气即美德；《马蒂群岛：一次旅行》/ 333

消失的城市 | Disappeared 城池；九头蛇怪；裸女的王后；《历代传奇》/ 334

迪贝尔-安拉峰 | Djebel Allah 三层火山峰；神秘的微光；邪恶之人无法越过；《阿迪斯坦》/ 334

迪金尼斯坦王国 | Djinnistan 一个神秘的地方；原初的世俗天堂；米尔统治者；供水秘密；打开的天堂之门；名副其实的名字；发誓与面纱；《迪金尼斯坦的米尔》/ 335

朱卢比斯坦 | Djunubistan 肥沃而富饶；衣着华丽的朱卢比人；以佛教徒自封；傲慢而懒惰 / 336

莫诺博士之岛 | Doctor Moreau's Island 贵族岛 / 336

医生岛 | Doctor's Island 火地岛；气候有害；有名的医生宫殿；庞大的公墓群；通过地狱的捷径 / 337

达顿王国 | Dodon's Kingdom 俄罗斯；流浪巫师的小金鸡；神秘女子；《金鸡的故事》/ 337

多尔德乌姆地区 | Doldrums, The 智慧王国；什么事也没发生；奇特的法规；闹钟一样的看门狗；期望屋；“是否人”；《幻想天堂》/ 338

玩具王国 | Dolls, Kingdom of 美味世界；神奇的大衣橱；胡桃夹子；牧羊女与猎人；玫瑰香精河；灵魂转世；玩具公主；“饿嘴巨人”；《胡桃夹子的故事》/ 338

多米诺拉岛 | Dominora 重要的岛屿；木舟队；国王身上的地形图；《马蒂群岛：一次旅行》/ 339

敦杜姆群岛 | Dondum Archipelago 吃父母朋友的居民；长相奇特的部落；阴阳人；《曼德维尔游记》/ 340

杜哈姆河 | Doonham 沼泽边缘；6滴海洋搅拌水；变化的伊娃希拉公主；永恒的生命；《夏娃的故事》/ 341

宫墙之门 | Door in the Wall 花园入口；变化的宫殿；一切都美好；令人惊讶的动物；快乐花园；游客的两种选择；《瞎子王国》/ 341

杜恩岛 | Doorn / 342

多达卡里昂镇 | Dotandcarryone Town 各种来历的居民；了不起的银行家塔奇安哥；古怪的法律；遭攻击的法官；《克罗奇特城堡》/ 342

双栖岛 | Double Island 埃及水手；金蛇；预言；埃及船；《古埃及民间故事》/ 343

怀疑城堡 | Doubting Castle 城堡废墟；绝望巨人的家；妻子猜疑；勇敢之心；《天路历程》/ 343

多克塞若斯王国 | Doxeros / 344

德古拉城堡 | Dracula's Castle 德古拉伯爵；棺材；吸血鬼；小教堂；银十字架；《德古拉》/ 344

龙岛 | Dragon Island 国王嘉斯滨求水；优美荒凉；巨龙的宝物；变成龙；一只手镯；《纳尼亚传奇》/ 345

龙奔地 | Dragon's Run 地海群岛；巨龙出没；迷宫；奇特的山崖；《地海彼岸》/ 346

恐怖夜之城 | Dreadful Night, City of / 346

梦岛 | Dream Island 似乎遥不可及；夜行者河；永恒的睡；夜晚女神；形貌各样的梦居民；《真正的历史》/ 347

梦国 | Dream Kingdom 天山地区；离奇的部落；逃避现代文明；只相信梦

E

伊吉普罗斯宫 | Egyplosis 圣殿；希腊式剧院；地狱之宫；植物迷宫 / 374

欢乐岛 | Eight Delights and Bacchic Wine, Island of 极北人居民；不生病；无谋杀和欺骗；宽恕罪犯的方式；《我们都是乌托邦》/ 375

伊朱尔城 | Ejur / 376

艾达玛海湾 | Eldamar / 376

埃尔多拉多国 | El Dorado 国王变金人；黄金不足奇；颂赞造物主；金光闪闪的马诺阿城；伏尔泰的《老实人或乐天派》/ 376

伊兰纳岛 | Elenna 黑暗之君索伦的腐蚀；活人献祭；愤怒的瓦拉人；《精灵宝钻》/ 377

埃尔哈姆王国 | Elfhame 苏格兰边境；神奇的仙女湖；看似长生不老的居民；偷孩子的贵族精灵；被换血的凡人孩子；云雀与新任女王；《精灵王国》/ 378

埃尔维克王国 | Elfwick 精灵王国；图书馆与奇书；波达爵士的灵魂不朽；拒绝灵魂不朽说 / 380

艾尔-哈德国 | El Hadd "上帝之门"；天使雕像；天兵似的骑兵团；《阿迪斯坦》/ 380

伊利塞-瑞克鲁斯岛 | Elisee Reclus Island 北极圈附近；美法探险队的争抢；玻璃圆屋顶；发明电话；《玻璃城》/ 381

幽暗森林的精灵大厅 | Elvenhalls of Mirkwood 中土；精灵大厅；壮观的石柱群；雕花的橡木杖；好酒的树精；《魔戒前传》/ 382

精灵之家 | Elvenhome / 383

翡翠城 | Emerald City 翡翠门；绿胡子的看守；豪华的监狱；著名的巫师；绿色眼镜；《绿野仙踪》/ 383

艾莫岛 | Emo 食人族；禁忌为基础；鳗鱼崇拜；痛苦漫长的纹身；《珊瑚岛》/ 385

艾姆培群岛 | Empi Archipelago 大西洋；讨厌的迷雾；绵绵的喧嚣；泥河、火河与血河；《真正的历史》/ 386

恩波里厄姆城 | Emporium / 387

空帽城 | Empty Hats 威严的女王；空帽子居民；《卢塔巴加故事集》/ 387

伊敏-穆尔山脉 | Emyn Muil 中土；死亡沼泽；幽暗的景色；《双塔奇谋》/ 387

魔法森林 | Enchanted Ground 难走的小路；可怕的凉亭；小偷和怪物的出没；泡沫夫人的诱惑；《天路历程》/ 388

魔法树林 | Enchanted Wood 梦幻王国；沉睡的大门；牧师正式的祝福；神秘的朱格；"小人物卡达斯追梦记" / 389

英格兰公园 | England 主题公园；大笨钟；莎士比亚之墓；雾都伦敦；史前巨石柱 / 389

安拉德王国 | Enlad 地海群岛；象牙城；受祝福的小羊羔；最古老的公侯国；《地海的巫师》/ 390

恩那辛岛 | Ennasin 联盟岛；居民互为亲戚；奇怪的夫妻昵称；岛民最开心的事；《巨人传第四部》/ 390

安特里琪国 | Entelechy 无用知识之家；"精华"女王；弹乐器治病的女王；皇室返老还童术；"无中生有"；《巨人传第五部》/ 391

埃菲尔-杜阿斯山 | Ephel Duath 影子山脉 / 392

埃雷博山 | Erebor 孤独山 / 393

艾瑞德-利苏伊山脉 | Ered Lithui 灰烬山脉；摩多王国；《王者归来》/ 393

对新教徒的要求；游客的介绍信；《赎罪城》/ 421

F

精灵国｜Fairyland 位置变化不断；邪恶的生灵；奇怪的树；浅浮雕与皮格马利翁；神奇的魔鬼屋；奇妙的藏书；奇幻农舍；《幻想家》/ 425

信仰之地｜Faith, Land of / 428

伐克瑞迪山谷｜Fakreddin Valley 美丽的山谷；九扇铜门；中东和印度流浪圣人的聚居地；《瓦提克》/ 428

法伦矿井｜Falun 露天空山；地狱入口的情景；嬉戏的少女；法伦女王的爱；《法伦矿山》/ 428

法纳迪亚岛｜Fanattia 雷拉若群岛；唐吉坷德似的疯子居民；《流犯群岛》/ 429

凡戈恩森林｜Fangorn Forest 令人窒息的古林；树须看守人；形貌各异的树精；树精妻子；永恒的黑暗；不会自然死亡；冗长的语言；《王者归来》/ 430

想象王国｜Fantastica 没有边界；树枝上的微族人；岩石咀嚼者；树皮巨怪；歌唱树之国；幽灵城；最美丽的银城；图书馆；稚气十足的小女王；著名游客荷马；《无尽的历史》/ 433

凡第波王国｜Fantippo 西非；快乐之城；有名的邮政系统；邮票外衣；杜利德博士的改革；小鸟邮递员；《杜利德博士的邮局》/ 435

法兰杜拉王国｜Farandoulie 澳洲墨尔本；猿猴大军；英军的美人计；《萨托尼诺·法兰杜拉的奇艺历险》/ 437

法吉斯坦王国｜Farghestan 与奥森纳王国交战不休；海盗；拉各斯城大法官的印章；《沙岸风云》/ 438

胖子王国和瘦子王国｜Fattipuff and Thinifer Kingdoms 枫丹白露的森林下面；照明的气球；胖船和瘦船；胖子和瘦子；粉红岛 / 438

仙子岛｜Fay, Island of The 美国；绿树；仙子的坟墓；《故事集》/ 439

羽毛岛｜Feather Island 印度洋；女子岛；从不生病；天蓝色女王；羽毛宫殿；《新岛的真实故事》/ 440

同盟山｜Federal Hill 美国；幽灵似的山丘；“自由意志”教堂；神秘失踪案；星光智慧教派；“黑暗猎手”；《局外人和其他人》/ 441

幸福岛｜Felicity Isle 爱琴海；幸福女王；没有疾病；一切不老；黄金宫殿；《幸福岛与特奥尼》/ 442

费利多岛｜Felido, Island of / 442

菲利马斯岛｜Felimath 孤独岛 / 443

菲利尼亚王国｜Felinia 好奇的居民；布尔玛的神迹；彩色泉；10 个好男人；自杀与金属帽；有翅膀的神象；《地心旅行记》/ 443

菲尼拉里岛｜Feneralia 雷拉若群岛；被驱逐的破产者；寸草不生；做海盗为生；《里曼诺拉岛：进步岛》/ 444

费尔丁纳之岛｜Ferdinand's Island 西印度群岛；德国水手和茅草屋；18 世纪的奴隶；无争斗；《诺顿人罗宾逊》/ 445

弗古斯城堡｜Fergus 弗古斯伯爵；巨人陶鲁德的威胁；《亚瑟王与骑士行传》/ 445

菲里斯兰岛｜Ferisland 南大西洋；嗜血部落；黑巫术；推选国王的奇特方式；《命运与热情剧院》/ 446

菲斯屯城堡｜Festenburg Castle / 447

菲格勒非岛｜Figlefia 爱情岛；好色的居民；瘟疫泛滥；减少人口；《进步岛》/ 447

狐狸城 | Foxville 靠近驴城;狐狸居民;壮观的皇宫;庞大的军队;《奥兹国之路》/ 471

芳香岛 | Fragrant Island 极其敏感;君主制;神的幸福模式:恋爱和神秘 / 472

弗朗卡利亚国 | Francaria / 473

弗朗斯城 | France-Ville 美国;中国劳工大军;修铁路;游客的条件;"干净,干净,再干净"理念;《蓓根的五亿法郎》/ 473

自由的科莫特地区 | Free Commots 最肥沃的地方;手艺人;承认至尊王;《流浪者塔兰》/ 475

弗瑞多尼亚王国 | Freedonia 欧洲;风景如画;富有的特赛戴尔夫人;特恩蒂诺的阴谋;《鸭汤》/ 476

自由王国 | Freeland 东非;伊甸谷;重视教育;学女;无离婚现象 / 476

弗里斯兰蒂亚岛 | Frislandia 北海;船长齐诺在此出发;矮小的穴居人 / 480

轻盈岛 | Frivola 轻盈的一切;脆弱的马;哨声犁地;《发现轻盈岛》/ 481

福瑞泽岛 | Frize, Island of / 481

冻火城 | Frozen Fire, The City of / 482

冻词海 | Frozen Words, Sea of 冰冻海的边缘;冰冻的词语可吃;《巨人传第四部》/ 482

发德卡姆吉镇 | Fuddlecumjig 最好奇的发德人;拉瑞的自我拆卸瘾;《奥兹国的翡翠城》/ 482

福尔沃斯村 | Fulworth 渔村;英格兰;福尔摩斯退隐养蜂;《福尔摩斯探案集》/ 483

冯迪尼维洞 | Fundinelve 侏儒的古洞;英国柴郡;魔咒保护;《宝石少女》/ 483

将来王国 | Futura 公主庙;七道门;奇特的看门者;《水妖》/ 483

G

加尔丁岛 | Gaaldine / 487

加拉王国 | Gala 最富的亚洲国;崇尚欧洲文化;税收与彩票;《加拉王国的治安史》/ 487

加利格尼亚岛 | Galligenia 3个法国流放犯;崇拜上帝;共和国的美好秩序;男女共有 / 488

加利纳科国 | Gallinaco 原始居民长臂猿;大脚猴来了;香蕉大战;聪敏的非诺;"特别的社会" / 488

嘉尔玛岛 | Galma 与纳尼亚王国隔岸相望;赛马活动;《"黎明踏浪号"的远航》/ 490

加纳宾岛 | Ganabin Island 多山;最美丽的喷泉;居民为小偷和强盗;《巨人传第四部》/ 491

加纳克地区 | Ganakland 佩鲁西达;邪恶的加纳克人;烈酒"舞蹈水";《将被征服的七个世界》/ 491

刚嘉利迪亚王国 | Gangaridia 钻石丰富;牧羊的居民;画眉鸟遭逐;鹦鹉传教士;印度国王入侵;《巴比伦公主》/ 492

加拉曼提国 | Garamanti Country 未被征服过的野蛮人;遵守6条律法;说谎为死罪 / 493

嘉布村 | Garb / 493

木头人王国 | Gargoyles, Land of 地下王国;寂静无声;木头做的一切;丑陋的木头人居民;《桃乐丝与奥兹国的巫师》/ 493

加斯特之岛 | Gaster's Island 耳聋的加斯特大师;阿里斯托芬的《黄蜂》;拨弄口舌者;"肚腹崇拜者";《巨人传第四部》/ 494

龚杜尔共和国 | Gondour 哈里发统治;独特的民主选举;学识与尊重;死亡的投票和永恒的投票;《奇怪的龚杜尔共和国》/ 518

龚特岛 | Gont 地海群岛;女巫的魔法;大巫师吉德;错误的魔法与邪恶的影子 / 520

高格罗斯高原 | Gorgoroth 摩多王国;索伦与杜尔黑塔;山地巨怪;沦为荒原;《精灵宝钻》/ 522

歌门鬼城 | Gormenghast Castle 格罗恩家族的祖屋;聪明的雕刻匠;最伟大的雕刻:"骑手";奇怪的婚俗;树根屋;"坚持"的教授;《孤独的提图斯》/ 523

格特-纳-可洛卡-莫拉 | Gort Na Cloca Mora 精灵的家园;神奇的伞状树;攒黄金的精灵;《金坛》/ 531

音乐家之岛和喜剧家之岛,格拉尔-福利布斯特之国 | Graal Flibuste, Country of The 幽灵出没的风省;唾沫城;孤独的风琴手;格拉尔神;奇异的动植物 / 531

格拉巴利亚岛 | Grabawlia / 532

格拉布拉伯王国 | Gramblamble Land 托西城的博物馆;7个大家族;玻璃瓶里的鹳 / 532

大公国 | Grand Duchy 德国;穆尔猫;美丽的秃鹰岩;靠模仿打发时间;《金罐》/ 533

芬威克的大公国 | Grand Duchy of Fenwick / 534

格拉德-尤斯卡瑞王国 | Grande Euscarie 地下王国;聪明的猛犸;人头马身怪;无线电波照明;《蓝色猛犸》/ 534

大芬威克公国 | Grand Fenwick, Duchy of 最小最落后;英国人芬威克爵士;宣战美国与氢弹;电影《喧嚣的老鼠》/ 536

禁书墓园 | Graveyard of Unwritten Books 地下走廊组合体;未成书墓园;《有轨电车》/ 537

大松柏沼泽 | Great Cypress Swamp 美国;古代公墓;卡特尔寻找朋友;《怪异的传说》/ 538

大加拉巴尼王国 | Great Garabagne 不断变化的位置;被憎恶的居民;可怕的景象;游客为梦想家和诗人 / 538

大毛利纳国 | Great Marina 文明古国;兰格尔酋长的征服;神圣家族的教堂;体面的诗人协会;《在花岗岩危崖上》/ 539

伟大母亲之岛 | Great Mother's Island 女性共和国;早期居民与海难;"男儿国"的圣手 / 539

大河 | Great River 中土最大河;两尊大雕像;海盗猖獗;《王者归来》/ 541

大水湖 | Great Water 魔鬼园;女巫之屋;"发送者"船;寻求者城堡;主动增加岛;《神奇群岛的水》/ 542

贪婪岛 | Greedy Island 好吃的岛民;用胃回答问题;医生岛 / 544

绿色小教堂 | Green Chapel 威尔士;起源不可知;著名的决斗;《高文爵士与绿衣骑士》/ 545

绿色王国 | Green Land 水下王国;绿色居民的面貌;奇异而孤独的鸟;时间是有限的延续;讨厌的呼吸;"石化仪式";《绿孩子》/ 546

绿沙岛 | Green Sand Island 夏威夷群岛;昆仑山的深坑;愤怒的和尚 / 548

格林斯-沃弗群岛 | Greens Wharfe 快乐王国;滑稽的居民;难以入眠;《漂浮岛》/ 549

灰色琥珀岛 | Grey Amber, Island of

H

长;鸬鹚与珍珠;《杜利德博士的邮局》/ 569

哈蒙迪亚王国 | Harmondia 没有地理位置;电声音乐《颂赞》/ 570

和谐地区 | Harmoni 位置保密;空想共产主义村;有等级的激情;《四种运动论》;《新世界》/ 570

和谐之国 | Harmonia 位置不可知;自由热情的君主;森林神的看护;血统大学;《和谐之国》/ 571

哈罗山谷 | Harrowdale 魔山;死者之路;骑兵会聚处;《王者归来》/ 572

哈特豪威尔故居 | Harthover Place 英格兰岛;建筑风格的混合体;变成水孩子 / 572

帽针村 | Hat Pins 帽针的拯救;破袋子老妈妈和孩子们;神奇的玩具娃娃;《卢塔巴加故事集》/ 573

幽灵岛 | Haunted Island 荒岛;恐怖的村舍;《古代巫术及其他故事》/ 573

幽灵隘口 | Haunted Pass / 574

哈维共和国 | Hav 名人聚集;著名的楼梯;号兵卡图瑞;铁狗铜像上的神秘文字;懂多国语言的居民;拯救欧洲熊的海明威 / 574

哈诺尔岛 | Havnor 世界的中心;白塔的故事;民族英雄阿克比;《地海彼岸》/ 576

断头谷 | Headless Valley / 577

谣言岛 | Hearsay, Island of 与金驴岛相邻;奔跑者的天堂;剪猪毛的绅士;全副装备的巨人;《水孩子》/ 577

异教徒之岛 | Heathen, Island of The 坚固的村舍;为妻子建造;纪念碑上的引文;《阿迪斯坦》/ 578

赫克拉火山 | Hekla 冰岛;被淹死的男子;不燃烧的火;不灭火的水;《享誉世界的岛屿》/ 579

赫里柯达岛 | Helikonda 活跃的艺术;为艺术而艺术;未来主义表演;艺术合而为一;散发气味的交响乐;《智慧群岛》/ 580

太阳城 | Heliopolis 埃及;智者统治;三位一体的共济会;黑夜王国;《魔笛》/ 582

地狱屋 | Hell House 多雾的山谷;闹鬼之地;探险队的遭遇;《地狱屋》/ 583

赫鲁岛 | Helluland / 583

圣盔谷 | Helm's Deep 重要防御;号角堡;圣盔·锤手国王;可怕的移动森林;《双塔奇谋》/ 584

赫尼斯-安奴瀑布 | Henneth Annûn 一个避难所;“日落之窗”;《王者归来》/ 585

赫尔岛 | Her 湖面的天鹅;第二平面的喷泉;巨人怪的统治;两面镜子 / 586

女儿国 | Herland 美丽的花园国;雅利安居民;单性繁殖;关注秩序美;全面教育;引进火葬;《女儿国》/ 587

阴阳岛 | Hermaphrodite Island 漂移的陆地;奇怪的表演;希腊风格的建筑;座右铭“我最棒”;《阴阳岛的风俗录》/ 591

海斯山 | Hes 火焰山;高级女祭司的火崇拜;半开化的居民;大白猫与罪犯;寻找错误的女巫医;《阿希沙:她的归来》/ 592

赫维特之岛 | Hewit's Island 英国女人赫维特;马达加斯加岛;《女克鲁索》/ 593

海姆岛 | Hime 佩鲁西达;好战的海姆人;有去无回的游客;走壁架的嘉布村人;海姆人的造船技术 / 594

拉尼斯城 | Hlanith 梦幻世界;古老的海上酒馆;“小人物卡达斯追梦记” / 595

I

艾菲西岛 | Iffish 地海群岛；生产挂毯；哈瑞凯小龙；男巫维奇；《地海的巫师》/ 627

愚人岛 | Ignoramuses, Island of 与指控岛一水之隔；生产“可饮用的金子”；愚蠢人；被链子锁着的怪人；《巨人传第五部》/ 628

无知山脉 | Ignorance, Mountains of 智慧王国“永恒的攫词者”；“不真诚的魔鬼”；傲慢的无所不知；《幻想天堂》/ 629

想象岛 | Imaginary Island 不在北，也不在南；森林很出名；统治动物的灰狗；《想象岛的故事》/ 630

想象王国 | Imagination 永远年轻的王国；仁慈的女王；故事公主；《女子日历》/ 631

伊姆拉德-莫古尔山谷 | Imlad Morgul 白色大桥；喧嚣的战争；美丽恐怖的白花；《双塔奇谋》/ 632

不朽者之城 | Immortals, City of the 城市废墟；埃塞俄比亚；肮脏破烂的走廊；《阿莱夫》/ 632

印加地道 | Inca Tunnel 地下走廊；印加人的宝物；《距离美国两千里》/ 633

主动增加岛 | Increase Unsought, Isle of / 634

印度岛 | India 印度洋；与动物王国相连；《惊喜》/ 634

印第安纳岛 | Indiana 佩鲁西达；爱好和平的穴居人；语言简化至极；《在地心》/ 635

印度半岛 | Indian Island 合恩角地区；仇恨西班牙祭司；《基马诺夫回忆录》/ 636

王子半岛 | Infante Island 大西洋；一座大城堡，崇尚荣誉的绅士；《高卢的阿马蒂斯》/ 636

伊恩慕斯港 | Innsmouth 古老的渔港；奇怪的两栖动物居民；马希船长；《局外人和其他人》/ 636

因奎诺克城 | Inquanok 梦幻世界；听不到猫叫声；古老奇特的城市；从七扇大门走出的祭司；《阿克汉姆集锦》/ 638

解释者之家 | Interpreter's House 为去天城的旅客建造；给出有寓意的信息；每个房间的寓意；《天路历程》/ 640

伊欧纳劳岛 | Iounalao 加勒比海；寻鬣蜥之地；扭曲的酒瓶；“无痛”酒吧；《奥麦罗》/ 640

伊瑞木-扎特-艾尔-伊玛特城 | Irem Zat El-Emad 建筑壮观；赶骆驼的发现者；巫师艾尔；希达特国王与天堂城；《一千零一夜》/ 641

铁岛 | Iron, Island of / 642

铁山 | Iron Hills 围绕孤独山；五军之战；《魔戒前传》/ 642

大铁山 | Iron Mountains 南北极另有两座；“水星号”捕鲸船；《地心之旅记》/ 643

伊萨拉城 | Isaura 千井之城；两种宗教形式；神灵栖居地心；《看不见的城市》/ 643

伊森茂特隘口 | Isenmouthe 经此进入摩多王国；索伦攻打刚铎的基地；《王者归来》/ 644

伊西梅里亚共和国 | Ishmaelia 非洲；无法进入；奇特的习俗；历史的孤立；“杰克逊之治”；《独家新闻》/ 644

依希塔卡宫 | Ishtakar 废墟宫殿；瞭望塔上的大露台；奇怪的小房间；魔鬼伊波里斯；《瓦提克》/ 648

伊斯拉岛 | Isla 地中海；喝马奶的居民；《认识天使》/ 650

伊斯兰蒂亚 | Islandia 愉快的花园；阿尔文剧院；黑人部落班；完全隔绝；

J

K

齿人;《回到佩鲁西达》/ 690

卡鲁恩平原 | Kaloon 可汗的皇宫;亚历山大的将军;鞑靼人;崇拜女神伊西斯;《阿希沙:她的归来》/ 690

坎巴顿岛 | Kanbadon / 691

卡拉恩洲 | Karain Continent 高加索人;女王阿尔文;四海之内皆兄弟;上帝的羔羊;戒备德国人;《伊斯兰蒂亚》/ 691

卡瑞格-亚特岛 | Karego-At / 693

卡伽德帝国 | Kargad Empire 敌对的共同体;阿克比国王的戒指;"累世无名者";《地海的巫师》/ 693

卡卡海 | Karkar, Sea of 黑人部落;靠近摩洛哥;铜城;12 个铜壶;《一千零一夜》/ 696

卡帕森城堡 | Karpathenburg 葛兹男爵的秘密;神奇的山毛榉树;意大利女歌手 / 697

卡奥斯岛 | Kayoss / 698

凯尔索城 | Kelso / 698

果仁湖 | Kernel, The / 698

钥匙森林 | Key, Forest of 勺子形状;去年伯爵的父亲;隐士梅拉斯的住宅;无形棋手;《玻璃酒杯与象棋丑闻》/ 698

九十王国 | Kingdom 90 / 700

金刚岛 | King Kong's Island / 700

国王岛 | Kings, Isle of / 700

国王之国 | King's Kingdom 印度洋;所罗门的坟墓;可怕的大毒蛇;《一千零一夜》/ 700

所罗门国王的矿山 | King Solomon's Mines 三女巫之山;沉默者;小屋背后的骷髅;死亡之所 / 700

凯科纳顿城 | Kinkenadon 威尔士海滨;亚瑟王;高文爵士;圣灵降临节 / 701

凯奥拉姆城 | Kioram 白色大理石上凿出;神圣的机车庙;阿特瓦塔巴王国 / 702

凯尔兰城 | Kiran 梦幻世界;坐金轿的国王;奇怪的音乐;"小人物卡达斯追梦记" / 702

克里德丛林 | Kled 梦幻世界;最伟大的君主;象牙塔 / 703

沙漏疗养院 | Klepsydra 波兰东部;"时间逆转"现象;各种黑色的狗;睡觉的居民;《沙漏疗养院》/ 703

科洛普斯托凯亚国 | Klopstokia 体育王国;奥运会;《百万美元的腿》/ 705

克罗瑞奥勒岛 | Kloriole 衣着奇特的人群;格式化的创作;《流犯群岛》/ 706

克尔城 | Kor 城市废墟;东非中部;蒙面纱的女人石像;大墓地的木乃伊;孩子不识父母;《她》/ 707

科萨尔城 | Korsar 气派;酋长的宫殿;可怕的海盗居民;《地心的泰山》;/ 708

科赛金国 | Kosekin Country 矮小的黑人;受尊重的乞丐;神圣的猎捕;死亡大事;《铜缸里的奇怪手稿》/ 709

库莫斯城 | Koumos / 713

科拉达克岛 | Kradak 变态岛;智慧群岛;寻欢作乐的岛民;选最古怪的孩子;奇怪的食物搭配 / 714

克拉沃尼亚王国 | Kravonia 古老的欧洲国家;赛吉乌斯王子;享乐的索菲;语言难学;《克拉沃尼亚的索菲》/ 715

科若诺莫王国 | Kronomo 宾菲尔德;波玛拉的统治;残暴的犬鸟 / 718

库库阿纳高原 | Kukuanaland 坚固的天然屏障;古老的祖鲁语;《所罗门国王的宝藏》/ 719

库梅罗村 | Kummerow 不喜欢基督

L

利希腾堡大公国 | Lichtenburg, Grand Duchy of 贫穷无足轻重;统治王朝;《风流贵妇》/ 743
莱敦布洛克海 | Lidenbrock Sea 地下海;北极光一样的光亮;蛇颈龙和鱼龙;《地心旅行》/ 744
利拉花园 | Lilar 王子的快乐花园;各种果树;魔法林;梦庙;《提坦》/ 745
小人国 | Lilliput 外科医生格列佛;注重美德、内乱与分裂;教养孩子的独特方法;《走进世界上的几个偏远民族》/ 746
里曼诺拉岛 | Limanora 魔鬼岛;独特的交流方式;"学校是滋生统一的温床";奇怪的科学;《进步岛》/ 751
林肯岛 | Lincoln 神秘岛;尼莫船长;"鹦鹉螺号"核动力潜艇 / 756
林顿地区 | Lindon 精灵居民;中土;西尔丹的统治;《王者归来》/ 757
直线国 | Lineland 一条直线;居民是短线和点;《平面国》/ 757
林-黎加水池 | Lin Ligua 威尔士;潮汐池;《不列颠诸王记》/ 758
黎泊达港 | Liperda 地中海;奥斯曼土耳其的控制;漂亮的凉亭;《太微妙的爱情》/ 758
利图安尼亚 | Lituania 忧郁的王国;多沼泽和黑森林;嗜血家族;"冬季最长之国";《落马立陶宛》/ 758
肝脏洋葱镇 | Liver And Onions 都城;金顶快车;土豆脸盲人 / 759
活着岛 | Living Island 神秘的野兽;魔法龙帕夫;杰米的魔笛;女巫 / 759
活人国 | Living Men, Land of / 760
利克苏斯岛 | Lixus 非洲西北部;开花的金树;奇怪的金属虫 / 760
拉瑞吉港 | Llaregyb 威尔士海岸;昏昏欲睡之地;驴子街;"水手臂弯";没有姓氏 / 761
孤独山庄 | Locus Solus 巴黎;科学家坎特瑞的住宅;飞翔的甲虫;复活亭;疯人亭的老绅士 / 762
罗库塔岛 | Locuta 人口密集;小格列佛的发现;特别的语言 / 764
罗蒂哈普拉城 | Lodidhapura 柬埔寨的丛林里;豪华的王宫;麻风病国王;《丛林女孩》/ 764
洛夫屯公墓 | Lofoten 石墓;下雨的天空;《七种孤独:诗歌》/ 765
罗姆国 | Lomb 印度海滨;盛产胡椒;神奇的井水;《曼德维尔游记》/ 766
泰晤士河畔的伦敦 | London-On-Thames 奇怪的共同体;大猩猩居民;大猩猩"亨利八世";《泰山和狮子人》/ 766
孤独群岛 | Lone Islands 纳尼亚国王的拯救;重要的杜恩岛;奴隶贸易;《最后一战》/ 767
孤独岛 | Lonely Island 芬兰湾;盛开的百合花;管状小动物;《魔法师的帽子》/ 768
孤独山 | Lonely Mountain 孤独状态;侏儒国王;乌鸦山;神奇的白宝石;《王者归来》/ 768
长丘岛 | Long Dune 长筏族;"长舞节";炖鱼;《地海彼岸》/ 771
长住城 | Longjumeau 法国;离不开的居民;"常住城的俘虏" / 772
郎夏城堡 | Longshaw 军事城堡;尖塔;《分裂洪水》/ 773
镜子国 | Looking-Glass Land 牛津基督教学院;时间可以停止;红、白家族;喜欢诗歌;白衣骑士;《爱丽丝梦游仙境》/ 773
鲁纳瑞岛 | Loonarie 神律岛;高贵血统之岛;被躲避的新闻岛;恋法岛 / 777
罗巴尼瑞岛 | Lorbanery 丝绸岛;龙

丽的王国；崇拜偶像；修士的动物论；《曼德维尔游记》/ 805

曼代王国 | Mandai Country 北极；守大门的狮子；红色宝剑；一律平等的共同体；《伊朗》/ 805

曼伽布岛 | Mangaboos, Island of The 地球深处；六彩阳光；挂在植物上的居民；《桃乐丝与奥兹国的巫师》/ 806

曼伽洛尔岛 | Manghalour 立宪君主国；创始人拉瓦尔；梦谷；美丽少女的故事；《女战士》/ 808

曼格岛 | Mango Island 不用一颗钉子的教堂；老鼠猖獗；信仰基督教的老国王；《珊瑚岛》/ 810

曼诺巴岛 | Manoba 火山岛；原始的岛民生活；大陆来的妓女；《天堂岛》/ 811

曼诺哈姆岛 | Manouham 南回归线附近；特别的坟墓；战士部落；诗人和哲学家部落；愉快的悼词 / 812

枫白地区 | Maple White Land 失落的世界；巴西亚马逊国；查林杰废墟；翼龙栖息地 / 813

马拉达加尔国 | Maradagal 南美洲；咖啡馆的跛子；玻璃假眼；"疼痛的知识"；《文学》/ 815

玛拉摩岛 | Maramma 马蒂人的避难所；澳洛庙；莫奈圣泉；黑石雕像 / 815

玛伯迪金-杜尔达岛 | Marbotikin Dulda 印度洋；女王统治；奇特的葬礼；多用单音节词 / 816

马蒂群岛 | Mardi Archipelago 赤道上；梦岛；《马蒂群岛：一次旅行》/ 818

梅瑞玛城 | Maremma / 818

马克岛 | Markland 森林密布；红发人艾瑞克；熊 / 818

花岗石危崖 | Marmorklippen 猫头鹰；头若长矛的毒蛇；《在花岗岩危崖上》/ 819

马丁尼亚省 | Martinia / 819

奇妙群岛 | Marvellous Islands / 819

奇妙河 | Marvellous River 尼罗河的支流；奇怪的白水罐；无法靠岸；《圣路易的历史》/ 819

玛沃尔斯国 | Marvols Country / 820

面具岛 | Mask Island 没有标记；西班牙国王；戴铁面具的夫妇；娶女儿的国王；《父子的冒险》/ 820

马塔奥特克尼港 | Mataeotechny / 821

毛瑞维尔城 | Maurelville / 821

毛里塔尼亚 | Mauretania 屈服于强权；活生生的机器；《在花岗岩危崖上》/ 821

马克森之岛 | Maxon's Island 中国南海；马克森教授；新生命的秘方；《没有灵魂的人》/ 821

梅达岛 | Mayda 七城岛；摩尔人；《看不见的地平线》/ 822

美加尼亚国 | Meccania 西欧；一切属于国家；梅西欧王子的努力；庞大的健康部 / 822

梅科城 | Mecco / 830

梅达摩塞岛 | Medamothy 乌有岛；灯塔；《巨人传第四部》/ 830

梅德拉岛 | Meddla / 830

梅迪辛哈特地区 | Medicine Hat 位置偏远；"首席天气制造人"；被冻住尾巴的动物；《卢塔巴加故事集》/ 830

梅德维恩山谷 | Medwyn's Valley 普瑞敦大陆；黑水泛滥；古木船；《三之书》/ 831

梅扎村 | Meeza / 831

梅加帕塔哥尼亚群岛 | Megapatagonia 火地岛与南极之间；未完全进化的居民；鞋穿头上、帽戴脚上；接受音乐和诗歌 / 832

梅尔科特岛 | Meillcourt 印度洋；怡

传》/ 861
鲁尼特之镜 | Mirror of Llunet 小水潭;普瑞敦王国;3个女巫;《流浪者塔兰》/ 863
密西港 | Mishport / 863
米斯尼王国 | Misnie 18世纪的巴黎风格;智慧的臣民;昼伏夜出的公主;《想象岛的故事》/ 863
米斯贝柯沼泽 | Mispec Moor 美胸族的玛雅;二流魔法;玛雅的情人;《夏娃的故事》/ 864
迷雾山脉 | Misty Mountains 广袤险峻;巨鹰的老巢;邪恶生灵的入侵;高鲁姆的变形;《王者归来》/ 864
米尔奇国 | Mlch Country / 865
莫波诺城 | Mobono / 865
墨嘉多尔城 | Mogador 摩洛哥海滨;夜间发光的城墙;666座小塔;言语色情的居民 / 866
鼹鼠居 | Mole End 鼹鼠先生的家;河岸附近;九柱戏场地;《柳林风声》/ 867
莫纳王国 | Mona 艾罗妮公主;塔兰;阿西伦女巫;黑色大铁锅;《三之书》;《里尔城堡》/ 868
蒙多-诺沃国 | Mondo Nuovo 新世界;难进入;财产公有;杀人和讨厌的死亡;《蒙迪》/ 871
蒙嘉扎岛 | Mongaza Island 固定岛;沸腾湖;可怕的巨人法蒙哥马丹 / 872
蒙诺莫塔帕城 | Monomotapa 居民在乎友谊;洞察最隐秘的渴望;《寓言诗》/ 872
怪物公园 | Monsters' Park 迪斯尼乐园;亚历山大城附近;海怪雕像;《大海传奇》/ 872
蒙特-莫若圣殿 | Monte Mauro / 873
蒙特辛诺之洞 | Montesinos's Cave 西班牙;堂吉诃德;壮观的城堡 / 873
蒙特维德城 | Monteverde / 874
情绪王国 | Moody Land 情形随居民情绪而变;太阳整晚照耀;《哈乐与故事海》/ 874
姆明地区 | Moominland 姆明山谷;姆明怪;冬眠;长毛树精;《彗星来到姆明谷》/ 875
姆明爸爸半岛 | Moominpapa's Island 芬兰湾;多沼泽和水草地;灯塔看守人;格罗克的冰冻之谜;《姆明爸爸的功绩》/ 878
穆尔镇 | Moor 奥地利一个采石场;过去的罪恶;战争的废墟;狗王之所;《受罚之国》/ 879
摩多王国 | Mordor 历史与邪恶势力有关;黑暗之君索伦;魔戒的咒语;至尊戒;《魔戒现身》/ 880
莫诺岛 | Moreau's Island / 884
摩莱里之国 | Morelly's Land 三律法;共和制;公民必须结婚;必须穿同样的衣服;鼓励艺术发展 / 884
莫瑞岛 | Morel's Island / 886
摩盖山脊 | Morgai, The 影子山下;动植物少;《王者归来》/ 886
莫甘娜城堡 | Morgan le Fay 不忠的莫甘娜;最了不起的女巫;奇怪的长袍;墙上的壁画;《亚瑟王之死》/ 887
莫瑞亚王国 | Moria 侏儒定居点;寻找秘银;魔鬼巴罗克;兽人的肆虐;《王者归来》/ 887
莫瑞安纳城 | Moriana 亚洲;跳舞的女子;隐藏的城市面孔;《看不见的城市》/ 890
莫弗城 | Morphopolis 巴黎的微型版;沉睡的居民;持法国签证;《沉睡之城》/ 891
翌日半岛 | Morrow Island 居民穷;神圣的幽灵;圣心广场;《偶像之城》/ 891

N

O

奥斯瑞朗特地区 | Ossiriand / 993
奥斯凯尔岛 | Osskil 臭名昭著;尼西姆港的凄凉;阴森的王宫;《地海的巫师》/ 993
乌有乡的另一端 | Other End of Nowhere 丑陋的建筑;警棍看守;水孩子汤姆的自我牺牲之旅;《水孩子》/ 994
奥特兰托城堡 | Otranto, Castle of 意大利;复杂的防御;女游客需小心 / 995
奥伊达镇 | Ouidah 非洲;盛行人牲;圣灵感孕大教堂;有名的希尔瓦总督;《奥伊达的总督》/ 996
爆炸岛 | Out 森林密布;暴饮暴食的居民;爆炸点;《巨人传第五部》/ 998
外海 | Outer Sea / 998
上下王国 | Over And Under Country 与气球采摘国相邻;不让路的居民;《卢塔巴加故事集》/ 998
奥兹国 | OZ 4个小王国;奥兹玛公主;没有疾病;玩气球的奥马哈;堪萨斯的女孩桃乐丝;翡翠城的稻草人;《绿野仙踪》/ 998

P

帕-安克岛 | Pa-anch 红海南部;热带动物;三等居民;《历史图书馆》/ 1009
帕夫拉戈尼亚王国 | Paflagonia 有名的奖惩制;自我鞭笞;“黄瓜勋章”;“玫瑰与戒指”;《圣诞之书》/ 1009
帕拉岛 | Pala 印度尼西亚群岛;两个男人的贡献;马克菲尔的催眠术;不寻常的家庭;“扼住命运之喉”;《岛屿》/ 1010
巴林迪西亚岛 | Palindicia / 1014
帕-乌-多恩王国 | Pal-ul-Don 扎伊尔共和国;国王的宫殿;两个不同的部落;《可怕的泰山》/ 1014
帕纳拉城 | Panara / 1016
潘多科里亚岛 | Pandoclia 南大西洋;嫉妒的居民;对女性的禁令;《命运与热情剧院》/ 1016
帕诺佩省 | Panopea / 1016
帕佩菲吉亚王国 | Papefiguiera 位置不可知;肥胖的居民;奇胖的四旬斋先生 / 1016
纸袋子宫殿 | Paper Sacks, Palace of 粉红先生和紫色先生;国王做监工;《卢塔巴加故事集》/ 1017
帕拉德萨知识大学 | Paradesa / 1017
天堂岛 | Paradise Island 南太平洋;快乐之地;瞧不起欧洲游客;喜爱音乐的居民;不伤人的狮子 / 1017
帕拉帕加尔国 | Parapagal / 1018
帕哈恩帝国 | Parhan 幅员辽阔;一支探险队的闯入;神秘的阿拉伯图案 / 1018
帕罗利特之国 | Paroulet's Country 地下王国;海底隧道的金门;居民的飞行器;《始祖城》/ 1019
鹦鹉王国 | Parrots, Land of 南部海洋;英国商人杜尔哈姆;哑巴王国的传说;公主与鹦鹉王子 / 1020
帕萨尼亚岛 | Parthalia 法国;妓女镇;处女的密室;《温度计》/ 1022
帕特尼恩镇 | Parthenion Town 经过奶油门进入;虔诚的土拨鼠;《巴汝奇航海记》/ 1022
帕萨特默勒岛 | Pastemolle 大西洋;哲学家居民;根据身高选国王;有名的菜肴;《喧闹的大游行》/ 1024
帕塔格尼之岛 | Patagones, Island of The / 1024
帕塔岛 | Pathan 爪洼岛背后;神奇的湖水;可吃的树;《曼德维尔游记》/ 1025
死者之路 | Paths of the Dead 地下通

粉红女孩的遭遇;《粉红女孩》/ 1058

皮普-波普湖 | Pipple-Popple, Lake / 1059

比瑟姆斯克城 | Pissempsco / 1059

游戏王国 | Play, Land of 精灵王国;小东西大尺寸;思考的小生灵;《一个孩子的诗苑》/ 1059

游戏镇 | Play Town 意大利;交通免费;"游戏万岁,学校关门";孩子变驴;《木偶奇遇记》/ 1060

普鲁托大陆 | Pluto 地下世界;物体比地球上的小;谜一样的天体;绿皮肤的游牧民;迷路的水手;《地心旅行记》/ 1061

普鲁托尼亚 | Plutonia 地球内部;法国探险队;史前动物;《普路托尼亚》/ 1062

诺姆-德克城 | Pnom Dhek 柬埔寨;金碧辉煌;戈登国王;地下迷宫;《丛林女孩》/ 1063

诺斯山谷 | Pnoth 梦幻世界;大豹犬;盗尸者;"小人物卡达斯追梦记" / 1064

波卡帕利亚山村 | Pocapaglia 意大利;鸡屁股上的大口袋;《意大利童话精选》/ 1065

诗歌半岛 | Poetry, Island of 爱做梦的居民;崇拜黎明女神;怪物孩子;《拉辛的真实故事拾遗》/ 1065

诗人半岛 | Poets' Island / 1065

波伊兹麦王国 | Poictesme 法国南部;"人乐于受骗";赎罪者曼纽尔伯爵;9个睡眠之王;《高地:祛魅的喜剧》/ 1066

北极熊王国 | Polar Bear Kingdom 高智商的极地熊;迷宫里的奇观;史前动物;水晶洞里的父女俩;《海底两万里》/ 1070

博拉瑞亚岛 | Polaria / 1071

波利亚库城 | Poliarcopolis 九十王国的首都;宽阔的林荫道 / 1071

普罗波城 | Polombe / 1071

波利格洛特岛 | Polyglot 红海;多才的多语人;食人族;《怪兽奇观》/ 1071

波利普拉格莫塞尼半岛 | Polypragmosyne, Island of 骗子港;重要的历史遗址;做自己不懂的事情;愚人村的聪明人;《水孩子》/ 1072

波马斯王国 | Pomace 安静的精灵王国;哈姆雷特和最美丽的精灵尼尔;圣洁大主教和强壮大主教;《精灵王国》/ 1073

波奴科勒-德瑞尔卡福王国 | Ponukele-Drelchkaff 非洲帝国;索乌恩国王娶西班牙姐妹;奇花异草大公园;《非洲印象》/ 1074

蔑视教皇之岛 | Popefigs' Island 快乐男孩;被"侮辱"的教皇肖像;魔鬼的破坏;《巨人传第四部》/ 1076

教皇崇拜岛 | Popimania 靠近亵渎教皇岛;崇拜教皇;不寻常的盛宴;《巨人传第四部》/ 1076

波波国 | Popo 德国;钻研哲学的彼得国王;享乐之国;莱恩斯和丽娜,《德国电报》/ 1077

猿猴港 | Port-Ape 模拟山的海滨;只住着欧洲人;一袋金属货币;亚当之石;远征军的后代;会飞的毛毛虫;《模拟山》/ 1078

布里顿港 | Port Breton / 1080

格劳本海湾 | Port-Grauben 微型海湾;巨大的海草;庞大的食草蛇;瞎鱼;《地心旅行》/ 1080

普罗顿库拉村 | Protiuncula 意大利南部;重获失去的;两个村子;不是记忆里的样子 / 1081

薯虫国 | Potato Bug Country 薯虫;怀疑和愿望成真;倒着开火车;《卢塔巴加故事集》/ 1081

Q

R

壁垒接合镇 | Rampart Junction 美国;旧椅上的老人;等待陌生人;《一千零一夜》/ 1119

拉姆波勒岛 | Rampole Island 南大西洋;食人族;尊重疯子;受禁忌约束;灰蜥蜴的乐园 / 1120

赎金岛 | Ransom, Isle of 北海;黑色悬崖;多海盗;掠夺者大厅;《闪烁平原的故事》/ 1122

拉文纳尔之塔 | Ravenal's Tower 拉文纳尔的陵墓;八角屋;石碑上的文字;《向善者》/ 1123

现实主义岛 | Realism Island 快乐天真的人;向太阳致敬的高塔;哥特式教堂;《警告与漫谈》/ 1124

真正的深渊 | Really Deep World / 1126

真正的北极 | Real North Pole 陨石和极地磁力;圆形湖;杰弗森的经历;《紫云》/ 1126

理性共和国 | Reason, Commonwealth of 立国基础;教育为幸福之泉;最低薪水;没有死刑 / 1127

红港 | Redhaven / 1128

红房子 | Red House 红瓦屋;都柏林;幽灵的权利;一只神秘的手;《红房子之围》/ 1128

红岛 | Red Island / 1128

里根特鲁德王国 | Regentrude Realm 地下王国;德国北部;幻雨人;首席天气制造人 / 1129

恩荡岛 | Rendang 印度尼西亚群岛;苏丹统治;遭遇入侵;《岛屿》/ 1130

瑞里克王国 | Rerek 荒凉的山地国;不平静的历史;《情人的情人》/ 1130

拉各斯城 | Rhages / 1131

瑞塔坟冢 | Rhitta, The Barrow of 螺旋形城堡;艾罗妮公主被囚;神奇的小金球;不死的战士;《至尊国王》/ 1131

鲁道尔地区 | Rhudaur 中土;巨怪出没;被遗忘的国王;《王者归来》/ 1132

卢恩地区 | Rhûn 中土;东方人;黑暗之君;战车人 / 1133

雷拉若群岛 | Riallaro 太平洋;"雾环群岛";古大陆的残留;《流犯群岛》/ 1133

瑞尔芒城 | Rialmar 海马大厅;曼迪柯尔走廊;遇刺的国王;《梅泽恩迪大门》/ 1135

废话镇 | Rigmarole 奥兹国;防御定居点;冗长的称呼;《奥兹国的翡翠城》/ 1137

铃声岛 | Ringing Island 清脆的铃铛声;挽歌手;只住了一人;好吃鸟;《巨人传第五部》/ 1138

瑞恩斯庭院 | Rings 精灵庭院;会死的精灵;格拉梅爵士的幽灵;仙子恐怖的斜视;《精灵王国》/ 1140

波纹王国 | Ripple Land 令人好奇的王国;如起伏的波浪;《奥兹国的翡翠城》/ 1140

瑞普-凡-温克尔村 | Rip Van Winkle's Village 纽约;荷兰殖民者的幽灵;村民温克尔的奇遇;《见闻杂记》/ 1141

瑞斯帕城 | Rispa / 1141

瑞文德尔屋谷 | Rivendell 中土;喜欢逗乐的精灵;博学的伊尔隆德;空气魔戒;至尊戒被毁;《精灵宝钻》/ 1142

河岸 | River Bank 奇怪小生灵;经验丰富的河鼠先生;和谐的共同体;《柳林风声》/ 1143

路镇 | Roadtown 纽约;连绵不断的建筑;不做家务的女人;合作厨房;美国发明家的梦;《路镇》/ 1144

鲁宾逊·克鲁索之岛 | Robinson Crusoe's Island 荒无人烟;大鹏鸟

S

宅;古塔遗址;喷泉街;著名的巴黎酒店 / 1239

伊瑞恩的睡眠者之洞 | Sleepers of Erinn, Cave of The 爱尔兰;"无限爱情和欢乐";老神仙奥格;潘神与哲学家的女儿;《金坛》/ 1242

睡美人的城堡 | Sleeping Beauty's Castle 古老的破纺车;女巫的诅咒;沉睡的公主;王子的拯救;《儿童和家庭故事集》/ 1242

无眠城 | Sleepless City 尼日利亚;不睡觉的居民;睡眠与死亡;《豪萨人的迷信和习俗》/ 1243

睡谷村 | Sleepy Hollow 哈德逊河;有名的等待镇;幽灵无头骑士;乡村校长的奇遇;"睡谷传奇";《见闻札记》/ 1244

灰心沼 | Slough of Despond / 1245

斯玛德尼村 | Smalldene 苏塞克斯;愿望会所;穿拖鞋的胖女人;《债务与信用》/ 1245

史密斯岛 | Smith Island / 1245

蛇鲨岛 | Snark Island 幽暗荒凉;游客的装备;激情鸟朱卜朱卜;无害蛇鲨的五特征;《猎捕蛇鲨》/ 1245

斯尼克之岛 | Sneak's Island 四旬斋;多愁善感的居民;忏悔的星期二;国王的奇思妙想;《巨人传第四部》/ 1247

雪鸟谷 | Snowbird Valley 加拿大;白桦树;雪鸟和雪鞋;《卢塔巴加故事集》/ 1248

雪皇后的城堡 | Snow Queen's Castle 寒冷的纽芬兰岛;贫瘠的地方;鲜活多样的雪花;雪花城堡;《冰雪女皇》/ 1248

索纳-奈尔港 | Sona-Nyl / 1249

索豪特城 | Sorhaute 都城;11个贵族的叛乱;《亚瑟王之死》/ 1249

索萨拉港 | Sosara / 1249

声音谷 | Sound, Valley of 智慧王国;声音女王;人类的噪音;超级不和谐音博士;《幻想天堂》/ 1249

南海 | Southern Sea 茫茫的水域;恐怖的朱纳花园;巴萨尔特柱子;爱斯基摩人的棚屋;《阿克汉姆集锦》/ 1250

南法森区 | Southfarthing / 1250

西南荒野 | Southwest Wilderness 中国,高高的甘蔗;谎言野兽;《神异经》/ 1251

幽灵寻求岛 | Spectralia 太平洋;雷拉若群岛;昏暗的世界;地下庭院;不可晚上出门 / 1251

斯宾索尼亚岛 | Spensonia 共和国的宪法;与他国交好;崇拜至高无上的存在;《斯宾索尼亚岛》/ 1252

斯宾兰扎岛 | Speranza / 1253

蜘蛛猴半岛 | Spidermonkey Island 多火山峰;蜘蛛猴众多;低语岩石之谷;杜利德博士与印第安人长箭;两个部落的冲突 / 1253

幽灵山 | Spirits, Mountain of The / 1255

勺河村 | Spoon River 美国新英格兰;有名的公墓;若宾丝夫人的碑文;《勺河集》/ 1255

斯波洛比亚王国 | Sporoumbia 澳大利亚;青铜雕像;"残废之城";运河交错;《瑟瓦拉比人的历史》/ 1256

斯波洛迪亚城 | Sporoundia / 1257

泉水岛 | Springwater Isle 大巫师基德;老夫妇的宝贝;巫师国王的戒指;《地海的巫师》/ 1257

钢铁之城 | Stahlstadt 德国苏尔茨教授;钢铁平原;众多的同心圆;公牛塔和远程炮;《蓓根的五亿法郎》/ 1258

标准半岛 | Standard Island 新西兰海滨;人工岛形船;丰富的蔬菜和食物;"太平洋之珠"的毁灭;《机器岛》/ 1260

T

谭吉宫殿 | Tanje 宫殿里的花园；菲迪斯；《阿特瓦塔巴女神》/ 1288

塔普罗巴尼岛 | Taprobane 南印度洋；密不透风的森林；奇特的两头蛇；蚂蚁的照顾；《庸俗的错》/ 1289

塔尔塔罗斯 | Tartarus 幽暗地区；黑墙内的暗河；地下墓穴和修女；《提坦》/ 1289

鞑靼沙漠 | Tartary Desert 广袤多岩石；无人活着出去；无名的国家；《鞑靼人的荒漠》/ 1290

泰山的棚屋 | Tarzan's Abode 非洲；灰炉王和妻子；抚养婴儿的母猿；泰山的哲学思想；《人猿泰山》/ 1291

塔西巴城 | Tashbaan / 1291

特里尼亚宾岛和吉妮尼亚宾岛 | Teleniabin and Geneliabin 两座美丽小岛；有名的灌肠剂；《巨人传第四部》/ 1292

特里皮鲁斯-里斯特瑞哥尼亚城 | Telepilus Laestrygonia 地中海的海滨；巨人族；《奥德赛》/ 1292

温柔乡 | Tendre 友爱国；情书城；永恒友谊村；《拉克雷莉》/ 1292

腾特诺尔城 | Tentennor / 1293

特瑞宾赛亚岛国 | Terebinthia 纳尼亚王国的海滨；海盗出没；《能言马和男孩》/ 1293

特瑞科纳尔特王国 | Terekenalt 贝克拉帝国以西；蓝色森林；英雄德帕瑞阿斯的奇遇；《巨熊沙迪克》/ 1293

特拉比尔城堡 | Terrabil Castle 英格兰；廷塔杰尔公爵；英格兰国王的围攻；《亚瑟王之死》/ 1293

奥斯特拉利大陆 | Terre Australe 南部大陆；地势平坦；奇怪的动物；雌雄共体的居民；《雅克·萨德尔奇遇记》/ 1294

自由地区 | Terre Libre 太平洋；囚犯的小镇；共产主义制度；《自由地区》/ 1297

特托布格森林 | Teutoburger Forest 兰格酋长的地盘；各种避难者；奇怪的植物；《在花岗岩危崖上》/ 1298

塔拉瑞恩塔 | Thalarion / 1298

塔纳西亚岛 | Thanasia 雷拉若群岛；自杀者被驱逐之地；火葬柴堆 / 1299

特克拉城 | Thekla 亚洲；建造了一半；《看不见的城市》/ 1299

特勒梅修道院 | Theleme 法国；图书馆；没有围墙；修士和修女的衣着；"按自己的意愿行事"；《巨人传》/ 1299

特奥多拉城 | Theodora 连绵不断的入侵；动物王国的大公墓；《看不见的城市》/ 1302

温度计岛 | Thermometer Island 大西洋；特别的温度计；明显的职业标志；奇怪的乐器；《泄露隐情的首饰》/ 1303

特斯莫格拉菲亚王国 | Thesmographia "己所不欲勿施于人"；土地的分配；世界各地的居民 / 1304

盗贼之城 | Thieves City 加拿大；沸腾的湖泊；做游客的条件；《盗贼之城》/ 1305

顶针国 | Thimble Country 戴顶针的居民；左撇子和右撇子的大战场；《卢塔巴加故事集》/ 1306

瘦子王国 | Thinifer Kingdom / 1306

特兰城 | Thran 魔法森林；梦幻世界；白色高塔；留胡子的水手；《阿克汉姆集锦》/ 1306

三零七岛 | Three-O-Seven 阿留申群岛；美丽富饶；不灭病毒 JL3；轰炸决定；《大秘密》/ 1307

图勒岛 | Thule 北大西洋；土壤贫瘠；奇怪的自然现象；几个原始部落；《历史图书馆》/ 1308

拇指向上村 | Thumbs Up 卢塔巴加

U

X

埃克斯城｜X 没有边界；破烂的废墟；昼夜穿梭的人群；拉拉大人的手臂；《G. A. 眼中的埃克斯城》/ 1449

上都｜Xanadu 亚洲；富丽堂皇的逍遥宫；幽幽古林；断肠女子；《忽必烈汗：梦中情景》/ 1450

塞克索特王国｜Xexotland 佩鲁西达；黄皮肤的塞克索特人；原始的货币经济；天堂卡拉纳；《铜器时代的人类》/ 1451

赛梅科王国｜Ximeque 南大西洋；最强大的王国；《命运与热情剧院》/ 1452

塞罗斯岛｜Xiros 爱琴海；像腿悬空的乌龟；难以忘怀之岛；“扎希尔”；《万火归一》/ 1452

绪嘉王国｜Xujan Kingdom 非洲；危险之地；崇拜鹦鹉的疯子部落；绪嘉人的形象；《未驯服的泰山》/ 1453

Y

雅尔丁塔｜Yalding Towers 雅尔丁勋爵的宅邸；意大利风格；奇怪的圆孔；戒指和魔法的故事；《被施了魔法的城堡》/ 1457

亚姆斯岛｜Yams, Isle of / 1458

耶尔达王国｜Yelda 贝克拉帝国；英雄的古老传说；《巨龙沙迪克》/ 1458

伊鲁安那岛｜Yluana 地图无标记；美丽富饶；居民来自东方；不看重金银；喜欢白袍的男人；《查尔斯·希勒回忆录》/ 1458

约卡岛｜Yoka Island 太平洋热带岛屿；原始居民；日本武士；国王的权威；《无赖》/ 1460

优卡里岛｜Youkali 世界的尽头；一位仙子居民；忧伤的尽头；每个人心中的希望 / 1460

老少岛｜Young And Old, Isle of The / 1461

伊斯城｜Ys 城市废墟；法国；神秘的陌生人；国王的女儿；被水淹没；《伊斯城的国王》/ 1461

伊斯帕达-盆卡瓦城堡｜Yspaddaen Penkawr 靠得越近感觉越远；九扇门；《威尔士民间故事》/ 1462

Z

扎克庙｜Zak / 1465

扎卡隆王国｜Zakalon 幅员辽阔；先祖卢恩国王；发达的哲学和文化；分裂战争；《巨龙沙迪克》/ 1465

赞索顿地区｜Zanthodon 伟大的地下王国；一颗大流星；物种起源和演化之谜；四种不同的人类；古巴比伦的《创世诗》；《地下世界之旅》/ 1465

扎拉的王国｜Zara's Kingdom 南部海洋；懒惰的臣民；拉拉公主；六朵进步之花；英国文化的最高成就；《有限的乌托邦》/ 1469

扎罗夫之岛｜Zaroff's Island 加勒比海；陷船岛；躲避之地；扎罗夫伯爵的猎物；最危险的游戏 / 1470

扎瓦提尼亚村｜Zavattinia 贫民窟；；中心广场的雕像；乞讨为生；管理者托托的传奇；《好人托托》/ 1471

扎亚那城｜Zayana 公爵宫廷所在地；气派的觐见室；月光石盆；公爵的卧室；《情人的情人》/ 1472

泽姆鲁德城｜Zemrude 亚洲；心情与城市面貌；《看不见的城市》/ 1473

泽恩达镇｜Zenda 不受干扰的小村镇；墓地和鲁道夫五世；最著名的城堡；《泽恩达镇的囚犯》/ 1473

泽诺比亚城｜Zenobia 亚洲；原初面貌难辨；沧桑满面的城市；《看不见的城市》/ 1475

前　言

> 萨默里教授有些不耐烦地说道："我们花了整整两天时间在这里探索，可是这里真实的地理环境已清楚地表明，我们并不比刚出发时明智多少。这里森林茂密，如果要走出这片丛林，弄清各部分之间的关系，可能要花上我们好几个月的时间。倘若能找到一处山峰，或许还行。可就目前的情形来看，此处山势完全是下行的。我们越往前走，就越看不到全景……大家当初想方设法要进入这个国度，现在该想一想了，如何才能走出去。"查林杰一边用手摩挲着他那庄严的胡须，一边嘟哝着说："我很奇怪，先生，您身为科学家，竟然怀有如此可鄙的情绪……我发誓，如果不能做些此地的图表什么的带回去，我决不会离开。"
>
> ——科南·道尔爵士，《失落的世界》

1977年冬，盖德鲁培先生建议我与他合编一本《简明文学地名旅游指南》。此前，我俩曾合作为巴尔马的一位出版商编写过一部《真假奇迹文集》。在参观保罗·费瓦笔下的吸血鬼城塞勒涅时，盖德鲁培突发此想，这个念头使我们俩欣喜万分。于是我们很快就拟出了几个特别想去的地方，首先浮现在我们脑海里的是香格里拉、奇妙的奥兹国以及鲁里塔尼亚王国。

我们一致赞成，必须小心翼翼地在可实践的地名与虚幻的地名之间保持平衡。接下来的问题便是,我们列出的地名有些是可以实践的,有些纯属空想的,我们必须在这两大类别之间取得平衡。我们理所当然地认为小说是真实的。我们采用的几乎都是原始素材,就像处理探险家或编年史家的叙述一样,我们认认真真地处理被选出的小说文本,决不添枝加叶。不过,出于叙述的需要,或由于读者要求在正式的指南里增添某些内容,我们也会考虑适当补充一些个人评论。怀着这样的想法,我们把这本大词典建构在 19 世纪的地名基础之上,当我们畅游在真实的世界里时,这个时代的废墟和遗迹同样会使我们的旅程充满惊险和兴奋。

然而,随着计划的不断推进,新的问题出现了:我们罗列的词条日益增多,似乎要无休无止地进行下去。面对如此广袤的想象寰宇,我们不得不以地名的可操作性作为依据,把计划中的词典所涉及的地名限定为游人可能希望去游览的地方,因此我们舍弃了天堂、地狱以及未来的地名,只囊括我们这颗星球上存在的地方。我们决定排除普鲁斯特作品里的巴尔贝克城、哈代小说里的威塞克斯、福克纳笔下的约克纳帕塔法郡,以及特罗洛普的巴塞特郡。实际上,这些地方都是真实存在的,只不过作者在作品中采用了假名,以便能使自己摆脱现实的羁绊,无拘无束地描绘真实存在的某个城市或乡村。

不久,我们还意识到,我们对于“想象”一词的界定也不那么明确了。我们的词典为什么收录了柯南·道尔的巴斯克维尔庄园(庄园里经常有一条猎犬出没,猎犬的来历最终得到了确认),却漏掉了狄更斯的萨蒂斯宅邸(这里住着一个忧郁的老处女,她总是穿着一件早已腐烂的婚纱)呢?对于这个问题,可能的答案是,构成狄更斯笔下那座房子的石头和灰泥属于可能性范畴;巴斯克维尔庄园的沙砾路则属于可怕的梦境,因为路上的足印不像是某个男子踮着脚尖留下的,而是亡命奔逃时留下的。不仅如此,为何我们要收录克鲁索之岛呢?毕竟它是以史实为基础,而非全然出乎想象啊?对于这个问题,我们可以大胆地表明,答案可能是那个岛已漂离了它自己的范围,最终成为某种难以界定、隐约地具有某种与逃亡、梦境般的孤独以及白沙滩相联系的象征。既然如此,我们又该如何解释,这部词典一方面包含有儿童文学里出现过的许多地名,另一方面又排除了小熊維尼的地盘或海底沉船呢?我们的理由是,这些地方本身就实实在在地存在着,可以在真实的地图上搜寻出来,并且这些地方确实可以游览。作家游览过这些真实存在的景观,以此为基础创造出相关的人物及其活动,虽然人物及其行动都是想象出来的,但这些地理环境却是真实存在的。

同样,弗兰肯斯坦的怪物摇摇摆摆地行走在古镇和北极平原上;这些地方都稳稳当当地固定在麦纳里的地图册里。然而,即使罗马尼亚旅游局做出了不懈的努力,吸血鬼德古拉却始终居无定所。施利曼的跟随者暂时认可的亚特兰蒂斯岛和俄斐在现实生活中并没有受到保护;亚瑟王及其英勇的骑士们策马驰骋过的众多城堡、森林、田野和高山也没有得到任何保护。因此,这些地名都被纳入了我们的大词典里,而大都市、乌有乡的消息、回头处等等表面上看起来应该入选的地方,却被我们排除在外了。个中原因就在于这些地名均指向未来。在我们的地名大词典里,托尔金、路易斯、巴勒斯、奎恩、劳埃德·亚历山大占据了大量的篇幅;本色列岛、美加尼亚国和乌托邦所占的篇幅也不算小。这些地方虽然不那么有趣,但确实都很重要;它们恰如一座想象之城的基石,一旦缺少了它们,格列佛、莫诺博士以及奥兹的世界就可能永远无法建构了。

如果说将上面罗列的地名都收入我们的词典是有道理的,那么对于某些词条的入选,我们却难以提供任何令人信服的理由。最终决定收录此类地名的原因仅仅在于,它们在我们内心深处激起了种种难以言明的情感,而这正是有关小说真正成功的地方。倘若没有这些地名,世界将变得平淡无奇。对于这类地名,作为编者的我们自己首先就难以割舍,所以恳请读者不要介意它们看似贸然的闯入。

我们花了两年多时间,探访了大约 2000 个地方。其中的许多地方几乎还不为人所知,还有许多地方则不被认可。最后,我们的词典收录了一半多上述的地名，即 1000 多个地方。这个想象宇宙是如此地丰富多彩，简直令人感到惊讶：其中有些地方能够满足我们对完美无瑕的乌托邦世界的渴求，比如基督教城邦或维多利亚城；有些地方的存在为巫术开辟了一片独特的天地，那里的一切看似不可能的东西，都能与其环境和谐相处，比如纳尼亚王国或仙境王国；有些地方则是为了满足与现实格格不入的旅行者而存在的，比如梦国；此外还有贵族之岛，岛上的游客喜欢一些见不得人的歪门邪道。

有必要指出，这部词典包含的许多地名是那些早已被人遗忘的叙述者空想出来的。这类地名本身就已经非常完美，不需要我们再去证明它们入选的理由，譬如轻盈岛，那里有一些古怪的奇迹，那里的马儿弱不禁风，没办法用来当坐骑；还有卡培拉瑞亚国，那里住着一群金发女人，她们体格庞大，专吃一种瘦小而无力自卫、形状如男性生殖器的动物，布尔帕普；还有奥德斯岛，那里有世界上最著名的道路，那些道路都在度假，不过总会遭到臭名昭著的野蛮路霸的袭击；还有泰晤士河畔的伦敦，那里住着一只名叫亨利八世的老猩猩和他众多的妻子，他们生活在非洲的都铎王朝似的宫殿里；还有帕克地区，独占这个空间的是一只大蜘蛛；还有埃克斯城，一座被各种垃圾层层包围的垃圾城；还有尼姆帕坦岛，岛上保存着人类精神最丰富的产物，比如杰奎琳·苏珊的作品全集和皮尔·卡丹的衣橱；还有马拉克维亚城堡，一座形如鸡蛋的钢铁之城，是残暴的鞑靼人的要塞。

我们真诚地希望，这部词典能够唤起读者对其中所包含的各个地方的好奇和兴趣。在很多情形下，当其中的地名的原版只有在法国或英国国家图书馆的书架上才能找到的时候，我们就在词典里提供了相应的文本。如果读者想深入了解托尔金和乌苏拉·奎恩的创作世界，他既可以阅读这本大词典，刷新自己对这两位作家的相关记忆，又可以把这两位作家作品里出现的森林和山峦、城市和岛屿与其他人想象的地名作一番对比。

为了使读者的这些想象之旅更容易，我们在这本词典里还附加了相关的地图和插图说明。得益于《星期日泰晤士报》上面的一篇文章提供给我们的线索，我们找到了伦敦涂鸦艺术馆的格林菲尔德(Graham Greenfield)，并邀请他与我们合作；他的画笔为书中的地名展示了足够多的细节。这些插图与詹姆斯·库克(James Cook)根据相关词条的路线所绘制的地图一起，形象地阐明了我们这本词典中众多故事的背景。

作为一本旅游指南，我们的词典难免存在不完善之处。我们的旅行者肯定能够探索出更多我们还不知道的地方。因此，我们想借此机会恳请读者将自己已知而我们尚未注意到的有关地方告知我们。我们深信，有了读者的帮助，日后我们定能推出本书的修订本，以补充某些被遗漏的、过去的地名和将来可能出现的地名，从而邀请读者也一同成为本书的作者、旅行者和叙述者。

A. 曼古埃尔

1980 年 5 月

作 者 注

（修订版）

1923 年的某一天，一群年轻的坑道兵正在考察非洲一个难以进入之地。在热带地区的骄阳下结束一天辛苦的工作后，一座独立的小山尚需通过平板仪测量出来。这些坑道兵很想赶快回到营地，这时候有人突然想到，所要绘制的不就是一座小山吗，因此只需要有一点儿信心和想象力，就可以在绘图室里轻轻松松地把它搞定。大家都觉得这个主意不错，这些想象力丰富的绅士们从杂志上剪下一张大象图样，把它固定在地图上，然后沿着这个图样的边缘开始勾勒，最后完成了他们还没有完成测量的那座小山的大致轮廓。时至今日，我们或许仍能从一系列比例为 1∶62500 的英国地图上找到这座大象形状的小山，它位于非洲的西北角（黄金海岸，图 17）。

这是想象力，抑或说，是常识对职责的胜利，对真实的胜利，这种情形当然并不常见。我们所谓的真实世界存在封闭的边界。在边界以内，我们严格遵循约定俗成的原则：两个实体（更别说两座山）不可能同时占据同一个空间。而我们的地名词典处理的却是一个更宏大的地理布局，总有空间再容纳一座城、一座岛或一个王国。

自本词典 1981 年问世以来，就有读者向我们善意地指出，我们的词典确实存在疏漏之处：尚有许多地名未被收录。其中一些地名已经超出了我们在前言中的限定(不考虑天堂和地狱;不考虑未来的地名;不考虑地球之外的地名;不考虑虽真实存在却被用假名替代的地名,比如威塞克斯或玛纳瓦卡镇)。有些地名我们不太感兴趣;还有少数地名我们当时未能找到。总的来说,读者的建议对我们非常有用,也极有指导意义;对此我们感激不尽。当然我们的词典还有许多不足和局限,想象世界的边界总在不断延伸,想象世界的地盘总在不断拓展。每年出版的图书都会产生不可胜数的想象奇境。恰如睿智的托马斯·布朗爵士(Sir Thomas Browne)所言:"我们胸中已藏有在身外苦苦寻觅的众多奇迹,我们心里拥有整个非洲和它的奇景。"

若没有读者的热情参与,我们不可能完成此书的编撰,更遑论一部完整充实的大词典。因此,我们特别推崇作者与读者之间形成一种默契合作的实践形式。词典书页的这边是我和盖德鲁培,而另一边则是读者您。

A. 曼古埃尔

致 谢

我们要对大卫·梅西表示最诚挚的谢意，是他以无与伦比的关心和智慧阅读了比该书原始资料多得多的文字内容。我们要感谢路易·蒂尼，还在本书正式编撰之前，他就相信这将是一个非同寻常的大举动，他非凡的技能和奉献精神引导着本书得以顺利完成。我们要感谢玛瑞琳·瓦西特，作为我们最好的朋友，瓦西特给了我们最大的帮助和最好的建议。我们要感谢吉保罗·多西纳，他为我们提供了很多实用的建议。

我们还要衷心感谢 Malcolm Lester 和我们的代理商 Lucinda Vardey，他们始终以充沛的精力和热情不断给予我们支持。我们要感谢 Michel-Claude Touchard，Oliver Touchard，Cynthia Scott，Trista Selous，Margaret Atack，Christine Robinson，Gillian Horrocks，Andrew Leake，Dorothea Gitzen-Huber，Sean，Michael and Han Wachtel；Gena Gorrell 等学者和我们的技术编辑。感谢为我们提供了有用线索的 Marie-Noëlle 和 Charles-Edouard Frémy，Ann Close，Didier Millet，Rudolf Radler，John Robert Colombo。感谢华威大学的 Harold Beaver 教授和奥斯陆大学的 Hallstein Myklebost 教授；感谢伯克利加利福尼亚大学《马克吐温报》的资深编辑 Lin Salamo；感谢 Victor Brewer，他一丝不苟地为我们检查了词典里的地图和图表；感谢为我们提供珍贵的技术建议的 Nick Bernays；感谢 Zoë Chamber，是他花了两年

的时间完成了艰辛的文字录入工作。

我们还要感谢英国伦敦图书馆、巴黎国家图书馆、多伦多首都图书馆、米兰安布罗西亚图书馆、歌德学院伦敦分院、伦敦国家电影档案馆、斯德哥尔摩诺贝尔图书馆，以及纽约公共图书馆的工作人员的鼎力相助。

没有皮埃尔·维尔欣(Pieere Versins)编写的《乌托邦百科全书》(*Encyclopedie de L'Utopie, des Voyages extraordinaries et de la Science-Fiction*, Paris, 1972)和菲利普·格罗夫(Philip Grove)编写的《诗意的想象之旅》(*The Imaginary Voyage in Prose Fiction*, New York, 1941)，我们恐怕难以完成眼前这部词典。虽然我们也查阅了各种其他的文献，但事实证明，这两部著作是我们最基本的参考资源。为此，我们向两位作者表示由衷的谢意。

最后，我们还要特别感谢波利·曼古埃尔，他在图书馆里刻苦研读参考文献，拟定词条，校正打印稿，并且在两年时间里辗转于香格里拉和鲁里坦尼亚王国之间。

阿巴顿城 | Abaton

该词出自拉丁语 a baino：*a* 意为“不”；*baino* 意为“我去”。这座城市的位置一直变化不定。尽管有道路通往阿巴顿城，但目前尚无人进去过。据说，有人朝着阿巴顿城的方向走了很多年，最终也没能一睹它的真实面貌。也有游客曾说，他亲眼看见阿巴顿城从地平线上缓缓升起，这种情景在薄暮时分极有可能。目睹那样的景象，有些人满心欢喜，有些人莫名地悲伤。没有人描绘过阿巴顿城内的情形。据说，它的城墙和城堡呈浅绿色或白色；有些游客说是火红色。从格拉斯哥穿过苏格兰前往特隆时，托马斯·布尔分奇爵士曾看见过阿巴顿城的大致轮廓；他指出阿巴顿城的城墙呈“淡黄色”。他还听见远远传来的某种乐音，好像是大键琴发出的声音，似乎是从城门背后隐隐传来的。可是这一切似乎都不太可能。

托马斯·布尔分奇爵士，《我心在高地》(Sir Thomas Bulfinch, *My Heart's in the Highlands*, Edinburgh, 1892 年)

阿贝修道院 | Abbey, The

有时也叫玫瑰修道院，不过这个名字是很久之后才出现的。阿贝修道院规模庞大，是一座意大利修道院的废墟；坐落在高山之巅。修道院下面有两个村庄，如今都已荒废。1327 年，阿贝修道院遭遇了一场大火，几乎完全被毁，恢弘的建筑如今只剩下零零落落的残垣断壁：常春藤爬满了破碎的城墙和廊柱，覆盖了某些依然完整的楣梁。修道院的周围杂草丛生，侵占了曾经长满蔬菜和鲜花的地方，惟有公墓的位置还依稀可辨，因为有些坟墓的地势比周围高。教堂大门只剩下些许残迹，甚至已经发霉，不过大半个门楣还在。门上基督的左眼和一张狮子脸仍依稀可辨：那只眼睛因自然的侵蚀已膨胀得厉害，在蔓生的苔藓映衬下显得呆滞而忧郁。

即使是在其鼎盛时期，阿贝修道院的辉煌壮观也比不上斯特拉斯堡、沙特尔、巴黎以及班贝格的修道院。阿贝修道院很像建造于13、14世纪的意大利建筑：它没有高耸入云、令人头晕目眩的高度，它的基石坚实地扎根于大地。与城堡建筑一样，它上面也有一排防卫墙，防卫墙上方又是一座塔形建筑，更像一座坚固的教堂。其上是斜屋顶，有窗户，上面没有任何装饰。两根素净的圆柱子位于敞开的一个入口两侧。这个入口看起来像一扇大拱门；圆柱所在的两堵斜面墙上又有若干拱门，这两堵斜面墙把我们的视线一直引向那扇大拱门，令人觉得仿佛进入了深渊。大拱门的顶部有大大的中心门楣，支撑门楣的是两个拱墩和一根位于中心、刻有图案的立柱。立柱把入口一分为二，两侧各有金属包边的橡木门。拱门里有一座石雕，刻的是一个悬空的王位，上面坐着国王。国王的模样令人过目难忘：他的表情严肃而冷漠，威严的须发宛如溪流，均匀地分成两股，漫过脸庞；国王的王冠上镶嵌着宝石和珍珠，一袭紫色的束腰长袍垂至两膝，形成几道宽松的皱褶；国王的左手平放在膝上，托着一本天书，右手高举，像是在祝福，又像是在警示什么。国王周围有四个令人生畏的生灵：一只雄鹰，张着尖利的嘴，展翅欲飞的样子；一头牛和一头狮子，分别用它们的前腿夹着一本书，都生有双翼，身体笼罩在明亮的光环里；还有一个英俊的男子，看起来很友善，神情却有些令人心生恐惧。

在火灾发生之前，阿贝修道院曾是游客见到的第一道宜人的风景。如今，它几乎已完全化成了碎石，只有一堵南墙依然屹立着，仿佛要与岁月抗争到底。两座外塔耸立在悬崖之上，从外面看，它们好像不曾遭遇过火灾的损毁，但如果走进高塔，透过楼上地板的裂口，便可以清楚地看见外面辽阔的天宇，而且凡无绿茵茵的青苔遮蔽之处，依旧是黑乎乎的一片，这正是几个世纪以前那场大火所留下的痕迹。

在其鼎盛时期，阿贝修道院这座八边形建筑从远处看好像是四边形。这种完美的造型意欲彰显上帝之城坚不可摧的形象；三排窗户暗示了庄严的三重奏。八边形的每一角都矗立着一座七边形塔楼,但是从外面只能看见塔楼的五条边。这些神圣的数字蕴含着精神层面上的诸多奥义:“八”代表“完美”,“四”代表“福音”,“五”代表世界大陆的数目,“七”象征圣灵的七形象。

在阿贝修道院的所有建筑当中,最著名的要数修道院最深处的图书馆。人们可以从两个方向进入这个图书馆。其一是直接进入这座庞大的建筑群;建筑群各个入口的大门处都能见到图书馆馆长猜疑的目光;其二,先经过骨灰存放室进入一条秘道,然后再进入图书馆。图书馆的建筑结构犹如一座迷宫,到处都是楼梯;这些楼梯各自通向哪里,无人能知。图书馆的各个房间可以相互反射;一面又一面的镜子和无休无止的走廊以及百叶门为这座迷宫增添了更浓郁的神秘性。据说,设计这座图书馆的那些无名的建筑师曾从巴别图书馆的建筑方案中获得灵感。

在图书馆的所有珍品当中,最伟大的当属亚里士多德的一篇早已失传的喜剧评论。有人认为这篇评论旨在鼓励人们忘却上帝,它使世人无法知晓此处发生过这么一件事情:一位老迈的修士犯下了一桩桩令人发指的谋杀罪,其滔滔罪行最终导致阿贝修道院毁于一场大火。

如果游客对阿贝修道院的历史感兴趣,他不妨去看看华莱特翻译的梅可的《阿德索修士的手稿》(Abbé Vallet, *Le Manuscrit de Dom Adson de Melk, traduit en français d'après l'édition de Dom f. Mabillon*, Aux Presses de I'Abbaye de la Source, Paris, 1842);还可以参阅《博弈中镜子的运用》(Adso original in Milo Temesvar, *on the Use of Mirrors in the Game of Chess*, Tbilisi, 1934)。

乌贝托·艾柯,《玫瑰之名》(Umberto Eco, *Il Nome della rosa*, Milan, 1980)

阿布达勒王国 | Abdalles, Kingdom of The

北非海岸一个幅员辽阔的王国,与安菲克勒欧王国相邻,它的

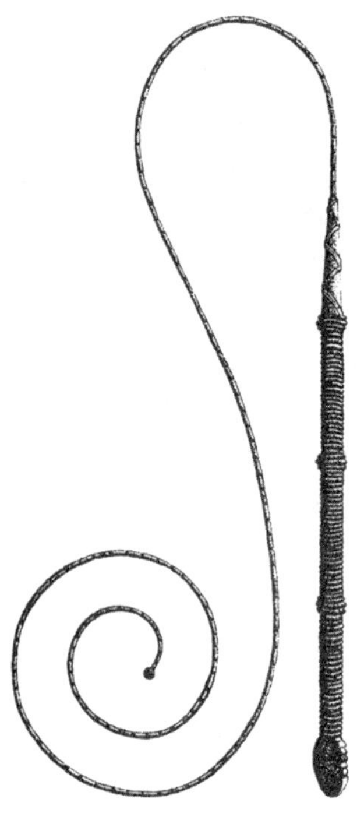
阿布达勒王国一种酷刑里使用的顶端带铁球的鞭子

居民据说是阿布达勒的子孙。阿布达勒是太阳神与一个凡间女子菲欧科莉丝的后裔。当一束阳光照射到一条毒蛇身上的时候，菲欧科莉丝被孕育而生。毒蛇死后，菲欧科莉丝由一只雌狐狸抚养成人。后来，菲欧科莉丝也与阿布达勒的两个兄弟图培刚（Tumpigand）和霍-宏-哈尔（Hor-his-Hon-Hal）有私情；她与霍-宏-哈尔结合生下了第一个安菲克勒欧人。因此，阿布达勒人和安菲克勒欧人拥有共同的祖先。阿布达勒人的皮肤呈蓝色；他们相信宇宙人维克霍尼斯（Vilkhonis）的存在，维克霍尼斯就是光明之父，据说是他创造了这个世界。

初来乍到的游客一定会觉得，阿布达勒王国的很多法律条文和习俗骇人听闻，比如当地人司空见惯的一种娱乐拉托阿达（Lak-Tro Al Dal）。游戏一开始，就会有 4 个男人被剥光衣服；然后，他们开始互相辱骂和殴打；这个场面使围观者感到非常刺激和兴奋。接下来的情景更使他们身心舒畅。4 个男人随即遭到另一个男人一阵猛烈的鞭笞；他们转而群起攻击这个对他们施暴的男人，直到他被折磨得奄奄一息为止。接着，他们将他抬到一条缠绕着四根粗绳的长凳上，然后他们一起猛拽绳子；凳子上的这个人一下子被抛到空中，继而又重重地摔到凳子上。这样的暴行要持续 1 小时。这个可怜的家伙又被那 4 个男人从窗口扔下去。此时，围观者蜂拥而至，纷纷举起棒槌打这个可怜人，然后将他活埋，只露出脖子和脑袋；他们就围着这颗脑袋撒尿。不仅如此，刚才打人的那 4 个男子这时候也被套上枷锁;他们的头发被众人一把一把地扯下来,如此暴虐的场面简直惨不忍睹。这样的场面在吉干吉斯(Gil-Gan-Gis)刑罚中也会出现;不过,这种惩罚当时已不怎么使用了。在这样的刑罚里,行刑者手持一根顶端带铁球的鞭子,抽打受害人,直至将他打瘫在地;随后,刽子手会让受害者享用一顿美餐,好让他恢复一些体力,能够继续承受接下来的鞭打。这个过程会一直持续下去,直到把这个人打死。刽子手共有 4 人,领头的叫高鲁-格兰-嘎克(Goulu-Grand-Gak),他有权得到受害人的皮肤。他把受害人的整张人皮放在尿液中浸泡成棕色,然后拿到市场上出售;人们会用这种人皮制做时髦女郎的精美服饰。

不过,比较而言,上述酷刑还算不得是最恐怖的。比它们更恐怖的是吉尔梅克(Kirmec)。这是一种秘密逮捕令。这种惩罚始于一棵树上的叶子,这棵树象征首相或吉尔奇弗(Kirzif)的权力,被种在一个罐子里,罐子的四周装有铁栅栏;只有国王掌握着打开铁栅栏的钥匙。如果有人行为不端,国王因此想要囚禁他,就会从这棵树上摘下一片叶子,在自己脸上摁一下,叶面便留下了国王的面部表情。这片印有国王面部表情的树叶当即被送到使国王不高兴的那个人面前。于是那个倒霉蛋就会被装进吊篮,沉入深坑里;篮子里为他准备了 3 天的食物和水。根据见过那个深坑的游客描述,深坑里全是人的骷髅。很少有人能安然无恙地被沉至坑底,然后在那里享用 3 天的食物,因为送他们上路的那些篮子大多脆弱不堪,等不到沉到坑底,篮子里的人就已经被摔死了。

在阿布达勒王国的婚俗里,新郎的代理人阿布索克(Ab-Soc-Cor)很受重视。举行婚礼的前一天,这位代理人会去拜访新娘。黄昏时分,他和新娘被关进一间黑屋子,以便他能在黑暗中传授新娘作为妻子应当具备的全部知识;同时他必须验证新娘是否还是处女。日落时,阿布索克去见新郎,并对他说:“孩子正在睡觉”;新郎回答说:“我们去叫醒她吧。”直到这时候,新郎和新娘才可以一同前往教堂完成婚礼。

在阿布达勒王国的葬礼习俗中,死者很受尊重。人们先为死者净身，给他穿上最好的衣服，然后询问死者的死因。如果死者没有回应，死者的尸体就会被竖着放进陶康卜(Tou-Kam-Bouk)里，陶康卜是一口很深的棺材。一同放进棺材的还有针线，用于缝补死者的衣裳，如果衣裳穿破了的话。棺材里还会塞满用于防腐的香草。然后，这口棺材被悬挂在死者生前的卧室里。要是死者生前很富有，他通常会雇一些盖玛卡(Guer-Ma-Ka)，也就是那些为取悦尸体而故意醉酒的女人。

阿布达勒王国的居民认为，用手指着某个东西是很不礼貌的行为。只有国王和神明才可以使用这种手势。其他人如果要暗示什么，只能使用手肘。

阿布达勒王国的现任国王是摩卡托，头衔叫侯宰。与其他人不同，摩卡托是白人，母亲也是白人。出生时，他父亲认定妻子纳赛尔达对自己不忠，决定用吉尔梅克酷刑惩罚她。纳赛尔达和儿子摩卡托一起被投进深深的深坑里，不过幸运的是，他们竟然没有被摔出篮子，而是安然无恙地沉到了坑底。他们在深坑里生活了很多年，期间遇到一位大臣；这位大臣很早以前就被判了死刑。更让他们感到惊喜的是，他们发现要在这个深坑里活下来也不是没有可能；因为他们找到了一条通往山腰的地道，他们可以顺着这条地道走出去，呼吸外面的新鲜空气。再后来，他们还发现这个地下世界美丽非凡，这里有闪闪发光的水银柱，有炙热的火湖，有湍急的河流，玫瑰色的河水漫过充满硫磺和沥青的大山下面的金色沙滩。他们还发现了一条"灵丹河"，金黄色的河水能够治疗一切疾病和伤痛。

与此同时，摩卡托的父亲正在大肆迫害国内的白人臣民。又过了很多年，他才相信自己的妻子是清白的。于是国王下到坑里去寻找她，但她已杳无音信。随后，国王的第二任妻子的一个亲戚趁机篡夺了王位，并大肆屠杀合法继承人的支持者。就在这时，摩卡托从地下世界返回自己的王国；他的合法继承权立即得到了普遍的认可。如今，这个王国越来越强大，处处是欣欣向荣的景象。不过，在很大程度上，这个美好结局应该归功于拉美奇斯的努力。

拉美奇斯是埃及一个大祭司的儿子，不幸遭到流放，又在海上遭遇了风暴，船只被毁；幸存下来的拉美奇斯找到一个避难的洞穴，而这个洞穴刚好通向摩卡托所在的那个深坑。

来此观光的游客应当注意观察阿布达勒王国的一种最典型的大树。这种树高得出奇，树叶宽大，顶端很细；树上的果实虽然大如各种瓜类，但很轻盈，掉到地上还能弹回去。这种果实透明的果汁令人迷醉，不断散发出清香味儿，像刚出笼的米馍，晒干后又像面粉。有时候，游客还可以瞧见海边的食肉鸟，它们将巢窠建在孤零零的悬崖上。这些食肉鸟体形很大，最小的也壮如公牛，力量大得可以刁走一只牛或羊。

夏尔·穆依，《拉美奇斯，一个埃及人的内陆奇幻之旅》(Charles Fieux de Mouhy, *Lamekis, ou les voyages extraordinaires d'un Egyptien dans la terre intérieure avec la découverte de l'Isle des Silphides, enrichi des notes curieuses*, The Hague, 1735)

阿布德拉城 | Abdera

爱琴海里一座色雷斯人的城池，筑有城墙。城里的居民好奇心强，这座城因此而闻名。据说，阿布德拉市民的逻辑推演方式很奇怪。比如说，当阿布德拉城被分成东区和西区时，西区的人就会抱怨他们失去了“他们的东区”；而东区的人也会因为失去了“他们的西区”而悲伤。

阿布德拉城里彪悍的马儿也很出名。城里最好的寺庙献给了一匹马，这匹马名叫阿里安，是海神尼普顿用三叉戟从海里赶出来的。阿布德拉城的房屋、船只和廊柱上都装饰着以马为主题的绘画；马厩也是当地人的房屋的重要组成部分，马厩的墙壁上挂着简洁的图画。有些马儿渴望得到更高级别的待遇。一匹母马居然要求给她的住处安装镜子；她跑进主人的卧室，用尖利的牙齿把墙上的镜子拆下来，然后把她讨厌的镜框踢得稀烂。

阿布德拉城的历史上发生过一次有名的马乱。当时，城里某些智慧超常的马突然发生暴动。它们洗劫了这座城市,杀死城里的男人和骡子,强暴城里的女人。幸亏大力神赫丘利及时赶到,才平息了这场叛乱,拯救了阿布德拉城的市民。

无名氏,《拉丁语生理学》(Anonymous, *Physiologus Latinus*, 4th cen. BC);克里斯多夫・马丁・维兰德,《阿布德拉城的市民》(Christoph Martin Wieland, *Die Abderiten*, Munich, 1774;列奥普多・卢贡尼斯,"阿布德拉人的宠物",《神奇的力量》(Leopoldo Lugones,"Los Caballos de Abdera", in *Las Fuerzas extrañas*, Buenos Aires, 1906)

阿凯尔森林 | Acaire

一片面积比较大的森林,位于波伊兹麦王国境内,四周有低矮的红墙,中心隆起为一座高山。此处共有 3 座山峰,外围的两座山上森林茂密;中间的山峰地势最低矮,光秃秃的,上面耸立着布鲁尔博伊斯(Brunelbois)城堡。站在城堡上,可以俯瞰下面一个静静的湖泊,湖水来自地下泉水,既没有支流,也没有出口。通过尖顶的拱门可以进入布鲁尔博伊斯城堡;拱门共有两个,一个为步行者使用,另一个供骑马的人使用。拱门上方的壁龛里有一尊雕像,还有一扇硕大的窗户,石质的窗格带有心形饰物和蓟草。

布鲁尔博伊斯城堡是赫尔马斯国王的宫殿。赫尔马斯国王曾是世界上最愚蠢的人。但也有先知说,如果一位年轻的巫师把扎尔神鸟(Zhar-Ptitza)掉落在阿凯尔森林里的一根白羽毛带给这个国王,这个愚蠢的国王马上就能得到世界上最完美的智慧。扎尔神鸟是世界上最古老、也是最智慧的鸟儿。不过它的羽毛本身不是白色的,而是紫色的;它的脖子上的羽毛是金色的,尾巴上的羽毛是蓝色的。尽管如此,赫尔马斯国王还是得到了白羽毛;他是从以前的牧猪奴玛努尔手里得到的。玛努尔注定将成为波伊兹麦王国的国王。不错,这当然是一根白羽毛,但只是普通鸟儿身上掉下来的白羽毛,可赫尔马斯国王偏要把它当作寓言里扎尔神鸟身上的白羽毛;而且人们马上就承认赫尔马斯国王具有无可辩驳的智慧,并为此举行了盛大的庆典,还在庆典上废除了愚人节。

在随后的年月里,赫尔马斯国王与自己的女儿梅鲁斯娜发生了争吵。女儿对父亲及其朝臣施加魔法,使他们永远沉睡,不再醒来。今天,游客会发现赫尔马斯国王坐在王位上,身穿猩红色的貂皮长袍,旁边是王后普瑞希拉。普瑞希拉属于水族;睡梦中,她的蓝皮肤和绿头发尤其引人注目。梅鲁斯娜公主具有长生不老的血液,然而却因为其恶行得到了应有的报应:每逢星期天,梅鲁斯娜的双腿就会变成一条鱼尾,直到星期一才能恢复原状。

阿凯尔森林里还生活着许多有趣的怪物:比如黑怪布勒普斯(bleps)、羽冠的斯特莱柯芬(Strycophanes)、灰色的喀尔喀(calcar)、茶色的伊勒(eale),它的犄角可以移动;此外还有金色的拉克洛兽(leucrocotta),以及肤色与环境保持一致的驯鹿。森林里的每一种怪物都是独一无二的,因而也是孤独的。误入这片森林的游客曾描绘过这些动物残忍的本性,尽管有些言过其实。

詹姆斯·卡贝尔,《地球人物:一部关于形貌的喜剧》(James Branch Cabell, *Figures of Earth*, *A comedy of Appearances*, New York, 1921);詹姆斯·卡贝尔,《高地:祛魅的喜剧》(James Branch Cabell, *The High Place*, *A Comedy of Disenchantment*, New York, 1923)

不朽者之地 | Acre of the Undying

参阅闪烁平原王国(Land of the Glittering Plain)。

亚当之国 | Adam's Country

位于婆罗洲的丛林里,蒲鲁东的两个信徒傅里叶和卡贝于1850年在这里开辟了一块殖民地,面积约是法国的三分之一,不过可能没有婆罗洲的面积大。亚当之国的首都建筑宽敞而舒适,室内有冷、热水供应,有电灯,有中央取暖器和留声机(这些都是爱迪生之前的先辈们发明的东西),屋顶装饰着橘红色的瓦片,地板采用的是不透明的玻璃，天花板向上凹进，表面涂有灰泥。每栋房屋的窗户都呈弓形，以便可以清楚地看见外面的街道。首都设有作战部、国家美学部和快乐殿；遵纪守法的公民每周都要来快乐殿群交。

当初的先驱们首先占领了高山地区，目的是防备当地土著人的进攻。他们在这里逐渐树立起信心，并最终成为这里的主人。开拓者们希望建立一个人人平等的共和国；他们压制所有不同的声音，使全国上下只用一个声音说话。在亚当之国，个人利益绝对服从国家利益。共和国颁布各项法令，决定什么是合适的，什么是有用的，每个人都必须遵守这些法令。共和国的宗教基础是自然的和谐。为此，国家美学部组织一年一度的游行，参加游行的人都是年轻美丽的处女。亚当之国没有流通货币，国家提供一切生活必需品。这个共和国没有买卖和丢弃物品的行为。凡被认为对国家理想构成威胁的人，都会被剥夺生育权。罪犯被罚去充军；军中有轰炸机（先驱们 1860 年发明的一种武器）监视罪犯的行动。共和国的孩子为国家所有，并按照国家的指导方针接受教育。艺术家必须克制自己的个人情感，创作适合表达共和国共同理想的作品。殖民地的宗旨是，“知识快乐、生产光荣、毁灭可耻。”

参观亚当之国的游客要注意，不可以把烈酒和烟草带到这里来，否则会被海关扣留。

保罗·亚当，《马来亚书简》（Paul Adam, *Lettres de Malaisie*, Paris, 1898）

隆鸟岛 | Aepyornis

隆鸟岛上一只隆鸟及其孵化中的后代

岛上是有名的隆鸟栖息地。这座岛屿位于一片沼泽之中，距离马达加斯加国的首都塔那那利佛以北九十英里。隆鸟岛周围的咸水里有一种物质,闻起来有些像白铅矿,可用作防腐剂,还可以保护隆鸟产在水里的蛋。

隆鸟蛋长约1.5英尺,吃起来味道像鸭蛋。打开蛋壳,可见圆形的一片,直径约6寸,上面有一些血色的条纹和一个白色标记,像梯子。胚胎阶段的隆鸟头部很大,背部弯曲。成年隆鸟有14英尺高,额头很宽,有些像镐头的一端;两只硕大的褐色眼睛的边缘呈黄色,有些像鸡眼,但更像人眼。隆鸟的翅膀很美,起初呈褐色,带有灰色的痂,看起来有些脏,不过会慢慢地褪去;最后翅膀的颜色会变成漂亮的绿色;鸟冠和肉垂呈蓝色。

岛上栖息的隆鸟共有四类:瓦图斯(vastus)、马克西姆(maximus)、提坦(titan)和瓦提西姆(vastissimus);体型呈递增趋势。有人告诉来此观光的游客,隆鸟学习语言的速度比鹦鹉还要快,说得也比鹦鹉更流利;不过一旦它们情绪不好,就会攻击饲养员。

据说,没有哪个欧洲人曾经见过一只活着的隆鸟,也有人说,马希尔于1745年去过马达加斯加;某个布奇尔先生1891年曾在这里迷路。我们不敢肯定他们真的去过那里。人们一直认为隆鸟与《天方夜谭》里辛巴达的巨鸟有关,这一点可以参阅巨鸟。

韦尔斯,"隆鸟岛",《被盗的细菌和其他事件》(H. G. Wells, "Aepyornis Island", in *The Stolen Bacillus and Other Incidents*, London, 1894)

友爱国 | Affection

参阅温柔国(Tendre)。

阿加萨王国 | Agartha

一个古国,位于斯里兰卡境内,也有人认为它位于西藏高原。阿加萨王国很有名,其主要原因是,游客还没有意识到自己所处的位置就已穿越了这个王国。他们没有意识到自己可能已经看见了著名的帕拉德萨知识大学,那里有关于人类的精神和隐秘的超自然珍宝。他们没有意识到自己已经路过了阿加萨王国的首都，那里有一个金灿灿的宝座，上面装饰着两百万个栩栩如生的小神像。有人已经告诉游客（而今他们却不记得了），正是这众多的神灵把我们的星球紧紧地凝聚在一起。倘若有人惹怒了其中一个神灵，就会引起其他众多神灵的震怒；结果便是大海干涸山泽荒秃。

或许没有必要补充如下内容：阿加萨王国拥有世界上规模最大的石书图书馆，游客会再次看见他们随即又会忘记的东西。王国里的生灵包括牙齿尖利的鸟类、六尺长的海龟以及舌头像叉子的居民。

保卫被遗忘的阿加萨王国的是，一支规模虽小却很强大的军队，这支军队又叫圣殿骑士或阿加萨王国的同盟者。

圣-伊夫·阿维德勒，《欧洲的印度使命》（Saint-Yves d'Alveydre, *Mission de l'Inde en Europe*, Paris, 1885）；菲尔迪南·奥森多夫斯基，《兽、人与神》（Ferdinand Ossendowski, *Bêtes, Hommes et Dieux*, Paris, 1924）

阿加拉隆洞 | Aglarond

又叫"闪烁洞穴"，由一些宽阔的岩穴和洞窟组成，位于圣盔谷周围的山峦之下。最初，这些洞穴是洛汗王国的洛依瑞姆人的避难所和藏宝地。这些洞穴是在号角堡战役期间被人发现的。

守卫圣盔谷的是小矮人金雳，是他最早发现了这些美丽的自然洞穴的。洞穴里有奇珍异石和珍稀的矿脉，有凹槽和弯曲的柱子支撑洞顶；这些柱子颜色各异，有白色、藏红色以及粉红色，倒映于阿加拉隆静静的池水中。

根据历史记载，魔戒大战结束时，小矮人金雳就已经与孤山的小矮人们居住在这里，并成为了"闪烁洞穴的主人"。在金雳的率领下，小矮人们保持并发展了自己的传统技能。他们曾向刚铎王国和洛汗王国提供诸多服务，包括为米那斯·提力斯铸造新的铁门和密银（mithril）大门。

托尔金,《双塔奇谋》(J. R. R. Tolkien, *The Two Towers*, London, 1954);托尔金,《王者归来》(J. R. R. Tolkien, *The Return of the King*, London, 1955);托尔金,《精灵宝钻》(J. R. R. Tolkien, *The Silmarillion*, London, 1977)

阿戈劳拉城 | Aglaura

具体位置不确定。关于这座城市,人们知之甚少。城里的居民总是不断重复着同样的生活:他们恪守人们普遍认可的美德,犯下普遍认可的错误,做出稀奇古怪的事情,同时又拘泥于种种莫名其妙的原则。以前的观察者们认为阿戈劳拉城拥有永恒的价值。如果把这些价值与同时代的其他城市的价值相比,我们没有理由否认他们的这种说法。

也许自那以后,阿戈劳拉城就没有多大的变化,不管是传说中的阿戈劳拉城,还是肉眼可见的阿戈劳拉城。以往稀奇古怪的事情如今显得稀松平常,而那些看似正常的反倒变得离奇可笑了。在不同的美德和错误符码里,曾经的美德和错误已失去往日的价值和荣誉。从这个意义上讲,关于阿戈劳拉城的种种说法之真实性就值得怀疑了。然而,这样的说法却塑造了一座城市稳固而紧凑的形象;若是如此,能从这座城市的生活里推断出某种偶然性的观点,其实质内容就更缺乏了。其结果便是,他们谈到的那座城市拥有许多需要存在的东西,而真正存在的那座城市存在的东西则更少。

今天,阿戈劳拉城已变为平庸之城,没有任何特色,而且布局凌乱。尽管如此,某些时候,在沿街的某些地方,游客还能清楚地看见某种稀有的壮观景象;他们想说出那番景象,可是关于阿戈劳拉城的一切却囚禁了他们的语言,迫使他们只能继续重复旧的,而不能言说新的一切了。

因此,城里的居民仍然相信他们生活在一个只与阿戈劳拉这个名字一同成长的阿戈劳拉城。他们没有注意到地上耸立着的这座阿戈劳拉城。就连那些喜欢在记忆里将这两座城市彼此区分的经验丰富的游客，也只能谈论一个阿戈劳拉城，而对于另一个阿戈劳拉城，由于缺乏相应的词汇加以描述，反倒失去了。

伊塔洛·卡尔维诺，《看不见的城市》(Italo Calvino, *Le città invisibili*, Turin, 1972)

阿戈塞兹国 | Agzceaziguls

一个多山的沙漠国家，位于智利最北部，与玻利维亚接壤。如果游客想到此一游，必须穿过一道名为黎明之门的狭窄隘口。太阳似乎就是从这个隘口最远的一端升起的。隘口离海平面约两千英尺；一条小河流经过隘口，河床呈黄色和粉红色。穿过隘口，游客就会来到一个半圆形的深谷。如果继续往前走，经过一道岩缝，穿过一条昏暗的地道，就可以到达阿戈塞兹国了。

阿戈塞兹国的居民属于一个古老的部落，据说是印加人的后裔，太阳神的后代。他们建造了许多地下寺庙。尽管这些寺庙富得流油，老百姓却穷得可怜，连生病的驼群都无钱医治。这些人认为牲畜之所以得病，是因为遭到了白人的诅咒。据说有朝一日，白人会来这里主持公道：患病的牲畜会得到医治，荒漠里会冒出泉水，岩石上会产生难以想象的丰收。

倘若游客能到达阿戈塞兹国，他不妨去看看光达圣城(Gunda)。这座圣城里全是粉红色的宫殿，圣城的周围重峦叠嶂。圣城的皇家陵墓坐落在一间巨大的地下室里，陵墓里藏有很多罕见的宝石，有 20 尊金塑像守卫着陵墓，塑像的眼睛都是用翡翠做的。阿戈塞兹国没有来过传教士，这里的人们仍然信仰一种古老的宗教，其中包括活人祭和其他一些可怕的仪式。

查理·德雷尼，《偶像的征服者》(Charles Derennes, *Les Conquérants d'idoles*, Paris, 1919)

埃阿亚岛 | Aiaia

位于地中海的东端，也有人认为位于黑海。除了女巫喀耳刻及其仆人之外,岛上没有其他人居住。喀耳刻女巫住在光洁的石房子里,石房子四周是郁郁葱葱的灌木丛和参天大树。游客应当注意,去埃阿亚岛意味着改变自己的生活习惯,因为喀耳刻女巫时常把她的客人变成狼、狮子和野猪。

荷马,《奥德赛》(Homer, *The Odyssey*, 9th cen. [?] BC)

风神岛 | Aiolio

位于地中海西端,漂浮在大海上,由裸露的岩石构成,四周是坚不可摧的铜墙。希腊神话中的风神希波塔德斯在岩石中心为自己的家人建造了一座华丽的宫殿。风神有六儿六女,家里乱伦现象十分普遍。如果风神喜欢某个游客,就会送给他一条牛皮袋,袋子里装满狂风,其威力足以破坏游客的归途。因此游客最好不要打开这个风袋。

风神的牛皮风袋

如果有人去过鲁阿奇岛,他就能看见风神送给尤利西斯的大风,大风至今仍像圣杯一样保存在那里。

荷马,《奥德赛》

空气堡 | Aircastle

又叫"亚马乌罗提城"(Amaurote),乌托邦的首都。

飞鸟岬 | Airfowlness

位于苏格兰西部一个偏远的海岬,具体位置无人知晓。飞鸟岬是夏季海鸟北飞产卵之前的集聚地。游客在这里会看到成群结队的天鹅、雌鹅、野鸭、斑头秋沙鸭、公鹅、潜鸟、海燕以及塘鹅，数量之多，实属罕见。

在候鸟成群结队地云集于飞鸟岬之前，先有成千上万的乌鸦来到这里；它们每年都会飞来这里。在这一年一度的集会上，乌鸦大肆吹嘘自己在过去一年里所创造的丰功伟绩，并且还要审判自己的某个同伴。比如说，某只小雌鸦就因为没有偷到一只松鸡蛋而被审讯了一年。要知道，松鸡蛋可是它们最喜好的美食。小雌鸦辩解说她不喜欢吃松鸡蛋，没有松鸡蛋，她照样过得很好；再说她也不敢去偷松鸡蛋，因为她害怕猎场看守会发现她；再说她也不忍心吃掉这么美丽的松鸡蛋。小雌鸦口若悬河为自己百般辩解。然而，尽管她的辩词无懈可击，一切也都是徒劳的。最终，她还是被自己的同伴们活活地啄死了。当地的仙子很同情这只不幸的小雌鸦，于是送给她九簇新羽毛，把她变成一只天堂鸟，然后送到香料群岛，靠吃美味的果实开始崭新的生活。

飞鸟岬唯一的凡人是松鸡看管人。他独自住在一间小小的茅草屋里，茅草屋的屋顶覆盖着石南花，屋子周围的巨石抵挡了凛冽的寒风。看守人只喜欢读《圣经》、看松鸡和在冬夜里织袜子。此外他还收集了海鸟褪下的羽毛，把它们洗干净后卖给南方人，用作床褥。

飞鸟岬除了海鸟和乌鸦，还有成群结队的角嘴海雀，它们大多把巢穴建在兔子洞里。

查理·金斯利，《水孩子：关于一个陆地婴儿的神话》(Charles Kingsley, *The Water-Babies: A Fairy Tale for a Land-Baby*, London, 1863)

阿卡玛王国 | Akkama

面积辽阔，位于芬格斯沃德西北边境。阿卡玛王国的南部全是荒漠，这样的荒漠一直延伸到中部和北部的高原地带。阿卡玛王国境内四季阴冷，人口稀少，主要住着野蛮的山民和游牧部落。阿卡玛王国的首都叫培森珀科（Pissempsco），是唯一一座值得一提的城市，坐落在高高的悬崖上。阿卡玛王国似乎没有稳定的农业，这里的人普遍养猪；猪在这里被誉为"阿卡玛王国的牛"。这些猪是出了名的残忍，因此这里对罪犯的正常惩罚就是把他们当作猪来对待。

埃迪森，《情人的情人》（E. R. Eddison, *Mistress of Mistresses, A Vision of Zimiamvia*, London, 1935）；埃迪森，《梅泽恩迪大门》（E. R. Eddison, *The Mezentian Gate*, London, 1958）

阿拉里村 | Alali

位于密不透风的非洲大热带旱生林腹地，穿过一道狭窄的沙石峡谷就可以到达。这个峡谷遭到大自然的不断侵蚀，变成了梦里一座变化无常的建筑，微型的岩石间点缀着奇形怪状的圆屋顶。距离峡谷入口半里左右的地方，是一个圆形剧场，圆形剧场陡峭的墙壁上有无数的洞穴。

阿拉里村完全由女人统治。这里的女人体型很大，看不起被她们统治的那些男人，自然也不会爱上他们。女人对待男人的方式很残忍。女孩生下来吃上几个月奶水之后就会被扔出去自谋生路。男孩则被关进围栏，长到 15 或 17 岁之后就被赶进森林里，成为人们追逐的猎物，而捉到他们的人也许刚好就是他们自己的母亲。被捉到的老年男子要么被打死，要么被当作奴隶使唤，或者被强迫去繁殖后代。

埃德加·巴洛兹，《倭城历险记》（Edgar Rice Burroughs, *Tarzan and the Ant Men*, New York, 1924）

阿拉斯托洞 | Alastor's Cavern

一个大山洞，位于高加索山上一个巉崖峭壁和激流漩涡之间。

山洞的发现者是梦想家阿拉斯托，他离开家乡去蛮荒之地探险，结果发现了这个地方。如果有谁梦见过一个与此类似的地方，醒来后千万不要冒险去寻找它，因为那个地方会使人陷入绝望的境地。

阿拉斯托洞形如九曲回肠，尽头是一个深潭，深潭的水位不断上涨，水面的船只被高高托起，与岩石林立的河口持平，漫出的水流浸润着静静的绿草地。一条小溪清澈见底，从红花绿树间的缝隙汩汩流出，远远看去，树林犹如交织于水流之上。河岸的峭壁底部，黑漆漆的洞穴正怒视着游客。树林深处有橡树、山毛榉和雪松，再往上走，则可见岑树和金合欢树。树林之外是长满药草的平原，一条山谷幽暗无比，山谷里开满麝香、蔷薇和茉莉花。小溪继续蜿蜒向前，依次流经斑驳陆离的风景带。它穿过条条沟壑，漫过苔藓和岩石、平原和高山，流过高高的干草茎，最后被贫瘠的土壤里遒劲的古松根须切割成股股细流。小溪流经一座高山上的一个隐蔽地方，这里就是阿拉斯托之墓；一个静谧的地方，位于盘绕的树根和倒塌的岩石之间；常春藤在此自由地疯长。

珀西·雪莱，《阿拉斯托或孤独的心灵》(Percy Bysshe Shelley, *Alastor or The Spirit of Solitude*, London, 1816)

阿尔宾诺王国 | Albino Land

中非一个面积很小的王国，边界不确定。阿尔宾诺王国境内住着白化病人，但人数不多。他们的体型与邻国的黑人相似，眼睛犹如鹌鹑眼，雪白的头发犹如优质的棉花，身材比邻居矮小，体质也比他们差。对于这个国家的政治生活，我们不太了解。

伏尔泰，《论通史和各民族的风俗与精神》(Voltaire [François Marie Arouet], *Essai sur l'histoire générale et sur les moeurs et l'esprit des nations depuis Charlemagne jusqu'à nos jours*, Geneva, 1756)

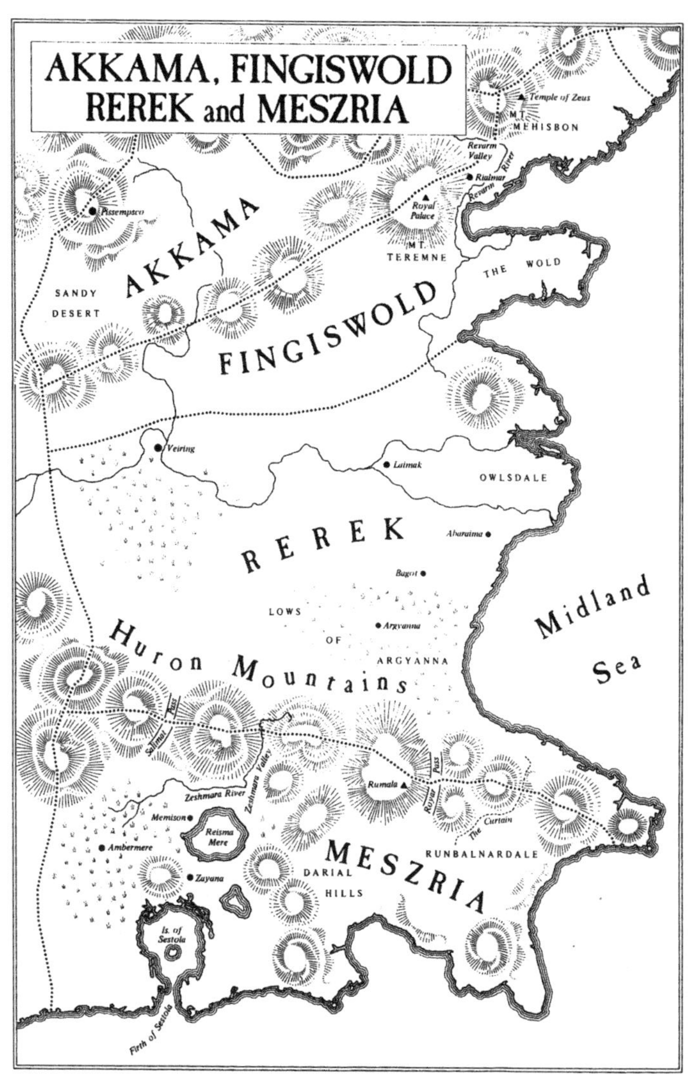

阿卡玛王国、芬格斯沃德王国、瑞里克王国
以及梅斯泽瑞亚王国

阿尔布拉卡城 | Albraca

格拉芙罗妮的王国的首都，位于中国最东端，筑有防御工事。格拉芙罗尼的女儿安吉莉卡从鞑靼国王那里逃到这里，把奥兰多逼得疯疯癫癫，把神圣罗马帝国的查理曼大帝的众骑士也迷得神魂颠倒。后来，鞑靼国王在围攻阿尔布拉卡城时被奥兰多杀死。

马特奥·玛丽娅·博亚尔多，《热恋的奥兰多》(Matteo Maria Boiardo, *Orlando innamorato*, Milan, 1487)；卢多维科·阿里奥斯托，《愤怒的奥兰多》(Ludovico Ariosto, *Orlando furioso*, Ferrara, 1516)

阿尔布王国 | Albur

普鲁托大陆一个面积最大的国家。普鲁托大陆是一个地下世界，位于地球内部的中心。与普鲁托大陆的所有事物一样，阿尔布王国境内生长的一切也要比地球表面的东西小很多。我们会发现阿尔布王国的面积在明显地缩小，如今只有 120 里格长，75 里格宽。然而，这个王国有 400 个城镇和 4500 万人口。阿尔布王国的居民身高约两米，皮肤白皙，是这个地下世界里最发达的人类。他们的农业技术水平很高，已经开始普遍使用铜制的工具和武器。

游人会发现阿尔布王国的城市是按统一模式建造的。首都奥拉苏拉城在规模上显然不同于作为省会的中心城市。奥拉苏拉城周长 1 里格，人口 100 万；每条街道自中心广场向外辐射。广场上有一座大金字塔，是全国的宗教生活中心。按照阿尔布王国的居民的标准，奥拉苏拉城应该算是一座大城市了，因此被划分为一些更小的地区，每个地区都有独立的广场和金字塔。所有的房屋都有四层，房门被漆成黄色和绿色。

阿尔布王国是一个等级森严的君主制国家。国王代表整个国家，是万民敬仰的对象。阿尔布王国的社会建立在等级基础之上，不同等级的人穿不同颜色的衣服。国王穿红色衣服——在整个王国里，只有国王才有资格穿红色衣服。大臣、牧师以及地方长官都穿蓝色衣服，配不同颜色的腰带，以标示其职能和官衔。这些秩序构成了阿尔布王国的贵族阶层，即凭借出身属于第一阶层的人。诗人和作家穿白色衣服。如果某个诗人、科学家和作家对国家作出了重大贡献，并因此获得了绿色王冠，他们也可以成为贵族，但这种贵族头衔不是世袭的。此外，工人穿深绿色的衣服，商人穿浅绿色的衣服；医生、矿工、厨师和掘墓人穿黑色衣服；手艺人穿灰色衣服。男仆的等级最低，他们只能穿黄色衣服。大臣、祭司和地方官的夫人们都穿粉色衣服，而那些已晋升为贵族的诗人和作家的夫人们只能穿白色衣服。其他等级的女性所穿衣服的颜色与她们的丈夫的服饰颜色相似，不过色泽稍浅。王后也穿白色衣服，但上面可以配红色的带子。

国王拥有至高无上的权力，但委员会可以向国王提建议。委员会由 12 个大臣组成，每个大臣都是由阿尔布王国的各个阶层选举产生。国王要将自己的一生奉献给政府、国家和人民的幸福。国王对政府的一切行为负责，不管是国王本人，还是政府。如果国王违背了国家的意志和传统，就会被废黜。

按照布朗特斯国王颁布的一条法律，臣民不可以称赞执政的国王，不可以在国王生前就为他建造纪念碑和竖立雕像。国内流通的硬币上可以印前国王的肖像，但前提是这位前国王必须德高望重；阿尔布王国发行的纪念章上面也可印前国王的肖像。

在阿尔布王国，人们不会因为反对国家的政策而遭到迫害。如果他们的观点有用，就可以成为被讨论的对象，有时也会被采纳。如果某位作家的作品得到认可，就会获得养老金和绿色王冠，从而获得贵族的封号。对于无用的观点和作品，国家只是不予采纳而已。

在阿尔布王国，人们的穿着与古希腊人相似；他们的服装样式极其简单。在很大程度上，这正是布朗特斯国王当年颁布的那些法律所产生的效果。根据那些法律，只有衰老的或丑陋的女人才可以化妆，才可以做复杂的发式并佩戴珠宝。如此一来，所有的女人都认为自己依然年轻貌美;因此人为提升魅力指数的习俗就彻底消失了。

如果游客想参观阿尔布王国的首都,首先必须穿上当地人的衣服,遵守当地人公认的道德习俗,并且不得吃猪肉和鱼肉,这样做最初主要是为了敬奉神灵普鲁托。对于外国人而言,这里的食物寡淡无味,但营养十分丰富。这里的酒度数不高,却香醇可口。通常情况下,人们每隔 6 小时用餐一次。

游客还必须谨记一点,阿尔布王国执法如山。杀人犯会与被害者的尸体关在一起,一关就是 9 天,并且国家的户籍簿上从此会删除这个杀人犯的姓名。在被押送到煤矿做终生劳役之前,谋杀者的前额上会被打上烙印。违法吃肉的人要在矿场劳动 5 年。如果游客触犯了当地的律法,通常会被驱逐出境。

生活在阿尔布王国的动物包括大象。大象的体格比牛大,通常被用来拉车或作行军之用。最大的动物是一种 lossine 蜥蜴,身体长 6 英尺。这种蜥蜴看起来很像人,通常被富有的农场主用来当作看家狗。此外,如果游客不幸闯入了王国境内唯一一座火山周围的危险地区,这些蜥蜴还可以保护他们。尽管那座火山多年来都没有再爆发过,但这些受过良好训练的蜥蜴依然会用它们坚韧的背部将这些误入者驮到安全地带。

游客可以参加阿尔布人的葬礼。德高望重的人死后,尸体会被火化,骨灰被装进寺庙里的空心黄铜球里。罪犯的尸体不可以火化,只能直接埋掉,目的是让他们的肉体腐烂在泥土里;这是他们应得的惩罚。

在阿尔布王国里,婚姻是个人的私事。想结婚的年轻人只需在举行婚礼前 8 天告知父母,父母只有在孩子的伴侣犯了罪或名声败坏的前提下,才可以阻挠他们两人成婚。如果有人年过 30 还未婚配,其公民权和政治权利都将被剥夺。此外,独身的人死后会被草草地掩埋,没有资格享受火化的待遇。

在阿尔布王国里,穷人家的孩子可以免费上学,直到掌握阅读能力,之后的教育费用则由他们的父母承担。富家子弟可以一直上学,直到18岁。在阿尔布王国里,男女接受同等的教育。12岁以前,青少年所接受的教育的重点放在体能训练方面,比如舞蹈、体育和基本的防身术。孩子们还要学习驯养术,同时开始学习与将来要从事的某种职业相关的基本知识。到了12岁,孩子们开始学习绘画、写作和已经死亡的语言。那些业已成为历史的语言包括纳特语(Nate),阿尔布人的国语就是以它为基础。纳特语无需书写;它是某些专家在互相交流或正式演讲时所使用的语言。只有到了15岁以后,孩子们才可以学习宗教知识、道德哲学、历史以及教育学。

阿尔布王国的文化和艺术生活集中于首都奥若苏拉城的研究院。研究院有10个常任成员,常任委员的主要任务是研究国语和考察所有语言的演变情况。只有经过他们的首肯,官方才会认可社会上出现的新词汇。研究员们要阅读所有的诗歌、小说以及其他形式的文学作品。一旦发现其中有语法错误,或者说某个词语缺乏道德意识,他们就会及时予以纠正。每年的国家大事由50位历史学家组成的团体负责记述,每一个历史学家都必须写下自己对有关事件的评述。他们完成的文稿先以匿名方式呈交参议院审阅。最后只能有两部最精确的历史记录获准出版,并送交公共图书馆收藏。而对其他历史学家撰写的那些文稿的处理则相当随便,通常都是付之一炬。

在阿尔布王国的首都奥若苏拉城里,有一座著名的博物馆。博物馆由4座建筑构成,它们均围绕广场而建。第一座建筑收藏雕塑,第二座保存国家绘画珍宝,包括一套120幅赏心悦目的农业图景。第三座陈列历史展览和各类奖章。第四座展示各项最新发明,包括古典民族服饰和历史上使用过的各种武器。广场中心有一个花园,花园里有德行高尚的国王和古代伟人的塑像。塑像的方形底座上刻着简明扼要的文字,概述这些英雄一生的光辉业绩。这些文字使用的都是现代方言,目的是让人们都能够读懂,从而让他们向这些英雄学习。阿尔布王国的发现者是1806年来到这里的一群英法水手。他们当时在北冰洋遭遇风暴,船只被毁,最后流落到位于北极入口的铁山，并找到了去普鲁托大陆的途径。到了普鲁托大陆，他们起初受到盛情款待。可是后来，他们由于食肉而遭到当地人的谴责，最后不得不离开那里。在离开普鲁托大陆之前，他们参观了班诺斯帝国，游历了普鲁托大陆的其他几个国家，最后经极地南部的一个出口回到地球表面。

无名氏，《地心旅行记》或《陌生国度历险记》(Anonymous, *Voyage au centre de la terre, ou aventures de quelques naufragés dans des pays inconnus. Traduit de l'anglais de Sir Hormidas Peath*, Paris, 1821)

阿尔卡共和国 | Alca

又名"企鹅岛"，位于英吉利海峡，地处法国海滨。高耸的群山下面是宜人的绿地，绿地上生长着盐草、杨柳、无花果树和橡树。

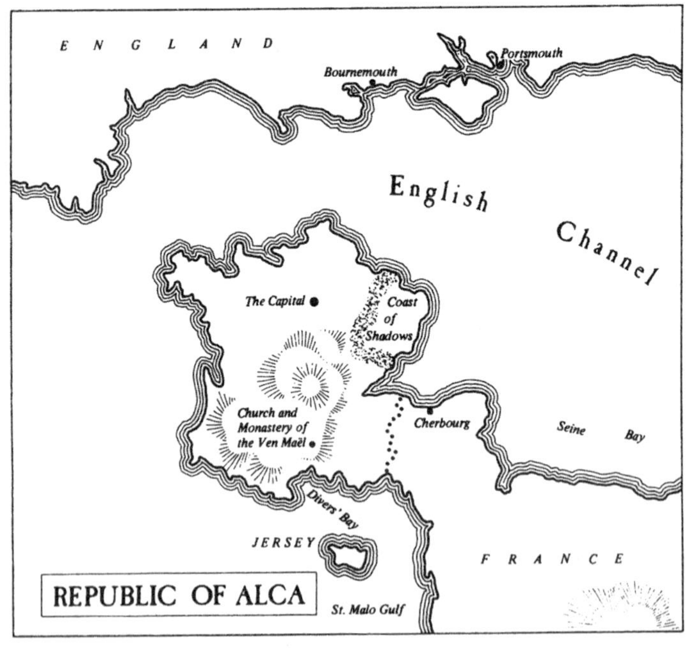

阿尔卡共和国

阿尔卡共和国以北是深深的海湾,以东是巨石林立的海岸,这里无人居住,名叫影子海岸。阿尔卡共和国的居民认为这里就是人类死后的家园。共和国以南是潜水湾,海湾周围是果园,可敬的梅尔在此建造了一座教堂和修道院。据说,梅尔被魔鬼送到北冰洋的一座荒岛上,天真慷慨的梅尔决定给这座荒岛上唯一的栖居者企鹅施洗。大天使拉斐尔把阿尔卡荒岛上栖居的企鹅变成了人,使荒岛一直漂移到法国的北海岸,并在那里与大陆相连。变成人的样子后,企鹅经历了人类文明的每一个阶段。一开始,他们发现自己赤身裸体,犹如伊甸园里的亚当和夏娃;后来,他们有了财富意识和等级观念。阿尔卡岛的早期历史被记录在著名的《企鹅岛纪事》当中。在特因科皇帝(Emperor Trinco)统治时期,阿尔卡岛进入黄金时代。特因科皇帝征服了大半个世界,建立了企鹅国,后来又摧毁了企鹅国。如今,阿尔卡岛上有一个共和国,人口5000多万,曾经的绿地变成了规模庞大的厂区和办公楼。

有人说阿尔卡岛漂移到了拉美的东海岸。查理二世统治时期,约翰·纳伯勒爵士声称这座岛屿归英国所有,不过这种说法并没有依据。

阿纳托尔·弗朗兹,《企鹅岛》(Anatole France, *L'Ile des pingouins*, Paris, 1908);丹尼尔·笛福,《新环球游记》(几个商人掀起的一次前所未有的航行;后来,这些商人建议在弗兰德斯成立东印度公司)(Daniel Defoe, *A New Voyage Round The World*, London, 1724)

阿尔希娜岛 | Alcina's Island

有旅行者称可以在日本海岸附近看见阿尔希娜岛。也有一些游客认为阿尔希娜岛位于加勒比海。阿尔希娜岛的面积比较大,与西西里岛差不多。岛上植被丰富,有月桂、棕榈、雪松、香桃木和桔树,它们几乎覆盖了整座岛上低矮的山丘和草地。可是岛上的动物稀少,仅有野兔、梅花鹿、山羊和猴子。阿尔希娜岛的政治形势很复杂。前任国王死后,他的女儿罗吉斯蒂拉成为王位的合法

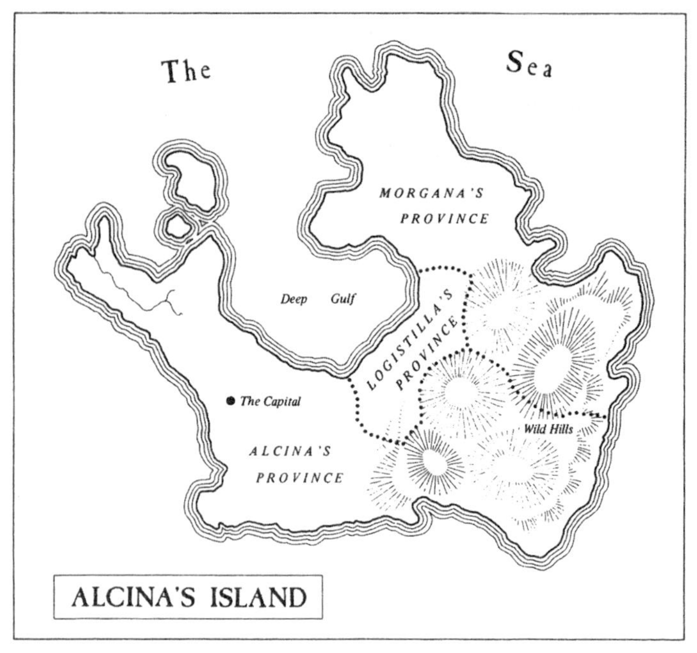

阿尔希娜岛

继承人。不过,国王还有两个女儿,阿尔希娜和莫甘娜;她们是国王和另一个王妃所生;罗吉斯蒂拉是她们同父异母的姐姐。阿尔希娜和莫甘娜精通巫术,她们合力反对罗吉斯蒂拉,把罗吉斯蒂拉驱逐到一块狭长的陆地上,那个地方位于大海湾和崎岖不平的荒野之间。不久,法国骑士鲁吉诺来到岛上,他的到来使岛上的政治形势很快发生了变化。正是通过这位骑士,我们才能对这座岛屿、阿尔希娜以及岛上的习俗有所了解。根据鲁吉诺骑士的说法,阿尔希娜为了满足自己的情欲,把众多爱慕她的男子带到岛上,后来又把这些爱慕者统统变成了植物或石头。阿尔希娜掌握了一支军队,军队的成员是形形色色的怪物,有马人、猫人、猿人以及狗人。此外,阿尔希娜还利用巫术建造了一座金碧辉煌的城市,也就是阿尔希娜岛的首都。首都周围用黄金建有高高的城墙。她还下令建一座宫殿,这可能是世界上最奢华、最堕落的宫殿。鲁吉诺骑士一看见阿尔希娜，就被她迷住了，于是疯狂地爱上了她。所幸的是，鲁吉诺骑士借助一枚魔力戒指很快发现，美丽迷人的阿尔希娜其实是一个丑陋的老太婆。鲁吉诺骑士逃到罗吉斯蒂拉公主的小王国，而与此同时，梅丽莎女巫也把那些被阿尔希娜变成植物和石头的男人恢复了人形。阿尔希娜率领自己的怪物军队进攻罗吉斯蒂拉，后来被鲁吉诺骑士打败。不过骑士的这次胜利主要是凭着魔盾的力量。魔盾在敌人前面布下迷魂阵，从而击退了敌人。后来，鲁吉诺骑士离开了这座岛屿。从那以后，我们再也无从了解阿尔希娜岛了。也许它已经不叫阿尔希娜岛，因为那里居住的不再是女巫阿尔希娜。

卢多维科·阿里奥斯托，《愤怒的奥兰多》；乔治·韩德尔和玛奇，《阿尔希娜》（首演）（George Friederic Handel & A. Marchi, *Alcina*, [first performance], London, 1735）

奥尔德利山 | Alderley Edge

英国柴郡境内一座幽暗的高山，海拔 600 英尺，绵延 3 英里。山下有一条小路，更远处是农田。高大的山毛榉树林一直延伸到小路旁边；这里虽有树木，却无鸟儿栖息其上。古老的铜矿山已千疮百孔，留下众多的洞穴、地道和通风井，形成错综复杂的洞穴系统。有些洞穴还有高而弯曲的岩墙，构成了大教堂的天花板。奥尔德利山下有一个石槽，垂悬的石崖缝隙里渗出水滴，沉积在石槽里。石崖上方刻有一张男子的脸，脸上留着胡须，脸部下方镌刻着这样的文字：

喝这里的水吧
尽管喝个饱
因为这滴落的水
就是巫师的意旨

据说，奥尔德利山里有一条狭窄的地道，地道的入口覆盖着一块巨石，并被铁门封锁。地道通往人们熟知的冯迪尼韦洞，洞里有140个身穿银盔银甲的骑士，因为中了魔法，他们现在都已睡去。他们是沉睡者，是世界的守护者，是纯洁英勇的斗士，被选来对抗邪恶的黑暗幽灵。

艾伦·加纳，《宝石少女》(Alan Garner, *The Weirdstone of Brisingamen*, London, 1960)

阿里奥芬岛 | Aleofane

又叫“真理宝石岛”，位于太平洋东南面，属于雷拉若群岛。这座岛屿的海滨有悬崖和流沙滩，内陆地区有河流经过，河流的两岸是首都所在地。众多宫殿和栈桥沿河而建，宫殿的台阶由大理石构成；豪华的城市四周却是肮脏简陋的贫民窟和畜厩，绵延数英里。

阿里奥芬岛上最早的居民是一些伪君子。他们是被从里曼诺拉岛驱逐到这里的。阿里奥芬岛是君主国，社会等级结构极为复杂，手工艺人和农民是上流社会的奴隶。

阿里奥芬岛上的教会属于国家机构，管理教堂事务的是神父，他直接对政府负责。政府发给神职人员的津贴很少，神职人员的收入主要依靠施舍和捐赠。在阿里奥芬岛上，没有谁愿意做神父。如果有人犯了罪，一般只有两种选择，要么进教会，要么做新闻记者；新闻业与教会关系紧密。阿里奥芬岛上的居民说，那些影响岛民的人成为国家的公仆；而新闻业只是文字里的教会。“名誉局”是一个国家机构，它垄断了所有的广告业。这个部门雇佣了阿里奥芬岛上最杰出的诗人、作家和艺术家。在这座岛上，名誉可以购买，从秘传的流言蜚语到公共示威，都可以购买。若想获得诚实守信、宽宏大度、清白廉洁这样的好名声，就必须出最高价购买。而针对不同的人，最高价的具体数额又各不相同，比如，新闻记者若想获得这样的好名声，他出的价钱就得比农民高。

来这里旅行的人要注意，阿里奥芬岛上盛行一些稀奇古怪的风俗。比如法拉拉罗(Fallallaroo)，这是一种娱乐方式，是上流社会喜好的一种很时髦的滚轮游戏。在节奏轻快的音乐伴奏下，一些轮子在屋子里四处滚动；这种时髦聚会通常会产生新姻缘。阿里奥芬岛上只有男人可以抽烟；他们用鼻孔吸进考安诺(kooannoo)叶片燃烧时产生的烟雾，烟味令人作呕，可以用来禁欲。阿里奥芬岛上不生产烈酒，也不生产任何通过发酵而产生的饮料。岛上的居民把酒精叫匹兰尼德(pyrannidee)，意思是“魔鬼”，只用在医药方面。阿里奥芬岛上的道德律法主要针对女性，其规定极为苛严；一旦有谁违规，就会被逐出家门。

阿里奥芬岛的语言通过不同的音调、语调和面部表情，表达不同的含义。截然相反的含义往往由同一个单词来表示，这一点与布罗迪王国(Brodie's Land)的语言相仿，其差异仅在于具体的身体姿势不同。甚至像垂下眼睑或抬起眼睛这样的面部动作，都有非常全面的语法和词汇加以表示。在这种语言里，夸张的表达形式比比皆是，比如“宇宙中最高贵的殿下”，“世界上最美丽的女人”，如此等等。

戈弗雷·斯维文，《雷拉若群岛：流犯群岛》(Godfrey Sweven, Riallaro, *the Archipelago of Exiles*, New York & London, 1901)；戈弗雷·斯维文，《里曼诺拉岛：进步岛》(Godfrey Sweven, *Limanora*, *the Island of Progress*, New York & London, 1903)

阿里弗贝城 | Alifbay

具体位置不确定。它是世界上最悲伤的城市，悲伤得连自己的名字都不记得了。这座悲伤之城的北部有工厂，工厂的主要功能就是生产悲伤；工厂把悲伤打包后邮寄到世界各地。悲伤之城按照市民的贫富程度划分等级和居住环境：最有钱的人住摩天大楼；中产阶级住混凝土房，房屋的墙壁是粉红色，阳台是蓝色，窗户是暗绿色；穷人住简陋的棚屋，这样的棚屋是由用旧纸板和塑料板简单拼凑而成，摇摇欲坠的样子，一看就让人伤心绝望；最穷困的人无家可归，只能睡在马路上或人家的屋檐下。悲伤之城坐落在悲伤湖畔；悲伤湖边可以垂钓，悲伤湖里游动着悲伤的鱼儿，它们是悲伤居民的主食。游客千万不要吃悲伤的鱼儿，因为吃了悲伤鱼容易打悲伤的嗝，纵使室外阳光明媚蓝天白云，吃悲伤鱼的人也会悲伤不已。

阿里弗贝城的许多地方都按照字母顺序命名。由于字母表里的字母有限，而地名又无限，因此不少地名完全相同。游客事先必须弄明白，他要去的地方是否真是他向往的那个地方。阿里弗贝城的风景名胜当中，值得一游的有K谷，据说那里气候宜人，游客可以在那里发现金矿和银山。K谷里还有一座城堡，美如仙境，如今已遭毁坏。银山上有一个美丽的湖，名叫达尔湖(Dull)，得名于克什米尔地区的代尔湖(Dal Lake)。达尔湖周围是古代帝王们建造的乐园。古代帝王们的灵魂附在戴胜鸟身上，这些鸟儿盘旋于一座座喷泉和露台之间。

萨尔曼·拉什迪，《哈伦与故事海》(Salman Rushdie, *Haroun and the Sea of Stories*, London, 1990)

奥尔科火山 | Alkoe

一座活火山，位于斯旺吉昂提王国的边缘地带。奥尔科火山也用来称呼火山腰的采矿业和贸易点。如今，这些定居点已成为斯旺吉昂提王国的一块殖民地。

奥尔科火山的南面

奥尔科火山变成殖民地的过程很大程度上是英国人彼得·威尔金斯促成的。在格劳沃里岛上居住多年之后，威尔金斯来到斯旺吉昂提王国。他来这里之前，我们对奥尔科火山的历史几乎一无所知。在成为殖民地之前，奥尔科还是一个奴隶社会；奴隶们在深深的矿井里辛苦劳作，往往被地下熊熊的烈火吞噬。威尔金斯到来之后，号召奴隶起来造反。奴隶们纷纷响应，很快就推翻了奴隶主的统治，人们在矿井里的劳动也获得了相应的报酬。

斯旺吉昂提王国的居民以前对奥尔科火山退避三舍，认为那里必定住着恶魔。传说火山最初爆发之时，刚好有两个谋杀犯，奥科和他的妻子特拉梅尼被抛进崖缝里。因为妻子的怂恿，奥科杀了自己的父亲，两人因此被判死刑。然而，就在他们被抛下崖缝的时候，熊熊的火焰冒上来，并且从那以后就一直燃烧不止。奥科和特拉梅尼在火焰里足足生活了7000年；后来，他们在岩石间找到了下山的路，沿着那条路摸索到火山脚下，也就是在那里，他们的后代形成一个新的部族，成为矿工和穴居人。

罗伯特·帕尔托克，《彼得·威尔金斯的生平和历险活动》（康沃尔人威尔金斯从合恩角出发，乘坐“赫克托尔号”回到英国，途中，他叙述了自己的这次历险过程，由船上一位乘客R.S.记录）(Robert Paltock, *The Life and Adventures of Peter Wilkins*, London, 1783)

阿拉利那岛 | Allalina

参阅智慧群岛(Isles of Wisdom)。

孤崖 | Allalonestone

北大西洋里一块岩石，这里栖息着幸存下来的大海鸦。很久以前，由于过度捕杀，大海鸦几近灭绝。这些动物喜欢在荒凉的岩石上，低吟幼年时学会的老歌。

游客将会发现，大海鸦总是喜欢向每一位来客诉说它的不幸遭遇，如果这位来客没有翅膀的话。大乌鸦不会飞翔，因此认为翅膀是一种最庸俗、最装腔作势的发明。

查理·金斯利，《水孩子：关于一个陆地婴儿的神话》

同盟岛 | Alliance Island

参阅恩那辛岛(Ennasin)。

阿尔弗河 | Alph River

参阅仙都(Xanadu)。

奥尔卡隆德城 | Alqualonde

参阅阿曼大陆(Aman)。

阿尔桑多斯帝国 | Alsondons, Empire of The

位于南部海洋,在南极法国以北很远的地区。这是藏在一个大洞穴里的地下王国,面积较小,宽 1.5 里格,长 6 里格。一条宽阔的河流从洞穴经过。河的上游和下游都有湍急的瀑布,因此进入阿尔桑多斯帝国很难。

帝国的首都名叫滕特诺城,城市上方有一个拱顶,用黄金焊接而成的柱子支撑着。城里的房屋依山势直接在岩石上凿出;也有些房屋建在地势平坦的地方。笔直的街道靠油灯照明。

帝国所在地最初只是一个金矿,因为一次地震,金矿被封住了。开采金矿的人都是一些罪犯,他们被判在这里了此残生。如今,他们已经成为一个新兴国家的开创者。阿尔桑多斯人是有名的格言族,说话喜欢使用格言。

在阿尔桑多斯王国里,特别有趣的是为太阳神建造的寺庙。太阳庙呈圆形,走廊如迷宫,绕过走廊可以进入太阳庙。穹窿形的天花板用纯金打造,看起来金光灿烂。从天花板与寺庙墙壁衔接处的缝隙,可以瞥见寺庙外的太阳。对这些靠油灯照明的人来说,能见到阳光简直就是一个奇迹，这意味着他们所崇拜的太阳神的一次真正现身，尤其是当日光普照金灿灿的穹窿顶和光滑如镜的墙面时。

最早发现阿尔桑多斯帝国的是一个名叫格里高利·梅尔维尔的人。此人在海上航行时遭遇了巨浪，船只被无情的海浪吞没，好心的阿尔桑多斯人把他救上岸来，并盛情款待他。在此停留期间，梅尔维尔做了很多大好事：他改善照明状况；修建水闸，抵挡汹涌的海浪；教会阿尔桑多斯人使用机械钟。不过，来这里的游客还是觉得当地古老的计时办法更好用。按照那种计时方法，一位少女站在广场上袒胸露乳，一个男青年双手托着女孩的乳房，大声报告女孩心跳的次数：每跳一次表示一秒钟。

罗伯特-马丁·雷索尔，《一个法国人的历险记》或《格里高利·梅尔维尔回忆录》（Robert-Martin Lesuire, *L'Aventurier Français, ou Mémoires de Grégoire Merveil*, Paris, 1792）

奥尔塔-普拉纳大陆 | Alta Plana

位于大毛利纳国的东部，陆地上有险峻荒凉的山峰和冰河。大毛利纳国衰落以后，奥尔塔-普拉纳大陆变成了一个避难所。这里矗立着许多小型纪念碑和坟冢，用以纪念那些在反抗毛里塔尼亚国的兰格尔酋长的战斗中死去的英雄。

恩斯特·荣格尔尔，《在花岗岩危崖上》(Ernst Jünger, *Auf den Marmorklippen*, Frankfurt, 1939)

奥尔特鲁利亚岛 | Altruria

南海里一个面积较大的岛屿，具体位置不确定。根据奥尔特鲁利亚人的说法，奥尔特鲁利亚岛就是地上的天国。

奥尔特鲁利亚人信奉基督教。最初在这里定居的是一些基督徒，他们在基督死后不久来到这里。当基督徒遭到驱逐时，其中一个基督徒逃往英国，在奥尔特鲁利亚岛附近遭遇风暴，幸存下来的他来到这座岛上定居，并开始传教。他建立了一个和平友善的共和国，可是好景不长，不久，连绵不断的经济动乱和内战爆发。在此期间，人们的宗教信仰几近消失，恃强凌弱的现象随处可见，专制统治应运而生。不久，专制统治被平民起义推翻，共和国再度确立；国内出现一片繁荣的景象，这就是有名的“资本积累期”。这是一种最终具有破坏性的工业化制度：庞大而节约劳动力的机器成为吞噬人类的怪物；整个国家听命于强大的工商业的摆布；而操纵工商业的是垄断巨头。因此，在短暂的繁荣之后，共和国接下来便陷入长期的贫困、通货膨胀、失业乃至严重的饥荒。首先起来反抗这种资本积累的是无产阶级，他们利用选举权和其他政治权利表达自己心声。议会开始重振雄风，不断地接纳新成员。土地、交通和矿山被划归国有，资本积累集团的力量日渐削弱。实际上，资本积累集团只代表极少数人的利益，所以他们在选举中一次又一次地被广大群众打败。通过这种不流血的政权“演变”，奥尔特鲁利亚共和国得以建立，它的建国原则与当初的原始共同体一致。

共和国早期，北方各民族企图入侵。入侵者在边境地带遭遇奥尔特鲁利亚的全民武装，人民军选择谈判而非战争解决问题。在谈判期间，人民军说服了侵略者，希望他们参与共和国事务和政治生活，成为共和国的一分子。自此以后，奥尔特鲁利亚共和国风平浪静。为了继续宣传基督教信仰和绥靖政策，共和国还拆除了古老的海防。

经过这次“演变”，大城市开始走向衰落。如今，大多数人生活在相隔不远的村庄里；工业城市逐渐被废弃，有毒的爬行动物和野兽经常在那里出没；游客不可以擅自去那里。

为了管理方便，共和国分为四个区，每个区都有自己的中心城市。庞大的国家高速公路系统把它们连接起来，形成一个环形结构。高速公路由许多高高的白色柱子支撑着，白色柱子上面镌刻着共和国那些功臣的名字。这些中心城市都是政府所在地，同时也有大学、剧院和博物馆，成为毗邻村庄的艺术中心。中心城市和邻村之间的联系依靠由电气铁路构成的辐射系统,火车时速可达150英里。村与村之间则由条条公路连接,以前那种老式铁路已废弃不用,车轨已变成了乡间小路,小路两旁种植着果树和鲜花,郁郁葱葱、花团锦簇。以前,中心城市使用马车,那时的街上臭烘烘的,马粪随处可见,城市污秽不堪;而今,马车不再有用,改用电车,而且交通运输全部免费。

大多数奥尔特鲁利亚人生活在四合院里,四合院里绿草茵茵。大多数人过着集体生活,集体去食堂吃饭;不过他们也有各自的私人空间,每个人的隐私都能得到保证和尊重。

在奥尔特鲁利亚共和国,舆论的力量十分强大。这一点仅从人们对奥尔特鲁利亚少数罪犯的态度上就可窥见一斑。司法集会在圆形大理石剧场里举行,罪犯很少受到制裁,但公众的忧伤表情和渴望罪人赎罪的期待,已足以使罪犯的内心产生懊悔之意。因此,真正惩罚罪犯的是他们自己的道德良心。自从废除私有财产之后,共和国的犯罪率大大降低;在各取所需的社会里,谁还会去犯罪呢!

奥尔特鲁利亚人饮食节俭,全部吃素,喝的也很少。他们的待客之道很随便,大多率性而为,不拘一格。奥尔特鲁利亚人的服饰色彩很丰富,远远望去,如花团锦簇。他们使用古希腊语,语法和词汇都非常简单,不像英语那么难学。他们的国歌名表达了共和国的文化特色:“四海皆兄弟”。“演变日”那天,信仰不同宗教的人聚集到各区的中心城市里,举行庆祝活动;他们每5年才去一次共和国首都。

奥尔特鲁利亚的气候温暖宜人,这是人力改造的结果。在过去,共和国的东南海岸总是遭到南极的严冬天气,因为一座半岛阻挡了赤道暖流的进入。而今,半岛被人工切断,使暖流畅通无阻地进入到内陆地区,奥尔特鲁利亚终于可以整年享受地中海气候了。

奥尔特鲁利亚共和国在其他国家安插有自己的间谍和特务,随时监控外国的动向。第一个公开访问外国的共和国使者是霍谟斯。1893至1894年间,霍谟斯住在美国,几个月后,他带着美国妻子回到奥尔特鲁利亚。如今，奥尔特鲁利亚与外界的联系更加频繁，使者也可以公开访问其他国家；然而，要进入奥尔特鲁利亚却非易事。大使霍谟斯是经过欧洲去美国的。他究竟是怎么去的，却无人可知。

威廉·迪安·豪威尔斯，《来自奥尔特鲁利亚的旅客》(William Dean Howells, *A Traveller from Altruria*, Edinburgh, 1894)；威廉·迪安·豪威尔斯，《透过针眼》(William Dean Howells, *Through The Eyes of the Needle*, London & New York, 1907)

阿曼大陆 | Aman

又名"快乐王国"、"不死之地"、"永恒之国"。阿曼大陆以西是外海，外海之外则是夜墙；阿曼大陆以东是贝烈盖尔海，西面靠海，东海岸是中土。此外，阿曼大陆还包括广袤的瓦林诺王国亦即瓦拉人或天使的王国。人们来到这里，为的是实现造物主伊露维塔(Ilúvatar)的理想。没有人知道，阿曼大陆究竟有多大，甚至瓦拉人也不知道。阿曼大陆东、南、北三面的远处是佩罗瑞山，呈星月形。最初，佩罗瑞山只是瓦拉人建的一座防御工事，用以抵御麦耳卡或莫高斯(他反对造物主，从而带来了邪恶和动乱)。就在中土形成并且第一纪反莫高斯之战兴起后，瓦拉人开始在这里定居。

阿曼大陆的东海岸是埃达玛海湾或精灵家园，住着来自托尔-艾瑞希岛的泰勒瑞或海精灵。他们的主要城市是奥尔卡隆德城市，亦即天鹅避难所，那里有珍珠厅和高楼大厦。城市对面的海滩点缀着奇珍异石，都是后来生活在林顿地区的诺尔多精灵送给海精灵的。穿过一道石拱门可进入这座海港城市；拱门是海水冲刷岩石而形成的一个天然通道。泰勒瑞海精灵在这里建天鹅船，即寓言里描绘的一种形如天鹅的船只，"鹅"嘴用黄金做成，眼睛用黑玉和黄金做成。

艾达玛岛以南、介于海洋和佩罗瑞山的东部之间是一块狭长陆地，名叫"阿瓦沙陆地"。这里是世界上最黑暗的幽灵生活的王国。阿瓦沙陆地曾是巨蜘蛛昂哥立安的家园。昂哥立安是一种邪恶的生灵，没有人知道她从哪儿来。她织出令人恐惧的巨网，将自己的领地罩在黑暗之中。据说，昂哥立安来自未知世界的黑暗地带，遭受过麦耳卡的邪恶力量的腐蚀。她在阿瓦沙世界找到了栖身之地。在那里，或许她可以不屈从于任何人的意志。也许昂哥立安是被瓦林诺王国的光亮吸引过去的，尽管她讨厌光亮。不管她到哪里，都会把自己裹在黑暗里，因而赢得了“黑暗的昂哥立安”之名。昂哥立安帮助麦耳卡，毒死了瓦林诺的两株树；正是这两株树给世界带来了光明。接着，她逃离了阿曼大陆，来到中土，住在贝勒里昂王国的群山里。第一纪末，这个地区被海洋淹没，昂哥立安逃过一劫。她躲过滔天巨浪，又向南逃去。至于昂哥立安最后的命运如何，至今我们不得而知。但人们一致认为，现今生活在幽暗森林里的大蜘蛛就是她的后代，甚至，位于摩多王国边界上的希拉卜之巢的大蜘蛛希拉卜也是她的后代。

伊兰纳岛上的努曼诺王国毁灭之后，阿曼大陆和伊瑞西亚岛迁移到遥远且人迹难至的地方；此后，它们的准确位置便无人知晓了。

阿曼大陆上生活着世界上所有已经存在的动物，麦耳卡创造的邪恶生灵除外。

托尔金，《王者归来》；托尔金，《精灵宝钻》

亚马乌罗提城 | Amaurote

或称“空气堡”(Aircastle)，参阅乌托邦的首都。

亚马逊王国 | Amazonia

也叫“女儿国”，位于里海和泰尼河之间，与阿尔巴尼亚王国和卡尔迪亚王国接壤。亚马逊王国的女人容不了王国里的自由男子，她们与男性的接触只在每年的一个节日里；这个节日的目的就是繁衍后代。节日那天，女子勾引大洋彼岸一些容易上当受骗的男人来到亚马逊王国，迫使这些男人与她们交配。完成任务之后，这些男人要么被迫做太监，要么沦为奴隶，要么被随意处置掉。女人怀孕生下的若是女孩，就由她们自己抚养，若生下的是男孩，则被驱逐出境。

亚马逊女人都是勇猛的战士，为便于张弓射箭，她们统统割去自己的双乳。亚马逊王国满是金子和珍贵的绿宝石。至于她们的城市怎样，她们怎样利用这些财富，我们一无所知。关于这个王国，可参阅布里斯文特群岛和尼欧培半岛。

约翰·曼德维尔爵士，《曼德维尔游记》(Sir John Mandeville, *Voiage de Sir John Maundevile*, Paris, 1357)；沃尔特·罗利爵士，《美丽富饶的圭亚那帝国之发现》(包括与之有关的黄金城艾尔多拉多，还有艾美瑞亚王国、亚若马尼亚王国以及其他相毗邻的王国与河流。由沃尔特·罗利爵士于1595年完成；罗利爵士是一个骑士、一位船长兼女王殿下在科恩瓦勒郡的治安长官)(Sir Walter Raleigh, *The Discoverie of the lovlie, rich and beautiful Empyre of Guiana*, London, 1596)

亚弥欧卡岛 | Amiocap

地形狭长，位于地下大陆佩鲁西达的科萨尔-阿兹海。亚弥欧卡岛的海岸线蜿蜒曲折，众多大大小小的海湾星罗棋布。海湾在某一处很深，从远处眺望，它们似乎把岛屿一分为二。海滨地区是郁郁葱葱的山峦，一直延伸到岛屿的内陆高原。高原上齐腰高的绿草随风起伏。佩鲁西达其他地方最典型的植被是热带植物。

与植物相比，亚弥欧卡岛上的动物种类极多。这里的生活也比地下大陆其他地方更安宁。马齿虎塔拉克和洞熊瑞斯生活在高地上，它们对人类没有威胁。低地上最主要的动物是毛象坦多；亚弥欧卡岛的居民猎杀毛象，他们食用毛象肉，获取毛象牙。亚弥欧卡人通常集体捕捉毛象。捕猎的时候，一些人故意弄出很大的响声，把庞大的毛象吸引过来。与此同时，其他人已经悄悄穿过灌木丛,进入毛象的领地。他们先用斧子袭击毛象,然后用长矛和弓箭刺杀毛象。不过,想要彻底杀死身体庞大的毛象也并非易事,这需要高超的技巧,关键就在于眼疾手快。毛象往往还没有意识到是怎么一回事的时候,就遭遇到突如其来的致命袭击,它们因此立即丧失了攻击力;不过,一旦袭击者意外失手,便也难逃一死。

亚弥欧卡人五官端正、相貌英俊、举止威严。他们生活在几个小团体里,每个团体的统治者都是酋长。亚弥欧卡人的村庄是一排排灰色茅草屋,茅草屋的四周由栅栏围起来。栅栏很独特:一根纤维绳把村庄周围的树连接起来,纤绳上悬挂着木柱,离地面约4英尺高,木柱下端被凿穿,有削尖的硬木桩穿过,木桩水平地朝各个方向突出。栅栏的主要功能不是预防敌人,而是抵御毛象的攻击,因为大块头的毛象会用鼻子毁掉栅栏,但木桩可以来回摆动,会刺入毛象的眼睛,割破它们的鼻子。

亚弥欧卡岛也叫"爱情岛",请不要与菲格勒非岛(Figlefia)相混淆。居民的生活主要建立在友爱和善良的基础上。岛上几乎听不到尖刻的言辞和丑陋的争吵。在游客看来,这里的人温文尔雅。亚弥欧卡人认为爱情是神赐予的最神圣的礼物,他们可以自由无碍地恋爱。女孩可以大胆地、毫无顾忌地向男孩袒露爱慕之情,这在岛上极其常见。然而,这在地下大陆佩鲁西达的其他部落看来简直不可想象。男人之间的关系也相当友好,可能也存在同性恋,男性之间绝对不是其他地方常见的那种你死我活的敌对状态。虽然崇尚爱情,亚弥欧卡岛上的居民也是杰出的战士,其勇猛足以让邻人海姆人心生畏惧。海姆人有时会袭击亚弥欧卡岛,掠夺岛上的女人。亚弥欧卡人崇尚友爱,但他们友爱的恩泽并不惠及陌生人和俘虏。陌生人和俘虏落到他们手中往往备受侮辱和摧残:他们将受害者绑在树桩上,任其在歌舞升平的美好气氛中被活活烧死,或者把他们捆在杆子上,愉悦亚弥欧卡岛上那些"被埋葬的人"。

"被埋葬的人"就是穴居人,也叫"克瑞派人",生活在亚弥欧卡岛下面深深的山洞里。他们是两足动物,不过两足与人的双脚没有共同之处。他们两脚扁平,没有趾甲,脚趾有蹼;两臂很短,长有三只厚重的爪子;全身如尸体一样苍白,无体毛;头部最难看:没有耳朵,代之以两个小孔;嘴巴奇大,两唇往后拉,露出两排厚厚的牙肉;嘴巴上方有两个小洞,那就是鼻孔;眼睛像一对瘤子从面部鼓出来,没有眼睑或睫毛,样子极丑。

穴居人保持着原始的氏族制,可以用简单的语言相互交流。他们不同族群之间的关系很糟,嗜食同类在他们眼里不算什么新鲜事。他们主食蜥蜴、蟾蜍和地下湖泊里游动的鱼群,此外,也享用在地面探险时发现的动物尸体。他们特别喜欢吃热血动物,人类一旦落入其手,便难逃此劫。迄今为止,几乎还没有关于人类从亚弥欧卡下面的洞穴里活着出来的记录。

各种洞穴之间纵横交错的通道构成一个迷宫;许多通道是直接从石灰岩上凿出来的,天然形成的通道被他们大幅拓宽了。穴居人没有工具,由此可以肯定,地道是它们用爪子历经无数个黑暗而被遗忘的世纪挖掘而成的。

埃德加·巴勒斯,《佩鲁西达的塔纳》(Edgar Rice Burroughs, *Tanar of Pellucidar*, New York, 1930)

阿蒙尼朗沼泽 | Amneran Heath

一块辽阔的沼泽地,位于波伊兹麦王国境内,杜阿德尼兹河(Duardenez)的两岸。大部分地区都荒无人烟,到处覆盖着黑莓和其他的荆棘植物。阿蒙尼朗沼泽是女巫经常出没的地方,游客最好不要前往,尤其是到了圣华波加前夜(Walburga's Eve),空气里就会传来某些隐形动物的叫声,游客如果想冒险进入阿蒙尼朗沼泽,最好带上十字架。

阿蒙尼朗沼泽最奇怪的地方也许是沼泽下面的大洞穴。洞里住着一种怪物,头部像人,身子像马。当波伊兹麦王国的著名英雄朱根(Jurgen)冒险进入洞穴时,发现墓碑上躺着许多死去的女人,都是他曾经爱过的女人。再往洞穴深处走,朱根遇见了吉尼维娅,她是凯米利阿德王国的戈吉万之女，被巨怪王特拉甘偷走。吉尼维娅中了魔法后睡着了，看守她的就是巨怪王本人，巨怪全身盔甲，形容衰老、面目狰狞。

洞穴的入口点着灯，那些灯摆放在高高的铁基座上，再往里走，就看不见光亮了。洞穴的地面覆盖着白色的灰尘。洞穴通向一间屋子，照亮屋子的是一吊桶炭火，吊桶用链子从屋顶悬挂下来。屋子最远的一端有一个走廊，沿着走廊可以走进一扇木门，木门通向另一个房间。房间里点着 6 盏灯，分别代表亚述、尼尼微、埃及、罗马、雅典和拜占庭。6 盏灯的旁边是 6 个标灯①，不过这些标灯还没有亮起来。这间屋子就是神秘而不死的柯西莱的住处。柯西莱也叫阿纳里、普塔、阿布拉卡斯或亚达拉斯，真名却不为人知。

詹姆斯·卡贝尔，《朱根：正义的喜剧》(James Branch Cabell, *Jurgen. A Comedy of Justice*, New York, 1919)

无形岛 | Amorphous Island

没有固定的形状，特别像柔软的变形虫或原生质珊瑚虫，岛上的树就像蜗牛的触角。

无形岛上实行寡头政治，由 6 个国王统治。第一个国王的生活依靠后宫的贡献。不知从什么时候开始，为了逃避议会的审判（议会的行为仅出于嫉妒），国王爬进下水道，一直爬到无形岛的中心广场上一块巨石柱上。国王用牙齿把石柱里面啃掉，只剩下一个薄薄的空壳。与高柱修士圣西蒙(Simon Stylites)一样，国王住在石柱里：工作、吃饭、做爱、睡觉全在石柱空壳中心一架长梯上完成。国王还用这架梯子举办宴会，客人坐在台阶上接受款待。国王的另一项重要发明是双轮马车，他把自行车的好处扩展到了四足动物。

第二位国王精通捕鱼术，依靠铁路为生；铁路类似河床。由于

---

① 标灯：通常悬挂在柱子上的金属杯，里面装有燃油或沥青，用作火炬。

身处一个不懂同情的时代，火车追赶鱼群，破坏了生态平衡。

第三个国王再一次发现了天堂的语言，这种语言连动物都已经无法理解。这位国王还生产电蜻蜓，计算岛上不计其数的蚂蚁的数量。他是这样做的：先数到三，然后又从头开始数下去。

第四位国王很著名，原因有两个。一个原因是，国王有一张不长毛发的脸；其二是他给游客提供最佳的建议，告诉他们如何度过良宵，如何借助公共机构获得认可。

玩木偶则是第五位国王的消遣方式。他的木偶会模仿人的动作。第五位国王只保留木偶的上半身并以此表明，政府所做的一切都是单纯的。

第六位国王写了一部褒扬法国人美德的巨著。关于这位可敬的统治者其他方面的事情，我们无从知晓。

阿尔弗雷德·雅里，《罗马新科学小说：啪嗒学家浮士德若尔博士的功绩和思想》(Alfred Jarry, *Gestes et Opinions du Docteur Faustroll, Pataphysicien. Roman Néo-Scientifique*, Paris, 1911)

安菲克勒欧王国 | Amphicleocles, Kingdom of The

位于北非，与阿布达勒王国接壤。

安菲克勒欧王国的凯-阿格或国王的雕像

据说，安菲克勒欧王国的居民是霍希斯宏哈(Hor-His-Hon-Hal)的后裔。霍希斯宏哈是太阳神的第三个儿子，因伙同自己的弟弟密谋推翻父亲的统治，而被贬到地球上。霍希斯宏哈爱上了第一个凡间女子菲欧克勒斯，于是把她抢走，藏在一个山洞里。他们在洞里生育了安菲克勒欧人。霍希斯宏哈为避免接触自家兄弟创造的阿布达勒王国的臣民，就在王国的周围筑起高高的城墙。多年以来，安菲克勒欧王国完全与外界隔绝。不过后来，一次地震摧毁了王国的大部分围墙；此后，安菲克勒欧王国才渐渐为人所知。

安菲克勒欧王国的所有男性公民都是红色皮肤，就像传说中祖先的模样，女人却继承了菲欧克勒斯的白皮肤。

安菲克勒欧王国实现君主制，由国王或王后或高级女祭司统治；为他们出谋划策的是七人委员会。委员会的起源不详。委员会有权宣战，有权召集代议制议会。在空位期间，委员会在女祭司的全面领导下统治国家。委员会的成员都是年高德劭的元老。他们把国王的肖像戴在脖子上，宣誓对他效忠。如果委员会中的某位成员犯下死罪，委员会的每一位成员都会被处以死刑。

游客可以参观安菲克勒欧王国最珍贵的奇观：一顶高高的皇冠，高 6 英尺，用蜘蛛网织成，呈黎明色，顶部是太阳的形象，安装在枢轴上，可以转动。国王只在寺庙里举行继位仪式时佩戴这顶王冠，这种情形在其统治期间只会有一次。一旦坐上宝座，国王就会抛出一个象征王族特权的金球塔克拉克拉克（Tak-lak-lak），暗示国王要大赦囚犯。在这段时间里，长子继承法被废除，债务被取消，已婚者可以离婚，寡妇可以再嫁；如果愿意，年老的男性居民可以在王国的小庙里度过人生最后的日子。也是在这个时候，人们可以进入大神庙（人们通常都被迫呆在院子里），被刻在一个个铜球上的预言和声明，由女祭司抛给进入大神庙的人们。

与邻居阿布达勒人一样，安菲克勒欧王国的人们信奉维克霍尼斯神（Vilkhonis）。以前，他们相信著名的福尔加尼神。福尔加尼是一个巨人，是万物的创造者。对福尔加尼的信仰被女祭司利用来保持一定程度的政治势力：神庙里摆放的崇拜物只是虚设，崇拜物传达的神谕其实出自高级女祭司之口。这个骗局最终在阿斯卡利丝被宣布为公主本人的时候被揭穿了。

阿斯卡利丝是安菲克勒欧王国第 73 任国王恩迪亚加大帝的女儿。按照这个王国的一种古老习俗，皇室婴儿必须留在寺庙里抚养，不可以见到自己的亲生父母，长大成人之后，他必须按照传统的法律完婚。而且，与皇室婴儿同时降生的所有婴儿也被带到寺庙里抚养；这样，王子和公主就可以在他们当中选择配偶。阿斯卡利丝公主起来反抗这种习俗，她拒绝接受这种强制性的做法，并且成功地见到了自己的父亲。最终，亲情战胜了传统的律法，违背自然的传统律法被废除。然而，高级女祭司强烈反对这种做法，她坚持认为阿斯卡利丝公主不是王位的合法继承人。就在寺庙里爆发冲突的时候，女祭司的欺骗行径暴露无遗，人们砸毁了福尔加尼偶像。参观诺查丹玛斯学校（Nostradamus）的人将会知道一个古老的预言：安菲克勒欧王国的一位公主见到她的父亲时，福尔加尼偶像崇拜必定终结。

阿斯卡利丝公主和父亲恩迪亚加一起愉快地统治着这个王国。直到有一天，她被特里索德王国的国王掳走。恩迪亚加大王追随女儿的踪迹，来到特里索德王国，不幸卷入一场推翻特里索德国王的阴谋，最后死在那里。阿斯卡利丝公主被阿布达勒王子摩卡托救走，最后成为他的王后。就在恩迪亚加大王和阿斯卡利丝公主失踪之后，福尔加尼偶像崇拜在安菲克勒欧王国境内又死灰复燃，不过这一次只是昙花一现；如今，福尔加尼崇拜已经销声匿迹。

安菲克勒欧王国的皇宫是一座奇怪的宏伟建筑。皇宫正面全是空白，没有窗户，也没有门扉，人们只能从屋顶进入皇宫内。按照宫廷里的礼节，任何人都不得敲皇宫各房间的门。寻找入口的人必须对着门上的小孔吹气，以便引起里面一个侏儒的注意。这个侏儒是哑巴，此时他正把耳朵贴着那个小孔。臣民的最大幸福莫过于国王抚摸他的头部。把手指放在嘴里屏住呼吸，这个动作表示高度的尊敬。

安菲克勒欧王国的法律条文形成厚厚的一卷，据说是光明天使奇奇坎塔（Kirkirkantal）带到世间来的：长 18 英尺，宽 12 英尺，用圆点和逗号组合而成。《律法书》被视为圣书；任何人都不可以违背其中的律条，若有违背，必移交给女祭司，被挠痒至死。庞大的律法书由 4 个弗克霍欧寇（Foukhouourkou，即那些可以声称自己家族中有4个先辈曾效力于七人委员会的长老)守护。只有这4位长老、高级女祭司和执政的国王才可以亲手翻阅这本律法书。律法书被打开的时候,在场的其他所有人都必须被蒙上眼睛。

根据律法书的要求,对死刑犯的处罚就是将其活活挤死;罪犯的鲜血被用在宗教仪式上,皮肤被剥下来保存在寺庙里,一座浮雕上记录了囚犯们被处以极刑的原因。

在安菲克勒欧王国,信息由奔跑者 Foul-bracs 来传递,他们只吃羽毛、蜘蛛网、常春藤和一些吃了可以使他们变得更轻盈的食物;他们每小时可以跑10里格。

夏尔·穆依,《拉美奇斯,一个埃及人的内陆奇幻之旅》

阿穆尔墓 | Amr's Tomb

位于威尔士的阿沁菲尔德地区的阿穆尔河岸。这里是卡默洛特城堡的亚瑟王之子阿穆尔被埋葬的地方。不知道为什么,亚瑟王杀死了自己的儿子阿穆尔,并把他埋在这里。阿穆尔的坟墓好像有一种魔力,每天都在变化大小。今天可能是6英尺长,明天可能是9英尺、12英尺,甚至15英尺。

无名氏,《不列颠人的历史》

安娜塔西雅城 | Anastasia

亚洲的一座城市,城里有喷泉和高飞的风筝。城里可以买到价值不菲的缟玛瑙、绿玉髓以及其他玉髓。另外,游客不要错过品尝烤雉鸡的机会。当地人把捉来的野雉鸡放在晾干的樱桃木火上烧烤,然后撒上甜甜的香花薄荷;过一会儿,美味的烤雉鸡就做好了。安娜塔西雅城的女人们喜欢在花园的泳池里洗澡。据说,她们有时候还要求陌生人脱光衣服,下水追逐她们。不过,这还不是安娜塔西雅城的真正本质。某天清晨,当某位游客发现自己身处安娜塔西雅城的中心,并突然感到自己的欲望全部苏醒,紧紧包围他的时候,就表明对安娜塔西雅城的描述唤醒了他的欲望,这时,游客不得不控制住自己的欲望。随后,安娜塔西雅将作为一个整体出现在他面前。在那里,任何一种欲望都不会落空,游客自己也变成了这种欲望的一部分。既然安娜塔西雅城可以享有的一切他都不曾享有,那么他只愿沉醉其中。这就是阴险的安娜塔西雅城拥有的一种魔力;它时而邪恶,时而仁慈。比如,一位游客作为切割工,每天切割玛瑙、绿玉髓和玉髓 8 小时,那么他的劳动赋予欲望以形式,从而也从欲望本身获得形式;这时候,他会认为自己正在享受整个安娜塔西雅城,却浑然不知自己已沦为它的奴隶。

伊塔洛·卡尔维诺,《看不见的城市》

安德森之岩 | Anderson's Rock

一块光秃秃的岩石,具体地点不可知。乔·丹尼尔在一次从月球返回普罗维登斯岛的倒霉尝试中去过那里。安德森之岩裸露在外,地势险峻,深深的岩缝底部有一个宽敞的岩洞,只高出水平面几英尺。岩洞里是用从沉船上弄来的厚木板简单搭成的居所。这里就是安德森岩的居民的家。他们大致可以算作人类;不过他们的嘴和脸一样宽,没有下巴,手臂和腿脚都很细长,手指和脚趾上有蹼,腿上有鳞片,身体表面覆盖的毛发像海豹。这些人摸起来又冷又湿,完全靠鱼类为生。他们会把鱼放在太阳下晒干了再吃。此外,他们用从油鱼身上取来的油脂照明。

这些奇怪的人是 18 世纪早期一对英国夫妇的后代。这对夫妇在去东非的路途中遭遇了海难。如今,这些人还会说英语,但已忘记怎样读写英语。他们将自己丑陋的模样归罪于母亲乔安娜·安德森,因为她在怀孕期间看见一只海怪而受到特别的惊吓。其实,事情的真相更加险恶。丹尼尔发现了乔安娜的手稿。手稿表明,乔安娜婚后发现自己没有生育,悲伤之余,她只好委身于她所说的那个曾把她吓得半死的海怪。这里的原始居民就是她与海怪所生的后代。等到丹尼尔到达安德森之岩的时候,那里的人类早已灭亡。乔安娜最初生育的一对孪生兄妹结合后生下了 30 个海怪。

拉尔夫·莫里斯,《约翰·丹尼尔的生平及其令人惊叹的历险》(丹尼尔是赫特福德郡诺伊斯顿的一个铁匠,他的探险历经七十载。内容包括:旅行中的郁闷情景;丹尼尔与一个同伴在荒岛附近遭遇海难;他们在荒岛上的生活;丹尼尔偶然发现那个同伴是一个女人,两人在岛上结婚生子。此外还描写了丹尼尔的儿子雅各布发明的一种最不可思议的飞行器,丹尼尔乘坐飞行器到了月球,记录了月球上居民的生活。往回飞时,丹尼尔不幸落入一只海怪的居所,与海怪一起生活了两年,然后继续寻找回英国的路。丹尼尔在拉普兰住过,接着去了挪威,从挪威出发,到了阿尔波弗,他继续探险活动,直至 1711 年去世,享年 97 岁……,本次历险出自丹尼尔的口述,拉尔夫·莫里斯记录。)(Ralpf Morris, *A Narrative of The Life and astonishing Adventures of John Daniel*, London 1751)

安多拉国 | Andorra

南欧一个面积很小的共和国,请勿将它与比利牛斯山脉一个同名国家相混淆。

安多拉共和国境内有陡峭的山坡,山坡上有狭长的山谷和岩石嶙峋的田地。共和国的传统农作物是青稞和黑麦;这里气候干燥,不适合机械化耕作,收割谷物依然使用镰刀。共和国的首都建有中心广场,中心广场周围是用石灰刷过的房屋,风景并不是特别美丽。

安多拉共和国的公民认为他们是虔诚的民族。他们笃信基督教,并为自己的这一传统信仰深感骄傲。在这个共和国里,宗教与政治紧密相连。当圣母玛利亚的塑像在游行中穿过街道时,后面会有一群军人护驾;他们身着橄榄绿的金质盔甲,佩戴整齐的刺刀。在圣乔治日那天,安多拉的处女们有一项传统的特殊任务,她们要把首都的墙壁全部粉刷成白色。

总而言之,安多拉共和国的人民热爱和平,不过总有些仇外情绪,有时怀有很强烈的反犹倾向。

马科斯·弗里施,《安多拉共和国》(Max Frisch, *Andorra*, Frankfurt, 1961)

安德罗王国 | Andrographia

位置不清楚。在这个王国里,整个国家被看作一个大家庭,一个小家庭就是一个微型小王国,服从严格的出身和尊卑森严的等级制度。城镇和乡村由元老院来管理,元老院的成员由地方官员和老人组成。妻子服从丈夫的权威。

等级制的内部也有平等:特定年龄层的人在职业和性别方面都是平等的,但必须服从这个等级中的精英人物。乡村服从城镇,城镇服从省城,省城服从首都,首都服从国王或独立自主的文职官员。在家庭当中,父亲的权威至高无上。

土地分给不同的家庭,家庭根据自己的需要和能力获得家畜。在大家庭中,父母得到极大的尊重。对于所有健康的人来说,婚姻都是必须的。到了 18 岁,所有的青年男子都必须至少养活另外两个人,并准备成家立业。

对文学艺术感兴趣的游客千万不要错过这个地方。在这里,文学和戏剧被公认为是一个最光荣的行业。这里的教育制度也很严格,倘若不具备所要求的最低受教育水平,任何人都没有资格结婚和就业。

每个城镇都建有多功能的圆形公共大厅,用于储藏食物和集会。每周的星期六,这里都有人会大声朗读《国民报》,并详细解释其中的重要消息。如果想了解安德罗王国的动态,不妨参加每周六的活动。

尼古拉·埃德姆·雷斯蒂夫,《关于旨在推进欧洲各国道德风尚改革项目条例的思考和从历史和公正的角度对人类幸福的解读》(Nicolas Edme Restif de la Bretonne, *L'Andro-graphe ou idées d'un honnête homme sur un projet de réglement proposé à toutes les nations de l'Europe pour opérer une réforme générale des moeurs, et par elle, le bonheur du genre humain avec des notes historiques et justificatives*, The Hague, 1782)

安杜因河 | Anduin River

参阅大河(Great River)。

安杜因山谷 | Anduin, Vales of

位于迷雾山脉和幽暗森林之间。山谷底部的水流形成了中土大河的各大支流。大河穿过卡洛克巨岩附近的一个浅滩。岩石上凿出的台阶通向其顶端的另一块大岩石。卡洛克巨岩以东有一个橡树园,橡树园周围的大部分地区都是草原。

安杜因山谷里住着波宁人,他们待人极不友好,不欢迎外来人。他们的任务是守卫卡洛克浅滩,一方面保证来往这里的商人和游客的安全,赚取通行税;另一方面赶走他们讨厌的狼群、逆戟鲸和妖怪。不过,波宁人与其他动物倒是相处得很融洽。波宁人不吃肉,主要食物是一种蜂蜜蛋糕,来这里的游客不妨品尝一下这种蛋糕。

波宁人的祖先究竟是谁,无人知道。不过,“波宁”这个称谓来自魔戒大战期间波宁人首领的名字“波恩”。这位首领具有非凡的能力,可以把自己扮成一头熊,短时间内就可以到达很远的地方。据说,所有的波宁人都曾拥有这种能力,有人据此推测,波宁人可能是那些曾经在中土高山上游荡的大熊的后代。波宁人能与动物对话,把他们当作自己的奴隶。这些动物可以做所有的日常家务,比如准备食物和餐桌。“波恩”居住在一间低矮原始的大木房里,木房坐落在橡树林,周围环绕着荆棘篱笆。“波恩”的后代似乎也居住在这种用树干简单搭成的简陋粗糙的木屋里。

魔戒大战后,波宁人占据了高山和海峡之间的幽暗森林。这个海峡是幽暗森林的东西边缘相连而成的一个狭长地带。

托尔金,《魔戒前传:霍比特人历险记》(J. R. R. Tolkien, *The Hobbit or There and Back Again*, London, 1937);托尔金,《魔戒首部曲:魔戒现身》(J. R. R. Tolkien, *The Fellowship of the Ring*, London, 1954);托尔金,《王者归来》

安格玛地区 | Angmar

一个充满敌意的地区,位于中土北部的迷雾山脉以北和以西。在第三纪的大部分时间里,这个地区都由那个推翻了阿诺尔王国的巫师国王统治。他在高山最北部的卡恩屯(Carn Dûm)建造了一座防御城市,并让一些最初可能来自伊顿沼泽的邪恶生灵和来自中土最强大的兽人住在城里。从这座防御城市出发,巫师国王向 3 个国家发动进攻,结果阿诺尔王国遭到分裂。第三纪的 1974 年,巫师国王占领了阿诺尔王国的首都弗诺斯特城。一年以后,巫师国王被打败,首都弗诺斯特城获得解放,尽管魔戒大战结束后,弗诺斯特城才有人居住。弗诺斯特大战结束之后,巫师国王撤退到摩多王国;在那里,他的最后一个邪恶的仆人得到清除。

托尔金,《魔戒首部曲:魔戒现身》;托尔金,《王者归来》

动物共和国 | Animal Republic

位于一座大岛上,具体地点不清楚,共和国境内栖居着众多不同种类的鸟和兽类,它们都已摆脱人类的控制。

游客会发现这个岛屿具有古典诗人描绘的诸多特点:狼和羊友好相处,猎鹰与鸽子齐飞,天鹅与毒蛇礼尚往来,鱼儿与海狸和海獭结伴而行。

动物共和国的统治者是凤凰,这是一种很特别的鸟类。猴子是共和国的大使;老虎和狮子是共和国的卫士;雌鹅和狗是共和国的哨兵;鹦鹉是翻译;獾是医生。独角兽是大洪水期间挪亚忘记带走的一种孤独的野兽,它们是有名的解毒专家,负责寻找所有病毒的解药。

岛上有两种重要的宗教:太阳崇拜和月亮崇拜。大多数动物崇拜太阳神,大象提倡月亮崇拜,这种崇拜变得越来越重要了。

游客可以去欣赏凤凰的皇宫,宫殿里会发生壮观的景象,比如天堂鸟的“色彩展览”。

在镇压了蛇和蛇怪兴起的一次叛乱后,动物共和国又恢复了它往日的和平;而这些蛇和蛇怪也许来自毒蜥国。

关于这个动物共和国,还可以参阅印度岛。

让·雅可比·德·弗雷蒙·阿布朗考,《拉辛的真实故事拾遗》(Jean Jacobé de Frémont d'Ablancourt, *Supplément de l'Histoire Véritable de Lucien*, Paris, 1654)

灵山 | Animas, Monte De Las

又叫“幽灵山”,位于西班牙的索里亚城附近。幽灵山曾属于圣殿骑士团,后来落入阿拉伯人之手。圣殿骑士在索里亚城再次将其从阿拉伯人手中夺回。后来,他们被西班牙国王邀请去保卫索里亚城。可是古西班牙北部的王国卡斯提尔的贵族们将这样的邀请视为侮辱。于是他们组织人马袭击幽灵山,这就违背了圣殿骑士团不可以侵犯领地的明文规定,由此引发了一场血腥的冲突,最后两败俱伤,双方人员全部遭到残杀。西班牙国王宣布这座山应该遭到诅咒,并禁止山里住人。圣殿骑士把所有的尸体埋在山上,不分敌友都埋在一起;不久,墓地里长满了野草和爬行植物。

游客可以在万圣节前夕参观幽灵山。当虚幻的钟声在雾气弥漫的空气中响起的时候,幽灵们纷纷走出墓穴,骑上虚幻的骏马去猎捕牡鹿;幽灵身上的衣服破烂不堪、血迹斑斑。这时候,狼群在恐惧中嚎叫,野鹿在惊骇中奔逃,毒蛇也发出咝咝的声响,整个山岳回荡着疾驰如飞的马蹄声。第二天清晨,白雪淹没了捕猎的痕迹。如果幸运,人们会看见一个美丽女子在拼命地奔跑，她要逃出这场猎捕。女子面容苍白、头发蓬松，脚上滴着鲜血，手里攥着一条蓝头巾。据说，这个女子原是索里亚城的一个贵妇人，名叫贝雅特丽琪；她盼望自己的情人在万圣节前夕返回幽灵山，拾起她掉落的头巾。就在那天清晨，当人们找到女子的情人时，他差不多已被狼群吃掉了一半，情人的脸上露出惊恐的表情。贝雅特丽琪醒来的时候，发现床边放着丢失的头巾，上面浸透了情人的鲜血。

古斯塔夫·阿多尔弗·贝奎尔，“幽灵山”，《传奇》(Gustavo Adolfo Becquer, “El monte de las ànimas,” in *Leyendas*, Madrid, 1871)

安努米那斯城 | Annuminas

参阅阿诺尔王国(Arnor)的首都。

阿诺洛群岛 | Anoroc

位于地下大陆佩鲁西达的卢拉尔-阿兹海境内，阿诺洛群岛得名于群岛中最大的一座岛屿。阿诺洛群岛由大大小小 12 座岛屿组成，总人口近百万。阿诺洛群岛住着梅佐普人。他们的皮肤呈古铜色，从事打猎和捕鱼。他们是天生的水手，因此传统上总是佩鲁西达的海军。如今，阿诺洛群岛是造船业和贸易中心。群岛中有一座岛上无人居住，那里有铁矿开采业和火药制造业。

阿诺洛群岛覆盖着茂密的热带森林，热带森林一直延伸到水边；森林中隐隐约约可见一座座村庄。村庄的建筑风格很特别。在隐蔽的空旷地带，参天大树高至二、三十英尺的地方就会被砍去，然后用编织在一起的树枝和晾干的泥土在大树二、三十英尺高的地方搭建起球形建筑。这种建筑的墙上故意留着一些狭长的裂口，用来采光和通风。树干被掏空，里面安放了梯子。这种房屋大小各异；有的两层，8 个房间，而有的则要小得多，屋顶刻有相应的标志，表明主人的身份。

热带森林里开阔的空地被用来作农田和菜园，梅佐普人在那里种植谷物、水果和蔬菜。大多数农活儿都由女人来完成。

梅佐普人居住的村庄很难被外人发现，尽管有小路通到村庄，但却不可以直接到达那里。有时候，一条路刚开始还能清楚地看见，转眼之间就不见了。其实那条道路仍在延伸，一直延伸到枝条缠绕的树林之外，可是要找到那条路延伸部分的标记则需要相关的专业知识。游客可以爬到树上，或穿过河道甚至原路折回。这些小路很难让人走得更快，本地人也好，外地人也好，都不可能在这样的小路上健步如飞。不过，这也有好处，敌人很难找到他们。了解和熟悉这些小路是当地人学习的重要内容；男人的社会地位就是按其所熟悉的这类路径的数量来确定的。这个问题一般不涉及女人，因为她们几乎一辈子都不会离开自己所居住的这个村子。

埃德加·巴勒斯，《在地心》（Edgar Rice Burroughs, *At the Earth's Core*, New York, 1922）；埃德加·巴勒斯，《地下大陆佩鲁西达》（Edgar Rice Burroughs, *Pellucidar*, New York, 1923）；埃德加·巴勒斯，《佩鲁西达的塔纳》

阿诺斯图海湾 | Anostus

位于地中海入口背后一座大岛屿的最远处。从这里开始往前走，就不可能再回来。阿诺斯图海湾既不明亮，也不漆黑，天空朦胧而微微泛红。海湾里有两条河流，分别是快乐河和悲伤河，河岸生长着古树。悲伤河岸的树会结出悲伤的果实，游客如果不幸吃了树上的果子，他的余生就将在泪水和悲伤中度过，最终忧伤而死。快乐河边的情形刚好相反，谁要是有幸品尝了快乐河岸的果子，他将摆脱过去那些困扰自己的欲望的羁绊。倘若游客已经爱上了某个人，他将忘记自己的所爱，越变越年轻，甚至可以穿越时光隧道，最后以刚出生的婴儿模样死去。

克劳迪乌斯·埃里亚努斯，《史林杂俎》（Claudius Aelianus, *Varia Historia*, 2nd-3rd cen. AD）

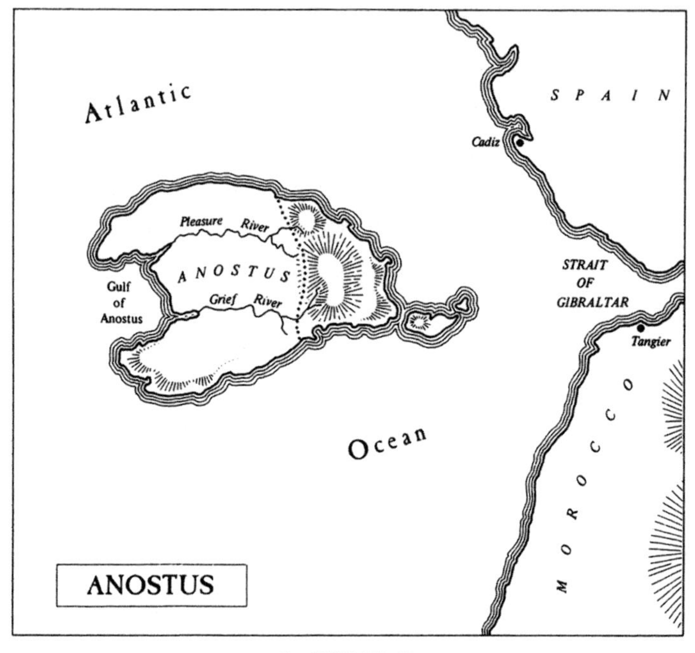

阿诺斯图海湾

安坦吉尔王国 | Antangil

一个面积很大的岛国,长约200里格,周长1060里格,从南回归线以北6度,一直延伸到南极圈50度左右。

温和的夏季,酷寒的冬季,宜人的春季和阳光明媚的秋季,特色分明的四季几乎会同时在这个王国的不同地方出现;因此无论什么时候到这里来,游客最好都准备好四季的衣物。

从安坦吉尔王国以北开始,印度洋周围的海岸突然变得陡峭。这里岩石林立,除了两条河流入口的一个港口,这个王国没有任何海湾和别的港口。王国以东是伊亚瑞河(Iarri),水流湍急,但可以通航。王国以西是巴奇尔河(Bachir),因多泥沙而水流缓慢;王国以南有肥沃的谷地和高俊的萨利奇山脉(Sariche)或萨利西斯山

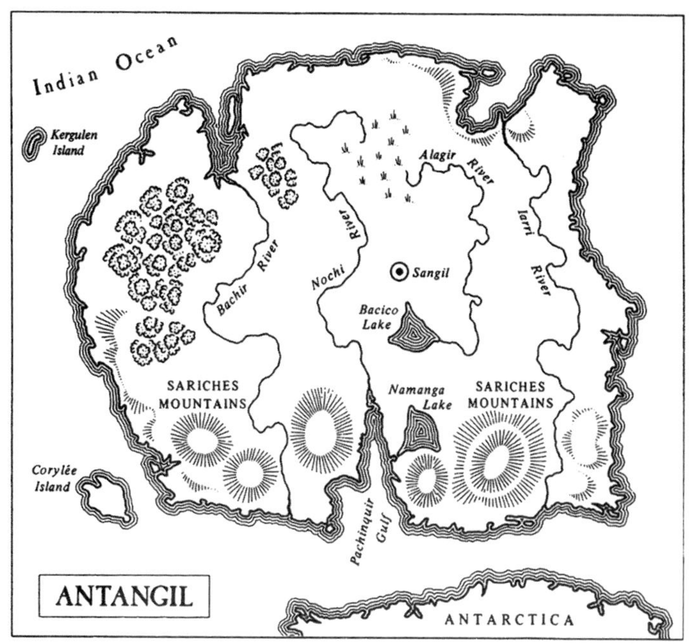

安坦吉尔王国

脉(Salices),山里的矿物质非常丰富,但当地的山民野蛮而凶残。此外还有帕奇奎尔海湾(Pachinquir Gulf),向大陆延伸了100里格左右。海湾周围有珍奇的宝石和漂亮的珍珠。海湾里有一种奇怪而温柔的动物,大小与马差不多,面部像狮子,一半身子覆盖着皮毛,另一半长满鳞甲。这种动物跑得很快,陆地上也能看见它们的身影;它们似乎很喜欢人群。

游客如果经海上靠近安坦吉尔王国,就会注意到一座高高的火山,这座火山位于克莱里岛(Corylée Island)西南部的海岸边;几小时的黑暗之后,火山就会蓦然发出亮光,像一座灯塔,警告水手前面有危险的浅滩。

安坦吉尔王国共有120个省,每个省都有自己的省会城市。王国的首都叫萨吉尔城(Sangil),坐落在安坦吉尔王国的中心地带。很多个世纪以前,安坦吉尔王国的居民决定忘记彼此之间的纷争，为建设一个繁荣的联合王国而努力。他们商定，每座城市按组划分，每组 10 人，各推选一名“十夫长”；然后每 10 组推选出一名“百夫长”。以此类推，最后由所有的“百夫长”一起选出一位国王。按照他们的规定，没有参议院的同意，国王没有决策权，对国家的财政开资也没有发言权。

安坦吉尔王国的所有财富属于人民。人民自行决定私人税收和公共税收的多少。人民掌握军队，所有 18 至 25 岁的男子都必须服兵役。安坦吉尔王国的军法严酷，军人若犯抢劫罪，一律被处以死刑。死刑的执行方式很多，要么绞死，要么斩首，但是严禁肉体折磨。

在教育方面，只有贵族家的女孩子才可以接受教育，受教育的程度取决于这个家庭的收入。最富有的女孩子得到最好的教育，24 岁时才结束学校教育。

安坦吉尔王国的宗教是天主教，但是取消了某些仪式，比如万圣节和某些宗教崇拜。此外，东正教规定的斋戒日也取消了。

游人会注意到，安坦吉尔王国的所有旅馆和酒店都按照法律规定，标明了房间和膳食的价格，而且不另收小费，因为当地人认为，他们只应该收取属于劳动所得的报酬。安坦吉尔王国里没有贫穷，失业的人会被送往萨里奇山脉的矿井劳动，让他们懒惰的双手变得忙碌，让罪恶无处安身。

若阿基姆·杜穆利[?]，《奇妙伟大的安坦吉尔王国的历史》(包括 120 个美丽、肥沃的省市，不被历史学家和天文学家所知。本书通过对一个英勇无比的警察青年时期所受的教育和宗教信仰来刻画这个军事化王国)(Joachim du Mouli [?], *Histoire du grand et admirable royaume d'Antangil*, Saumur, 1616.)

南极法国 | Antarctic France

位于南部海洋的一个半岛，岛上多岩石，面积与法国差不多，气候也与法国相似。岛上巍峨的高山有效地抵御了寒风的入侵。

岛民主要居住在一个封闭的山谷里;山谷被大山包围,沿海皆为沙漠。

南极法国的首都叫新巴黎,城池固若金汤,与法国的巴黎一样。如果游客熟悉法国老巴黎的城市方位和路线,那么他在新巴黎也不会迷路。新、旧巴黎之间唯一的差异在于,旧巴黎有许多又脏又乱的贫民窟,新巴黎却美丽无比,处处都是整洁漂亮的建筑。南极法国境内没有港口,除了新巴黎,全国只有 5、6 个城镇,其规模和重要性各不相同。

南极法国是世袭君主制国家。传统上由美丽的女王统治,女王的名字叫尼侬。南极法国作为君主国,历史上只出现过一个男性统治者,他就是阿尔桑多斯帝国的格里高利·梅尔维尔君王;后来,他将王位传给了自己的女儿,女性统治从此开始。

除了造船业,南极法国几乎掌握了欧洲的所有制造技术。南极法国的许多习俗,比如假面舞会,都深受 17 世纪法国的影响。到这里旅游的最佳季节是狂欢节时:它既是举行庆典的日子,又是寻欢作乐的日子,同时也是掩饰自己身份的日子。在狂欢节上,肆意放纵的恶作剧最引人注目。此外,婚姻节的时候来这里也算不错。在这个节日里,最美丽的女孩将被拍卖,女王及其群臣纷纷就坐于拍卖现场。拍卖所得被用于为全国最丑的女孩寻找合适的丈夫。婚姻节同时也是举行盛大宴会的节日,地点通常选在咖啡厅或者舞厅。

南极法国有一个地区叫泼妇省,那里住着婚姻节上没有找到合适丈夫的丑女人,她们掌握了所有的权力,把男人全部卖做奴隶。如果男性游客想避开那里,那就不妨到南极法国的南部来,南部更有意思。南部的人都不会死去,即使老得快不行了,看起来也依然很年轻。他们的做法是,一连好几年把自己埋在冰川里,进入一种假死状态,而且靠鸦片定期回到那种状态。

罗伯特-马丁·雷希尔,《一个法国人的历险记》或《格里高利·梅尔维尔回忆录》

人猿王国 | Ape Kingdom

位于非洲热带丛林里高高的树梢上，居民是体形庞大的曼伽尼猿猴。他们通常住在方圆约25英里的内陆地区，但活动范围非常广阔，有时甚至会去某个遥远的地方呆上好几个月。他们睡在象耳叶形成的黑暗中。这群独特的猿猴之所以很出名，是因为他们在杀死了泰山王子的父亲之后又养大了泰山王子，这点可参阅泰山的棚屋。

人猿王国有许多严格的法规，其中一条对我们很有用；即如果一位猿猴夫人被劫持了，她可以在劫持者和她自己的丈夫之间做选择。如果她选择劫持者，她就必须把自己的一个女儿献给丈夫，作为交换。还有一条，如果丈夫殴打妻子或妻子懒散不修边幅，丈夫或那个不修边幅的妻子就会遭到族群里一位长者的鞭笞。

人猿王国的达姆-达姆(Dum-Dum)仪式很有名，游客不妨去看看。这个仪式选在一个地势较低的山谷里举行。这个山谷犹如一个天然的圆形剧场，中间摆着一面鼓，专门服务于疯狂而迷醉的狂欢场面。历史学家认为，现代教会和国家举办的所有仪式都源于此。让我们回到遥远的过去，回到人类幼年时最遥远的堡垒背后，去观赏那欢乐的达姆-达姆仪式。在明亮的月光下面，在莽莽的丛林深处，我们人类的祖先全身长满毛发，模样凶猛，在陶鼓音乐的伴奏下翩翩起舞。就在这个模糊的过去，被我们遗忘很久的一个夜晚，人类的祖先从摇曳的树枝上飘然而下，轻轻落在他们第一次聚会的一块松软的草皮上。而今，这一切依然未变。

埃德加·巴勒斯，《人猿泰山》(Edgar Rice Burroughs, *Tarzan of the Apes*, New York, 1912)

猿山 | Ape Mountain

位于印度洋的一座岛上。岛上的山林里生活着许多猿猴；他们身高不足4英寸，黄色眼睛，黑色的脸膛，长着狮子一样的鬃毛。他们经常袭击停靠在附近港口的船只，劫走船上的货物。

如果游客侥幸逃过这些猿猴，他们还可能在山上遭遇更大的危险。山坡上坐落着一座城堡，城堡里住着一个怪物，怪物的模样有几分像人。这个怪物的体型如棕榈树，从头到脚一溜黑，目光炯炯如炬，牙齿像野猪的獠牙，嘴巴像一口深井，嘴唇像驼唇，一直垂吊到胸口，耳朵像西瓜耷拉在两肩，脚趾像狮爪。这个怪物主要吃人肉，游客千万要小心。

无名氏，《一千零一夜》(Anonymous, *The Arabian Nights*, 14th-16th cen. AD)

猿城 | Apes, City of The

位于印度洋的海滨，站在城里的高楼上可以俯瞰大海。这座城市得名于生活在城市周围的一群猿猴。每到夜里，猿猴们就会出动袭击城市，烧杀掳掠无所不为。为了避免遭此厄运，当地市民一到黄昏就从面海的后门直接逃到海上，躲到猿群上不去的小船上过夜。不过，给这些市民带来财富的也是这群猿猴。一到白天，猿猴就会撤回城市周围的山林里，市民们便手提一篮篮的石块跟在他们后面，把石块朝这些猴群扔去；出于自卫，这些猴子会用耶果还击他们。市民们捡回这些椰果，卖给众多的海滨城市，大赚一笔。

无名氏，《一千零一夜》

阿凡尼亚王国 | Aphania

中欧的一个王国。国内特别有名的是钟、尖塔和鲁姆提国王的雕塑。鲁姆提国王粗心大意，忘记给一个乞丐发救济，被善良的仙女变成了石头。现任国王必须在红脸月的第81天去敬拜这尊雕像。阿凡尼亚王国一年只有4个月：生长月、玫瑰月、红脸月以及雪月，分别对应4个季节。

阿凡尼亚人特别崇尚文学，故有专门的法律，约束文学创作方面的犯罪行为。文学法庭由6个法官主持，法官的薪水非常丰厚，旨在弥补他们由于不得不在文学活动方面的自我节制而遭受的损失。无论是谁，只要是盗用他人的作品，他就会被判踩踏车3年。改编成法语的作品被视为禁书；用错了语法可能导致死刑，而且得不到牧师的帮助。如果有人随意写了这样的句子，“这些语法规则，最初被林德里·穆瑞(Lindley Murray)提出，然后被普通法批准通过”，就会被判处死刑，无论是谁，概不例外。为了确保文风的纯洁性，所有的形容词都被保存在国家图书馆，没有得到3个以上文学法官的特别许可，任何一个作家每天使用的形容词数量都不得超过规定的数量。尽管限制得如此严格，每年仍有大量著作出版，大多数作品的质量都比较好。阿凡尼亚王国在出版业方面有非常具体的规定：每卖出一卷书，出版商都可以按照一定的比率得到报酬，以弥补他们在纸张、印刷和装订方面的付出。一般来说，这个比率主要根据出版商出版的那本书的风格，按照1%到5%的比率获得补偿。按照规定，如果出版物有质量问题，甚至一文不值，造成的损失应当全部由出版商来承担，因为与其他人相比，出版商更能判断这些书的价值。另一方面，作家可以获取自己著作所能实现的其余全部利润。因为所有书籍的印刷和装订都是同样的，著作的成败完全取决于作家的创作。如果作品失败了，那么时间和名誉方面的损失均由作者来承担。

在这个王国，薪水只付给那些无所事事的人；否则，有工作的人做事的动机就可能是出于利益，而非内在的责任感。

阿凡尼亚王国的历史由皇家记录官保存。皇家记录官必须事事都提醒国王。首次任命皇家记录官的是国王布福六十五世。当时，布福国王被篡权者，巨人斯瓦希达(Swashdash)砍掉了整个头盖骨，其中包括掌管记忆的那一部分大脑。

在阿凡尼亚王国，战争让人头痛，但它确实存在。士兵在训练时的鼓乐声实在太吵，国家在海滨划出专门区域，取名布丁特尔

(Bootinter),用来训练士兵,生产和试验大鼓。对于那些搞科研的游客来说,布丁特尔无疑是一个极好的去处。布丁特尔总是可以吸引所有能从军部搞到通行证的著名的游客。布丁特尔还举行壮观的试验:“大鼓对原棉”大决赛尤其值得一看。

汤姆·胡德,《培策蒂拉的铭文》(Tom Hood, *Petsetilla's Posy*, London, 1870)

阿波迪达斯州 | Apodidraskiana

参阅多达卡里昂镇(Dotandcarryone Town)。

阿普瑞里斯岛 | Aprilis

参阅新不列颠群岛(New Britain)。

阿拉伯水道 | Arabian Tunnel

连接红海和地中海的水下通道,因为有强劲的洋流的帮助,游客可以从南到北穿过水道。水道入口位于苏伊士海湾以下 50 米左右,出口位于蒂纳海湾,距离被海水淹没的佩鲁西奥古城的废墟不远。

根据《大海深处的秘密》一书的作者,巴黎的阿若纳克斯教授的叙述,阿拉伯水道是劳第鲁斯号的内莫船长发现的,也是他第一个使用这条水道。内莫船长借助红海和地中海的同类鱼群,发现了这条水道。他通过观察得出以下结论:两处鱼群之间必定存在某种交流;由于红海和地中海处于不同的水平位置,洋流必须从红海流入地中海。为了证明自己的观点,内莫船长给苏伊士运河的许多鱼类套上项圈,打上标记,然后再放回去。几个月后,内莫船长在叙利亚共和国的海滨附近发现了几条带有标记的鱼。

朱勒·凡尔纳,《海底两万里》(Jules Verne, *Vingt Mille Lieues sous*

les mers, Paris, 1870)

阿卡迪亚地道 | Arcadian Tunnel

希腊阿卡狄亚和意大利那不勒斯之间的地下通道。只有不幸福的情人才会使用这条地下通道。如果想穿过地道,最好有神仙指路。地道的出入口都有半人半兽的森林之神、水晶喷泉、香甜的药草、温柔的羊群、闲逛的仙女、歌吟的夜莺、多情的牧羊女、热情的蜜蜂、孤独的斑鸠、吵闹的蟋蟀、低飞的燕子、香喷喷的苹果、温柔的风暴、宁静的坟墓以及多彩的蝴蝶。

雅可布·撒纳扎罗,《阿卡迪亚地道》(Jacopo Sannazaro, *Arcadia*, Naples, 1501);菲利克斯·卡皮奥,《阿卡迪亚地道》(Félix Lope de Vegay Carpio, *Arcadia*, Madrid, 1598)

阿卡奥斯王国 | Archaos

位于中欧,因为文明的君主制而扬名于世。首都特美尼斯城坐落在奥尼瑞省。为了拒绝与俾兰德和阿伯里(Bilande and Aboree)的国王交战,艾里梅图斯国王(Govan Eremetus)重行修订了阿卡奥斯王国的法律。正当这两个国王带兵围攻特美尼斯宫的时候,艾里梅图斯国王穿着派对服装出来了;然后他问哪里会发生奇迹。随后,国王给在场的每个人提供酒水,两个国王喝得半醉,笑着离开了阿卡奥斯王国。

阿卡奥斯王国的法律规定:所有阿卡奥斯人必须工作,直至国库充盈;国王和所有的国民分享充盈的国库。一旦国家的财富耗尽,人们才又开始工作。即便遭遇灾荒,艾里梅图斯国王也能及时颁布相应的法律逃避灾难。他制定了第14条法律:“一切免费”。商人和店主不得出售食物,这使得金钱变成了废物,商人和店主不得不向众人免费分发商品。艾里梅图斯国王颁布的另一条法律是,“所有的人都应该做自己喜欢的事情”。后来,为了迎合正式的宗教信仰,这条法律被修改为,“由于上帝的仁慈,每个人都应该做自己喜欢的事情”。阿卡奥斯王国的哲学阐释了如下问题:为何爱情题材的作品比财富和战争题材的作品更好?为何工作时间不应该超过严格规定的必要时间?为何良好的态度可以解决一切问题?阿卡奥斯人会这样说:“我们采摘鲜花,我们与小猫玩耍,我们感谢上帝的恩赐,使我们拥有可爱的落日。”阿卡奥斯王国值得一游的地方是,特瑞美尼斯的皇家城堡。这座城堡向所有的女性开放,如果她们希望摆脱愤怒的父亲、脾气糟糕的丈夫抑或专横的未婚夫的话。在这个王国里,公共必需品机构其实是一个妓院,国王经常光顾那里。值得参观的还有为奥纳格里格公主建造的奥纳格里修道院。奥纳格里格公主是艾里梅图斯国王的孪生姐姐,童年时被遗弃在弗利纳(Feline)魔林里。奥纳格里修道院的作用是及时行乐和冥想。

克里斯蒂安妮·罗什福特,《阿卡奥斯》或《闪亮的花园》(Christiane Rochefort, *Archaos ou Le jardin étincelant*, Paris, 1972)

阿钦兰王国 | Archenland

面积较小,位于纳尼亚王国以南,两国之间隔着群山。从阿钦兰王国向西望去,可以看见松林密布的山坡和狭长的山谷,往上面看,可见一座座山峦的蓝色山峰,那些山峰一直延伸到视线的尽头。在群山向一个树木繁茂的山凹倾斜的地方,就是进入纳尼亚王国的通道。群山的最高峰是风暴头,再往里走就到了派尔山(Mount Pire)。派尔山有两座山峰,据说曾是一个双头巨人,被美丽的仙女奥芬变成了石头。阿钦兰王国的歌谣里记载了他们之间的战斗和巨人化石的故事。

阿钦兰王国的安沃特城堡

阿钦兰王国南边是蜿蜒的

箭河，箭河的周围是沙漠，将阿钦兰王国和卡罗门王国分开。从卡罗门王国穿过沙漠到阿钦兰王国的游客，通常将派尔山的双峰视为两国之间的边界。

阿钦兰王国的国王住在安沃特城堡。安沃特是一座小城堡，建有许多小塔，坐落在北部的群山脚下。这座城堡的背后树林茂密，可以抵御北风。这是一座古堡，用温暖的赭红石头建成。城堡有大门和铁闸门，周围没有护城河；绿油油的草坪一直延伸到城堡的入口。

在南部的沼泽里，游客可以发现这里唯一的居民，一个隐士。他住在一个茅舍里，茅舍的周围是绿草皮做成的圆形围墙。隐士的花园里有一个魔法池，借助魔法池水的反射，隐士可以随时观察到外部世界正在发生的一切。

在阿钦兰王国，有记载的第一任国王是鲁尼国王（King Lune），他是纳尼亚王国的弗兰克国王与海伦王后所生的第二个儿子。在他统治之前的阿钦兰王国究竟是个什么样子，我们一无所知。鲁尼国王在位时期，刚好是彼得大帝统治纳尼亚王国之时。根据记载，鲁尼国王很胖，性情乐观，眼睛小而有神，总是穿着一身旧衣裳出入公众场合，因为当时他刚刚给自己的宠物喂了食。游客会注意到，按照阿钦兰人的习俗，兄弟俩通常会取相似的名字。比如两兄弟的名字可能是克尔和克林，达尔和达林，抑或科勒和科林。这种习俗何时开始，我们不得而知。

阿钦兰王国酿造的酒很有名，所含的酒精浓度很高，饮用之前得兑点水。

C. S. 路易斯，《纳尼亚传奇："黎明踏浪号"的远航》（C. S. Lewis, *The Voyage of the "Dawn Treader"*, London, 1952）；C. S. 路易斯，《能言马与男孩》（C. S. Lewis, *The Horse and His Boy*, London, 1954）；C. S. 路易斯，《魔法师的侄儿》（C. S. Lewis, *The Magician's Nephew*, London, 1955）

阿卡伯勒图斯河 | Archoboletus

参阅布里索特河（Brissonte）。

阿德城 | Ard

阿迪斯坦王国的首都。苏尔河干涸后，以前的首都被废弃，变成了一座有名的死城。阿德城坐落在一个四面环山、自然天成的盆地里。盆地中心是4条河流交汇之处；它们分别是佩森河、击波河、泰里斯河以及拉特河。这些河流的名称分别见于《圣经》、《可兰经》和古吠陀梵语文本。

根据阿迪斯坦王国的传说，阿德城所在地是昔日的俗世乐园；阿德宫的地基是上帝奠定的。上帝命令著名的巨人族阿塞亚(Assyra)和巴比拉(Babyla)建造了阿迪斯坦王国的皇宫。后来，基督徒赶走了这些巨人，继续建造皇宫，并在宫殿上方的尖塔和穹窿顶上面立了十字架。阿迪斯坦王国的米尔对基督徒的狂妄行为大为恼火，于是亲自出马，赶走基督徒，毁掉他们的十字架。

不管这个传说背后的真相如何，毋庸置疑的是，阿德宫的建筑艺术确实卓尔不群；无论从规模上还是从审美角度来看，这座宫殿都算得上是一流的建筑。宫殿的核心是巨大的圆屋顶，圆屋顶的侧面有四座高塔，高塔的地基十分庞大，向上逐渐变小，最后形成纤细的锥形塔，直入云霄。四座高塔又包括一组倒立的尖塔，让人觉得整座建筑拔地而起之后又再次降下来。宫殿里面的装饰极尽奢华，但灯光微弱；墙面和地板都铺着地毯，隔音效果极佳，即使是最重的脚步声也听不见回音。除了入口的大门，宫殿没有其他的门，所有入口一律都挂着小皮毯，很容易拉到一边。宫殿中心是觐见室，一间很大的内室，装点着大量芳香四溢的蜡烛和灯笼；室内采光来自屋顶的有色玻璃。觐见室内有教堂的气氛，不过被明显的世俗虚荣和奢华减弱了。游客千万要记住，不得触摸神圣的王座，那可是死罪。

阿德城的房屋和花园沿着上述四条河流扩展了好几英里，虽然这些建筑风格各异，却有一个共同的特点：所有建筑的外门都悬挂着一块共鸣板，共鸣板上系着一个木锤，用作门铃；每家的主人都能辨认自己门口共鸣板发出的声音，一旦听见有人敲击共鸣板，就会去开门。

阿德城内到处都是教堂、清真寺和寺庙，分别属于不同历史时期的宗教建筑。如今，游客又可以在基督教教堂的尖顶和尖塔上看见十字架了，虽说多年以来，阿德城的主要宗教是伊斯兰教，但佛教和喇嘛教也比较普遍。

卡尔·迈，《阿迪斯坦》(Karl Friedrich May, *Ardistan*, Bamberg, 1909)；卡尔·迈，《迪金尼斯坦的米尔》(Karl Friedrich May, *Der Mir von Djinnistan*, Bamberg, 1909)

阿迪斯坦王国 | Ardistan

一个面积广阔而多山的王国，位于艾尔-哈德王国以南，托邦尼斯坦和朱邦尼斯坦王国之间。阿迪斯坦的海岸线很长，却没有港口，因而几乎没有贸易。沿海地区很少有人居住，几乎也没有人来这里旅游，虽然偶尔也有从印度支那过来的商人在这里登陆。阿迪斯坦的内陆地区土地肥沃，尤其是新首都阿德城周围的地区。苏尔河干涸之后，以前的首都废弃，几个世纪之后变成了有名的死城。

最近，阿迪斯坦变成了暴君的王国，他们压迫邻国，把疆域扩展到乌苏里斯坦，该国传统上为阿迪斯坦的君主提供保镖。

所有统治阿迪斯坦的君王都有一个特点，他们会做同样一个梦。在梦中，他们已故的祖先会对他们的罪恶作出审判，并告诉他们，他们的灵魂将永世不得翻身，除非他们中有人愿意牺牲自己，愿意为他们赎罪。阿迪斯坦的君王加拉比亲眼目睹了自己的梦境在死城变成了现实，他被那个所谓的黑豹赶到了死城。黑豹来自托邦尼斯坦，他攫取了阿迪斯坦的权力，当上了君王，而且企图入侵邻国迪金尼斯坦王国。然而，这次入侵注定会失败，加拉比也注定会战败而亡。在死城，加拉比过去的罪行遭到已故祖先的审判。作为一个和平使者，他从死城返回，与邻邦和同盟一起，打败了邪恶的黑豹。

正如许多古老传说所预言的那样，这个地区重归和平时，苏尔河将重新涨水。如今，苏尔河从迪金尼斯坦王国注入连接乌苏里斯坦海岸地区的远海。

阿迪斯坦聚集了世界上大多数宗教的信徒；信仰基督教、伊斯兰教和喇嘛教的人为数最多。在米尔的早期统治里，阿迪斯坦的基督徒遭到歧视，成为不被宽容的少数；然而，自从加拉比转变之后，基督徒越来越多，其地位也越来越重要。如今，无论游客信仰哪一种宗教，都不会遭到阿迪斯坦的排斥，都会得到友好的接待。

卡尔·迈，《阿迪斯坦》；卡尔·迈，《迪金尼斯坦的米尔》

阿尔吉亚城 | Argia

一座坐落在亚洲的地下城市。与其他城市不同，阿尔吉亚城用泥土代替空气。街道满是污垢，屋里的泥土一直堆到屋顶；每一段楼梯又朝相反的方向设置了另一段楼梯，屋顶悬挂着层层岩群，如空中的云朵。城里的居民能否在城市周围活动，去扩展蠕虫建造的地道和被树根扭曲的岩缝，我们就不得而知了。这里的湿气太重，有害健康，使人四肢无力。每个人最好保持静卧；不管怎么说，这座城市太阴暗了。

从高处看，阿尔吉亚城荒无人烟；但到了晚上，游客只要把耳朵贴近地面，就可以听到猛烈的关门声。

伊塔洛·卡尔维诺，《看不见的城市》

阿尔吉亚纳城 | Argyanna

一座战略位置非常重要的小镇，地处南瑞里克王国境内，位于阿尔吉亚纳洼地中部的一座岛上。阿尔吉亚纳城的周围是沼泽，方圆十多英里。这里的池塘和芦苇荡之间是危险的流沙，人类和野兽都很难穿越这片沼泽。洼地是无数水禽和猎兔狗的家园，同时也是它们的天敌猫头鹰的家园。

这座岛屿长约5英里，宽约3.5英里，比周围的沼泽高出不到20英尺，只有岛屿以北的悬崖几乎高出沼泽40英尺。大部分地区都是机械化农业，到处都是肥美的小牧场。

阿尔吉亚纳小镇就坐落在悬崖的最高处，一条花岗岩堤道穿过沼泽通向镇上，这是到达小镇的唯一通道。支撑堤道的橡木桩深深地陷入沼泽里。阿尔吉亚纳小镇有坚固的城墙和护城河。有两座大门守护着堤道，其中一座在堤道靠近岩口的地方横跨堤道；另一座位于堤道开始穿过沼泽的地方。阿尔吉亚纳小镇供应自来水，镇上有蓄水的小湖泊。

和平时期，阿尔吉亚纳小镇的居民非常热情友好，城门一直敞开着，所有的游客，不论贫富，在这里都可以得到免费的吃住。因为小镇的战略位置很重要，又有自然天成的防卫系统，因此在内战时期，小镇一度是最重要的要塞。而内战是在梅贞提乌斯死后爆发的，梅贞提乌斯是瑞里克王国、芬格斯沃德王国以及梅斯泽瑞亚王国的最高君主。

埃迪森，《情人的情人》(E. R. Eddison, *Mistress of Mistresses, A Vision of Zimiamvia*, London, 1935)；埃迪森，《梅米森宫里的一顿鱼餐》(E. R. Eddison, *A Fish Dinner in Memison*, London, 1941)；埃迪森，《梅泽恩迪大门》(E. R. Eddison, *The Mezentian Gate*, London, 1958)

阿里马斯宾国 | Arimaspian Country

位于非洲月亮山附近。阿里马斯宾国的居民都是独眼龙，曾与半狮半鹫的怪兽交过战。这种怪兽一次就能叼起一个人和一匹马或者两头牛。阿里马斯宾国的人们用怪兽强劲的利爪做成杯子，用怪兽的肋骨做成碗。我们在英国的仙境王国里也见识过这种半狮半鹫的怪兽。

阿里马斯宾国以南是草地，生活在这里的蚁狮上半身像狮子，下半身则像蚂蚁，生殖器官完全长错了位置。这种怪兽是狮子的精子和蚂蚁的卵所结合的产物，因此同时具有狮子和蚂蚁的特征。作为蚂蚁，它们不吃肉；作为狮子，它们不吃谷物，故而因缺乏食物而遭致灭顶之灾。有一种面包蝶也曾遇上缺乏食物这一难题。面包蝶的翅膀是薄薄的面包片和黄油，身子是面包皮，头像糖块，靠吃淡淡的奶油茶为生，然而它们永远也找不到奶油茶，因此只能等死，关于这一点，也可以参阅镜子国。

阿里马斯宾国的蚁狮叼着两头牛

希罗多德，《历史》[Herodotus, *History*, 4th cen. BC]；老普林尼，《自然史》(Pliny the Elder, *Naturalis Historia*, 1st cen. AD)；老普林尼，《发现自然》(Pliny the Elder, *Inventorum Natura*, 1st cen. AD)；无名氏，《自然哲学》(Anonymous, *Physiologus latinus*, 12cent. AD)；马可波罗，《马可波罗游记》(Marco Polo, *Il Milione*, Venice, 14th cen. AD)；约翰·曼德维尔爵士，《曼德维尔游记》；路易斯·卡罗尔，《爱丽丝梦游仙境》(Lewis Carroll [Charles Lutwidge Dodgson], *Through the Looking-Glass, and What Alice Found There*, London, 1871)；古斯塔夫·福楼拜，《圣安东尼的诱惑》(Gustave Flaubert, *La Tentation de Saint Antoine*, Paris, 1874)

阿克汉姆城 | Arkham

一座坐落在美国马萨诸塞州的古城。幽暗的密斯卡托河(Miskatonic River)穿城而过。阿克汉姆城建于17世纪初，至今依然保持完整。古城的周围是一些小山，附近有黑暗的白石谷，密

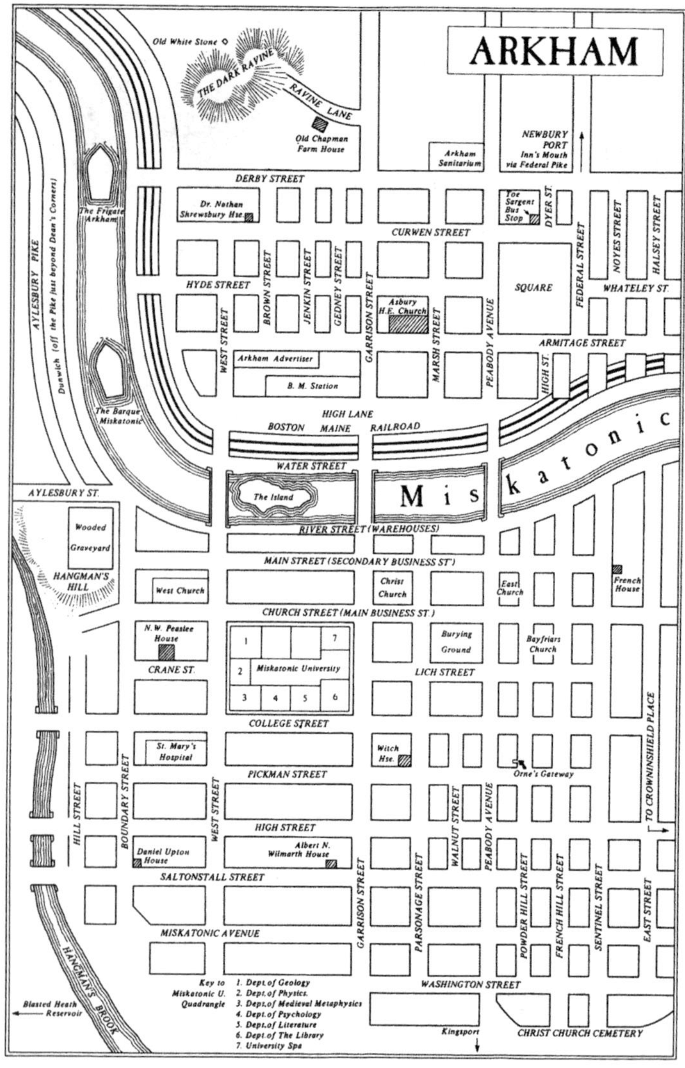
ARKHAM
Old White Stone
THE DARK RAVINE
RAVINE LANE
Old Chapman Farm House
Arkham Sanitarium
NEWBURY PORT Inn's Mouth via Federal Pike
DERBY STREET
Dr. Nathan Shrewsbury Hse.
Toe Sargent Bus Stop
DYER ST.
CURWEN STREET
The Frigate Arkham
AYLESBURY PIKE
Dunwich (off the Pike just beyond Dean's Corners)
HYDE STREET
BROWN STREET
JENKIN STREET
GEDNEY STREET
GARRISON STREET
SQUARE
FEDERAL STREET
NOYES STREET
HALSEY STREET
WHATELEY ST.
Asbury H.E. Church
WEST STREET
MARSH STREET
PEABODY AVENUE
ARMITAGE STREET
Arkham Advertiser
B. M. Station
HIGH ST.
The Barque Miskatonic
HIGH LANE
BOSTON MAINE RAILROAD
WATER STREET
Miskatonic
AYLESBURY ST.
The Island
RIVER STREET (WAREHOUSES)
Wooded Graveyard
HANGMAN'S HILL
MAIN STREET (SECONDARY BUSINESS ST')
West Church
Christ Church
East Church
French House
CHURCH STREET (MAIN BUSINESS ST.)
N. W. Peaslee House
Burying Ground
Bayfriars Church
Miskatonic University
CRANE ST.
LICH STREET
COLLEGE STREET
St. Mary's Hospital
Witch Hse.
Orne's Gateway
PICKMAN STREET
TO CROWNINSHIELD PLACE
HILL STREET
BOUNDARY STREET
HIGH STREET
WALNUT STREET
Daniel Upton House
Albert N. Wilmarth House
SALTONSTALL STREET
PARSONAGE STREET
POWDER HILL STREET
FRENCH HILL STREET
SENTINEL STREET
EAST STREET
MISKATONIC AVENUE
HANGMAN'S BROOK
Key to Miskatonic U. Quadrangle
1. Dept. of Geology
2. Dept. of Physics
3. Dept. of Medieval Metaphysics
4. Dept. of Psychology
5. Dept. of Literature
6. Dept. of The Library
7. University Spa
WASHINGTON STREET
Blasted Heath Reservoir
Kingsport
CHRIST CHURCH CEMETERY

阿克汉姆城

斯卡托河里有一座无人居住的小岛。据说,自古城建造以来,一些令人毛骨悚然的恐怖仪式就在这里举行。阿克汉姆城的许多建筑默默地目睹了这些黑暗行径。著名的女巫之屋里曾住着一个名叫凯奇娅·玛逊的女人;她在 1692 年受审期间引起了一件令人难以启齿的丑闻。

密斯卡托大学是新英格兰的一个文化中心,主要研究玄学。曾有许多著名学者走过密斯卡托大学庄严的大厅,包括阿米塔吉博士和卡特教授。密斯卡托大学的图书馆很有名,里面收藏了一些罕见的危险书籍,比如,阿拉伯的疯子阿布杜尔·亚哈雷德(Abdul Alhazred)的《死亡之书》(*the Necronomicon*);封·君茨特(von Junzt)的《伊波恩之书:难以言说的仪式》(*Book of Eibon, The Unaussprechlichen Kulten*)残篇;艾利特伯爵(Count of Erlette)的《那卡提辛手稿》(*Pnakotician Manuscripts*)、《苏塞克斯片断》(*the Sussex Fragments*)以及《尸食教典仪》(*Cultes des Goules*)。

阿克汉姆城的历史写满了可怕的故事;来此参观的游客需要具备足够的冒险精神和胆识,因为阿克汉姆城的形象将会像一场噩梦在他心里萦绕不去。

霍华德·洛夫克拉夫特,《局外人和其他人》(Howard Phillips Lovecraft, *The Outsider and Others*, Sauk City, 1939);霍华德·洛夫克拉夫特,《飞越死亡墙》(Howard Phillips Lovecraft, *Beyond the Wall of Sleep*, Sauk City, 1943)

阿恩海姆花园 | Arnheim

美国的一个地区,其建造者是酷爱园林设计的美国百万富翁艾里逊。人们通常借助河运方式进入阿恩海姆花园。如果清晨出发前往阿恩海姆花园,那么中午之前,游客就会经过一个宁静而美丽的河湾;黄昏时,河道会变得越来越窄,河岸显得更陡更暗,但是河水越来越清澈见底。千回百转之后,一道山峡扑面而来;山峡的两岸高150英尺，犹如两面试图相互倾轧的高墙，紧紧地连接在一起，看上去简直遮天蔽日。这里的河面没有腐烂的树叶和零散的鹅卵石，水流仍然如水晶般清澈。突然，游客会发现自己到达了一个圆形水池，水池的直径约200码，周围高山林立，其高度丝毫不亚于刚刚经过的山峡两岸。这里的水池又是另一番截然不同的景致：山峦的边缘从水池处按45度角倾斜，上上下下都是绚丽夺目的鲜花；池底堆积着厚厚的小而圆的雪花石，清澈的河水映照出满山鲜花的每一处细节。

此时，游客必须离开自己的船，不管乘坐的是什么船，都必须离开，因为这时候会有一只轻盈的象牙船等着他。象牙船的里里外外都是栩栩如生的猩红色的阿拉伯图案；地板上铺着貂皮，上面有一根附着羽毛的椴木桨。可是象牙船上没有桨手和船员，游客必须自己划船前行。

象牙船悄然启动，不知从哪里飘来一支节奏舒缓的曲子。象牙船在乐声中开始加速前进。经过一处岩石门廊时，河岸变得更加柔和，上面是连绵不绝的翠绿的高原，高原不断向前延伸，渐渐消失在船后。象牙船轻轻地漂浮在水面上，继续缓缓地加速前行。这时候，游客发现有什么东西挡住了去路，那是一扇大门，门上有抛光的金字，镌刻着复杂的图案。金门打开，小船滑进去，随后来到一块广阔的圆形凹地，凹地完全被紫色的山峦环绕。不久，游客闻到一股令人难以忍受的甜味；此时，游客已进入一个色彩斑斓的梦幻世界。高大纤细的东方绿树，低矮的灌木丛，成群结队的金色鸟和红色鸟，百合花围绕的湖泊，长满紫罗兰、郁金香、罂粟花、风信子和晚香玉的草地，其间点缀着一簇簇半哥特式半萨拉逊风格的建筑群。这些建筑奇迹般地悬在半空中，与数以百计的凸肚窗和尖塔一起，在红红的日光下显得金碧辉煌：这里就是阿恩海姆花园。

爱伦坡，《阿恩海姆花园》(Edgar Allan Poe, *The Domain of Arnheim*, Philadelphia, 1847)

阿诺尔王国 | Arnor

敦丹族的北部王国，位于中土以北。在其鼎盛时期，阿诺尔王国一度包括隆恩河和迷雾山脉之间的众多邦国，瑞文德尔王国和霍林王国除外。阿诺尔王国的首都是安努米那斯城(Annúminas)，意即“西方之塔”，坐落在内鲁尔湖畔，位于夏尔郡以北。

阿诺尔王国是高个子伊兰迪尔在第二纪的3320年建立的，当时他是阿诺尔王国和南部的刚铎王国的至尊王。与南部的刚铎王国不同，阿诺尔王国看起来并不繁荣，而且声誉在随后几纪里逐渐衰落。到了第三纪的861年，阿诺尔王国的首都迁至弗诺斯特城。第三纪初，阿诺尔王国遭受重创，至尊王伊兰迪尔之子伊西铎尔国王的人马遭到迷雾山脉庞大的兽人军队的伏击，几乎全部遇难，这就是所谓的格拉顿平原战役。而就在此时，至尊魔戒丢失，这势必对中土的历史产生巨大的影响。

到了第三纪的861年，阿诺尔王国的第10任国王去世，王国分裂为3个国家，分别是阿塞顿、卡多兰(Cardolan)以及鲁道尔；统治者分别为国王的3个儿子。

然而，这3个小王国不断遭到强大而邪恶的巫师国王的攻击。在随后中土的历史上，巫师国王成为摩多纳古尔族的君主。一部分敦丹人撤退到弗诺斯特城、古墓岗和古林地区。然而，不幸的是，到了第三纪的1636年，一场史无前例的瘟疫席卷了中土的大部分地区，再次蹂躏了北部的各个王国。古墓岗的居民被消灭，古墓岗很快沦落为邪恶幽灵的居所。第三纪的1794年，弗诺斯特城也落入巫师国王之手。该城的统治者阿维杜尔国王(King Arvedui)向北逃往福罗契尔地区，避难于雪人族，后乘船前往灰港，途中船毁人亡。

如今，阿诺尔王国几乎完全被巫师国王控制。一年后，在弗诺斯特战役中，巫师国王吃了败仗，但阿诺尔王国并没有恢复它昔日的辉煌。少数留在北方的敦丹人逐渐变成了居无定所的游侠，活动在整个北部地区，仍在尽最大的可能保护北方不受邪恶势力的影响。很大程度上正是因为他们的不懈努力，夏尔郡才获得了长久的和平。

魔戒大战结束之后，联合王国建立起来。联合王国的第一任国王是一个游侠。他曾在北方巡逻多年，当时名叫神行客。直到他登上王位，成为阿拉贡二世（伊力萨王）之后，我们才知道他就是伊西尔铎的继承人，是阿诺尔王国和刚铎王国的至尊王。

托尔金，《魔戒前传：霍比特人历险记》；托尔金，《魔戒首部曲：魔戒现身》；托尔金，《双塔奇谋》；托尔金，《王者归来》；托尔金，《精灵宝钻》

阿若伊森林 | Arroy

从卡默洛特城堡出发，骑马到那里差不多需要 8 天。阿若伊森林主要生长橡树和山毛榉，其间点缀着山楂树。欧石南灌木丛缠绕在一起，似乎在保护阿若伊森林不受外界的侵害。森林的中部有一条山谷，山谷里有一条小溪，小溪边是一座古城的废墟，古城的起源和用途皆不可知。阿若伊森林是 3 个女子的领地，3 个女子都未婚配，年龄分别是 15、30 和 60；她们的任务是带领骑士去冒险。她们要与骑士一起出去一年，然后再回到林间的小溪边。她们中的一个女子把马哈特爵士带到弗古斯高城堡；正是在那里，马哈特爵士杀死了巨人陶鲁德。亚瑟王的姐姐莫甘娜的儿子埃文爵士在林中遇见了莱恩小姐。在莱恩小姐的带领下，埃文爵士来到威尔士边界的岩石城堡，打败了夺走城堡的两兄弟。

也是在这片森林附近，著名的佩勒斯爵士第一次遇见了年轻女子奈娜维。奈娜维负责封住梅林之墓里的梅林巫师。佩勒斯爵士深深地爱上了伊塔德，却遭到她的拒绝。奈娜维就在伊塔德的身上施了魔法，让她疯狂地爱上了佩勒斯爵士；同时又施魔法让佩勒斯爵士抛弃伊塔德。从此以后，奈娜维就与佩勒斯爵士生活在一起了。

托马斯·马洛礼爵士,《亚瑟王之死》(Sir Thomas Malory, *Le Morte Darthur*, London, 1485);约翰·斯坦贝克,《亚瑟王与骑士行传,取材自托马斯·马洛礼爵士的温切斯特手稿和其他相关资料》(John Steinbeck, *The Acts of King Arthur and His Noble Knights From the Winchester Manuscripts of Sir Thomas Malory and Other Sources*, New York, 1976)

亚瑟宫 | Arthur, Palace of

高高地屹立在一座城市的上方,城市的周围群山环绕。站在宫殿的最高处,可以一览无余环抱整座城市的美丽海景。海水已经结冰,晶莹剔透的冰面倒映着光滑透明的城墙。亚瑟宫的前面是一个广场,广场里有美丽的花园,花园里开满了象牙花,结满了水果,色彩明艳奇妙无比,令人驻足忘返,叹为观止。花园的中心是冰雕的喷泉,只有等到海水再次解冻的时候,冰雕的喷泉才会融化。

亚瑟宫的窗外是一些泥罐,里面充溢着雪花和冰花。泥灌里面的光亮如此耀眼,就连棱镜灯也黯然失色,它们逃出高高的五彩窗户,去洗涤宫殿狭窄的街道、走廊和城墙。宫殿里的宝座是用一块硫磺水晶雕镂而成。觐见室里装饰着价值连城的地毯;觐见室的背后有一只会说话的鸟儿,鸟儿的翅膀生得离奇而异常。宽宽的楼梯从觐见室一直通到一个圆屋顶。国王喜欢在圆屋顶里消遣度日,王室成员特别喜欢玩一种纸牌,纸牌上印有许多神秘的符号;纸牌被小心翼翼地分类、选择、展示,玩牌的人都希望用纸牌上的符号组成和谐的数字。点点星光透过圆屋顶洒落在纸牌上,纸牌上的符号变化成活生生的舞台造型。

诺瓦利斯,《亨利希·冯·奥夫特丁根》(Novalis, *Heinrich von Ofterdingen*, Leipzig, 1802)

阿斯贝弗岛 | Asbefore Island

曾经属于巴拉达群岛,现与欧洲大陆相连,但仍保留了这个岛名。阿斯贝弗岛的名称变更过好几次：以前，阿斯贝弗岛也叫琐碎岛、命运岛和无足轻重岛。它曾隶属的那座群岛好像不存在了；法拉帕特岛（Farapart）、江布托特岛（Jumptoit）和印卡尼特岛（Incognito islands）都找不到了，尽管人们努力搜寻过。

阿斯贝弗岛上没有园丁、香水小贩、花匠、厨师、法官、面包师和诗人，并因此而闻名。管理市政大厅的是一个名叫繁忙先生的清洁工。法国的"梆梆火鸡城"曾派出一批火鸡猎手入侵阿斯贝弗岛，繁忙先生击退了他们的入侵，拯救了阿斯贝弗岛。

在阿斯贝弗岛上，游客可以看见一座金桥的遗址。金桥建于1950年，当时的阿斯贝弗岛上正掀起淘金热。如果想更多地了解阿斯贝弗岛，建议游客查阅两种期刊：《闲聊》（*The Gossipmonger*）和《梆梆鹦鹉》（*The Bang-Bang-Parrot*）。

雅克·普莱维特，《巴拉达群岛信札》（Jacques Prévert, *Lettre des îles Baladar*, Paris, 1952）

阿西海尔城 | Ashair

也叫"禁城"，坐落在非洲土恩巴卡的火山深处。一条地下河流经火山和美丽的拱形湖，借助这条河可以到达阿西海尔城。阿西海尔城很小，四周筑有围墙，城市管理者是一个凶残的女王。女王掌控着一支军队，由一些名叫"普陀米"（ptomes）的蜥蜴人组成。蜥蜴人可以算是一种两栖动物，虽然它们在湖里行动时必须穿潜水衣。阿西海尔城值得一游的地方只有狮子竞技场和皇宫。

从皇宫出发可以进入一个金碧辉煌的地下王国。穿过"折磨室"的大门，又会出现许多大门，穿过大门可以进入一间圆屋子，这些门都上了闩。一旦穿过这些门，门会自动关上，同时又会出现许多门，通往另一个房间，与前一个房间没什么两样。最后，游客会来到霍若斯城（Horus），一座位于湖泊下面的城市。有时候，犯人会被带到这座水下城，囚禁在一间环形小屋里，屋里没有任何通风设备。然后，湖水会灌满这间屋子，把那些不幸的囚犯活活地淹死。

阿西海尔城的周围经常有狮子和小霸王龙出没，而且还能看见海蛇和危险的鱼类在霍若斯水域游来游去。

倘若受了诱惑，游客想带走阿西海尔城受保护的“钻石之父”，那我们奉劝游客千万别那么做，那可是自找麻烦。所谓“钻石之父”其实不过是一堆锁在箱子里的煤炭，用于一种乏味无聊的智力游戏。

埃德加·巴勒斯，《泰山和禁城》(Edgar Rice Burroughs, *Tarzan and the Forbidden City*, New York, 1938)

灰树林城堡 | Ash Grove, Castle

一个古老的精灵王国，坐落在威尔士最西边高耸的普瑟里山下的一个山谷里。灰树林城堡这一精灵王国的名称，其来源可以追溯至这个王国的早期历史。当时，精灵王国的精灵们还不知道如何建造房屋，于是晚上就成群结队地爬到灰树枝上过夜。这样的习俗如今不再盛行。与其他精灵王国一样，灰树林城堡也沿袭了这样的传统：只有劳作的仙女才可以飞到灰树林；贵族仙女通常都不喜欢翅膀，认为翅膀可能玷污她们的自尊。灰树林城堡最闻名的是精灵们酿造的无与伦比的蜜酒和那里飘荡的美妙歌声。精灵们对待邻居很友好，对误入这里的人类之子和奶牛通常也很宽容，并且常常在树上快乐地欣赏林中的孩子和奶牛。

灰树林城堡被茅草覆盖，规模较小。城堡里的居民最伟大的成就就是让山谷上面的高山出现和消失；高山时而在，时而不在。精灵们最初这样做是在很多年以前；当时他们还栖居在灰树枝上。一天，一位老人来到他们居住的地方。老人曾经乘坐一块自制的花岗岩石板，从爱尔兰一直漂流到圣布莱德海湾。按照这位老人的说法，石板可以借助他传达的“意念”，漂浮在水面而永不下沉。老人向精灵们解释“意念”的本质，并告诉他们“意念”可以移动高山。但他又不无遗憾地说，既然精灵没有灵魂，连小小的鹅卵石都搬不动，那就更别提移山了。老人的说法使精灵们的自尊心大受打击。当老人出发到卡马森郡，去转化那里的异教徒时，精灵们想起了老人的话。她们决定用行动颠覆老人的论断。于是她们立即行动，但事实的确如此，他们连一块鹅卵石也搬不动。最后，宫廷诗人的侄子告诉他们，如果要移动高山，必须齐声歌唱。不久，一首移山专用的曲子产生了，并且给配上这样的歌词："普瑟里山呀，快点移动吧！"一开始，大家都唱同一个调子，后来又自发地在悦耳的基调上增加了高音，产生了恢弘的合唱效果。令精灵们感到惊讶的是，高山果真开始移动了。经过仔细地观察，大家发现了这样的情况：普瑟里山像云彩一样飘起来，飘到普莱利蒙山，然后一连几天像瓢泼大雨一样倾盆而下，末了再移到原来的位置，并再次作为倾盆大雨降下来，凝固成山。此后，精灵们的歌声和移山活动就成了一种定期举行的仪式，居住在那里的人类看见普瑟里山从天边消失，并把高山的返回看作开始收获的标志。

灰树林城堡的历任女王都被叫作莫甘(Morgan)，因为她们这个家族包括臭名昭著的莫甘娜，也就是亚瑟王之妻。也许，灰树林城堡最著名的歌手就是音乐女神莫甘・布瑞斯特纳，她的继承者是蜘蛛莫甘；之所以这样称呼是因为她具有卓越的纺纱技能。在蜘蛛莫甘的统治下，精灵们形成了这样一个习俗：她们扮成凡人，去伍斯特尔城倾听大教堂举办的乐器独奏会。后来，她们还参加伍斯特尔城举办的三大合唱团音乐节。

希尔维亚・华纳，《精灵王国》(Sylvia Townsend Warner, *Kingdoms of Elfin*, London, 1972)

灰烬山脉 | Ash Mountains

参阅艾瑞德-利苏伊山脉(Ered Lithui)。

阿斯兰王国 | Aslan's Country

一个位于世界尽头以外的高地国家(亦参"天涯岛")。对于这个国家，我们知之甚少。从世界的尽头望去，阿斯兰王国似乎由一些山峦组成，山峦的海拔高得离奇，却终年不积雪，满眼都是一望无际的绿草和森林。阿斯兰王国的边境地区耸立着最高的阿斯兰峰，山顶飘浮着朵朵白云，如成群的小绵羊；白云以下什么也看不清。

阿斯兰王国的水资源异常丰富，可以同时为所有的人解渴。阿斯兰王国的动物包括众多美丽的五彩鸟；五彩鸟的歌声堪与复杂的现代音乐媲美。

纳尼亚王国的缔造者阿斯兰通常装扮成狮子的模样出现在游客面前。据说，他有时候也会扮成一只小羊羔。然而，不管他以哪种形式出现，请游客们都不要把他误认为当地的某种动物哦。

C. S. 路易斯，《纳尼亚传奇："黎明踏浪号"的远航》；C. S. 路易斯，《银椅》(C. S. Lewis, *The Silver Chair*, London, 1953)

阿斯托维尔岛 | Astowell

位于地海群岛的东端；当地居民有时也把这座岛屿叫作最后的陆地。小岛上只有一个港口，位于北海岸高耸的巉岩之间。游客会注意到，这个港口及其周围的城镇都是由粗糙的篱笆棚屋构成的，棚屋西北朝向，好像面对着人类和地海群岛的其余部分。

阿斯托维尔岛上没有树，唯一可使用的交通工具是一种圆形小舟，用芦苇编织而成，经不起风雨的侵蚀。岛上也没有金属，唯一的武器是贝壳片和原始的石斧。很少有船只来到这座岛上，因为岛民们不能提供任何可供交易的物品；加之岛屿周围的海水凶猛湍急，船只很难靠岸。阿斯托维尔岛上的生活很原始，岛上既无男巫，也无女巫，岛民们不懂巫术，这反倒让人琢磨不透，因为许多游客都知道，巫术在地海群岛非常盛行。

乌苏拉·奎恩，《地海的巫师》(Ursula K. Le Guin, *A Wizard of Earthsea*, New York, 1968)

阿斯塔伽鲁斯王国 | Astragalus Realm

位于阿尔卑斯山，这里住着雪域之王阿斯塔伽鲁斯。阿斯塔伽鲁斯得到阿尔卑斯山的神灵的眷顾，也总是愿意帮助遭遇痛苦的不幸游客。游客也会发现，阿斯塔伽鲁斯不仅能把不幸的人带上正道，还会给他们提供精神方面的帮助，引导失落的灵魂寻找万物的真谛。

菲尔迪南·雷蒙，《阿尔卑斯王与人类之敌》(Ferdinand Raimund, *Der Alpenkönig und der Menschenfeind*, Vienna, 1928)

阿斯塔丽亚岛 | Astralia

参阅幽灵寻求岛(Spectralia)。

阿斯尼城 | Athne

参阅卡士尼城(Cathne)

阿宋特王国 | Athunt

参阅花神岛(Flora)。

亚特兰蒂亚城 | Atlanteja

亚特兰蒂斯岛的定居者建造的一座地下水城；发现亚特兰蒂斯岛的是一群遭遇船毁的幸存者，当时他们在负责开挖大西洋地道，大西洋地道距离布列塔尼半岛的海滨150英里左右。如今，亚特兰蒂亚城只剩下残垣断壁：破碎的廊柱孤独地伫立着；衰败的寺庙犹如一片被最猛烈的狂风肆虐后的森林；从前的屋舍已退化成海草和鱼群的栖息之所；当年摆设着各种精美家具的宫殿如今变得瓦砾成堆；长满水草的宽阔街道从南向北和从东向西穿过，一直延伸到水域的尽头。然而，最能使这座水城的废墟显得美丽壮观的却是闪闪烁烁的蓝色磷光，它们像晨星的微光点缀着城市的上空，给古老的水城以生命的幻象。这种光亮其实是生活在黑暗水域里的不可胜数的水母发出的。此外，在水城的废墟里，成千上万的小生物也不断发出幽微的亮光，与水母的亮光一起，使亚特兰蒂亚水城的城墙看起来多了一种神秘而怪诞的灵动。

路奇·莫塔，《索多玛里诺的地道》(Luigi Motta, *Il Tunnel Sottomarino*, Milan, 1927)

亚特兰特城堡 | Atlante's Castle

位于法国与西班牙之间的比利牛斯山，坐落在一个蛮荒山谷里的一块陡峭岩石上，岩壁上有岩洞和可怕的裂缝。根据游客的说法，从远处看去，亚特兰特城堡好像一团熊熊燃烧的火焰。城堡的四周是铁墙壁；据说，这些铁墙壁是地狱里的魔鬼建造的。城堡里住着男巫亚特兰特，他的头部像鹰，身体像马，属于一种翼马，是半狮半鹫的怪物与母驴的后代。男巫满世界地寻找和掳掠美丽女子。游客一定要记住男巫的魔盾，男巫就是借助魔盾的反光效果使受害者头昏目眩，从而乖乖就范。

亚特兰特城堡

卢多维克·阿里奥斯托，《愤怒的奥兰多》

大西洋地道 | Atlantic Tunnel

全长约4700公里，曾用于连接欧、美两块大陆，是由法国工程师阿德恩·杰昂特(Adrien Géant)设计并完成的。大西洋地道始于曼哈顿岛，初建于1924年，此后又陆续在水下安设了数节管道；管道表面涂有水泥，防止铁和水必然会发生的化学反应。每一节管道都用铁螺丝钉与下一节相连接，这些铁螺丝钉包裹在橡皮胶里，这样可以避免海水渗入管道。在施工的过程中，专门有工人在庞大的管道上方张开巨大的铁丝网加以保护，因为遭遇海难的船只可能沉入水底，破坏整个管道系统。工人用结实的铁索把这些管道沉到海底；他们先往管道内注满水，然后将其缓慢地下沉，这样就能很轻松地把它们安放到正确的位置上。管道的一端被封住；没有封口的一端则与一段管道和用来抽水的水泵紧密地衔接起来。一旦装好一段管道，里面的工人就摧毁封住前一段管道一端的铁墙，这样，地道工程就可以继续进行。据说，史上所有的伟大工程，其理念最初都源于某些微不足道的小事情。杰昂特建造

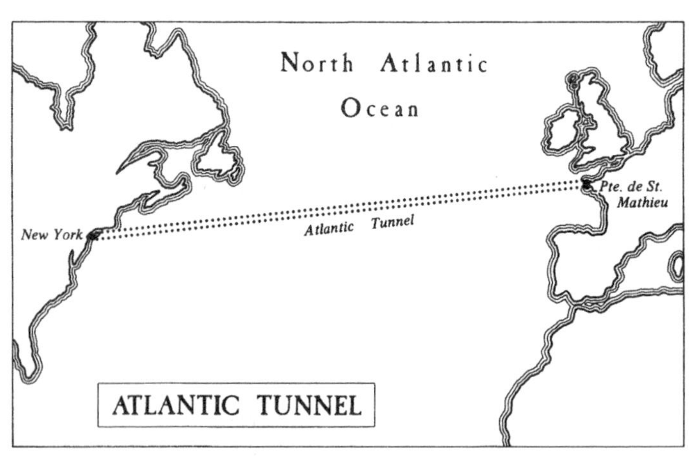

大西洋地道

这个地道的灵感,来自他观察那些在街上玩耍的小孩所得出的结果。有一次,杰昂特在观察孩子们玩耍的时候,特别注意到孩子们手中的竹竿:竹竿有许多中空的木质薄膜将各个竹节彼此隔开。他当时灵机一动,大西洋地道工程的雏形由此产生。

每当遇到海水太深,管道不可能安全地固定到预定的位置的时候,工人就把密封好的大箱子吊到海底,然后把它们平行摆放。箱子之间用巨大的铁索连接;管道就安装在铁索上。如此一来,地道工程从某种程度上就变成了大西洋底的一架水下桥梁,犹如一条设置有许多巨大浮标的坚实的高速公路。大西洋地道在欧洲的出口位于布列塔尼半岛的圣马修地区,离法国的布雷斯特城不远。

地道的落成典礼于 1927 年 5 月 12 日举行。那天,第一列水下火车开始通行。可是随即发生了一次大爆炸,爆炸声震撼了地道,摧毁了杰昂特的大半个工程。水下火车被困,车上乘客借助潜水帽成功获救,并返回到欧洲。就在回欧洲的途中,他们偶然发现了亚特兰蒂亚城(Atlanteja),那是亚特兰蒂斯岛民建造的一座已成废墟的城市。据说,策划那次恐怖大爆炸的人是马若勒;此人是杰昂特的情敌,也是杰昂特生意场上的对手。马若勒最终被绳之以法。大爆炸过后,地道工程再也没有被维修过;地道的残余部分逐渐遭到海水的侵蚀,如今只看得见它的一小部分遗迹。

路奇·莫塔,《索多玛里诺的地道》

亚特兰蒂斯岛 | Atlantis

一个面积广袤的大陆岛屿。公元前 9560 年,这座岛屿被大西洋淹没,不过部分地区仍有人居住,可供参观。

古老的亚特兰蒂斯岛呈椭圆形,东西 533 公里,南北 355 公里,由逐渐隆起的高原构成。高原四周是直逼海岸的险峻山峦;山腰和山谷里有众多富饶的村庄。高原地带土壤肥沃,有许多富含鱼类的溪流灌溉高原上的农田。岛上富含一种珍稀的矿物质,名

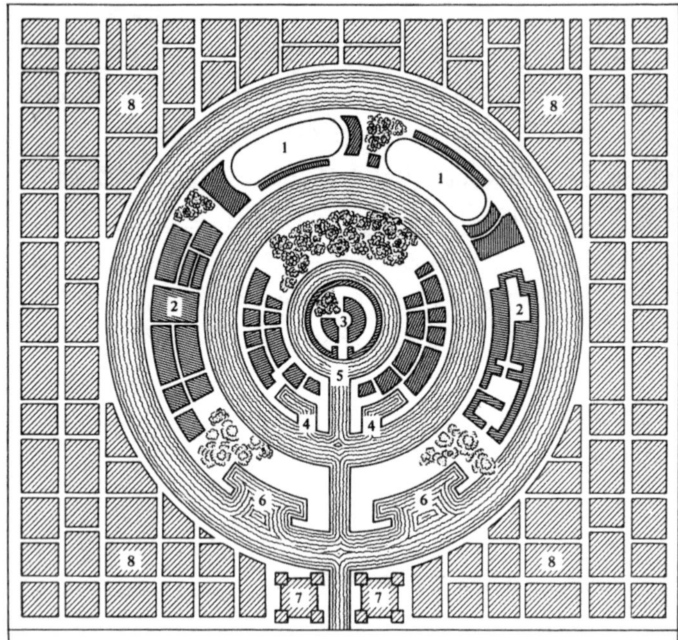

首都亚特兰蒂斯城的布局

叫"奥利卡库姆"(Oricalcum),当地人把其视若黄金。亚特兰蒂斯岛上的工业和艺术很发达,所制造的轮船云集欧洲、非洲和美洲的各大港口。亚特兰蒂斯王国拥有陆军和海军,数量近百万。他们不仅保卫本国的领土,还试图监控别国。亚特兰蒂斯王国在世界各地都有自己的殖民地,它甚至还威胁了埃及和希腊的安全。据说,雅典人曾经击退亚特兰蒂斯人的入侵,是成功击退亚特兰蒂斯人的几个为数不多的民族之一。

亚特兰蒂斯王国的首都也叫亚特兰蒂斯,坐落在高原的中部。亚特兰蒂斯城的周围是土木结构的建筑,呈环形展开,环与环之间被深深的水渠隔开。这些呈同心圆的土木建筑之核心或者说第一道环,筑有900米长的围墙,所用的建筑材料正是珍稀矿石"奥利卡库姆"。这一环内的建筑有堡垒、皇宫以及坐落在小树林里的波塞冬神庙,皇宫和波塞冬神庙的墙壁皆用金、银做装饰。用"奥利卡库姆"修筑的围墙与第二环建筑之间被第一条运河隔开,这条运河也被用作一个内港。第二环的建筑外围有一堵石墙做防御,石墙的表面涂有锡层。第二环与第三环之间又被第二条运河隔开。第三环叫主环,面积很宽,涵盖了几处小树林和无数的建筑,包括体育馆、军营和赛马场。赛马是亚特兰蒂斯人最喜欢的体育运动。第三环由一堵铜墙做保护,铜墙以外是第三条运河,位于亚特兰蒂斯的大港口,把第三环和第四环隔开;第四环的建筑包括仓库和商业区。所有的运河和港口都由水下地道相连接,各环内部都建有巨大的秘密洞穴,用以隐藏庞大的亚特兰蒂斯战船。

在那场毁灭性的灾难之后,亚特兰蒂斯岛的两个重要部分奇迹般地保留下来。其中一部分沉入海底,距离加那利群岛的西南面约200英里远。另一部分位于沙哈拉沙漠,是因为地质运动而抬升起来的;地震使亚特兰蒂斯岛的其余部分沉入了海底。这两个地区居住的亚特兰蒂斯人的后代逐渐形成了各自不同的性格。不过游客可以通过寻找这两地居民的共同特征,了解古老的亚特兰蒂斯岛民的生活。

1926年,马拉卡特教授发现了沉入海底的那一部分亚特兰蒂斯岛的遗迹。当时他正用潜水钟探测岛屿附近海洋的深度。教授通过观察发现,那里的人们生活在一栋庞大的建筑里。那栋建筑可能建于大灾难之前,当时被用作一个避难所;由于在淤泥里陷了几个世纪,如今只有从屋顶才能进去。通过对这栋建筑的进一步挖掘,人们又发现了其中的实验室、发电站以及其他场所。这栋建筑的四周是亚特兰蒂斯王国的街道和一座寺庙的废墟;这些建筑最初位于第三或第二环内。为了纪念黑脸君王,这栋建筑的材料完全采用黑色大理石。大门的上方雕刻着希腊神话里的蛇发女怪美杜莎,她的头上长着无数条放射状分布的毒蛇。不远处的墙上也刻着美杜莎的头，还有一些景象充满了残酷的美感和野兽般的欲望。君王的宝座上镶嵌着红宝石，宝座上面坐着一个人，如果参观者没有感到特别的厌恶，他是很难注意到这个形象的。据说，这个人代表某位神灵，神灵的名字不宜说出口。

亚特兰蒂斯岛的这一带地方住的都是黑人；为黑人服务的是一群白人。这些白人可能是被俘的希腊士兵的后裔，他们的主要工作是采煤。白人奴隶保留了雅典娜崇拜，不过亚特兰蒂斯岛的水下世界的主要宗教是摩洛神或巴力神崇拜。巴力神庙是一间四边形的屋子，有金色的大门；墙上装饰着稀奇古怪的人物形象，这些人戴着宽大的装饰性头巾。祭司就像佛教里的大佛一样坐在小小的座位上；座位四周装有电灯。祭司背后有一口小锅，锅里正煮着人肉，那是用来献祭的；这些牺牲品大多是当地人与异族通婚所生的孩子，比如亚特兰蒂斯人与奴隶结合生育的孩子。亚特兰蒂斯岛上严禁与异族通婚。

亚特兰蒂斯岛上的科学技术十分发达。科学家发明了一种化学方法，可以用于制作酒类、咖啡、茶和面粉。用这种化学手段生产出来的东西与天然的性质相同。此外，科学家还发明了一种幻灯，用来保存他们的历史和传统。这种幻灯可以把人的心理形象投射到屏幕上，还可以制作电影。借助这种方式，游客可以看到早期幸存者记录的亚特兰蒂斯岛的毁灭过程。

亚特兰蒂斯岛的水下语言学起来很困难。事实上，这种语言包括一些摩擦音和嘀嗒音，欧洲人几乎不可能模仿这些发音。而且，欧洲语言里的任何一个字母也无法与之对等。这种语言从右往左写在晒干的鱼皮上；许多书籍也是印在鱼皮上的。亚特兰蒂斯岛上的奴隶使用古希腊语。

亚特兰蒂斯岛上的动物极其危险。黑白相间的老虎蟹与纽芬兰岛的野狗差不多大，正沿着海底爬行；有毒的红鳗鱼栖息于岩石间粘糊糊的洞穴里；30 英尺长的黄貂鱼和巨大的海蝎子在这里也很常见。此外还有海蛇，尽管一种长 200 多英尺的银黑色的海蛇很少见。游客最好不要接触的海底动物有身体庞大的比目鱼，它能占据将近半英亩的海域，也不要接触巴塔哥尼亚野兔、30 英尺长的巨龙虾，以及近似锯脂鲤的小鱼。这里最奇怪的野兽是“普拉克撒”(praxa)，这是一种半有机、半气体状的动物，像一团中心发光的绿幽幽的云雾。这种动物爱吃人肉，它会撕裂人的眼睛，然后把一个人整个儿吞掉。

亚特兰蒂斯岛的另一半废墟是几年前被发现的，发现者是莫朗奇上校和圣亚维特中校率领的法国探险队，时间是 1897 年。在阿哈加尔断层的杰尼山脚的一个洞穴里，他们发现了一些奇怪的碑文。结果他们被导游灌了麻醉药，被丢到悬崖下面。醒来后，他们惊讶地发现了一片绿洲，那是撒哈拉沙漠里最美丽的一片绿洲。探险队的一个成员叫作梅斯哥博士，他坚信这里就是消失已久的亚特兰蒂斯岛的另一部分，从而证实了他本人根据米利都人狄奥尼修斯所著的《亚特兰蒂斯岛之行》(*The Travels to Atlantis*)所得出的推论。梅斯哥博士还在 French Landes 的 Dax 找到了西西里的狄奥多罗斯(Diodorus Siculus)提到过的那份手稿。

统治上述绿洲王国的是安蒂尼王后。这个国家的风俗习惯很不利于当地旅游业的发展。按照当地的风俗，如果到这里来的游客是男性，他就必须首先与王后订婚，然后被处死，并被精心制作成木乃伊。绿洲王国制作木乃伊的工序不同于古埃及。首先，他们用银盐腌渍死者的皮肤，然后将尸体放在含有“奥利卡库姆”珍稀矿物的硫酸盐水中浸泡并通电，这样尸体就会变成坚硬的金塑像。这种金塑像比白银更珍贵，比黄金更稀有。这样产生的金碧辉煌的塑像被放在特别的小生境里，有的被用来装点皇宫。这样的小生境共有 120 个，但完全充满金塑像的小生境只有 54 个。

柏拉图，《柯里西亚》(Plato, *Critias*, 4th cen. BC)；柏拉图，《提玛乌斯》(Plato, *Timaeus*, 4th cen. BC)；伯努瓦，《神秘的亚特兰蒂斯岛》(Pierre Benoit, *L'Atlantide*, Paris, 1919)；柯南·道尔爵士，《玛拉柯深渊》(Sir Arthur Conan Doyle, *The Maracot Deep*, London, 1929)

亚特尼尼王国 | Atnini

参阅卡伽德帝国(Kargad Empire)。

阿特诺克拉岛 | Atrocla

参阅智慧群岛(Isles of Wisdom)。

阿土安岛 | Atuan

参阅卡伽德帝国(Kargad Empire)。

阿特瓦塔巴王国 | Atvatabar

一个面积辽阔的地下王国,正好位于美洲大陆的地下,从加拿大一直延伸到厄瓜多尔;是乘坐“极地王号”的莱西顿·怀特指挥官和威廉·华莱士船长在1891年5月发现的。穿过一个大洞穴可以进入这个地下王国,北极就是这个洞穴的入口。阿特瓦塔巴地下王国境内的光和热来自太阳,这里的太阳终年不落,形成一种近似于热带的气候。

阿特瓦塔巴人头发金黄,长得很英俊,而且极富创造力;他们发明了造雨机、海运铁路和无轮自行车。

阿特瓦塔巴地下王国实行君主选举制,国王和贵族一经选举就终生不变。立法机构和皇宫都坐落在首都卡尔诺戈城。陆军和空军成为一体,空军依靠小发电机启动的磁力翅膀飞行。陆军骑一种巨大的铁鸵鸟,名叫“伯克霍凯特”(bockhockid)。阿特瓦塔巴人还不知道蒸汽机和火药。阿特瓦塔巴王国境内的黄金毫不稀罕,跟铁一样比比皆是。

阿特瓦塔巴人的语言极其复杂。字母从英语字母演化而来,

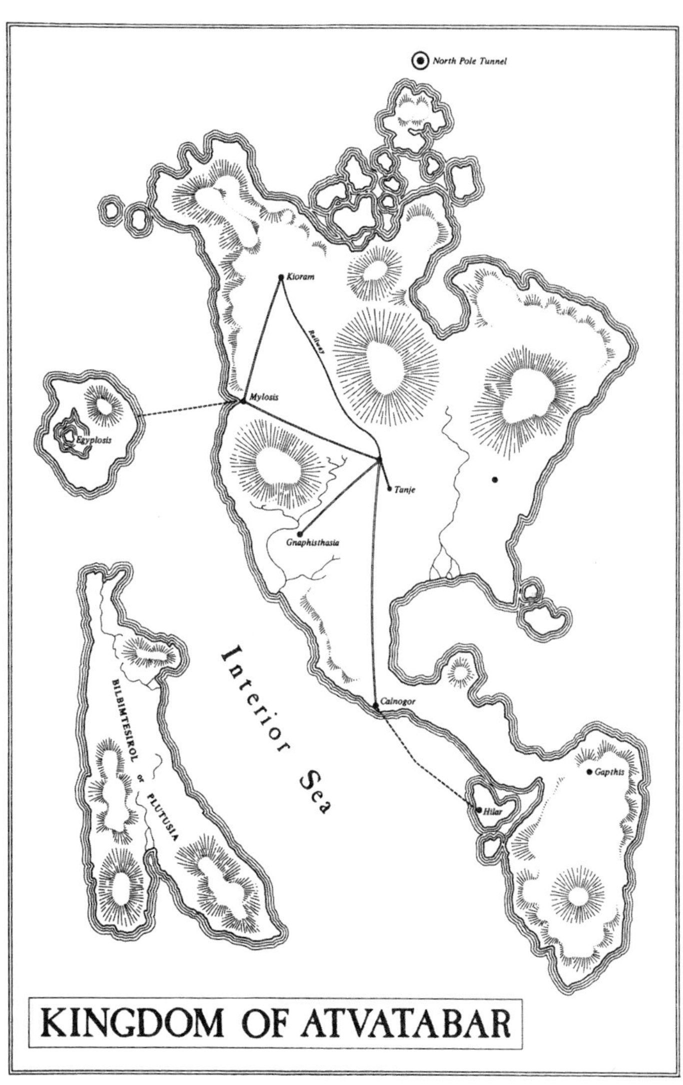
North Pole Tunnel
Kioram
Railway
Mylosis
Egyplosis
Tanje
Gnaphisthasia
Interior Sea
BILBIMTESIROL
or
PLUTUSIA
Calnogor
Gapthis
Hilar
KINGDOM OF ATVATABAR

阿特瓦塔巴尔王国

比如 a 是 o，b 是 p，如此等等；Hello 就是 Vszzc。用卫士官弗拉苏里的话来说，阿特瓦塔巴王国的语言"就像爱尔兰语，是太阳底下最难的语言"。

阿特瓦塔巴王国的国旗是一个粉红色的圆盘，圆盘的四周是紫罗兰的田野，田野里绘有浅绿色的圆圈。

威廉·布拉德肖，《阿特瓦塔巴女神，内陆世界的发现史和阿特瓦塔巴王国的征服史》(William R. Bradshaw, *The Goddess of Atvatabar being the History of the Discovery of the Interior World and Conquest of Atvatabar*, New York, 1892)

奥德拉地区 | Audela

超越人类视线和感官的帷幔之外的所有地方。这层帷幔永远不能被揭去，但经常被撕裂，人们把撕裂的地方叫火焰。

奥德拉地区以前的统治者是弗瑞狄丝女王，因为波伊兹麦王国的曼纽尔伯爵(Count Manuel)的爱情而变成了人。如今，这位女王生活在萨吉尔岛。

詹姆斯·卡贝尔，《地球人物：一部关于形貌的喜剧》

奥恩塔尔村 | Auenthal

面积很小，位于德国希尔奥小镇附近的河岸边。奥恩塔尔村最著名的人物是玛瑞亚·伍兹。伍兹先生是一位小学校长，也是一位管风琴演奏家，曾用过其他作家的名字著书。这种习惯加上对时代错误问题的完全置之不理，伍兹先生更加相信所有其他人的著作都是对他的剽窃。他只有一本书，即莱比锡国际书展目录；他认为这本目录就是他丰富的灵感之源。我们不知道伍兹先生的著作是否已经出版。

让-保罗，《奥恩塔尔村的玛瑞亚·伍兹校长的快乐生活》(Jean Paul, Friedrich Richter, *Leben des vergnügten Schulmeisterlein Maria Wuz in Auenthal*, Berlin, 1893)

奥尔斯贝格城堡 | Auërsperg Castle

位于德国东北部的黑森林，属于奥尔斯贝格家族。

在那里，阿克瑟尔·奥尔斯贝格掌握了 19 世纪中期黑巫术的种种技巧。城堡建于中世纪，此后可能有过几次修葺。城堡包括著名的高塔和大礼堂，里面保存着黑魔法所需要的东西，比如早已灭绝的动物的肢体、炼金术士的设备以及黑木架上的书籍。墙壁上挂着萨拉逊人的武器和盾牌，还有翅膀完全展开的秃鹰和被钉在墙上的雄鹰。门上有挂毯，地上铺着熊皮和狐狸皮。窗户很窄，属于哥特式风格；透过窗户可以看到黑魆魆的黑森林。城堡里的所有家具上面都有奥尔斯贝格家族的盾形族徽，由两个金灿灿的斯芬克斯支撑着，上面写着 AltiUs rEsurgeRe SPERo Gemmatus。

奥尔斯贝格城堡的大礼堂内的壁炉

城堡下面是一座庞大而复杂的迷宫，由条条拱形通道构成。通道里排列着古代英雄的塑像；不知从什么时候起，这个家族的人死后都埋在这些通道里。

奥古斯特，《维利耶德易思乐亚当伯爵，阿克塞尔》(Philippe-Auguste, *Comte de Villiers de L'Isle-Adam*, *Axël*, Paris, 1872)

奥斯帕希亚王国 | Auspasia

奥斯帕希亚王国的居民特别吵闹，据说这个王国的首都是世界上最吵闹的地方，其喧闹声丝毫不亚于纽约。奥斯帕希亚人喜欢饶舌，尤其是南方人；这一点也可以用来解释，为什么他们的议会竟然变成了脱口秀俱乐部。奥斯帕希亚王国不断分裂成一个个吵闹不休的派别，这些派别又遭到著名演说家的狂轰滥炸，各派的权力完全掌控在少数诡辩家手里。大厅里举行的盛大集会吸引了众多的观众。在集会上发表的演讲都是即兴的，因为演讲本身比思想重要得多，即兴演讲的技巧尤为重要。演说家匆匆奔走于各个集会，以此获得巨大的政治成就，聚敛大量的财富。

狂热的演讲风尚导致了政治上的分裂，这无疑成为最近爆发的全国性内战的根源。关于那次毁灭性的大灾难的细枝末节，人们并不知道。但人们知道失败的一方遭到了驱逐，被驱赶到莫拉尼亚(Morania)罪犯收容岛。据报道，少数囚犯试图逃跑，结果沦为鲸鱼的美餐。

奥斯帕希亚王国的全民性演讲热情导致了人们对戏剧的狂热。演员、剧院经理甚至舞台布景工人都跃跃欲试，随时准备着向野心勃勃的作家们建言献策。完全遵照作者理解的戏剧是很难登上舞台的，上演的剧本通常已被某些人肆意篡改得面目全非(这种行径在美国的出版行业被叫作“编辑”)。在奥斯帕希亚王国，声誉最高的剧作家是著名的悲剧作家贾斯廷·巴比洛特(Justin Babilot)。

国家学院是重要的文化机构，卓有建树的成员有库萨克(Cussac)和斯库伯(Scrube)。库萨克在蜗牛研究领域成就卓著，并在打破国家垄断蜗牛饲养方面贡献巨大。斯库伯发明了毒药，却被看作一个慈善家，这主要是因为他研究的毒药只用来对付在最近一次大战中破坏法律和自由的那些坏人。皇家道德与自然科学公司也很著名，这个组织任命传奇人物马斯卡若(Mascarol)为终生秘书，负责在奥斯帕希亚王国的哲学领域引进一种原则感；这种原则意识以前却是敌国的传统品质。

然而，令人不可思议的是，奥斯帕希亚王国最值得称道的科学家莱昂纳多(Léonard)却不为人知，就连国内也很少有人知道他。莱昂纳多很安静，经常离群索居，他的许多研究都获得了同行专家的认可，并相继得到出版。经过10年的潜心研究，并且在经费完全自筹的情况下，莱昂纳多最终完成并出版了《相异有机元素的快速功能性突变》(*Rapid Functional Mutations of Differentiated Organic Elements*)。他在该书中简要说明了有机体获得新生命功能的根源，使之成为该领域的奠基之作。莱昂纳多试图让更著名的同事参与这项研究，可是他的那些同事几乎无人对这个重要的新兴领域感兴趣。奥斯帕希亚王国最杰出的科学家还有待发掘。

乔治·杜亚美，《帕斯基埃的信》(Georges Duhamel, *Lettres d'Auspasie*, Paris, 1922)；乔治·杜亚美，《坎蒂德的最后旅行》(Georges Duhamel, *Le dernier voyage de Candide*, Paris, 1938)

澳大利亚岛 | Australia

爪哇岛东南部一个面积很大的岛屿，千万不要把它与另一个同名的大陆相混淆。澳大利亚岛的沿海地区干旱少雨，岛上无人居住。

澳大利亚岛上有两个重要国家：东面是诗波洛比亚王国，西面是瑟瓦拉比亚王国；海滨有许多多岩石的半岛。

邓尼斯·维拉斯，《瑟瓦拉比人的历史》(Denis Veiras, *Histoire des Sevarambes*, Amserdam, 1677—79)

奥托诺斯岛 | Autonous's Island

可能位于大西洋。岛上土壤肥沃、风景秀丽、气候温暖而稳定，暴风雨不多，动物有山羊、野鹿和海禽；岛屿南面有一个湖泊，是有名的海狸居住区。奥托诺斯岛上没有食肉动物，海狸通常在干旱的陆地上安家。奥托诺斯岛的名字来自奥托提尼公爵尤金尼斯之子奥托诺斯。尤金尼斯公爵夫妇遭到艾品诺亚王国(Epinoia)的放逐，这个王国因尤玛特玛大学（the University of Eumathema）而闻名；他们的儿子奥托诺斯也未能幸免。尤金尼斯公爵一家在这座岛屿附近遭遇海难，他们的船只被毁，公爵夫人遇难生死。

距离奥托诺斯岛 5 里格远的地方有一个小岛。在一次事故之后，公爵与儿子奥托诺斯失散。奥托诺斯独自一人在这座小岛上生活了 19 年；在此期间，他花了大量时间观察自然的变化。后来，他被父亲带来的艾品诺亚王国的一艘轮船救走。

无名氏，《奥托诺斯的故事》（讲述一个贵族子弟在灾难之后如何在一座孤岛上生存下来的经历，包括奥托诺斯的幼年时期。奥托诺斯在那座孤岛上生活了 19 年，完全与世隔绝，直到最后被父亲救走。该书叙述了在完全孤立无助的日子里，奥托诺斯的生活经历、反思和求知。本书内容均出自奥托诺斯的自述）（Anonymous, *the History of Autonous*, London, 1936）

阿瓦罗尼城 | Avallonë

参阅托尔-艾瑞希岛（Tol Eressëa）。

阿瓦隆岛 | Avalon

一个多湖泊、多岩石的岛屿，岛上风景优美，四周是洼地，内陆地区植被茂密，有果园，有森林茂密的山谷。阿瓦隆岛终年无风，不下冰雹也不降雨，也从未下过雪。

岛上有一座小教堂，是亚利马太的约瑟夫建造的。阿瓦隆岛上住着一群女人，她们掌握了世界上所有的巫术。

阿瓦隆岛上出现过一个了不起的奇迹。魔法师梅林把卡默洛特城堡的亚瑟王带到阿瓦隆岛的时候，一只手从水里伸出来，递给亚瑟王一把神剑；这把神剑将永远为亚瑟王效劳。据说，伸出水面的那只手是湖泊夫人的手。

亚瑟王在阿瓦隆岛上接受了宝剑，但他必须在死前将宝剑送还。于是，他吩咐贝德维尔爵士把宝剑投进湖里；那只手立即出现在湖面上，它抓住宝剑，挥舞了一下就消失了。

因此，亚瑟王是回到阿瓦隆岛之后才死去的；在他生命旅途的最后一段里有 4 个女王相伴，她们是莫甘娜、湖泊夫人、北风女王和荒原女王。

无名氏，《亚瑟王之死》(Anonymous, *La Mort le Roi Artu*, 13th cen. Ad)；托马斯·马洛礼爵士，《亚瑟王之死》(Sir Thomas Malory, *Le Morte Darthur*, London, 1485)；阿尔弗雷德·坦尼森，《国王叙事诗》(Alfred, Lord Tennyson, *The Idylls of the King*, London, 1842—85)

阿瓦沙王国 | Avathar

参阅阿曼大陆(Aman)。

阿冯代尔村 | Avondale

阿冯代尔空想共产主义联合村的所在地。建于 19 世纪下半叶，是南方的英国空想共产主义村之一。阿冯代尔村位于风景宜人的荒野，村里的花园尤其令人赏心悦目。一条蜿蜒的小溪缓缓流进被青苔覆盖的幽谷，为村庄的兄弟姐妹们提供了一个舒适的散步场所。

阿冯代尔村是一个有等级分别的共同体，其最高统治者是至高无上的祭司长和长老；他们共同致力于人类的更高发展。共同体的所有成员都把自己看作人类未来的服务员。他们的宗教准则概括了共同体的基本信条："宇宙无限广阔，而人类寄居的地方只是宇宙中最小的一个星球。愿我们行动起来，满怀敬畏和谦卑，完善我们的小家园！以我们人类的名义，愿能如此。"他们的信仰包含了达尔文的进化论思想。

空想共产主义村的所有成员都必须工作，工作时间每天不超过5小时，每10天休息24小时，这种以10天为一个工作时段的劳动方式叫“十天工作制”。

共同体的主要产业是农业，村庄周围是大面积的蔬菜种植。共同体在分工方面有性别之分，未婚女子主要在医院从事护理工作。

游客可能会注意到，在这个空想共产主义村庄，私人情感总是服务于共同体的最大利益。比方说，一个人能否结婚取决于整个共同体；如果想拒绝共同体赐给他的配偶，他必须提供合理的理由，否则就必须接受。只有得到结婚许可之后，情人之间才可以有亲吻行为。

空想共产主义村致力于从整体上改善人类的生存状况。所有天生残疾或畸形的婴儿会被处死。不过这种死亡毫无痛苦，也算不上谋杀，因为在共同体成员看来，这种方式只不过是在帮助畸形儿摆脱将来的生活可能带给他们的真正痛苦：毕竟残疾孩子在健康人类的社会里不会感到幸福，他们不得不在嫌恶的眼光里讨生活。也许，畸形孩子的父母难以接受这样的处置，但相较于更高尚的形而上的同情，庸俗的世俗情感算不了什么。如果一个孩子生下来就被确诊是一个瘸子，这个消息在最初40天内必须对孩子的母亲保密；接下来的40天由生理专家和其他医生为他做进一步的检查，以确认孩子的跛足是否有治愈的可能。如果没有，孩子将被麻醉致死。

根据历史记载，这种处置畸形儿的方式只出现过一次例外，孩子的母亲最终没有战胜“庸俗”的同情心。某个名叫奥利弗的母亲得知孩子天生跛足，于是恳请医生让她自己来处理这个孩子，获得同意之后，母亲杀死了孩子，随后也自杀了。

格兰特·阿伦，“空想共产主义村的孩子们”，《故事十二则》(Grant Allen, “The Child of the Phalanstery”, in *Twelve Tales*, London, 1899)

阿弗拉岛 | Avra

参阅孤独群岛(Lone Islands)。

阿瓦巴斯王国 | Awabath

参阅卡伽德帝国(Kargad Empire)。

阿迪沃岛 | Awdyoo

参阅鲁纳瑞群岛(Loonarie)。

阿克塞尔岛 | Axel Isle

位于莱敦布洛克海。面积狭小,遍布岩石,轮廓犹如一条硕大的鲸鱼。“阿克塞尔”这个名字与莱敦布洛克教授的侄儿有关;他是一支著名探险队的成员。这个探险队曾在 1863 年穿过萨努塞姆走廊,进入地球的中心。阿克塞尔岛距离冰岛的东-南-东面约 620 里格;因此,准确地说,这座小岛正好位于英国的下面。

阿克塞尔小岛中心有一股间歇泉,温度一直保持在摄氏 163 度。由于间歇泉水池的蒸汽压力变化无常,因此间歇泉的喷射极无规律。

朱勒·凡尔纳,《地心旅行》(Jules Verne, *Voyage au centre de la terre*, Paris, 1864)

阿赞尼安帝国 | Azanian Empire

印度洋里的一个大岛屿,位于非洲东海岸,与索马里共和国之间隔着萨库育海峡(Sakuyu Channel)。阿赞尼安的首都是德布拉-多瓦城(Debra-Dowa)。阿拉伯人控制这座岛屿的时间长达两个世纪,当时名叫萨库育岛。萨库育岛的北部住着旺达族,他们实行一种不稳定的财产共有制。萨库育岛的群山里住着萨

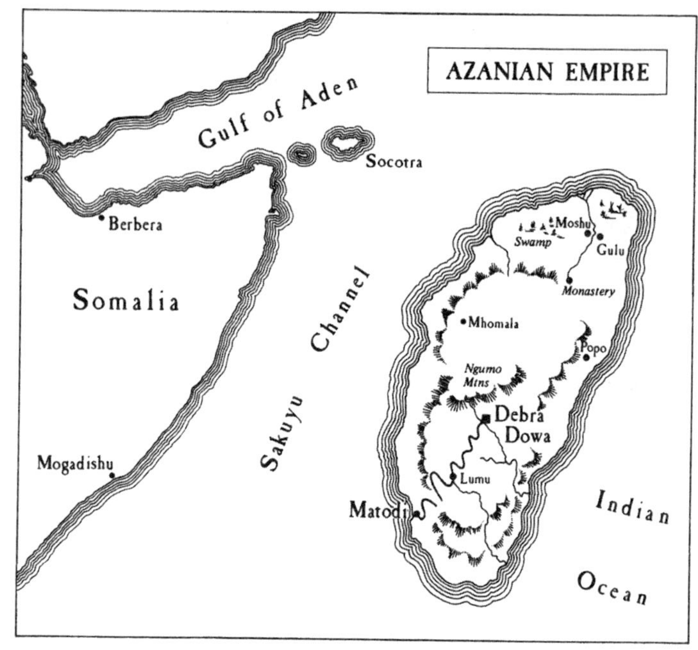

阿赞尼安帝国

库育食人部落；他们肤色黝黑，赤身裸体，饲养了一群小牛。阿拉伯人尽可能避开这两个部落，他们在海滨建了一个繁华的小镇，取名玛多迪镇(Matodi)：镇上的房屋气派豪华，装有很多格子窗户，房屋的入口是黄铜大门，院子里种植了茂密的芒果树；小镇的街道狭长，还有一个热闹的市场。苏丹指挥官姆斯喀特(Muscat)曾是奴隶的儿子，他把旺达族武装起来，打败了萨库育部落，并把萨库育岛改名为阿赞尼安岛，而他自己做了阿姆拉斯大帝(Emperor Amurath the Great)。姆斯喀特还建造了新首都德布拉-多瓦城。这座城市坐落在阿赞尼安岛的内陆地区，长约200英里。姆斯喀特还让法国人修建了从德布拉-多瓦城到玛多迪小镇的阿赞尼安大铁路。因此，法兰西共和国的总统曾赐给他一根精致的象牙手杖；象牙手杖和阿赞尼安金王冠一起成为这个帝国最重要的财富。阿姆拉斯大帝死后，他的孙子瑟斯在牛津大学获得了文学学士学位，返回后继承了王位。不过，就在本世纪初，瑟斯被人毒死了。

阿赞尼安岛上建有许多教堂，英国国教、天主教以及涅斯特利教各派都在新首都德布拉-多瓦城建有大教堂，包括教友派、摩拉维亚派、美国浸洗会、摩门教以及瑞典的路德教派。不仅如此，印度人、美国人、果阿人、犹太人，甚至希腊人的信仰在这座岛上也都各有一席之地。

首都德布拉-多瓦城的皇宫是法国人设计的。这是一座坐落在郊区的用灰泥粉刷过的皇家别墅。皇宫的外围有许多大小各异的房间，分别用作厨房、仆人的卧室和马厩。皇宫里还有一个以茅草为顶的棚屋，这里是举行国宴的地方；一座以八角形穹隆为顶的小教堂；一栋大房屋，用碎石和木料搭建而成，供皇室的客人住宿。皇宫的四周是坚实的不规则的栅栏。栅栏以外则是凌乱的商铺、教堂、兵营、公使馆、平房和土著人的棚屋。

这个帝国的军队至关重要。皇家卫队身穿灰色制服；但步兵却衣衫破旧，他们佩戴徽章，扎着粗布绑腿，歪戴着军帽。步兵团是爱尔兰人康诺里将军组织起来的。土著军队主要来自旺达部落和萨库育部落。萨库育人的头发浓密，胸部和手臂上带有装饰性的疤痕。旺达人将自己的牙齿挫得非常尖利，头发编织成泥饼状的马尾辫。为了恪守部族习俗，他们把被杀的那些敌人的生殖器戴在自己的脖子上。

《阿赞尼安信使》是帝国的官方报纸。帝国的流通货币是卢比。帝国的居民有时喜欢吃人肉。

伊夫利·沃克，《黑色恶作剧》(Evelyn Waugh, *Black Mischief*, London, 1932)

阿扎努比扎山谷 | Azanulbizar

参阅丁瑞尔河谷(Dimrill Dale)。

阿扎尔山谷里一只巨蚁
捕获了一名游客

阿扎尔山谷 | Azar

一个位置偏远的山谷，位于地下大陆佩鲁西达境内朱康人之谷的背后。游客最好不要去那个山谷，因为那里与佩鲁西达的其他地区一样，也住着食人族。

阿扎尔山谷的食人族身长七尺有余，长着两排突出的獠牙，是佩鲁西达最高大也最丑陋的人类。他们是佩鲁西达最原始的一个种族，只会使用石块和小刀作武器，还不具备建筑知识。他们没有住宅，居住地的周围只有一圈栅栏。这些巨人睡在树荫下，他们唯一高超的技能就是狩猎。人肉是他们最喜欢的食物，闲逛的游客若是落入他们之手，十有八九会被煮了吃掉。不幸的游客往往被捆在围场里的柱子上，在被吃掉之前，可以享用一些坚果。

巨人会用石槌将受害者的骨头砸碎，将人肉放在深坑里的火上烧烤。阿扎尔山谷的巨人野蛮而残忍，甚至对自己的孩子也不放过。

此外，阿扎尔山谷里还有一种更可怕的危险，那就是巨蚁。巨蚁体型巨大，通常有 6 英尺长，有的甚至更长，头部距离地面 3 英尺高。许多巨蚁聚在一起的时候，从远处看去，简直就像一座大山。对昆虫学感兴趣的游客会注意到，巨蚁的社会高度发达，它们甚至能够培育农作物。在选好的一块空地里，工蚁们专心致志地料理一排排布局整齐匀称的庄稼，这些庄稼由强壮的兵蚁看管。游客一旦被巨蚁抓住，就会被带到蚁山下，吃下由巨蚁事先准备好的各种催肥食物，最后变成巨蚁喜欢的美食。

不过，巨蚁又是大蚁熊或食蚁兽的盘中餐。阿扎尔山谷的食蚁兽长得和大象差不多,与人们在拉丁美洲发现的一种大象很相似。

埃德加·巴勒斯,《恐怖王国》(Edgar Rice Burroughs, *Land of Terror*, New York, 1944)

巴巴尔王国 | Babar's Kingdom

参阅赛勒斯特维勒王国(Celesteville)。

巴贝尔城 | Babel

不是《圣经创世纪》第 11 章第 1—9 节中所说的那个巴别塔！巴贝尔城的具体位置不详，因其独具特色的图书馆而闻名于世。有人把巴贝尔城的图书馆叫“宇宙”。这家图书馆由众多的走廊构成：这些走廊呈六边形，走廊之间隔着庞大的通风井，四周是低矮的栏杆，从任何一个六边形走廊的地方都可以看到似乎没有尽头的上下层地板。走廊里的布局总是一成不变：20 个书架，每边各 5 个长书架，占据了六边形的四边；书架的高度很少超过普通书架。剩下的两边中又有一边通向狭窄的过道，过道朝着另一个走廊，与第一个走廊相同。过道的左右两侧有两个小房间：一间用作休息室，另一间是厕所。除了图书和书架，一架螺旋形扶梯和一面镜子就是图书馆的全部陈设。从镜子摆放的方位，人们可以推断这座图书馆的空间并不是无限的；倘若它真是无限的，为何还需要镜子来虚构空间呢？每一个书架上都摆放着 35 本规格相同的书；这些书厚达 410 页，每页 40 行，每行 80 个黑体字。由于正字法规定的语言符号共有 25 个，加之这家图书馆的空间无限大，因此，能够用任何语言所说的话都附在一张印好的页面上。书中的内容包罗万象，比如，关于未来最缜密的历史，天使长的自传，一份真实可信的图书目录，数以千计的勘误目录，每个人真实的死亡情形，以及每本书的各种译本。一代又一代的图书管理员在图书馆里穿梭不停，目的就是为了找书。

豪尔斯·博尔赫斯，《歧路花园》(Jorge Luis Borges,“La Abiblioteca de Babel”, in *El jardín de senderos que se bifurcan*, Buenos Aires, 1941)

巴比拉瑞岛 | Babilary

位于中国东海，日本的西南面。巴比拉瑞岛的统治者是女人。首都叫拉马亚城(Ramaja)；拉马亚城的主要特点是一个宽约600米的八边形市场；市场两边的房屋呈对称排列，中心是拉法鲁王后的雕像。17世纪时，拉法鲁王后兴建了这个市场，市场周围是著名的巴比拉瑞女人的雕像。这里有8所皇家学院，八边形市场的每一边上各有一所。

巴比拉瑞岛是在卡马拉卡战役(Battle of Camaraca)之后实行女性统治的。战斗期间，艾吉努女王一世(Queen Aiginu I)为了对抗她懦弱的丈夫及其军队，把最年轻貌美的女子安排在队伍的最前面，由于经不起女色的诱惑，那些男人纷纷倒戈，女王不战而胜。

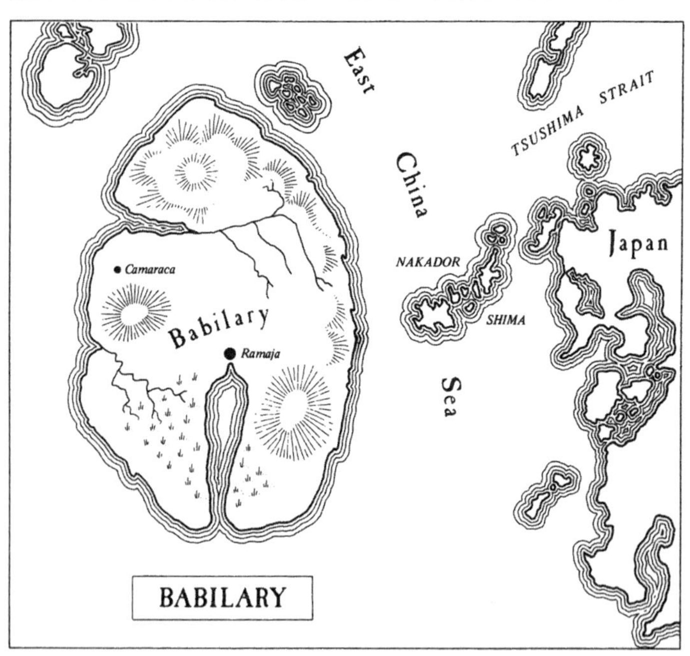

巴比拉瑞岛

女王有一个后宫，后宫里住的大多是外地男子；王后就从这些男子当中挑选自己的丈夫。她一次只能选一个男子做丈夫。凡是被王后选中的男子，必须至少陪伴王后一年。在此期间，被选中的男子必须举止得体、面带羞涩，不得有丝毫的无礼行为。

巴比拉瑞岛上的女人不仅是战士和强盗，而且也是出色的音乐家和诗人。巴比拉瑞的男子不必受教育；他们只需要小心保养自己的容颜。女人不必在意自己嫁给了谁，她们有权选择离婚，男人则不可以。

巴比拉瑞岛的文学法庭由 7 个女人组成，任务是判断每一部戏剧的价值。女王亲自为最杰出的作家颁奖。不过，凡是糟糕的作家都必受惩罚，不得继续从事写作。巴比拉瑞还设有时尚法庭，时尚法庭的成员都是男人，职责是确定合适的发型和衣着。

巴比拉瑞人崇拜两个神灵：女人崇拜奥索克（Ossok），男人崇拜奥索克娅（Ossokia）。

Babilary 的意思就是“为了女性的荣耀”。

皮埃尔·德方丹神甫，《新居利维或居利维船长之子让-居利维之旅》（Abbé Pierre François Guyot Desfontaines, *Le Nouveau Gulliver, ou Voyage De Jean Gulliver, Fils Du Capitaine Gulliver. Traduit d'un Manuscript Anglois. Par Monsieur L. D. F.*, Paris, 1730）

巴赫波赛岛 | Bachepousse

属于齐齐群岛。岛上生长着茂密的热带植物，处处花香四溢。岛民热情友好，经常用鲜花、水果、鹿肉和蜂蜜招待远方来客。

3 个丘陵和一座小火山占据了巴赫波赛岛的中部。火山爆发时，巴赫波赛岛会有轻微的震动；肥沃的火山熔岩随即会覆盖整个山坡。不久，金色的花朵会从崭新的土壤里冒出来。当地人会及时采摘金花，并将它作为货币从邻岛换取食物和其他物品。当地人虽然很懒惰，但很有艺术头脑。对于日常生活中的每一样事情，他们都能以新颖而令人兴奋的方式去完成。比如说，男人想画一头牛的话，那么他总是按照他把牛儿带出去吃草前的天气情况来描绘牛身上的颜色：因此，暴风雨时的牛是灰色的，晴朗时是浅蓝色，刮风时则呈白色和紫色。女人在撒满玫瑰花瓣的水里洗衣裳；孩子们在上等丝绸铺成的地面上撒尿；女孩子胸前戴着微小的玫瑰花，看起来性感而优雅，到了青春期，她们就用这小玫瑰花刺挑破乳头。

罗伯特·平吉特，《海盗格拉尔》(Robert Pinget, *Graal Flibuste*, Paris, 1956)

北风背后 | Back of The North Wind

穿过北风的身体就能来到这里；北风就坐在北极荒地里的这一带的入口。

北风背后的历史是由 3 个人记录完成的。这 3 个人的叙述彼此略有不同。第一次记录北风背后的历史的是 14 世纪的意大利作家度朗特(Durante)。他声称自己通过一扇火门到了这个地方。他还说他曾看见过一个国家，那里的一切闻起来香甜无比，并且永远都是五月天：轻柔的微风不断地吹拂，一条清澈的小溪汩汩流过绿油油的草地，草地上点缀着艳丽的鲜花。在度朗特的笔下，这个国家的居民头戴花冠，生活自由而健康。

度朗特去世数百年以后，苏格兰一个农民的女儿有一次在林中睡着了，醒来时发现自己身在北极地带。过了一个月，她从那里返回。她说那个地方从不刮风，也从不下雨，既没有太阳，也没有月亮，既没有夜晚，也没有罪恶，完全是一个光明的世界。

对北风背后更完整的描述出自 19 世纪一个名叫戴尔蒙特的小孩。他是伦敦一个出租车司机的儿子，偶然被北风带到了那里。他进入北风之内，发现自己到了一个既不下雪、也不结冰的国度。他看不见太阳，只看见纯粹的辐射光；辐射光似乎来自世间万物。有一条河流过辽阔的绿草地。根据戴尔蒙特的描述，那里发生的一切似乎没有什么不正常，但从另一方面来讲，似乎一切都不那么对劲。

北风背后的人们不会说话:他们只需互相对视,不用开口就可以彼此理解。这一点表明,戴尔蒙特的叙述与此前的几种记录之间确有差异。戴尔蒙特承认那里的人们似乎生活得很幸福;但他又补充说,事实上也并非完全如此。他认为那里的人们有时候看起来很悲伤,似乎希望某一天会更加幸福。实际上,那里的人都是在船被北风毁掉之后被带到那里的。一旦在那个国家扎下了根,他们就能爬到一棵奇特的大树上,看见自己深爱的人回家;大树就长在他们当初消失的地方,空间很大,完全可以容纳那个古怪地方的所有居民。

游客有必要注意,北风背后的时间走得非常慢:短短的一个星期会让人觉得恍若经过了整整一个世纪。

乔治·麦克唐纳,《北风背后》(George Macdonald, *At the Back of the North Wind*, London, 1870)

巴哈那港 | Baharna

奥瑞阿布岛(Island of Oriab)上一个重要的港口,位于梦幻世界的南海,从戴拉斯-里城(Dylath-Leen)出发,需要 11 天才能到达。巴哈那港的码头是由斑岩构成的。码头背后耸立着巴哈那城,城里有庞大的石质露台和陡峭的石梯路。有时候,道路上方有桥梁跨过;这些桥梁用于连接道路两边的房屋。值得一提的是两座灯塔,它们是松塔和萨尔塔(Thon and Thal);位于巴哈那港和一条大运河交会之处。运河流经巴哈那城下面一条用花岗岩铺成的地道,最后汇入亚斯湖(Lake Yath)。亚斯湖岸有一座没有名字的古域,已成废墟。游客不可以在这荒凉的废墟中过夜。如果执意如此,那么他醒来时很可能会发现,他的坐骑(通常是斑马)的血已经流干;坐骑旁边的地上有一些大脚印儿。从这些脚印的形状来看,这个闯入者的脚上有蹼。游客还会发现,他的行李中的某些小物件不见了。

霍华德·洛夫克拉夫特,“小人物卡达斯追梦记”,《阿克汉姆集锦》(Howard Phillips Lovecraft,“The Dream-Quest of Unkown Kadath”, in *Arkham Sampler*, Sauk City, 1948)

巴拉达群岛 | Baladar Archipelago

参阅阿斯贝弗岛(Asbefore Island)。

巴尔布里吉和鲍鲁拉巴希联合共和国 | Balbrigian and Bouloulabassian United Republic

这个联合王国因巴尔布里吉的国王兼格陵群岛的皇帝卡鲍尔一世(King Kaboul I)的美丽宫殿而闻名于世。那座宫殿坐落在一座小山上,旁边有蓄水池。宫殿里的房屋很高,里面长满了树一样高的植物。此外,宫里还有一个硕大的金鱼池。巨大的宫廷花园建在半山腰里一块平地上;精美的大理石、昂贵的地毯、雕像和喷泉之间摇曳着茂盛的橙树和棕榈树。

统一巴尔布里吉和鲍鲁拉巴希的是弗朗西斯·高文。他原本是卡鲍尔国王的洗碗工。当年,鲍鲁拉巴希人入侵卡鲍尔一世国王的宫殿时,高文挺身而出:敌人十分狡猾,躲在皇宫的地下室里,高文用烟雾把他们熏跑了。按照约定,卡鲍尔国王应该把女儿嫁给高文,但事情过后,国王却反悔了。于是,高文转而投靠鲍鲁拉巴希人,宣布向他们的国王布里达巴图二十四世(King Bridabatu XXIV)效忠。那位国王说了一句具有历史意义的话:“那个曾经把我军窒息在地下室的人,肯定能使我军在战场上所向披靡!”可是后来,高文却吃了败仗,被国王卡鲍尔一世活捉。不过,卡鲍尔国王当时没有认出他,不知道他就是那个叛变的洗碗工。此后,高文设法在水池里投毒,消灭了所有的巴尔布里吉人。但他不仅没有毒死卡鲍尔国王的女儿茱莉亚,反而还娶她为妻。他最终统一了这两个王国,建立了共和制。

马科斯·雅各布,《卡鲍尔一世和弗朗西斯·高文传》(Max Jacob, *Histoire du roi Kaboul Ier et du marmiton Gauwain*, Paris, 1971)

巴尔迪维亚岛 | Baldivia

参阅印度岛(Indian Island)。

巴露塔岛 | Baleuta

智慧群岛中的一个岛屿。智慧群岛位于北太平洋,面积广阔,却鲜为人知。与智慧群岛的其他岛屿一样,巴露塔岛上的文明和文化奠基于一整套来源于外界书本的、历经深思熟虑的思想体系。巴露塔岛的思想体系其实就是柏拉图在其著述中所勾画的那种政治蓝图。

巴露塔岛宣称它是世界上唯一一个将柏拉图的政治理想付诸实践的共和国。共和国和政府的权力掌握在哲学家手里,这些哲学家都曾受教于柏拉图大学;巴露塔学院相当于共和国的公共机构。比如邮局,最近由超验伦理学部门来管理,因为他们最近发现以前那个机构控制的邮局,80%的信件未能送达收信人手里。

从社会方面来看,巴露塔岛的男人共同拥有女人和孩子。大家坚信这种方式可以积极有效地阻止女性干预共和国的各项事务。在巴露塔岛上,男女之间的性关系会不断发生变化,非常随意。一个女人今天可能是这个男人的妻子,明天又可能是那个男人的妻子。母性的概念在这里并不重要,岛上的男人也不知道哪些孩子是他自己的。其他国家所谓的"爱情"在这里只不过是与生物自我繁殖有密切关系的性欲宣泄。如此一来,"爱情"对于巴露塔岛的文化来说简直微不足道。

巴露塔岛上的男人经常想不起他跟哪个女人"结过婚";他们也无法确定,正在街边玩耍的那群营养不良的孩子当中,是否有他自己的亲骨肉。不过,我们必须承认,他们真的并不在乎这些问题。在一年的某些时候，人们会举行婚姻抓阄仪式，但我们缺乏这方面的具体描述。

巴露塔岛实行普遍的医疗保健制度，这符合柏拉图对希波克拉底的医学及其关心长寿的思想所做的批评。为了确保有一定的死亡率，巴露塔岛在一定程度上允许某些瘟疫的存在和泛滥，因此对于本可治愈的疾病，医生往往也会放弃治疗。流产也是控制人口增长的方式之一。年龄偏大的女人必须节育。根据柏拉图的观点，到了一定年龄之后，女人就不得再生孩子。医疗哲学部长负责健康保健事业。据说，部长即将完成自己对如下重大问题的研究："按西塞罗在《论义务》中的观点，人类对导致炭疽热的细菌究竟应当承担何种责任？"巴露塔岛的居民正在用最大限度的耐心翘首企盼这一重大研究项目的成果。

巴露塔国对柏拉图学说亦步亦趋，这也导致了岛上为数不多的政治冲突。由于严格遵从柏拉图的学说，抒情诗人和叙事诗人都遭到了驱逐。一个崇尚无政府主义的小团体悄然兴起，为吸引各方势力的眼目，他们强烈要求消灭现有的共和制度，并号召把文学作为社会的主要事务来做。不久，这个无政府团体的头目遭到逮捕和审判，结果被流放到克拉塔图罪犯岛（Kratatume）。在那里，他们的作品被尽数焚毁。尽管如此，巴露塔岛上仍有诗人不断出现，他们挑衅现行的宪法；于是训练有素、行动迅速的警察全力以赴，镇压那些诗人，完全没有时间去处理因赌博而引发的一桩桩暴力冲突。不过，总的来说，自从巴露塔岛上的居民知道了苏格拉底当年所奉行的准则，"宁可被冤枉，也不犯错误"，岛上的犯罪率也得到了相应的控制；法庭似乎从不讨厌有人被冤枉。犯罪的人少了，共和国的监狱几乎处于闲置。

就高雅艺术和应用艺术而言，巴露塔岛缺乏传统的民族艺术；为美而美的唯美主义观念被视为一种不道德的奢侈行为。建筑师总是在寻求一种折中的设计方案。游客肯定会注意到，巴露塔岛上的街边房屋正面看起来总是破旧不堪，但远离街道的房屋背面却装饰得很精美。除商店以外的所有公共建筑都近似于地窖或仓库。商店通常模仿雅典卫城和帕特农神庙的建筑模式。

破旧与精美之间的这种二元对立的建筑风格，被首都中心广场的纪念碑表现得淋漓尽致。那是一座大型的柏拉图铜像，柏拉图的肩上站着康德，用以表明康德哲学完全建立在他的希腊祖先的哲学基础之上。正如在一个政府公开嘲笑艺术家地位的共和国里，人们所预期的那样，柏拉图铜像的形状有些怪异：设计者好像根本不懂什么比例和视角。为了表现康德理论的自相矛盾，纪念碑的方形底座旁还建了一所公厕，取名叫“赫拉克利特”，上面刻着*panta rhei*，意即“万象皆流”。巴露塔岛的音乐发展状况也表明了柏拉图理论的不足之处。巴露塔岛上禁止使用某些乐器，而准许使用的那些乐器却容易产生刺耳的不和谐之音，尤其是当所有音乐家在公共音乐会期间即兴演奏的时候。巴露塔岛的教育重点是古典学，其主要参考文献都是柏拉图的著作。为了有助于语法教学，荷马和贺拉斯的著作都被用作教科书，但教师却希望学生起来蔑视这些著作的内容，只把它们当作语法指南。成人教育以公开讲座的方式面向所有公民，讲座内容有“理发师视角下的希腊哲学家巴门尼德”，或者“简介柏拉图-苏格拉底伦理学对出租车司机的作用”。

巴露塔岛上最盛大的节日可能是柏拉图大学的校庆。校庆期间，彩车一辆接一辆地缓缓驶过街面，彩车上描绘着历代哲学家的生平或重大的科学发现。校庆中有一项活动特别醒目，即作文比赛的获胜者感言。最近的获奖题目有：“总论主要以亚里士多德理论和形而上学为基础的欢快童话”；“为何在柏拉图的伟大共和国里冷嘲热讽的格劳孔未被处死？”

游客到达巴露塔岛之后，需要填写7张表格。除了必须回答的所有常识性问题之外，他们还必须简述自己的哲学信仰；这样做便于哲学事务部采取适当措施，鼓励或打击某些派别的信仰。此外，游客必须全额支付自己在这座岛上停留期间所接受的官方款待。

亚历山大·莫斯科夫斯基，《智慧群岛：一次冒险之旅的故事》(Alexander Moszkowski, *Die Inseln der Weisheit, Geschichte einer abenteuerlichen Entdeckungsfahrt*, Berlin, 1922)

气球采摘者之国 | Balloon Picker's Country

位于上下王国与卢塔巴加国之间。气球是这个王国最主要的粮食。到了夏末,天空中就会充满各种各样色彩缤纷的气球;有桃子气球、西瓜气球、黑麦面包气球、小麦面包气球、香肠气球和猪排香肠气球。人们坐在跷跷板上采摘这些气球。如果不小心从跷跷板上跌落下来,就会被气球带着飘起来,直到再次找到着陆点。有时候,某人边采摘气球边唱歌,以至于得意忘形,身体就会变得轻盈无比,结果反被气球带走;只有等他唱完歌,心情又变得沉重起来的时候,才能再次落回自己的跷跷板。

气球采摘者之国最偏远的地方生产马戏团小丑。这些小丑被放在形状各异的烤箱里烘焙,长方形烤箱用于制作身材高大的小丑,短小的烤箱用于生产矮个子小丑。烘烤工艺结束之后,小丑们被取出烤箱,倚靠在栅栏上;此时的小丑们就像一个个张着猩红大嘴的白色洋娃娃。这时候有两个男人走过来,其中一个把一桶白色火焰倒在小丑身上;另一个则用抽水机把鲜活的红风注入小丑体内,于是小丑们立刻变得生机勃勃,开始转动栅栏边的锯木机轮子。

卡尔·桑德堡,《卢塔巴加故事集》(Carl Sandburg, *Rootabaga Stories*, New York, 1922)

巴尼巴比王国 | Balnibarbi

位于北太平洋,介于日本和加利福尼亚之间,首都是拉加多城。拉加多城是与拉格奈格岛进行贸易的主要海港。从与英国普茨茅斯港差不多大的马尔多纳达港出发的船只,也定期到达拉格奈格岛。

拉加多城的面积大概是伦敦的一半。所有的房屋都亟待修复，这些房屋都是用最奇特的方式建造的。街上的市民衣衫褴褛，慌慌张张地穿过街道；他们两眼睁得老大，脸上露出惊异的表情。村子里的农民正在使用各种各样的农具劳动，但没有人知道他们究竟在做什么。尽管土壤肥沃，却看不见哪里种植有牧草、小麦和玉米。

巴尼巴比王国拉加多学院的建筑平衡实验室

巴尼巴比岛之所以笼罩在贫穷的阴影中，很大程度上应该归咎于当初那些所谓的设计者。大概是在 1660 年，有一群人起航去了拉普塔岛；5 个月后，他们又回来了，并且带回来一星半点儿数学知识。这时候，他们的脑子里装满了从高尚的拉普塔岛汲取的一些昙花一现的思想。他们立即开始计划，或者说开始“设计”，以便让一切都能获得崭新的立足点。随后，他们在首都拉加多城创办了设计学院。如今，其他一些稍稍重要的城市也都成立起自己的设计学院。这些学院想设计出这样一类的建设“方案”，即可以使一个人完成十个人的事情、建造永不倒塌的房屋、种植随时可以成熟和收割的庄稼。然而，这个方案很难实现，它最终没有产生任何效果，而且国力也因此消耗殆尽。一些地主纷纷起来反对上述方案的设计者。但到了最后，他们也不得不推倒自己的房屋，用“方案”所规定的那种现代方式重建，以避免公众的敌视和皇家的不悦。

其中一个典型方案就是：从黄瓜中吸取日光。首先，在晴天把阳光密封在小玻璃瓶里，遇到恶劣天气时，将日光释放出来加以利用。另一个方案涉及房屋建造方法。某个建筑师想出了一种修房造屋的新方法。简言之，就是从上往下建造，与哲学家之岛上的做法一样。他认为这就是蜜蜂和蜘蛛建造自己精美绝伦的家园时所

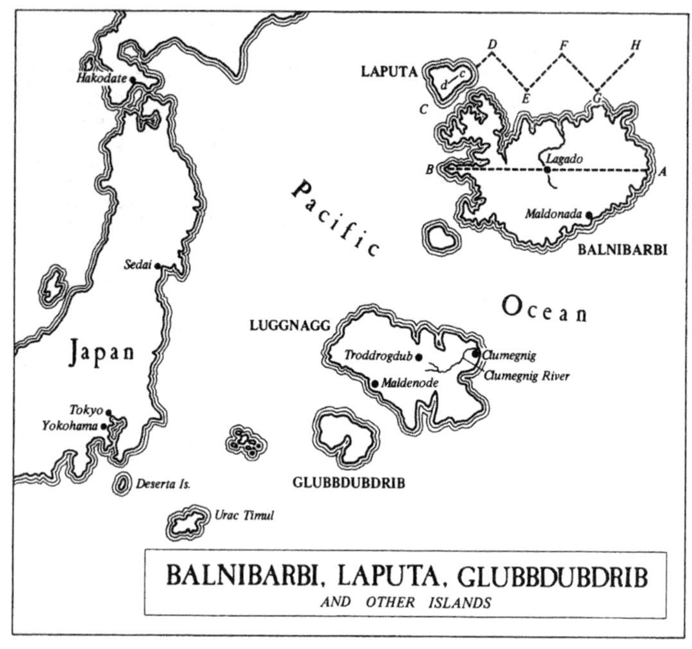

巴尼巴比岛、拉普塔岛、巫师岛以及其他岛屿

采用的方法。在语言学方面，设计师们希望简化语言，删除多音节词、动词和分词；其理由是，所有可以想象的事物都是名词。还有一个设计师正在想办法取消所有的词汇，认为这样做可以改善人类的健康，减少双肺感染的可能性；其潜台词是，单词不就是用来表达事物的嘛，既然如此，不如干脆让人们直接带上谈话中可能涉及的东西，岂不更加方便？假如不是女人和文盲威胁说要造反，要求像自己的先辈一样继续拥有说话的权利，这个“方案”说不定就已经付诸实践了。此外还有一个“方案”，目的是揭露反政府的阴谋。这个计划的操作过程是：检查嫌疑犯所吃的食物，分析他们的大便。该“方案”的设计师认为，人类在排便时比其他任何时候都更加严肃、更有思想，也更别有用心。

巴尼巴比既是一个王国，也是拉普塔帝国的一部分，并且要向这个帝国纳贡。

乔纳森·斯威夫特,《走进世界上的几个偏远民族》(共分四部分,旅行者莱缪尔·格列佛是一名外科医生,后来成为几艘船的船长)(Jonathan Swift, *Travels Into Several Remote Nations Of The World*, London, 1726)

邦巴城 | Bamba

参阅扎瓦提尼亚村(Zavattinia)。

邦珀珀地区 | Bampopo

英国的一个殖民地,位于赤道附近的非洲地区。邦珀珀地区居住的部落很多,其中最值得一提的是布兰伽族、毕隆戈族和迈特若族;其次还有邦巴里族、库邦戈族和穆旺巴族。邦珀珀地区是一个重要的英国国教统辖区,这里的传教士在把当地土著人转化成基督徒方面作出了巨大的贡献。他们通过艰辛的努力,把布兰伽人也变成了基督徒。布兰伽人喜欢撒谎,他们在这方面简直无可救药。尽管许多布兰伽人变成了基督徒,但他们的转变只是暂时的。仅仅在一天时间里,受洗的布兰伽人就超过了 300 人;然而,不久,这个部落的其他人就残杀了教区最好的女牧师理查森夫人,而且还吃了她的肉。迈特若人也是一个冥顽不化的部落,他们竭力抵制自己被转化成基督徒,因此仍然坚持他们自己的习俗:他们赤身裸体,喜欢锉牙齿,喜欢吃掉过剩的女性亲属。迈特若族是一个非常复杂的族群;有观察家指出,每次新月升起的时候,他们就会交换自己的性伴侣。

诺曼·道格拉斯,《南风》(Norman Douglas, *South Wind*, London, 1917)

班诺伊科王国 | Banoic

又名本威克王国,位于高卢西部,国王叫班,是高尼斯王国的国王波尔斯的哥哥，卡默洛特城堡最伟大的圆桌骑士兰斯洛特的父亲。

无名氏，《亚瑟王之死》

班诺斯帝国 | Banois Empire

位于地球核心的普鲁托大陆，与阿尔布王国接壤。班诺斯帝国和阿尔布王国有很多相似之处：班诺斯人与阿尔布人身高差不多，都有两英尺半高；两国的语言也很相似，只是经过几个世纪的演变，现在的班诺斯语比阿尔布语言更简单，只需要几周时间就能够学会。与阿尔布人不同，班诺斯人说话像唱歌，甚至班诺斯人的小孩哭起来也像在唱歌，班诺斯的成年人每时每刻都在唱歌，而且他们的歌声很优美动听。

班诺斯人喜欢交际，这一点在当地是出了名的。他们思维活跃、好奇心强，爱嬉笑打闹；他们时而欣喜若狂，时而悲痛欲绝。他们最喜欢的消遣活动是猜谜语，喜欢用韵文写谜语故事，这样的活动通常在咖啡店里举行，而且经常持续到次日凌晨。

班诺斯帝国的统治者是皇帝，但皇帝的权力并非至高无上，要受宪法的严格约束。宪法不可更改，因此国内几乎不可能发生政变，皇帝也绝不可能利用权力实行暴政。

与阿尔布人一样，班诺斯人也吃素，由于信仰上帝，他们不杀动物，但吃鱼肉。班诺斯人很宽容，最典型的宽容态度是，如果外来人自己准备了肉食，他们就可以吃肉。在帝国境内，没有哪一个厨师愿意接触动物的尸体，但班诺斯人欢迎杀死林中野猪的外来人，因为野猪严重威胁了他们的庄稼，杀死野猪实际上就是为民除害。

喜欢动物的游客会知道，班诺斯帝国的森林里有龙，这令他们特别高兴。这种龙大约长 7 英尺，有膜状的双翼；龙头的形状和尺寸与狼差不多，皮肤光滑、坚韧如革，是班诺斯人的圣物。

班诺斯帝国是英、法两国的一些水手发现的。1806 年，这些水手在北冰洋遭遇海难，之后他们经过铁山的北极入口来到普鲁托大陆，但因为吃肉而遭到严禁吃肉的阿尔布人的驱逐。后来，他们来到班诺斯帝国，几个月后又到达菲利尼亚王国，最后来到地球表面。

无名氏，《地心旅行记》或《陌生国之历险记》

邦扎城 | Banza

刚果（Congo）的首都（不要把它与非洲的刚果国混为一谈）。邦扎城的戏剧在整个非洲可以说既是最好的，也是最坏的，因此闻名遐迩。此外，尽人皆知的是，邦扎城里有一所世界上最美丽却也是最无用的占卜学校。

邦扎城的统治者是伟大的苏丹人曼格高尔（Mangogoul），他是邦扎王朝的第 1,234,500 代传人。该王朝的统治始于创世纪后的第 1,500,500,003,200,001 年，也就是刚果王国建立后的第 3,900,000,700,003 年。曼格高尔的宗教意识很强，对刚果的各路神灵，尤其是对库库发特别熟悉。库库发患有严重的忧郁症，为了摆脱世界上各种问题和其他神灵的干扰，他逃到真空里去寻求庇护。在真空里，他全身心地投入自我修炼，抓、挠、拧，想方设法使自己感到厌烦，使自己动怒，或者干脆把自己饿得半死。他生活在真空里，睡在竹席上，把身体缝进袋子里，两臂交叉在胸前，脑袋裹在头巾里，只把胡须露在外面。与他相伴的只有一只猫头鹰、几只老鼠和蝙蝠；老鼠不住地啃食他的竹席，蝙蝠在他眼前飞来飞去。据说，库库发拥有非凡的魔力，他可以使用戒指把自己藏起来，还可以使女人的珠宝和首饰讲话。

邓尼斯·狄德罗，《泄露隐情的首饰》（Denis Diderot, *Les Bijoux indiscrets*, Paris, 1748）

巴兰卡岛 | Baranka Island

参阅扎罗夫岛（Zaroff's Island）。

巴拉塔里亚岛 | Barataria

位于西班牙的拉曼查地区，是世界上唯一一个被大陆包围的岛屿。巴拉塔里亚岛上的居民不希望别人记住他们的名字。

桑丘·潘沙曾经统治过巴拉塔里亚岛，时间仅有一周。桑丘为政清廉可敬，巴拉塔里亚岛也因此而闻名。桑丘曾经陪同别出心裁的堂吉诃德，经历了他的整个冒险旅程。桑丘成功地击退了敌人的一次可怕进攻，所使用的唯一武器就是捆在腰间的两张木桌。不久，桑丘不再担任巴拉塔里亚岛的总督。根据他的说法，岛上的饮食太糟糕，岛上的居民还不如囚犯吃得好。如果有游客被邀请去担任巴拉塔里亚岛的总督，他最好记住堂吉诃德劝告桑丘的那番很有用的话：

> 我的好兄弟，你首先应该敬畏上帝，这才是智慧之源。身为智者，你会万无一失；
>
> 其次，你必须两眼看住自己，尽量做到有自知之明，这可是世上最难办的事；
>
> 绝对不能心血来潮、任意行事，只有自作聪明的混蛋才这么干；
>
> 你要秉公执法，穷人的眼泪固然值得同情，也不要忽略了富人的申诉；
>
> 你当然应该、而且必须大公无私，执法如山固然可嘉，可与人为善更容易扬名。
>
> 宁因恻隐之心低垂权杖，也不为金钱财货贪赃枉法。

据说，如果这位总督听从了以上劝告，他会延年益寿、声名永恒，所得的报偿会更加充盈，所获得的幸福更难以复加。

塞万提斯，《堂吉诃德》(Miguel de Cervantes Saavedra, *El ingenioso hidalgo Don Quixote de la Mancha*, Madrid, 1605—1615)

休斯男爵的城堡 | Baron Hughes Castle

位于法国低地的某个地方，一座白色的方形建筑，上面有朴素的尖顶城垛，带有一座可以闭合的吊桥。15 世纪中期，城堡里来了魔鬼的一群信使，但他们没有完成魔鬼的使命，因为受到城堡里的凡人的诱惑。其中一个信使，英俊的吉利斯还爱上了城堡里的女子安妮。后来，两人都受到魔鬼的惩罚，被变成两尊石像。今天，我们在城堡后面的小墓地里还能看见这两尊石像。不过，魔鬼并没有全然获胜，这对有情人并没有完全死去，他们的心脏至今还在跳动。

马塞尔·卡尔内导演，《夜来客》(*Les Visiteurs du soir*, directed by Marcel Carné, France, 1942)

古墓岗 | Barrow Downs

一个地区，多宽阔的山谷和光秃秃的丘陵，位于中土北部的古林以东。之所以叫这个名字，是因为山上有伊丹人久已亡故的国王和王后的坟冢。有些坟墓的顶部压着大石头，像没有长好的牙龈里冒出的参差不齐的牙齿。

古墓岗这个地方很危险。中土第三纪期间，邪恶精灵控制了这里，他们被叫作“古冢幽灵”；他们经常把人诱惑到古墓里去杀掉；只有汤姆·邦巴迪能够战胜这些邪恶幽灵。有时候，邦巴迪愿意给游客当向导。

托尔金，《魔戒首部曲：魔戒现身》；托尔金，《王者归来》

毒蜥国 | Basilisk Country

位于南非的一片沙漠，沙漠里生活着一种可怕的大毒蛇；它仅凭眼睛就足以使周围变成沙漠，它可以撕裂岩石、烧焦绿草；只需喝上一口溪水，就能使整条溪流染上剧毒；它甚至能在顷刻间杀死一头猛兽，但它却奈何不了一只鼬鼠。据说，大毒蛇也害怕公鸡报晓。如果游客打算穿过这片沙漠，最好带上一只鼬鼠或公鸡作伴。此外，镜子也可以用来对付大毒蛇：一旦大毒蛇看见了它自己在镜中的模样，就会马上被吓死。游客最好不要骑在马背上用长矛刺杀大毒蛇，因为大毒蛇的身体可能会喷射出可怕的毒液，使得他们三个同归于尽。

这种大毒蛇究竟长什么模样呢？我们不得而知；我们从未获得过这方面的准确信息。有人说大毒蛇长得像四条腿的公鸡，说它有肉冠，爪子像钻头，羽毛是黄色的，带刺的翅膀是白色的，尾部有一个钩状的公鸡头，大毒蛇能将这个东西像箭一样发射出去，使得尾部鲜血淋漓，从树叶间滴落下来。也有人说大毒蛇就是大毒蛇，只不过身上长有羽毛。大毒蛇的卵是由蛤蟆在天狼星季节帮忙孵化的。

靠近海边的地方生活着一种身体庞大的红狮子，这种怪兽长着一张人脸，嘴里有三排彼此相扣的牙齿，犹如一把梳子，还有一双可爱的蓝眼睛和一条蝎尾巴，声音像长笛和喇叭。这种怪兽行动敏捷、好吃人肉，这一点可谓人尽皆知。

老普林尼，《自然史》；卢坎，《内战记》(Lucan, *Pharsalia*, 1st cen. AD)；古斯塔夫·福楼拜，《圣安东尼的诱惑》(Gustave Flaubert, *La Tentation de Saint Antoine*, Paris, 1873)

巴斯克维尔庄园 | Baskerville Hall

巴斯克维尔家族的祖屋，坐落在英国德文郡达特姆尔高原，距离格里盆村不远，距离普林斯镇那所规模庞大的监狱也只有 14 英里远。从 1888 年 9 月 25 日到 10 月 20 日，福尔摩斯大侦探与友人兼助手，医学博士约翰·华生搜查过巴斯克维尔庄园，旨在解开一个有关一条大猎犬的谜团。根据 18 世纪一个离奇的传说，这条猎犬曾经在巴斯克维尔庄园周围荒无人烟的沼泽里出没。今天，

坐落在英国德文郡达特姆尔高原上的巴斯克维尔庄园

巴斯克维尔庄园可能已由英国国家托管组织接管。

柯南·道尔爵士,《巴斯克维尔庄园的猎犬》(Sir Arthur Conan Doyle, *The Hound of the Baskervilles*, London, 1902)

巴斯蒂村 | Basti

具体的位置不确定,大概位于地下大陆佩鲁西达的南部,距离死亡森林不远。巴斯蒂村地处一条狭窄而蜿蜒的山谷的尽头,山谷的两边是白垩岩悬崖,被一片连绵起伏的低矮群山环抱着。

巴斯蒂村的村民属于原始的食人族,他们与佩鲁西达的许多居民一样,也固守一个简单的原则,即所有的外来人都是他们的敌人,他们会见一个杀一个。他们把游客抓来当奴隶使唤,强迫他们为自己挖掘新居。奴隶使用的工具是原始石器,如果没有按照要求完成任务,他们就会遭到毒打。巴斯蒂人缺乏理智,容易发怒。

埃德加·巴勒斯,《将被征服的七个世界》(Edgar Rice Burroughs, *Seven Worlds to Conquer*, New York, 1936)

巴斯蒂亚尼堡垒 | Bastiani

一座规模极其庞大的标准的军事工程,守护着从鞑靼沙漠进入陡峭的群山南面的唯一一个隘口，这个隘口是人们叫不出名字的南、北两国的边界。

巴斯蒂亚尼堡垒孤零零地坐落在那里，几乎完全被一座高原上的岩石遮掩起来。巴斯蒂亚尼堡垒距离最近的城市桑洛克约30公里，骑马需要两天时间才能到达。巴斯蒂亚尼堡垒的左右两侧是绵延数英里、无法穿越的荒山。从军事上来看，这座堡垒的位置非常重要，但随着时间的流逝，它的重要性逐渐被削弱，因为这个地区基本上没有发生过入侵事件。巴斯蒂亚尼堡垒的中心有一座碉堡，结构像一个几乎没有窗户的兵营。从中心碉堡开始，两面锯齿状的大围墙连接起边缘的防御工事，每边各有两个。如此一来，这两面围墙堵住了整个隘口。这个隘口大约宽500米，两边都是高耸陡峭的悬崖。在堡垒的右边，刚好位于山墙之下，那座高原被侵蚀成一个山凹；一条穿过隘口的老路经过这个山凹，老路的尽头就是巴斯蒂亚尼堡垒的大围墙。

新的防御工事比较小，位置比较偏僻，坐落在一个小山顶上，站在那里可以俯瞰整个鞑靼沙漠，从巴斯蒂亚尼堡垒到这个防御工事的北面，需要走45分钟。这是一个最重要的军事前哨，完全处于隔绝状态，如果有危险来临，这里会发出信号。

这个军事据点的换哨方式非常严密。比方说，任何人都不可以从据点的北面进入，如果不知道各种通行口令，即使最有威望的军官也无法进入。这些口令由一套复杂的控制系统处理；每天凌晨5点15分，据点的卫戍部队会离开巴斯蒂亚尼堡垒。作为一支有组织的特遣队，他们离开时也需要口令。他们换哨之前再次进入据点，所使用的依然是前一天的口令；只有指挥官才知道这个口令。在据点换岗之后，只有指挥官才知道的那个新口令才开始启用。新口令在24小时内有效，到下一次换岗时为止。第二天，当据点的卫戍部队回到堡垒时，口令已经改变。因此，了解第三个口令也很有必要。指挥官必须知道三个口令：出发时的口令、巡逻时的口令和返回时的口令。在此期间，一旦指挥官出了事，出去巡逻的士兵就再也不可能再次进入堡垒；要是有什么情况耽误了巡逻，巡逻兵也无法返回这个据点，因为与此同时，口令可能又改变了。所以游客出行时，最好把自己的游览计划安排得缜密又周详。

在南国的军事圈子里，巴斯蒂亚尼堡垒的银喇叭非常有名；银喇叭上系有红绸绳，喇叭的声音像水晶般清亮。

蒂诺·布扎蒂，《鞑靼人的荒漠》(Dino Buzzati, *Il deserto dei Tartari*, Milan, 1940)

鲍西斯城 | Baucis

坐落在亚洲。如果游客想去那里，需要在森林里走 7 天，但即使他到了这座城市，也看不见这座城市的本来面目，因为它其实位于云端之上，由一些相距较远的高跷支撑着。所以要真正进入鲍西斯城，你就必须借助梯子爬到高跷上。市民们几乎从不下到地面上来；上面备有一切生活必需品，他们宁愿一辈子也不下来。除了城市藉以悬空的高跷的长腿，城里的其他一切事物都不接触地面。阳光明媚时，树叶上面会印有一个被刺穿的有角的影子。

鲍西斯城的居民为何不肯在地面上生活呢？对此，我们有三种猜想：其一，这里的市民讨厌地球；其二，他们太尊重地球，因此尽量避免与地球发生任何接触；其三，他们热爱地球，因为地球早在他们之前就已经存在。他们在高空用望远镜永不疲倦地观察地球，观察一片片树叶、一块块岩石、一只只蚂蚁，同时想象着自己在地球上的缺席；他们的行为简直有些走火入魔。

伊塔洛·卡尔维诺，《看不见的城市》

熊国 | Bear Country

地域辽阔，从世外森林南面的山脉一直延伸到斯达克-沃尔城外的丘陵。经过一条狭窄的隘口就可以到达熊国；那里分布着南北走向的灰白色丘陵；高地上生长着坚果树和浆果树，但大部分地区都是久旱不雨的牧场。

熊国的东部和北部地区生活着半野蛮状态的民族;他们住在用茅草和芦苇搭成的简陋棚屋里。这些人身材高大,留着长长的红头发;男人个个表情阴郁,满脸胡须;女人却长得清秀标致。他们身穿用羊皮或鹿皮制做的简陋长袍。长者身穿鹿皮披风,手戴金镯子,头顶蓝色的石花冠。他们的武器只有木棍、燧石斧和装有骨质或燧石尖头的长矛。

关于部落集会或宗教集会的消息,都由有名的信使来传达。信使把人们带到末日圈,即一个由许多笔直的岩石组成的圆圈,圆圈中心有一个石座。祈祷或集会的时候,老酋长就坐在石座上,两侧各站一个身穿戎装的女侍卫。

熊国的宗教起源与向一位女神献祭的活动有关。他们相信这位女神就是部落之母,早在第一批长老到来之前,女神就开始统治这个部落了。熊国的居民不欢迎陌生人来此。

威廉·莫里斯,《世外森林》(William Morris, *The Wood Beyond the World*, London, 1894)

熊岛 | Bear Island

位于美国的海滨,靠近命运岛,容易遭受飓风和洪水的袭击。从这座岛屿的名字可知,熊是岛上的主要居民。它们直立行走,开垦荒地,种植庄稼,而岛上的人类住在森林里,靠四足爬行,已经沦为熊的奴隶或驮畜。

一旦直立行走,熊就开始承受随之而来的各种疾病和欲望所引起的焦躁不安和对时尚的无止境的关注及追逐。母熊再也不希望自己赤身裸体,她们要穿名贵而时髦的服饰,佩戴珠光宝气的饰物。

如果要来熊岛,游人最好选在收获的农忙时节。在那个时节里,熊又唱又跳,正准备推选一位节日王后,并给她戴上芳香的玫瑰花冠。

巴尔塔扎尔神甫,《帕依洛索夫岛及其他岛屿》(Abbé Balthazard,

L'Isle Des Philosophes Et Plusieurs Autres, Nouvellement découvertes, remarquables par leur rapports avec la France actuelle, Chartres, 1790)

野兽城堡 | Beast's Castle

历史悠久，建筑形式很不规则。位于法国茂密的丛林中。城堡里有许多楼梯和昏暗的院落，宽阔的露台装饰着不少男性和大猎犬的雕像，它们的形象生动而逼真。城堡坚固的围墙上虽然有拱门，但人却无法穿过它们。时至今日，城堡已无人居住。从前，城堡里住着一个王子，因中了魔法而被变成一只怪兽。那时候，到城堡来参观的游客会被一只无形的手牵引着，进入一条漆黑的走廊。走廊里的枝型大烛台几乎都没有点着。支撑烛台的是走廊墙壁上长出来的一条条活人手臂。寂寞的餐桌上会蓦然出现香喷喷的饭菜；守卫餐桌的是伫立在壁炉两侧栩栩如生的大理石半身雕像。

此时，城堡的主人出现了。他会因为游客的一点小过失——

野兽城堡里守护珍宝的弓箭手

比如采摘了一朵白玫瑰——而惩罚这个游客。为此,不幸的入侵者可能付出生命的代价,除非有某个女子愿意代他受过。后来,正是入侵者的女儿使怪兽恢复了原形。这个女子蹲在垂死的怪兽身旁,痛哭流涕,希望他能起死回生。怪兽回答说,如果他是一个人,就可以照女孩的要求去做。可是,如果可怜的野兽要证明自己的爱情,就只有等死。后来,女孩的悲伤消除了那个魔咒,怪兽立刻恢复了昔日的王子模样。

城堡的拱顶里藏有大量的奇珍异石,由一尊弓箭手雕像保护着。弓箭手会杀死任何一个闯入者。城堡里还有一面魔镜,据说就放在城堡的一间厢房里,还不曾有人使用过。人们从镜子里可以看见世界的每一个角落。

玛丽·波蒙夫人,"美女与野兽",《儿童道德故事集》(Mme Marie Leprince de Beaumont, "La Belle et La Bête", in *Magasin des enfants, contes moraux*, Paris, 1757);《美女和野兽》(*La Belle et La Bête*,让-谷克多执导,France, 1946)

野兽谷 | Beasts, Valley of The

位于加拿大的雪河村。乘独木舟顺流而下,穿过森林、越过山脊,就可以进入野兽谷。山谷里的空气像酒一样醇香,明媚的阳光照耀着大地;山谷里生长着繁茂的云杉和铁杉,几处花岗岩峭壁拔地而起,耸立在森林的上方,它们遮天蔽日,使这里的风景显得凄凉而壮美。

山谷里没有捕猎者的贪欲,没有凶残的杀戮。在一些开阔的公园地带,白桦、漆树和枫树争奇斗艳、绚烂夺目;一条条瀑布飞流直下,打破了溪水的宁静,水晶般清澈的溪流,静静地汇入深潭中。山谷里生活着各种动物,它们体型庞大,无精打采地四处闲逛。这里的驼鹿、熊和狼可以和平共处,鹰和鸽子共栖于大树枝上;此情此景会令游客蓦然间萌生出怜悯、自信和无忧无虑的情感。此时此刻,游客甚至会觉得火也是一种丑陋的现代发明。

据说，看护野兽谷的是身材魁伟的北美印第安人伊西塔特。他可能会保护，也可能不保护游客的生命安全。因此最明智的做法是，千万不要去触犯他，以免发生流血冲突。

阿格隆·布莱克伍德，“野兽谷”，《死亡舞蹈及其他故事》(Algernon Blackwood, “The Valley of the Beasts”, in *The Dance of Death and Other Stories*, London, 1927)

博利优镇 | Beaulieu

美国某河岸边的一座城市，筑有围墙，距离美国新英格兰地区一座最大的城市约 40 英里。博利优镇上完全没有林立的广告和浓烟滚滚的烟囱，所有的汽车都必须停在城市的栅栏之外，不得进城。城门口有一个很不错的车库，游客如果想进城，可以去酒馆或马房租一辆马车和驯马；这是进城的唯一方式。游客要知道，博利优镇的入城要求极其严格，倘若不想放弃城外的风景，最好不要尝试进城。

博利优镇的城门只是一根挂在拱形入口上面的铁链，入口设在一座不规则的石房与一座高大的城堡之间。石房子装有多扇竖条格窗户；城堡则有些像剑桥的圣约翰学院。这些不连贯的建筑的某些部分就建在河岸上；它们的功能很多，容易使人联想起中世纪的沃维克城堡。博利优镇的商品入市税很严，所有运到城里销售的商品必须交纳名目繁多的从价税，而外来者只需交纳少许会费就可以获得进入“这座小镇的自由”。如果没有拿到许可证，就不得在城外居住。游客应当注意，有些事情在博利优镇是完全禁止的，比如说，外来的某种产品如果与当地产品(不管是粮食、制成品还是工艺品)形成了竞争，都会被视为“无用的奢侈品”。城门口有电话和电报设施，与汽车一样，这些设施本来属于紧急情况下使用的必需品，但在当地却被视为私人财产一样的“无用的奢侈品”，城内是严禁使用的。倘若某个市民在城外拥有或使用汽车和私人电话，如果他一定要这样做，那他是不受约束的；但他这样做的后果就是招人讨厌，因为那些行为有悖于城里居民的习俗。

城门的塔楼上方飘扬着市旗，拱门上装饰着色彩斑斓、金光闪闪的盾形纹章；城门内有两个持戟而立的卫兵。这一切都不是有意而为之，不是故意要体现中世纪精神，博利优镇懂得象征的价值，并聪明地广泛应用它，仅此而已。

城门上有横木，上面的拱顶有回声。穿过拱门就可以直接进入博利优镇。到了城内，游客首先看见的是一个小市场和一栋紧靠山墙的石房子。市场一侧是规模庞大的交易所，交易所前面是一条拱形商业街，街上出售博利优镇所有的剩余产品，比如布匹、谷物以及其他各种农产品。这些剩余产品有时也由交易所的官员卖给城外的人。博利优镇的正街从广场开始，蜿蜒而上，有一定的坡度。正街的房屋被花园的围墙完全隔开，围墙上装有栅格，人们可以从栅格的空隙对围墙和后面的花园一览无余。与过去一样，这些房屋不是车间和门市，但由于这里手工艺人云集，因此这些房屋就成了他们的住处。人们采用纯手工制作工艺，实际上是为了减少机器的使用，也根本不用蒸汽。博利优镇的市民认为，机器劳动即使还没有使人彻底堕落，至少也会使人心智变得愚笨，所以应当尽可能地避免使用机器，这是博利优镇的一种道德价值观。

博利优镇的正街通向城市的中心广场。广场规模庞大、气势恢弘，四周是令人惊叹的公共建筑。与上面介绍的那些素朴的房屋不同，公共建筑的设计相对来说复杂得多，色彩也更丰富。广场一侧是教区小教堂，在这个特殊情形里，小教堂有些类似于圣库斯伯特教堂；教堂的一半建筑掩映于茂密的树林中，四周是比较隐蔽的绿幽幽的教堂墓地。广场的另一侧是市政大厅，大厅顶部也有一座高塔，高塔顶上飘扬着伟大的市旗。紧靠广场其他几个侧面的是行会大厅，其建筑里面装饰有繁复的雕刻。

穿过两个行会大厅之间的拱门，就可以到达距离中心广场不远的主市场。为了使人们的生活更加轻松，广场对面的街道旁有一个游乐园。游乐园里有剧院、音乐厅、公共浴池、大酒店、几家咖啡馆以及商店。尽管这里有多家剧院和音乐厅，却不可以放电影。

这里没有艺术博物馆，博利优镇的市民还不知道什么是艺术博物馆。他们相信艺术博物馆这种名称本身就非常矛盾，因为所有艺术都是日常生活的一部分。

中心广场的外围是居民区，这里的房屋都带有花园，面积至少有一英亩。博利优镇的居民区不许修建任何形式的多层结构的房屋；每户人家必须拥有独立的住宅和花园。居民区的道路树荫婆娑，凉风习习；道路两边普遍都有一些世俗的和宗教题材的雕塑。此外，还有一些设施属于不同的宗教派别；每种设施都由两部分组成，分别由男人和女人专用。在博利优镇，主要的宗教机构是本笃会修道院；修道院比城里其他建筑地势更高，无论从规模上讲，还是就其官方地位来看，它都算得上一座真正的修道院。此外，还有多米尼加女修道院和圣奥古斯丁的律修会修道院（Canons Regular）。地势开始沿河流方向倾斜的地方建有学院；这里有宽阔的草地、树林和花园，形成了城墙以外的农业带对面的宏伟景观。

在博利优镇，没有田产的人不能成为自由公民。自由公民拥有的最小田产是满足家庭所有开销的菜园，最大的田产则是能够维持最低生产标准的农场。征税几乎完全以地租形式进行；税率从土地被接管的那一刻起就被确定下来了，但耕地、森林、果园、牧场、花园以及住宅用地实行各不相同的税率。如果地主经过努力，改善了自家土地的土质，就可以少交税。相反，如果土地使用人使土质变得恶化了，他就要多交税。除了交税，人们还要缴纳各种杂费和“门槛税”；“门槛税”主要针对那些在博利优镇做生意的外地商人。博利优镇不发行公债券；按照法律规定，税收收入必须与年度总开销持平；不可以发行任何由政府信用担保的债券。

博利优镇废除了盛行于19世纪的“选举是天赋人权”这一理论；只有地主才享有选举权，按照城市章程的规定，选举权随时可以被收回。如果被判有罪或行为不端，就会失去公民权，期限可能为一年，也可能是永久地失去。公民权被吊销的期限长短取决于罪行的轻重。博利优镇的法庭与欧洲的法庭截然不同。首先，博利优镇的法庭有一个基本原则，即认为法院的目的是惩恶扬善、赏罚分明，所以禁止使用基于各种技巧的诉讼，如果有谁主张那样的诉讼，就会被立刻逐出法庭。

博利优镇的教育目标是发展个性，并且教育永远不会脱离宗教。博利优人讨厌严格的世俗化教育观。他们认为，正是因为19世纪盛行的这种世俗教育，导致了20世纪人类文明衰落，性格退化，健康向上的价值标准极度丧失，领袖的威信荡然无存。博利优镇的教育不是强制性的，但父母必须让孩子学会读写和算术。孩子不必遵守同样的学习方法，不必学习同样的课程。如果有人强迫所有孩子读同样的学校，掌握同样程度的知识，就会遭到别人的奚落。人们认为学会读写和算术之后，如果大多数孩子再继续学习，其收效肯定很小，甚至可以说毫无收获。如果这些孩子希望继续学习，他们可以去读博利优学院。这所学院结合了牛津大学的新学院和剑桥大学的圣约翰学院的优势；它也许是博利优镇最美丽的建筑：所有的知识、精神和艺术品质都能在这里得到最大限度的体现。这个学院设置了多种奖学金，授予各个研究领域里成就最卓著的人。博利优学院的学员可以申请免费食宿。

拉尔夫·克拉姆，《筑有围墙的城市》(Ralph Adams Cram, *Walled Towns*, Boston, 1919)

博雷佩尔城堡 | Beaurepaire

一座大堡垒，周围是海洋和荒地。如果要到达这座城堡，游客必须经过一座摇摇晃晃的桥。博雷佩尔城堡里的所有人都被频繁的斋戒和整夜的祈祷搞得精疲力竭、痛苦不堪。博雷佩尔城堡有两个修道院，一个属于疯狂的修女，另一个属于迷茫的修士；两个修道院都没有任何装饰和色彩，修道院的墙壁已经裂开，看起来摇摇欲倒的样子；修道院的塔楼没有屋顶。

夜幕降临，当你睡得正香的时候，一个衣着单薄的美丽女子的抽泣声会吵醒你。她会告诉你是谁让她这么痛苦；这个人就是克拉马都的管家安奎戈昂。如果你能与这个女子共度良宵,你就会奋不顾身地去与她的死敌决一雌雄,如果她要求你去的话。

克雷蒂·特鲁瓦,“珀西瓦尔在布兰奇弗雷”,《圣杯传奇》(Chrétien de Troyes,“Perceval chez Blanchefleur”, in *Le Conte du Graal*, 12th cen.)

贝德格莱尼森林 | Bedegraine

又名贝德格芮尼森林(Bedgrayne),位于英格兰中部;在卡默洛特城堡的亚瑟王统治早期,北方贵族叛乱在此被歼灭。

托马斯·马洛礼爵士,《亚瑟王之死》;怀特,《永恒之王》(T. H. White, *The Once and Future King*, London, 1939);约翰·斯坦贝克,《亚瑟王与骑士行传,取材自托马斯·马洛礼爵士的温切斯特手稿和其他相关资料》

贝德格芮尼森林 | Bedgrayne

参阅贝德格莱尼森林(Bedegraine)。

魔鬼的城堡 | Beelzebub's Castle

参阅魔鬼花园(Devil's Garden)。

贝尔希巴城 | Beersheba

具体位置不清楚。贝尔希巴城的居民坚信,天上也有一座贝尔希巴城,那里保留了地上的贝尔希巴城所有最高尚的美德和情操。而且,如果地上的贝尔希巴城愿意按照天上的贝尔希巴城的模式去做,两座城市终将合而为一。据说,天上的贝尔希巴城是一座纯金之城,银子为锁,钻石为门,可谓一座珍宝城。既然要使用最有价值的东西,就必然要付出最艰巨的努力。由于坚信这一点,贝尔希巴城的居民敬重与天上贝尔希巴城有关的一切东西。他们收集所有的贵重金属和珍稀宝石，放弃一切转瞬即逝的放纵，培养各种形式的内敛与涵养。

市民们还相信地下也有一座贝尔希巴城。那个城市接纳地上贝尔希巴城抛弃的低级而无价值的东西。他们一直想要割断地上的贝尔希巴城与地下的贝尔希巴城之间的联系。在他们的想象里，地下的贝尔希巴城就像一个打翻的垃圾桶，到处是奶酪屑、油污的纸张、鱼鳞、洗碗水、未吃完的通心粉以及用过的医药绷带，这一切都是令人作呕的肮脏污秽的东西，甚至构成地下贝尔希巴城的那种物质本身也是黑糊糊的，粘稠而有弹性，犹如下水道里冲刷出来的沥青，延伸了人类大肠的路径，从一个黑洞到另一个黑洞，最后泼溅到最下面；从下面那些被包围的懒散的气泡里，一座由排泄物堆积而成的城市拔地而起，一层又一层，最上面是扭曲的尖顶。

地上贝尔希巴城的居民相信存在一种真理因素和错误因素。陪伴这座城市的是它自己的两个影子，一个在天上，一个在地下，这是千真万确的事实。然而，城里的居民却没有弄明白这三者之间的一致性。在贝尔希巴城最深的地底下孵化出来的地狱却是一座精心设计的城市，它是那些最权威的建筑师的杰作，使用的也是市场上最昂贵的材料，所有装置、机械设备以及传动系统都在正常地运转着；这座城市还装饰着流苏。

为了成就完美，贝尔希巴城的居民把自己这种充满纯属疯狂之举的行为视为美德，因为他们不知道，慷慨地自我放弃之时就是自我疏远、自我释放和自我膨胀之时。由于受地球引力的影响，一个天体下降到贝尔希巴城的顶端、因城市的所有财富而发光、被包围在废弃物堆积而成的宝库里。这个天体飘洒着各种废物，比如土豆皮、破雨伞、旧袜子、糖果袋、电车票、指甲剪、老茧、鸡蛋壳；这是天国，在它的天宇里，长尾巴彗星飞逝而去，只有贝尔希巴城的居民的自由和幸福才会将它们释放；在贝尔希巴城，只有在排泄的时候，人们才不会感到痛苦，才不会算计、掠夺和贪婪。

伊塔洛·卡尔维诺，《看不见的城市》

贝克拉城 | Bekla

贝克拉帝国(Beklan Empire)的首都,坐落在克朗多山(Mount Crandor)的山腰上。从那里可以俯瞰贝克拉平原。贝克拉城的城墙长 6 英里,从南面开始围绕着克朗多山的最高峰,峰顶耸立着一座规模庞大的城堡。城堡建在悬崖的峭壁上,陡然向下,延伸至山下一个旧采石场。陡峭的云梯贴着岩壁向上攀升,最后消失在城堡的地下通道的入口处。经过城墙南面的红门也能进入这座城堡;红门是一个低矮的拱门,一条小河穿过拱门,形成一个瀑布,即有名的"白女瀑"。小河的河床是经人工加深了的;水底筑有一条蜿蜒狭窄的石地道。如果知晓这条暗道,就可以从拱门下的水池进入这座城堡。贝克拉城的城墙也围绕着克朗多山下的辽阔牧场和林地。一条山间小溪从林荫掩映的城堡东部流出,流经牧场,汇入有名的巴布湖。

贝克拉城由低城和高城两部分组成,其间有石墙相隔。孔雀门是来往于低城和高城的唯一途径。从孔雀门进入高城的游客,必须首先穿过一个名叫月亮屋的小房间;守门人启动一只秤砣,就可以打开孔雀门。不过只有那些有许可证的人可以进入高城。游客可以在高城的豹山上找到国王的宫殿和贵族的庄园,还可以眺望高城以东的巴布湖。高城的建筑都是用石头建造的,类似于奎索岛上的建筑,分布在湖泊周围及两岸的柏树丛中,是贵族、省城代表以及外国使节的下榻之处。

高城最美丽的风景当属满是葡萄藤蔓和鲜花的豹山。豹山上簇拥着 20 座圆形塔楼,它们是男爵们的住所。这些塔楼都有向外突出的大理石的圆形阳台,远看就像一根根大圆柱;它们的高度和形状相同,但装饰各异:柱身上雕刻有浅浮雕,图案有美洲虎、百合花和鸟鱼。通过这些各不相同的雕刻内容,我们可以区分不同的塔楼。每座塔楼都有一个纤细的有色尖顶,尖顶上配有一只铜铃,节庆时用于召集贝克拉城的市民。这些塔楼围绕皇宫而建,宛如

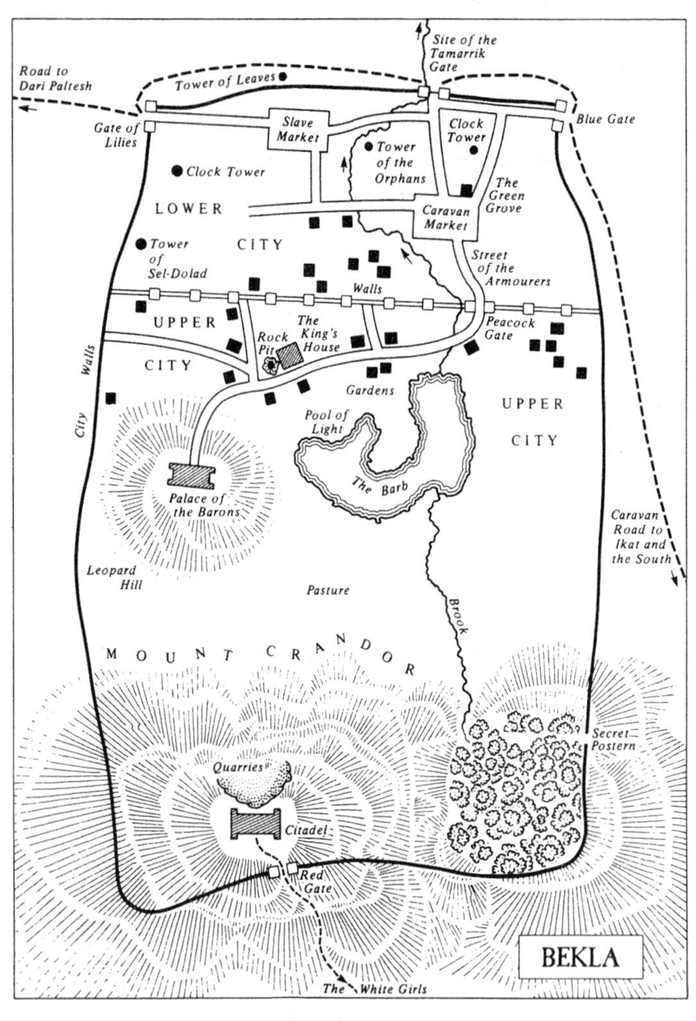
Site of the Tamarrik Gate
Road to Dari Paltesh
Tower of Leaves
Blue Gate
Gate of Lilies
Slave Market
Clock Tower
Tower of the Orphans
Clock Tower
The Green Grove
LOWER
Caravan Market
Tower of Sel-Dolad
CITY
Street of the Armourers
Walls
UPPER
The King's House
Rock Pit
Peacock Gate
CITY
City Walls
Gardens
UPPER
Pool of Light
CITY
The Barb
Palace of the Barons
Caravan Road to Ikat and the South
Leopard Hill
Pasture
Brook
MOUNT CRANDOR
Secret Postern
Quarries
Citadel
Red Gate
BEKLA
The White Girls

贝克拉城

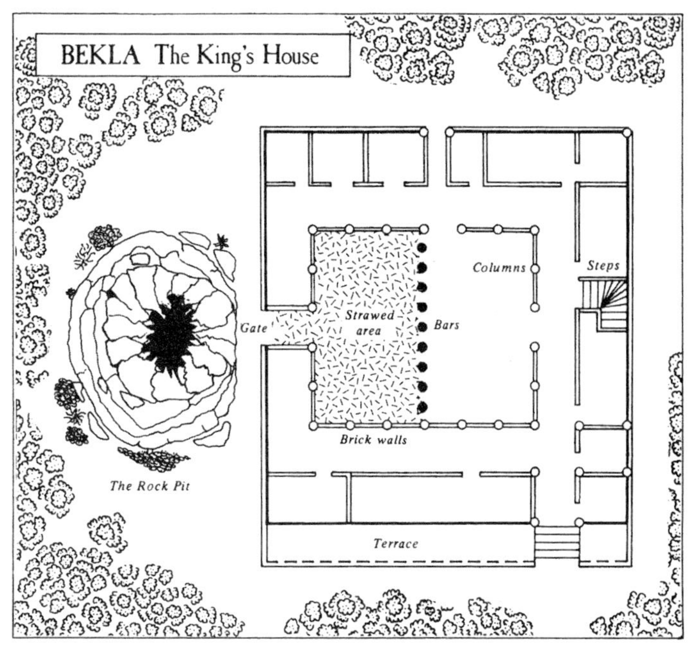

贝克拉城里国王的房屋

一支支护卫宫墙的长矛。皇宫的护墙上刻有荷叶和莲花、各种昆虫以及水滴，它们的尺寸比实物还要大。白天，皇宫看起来庄严而肃穆；黄昏时分，夕阳柔化了皇宫的轮廓，为护墙上的花鸟虫鱼平添了几分魅力。

山脚下就是所谓的“国王的房屋”。这里最初被用来为军队提供膳食。不过奥特伽岛的军队征服贝克拉城之后，这座建筑就被派上了邪恶的用场。这座建筑里的房屋阴暗潮湿，通风条件极差，窗户极少，且位于屋墙的最高处。起初，只在晚上才有人使用这栋建筑。奥特伽人征服贝克拉城之后，将以前的拱廊用砖块堵死，并且在拱廊的另一端装上了重重的铁栅栏，围住了巨熊沙迪克被关锁的地方。当时，人们把巨熊沙迪克当作上帝一样来崇拜。参观者还能看见远处围墙上有一扇铁门，经过铁门，就可以进入一个深深的岩洞，那是专为沙迪克挖掘的。奥特伽人统治的鼎盛时期，

“国王的房屋”不再是为军队提供膳食的地方，它变成了一座阴森肃穆的寺庙，里面堆放着战利品，墙上悬挂着一排排人的头颅，它们都是沙迪克的战利品。

至于低城，里面到处都是横七竖八的街道和广场，简直就像一座迷宫。低城是贝克拉帝国的中心，这里贸易繁忙。进入孔雀门就是军械士街，这条街道一直延伸到有柱廊的沙漠商队市场。进入这个市场的所有货物都必须接受检查，货物的重量都会被重新称量。广场的一边是仓库和黄铜天平，这架天平是著名的福莱特尔设计制造的，十分坚实，可以同时称出一辆大车和两头牛的重量。这里有一家小酒馆，名叫绿树林酒馆；生意人和市场上的职员们经常光顾这家酒馆，游客也可以来这里坐坐。夏天，游客可以在酒馆的院子里用餐和聊天，同时欣赏院子里的音乐喷泉；冬天，游客可以好好享受酒馆里烧得旺旺的炭火。

奥特伽军队入侵之后，毁掉了贝克拉城最大的奇观之一——塔玛里克城门（The Tamarrik Gate）。这座城门是贝克拉城的北门，也是福莱特尔的杰作。城门上面刻有同心球体、螺旋形物体、藏在小无花果树叶里偷窥的脸、高大的蕨类植物、青苔、风力竖琴以及银鼓。晚上，每当神鸽飞下来觅食的时候，银鼓就会自动敲响。关于这座城门，没有任何可靠的历史记录可查。

在奥特伽军队的猛烈进攻下，贝克拉城最终沦陷，大半个城市遭到烧杀掳掠。塔玛里克城门被攻破，低城很快落入敌手；不过，看似坚不可摧的低城大本营又苦守了 4 个多月。奥特伽军企图挫败守军的士气，每天在大本营守军的眼前活活地绞死两名儿童。最后，贝克拉城的指挥官埃克特里斯宣布投降，并毫发未损地率领守军撤离。

贝克拉城沦陷期间以及之后，奎索岛的沙迪克崇拜发生了变化。沙迪克的发现者、猎手凯尔德里克摇身一变，成为祭司国王。而在沙迪克崇拜的一个更早的版本里，根本不存在凯尔德里克这个人。高级女祭司图根达把这一点以及其他方面的有关变化，看作沙迪克崇拜发生嬗变的迹象。如果说这种观点不具有颠覆性，至少也具有某种政治目的;女祭司开始宣扬她自己的主张,结果被流放到奎索岛。

贝克拉城在奥特伽人的统治下又维持了7年。在此期间,贝克拉城成为军事重镇,不再是繁华的贸易之都。奥特伽人统治期间的重要变化是:传统的克拉姆崇拜被废除,关于这种崇拜的一切线索很快就销声匿迹,寺庙遭到亵渎,而沙迪克崇拜则无处不在。这种变化为人称“上帝之眼”的祭司国王凯尔德里克的有效却残酷的专治统治奠定了坚实基础。

只有在巨熊沙迪克从贝克拉城消失之后,情况才有了实质性的转变。火把节来自更古老的宗教仪式,在此处则是专为沙迪克崇拜而设立的。在某年的火把节里,当贝克拉城点燃火把的时候,有人企图用大火烧死沙迪克,但他的计划没能得逞;结果大火只是烧毁了“国王的房屋”的大半个屋顶,纵火者受到了审判。根据肇事者交代,当时,他成功地将一块炭火扔到装着巨熊沙迪克的笼子里的麦秆上。因为剧痛而惊恐万状的沙迪克拼命撞开铁栅栏,闯进了城里,造成了流血事件,当时的悲惨景象令人触目惊心。最后,沙迪克逃到广阔的乡村。祭司国王凯尔德里克也跟随而去,永远地离开了贝克拉城。凯尔德里克走后不久,城内又发生了一次叛乱,但最终被平息下来;此后,城内进入休战状态。在此期间,贝克拉城再次被奥特伽人控制,至今仍是奥特伽人的首都。

很少有人了解贝克拉城的历史。从贝克拉城的建筑特点来看,正如传说的那样,贝克拉城可能是奎索岛的工匠们建造的。在遥远的过去,贝克拉城好像是由奥特伽人统治,在后来的一次叛乱中,奥特伽人被驱赶到特尔塞纳河(Telthearna River)中的岛上。

贝克拉城的周围是村庄,村庄散布在著名的贝克拉平原上。那里地势平坦、气候干燥,经常遭遇严重的沙尘暴。当地人只能养牛和放牧;他们的住宅很少,只有零零落落几个小村舍。从贝克拉城开始的几条道路穿过平原,直达吉尔特山脉(Gelt Mountains)的丘陵地带和各地区的省城。贝克拉城的饮水主要来自卡宾河,游客可以放心饮用。

理查·亚当斯,《巨熊沙迪克》(Richard Adams, *Shardik*, Lodnon, 1974)

贝克拉帝国 | Beklan Empire

幅员辽阔,南接耶尔达王国(Yelda)、贝尔西巴省(Belshiba)和拉潘(Lapan),西邻特伦卡王国(Terenkalt),以东和以北是自然带,包括特尔塞纳河(Telthearna River)和托尼达森林(Tonilda)。坐落在贝克拉平原的首都贝克拉城地处帝国的中心地区。贝克拉帝国近来与东边的扎卡隆王国(Zakalon)建立了贸易联系,并向这个王国出口铁器、刺绣和其他日用品。

很久以前,贝克拉帝国受到奥特伽人的统治。他们崇拜沙迪克;沙迪克是一只巨熊,奥特伽人把沙迪克看作上帝力量的化身。

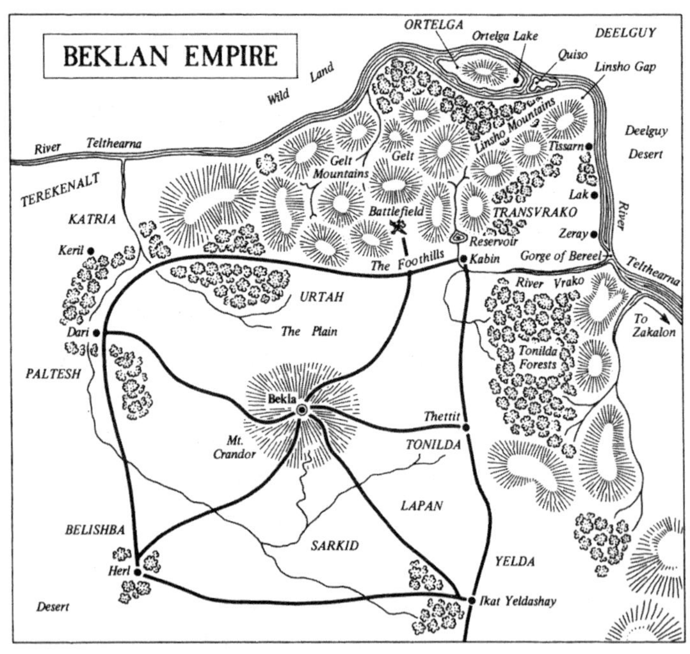

贝克拉帝国

巨熊沙迪克生活在奎索岛(Quiso),吸引了来自帝国各地的朝圣者。后来,一位高级女祭司爱上了一个奴隶贩子;奴隶贩子杀死了这只圣熊,与女祭司一起逃到安全地带。随后,贝克拉城内爆发了一次大叛乱,奥特伽人被赶到帝国以北他们自己所属的那座岛上;奥特伽人的统治结束。贝克拉城仍是帝国首都和全国的军事中心,城内设有驻军保卫边疆,确保征税顺利。一开始,驻军的巡逻队会一直走到特尔塞纳河边,甚至抵达奥特伽人居住的那座岛屿;后来情形变了,吉尔特山脉(Gelt Mountains)以外都很少能看到巡逻队了。这也许可以解释,当沙迪克崇拜在北部地区死灰复燃之后,为何贝克拉帝国的军队那么不堪一击。

这段时间的贝克拉帝国实行奴隶制。不过,也有一些历史学家坚持认为,贝克拉帝国其实一直存在奴隶制,战败的俘虏通常都被沦为奴隶,这种情况很常见。贝克拉帝国的黄金时期,庄园越来越多,贸易需求越来越大,对奴隶的需求也与日俱增,奴隶贸易随之愈发兴旺,于是出现了专门的奴隶贩子。刚开始,奴隶贩子服从贝克拉帝国的统治,但随着自身势力的壮大,他们渐渐组织起自己的武装。后来,逃跑的奴隶越来越多,这严重威胁了农场主和农民的利益,废奴运动的呼声也越来越高,内战最终爆发。不久,耶达希(Yedashay)庄园主埃克特里斯成为最能干的头领;他率军打败了南方奴隶贸易商的强大军队,最终解决了奴隶问题。

在获胜的"守旧派"贺德利尔的统治下,奴隶若能证明自己是贝克拉帝国的公民,他就可以获得自由;但外来的奴隶仍然是奴隶。为弥补因奴隶解放而遭受的损失,贝克拉帝国鼓励传统的采矿和雕刻业;同时采取一系列相应措施,改善农民和小农奴主的生活。正是在这个时期,卡宾河(Kabin)上建起了大水库。

内战结束约 10 年之后,贝克拉帝国再度遭到崇拜巨熊沙迪克的奥特伽人的侵犯。奥特伽人自称是沙迪克转世。很快,北方各省和贝克拉城相继沦陷,南方各省与贝克拉帝国正式分离,形成反奥特伽人的统治联盟。奥特伽人与南部联盟的战争又持续了好几年。贝克拉城的祭司国王凯尔德里克用高官厚禄诱惑南部各省反对贺德利尔派的封建贵族，与他们结盟，这样既安抚了奴隶主，又筹集了军费；同时还重新推行奴隶制时代的高赋税制，这一举措壮大了贝克拉帝国的反对势力，限制了沙迪克崇拜的范围。此时，巨熊沙迪克仅被看作奴隶贸易商的上帝；而奴隶贸易本身早已变成民怨之源：持有许可证的奴隶贸易商经常越权行事，绑架生活在贝克拉平原的居民，把他们卖做奴隶；在使用童奴的时候，配额制也往往被取消，因为童奴的市场潜力很大。喜欢使用童奴的奴隶主通常先把买来的儿童弄成残疾，然后卖出去做职业乞丐；当时有专门阉割男童的市场。

过了一段时间，巨熊沙迪克撞开牢笼，逃出贝克拉城。沙迪克猎手凯尔德里克遂紧随而去。此后不久，贝克拉帝国首都贝克拉城爆发叛乱。与此同时，南方军席卷贝克拉帝国，占领卡宾河流域，把奥特伽人的军队围困在贝克拉帝国的中心。面对不可避免的败局，奥特伽人决定停战议和。随后奴隶制再次被废；所有的奴隶重获自由。以前的耶尔达王国、拉潘和贝尔西巴省成为具有独立主权的国家。根据停战协定，奥特伽人继续统治贝克拉城。

游客会发现贝克拉帝国有两种非常相似的重要语言。贝克拉语的使用范围主要在帝国北部和中部，耶沙尔迪语主要在南部，此外还有许多方言。

贝克拉帝国的货币是“梅尔特”(meld)。

理查·亚当斯，《巨熊沙迪克》

贝勒盖尔海 | Belegaer

参阅阿曼大陆(Aman)。

贝利斯巴城 | Belesbat

位于法国温迪(Vendée)海滨的比斯开湾，介于亚苏梅尔(Jard-sur-mer)和圣文森特(Saint-Vincent)两镇之间。古时候，附近城市的居民都知道，贝利斯巴市民很富有。不过，也仅此而已，因为没有一个活着的人离开过那座城市。许多好奇的游客想来参观贝利斯巴城，都没有成功。有一天，一个渔夫遭遇了风暴，来到贝利斯巴城避难，竟然得到了皇室的接待，这着实让他感到惊讶不已。所有的城门突然间全部打开，国王为他举办了盛大的宴会。由于好奇，渔夫假装出很疲倦的样子，要求单独留下来。乘其他人不备时，渔夫找到一扇小门，躲在门旁能听见音乐和欢快的笑声。随后，他打开那扇门，发现自己正置身于一座空旷而寂静的迷宫。沿着漆黑的长墙，穿过废弃的院落，渔夫来到一间大屋子里，大屋子里的尸体和骷髅堆积如山，简直快要堆到天花板上了，有些尸体正在腐烂，脸上的表情很阴郁。渔夫大惊失色，急忙退出去，谎称自己把渔网忘在沙滩上了，要赶回去收网。渔夫获准离开，回去后，他向人们说起这个可怕的见闻。于是温迪的贵族组成联盟，围攻贝利斯巴城，杀死了那里所有的居民。不久，上涨的海水就将整个贝利斯巴城完全淹没了。游客必要注意，去探索贝利斯巴城会十分危险，因为有水下幽灵日夜守护着城里的宝物。

比斯开湾的贝利斯巴水下迷宫的北面部分

克莱尔·科宁，《神秘的海洋》(Claire Kenin, *La Mer mystérieuse*, Paris, 1923)

贝尔西巴省 | Belshiba

参阅贝克拉帝国(Beklan Empire)。

本戈迪地区 | Bengodi

位于贝林区(Berlinzone),或者叫"巴斯克海湾";不要把它与比利牛斯山北部的比斯开海湾相混淆。本戈迪地区之所以远近闻名,是因为在它境内有一座盛产意大利碎干酪的高山;山顶上住着一个以制做通心粉为生的民族。他们将做好的通心粉放在鸡汤里煮熟,然后把这些食物从山顶滚下去,为山下的土著人提供营养。

距离这座山不远的地方有一条酒河,发源于著名的本戈迪葡萄园,类似于流过幸福人之岛的那条河流。为了使酿造的酒更加香醇可口,工人甚至把香肠绑在葡萄藤上。

本戈迪地区有许多奇形怪状的石头,最有名的是向日葵形的石头。带上这样的石头可以立即隐身。当地的磨石在钻孔之前可以做成圆环,带着它就可以美梦成真。

卜迦丘,《十日谈》(Giovanni Boccaccio, *Decameron*, Florence, 1858[?])

本·卡图村 | Ben Khatour's Village

非洲的一个阿拉伯村庄。确切地说,这个村庄位于某条大河的一条未经勘探的支流两岸,最后汇入大西洋。这条大河很可能就是刚果河。泰山的儿媳妇是卡德雷特的公主,也就是雅克特将军的女儿。她遭到酋长的绑架,被关在一间蜂窝似的棕榈小屋里。小屋的周围是结实的木栅栏;她在这里度过了童年。

埃德加·巴勒斯,《泰山之子》(Edgar Rice Burroughs, *The Son of Tarzan*, New York, 1915)

奔尼特岛 | Bennet

位于南极圈,南纬 82.50 度,西经 42.20 度;地势很低,多岩石，方圆约两公里。除了仙人掌，岛上几乎寸草不生。奔尼特岛唯一的特点就是朝海面有一段突出的岩脊；从岛屿北面来的游客可以清楚地看见：这段岩脊像用绳子捆绑着的一团棉花。奔尼特岛这个名字取自利物浦的纵帆船“简·盖伊号”的合伙人；而这座岛屿是这艘船的船长在1828年1月17日发现的。

爱伦坡，《南塔基特的亚瑟·皮姆的故事》(Edgar Allan Poe, *The Narrative of Arthur Gordon Pym of Nantucket*, New York, 1838)

本色列岛 | Bensalem

位于南太平洋，属于所罗门群岛，与巫发岛相邻。本色列岛还包括近海几个岛屿，它的周长虽有5600英里，面积却不及爱尔兰岛的三分之二。

本色列岛长期与外界隔绝，但在古代时却非常有名。那时候，古腓尼基的提尔港、迦太基、中国以及亚特兰蒂斯岛的商船经常云集这里。公元前2000年，本色列岛变成了一个贸易强国。亚特兰蒂斯岛沉没以后，本色列岛的航运业日渐衰微，本色列岛的地位也日渐孤立。公元前300年左右，本色列岛的所罗门国王认为本色列的国民尚能自足。从此以后，本色列岛完全变成了一座孤岛。本色列人制订了严格的外国人出入政策，几乎完全禁止本族人与外界的直接接触，除非这样的接触关乎国家利益。为了保持本色列人的纯洁性，本色列严禁岛民出国旅行。从此以后，几乎不再有商船靠近本色列岛的海滨。昔日辉煌无比的大商船如今被用来捕鱼和城镇之间的货运，或者用来保持与近海各岛之间的联系。本色列人非常怀念他们的所罗门国王。

大约是在公元50年，本色列人开始接受基督教。具体而言，这与当时发生的一个奇迹紧密相关。在本色列岛东海岸的仁甫萨港(Renfusa)，有人看见一根巨大的光柱，光柱的顶端有一个十字架，正在向本色列岛靠近。于是本色列人派人去查看究竟。就在这时，奇迹发生了：他们派去的那些船只突然停下，无法继续前行。

只有城里一位圣人能够在跪下祈祷以后靠近这根光柱。当圣人走近光柱的时候，光柱就消失了，唯有方舟浮在水上，方舟里装着《旧约》、《新约》以及耶稣门徒圣巴多罗买写的一封信。圣巴多罗买在这封信上说，受上帝之托，他将方舟放入大海，任它漂流，凡方舟所到之处，那里的人们就可以获救。然而，奇怪的是，那些希伯来人、波斯人和印度人都能够读懂福音书和那封信，就像阅读他们自己的语言一样容易。

自那以后，本色列人皈依基督教，变成了基督徒，但他们仍然完全赞成犹太人的观点。本色列岛上的犹太人接受圣灵感孕说，他们相信耶稣基督不只是一个凡人，而是银河或伊利亚。从历史上来讲，他们相信本色列人是亚伯拉罕之子那克兰(Nachoran)的后代。本色列人的法律以一种神秘的教义方式从摩西一直传下来。当弥赛亚统治耶路撒冷的时候，本色列人的国王将会坐在他的脚下。根据历史记载，本色列岛的基督教具有浓厚的希伯来成分。本色列人特别崇拜《圣经》里的某些人物，比如人类祖先亚当、诺亚以及信心之父亚伯拉罕。

今天，本色列岛继续采取孤立政策，继续向世界各地派遣自己的使团。本色列国仍是君主国，人们非常尊敬他们的国王拉达(Radar)，非常尊敬他们的传统制度，但君主的地位只是象征性的。由于没有外交关系，管理政府的是一系列管理委员会和顾问委员会。管理委员会包括3个指定的成员，他们负责39个镇和10个村庄的事务，同时负责艺术、科学和工业的发展。每一个管理委员会都会和一个顾问委员会携手共进，任何人都可以参与管理委员会的事务；总体事务交由中央管理委员会和中央顾问委员会来完成。国王只有一个实际意义上的政治任务，那就是任命中央管理委员会的委员，这些委员由中央顾问委员会直接举荐；各层的意见均交由上一级管理委员会和顾问委员会来裁决。

本色列岛的自然社会单元是家庭，父亲是一家之主。如果哪位父亲能够有幸活着看见自己的30个后代，而且最小的那一个也已经年满3岁，他就可以获得国王所赐的盛宴。在此期间，父亲对家庭的重大事务做出安排，指定自己的一个儿子跟他一起生活。这个被指定的儿子又名“藤蔓之子”，代替父亲管理家里的事务。做完礼拜之后，他们会举行一个特殊的仪式。在这个仪式上，父亲会得到国王的手谕，通过这个手谕，父亲可以获得一部分收益、众多特权及免税项目。然后，父亲可以得到一串金葡萄，家里的每个成员都有一颗。金葡萄的表面涂了瓷釉，如果金葡萄呈黄绿色，而且顶端有一轮新月，那么说明这个家里的女性成员比男性成员多；如果金葡萄呈紫色，顶端是一轮太阳，就表明家里的男性成员比女性成员多。无论在什么时候，只要父亲在公众场合里出现，“藤蔓之子”都必须走在父亲的前面，戴上那串被涂了瓷釉的金葡萄。大家族的父亲非常受人尊敬，国王都会觉得自己欠了父亲的债。本色列人认为家庭模式最适合孩子的健康成长。

本色列人的贞洁观念很浓。本色列岛上没有妓女，也没有情妇，更没有同性恋人。本色列岛上有两句谚语足以证明岛民的纯洁和自尊：“不纯洁的人不受尊敬”；“一个人的尊严胜似宗教，是遏制罪恶最有力的缰绳”。本色列人严守一夫一妻制，儿女的婚事不必征得父母的同意，但如果没有父母的认可，他们就只能继承父母三分之一的财产。第一次见面、订婚或结婚之间必须间隔一个月。为了检查双方的身体状况，双方的同性朋友可以观看他们裸浴；他们通常会去城外的亚当和夏娃浴池裸浴。

本色列岛最重要的公共机构是所罗门馆，是所罗门纳（Solamona）建造的，用来研究上帝的创造之物。所罗门馆的图书馆里保存了所罗门的《自然史》（参阅《列王记上》4：33），这本书很久以前就被认为失传了。

根据所罗门纳的说法，“这个公共机构的目的是认识世间万物的原因及其神秘的运动方式，以及把人类帝国的界限扩展到万物的影响。所罗门馆研究并发明了潜艇和飞船；溪流、瀑布和风车被用来提供能量。房屋的下面挖有深深的洞穴，用来生产和保存各种金属制品；高高的塔楼被用作天文和气象观察与实验；还有一个大厅被用来改变天气状况。“视角屋”被用来做光学实验和生产望远镜、显微镜以及其他的光学仪器。“声音室”用来做声学实验，这里也生产乐器，比如小提琴、钢琴以及可以发出天籁之声的其他乐器。声音是通过管道来传输，可以传输许多卡兰(karans)，1卡兰相当于1.5英里。这种声音传送系统可能激发了苏格兰人亚历山大·贝尔(Alexander Graham Bell)的灵感，促成了他在1876年的发明。“引擎屋”被用来生产各种机器、武器以及烟火。“香水屋”用来分析和综合各种气味。“感官欺骗屋”被用来再现各种幻觉，这与威灵斯岛和卡帕森城堡的那些装置极其相似。由于本色列人讨厌撒谎和欺诈行为，本色列岛的法律也禁止那样的行为，因此这些幻觉不用来表现自然对象的一种错误图像。

在生物科学方面，所罗门馆找到了动、植物杂交从而产生新物种的办法；有些植物甚至不用种子也能生长。保健饮料和药物实行全国统一分配制。矿泉水池，包括一种有名的“天堂之水”，在医学上被用来延年益寿和治疗各种疾病。所罗门馆也致力于营养学的研究，这里可以生产具有专门用途的食物，长期为人们提供营养或增强体质，这样人们就可以不必花太多的时间去吃饭。发达的医学可能根除细菌引起的各种疾病。本色列人还发现了一种对癌症具有免疫力的螃蟹，从而攻克了如何治愈癌症这一医学难关。人们可以从这种螃蟹的身体里提取血清，将它接种到早期癌症患者身上。这一医学成就在世界各地的医学院已经悄悄传开，不过由于缺乏研究源，很多人没有注意到这一点。所罗门院的医学发展大大延长了人的寿命；如今，本色列岛上的大多数居民都能活到80多岁，有些人甚至可以活到110岁。

只有所罗门馆的同仁们才可以离开本色列岛。每隔12年，他们中就有6个人远航去国外考察，并带回那里的科学发明和其他方面的发明。这是本色列岛最主要的两项引进，带回它们的人被叫作“光明商人”，他们在国外可以使用假名和假国籍，以确保身份的私密性。

“光明商人”的头衔很多，他们是收集实验的“掠夺者”；是专攻机械技术和人文科学的“神秘人”；是进行新实验的“开拓者”；是归类实验结果的“编辑者”;是致力于新知识应用的“赞助人”或“捐赠人”;是分析和改善现有实验结构的“路灯”;是应用已被证明的实验的“接种器”;也是“自然的阐释者”,他们把各种发明转化成更广泛的知识经验、原理以及格言警句,以指导人们的日常生活和言行。

本色列人不仅对外派遣使节船,而且还使用收音机了解外部世界。他们使用一种远程摄影技术,同时把消息印刷到所有城镇的报纸上。他们的报纸页数很少,通常只有一页,上面没有广告和评论。

科学研究使本色列岛的发展成为可能。这些研究最初就是在所罗门馆的各个机构进行的。科学院、大学以及其他教育机构占据了位于仁甫萨港背后自然隆起的一座小山。仁甫萨学院专门研究无机物;瓦克拉学院致力于生物科学的研究。瓦克拉是西海岸的一个重要城市,那里有一个动物研究园,主要研究动物的社会结构。正是在这个动物研究园里,研究人员在猴子身上进行了“缝合术”实验。那些参与实验的猴子都经过正规的训练,现在可以清扫落叶和做简单的园艺工作;大量的公园维护工作主要交给猴子来完成。亚拉克学院(The Jalak Institute)专攻光学的研究,亚翠学院(Atri Institute)致力于声学研究。

经过几世纪的发展,本色列人也发生了一些变化。通过有名的“缝合术”的治疗,本色列人的大脑和头盖骨扩大了,这样就人为地推迟了孩童的大脑闭塞过程,从而提高了孩子的智力,优化了他们的记忆力,改善了他们的判断力。现在的本色列人在短短的几个月里,就能掌握各门语言知识。“缝合术”也加强了人们的精神敏感性,导致人们更频繁地使用心灵感应。而且不知道为什么,这种治疗使得本色列人长得更高了:现在的本色列男子平均身高6尺;女性比男性矮两寸。这不是遗传的结果,因此每一代新生儿都必须接受这种治疗。有些家长担心这样的治疗有副作用,因此拒绝让自己的孩子进行治疗。这样的人逐渐形成一个被剥夺了继承权的阶层,用当地的方言来讲,这些人都是“小脑人”,他们在学习和智力方面明显赶不上接受过治疗的那些人。接受过治疗的人越来越对他们感到不满，这种不满最终引发了暴力斗争和内战。到了1830年，本色列岛通过一项决议，要求“小脑人”离开本色列岛，到近海的其他各岛上去居住。后来，他们在那些岛上形成了一些小小的独立王国。

如果游客希望去那些近海的岛屿看看，他们会注意到，那些岛上的居民在各个方面都有了新的发展。他们的政府极不稳定，彼此间经常战争不断。比如东岛（又叫“乌尔米亚岛”[Ulmia]，因为一个成功领导了一场革命的团体而得名）现在最有名的逻辑物质理想主义联盟，他们相信人类社会仅仅是经济因素的产物，他们的标志是一把甘草叉，与一把锯子交叉，他们的座右铭是“物统治人”。乌尔米亚岛上的居民最初完全平等，他们坚信所有人的痛苦远胜过一部分人的安慰。革命爆发后不久，饥饿和贫穷也跟踪而至，毁灭了乌尔米亚岛上大量的人口。为此，岛上的现任统治者对传统原则已不再盲从。

米纳岛（Mina），或者叫中岛，一个彻底的军事化社会，统治这个军事化社会的是一个刚愎自用的独裁者。在这个军事独裁的社会里，任何人都不可以拥有自己独立的见解，不可以参加5人以上的团体。任何人都必须服从自己的上司，携带武器（他们的武器是石条和弹弓），戴上同样的面具。国家的核心目标就是竭力夺取一切，强调国家权力至高无上，宣称“米纳就是一切，我们微不足道”；“政府无论说什么都是真理，即使有时候是错的，也是真理”。这样的宣传强调冷酷无情；人们对统治者的称呼通常是“残忍的阁下”，并摆出一个抓取的姿势。中岛的标志是一个围满了蜜蜂的蜂窝，座右铭是“蛰死”。

然而，维纳岛（Wina）上的居民生活得毫无秩序。大多数人都很贫穷，他们辛苦劳作，养活的却是一小部分他们视为上级的闲人。城里的广告满天飞；海滨因为一些随意的发展而遭到毁坏，垃圾遍地；交通事故时时发生；酗酒和吸毒泛滥成灾。尽管岛民性情随和，但缺乏远见，而且又极端迷信。他们认为“9”是一个非常不吉利的数字,认为外衣上佩戴绿枝和“接触绿色”可以避免厄运。他们每天工作 9 小时,但物质依然很匮乏,失业率依然很高。维纳岛北部的居民不爱说话,很节俭,习惯生活在荒漠里。如今,那里的许多人已经向南移,在维纳社会占据着重要的地位。

而在本色列岛上,所有的阶级差异正在消除。岛上的人口不足 200 万。计划生育避免了人口增长过快,大多数人都是 20 岁或 25 岁后结婚,每一对夫妻生育的孩子通常不超过 3 个。

本色列岛的经济和社会发展依赖没有限制的有效的能源供应。直到最近,岛上的能源都由水坝产生的水力电提供,水坝建在南、北海滨的海湾入口对面。不过现在,这种能源已被亚原子能取代,这种新元素叫“本色列”(Bensalium),是通过原子裂变产生的一种能量。电能有助于自动化操作,自动化则被视为解放和进步的关键。高度自动化工厂雇佣的工人极少,主要是调整原材料和成品的销售。所有的工厂都很干净,没有污染,也几乎听不见噪音,因为每一处的运动和连接部分都装有富有弹性的垫子。

本色列岛上的土地属于国家所有,土地使用有严格的限制。所有的日用品一律免费,不再用钱交易。岛上没有人囤积私人财物。自动化操作意味着工作周(即“职责”)缩减至 9 小时。人们剩余(第二位)的时间被用于园艺和业余的科学研究、文学创作以及艺术消遣等等。人们的“职责”范围由当地的董事会组织和分配;“第二位”的时间由个人自行安排。本色列人不会一辈子干同样的工作,只要获得相关董事会成员的同意,他们就可以频繁地更换工作。本色列岛上的原料非常丰富,使节船从外面运回来的唯一矿物质就是用作电线的铜。所有进口的东西都使用黄金来支付,黄金通过电解从海水中获得。本色列岛上的基本经济原则是供需平衡,不存在相互竞争的零售业。

考虑到岛民的健康,本色列岛的所有城市都建在海滨。海滨的交通更便捷,更接近自然,因此也更舒适宜人。城市里的平均人口近 4 万,虽然首都仁甫萨有 6 万人,瓦克拉有 5 万人。人口密度不是选择的问题;事实证明,这样的人口数量最适合工业和社会的发展。城镇之间由沿海公路和频繁往来的快艇连接起来。乡村距离内陆一般不超过 20 英里,有状况良好的道路与城市相连。运输主要依靠三轮电车,三轮电车的时速只有 15 英里,但它使用的是轻型蓄电池,每充一次电就可以前进 100 英里。马车依然存在。用于海运的船只与河中的驳船差不多大小,有短短的两翼,船头装有一个推进器和两个直升机螺旋桨。从水下看,就像在"履带牵引车"上或水堤上后退,这样的牵引车可以让船只掠过水面;造船的原材料是铝合金,时速 150 英里。游艇只用于运动和娱乐。

本色列岛上的城市美丽而宁静;街道两旁绿树成荫,街上非常安静。走在街上,犹如在公园里漫步。本色列岛上的房屋都只有一层,就像罗马的别墅,位于一个中心庭园的四周。屋顶用的是活动玻璃,天热的时候可以卷起来。所有的房屋都装有中央暖气;垃圾和污物用电烧毁。为了保持干净,借助墙上的通风孔,利用强大的气喷法清扫地板。每栋房屋都连接到地下邮政的管道系统,有点像伦敦那些互相连接的信件分拣室。所有的国产商品和器具,从杯子到椅子,每件东西都造型优美、线条简单,让人想起早期的中国工艺。除了他们在城里的房屋,大多数家庭在乡下都建有简易小木屋,那里所有的道路都是深绿色的,为的是与那些小木屋相得益彰。

本色列岛的城镇最引人注意的景象是,各种动物在街道上随意穿行;鹿子、瞪羚、袋鼠、树袋熊、猴子以及松鼠都自由自在地生活在城里,它们用食槽和食碗吃东西。这些动物都受过训练,不会损坏庄稼。本色列人相信人类对动物的繁衍存有义务,不可以肆意捕杀它们。本色列人不养猫,因为猫要吃鸟类,人们对此无力应对。但动物仍被用于医学实验,大多数人还是吃肉。本色列岛的食物和饮料比欧洲的更有营养。饮料包括几种酒水、一种浓啤和一种苹果酒。

应用科学大大地改变了本色列岛的乡村面貌:私人农场没有了,大部分土地都由专门的管理者来经营,这些管理者都有自己的一些助手团体。田里所有的杂草都被清除了,所有的边界也被撤除了;水果和蔬菜生长在透明的大温室里,温室里使用的材料是透明塑料膜,有些像玻璃纸;通过地下电线提供的电能升高大棚内的温度。稻谷的品种经过改良,谷穗粒粒饱满、茎秆结实。由于水稻的产量很高,因此只有最好的土地被用作农田,其他大部分土地被用于休闲活动的场所。

鱼在两个大海湾里集中养殖,本色列人使用化学施肥增加浮游生物,提高水中的鱼食含量。他们使用一种专门制造的渔船捕鱼,这种渔船的船底附有一个容器,容器的底端有开口,从这个开口撒下鱼饵,鱼类纷纷被吸引到容器里来,开口处随即被滑板封上。目前看来,这可能是最简单、也最有效的捕鱼方法。渔业对本色列人的食物贡献很大,不过捕鱼业只雇佣了500个男子。

本色列人崇尚科学研究,但是这并没有导致其他宗教信仰的衰退,相反,在本色列人看来,自然是上帝的语言,科学就是自然的阐释者。宗教教义经过理性的审视,越来越站不住脚,诸如《创世纪》那样的圣经故事最终会被抛弃。本色列岛上没有严格的信仰,宗教已经成为哲学、科学和精神信仰的和谐统一。这三者的结合使得本色列人具有很强的"星球意识",他们知道自己在宇宙中的位置,为人类及其所作出的贡献深感自豪。他们的教堂里写着"爱、真理、精神",墙上挂着世界各地的宗教领袖的肖像,这并非要表明他们具有多样化的信仰,而是在炫耀人类所作出的卓越贡献。本色列岛上没有专门的僧侣阶层;牧师都是一些自愿者,由相应的董事会选出。礼拜过程中经常会有很长时间的默祷,目的是通过心灵感应与上帝进行真实而完全的精神交流。

过去的宗教教义由精选学院进行研究。精选学院因其独特的标志又被叫作"过滤学院"。学院坐落在仁甫萨港背后的山脊上,上面镌刻着这样的文字:"智慧始于对琐碎之事的忘却"(安提司泰尼);"请不要随意判断最伟大的事物"(赫拉克利特)。精选学院的工作是系统地考察和给文化遗产分类,由10个圣人组成的法庭来归类,分别会贴上这样的标签:真理、可能的真理、观点、具有诗学价值的传说和神话,与身体、社会以及精神科学相联系的事实、错误或无意义的陈述。除了最后一项,其他的类别都作为基础命题予以阐释,并分卷出版,即著名的《要旨》。为了不让这些命题变成教条,《要旨》上面的观点经常会得到修改。

本色列人的教育从7岁开始,分三个阶段。首先,孩子们要学会阅读和其他的基本技能;接下来是学习自然科学和纯哲学;最后是个人礼仪和社会组织方面的学习。这个方面又细分为戏剧史(其他国家通常称之为历史)和人类经验科学,包括全方位的人类经验和知识,从经济政治到气候和宗教与哲学的影响。这三个阶段都非常强调学习方法。一旦学生掌握了学习方法,老师的作用就只是引导而非讲授。

我们不知道本色列人的语言的起源,他们的语言初听起来很像罗马尼亚语,但这两种语言在词汇方面不具有相似性。古老的本色列语手稿上的文字有些像埃塞俄比亚的官方语,阿姆哈拉语,但从语源方面来讲,二者之间又没有任何的联系。本色列语包括30多个词汇,用来形容不同的味道,这可能与本色列岛上的味道实验和制造混合味道的实践有关系。本色列人在感谢上帝时会做一个特别的手势:他们首先将右手稳稳地举起,然后慢慢地移到嘴边。

本色列岛上的男人的穿着具有伊丽莎白时代的特色:衬衫的衣领翻在大衣外面,短裤长至膝盖,外套宽松长至小腿。所罗门院的各个专家的穿戴又不同,他们穿黑色长袍,长袍里面是白色的亚麻紧身衣,系白色带子,穿粉色鞋,戴嵌有宝石的手套,此外,只有他们才可以戴帽子。夏天,本色列岛上的女人穿纱衣,冷的时候在外面加披肩。过去,本色列人的纺织品是用山羊绒毛织成的上好布料,现在通常是合成的。本色列男人不修面。

靠近本色列岛中部的米若纳山谷里会举行一年一度盛大的庆典。山谷两边是郁郁葱葱的小山,小山背后是高耸的山脉,这里是一条河流的发祥地。这条河穿过一个狭窄的山峡离开山谷,山峡上面坐落着国王的城堡。山谷里有大型的露天运动场、跑马场、露天剧院、木制餐馆以及其他的建筑。每年岛上近一半的人会参加

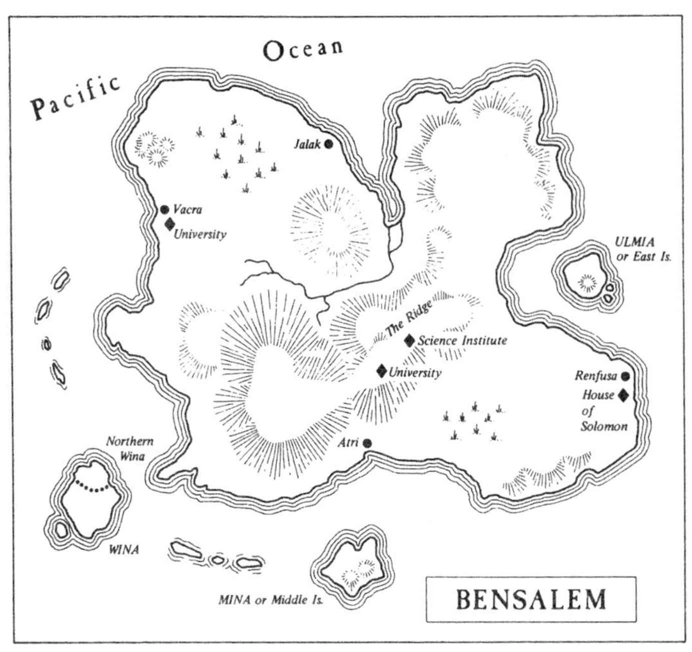

本色列岛

这个盛大集会，通常会持续一周，其中包括体育、游戏、戏剧竞赛和音乐会。科技和农产品展览会上都有音乐表演和诗歌朗诵；对弈也特别引人注目。胜利者得到的只是象征性的奖励：一枚纪念奖章和一朵鲜花，鲜花是从国王的花园里采摘来的，经过化学方法处理以后，镶嵌在一根黄金做的叶柄上。不同项目的比赛获得不同种类的鲜花。

游人应该知道进入本色列岛很难。按照索拉蒙纳国王颁布的法令，只有那些在特定时间内没有参与违法的流血冲突的参观者才可以进入本色列国。其他的人如果不小心靠近了本色列岛的海滨，他们可以获得帮助，但不可以上岸。

持有签证的游客会得到本色列人的盛情款待，所需费用通常由国家来支付，并且可以随时离开。来本色列岛的游客首先必须被隔离 3 天，接着他们会住进陌生人之家。这是一栋用蓝色砖石建造的房屋，里面很宽敞，窗户要么用玻璃，要么用涂油的细薄布，非常漂亮。陌生人之家的管理者是一个牧师，他戴着白色穆斯林头巾，头巾上面有一个小小的红十字。他和其他的官员都不接受服务方面的报酬。未经特别的许可，参观者不可以离开首都1.5英里远。

弗朗西斯·培根，《新亚特兰蒂斯岛》(Francis Bacon, *New Atlantis*, London, 1627)；塞缪尔子爵，《一块未知大陆》(Viscount Herbert Louis Samuel, *An Unknown Land*, London, 1942)

本威克王国 | Benwick

参阅班诺伊科王国(Banoic)。

贝利拉港 | Berila

参阅安拉德王国(Enlad)。

宾菲尔德之岛 | Bingfield's Island

属于东印度群岛，面积大，从东到西需要好几天才能穿越。宾菲尔德之岛的西海岸森林茂密。如果继续往内陆走，宾菲尔德之岛的河谷变得越来越宽；往东走，宾菲尔德之岛变得越来越细长，形成细长的瓶颈状。以前来这里的游客看到这种奇特的地形，还以为自己到了天涯海角。宾菲尔德之岛多山丘，一直延伸到海边；沿海的峭壁之间有一条狭窄的山路。宾菲尔德之岛上只有一些石头建筑，都是经常来这里举行可怕的宗教仪式的巴卡食人族修建的。除了他们，这座岛上几乎没有其他的居民。

宾菲尔德之岛上最吸引人的是各种动物，这些动物包括怪异的犬鸟、比较正常的食肉动物和野牛。犬鸟身体高大，不会飞，全身覆盖着粗糙而蓬松的长毛；犬鸟的头像狗，尾巴像猪，腿长，黑豹爪，虽然产卵，却属于哺乳动物。犬鸟生性凶猛，会袭击其他动物，甚至还能杀死大型猫科动物,它们会跳到巨猫背上,用牙齿和利爪撕咬巨猫的身体。犬鸟可以被驯养成最好的猎手。

宾菲尔德之岛上还有一种奇怪的两栖动物,这种动物主要生活在沼泽里。它们的体型比大象还要大,头长得一半像牛一半像马;耳朵很短,朝头顶的方向闭合;颈部很厚,粗壮得像公牛。

宾菲尔德之岛得名于英国人威廉·宾菲尔德。宾菲尔德不幸遇上海难,后来漂流到这座岛上。他和两个同伴在岛上一个山洞里整整生活了两年。有一天,宾菲尔德看见一群野蛮人来到海边,准备杀死并吃掉另一群人。他仔细一看,发现这群受害人当中就有他的未婚妻萨莉·莫顿。宾菲尔德训练了一些犬鸟,在这些犬鸟的帮助下,他成功地救出了自己的未婚妻。然而,与此同时,他又不得不杀死自己的一个同伴,并且把另一个同伴弄成重伤,因为这两个人企图强奸可怜的萨莉。

威廉·宾菲尔德,《宾菲尔德之岛历险记》(包括可敬的宾菲尔德所经历的种种险恶而恐怖的处境,这样的处境既有来自大海的,也有来自陆地的;该历险记生动地描绘了最凶残、最奇异的犬鸟的形状、习性及其特点)(William Bingfield[?], *The Travels and Adventures of William Bingfield*, London, 1753)

鸟岛 | Birds, Island of

这是一座荒凉的岛屿,位于加拿大的东海岸附近,是丑人阿门纳西(Amenachem the Ugly)的地盘,他不允许其他任何人踏入此地一步。如果有人强行来到这里,他将面临可怕的遭遇;他会终日遭受岛上自然风景的折磨,比如大树、花草和砂岩。

米歇尔·特朗布莱,《迟到的醉汉》(Michel Tremblay, *Contes Pour buveurs attardés*, Montreal, 1966)

鸟岛 | Birds, Isle of

位于加勒比海,面积较小,只需要 6 个小时就可以横穿整个岛屿。岛上鸟类众多，鸟岛因此得名，然而岛上最引人注目的还是蟒蛇。

18世纪时，巫菲伯爵在鸟岛附近遭遇海难；后来他来到这座岛上，遇见了一位美丽的女子，这位美丽女子因违背父命被放逐到此。两人很快走到一起，并兴起了一个快乐的原始家族。只是对于这个家族的历史，我们知道的东西甚少。他们当时住的那个棚屋至今仍在，那些渴望田园之乐的夫妇不妨来这里小住。

艾利亚撒，《到达的士兵，贝勒罗斯口述维尔瓦先生历险记》(Eléazar de Mauvillon, *Le Soldat Parvenu Ou Mémoires Et Aventures De Mr. De Verval Dit Bellerose*. Par Mr. De M＊＊＊, Dresden, 1753)

鸟国 | Birds, Land of

参阅瓦奇群岛(Waq Archipelago)。

比斯姆裂谷 | Bism

又叫“真正的深渊”，位于深深的地下，这里很少有人来过。地表有裂口可以进入深渊，这些裂口有时张开，成为比斯姆火河的入口。火河灿烂炫目，呈蓝、红、绿三色，如果掉进这样的火河，就是比斯姆裂谷里的侏儒也难以生还。只有火蜥蜴能够在这里繁衍，但关于火蜥蜴的生活习性，我们缺乏文字记载。火蜥蜴像一种小龙，它们口齿伶俐、用语机巧。

比斯姆裂谷的火蜥蜴对人友好，很讨人喜欢。它们很难想象有生灵愿意生活在地球表面；在它们看来，地球表面的生活多灾多难，实在令人感到恐惧。火蜥蜴的身长各不相同，1到6英尺不等，面部特征差异很大；有些火蜥蜴的前额有触角，而另一些的鼻子像小树干。不过，火蜥蜴的脚都长得大而柔软，有10到12个脚趾。

比斯姆裂谷的金银和其他宝石像花儿一样开放。红宝石可以食用,钻石里可以挤出水汁。比斯姆裂谷的侏儒认为,地球上的其他矿山只能生产没用的宝石。

在比斯姆裂谷和地面之间就是有名的地下王国,这里如今完全被毁。比斯姆裂谷的侏儒把这个地方叫作“浅陆”,这里曾经是一个女巫的地盘。这个女巫杀死了纳尼亚王国的嘉斯滨王子的妻子,并拐走了他的儿子瑞利安。受纳尼亚王国缔造者阿斯兰之托,人类的两个孩子和一个沼泽人开始了艰难的探险。当他们的探险活动结束的时候,10 年的女巫统治也走到了尽头。对于生活在比斯姆裂谷里的侏儒来说,这无疑是一种莫大的安慰。因为我们应该知道,在女巫的统治下,比斯姆裂谷的侏儒不得不辛苦地挖掘女巫用来攻击地面社会的隧道,如果要挖掘这样的隧道,他们自己那舒适的生活就会遭到破坏。

为了营救那些被女巫囚禁的人,比斯姆裂谷里开挖了许多洞穴,这些洞穴至今还在,它们是纳尼亚人消暑的最好去处。

C. S. 路易斯,《银椅》

黑色小教堂 | Black Chapel

坐落在萨里斯贝平原与大海之间。自那次毁灭性的平原大战之后,卡默洛特城堡的亚瑟王受了致命伤,被管家卢坎和吉弗利特爵士带到了黑色小教堂。据说,亚瑟王在拥抱管家卢坎时,因用力过猛而杀死了他。如今,游客能看见小教堂里有两座坟墓,其中一座就是管家卢坎的坟。根据史官的记载,另一座很可能就是亚瑟王的安息之所。

根据亲历者的叙述,临死前的亚瑟王被一只驳船送过海洋,船上有 4 个戴黑头巾的女人;亚瑟王的尸体被送到这座小教堂里安葬。还有人说,亚瑟王被送到了阿瓦隆岛,然后他坐船离开那里,此后就再也没有出现过。黑色小教堂里有一块大墓碑,墓碑上镌刻着这样的文字:“这里躺着亚瑟王,12 个王国的英勇征服者”。

管家卢坎的墓碑上只记录了他死亡的原因。

无名氏,《亚瑟王之死》

黑山湾 | Black Hill Cove

一处小海湾和村庄,位于英国德文郡的海滨,不远处就是本波上将酒馆(Admiral Benbow Inn),这是布里斯托尔港口附近的一家小旅馆,境况十分萧条,游客可以在此借宿和用餐。

正是在这家小旅馆里,游客第一次看见了宝岛的图纸和路线图;这两样东西都是在一个名叫比尔·波尼斯的水手的遗物里发现的。波尼斯在宝岛上埋藏自己的宝贝时,正好与臭名昭著的弗林特船长在一起。波尼斯在这家小旅馆里住了几周时间,显然是因为害怕那些想得到藏宝图而起杀心的人。后来,波尼斯死于中风,房东的儿子吉姆·霍利斯发现了图纸和藏宝图,并带着图纸和藏宝图去找乡绅特洛尼。乡绅搞到一艘船,于是两人一起乘船去寻找波尼斯的藏宝地点。

游客如果听到用木棍敲门的声音,最好别去理会,因为这家小旅馆的主人早已不在人世。

罗伯特·斯蒂文森,《宝岛》(Robert Louis Stevenson, *Treasure Island*, London, 1883)

黑宅 | Black House

密林里一座庄园的废墟。黑宅的整个屋顶已不复存在,黑宅的大部分内墙也已坍塌,室内地板上覆盖着厚厚的青苔,屋墙的下半部分爬满了蕨类植物,几乎难以辨认。黑宅里漆黑一团,那并非是因为夜色,而是因为与某种腐烂的东西有关,因为黑宅在白天同样显得昏暗。只有林中的獾、白鼬、松鼠和狐狸经常出入黑宅。

那些见过提图斯·格罗恩的人在黑宅里举行奇特的庆祝会。

当时，离开歌门鬼城的提图斯正住在乡下。负责庆祝会的是提图斯·格若恩以前的一个情妇。和许多人一样，她也不相信提图斯说的那句凭自身能力就可以称王的话。在她的带领下，一些人化装成提图斯曾描绘过的那些人的模样；整个庆祝仪式残忍可笑，最后以暴力和谋杀收场。

马维恩·彼克，《孤独的提图斯》(Mervyn Peake, *Titus Alone*, London, 1959)

黑森林 | Black Jungle

位于恒河三角洲的瑞曼加尔岛(Raymangal)，幽深的森林遮天蔽日，森林里经常发生恐怖事件，"黑森林"由此而得名。黑森林最深处是暴徒们的圣所，他们在这里举行印度教的女神卡利(Kali)的崇拜仪式。壮观的圣所用花岗石建成，高 60 英尺有余，宽 40 英尺，周围竖立着大廊柱，廊柱上面有华丽的羽饰；圣所的塔顶上雕刻着一条直立的大毒蛇和一个女人的头。圣所的角落里展示的是印度教里的三相神(Trimurti)，她长了 3 颗头、1 个身子和 3 条腿。走进这个圣所，游客可以看见女神卡利的塑像，还有一个白色的小石盆，小石盆里养着金鱼。据说，这是女神卡利与信徒对话的途径。

圣所下面是由低矮的走廊构成的一个迷宫，这里阴冷潮湿、漆黑可怖，里面住着五颜六色的蝎子、有毒的蜈蚣、毛茸茸的蜘蛛，以及眼镜蛇。

距离圣所不远的地方有一棵菩提树，从这里可以进入一个地下通道，地下通道里布满了尖利的长矛。不熟悉这种垂直而狭窄的地道的人，进去时会遭遇危险。经过这个地下通道可以走进一个宽敞的粉红色花岗岩洞，岩洞由 24 根雕着大象头的石柱支撑着；这里是暴徒们用处女为卡利女神献祭的地方。

萨尔迦里，《黑森林之谜》(Emilio Salgari, *I misteri della Jungla*

Nera, Milan, 1895)

黑城 | Blackland

撒哈拉沙漠中部的一座城市的废墟,位于东经 1.40 度,北纬 15.50 度,高高(Gao-gao)绿洲以南,是一群探险家建造的。这些探险家的探险经历堪比一部血泪史,从 1895 年到 1905 年,他们的探险整整坚持了 10 年。

黑城的主要创建者是威廉·菲尼,人们更熟悉的是他的另一个名字:杀手哈里。菲尼是英国的一个劫匪和谋杀犯,他决定用自己劫来的钱建造一座罪恶之城,这座罪恶之城就坐落在塔法萨瑟特河岸,也就是今天的红河岸边。塔法萨瑟特河的河水本来已经干涸,后来又被杀手哈里灌满了水。确切地说,黑城从东北到西南长 200 米,西北到东南长 600 米,分成 3 个不平等的城区。

第一个城区距离这条河流最近,位于河流右岸的平坦地带,那里住着快乐的人;他们都是杀手哈里最早的同伙,是黑城的贵族,共 66 个人,这个数字不可以改变。

快乐的人的作用有以下几个方面:他们按军队编制,1 个陆军上校、5 个上尉、10 个中尉以及 50 个军士;快乐的人构成了黑城的军队。他们入侵城市周围的村庄,俘虏村民,屠杀那些对他们来说毫无用处的人,到处制造惨案。快乐人也是城里的警察,负责监管田间劳动的奴隶。快乐人首先是头领的保镖,对头领惟命是从,头领的命令就是圣旨。

第二个城区占地约 31.5 公顷,这里住的都是奴隶:男奴 4196 人,女奴 1582 人。他们生活得很艰难。每天早晨,围墙上的四扇大门就会打开,全副武装的快乐人逼着这些奴隶出去干活,许多奴隶惨死在主人的残暴虐待之下。

第三个城区距离黑城的中心最远,只是一个呈半圆形的小地方,约长 1600 米,宽 50 米,这里住着所谓的市民团。这是一些没有资格进入第一城区的白人，他们在这里等着快乐人的人数出现空缺。想想那些贵族凶残的本性，这样的机会估计很快就会来临。市民团生活的地方如同炼狱，快乐人的社会犹如天堂。

这 3 个城区还不是黑城的全部，塔法萨瑟特河的左岸崎岖不平，这里的城墙形成一个长约 200 米、宽 300 米的长方形，这一城区被一堵高墙一分为二。

第一部分位于东北部的山坡上，主要是堡垒花园。通过花园的北角，经过花园之桥，可以与河对岸的快乐人和市民团遥相呼应。第二部分位于山坡顶，是城市所谓的核心机构，北角是杀手哈里居住的宫殿。

宫殿旁边有两栋简陋的房屋，其中一栋房子里住着黑奴，他们是仆人和黑人警卫的主体；另一栋房子里住着 40 个白人，负责黑城的飞行器，这些飞行器可以以每小时 400 公里的速度飞行 5000 公里，因而让人觉得黑城的军队无所不在，而这一点恰恰是敌人最缺乏的。

也许黑城里最黑的建筑是工厂。工厂位于宫殿对面的河岸上，是一个独立的实体，有独立的组织中心，生产飞行器和许多其他的大机器。工厂的核心或灵魂是厂长；工厂组织是 100 个不同国籍的工人，大多数是法国人和英国人。这些不幸的男男女女听信了可以在这里获得丰厚薪水的谎言，被骗到了这里。为了赚钱，他们必须隐姓埋名，不可以离开工厂，也不可以对外写信或接收家人的来信。他们到这里来所走的路线也极其隐蔽，首先，他们从家乡坐船来到比萨格斯群岛的一座岛上，这座岛位于葡萄牙的几内亚海岸附近；随后，他们被蒙住双眼，坐船漂流到靠近工厂的一块空地，这时候的他们已经沦为囚犯。如果他们想要离开，即使获得了批准，也会被带到荒郊野岭里去杀掉；他们渴望的丰厚薪水变成了黑城国库的拱顶。由于有上述种种预防措施的存在，多年以来黑城都不为人所知。

工厂的厂长是法国科学家马瑟·卡玛瑞特，他那天才般的发明近乎疯狂。有一次，他发明了一种造雨机，结果同事们都取笑他，自此他不再搞什么发明。杀手哈里听说他发明了造雨机，便利用他的这项天才发明，把干旱的撒哈拉沙漠变成了一个花园。液态空气推进的飞行器也是卡玛瑞特的众多发明之一。

然而，不幸的是，黑城在1905年遭到毁灭，这是科学的不幸，却是人类的幸运。杀手哈里俘虏了巴萨克使团的成员，这个使团是法国议会派来调查当地人的选举权问题的一个团体。被俘的那些法国人对法国科学家卡玛瑞特解释了他的主人杀手哈里的种种恶行之后，卡玛瑞特失去了最后的理性，他毁坏了自己所有的发明，同时也毁掉了这座城市。后来，一支法国救生队救走了巴萨克使团的成员，拘捕了幸存下来的那些探险队员。今天，游客只能看见黑城的一片废墟，它依然在对抗着撒哈拉沙漠的不断侵蚀。

朱勒·凡尔纳，《巴尔萨克考察队的惊险遭遇》(Jules Verne, *L'Etonnante Aventure de la Mission Barsac*, Paris, 1919)

黑杖国 | Blackstaff

位于帕夫拉戈尼王国和科里姆-鞑靼王国之间，统治者是黑杖仙女，黑杖仙女的名字源自她的黑手杖。黑杖仙女参加了世界上所有重要的洗礼，并赐给每个受洗的孩子一枚戒指，或一朵玫瑰；为此，黑杖仙女声名大振。那些接受戒指的人后来都幸福地结了婚，过着平静而有成就的生活；而那些接受玫瑰的人一生遭遇激情之火的折磨，最后死于绝望或放纵的堕落。

提特马希，“玫瑰与戒指”，《圣诞之书》(M. A. Titmarsh, [William Makepeace Thackeray], “The Rose and the Ring”, in *Christmas Books*, London, 1857)

布兰克城堡 | Blank

具体地址不确定。卡默洛特城堡最伟大的圆桌骑士兰斯洛特爵士(Sir Launcelot)被布里昂爵士(城堡主人斯利昂的兄弟)带到这座城堡里,因为他被布里昂爵士发现在城堡周围的森林里闲逛,满嘴胡话。兰斯洛特爵士疯了,因为他受到欺骗,被发现与艾斯卡洛特城堡的伊莱恩一起躺在床上。亚瑟王的妻子,也就是兰斯洛特爵士的情人圭尼维(Guinevere)见此,责备兰斯洛特爵士背叛了她,兰斯洛特爵士羞愤难已,不久就被逼疯了。两年来,他在森林里漫无目的地闲逛,神思恍惚,直到后来被布里昂爵士发现,最后他在柯宾城堡里治好了疯病。

他与伊莱恩结合生下加拉哈德。有预言说,加拉哈德将比他父亲更加勇猛。加拉哈德就是在卡邦尼克城堡里看到了圣杯的三位骑士之一。

托马斯·马洛礼爵士,《亚瑟王之死》

布拉苏昂尼亚王国 | Blathuania

参阅布里特瓦共和国(Blitva)。

闪烁世界 | Blazing World

一组岛屿,从北极一直延伸到不列颠群岛附近,而且也延伸到了格陵兰岛和挪威海。闪烁世界有自己的北极,因此可以使荒凉的地方更加寒冷,不过也可以使最南端的气候更暖和。统治闪烁世界的是皇帝,皇帝住在皇宫里。闪烁世界的人们信奉一人政府、一种宗教和一种语言。在他们看来,如果多人组成的政府、几种宗教以及不同的语言混在一起,

皇宫里众多上面有雕刻的宝座之一

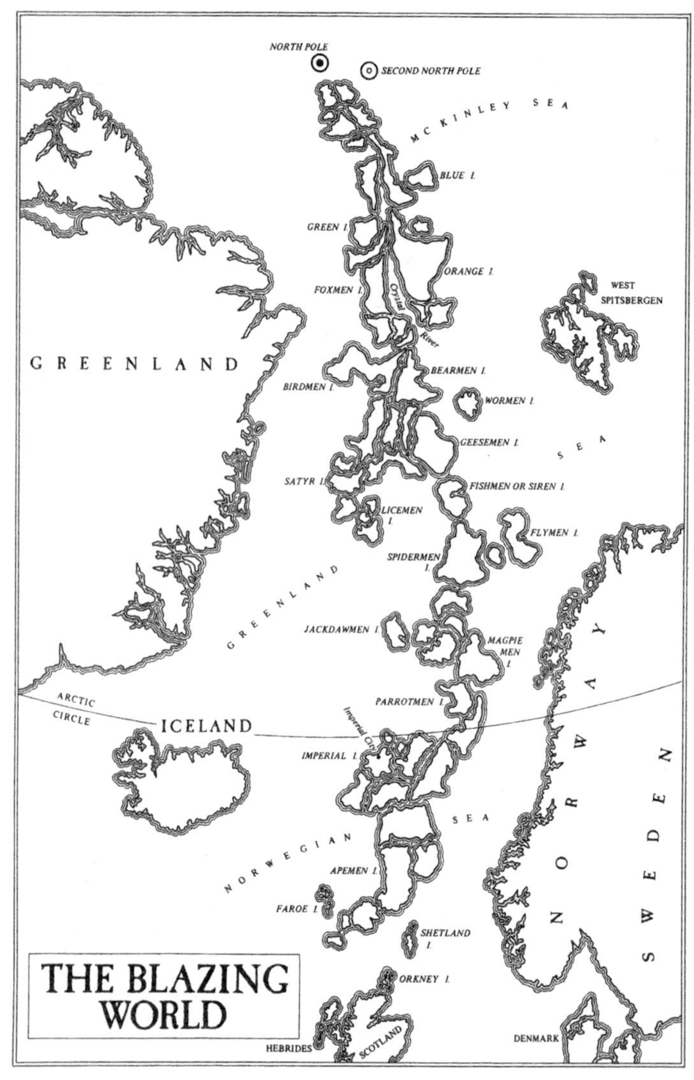
NORTH POLE
SECOND NORTH POLE
MCKINLEY SEA
BLUE I.
GREEN I.
ORANGE I.
FOXMEN I.
Crystal River
WEST SPITSBERGEN
GREENLAND
BEARMEN I.
BIRDMEN I.
WORMEN I.
GEESEMEN I.
SEA
SATYR I.
FISHMEN OR SIREN I.
LICEMEN I.
FLYMEN I.
SPIDERMEN I.
GREENLAND
JACKDAWMEN I.
MAGPIE MEN I.
ARCTIC CIRCLE
PARROTMEN I.
ICELAND
Imperial City
IMPERIAL I.
NORWAY
SWEDEN
NORWEGIAN SEA
APEMEN I.
FAROE I.
SHETLAND I.
THE BLAZING WORLD
ORKNEY I.
HEBRIDES
SCOTLAND
DENMARK

闪烁世界

那简直就像是一个“多头怪物”。

一条河流发端于闪烁世界的北极，河流清澈见底，流过几座岛屿，最后进入迷宫一样的运河。河流两边是大理石城、雪花石城、玛瑙城、琥珀城，以及珊瑚城。闪烁世界的居民肤色各不相同，种族也各不相同。他们的肤色有蓝色、绿色、桔黄色；种族有熊人、狐狸狸、鹅人、虫人、半人半兽的森林怪物、鱼人、女妖、鸟类人、飞人、蜘蛛人、虱人、猿人、寒鸦人、鸟雀人，以及鹦鹉人。每一种人都与一种职业相关：熊人是搞实验的哲学家；狐狸人是政治家；鸟类人是天文学家，如此等等。河流上航行的船只形状各异，对应不同类型的人。有些船像捕狐陷阱；其他的船像鸟巢；御用船用黄金做成；商船用皮革。不管用什么材料，所有的船只都非常轻盈，就如木材漂浮在水上。皇宫又叫天堂，按照罗马风格用黄金建造而成。皇宫附近运河很多，使得皇宫像一系列岛屿，不过实际的情形当然不是这样。皇宫里的房屋最多不过两层。

皇宫建在一座小山上，被圆柱子围绕着，这些圆柱子形成一个 4 英里长的半圆形，每隔半英里就有一扇大门。从城市出发经第一扇大门可以一直走到宫殿，大门两边有回廊，上面的圆柱更多。宫殿里可以见到阳光，也依靠阳光取暖。它像一座教堂，长 1.5 英里，宽 0.5 英里；屋顶呈拱形，有圆柱支撑着。宫殿里最吸引人的地方是，每间屋子里都有一个宝座，是为了方便皇帝而设置的。觐见室里铺着绿色的钻石，柱子间的拱门上也镶嵌着钻石，屋顶镶嵌的是蓝钻石，中心是一颗红宝石，象征太阳；觐见室的东西两侧各有一颗红宝石，象征黎明和黄昏。在参观者的眼里，整个装饰犹如一道彩虹。皇帝的卧室是黑色的，地板铺砌的也是黑色大理石，但天花板用的是珍珠母，配有钻石拼成的月亮和星星的形状。

皇帝的床上装饰着红宝石和钻石。看到那么多的宝石，参观者就不难理解那句流行语了：闪烁世界的宝石之多，堪称世界之最。

玛格丽特·卡文迪什,纽卡斯尔公爵夫人,《实验哲学评论》(包括对一个新的闪烁世界的描绘)(Margaret Cavendish, Duchess of Newcastle, *Observations upon Experimental Philosophy*, London, 1666)

布勒夫斯库岛 | Blefuscu

面积很小,与小人国之间隔着一条宽800米的海峡。布勒夫斯库岛上的居民在体格和相貌上都与小人国的居民很相似。对大多数游客来说,小人国的居民体型特别娇小。从传统上来讲,布勒夫斯库岛是那些遭到小人国驱逐的大头一端(Big-endian)们的避难所,他们受不了小人国居民从小的一端打开鸡蛋的做法。

乔纳森·斯威夫特,《走进世界上的几个偏远民族》

布莱姆亚国 | Blemmyae Country

位于非洲,那里的人没有头,脸长在胸口(亦参“布里索特河”),没有脖子,这样的身形似乎并没有怎么影响他们的生活,尽管他们想看到周围的情况就必须转过身来。他们主要吃人肉,他们看起来反应很迟钝,但这只是假象,游客千万不要上当。

老普林尼,《自然史》

幸福人之岛 | Blessed, Island of The

位于大西洋,长约500米,这里的岛民没有身体,穿着美丽的紫色蜘蛛网,可以像有生命的人类一样行走和说话;他们像赤裸的幽灵,所穿的蜘蛛网赐予他们美丽的身形。

幸福人之岛狭长而平坦,统治者是克里特岛人拉达曼图(Radamantus)。首都叫幸福人之城,用黄金建造而成,墙壁用绿宝石建成。整个都城共有7扇大门,用整块的肉桂树做成,道路用象牙铺成。那些为所有神灵建造的寺庙使用的是绿宝石,里面有高高的祭坛,用紫蓝色的宝石建成,这里是做人牲的地方。游客如果害怕血淋淋的祭祀场面,最好不要参加这里举行的仪式。幸福人之城的周围有一条河,河水香气四溢,整条河流约 50 英尺深,可以通航。此外还有 7 条牛奶河、8 条酒河,以及向外喷水、蜂蜜和香水的喷泉。城里的浴池也很气派壮观,用水晶建成,浴池的水使用牧桂树加热,浴盆里装着水和热露。

在幸福人之岛上,游客看不到白天和黑夜的分别,不过他们已经习以为常。幸福人之岛好像永远沐浴在黎明之中,太阳永远不会升上天空。岛上终年如春,处处鲜花似锦,植物繁茂,西风轻拂而过。葡萄藤蔓每年结 12 次葡萄;苹果树、石榴树和其他的果树每年结 13 次果实,因为到了迈诺斯(Minossa)这个月,果树都要结两次果实。除了事先准备好的一束束谷穗,小麦的顶端会长出烤面包,像一簇簇蘑菇。

撒莫萨塔的吕西,《真正的历史》

圣布兰丹的幸福岛 | Blest Isle of Saint Brendan

参阅圣布兰丹的仙岛(Saint Brendan's Fairy Isle)。

盲人城 | Blind, City of The

只有盲人才可以进入这座城市,其他人若来到这里,就会遭受一种神秘疾病的折磨,这种疾病折磨着城里所有的居民。一个男人正坐在车里等待绿灯亮的时候,突然失明了,这是第一桩失明案;此后,这种神秘的疾病迅速蔓延开来,最后影响到这里的每一个人。很多人都开始寻找治愈眼病的方法,上至眼科医生,下至学生和家庭主妇。为了防止造成混乱,政府决定把所有失明的人集中起来,关进一家疯人院。为了隔离这些盲人,政府还把所有与他们有过接触的人关进另一家疯人院隔离起来,并派重兵把守。政府想把这些盲人组织起来,形成一个自给自足的社会,但那种神秘而可怕的疾病已经成为一种瘟疫,在整个城市里泛滥成灾。

在这座盲人城市里,食物异常匮乏,能否得到供给只能听天由命;街上垃圾成山,遮天蔽日;显然,垃圾是从这些盲人市民不知道的地方运来的,而那里的生活自然是井然有序的。盲人城里的汽车像瞎子一样四处乱撞,它们闯进橱窗,腐烂的尸体摆在瓦砾和碎玻璃里。城里唯一的娱乐是听某个盲人的演讲,这个盲人必须极力宣扬理想社会所遵循的那些基本原则,亦即财产私有、自由货币市场、股票交易、税收、彩票等等。

盲人城的气候特别令人讨厌:虽有大雨如注,却又热气逼人,臭气熏天的垃圾堆发出阵阵有毒的气味;盲人城里很难找到雨伞。

何塞·萨拉马戈,《盲流感》(José Saramago, *Ensaio sobre a cegueira*, Lisbon, 1995)

盲人王国 | Blind, Country of The

一条山谷,位于安第斯山脉的厄瓜多尔,距离钦博拉索山约300英里,距离科多帕希火山约100英里。最初,世界各地的人都可以来这里。有几个秘鲁混血儿家庭因为不堪忍受某个西班牙统治者的暴政,来到这里避难。然而,明多邦巴火山爆发了,火山灰遮蔽了基多的上空足足17天,熔岩使亚嘎奇河沸腾起来,削去了亚拉卡山峰的一大块地方,隔开了这个山谷与盲人王国其余部分的联系。

山谷里的所有居民都是瞎子。自那次火山爆发之后,一种疾病蔓延开来,因此这里的人就变成了瞎子,并且失明也变成了一种遗传病。一个历史学家说:"他们忘记了许多事情,他们也设计了许多事情。"他们根据自己的意愿,在山谷里建造了一座城市。

山谷里有新鲜的水和充足的牧地提供给成群的骆驼;山腰土壤肥沃,一簇簇灌木结出累累果实。山谷的另一边,黑压压的大松树林防止了雪崩。在山谷远远的上方,在山谷的另外三个方向上,耸立着巨大的灰绿色悬崖，悬崖被冰雪覆盖。帕拉司各特山号称“安第斯山脉的马特峰”，它的最高峰也将被冰雪征服。

山谷里的房屋井然有序，沿着两边黑白相间的石板路展开，石板路的路面干净整洁。山谷里的房屋有门无窗，屋墙上涂了灰泥浆，灰泥浆的颜色深浅不一，有时是灰色，有时是褐色，有时是咖啡色。城市周围的灌溉系统高度发达。

城里的居民说原始的西班牙语，但他们从不说那些与光有关的词语。他们的生活只有四种感官的引导，尤其是听觉，他们的听觉非常灵敏。

据说，只有一个人来过盲人王国，那是基多附近某个国家的一个登山运动员，名叫努那兹，当地人叫他波加塔。努那兹加入了英国一支登山队，这支登山队的成员试图登上帕拉司各特山。当时，登山队的三个瑞士向导中有一人得了病，登山队的队员后来在那座山上遇难；努那兹偶然来到这个山谷，得以幸存的他向世人讲述了他的这次经历。盲人王国的自然风景很美，但要去那里旅行则是另外一回事；游客最好不去为好。

韦尔斯，《盲人王国》(H. G. Wells, *The Country of the Blind*, London, 1911)

布利苏昂尼亚共和国 | Blithuania

参阅布里特瓦共和国(Blitva)。

布里特瓦共和国 | Blitva

或者叫布利苏昂尼亚共和国，位于北欧，曾经是胡尼亚帝国(Hunian Empire)的一部分，根据布拉托-布利特文斯基合约(the Blato-Blitvinskian treaty)而赢得独立。布里特瓦共和国的人口约150万，与布拉苏昂尼亚国的人口一样多。布拉苏昂尼亚国也是在签订这个合约之后赢得独立的。布里特瓦共和国的另外80万人仍然生活在胡尼亚帝国的统治之下。1925 年的圣诞节爆发叛乱之后，布利苏昂尼亚人、胡尼亚人、哥比利亚人，以及因格曼兰蒂亚人之间爆发了战争，自此这里战火纷飞，游客来这里旅游会非常危险。

米若斯拉夫，《布里特瓦的宴会》(Miroslav Krlez, *Banket u Blitvi*, Zagreb, 1939)

布罗库拉王国 | Blokula

一个小小的精灵王国，远远位于瑞典的北端，统治这个精灵王国的是一个小精灵，名叫赛拉菲嘉(Serafica)。这座城堡坐落在山隘里，是一座低矮的矩形建筑，围绕一个中心庭院而建。庭院里竖立着许多用木头雕刻的人像，这些人像比城堡里的精灵要高得多，虽然看起来很逼真，但雕刻的工艺非常粗糙。

赛拉菲嘉的臣民们都是出了名的巨怪，他们只喜欢吃喝玩乐和追寻自己的家谱。他们经常醉酒狂欢，因此被叫作“布罗库拉”(Blokula)；“布罗库拉”的意思是“粗俗的宴饮”。在其他精灵王国看来，他们的名声很臭。

赛拉菲嘉精灵身材娇小，看起来很像一个侏儒，但有些强悍，虽是王宫里绝对的统治者，她的权力却受到家庭女教师哈邦德夫人的控制。哈邦德夫人来自拉普兰，是一个很有名望的女巫，也是唯一一个永久居住在这座城堡里的凡人。

布罗库拉王国位置偏远，难以进入，但它与欧洲其他精灵王国之间保持着联系。最近，来自布拉塞里昂王国的大使阿奎隆就很受塞拉菲嘉女王的恩宠，他是布拉塞里昂宫廷里狼人的前主人。

希尔维亚·华纳，《精灵王国》

布罗伯丁嘉城 | Blombodinga

帕夫拉戈尼王国(Paflagonia)的首都。

青须公城堡 | Bluebeard's Castle

位于法国,具体的位置不清楚。城堡里有许多宝物、精美的家具、漂亮的挂毯以及镶嵌了金边的大穿衣镜。

参观城堡的各个小房间时,游客需要特别小心,尤其是女性游客。一到达这座城堡,参观者就会得到一把金钥匙,借着这把金钥匙,参观者可以进入不同的房间;不过,有一个房间参观者是不可以进去的。如果某个好奇心强的参观者想进去看看这个房间,他会惊恐地发现,这个小房间的墙壁上用链子绑着很多女人的尸体,有些尸体已经腐烂,不过腐烂的程度不一。房间的大理石地板上有几个很大的血池。

恐怖的景象肯定会吓坏来这里参观的游客。这时候,这些游客的钥匙必然会掉在地上。如此以来,钥匙上就会留下永远也抹不去的血迹。当城堡主人问起这件事情的时候(城堡最早的主人青须公已被人杀害,但城堡的新主人也许会继续被引导的旅游),参观者最好能够得到一位有远见的朋友的帮助,这样他就可以逃到一座塔楼里。按照通常的要求,帮助他的人必须是他的姐姐,她的任务就是躲在正对的掩护墙后面,静观事态的发展,随时准备提供帮助。参观者隔一会儿就会谨慎地问:"安妮姐姐,安妮姐姐(或其他的名字),你看到有什么来了没有?"于是这个参观者最终会得到帮助。没有什么比遭遇胆战心惊的追逐和可能会反复出现的噩梦更可怕的了。

维也纳一个想入非非的游客写过一本夸夸其谈的旅游指南,介绍如何去这座城堡及其郊外旅游,但游客最好对这本指南不予理睬。

夏尔·佩罗,"蓝胡子",《故事集》(Charles Perrault, "La Barbe Bleue", in *Contes*, Paris, 1697)

波胡岛 | Bohu

参阅陀胡岛(Tohu)。

钟鸣树之地 | Bong-Tree Land

要到达这个地方，从一个位置不确定的国家出发需要一年零一天。这块土地最有魅力的地方是钟鸣树林。即使是在科若曼德尔地区（这里的海滨地区是最早的南瓜被吹去的地方）和格若布利平原，经验丰富的游客也能看见这个地方。

钟鸣树之地自称拥有一些珍稀动物，比如火鸡。火鸡栖息在丘陵地带，可以结婚；还有野猪，野猪的鼻子上套着饰环，只需要5个新便士就可以买到这样的猪环，这种东西通常可以留作纪念品。

钟鸣树之地的食物主要是用切碎、或者切成片的榅桲果做成的各种菜肴，人们有时用叉匙吃这种食物，这是贵族应有的就餐礼仪。

钟鸣树之地正在举行一场声势浩大、举世闻名的婚礼，一只优雅的家禽将与一只美丽的小猫成亲。

爱德华·李尔，"猫头鹰和小猫"，《无厘头诗歌、故事、植物以及字母表》(Edward Lear, "The Owl and the Pussy Cat", in *Nonsense Songs, Stories, Botany and Alphabets*, London, 1871)；爱德华·李尔，《鼻子会发光的咚》(Edward Lear, *The Dong With a Luminous Nose*, Lodon, 1871)；爱德华·李尔，"勇邦波的求爱"，《滑稽情诗：无厘头诗、歌曲、植物以及音乐，第四卷》(Edward Lear, "The Courtship of the Yonghy-Bonghy-Bò", in *Laughable Lyrics: A Fourth Book of onsense Poems, Songs, Botany, Music, etc.*, London, 1877)

隆隆滚动者之湖 | Booming Rollers

卢塔巴加国境内一个大湖泊，湖岸有平坦的白沙滩，松枝几乎垂到湖水边。湖面上，人们在薄雾的空中作画，画面有时灰、有时蓝、有时金黄，但多数时候是银灰色的；黎明时可以看见奇奇怪怪的动物的身影掠过天空。这些动物的起源可以追溯到造物主创造天地万物之时;那时候,造物主想要地球上充满各种生灵,于是做实验创造了各种生灵的形象:马的影子张着嘴,两耳向后,腿弯成满月状,这是造物主的第一次努力,但不久,造物主发现这是一个错误,于是放弃了这个创造物。还有无头六腿的大象越过黎明的天空,这同样证明了造物主的失败,因而造物主最后也放弃了。此外,失败的实验还有角长在或前或后的牛和一个驼峰大、另一个驼峰小的骆驼。到最后,造物主放弃了所有这些错误的创造物。隆隆滚动者之湖的上空也能看见被造物主抛弃的各种身形的男男女女。

卡尔·桑德堡,《卢塔巴加故事集》

无聊岛 | Boredom, Isle of

具体位置尚不可知,岛上多沼泽,而且总是薄雾弥漫。这座岛上生长的植物都有毒,动物身上都会散发毒气。游客要小心,这里的动物很可能攻击人类,它们会撕裂人的五脏六腑,然后又将它们还原,重新恢复它们的功能。这样的过程要反复好多次。如此一来,游客能否有幸再次光临此地就很难说了。

玛丽·安娜·德·卢密耶·罗贝尔,《水妖》(Marie Anne de Roumier Robert, *Les Ondins*, Paris & London, 1968)

巴萨德岛 | Bossard

又名"驼背岛",具体位置不确定。巴萨德岛上生活的鸟类都有残疾,要么是驼背,要么是瘸腿,还有的鸟儿只有一只翅膀,如此等等。当这些鸟类长到 7 岁或 9 岁的时候,就算成年了,母亲会把它们赶出家门。他们这时候能咕哝着说出几个单词,可以吓跑邪恶的幽灵,把那些邪恶的幽灵追赶到铃声岛。此后,邪恶的幽灵就会在铃声岛上住下来。巴萨德岛上的鸟类不会唱甜美的歌儿,相反它们会不断地诅咒自己的亲戚朋友,责备它们把自己变成现在这个样子。

弗朗索瓦·拉伯雷,《巨人传第五部》(François Rabelais, *Le Cinquiesme et dernier livre des faicts et dicts du bon Pantagruel, auguel est contenu la visitation de l'Oracle de la dive Bacbuc, et le mot de la bouteille; pour leguel avoir est enterpris tout ce long voyage*, Paris, 1564)

鲍-畴嘉城 | Bou Chougga

撒哈拉沙漠里一座城市的废墟。根据附近居民的说法,废墟下面埋着一座大城市。城里住着从北非来此避难的基督徒,当时的北非正遭到穆斯林的入侵。这些前来避难的基督徒使润泽这个地区的河流改变了流向,这些河流现在正欢快地生活在地底下,但总有一天,它们将再次灌溉这片沙漠。

鲍-畴嘉城里的大石井

鲍-畴嘉城留在地面的唯一痕迹就是一口大石井。如今这口大石井已经干涸,但如果游客把耳朵贴在石井上,还能听见地下水发出的咕咚咕咚的声音。

赛尔托,《传统的阿尔及利亚》(Certeux-, *L'Algérie traditionnelle*, Paris, 1884)

巴露拉巴斯共和国 | Bouloulabassia

参阅巴尔布里根-巴露拉巴斯联合共和国(Balbrigian and Bouloulabassian United Republic)。

布拉格曼 | Bragman

又叫"信仰之地",印度洋里的一座岛屿,岛上的居民谨守遵行十诫。当亚历山大大帝宣称要征服这个岛屿的时候,岛民们纷纷写信告诉他,这里的生活无聊至极,于是亚历山大大帝决定不再去找他们的麻烦。这座岛上没有任何的娱乐活动,不值一去。

约翰·曼德维尔爵士,《曼德维尔游记》

布兰德加特城 | Brandleguard

萨-德-斯旺吉昂提王国(Sas Doopt Swangeanti)的首都。

布兰岛 | Bran Isle

距离花边国不远。其实,布兰岛就是哈邦德斯海(Sea of Habundes)的希尔达布兰特男爵腐烂的尸体。岛上贫瘠而荒凉,因为男爵的头部、骨头以及骨髓都正在腐烂。

游客会发现鸟儿在布兰岛的上空盘旋,它们身上的颜色黑白相间,看上去很像一个个文字。布兰岛的居民都是瞎子,他们每天都要祭拜正在腐烂的男爵,信心十足地寻找自己回去的路,而为他们指引方向的是下水道和地下灯塔。他们与长久直视太阳的人一样瞎,灯塔吃的是男爵嘴里呼出的纯物质。如果你是一个虔诚人,建议你去拜访一位白发老人,他正在建造一座修道院。这座修道院就是著名的天主教徒马克西姆的教堂。

阿尔弗雷德·雅里,《罗马新科学小说:啪嗒学家浮士德若尔博士的功绩和思想》

铜城 | Brass, City of

一座死城,坐落在马格利普海(the Magreb)里一个不确定的地方，可能位于撒哈拉沙漠以西。这座城市是真实信徒之王哈里发迈尔万（Caliph Abd-EI-Melik ibn Marwan）（公元 685—705 年）组织的一支探险队发现的。在大马士革的宫廷举办的一次宴会上，卡利夫听说海边某个地方的渔夫经常发现铜瓶，铜瓶上封有大卫之子所罗门的印章。撕开铜瓶上的封条，就会从瓶里冒出一股青烟，青烟袅袅升起，随后就会传来一个可怕的声音。那声音大声喊道："我们要忏悔！我们要忏悔！噢，上帝的先知！"后来人们才弄明白，所罗门国王把妖魔和邪恶的幽灵囚禁在铜瓶里，然后把铜瓶抛进大海。一听到这个传说，卡利夫迫不及待地想去看看那些铜瓶。他命令艾米莫萨（Emir Moosa ibn Nuseyr）去查明铜瓶的来历。那时的艾米还统治着马格利普海，于是莫萨去问瞎子阿布德（Abd-Es-Samad）。阿布德游历甚广、知识丰富，熟悉沙漠、荒漠以及海洋等各种自然环境，了解各种自然环境下生活的民族及其习俗，也了解当地的国家以及各个小地方的情况。在艾米莫萨和阿布德的带领下，探险队足足跋涉了 4 个月，历经千辛万苦之后，最终来到海边的一个小镇上。小镇四周绿草茵茵、泉水清幽。

从小镇出发继续往前走，可以看见一座宫殿，这里值得一看。宫殿的一扇大门敞开着，穿过大门，可以看见宽阔的有色大理石台阶，台阶入口的上方有一块石板，石板上刻着古希腊语，暗示了人类的脆弱。宫殿的天花板和墙面都是用黄金和白银做的，上面镶嵌了宝石。这座宫殿如今已成废墟，宫殿四周是 400 座坟墓，中心是一间高级的圆顶小厢房，共有 8 扇檀木大门，门上面的钉子是黄金做的，装饰着用白银做的星星，里面镶嵌着各种宝石。房间里有一座坟墓，很长，形状很恐怖；坟墓上面是一块中国制造的铁板，上面写着这样的话："库斯大帝（Koosh ibn Sheddad ibn Ad the Greater）拥有 4000 匹骏马，娶了 1000 个处女，生了 1000 个孩子，活了 1000 岁；一生聚敛财富无数，世上所有国王的财富加在一起，也不及他多。寿终正寝之后被埋于此。"游客应该注意到宫殿的一张桌子不见了。这是一张精美绝伦的雪花石桌，桌面上写着："有 1000 个独眼国王用这张桌子吃过饭，还有 1000 个双眼健全的国王用这张桌子吃过饭。如今他们都已不在人世，都被埋在这里的坟墓里了。”其实，这张了不起的桌子是被艾米弄走了。

离开宫殿继续往前走 3 天，就会来到一座高山上。山上站着一个铜骑兵，铜骑兵的手里紧握着一根长矛，矛头很宽，闪闪发光，上面写着这样的话：“哦，朝我走过来的你，如果不知道去铜城的路，请摸摸我的手，我就会转动起来，然后停下来，我停下来时所指的方向，就是你去铜城的路。你大胆地向前走，不要害怕，去铜城的路不会很艰难。”按照这样的指示，你继续前行，穿过广阔的村野，就会看见一根黑石柱，石柱里面站着一个人，这个人弯着腰，长着一对巨大的翅膀、两只臂膀，臂膀末端是两只狮子掌；头发像马尾，3 只眼睛，两只眼睛像燃烧的木炭，第三只眼睛长在前额上，像猞猁眼。这是一种精灵，长成这副模样，完全是因为受到所罗门国王的诅咒和惩罚。这个怪物会告诉你去铜城的路。

铜城有 25 扇大门，这些大门既看不见，也打不开，除非有人从里面打开。铜城的墙壁用黑石建成，城墙两侧有两座铜塔。如果要进去，必须照着艾米的话去做：必须搭一架木梯，木梯上面盖上铁板，然后把木梯固定在墙上。做这样的木梯大概需要一个月。一旦到了城墙上，你就会看到市内的风光：10 个美丽的姑娘正在用手做着这样的姿势，她们好像在说：“到我们这里来吧。”这时候的你最好不要被美色诱惑，否则会摔下城墙，当场毙命。你最好沿墙走到一座铜塔处。你将看到铜塔的两扇金门，没有明显的开门方式，然而其中一扇大门的中间就站着你已见过的那个铜骑兵。他会伸出一只手，好像在指着什么东西。你应当把铜骑兵身体正中心的钉子转动 12 次，就可以轻轻地打开这扇门。

铜塔里面有许多漂亮的长木凳，木凳上面躺着许多死人；这些死人手持精美的盾牌和利剑，一排排长弓和锯齿状的箭矢挂在胸前。你应该走到看起来最老的那具尸体旁边，从尸体的袍子下面取出一串钥匙。钥匙能打开一些铁门，穿过铁门可以进入市内，市内有高级的亭子和发光的圆屋顶。许多高大的建筑建在清澈见底的溪流两岸。在这里，在那些丝绸铺成的床上，也躺着许多尸体，数量比前面长凳上的更多,一直排到市场所在的地方。你会发现,商店的门都打开了,商人都已经死去。经过丝绸店铺、珠宝市场、货币交易市场以及香水店,你会来到一座结构奇特的宫殿前面,那里飘扬着彩旗、出鞘的剑、排成一列的长弓、用金链和银链悬挂起来的盾牌以及镀着红色金子的头盔。

宫殿正中心是一个大厅和四间敞亮的屋子,里面装饰着黄金和白银。大厅的中央有一座雪花石做的大喷泉,喷泉上端是锦缎做的天棚。第一间屋子里装着金、银以及珍稀的宝石;第二间里面装的是来自全世界的兵器;第三间里面装满了镶嵌着宝石的武器;第四间里面装的是名贵的厨具。穿过一扇镶着象牙的乌木大门,你会来到一条通道面前。这条通道里铺着大理石,装饰着刺绣的窗帘,窗帘上绣着各种野生的鸟和兽。经过通道,可以来到另一间屋子里,屋子的地板上也铺着光滑的大理石和珍珠,如果不注意,你会误认为那是流水。房间里有红色金子做的拱顶,拱顶下面是一个锦缎亭子,这里是鸟儿的栖息地。鸟儿的脚是绿宝石做的,每一只鸟儿的下面都有一个金灿灿的巢窠,金灿灿的巢窠盖住了一座喷泉。喷泉的边缘有一张睡椅,用珠宝做装饰,上面躺着一个美丽的女子。你应该已经注意到这个女子的眼睛:她已经死了,双眼已被挖去,眼睛下方嵌着水银,现在变成了两个阴森恐怖的深洞了。睡椅下面的金面板道出了铜城的秘密。如果你懂一点儿阿拉伯语,那就应当仔细阅读那些文字。它叙述了在亚玛力人的国王的女儿特德穆尔(Tedmur)统治期间,旱涝灾害经常肆虐铜城的情形:整整7年里,天空没有降下一滴雨,地上没有长出一寸草。女王吃完最后一点食物后,派亲信去卖掉自己的宝物,以换取食物。但那些亲信没有找到任何食物,他们又带着宝物回到了铜城。女王决定将宝物分给自己的臣民,然后关上城门,服从上帝的旨意,决定与臣民一起饿死,留下自己精美的建筑,作为财富之无用的永恒纪念。

你会发现铜城的宝物快没有了,因为艾米及其同伙用骆驼运走了几乎所有的宝物。当他们最后发现囚禁恶魔的铜瓶所在地卡卡海之后,他们把宝物运到了自己的国家。

无名氏,《一千零一夜》

巴西岛 | Brazil

这座岛屿的位置与南爱尔兰的纬度相同。岛名可能用的是盖尔语,因为“Bresail”是古代异教徒的一个半人半神的名字,bres 和 ail 这两个音节都表示“钦佩”的意思。巴西岛面积大,中部有一个内陆海,内陆海里零零星星地散布着一些小岛屿。一般的凡人看不见巴西岛,只有少数被选中的人才能看见它。

达洛特,《巴西岛》(Angelinus Dalorto, *L'Isola Brazil*, Genoa, 1325)

无面包日王国 | Breadlessday

具体的位置不可知。其实铃声岛上生活的众多鸟类都来自这个王国。每年都有成群结队的鸟儿从无面包日王国飞到铃声岛;因为如果它们继续在无面包日王国待下去,它们就会一无所有。尽管旅途遥远而艰辛,这些鸟儿也甘愿去铃声岛;至少它们可以在铃声岛上过得很舒坦。这群迁徙者当中也有人类,这些人当中有的没有工作技能和生存手段,有的爱情失意,有的生意破产,有的想逃避惩罚。一旦离开无面包日王国,他们几乎就不再回去了。无面包日王国的居民好像叫阿萨菲斯人。

弗朗索瓦·拉伯雷,《巨人传第五部》

布里地区 | Bree-Land

位于中土的夏尔郡以东,这个地区有些荒凉。

布里地区有一小片森林,森林周围的土壤贫瘠。整个地区只有 4 个村庄,分别是布里村(Bree)、史塔德村(Staddle)、康比村(Combe)以及阿契特村(Archet)。阿契特村位于布里地区重要的契特森林(Chetwood)的边缘。在这4个村子当中,布里村目前是最重要的村庄,它坐落在两条古道的交界处;两条古道分别是北路和东路。北路曾是布里人的绿色走廊,如今很少有人使用,因为北方的大多数地区都无人居住;东路的一端是灰港,经夏尔郡和布里地区到瑞文德尔王国。

布里村主要是石建筑,面西依靠布里山而建。保护这个村子的是一个刺篱笆和一个大堤坝,堤坝的西面形成一个环,与东路的堤道相连。布里村的东面和南面的入口都有大门,大门晚上会关闭。由于布里村的位置很重要,游客经常聚集到这里交流信息。如果要表示夏尔郡的东法森区(East Farthing)的某种东西不同寻常,人们就会说,"哎呀,好奇怪呀,简直就像来自布里村的消息一样。"布里村有一个值得一游的地方,那就是跃马酒栈,这是游客最喜欢去的地方,这个地方场地很大,可以抽烟斗;抽烟斗是布里地区小矮人的一个传统习俗。这种习俗此后传到了夏尔郡。

在中土的各个地区当中,布里地区是一个非常独特的地方,因为这个地区既有人类居住,又有霍比特人居住,他们非常幸福地生活在一起,满怀敬意地称彼此是大民族和小民族。作为布里村的居民,他们的地位平等。来这里参观的游客会注意到,布里地区的村民不喜欢去各地旅游,他们只关心自己这4个村子里的事情。然而,在过去,布里地区的霍比特人和夏尔郡的霍比特人之间有过更亲密的接触。

布里地区的男人又矮又胖,但他们乐观向上而且独立不羁,与他们的大多数同类相比,他们对其他的人类更友好。他们自认为是这个地区最原始的居民,是最初到这里定居的那些人的后代。布里地区的男人都有名字,比如"灯心草蜡烛"、"山羊命"或者"石楠花趾"什么的,当然还有著名的"菊科蜂斗菜",他们自有历史记载以来就保留了《跳跃的小马驹》(*The Prancing Pony*)。

布里村的霍比特人自称是世界上最古老的霍比特人,他们还说,早在其他霍比特人穿过布兰迪维因河、进入夏尔郡之前,他们就定居这里了。的确如此,在夏尔郡的霍比特人到来之前,布里村的霍比特人就已经做好了一切，他们甚至很不屑地把夏尔郡的霍比特人叫作“殖民者”。布里村的霍比特人很友好，又喜欢求知，大多数霍比特人都生活在史塔德村的山洞里；也有一些生活在布里村；其中一些霍比特人的名字与人类的一样，不过大多数霍比特人都有他们自己正式的名字，比如班克斯，比如昂德希尔，任何一个从夏尔郡来的参观者都应该了解这一点。

来布里地区的游客经常会听说这样一句话：“他能及时地看穿一面砖墙。”这句话的意思不太清楚，有时让人摸不着头脑，但它好像在暗示当地一种独特的智慧。

布里地区的流通货币是银元。

托尔金，《魔戒首部曲：魔戒现身》

布里恩岛 | Brenn

参阅七岛(Seven Isles)。

桥镇 | Bridgetown

参阅美加尼亚国(Meccania)。

蓬岛古村 | Brigadoon

位于苏格兰高地，不过在国家地图上找不到这个村庄。这是一个非常典型的村庄，位于幽幽的深谷，四周群山环绕，苍松林立。要进入这个村庄，只有穿过一座单拱石桥。蓬岛古村由围绕马克康纳奇广场(MacConnachy Square)而建的那些小石房构成。

游人肯定想知道蓬岛古村发生过的两个奇迹。第一个发生在1753年5月22日。那天，当地牧师福赛特先生(Mr. Forsythe)被村里出现的女巫吓坏了，于是向上帝祷告，希望村里的人能够摆脱睡眠的诱惑，能在每100年里清醒一天。这种方法类似于睡美人城堡里使用的办法。福赛特先生的祈祷获得了应允，但他必须以自己的生命做代价。而且，任何居民都不能离开这个村子，否则整个村庄都将永远消失；村民能走得最远的地方就是那座直通幽谷的桥，没有人可以穿过那座桥。

1953 年 5 月 24 日，两名美国游客碰巧在苏格兰高地迷了路，又碰巧来到这个村里，刚好就在村里人再次醒过来的那一天。那已经是 20 世纪了，当时，一个村民因爱情失意而绝望至极，正在设法离开蓬岛古村。其他的村民没有别的选择，只得去追他回来，其中一个美国游客无意间杀死了那个逃跑者。

两个美国人受到惊吓，不久回到纽约。然而，在此之前，其中一个美国人已经爱上了当地一个姑娘。他决定再次回到苏格兰，希望蓬岛古村能再次出现。此时，第二个奇迹出现了：这个村子的居民在这个世纪里第二次醒来，这个美国人与心爱的姑娘团聚了。

不过，在等待蓬岛古村出现的时候，不要等太久，而应该去看看苏格兰高地上其他一些看起来不太浪漫的村庄。

文森特·明奈利执导的电影，《蓬岛仙舞》（*Brigadoon*, directed by Vincente Minnelli, USA, 1955）

布里嘉劳尔岛 | Brigalaure

地点不确定，岛上的屠夫会把那些不幸在此靠岸的水手的耳朵割下来做香肠。他们为什么对水手的耳朵那么感兴趣呢？因为耳朵的结构一部分是肉，另一部分是软骨，特别适合做香肠。

无名氏，《巨人庞大固埃的同伴巴汝奇航行记》（Anonymous, *Le voyage de navigation que fist panurge, disciple de Pantagruel*, Paris, 1538）

布里斯文特群岛 | Brisevent

又名“奇妙群岛”（Marvellous Islands），位于南大西洋，群岛上的生灵长得非常奇特，比如人首马身怪、独眼巨人和猿人。他们有的看起来像人，但全身长满眼睛或耳朵；有些像巨人；有些小得可怜，唯一关心的就是如何击败昆虫。群岛中最重要的当属亚马逊岛。亚马逊岛上住着一群来自亚马逊的女人，她们独自控制着整个岛屿，她们发展经济，拥有自己的警察部门。一条河流穿过亚马逊岛，岛上的男人住在这条河流的对岸。他们有时候被亚马逊岛的女人抓起来，使用一、两天后再放回去。在亚马逊岛附近的一座岛上，那些逃走的男人在情人的帮助下，创建了自己的政府，但他们随后就抛弃了自己的情人，把她们当做奴隶使唤，用以报复亚马逊岛上那些女人对他们的虐待。那些情人竭尽所能取悦男人，她们在自家阳台上唱歌，当有男人经过她们身边的时候，她们就平躺在地上。她们帮主人嚼食物，冬天用身体为男人暖床。

查尔斯·索雷尔，《游戏小屋》(Charles Sorel, *La Maison des jeux*, Paris, 1657)

布里索特河 | Brissonte

距离莱茵河的河口不远，河流的源头尚未被发现。在埃及，这条河又叫阿卡伯勒图斯河(the Archoboletus)，意思是“大水域”，这也许暗示了布里索特河的源头有一个大湖泊。

沿途，游客会看见许多有趣的生灵，比如在一座拥有美丽沙滩的小岛上，住着一个古怪的土著部落，名叫 Epistigi。他们身高 7 尺，全身有好几种感官，这些感官通常来说应该位于脑部，但他们没有大脑。另一座岛上也住着一群土著人，他们的两腿生来就错了位，给人的感觉是，他们来的时候像要离去，离去的时候像要来。

最后，游客还能看见一种奇怪而美丽的动物，celeste。这种动物在这里到处都是，它们总是成群结队地外出活动。对于这种动物，我们目前尚无照片和文字描述。

无名氏，《怪兽奇观》(Anonymous, *Liber monstrorum de diversis generibus*, 9th cen. AD)

巨人岛 | Brobdingnag

美国加利福尼亚海滨一座面积广袤的半岛，1703 年被发现。巨人岛长 6000 英里，宽 3000—5000 英里之间；东北部被一系列火山切断。有些火山高 4800 多米，没有人能够知道这些火山后面是什么。巨人岛的海岸崎岖、巉崖峭壁；海上无港口，也没有航运，无路可去其他国家，几乎完全与世隔绝。

巨人岛的布诺戈城的一部分东墙

巨人岛上住着一个巨人族，他们的身形高耸如教堂的尖塔。巨人岛上的一切都比例失调：玉米高 40 英尺，老鼠大如驯犬；更讨厌的是，夏天的苍蝇大得像云雀；冰雹比其他地方的大 10 倍；即使你碰见的是一只蜗牛，你也可能被撞碎肋骨。巨人岛上各个地方出土的巨形人骨和头盖骨表明，巨人的祖先仍然比现在的族类要大，比较而言，现在的巨人已经算小的了。

巨人岛的历史不详。最近，巨人岛的国王、老百姓和贵族之间发生了权力争夺，这样的争夺最终引发了几次内战。在最后一次内战里，他们经过谈判达成如下协定：君主制必须以常识、理性、正义和宽容为基础。比如，一个农民如果能够提高产量，他的地位就比一个政客更重要。

巨人岛的文化发展主要表现在道德、历史、诗歌以及数学等方面。巨人族最擅长这些文化知识，但他们也能制作精美的时钟。他们做科学研究只为实用，不关心抽象的推理。与中国人一样，这

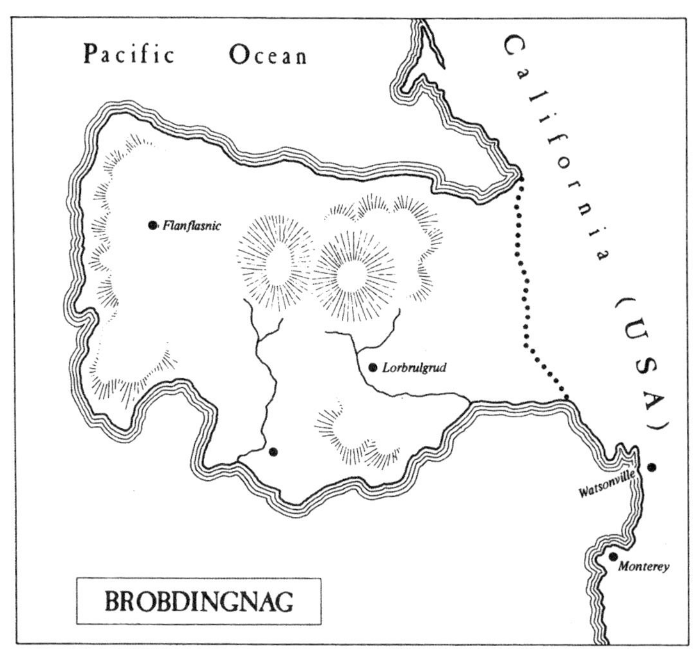

巨人岛

些巨人自史前时期开始，就知道如何使用印刷术了。不过，他们的图书馆也并不是特别宽敞，国王的图书馆当然是最大的了，但在其长 1200 英尺的陈列室里的藏书也不过 1000 卷。图书馆的主要风格是敞亮、坚固和素朴，没有华丽的渲染和点缀。巨人在艺术方面精益求精，但他们的建筑看起来似乎不太具有艺术性。比方说，坐落在首都罗布诺戈城(Lorbrulgrud)的皇宫只是一些极不规则的建筑，周长约 7 英里。国王还有一座宫殿，坐落在弗兰夫拉斯尼(Flanflasnic)，距海约 18 英里。

"Lorbrulgrud"也可以翻译成"宇宙的自豪"。罗布诺戈城几乎位于全国的中心，被一条大河流分成两个大致相等的部分。城里最重要也最壮观的建筑是一座寺庙的塔楼，高 3000 英尺，差不多与萨里斯贝大教堂(Salisbury Cathedral)的尖塔一样高；寺庙塔楼的墙厚100英尺。整个塔楼由40平方英尺的石块构成，上面装饰着巨人国的保护神和国王的大理石雕像；这些雕像构成一个小生境。除了首都，巨人岛上还有51座筑有围墙的大城市和100多座小镇。

巨人国的法律简单明了，没有一条法律的表述超过字母表中的字母总数，有些甚至更简短，目的是用最简单的语言表达最复杂的法律内容。总体而言，巨人不够灵活，不能以多种方式阐释法律，因此巨人国几乎没有民事诉讼，谋杀是死罪，违者必被砍头。

巨人国保留了军队，这些军队主要归贵族和当地乡绅指挥，尽管巨人没有理由惧怕外来入侵。巨人国的军队纪律严格，所有的命令都可以得到最有效的执行。整个军队包括17.6万步兵和3.2万骑兵，他们不会使用火药和火器。

巨人国的动物有splacknuck，这是一种温文尔雅的哺乳动物，体型与人差不多。游客应当注意，他们自己也可能被误认为是这样的动物。不过这其实是一件好事，因为自从巨人国王听说了格列佛船长对欧洲土著人的描述之后，他就得出了这样的结论：欧洲土著人是世界上最邪恶可憎的害虫，他们不得不忍受在地球表面的爬行之苦。

乔纳森·斯威夫特，《走进世界上的几个偏远民族》

布拉塞里昂王国 | Broceliande

一个精灵王国，位于布列塔尼半岛上茂密的森林里。可以这么说，布拉塞里昂王国的精灵是欧洲所有精灵中最骄傲、举止最优雅的精灵；它们对其他王国的精灵居民有几分瞧不起。在它们看来，朱亦王国最豪华的宫殿比一个镀金的杂货店也好不了多少，英国的波马斯王国、古老的苏格兰人地盘上的埃尔哈姆王国或福克斯卡索王国也跟穷乡僻壤差不多。

布拉塞里昂王国的精灵自称保留了波斯的古老传统。波斯是所有精灵最早的家园，但精灵王国现有的证据并不能支持这种观点。尽管如此,布拉塞里昂王国的王后戴的却是粉红色头巾,而不是通常的王冠。象征皇权的权杖是用幼发拉底河河岸的雪松木制作的,权杖表面装饰了大量的珠宝,很重,即使是稍稍挥动一下,也需要一大帮朝臣全体行动。

布拉塞里昂王国里最出名的是,一种奇怪的猫和宫女们通过蒸馏方式制作的一种玫瑰水。据我们所知,只有布拉塞里昂王国的精灵相信阿福瑞兹(the Afrits)这个超自然世界的存在。阿福瑞兹是一群具有无穷力量的生灵,因此布拉塞里昂王国的精灵每个季节都要举行仪式,以取悦阿福瑞兹,仪式上的第一个节目就是斗鸡,得胜的公鸡被当作祭品供奉给阿福瑞兹。

宫廷里的精灵追逐时尚,在当时的宫廷时尚当中,最高雅的活动是净化语言,最低俗的是赛猫。宫廷里会举行野餐和猎鹿活动,还有长途跋涉去海边观赏沉船。有一次,狼人的那个著名的皇室背包被用来猎鹿,但这些狼人被消灭了,因为他们突袭某个议员并杀死了他;那就是欧洲宫廷里最后一个皇室背包的结局。

精灵宫廷里的流行玩意儿不断地在变换着花样,尽管如此,赌博却始终是精灵们的最爱。最后,大多数流行的玩意儿都消失了,比如说那些竞猜游戏:在两块冰当中,哪一块先溶化?一只猫会朝哪个方向跳?在这个精灵世界里,因赌博欠下的债是最光荣的债,这表明布拉塞里昂王国的生活可能非常奢侈。布拉塞里昂王国的精灵好赌成性,布拉塞里昂王国的宫廷收入大多来自封建税收和走私,这两个事实使我们更加明白了这一点:重要的贸易中心、朱亦王国的精灵总是瞧不起布拉塞里昂的精灵,但来自外国宫廷的大使们却认为他们是最快乐的精灵。

布拉塞里昂王国的精灵会举行仪式,庆祝冬、春两季的到来;他们在仪式上会更换衣服。在举行春季到来的仪式时,精灵们会换掉冬天的皮衣和天鹅绒,穿上丝绸和薄纱。他们不会考虑当时的气候状况,也就是说,他们经常在暖春时节身穿皮袄,而在寒冷潮湿的秋季穿浅色的夏服。当这种情形出现的时候,他们就给自己打气,夸张说这是继承了古波斯人的做法。他们的这种仪式让那些从不太正式的宫廷里走出来的参观者大开眼界。

布拉塞里昂王国的宫廷礼节必须严格遵行。在任何一个宫廷里，贵族精灵都不可以飞翔，除非这样的飞行是必需的，只有必需劳动的精灵才需要飞行；这种习俗在布拉塞里昂王国得到不折不扣的遵行。同时，下层精灵的飞行能力很受重视，国家每年都要花大量的钱，定期举办飞行比赛。人们对飞行比赛非常狂热，一个最受宠的男仆在比赛时不幸折断了翅膀，然后被当作一头“种公牛”养起来，在临死之前，他又生产了几个飞行胜利者。

并不是所有的宫廷活动都那么轻佻琐碎。布拉塞里昂王国有一个名叫丹多(Dando)的宫廷天文学家，他是前档案保管员，撰写了一部关于精灵王国的历史，取名《宇宙志》。

过去，布拉塞里昂王国最著名的景点是巴陵顿温泉。即使正处于盛夏最炎热的时节，巴陵顿温泉的水也是冰冷的，而冬天又从不结冰。人们有时候会看见温泉旁边坐着一个女子；女子的体态苗条，举止高雅得像女王。然而，这个女子似乎远离了自己的王国。根据丹多在《宇宙志》中的描述，这个女子是布列塔尼岛上土生土长的精灵，早在其他精灵来此之前就住在这里了。丹多还宣称，巴陵顿温泉与卡赫纳村(Carnac)史前巨石纪念碑一样古老，它是布拉塞里昂王国最原始的中心，是流浪部落被赶出波斯以后创建的一个定居点。然而，巴陵顿温泉的名声被毁掉了，很少有人再来这里，尽管这个温泉里的水仍被用来制造著名的布拉塞里昂香水。而且，宫廷里的精灵每隔 25 年就要在这里举行一次野餐仪式，不过他们会经常忘记这个活动。

遵照布拉塞里昂王国的传统，每一位女王在继承了红色头巾以后，都必须引进一种源自波斯的新传统。当梅利奥(Melior)做了布拉塞里昂王国的女王后，她决定引进波斯的太监制度。她从偷来的那些凡人家的低能儿当中选了两个小男孩，交给君士坦丁堡的外科医生，对他们施行了严格的阉割手术。之后，这两个男孩儿就变成了她的贴身男仆。后来，这两个贴身男仆又被派去做那位宫廷天文学家的助手。事实证明，这份工作对他们来说再合适不过了，因为那位天文学家负责处理与阿福瑞兹相关的事情，而阿福瑞兹又有浓厚的童贞情结，倘若这些男孩在这方面稍有违背，他们就会勃然大怒。后来，这些太监参加徒手搏斗，大大地丰富了宫廷生活，他们的地位也随之发生了更大的变化。他们装备了踢马刺，像斗鸡那样格斗，直到其中一方受重伤为止。一年又一年就这样过去了，他们变得老而无用了，女王建议把他们送到疗养岛，那是靠近拉兹岬的一个小岛，即布列塔尼人熟知的亡灵岛。女王的这个想法遭到宫廷里精灵们的抗议。劳动精灵也咕哝着表示不满，她们拒绝继续飞行，而是靠行走去做事情。女王觉察到自己的处境很危险，于是收回成命，重修了一个多年不用的旧寺庙，把两个太监安置到那里，直到他们寿终正寝。

根据某些历史学家的说法，魔法师梅林被囚禁在布拉塞里昂王国的森林里，具体地说，他是被囚禁在一棵中空的橡树里，至今仍在那里。也有人不相信这种说话，他们坚信梅林法师永远沉睡在他自己的洞穴里。不过这两种说法都不那么令人信服。

阿尔弗雷德·坦尼森，《国王叙事诗》；希尔维亚·华纳，《精灵王国》

布罗迪之国 | Brodie's Land

又叫“米尔奇国”，位于非洲北部。长老会传教士大卫·布罗迪报告过这个国家及其居民的生活；大卫·布罗迪 18 世纪末出生于阿伯丁，他的这份手稿被阿根廷的豪尔斯·博尔赫斯找到了，他是在莱恩编辑的一卷《一千零一夜》（伦敦，1839）里发现的。米尔奇国生活

布罗迪之国的四根金簪子和一个皇室手镯

着 4 个原始部落，它们分别是猿人族、瑙努族、克鲁族以及米尔奇族。布罗迪博士（参阅慧骃国）把米尔奇族叫作“雅虎族”，他还详细描写过这个部落的风俗。

米尔奇人的语言里没有元音，听起来非常生硬。他们通常都没有名字，称呼他人的方式是抛起一捧尘土或是倒在地上打滚。他们吃水果、植物根须或小爬虫，喝猫和蝙蝠的奶，并用手捉鱼吃。吃饭的时候，他们通常把自己藏起来，或是闭上眼睛。他们所有其他的身体习惯都在公众场合里做。为了获得智慧，他们会吞吃女巫医和皇族的死尸。他们几乎是赤裸着四处行动，他们的服装和纹身艺术无从考究。

布罗迪之国境内有一个高原，高原的面积广阔，高原上绿树茂密，有清澈的泉水，但布罗迪之国的居民宁愿住在高原周围的沼泽里。他们偏偏喜欢在炎炎烈日下艰苦地劳动，他们喜欢这种不健康的生活。米尔奇部落由国王统治，国王的权力至高无上，但真正掌管部落事务的是巫医。部落的所有男性都必须接受痛苦的审讯。如果一个男人展示了身上的一块红斑，他就会被拥戴为米尔奇国的国王。这样一来，物质世界也许不能带领他走智慧之路，于是他被当场阉割，烧掉双眼，剁去手脚，然后被囚禁在一个名叫城堡的洞穴里。只有 4 个女巫医和两个女奴可以出入这个地方，她们来照料他，用粪便膏他的身体。如果要向其他某个部落宣战，两个女巫医就把他从洞里搬出来，向自己的部落展示他的身体，以鼓舞士气。他们把他背起来，或扛在肩上，成为酣战中的一面旗帜，或是一个护身符。在这个时候，如果猿人部落朝他扔石头，他就会当场毙命。

王后生活在另一个深洞里，手上戴着用金属和象牙做的镯子，米尔奇人认为这样的镯子更自然。如果喜欢什么，她就会把一个金针插进她选中的肉里。

米尔奇人的记性很差，即使是几个小时前发生的事情，他们也记不起来。然而，有些时候，他们的记忆又很超前，能预测平常的事情，而且命中率极高；他们似乎能记住将来。

米尔奇人有自己独特的天堂和地狱观念。他们认为地狱里干燥敞亮，里面住着病人、老人、受虐待的人、猿人、阿拉伯人以及美洲豹；天堂里满是沼泽和云彩，里面住着国王和王后、巫医、地球上的幸福人、毫无仁慈之心的人和嗜血者。米尔奇人崇拜一个名叫咚的天神。在他们的想象里，这位天神长得很像他们的国王：眼瞎、身体遭到残害，停滞生长却享有无限的权力；天神喜欢以蚂蚁或蟒蛇的样子出现。米尔奇人没有父权意识，他们不知道几个月前的一次行为与某个小孩的出生有什么关系；他们认为所有的女人都应当从事妓女行当，而不是做母亲。

米尔奇人的语言极其复杂，每个单音节词都对应一种一般的含义，其具体内涵依赖具体的语境或相应的扮相。比如"Nrz"这个词，它的意思是"污渍的溶解"，也许表示"星空"、"美洲豹"、"一群鸟儿"、"某种被玷污的东西"、"一种散漫的行为或者战败后的溃逃"。如果发音不同，或者说带有其他的扮相，它的词义可能就完全相反。

米尔奇部落还有一个习俗，那就是发现诗人。某个米尔奇人可能会突然想起6、7个谜一样的词语，他不想把这些词憋在心里，他要大声说出来。于是他站在那些匍匐在地的女巫医和普通百姓中间，大声说出那些词语来。如果在场的听众没有被他的这首诗打动，他就不可以出来。可如果他们被这首诗打动了，他们就会怀着极度的恐惧默默离开。他们会认为这个人有神灵附体，于是就不再和他说话，甚至也不会瞟他一眼；即使是他自己的亲生母亲，也不会再看她一眼，因为现在这个诗人不再是一个人，而是一个神，任何人都可能杀死他。

豪尔斯·博尔赫斯，《布罗迪的报告》(Jorge Luis Borges, *El informe de Brodie*, Buenos Aires, 1970)

布鲁利伊岛 | Broolyi

又叫"和平岛"，属于太平洋东南面的雷拉若群岛。和平岛的地势很高，笔直的峭岩和锯齿状的暗礁被海浪冲刷成奇形怪状；海角处有一个大型的港口城市。布鲁利伊岛的对面是卡奥斯岛，一座无政府主义岛，从布鲁利伊岛来的货船就在这里靠岸，但因为时间问题，这些货船经常会彼此伤害。布鲁利伊的政府是彻底的君主制，但岛民坚信和平最终获胜。他们认为，当战事进入极端状态时，一切战争都将会结束，死亡在人们心中滋生的恐惧将会转变为普遍的指导原则；和平将通过战争得到最好的成就。布鲁利伊岛上的居民大多是从里曼诺拉岛被放逐来的，他们生性傲慢而好战。

布鲁利伊岛的宗教极为独特，寺庙依靠宗教工厂生产的机器来工作；牧师是自动的，用蜂蜡做成，负责举行仪式和参加游行。

布鲁利伊岛上有时候会出现瘟疫，这对于布鲁利伊人来说是致命的打击，但瘟疫不会影响他们的奴隶。在瘟疫肆虐的日子，布鲁利伊人逃到山上，而奴隶却把这样的日子看作狂欢节，到处去掳掠杀戮。游客最好不要在这个时节来布鲁利伊岛。

戈弗雷·斯维文，《雷拉若群岛：流犯群岛》；戈弗雷·斯维文，《里曼诺拉岛：进步岛》

巴克地区 | Buckland

夏尔郡的一个偏远地区，位于中土西北部的布兰迪维因河与古林之间。

巴克地区与古林之间是一道又高又厚的干草篱笆。干草是多年前种下的，用来保护巴克王国，使其免遭古林的侵蚀；干草篱笆长 20 多英里，上面只有一道大门，穿过这道大门可以进入布里地区和瑞文德尔王国。就在即将爆发魔戒大战之时，干草篱遭到了古林的恶意袭击。在抵抗和还击过程中，巴克地区的霍比特人烧掉了古林的大树，导致古林变成了无人不知、无人不晓的篝火林。游客也会注意到，这个地方至今不生长树木。

巴克地区人口密集，后来成为夏尔郡的一部分，因为老巴克家族的一个头领渡过布兰迪维因河(夏尔郡最初的界河)，在巴克山下建造了布兰迪大厅，也就是霍比特人居住的一个宽敞的大洞穴。那个头领把自己的名字改成布兰迪巴克，成为巴克地区的主人。魔戒大战结束的时候，巴克地区正式并入夏尔郡，但它仍然保持着相对的独立性。夏尔郡的霍比特人认为，巴克地区的霍比特人行为古怪；尽管他们之间的差别极其细微。巴克地区的霍比特人喜欢画船，也许是因为他们自己熟悉摆渡，有些甚至游过河去，这一点似乎比他们在夏尔郡的表亲更具有冒险精神。

托尔金，《魔戒首部曲：魔戒现身》；托尔金，《王者归来》

邦布里镇 | Bunbury

一座小镇，坐落在奥兹国南部的森林里，靠近厨具王国。小镇本身和小镇上的一切都可以吃：房子是用饼干做的，房子的门廊是面包棒做的，屋顶是用薄饼做的，泥土是面粉和粗粉构成的，树木主要是生面团，秋天时，树上会结出油炸小圈饼。邦布里镇的一端是黄油矿山。镇上住着鲜活的小圆面包、薄脆饼干和小点心。肉桂面包自称小镇镇长，他是最具贵族气质的一个家庭成员，但并非邦布里镇的所有居民都接受他的主张。不过，来这里旅游的人不会挨饿。

弗兰克·鲍姆，《奥兹国的翡翠城》(L. Frank Baum, *The Emerald of OZ*, Chicago, 1910)

邦尼贝里城 | Bunnybury

一座筑有围墙的城市，坐落在奥兹国南部的丛林里，距离邦布里镇和厨具王国不远。邦尼贝里城筑有高高的大理石城墙，城墙上只开有一扇门，门上装有隐蔽的栅格，栅格用粗重的黄铜棒做成。这扇门相当于一个检查窗口，参观者如果要进入城内，必须在这里接受严格的检查。邦尼贝里城通常不允许陌生人入内，除非这个陌生人持有奥兹国的奥兹玛的亲笔信，抑或持有奥兹玛的朋友，好女巫戈琳达的亲笔信。

大理石城墙遮住了这座城市的美丽。城里的街道用白色大理石铺成；房屋也是用大理石建成，屋顶是精巧的尖塔，屋前有一个三叶草草坪。邦尼贝里城是好女巫戈琳达建造的，是专为林中所有的野兔建造的家园。如今，这些野兔就生活在这里，它们也有自己的国王，但依然承认奥兹玛的权威。它们都身穿华贵的衣服，这些衣服一般都用色彩艳丽的绸缎做成，上面嵌着亮晶晶的宝石。雌兔的衣服要华丽得多；她们穿美丽的睡袍，头戴无檐帽，帽子上插着羽毛，上面也镶嵌了宝石。仙境王国里住着这些雌兔的另一个种类。据说那里的雌兔穿着更拘谨。

皇宫坐落在城市中心的一个广场上，用大理石建成，看起来非常壮观，上面覆盖着磨砂金的细丝工艺。

如果想来邦尼贝里城，游客首先必须利用巫术把自己变小，变得像兔子一般大小，不过离开的时候又可以恢复原形。邦尼贝里城不允许狗入内。

弗兰克·鲍姆，《奥兹国的翡翠城》

燃烧岛 | Burnt Island

一座翠绿的岛屿，地势较低，这座岛上看得见龙岛。燃烧岛上唯一的动物是野兔和山羊，其实那些烧焦变黑的石棚的废墟、几块枯骨和破烂的武器都在向我们表明，这座岛上曾经有人类居住过，这种情况一直持续到最近。

游客要注意，燃烧岛附近的水域经常有海蛇出没。根据别人的描述，这种海蛇体形庞大，身体外面有一层壳，可以抵挡所有的箭矢和宝剑。海蛇的身体呈绿色和朱红色，上面有紫色的斑点；海蛇的头像马，没有耳朵，裂开的嘴里长着两排尖利的牙齿，很像鲨鱼；庞大的身躯会逐渐缩小，最后变成一条大尾巴。这种海蛇攻击性强，极具危险性，但它智力低下，很容易被糊弄过去。

C. S. 路易斯，《纳尼亚传奇："黎明踏浪号"的远航》

布阿泽森林 | Burzee

一片古森林，位于奥兹国西部边界的致命沙漠以外，靠近诺兰德王国。在布阿泽森林深处那参天的橡树和冷杉林里，月圆之时来这里跳舞的仙子们正在柔软的嫩草上踩一枚大指环。

根据历史记载，有一天晚上，这些仙子跳舞跳烦了，就决定做一件对人类有益的事情。她们突然想编一顶魔力斗篷；凡是戴上这顶魔力斗篷的人，都能马上实现一个愿望，除非这顶斗篷是他从别人那里偷来的。仙子们用来完成这顶斗篷的是一架仙子织布机，这架织布机是用一个大金环和一个小金环构成的，用碧玉棒支撑着。所有的仙子都围绕着织布机跳舞，每个仙子的手里都有一只银梭。她们将丝线的两端系在金环上，然后一边跳舞，一边将银梭传递下去，直到斗篷织完为止。露里女王亲自往斗篷里织魔线，以赋予它魔力。

这顶斗篷非常漂亮，看起来五彩缤纷，柔软如鹅绒，但却坚不可摧。那么谁应该拥有这顶魔力斗篷呢？这个问题要由月亮里的男人来决定。他建议派一个仙子把斗篷带到诺兰德王国，然后送给她碰见的第一个最不快乐的人。仙子们一致赞同这个想法。最后，魔力斗篷被送到一个名叫梅戈（别名叫阿里亚斯·弗拉弗）的孤女手里。按照诺兰德王国最奇特的法律规定，这个女孩刚好就是即将成为诺兰德国王的那个男孩的姐姐。

魔力斗篷最终变成了诺兰德王国与邻国伊克斯王国争斗的导火索，因为伊克斯王国的王后也想占有魔力斗篷。但她的愿望没有得到实现，因为魔力斗篷是她偷来的。最后，那些仙子满足了诺兰德王国的国王巴德的最后一个愿望后，就收回了这件礼物；而巴德的最后一个愿望是成为诺兰德历史上最好的国王。再以后，有关魔力斗篷最后的命运，我们就不得而知了。

弗兰克·鲍姆，《伊克斯的泽西女王》或《魔术师克劳克的故事》(L. Frank Baum, *Queen Zixi of Ix, or The Story of the Magic Cloak*, New York, 1907)

布斯托尔岛 | Bustrol

位于马达加斯加岛的南部，经度 60°(不能确定是东经 60°，还是西经 60°。)，南纬 44°。经过一片广阔而茂密的橡树林就可以来到这座岛上。橡树林一直延伸到一个湖泊附近，湖泊的四周环绕着高耸的悬崖。橡树林的另一面是一片狭长的沃土，约有 500 公里长。湖水里游动着一种巨型水獭，橡树林里则生活着巨鸟，这种鸟可以像小鸡或火鸡那样烤来吃。

布斯托尔岛上三个盛蜂蜜酒的罐子

布斯托尔岛上的居民组织成完美的方形省，方形的每边长 1500 英尺，有浅浅的壕沟作为边界。他们的房屋只有一层，因为布斯托尔岛上的风异常猛烈。每一个省的管理者有两个，一个法官和一个牧师；法官代表国王面前的 22 个家庭，牧师负责国家的教育事务和宗教信仰，并且传授谦卑之训和伦理道德。布斯托尔岛上的传统习俗已经有 7000 多年的历史，这些传统习俗都是社交、娱乐和工作的基础。18 世纪初，布斯托尔岛上有 832.3 万家住户，自那以后，人口就再也没有怎么增长过。布斯托尔岛上的居民通常实行一夫多妻制，男人 30 岁以前不可以结婚，女人 20 岁结婚，只有国王是在 25 岁时结婚。

布斯托尔人并不勤劳，岛上的果树和蔬菜很容易生长。岛屿南部和东南部都盛产苹果、梨子和坚果，北部到西北部则盛产大豆和豌豆。

西蒙·蒂索·德·帕托，《雅克·马塞历险记》(Simon Tyssot de Patot, *Voyage et Avantures de Jaques Massé*, Bordeaux, 1710)

忙蜂岛 | Busy Bees, Island of The

位于第勒尼安海，之所以叫这个名字，是因为城里的人们来来去去，忙碌得像一群嗡嗡叫的蜜蜂。人们甚至工作到每天夜里，没有哪一个人有一分一秒的休息，岛上找不到一个闲人或流浪汉；也找不到一个乞丐，因为每个人都必须工作，因为没有免费的午餐。不过，忙蜂岛周围海里的鱼却极为热诚，它们可以向游客提供信息。

卡洛·科洛迪，《木偶奇遇记》(Carlo Collodi, *Le avventure di Pinocchio*, Florence, 1883)

蝴蝶岛 | Butterflies, Isle of

参阅幸福群岛(Fortunate Islands)。

布图阿王国 | Butua

位于南非中部，布图阿王国以北与莫诺姆圭王国接壤，以东与卢帕塔山脉相接，以南与霍腾托茨之国为邻。

布图阿人的习俗远比任何一个最邪恶的民族都更邪恶。他们的肤色深黑、身材矮小匀称、体格健壮；头发拧成密密麻麻的小卷儿；他们的牙齿很好，寿命很长。他们沉迷于形形色色的激情游戏，比如做爱、虐待、戏弄和搞迷信活动。他们容易发怒，容易背信弃义而且又愚昧无知。他们的女人体形漂亮，几乎每个女人都生得明眸皓齿，但由于长期遭受丈夫的虐待和责打，她们的美貌几乎维持不了 30 年，也很少有人能活过 50 岁。布图阿王国的女人只是男人的玩物，男人想娶多少老婆就娶多少，只要他能够养得起。每个地区的酋长和国王都不例外，他们一个个都是妻妾成群，妻妾数量往往与他们的财富成正比。国王每个月都能收到各地送来的

5000 个美丽女子，他们会从中选出自己喜欢的 2000 个女子。国王的后宫佳丽多达 1.2 万人，而且还在不断地更换。这些女子被分成四个等级，第一等女子个子最高，身体最强壮，被派去守卫皇宫；第二等女子是“五百奴隶”，介于 20 至 30 岁之间，在皇宫里做奴仆，负责管理花园或去户外辛苦地劳动；第三等女子的年龄在 16 到 20 岁之间，主要用来献给布图阿王国的诸位神灵；第四等女子包括最最娇小美丽的女婴和 16 岁以下的女子，她们的作用就是为王室增添乐趣。

尽管布图阿王国的臣民容易犯诸多的罪孽，但是作为一个民族，他们极为虔诚，而且敬畏神灵。每个地区都有一个宗教领袖，他们服从王权，负责管理牧师阶层。每座寺庙里都供奉着一个半蛇半人的偶像，布图阿人坚信是蛇创造了这个世界；只有国王才有特权在私人寺庙里崇拜这个偶像，不过国王也参加首都主寺庙里的各种仪式。每个地区的管理者每年都必须向他的宗教领袖献上 16 对男女，然后通过牧师的帮助，宗教领袖在某个特定的宗教仪式上献上这 16 对男女。牧师也负责医治病人，他们给病人涂抹植物香油，植物香油的疗效十分显著；牧师因此所得的报酬是女人、少女或奴隶，他所得女人的多少视他所治疗的那个病人的社会地位而定。牧师不接受食物为报酬；寺庙里的各种贡品多不甚数，牧师永远不会挨饿。

布图阿王国最平常的食物是玉米鱼和人肉。公共屠夫提供人肉，布图阿人也喜欢吃猴肉。

布图阿王国的这些野蛮人完全没有感知力，他们想象不到失去亲朋好友的痛苦，他们可以冷漠地看着其他人慢慢地死去。对他们而言，当一个人无药可救或年事已高，通常的解决办法就是结束他的生命。这些野蛮人的葬礼很简单，就是把尸体放在一棵树下就可以了。

布图阿王国的人口在逐年减少，这不仅是因为权力阶层的犯罪癖好，而且也是因为一个女人在生了小孩后必须节育 3 年。

多纳西安·阿尔丰斯·弗朗斯瓦·迪·萨德侯爵，《阿丽娜和瓦尔古》(Donatien-Alphonse-François, Marquis de Sade, *Aline et Valcour*, Paris, 1795)

布岩岛 | Buyan Island

位于北大西洋。游客会发现布岩岛的天气让人感到惊讶而不愉快:绕地球航行一周之后,所有的暴风和阵雨都将会聚于此,肆意向布岩岛发泄它们的愤怒。布岩岛上生活的动物与气候完全一致:这里有各种毒蛇,比如闪电蛇,游客可能会在这里发现世界上最古老的毒蛇,不过他们最好没有发现。布岩岛上有一种乌鸦,总是啼叫不停,叫声中隐藏着预言的景象。还有一种怪鸟,长着铁喙和铜翅;还有一种暴风禽;一种雷电蜂,它们酿出的蜂蜜味道如雨,是布岩岛上的一种美味。

在残忍的古时候被用作祭坛的阿拉图尔石(Alatuir Stone),如今在布岩岛上看不见了。它被运到了约旦河岸,围绕它建造了一个小小的金教堂,据说它现在被当作一把椅子,供那些走累了的神灵坐下来歇息。

卡尔·拉尔斯通,“布岩卡”,《俄罗斯民歌》(Karl Ralston,“Buyanka”, in *The Songs of the Russian People*, Edinburgh, 1932)

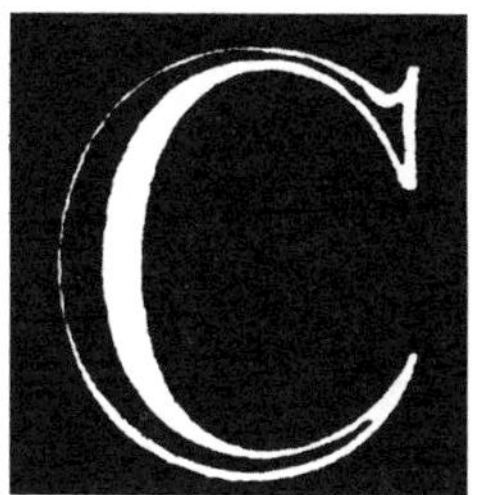

卡巴鲁萨岛 | Cabbalussa

位于大西洋,很少有人知道这座岛屿。来这座岛上旅行会非常危险,岛上住着凶残的印第安女人,她们没有手和脚,臀部有蹄,是出了名的食人族。游客若不幸在此靠岸,就会被引诱去与这些女人睡觉,然后被她们灌醉,最后被她们吃掉。

撒莫萨塔的吕西,《真正的历史》

卡克罗嘉林岛 | Cacklogallinia

位于加勒比海,首都叫鲁特比塔亚城。这座岛上的主要居民是鸡,它们身高 6 尺,而且经常变化大小。有时候灾祸来了,卡克罗嘉林岛上的鸡就会变小,像一个身高不足 3 尺高的小矮人;而如果这些鸡晋升为内阁成员,它们的身高马上就会长到 9 英尺。卡克罗嘉林岛上也住着其他鸟类,但它们的地位很低。

据说,一个名叫塞缪尔·布隆特的英国人不幸在这座岛附近遭遇了海难,后来逃到这座岛上,在这里生活了好几年。一开始,岛上的生灵都把他当怪物看,后来,首席大臣看中了他,把他当成自己的朋友。于是,布隆特在宫里平步青云,地位获得很大的晋升,最后担任了 *Castleairiano*,相当于税务检查官,薪水 3 万 spasma。再后来,布隆特开了一家公司,在回到英国之前,这家公司赞助了首次成功的登月探险。

统治这座岛屿的是皇帝希波米纳(Hippomina Connuferento),即太阳之宠、月亮之乐、宇宙之惧、幸福之门、荣誉之源以及王国之首。希波米纳也是教会的领袖,辅佐他执政的是首相和国民大会的议员。不过,议员的任命必须遵照首相的意愿,这已是秘而不宣的事实。为了确保某些事情能够在国民大会上讨论通过,议员们普遍都有受贿行为。律师想要引用的律法也只为他们自己的生意考虑;所有的法律条文都界定得模棱两可,这就导致了人们对法律条文的含义总是争论不休。更糟糕的是，法官也有权阐释他选用的律条，而不考虑这样做是否存在某种先例。法官一般都是指定的，能否当上法官，不在于他的法律知识多么完备，而在于他如何奉承自己的赞助人。

老卡克罗嘉林王国的居民骄傲而高贵，他们的生意兴旺，为人诚实可信。今天，这个王国已经堕落，尽管卡克罗嘉林王国的居民仍然认为他们是世界上最自由的民族，认为其他民族都是他们的奴仆。他们好像很喜欢暴君统治，总是批评软弱的政府；他们认为最耻辱的莫过于贫穷。为此他们认为赚钱可以不择手段，不管是欺骗还是贿赂，只要能发财就行。在法庭上，那些宫廷弄臣的影响非常重要。

卡克罗嘉林岛上的鸡自称他们只相信一个上帝，但渐渐地，有些生活比较富裕的鸡开始嘲笑这种宗教观念。以前，寺庙里放着一个象征永恒的金球，金球上刻着无法理解的文字，象征上帝的神秘。不久，这些鸡对神的形象开始争论不休。有些鸡认为神应该是方形的，象征神公正无私；有些鸡认为神应该是八角形的，象征神无所不在；有些鸡认为神应该是无形的，因为所有规则的形状都是迷信。于是，大量贵重的黄金就在不断重铸上帝这个原始偶像的过程中被消耗殆尽。最后，大家一致同意在家里崇拜小金球，如果他们继续付钱给牧师做祭祀的话。不过，这个习俗后来销声匿迹了。如今，富人实际上变成了无神论者，只有一些穷牧师还在崇拜小金球。

卡克罗嘉林岛上所有居民都崇拜的一种宗教仪式是圣达纳萨里(St. Danasalio)崇拜。据说，有一次，一只山羊糟蹋了圣达纳萨里的玉米。为了纪念这位圣人，每逢这位圣人的崇拜日，卡克罗嘉林岛上的每个家庭都要虔诚地弄断一只山羊的腿，活剥这只山羊的皮。

与欧洲的母鸡不同，卡克罗嘉林岛上的母鸡主要吃肉和喝山羊奶；只有最穷的鸡才会吃谷物。做大臣和高级官员的鸡通常会吃人肉，贫穷的鸡走在外面经常会担心被自己的上司吃掉。然而，同时，这些贫穷的鸡又奴性十足，经常会走进富鸡家里，恳请能为他们端茶递水，伺候他们吃喝，这也是公开的秘密。他们把这一点看成是无上的光荣。

根据卡克罗嘉林岛的法律规定，所犯罪过尚不致被砍头的鸡通常会坐牢。他们被迫吃下一种泻药，然后呕吐不停，他们被灌下的泻药剂量根据犯罪的本质。谋杀犯会被鸟儿啄死。卡克罗嘉林岛上设有大规模的常备军，常备军的军纪尤其严苛。如果某个士兵稍有冒犯，他就会被拔去全身的羽毛，然后被腐蚀性的石膏损伤身体，这种东西会腐蚀掉他的骨头。根据当地的继承法，父亲去世后，所有的不动产全部归长子所有，其他的公鸡要么从军，要么做生意；母鸡嫁给亲戚、或依靠养老金生活。卡克罗嘉林岛上不实行一夫多妻制，但在上流社会里，一夫多妻的现象很普遍。

卡克罗嘉林岛上的娱乐活动和体育运动通常都很血腥。为了取悦观众，获得很高的报酬，穷鸡常常会在台上将对手撕成碎片；年纪小的鸡则喜欢争吵。在这座岛上，听布谷鸟唱歌是一种更文明的消遣方式。布谷鸟为此得到富鸡的重金酬谢，当他们回到自己的地方，就可以拿这些钱去建造宫殿。

卡克罗嘉林岛上的鸡也举行葬礼，他们通常是在市场上把尸体火化。他们把尸体装在灵柩里，用鸵鸟运到市场上，由传令官宣布死者的官衔和宗谱，他们会雇用职业哀悼人。举行完葬礼之后，死者的遗像挂在他自己的房门上，这一挂就是整整一年。葬礼上的开支很大，这样的开支通常会毁掉死者的后代。

富鸡穿紧身衣，头戴斗篷，腿上绑着上等布料，脖子上戴着奖章、钟和丝带。有时候，富鸡的尾羽中还插上孔雀的羽毛。贵族鸡会经常割掉自己的距，然后换上精心制作的金距。

作为对长辈的尊敬，卡克罗嘉林岛上的鸡会倒在地上，用喙触地，直到其他鸡把他叫起来。还有一种表示尊敬的方式：亲吻贵族鸡的金距。其他的鸡与宫鸡打招呼时必须鞠躬。然后宫鸡转过身，把尾羽翘起来让他们亲吻：那些向宫鸡求爱的鸡认为，这是他们最大的荣耀。在这座岛上，新婚夫妇婚后一周内不可以分开；一周后，如果他们在公共场合还是成双入对的话，就会被视为下流。卡克罗嘉林岛上的鸡经常参加社交活动，但他们并不特别好客；比如说，他们的点心只用来招待正式来访的客人。

卡克罗嘉林岛上的交通工具是鸵鸟拉的四轮车，或是由穿制服的母鸡抬的轿子，这种四轮车和轿子的时速是 20 英里。

卡克罗嘉林岛上的植被属于典型的加勒比海植被：这里土地肥沃，有许多富饶的玉米地和肥沃的牧场。母鸡把农田收拾得井然有序；岛上主要的农用动物是山羊和绵羊。

最近几年里，卡克罗嘉林岛上的鸡与邻居相处得很不好。当卡克罗嘉林岛上的鸡和布波希波的猫头鹰都想给喜鹊的皇帝楚科蒂尼奥(Chuctinio)寻找一位继承人时，他们之间爆发了旷日持久且劳民伤财的战争。卡克罗嘉林岛的鸡的铁杆联盟是鸬鹚，他们控制了本地的贸易。而今，他们在卡克罗嘉林岛上具有极大的公众影响力，怂恿卡克罗嘉林岛上的年轻一代生活放荡、不信神灵。战争最后以卡克罗嘉林岛上的鸡的胜利而告终；政府继续增加兵役税，这使得本来就很富裕的收税员更加富有了。

卡克罗嘉林岛上的流通货币是 Spasma(相当于英国的 10 便士)和 rackfantassine(3 个相当于 1 英镑)。他们的长度单位是 lapidian，相当于 1 英里，标准的重量单位是 liparia，相当于 1/6 磅。

塞缪尔·布隆特，《卡克罗嘉林岛之旅：岛上那个国家的宗教、政策以及习俗礼仪》(Samuel Brunt, *A Voyage To Cacklogallinia: with a Description of the Religion, Policy, Customs and Manners, of the Country*, London, 1727)

凯尔-卡丹城堡 | Caer Cadarn

坎特维-卡迪夫(Cantrev Cadiffor)的斯莫特国王的要塞，是坎特维斯山谷里最大的城堡，或者可以说是南普瑞敦王国的小王国里最大的城堡。

一般小贵族的要塞比加固的防护栏大不了多少，凯尔-卡丹城堡与它们不同。城堡上有坚固的尖塔，有嵌满铁钉的大门；尖塔上飘扬着斯莫特国王的旗帜，上面有黑熊的标志。城堡的大厅里也有同样的标志，大厅里摆放着斯莫特的宝座，用半棵橡树做成，形状像一只巨熊，熊掌伸向宝座的两侧。

凯尔-卡丹城堡的周围地区曾经种植了玉米，这里曾是普瑞敦王国最好的地方。然而，在阿西伦（Achren）统治普瑞敦王国的那些年月里，许多古老的技艺渐渐失传，农业也陷入一片荒芜。即使在阿西伦战败之后，也没能有效地恢复这里的农业，小贵族之间的争斗连绵不断（通常因偷牛而起），使得民不聊生。

在敦之子与企图控制普瑞敦王国的死亡之君阿诺恩的战斗中，斯莫特国王始终跟敦氏家族和凯尔-达赛尔城堡的至尊国王马斯站在一起，不像南坎特维斯山谷里的许多封建领主。然而，在一次著名的战斗中，斯莫特的城堡落入了敌手。在战斗的最后阶段里，斯莫特国王被诱出凯尔-卡丹堡，遭到玛戈军队的伏击。玛戈曾是莫纳王国的摄政王，而今变成了死亡之君阿诺恩的盟友。后来，斯莫特国王被囚禁在他自己的城堡里。当时从凯尔-达尔本出来正往北走的塔兰、敦之子的战时领袖格韦迪恩（Gwydion）以及乌尔吉（Gurgi），却不幸掉进了陷阱，他们以为凯尔-卡丹城堡仍在斯莫特国王手中，因为城墙上还飘扬着斯莫特的旗帜。

不过，这些囚徒最终都被救了出来，救他们的是艾罗妮公主、吟游国王弗露杜尔·弗拉姆（Fflewddur Fflam）以及莫纳王国的国王卢恩。在这个过程中，泰维斯-特戈地下王国的仙女族的威斯泰尔（Gwystyl）为这皇室三人提供了仙女族的祖传武器：会爆炸的鸡蛋和蘑菇。这些鸡蛋和蘑菇爆开的时候会释放大量的烟雾。天快黑的时候，他们发起突袭，在爆炸产生的混乱中轻而易举地救出了所有的俘虏。凯尔-卡丹城堡又回到了它原来的主人斯莫特手里，但不幸的是，莫纳王国的国王卢恩在战斗中牺牲了，之后被埋在城堡前面的坟冢里。

劳埃德·亚历山大，《黑色大铁锅》（Lloyd Alexander, *The Black Cauldron*, New york, 1965）；劳埃德·亚历山大，《流浪者塔兰》（Lloyd Alexander, *Taran Wanderer*, New York, 1967）；劳埃德·亚历山大，《至尊国王》

凯尔-达尔本农场 | Caer Dallben

一个小农场，位于普瑞敦王国的南部，紧靠一个铁匠铺，一栋白色的茅舍，周围是一片果园和延伸到森林边缘的玉米地。由于了不起的阿文河两岸的高山阻挡，北风吹不进凯尔-达尔本农场。

凯尔-达尔本农场虽然看起来很普通，但它以前却是反抗死亡之君阿诺恩的重要据点。阿诺恩曾有好几次严重威胁了普瑞敦王国的安全，与北边的凯尔-达赛尔城堡一样，凯尔-达尔本这个小农场是敦之子修建的，用来从精神方面抵抗阿诺恩及其同伙。甚至在凯尔-达赛尔大城堡沦陷之后，凯尔-达尔本农场仍然继续与邪恶的阿诺恩作战。

凯尔-达尔本农场与普瑞敦王国历史上很多最重要的日子紧密相关。在凯尔-达尔本农场，塔兰变成了一个牧猪倌。在彻底打败阿诺恩之后，塔兰成为普瑞敦王国的至尊王。也是在这个农场，反抗阿诺恩的战斗进入到第二个阶段的初期。这时候，大会召开了，会议决定偷取死亡之君的大锅炉，因为死亡之君正是用这口大锅制造了无数不死的铁锅斗士。此外，这个农场也正是神谕猪合温(Hen Wen)的故乡，正是这头猪预言了阿诺恩必败。

凯尔-达尔本这个名称与达尔本有关。达尔本是一个了不起的巫师，他曾在这里生活过。从表面上看，达尔本只是一个老人，但他的功力超过了普瑞敦王国的任何一个巫师。他的身世我们不清楚，不过根据曾经生活在莫瓦沼泽的3个女巫的说法，她们第一次看见达尔本的时候，达尔本还是一个孩子，被装在一个柳篮里，遗弃在她们所在的那片可怕的沼泽里。她们把达尔本抚养成人，在她们的监护下，达尔本开始学习巫术。据说，有一次，达尔本偶然吃了女巫酿造的智慧剂，从此便开始做巫师。3个女巫送给达尔本一本预言书，名叫《三之书》，书中讲述了普瑞敦王国将来会发生的许多事情。

凯尔-达尔本农场得到这个老人的魔力保护。没有他的许可，任何人不可以进入凯尔-达尔本农场。因此,游客最好不要违背这个老人的意愿,强行进入农场。过去,达尔本为了捍卫自己的陋室,掀起过巨大的风暴,致使大地颤抖不已。达尔本的魔法唯一的缺陷就是不能杀人,不过根据记载,任何企图杀死达尔本的人都会遭到灭亡。

达尔本如今不住在凯尔-达尔本农场了。打败死亡之君阿诺恩之后,这个巫师和敦之子一起离开了普瑞敦王国,回到了他们在夏土(Summer Lands)的老家。

劳埃德·亚历山大,《三之书》(Lloyd Alexander, *The Book of Three*, New York, 1964);劳埃德·亚历山大,《黑色大铁锅》;劳埃德·亚历山大,《里尔城堡》(Lloyd Alexandedr, *The Castle of Llyr*, New York, 1966;劳埃德亚历山大,《流浪者塔兰》;劳埃德·亚历山大,《至尊国王》

凯尔-达赛尔城堡 | Caer Dathyl

位于普瑞敦王国的北部,是至尊王塔兰的首府。如今的凯尔-达赛尔城堡已经面目全非。最初的凯尔-达赛尔城堡是敦之子修建的,那是在他们从夏国来到这里,赶走邪恶的阿西伦和死亡之君阿诺恩之后所发生的事情。与南部的凯尔-达尔本农场一样,凯尔-达赛尔城堡也是普瑞敦王国最重要的防御工事,至尊王也正是在这里处理国家政务的。

凯尔-达赛尔城堡不仅在战时非常重要,而且也是一个美丽而值得记忆的地方。这里珍藏着普瑞敦王国许多最精美的工艺品;这里是游吟文化的中心,城堡大厅里收藏了许多有关游吟诗人的书籍和档案。

在与死亡之君阿诺恩进行旷日持久的对抗期间,凯尔-达赛尔城堡受到有角国王的军队的威胁。有角国王是一个令人闻风丧胆的头领,后来被魔力宝剑迪恩维(Dyrnwyn)击败。在战斗接近尾声的时候,这座城堡再次遭到攻击,最后被死亡之君的军队,可怕的铁锅战士夷为平地。如今,我们再也看不见这座城堡以前的样子了。在成为至尊国王的那一天，塔兰发誓要重建凯尔-达赛尔城堡；那个得以重建的城堡就是今天的凯尔-达赛尔城堡。

劳埃德·亚历山大，《三之书》；劳埃德·亚历山大，《黑色大铁锅》；劳埃德·亚历山大，《里尔城堡》；劳埃德·亚历山大，《流浪者塔兰》；劳埃德·亚历山大，《至尊国王》

凯里恩城堡 | Caerleon

又叫"卡里恩城堡"，筑有城墙，位于威尔士的乌斯科河岸，有庞大的塔楼和四扇坚固的城门作保护。塔楼坐落在城墙之上，每隔 200 码就有一处，在城墙之内，城堡的四周是拥挤的街道、小型的防御工事和教堂。凯里恩城堡有一个很奇怪的特征，它有 208 级楼梯，正好通向巫师梅林的房间。

卡默洛特城堡的亚瑟王定期到凯里恩城堡，也许是因为这座城堡是亚瑟王最容易到达的领地之一。正是在这里，亚瑟王壮大了自己的力量，能够迎战贝德格莱尼森林之战(Battle of Bedegraine)；也是在这里，亚瑟王庆祝了自己的胜利；同样也是在这里，亚瑟王和奥科尼郡的国王罗得的妻子私通，却没有料到她就是自己的姐姐莫甘娜。

亚瑟王的宫廷里最热衷的消闲方式是狩猎。猎狗和猎人分成几组，猎狗被放出去，将牡鹿驱赶到猎人那里，谁能杀死牡鹿，谁就能获得最大的荣誉。

托马斯·马洛礼爵士，《亚瑟王之死》；无名氏，《威尔士民间故事集》(Anonymous, The Mabinogion, 14th-15th cen. AD)；怀特，《永恒之王》

卡佛罗斯岛 | Caffolos

位于太平洋，友谊是这座岛上的居民最关心的事情。当他们的某个朋友生了病，他们就把他挂在树上，理由是，宁愿天上的飞鸟把他吃掉，也不要把他埋在土里被蚯蚓吃掉，因为飞鸟是神的使者。在附近的一座岛上，病人被那些经过特殊训练的狗弄得窒息而死，从而免去了自然死亡的痛苦；为了避免浪费，病人的尸体随后也被吃掉。

约翰·曼德维尔爵士，《曼德维尔游记》

卡加延-萨卢岛 | Cagayan Salu

一座小小的火山岛，属于萨鲁群岛，位于菲律宾南部。沿海居住的土著人当中有一部分是回教徒，他们不害人，但装备精良。萨卢岛的内陆地区住着一个独立的部落，名叫贝巴郎人（the Berbanangs）。没有其他土著居民会靠近他们的村庄，因为他们是食人族，会发出震耳欲聋的噪声，在进入一种恍惚状态的同时，他们会借助噪音把自己的星形身体发射出去。这个过程足以把所有的人和动物吓死，足以把他们的身体石化。不过游客应当知道，贝巴郎人不会袭击戴椰果和珍珠项链的人。

关于卡加延-萨卢岛的描述，由孟加拉亚洲协会的斯科奇利（E. F. Skertchley）（*Journal*, Part III, No. 1, Baptist Mission Press, Calcutta, 1897）和亨瑞·朱诺德（Henri Junod）（*Les Baronga*, Attinger, Neuchatel, 1898）出版。

安德鲁·朗格，《分裂者》（Andrew Lang, *The Disentanglers*, London, 1902）

凯尔-安多斯岛 | Cair Andros

大河里的一座岛屿，地形狭长、森林茂密，距离刚铎王国的首都米那斯-提力斯以北约 50 英里。凯尔-安多斯岛像一艘船，湍急的大河水冲毁了北面的“船首”。

凯尔-安多斯岛上建造了一座防御工事，保护这座岛屿的周边地区不受攻击。在魔戒大战期间，这座防御工事很快被摩多王国的邪恶势力攻占，不过又被轻松地夺回。摩多王国的黑暗之君索伦被打败之后，西部军队的船只在凯尔-安多斯岛附近的海域搁浅。

托尔金，《王者归来》

卡尔帕拉维尔城堡 | Cair Paravel

纳尼亚王国的首都。

卡拉梅城 | Calamy

参阅玛巴伦王国(Mabaron)。

卡利亚维岛 | Calejava

一座小岛，具体位置不确定，岛上有一个共和国，创建于 17 世纪，创建者是一位来自欧洲的医生，名叫亚维；亚维当时被一个暴君放逐到这座小岛上。游客会发现这个共和国的文明程度很高，这里的居民主张和平，实行以农业为基础的公有制经济。共和国的公民每天必须在田里劳动 5 小时，中间有 1 小时的休息；所有人都有权获得同等的休息时间。公民共同分享劳动产品。他们的政治权利通过自己的劳动能力来获得，而他们的劳动能力主要表现为他们在耕种和收割方面的能力；为了方便生产，共和国在农业方面实行高度的机械化作业。

游客要到这里来居住并不难，但必须与当地人同住。这里的居民饮食简单，但营养丰富。游客的政治观念和道德信仰在这里不受干扰，但他也应该知道，这里缺乏娱乐活动，来此旅游不一定有趣。

克劳德·吉尔伯特，《卡利亚维岛的历史或合理的男子岛》(Claude Gilbert, *Histoire de Calejava ou de l'Isle des Hommes Raisonnables, avec le Paralelle de leur Morale et du Christianisme*, Dijon, 1700)

卡利普鲁岛 | Calemplui

位于中国的海滨附近，周围是 26 英尺高的大理石城墙，城墙的材质非常完整，整个城墙看起来就像是一整块石板构成的。城墙最上面是大理石栏杆，在栏杆背后，游客会发现一圈女子雕像，每一尊雕像的手里都握着一个铜球。这是第一圈，第二圈是铁铸的怪物，所有的怪物都手搀着手；第三圈是一些装饰性的拱门；第四圈是橘树，这是岛上唯一一种树木；第五圈包括 360 个小教堂，每座教堂都有一个中国隐士看守，每个教堂里都崇拜不同的神灵。在这座岛屿的中心，游客还会发现几栋金色的建筑，有些像希腊的寺庙，但其用途不得而知。

费尔南・平托，《朝圣之行》(Fernão Mendes Pinto, *Peregrinação*, Lisbon, 1614)

凯列班岛 | Caliban's Island

参阅普洛斯彼罗岛(Prospero's Island)。

卡利欧普城 | Calliope

参阅奥西纳共和国(1)(Oceana)(1)。

卡尔诺戈城 | Calnogor

阿特瓦塔巴王国的首都，距离内陆 500 英里。从凯奥拉姆城出发，坐火车或是坐航空船就可以到达这里。卡尔诺戈城的所有建筑都是用精美的白色大理石建造而成，国王的宫殿和立法机关波若德米(Borodemy)都坐落在卡尔诺戈城，风格很像城里那栋最大的祠庙，又叫“波米多菲亚”(Bormidophia)。阿尔德梅戈国王

(King Aldemegry Bhoolmakar)的皇宫是一座规模庞大的锥形建筑,共有20层,每一层都被一排装饰有柱子的窗户围起来。入口的塔楼处盘踞着金狮子,金狮子的爪子犹如一根根金带,越过宫墙,用铆钉固定在下面一层石头上,就好像这些金爪子一起稳固了下面的整个建筑体。此外,这座皇宫还具有印度、埃及、希腊以及哥特式的建筑风格。宫殿的周围是宽敞的庭院,庭院的周围是回廊。庭院里有一个蓄水池。皇宫里的墙上雕刻着狮子、大象、蟒蛇、鹰、机械鸵鸟以及少男少女的形象。

祠庙是阿特瓦塔巴王国供奉神灵和纪念民族英雄的地方,也是阿特瓦塔巴王国的至高女神莱侬夫人(Lady Lyone)居住的地方。祠庙里摆放着阿特瓦塔巴王国最特别的东西,女神的宝座,这是一个坚固的金锥体,心形结构,高约百英尺。整个宝座共分3层,分别对应不同地位的神灵和不同等级的科学、艺术及宗教的象征。最低的一层叫科学祠庙,高40英尺,直径72英尺。科学祠庙的顶端是阿特瓦塔巴王国主要发明家的石膏模型,展示了这些发明家最重要的浅浮雕作品;中间一层主要展示艺术及其属性,高24英尺,直径60英尺,这一层又分两个部分:上面一部分代表诗歌、绘画、音乐等方面的神灵;下面一部分展示了心灵的艺术特征,比如想象、情感以及敏感;宝座的最上层高36英尺,直径约30英尺,包括真正的宝座,这一层又分三部分,分别代表魔术和占星术;巫术、预言以及与此相似的其他艺术;通神论、生物电学以及相关科学。人们可以看见,女神正坐在一个深绿色的天鹅绒座位上。这个座位正围绕一个中心部分旋转着,而中心是一片由玉兰树、橡树、榆树以及其他种类的树形成的小森林。在对外开放的节日里,这种方式可以让众多的游客和真正的信徒都能看得见女神。

威廉·布拉德萧,《阿特瓦塔巴女神,内陆世界的发现史和阿特瓦塔巴王国的征服史》

卡罗纳克王国 | Calonack

一个很富饶的王国,位于帕塔岛的背面,来此观光的游客若喜欢捕鱼，这里就是他们的天堂。卡罗纳克王国的国王可以娶 1000 个妻子，都是从全国各地精心挑选出来的最美丽的女子，她们会给国王生育上百个孩子。根据当地的传说，为了奖励国王信守上帝“多繁衍子孙”的训令，世界各地的鱼类都聚集到卡罗纳克王国的海滨。每一种鱼一年来一次，在地盘被其他动物霸占之前，它们要在海边停留 3 天。它们来的时候黑压压地一片，海水里根本看不见其他的动物，这时候人们可以毫无限制地捕鱼。

卡罗纳克王国一座木制的大象城堡

卡罗纳克王国的大象也叫 *Warkes*，用在战场上，或是用来托运木制城堡；国王的军队由 1.4 万头大象组成。卡罗纳克王国的动物包括种类众多的蜗牛，有的蜗牛很大，人们可以生活在它们的贝壳里。整座岛上都可以看到漂亮的贝壳村舍。卡罗纳克王国也有危险的蟒蛇，一种黑头蛇有男人的大腿那么粗，是国王和贵族饭桌上的一道美味。

约翰·曼德维尔爵士，《曼德维尔游记》

卡罗门帝国 | Calormen

一个幅员辽阔的帝国，面积是北纳尼亚王国的 4 倍；距离最近的是阿钦兰王国，两国之间隔着无垠的沙漠。以北，这片沙漠一直延伸到弯曲箭河的两岸，这里才是卡罗门帝国与阿欣兰王国真正的边界。以南，有一条无名河，卡罗门帝国的首都塔西巴就坐落在无名河中的一座小岛上。沙漠里无人居住，只有一片小小的绿州。游客应该知道，穿越这片沙漠既困难又危险。也许最好走的路是，穿过一条岩石林立的峡谷，到达西面的绿州，然后朝着派尔山双峰走，派尔山脚下就是流淌的弯曲箭河。

沙漠里唯一有意义的地方是 12 个古代帝王的坟墓，位于塔西巴城的西北部，看起来就像巨大的石蜂窝，又很像把头和脸裹在灰色长袍里的一个巨人。坟墓的位置没有秩序，来历也不清楚，据说这里经常有盗墓者出没。

塔西巴城是一大世界奇观。高高的城墙总有重兵把守，一座多拱门的大桥从无名河的南岸一直通到黄铜城门处。塔西巴城在早晨和晚上都要吹号，提醒市民开关城门；只有通过城门才能进入城内。城内的建筑一直延伸到一座小山上，小山的每一寸土地上都耸立着各式的建筑；山顶坐落着提斯洛克宫殿和塔西大寺庙，大寺庙的顶部是镀银的圆屋顶。参观者会发现这座城市让人眼花缭乱：凌乱的露台、柱廊、拱门，上面是不计其数的尖顶和尖塔。

山下的城市环境很糟糕，与山上的壮观景象形成可悲而强烈的反差。这里的街道狭窄，屋墙上几乎看不见窗户，垃圾随处可见、堆积如山，随处都是穿梭不息的人流。由于塔西巴城的贵族小姐们坐着轿子从街上经过，山下的城市环境更难得到改善。游客要注意，有时候他们必须马上避让，这是当地法律要求的；这里的街上都有巡逻。

再往山上走，道路变得越来越宽，路边有棕榈树、拱廊以及人们崇拜的神灵和英雄的大雕像。穿过拱门可以进入富丽堂皇的宫殿，这些宫殿建在中心花园的四周；中心花园里有喷泉和橘树。

提斯洛克宫殿由一系列美丽无比的大厅构成。参观者一定要去看看黑色大理石厅、梁柱厅、雕塑厅，还有皇宫觐见室，觐见室的大门包着铜箔。这座古老的宫殿坐落在皇家花园里，像层层的梯田一直延伸到城墙处。

从塔西巴城出发，游客能看见停泊在河口的轮船上的船桅。在城里任何一边的河岸上都是花园，穿过花园可以看见无数房屋的白墙。城市以南是一片低矮的山地。

到了卡罗门帝国,游客还可以去看看阿泽姆-巴尔达小镇,坐落在塔西巴城的南面。由于地处众多道路的交会地带,这个小镇又是重要的交通枢纽,也是帝国的邮政中心。从这里,皇家邮局的邮递员骑着马到全国各地分送信件,他们需要数周才能走遍全国。

其他有名的地方还有梅兹瑞湖,一个特别舒适的好地方,位于卡罗门帝国的南部,距离著名的千香山谷非常近。

卡罗门帝国以农业为基础,渔业和手工业也占有相当重要的地位。采盐业主要在普格拉罕的沿海地区。为了便于管理,卡罗门帝国分成不同的省市和地区,每个省的最高统治者叫塔康(Tarkaan),或者叫封建领主。

与南部的阿欣兰帝国和纳尼亚王国相反,卡罗门帝国等级森严:肤色黝黑的农民人口最多,但他们享有的权利却最少,或者说根本没有。卡罗门帝国使用奴隶的情形非常普遍;封建领主的权力很大,他们效忠拥有绝对权威的国王;那些最有特权的人才可以与国王平起平坐。封建领主和贵族妇女衣着极度奢华,男人戴镶有珠宝的头巾,有时上面饰有羽毛,他们在头发上喷香水,把胡须染成别的颜色。他们甚至给自己的坐骑穿衣服,戴马镫,使用嵌着银子的缰绳。上流社会的婚姻通常是包办制。

与这些富人形成鲜明对比的是,穷人穿肮脏的长袍和只能盖住脚趾头的木鞋。不过,他们也戴头巾。

从历史上来看,卡罗门帝国侵略成性,经常入侵或并吞北部的公用地。卡罗门帝国的拉巴达西王子向纳尼亚王国的苏珊女王求婚,遭到拒绝,于是策划入侵阿欣兰王国和纳尼亚王国的行动。不幸的是,这个入侵计划传到阿欣兰王国的卢恩国王和纳尼亚王国的统治者耳朵里,结果卡罗门帝国的军队遭到两国联军的袭击,损伤惨重。拉巴达西王子遭遇失败后,被纳尼亚王国的狮王阿斯兰变成一头驴子,只有到了美丽的秋季,拉巴达西王子才可以再次恢复人形。拉巴达西王子遭到警告,如果他胆敢走出塔西巴城 10 里以外,就永远恢复不了人形,只有终生为驴了。经过这样的磨炼,拉巴达西王子变成了卡罗门帝国最具有和平意识的统治者，变成了人们眼中的“和事佬”。然而，人们更熟悉的是这个王子的另一个名字——“可笑的拉巴达西”。如今，“拉巴达西”这个名字可以在官方的历史书里找到。如果某个人做了一件特别愚蠢的事情，他就不可避免地会被别人叫作“第二个拉巴达西”，这简直成了当地的流行语。

卡罗门帝国的神灵是阿扎若斯(Azaroth)和塔西。我们对阿扎若斯知道的并不多。塔西被描绘成一个魔鬼一样的神灵，他长着秃鹰头，有 4 只手臂，喜欢活人祭。卡罗门帝国的皇帝自称是不死的塔西的后裔，因此不难解释，为何在称呼国王的名字时，人们总要附加一句，“愿他永生”。除了敬拜塔西和亚扎若斯，卡罗门帝国的少女们在准备婚礼时，还要偷偷地向夜间女神扎丁娜祭献。这也是卡罗门帝国的习俗之一。

游客会发现卡罗门人的食物异常丰富。贵族一顿饭可能包括龙虾和色拉、塞满杏仁和块菌的鹬肉；里面塞满米饭、葡萄干和果仁的鸡肝；还有各种瓜类和醋栗，或者奶油拌桑椹，所有这些食物与白葡萄酒一起被送进贵族的肠胃里。类似的奢侈表现还有，卡罗门人用驴奶和香水浴澡。

卡罗门人喜欢引用具有指导意义的诗句，诗人写的诗句充满格言和比喻。比如“本能的关爱胜过羹汤，后代比红宝石更珍贵”，如此等等。在卡罗门帝国，讲故事是一种专门艺术，通常会传授给年轻人。

当地的货币单元是新月(crescent)，皇家邮局寄一封信需要 5 新月。

C. S. 路易斯，《能言马与男孩》；C. S. 路易斯，《最后一战》(C. S. Lewis, *The Last Battle*, London, 1956)

卡利普索之岛 | Calypso's Island

参阅奥格吉亚岛(Ogygia)。

卡梅拉德王国 | Camelerd

雷奥德格朗或雷奥达格拉国王(King Leodegrance or Leodagra)的王国,位于英格兰和威尔士的交界处,长年遭受北爱尔兰的雷恩斯国王(King Rience)的骚扰。如今,卡梅拉德王国已经衰败,到处杂草丛生,四处野兽滋扰;用一个观察员的话来说:“这是一块被人和野兽撕扯的地方”。最后,卡默洛特城堡的亚瑟王把雷恩斯国王赶出了卡默洛特城堡,随后娶了雷奥德格朗国王的女儿圭尼维。

托马斯·马洛礼爵士,《亚瑟王之死》;阿尔弗雷德·坦尼森,《国王叙事诗》

凯米利亚德城 | Cameliard

一个靠近格波伊兹麦王国的拉斯昂王国的首都,嘉戈凡国王(Gogyrvan)的首府,嘉戈凡国王还统治着埃米斯嘉(Emisgarth)、卡姆维(Camwy)和萨吉尔城。请不要与卡梅拉德王国混为一谈;嘉戈凡国王的宫廷崇尚骑士风度。

宫里的人喜欢做爱、打猎和骑马比武;比武得胜是一种荣耀,奖励是一串珍珠。宫里的人还喜欢爱情诗,他们的爱情诗使用大量的象征和比喻。嘉戈凡国王有一个习惯,只要有蒙冤的人向他求救,他都会主持公道,为他们伸张正义,否则他绝不吃饭。

皇宫里的主要房间是正义大厅,大厅的东西两面墙上共有 6 扇窗户采光,窗户的位置很高,这样屋子里显得更加敞亮。国王接待前来喊冤的人时,所坐的宝座是用绿色灯心草做的,上面铺着黄丝缎,绸缎的上方是一张天篷。

凯米利雅德城遭到两个幽灵的困扰。其中一个幽灵是斯莫特国王,现任统治者的外祖父,他谋杀了自己的第 3、第 5、第 8 和第 9 任妻子,是格拉斯昂王国最邪恶的统治者。在迎娶第 13 任妻子后不久，斯莫特国王死了，从楼梯上摔下来，折断了脖子。斯莫特国王穿着一套极不合身的盔甲，经常与另一个幽灵结伴而行，那个幽灵就是他的第 9 任妻子塞维亚·特鲁王后，一个身穿光滑的长罩衣、面色苍白的女人。

詹姆斯·卡贝尔，《朱根：正义喜剧》

卡默洛特城堡 | Camelot

亚瑟王的洛格里斯王国(Logres)的首府，坐落在南英格兰岛。亚瑟王的宫廷通常设在这里，但有时候也设在凯里恩城堡或凯科纳顿城堡。公元 528 年，美国康涅狄格州的一个机械工访问了这座城堡。

卡默洛特城堡坐落在卡默洛特河岸。城堡本身并没有什么独特之处，大多数房屋都很简陋，以茅草为顶，石头建筑很少；街道犹如迷宫，纵横交错的小路没有铺柏油。卡默洛特城堡的上方还有一座规模庞大的城堡，建在卡默洛特河边的一座小山峰顶上。

城堡的主厅是梅林巫师修建的。游客会发现，著名的梅林巫师在墓穴中睡着了。大厅的墙壁上装饰着雕塑和一些神秘的象征符号。这些雕塑分为 4 组，分别是野兽杀人、人杀野兽、完美无缺的勇士以及天使。在教堂特有的 12 扇彩窗上面，描绘了亚瑟王的几次最痛快淋漓的酣战场景。游客应当特别注意东面那扇彩窗，它表现了国王在阿瓦隆岛接受圣剑的情景。大厅的两端有装饰着石栏杆的走廊，地面铺着黑白相间的方形大石板，厚重的壁炉边缘突出，上面有雕刻的石罩。

主厅里摆放着那张著名的圆桌，圆桌周围可以坐 1500 个骑士。尽管圆桌是梅林巫师设计的，但实际上却是卡梅拉德王国的雷奥德格朗国王在亚瑟王迎娶圭尼维时送给她的结婚礼物。据说，圆桌象征世界的圆满，也象征圆桌骑士之间的友谊。这些骑士是世界上最高贵、最具有美德的人。许多年来，圆桌骑士们都在努力寻找圣杯。按照预言的说法，某些圆桌骑士将会看见圣杯。结果,3个骑士被证明德行最高尚,因为他们可以看见卡邦尼克城堡的这件圣物。

游客也应该去看看正义厅。正义厅依靠玻璃窗采光,厅内装饰着所罗门国王的挂毯。正是在这间屋子里,正义由全体骑士组成的法庭来贯彻执行,相关案件由主要的男爵裁决。这里经常会采用刑讯逼供,但有些案件也诉诸决斗,因为人们相信,胜利者定有神助并且拥有真理。如果被告是一个女子,她可以选择一个战士为她决斗。

卡默洛特城堡里的生活主要包括一些盛大的宗教节日和庆典,他们特别强调圣灵降临节。按照传统,圣灵降临节的庆典活动只有在采取了一次冒险行动,或发起一次挑战之后才可以正式开始。正是在这个庆典上,绿衣骑士宣布了他的挑战:他将把高文爵士带到遥远的绿衣教堂;也正是在这个庆典上,寻求圣杯的历程开始了。

按照卡默洛特城堡的法律要求,即使是一件最微不足道的小事情,如果这件事情足以使一个骑士采取一次冒险行动,那么他最好不要忽略这件小事情。因为一旦冒险行动有了开始,它就必须进行到底。而且关于这次冒险行动的记录也必须送到宫里。没有哪个骑士可以拒绝任何一个与他旗鼓相当的骑士的挑战。

亚瑟成为国王以后,把都城定在卡默洛特城堡。亚瑟王的长期统治因为圭尼维和兰斯洛特的私通而受损。这对有罪的情人逃到“快乐守卫”城堡,但这座城堡遭到围攻。在亚瑟王统治的最后几年里,冲突四起,最大一次爆发在萨里斯贝平原,这是一次灾难性的冲突,亚瑟王遭到他的私生子莫德瑞特的致命一击。

亚瑟王死后并没有葬在卡默洛特城堡,但游客能在这座城堡里看到许多其他英雄和名人的坟墓,比如奥克尼的国王罗得,艾斯卡洛特城堡的伊莱恩,不幸的她因为爱恋兰斯洛特爵士而死。

无名氏,《亚瑟王之死》;托马斯·马洛礼爵士,《亚瑟王之死》;阿尔弗雷德·坦尼森,《国王叙事诗》;马克·吐温,《康州美国佬在亚瑟王朝》(Mark Twain [Samuel Langhorne Clemens], *A Connecticut Yankee in*

King Arthur's Court, New York, 1889);怀特,《永恒之王》

卡姆佛特城 | Camford

英国一座大学城。1903 年,普瑞斯伯教授在此举办过一次关于比较解剖学的讲座,这座大学城因此成名。福尔摩斯先生揭示了普瑞斯伯教授的研究秘密:如果在人的血液里注入猴子的血清,人就可能变成猴子。普瑞斯伯教授想寻求一种可以使人返老还童的血清,但他的这个愿望失败了,他的苏格兰同事耶凯尔博士所做的试验也没有成功。

阿瑟·道尔爵士,"爬行人历险记",《福尔摩斯探案集》(Sir Arthur Conan Doyle,"The Adventure of the Creeping Man", in *The Case Book of Sherlock Holmes*, London, 1927)

堪帕格纳国 | Campagna

位于大毛利纳国以北,两国之间被花岗石危崖隔开。堪帕格纳国夏季炎热有雾,秋季萧瑟干燥。

堪帕格纳人野性十足、热情奔放,属于半游牧民族。堪帕格纳国的法律主要建立在"以眼还眼、以牙还牙"的基础之上。他们的正义感独具特色,大毛利纳国的律师把这种世代的恩怨叫作"堪帕格纳案例"。堪帕格纳人虽然行为粗野,却非常好客,他们特别保护恋人、僧人和罪人。

堪帕格纳人有自己的崇拜物。他们崇拜的偶像用粗糙的石头或橡木做成,放在私人牧场与公共路口的交界处。他们给自己的崇拜物献上化了的黄油和油脂,在冬至那天晚上,牧人会用祭火里烧焦的木棍,在待产幼崽的家畜身上做记号。坎帕格纳国最著名的一种偶像叫红牛林,这种生灵有红红的鼻孔,有舌头,还有性器官,围绕它而展开的崇拜仪式令人毛骨悚然。

恩斯特·荣格尔,《在花岗岩危崖上》

樟脑岛 | Camphor Island

位于印度洋，岛上有很多樟脑树，岛名因此而来。每棵樟脑树都撑得很开，树下可容100多人纳凉。如果游客想要树上的樟脑，就必须用尖利的木棍刺破樟脑叶，樟脑汁就会流出来，一接触到空气，就变得如橡胶一样稠密。

樟脑岛上有一种怪兽，名叫卡卡丹（Karkadann），比骆驼大，以干草为食。卡卡丹的额间有一只大触角，上面看得出一个人形。如果一头大象碰巧挡了它的道，卡卡丹可能会用这只触角刺死大象，但它自己毫无察觉，仍然挑起这头大象的身体继续前进。这时候大象已经死了，在正午炎炎烈日的暴晒之下，大象尸体上的油脂会流到卡卡丹的脸上，卡卡丹的眼睛被弄瞎了。可是卡卡丹还在往前走，它来到海滩上，巨大的鹏鸟卢克用爪子抓起它，把它和那头死象一起带回去，供巢中的幼鸟享用（亦参“巨鸟岛”）。

无名氏，《一千零一夜》

加拿大漂浮群岛 | Canadian Floating Isles

苏必利尔湖中一组小岛，统治这些岛屿的是一位令人苦恼的神灵。印第安人往湖水里投饰品或烟草，表示对这位神灵的敬意。群岛上生长着漂亮的绿树和鲜花、闪烁的水晶以及啼声婉转的鸟儿。如果游客想靠近这些岛屿，这位神灵会心生妒意，他会洒下一团浓雾，遮蔽游客好奇的眼睛。不管游客怎样寻找，他也永远到不了这座漂浮群岛。

查尔斯·斯丁那，《我们自己王国的神话和传奇》(Charles M. Skinner, *Myths and Legends of Our Own Land*, Toronto, 1896)

食人岛 | Cannibal Island

属于西亚克斯群岛，靠近加勒比海的孪生岛。岛上的土著人宁愿别人叫他们卡拉比(Caraibes),意思是“伟大的勇士”。这些土著人与欧洲人有一定的接触,他们与欧洲人主要做武器和烈酒买卖。他们纹身,住狭长的小棚屋,小棚屋用芦苇搭建而成,屋顶铺着棕榈叶;女人和孩子住在更小的棚屋里。土著人推选德高望重的人做大酋长。他们娴熟地把山毛榉树枝做成用来狩猎的毒箭,不过他们不用毒箭捕捉栖息的鸟儿,而用燃烧的木炭。他们把炭火搬到树下,往炭火里扔些橡胶或辣椒,浓浓的烟雾会窒息鸟儿的呼吸,这样,窒息而死的鸟儿就会掉落到地上。游客不要用这种方法捕鸟,因为这样做容易引起可怕的森林火灾。

卡拉比人相信人有几个灵魂,最重要的灵魂位于心脏。人死的时候,心脏里的灵魂被带到天堂,其他的灵魂分散在空气之中,引起海上的风暴和陆地上的灾难。卡拉比人崇拜太阳和月亮,他们相信一个至高无上的神灵的存在,这个神灵不关心世界的生活状态。当一个卡拉比人死去的时候,他的所有亲戚都要求参加葬礼。如果有人缺席,那么他必须杀死所有参加葬礼的人。这样做的理由是,参加葬礼的人要么杀了这个死去的人,要么对这个人的死负有某种责任。

附近的孪生岛与18世纪末两个被遗弃于此的英国小孩有关。这两个孩子后来得救了,不过他们又回到这座岛上,在维利大人领导下创建了一块殖民地。

弗朗斯瓦·纪尧姆·迪克雷-埃德米尼尔,《罗洛特和凡凡》或《被遗弃在荒岛上的两个孩子的历险记》(François Guillaume Ducray-Eduminial, *Lolotte Et Fanfan, Ou Les Aventures De Deux Enfans Abandonnés Dans Une Isle Déserte*, Charlestown & Paris, 1788)

坎赛城 | Cansay

参阅曼西王国(Mancy)。

坎塔哈岛 | Cantahar

位于好望角的东南部,与圣奥里尼克岛(Saint Erlinique)之间

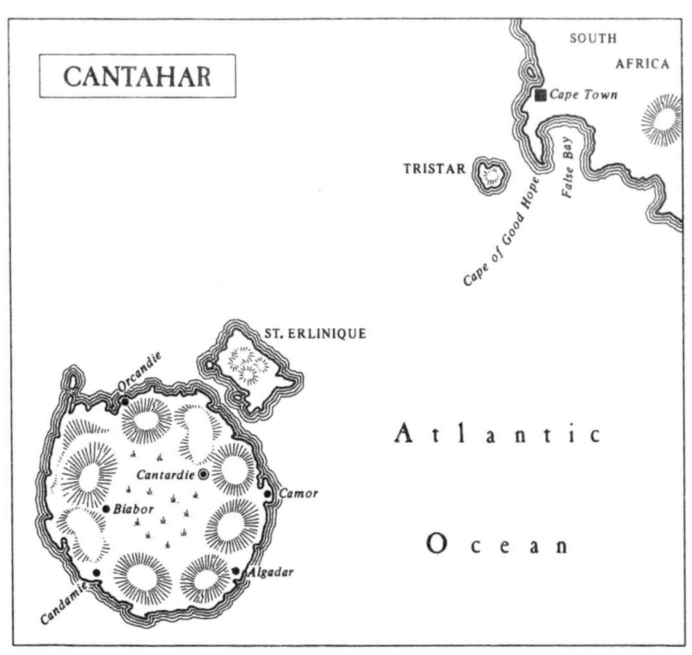

坎塔哈岛

相隔一片小小的海域，与特里斯塔(Tristar)野人岛相距 2000 里格左右。坎塔哈岛很像一个完美的圆形，海滨的高山环抱着平坦的内陆。岛上运河众多，交通运输采用马拉驳船的方式。运河两岸绿树成荫，按照当地的法律，树上结的果实属于任何一个来此观光的游客。

在过去的 10 个世纪里，坎塔哈岛一直是君主统治，由 Kincandior(这是一个合成词，意思是“正义、仁慈和勇敢”)统治。岛民崇尚荣誉，慷慨而好客。他们身强力壮、行动敏捷；他们酷爱赌博，通常可以活 100 多岁。他们的婚礼通常是在一年一度的庆典上完成。在这个庆典上，男人选出自己的新娘，并当众宣布他自己的财富和健康状况。然后，他给新娘献上玫瑰，如果新娘接受玫瑰，就会把玫瑰戴在胸前。第二天，这对新人发誓崇拜太阳神，发誓对彼

坎塔哈岛上的一个石头祭坛

此忠贞到底。坎塔哈人只崇拜太阳神和月神，不过他们对待其他的宗教崇拜也比较宽容，但他们自己不可以宣扬新的宗教信仰，也不可以在公共场合里讨论其他宗教崇拜。坎塔哈人相信月亮会惩罚罪恶。他们认为月神会偷走守财奴的钱财，将苍蝇放进爱挑剔的男人的饭菜里，给懒汉的床上洒面包屑，往酒鬼的酒里掺水。坎塔哈岛上的所有男孩都要献身给太阳神，所有的女孩献身给月神，她们被当作某一天会结出果实的植物。

游客会发现坎塔哈人非常喜欢举行宗教仪式。他们经常在血迹斑斑的祭台上献上人牲，此外他们还毫无节制、声势浩大地搞庆祝活动。比如，他们用军乐伴奏举行葬礼：他们给尸体穿上精美的长袍，尸体旁边摆放着漂亮的图片，图片描述了死者生前的丰功伟绩。然后，他们在欢乐声中将尸体火化。坎塔哈人还会庆祝这样一个节日。17 世纪时，坎塔哈人与圣奥里尼克岛上的居民发生了冲突，坎塔哈岛上的男人吃了败仗，坎塔哈岛能否保住，岛上的居民能否继续活下去，就全靠岛上的女人的努力了。后来，坎塔哈女人不负众望，打败了圣奥里尼克人。为了庆祝这次胜利，坎塔哈女人会在这一天完全控制各大城市和要塞。此外，还有几个节日也值得推荐，分别是春季的坎塔哈奥林匹克运动会、夏季的斗兽节、秋季的泼水节，以及冬季的诗歌比赛。

在坎塔哈岛上，惩罚罪犯的办法是强制劳动。如果犯人不懂技术，就由监狱的看守教会他。坎塔哈岛实行免费教育；富人家的孩子通常在家里学习，他们有自己的家庭教师。

坎塔迪(Cantardie)是坎塔哈岛的中心城市，坐落在一个内陆湖中的一座大岛上。狭窄的屋顶被精致的碧玉柱支撑着，可以为街上的行人遮风挡雨。坎塔迪城的大寺庙周围也是这样的碧玉柱，寺庙里有太阳神的大雕像，不过只有牧师才可以走进这座大寺庙。坎塔迪城里还有几个公共谷仓、一座大理石宫殿和一家豪华图书馆。

坎塔哈岛的动物包括许多奇特的物种。皮卡达(picdar)与熊一般大小，绿色的皮毛上有白色的斑点，头部像美洲豹，通常被用于体育运动。游客要注意，皮卡达是一种非常危险的动物。伊格里(Igriou)又名“懒惰”，很像一只白色的驴子，看见狗它才会移动身体，遇见精力充沛的勤快人它就会跑开。泰戈里(Tigrelis)很像马与鹿结合所生的后代，它们的皮毛上有斑纹，两只耳朵之间有一个白色的鸟冠。泰戈里被用来拉车，它们的嘴非常柔软，所以缰绳必须用丝绸的，不可用马嚼子。泰戈里一天能走 30 里格。

游客应该知道，坎塔迪城不卖酒，市民们都要控制饮食。他们不知道时钟、日规或日晷以及沙漏之类的东西，他们计算时间用一种名叫里加迪(rigody)的植物，这种植物的每一根树枝上只有一片叶子，这片叶子转得非常慢，每 6 个小时才转半圈。

坎塔哈岛的语言是格隆多(Grondo)，这种语言很复杂，很难学，游客只需掌握某些容易理解的手势语就可以了。比如说，打招呼可以有如下几种方式：如果是对长辈或者上级，将一只手先放在胸前，然后再放到地上，表示在某人面前五体投地；如果是对下级，先将两手放在额头上，然后交叉于胸前，意思是“我记得你”；如果跟女士打招呼，也是将两只手臂交于胸前，而跟男士打招呼，则是瘙他的胳膊肘。坎塔迪岛的流通货币是 ropar，1 ropar 相当于 4 美元；12 poc 就是 1 rati，20 rati 就是 1 ropar。

德·瓦雷纳·德·蒙达斯，《发现坎塔哈帝国》(De Varennes de Mondasse, *La Découverte De L'Empire De Cantahar*, Paris, 1730)

坎塔迪城 | Cantardie

坎塔哈岛(Cantahar)的中心城市。

卡帕-布兰卡群岛 | Capa Blanca Islands

位于大西洋，属于西班牙，中心城市是蒙特维德城。这是一个古镇，街道蜿蜒狭窄，连一辆四轮马车也无法通过；两边房屋的上半部分向街中心突出来，因此阁楼上的人可以跟街对面的邻居握手。

这些岛上的食物有丰富又好吃，蒙特维德城里到处都是大大小小的餐馆，这些餐馆经常营业到深夜。

以前，这些岛上每逢星期天就要举办斗牛节。这项活动如今已被取缔，这是英国自然主义者杜利德博士努力的结果。在一次斗牛节里，杜利德向那个最著名的斗牛士挑战，并提出这样的要求：如果他赢了，就永远取消斗牛比赛。由于杜利德博士语言天赋非凡，他甚至懂得动物的语言，于是他怂恿所有的公牛把那个斗牛士赶出了斗牛场。接着，杜利德又叫那些公牛做各种有趣的动作。因此，自那天起，卡帕-布兰卡群岛上再也没有举办过任何斗牛活动。

休·洛夫丁，《杜利德博士航海记》(Hugh Lofing, *The Voyages of Doctor Dolittle*, London, 1923)

卡普-维特群岛 | Cape-Ved Islands

参阅格林斯-沃弗群岛(Greens Wharfe)。

卡福-萨拉马岛 | Caphar Salama

位于学院海(Academic Sea)，属于南极地带。整个岛屿呈三角形，周长约30英里。岛上有广袤的农田和牧场，有众多的溪流和种类繁多的动物，看起来简直就是一个微缩世界景观。著名的基督教城邦就坐落在这座岛屿的北海滨。

约翰·瓦伦丁·安德烈,《基督教城邦》(Johann Valetin Andreae, *Reipublicae Christianapolitanae descriptio*, Amsterdam, 1619)

卡培拉瑞亚国 | Capiliaria

面积广阔,位于水下,占据了挪威和美国之间的大洋底部,平均低于海平面约1.3万英尺;有暖流经过,因此土壤肥沃,动、植物的种类繁多。通过对这里的动物和地质进行考察,我们知道卡培拉瑞亚国的土壤属于地球最古老的地层。100多万年前,当几个主要大陆还无人居住的沙漠时,卡培拉瑞亚国的史前动物就已经非常丰富了。

卡培拉瑞亚水国的一对半透明的居民

不幸的是,卡培拉瑞亚人没有历史知识,也不知道记录他们的传统,因此我们对这个国家的过去知之甚少。卡培拉瑞亚国的女人美丽端庄,高6英尺多,金黄色的长发如云朵一样飘散开来。她们的面容娇美如天使,她们的身体柔软,通常罩在光滑的斗篷一样的东西里,把这样的斗篷掀到背后,我们可以清楚地看见她们那柔滑透明的肌肤,里面的内脏也清晰可见,带着牛奶杯那半透明的微光。她们的骨骼结果脆弱而柔美,肺部是两个柔软的绿点,心脏如一个玫瑰色的小块。这雪花膏一样的肌肤,微微颤动的血管,静静流动的血液,简直就是一幅美丽的景象,这美丽的景象犹如水中之水,随时可能褪散。

卡培拉瑞亚国的这些女人叫奥伊哈斯(Oihas),这个词可以翻译成“人类”,也可译成“自然的完美”。男人在卡培拉瑞亚国为所未闻。根据奥伊哈斯的神话传说,奥伊哈斯是第一个奥伊哈的后代。奥伊哈是一种无性繁殖的生物,跟这些女人长得很像。早期的奥伊哈认为,那个可以让她们怀孕的器官看起来又丑陋又不舒服,于是她们最后决定把它排出体外。自此以后,这种器官就变成了一种寄生虫,一直徒劳地盼望着再次回到原来的地方。因此男人被认为是一种原始的生物,是从女人身体里驱逐出去的那一部分。

这种外在的寄生虫就是布尔帕普(bullpop)。它们身长 9—10 英寸,形状像一个圆柱体,长着一张人脸和一颗摇晃着的秃头;脸上没有鼻子,只有两个奇特的小孔;臂膀和手都很瘦小,但两腿进化得很完美,有修长的脚趾,有脚指甲和一对雏翼般的鳍。布尔帕普竖着身体在水里游动,样子很像海马;奥伊哈斯特别瞧不起它们这一点。她们以布尔帕普为食,认为布尔帕普的骨髓特别好吃。奥伊哈斯相信,吃布尔帕普的骨髓可以增强性能力,简直不亚于吃春药。

奥伊哈斯的这种说法有一定的道理,正如第一个奥伊哈的神话所讲述的那样。布尔帕普本身就是一种生殖器官,反过来又被奥伊哈斯再生出来。当一个奥伊哈出生的时候,母体子宫的胎盘里同时还会排出 100 多对布尔帕普;其他的布尔帕普包含在初生的奥伊哈的粪便里。当流水冲去胎盘和粪便的时候,微小的布尔帕普就吸附在珊瑚虫的枝状物上,或者与海底的淤泥混合在一起,难怪奥伊哈相信布尔帕普产生自海底的泥土。

因此,这两个物种,或者说这两个种族必然共存,尽管它们都忽视了它们之间的纽带关系。布尔帕普对待奥伊哈的态度各有不同。有些布尔帕普为了讨好奥伊哈斯而模仿她们的行为:它们会争着跳进蒸锅里,因为它们认为这是一种荣誉,认为奥伊哈斯吃掉它们是出于对它们的偏爱,而不是一种生理需要。其他的布尔帕普带着宗教般的虔诚对待奥伊哈斯,它们满怀崇拜的心情望着奥伊哈斯,描画着她们的模样。它们画得非常色情,表现的是一对对奥伊哈斯做爱的各种姿势。有些布尔帕普必然出现在这样的画面中,因为作画者认为,这是一种赢得奥伊哈斯宠爱的方式。

然而,所有的布尔帕普都认同一点:它们必须建造庞大的圆塔,这样的圆塔直接从海底盘旋而起。它们相信海面上存在一个更大、更自由的地方;它们坚信自己终将和那里的神灵生活在一起,如果它们能够建造一座直达海面的高塔的话。可是它们的努力总是遭到奥伊哈斯的破坏。当奥伊哈斯发现它们建造的塔足够高的时候,她们就霸占过来当作住宅。如果她们发现布尔帕普建造的塔即将竣工,就会抢过来,在上面喷洒一种液体,这种液体很像欧洲女人使用的香水,可以杀死正在建造塔楼的布尔帕普。结果布尔帕普总是建造不了一座它们理想中的高塔。

在攻击布尔帕普建造的高塔时,奥伊哈斯使用一种"香水"一样的液体,这种液体可以对布尔帕普产生一种奇特的效果,致使布尔帕普完全放弃自我保护的努力。首先,这种液体使布尔帕普产生兴奋感,然后,这些兴奋起来的布尔帕普开始围住闯进来的奥伊哈斯,接着它们开始互相攻击;在这个过程当中,某些布尔帕普可能撞进奥伊哈斯的身体。布尔帕普的英雄认为这是在有意攻击高贵的奥伊哈斯,于是它决定保护奥伊哈斯,杀死其他的布尔帕普,也就是 truborgs 或 strindbergs。一小部分布尔帕普(gonts 或 kants)想要保住它们的高塔,但它们不可避免地要被低级的布尔帕普(goethes、wildes 以及 dannunzios)消灭掉,因为它们生来就遭到这些低级布尔帕普的仇恨。

布尔帕普不仅给奥伊哈斯提供高塔和宫殿,而且还为她们提供衣服。发育良好的老布尔帕普如果没有被吃掉,或者说没有被窒息而死,它就会转化成蛹,吐出黑黑的细丝,然后把自己包裹在细丝里,变成茧。这样的茧被放在沸水里煮,裹在茧里的老布尔帕普死了,丝线被拆开来纺成布,用来做轻薄的纱衣。这种细丝线是布尔帕普的大脑分泌的,是奥伊哈斯经济发展的最重要原料。这种丝线的化学成分很像墨水,大概是因为布尔帕普特别喜欢吃沉到海底的打印过的纸张。而依靠这种纸张为食的布尔帕普，又变成了奥伊哈斯餐桌上的一道特别的美味。

在布尔帕普为她们建造的高塔里，奥伊哈斯过着奢侈的生活。甚至她们的家具都是可以吃的东西，因为这些家具是用巧克力和糖果做的。她们的整个生活就是享乐，这就相当于她们语言中的“哲学”。“敏感”是她们文化里的最高品质，其效果相当于“感觉”或者“智慧”。她们的感官高度发达，用来接纳一切愉快的刺激。某些菜肴的味道，某些乐器的声音，抑或某种颜色，都可以使奥伊哈斯产生极度的兴奋。自出生那一天起，所有的奥伊哈斯就被不断流动的水包围着，流水刺激和抚摸着她们敏感的肌肤，使得她们一生下来就生活在感官享受之中。她们的爱情与繁衍无关，她们的爱情就是为爱而爱；与她们在其他方面的享乐一样，她们的爱情精致如纯粹的精神体验，非粗俗下流的言语难以描绘它们的做爱场景。然而，在奥伊哈斯自己的语言里，这却是最纯洁的理想状态，是最高贵的表达，是纯心灵的表达。

奥伊哈斯的语言不属于我们已知的任何语族的范畴。奥伊哈斯的语言里没有表达抽象含义的词，或者也可以这样说，奥伊哈斯的语言根本不能表达任何想法。这种语言里的任何词汇只能表示某种可以触及的东西，或者说某种可以感知的东西，但这些词汇不能界定这种东西，它们更多地指向这种东西在说话者身上产生的情感效应。简而言之，奥伊哈斯的语言里几乎全是感叹词，词汇的变化则是通过改变发音或者变换词形来完成的。“奥伊哈”这个词主要表示一种感叹，一种对快乐和狂喜之情的感叹。

相反，布尔帕普生活在相对复杂的环境里，总是想着要建造它们的高塔。它们分成不同的部落，每个部落都是按照它们自己的政治喜好来组建的。它们这里有君主国、共和国和社会主义国家，都是按照自己独特的政治模式来建造它们的高塔。

虽然奥伊哈斯瞧不起布尔帕普，布尔帕普的社会却非常发达。尽管它们的身体很小，又进化成各种多余的器官，但它们非常能干。比方说，它们能够做最尖端的外科手术，他们能把一只眼睛变成一颗肝脏，它们能移植大脑，它们能毫不费力地把鱼鳃移植到一个布尔帕普的心脏里，它们的头领擅长各方面的科学技术。

族群更发达的布尔帕普并不认为，奥伊哈斯夺取它们的高塔是一种自然灾害，即一种超自然力量的结果。它们认为这是病态物质产生的作用，这种作用导致了某些原子的分解。即使它们对此做这样的解释，但它们当中最聪明的布尔帕普也不能理解，为何它们的高塔总是被别人抢走。有些布尔帕普甚至否认奥伊哈斯的存在，它们利用一种大众精神疾病来解释一切，这种精神疾病会影响它们当中更敏感者的神经系统。

高塔之间经常会发生战争。当一种超自然的暴力摧毁了 3 座高塔之后，布尔帕普想要创建一个高塔联合帝国的梦想就此破灭。其中一组布尔帕普受到指责，说它们建造过度，增加了高塔上面的水浓度，从而改变了洋流。高塔之间的战争使双方损失惨重。

在这场战争的最初几个阶段里，一座高塔的联盟之间发生了冲突。一些布尔帕普认为，考虑到整个布尔帕普族群的和谐，它们应该从它们的语言中除去第一人称单数这个称谓，而改用第一人称复数来代替，因为它们声称，以“我”为基础的政府永远无法与以“我们”为基础的政府和平相处。它们的这种主张最终获胜，但在语法及其他诸多问题方面则引发了更大规模的冲突。有些语法学家要求在任何语境下都不可以使用“我的”这个词，而是用“我们的”来代替，因此轻而易举地战胜了 18 月大婴儿保守派所提出的各种论据。保守派认为孩子们首先学会的是“我的”这个词，然后才是“我们的”，因此“我的”这个词的意义更重大。此外，关于建造高塔的最好方式，布尔帕普之间也爆发了激烈的争论，比方说，如果它们想尽快把高塔建造到海面上去，那么它们是否应该从最高一层开始修建呢？

布尔帕普采取各种措施，防止超自然力量对高塔的破坏，其中的许多措施都与它们的语言相关。它们认为语言的时态也需要改革，所有的现在行为都可以被认为是发生在将来的行为。它们的理由是，如果对将来的预测的实践结果马上得到应用的话，那么所有的世纪都能得到拯救。提出这一观点的是将来主义社会橡胶伸展派,它们的观点很快就占了上风,但它们没有想到的是,由于突发痢疾,它们被迫离开高塔,放弃了自己的立场。随着将来主义派的倒台,冻结去年积雪协会在讨论中占据了主导地位,它们深信将来难以预料,因此还不如回到过去,回到这个协会在 1640 年以前所坚持的立场。

在意识形态和神学方面,布尔帕普族群内部也存在各种各样的冲突,而且这些冲突现在又愈演愈烈。有的强调种族的类型及各自的特点,有的要求种族的纯洁性和种族的自我保护。然而,战争最终在两个大种族,鼻痣族和耳垂突出族之间爆发。当它们发现有些布尔帕普既不属于鼻痣族,又不属于耳垂突出族时,问题就变得更加复杂了。于是它们又回到传统的信仰,相信奥伊哈斯代表的是通常的危险,超自然力量的破坏是命运的惩罚。一个超自然政府执掌了政权,这是第一个超自然合作团体建立起来的。它们采取的第一个行动是,建立一个超自然消费者学院和一个生化皮靴厂。至于它们后来的发展,我们就不清楚了。

如果想来卡培拉瑞亚国旅游,游客最好能够很快学会如何使用布尔帕普发明的人造鳍,这种东西可以帮助他们在水下进行正常的呼吸。男性游客不要暴露自己的性别,这可能使他们遭受惩罚,可能被奥伊哈斯吃掉,或者成为布尔帕普中的一员,被弄去干体力活。

福·卡瑞恩斯,《卡培拉瑞亚国》(Frigyes Karinthy, *Capillaria*, Budapest, 1921)

卡普若纳大陆 | Caprona

参阅卡斯帕克岛(Caspak)。

斯巴罗船长之岛 | Captain Sparrow's Island

又叫"恶魔岛",位于北太平洋,北纬 5. 218 度,东经 123. 47

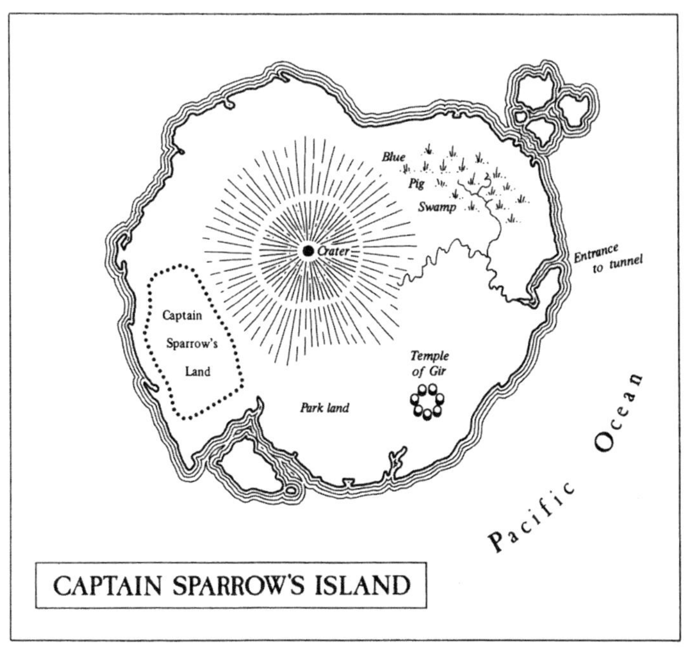

斯巴罗船长之岛

度。1744 年,横帆双桅船"美好探险号"的杰弗里・库珀船长第一次报道了这座岛屿。恶魔岛方圆 20 英里,周围没有海湾。恶魔岛距离其他岛屿又非常遥远,因此航行到这里的人会感到十分恐惧。恶魔岛距离西南面的马克萨斯群岛(Marquesas Islands)1500 英里;距离东面的邓肯岛(Duncan Island)1200 英里;距离西面的圣诞节岛(Christmas Island)2000 英里。恶魔岛其实是一个巨大的火山坑,岛屿南部土壤肥沃,有绵延几英里长的花园,花园里有结满各种水果的果树,有开满热鲜花的花丛;照料这个大花园的是数目众多的卢卡鸟。卢卡鸟比巴塔哥尼亚的食火鸟还要大,它们身高约 9 英尺,被当地人用来除草和修剪花木。恶魔岛以北是广袤的沼泽地,这里住着许多奇特的蓝猪,蓝猪的模样有几分像小貘。

飞机无法在恶魔岛着陆,因此如果有人要来恶魔岛,他只可以从海上来。恶魔岛的东海岸有一条隧道，隧道的最远端有一排石梯，登上石梯可以进入岩丛中一间高高的屋子。屋子里有一幅画，画面上是一个长着鹿角的人，呈暗红色；在画者的眼里，人与牡鹿合为一体。画面上的人身高 8 英尺，左手紧握一把剑。屋里还有一门陈旧的黄铜大炮，上面刻有“战斗苏，1866 年”的字样。这里也有一条隧道，经过这条隧道可以进入一间更小的屋子，屋子里满是蟒蛇一样的树根；这条隧道一直延伸到恶魔岛内陆的山腰处。

恶魔岛上住着 3 个部落。其中一个是土著部落，这个部落的人口较少，因为很多人死于欧洲人带来的病毒。欧洲人认为这体现了他们自己的优越性，但土著人不以为然，他们反驳说，这就好比是下水道在吹嘘自己多么能够容纳垃圾。恶魔岛上的第二个部落是半人半兽的萨梯（satyrs）；第三个部落是欧洲人和这些半人半兽的萨梯所生的后代，这是一个极度堕落的部落。这些欧洲人是 19 世纪中期来到这座岛上的，他们坐的是安德鲁・斯巴罗船长的海盗船“战斗苏”；斯巴罗船长当时想给自己的同伙和家人寻找一个安全的栖身之地。不久，斯巴罗船长在这座岛上开辟了一小块殖民地，不过他决定继续去做海盗，去寻找新的战利品，但这一次很不幸，他被抓住了，并被处以极刑。他的同伙孤独地留在这座岛上，继续执行他的命令。斯巴罗船长曾经答应土著人的高级祭司，即吉尔神（Gir）的祭司，他的属下不会去骚扰那些土著人的生活；他们只可以猎杀蓝猪，不可以猎杀猴子和巨鸟，每月只可以杀死一个萨梯；吉尔神庙是祭司的跟随者的圣所；但岛屿的西南部留给这些入侵者。然而，斯巴罗船长的属下与萨梯混居，他们的后代现在就是这座岛上的主要居民。

游客们应该去看看吉尔神庙。吉尔神庙厚厚的墙上凿有一段又陡又窄的石梯，游客走在上面的时候一定要格外小心。据说，如果有人敢爬上这些石梯，却不知道下一个转弯处会出现什么，他就是一个勇士。吉尔神庙的墙面被涂成紫红色，上面有献给吉尔神的那些原始居民的血。按照当地的古老法规，整个族群只容许 80 人活下来，不多也不少，年老体弱的就被用来献给吉尔神。吉尔神庙看起来不丑也不美，因为唯有力量是最美的。

弗勒·怀特，《斯巴罗船长之岛》(S. Fowler Wright, *The Island of Captain Sparrow*, London, 1928)

卡拉巴斯城堡 | Carabas Castle

坐落在法国某地，实际上就是食人魔鬼的城堡，被一只穿靴子的猫夺了去。这只聪明的猫是磨坊主留给小儿子的唯一财产。一开始，小儿子因为只分得这点微薄的遗产而心中悲伤。后来，穿靴子的猫成功地使法国的国王相信，它的主人其实就是卡拉巴斯城堡的侯爵。然后，穿靴子的猫又拟定一份战胜食人魔鬼的计划；这个食人魔鬼就住在附近一座城堡里。穿靴子的猫尽情耍弄食人魔鬼，先把它变成一头狮子，然后又把它变成一只老鼠，然后再吃掉它，把那座城堡送给自己的主人。当看到那个年轻人竟然住在如此豪华的城堡里，法国国王相信他必定是一位侯爵，于是把女儿嫁给了他；穿靴子的猫也变成了法国宫廷里的重要角色。

夏尔·佩罗，“穿靴子的猫”，《故事集》(Charles Perrault, “Le Maître chat ou le Chat botté”, in *Contes*, Paris, 1697)

卡拉斯-加拉松城 | Caras Galadhon

又叫“树城”，罗林恩王国的首都，如今已变成一座废墟；格兰瑞尔女王和塞勒鹏国王的宫廷就坐落于此。树城坐落在绿幽幽的小山上，小山上覆盖着罗林恩王国最高的梅苓树。树城周围是高高的绿墙，绿墙外是一条深深的壕沟，壕沟外面是一条白色的石板路。穿过一座白桥可以进入城门。山顶上有一棵树，格兰瑞尔和塞勒鹏就住在这里；他们的住宅由一些小精灵看守。

树城南面有一块被圈起来的地方，里面没有绿树。沿着一段石梯可以下到一个绿色山谷里，山谷里有一个银盆，银盆下面有一个低矮的底座，这个底座做成树枝形状；银盆用来接住从上面流下来的喷泉水。当银盆接满水的时候，就会变成格兰瑞尔的镜子。格兰瑞尔王后把银盆装满水，然后往水里面吹气，当水变得清澈的时候，银盆上就会出现各种奇怪的形象，上面印着“过去的事、现在的事，以及将来可能发生的事”。

中土第三纪末，卡拉斯-加拉松城变成了一片荒漠，格兰瑞尔王后也离开了那里，她漂洋过海回到西方。塞勒鹏国王在幽暗森林里建立了一个新的精灵王国，也就是有名的东罗林恩王国。

托尔金，《魔戒首部曲：魔戒现身》；托尔金，《王者归来》

卡邦尼克城堡 | Carbonek Castle

圣杯曾经被放在这座城堡里。这座城堡坐落在多风暴的科里贝大海之上，游客只能坐信仰船才能到达。这艘魔法船上有一张床、一个丝绸床罩和一把宝剑，剑柄是用一条魔法蛇和魔法鱼的骨头做成的。游客应该知道，只有德行高尚的勇士才可以获得这把宝剑；其他人如果想这样做，就会遭受宝剑的伤害，佩里斯国王的双腿就是这样被弄残的。

在寻找圣杯的努力快要结束的时候，加拉哈德爵士、波尔斯爵士和珀西瓦尔爵士穿过了科里贝大海。他们经过看守大门的狮群，找到了那座放置圣杯的小教堂；小教堂就坐落在城堡的正中央。在小教堂里，三位骑士看到了基督、天使以及亚利马太的约瑟的幻象。他们用圣杯喝了水。嘎拉哈德爵士听从基督的命令，把圣杯远远地带到了萨拉斯城，这座城市的具体位置不确定，据说亚利马太的约瑟在这里为异教徒的国王施洗，将其变成了一个基督徒。

因此，今天到这里来的游客既看不见圣杯，也看不到守门的狮群了；能看见的只有废弃的城堡、小教堂以及许多勇士的幽灵。

托马斯·马洛礼爵士，《亚瑟王之死》；阿尔弗雷德·坦尼森，《国王叙事诗》；怀特，《永恒之王》

卡里恩城堡 | Carlion

参阅凯里恩城堡(Caerleon)。

享乐城 | Carnal Policy

参阅毁灭城(City of Destruction)。

卡恩-嘉佛纪念碑 | Carn Gafall

一座神奇的纪念碑,位于威尔士的布尔特地区。这座所谓的纪念碑其实只是一堆石头,最上面的石头上留着一只猎狗的脚印。这只猎狗属于卡默洛特城堡的亚瑟王,名叫嘉佛,亚瑟王去捕猎野猪 Trwyd 时带着它。参观纪念碑的游客很想把这块留有嘉佛脚印的石头搬走,但即使他们偷走了这块石头,最多也只能把它保留一夜。第二天早上,这块石头又会奇迹般地回到它原来的位置。

无名氏,《大不列颠人的历史》(Anonymous, *The History of the Britons*, 10th cen. AD)

地图帝国 | Cartographical Empire

一个小国家,可能位于蒙古的北部边疆。1658 年,西班牙游客苏阿雷兹·米朗达描绘过这个帝国,这是第一次有人谈及这个国家。帝国境内最引人注目的是西部沙漠中的一幅地图的残迹。这幅巨大的地图是皇家制图人完全按照帝国的地形状况制作而成的。到了 17 世纪中期,这幅地图被人们遗忘,几乎完全被毁。如今,这里变成了成群的野兽和乞丐出没的地方。

苏亚雷斯·米兰达,《谨慎女主角的旅游》(Suàrez Miranda, *Viajes de varones prudentes*, Lerida, 1658);豪尔斯·博尔赫斯和阿道夫·卡萨雷

斯,《短篇与奇异故事集》(Jorge Luis Borges and Adolfo Bioy Casares, *Cuentos breves y extraordinarios*, Buenos Aires, 1973)

卡索萨岛 | Caseosa

又名“牛奶岛”,位于大西洋,周围是乳白色的水域。整座岛屿完全是白色的,具有一块方圆 25 英里的奶酪的形状和密度。岛上无人居住,但一座专为水仙嘉拉蒂建造的寺庙值得一看。岛上的葡萄藤蔓自由地疯长,结出的葡萄酿出的不是酒,而是奶。

撒莫萨塔的吕西,《真正的历史》

卡西多尔普城 | Casheedoorp

参阅斯旺吉昂提王国(Sas Doopt Swangeanti)。

卡斯帕克岛 | Caspak

面积较大,位于远远的南太平洋,虽然具体位置不可考,但我们可以确定它靠近南极,因为岛屿附近有冰山。岛屿周围的悬崖笔直地从海面升起来,使得过往的船只几乎无法靠岸。这些的悬崖高度一致,其间是斑斑点点的褐色和绿色,从海面上可以清楚地看到那是闪烁的黄铁矿和醋酸铜。经过一条暗河可以进入这座岛屿,这条暗河经悬崖间一条蜿蜒曲折的隧道流出地表。沿河而上,我们可以清楚地找到它的源头,那是一片浩瀚无边的内陆海;湖面之上 20 英里的地方是一片较小的水域,水域周围是红色的砂岩峭壁。

卡斯帕克岛的大部分地区覆盖着茂密的森林,其间也可见谷地和起伏不平的高地。大致呈圆形的平原和森林一直延伸到岛屿边缘的悬崖脚下。卡斯帕克岛的气候温暖而湿润,湖水来自地下温泉,地下温泉热腾腾的水蒸气增加了空气的热度。卡斯帕克岛

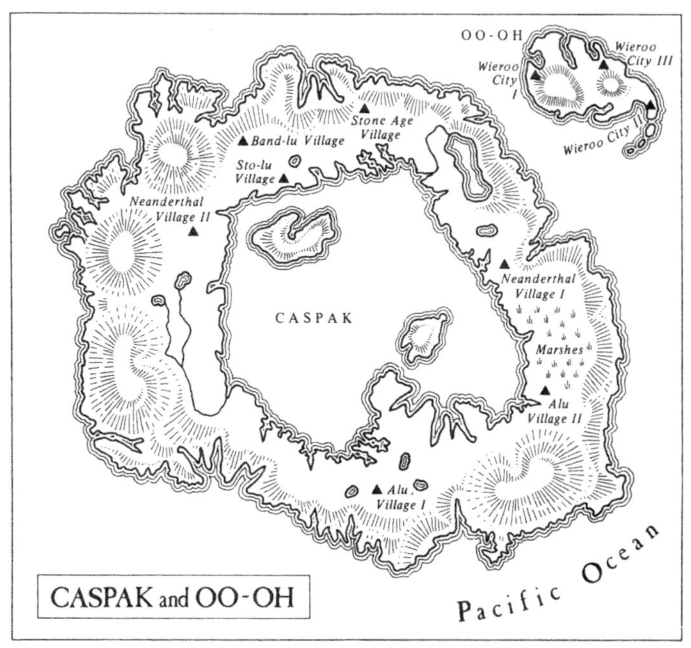

卡斯帕克岛和奥-欧岛

上被发现有重要的油田。

根据卡斯帕克岛的地貌和少见的地壳结构，我们可以推断这是一座毁于火山爆发的古山。古山的大部分特征都向我们表明，它曾经是太平洋下面庞大的大陆架的一部分。那次火山爆发之后，另一块得以幸存的陆地是奥-欧岛(Oo-oh)，与卡斯帕克岛之间相隔一段距离。

卡斯帕克岛上的植被与史前时代的其他陆地上所发现的植被相似。平原上覆盖着繁茂挺拔的绿草，每片草叶尖上都开着耀眼的花儿，有紫色的、黄色的、深红的、蓝色的，可谓五彩斑斓。森林里可见参天的桫椤，大多数桫椤都有 200 多英尺高。卡斯帕克岛上还可见一种硕大的玉米，玉米杆高约 50 到 60 英尺，玉米穗子有一个男人的身体那么大，玉米粒有拳头那么大。而在内陆更开阔的地方随处可见桉树和金合欢树。

卡斯帕克岛上的动物同样也是多种多样的，湖水里游动着史前时代的各种爬行类动物：比如身体庞大的蛇颈龙，它的脖颈就有16到18英尺长；比如异龙，身高10英尺，尾巴粗大有力，后腿结实，前腿粗短，像一只只大袋鼠一样向前跳跃；比如翼龙；水潭里充满了身形稍小的各类蜥蜴，它们都是生性凶猛而危险的食肉动物。

内陆草原上可见大群的羚羊和红鹿，还有毛茸茸的大犀牛和欧洲野牛。这里至少有3种马，最小的比犬类稍大，最大的身高约16手(hand①)。

卡斯帕克岛上住着各种部落，有猿人部落，有穴居人部落，也有高度发达使用石器的人类部落。不同的部落按照既定的地理模式分配各自的地盘：最原始的部落住在岛屿的南部，最复杂的部落住在北部。维尔沃人是众多部落中最发达的部落，如今已从卡斯帕克岛迁到了奥-欧岛。

卡斯帕克岛上最不发达的居民是霍鲁人，或者叫猿人。他们经常使用尖牙和大木棍进行战斗。斯托鲁部落体现了人类更高阶段的进化；他们生活在人造洞穴里，用石制的短柄斧作武器；他们好像不懂农业，依靠打猎和采集为生。继续向北走，就是邦-鲁人的地盘。这些人身穿蛇皮做的粗衣，用磨尖的石矛、石斧和石制短柄斧作武器；再往北走，就是克罗-鲁人的地盘；这些人攻击性强，见到陌生人就杀。卡斯帕克岛上的所有居民都说同一种语言的不同方言；从南到北，这种语言的词汇和语法会越来越复杂。

卡斯帕克岛上居住的所有部族都相信他们最初来自南方，最后将往北去；语言中的“南方”一词的字面意思就是“开始”。这可能是因为卡斯帕克岛上独特而复杂的进化模式。卡斯帕克岛上的任何一个部落里都看不见孩子和婴儿。相反，生命开始于卡斯帕克村附近温暖的水池。水池里充满了虫卵和蝌蚪，它们被有毒的

---

① hand是一种长度单位，一种相当于4英寸(10.2厘米)的测量单位，通常用来测量马的高度。

液体包裹着，这种液体可以保护它们不被掠食动物吃掉。虫卵沉淀到水池底，随水流漂入海洋，它们的身体在流动过程中开始变化和发展；一些虫卵变成爬行动物和鱼类，另一些虫卵变成猿或猴类。一旦发展到这个阶段，有些个体就会慢慢地进化到更高级的生命形式，最后变成人们熟悉的嘉卢(Galu)的样子。少数嘉卢以正常的方式生育后代；它们被叫作 Cos-ata-lu，这个词的字面意思是"无卵人"。

人们相信卡斯帕克岛是神秘的卡普若纳大陆(Caprona)的残余部分，这是意大利的航海家卡普若尼(Caproni)发现的。他当时走的是库克船长大约在 1721 年所走的路线。卡普若尼描绘了太平洋里这个地区的一个岩石林立、不宜居住的荒凉海岸。根据他的描述，这个海岸绵延几百英里，其间没有一个港口和海滩。卡普若尼认为这个海岸是由一种奇怪的金属构成的，这种金属似乎会影响航船上的罗盘。由于不能靠岸，卡普若尼只好在改变航线之前，绕着这个海岸继续航行了几天。卡普若尼对于自己的这个发现始终没有制定出一个准确的图表。我们只知道探索过卡斯帕克岛的是一群英国人和美国人，他们在 1916 年捕获了一艘德国潜艇。他们和这艘潜艇上的俘虏一起往南漂流，最后到达了卡斯帕克岛。也许是因为这艘潜艇受到岩石中的磁力的吸引，他们最后找到了那条地下河，通过那条地下河，他们来到了卡斯帕克岛的内陆水域。在这个过程当中，他们死了好几个成员，幸存下来的人经过千辛万苦，最终逃离了这个地方。因此游客如果想来这里参观，最好先准备好一条逃生路线。

埃德加·巴勒斯，《被时间遗忘的土地》(Edgar Rice Burroughs, *The Land That Time Forgot*, New York, 1918)；埃德加·巴勒斯，《走出时间的深渊》(Edgar Rice Burroughs, *Out of Time's Abyss*, New York, 1918)

城堡 | Castle, The

一座没有名字的堡垒，属于西西伯爵，坐落在波希米亚。这座城堡只是一堆杂乱无章的建筑群，由无数紧紧挤在一起的小型建筑组成，其中有一层的，也有两层的。如果不提前说明一下这是一座城堡，参观者肯定会误认为它是一座小镇。城堡里有一座独立的圆形高塔，几乎没有什么特色可言。高塔的某些地方爬满了常春藤，墙上开有几扇小窗，塔顶盖着一种阁楼似的东西，上面的城垛参差不齐、断断续续，就像一个小孩子哆哆嗦嗦或漫不经心地设计出来的。

河流两岸有一个令人压抑的村庄，城堡高高坐落在村庄之上；没有西西伯爵的许可，任何人不可以在这个村子里过夜。村里的居民有一些奇怪的生理特征，他们的头盖骨好像被殴打过，变得扁扁平平的，而他们的面容似乎在述说着遭受殴打的痛苦。

这个地区冬日漫长，村庄通常被大雪覆盖，有时夏天也有积雪。

游客应该知道，即使他们能够去城堡，要进入城堡也是非常艰难的；即使得到了伯爵本人的邀请，他们也要连续等上好几天才可以跨过那道门槛，才可以观察城堡外形在微光中的变化。

弗兰克·卡夫卡，《城堡》(Frank Kafka, *Das Schloss*, Munich, 1926)

卡斯托拉国 | Castora

具体位置不可知，由一位女王统治，国内所有的男性公民全部遭到放逐。妇女大会规定：任何一个男性游客在卡斯托拉国所待的时间不得超过 24 小时，如果过时不走，就会被当作牺牲，献给卡斯托拉国的保护神帕拉斯。

帕拉斯女神庙值得一看。这座神庙由 24 根大理石圆柱支撑着，寺庙内安放着女神的金塑像，塑像上镌刻着她的诸多功绩；看护神庙的是 50 个贵族女子。女神亲自在寺庙附近建造了一座神奇的喷泉，在喷泉里洗浴的女人 9 个月后会生下女儿。根据当地的法律规定，国内的女人必须每年在喷泉里洗浴一次，目的是增加这个国家的人口。

卡斯托拉国唯一的交通方式是四轮车，由一群鸟儿拉着从空中穿过，如果遇到紧急情况，可以使用老鼠拉车。

卡斯托拉国被群山环绕，群山上住着巫师。巫师们利用山里无数奇怪的植物来做各种符咒。据说，美狄亚从卡斯托拉国的山里得到了她想要的毒药。游客应该去看看遗憾塔，这是一座静穆的城堡，卡斯托拉国的一位公主因生了男孩而被放逐到此。一座仙境般的宫殿和花园紧靠城堡而建，为城堡增添了不少舒适感；虽说看不见，却也值得一看。

玛丽·安娜·德·卢密耶·罗贝尔，《水妖》

卡斯特-珊圭纳城和卡斯图-梅尔城 | Castra Sanguinarius and Castrum Mare

两个古老的罗马前哨，坐落在非洲的心脏地带，维拉维兹山脉(Wiramwazi Mountains)背后，经过岁月的历练，至今丝毫未变。游客可能从当地的巴吉戈人那里听说过这两座城市；他们把这两座城市叫作"失落的部族"。而今，这两座城市之间正在交战，因此游客在参观这座城市时千万别说另一个好。

穿过一片森林可以进入卡斯特-珊圭纳城；森林背后矗立着高高的防御墙，防御墙顶是木栅栏和城垛，护城墙下面是宽阔的城壕，一条小溪缓缓淌过城壕；城壕上面有一座桥，过桥可见一个入口，入口两侧有高塔。与非洲这个地区典型的棚屋结构不同，城内的建筑结构非常坚固。靠近城门的建筑只有一层，用水泥粉刷过，围绕一个内庭而建。商店和住宅构成了城市的中心。卡斯特-珊圭纳城里最著名的是圆型大剧场，被拱形的圆洞环抱着，圆洞的侧面是高四、五十英尺的优美的圆柱，这个大剧场看起来很像罗马的竞技场。正是在这个竞技场里，囚犯被带进来与罗马角斗士、凶猛的野兽和猿人搏斗(参阅"猿猴部落")。

卡斯图-梅尔城距离卡斯特-珊圭纳城还有相当长的一段距离。它坐落在一座小岛上，周围也筑有城墙，街上没有人行道，整

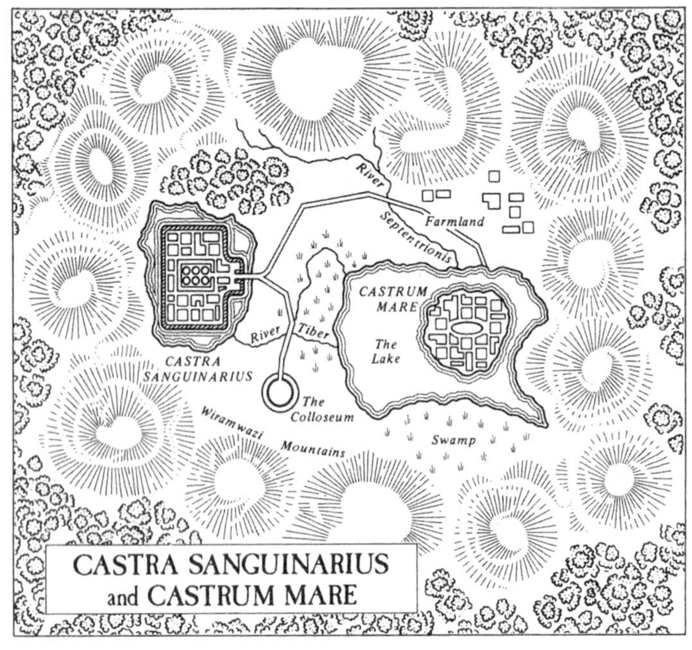

卡斯特-珊圭纳城和卡斯图-梅尔城

个街道深埋在垃圾里。街道两边挤满了房屋,相邻的房屋之间的空隙被高墙封住,街道的每一边俨如坚固的砖石阵线,只有拱形的入口、沉重的大门,以及装有铁条的厚重的小窗户打破这种完整性。

这可能会让人觉得卡斯图-梅尔城是一座关满了囚犯的监狱。其实,窗户上的铁条是用来防止奴隶暴动和野蛮人的入侵。梅尔城的大门几乎不锁,城内既没有盗贼,也没有罪犯来威胁市民的生命。这是因为在古罗马时期,卡斯特-珊圭纳城刚建好不久,胡努斯-哈斯特(Honus Hasta)就决定离开这座城市,另外建造一座完全不同的城市,这座城里既没有罪犯,也没有作恶者,这就是卡斯图-梅尔城。胡努斯-哈斯塔成为这座城市的第一个皇帝,他制定了严苛的法律,这样就没有小偷和谋杀犯胆敢来此违法作乱了。根据胡努斯-哈斯塔制定的法律,罪犯本人不仅要被处死,罪犯的家人也难逃惩罚。如此一来,就没有人来传授这位堕落祖先的癖好了。

珊圭纳城和梅尔城在衣着、食物和艺术方面保留了古罗马的传统。无论是参观那一座城市,游客最好接受一个皇家奴隶的服务;他会誓死保证主人的安全,因为外地人来到这里,总难免会碰上被抓、被杀以及被迫参与竞技场上嗜血的搏斗等种种危险。

埃德加·巴勒斯,《泰山与失落的帝国》(Edgar Rice Burroughs, *Tarzan and the Lost Emprie*, New York, 1929)

卡士尼城 | Cathne

一座完全用黄金建造的城市,周围筑有围墙,坐落在非洲翁莎山谷里。可以从萨拉托山进入这座城市,萨拉托山是一座高峰,山上处处是火焰和熔岩。卡士尼城坐落在一片森林和一条河流的拐弯处之间,河上有一座桥,取名金桥。这条河是最危险的地方,很多游客经常掉进滚烫的河水里。

图斯神庙是卡士尼城里最著名的景观。这座神庙有三层,中间是一个庞大的圆屋顶;第二层和第三层里有长廊围绕,圆屋顶内部和墙上装饰有图案。神庙主要入口的正对面有一个大笼子,嵌在一个壁龛里;笼子的一边放着一个祭坛,祭坛下面有金狮子支撑着;壁龛对面是一排石头座位。在敬拜图斯的仪式上,一个女孩被献给笼中的狮子,国王和王后必须参加这个恐怖的仪式。

卡士尼城外是一个开阔的平原,名叫狮子场,相当于一个竞技场,囚犯被迫在这里与野兽搏斗。这个竞技场有二、三十英尺深,刚掘出的泥土上面铺上石板,就变成了欣赏决斗场面的那些人的座位。狮子场的东端是一个开阔的斜坡,斜坡上面是低矮的拱门,这里是皇族就坐的地方。

卡士尼城的男人穿束腰的短外衣,女人穿做工简单的裙子,只在胸前系一根带子,这让人想起古罗马的服饰。

黄金城卡士尼城的致命敌人是阿斯尼城的市民。阿斯尼城又叫“象牙城”，坐落在瑟纳山谷里，距离卡士尼城以东 25 英里。这两座城市每年都要宣布休战一次；休战期间，两座城里的居民互相做生意，购买盐、钢材、黑奴以及白人妇女。

游客最好是骑大象来这两座城市旅行。

埃德加·巴勒斯，《泰山与金城》（Edgar Rice Burroughs, *Tarzan and the City of Gold*, New York, 1933）；埃德加·巴勒斯，《了不起的泰山》（Edgar Rice Burroughs, *Tarzan the Magnificent*, New York, 1936）

卡苏芮亚城 | Cathuria

参阅南海（Southern Sea）。

卡特梅尔王国 | Catmere

一个精灵王国，位于英国诺森伯兰郡的卡特梅尔海湾。卡特梅尔宫殿看起来一点也不豪华，周围只有少许的耕地，大部分地区是贫瘠的荒地和沼泽。

卡特梅尔王国的精灵主要吃羊肉，他们吃羊肉馅饼、羊肉汤和羊排，硕大的羊排足以压倒一头公牛。其实绵羊是他们依赖的经济基础，小精灵所穿的衣服都是用羊毛做的。卡特梅尔王国制作的冬衣尤其适合这个地区酷寒的冬季，比如斗篷、厚重的羊毛上衣、手套以及羊皮鞋。

卡特梅尔宫殿并不总是位于它现在的位置。最初的城堡建在一处泉水边，靠近后来修建的哈德良长城，位于普奥克利蒂（Procolitia），即北海与索尔威湾之间第七站附近。罗马人喜欢这里天然的水资源，但他们很快就意识到这里的隐形幽灵并不欢迎他们。他们只得讨好这些幽灵，把这里的泉水变成圣物，又在泉水边建造了一座小寺庙，并且把科文蒂娜女王尊奉为保护女神，女王欣然接受了这份礼物。

然而，过了一段时间，科文蒂娜女王的宫里有人透露，米特拉斯神(Mithras)崇拜正在波克维库斯(Borcovicus)兴起。科文蒂娜女王听说把她与米特拉斯相提并论,不由得勃然大怒,因为在她看来,米特拉斯不过是一个外来的新贵。于是她把宫廷搬到一块未被污染的荒地里,也就是这座宫殿现在的位置。卡特梅尔宫殿所在的位置仍然可以看见哈德良长城,科文蒂娜女王之所以选择这个地方,是因为她可以亲眼目睹罗马在这里的防御工事缓慢却不可避免的衰落。科文蒂娜女王在世的时候看到这座防御工事的废弃,临死前说要回到自己的故乡去。人们原本以为,她的继承人科文蒂娜二世会完成她的遗愿,但这个计划最终没有实现,因为诺森伯兰郡的气候不适宜搬迁,除非这样的搬迁确实需要。

科文蒂娜四世统治期间,卡特梅尔王国开始接纳被其他精灵王国驱逐来的精灵。这其实是在为其他的精灵王国服务,因为这些精灵王国想要摆脱那些滋事的臣民。那些被放逐到卡特梅尔王国的精灵的食宿费由他们自己的国家承担,这笔巨额的费用就变成了卡特梅尔国库收入的一部分。凡是被放逐到这里来的精灵,他们的生活背景都要经过严格的审查,在没有达成一致之前,他们在这里的生活处境极差。按照他们事先的约定,被放逐到这里的精灵在离开之前必须服用安眠药,这样他们就不知道自己身在何处了。其中一项声明是这样规定的:只有那些护送他们的精灵才可以享受良好的待遇。其中最著名的一个被放逐的精灵是波达爵士(Sir Bodach),因为信仰异教而从埃尔维克王国放逐到这里。

西尔维娅·华纳,《精灵王国》

铁锅湖 | Cauldron, Lake of The

位于爱尔兰某处,一个黄发巨人曾从湖里打捞上来一口大铁锅,湖名由此而来。这口大铁锅很奇怪,如果把死人放进去,死人就能起死回生,只是不会再说话。据说,用这种方式复活的男子都会变得威猛无比。

黄发巨人曾带着这口铁锅为爱尔兰王马索尔奇效力。这个黄发巨人就是拉苏尔，他和自己的妻儿引起当地老百姓极大的仇恨，因为他们犯下的罪孽无数。于是爱尔兰人建造了一间大铁屋，把他们一家人诱进铁屋，准备烧死他们。拉苏尔眼看屋子越来越热，最后破屋而出，竟然毫发未伤。他逃到威尔士，在那里受到威尔士国王的盛情款待。再后来，拉苏尔的后代继续为威尔士国王效力，但那口大铁锅又回到了爱尔兰。

无名氏，《威尔士民间故事集》

凯勒布兰特平原 | Celebrant, Field of

距离罗林恩王国以南几英里远，介于林姆莱特河(River Limlight)与中土北部的大河之间。在魔戒大战时期，林姆莱特河是洛汗王国的北部边界。

中土第三纪的2510年，凯勒布兰特平原上爆发了一场魔戒大战。刚铎王国摄政王西瑞安率领北军，攻打卢恩周围居住的“东方人”部落巴卡斯人，因为卡巴斯人占领了刚铎王国的卡兰纳宏省(Calenardhon)。一开始，巴卡斯人占了上风，他们在迷雾山脉兽人的帮助下，迅速包围了北军；但伊欧率领的北方战士及时赶到，击退了他们。这以后，巴卡斯人就好像从中土历史上消失了。为了感谢这些北方战士，刚铎王国允许他们在卡兰纳宏省定居，他们就在那里建立了洛汗王国。

托尔金，《双塔奇谋》；托尔金，《王者归来》

塞勒菲斯城 | Celephais

一座神奇的名城，坐落在塞雷纳利亚海(Cerenerian Sea)边，位于梦幻世界的奥斯-纳盖(Ooth-Nargai)山谷。如果从海上来，游客首先会看见阿蓝山(Mount Aran)，看见阿蓝山上皑皑的雪峰和山腰的银杏树。然后，他们会看见耀眼的尖塔、失去光泽的大理石城墙、青铜塑像以及大石桥；大石桥下是纳拉克萨河(Naraxa

River),这条河流最后汇入塞雷纳利亚海。塞勒菲斯城背后是平缓的山坡,山坡上有小树林,有水仙花园,有小神祠和村舍;远处是塔纳山(the Tanarians)的紫色山脊,看起来神秘而有力量。沿着圆柱街走下去,可见塞勒菲斯城的绿宝石寺庙,大祭司在这里举行纳斯-霍萨斯神(Nath-Horthath)崇拜。游客会发现塞勒菲斯城的居民也崇拜其他偶像,比如猫,这里猫的地位绝不亚于印度的牛。如果哪位游客想参观七十乐水晶宫殿(Palace of Seventy Delights),他最好去问问塞勒菲斯猫的老酋长,这是一位威严的灰色猫,经常在铺着缟玛瑙的人行道上晒太阳。

霍华德·洛夫克拉夫特,“小人物卡达斯追梦记”,《阿克汉姆集锦》

赛勒斯特城 | Celesteville

一座大象城,巴巴王国的首都,坐落在碧蓝的湖水边,鸟儿经常来这里戏水和唱歌,甘美的热带植物使空气发出阵阵磬香。发现这个美丽的地方后,象王巴巴决定建造自己的宫殿,于是他从国外进口一些材料;驼队运来了他需要的所有装备。皇宫周围是漂亮的花园,每只大象都有他自己的住宅,城里还有一座豪华的剧场,是象民们举行娱乐活动的地方。造好这座宫殿后,巴巴国王给象民们赠送衣服和玩具,并举行盛大的庆典,庆典活动包括化妆舞会和歌剧表演。

赛勒斯特学校由“矮小的老母象”来管理,她是巴巴国王的一个朋友;这所学校专门为幼象和老象授课。

赛勒斯特城因巴巴国王钟爱的赛勒斯特皇后而得名。

让·德·布吕诺夫,《象王巴巴》(Jean de Brunhoff, *Le Roi Babar*, Paris, 1939)

天城 | Celestial City

位于快乐山外,基督徒王国境内,被死河环绕。死河的水很苦，但喝下去后，苦味会马上消失。死河上没有桥，游客必须涉水过河。有些游客发现死河的水有些地方很深，但另一些游客觉得那里的河水很浅。

天城守护着著名的生命树。整个天城完全采用珍珠和宝石建成。街道用纯金铺成，街道两旁是果园、葡萄园和花园，身着美丽服饰的市民喜欢来这里散步。

克服艰难千里迢迢从毁灭城来到死河的游客，会因为他们所经历的磨难和痛苦而获得丰厚的报酬。他们将在天城受到热烈的欢迎；涉水过河的时候，他们会听到一阵雷鸣般的喇叭声，天城的市民也聚集到这里，观看他们过河。进入天城后，他们必须立即换上庄严的服饰，戴上黄金做的花环。天城的城门上有一行烫金大字，内容是，“如果遵守诫命，他们会得到祝福，他们可以走进生命树，可以通过城门进入城内。”

约翰·班扬，《天路历程》（从现时世界到未知世界的朝圣历程，第一部。以梦境的形式表达，内容包括朝圣者的发现、出发的方式、充满艰险的旅程以及安全到达梦想之国的历程）（John Bunyan, *The Pilgrim's Progress from this world, to that which is to come*, London, 1678）；约翰·班扬，《天路历程》（从现时世界到未知世界的朝圣历程，第二部。以梦境的形式表达，内容包括基督徒的妻儿的出发方式、危险重重的旅程以及安全到达梦想之国的历程）（John Bunyan, *The Pilgrim's Progress from this world to that which is to come: The Second Part*, London, 1684）

中枢王国 | Centrum Terrae

一个地下王国，距离地表 900 多英里深，可以经地面的几个湖泊到达这里。我们已经知道的一处入口在穆美尔湖（Mummelsee），但据说这样的入口差不多有一年的天数那么多。从某个湖泊进来之后，游客最终都会进入中枢王国的宫殿里。中枢王国的国王的统治方式很像蜂王统治蜂房。国王的臣民是一种水精灵，他们也是凡人，他们的灵魂也会死去，但他们可以活到 300 多岁，不会被杀死，只是慢慢地消失。这些精灵没有能力犯罪，因而不会受到上帝的惩罚，也完全不会遭受疾病的摧残。

每一个湖泊都由一个王子统治，王子的衣着与湖泊所在国的国王相似，只是没有地面统治者的衣服那么华丽。建造湖泊主要有四个原因：其一，为地下的水精灵打开一扇通向地表世界的窗户；其二，可以支撑海洋，也就是说，像钉子一样把海洋固定在它们应有的位置上；其三，可以提供水资源；其四，表达神的意志，精灵住在湖水里或湖泊的下面，目的是保持地球的湿润。

水精灵依靠珍珠长大，但珍珠会变硬，很像煮过的鸡蛋。

约翰·汉斯·雅各·冯·格里美豪森，《痴儿西木历险记》(Johann Hans Jakob Christoffel von Grimmelshausen, *Der abenteuerliche Simplicissimus Teutsch*, Nürnberg, 1668)；约翰·汉斯·雅各·冯·格里美豪森，《痴儿西木历险记续集》(Johann Hans Jakob Christoffel von Grimmelshausen, *Continuatio des Abentheurlichen Simplicissimi oder Schluss desselben*, Nürnberg, 1669)

塞萨瑞斯共和国 | Cessares Republic

位于安第斯山脉西面的斜坡上，介于智利和阿根廷之间，南纬43或44度，三面环山，另一面有一条河流。这个共和国不允许西班牙人入内。其他国家的旅客也应当注意，按照这里的规定，谁要是暴露了塞萨瑞斯共和国的具体位置，谁就会被当作叛国者处死。这个共和国创建于17世纪，是某个名叫阿尔芬的人领导150个荷兰家庭创建的。借着3艘大船(其中一艘在穿越麦哲伦海峡时遭遇海难)，这些荷兰人带来了200多个孤儿、种子、工具、足够维持两年的食物、衣服、烟草、动物、武器、手工艺品、艺术以及科学书籍。他们还带来了10栋预先建好的房屋，为的是到了这里后就有地方住下；两栋房屋供男人使用，4栋为女人和儿童，剩下的留着备用。

塞萨瑞斯共和国的首都是萨利姆城，坐落在共和国的中心地带，占地面积1平方英里，建造在一块肥沃的土地上，有几条运河

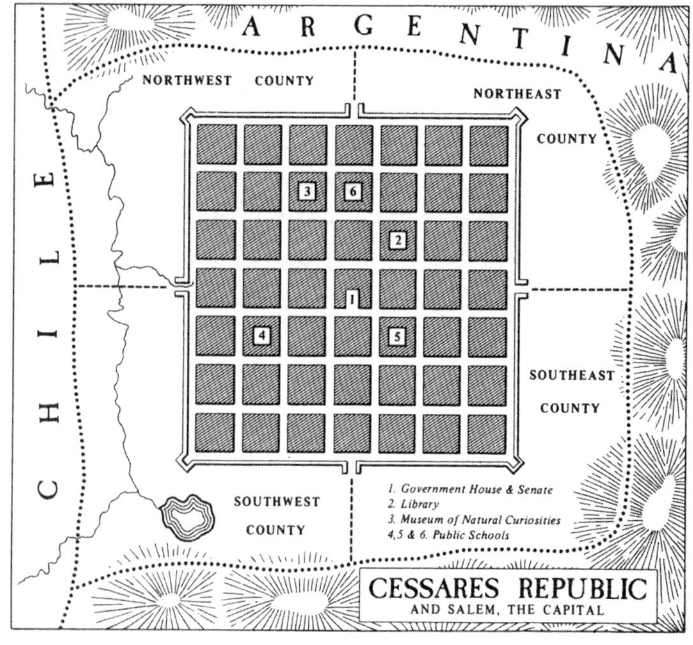

塞萨瑞斯共和国

交汇于此。街道长 1 英里,宽 30 码。城市建筑干净整洁,看起来井然有序;每一栋房屋都有两层,周围都有一个小花园,宽 50 码,深 129 码。街道中心地带绿树成荫,用以遮挡阳光,清新空气。萨利姆城最著名的是图书馆、自然珍稀博物馆、学校以及公墓。公墓周围种有草本香料植物,用来遮掩令人不舒服的腐尸味道。

塞萨瑞斯共和国的法律很简单:所有公民都是兄弟姊妹,每个人都必须工作,孤儿寡母除外,他们由国家照顾。任何一个男子不可以拥有 50 英亩以上的土地。共和国的法律禁止奢华的宴饮。没有参议会的同意,统治者没有权力颁布新的法令。参议会共有 3 个议员,由人民选举产生,年龄都必须在 40 岁以上,一旦入选,他们便是终生的议员。不过,如果他们被发现有不良行为,就有可能被罢免。如果有人想成为共和国的公民,那他必须年满 21 岁,并且是新教徒,已婚。天主教徒一律不可以干预国家事务。共和国内也禁止使用酷刑。

詹姆斯·伯格,《第一个殖民地:塞萨瑞斯的法律、政府以及警察》(塞萨瑞斯是南美洲的一个民族,内容出自这个民族的一位参议员凡德尔·尼克先生写给自己在荷兰的朋友的 9 封信,编者加注)(James Burgh, *An Account of the First Settlement, Laws, Form of Government and Police of the Cessares*, London, 1764);Fray Diego de Ocaña, *Relacion del viaje a Chile, año de* 1600, Supplement to *Anales de la Universidad de Chile*, Santiago de Chile, n/d.

查林杰实验地 | Challenger Field

位于英格兰苏塞克斯的恒葛斯低地(Hengist Down),19 世纪末的某年 6 月 21 日星期二,具体时间是当天上午 11 点 30 分,查林杰教授在这里做了一个惊天动地的实验。这里最近的车站在司铎林顿(Storrington),从伦敦维多利亚车站出发,需要一个半小时左右才能到达。

到了查林杰平原,游客就会看见一根生锈的钻杆,查林杰教授就是用它弄伤了我们的地球。自那次实验以后,几乎每个人都知道了这样一个事实:我们的地球就是一只鲜活的动物。它有些像一只刺海胆,它那极度恐怖的尖叫声回荡在整个南海滨,甚至也传到了法国。14 架放下去做探测的升降机从地球深处被喷出来,其中一架落在渥辛码头(Worthing Pier)附近的海水里,另一架落在距离奇切斯特(Chichester)不远的田野里。接着,一种黏糊糊的脏东西猛地喷到高空里;正如柏林的德莱辛格教授(Professor Dreisinger)认为的那样,这是一种最刺鼻的保护性粘液,就像臭气熏天的臭鼬发出的气味,它甚至把高空的一架飞机也埋葬在了臭气之中。这样一来,地球上所有的火山都愤怒了:赫克拉火山的吼叫使冰岛人担心大难临头;维苏威火山又一次爆发了;埃特纳火山喷出大量的岩浆。

意大利法院作出判决,要求查林杰教授付出 50 万里拉,作为对遭受破坏的葡萄园的赔偿。此后,这样的实验再也没有人做过。

柯南·道尔爵士,《地球痛叫一声》(Sir Arthur Conan Doyle, *When the World Screamed*, London, 1892)

察纳岛 | Chana

察纳岛上一个被废弃的偶像

位于印度的海滨附近,以前是一个了不起的大港口,如今却被海水吞灭。据说,察纳岛的国王势力非常强大,他甚至向亚历山大宣过战。今天的察纳岛之所以这么有名,是因为它的岛民们不断变换宗教信仰。察纳人崇拜他们在清晨看见的第一件东西,这种不断变更的偶像崇拜给他们的生活造成了很大的混乱。察纳人要制造他们的偶像,因此每天会有源源不断的新偶像被制造出来。察纳人有许多的迷信,比如他们认为大清早看到兔子、猪或是大乌鸦,会很不吉利;但如果看见一只雀鹰叼着猎物飞在队伍的前面,则是一个吉兆,只是这种情况不多见。

察纳岛上有无数的狮子,岛上的老鼠差不多有狗那么大,它们和猎犬经常一同出去捕猎。在察纳岛,死去的人不会被埋进土里,而是在高温下自己腐烂。

约翰·曼德维尔爵士,《曼德维尔游记》

机会岛 | Chance, Island of

位于美国的海滨附近,靠近命运岛,经常会发生地震。这里的一切好像都是运气说了算。岛上生活着各种各样的怪物,它们都是一种仍处在幼稚状态的自然的产物。在机会岛上,人们生下来就有马蹄铁，而没有双手，他们被认为与马一样愚笨，被留在地里吃草。相反，这里的马却天生长着人的双手，它们可以建工厂和裁缝铺子，也能弹奏各种乐器，机会赐予他们灵活的四肢，使它们拥有人的优越。

机会岛南部的森林里住着另一种怪物，它们的器官都是偶然组合在一起的；它们有两根或八根手指头，一张竖着的嘴，长在脑后的眼睛，这些器官随随便便地被安放在它们的身上。机会岛上生活的动物以无法预测的速度进行繁殖。有时候鳄鱼的数量过剩；而在另一些时候，又缺乏驯养的动物。但人们始终相信，偶然性最终会使这个地球处于完美的状态；到了那个时候，每一种野兽都会开口说话。机会岛上的动物已经在手语教师的指导下学习读写了。

游客可能会喜欢玩一种游戏，这种游戏会用上几个八边形的骰子，骰子的每一面都写着一个字母，然后这些骰子被放在一个盒子里，摇晃几下再把骰子倒出来，谁组成的单词和句子最多，谁就是赢家。1789 年，机会岛上发生了一次地震，这次地震弄倒了骰子盒，骰子上的字母组成了路易斯十六世的三级会议（the Etats-Généraux）。

巴尔塔扎尔神甫，《帕依洛索夫岛及其他岛屿，新探索》（Abbé Balthazard, *L'Isle Des Philosophes Et Plusieurs Autres, Nouvellement découvertes*, Chartres, 1790）

察尼夫岛 | Chaneph Island

又叫作“伪君子岛”。这座岛上住着形形色色的伪君子，他们无一例外都是隐士、说话咕咕哝哝的人和偏执狂，但是据说游客想和岛上的女子来点虚伪的小游戏也还是有可能的。

这座岛上的居民很穷，主要依靠游客带给他们的救济品过活。由于具体位置不可知，来这里的游客也不多，因此这样的救济品远远不够。

弗朗索瓦·拉伯雷，《巨人传第四部》

指控岛 | Charges, Island of

律师国的一块殖民地，与愚人岛仅一水之隔，整座岛上全是奇形怪状的岩石。

游客会发现指控岛上的主要工具是羊皮纸、墨水壶和钢笔；岛民靠出售这些东西为生，他们的生意非常兴旺。每一个生意人几乎都会遇上一个骗子，这个骗子经常骗走他们口袋里的钱。不过，游客不用担心，他们会认出这个骗子的，因为他总是穿一件栗色短外套和一件五分袖的仿羊毛紧身衣，头上戴一顶鹿皮帽。

弗朗索瓦·拉伯雷，《巨人传第五部》

战车城堡 | Chariot

这是莫甘娜女巫居住的城堡，莫甘娜是卡默洛特城堡的亚瑟王的姐姐。这座城堡大致坐落在密不透风的野蛮森林以北，是用可以吃的材料建造的，目的是把小孩子引诱到城堡里来。这座城堡从奶湖里升起，沐浴在黄油一样的光辉里。一座可开合的大桥也是用黄油建造的，其中夹杂有奶牛毛，发出令人作呕的气味。通常只有小孩子被引诱到这座魔法城堡里来，但有一次，兰斯洛特也中了邪恶的摩甘娜的魔法，被囚禁在这座城堡里了。

怀特，《永恒之王》

察瑞迪斯岛 | Charybdis

参阅塞拉岛(Scylla)。

卡特地峡 | Chatar Defile

一条连接乌苏里斯坦和托邦尼斯坦的地峡，主要是一条狭长的水道，水道两侧是高耸的悬崖，悬崖外围陡转直下与海水相接。在地峡最窄的地方，站在两岸悬崖上的人们可以聊天，而在最宽的地方，人们至少需要走 15 分钟才可以到达对面。乌苏里斯坦一端的地峡两岸的悬崖可以测量。

据说，卡特地峡是一个巨人部落建造的，他们搬动岩石就像搬动砖块一样容易，他们用岩石砌成一条水道，这样，地峡里就有了一条流淌的河流。这条河流其实有两处已经被堵住了，在其北端附近流经一块大漂石，水道的每一边只有一条狭窄的小路。水道入口的上方刻着："Fum es Ssacha"，意思是"岩洞"，无人知道是谁刻写的这几个字。如果继续往前走，就会发现地峡被天然的石墙堵住了，底部只留下一条狭长的水道。

据说，现在被叫作"托邦尼斯坦"的地方曾经是一个大湖，湖水来自一条河流；一面岩墙把这个湖与大海分开。由于压力增大，湖水冲破岩壁，将碎裂的岩石抛向两边，形成一条水道，那条河流经水道流入乌苏里斯坦。几个世纪之后，大湖和河流都干涸了，有人说造成这种状况的罪魁祸首是阿迪斯坦的暴君们。此后，托邦尼斯坦变成了干旱的沙漠，那条隘路变成了巉崖高耸的峡谷，峡谷里几乎不见一滴水。只有当整个地区再次恢复和平以后，水才会流进卡特地峡。

卡尔·迈，《阿迪斯坦》；卡尔·迈，《迪金尼斯坦的米尔》

希利岛 | Cheli

地中海里的一座肥沃富饶的大岛屿，位于恩那辛岛（Ennasin Island）的东南部。希利岛又叫"赞美岛"，统治它的是八面玲珑的潘尼贡国王。

宫廷里的繁冗缛节和各种溜须拍马可谓家喻户晓。比如国王和他的孩子及朝臣要去海边迎接来访者，这是他们的一个传统。当来访者走进城堡后，他们都必须亲吻王后、公主以及她们的随从。

弗朗索瓦·拉伯雷,《巨人传第四部》

希尔姆城 | Chelm

犹太人居住的一座声名狼藉的小镇,很可能属于前苏联;某些权威人士认为它是波兰东部一个小镇的衍生物,但这两者之间已不再有联系。希尔姆城的居民拥有独特的理论体系,这种理论体系不容许现实的东西干扰它纯粹的逻辑推理。

游客应该去看看希尔姆城辉煌的市政大厅。市政大厅里没有窗户,室内缺乏阳光,因此希尔姆城的居民把大桶大桶的阳光抬进大厅里,可是大厅里仍然一片漆黑。还有,游客知道这一点也很重要:希尔姆城的中心可以同时位于几个地方,就此而言,世界的中心也是这样。希尔姆城的居民认为,不管是哪个地点被选为一个中心,都可以从其他任何一个地方到达那里,因此争论哪里应该是中心毫无意义。游客会发现,希尔姆城的行人在马路上走,马和货车在人行道上走。对此,游客不应该感到奇怪,因为这里的居民相信,既然马路宽阔,人行道狭窄,既然人又比马和货车更重要,那么人当然应该走更宽的马路啦。希尔姆城的居民会用一种简易又准确的方法,辨别哪一只是公鸭,哪一只是母鸭。他们的方法是,放一片面包在那只鸭子面前,如果他(那只鸭子)去抓那片面包,就表明他是公鸭;如果她(那只鸭子)去抓面包,就表明她是母鸭。

赛谬尔·特尼鲍姆,《希尔姆城的聪明人》(Samuel Tenenbaum, *The Wise Men of Chelm*, New York, 1965)

乔胡寺 | Chiaohu Temple

坐落在中国的西部。游客可以在这座寺庙里看见一只美丽的翡翠枕。翡翠枕上有一个小洞,如果哪个男子想拥有一桩好姻缘,牧师就会请他从这个小洞钻进枕头里。进入翡翠枕头后,男子会看见红色的亭子和富丽堂皇的宫殿。在这里,一个高级官员会把自己的女儿许配给他,她会为他生育6个孩子;他们生育的儿子都会成为王公大臣。男子会在那里住上许多年,终不思归。某一天,男子会突然从梦中醒来,又被那个奇妙的翡翠枕头带到现实当中。为此,他忧伤不已。

无名氏,《太平广记》(Anonymous, *Tai-Ping Geographical Record*, 981 AD)

琪成-依扎城 | Chichen Itza

乌萨尔岛(Uxal)的中心城市。

瓷器村 | China Country

位于奥兹国的南部,被一堵高高的白色瓷墙封得严严实实,没有一扇大门可以进入这个村子里。瓷墙内的地面很平坦,像一个闪闪发光的白色大瓷盘,大瓷盘的周围是白色的民房,这样的瓷房不高,最高的也只有小孩子的腰那么高。

与这些瓷房子一样,瓷器村的居民都是用陶瓷做的小人儿。这些居民当中有挤奶女工,她们身穿浅色的紧身衣,衣服上有金色的小斑点;此外还有牧羊人,他们穿粉色和黄色条纹、长至膝盖的短裤;王子戴着镶有宝石的王冠;小丑身穿有褶皱的戏服,戴高高的尖顶帽。瓷器村的所有动物也是陶瓷做的。

瓷人很脆弱,这就是为什么他们的住处要用瓷墙围起来的缘故。尽管他们的瓷身被打破后可以修复,但却再也恢复不了他们原来的美丽。瓷人可以非常快乐地四处移动,但他们必须小心翼翼,以防摔倒或遭到碰撞。如果被带出瓷器村,瓷人的关节就会变得僵硬,因此他们唯一能做的就是安静地站着,这看起来好像很美;当然,这也正合了人们的心意,可以把他们摆在桌上或书架上当作装饰。

弗兰克·鲍姆,《绿野仙踪》(L. Frank Baum, *The Wonderful Wizard*

of OZ, Chicago, 1900)

京培城 | Ching Peh

参阅玛伯迪金-杜尔达岛(Marbotikin Dulda)。

奇塔岛 | Chita

位于加勒比海里,属于小安的列斯群岛。上个世纪40年代,一支名叫安格-杜-诺特(Ange-du-Nord)的探险队偶然发现了这个地方,于是他们就用探险队队长的巴西情人的名字来命名这座岛。他们这次出行只为寻找海盗爱德华·鲁的宝物,布列塔尼半岛的阿凡桥(Pont-Aven)一家书店的文献上描述过这个事情。奇塔岛地势较低,气候宜人,岛上森林茂密,有一些紫色小山和红土地带,给人以拼缀的感觉。岛上没有昆虫和鸟类,但有一种长得像大萬苣的树,这可能是奇塔岛上特有的树种。

奇塔岛的统治者是一个中国行刑人,他把许多被弄成残废的男子做成一个个标本,因此来这里参观的游客一定要特别小心。

皮埃尔-马克·奥尔朗,《随从之歌》(Pierre-Mac Orlan, *Le Chant de l'équipage*, Paris, 1949)

吉特尔之国 | Chitterlings' Land

参阅野人岛(Savage Island)。

基督教城 | Christian City

坐落在阿基里亚公国(Argilia)的赫塞尼西森林(Hercynish Forest)附近,被认为是那些因为信仰不同而遭受迫害的人的避难所。如果游客希望过一种受人尊敬的虔诚的生活,他们会发现基督教城就是这样一个理想的地方。基督教城内禁止一切过度行为,严格遵守各种制度和法规。法律掌握在教会手中,教会惩治犯罪和任何违反基督教伦理的行为。

在基督教城里,婚姻对于公共福利尤为重要,渴望婚姻是一件很体面的事情,这就好比渴望得到一个很体面的职位。如果有人想结婚,他必须首先向主管婚姻的 4 位长老提出结婚申请。求婚人必须接受身体和心理的检查,必须有一定的智力水平,必须能够养活和保护自己的妻儿和家仆。如果夫妻不和又不能自己解决,就需交给婚姻法庭来决定。婚姻法庭判决他们离婚,并对夫妻双方的共同财产提出具体的分割方案,但宗旨都是为了他们的孩子。此外,对于这座完美的城市其他方面的情形,我们就无从得知了。

乔纳森·迈克尔,《宫廷里的健谈者》或《里维纳的伯爵轶事》(Johann Michael, Freiherr von Loen, *Der redliche Mann am Hofe, oder die Begebenheiten des Grafen von Rivera*, Frankfurt, 1740)

基督教城邦 | Christianopolis

坐落在卡福-萨拉马岛,是被流放到这里的那些人建造起来的,禁止乞丐、江湖游医、悠闲的演员、爱管闲事的人、盲目迷信的人、毁坏化学原理的配药人以及炼金术士入内。城内有一个宽约 700 英尺的广场,周围是 4 座高塔和一面坚固的石墙。城内另有 8 座高塔,用以增强城市的防御能力,另有 16 座小

基督教城邦的东南塔景观

塔，靠近市中心。城里有一条独立的公共大街，大街两边是连续的建筑，还有一个市场。城里还有一座直径100英尺的圆形寺庙；所有的建筑都有3层，有石砌的公共阳台相连接，阳台被防火墙隔开。城里有充足的温泉、流水和清新的空气，整座城市的空气非常流通。城墙外面的护城河里多鱼，和平时期，这条护城河又多了一个用途。城外开阔的空地则是野生动物的活动场所。

基督教城邦共分3个城区：第一个城区是农场，位于城东，包括公共仓库、农业和动物饲养，附带7个磨坊和面包店。除了需要用火煅造的原始工具，其他的东西都在这里生产，比如纸张、横梁以及酒等等。第二个城区是屠宰场，位于城北。第三个城区位于城西，是冶炼金属和矿石的地方。城里最有名的建筑是圆形寺庙和图书馆。圆形寺庙周长316英尺，高70英尺，被分成两半，一半是观众席，座位直接从岩石上凿出，每个座位距离说话人的位置一样远；另一半是舞台，神圣的喜剧每3个月在这里上演一次。整座寺庙里只有一个装饰，那就是一尊被钉十字架的耶稣基督塑像，放在两扇窗户之间。基督教城邦的图书馆是世界上最完整的图书馆之一，世上已经失传的任何一卷书都可以在这家图书馆里找到；这里收藏了世界上存在的所有语言。城里的房屋不属于私人所有，是政府赐给和分派给个人使用的。城里的每一栋房子都有3个房间，房主只负责其中一扇门；这扇门通向公共阳台，从公共阳台可以到达一座高塔或尖塔的楼梯口。每一栋建筑后面都带有一个花园，窗户有两层，一层木头，一层玻璃；室内的家具很少。

基督教城邦里共有400个居民。男人做所有的重体力活，但这并没有改变他们温柔的本性，他们并没有因此就变得野蛮而缺乏教养。城里的女人做针线、纺纱、刺绣和编织，基督教城邦的女人没有哪一个会因为做家务而感到羞耻。女人在教会和政府的会议厅里都没有发言权。基督教城邦的军队并非饕餮之徒，他们饮食有节，注重卫生。基督教城邦里的每一个公民都有同样的公共职责：防御敌人、守卫城墙、收获谷物和葡萄、铺路、建房、疏通下水道以及协助厂里的工作。学校里教授语法、演讲术、语言、逻辑、形而上学、通神术、算术、几何、神秘数字、音乐、天文学、占星术、自然科学、历史、教会史、伦理、神学、医学以及法学等课程。城里的所有居民都是基督徒,大牧师与罗马的大祭司不同,基督教城邦里的大牧师都是已婚的男人。他每天早上、中午和晚上都要做祷告,任何人都不可以在他做祷告时缺席。在基督教城邦里,吃饭虽是私人的事儿,但所有的食物都是从公共仓库里获得的。基督教城邦里不存在流通货币,每个人都可以各取所需。基督教城邦里的人们认为,死亡不是一种有用的惩罚,做错了事情改正就好了,因为他们说:“任何人都可能毁掉一个人,但最好的那个人能使他改过自新。”在基督教城邦里,继承下来的头衔和血统没有任何意义。整座城市共由 8 个男人统治,每个男人都住在更大的一座高塔里。他们各有 8 个属下,分别住在卡福阿-萨拉马岛上更小的塔楼里。在基督教城邦里,人人都感到很幸福。

约翰·瓦伦丁·安德烈,《基督教城邦》(Johann Valentin Andreae, *Reipublicae Christianapolitanae descriptio*, Amsterdam, 1619)

基督徒王国 | Christian's Country

位置不可知,因为基督徒的朝圣路线而闻名,国名与某个基督徒旅客有关。旅客离开毁灭城后,穿过许多有趣而危险的地方,就可以到达天城(亦参快乐山,安逸平原、怀疑城堡、魔鬼城堡的魔鬼花园、灰心沼、艰难山、羞辱谷、死荫谷、浮华市集、魔法森林以及解释者之家)。

约翰·班扬,《天路历程》(第一部、第二部)

西亚克斯群岛 | Ciacos Group

参阅食人岛(Cannibal Island)。

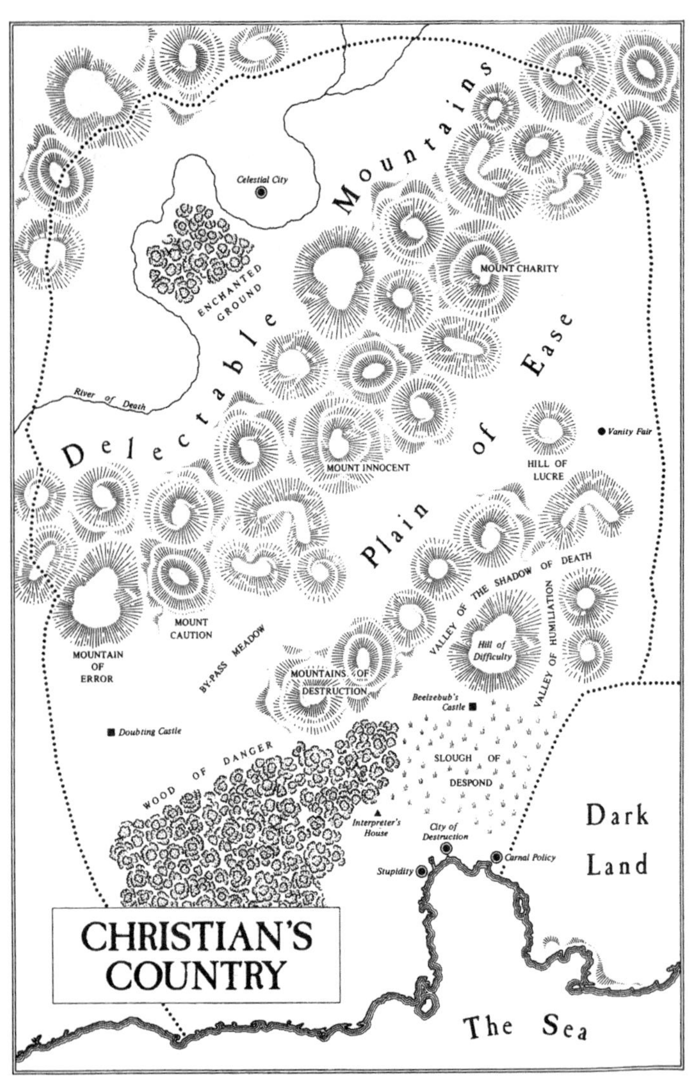
Delectable Mountains
Celestial City
ENCHANTED GROUND
River of Death
MOUNT CHARITY
Plain of Ease
Vanity Fair
MOUNT INNOCENT
HILL OF LUCRE
VALLEY OF THE SHADOW OF DEATH
VALLEY OF HUMILIATION
Hill of Difficulty
MOUNT CAUTION
MOUNTAIN OF ERROR
BY-PASS MEADOW
MOUNTAINS OF DESTRUCTION
Beelzebub's Castle
Doubting Castle
WOOD OF DANGER
SLOUGH OF DESPOND
Interpreter's House
City of Destruction
Carnal Policy
Stupidity
Dark Land
CHRISTIAN'S COUNTRY
The Sea

基督徒王国

希波拉城 | Cibola

或叫“冻火城”，奎维拉王国(Quivera)的首都。

喀耳刻之岛 | Circe's Island

参阅埃阿亚岛(Aiaia)。

圆形废墟之国 | Circular Ruins, Country of

位置不确定，可能位于一条河流的河口，这条河流汇入里海的南端，这里的古波斯语还没有受到希腊语的影响。岛上有一座小山，满是淤泥的海滨生长着荆棘和竹林。圆形废墟之国的主要特色是一座原始古庙遭遇火灾后留下的圆形废墟；废墟顶部是一只石虎或石马。人们在这里会梦见一个男子，梦中的这个男子会复活，但他不怕被火烧，这可能是唯一可以证明他不存在的依据。梦见一个完整的男子需要一年，梦见他那无数根头发可能是这项任务里最困难的一部分。被梦见的这些男子扮成其他破庙里火神的祭司，河流的下游保留着这些破庙的金字塔废墟；其他被梦见的男子生活在正常男子当中，他们没有意识到自己的不存在，游客若想证明自己是存在的，他可以用火来考验自己；这是圆形废墟之国经常使用的办法。

豪尔斯·博尔赫斯，“圆形废墟”，《歧路花园》(Jorge Luis Borges, “Las Ruinas Circulares”, in *El jardín de senderos que se bifurcan*, Buenos Aires, 1941)

圆形废墟之国的一座原始寺庙所留下的废墟

西力斯-戈哥隘口 | Cirith Gorgor

也叫“幽灵隘口”,是进入中土南部的摩多王国的一个大隘口。这个隘口穿过艾瑞德-利苏伊山和伊菲尔-杜斯山撞击之后形成的悬崖。隘口的入口前面耸立着两座陡峭的黑色小山,山上不生草木。有 3 条路可以进入这个隘口:一条从达格拉德平原出发,一条从伊西利恩地区出发,第三条沿着艾瑞德-利苏伊山脉的两侧。

中土第二纪末,这两座小山上建造了瞭望塔,为的是预防摩多王国的黑暗之君索伦的反扑;索伦已被最后联盟打败。然而,到了中土第三纪,索伦果真又回来了,这些瞭望塔变成了他的前哨。索伦又在隘口的悬崖之间建造了一座堡垒,这就是摩多之门摩拉诺(Morannon)。堡垒上面有一扇厚重的大铁门,巡逻不停地在城垛前走来走去,红色探照灯高高地照在双塔里。

摩拉诺前面的平原曾是索伦与西部盟军在第三纪 3019 年 3 月 24—25 日最后交战的主战场。这是一块荒凉的黑土地,一直延伸到死亡沼泽。西部盟军从米那斯-提力斯行军至此,在摩拉诺前面的许多深坑和土墩里安营扎寨。西部盟军向索伦宣战,但索伦的陆军中尉骑马从巴鲁-杜尔塔走出来,举起弗罗多的衣服,大肆辱骂西部盟军。弗罗多是夏尔郡的一个霍比特人,他奉命把至尊戒带到摩多王国的厄运裂谷,去完成毁灭至尊戒这一壮举。

陆军中尉手里的衣服是他在西力斯-乌格尔隘口从弗罗多那里得到的。一看见弗罗多的衣服,西部盟军一下子觉得他们的所有希望都变成了泡沫,索伦的力量似乎不可战胜。陆军中尉趁机要求盟军投降,并提出投降的条件,但盟军拒绝投降。索伦的势力扑向摩拉南,以 10 比 1 的绝对优势把盟军围得水泄不通,盟军一方的刚铎王国、洛汗王国和多尔-安罗斯国的战旗也迎风飘扬起来,一场反对兽人、巨怪和索伦的人类同盟大战正式拉开帷幕。

眼看着盟军的这场战斗快要失败了,摩多王国的堡垒和摩拉诺顷刻间倒塌，至尊魔戒毁掉了，索伦的日子也完蛋了。大地震动，巨大的阴影遮蔽了天空，就像一只巨手试图遮盖一切。风吹散了阴影，世界又归为和平。摩多王国的内部势力发疯了，兽人和巨怪开始自相残杀。索伦大军仇恨盟军，继续负隅顽抗，但多数都已经倒下，或者已向盟军投降，也有一些冥顽不化之徒拒绝投降，他们对西部盟军恨之入骨。

托尔金，《双塔奇谋》；托尔金，《王者归来》

西力斯-乌格尔隘口 | Cirith Ungol

地势很高，位于伊菲尔-杜斯山脉的对面。伊菲尔-杜斯山脉又叫“影子山脉”，是摩多西部边境的屏障。如果要进入乌格尔隘口，可以走米那斯-莫古尔城东面那条路。路边有一面石墙，石墙里有一处裂缝，穿过裂缝可以进入一条小径，沿着这条小径可以来到西力斯-乌格尔隘口的石梯处。

有两段石梯可以到达隘口：一为直梯，上面清楚地作了标记，直接在岩石上凿出，很窄，陡如云梯，通向一条长而黑的隧道，经过隧道来到一处岩床，岩床高高位于伊姆拉德-莫古尔山谷最前面的沟壑之上。岩床背后就是第二段石梯，也就是秘密的蜿蜒石梯。蜿蜒石梯九曲回肠，绕行于山里大张着的裂口之上，最后来到一条小径旁，小径盘旋而上，经过山间一道裂缝直上到山腰。西力斯-乌格尔隘口就位于这条小径的最高处，这个隘口其实是山脊最高处的一个裂口，有西力斯-乌格尔塔作为守护。

这座庞大的守望塔犹如一座大屏障，位于一条点缀着大漂石的大溪谷。要到达守望塔的最远一侧，必须穿过一些洞穴和地道，这里就是希拉卜之巢。在塔楼的远侧，地势倾斜形成一系列的大悬崖，一直延伸至锯齿状的摩盖山脊。这里可以看见奥诺杜因火山上熊熊的烈焰。从守望塔的大门出发，有一条路一直通到高格罗斯峡谷。这扇大门位于守望塔的东侧，不过这里还有一个地下入口，与希拉卜之巢相连。

守望塔建在岩石上，规模宏伟，共3层，塔楼背后是悬崖，底下一层是一个小小的院落，院子四周有防卫墙。院子里面，长长的石梯一直通到第三层的屋顶平台，这是一个约20英尺宽的地方，上面有一个小小的圆屋顶。圆屋顶背后的山上高耸着一座大炮塔。大炮塔原来有人看守，看守者就是两个坐在王座上的巨大石像。每个石像都有3个合抱在一起的身体，3颗各朝一个方向看的头，以观察进出摩多王国的各条通道。这些石像具有秃鹰的特征，巨大的手掌如鹰爪。如今，这两尊石像已被毁。

守望塔大门的位置表明，建造这座塔楼的目的是防止人们离开摩多王国，而不是阻止人们进来。就像那些曾坐落在西力斯-戈多隘口前面的塔楼。第二纪末，黑暗之君索伦被最后联盟打败，随后，刚铎王国的男人们建造了这个瞭望塔，用来监视摩多王国的动向。索伦重获权力之后，这个瞭望塔的炮口对准了它的建造者，就像这里许多其他防御工事一样。由于索伦在摩多王国的统治令人恐惧，塔楼便用来阻止那些可能逃跑的人。在索伦的统治之下，守望塔楼的是兽人，兽人的心里居住着邪恶的幽灵。

这就是弗罗多和萨姆第三纪3019年去厄运裂谷所走的路线。他们的行程非常艰难，他们要把至尊魔戒投进厄运裂谷熊熊燃烧的烈焰，从而摧毁它的魔力。给他们带路的是高鲁姆，高鲁姆曾想独占魔戒，现在正渴望再次得到它。选择这条路线有两个原因：一是为了避开入口处更加森严的戒备；二是因为高鲁姆企图把护戒队送入最后一只大蜘蛛希拉卜之口，从而毁灭护戒队，独吞至尊戒。不过，高鲁姆的计划最终落空了，至尊魔戒最终被毁，索伦的邪恶权力也随之结束。

托尔金，《双塔奇谋》；托尔金，《王者归来》

女士城 | Cité Des Dames

参阅贤女之城(City of Virtuous Women)。

塞塔贝拉城 | Cittabella

具体位置不确定，可能坐落在中欧地区。塞塔贝拉城就是有名的“洞城”。塞塔贝拉城的地面一定是非常独特的，它不仅有别于任何其他城市的地面，而且也不完全像一个蜂巢，因为那些洞很不规则；也不像一块瑞士奶酪。

参观塞塔贝拉城的人首先必须熟悉这种独特的地貌，即那些不同种类的洞。最常见且最不用担心的洞有炖锅那么大，呈圆形，边沿呈锯齿状，因为上面一层突然下陷，压在深褐色泥土构成的柔软的下一层的上面。“炖锅”洞的里面粗糙不均匀，底部是泥块和鹅卵石堆，踩在上面就会垮掉。下雨的时候，这种洞就会变成粘糊糊的小泥坑，常常还可以看见陷落在其中再也飞不走的蝴蝶。塞塔贝拉城的居民往前走的时候，要么毫不在意随随便便地走，要么小心翼翼迈开大步走，以防弄碎这种洞不均匀的边缘。孩子们则乐意在这些边缘上跳跃。

就危险程度而言，下面要介绍的这些洞更危险。这些洞又大又深，轻轻松松地就能吞下几栋房子。参观者会注意到这里有一些因雨水聚集而成的水潭，水潭里的水不会很快干涸，水潭里的主人是青蛙，还有水仙花和芦苇。这些洞的边缘呈圆形，颜色为深褐色。参观者千万不要掉进洞里，这样可能干扰青蛙，影响生态平衡。

下面一种洞穴比前面介绍的更小，形状像早些天切成两半的大苹果、梨子或橙子。描述这些洞的时候，不可忽视了这个小细节。因为如果预先切好了，水果的边缘容易收缩和起皱，这种洞穴的边缘就是这样。进入这种洞里的时候，最好先把脚后跟放到墙里面，这些墙就位于洞里排列的许多白色石头的上方。塞塔贝拉城的市民说，这种做法对小腿胫骨很好，体育老师经常带学生来这里，练习如何上下这些边缘。

最后一组洞穴最危险，尽管几乎看不见。这种洞很狡黠的，看起来小得容不下一根别针,其实这简直是可怕的错觉!如果游客走进其中一个洞里,周围所有的泥土就可能顷刻间陷落,将这个洞变成深渊;经常有许多马或更多马车永远消失在这些难以预料的洞里。这种类型的洞尤其让塞塔贝拉城的居民伤脑筋,因为它们总是影响这些居民举行他们最喜欢的游行和仪式。

还有一种洞与上面的截然相反。这种洞一点也不常见,但对人们的脚来说特别危险。这种洞很深,谁要是陷进去,就再也不可能出来。还有一些洞,看起来好像被百叶窗遮着,只留下一个薄薄的Z字型入口,但谁要是掉进这种洞里,就会发现百叶窗会猛地关上,好像是被一个生气的女子粗鲁地拉上的。

塞塔贝拉城的居民走路的步子很独特,这一点可谓远近闻名。他们走路的样子好像总是在找什么东西。这其中有几个原因:其一,他们发现自己并不熟悉这座城市里的某些洞;其二,他们正在寻找某个最近来这里的乡下亲戚,他好像在几天前走丢了,这主要是为了免除家人的担心;其三,可能是马车夫又失去了马车或马儿,在这种情形里,最好尽快放弃寻找,因为这几乎是徒劳。

里阿怀恩斯泰,《德瑞摩尼亚之旅》(Lia Wainstein, *Viaggio in Drimonia*, Milan, 1965)

城市 | City, The

参阅伊斯兰蒂亚(Islandia)。

塞乌达城 | Ciudad

参阅伊斯拉岛(Isla)。

文明岛 | Civilization, Island of

波利尼西亚的维蒂群岛中最重要的一座岛屿。1831年,“卡莱姆利德号”(Calembredaine)的船长宣称该岛为法国所有,因为他是第一个看见这座岛屿的人。这座小岛多山多树,岛上经常浓雾弥漫、景象模糊。

正在统治文明岛的机械玫瑰木国王

文明岛上实行君主制,统治它的是一位红木国王。红木国王依靠机械方式运动,他一口气可以签署 30 条法令;他签的是英文,字体非常漂亮。这种制度优点很多,避免了继任和频繁的改朝换代所产生的诸多问题,而且皇室每年消耗的油脂总计不超过 50 法郎。只有内阁总理才有权给红木国王上发条。

内阁大臣的责任重大。他们的脖子上绕了一圈打了结的绳子,如果哪位大臣反对一个竞选者的任命特许状,他就会被那个竞选人勒紧脖子上的绳子,直到被勒死。国会的所有成员不是聋子就是哑巴,这就结束了无休止的争辩,更加有效地避免了他们受话语影响的可能性。内阁成员的辩论活动通过手语来完成。

法国人登上这座岛屿后,制定了一条法律,按照这条法律的规定,一人以上不可以参加决斗,从而有效地杜绝了决斗现象。

文明岛上呈现出一派繁荣景象。老铁路开始采用电动运输,金属火车头因其形状又叫“马枪”,被铁环固定在后面的玻璃马车的车厢上。马车沿着一根细细的金属丝以惊人的速度前进,摩擦产生的火花照亮了轨道两边的夜空。这种系统很简单,容易安装,如果当地居民不喜欢它,也可以把它拆除。这种马车的缺点是一次只能载一个乘客,多加一个就会发生触电死亡的事故。这种系统已经用在邮政方面,因为它的传递速度很快,通常的情况是,一封信件还没有寄出,收信人就已经回信了。

在文明岛上，一种便携式装置取代了以往的天然气照明。这种便携式装置使用磷做燃料，这是 Cucu-Mani-Chou 发现的一种稀薄的易燃物质。一根长长的管子连接到人的直肠和生殖器上，因为这种物质是从人的排泄物里提取出来的，然后经过这根管子流进一盏灯里，这盏灯就挂在使用者的腰间。灯光的质量好坏取决于使用人的生活习惯，如果使用灯光的人喜欢吃洋葱、大豆、扁豆或芜菁的话，他的排泄物所产生的这种物质发出的光就特别清亮。此外，性情也会影响光的颜色和质量：慢性子的人会产生白光，焦虑的人会产生蓝光，脾气暴躁的人和热情奔放的人分别会产生黄光和红光。

这种物质也用在医学方面，比如用来诊断肠胃炎和腹痛。医生通常不给病人开药，因为他们认为所有的药物都会对病人造成伤害。医生治疗痢疾的办法是让病人头朝下，然后用手按压头部，这种治疗办法效果奇好。

亨利-弗洛郎·戴尔莫特，《巴拉圭工业及风景之旅和南半球的再生》(Henry-Floren Delmotte, *Voyage pittoresque et industriel dans le Paraguay-Roux et la Palingénésie Australe par Tridacé-Nafé-Théo-de Kao't'Chouk*, Meschacébé [i. e., Mons], 1835)

秘书岛 | Clerkship

位于地中海，从希利岛出发只需要一天就可以到达。秘书岛上的景物模糊难辨。岛上的居民主要是一些代理商和执行官。游客不可能在这里得到盛情款待，但可以保证，只要他们肯花钱，这些岛民便会听从他们的安排，还会说许多好听的话。

秘书岛上的许多居民只有靠挨打才能活下去。和尚、牧师、律师或高利贷人如果怨恨某个绅士，他们就会派一个代理人去见这位绅士。按照吩咐，这位代理人会大肆辱骂绅士，当然，其结果就是这位代理人遭受一顿毒打，这就是这位代理人的收入来源，因为老板会付给他薪水，但前提是他必须从打他的那个绅士那里获得丰厚的损失赔偿；这种损失赔偿通常会使人倾家荡产。

弗朗索瓦·拉伯雷，《巨人传第四部》

克里欧城 | Clio

参阅奥西纳共和国(1)(Oceana[1])。

鸟城 | Cloudcuckooland

位于希腊普利格平原的上空，公元前400年，雅典人佩斯塞塔乌斯(Pesthetaerus)建造了这座城市，作为所有鸟类的栖息地，献给鸟类的战神波斯王子柯克瑞尔(Cockerel)。鸟城呈圆形，中心是市场，街道从市场开始，向四面八方延伸。今天还能看见这座鸟城的废墟，特别是它的城墙，这是一群鹈鹕用树枝搭建的。

据说，鸟类想凭借这个据点控制整个世界，它们用城墙作屏障，阻拦人类供奉给天神的食物，让那些天神挨饿，从而不得不接受它们的意愿。

阿里斯托芬，《鸟》(Aristophanes, *The Birds*, 414 BC)

云山 | Clouds, Mountain of

可能位于印度洋。如果要到达云山，从伊拉克的巴士拉出发，航海需要6个月的时间。去云山的时候，游客最好找一个懂炼金术的波斯术士，只有他们可以轻轻松松地进入云山。不过，这些术士为了炼丹，通常会牺牲掉自己的同伴，这也是他们的习俗，所以游客要格外小心。第一个描写云山的是巴士拉一个名叫哈三的金匠，他当时也与一个波斯术士同行，险些丧命。

一旦上岸，游客最好在山脚下就与波斯术士分手，独自前行。术士会从旅行袋里取出一个半圆形的铜鼓和一个用黄金做的丝织鼓槌，然后开始击鼓。顿时，地上掀起一阵尘埃，慢慢地，尘埃形成三头上好的骆驼，游客最好骑上其中一头骆驼。7天后，游客可以看见一个圆屋顶，由四根红色的金柱子支撑着；还有一座非常美丽的大宫殿，宫殿里住着国王的女儿。这些年轻女子会迷惑游客，让他忘掉自己的目的地。游客最好继续前行，再走8天，他就可以看见团团云雾由东到西慢慢散开。这里就是游客要找的云山。

游客如果要登上云山，他只有按照如下方式才可以成功：他必须杀死一头骆驼，剥掉骆驼的皮，将自己放在驼皮里，然后小心翼翼地把骆驼皮缝好，等一只秃鹰把他当作猎物刁走。秃鹰会把驼皮放在山顶上；随后，游客应当设法从驼皮里出来，用尖叫声（这需要预先练习）吓跑秃鹰，这样就可以随心所欲地探索云山了。在云山上，游客会发现骨头和柴火。波斯术士会朝他大吼，叫他放下柴火，这是炼丹所必不可少的。但游客千万不要那样做，尽管术士会坚持要求。最后，术士扔下游客，自己带着他那些珍贵的棍子走了。下山的路也不容易，抛弃在山上的哈三成功地从别处下山，被巨大的风暴吹到附近的海滩上。然而，他之所以能够幸存下来，完全是靠运气。

无名氏，《一千零一夜》

煤城 | Coal City

距离地表150英尺深，位于新阿伯佛里洞穴（New Aberfoyle）的中心。新阿伯佛里洞穴在苏格兰中部的斯特灵国（Stirling）、杜巴顿国（Dumbarton）和壬弗休国（Renfrew）之下延伸了好几英里远，洞穴里蕴藏着丰富的煤矿。这些洞穴自然天成，尽管也被人为地拓宽了许多，在卡特琳湖（Loch Katrine）和古苏格兰运河之下、从北向南又延伸了40多英里。这些洞穴在某些地区一直延伸到海底，下面还可以听见海浪声。

煤城坐落在巨大的地下湖马尔科姆湖（Loch Malcolm）沿岸，湖水清澈见底，水中游动着一群群无眼鱼；鸭子也被引进到了这里，它们靠湖水里丰富的鱼类为生。矿工及其家属居住在砖房里，这样的砖房坐落在巨大的中心洞穴下面的海湾两岸。煤城使用电取暖和照明,电灯挂在拱形屋顶和岩柱上,拉上电灯的开关就可以提供一个所谓的夜晚。灯是完全封闭的,以防发生甲烷爆炸。为圣吉利斯(St. Giles)建造的教堂就坐落在海湾上方一块大岩石上。

煤城的齿形入口

煤城的矿藏很丰富,现在已经变成了重要的旅游胜地。游客可以经过一条倾斜的地道,而经过一个齿形入口就可以进入这条地道,这个入口距离卡伦德尔(Callender)以南 7 英里。新阿伯佛里洞穴的通风设备是地道和通风井,其中一个位于杜敦纳尔德城堡的废墟里。

煤城的居民更喜欢这里平和的气候状况,他们很瞧不起外面的世界,把外面的世界叫作"那上面",意思是多风暴和坏天气的地方;他们为拥有这块昏暗美丽的地下王国而深感自豪。

新阿伯佛里洞穴是 19 世纪中期被发现的,也就是在多查特煤矿(Dochart)被封闭 10 多年之后才发现的。当时,多查特煤矿的煤已被开采殆尽。一个老矿工始终不相信这里再也找不到煤矿了,于是为自己和家人在老煤矿的深处建造了一个棚屋,然后又花去 10 年时间,继续在这废弃的煤矿里采煤,直到他最终找到有微弱的甲烷渗出为止。在多查特煤矿以前的经理的帮助下,这个老矿工打破岩墙,找到了新阿伯佛里洞穴的煤矿。3 年里,煤城的地下组织又活跃起来,但煤城的发展也遇到了反对意见。它的主要敌人是希尔法克斯(Silfax),他是这里以前的一个消防员或多查特煤矿的修道士,他的工作是穿着潮湿的衣服,在小小的甲烷堆可能被堵塞或有危险的时候给它们点火。多查特煤矿被封闭之后,希尔法克斯一直在地下，住在只有他自己才知道的深深的通风井里，只有他的外孙女和一只大猫头鹰陪伴他，这只猫头鹰随时跟随他的左右。希尔法克斯渐渐相信新阿伯佛里洞穴的煤矿属于他，因此坚决抵制其他人进入洞穴，煤城建造之后也是如此。

希尔法克斯最明显的破坏行为是炸掉支撑卡特里尼湖(Loch Katrine)湖盆的岩石。这对于一个地下城镇来说没有多大的影响，只是将马尔科姆湖的湖面抬高了几英尺高。他的这个行为对地表的影响更大：卡特里尼湖出现了裂口，汽船陷在湖底的淤泥里，进退不得。希尔法克斯还想搞一场大规模的甲烷爆炸，好在没有得逞。最后，他跳进马尔科姆湖，结束了自己的生命。直到今日，希尔法克斯那只大猫头鹰还在中心洞穴的边沿，孤独地飞来飞去。

朱勒·凡尔纳，《美丽的地下世界》(Jules Verne, *Les Indes Noires*, Paris, 1877)

柯卡格尼岛 | Cocaigne

位于萨吉尔岛的背后，是湖泊女神安奈蒂斯(Anaitis)的地盘。据说，安奈蒂斯是太阳的女儿，与月亮有亲戚关系，安奈蒂斯的使命就是转移、避开或者偏转。她游历甚广，特别喜欢改变那些想成为圣人的苦行僧。正是她把那把宝剑交给了卡默洛特城堡的亚瑟王；也正是她施魔法使卡默洛特城堡的亚瑟王的妻子爱上了兰斯洛特爵士。

柯卡格尼岛的沿海地区无人居住，内陆地区有一座城市，被一堵高高的灰墙围起来。要进入这座城市，参观者必须敲一、两次门。第一次来敲门的是亚当和夏娃，他们的形象如今都表现在门环上。经常光临这座城市的主要是半人半兽的怪物，他们来这里拜访安奈蒂斯女神。

城里有一座皇宫，皇宫的四周是一个灯光昏暗的公园，公园里可以看见一些奇怪的生灵。经过一条小路，可以来到一个用黄色大理石砌成的庭院,庭院的上面是许多圆屋顶和小尖塔。庭院里的唯一装饰是一尊神灵雕像。这位神灵有 34 只手臂和 10 个脑袋,他似乎正全神贯注地爱抚一个女人,而其余空着的手则搂着另一个女人。皇宫里有一间最豪华的屋子,里面随意摆放着一些色情玩具,这间屋子就是图书馆。图书馆的墙上绘有昔兰尼城的 12 个阿桑(Asan of Cyrene);天花板上有一幅壁画,壁画里的女子弓着身体,脚趾触到东边的屋檐,手指尖一直伸到西边的屋檐。这个图书馆不仅收藏了有关人类发明的所有记录,而且还有阿斯塔纳萨(Astyanassa)、埃勒芬蒂斯(Elephantisis)和萨塔德斯(Satades)的手稿。此外还能看到一本酒神的配方和一份做爱姿势指南,还有两部价值连城的独特书卷,分别是《快乐中心的连祷》和《三十二种满意》。

柯卡格尼岛上只遵循一个原则:“做对你自己有益的事情”。岛上的生活千年不变,目的只有一个:不断地追求快乐。这里没有遗憾,树木永远苍翠繁茂,鸟儿吟唱着永恒的小夜曲。据说,在一年最宜人的季节的最宜人的一天里,时间睡去了。我们可以在一个水晶沙漏里看见时间,沙漏就放在皇宫里一间小小的蓝色屋子里。如果发现沙漏中有两个连接的三角形,蒸汽就会升起来,形成一幅远景图。

来到柯卡格尼岛后,游客会被带进一间白色房间,房间的墙壁上装饰着铜匾额。游客走进这间屋子里,就会有 4 个女子过来伺候他沐浴,她们用舌头、指甲、头发和乳头抚摸客人的身体,使得客人心旌摇荡。然后,客人被涂上 4 种不同的香油,穿上衣服,接着便被带去享受岛上各种特色食物,比如鸡蛋、大麦粒、三角形的红色烤面包、石榴和蜜酒。

詹姆斯·卡贝尔,《朱根:正义喜剧》

柯卡格尼国 | Cockaigne

具体位置不清楚,有时容易与库卡格纳国或本戈迪国混淆。

柯卡格尼国的食物很精美,不需要烹饪,而是像花儿一样长出来。糖果和巧克力从林边跳出,烤鸽从空气中飞出,香酒从喷泉里流出,蛋糕从天堂里像雨一样落下来。皇宫完全用糖建成,房屋用麦芽糖,街道用糕饼,商店免费供应商品。据说,德国某处森林里发现的一间姜饼屋,就来自柯卡格尼国,因剥削年轻的姐弟俩而出名。

柯卡格尼人的生命永恒,一方面是因为他们不会打仗;另一方面是因为当他们活到 50 岁的时候,又会恢复到 10 岁的样子;还有一群精灵、小矮人和水泽仙子为他们服务。

无名氏,《柯卡格尼箴言》(Anonymous, *Le Dit de Cocagne*, 13th cen. AD; Marc-Antoine Le Grand, *Le Roi de Cocagne*, Paris, 1719)

卡克利维省 | Cocklev

参阅纳扎尔王国(Nazar)。

柯姆赫达奇岛 | Coimheadach

位于北大西洋。要到达柯姆赫达奇岛,游客必须小心穿过威尔士,然后独自一人继续小心翼翼地穿过苏格兰,或直接穿过爱尔兰,到达最远处的海岸,最后到达布拉斯科特群岛(Blasket Islands)的另一边,或者阿兰群岛(Aran)、阿琪尔群岛(Achill)抑或外部群岛(the Outer Isles)的另一边,这取决于参观者所走的路线。柯姆赫达奇岛向西面突出,刚好处于大西洋的地平线之上。爱尔兰共和国全国性法定交通运输公司的 Coras lompair Eireann 和渡轮公司的麦布莱恩(Macbrayne)都不能把游客带到这里。游客必须乘坐"圣乌苏拉"(St. Ursula),这是一艘古老而恶毒的牛拉船,有 4 个货舱和一个高级酒吧。这艘船的行程总是很艰难,船舱内总是很暗,因为她午夜时起航,跌跌撞撞地穿过激流,尽管背后已是黎明,她却在昨夜之后一直东倒西歪地向前行驶。柯姆赫达奇岛打破了地平线的宁静，像一堆粪便突出于海面；就像斯凯利格·迈克尔岛（Skellig Michael）或阿贝巴克岛（Aberbach）后面的岩石。当“圣乌苏拉”驶近这座岛屿时，柯姆赫达奇岛就像被晨曦触到的怪物似的花岗岩楔子，看起来很像造物主最后在完成欧洲之后丢弃的碎石。“圣乌苏拉”忧伤地靠了岸，在掀起的巨浪中掉转头来，准备回航。

参观者被抛弃在充满柴油机和烂鱼臭味的码头边。与莱缪尔·格列佛船长一样，这些参观者会发现这里所有的东西都比例失调：他们的体形太大，鼻音太重，辅音太难。这里没有“床和早餐”牌，没有明信片，也没有树木。进入城里，参观者会发现街道铺着同样的灰石板；房屋狭长而昏暗，也是石板建筑。在这些房屋当中，有些是住宅，有些是猪圈，有些是商店，商店里出售威士忌、铁丝网和罐装豌豆。

当游客坐在被海水弄得弯曲的椅子上时，或是有意识地进出于那些对普通人来说太低矮的小门时，岛民们既不欢迎也不拒绝这位游客的白皮肤，游客也不会好奇岛民经久不变的粗脖子和渔夫身上的针织衫。岛民们身材矮小、肤色黝黑，与博物馆石柜里的干尸差不多，一点儿也不像肤色白皙的盖尔人。由于潮湿和吃了太多的土豆，他们疾病缠身，轻快的动作也因此有些痉挛。如果游客停下来问路，即使被问的人只是用手指点了一下，游客也应当表示感谢，在这些岛民的语言里，退化的盖尔语夹杂着适当的英语，即使熟悉的语音也会一带而过，不容易理解。

沿着被提示的路线走，参观者会发现他们正不知不觉地往山上走，正朝着岛上的最高峰爬行，山峰从西面升起，是柯姆赫达奇岛的中心，这是一种极有意义的高度，肥沃的港口沿岸形成一个可以方便的教堂前厅。游客必须穿过各种农田，有些农田里种植了土豆，大多数则被圈起来喂养一种卷毛小黑牛，黑牛肉可是柯姆赫达奇岛的财富。农田之间由石板墙隔开，石板墙的复杂模式与粗糙的家庭针织衫的编织图案一样，复杂而富有个性。墙上刻着建造者的名字，补修时又增加了每个后继者的身份。等到石板墙砌完了，农田也死了。最后，这里上面只留下柯姆赫达奇岛的花岗岩心脏；魁伟的胸部则是粗糙的石南花。做了有色记号的绵羊四处乱跑，然后消失不见了。这里没有大门，也没有孩子的说话声，轨道蜿蜒穿过岛屿西端，撞进柯姆赫达奇岛修道院所在的一个迷醉的空间里。

海伦·维克哈姆，《奥托林-亚特兰蒂卡》(Helen Wykham, *Ottoline Atlantica*, London, 1980)

殖民岛 | Colony, Isle of The

这其实不能算是一座岛屿，只是一个四面环山的肥沃的平原。这个平原位于圣赫勒拿岛，不为外人所知，只有经过悬崖间的裂口才可以进入这个平原。平原长 6 里格，宽 4 里格，其中包括耕地，耕地之间有草坪和林地。平原里生长着无数的果树，气候虽是四季如春，却总是处于果实累累的秋收时节。

安东尼·弗朗斯瓦·普雷沃神甫，《英国哲学家或克伦威尔私生子克利夫兰先生的故事》(Abbé Antoine François Prévost, Le Philosophe anglois, ou Histoire de Monsieur Cleveland, fils naturel de Cromwell, par l'auteur des Mémoires d'un Homme de qualité, Utrecht, 1731)

戏剧家之岛 | Comedians' Island

参阅音乐家之岛(Musicians' Island)。

通勤者村 | Commutaria

位于英格兰南部的朴茨茅斯-滑铁卢铁路线上。通勤者渴望的一切都可以在这个村子里找到。为了慰藉疲倦的通勤者，英国科学家梅林的一个远房后代建立了这个村庄，尤其是为星期一早晨的通勤者。通勤者身穿细条纹布衣，无精打采地从肮脏的二等或一等车厢的车窗里往外看。风景突然变得清晰起来，几乎令人眼花缭乱。火车慢慢停下来，车门悄悄地打开，空气里传来柔软的乐音，让人想起浪漫周日下午放映的三级影片。外面，每一个通勤者都找到了自己秘密的渴望。他们的渴望可能是一片白沙滩，沙滩边海水泛起轻柔的浪花；也可能是火炉边一把舒适的椅子，一瓶高级爽口的威士忌，一条大黄狗，一本好像永远也翻不完的克里斯蒂(Agatha Christie)的新小说，也可能是观看世界杯总决赛时的一个最佳座位。一位来自沃克恩(Working)的生意人找到了一英里长的微型火车轨道，轨道上还排列着一些微型火车。一位来自苏尔比敦(Surbiton)的秘书发现了一个法国式小花园，花园里的杂草已被除去，正准备种植玫瑰花。一位来自利普乌克(Liphook)的女售货员找到了一个大商场的废墟，烧焦的东西里面还在冒着一股股青烟，还有一件漂亮宽松的白色外袍和一架罗马竖琴由她处置。无论乘客什么时候想离开，火车离开和到达滑铁卢的时间都不会晚一秒钟。

埃尔斯佩思·马赛，“离开日”，《缺席的朋友及其他故事》(Elspeth Ann Macey, “Awayday”, in *Absent Friends and Other Stories*, London, 1955)

赞美岛 | Compliments, Isle of

参阅希利岛(Cheli)。

康科迪亚国 | Concordia

最小的欧洲国家，地图上很难找到它；这个国家人口极少，收入完全依赖旅游业。

康科迪亚国保持了少量军队，没有大炮。这里冬暖夏热，首都康科迪亚城的年平均降雨量是 3 毫米；城里弥漫着令人昏昏欲睡的气氛。大教堂的钟声会报时，那只钟安装于 1811 年，经常遗失；而今，康科迪亚国已整整失去两天了。国内有6、7公里狭窄的铁路，还有5公里铁路自1912年以来一直在修建；康科迪亚国没有学校。

从地理、军事和园艺方面来讲，康科迪亚国的位置显得很无助，它就像一块专门吸引侵略者的磁铁，经常遭到敌国的入侵。康科迪亚国至少赢得了400次独立，康科迪亚人认为他们应该是世界上最独立的民族了。他们每天都会庆祝一个不同的独立纪念日。英国人曾有几次来到这里，理由是康科迪亚人不会管理自己；法国人也找借口来到这里，说英国人不适合统治这个地方；荷兰人将康科迪亚人变成新教徒，土耳其人又让康科迪亚人信仰伊斯兰教。

1811年，康科迪亚国遭到阿尔巴利亚人和立陶宛人的威胁，他们签订条约，要瓜分这个国家。当时，"不可能"皇帝托马斯被一个阿尔巴尼亚暴徒谋杀了。托马斯的儿子"不寻常"国王西奥多，娶了老卡斯提尔的郡主伊妮兹，率领西班牙军来到康科迪亚，赶走了侵略者，强迫康科迪亚人改信了罗马天主教。后来，康科迪亚国又走进祖先的神圣非正统教堂，至今如此。神圣非正统教堂由一个上了年纪的大主教主持，他已经100多岁了，耳朵很聋。康科迪亚有许多宗教派别，其中最严厉的是紫色修士，他们不坐也不站，都用膝盖走路，遵守一种静默的誓约。

康科迪亚在德国投降之前几个小时向德国宣战，从而赢得了最后一次大融合；为此，他们可以得到本不属于他们的6公顷土地。他们拒绝了这份礼物，如今与周边各国的关系都很要好。

康科迪亚城建在中心广场周围，以1811年建造的哥特式大教堂为主，四周是昏暗的带有阳台的建筑，对面是苏联和美国的大使馆。

如今，康科迪亚是一个共和国，国内存在许多党派和彼此分裂的团体，其中两个是国家铁拳党和分裂极端派之联合党。目前不止一个党派执政；1955年宣布实行独裁统治，而现在掌权的是一个联合政府。

彼得·乌斯蒂诺夫执导，《罗曼诺夫与朱丽叶》(*Romanoff and Juliet*, directed by Peter Ustinov, UK, 1961)

夫妻陪葬岛 | Connubial Sacrifice, Island of

位于印度洋,第一次纪录这个岛屿的是著名水手辛巴德。岛上的居民住在一座大城市里,按照当地的风俗,妻子死了,丈夫就得陪葬;同样的,丈夫死了,妻子也要陪葬,他们的理由是,一对夫妻死了一个,剩下的一个也就了无生趣了。如果死去的是妻子,送行的人就把她的尸体装进一个木匣子,同时带上她的丈夫,送到靠海的一座高山上;他们掀开一块大石头,把死者扔进一个深不可测的洞里,同时用粗绳子把她的丈夫也放进洞里,再送进去一些水和面饼,然后上面的人把绳子收回去,用大石头盖上这个深洞,这样,这对夫妻就永远在一起了。

夫妻陪葬岛的另一部分住着一个野蛮的黑人部落,他们用美味的食物和椰子油招待游客。游客最好不要吃这些东西,因为里面放了大量的迷幻剂,吃下去后会长时间地发痴发呆,最后被杀死做成两类菜品,一类在烹煮后撒上浓浓的调味品,献给国王吃;另一类不需要烹煮,直接端给部落里的其他野蛮人吃。

无名氏,《一千零一夜》

厨师岛 | Cook's Island

请不要与厨师群岛相混淆。这是南海里的一座热带小岛,周围有非常奇特的沙滩,沙粒的颜色好像会随着光线的变化而变化:有时候金黄,有时候乳白,与背后翠绿的森林形成鲜明的对比。游客应该知道,要穿过这座岛屿很难,岛上灌木丛生,许多道路都被炫目的花丛遮蔽了。

厨师岛上只有一个定居点,那是一个棚屋村,位于林间一块空地上。村里住着一群土著人,领导他们的是一个白人女王,她曾是伦敦北部的一个厨师。一个代代相传的古预言说,这里的岛民将有一天会受到一位伟大的白人女王的统治,她将从海上来,她的头上戴着白色的王冠。

很奇怪，这个预言果真应验了。伦敦的一群孩子获得了一张神奇的飞行毯，这张飞行毯可以满足他们所有的愿望。有一天，这些孩子说出他们的愿望：去南海滩。于是他们就被带到了那里，同行的还有他们的厨师，因为当时这个厨师就站在这张地毯上。于是，当地人就把这个厨师女人当作他们期盼已久的女王。不久，这些孩子又把他们遇见的一个性情温和的强盗带到了这座岛上。强盗和女王结了婚，婚礼的司仪是尊敬的赛普蒂默斯（Reverend Septimus Blenkinsop），他专程从德普特福德（Deptford）赶来主持他们的婚礼。

游客应当知道，去厨师岛旅游可以治好百日咳。

伊迪斯·尼斯比，《凤凰与魔毯》（Edith Nesbit, *The Phoenix and The Carpet*, London, 1904）

合作城 | Cooperative City

位于美国缅因州境内，建于 20 世纪的最初 15 年，由美国合作联盟建造完成。美国合作联盟成立于 1901 年，成立的宗旨是，努力使人们在 20 世纪实现"现世生活美若天堂"的愿望，使基督教的实践最终成为可能。合作城的人口现有 10 万。

合作联盟是一个商人创建的。他买下一栋砖房，把它改建成一个餐馆，同时向合作联盟的成员提供社会和艺术方面的设施。拟建合作城的计划首次公开发表在《世界，一个百货公司》上面，这份计划大致概括了如何让合作制度战胜工业社会的种种邪恶，从而实现"现世生活美若天堂"的宏愿。

合作城的生活以配给券为基础，配给券已经取代了货币。存入合作成员账户的配给券数额是根据合作联盟对该成员对联盟所作贡献的评价来定，其中体现了个体成员的生活和劳动。配给券可以用在任何一种交易当中，这就结束了信贷、投机和股票买卖，使大量成员参与更具有生产性的劳动。合作城的每一个人都被看

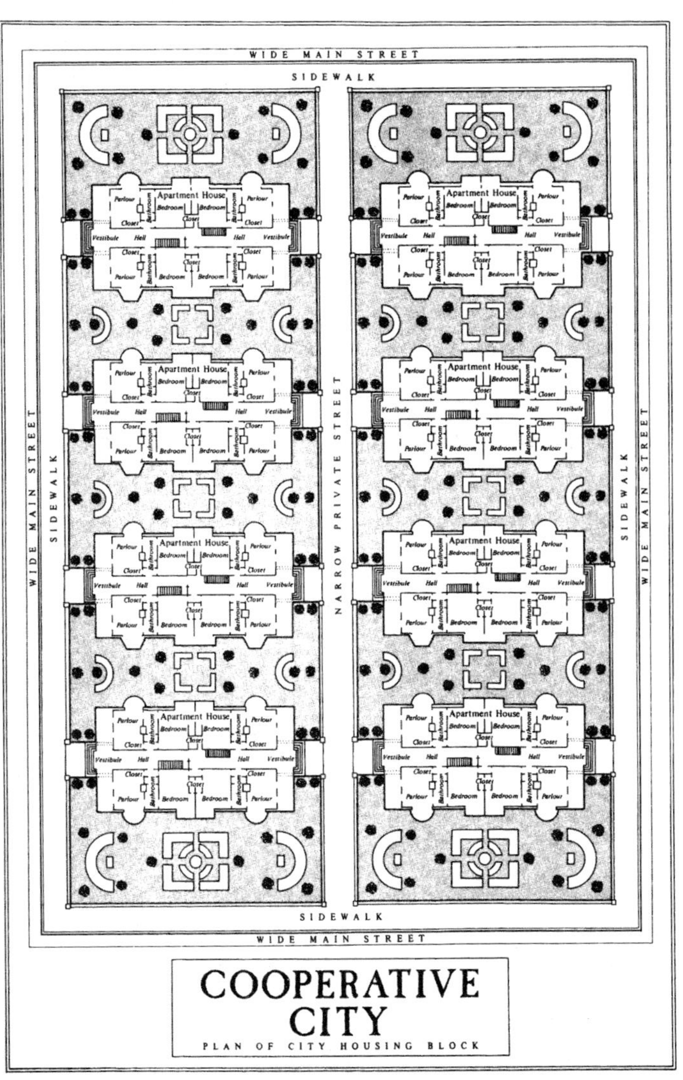
WIDE MAIN STREET
SIDEWALK
NARROW PRIVATE STREET
Apartment House
Parlour
Bedroom
Bathroom
Closet
Vestibule
Hall
COOPERATIVE
CITY
PLAN OF CITY HOUSING BLOCK

合作城

作每年价值 120 美元的投资和账户，提供给合作城里的所有儿童。每年存入的这个款项会随着孩子的成长而逐渐增加，额外的存款被用来奖励学术成就。每个成员每年都不少于 1500 美元；过期未取的存款没有利息。根据最严格的合作联盟规定，无论在何种情形下，任何成员都不可以赞助外面的事业。

合作制度结束了失业现象。按照“只要工作就有饭吃”的原则，唯一一种社会慈善形式就是创造就业机会。在合作城里，仆人仍然存在，但他们不再被当作奴性十足的仆人，而是朋友和助手。

合作城和协会都处于执行委员会的管理机构及其分支机构的管辖之下，包括房产部、生产部、农业部以及技师部，各自负责各地的生产和分配，确保发送到专门商店，满足零售业。所有货物直接从相关生产部门提取，没有中间过程。为了响应按照协会的品牌“经济”，劳动者根据需要，经常从一个工业部门换到另一个工业部门。每天的工作时间减少到 6 小时，人们没有必要终生死守一份工作，为了发展自己的能力，他们可以经常更换工作。不再有剩余产品或不必要的产品出现；货物或停止销售的生产线马上停止运营，在流行年度的清仓销售时，以减价大甩卖的方式处理。

合作城以方形模式建造。公寓区位于街道两边，都向外突出，这样，所有的房间都可以享受到阳光。街区之间的公园替代了老城昏暗邋遢的后院。每一个公寓都有一个正面，宽 45—50 英尺，中间走廊的两边又有两套公寓。所有的建筑都有 3 层，外加一个地下室。市民也可以购买私人住宅，这种住宅按照房地产部门的具体规定来建造，为的是满足购买者的生活需求。公园和公用地是共同的；大多数公共建筑都坐落在美丽的花园里，装饰着艺术和技巧所能产生的一切东西。它们的装饰并不突兀，而是完全和谐地摆放在一起。

合作城的一个独特之处特别值得游客注意：各家都不单独做饭，每个地方都有公共食堂。在公共食堂里点的饭菜可以带走，也可以就在食堂里吃。所有食物都由经过高级培训的厨师以最高标准来准备。所有食堂都通向三条街道，宽阔的正面都有一个入口，面向一个中心圆形大厅，那里有喷泉和丰茂的植物。会客室、营业室和卫生间都在一楼。主要用餐厅位于第一和第二层，第一层用餐厅提供的饭菜相对便宜些。第三层主要是私人用餐室，小团体或家庭可以单独包下。第四层是宴会厅，能够接待 400 个客人。餐厅从早晨 6 点一直营业到午夜。根据禁酒原则，餐厅里没有烈酒。

合作城的教育和卫生由教育部门全权负责。药房和专利药品没有了。所有公民都要定期接受体检，如果发现患病，就会得到相应的治疗。遇到神经衰弱症患者，就会被送去度假。学校里的健康状况一直受到监控，这样可以鼓励体能训练和运动。教室的门宽敞通风，每张课桌上都摆放着鲜花，每个班级的学生从未超过 25 人。学校鼓励竞争，以提高教育质量。

合作城和合作联盟都以基督教为基础，但它们并没有宣扬任何形式的基督教信仰，没有宣扬基督教的任何基本信条。宗教仪式在大型集会之地举行，这里也是聚会和展览的地方，可以容纳 5000 人。集会上没有冗长乏味的布道，只是简单的陈述，人们相信这些陈述有益于公共福利。无论是男人还是女人，他们都可以在集会上布道，唯一的条件是他们的生活具有榜样的作用。参加仪式的人需要支付座位费，正如他们为自己参加娱乐活动付费一样。所有大臣和传教士都与教育部门的工作联系紧密。

乡村从城市的发展中大获裨益。交通的改善打破了农民以前长期所处的封闭状态。现在，农民生活在分散的乡镇上，电动火车为市内和乡村提供了公共运输。广场的车站或乡村小镇里，人们可以独坐一种小型汽车，在城市里，这样的汽车叫“出租车”或“出租马车”。

《每日美国人》由中央出版社出版，这家出版社同时还出版城里的所有书籍，报纸上没有广告和色情头条。合作城也没有《星期日报》。

布拉夫特·佩克，《世界，一个百货公司，一个关于合作制的故事》(Bradford Peck, *The World, a Department Store. A Story of Life under the Cooperative System*, London, 1900)

可卡兹岛 | Coquardz, Isle of

参阅幸福群岛(1)(Fortunate Islands [1])。

科拉丁王国 | Coradine

位于苏格兰北部，包括连绵起伏的群山之中的一个山谷，山谷之外20到25英里远处是一座高耸的精灵山。科拉丁国的动物很平常，这里有长角的白色公牛、绵羊以及长尾巴马，马的鬃毛很长，使得这样的马儿看起来威猛可怕；温顺的小鸟常常跳到游客身上；狗的体型很大，有几分像狐狸，比圣伯纳犬大。

科拉丁国的建筑值得一看。建筑周围都没有道路和林荫道，每栋房屋都孤零零地摆在那里，周围也没有花园和篱笆。最典型的是丰收乐曲屋，这栋房子像一块拔地而起的岩石，独自屹立于它的石基上，约有5英尺高。房檐上覆盖着常春藤、灌木丛和花科植物。天花板很低，没有木桩和金属支撑。除了屋顶，整个建筑都用灰石建成，灰石板上有丰富的雕刻。倾斜的屋顶由16根巨大的立于圆形基座上的女像柱支撑。拱形入口约100英尺长，犹如小山上的一片云，用桃褐色的玻璃做成。科拉丁国的所有建筑都很古老，没有新建的房屋；这里的居民把这些建筑比作一座小山，"随着时间的流逝，老屋的起源已无从查考"。

典型的科拉丁建筑的内部结构很有意思。参观者可以走进一间高高的八角形屋子。屋子的地板是用黑石镶嵌的，青铜铸成的壁炉有15英尺宽。一面墙壁上覆盖着青铜浅浮雕，另外几面墙壁采用精雕细琢的木结构，与一种黄色金属相结合，这一切都要经过一种石化过程。餐桌是经过打磨的深红色基石，上面摆放着玻璃瓶和陶罐。屋角立着一尊女子塑像，被放在一头白色的金角公牛身上。屋内随处摆放着座位和椅子。每个座位的旁边都有一张小桌子，小桌上有一个圆形的石盖，石盖上有漂亮的镶饰和青铜脚。

整栋房屋的门都设为双层，两层之间是一面有色玻璃，可以直接滑进墙里面。房屋的卧室正对着后面的一个阳台。科拉丁国由女性统治，每栋房屋最重要的房间就是母亲的卧室，因为她是一家之长。

女人比男人更强壮，她们通常可以活到 100 多岁。她们的前额比男人的更宽、更低，鼻子更大，双唇更薄、更坚毅，嘴唇呈紫红色，面色如红土。

科拉丁人的食物很简单。早餐和午餐都是干硬的褐色面包、一把干果和牛奶；晚餐是苦味儿的脆菊苣、捣碎的豆类、炖肉和牛奶汤以及碎坚果和蜂蜜。科拉丁人不饮酒，只喝果汁。他们使用转动的小圆球制作音乐，圆球发出的声音很像人的声音；科拉丁人的音乐里没有歌词。他们也不知道什么是钱。公共洗浴是一种大众喜悦的娱乐方式。送礼和受礼都是大不敬的行为，必然给与回报，通常以体力劳动的方式来计算，比如得到一卷布，这个人就必须在地里劳动一年。科拉丁人认为撒谎是最大的过错。在殡葬方面，科拉丁人实行土葬与火葬相结合的葬礼形式；焚烧尸体的火堆就在坟墓附近。祭司主持葬礼时会说："永别了，我们最亲爱的儿子(女儿)！我们带着深深的哀思和悲伤的泪水，把你还给大地母亲，我们心灵的创伤不会愈合，我们的悲痛不会止息，除非大地母亲在这堆焦黑而孤独的坟冢上再次生长出甜美的青草和鲜花。"

休斯顿，《水晶时代》(W. H. Hudson, *A Crystal Age*, London, 1887)

珊瑚岛 | Coral Island

南太平洋里一座圆形岛屿，周长约 30 英里，直径 10 英里，地势崎岖不平。珊瑚岛上有两座山，一座高 500 英尺，山腰处有 3 个山谷，被山脊隔开，山谷里生长着茂盛的热带植物；另一座山高约 1000 英尺，山上多幽谷和溪流。

珊瑚岛的海滩上都是纯白的沙子，沙滩边缘完全是珊瑚礁，其间有3个狭窄的出口，礁湖里水流平静；暗礁外却海浪滔天。靠近海滩的地方，海浪因自身压力被裹挟进岩缝里，溅起层层水雾。

珊瑚岛现在的名字出自3个年轻的英国人，他们是那艘遭遇海难的“箭”船上唯一的幸存者。这次事故的准确日期无人记得，大概是发生在19世纪上半叶。这3个英国人非常聪敏，他们靠吃岛上的野果子活了下来。他们在那艘失事船上找到了一些装备，这使他们在岛上最初的一段日子里过得不算太艰难。他们的名字被刻在海滩附近的一块木板上，至今依稀可见。

珊瑚岛上的植被很丰富，种类繁多，动物却很少，只有一些野猪，爬行动物显然很缺乏，偶尔也能看见蜥蜴。岛上鸟类生活多样化，林子里到处可见鹦鹉、鸽子以及各种海鸟，还有企鹅和水鸡。

珊瑚岛上的植物有面包树、椰树和香蕉树；山药、芋头和马铃薯属于野生。一种更有用的树名叫铁树，由看似规则自然的厚木板支撑着。铁树木质坚硬，可用来做木钉子。桐树的果子烧烤后可用来做蜡烛，它们可以持续发光。珊瑚岛附近的水域里有大量的海藻，可以像菠菜那样煮来吃。

珊瑚岛上气候温暖，这种气候会持续不断，尽管偶尔也有暴风。珊瑚岛上没有黎明，夜幕会突然降临，属于典型的热带气候。礁湖的潮汐非常微弱，海水非常温暖，游客可以在这样的海水里连续泡上几个小时都没有问题。

珊瑚岛有无穷的魅力，但游客应当防备岛上食人族和海盗的攻击。如果需要的话，游客可以躲到一个地下水晶洞里，这个洞又叫钻石洞。

罗伯特·巴兰泰尼，《珊瑚岛》(Robert Michael Ballantyne, *The Coral Island*, London, 1858)

柯宾城堡 | Corbin

具体位置不清楚，好像坐落在山上，山下是一个富饶的村子。

山谷的另一边可以看见一座漂亮的高塔。据说,柯宾城堡里经常闹鬼。城堡里空了一间屋子,因为这间屋子如果有人住的话,就会有鬼来攻击他。

正是在这座柯宾城堡,兰斯洛特爵士的疯病被治好了,是那只放在附近高塔里的圣杯治好的;也正是在这座城堡里,兰斯洛特爵士因中了魔法而与伊莱恩同睡一床,这大大激怒了卡默洛特城堡的王后圭尼维。

托马斯·马洛礼爵士,《亚瑟王之死》;怀特,《永恒之王》

浮木城 | Cork

大西洋里的一座浮城,不要与爱尔兰共和国的科克城(Cork)或科凯城(Corcaigh)混淆。从身高和外形上来看,浮木城的居民都很像欧洲人,不过他们的双脚是用软木做的,因此他们又叫"软木脚"。正是由于这双独特的脚,他们在水里才不会下沉,可以在海上自由地行走。浮木城建立在一块巨大的圆形浮木上。

撒莫萨塔的吕西,《真正的历史》

科若曼德尔地区 | Coromandel

这里是早熟的南瓜飘去的地方,距离日落群岛波西恩不远。科若曼德尔地区的海滨住着勇邦波,他曾向叮当响的琼斯小姐求爱。

钟鸣树生长在科若曼德尔地区和格若布利平原。科若曼德尔地区的大虾又多又便宜,还有小虾和豆瓣菜;甚至还有一种乳白色的肉鸡。科特尔海湾背后光滑的香桃木斜坡上躺着一只乌龟。

爱德华·李尔,"勇邦波的求爱",《滑稽情诗:无厘头诗、歌曲、植物以及音乐,第四卷》(Edward Lear, "The Courtship of Yonghy-Bonghy-Bò", in *Laughable Lyrics: A Fourth Book of Nonsense Poems, Songs, Botany,*

Music, *etc.*, London, 1877)

扎罗夫侯爵之岛 | Count Zaroff's Island

参阅扎罗夫之岛(Zaroff's Island)。

科库瑞亚岛 | Coxuria

属于太平洋东南部的雷拉若群岛。岛上住着俾格米人,他们坚信自己在外形和身高方面都很像神灵。按照他们的说法,神灵会经常来拜访他们,并赐给他们一个魔法蛋糕,是用神灵的唾沫做的。这个蛋糕只有科库瑞亚岛上才有,但凡被蛋糕接触过的东西,都会变成圣物。关于这个蛋糕的所有权问题,科库瑞亚岛上的各个教派一直争论不休,由此而产生了不同的神学流派,这些神学流派成为今天科库瑞亚岛上最主要的政治势力。他们争论的问题之一是,神灵来到地球上时说的是"fuzz"还是"buzz-fuzz"。由于其他岛上许多遭受宗教迫害的人被流放到这里,科库瑞亚岛上的人口呈持续上升的趋势。

戈弗雷·斯维文,《雷拉若群岛:流犯群岛》;戈弗雷·斯维文,《里曼诺拉岛:进步岛》

破头宫殿 | Cracked Heads, Palace of

破头女王居住的地方。宫里随处可见山羊,它们在楼梯上跑上跑下,然后滑下栏杆。这些山羊会吃闹钟,他们先给闹钟上好发条,然后再把这些闹钟吞下去。不一会儿,闹铃开始叮铃铃地响,不久就在它们的胃里消化掉了。宫里的山羊们通常不会理睬挂在自己角上的闹钟,那些闹钟如果等得不耐烦了,就会用铃声对话。女王也把闹钟当食物喂她的小鳄鱼。女王坐在梯子上,然后上好闹钟的发条,再抛给她的小鳄鱼吃。这些小鳄鱼的第二表亲可能已经到了梦幻岛,今天,我们还能从梦幻岛听到它的消息。

卡尔·桑德堡,《卢塔巴加故事集》

奶油泡沫镇 | Cream Puffs

位于香波河以西,准确地说,坐落在卢塔巴加国的高原玉米地里;从远处看,这个小镇小得像一顶小帽,形状就像戴在拇指上防雨的顶针。

小镇轻得像奶油泡沫,镇名也由此而来。镇上的中心是大街和主要广场交会的地方,这里坐落着圆形线轴房。房屋里有一个大线轴;轴的一端系住村庄,当风要吹走小镇的时候,轴上的线就会被拉完。风势过了,镇上的人就旋转线轴,再把小镇拉回到原来的位置。小镇上的风很大。

奶油泡沫镇是肝脏洋葱村的村民建造的,因为他们想拥有自己的小镇。他们穿过高高的平原时遭遇了暴风雪,被雪掩埋,后来被5只满身都是铁屑的老鼠救起。老鼠把鼻子埋进雪堆里,把尾巴伸出来,这些人抓住老鼠的尾巴,被拖到了现在的奶油泡沫镇。为了纪念搭救他们的这些老鼠,奶油泡沫镇的创建者在线轴屋前竖立了一尊逼真的老鼠像。

卡尔·桑德堡,《卢塔巴加故事集》

科里姆-鞑靼王国 | Crim Tartary

位于黑海,与奥格拉里亚国(Ograria)、切尔卡西亚国(Circassia)和黑杖国接壤,与帕夫拉戈尼王国之间隔着黑海。帕夫拉戈尼王国和科里姆-鞑靼王国借助皇族之间的联姻最终获得统一。多年以来,两国之间战火不断,彼此都损伤惨重。

科里姆-鞑靼王国有许多带昵称的古老家族,这一点可谓远近闻名。比如菠菜家族、椰菜家族、菊芋家族、泡菜家族等等。这些家族的成员获得过最高荣誉,比如南瓜勋章、刺刀冠军以及鼻烟盒的联合保管员。

参观者最好留意一下皇家剧院的各种功能，看看皇室画廊里收藏的宫廷画家托马斯·罗恩佐的作品。参观者还应该知道，他必须对皇族表示忠心；这只需要他用鼻子触地，然后让皇室成员的一只脚放在他头上就可以了。

提特马希，“玫瑰与戒指”，《圣诞之书》

跛子岛 | Cripples, Isle of

参阅霍洛莫罗岛（Hooloomooloo）。

克里斯塔罗城邦 | Cristallopolis

参阅伊利塞-瑞克鲁斯岛（Elisee Reclus Island）。

十字路地区 | Cross-Roads

伊西利恩仙女省境内有一列山脉，名叫影子山脉，影子山脉的西边有四条路，这里就是四条路的交会处。这四条道路分别从北面的西力斯-戈哥隘口，东面的米那斯-莫古尔隘口，南面的哈拉德王国以及西面的奥斯吉力亚斯城出发，在此交会于一棵参天古树下。

古时候，刚铎王国的男子在这里为他们的国王铸了一尊大雕像。黑暗之君索伦的摩多王国就位于影子山脉较远处的另一面，索伦在那里建立起恐怖统治之后，夺走了这尊大雕像。雕像的头被敲掉，代之以一块石头；这块石头上胡乱地拼凑出一张露齿而笑的脸，还有一只红眼睛（象征索伦）。后来，西部军经过这里，结束了魔戒大战，恢复了中土的安宁，大雕像得以复原。

托尔金，《双塔奇谋》；托尔金，《王者归来》

克罗塔罗佛波地区 | Crotalophoboi Land

位于非洲北部。这里住着一个食人族和巫师，由于天气炎热，他们的眼睛都长在脚底下。尼奔特岛的保护神圣多德卡努斯(St. Dodekanus)在此殉难。尽管我们不太了解他的生平，但我们知道，公元450年，圣多德卡努斯出生在克利特岛的卡里斯托城。他在自己的家乡行了很多奇迹，后来到了非洲，花了18年时间去改变食人族的习俗，想把他们转变成基督徒。他获得了暂时的成功，因为他的那些追随者很快又回到古老的习俗上，在他132岁时把他杀死了。他的尸体被分割成12份，按照仪式被分吃了。他的大腿骨被丢弃，掉在磨石上，磨石奇迹般地将它带到尼奔特岛，如今被尊为圣物。

诺曼·道格拉斯，《南风》

克罗奇特城堡 | Crotchet Castle

坐落在英国泰晤士河的河谷地带，因藏有许多维纳斯雕像而闻名。城堡的名字源自在这座城堡所在地发现的罗马废墟和城堡主人马克·克罗奇特。马克克罗奇特是犹太人和苏格兰人的后裔，为了掩饰这一点，他把自己的名字改成克罗奇特，想让周围的人都相信他叫爱德华·克罗奇特。

从报纸上可以读到这样的消息：伦敦的治安官宣布，没有穿衬裙的维纳斯雕塑不可以在大街上出现。克罗奇特先生决定为这样的维纳斯雕像找一个栖身之地，他在自己家里堆放了各种神态的维纳斯雕像，比如沐浴的维纳斯、蜷曲着的维

克罗奇特城堡的花园一角

纳斯、入睡的维纳斯、起床的维纳斯以及其他姿势的维纳斯。如今，这些雕像都被随随便便地堆放在城堡的各个花园里，这些花园都对外开放。

克罗奇特城堡的盾徽是这样设计的：中心是被刻画成 A 形的、像用后腿站立的动物一样的克罗奇特；周围是 3 个鼓鼓囊囊的膀胱，表明观点是怎样形成的；3 袋子金挂钩，表明为何能保持这样的观点；3 把出鞘的宝剑，表明如何处理这样的观点，以及 3 个理发师的木制假头，表明这些观点是如何被消化的。

托马斯·皮卡克，《克罗奇特城堡》(Thomas Love Peacock, *Crotchet Castle*, London, 1881)

克罗奇特岛 | Crotchet Island

参阅马扎(Mazar)。①

克鲁索岛 | Crusoe's Island

又名"斯宾兰扎岛"(Speranza)，有时也叫绝望岛。这是一座小岛屿，距离南美洲约 20 里格，位于委内瑞拉的奥里诺科河的河口。法国地理学家认为，这座岛屿位于胡安-菲尔纳德兹岛与智利海岸之间。克鲁索岛的内陆地区多山，山峦之间是肥沃的山谷。岛上有几处风景优美的海滩和海湾，东北部有一个美丽的小河港。这座岛屿之所以为人所知，是因为在 18 世纪早期，约克镇上一个名叫鲁滨逊·克鲁索所写的一本游记；1659 年 9 月 30 日，克鲁索在这座岛屿附近遭遇海难。幸免于难的克鲁索在这座岛上搭建了 3 个露营地：一个位于河口附近；一个位于多岩石的平原上，面向西北方向，这里可以很好地欣赏岛屿的自然风光；还有一个坐落在山谷里，克鲁索在这里种植大麦、玉米、稻谷，有效地补充了岛上的

① 后面没有这个词条。

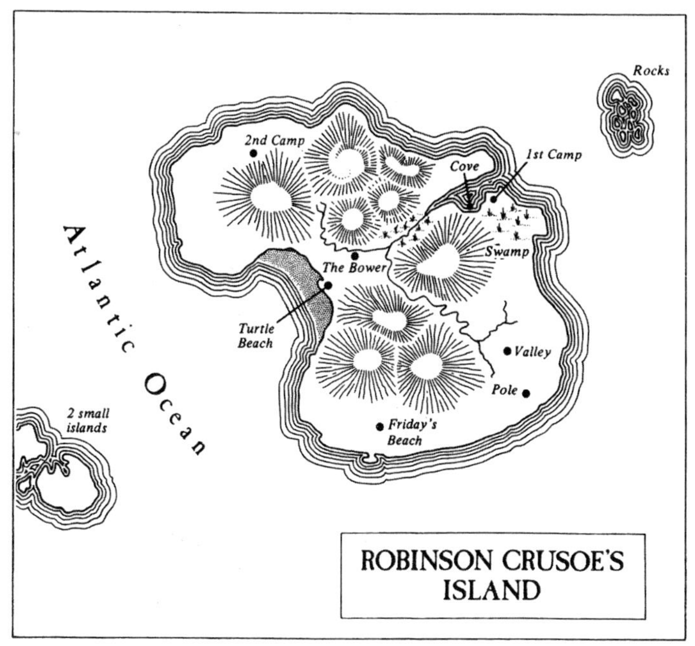

克鲁索岛

本土作物,比如带刺的杉树、铁树、烟草、芦荟、甘蔗、瓜类、葡萄、柑橘以及可可树。岛上没有野兽,除了一种野猫(这种猫已经与克鲁索带来的家猫杂交过)和山羊。岛上生活着多种鸟类,比如鹦鹉、鹰、企鹅以及野鸽,还有乌龟和野兔。岛屿以南是星期五海滩,克鲁索在那里第一次见到了人类的足迹。再往西走,克鲁索竖起一根柱子,作为标记。在他的第一个露营地附近,可以看见一根被他用作日历的木柱子,上面写着:“我于 1659 年 9 月 30 日来到这个海滩上”。岛屿西南面约两里格远的地方,有两座普通的小岛。人们在星期五海滩上可以发现吃剩的人骨。克鲁索岛上一年有两季,每一季有两次:第一次雨季从二月中旬开始到四月中旬结束,第二次从八月中旬开始到十月中旬结束;第一次干季从四月中旬开始到八月中旬结束,第二次从十月中旬开始到二月中旬结束。游客应该记住这一点,因为这样可以避免雨季时来这里旅游。不幸的是，克鲁索岛上的一位世界级权威人物贝特瑞吉先生(也就是克鲁索的管家)没有写一本书，专门讨论这方面的问题。

丹尼尔·迪福，《约克镇的水手鲁滨逊漂流记》(他在岛上生活了 28 年，孤独地生活在美洲海岸的一座孤岛上，这座孤岛位于奥诺诺克大河流的河口附近；遭遇海难后，船只被毁，克鲁索被海水冲到了海岸边；这部自传体小说记录了他最后如何被海盗救起的整个经历)(Daniel Defoe, *The Life and Strange Adventures of Robinson Crusoe, Of York, Mariner London*, 1719)；丹尼尔·迪福，《鲁滨逊漂流记续》(Daniel Defoe, *The Farther Adventures of Robinson Crusoe*, London, 1719)；迈克·托尼尔，《星期五——太平洋上的灵薄狱》(*Michel Tournier, Vendredi ou Les Limbes du Pacifique*, Paris, 1969)

斯特维茨克小镇 | Cstwertskst

坐落在欧洲珀尔迪威(Poldivia)，因好人学校而闻名。

老处女波波勒开始了一个传统。她拒绝成为随军妓女，因而她的灵魂可以进入天堂。按照这个传统，斯特维茨克小镇教它的参观者接受更方便的职业，为的是使自己将来走进一个更美好的世界。根据斯特维茨克小镇居民的说法，给他人带来快乐是进入天堂的一个很好的条件，不过其他具有教化意味的任务也可以入选。比如说，为了避免共和国变得太富强而逃税，又或者说，盗取欧洲皇室的珠宝，随后把这些珠宝分给大学校园里的穷学生。

马塞尔·埃梅，"珀尔迪威传奇"，《穿墙记》(Marcel Aymé, "Légende Poldève", in *Le Passe-Muraille*, Paris, 1948)

库巴岛 | Cuba

参阅拉米亚岛(Lamiam)。

库卡格纳国 | Cuccagna

不要与柯卡格尼国混淆。库卡格纳国面积小，距离德国不远。

根据一些游客的说法，沿着一条河流走就可以进入这个国家。库卡格纳国的中部耸立着梅卡山（Mount Mecca）。这是一座火山，火山里满是沸腾滚烫的肉汤，从山峰的大肠内跳出馄饨和意大利面条，它们从覆盖着奶酪的斜坡上滚下来，落进山脚下一个融化的黄油山谷里。

在库卡格纳国，参观者会看到下棋的猴群；在香肠卷床上一睡就是3年的皇室家族；随着喇叭声四处奔跑的烤雏鸡；天空里像阵雨一样飘落下来的阉鸡；土壤里长出房屋一般大的麦蕈；河里流出的牛奶或烈酒。冬天，山上覆盖着奶油干酪，道路两边终年生长着香喷喷的糕饼。库卡格纳国的房屋是用各种意大利食物做的；桥梁是用巨大的意大利腊肠做的；马车不需要马，靠自己就可以前行；树上结满了各种各样的果实。

如果有人想要变得更年轻，他可以去小喷泉里洗洗澡。女人哼着歌儿生产小孩，孩子一生下来就会走路和说话。在库卡格纳国，谁睡得最多，谁就赚得最多；谁要是被发现在工作，谁就会被直接送进监狱。

无名氏，《库卡格纳国》（Anonymous, *Capitolo di Cuccagna*, 16th cen. Ad）；无名氏，《农民卡普瑞诺的故事》（Anonymous, *Storia del Campriano contadino*, 17th cen. AD）；无名氏，《波特罗尼的胜利》（Anonymous, *Trionfo del poltroni*, 17th cen. AD）

黄瓜岛 | Cucumber Island

位于非洲南部的海滨附近。这里的黄瓜都生长在树上，黄瓜岛一名由此而来。黄瓜岛上风暴猛烈，通常会把大树连根拔起，抛到空中。不过，这些大树都有一种特异功能，它们可以再次回到原处，风暴停止后，一切又都恢复到最初的平静。只有一次，一棵大树再也没有回来，它压在一个国王身上，从而结束了黄瓜岛上作恶多年的暴君统治。

鲁道夫·拉斯普，《穆齐奥森男爵讲述自己那些了不起的旅行和俄罗斯的竞选活动，并谦恭地奉献和推荐给乡绅们；如果他们喜欢，可以转述为他们自己的经历，比如在打猎后、赛马时、饮水处等此类文明的集会上》(Rudolph Erich Raspe, *Baron Munchausen' Narrative Of His Marvellous Travels And Campaigns in Russia. Humbly Dedicated And Recommended to Country Gentlemen; And, IF They Please, To Be Repeated As Their Own, After A Hunt, At Horse Races, In Watering-Places, And Other Such Polite Assemblies; Round the Bottle And Fire-Slide*, Cambridge, London & Oxford, 1785)

卡夫科特岛 | Cuffycoat's Island

距离新几内亚岛以北大约100英里。岛上森林茂密，动物包括会飞的松鼠、袋鼠和美人鱼。卡夫科特岛上的美人鱼很可能与人鱼王国的美人鱼有亲缘关系。美人鱼生活在地下珊瑚屋的海滨，她们游得很远，有时甚至游到了英格兰南部佛克斯顿的沙门城堡(Sandgate Castle)附近。美人鱼努力追赶西方时尚，她们发现这个任务非常艰难，因为湿气很快毁坏了她们的衣裳。更严重的是，卡夫科特岛上的裁缝经常寻衅滋事，经常罢工，地下生活极不愉快；而且她们完成工作后，在回家路上可能撞倒一群脾气暴躁的章鱼。章鱼是一种深海怪物，企图吃掉他们所见到的一切。此外，美人鱼还可能碰到顽固的剑鱼，这种鱼不断用自己的剑在屋墙上弄出一些裂缝。

卡夫科特岛上食人族使用的一只装饰精美的酒杯

卡夫科特岛的其他地方住着两个不同的种族：一个是印第安人部落，嗜食同类是他们的宗教仪式；他们吞吃老人，吸收老人的智慧，同时把老人献祭给他们的祖先。他们用棕榈酒冲洗食物，把女人当作自己的奴隶。另一个是猩猩部落，他们的社会组织比土著人更高级，有时会将食人族变成奴隶；他们说原始的英语，这种英语里混合了美音和海豹的吼叫声。他们很喜欢说“行”和“很好”这样的词语。

卡夫科特岛的名字源自一位名叫卡夫科特的男子。这个人在去澳大利亚的途中遭遇了海难，他躲开食人族，遇见一条名叫沃特斯小姐的美人鱼，然后他走进森林，与猩猩部落一起生活。

安德烈·利什唐贝尔热，《英式泡菜或英式故事》(André Lichtenberger, Pickles ou récits à la mode anglaise, Paris, 1923)

库纳-库纳城 | Cuna Cuna

塔卡黎加岛(Tacarigua)的首都。

剪纸村 | Cuttenclip

奥兹国的加德林王国境内一个被保护起来的村庄，距离法德卡姆吉镇(Fuddlecumjig)不远。村子周围是高墙，装饰着蓝色和粉色的饰物。村子唯一的入口是一扇小门，小门上面写着：“参观者要小心，不可以咳嗽、打喷嚏，也不可以吃东西”。这则警告很重要，因为村子里住的全都是鲜活的纸娃娃。

剪纸村有彩纸房屋和街道，唯一例外的是一栋木房屋，木房坐落在剪纸村的中心。这里是剪纸小姐的家，剪纸小姐是这个共同体的女王和创始人。她以前住在奥兹南部的好人戈琳达的城堡附近，专剪纸娃娃。由于这些纸娃娃剪得太漂亮了，使人觉得要是不赐予他们生命，就太可惜了。于是好人戈琳达送给剪纸小姐活生生的纸，这样剪出来的娃娃和动物立刻就有了生命，而且会思考、会说话。不过随之而来的问题是，这样的纸娃娃容易被微风吹走。为此，好人戈琳达把剪纸小姐安排在一个受保护的地区，并在她的居所周围修筑了围墙。戈琳达还保护这个村庄不遭雨淋，纸娃娃也就不会遭到毁坏。纸娃娃深深爱着剪纸小姐，他们觉得自己很幸福，他们情不自禁地挥动着手中的纸手帕，高唱着他们的国歌：《祖国的旗帜》。

弗兰克·鲍姆，《奥兹国的翡翠城》

独眼巨怪岛 | Cyclopes Island

位于地中海，一直处于未开垦状态。其实独眼巨怪岛上土壤肥沃，应该是小麦、玉米和葡萄的天然产地，无数的山羊在草地上悠闲自在地吃草。岛屿的名字源自这里生活的独眼巨怪，这些巨怪只有一只眼睛，长在前额的中间，他们住在高山上的深洞里，过着野蛮人的生活。

他们没有社会概念，每个家庭本身就是一个社会，在这个社会里，年纪最大的人最有权威。除了其他一些令人讨厌的习性，这些巨人还吃人肉，就像蛇鲨（参阅蛇鲨岛），总是忧郁地看着一个双关语。

荷马，《奥德赛》

赛瑞尔岛 | Cyril Island

具体位置不可知。从远处看，赛瑞尔岛像一团喷发的火焰，又像流星划过天际时留下的一束光亮。这其实是一座移动的火山，四面被强大的推进力不断地向前推移。

由于火山爆发那炫目的火光和滚烫的熔岩，我们完全看不见赛瑞尔岛上的任何东西。为了弥补这一点，当地的孩子带着灯笼为这里的游客引路。这些孩子住在海滩附近一艘破旧的驳船里，大多数孩子都不幸早夭，很少有孩子能活到老。

细心的游客会注意到那艘旧船船底的灯罩。在这座岛屿的中心地带，植物学家能欣赏到睡莲花。

赛瑞尔岛是基德船长居住的地方，有时候，人们会看见船长在喝杜松子酒，在用炙热的熔岩点亮烟斗。

阿尔弗雷德·杰瑞，《罗马新科学小说：啪嗒学家浮士德若尔博士的功绩和思想》（Alfred Jarry, *Gestes e Opinions du Docteur Faustroll, Pataphysicien. Roman Néo-Scientifique*, Paris, 1911）

琼斯老爹的王国 | Daddy Jones's Kingdom

位于芬兰海滨附近的山谷里，姆明地区以北。山谷低矮的斜坡处是绿幽幽的圆形小山，圆形小山上点缀着绿色和黄色的浆果。一座心形岛屿距离山谷面海的一端两英里远；一条河流穿过这个山谷。

琼斯老爹的王国很小，统治这个小王国的人当然是琼斯老爹。琼斯老爹的统治有些专制，他喜欢搞恶作剧。他的臣民其实是各种各样的动物；骡子是他的士兵、警卫和警察。骡子身形高大，突出的猪嘴，粉红色的眼睛，没有耳朵，耳朵的位置是一簇蓝色或淡黄色的绒毛；骡子的脚大而扁平。骡子的智力很差，很容易做出狂热和盲从的行为。比如，骡子不喜欢口哨和所有吹口哨的人，因为它们自己不会吹口哨。那条河流的下面住着尼布灵（the Niblings），这种动物的社会性很强，擅长建筑艺术，它们会用尖利的白牙挖掘地道。参观者也许会发现很难跟它们交流。它们不停地啃东西，尤其是当它们感到有陌生事物存在的时候。比如，它们可能会咬断参观者的鼻子，如果它们认为这些鼻子太长的话。尼布灵是一种有毛的动物，长着长长的尾巴和胡须；它们的脚上有吸盘，无论走到哪里，都会留下很粘稠的痕迹。它们呼唤同伴的声音也很特别，很像一种压抑的咆哮声，它们的声音好像是通过一个细细的管子传出来的。

琼斯老爹的王国也是波布里的家园。人们只看见过两个波布里，它们分别是爱德华和他的弟弟，弟弟的名字无从得知。据说，爱德华是世界上体型最大的动物，比它更大的可能只有他的弟弟。爱德华很笨，它有一种很不幸的癖好，喜欢杀死不小心踩到它的人。游客应当为此感到高兴，因为如果这种情况发生了，爱德华一定会把丧葬费付给这个它本无心杀死的人。

托夫·杨森，《那么这该咋办呢?》（Tove Jansson，*Kuinkas sitten kävikään*，Helsinki，1952）

达格拉德平原 | Dagorlad

介于死亡沼泽和西力斯-戈哥隘口之间，面积广袤却不生草木，中土历史上几次大战役都发生在这里，达格拉德平原也因此而闻名。据说，在中土第二纪结束之前，一支由小精灵、侏儒和人类组成的最后联盟军，在这里取得了最后的胜利。这场战斗持续了好几个月，在这次战斗中，最后联盟军的首领使用了传说中的武器：精灵吉尔加拉德（Gilgalad）使用了长矛艾戈洛斯（Aiglos），伊伦迪尔使用了纳西尔圣剑（Narsil）。

中土第三纪期间，东部的侵略者穿过达格拉德平原进入刚铎王国。这些侵略者经常袭击刚铎王国，达格拉德平原成为各大战役的主战场。到了第三纪的 1944 年，阵势庞大的战车骑手在这里被刚铎王国的军队打败，最后全军覆没。达格拉德平原及周围的小树林遭到死亡沼泽的侵蚀，最后变成了沼泽地；到达这里的游客不要继续前行，除非他有莫大的胆量。

托尔金，《魔戒首部曲：魔戒现身》；托尔金，《双塔奇谋》；托尔金，《王者归来》

达兰德的村庄 | Daland's Village

位于挪威，这是唯一一个为人所知的避风港，因此非常有名。那个漂泊海上的犹太人，即漂泊的荷兰人，他的幽灵船就停靠在这里。

在一次怒吼的狂风中，幽灵船的船长成功返回了好望角。后来他发誓要完成自己的目标，即使他不得不因此永远在海上漂泊。为此，他受到惩罚，必须在海上继续漂泊，直到大审判来临。他可以每过 7 年靠岸一次，为了找到那位他终生爱恋的姑娘。后来我们知道那个女子名叫森塔，是一个挪威船长的女儿，为了证明自己的忠贞不屈，她已纵身跳进了大海里。

理查·瓦格纳,《漂泊的荷兰人》,1843 年在德累斯顿首次上映(Richard Wagner, *Der Fliegende Holländer*, first performance Dresden, 1843)

代尔王国 | Dale

一座男人城市,坐落在中土东北面奔流河流过的山谷里。这座城市建造在孤独山的南部山腰处,那里可以俯瞰奔流河,奔流河形成一个围绕代尔王国南侧的巨大圆环。

代尔王国国力强盛、人民富足,这种情形一直持续到中土第三纪的 2770 年,直到巨龙金色史矛革南下来到孤独山。从传统上讲,这座城市与山下的侏儒国很友好。很早以前,代尔王国就和侏儒国之间就有贸易往来,他们用食物、布匹和其他日用品换取侏儒国的金属和石制品。史矛革到来之后,经常在寻找猎物时夜袭代尔王国,造成王国内大批男人的死亡;剩下的男人离开代尔王国,最后定居湖镇,代尔王国变成了一座废墟。

巴德是代尔王国最后一任国王的直系后裔,曾在第三纪的 2941 年抵抗史矛革对湖镇的攻击。作为一个了不起的射击手,巴德杀死了这条巨龙,被拥戴为代尔王国的新一任国王。五军战役期间,巴德率领代尔王国的男子与侏儒并肩作战,在孤独山及其周围地区对抗庞大的兽人军。赢得胜利后,巴德获得史矛革收藏的宝物的 1/14,他用这些宝物重建代尔城,使之成为一座繁华的大都市。

魔戒大战期间,代尔王国的男子与孤独山的侏儒一起抗击黑暗之君索伦的势力。代尔王国和孤独山被来自东部的一支军队包围,不过南部的索伦失败以后,巴德二世和孤独山下的铁足之子索恩三世(Thorin Stonehelm)率领代尔王国的男子和侏儒展开反攻,最后冲出了敌人的重围。代尔王国最终与刚铎王国结成亲密的联盟,并受到联合王国的保护。

代尔王国是一个大型贸易中心,也是侏儒的漂亮物品的主要交易市场,尤其是他们的魔法玩具。

托尔金,《魔戒前传:霍比特人历险记》;托尔金,《魔戒首部曲:魔戒现身》;托尔金,《王者归来》

黑暗王国 | Dark Land

参阅毁灭城(City of Destruction)。

前天岛 | Day Before, Island of The

这个岛名的由来是,参观者不能在这座岛屿的空间里确定一个点,以此来计算时间,因而无法在这座岛上标记何时为现在。想去前天岛的游客应当知道,他们不可以上岸,只可以乘坐停靠在海湾的“达夫妮号”船欣赏岛上的美丽风光。在普通人看来,前天岛苍茫一片,它的最高山峰就像一簇簇山羊毛,因为这座海岛保持了信风的湿度,将水分凝结成云雾。不像自然的和谐安排,比如雪和晶体,这些云雾像建筑师印在圆屋顶上、廊柱上或栋梁上的螺旋形状。

通过望远镜或双眼望远镜,可以发现,这里的水果和植物的色彩与西方世界里的具有相反的意义。有些水果像死人的脸一样苍白,但却保存了水果自有的甘甜;黄褐色的水果则含有致命的催情药。前天岛上的树木奇形怪状,而且很危险:比如,在一棵星形树上,星形树枝的末梢尖利如刀锋。半岛中央的遗忘树悄然而立,沉浸在精致的色调里。它的果实,如果可以吃的话,可以给游客带去最后的安宁。

前天岛上的鸟类也与欧洲的不同。鸟儿的歌声就像一组复杂的管弦乐曲:口哨声、汩汩声、劈啪声、喃喃声、咯咯声、压抑的步枪射杀声,以及全音阶的啄食声。尽管这座岛上也有橘色鸟,但据说这种鸟最初生活在所罗门岛,伟大的所罗门国王曾在歌中提到一只鸽子,它如破晓一样飞到天空,耀眼如阳光,两翼洒满银子,羽毛发光如金子。这座岛上更普遍的动物是会飞的狐狸、野猪、无毒蛇以及数目众多的蜥蜴。不过岛上的每一种生命形式似乎都不是建筑师或雕塑家的杰作,而像是珠宝商设想出来的:鸟儿身上的颜色像水晶,森林里的动物很柔弱,鱼类的身体扁平而透明。

水里生活着奇怪的鳗鱼和贝泽布鱼。这里的鳗鱼似乎长着两颗头,科学家注意到,它的第二颗头实际上是用来吓唬敌人的装饰性尾巴;贝泽布鱼长着一对黄色眼睛,嘴巴看起来鼓鼓囊囊的,牙齿像指甲。珊瑚礁里住着海龟、螃蟹以及形态各异的牡蛎:形状大小像篮子、罐子,以及盛菜的大浅盘。

游客应当意识到,他们眼里的这座岛屿可能不同于其他人所见到的情形,因为所谓的风景其实只反映了每位游客自己对这个世界的体验。

安伯托·艾柯,《前天岛》(Umberto Eco, *La isola del giorno primo*, Milan, 1994)

死者之城 | Dead, City of The

阿迪斯坦以前的首都,位于苏儿河的两岸。苏尔河干涸了,这座城市被废弃,新首都阿德城随之建立。许多个世纪以来,这座废弃的城里只剩下一、两座监狱,除了阿迪斯坦几个神秘的宗教领袖偶尔来到这里,几乎没有任何其他人来过,因此这座死亡城市一直未能得到全面的描述。

如今苏儿河又开始涨水了,但多亏了该地区干燥的气候,死者之城才得以保存完好。城东是古老的居住区,那里的房屋、教堂和清真寺依然完好无损。死者之城给人的印象是荒凉和死寂,不过不难想象这座宏伟之城昔日的美丽。苏儿河西岸坐落着一座城堡,城堡周围筑有围墙,简直就是一座独立的军事重镇。城堡西面靠山而建,加上庞大的围墙和塔楼,可以被当作一座坚不可摧的堡垒。

死者之城里藏着许多重要的秘密,有些只有阿迪斯坦的高级祭司知道。比如说,有些监狱的地板可以倾斜,将那些毫无疑问的

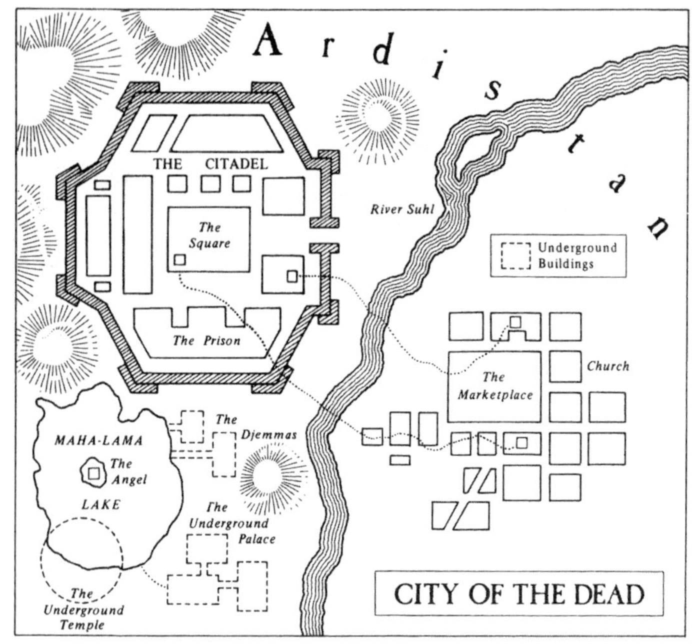

死者之城

囚犯倒进深深的地下室里。地下隧道和古老而隐蔽的水路为城堡提供了秘密通道。城堡以西是所谓的马哈喇嘛湖(Maha-Lama Lake)。湖盆完全被陡峭的岩墙包围着;从上面看到的一切只是一尊天使雕塑的上半身。来死者之城的游客都害怕或尽可能不来这里,这也许跟一个邪恶的古老传说有关系。据说,这个湖泊是魔鬼造的,魔鬼告诉马哈喇嘛的一个高级祭司,倘若他把所有侮辱他的人统统淹死在这个湖里的话,他就可以再活100年。尽管曾经得到人们的爱戴,马哈喇嘛现在却越来越不受欢迎了。好几百人被淹死在湖水里,使得湖里面塞满了尸体,马哈喇嘛再也无法实现魔鬼的许诺,最后也被魔鬼带走了。

湖盆的表面已经干涸了几个世纪,周围的岩墙上又修建了一些奇怪的建筑;相隔一段距离就可以看见岩墙周围的石柱和大门;

穿过这些大门可以进入一座庞大的地下宫殿，这座宫殿里有300多间屋子。大门上刻着几种东方文字；只需要转动一个金属太阳的形象，就可以打开这些大门。进到宫殿里面，游客可以发现许多工作室、仓库、住宅区、病房以及墓地。

湖盆里的那些建筑当中，给人印象最深的是一座寺庙，直接从岩石上凿出。寺庙圆形围墙的周围摆放着螺旋形的座位，从地面直达屋顶的最高处。沿着缓慢上升的回廊的外沿有一根栏杆，栏杆上面有数百个小孔，每个小孔里都摆放了一支蜡烛。螺旋形座位的最下面，游客可以看见一个布置得很简单的石头讲坛。这里的音效效果非常好，即使是坐在螺旋形顶端的座位上，也能清楚地听见布道者所说的话。与其他的地下建筑一样，这座寺庙依靠窗户采光，窗户沿水平方向倾斜至地面。这种窗户是用一种透明的云母做的。

游客还可以发现建在岩石上的两间会议室。一间是死者的会议室，因为这里珍藏着阿迪斯坦国王的木乃伊。这间屋子面积很大，有庞大的岩柱子支撑屋顶，当开始挖掘这间屋子的时候，庞大的岩柱子就留在原地。死去的国王和高级祭司坐在那里，犹如法庭上的法官。皱巴巴的手上捧着笔记本，笔记本上记录了他们生前犯下的所有罪行。

死者之城的另一个秘密位于马哈喇嘛湖中心的天使塑像下。像艾尔-哈德国和乌苏里斯坦的那些天使塑像一样，这尊塑像标示了一个地下水供应点，即一个大水池，依靠隐蔽的沟渠供水。

古老的手稿里提到过的大量陶制写字板在死者之城找到了，它们描述了阿迪斯坦的早期历史，特别描述了米尔出现之前和宗教领袖逐渐势衰这一时期的历史。过去的统治者的许多画像也再次被发现，这进一步加深了我们对这个古老王国的了解。

卡尔·迈，《阿迪斯坦》；卡尔·迈，《迪金尼斯坦的米尔》

死人谷 | Dead Man's Valley

参阅热带山谷(Tropical Valley)。

死亡沼泽 | Dead Marshes

一片广袤的沼泽，位于伊敏-穆尔山脉以东，中土以南，摩多王国城门前面的达格拉德平原以西。

死亡沼泽是一片阴郁的死水潭和沼泽，空气里弥漫着不健康的气味，地面常常笼罩在水雾之中。参观者应该知道，要穿过这片沼泽相当危险，因为穿过沼泽的路几乎没有。然而，更安全的方法是绕着沼泽的边缘走，从而最终到达达格拉德平原。

沼泽里的植被非常贫乏，泥泞的水面上覆盖着铅灰色的杂草和腐烂的干草，这里看不见鸟儿的身影；唯一的生灵是一种虫蛇；沼泽的南端逐渐退化成废弃干燥的泥煤带。

死亡沼泽一直延伸到一块墓地，那里掩埋了在达格拉德平原大战中死去的战士。距离墓地最近的沼泽就是死脸沼泽，这里可以看到死者苍白而肮脏的脸，浸泡在深深的水潭里，正在慢慢地腐烂。空气里闪烁着令人窒息的神秘光亮，很像烛火，被叫作“尸烛”，更加深了这里的阴郁气氛。

托尔金，《魔戒首部曲：魔戒现身》；托尔金，《双塔奇谋》；托尔金，《王者归来》

死亡镇 | Dead's Town

位于尼日利亚的灌木丛中。活着的人都不可以进入死亡镇，因而我们无从了解这座城市的模样和习俗。据说，死亡镇的居民都是新近死去的人，他们不饿，也不渴，不需床榻，也不需要膳食。

阿莫斯·图托拉，《死亡镇的棕榈酒酒鬼和他那已故的棕榈酒酒保》(Amos Tutuola, *The Palm-Wine Drinkard and His Dead Palm-Wine Tapster in the Dead's Town*, London, 1952)

死城 | Death, City of

参阅夜城(City of Night)。

死亡森林 | Death, Forest of

面积广阔，位于佩鲁西达地下大陆，距巴斯蒂村不远。这是一个很阴郁的地方，永远处于黄昏时分，阳光从高大的热带树林盘绕的枝丫间渗进来。死亡森林是嘉布赛人(Gorbuses)的家园，嘉布赛人肤色白，留着长长的白发，两颗獠牙突出于下颚的两边，一直到下巴。嘉布赛人吃人肉，主餐是烤人肉。但他们胆小，只会用陷阱捕获猎物，而不是在战场抓获猎物。一旦遭遇险境，这些猎物就被贮藏在一个深洞里，腐烂到足可以吃掉为止。被杀死之前，被活捉的俘虏可以吃水果和坚果。

嘉布赛人的祖先无从查考。他们的语言和习俗表明他们最初并不住在森林里。比如，他们的语言里包括了“切割者”和“匕首”这样的词语。嘉布赛人的神话谈到另一个世界。他们有时候从已经忘却的记忆迷雾中看见，他们其实是一个很悲哀的民族，尽管他们的习俗令人恐怖。他们会杀死自己的伙伴和其他部落成员喜欢的人。他们心存罪感，内心满是仇恨、绝望和恐惧。他们以宗教般的虔诚相信，由于祖先的一次行为，他们定会遭受惩罚。除了这片神秘而幽暗的密林，别处看不见嘉布赛人的身影。

埃德加·伯勒斯，《将被征服的七个世界》

死水岛 | Deathwater Island

面积不到 20 英亩，位于燃烧岛以东。卡斯滨十世(Caspian X)声称这座岛屿是纳尼亚王国的领土。岛上多悬崖峭壁，中部有一座高峰，植被只有芳香的石南花和普通的杂草，唯一的动物是海鸥。

岛上有两条小溪，其中一条从围绕悬崖的小山湖流出，掉进山湖水里的东西都会立刻变成金子，参观者最好不要到这里来游泳。人们在湖水里发现了纳尼亚王国一位被流放的国王的尸体，他已经变成了一尊金像。根据人们的推测,这个国王当时正在湖水中洗澡,对湖水的魔力毫无所知。尸体的发现使这座岛屿有了现在这个名字,尽管卡斯宾十世最初想把这座岛屿叫作“金水岛”。

路易斯,《纳尼亚传奇:“黎明踏浪号”的远航》

德布拉-多瓦城 | Debra-Dowa

阿赞尼安帝国(Azanian Empire)的首都。

迪尔盖国 | Deelguy

位于贝克拉帝国的东南部,这里是商人居住的王国。关于迪尔盖国的边界,一向颇有争议。根据通常的认定,迪尔盖国的领土指的是位于特尔塞纳河以东的迪尔盖沙漠。

理查·亚当斯,《巨熊沙迪克》

快乐山 | Delectable Mountains

基督徒王国境内的一座高山,位于安逸平原的上面;高处的山坡上可见那条围绕天城的河流。山里的生活舒适惬意,山上到处都是果园、葡萄园和森林。绵羊在高高的山坡上吃草,牧羊人坦率而真诚,他们知识渊博、经验丰富,但警惕性很高。

对于少数游客来说,他们在山里的生活是很安全的,但对于那些违抗法令和信仰不坚定的人来说,这是一个非常危险的地方。那些在信仰方面犯过错的人,会从错误山险峻的斜坡上摔下来,其结果是必死无疑;伪君子同样在劫难逃,他们会不由自主地走上一条自取灭亡的小径。在小心山的斜坡处,可以看见一些瞎子正跌跌撞撞地行走在无数的坟冢间,他们是这样一些旅客,他们进入了路边草坪,没有继续走安逸平原对面的那条路,最后落入怀疑城堡的绝望巨人之手,被他变成了一个个瞎子。

圣洁山上有一个身穿白衣的男子;另有两个人,分别是偏见和邪恶,他们不停地朝白衣男子掷污泥,但奇怪的是,男子身上的白衣一点也没有被弄脏。据说,白衣男子是一个圣人,他的白衣代表纯洁。在慈善山上,一个男子正在把衣服分给穷人;不管他分出去多少件衣服,他面前的衣服还是那么多,永远也分不完。

当地牧羊人的习俗之一就是,向路过的游客行这些神迹。

约翰·班扬,《天路历程》(第一部、第二部)

德里克斯岛 | Delix

参阅智慧群岛(Isles of Wisdom)。

沙漠小镇 | Desert Town

一座被遗忘的罗马城市,坐落在阿特拉斯山脉。小镇上住着一群犹太人,他们做黄金、白银以及丝织品交易。小镇上经常有黑豹出没。

据说,这座沙漠小镇上有一个名叫阿布迪亚斯的居民,因为财富众多而遭人嫉恨,受到竞争对手的迫害,被疾病折磨得痛苦不堪、不成样子;他还有一个瞎眼的女儿。最后,他到波希米亚干旱贫瘠的山谷里定居下来,将那里变成他自己的家园。一天,一道闪电划过天际,女儿的眼睛突然复明了。为了让女儿得到快乐,他将这荒凉贫瘠的山谷变成了一个花园。然而,不幸的是,女儿跑出去看打雷,被毫不仁慈的闪电夺去了生命。阿布迪亚斯疯了,但仍在这座他自己建造的花园里又生活了 30 年。

阿达尔伯特·史蒂夫特尔,"阿布迪亚斯",《奥地利中篇小说选》(Adalbert Stifter,"Abdias",in *Oesterreich Novellenalmanack*, Vienna, 1843)

绝望国 | Despairia

一个荒凉的地方,主要由岩石和沙漠构成,位于简森尼亚以西。绝望国没有什么东西可以出口，却从邻国进口绳索、刀具、寿衣、墓碑以及碑文所需的铜瓷片。

扎夏利·德·利泽留神父，《简森尼亚国的居民、风俗以及宗教史》(Le Père Zacharie de Lisieux, *Relation du pays de Jansénie, où il est traité des singularitez qui s'y trouvent, des coustumes, Moeurs et Religion des habitants. Par Louys Fontaines, Sieur de Saint Marcel*, Paris, 1660)

绝望岛 | Despair, Island of

参阅克鲁索岛(Crusoe's Island)。

德斯比亚城 | Despina

坐落在亚州。到德斯比亚城去有两种途径：乘船或者骑骆驼。这座城市向从陆路来的旅客展示的是一种面貌，向从水上来的旅客展示的又是另一种面貌。

在高原的地平线上，当骑骆驼的旅客望见摩天大楼的尖顶，望见雷达的天线、飘动的红白相间的风向袋和喷烟的烟囱时，他就会想到一艘船。他知道这是一座城，可他仍然会把它看作是可以带他离开沙漠的一艘船，一艘快要解缆的船，船上尚未展开的帆已涨满了风；或者他会把它看作一艘汽船，汽船的龙骨上是悸动的锅炉；他想起了许多港口，想起了起重机在码头卸下的外国货，想起了各国来的水手，他们正用酒瓶互相敲打着脑袋，想起了明亮的落地窗，每扇落地窗下面都有一个女子正在梳妆。

在海岸的迷雾里，水手认出了蹒跚而来的骆驼的身影，带斑点的两个驼峰之间是绣花的鞍垫，镶着闪亮的流苏。他知道这是一座城，可他仍然把它看作是一头骆驼，身上挂着皮酒囊、大包小包的蜜饯水果，还有枣子酒和烟叶，他甚至看见自己领着长长的商队，离开海的沙漠，走向错落的棕榈树荫下的淡水绿洲，走向一座皇宫，白色的墙，铺着瓷砖的庭院，赤脚的少女在那里摇动着手臂跳舞，脸庞在面纱下时隐时现。

德斯比亚城的这两种迥然不同的形象源自对面的一片沙漠；因此，骑在骆驼背上的旅客和从海上来的旅客所看见的都是德斯比亚城的幻象，即两座沙漠之间的一座边界之城。

伊塔洛·卡尔维诺，《看不见的城市》

绝望沼 | Despond, Slough of

面积广阔，介于毁灭城和进入天城的边门之间。若想去天城，旅客必须克服的第一道难关就是这片沼泽，这也是一道最危险的障碍。很多人陷在这无底的沼泽里，更多有此经历的人再也不敢经过这片沼泽。

想要把这片沼泽变成良田，几乎是不可能的；沼泽里堆积的浮渣和污物太多。人们几乎花了两千多年时间，想要把它填平，这也只是一个妄想。天城的统治者派来的工人仍在做这样的努力，但仍然没有完成这个计划。有些自称被封建领主雇用的工人其实是一些骗子，他们只会向沼泽里倾倒更多的粪便和污物。尽管有安全的石梯可以穿过沼泽的中心地带，但旅客不容易找到这样的石梯，因为那里有不断变化的泥土和黑水。

约翰·班扬，《天路历程》(第一部、第二部)

毁灭城 | Destruction , City of

面积比较大，紧靠愚蠢城和享乐城，属于基督徒王国。毁灭城有两点值得一提，其一是，城里的居民抱着非常世俗的心态对待宗教事务；其二，一个著名的旅客首先把这整个地区划归基督徒王国所有。

约翰·班扬，《天路历程》(第一部、第二部)

魔鬼花园 | Devil's Garden

一座筑有围墙的花园，花园里有魔鬼的城堡，被一扇边门封闭，即毁灭城与基督徒王国的天城之间那条小路的入口。

游客要小心，魔鬼会向成功穿过绝望沼继而又想穿过边门的人放冷箭。游客很容易受到魔鬼花园的引诱，那看似香甜的果子就挂在路边的墙上。然而，旅客们要注意，这些果子都是有毒的，很多人被这样的果子毒死了。这种果子会引起严重的肠胃疼痛，只有住在艰难山附近的警戒屋里的医生才能治愈这种疾病。

约翰·班扬，《天路历程》（第一部、第二部）

恶魔岛 | Devil's Island

位于爱琴海，不要与法国圭亚那海滨附近一个与此同名的监禁地相混淆。有人喜欢把它叫作圣马利亚岛，当地人仍然使用恶魔岛这个更古老的名字。古时候，统治恶魔岛的是巨人班达盖多(Bandaguido)，此人性情极其暴烈，势力极其强大，打败了周围其他所有的巨人统治者。班达盖多的妻子很仁慈，总是设法减轻丈夫带给岛民的痛苦。她还为丈夫生了一个漂亮的女儿，女儿随父姓，取名班达盖达(Bandaguida)。

岛民害怕巨人班达盖多，没人敢走近他的女儿班达盖达。为此，班达盖达杀死了自己的母亲，与父亲做爱生子；他们生了一个前所未有的怪物。这个怪物除了背部，全身长满毛发和坚硬的鳞片，任何武器都无法伤害到他；他的手和脚奇大无比，还生有一对长长的翅膀，他把这对翅膀当盾牌；他那有力的黑手臂上长满鳞片，手上没有手指，只有鹰一样的爪子；他的嘴里只有两颗牙，每一颗都有一英尺长；他的眼睛很大，呈棕红色。他比山上的野鹿跳得更快，他唯一的消遣方式就是残害人类或其他的生灵。

为了对付这个怪物，他的父亲不得不去向幽灵求救。那些幽灵警告他们，一年之内不得见这个怪物儿子。一年过去了，班达盖多和女儿走近孩子的房间；一看见母亲，怪物猛地跳到她身上，将长长的利齿刺进母亲的咽喉。为了拯救女儿，即怪物的母亲，巨人班达盖多抽出宝剑，可偏偏运气不好，他砍掉了自己的腿，最后因流血过多而死。怪物儿子越过父母的尸体，逃进了森林。此后，大多数岛民决定永远放弃这个岛屿。40 年过去了，经过一场大规模的战争，这个怪物被高卢的阿马蒂斯(Amadís)杀死，恶魔岛回到其合法统治者君士坦丁堡的皇帝手里。

无名氏，《高卢的阿马蒂斯》(Anonymous, *Amadís de Gaula*, Zaragoza, 1508)

恶魔岛 | Devils, Isle of

参阅斯巴罗船长之岛(Captain Sparrow's Island)。

恶魔国 | Devils, Land of

参阅里曼诺拉国(Limanora)。

魔鬼之齿 | Devil's Teeth, The

连接在一起的 5 座山峦，位于格陵兰岛的东北部，山形呈锯齿状，可以通过一座天然的玄武岩桥到达。这座桥长一公里半，陡峭的边缘消失于凌乱的岩石和冰山之中。玄武岩桥的一端有一个洞穴，穿过这个洞穴可以到达另一座山；桥的另一端也有一个大洞穴，洞中有闪闪发光的钟乳石，从这里开始，辅助地道和洞穴每隔一段距离就会分叉。所有出口都通向一块形如猛犸的巨石，巨石上刻着古北欧文字："神圣的巨石之外就是艾瑞克劳德拜之国(Erikraube-

通向格陵兰岛魔鬼之齿的一座天然的玄武岩桥

bygd)”。①

保尔·阿尔帕里娜,《冰堡》(Paul Alperine, *La Citadelle des glaces*, Paris, 1946)

钻石山脉 | Diamond Mountains

位于印度洋里的一座无名岛上,山谷里有数不清的闪闪发光的宝石,山名由此而来。游客应该小心,因为这些宝石非常危险,它们实际上是一些肉食动物,会攻击任何一个胆敢靠近它们的陌生人。无名岛上的商人想出了这样一个办法:他们弄来一头大母猪,然后把母猪杀死,剥去皮,将猪肉切成碎块,从山顶抛进山谷;这些宝石会来抢食猪肉。到了晚上,秃鹰飞下山来,刁起带有宝石的猪肉,回到巢中;而与此同时,商人爬到秃鹰的巢下,大声吼叫,吓跑秃鹰,然后小心而快速地捡起宝石,放进口袋,卖给世界各地值得信任的珠宝商。也许就在此刻,许多优雅的手指上正戴着看似清白的戒指,其实这些戒指就是一头凶猛的野兽,正伺机发起攻击。

无名氏,《一千零一夜》

戴安娜的小树林 | Diana's Grove

一座宅邸的废墟,坐落在英国的斯塔福德郡,从这里到仁慈农场只需步行就可以到达。据说,自古罗马时代起,这座宅邸就有人居住,宅邸的废墟只是一个消失于地球深处的圆洞。

圆洞是白虫巢穴的入口。白虫是一种可怕的动物,似乎在史前时期就生活在瓷土层以下的沼泽里。几个世纪以来,白虫获得了一种魔力,变成一个纤柔美丽的女子,但她嗜血成性、喜欢杀戮、醉心权力。最后,宅邸及其主人(邪恶的精灵)被一个名叫亚当·

① 该词条后面的拼写是:Erikraudebyg。

萨尔顿(Adam Salton)的英国人毁掉。萨尔顿把炸药放进白虫的深坑,闪电点燃了炸药,摧毁了戴安娜的小树林及附近著名的卡斯维尔家族的古宅卡斯特拉-瑞吉斯(Castra Regis)。

布拉姆·斯多克尔,《白虫传说》(Bram Stoker, *The Lair of the White Worm*, London, 1911)

词汇城邦 | Dictionopolis

又叫"汇城词",与数字城邦相匹配,坐落在混乱山下;知识海洋的微风轻轻拂过这里。世界上所有的词汇都来自这座城市。这些词汇生长在果园里,每周单词市场开业一次,需要的人可以来这里购买自己想要的单词,低价处理那些不再需要的单词。人们都想自己创造单词,字母也可以出售。游客在获得一个字母之前,必须了解这个字母的味道:A 表示味道很好;Z 表示很干燥,而且品尝起来味如锯屑;X 表示味道像陈腐的空气;I 表示如冰一样清新;C 表示嘎吱易碎;P 表示味如果仁。一个法国鉴赏家根据颜色而非味道描述过这些字母:A 为黑色,E 为白色,I 为红色,U 为绿色,O 为蓝色。

词汇城邦实行君主立宪制。国王"未经删节的阿扎兹"创建了一个内阁,内阁大臣确保所有卖出去的单词既存在,又有意义:定义鸭子、意义大臣、本质伯爵、含义伯爵,以及理解副部长。一方面,阿扎兹任命自己的姨婆,即衰弱的恐怖负责颁布法令,规定使用哪一个单词,什么时候使用。按照"简洁是智慧之魂"这个原则,恐怖小姐变得越来越吝啬,她把越来越多的单词留给自己使用。结果词汇市场境况越来越差,大不如从前,恐怖小姐不得不举起一张牌子,上面写着"沉默是金";词汇市场宣告关闭,而她自己也被国王亲手送进了地牢。今天,词汇城邦的居民认为,他们很聪明地拥有尽可能多的词汇,他们说话越来越罗嗦,用很长一串同义词,就像正在阅读词典一样。

词汇城邦的皇宫就像一本竖放着的大书,在通常书写出版社名字的地方设有一道门。宫墙内壁和天花板上镶满了镜子。这里是举行宴会的地方，在宴会上，客人必须发表演讲，开列食物清单，那些食物会立刻以单词的形式出现，接着，客人吃掉这些单词。在某些特殊场合里，半生不熟的面包店提供半生不熟的观点。这些观点虽然味道很美，但总是各持己见；人们连续几年吞掉了其中的一些观点。

根据词汇城邦的法律规定，如果没有一把犬吠尺，任何一只狗都不可以吠叫，而且制造混乱、掀翻苹果车、造成灾难或弄碎词汇，这些都是违法行为。无论做什么，参观者都必须提供理由和解释，如果找不到任何一个理由，“为何不”就是一个好理由。词汇城邦的法律由一个名叫警察忏悔部的警察来执行，这个人也兼法官和监狱长，他喜欢把人们长期关监，却不在意把他们关在哪里。坐上木马车后，参观者最好三缄其口：摇晃不稳的旧马车已经不言而喻。

词汇城邦的动物主要包括两种昆虫和一种看门狗。看门狗的样子通常很凶猛，被定期安上发条，但如果在场时不用“浪费时间”和“消磨时间”这样的表达，它们就可以走得很准。词汇城邦的时间会飞，因此看门狗生有翅膀（亦参多尔德乌姆地区［Doldrums］）。上面提到的两种昆虫只有词汇城里才有。拼写蜂的体形庞大，必要的时候，它可以逐个字母地拼写单词。拼写蜂以前是一只采集花粉的普通蜜蜂，偶尔做点兼职，比如在人们的帽子里筑巢；如今接受了教育，提高了自己的身份和地位。欺骗蜂是一只大虫，很像一种大甲虫，身穿一件华丽的外套和一条条纹裤，配上一件格子花纹马甲，脚套鞋罩，头戴礼帽。

诺顿·贾斯特，《幻想天堂》（Norton Juster, *The Phantom Tollbooth*, London, 1962）

迪戈-罗德里戈 | Diego Rodrigo

参阅罗德里戈（Rodrigue）。①

---

① 后面没有这个词条。

艰难山 | Difficulty

基督徒王国境内一座陡峭的小山，位于毁灭城和天城之间的大路旁，一直到羞辱谷。

艰难山坡高路陡，攀登时，游客必须手脚并用。艰难山脚下的小路又分成两条，一条通向广袤的危险树林，另一条通向毁灭山。这两条路现在已经被封住，有些旅客还是坚持走这里的路，因为这两条路比去艰难山的其他路走起来更容易。

艰难山的山腰上有一个舒适的凉亭，旅客不要在这里逗留，否则会丢失行李。

到了凉亭上面，道路变得越来越窄，最窄之处有两只狮子看守。狮子身上拴了链子，伤不了行人，它们的存在只为考验行人的意志。

半山腰上有一个亭子，服务于去天城的旅客的安全和需要。旅客可以在此借宿，可以住进一间名叫“和平屋”的大屋子；然后在这里得到谨慎、仁慈、慈善、判断力，以及虔诚的照料。亭子里藏着大山主人及其仆人的遗物和档案，还有经过此处的旅客的遗物。离开的时候，旅客通常可以得到一些面包、酒和葡萄干。旅客还可以得到一套盔甲，用来防备他们在下一个山谷可能遭遇的危险。

艰难山低矮的山坳里有一个驿站，用来惩罚那些因猜疑和胆怯而不敢继续前行的人。如果有谁企图阻挡旅客继续前行，它的舌头就会被一块滚烫的烙铁烫伤。

约翰·班扬，《天路历程》（第一部、第二部）

数字城邦 | Digitoplis

又叫“数字城”，规模很小，坐落在古老的智慧王国以北，数字城邦的国王是数字魔法师。数字城邦生产数字，数字从数字山上开采出来，经过打磨再送到世界各地。破碎的数字被用作分数。

矿井里也埋藏了大量的宝石，不过它们在数字城里毫无价值。此外，一段通向无垠王国的石梯也值得一看；无垠王国保存有世界上最大、最小、最高、最矮、最多及最少的东西，但无限王国很穷，它的居民总是入不敷出。

去数字城的途径很多：擦掉一切，然后重新开始；两点之间取最短的距离，在两点之间画一条线，然后沿着这条线走；或者自我增加，这样可以同时到达几个地方。建议参观者不要在数字城吃东西；数字城里最有名的菜叫减法炖菜，让人越吃越感到饥饿。人们吃饱了再继续吃，一直吃到又感觉到饥饿的时候为止。数字城的居民认为这是最合乎逻辑和最经济的饮食习惯。

诺顿·贾斯特，《幻想天堂》

丁瑞尔山谷 | Dimrill Dale

位于中土迷雾山脉以东的两个山嘴之间，亦即侏儒们熟知的阿扎努比扎山谷。丁瑞尔山谷曾经属于莫瑞亚王国，或卡扎德-杜姆(Khazad-dûm)的一部分。直到中土第一纪末，侏儒的 7 个父亲之中最年长的杜林(Durin)来到这个山谷里，开始在迷雾山脉下创建莫瑞亚王国。杜林朝镜湖(Mirrormere，杜林的臣民所熟悉的卡雷德-萨鲁姆湖[Kheled-Zâram])中凝望，看见湖面上出现了一顶皇冠，皇冠上有几颗星星，就好像他那倒映水中的头上环绕着几颗宝石；尽管那时候还是白天。然而，正是这一点使杜林萌发了在此创建一个王国的想法。杜林第一次观看镜湖时所站立的地方被标为杜林之石，如今已破败不堪，上面镌刻的诗词也已经淡去，难以辨认。

丁瑞尔山谷的前面，一股巨大的激流飞泻直下，形成一条看似连续不断的瀑布。激流之外，丁瑞尔石梯一直延伸到红角门，这里是到达迷雾山脉为数不多的几条通道。一条冰冷的小溪流出山谷，形成银光河，最后与大河汇合。

在丁瑞尔山谷地势低矮的地方，可以看见一条古石板路的遗迹。这条石板路一直通到莫瑞亚王国的西部。

丁瑞尔山谷曾是阿扎努比扎之战的战场，这次战争历经 6 年，侏儒们最终战胜了霸占莫瑞亚王国的兽人。

托尔金，《魔戒首部曲：魔戒现身》；托尔金，《王者归来》

狄奥尼索斯岛 | Dionysus' Island

位于大西洋，从赫丘利之柱(Columns of Hercules)出发，大约需要 80 天。根据那些去过狄奥尼索斯岛的游客的说法，这座岛屿地势高峻、森林茂密。这座岛的名字与古希腊的酒神留在岛上的足迹有关。比如说，距离海滨不远的地方有一根青铜圆柱，上面就用希腊文刻着这样的文字："赫丘利和狄奥尼索斯曾到过此地"。这座岛屿中心有一条酒河，有些像齐奥河，河道很宽，某些地方甚至可以通航；溯流而上却不能到达它的源头，而是一小片葡萄园，丰富的葡萄变成了红酒，滴下来就形成了这条酒河。酒河里游动的鱼儿带着红葡萄酒的色泽和味道，鱼儿的腹中装满了葡萄的沉淀物。

狄奥尼索斯岛上随处可见另一种葡萄树，葡萄藤蔓又大又粗，成为女人腰以上的身体部分。这些女人在指尖上种植葡萄，她们的头发是由葡萄叶、葡萄茎和葡萄藤构成的。这些女人有的讲吕底亚语和印度语，但大多数都说希腊语。如果把葡萄从这些女人身上摘走，她们会痛苦地大叫。游客最好不要接受这些葡萄藤状的怪物的拥抱：如果接受了，他们会很快感到一阵醉意，然后就会进入甜蜜的梦乡，忘记了自己的家人，忘记了自己的荣誉，也忘记了自己的家乡和祖国。如果与这样的女人结婚，他们就会立刻变成葡萄树，长出根须来。

撒莫萨塔的吕西，《真正的历史》

迪昂达岛 | Diranda

属于马蒂群岛，面积很大，被分割成两个国家。到达迪昂达岛后，人们会惊讶地发现，这座岛上竟然居住的是瞎子、瘸子、独臂人等各种残疾人，他们身体的残迹都是残酷的角斗造成的。两个王国的年轻人经常在角斗中厮杀搏斗，岛民们非常喜欢这种娱乐方式，认为这是在展示勇气，因为勇气是他们最看重的美德。实际上，国王正是采取这种残酷的角斗方式来控制岛上的人口，为的是避免人口过度增长。游客千万不要参与这样的角斗。

赫尔曼·梅尔维尔，《马蒂群岛：一次旅行》(Herman Melville, *Mardi, and A Voyage Thither*, New York, 1849)

消失的城市 | Disappeared

一座规模庞大的城池，坐落在海底。从远处看去，游客只能看见微风吹拂的海水。如果潜入海底，他会看见一座砖砌的城市。城里有塔楼、集市、工厂、拱门，宫殿里曾经回荡着优美的笛声；如今，这些建筑使得消失的城市看起来像一个九头蛇怪。王后曾在皇宫附近的公园里裸浴，如今，这里依稀可见一艘古代帆船的残骸。

维克多·雨果，“消失的城市”，《历代传奇》(Victor Hugo, “*La Ville disparue*”, in *La Légende des siècles*, Paris, 1859)

迪贝尔-安拉峰 | Djebel Allah

三层火山峰，位于艾尔-哈德国和阿迪斯坦的边界处。这三层山峰分别代表父亲、母亲和儿子。子峰是中间的金字塔山峰，子峰下面有一条陡峭难走的山路，通向艾尔-哈德上面的高原。山路很宽，犹如迷宫，山路两边完全是嶙峋的沟壑。关于迪贝尔峰的传说很多，它是围绕迪金尼斯坦的火山南面的延伸部分。据说，迪贝尔火山爆发的时候，从来不会往外冒浓烟或滚烫的岩浆，而是发出非常耀眼的光芒。据说，在古代，宗教仪式就在艾尔-哈德上面的这座山上举行。在举行宗教祭祀活动时，这些山峰会发出一种神秘的微光。子峰不停地震动，逐渐接近它的底部，然后流出一些滚烫的溪水，仿佛想洗去多年来堆积于山腰的污秽。人们相信，这三层火山峰都有能力看守去艾尔-哈德和迪金尼斯坦的路；据说，邪恶的人无法越过它们；做坏事的人要么跌下陡峭的深渊，要么被火山吞没。

卡尔·迈，《阿迪斯坦》；卡尔·迈，《迪金尼斯坦的米尔》

迪金尼斯坦王国 | Djinnistan

一块神秘的土地，位于艾尔-哈德国以北。很少有人到过这里，因为路途遥远难以到达。迪金尼斯坦被火山环绕，火山向南一直延伸到迪贝尔-阿文山（Djebbel Allah）。据说，迪金尼斯坦之外高峰耸立，围绕着这个原初的俗世天堂。

我们对迪金尼斯坦知之甚少，只知道它的统治者叫米尔。米尔始终坚持和平统治，尽管他遭到阿迪斯坦的独裁和专制的挑战。据说，一旦阿迪斯坦向迪金尼斯坦宣战，源于迪金尼斯坦的苏尔河在流进艾尔-哈德国之前，要么干涸，要么改道，并且再次流向这个世俗天堂，正如一些历史学家所言。只有等到整个地区再次恢复和平，这条河流才会再次涨水。在干旱的几个世纪里，迪金尼斯坦的米尔在沙漠化了的托邦尼斯坦和乌苏里斯坦的边界地带保守着供水秘密，这对于那些在漫长的干旱岁月里致力于和平事业的人们至关重要。每过 100 年，与乌苏拉城一样遥远的地方就会看到，迪金尼斯坦周围的火山爆发时发出的亮光，据说火山爆发象征着天堂之门正在向追求和平事业的人们打开。

与镜子国的情形一样，在迪金尼斯坦，合适的名称总是被用来真实而准确地定义被命名者的特点、职业乃至专业。比方说，一个名叫 Abd El Fadl 的男子，由于这个名字的字面意思是“善意的仆人”，因此这个人就会把一生都贡献给慈善和仁慈，正如他的女儿 Merh-Meh 一样，因为这个名字的意思是“同情”。只有米尔本人可以永远不让别人知道他的名字。他的头衔就是对 Emir 的简称，基本意思是“主”，这恰如其分地表现了他的性格和作用。

迪金尼斯坦有一个习俗，他们发誓的时候要蒙上面纱，结束后才可以揭开面纱。

卡尔·迈，《阿迪斯坦》；卡尔·迈，《迪金尼斯坦的米尔》

朱卢比斯坦 | Djunubistan

一个肥沃而富饶的国家，与托邦尼斯坦接壤。几乎没有外人到过这个国家，人们对它的了解大多来自邻国的朱卢比人游客。朱卢比人衣着华丽而招摇，衣服上的装饰有黄金和珠宝，头巾上坠满了珍珠，富足之状由此可知。

朱卢比斯坦等级森严，等级制度几乎控制了大部分社会生活。比如，为地位优于自己的人准备的食物，必须经过牧师使它神圣化之后方可使用。为了防备食物遭到玷污，地位高的人从不与地位低的人一起用餐。朱卢比人自封为佛教徒，认为马哈喇嘛（Mahalama）就是真神的化身。

朱卢比斯坦试图吞并乌苏里斯坦和托邦尼斯坦。为了达到这个目的，朱卢比斯坦的统治者试图通过谈判，与乌苏拉人结成联盟，并宣布将把托邦人纳入自己的阵容，实际上则是想吞并乌苏里斯坦。这个计划没有得逞，朱卢比斯坦的大队人马遭到卡特地峡的乌苏拉人的围困，他们最终被迫投降，谈判议和。被俘的大多数朱卢比人被遣往乌苏里斯坦去拓荒。

邻国的人们大多认为朱卢比人傲慢而懒惰，他们所处的自然环境好，物产很丰富，因此他们把一切都视为当然。按照朱卢比人的礼节，用餐时必须非常大声，他们打嗝表示饭菜好吃，也表示对主人的赞美。

卡尔·迈，《阿迪斯坦》；卡尔·迈，《迪金尼斯坦的米尔》

莫诺博士之岛 | Doctor Moreau's Island

参阅贵族岛（Noble's Island）。

医生岛 | Doctor's Island

火地岛附近几座海拔高峻的岛屿之一,是菲尔丁纳·马格兰(Ferdinand Magellan)于1520年发现的。该岛的气候十分有害,但岛上居民繁荣而富足。这座岛屿因盛产药用植物闻名,这些药用植物多产于矿泉之中。岛上的居民多为医生和药剂师。医生岛上的医生宫殿十分有名,宫殿用黑色大理石建成,宫墙上覆盖着黑色的天鹅绒。医生岛上还有庞大的公墓群,对于大批死去的人,尤其对于那些难以适应这里有害气候的外地人,这个公墓群的存在非常必要。岛上的游客多来自贪婪岛,这些人到这里来大把大把地花钱。据说,医生岛有进入地狱之地下通道的捷径,不过这一点尚未得到证实。

皮埃尔·德方丹神甫,《新居利维或居利维船长之子让-居利维之旅》

达顿王国 | Dodon's Kingdom

俄罗斯境内,距离海滨不远。由于与邻国交战多年,达顿国王渴望一条和平之路。为了确保不再卷入连年战乱,一位流浪巫师送给达顿国王一只小金鸡。小金鸡栖于首都一座最高的尖塔上,一旦人民遭遇危险,它就会竖起红色鸡冠和金羽毛,转向危险的来源。如此一来,达顿王国平安了几十年。直到有一天,金鸡朝着东方啼鸣。国王马上派出一支军队,去调查可能存在的战争威胁;之后,这支军队再也没有回来。国王又派出一支军队去细查究竟,结果这一次派出的军队也没有回来。于是国王亲自出马,当他走到东部山峦之间的谷地时,发现先前派出的两支军队已经全部遭遇屠杀,他还发现丝织的营帐前站着一个美丽的女子。这个女子告诉国王,她是沙玛汉国(Shemakhan)的女王。国王疯狂地爱上了这个美丽的女子。后来,送国王金鸡的那个巫师出现了,他也想得到这位漂亮的女王,认为这是国王应该给他的报酬。国王对巫师的大胆要求甚为恼怒,他拒绝了巫师,与女王一起回到自己的王宫。正当他们到达王宫的时候,金鸡从栖居处飞起,俯冲下来袭击国王,国王死在王宫门前。沙玛汉国的女王也不见了,化为稀薄的空气。巫师再没有露过面。金鸡变成了首都那座最高尖塔上的一支金色风向标。

谢尔盖耶维奇·普希金,《金鸡的故事》(Alesander Pushkin, *Skazka o zolotom petushke*, Moscow, 1835)

多尔德乌姆地区 | Doldrums, The

智慧王国境内的一个地区。这个地区什么事情也没有发生过,什么事情也没有改变过。这里住着利萨吉人(Lethargians),这些人不易被发现,他们的身体颜色几乎与周围环境的颜色一样。多尔德乌姆地区的法律规定:思考、再思考、猜测、假定、推理、沉思或者推测都是不合法的行为。他们也不可以大笑,如果想要微笑,只有在星期四才可以。利萨吉人整天无所事事,这样的日子很无聊,因此他们每周放假一次,哪儿都不去。他们害怕两条长得像闹钟一样的看门狗,分别是托克(Tock)和迪克(Tick)(亦可参词汇城邦)。如果有人想来多尔德乌姆,最好什么也不要想,只管行动。

多尔德乌姆附近有一间小屋,名叫期望屋,这里是"是否人"(the Whetherman)的家。"是否人"的工作就是催促路上行人快快赶路,不管他们喜欢不喜欢,尽管他们永远走不出期望屋。

诺顿·贾斯特,《幻想天堂》

玩具王国 | Dolls, Kingdom of

一个美味的世界。要到达这个地方,游客必须爬进一个大衣橱,这个大衣橱足足占据了德国卢森堡的希伯豪斯总统接待室的一面墙。此外,还会有一个向导随行,他叫胡桃夹子,化名杜西米尔先生。

大衣橱进入一片草地，草地的尽头是一个走廊，由麦芽糖柱子支撑着。走廊里铺着蛋白杏仁饼干和阿月浑子果仁。更远处是一片芬芳馥郁的森林，那里住着牧羊女和猎人。森林里的一切都是糖做的；森林之外是杏仁糖果村。

要进入首都，游人必须坐船穿过玫瑰香精河。游客乘坐的船是用珍珠和贝壳做的，船夫是金海豚。糖果林位于首都糖城，是耀眼的果实形成的；这种果实在晶糖下闪闪发光。中心广场上坐落着奶油蛋糕塔，位于反射的水池和喷泉之中；水池里满是法国尚蒂伊村生产的奶酪，喷泉里喷出橙子和红醋栗果酱。喜欢吃尚蒂伊奶酪的游客可以用勺子搅动水池，这样就不会触犯当地人。

糖城的居民相信灵魂转世，他们敬畏一个名叫"糖果制造人"的精神领袖，认为他负责将来的生活，相信他能把他们未来的形状烤得更美。

如果运气好的话，游客也许会受到邀请，与住在杏仁糖果殿的希伯豪斯女王的玩具公主们一起喝茶。照料玩具公主的是一些贴心的小男仆，他们的头是用精美的小珍珠做的，身体用的是红宝石和翡翠，脚是纯金的，按照意大利雕刻家邦弗尼托·切利尼的风格雕刻而成。然而，杏仁糖果宫殿并非一切都好，这座建筑不断遭到"饿嘴"巨人的"啃咬"，他经常会咬掉一座高塔。

大仲马，《胡桃夹子的故事》(Alexandre Dumas [père], *Histoire d'une cassenoisette*, Paris, 1845)

多米诺拉岛 | Dominora

多米诺拉岛的国王的头盔

一座很重要的岛屿，位于南太平洋马蒂群岛的北部，是马蒂群岛中实力最强的一座岛屿;岛上的木舟队一直保持着这种优势。多米诺拉岛雨水丰富,岛上的战士坚信那是上天赐予的玉液琼浆。游客应该注意一下国王穿的那套传统服饰:国王的王冠是一顶头盔,头盔上是一只大刺猬,大刺猬的身上满是刺,头盔顶部的中间装饰着一颗河马齿;两根箭被当作耳环,箭头弯曲,算是耳坠;腰带用鲨鱼皮做成,上面挂着一小袋飞镖。国王的胸部以上纹着马蒂群岛的地形图,右手臂上写着各位民族英雄的名字;右脚的鞋底上绣着一个符号,象征仇敌,也就是弗兰多岛(Franko)的国王,表示已经把他踩在脚下。

赫尔曼·梅尔维尔,《马蒂群岛:一次旅行》

敦杜姆群岛 | Dondum Archipelago

位于大西洋,地处希尔哈岛的南部。敦杜姆国王是整个群岛的最高领主,除了敦杜姆岛,其余 54 座岛屿都要向他纳贡。敦杜姆群岛的居民体型庞大、相貌丑陋,额间生有一眼。他们专吃人肉,好像与巨人岛上的巨人沾亲带故。他们的父母或是某个朋友生了病,他们会去找祭司,询问自己的父母或朋友是否会死。祭司会转问一个偶像,如果偶像的灵魂说会死,病人就会被闷死,然后被切成碎块,被在场的朋友和游吟诗人庄严地吃掉,最后把吃剩的骨头埋掉。

敦杜姆群岛以南是另外 54 座岛屿,岛上生活着一些长相奇特的人。其中一些人身材特别矮小,没有头,眼睛长在肩膀里。也有人脸部扁平,没有鼻子和嘴,嘴唇很大,上唇大得简直可以包裹住整张脸,食物和饮料都是从头上一个小洞灌进去的;这些人全身毛发浓密,依靠四足爬行,像猿猴一样在树丛间跳来跳去。他们有时候也躺在太阳下睡觉。另外,还有一种阴阳人,可能是阴阳人共和国的居民。这些人靠膝盖行走,每只脚都有 8 个脚趾。据说,他们是当地的女人和怪物所生的后代,那些怪物是在巴比伦塔创建者宁录(Nimrod)统治时期来到地球上的。

约翰·曼德维尔爵士,《曼德维尔游记》

杜哈姆河 | Doonham

位于已经消失的安坦地区的沼泽边缘。神灵、英雄以及诗人在完成他们各自的世俗使命之后就会来到这里。伊娃希拉公主(Evasherah)被变成一条鳄鱼,在这条河里生活了 9000 年,因为她偷走了父亲的 6 滴海洋搅拌水。任何东西只要一接触这样的水,马上就会具有永恒的生命力。伊娃希拉想把这样的水滴用在自己的情人身上,不幸的是,还没等她来到情人身边,父亲就把她的情人溺死了。尽管她的情人没有能够获得永恒的生命,但他在莱特瑞亚王国至今仍受到人们的崇拜。

游客在这里会看见伊娃希拉公主,她斜靠在雪花石椅上,椅子上铺着绿缎子,绿缎子上面缀着黄金;椅子脚用象牙做的,掩藏于无花果叶装饰的华盖下,华盖上缀着珍珠和翡翠。伊娃希拉公主的模样时时在变化,有时是鳄鱼,有时是人形,有时又变成一只蝴蝶。

詹姆斯·卡贝尔,《夏娃的故事》(James Branch Cabell, *Something About Eve*, New York, 1929)

宫墙之门 | Door in the Wall

一个花园的入口;花园的位置变化不断,这里的一切都是那么美好,这里的每个人都是那么快乐。

世界上的许多地方都能发现这扇门,穿过这扇门就可以看见一条长而宽阔的大路,大路两旁满是鲜花,鲜花的边缘是大理石花园。沿着这条大路走,可以看见一个女孩儿;女孩的模样俊美、个子高挑、声音柔和、性情温柔善良。此外,还有其他许多漂亮的人儿,他们都会过来热情地招呼游客。花园里的动物令人惊讶,黑豹、僧帽猴和长尾小鹦鹉在这里极为常见。花园里还有一座宫殿,宫殿里宽敞凉爽,宫殿前面有许多令人心旷神怡的喷泉和可爱的柱廊。

那些能够找到花园入口的游客通常都会面临一种选择:要么坚守一个重要的约会,要么走进这座快乐花园。不管游客做怎样的选择,他们都必须知道,欣赏了一定的地方之后,快乐花园就会变成他们的坟墓。

韦尔斯,“宫墙之门”,《瞎子王国》(H. G. Wells, “The Door In the Wall”, in *The Country of the Blind*, London, 1911)

杜恩岛 | Doorn

参阅孤独群岛(Lone Islands)。

多达卡里昂镇 | Dotandcarryone Town

位于美国阿波迪达斯州。镇上的居民都是因为各种原因跑到这里来的。这些人希望当地的金融公司老板第莫塞·塔奇安哥(Timothy Touchandgo)做他们的头领。塔奇安哥先生是伦敦一个银行家,他带着钱柜里的东西来到这里,由于所带的东西值钱,因而很受人们的尊敬。如今的塔奇安哥拥有土地5000亩,并有权印刷小镇的流通货币。他与助手罗布特蒂尔一起住在奴隶为他们建造的豪华宫殿里。

多达卡里昂镇的法律稀奇古怪。在审案过程中,法官可能遭到身体攻击,或被拉去打赌,猜测审判的结果。多达卡里昂镇看起来粗陋不堪,也缺乏多样的娱乐。镇上最富有的三个阶层是传教士、奴隶监工和印钞人。自愿管理团的成员残暴地对待他们不喜欢的游客,直到把这些游客赶走为止。

托马斯·皮卡可,《克罗奇特城堡》(Thomas Love Peacock, *Crotchet Castle*, London, 1831)

双栖岛 | Double Island

可能位于印度洋。这座岛屿非常神奇，可以自由地出入海洋。最早描述这座岛屿的是一个埃及水手，因遭遇海难而在这里落脚。

这位埃及水手一个人孤零零地在岛上住了3天，靠吃岛上的无花果、葡萄、浆果、鱼以及其他猎物为生。到了第三天，这个水手挖了一个深坑，生了一堆火，用来敬拜神灵。刚做完这一切，他就突然听到一阵轰隆隆如打雷的声音，然后树开始发抖，地开始摇动；这时候，他看见前面有一条金蛇，约100米长，长着两米长的胡须，蛇身呈天青色，看起来就像是被镶嵌在金子里面的。正当这个水手不知所措的时候，金蛇在他面前直起身来，问是谁把他带到这里来的。水手叙说了原委，当听到水手叙说沉船的经历时，金蛇被深深地打动了，它把水手衔在嘴里，把他带到自己的窝里，那里还有75条蛇，身上也呈金色和蓝色。

金蛇预言，4个月之内会有一艘船来寻找这个水手。预言的日子到了，果然来了一艘船。那是一艘埃及船，船靠了岸，救走了这个埃及水手，这座海岛也随之消失在海浪里。

乔治・马斯佩罗，《古埃及民间故事》(George Maspero, *Les Contes populaires de l'Egypte ancienne*, Paris, 1899)

怀疑城堡 | Doubting Castle

一座城堡的废墟，位于基督徒王国，曾是绝望巨人的家，绝望巨人的妻子名叫猜疑。怀疑城堡严重威胁着天城的朝圣者：这些朝圣者容易走错路，他们可能穿过安逸平原边缘的路边草地，误入绝望巨人的地盘。这些不幸的旅客被绝望巨人抓起来，扔给一条黑龙，在那里遭到毒打和饥饿，被折磨得生不如死。

基督徒和友人盼望虽也不幸被抓，却幸运地逃脱。他们竖起一排栅栏，警告后来者，栅栏上写着："翻过这栅栏是通向绝望巨人的怀疑城堡的路，他蔑视天城的王，图谋杀害他的天路旅客”。几年后，勇敢之心杀死了绝望巨人和他的妻子，带领朝圣者走出了基督徒王国。怀疑城堡被夷为平地，如今只剩下一座废墟。绝望巨人的头被挂在基督徒和友人希望竖起的那个石碑上。

约翰·班扬，《天路历程》（第一部、第二部）

多克塞若斯王国 | Doxeros

参阅尼欧培岛（Neopie Island）。

德古拉城堡 | Dracula's Castle

位于喀尔巴阡山脉，靠近东部匈牙利贝斯特泽-纳斯左德县（Besztercze-Naszod）的古镇比斯特里兹（Bistritz，匈牙利语为Besztercze）。到了比斯特里兹古镇，游客可以去看看华美的金克朗宾馆（Golden Krone Hotel）。从古镇出发到德古拉城堡，游客最好乘马车去，马车每天下午3点钟离开，途经吉尔（Jail）、波加布隆德（Borgoprund）、马若斯-波加（Maros Borgo）以及蒂胡克扎（Tihucza），最后到达高约1200英尺的波加山隘（Borgo Pass）。德古拉伯爵会坐着马车亲自前来迎接，并挽留游客在城堡里过夜。

德古拉城堡西面一角

德古拉城堡建在陡峭的悬崖上，三面都是坚不可摧的崖壁。城堡西翼不再有人居住，这里比城堡的其他地方更舒适。窗外可见一条深深的河谷，更远处是锯齿状的大山，一座小教堂虽已破败，却非常有趣，里面摆放着德古拉伯爵及其家人的棺材。这些棺材是吸血鬼白天休息的地方，游客晚上最好不要到这个小教堂里来。如果真要来的话，最好带一个银十字架、一串大蒜、一些木桩和铁锤，多年的实践证明，这些东西对付吸血鬼非常有用。

德拉姆·斯多克尔，《德古拉》(Dram Stoker, *Dracula*, Westminster, 1897)

龙岛 | Dragon Island

位于孤独群岛以东，纳尼亚王国的国王嘉斯滨十世统治的第四年间发现的，并把它叫作“龙岛”。为了纪念这件事，嘉斯滨十世还在上岸时所经过的海湾岩壁上刻了文字。

龙岛多山，岛上有深海湾，与挪威的海湾相似，海湾尽头是狭窄的山谷，多瀑布，低矮处生长着雪松和其他绿树。岛上风景优美，但看上去却很凄凉，除了几头山羊，几乎无人居住。

龙岛一名与嘉斯滨国王到此求水有关。国王的一个随从名叫尤斯塔斯，非常调皮，想逃工不干活，结果不小心来到山上。在那里，他遇见一条濒死的巨龙；为了避雨，尤斯塔斯躲进巨龙洞里，发现了这条巨龙的宝物。他睡在这些宝物上，整夜都在盘算如何得到宝物。第二天一早醒来，尤斯塔斯发现自己变成了一条龙，正在与那些食人生灵争抢那条死龙。他痛苦地用自己的巨爪撕扯身上的鳞片，想努力恢复人形。最后，纳尼亚王国的创建者阿斯兰帮助他恢复了人形。他剥掉尤斯塔斯身上的一层层龙鳞，把他扔进宜人的水里，以减轻他的痛苦。通过第二次异形，尤斯塔斯变成了一个更讨人喜欢的孩子。

巨龙的宝物中有一只手镯，手镯上刻了文字，字迹有些模糊。手镯是奥克特西安大人(Lord Octesian)的，他是被暴君米拉兹放逐的 7 个纳尼亚贵族之一。据说,他后来被巨龙杀死了,也有可能是他自己变成了一条巨龙。

C. S. 路易斯,《纳尼亚传奇:“黎明踏浪号”的远航》

龙奔地 | Dragon's Run

位于地海群岛以西,希里多尔岛的西南面。该地多小岛、岩石和浅滩。游客最好避开这个地区,因为这里的岩石很危险,而且经常会有巨龙出没,这个地名正缘于此。

龙奔地犹如一座由许多经过浅滩和小岛的狭窄水道构成的迷宫。其中一些小岛上的礁石被海浪、藤壶虫和海葵半遮半掩着,在蓝蓝的海水中翻滚如海怪;其他的暗礁高高耸立,像一座座尖塔或人造塔和拱门。更高处的岩石遭到侵蚀,变得奇形怪状,犹如猪背和蛇头。从右面看过去,一块巨岩上好像长了人的双肩和头部,尽管从北面看,它只不过是一处悬崖。巨浪猛烈地拍打着海岸,在悬崖上形成一个大洞。随着巨浪的起伏,崖边的海水似乎在诉说着什么。根据某些游客的说法,海水好像发的是 ahm 这个音,在古地海语里,这个词的意思是“开始”或“很久以前”;也有人认为这个音更接近 ohb,意思是“结束”。

在这块山岩的背后,海水的颜色变得更深了,最高一座岛上的黑色岩石露出海平面 300 多英尺,名叫卡勒森要塞(Keep of Kalessin),很像圆柱体或岩石柱,因巨大的地质作用被挤压到一起,使整座岛看起来就像一座大黑塔。

乌苏拉·奎恩,《地海的巫师》;乌苏拉·奎恩,《地海彼岸》(Ursula K. Le Guin, *The Farthest Shore*, London, 1973)

恐怖夜之城 | Dreadful Night, City of

参阅夜城(City of Night)。

梦岛 | Dream Island

位于大西洋,距离邪恶群岛不远。梦岛似乎遥不可及,很难到达。游客最好是在黄昏时分来这里。梦岛的首都叫梦城,梦城周围是茂密的丛林,丛林里密密麻麻地生长着曼德拉草和罂粟,数目众多的蝙蝠绕飞其间,这些蝙蝠就是有名的"梦岛之鸟"。一条大河名叫"夜行者",从城门处的两个源头流出,分别是"永恒的睡"和"最黑的夜"。城墙很高,颜色如彩虹。城门有四扇:其中两扇面朝懒惰草地敞开,用铁和砖块做成,从这两扇城门里逃出的梦非常可怕,其中充满了凶杀和罪恶;另两扇大门面朝大海,一扇用牛角做成,另一扇用象牙做成。一位显赫的罗马绅士曾在其他国家看到过这两扇大门,声称那扇牛角门只允许真正的梦通过,而通过象牙门的梦都是假的。从英国来的游客会认出牛角门的看守,他就是思威尼先生。

从港口来的游客会发现右边的寺庙是献给夜晚女神的,与港口入口处的公鸡庙一样,夜庙也是岛上最热闹的地方。夜庙左边是皇宫和广场,广场里有喷泉,名叫"睡意泉",紧靠喷泉的是两座更小的寺庙,即真理庙和欺骗庙。那里的居民是梦,各种不同的梦,有的温柔苗条,美丽优雅;有的身体僵硬,丑陋矮小;有的长着翅膀,有的表情惊讶;有的全身盛装,穿着国王或祭司的长袍。

撒莫萨塔的吕西,《真正的历史》;维吉尔,《埃涅阿斯纪》(Virgil, *The Aeneid*, 1st cen. BC)

梦国 | Dream Kingdom

一个约 3000 平方公里的小王国,大致位于广袤的中国西部和哈萨克之间的天山地区。梦国三分之一的地方都是崇山峻岭,还有一个大平原,大平原上面有几座小山峦。梦国只有几处大森林、一个湖泊和一条河流;除首都佩拉城(Perla)之外,只有几个农场和村庄。根据最近的一次官方统计,梦国的人口大约有 6.5 万。

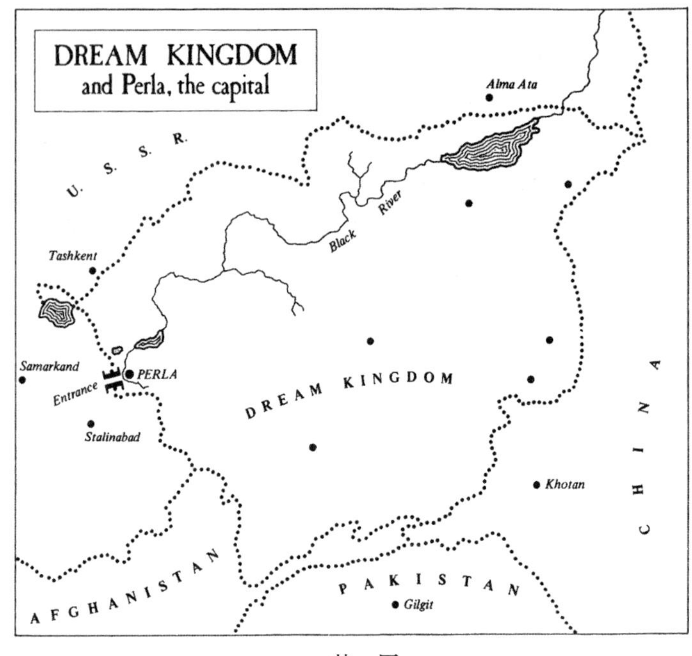

梦　国

梦国的创建者是奢侈的富翁克劳斯·帕特拉。19世纪末，克劳斯来到这里，捕猎珍稀的波斯虎，只有天山上才有这种老虎。有一次，克劳斯不幸被老虎咬伤，后来被一个部落酋长治愈。这个部落很离奇，部落成员的眼睛都是绿色的，被纯蒙古人部落包围着。据说，他们的仪式也很离奇，难以言说，也不为他人所知。回到欧洲9个月后，帕特拉再次来到这里，这次与他同来的有官员、工程师、土地测量员，以及许多劳工。帕特拉买了一块地，然后开始建造佩拉城。

帕特拉讨厌任何形式的进步，尤其是科学方面的发展。他在自己的王国周围筑起高墙，用强大的防御工事抵御任何潜在的入侵。整个王国只有一扇大门可以进出，这样便于监督大门周围的情形。在梦国，在这个不满现代文明的避难所里，一切物质需要都可以得到很好的满足。然而，一种理想社会的简单构想更容易遭到政府意志的排斥。

被梦国接纳的人按照各自的出生或命运获得荣誉。在这里，发达的感官可以帮助梦国居民注意到，他们的个人世界之间既存的内在联系在普通人那里根本就不存在，除了某些例外。这些所谓“固有的”内在关系实则是梦国居民渴望的一种本质。这里的一切都倾向精神化的生活；居民的生活目的要么为了精神方面的变化，要么依赖于精神的变化。他们的整个外部存在都根据意愿和希望，通过小心的共同协调组织起来，整个存在只为处理作为他们真正生活之基础的原料。梦国的居民只相信梦想，他们自己的梦想；这种倾向得到熏陶和发展，干预这个倾向就会被视为犯下了最严重的叛国罪。

共同体成员的选择严格按照该成员对梦的相信能力。一旦得到邀请，游客必须安排好去梦国的路线，最好坐大篷车从萨马尔罕(Samarkand)出发，然后可以到达梦国的边境。到了那里，海关人员将会给这位游客一些钱和一张去佩拉城的火车票，火车站距离海关大厅很近。游客要注意，不可以带崭新的东西到梦国去，只可以带旧东西去。

阿尔弗雷德·顾宾，《另一方面：一部精彩的小说》(Alfred Kubin, *Die andere Seite: Ein phantastischer Roman*, Berlin, 1908)

梦湖 | Dreams, Lake of

在这个世界上，只有在梦湖里钓鱼的时候，人们才有可能把热力学第二原理的一个普通过程应用到生物学方面。

比方说，在梦湖，人们很容易得出这样的结论：牛是可以产生原子能的动物，它们的功能与高效的核电站一样：它们产生的唯一废物就是肥料，它们使用的能量通过所吃的食物间接来自太阳。或者说，当人们惊讶于大自然的奇妙作为时，他们可以唱出那些使云朵形成奇特形状的咒语来，比如，恐龙状、雕齿兽状，以及犹如在空中嬉戏的翼龙状。

如果想来梦湖，游客必须首先选定一家医院，然后坐在候诊室的一把靠椅上等候。接着，一支独特的注射器会把他自己注进他的身体，然后他登上一个红血球，进入他自己的主血管里。在被扔到肌肉岸边之后，他也许会碰见博学的教授摩孟德尔·摩根斯顿前辈(Father Mendel Morganstern)，摩根斯顿的智慧和知识分别来自摩根先生(Messrs Morgan)和孟德尔先生(Mendel)各自品质的融合，他们是生物学和基因学的创始人。此外，他还会见到像机会理论之父摩根斯顿先生(Mr. Morgenstern)这样博学的教授。

通过他们，这位游客可以见到恩兹梅女士，这位女士的别名叫聚合酶基因小姐；这是一个身着东方服饰的年轻女子，主持基因代码的复制。当细胞分裂时，她就站在光滑的沾土写字板前面，用 4 个字母尽可能多地写出包含 3 个字母的单词。如果游客愿意听，他就可以获得一种对基因库数学最富见识的阐释。

此外，在他自己的身体内部，这位游客将不得不爬到基因梯子的位置上。在这里，他会看到一个大个子，毫无疑问，这是一个英国人，他身穿一件运动夹克衫，夹克衫上佩戴着剑桥大学的校徽。游客还会看见一个人，这个人一点不修边幅，毫无疑问，这是一个美国人，他穿着一双网球鞋，没有系鞋带。这两个人都是生物学家，他们将带领游客来到他们的“二重螺旋线”(double helix)。此外，因为低密度的荷尔蒙环境中胶粒的分子运动，也可以借助以布朗方式运动的基因使者巨蟒去参观细胞核和细胞质。

很难判定游客是怎样从他自己的身体最隐秘的内部走回来的，更难解释的是他所遇到的那些名人。比如说达尔文，他曾努力让游客了解他接受了一些现代科学杂志，例如法国著名科学杂志《科学》、《科学美国人》，以及《时尚回声报》。不管情形是怎样的，所有游客最终都能安全回到外部世界。

至于其他地方，游客也可以去看看。有了电脑，人们可以到达那个只能用心灵的眼睛才能看见的国度。在把自己变成一张电脑芯片之后，游客可以根据 X 线衍射原理参与分子运动的分析。然后他会看见平面王国的人，可以和他们交流自己对二维世界的想法。

乔治·伽莫夫,《他自己身体里面的汤普金斯先生:新生物学的探险》(George Gamow, *Mr. Tompkins inside Himself*, *Adventures in the New Biology*, New York, 1967)

梦幻世界 | Dreamworld

南部地区一块尚未开发的蛮荒之地。美国探险家伦道夫·卡特(Randolph Carter)去过那里的几个地方,比如,巴哈那港(Baharna)、塞勒菲斯城(Celephais)、戴拉斯里城(Dylath-leen)、魔法林(Enchanted Wood)、拉尼斯城(Hlanith)、因奎诺克城(Inquanok)、卡达斯城(Kadath),凯尔兰城(Kiran)、克里德丛林(Jungle of Kled)、棱格高原(Leng)、恩格拉尼峰(Ngranek)、诺斯山谷(Pnoth)、萨克曼德城(Sarkomand)、南海(Southern Sea)、特兰城(Thran)、乌尔萨村(Ulthar),以及乌尔戈小镇(Urg)。

霍华德·洛夫克拉夫特,"小人物卡达斯追梦记",《阿克汉姆集锦》

四分之三石头城堡 | Dreiviertelstein, Schloss

施第里尔的一个小精灵王国,首都是艾格女王居住的一座城堡,城堡的位置很偏僻,难以辨认。过去,这座城堡里最负盛名的是鲁德拉的厨艺。鲁德拉是精灵王国里最著名的厨师之一。到城堡里来的游客主要是想品尝他做的烤鹅、鳝鱼汤及其他一些特色菜肴。鲁德拉做的最鲜美的一道菜叫龙虾蛋酥,这道菜通常只出现在皇室的生日宴会上。龙虾蛋酥的烹饪过程对外绝对保密,在准备这道菜时,鲁德拉通常都需要离开厨房。城堡里的人说,品尝这道菜的感觉就像品尝一朵云。然而,艾格女王对鲁德拉为她特意准备的那些快乐毫无兴趣,她更喜欢探险,这占据了她大部分的宫廷生活。女王的探险花样繁多,比如,寻找石块里的蟾蜍,寻找

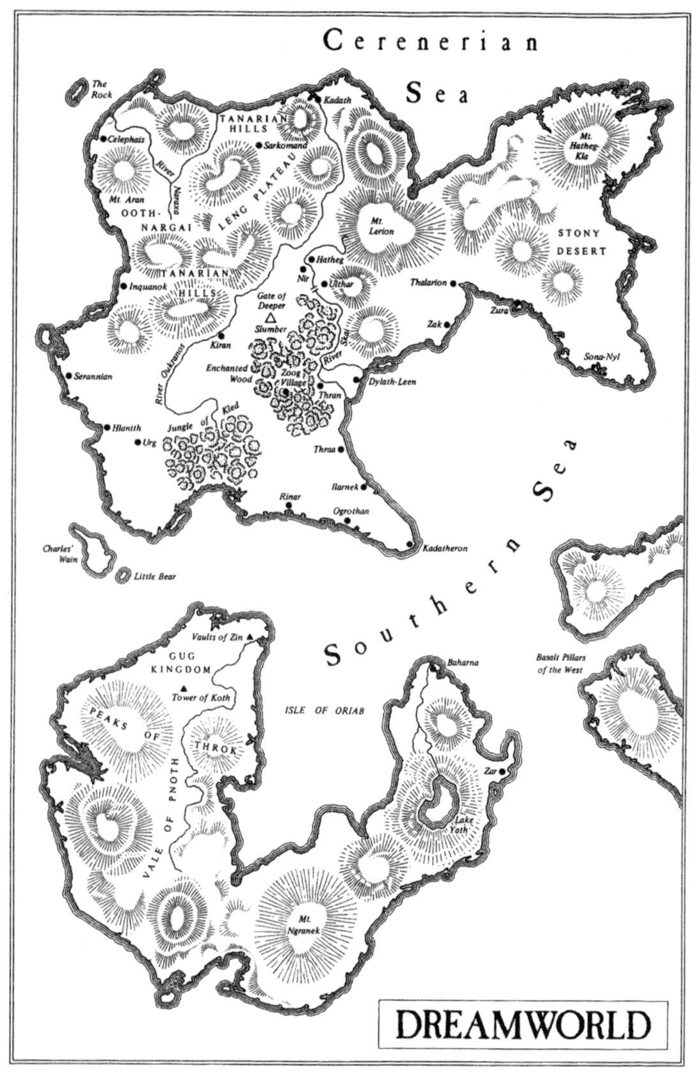
Cerenerian Sea
The Rock
Kadath
TANARIAN HILLS
Celephais
Sarkomand
River Naraxa
Mt. Aran
LENG PLATEAU
OOTH-NARGAI
Mt. Hatheg-Kla
Mt. Lerion
STONY DESERT
Hatheg
Nir
Ulthar
TANARIAN HILLS
Inquanok
Thalarion
Gate of Deeper Slumber
Zura
Zak
Kiran
River Oukranos
River Skai
Enchanted Wood
Zoog Village
Serannian
Thran
Dylath-Leen
Sona-Nyl
Jungle of Kled
Hlanith
Urg
Thraa
Ilarnek
Rinar
Ogrothan
Southern Sea
Kadatheron
Charles' Wain
Little Bear
Vaults of Zin
GUG KINGDOM
Tower of Koth
Baharna
Basalt Pillars of the West
ISLE OF ORIAB
PEAKS OF THROK
VALE OF PNOTH
Zar
Lake Yath
Mt. Ngranek
DREAMWORLD

梦幻世界

银子里的鹿皮鞋或挂在最高树枝上的戒指。女王每年举行两次比赛，寻找夏季里第一朵和最后一朵玫瑰。女王还举行寻龙游戏，这些游戏如今已被废弃，大概是因为龙已经不存在了，而主要原因则是，很多探险者在深洞里迷失了方向，甚至有些探险者此后再无音讯。

德莱维尔特城堡的废墟

塔玛瑞德来到城堡后，宫廷里的探险活动就被中断了。由于政治方面的原因，塔玛瑞德从迪西克精灵王国被放逐到这里。到了这里之后，塔玛瑞德很快就赢得了大家的好感，尤其是赢得了孩子和仆人们的喜欢。然而，不久，塔玛瑞德带着女王飞走了。从此，他的声誉一落千丈。精灵王国的贵族一般不会飞翔，他们认为飞翔会使他们失去尊严，因为飞翔这样的事情只适合仆人去做。女王在飞翔时受了点伤，这消息很快就传开了，人们纷纷说这应该由被放逐的塔玛瑞德来负责。不久，所有人都起来反对他，在大多数精灵王国里，仇外是一种很正常的现象。鲁德拉也俟机复仇，他在一个猎人的馅饼里插了一根骨头。塔玛瑞德被卡了喉咙，窒息过去了，但他很快又苏醒过来，这时候的女王已经爱上了他，得知真相后，毫不忧虑地赶走了名厨鲁德拉。不久，塔玛瑞德被说服离开城堡，去一趟欧洲。自从那次馅饼事件以后，城堡里不再做各种探险游戏。女王似乎对此也没有多大兴趣了，她的朝臣找到一种新的消遣方式，那就是去森林里散步。散步的时候，女王一行人不可避免地会来到鲁德拉为她修建的小屋里。游客也能在这里品尝到鲁德拉的精湛厨艺，而且这些食物的价格也不贵；不过需要自己带酒水。

希尔维亚·华纳，《精灵王国》

德瑞克萨拉地区 | Drexara

一个荒凉的地方，位于北美阿巴拉契亚山脉以外。该地区多山多树，多野生动物，居民是印第安游牧部落。这里的印第安人是所有土著部落里最野蛮的人，他们认为人是世界上最好吃的动物。他们把俘虏卖给西班牙奴隶主，以换取他们的烈酒和其他日用品，来这里的游客务必小心。

安东尼·弗朗斯瓦·普雷沃神甫，《英国哲学家或克伦威尔私生子克利夫兰先生的故事》

德瑞摩尼亚国 | Drimonia

可能位于欧洲的巴尔干半岛，具体位置不清楚。西格诺·林迪(Signor Olindo Lindi)在《德瑞摩尼亚国旅游指南》中告诉我们，如果有人想来德瑞摩尼亚国，他必须穿过意大利、南斯拉夫及其他几个国家。

林迪在这本《旅游指南》里提供的实用信息很少，不过这本指南在语言方面颇为考究。要想真正理解这本指南的语言，读者至少需要掌握两种基本的表达语。第一种是 *trunca*，大致意思是"是的"，但如果按字面的意思来翻译，这个词的原意是"如果这就是伟大的奥斯库察瓦(Oskutchawa)的意愿，那么我也愿意"。如果游客非要问，谁是伟大的奥斯库察瓦，那么他会得到不同的答案，但没有一个答案是确定的。有人认为奥斯库察瓦是古代一个偶像，这个偶像许多世纪以前就被废除了；也有人认为奥斯库察瓦是一个被狼吃掉的先知，因为他竟然对狼宣传素食主义。然而，最大的可能是，奥斯库察瓦是一个流浪儿，一个了不起的酒徒，一个讽刺诗创作者，一直生活到 13 世纪末。为了与他那个时代的野蛮习俗保持一致，奥斯库察瓦完全不顾真理，结果最后被送上了绞刑架。

游客需要掌握的第二个词是 *narta*，这个词通常翻译成"不"，字面意思是“因为我无法知道今天或明天是否下雨，因此不能保证我的答案一定是正确的”。迂腐至极的语言学家非要给这个翻译加上“不管我说什么”；其实这之间的细微差别，在与此话题相关的古典文本里找不到充分的证明，因此后来也被取消了。

经验丰富的游客会发现，这本指南里的语言与树精的语言之间存在某种相似性（参阅“凡戈恩森林”）。

黎亚·怀恩斯坦，《德瑞摩尼亚的维亚吉奥》(Lia Wainstein, *Viaggio in Drimonia*, Milan, 1965)

德拉丹森林 | Druadan Forest

位于中土的刚铎王国，具体地说，这片森林位于刚铎王国安诺里恩地区（Anórien）的艾伦纳奇山（Eilenach），距离米那斯-提力斯以北约 30 公里。艾伦纳奇山的山顶上坐落着一座灯塔，另一座灯塔则坐落在德拉丹森林以东；它们是刚铎王国最初建造的灯塔。

森林里住着伍瑟人，或者叫森林野人；是刚铎王国建立之前就住在这片森林里的那些野蛮人的后代。伍瑟人的生活很原始，以毒箭做武器，与所谓的普克尔人有几分相似；普克尔人其实就是一些大石像，站在一条去敦哈罗城堡的道路两旁。伍瑟人采用击鼓的方式进行远距离的交流. 他们还会说一种简单粗糙的中土通用语，他们把米那斯-提力斯城叫作“石房”，把米那斯-提力斯城里的居民叫作“石房人”。伍瑟人身穿粗糙的草裙，说话时喉音很重。在中土第三纪期间，他们偶尔会遭到好战的洛汗国洛依瑞姆人的猎捕。

魔戒大战期间，洛依瑞姆人骑马从洛汗王国出发去米那斯-提力斯城，他们到达森林东面边缘的松林后，发现前面的路已被兽人堵住。伍瑟人的酋长甘-布瑞-甘（Ghân-buri-Ghân）答应带洛依瑞姆人从林间一条无人知晓的小路走出去，但前提是，洛依瑞姆人必须保证不打扰伍瑟人安静的林中生活，不再猎捕伍瑟人。酋长为了表示诚意，决定和洛依瑞姆人的头领塞奥顿走在队伍前面。魔戒大战结束后，这片森林归属伍瑟人。来此参观的游人要注意这一点，任何人未经伍瑟人的许可，都不可以进入这片森林。

托尔金，《王者归来》

杜比亚克索岛 | Dubiaxo

参阅智慧群岛(Isles of Wisdom)。

杜尔湖 | Dull

参阅阿里弗贝城(Alifbay)。

杜敦纳尔德城堡 | Dundonald Castle

一座城堡的废墟，距离伊文尼港(Irvine)大约两英里远。伊文尼港很小，位于苏格兰岛的克莱德河湾(Firth of Clyde)附近。据说，城堡里经常有火焰少女出没，这些少女通常在夜深人静时出现在城堡的塔楼上。每每此时，一团团火球就会顺着城堡的断壁滚落下来，或从塔楼处向外喷射。19 世纪中期，这样的火焰烧毁了挪威莫塔拉号双桅船，这艘船当时正满载着木材驶向英国格拉斯哥港。由于船长判断失误，错把一团火焰当作伊文尼港发出的信号，决定继续朝着岩石方向驶去，结果莫塔拉号与岩石相撞，遭到致命的毁坏。根据调查，城堡废墟里看不见任何人为的迹象，因此人们更加相信火焰少女这一传说。

然而，神秘的沉船事故发生后不久，隐藏在火焰少女传说背后的真相终于渐渐清晰起来：一条隐蔽的隧道把运河和新阿伯佛里(New Aberfoyle)和煤城的洞窟连接起来，而那样的神秘火焰则是流溢出来的甲烷燃烧造成的结果。

朱勒・凡尔纳，《美丽的地下世界》

敦哈罗城堡 | Dunharrow

也是一座堡垒，坐落在哈罗峡谷，是洛汗王国最主要的防御工事之一。从严格的意义上讲，敦哈罗通常是指一个地区，堡垒本身就叫敦哈罗要塞，只是平常使用时没有做这样的区分。

在中土第二纪的黑暗岁月里，敦哈罗城堡第一次得到加固。当时，索伦控制了中土，努曼诺尔人还没有建立刚铎王国。至于当初为何要建造这个要塞，我们还不知道。这座要塞建在哈罗峡谷东面嶙峋的悬崖上，岩壁上有一条蜿蜒陡峭的小路，只有经过这条小路才可以到达敦哈罗要塞。这条小路连接了敦哈罗要塞和伊多拉斯城，在小路的每一个转弯处，游客都会发现一些大型的人物雕像，这些人盘腿而坐，双手合抱在肥胖的腹部前。他们是普克尔人，是最初敦哈罗要塞的建造者雕刻的。这些雕像久经风雨，如今已斑驳陆离，有些雕像的面部特征只能通过雕像的眼洞来辨别。

蜿蜒进入敦哈罗要塞的路很宽，足可以容纳几匹马或几辆马车同时通过。尽管如此，站在敦哈罗要塞上面也能清清楚楚地看见这条路，因此这座要塞可以说是坚不可摧的。在悬崖最上面，一道切口经过岩石通向一片生长着绿草和石楠的土地，这就是费瑞菲尔特地区(Firienfeld)。悬崖以南，游客可以看见斯达克诺恩山(Starknorn Mountain)和锯齿状的伊恩萨迦山(Irensaga)；两山之间耸立着敦摩尔堡(Dwimorberg)，山峰上面有一道岩门，穿过岩门可进入死者之路。另一条路通向圣盔谷。

魔戒大战给中土世界带来了深远的影响。大战期间，敦哈罗城堡是洛汗王国的骑士的集聚地，也是洛汗王国的国王塞奥顿的宫庭所在地。在这段时间里，帐篷和货亭分布在进入这座堡垒的那条路上。正是在这里，塞奥顿国王获得了红箭，红箭是刚铎王国的使者送来的，这是以刚铎王国与洛汗王国长期结盟为条件的求助信号。正是从这里出发，洛依瑞姆人或者洛汗人骑马去了刚铎王国，留下艾奥恩看守敦哈罗城堡。艾奥恩是洛汗王国的一个女子，生得高大美丽，她没有留下来，而是女扮男装，与洛汗王国的骑兵一同去了刚铎王国。在此后的战斗中，艾奥恩骁勇善战，在骑兵队伍中脱颖而出，但最后身受重伤，差点失去性命。身体恢复后，艾奥恩嫁给了伊西利恩的君王法拉米尔。

托尔金，《双塔奇谋》；托尔金，《王者归来》

驴城 | Dunkiton

一座小镇，这里的居民显然就是驴子，国王叫凯克-阿-布瑞；驴城距离狐狸城大约几英里远。

驴城四周建造了高高的石灰墙，几乎没有城门，因此无法从外面窥见里面的东西。在驴城里，驴子住在低矮的砖房里，砖房到处都是，毫无秩序、乱七八糟，城里也没有整齐的街道，所有的房屋都没有门牌号；驴子们解释说，他们很聪明，没有必要用这些编号来帮助他们辨认回家的路。他们认为自己的小镇比那些整齐的街道要美观得多。所有的房子都漆成白色，里里外外都干干净净。这样的房子通常只有一间屋子，家里唯一的家具就是整整洁洁的草垫子，皇宫里面也是如此。

驴城市民坚信他们住在世界文明最发达的中心地区，他们则是这个世界上最聪明的生灵；因为在他们的眼里，“驴子”这个词与“聪明”就是一个意思。小镇上没有学校，驴子认为自己足够聪明，只需上上“经验学校”就可以了。为了让小驴儿——在其他国家，他们肯定会去上学的——不调皮捣蛋，老驴安排它们去粉刷房屋和围墙，刷子就是小驴自己的尾巴。

驴城的驴子都不穿衣服，但它们都要戴帽子；雄性驴子戴尖顶帽，女性戴无檐帽。他们的前脚踝上套着金镯子和银镯子，后脚踝上套着各样的金属环。他们通常都直挺挺地站着或坐着，把前腿当手臂，把脚蹄子当手腕。驴子没有手指，游客会惊讶地发现他们的脚蹄非常灵活。

驴子的邻居是狐狸城的狐狸。为了保护自己的小镇，驴子会用脚去踢城墙上悬挂的大金属片,使这些金属片发出巨大的声响,用来赶走那些潜在的入侵者。

除了游客必须提供给他们的少量草料、麦麸和燕麦,驴城在寻求和平和安宁方面向游客展示了一大劣势;每天清晨,驴子都会聚集到一起,用叫声迎接黎明,据说这是世界上最让人难受的噪音。

弗兰克·鲍姆,《奥兹国之路》(L. Frank Baum, *The Road to Oz*, Chicago, 1909)

敦兰德地区 | Dunland

位于中土迷雾山脉以西。尽管土地肥沃,这里居民的生活却相当落后,他们大多是牧民和山民,即敦兰德人;他们有自己的古语言和原始文化,是那些曾居住在迷雾山脉周围的人的后裔,当洛汗王国的依瑞姆人定居这里后,他们就被赶走了。

尽管时过境迁,好几代人过去了,敦兰德人依然仇恨洛汗人,把他们当成北方的强盗。后来,敦兰德人开始进攻洛汗王国。第一次进攻是在中土第三纪的2598年,当时的洛汗王国正遭受到东部人的入侵;在一个名叫乌尔夫的人的率领下,敦兰德人从西面向洛汗王国发起进攻。多年以后,他们又向洛汗王国发起了第二次大进攻,那是在号角堡战役期间,发生在中土第三纪的3019年。白胡子大巫师萨鲁曼的魔力遭到败坏,他煽动敦兰德人对洛依瑞姆人的仇恨,因此在这次进攻当中,许多敦兰德人与萨鲁曼率领的兽人一起战斗。这次战斗中幸存下来的人深感惊讶,因为洛汗王国的洛依瑞姆人让他们毫发无伤地回去,当然前提是他们发誓不再骚扰洛汗王国。

托尔金,《魔戒首部曲:魔戒现身》;托尔金,《双塔奇谋》;托尔金,《王者归来》

敦-维勒秦地区 | Dun Vlechan

位于波伊兹麦王国的北部,海拔很高、森林茂密。森林里有一间灰色小棚屋,依靠巨鸟的四条腿骨支撑起来,小屋的几个角分别被雕刻成狮子、巨龙、毒蛇和蝰蛇的形状,据说它们分别象征肉体和知识方面的罪过、骄傲以及死亡所带来的痛苦。小屋的内墙上绘满了反映古代生活的壁画,既没有视角,也不严谨。小屋的每个角落都放有一把伞,每一把伞都有 9 种颜色,伞柄是银色的,设计方面很像东方那些有神圣用途的伞。不过,这间小屋里最重要的东西是门边的一只南瓜。

小棚屋是痛苦在地球上的居所,有人把它叫作“贝达(Beda)”,也有人把它叫作“鲁齐纳(Kruchina)”。游客可以通过如下方式召唤痛苦:他在每把伞里放一支蜡烛,然后必须做一份汤,接着大声说:晚饭备好了,这时候会有一颗没有实体的头探出来,要求进来。痛苦是一种白色泥土做的头,是造物主创造世界的时候留下的。据说,痛苦的创造过程因为安息日的到来而被迫中断;作为一个正统的犹太人,造物主不可能在安息日那天做工,因此世界上的最后一种创造最终没有完成。痛苦整天四处闲逛,吞噬王国,散布嫉妒的谣言。晚上,这颗头回到小鹏屋,他的工作由某个福柏托尔(Phobetor)接替。痛苦只有头,没有心,因此没有同情心。它统管的就是生命本身,每一个婴儿出生时的啼哭就是在向痛苦宣告忠诚。痛苦喜欢成群结队,不过与他度过一天就相当于与人相伴一年。

游客应该小心,据说敦-维勒秦地区的森林里经常有各种怪物出没;它们企图入侵痛苦的地盘,但结果都被逼疯了。

詹姆斯·卡贝尔,《地球人物:一部关于形貌的喜剧》

敦维奇小镇 | Dunwich

坐落在美国马萨诸塞州境内。如果游客走到艾尔斯伯里-派克(the Aylesbury Pike)的时候,刚好在迪安角落(Dean's Corners)背后走错了路的话,他就会突然走进一个孤独而奇怪的村子。这里地势更高,树木苍翠,野草和荆棘丛生,这在其他有人定居的地区并不常见，而且这里的农田好像也不寻常，零落的房屋似乎历经沧桑，破烂而肮脏。不知道为什么，游客都不太愿意向这里饱经风霜的村民问路，这些孤独的村民就站在破旧的门边或乱石林立的草坪上，时不时地斜着眼睛瞅瞅游客。当游客走到高处，看到幽暗的森林上面高耸的山峦时，一种莫名的不安会油然而生。深深的峡谷和沟壑切断了去路，粗糙的木桥似乎总让人怀疑它的安全性。前面的道路急转直下，几片沼泽出现在游客的眼前，不过游客会本能地讨厌这里，可怕的夜鹰不知在何处大声地叫着，萤火虫数不甚数，在牛蛙沙哑而尖利的嗓音伴奏下翩翩起舞。

沿路的房屋因废弃不用已破烂不堪，破旧的小教堂如今变成了村里萧条的农贸市场。游客必须穿过一座阴森恐怖的大桥，一种微弱的有毒气息会袭击游客的嗅觉，夹杂着数世纪以来的霉味和腐烂味；这时候，游客才发现他已穿过了敦维奇小镇。

正是在这里，瓦特里家族生了一个可怕的怪物，长得很像他那幽灵似的父亲。对于这个怪物，人们只见过一次；他是一个硕大的蛋，生了许多条腿和一只长鼻子。这个怪物后来被闪电击打死了，当时，一股难以形容的恶臭味弥漫在村子的上空；大树、青草和低矮的灌木丛都被激怒了，树叶变成了焦黄，地里和森林里到处可见鸟儿的尸体，尽管这股恶臭味很快散去了，但遭受打击的敦维奇小镇已经面目全非。

霍华德·洛夫克拉夫特，“敦维奇小镇的恐惧”，《局外人和其他人》(Howard Phillips Lovecraft，“The Dunwich Horror”，in *The Outsider and Others*，Sauk City，1939)

戴拉斯里城 | Dylathleen

梦幻世界里一座人口众多的大城市，滨临南海，靠近思凯河的河口。戴拉斯里城主要是用玄武岩建造而成，上面是单薄的有角塔楼，从远处看，这座城市很像爱尔兰巨人之堤的一个碎片。城里的街道很幽暗，毫无特色可言。码头附近有许多冷冷清清的小酒馆，人潮涌动的小镇上可以看见来自世界各地的水手和其他一些人。

游客会发现他很难从这些小酒馆里获得信息，因为那些生意人和水手叽叽咕咕说的都是海盗的大帆船。这些海盗船满载着不知从哪个港口弄来的红宝石来到这里，即使是一想到这样的船出现在地平线上，镇上的居民就会害怕得发抖。这些人的嘴巴很大，头上包着白头巾，在前额竖起两只角，样子很难看，他们脚上的鞋子在整个梦幻世界里也是最短、最奇特的。然而，最令镇上居民害怕的还是那些看不见的划桨人。每一条狭长的船上都有三组桨，这些桨划得飞快，而且位置也很准确。镇上居民认为，当那些商人去做生意的时候，让他们的船在港口停靠几周而瞥不见一个船员的做法是不对的；他们也觉得，这样做对酒店老板和杂货铺老板以及屠夫都不公平，因为供应品一点儿也没有运到海外，而且商人也不高兴，因为他们用自己的红宝石只换得黄金和矮胖的黑奴。

游客还应该知道，南风从驳船上带来的气味臭不可闻，最强壮的海员都只能靠抽大烟才能抵挡得住这浓浓的臭味。

霍华德·菲利普斯，“小人物卡达斯追梦记”，《阿克汉姆集锦》

大耳朵群岛 | Ear Islands

距离德国海滨不远的几座小岛屿，岛上住着一个名叫奥瑞狄的渔民部落，或者叫大耳朵部落，他们的耳朵不同寻常，大得几乎遮住了整个身体。因此，他们的听力非常好，能够探测到海底鱼类的动向。

老普林尼，《发现自然》

耳朵岛 | Ear, Isle of The

参阅地海群岛(Earthsea)。

地海群岛 | Earthsea

包括数百座岛屿，有些岛上无人居住，而另一些岛上则有发达的农业和商业。地海群岛大致呈环形结构，直径两万英里左右；群岛中心是一系列有名的内陆小岛，这些小岛屿簇拥在内海的周围；群岛以北是哈诺尔岛(Havnor)，是群岛之主的宫廷所在地；以南是瓦特霍特岛(Wathort)，是与南部进行贸易的主要地区。罗克岛位于内海的中心，这里是巫术中心；巫术在当时是地海群岛的岛民生命中最重要的部分。如果说哈诺尔岛是政治和商业中心，那么罗克岛就是群岛的精神中心。内海西面是九十群岛(Ninety Isles)，这是一组小岛屿，位于迷宫一样的水渠、浅滩和岩石之间。九十群岛对于地海群岛的经济发展至关重要，因为这里有 *turbie* 渔业；*turbie* 是一种小鱼，可以用来炼油，然后可以把这些油运往地海群岛的各个岛上。内海之外的岛屿的位置更分散。以西的岛上很少有人居住。彭多尔岛(Pendor)、希里多尔岛(Selidor)以及龙奔地区(Dragon's Run)周围的海域寥无人迹，因为那里经常有巨龙出没。遥远的希里多尔岛之外只余下茫茫的大海；希里多尔

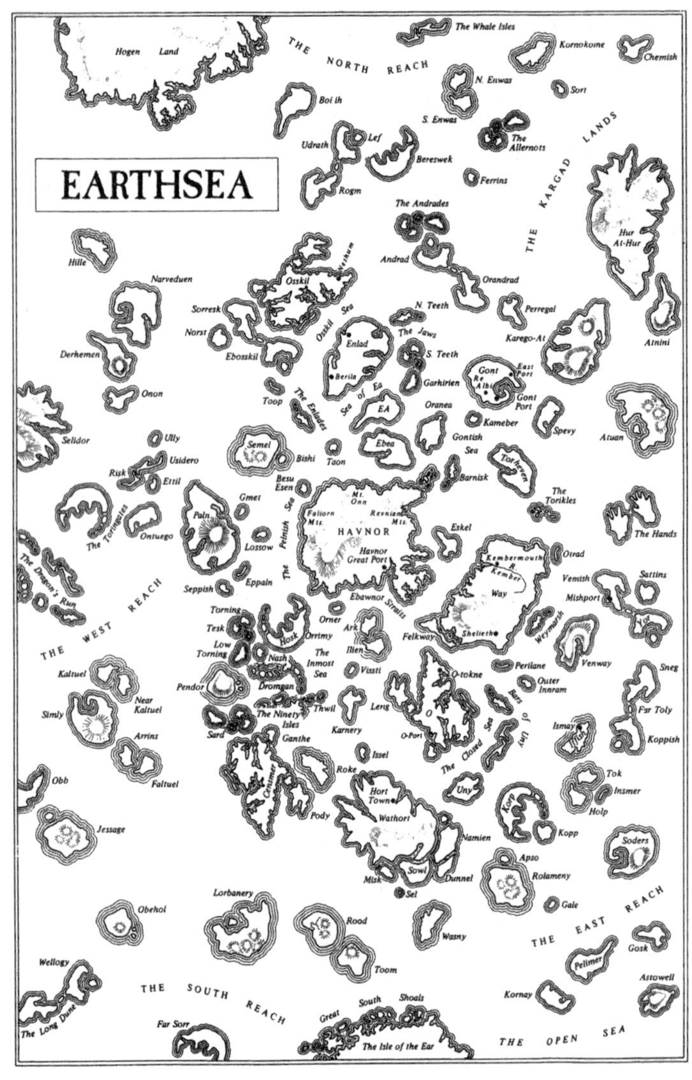
EARTHSEA
Hogen Land
THE NORTH REACH
The Whale Isles
Kornokome
Chemish
N. Enwas
Sort
S. Enwas
The Allernots
Boi ih
Udrath
Lef
Bereswek
Rogm
Ferrins
THE KARGAD LANDS
The Andrades
Andrad
Orandrad
Hur At-Hur
Hille
Narveduen
Osskil
Sorresk
Norst
Ebosskil
Osskil Sea
Derhemen
N. Teeth
The Jaws
S. Teeth
Enlad
Berila
Perregal
Karego-At
Atnini
Gont
Re Albi
East Port
Gont Port
Garhirien
Onon
Toop
The Enlades
Sea of Ea
EA
Oranea
Kameber
Spevy
Atuan
Selidor
Ully
Usidero
Risk
Ettil
Semel
Bishi
Taon
Ebea
Gontish Sea
Torheven
Barnisk
The Torikles
Besu
Esen
Gmet
Paln
Mt. Onn
Faliorn Mts.
Revnian Mts.
HAVNOR
Havnor Great Port
The Toringates
Ontuego
Lossow
Pelnish Sea
Eskel
The Hands
The Dragon's Run
Eppain
Kembermouth
Kember R.
Otrad
Vemish
Sattins
Seppish
Way
Mishport
THE WEST REACH
Ebawnor Straits
Torning
Tesk
Low Torning
Orner
Ark
Hosk
Orrimy
Ilien
Felkway
Shelieth
Weymarsh
Yof
The Inmost Sea
Nash
Perilane
Venway
Kaltuel
Vissti
O-tokne
Outer Innram
Sneg
Pendor
Dromgan
Near Kaltuel
Simly
Thwil
Leng
The Ninety Isles
Bars of Uny
Far Toly
Sard
Ganthe
Karnery
O
O-Port
The Closed Sea
Ismay
Koppish
Arrins
Issel
Roke
Tok
Obb
Faltuel
Uny
Insmer
Holp
Hort Town
Kopp
Pody
Wathort
Jessage
Namien
Soders
Apso
Rolameny
Misk
Sowl
Dunnel
Sel
Lorbanery
Obehol
Gale
Rood
Wasny
THE EAST REACH
Gosk
Wellogy
Toom
Pelimer
Astowell
THE SOUTH REACH
Great South Shoals
Kornay
The Long Dune
Far Sorr
The Isle of the Ear
THE OPEN SEA

地海群岛

岛是奇怪的木筏族的家园,他们每年会来这里一次,主要是维修他们赖以生存的木筏。

地海群岛的南部有很多奇怪的地方,据说那里的鱼儿会飞,海豚会唱歌。这或许只是生意人杜撰的故事;按照当地流行的说法,“听南方生意人说话,无异于听谎言家说话”。南部地区一直是叛逆之地,那里海盗猖獗,奴隶买卖非常兴旺。南部最有名的岛屿是罗巴尼瑞岛(Lorbanery),因兴旺的丝绸工业而著名。地海群岛最南端是耳朵岛(Isle of the Ear),没有任何一个海员愿意去那里。

除了艾菲西岛(Iffish),群岛东部的那些岛屿面积小,岛民贫穷。很少有商船愿意冒险去那里,比如说冒险去东端荒凉而偏僻的孤岛,阿斯托维尔岛(Astowell),或者冒险去有名的双手岛(Hands)。在东部许多那样的岛屿上,岛民拿不出什么东西去跟别人交易,因而日子过得艰苦而原始。游客如果继续往北走,他会发现卡伽德帝国(Kargad Empire)的 4 个岛屿,这些岛屿的面积比较大,曾经是地海群岛最强大的竞争对手和敌人,尽管他们现在可以和平相处了。

地海群岛以北是安拉德岛(Enlad),与传说中的许多伟人和统治哈诺尔王国的历代国王紧密相关。安拉德岛与奥斯凯尔岛(Osskil)之间隔着奥斯凯尔海(Osskil Sea);安拉德岛看起来很荒凉,而且名声很臭,这里盛行一种完全不同于地海群岛其他地方的巫术。

地海群岛的岛民的肤色大多是红棕色或古铜色,但最南端的居民肤色黝黑,卡伽德帝国的卡格人与地海群岛的岛民最大的差异就在于他们不同的肤色,卡格人的肤色白,头发也是白色的。

地海群岛的文化现象很复杂,龚特岛上的山民生活简朴,哈诺尔岛的居民生性圆滑,而对于罗克岛人,巫术简直就是他们日常生活里最重要的部分。地海群岛各地的居民在服饰方面也各不相同。龚特岛的牧民穿羊毛,当然这根本没有办法与奥斯凯尔人的软羊毛外衣和南方岛民的丝绸相提并论。尽管有诸多不同,地海群岛却也有几种共同的文化仪式。除了卡加德帝国,其他岛上的居民都要庆祝长舞节，长舞节在一年中最短的那一天举行。在那天晚上，人们在鼓乐和笛声的伴奏下沿着长长的小路翩翩起舞，而当他们回来的时候，就只能听到笛声了。当然，各地庆祝长舞节的方式各不相同，比如木筏族的人们在木筏上跳舞，他们不用任何乐器伴奏，但他们的舞蹈具有普遍性和象征性，这样的舞蹈把被大海隔开的每块大陆连接成一个整体。此外，地海群岛的居民还会庆祝太阳回归节，也是在一年中最短的那一天举行，这也是被地海群岛的人们普遍认同的节日。在这个节日里，人们通常会吟唱那些讲述地海群岛光辉历史的圣歌和史诗。

地海群岛各地的居民依然保留着这样一个习俗，孩子取名的仪式与巫术紧密相关。婴儿时期，孩子的名字由母亲来决定，这个名字一直使用到孩子 13 岁的时候。过了 13 岁，这个孩子必须接受过渡仪式，通过涉水去获得他真正的名字。这个名字是由巫师悄悄说给这个孩子的，因此只有这个孩子和给他取名的那个巫师知道他的名字。由于地海群岛的巫术依据对事物真实名字的认识，因此，任何人如果知道了某个人的名字，他就会禁锢这个人的生命。当然，这个人的真实名字可以让他自己的朋友知道，这被看作是对朋友最大的信任，但如果有第三方在场，这个名字永远不可以被大声说出来。此外，为了正常的社会交往，人们会使用自己的别名。比如，地海群岛的大巫师童年时的名字叫杜尼，这个名字是他母亲取的。在取真名的仪式上，大巫师从他的主人那儿获得吉德一名，但他为世人所知的名字则是他的别名，即“雀鹰”，只有他最亲近的人和最信任的朋友才知道他的真实名字。

巫术活动渗透到地海人生活的各个方面。事实上，每个村子里都有自己的女巫，女巫们会使用爱情大魔咒，会用魔法修补工具，会用魔法治愈常见的疾病，一些轮船经常带上能控制暴风和巨浪的天气工作者；不过真正的巫术只能在罗克岛的魔法学校获得。在这所魔法学校里，魔法师和男巫们都会得到极好的训练。魔法师经常会成为群岛的国王和王子的顾问。在罗克岛上，巫术的本质不在于如何使用各种魔法，而是去了解和研究世界的本质问题；

巫术在这里最终成为一种实践哲学。

我们对于地海群岛的早期历史知之甚少,我们所了解的也仅仅是关于它的传说,而非真实的记录。据说,地海群岛是创世者瑟加伊(Segoy)从海里举起来的。只有瑟加伊知道所有的词汇和名字;只有他真正了解一个古语,现代哈迪语(Hardic)就是从这种古语发展而来的。在这种古语言里,所有的事物都有它们真实的名字,能够说这种语言的人就能控制这些事物。这种古语的一部分已经被人遗忘,现在只有巨龙会说这种语言,虽然巫师对它也做过研究,比普通人更了解它。地海群岛第一个有史记载的国王是伊兰特(Eland)。据说,他被淹死在伊亚半岛(Island of Ea)以北的伊亚海里。地海最著名的国王叫艾瑞斯-阿克比(Erreth-Akbe)。他不但是一个巫师,而且也是龙的主人,会跟龙说话。艾瑞斯打败了企图驱逐黑暗、让太阳在正午时永驻不走的火王;据说,著名的火花就是火王被打败时身上掉下的灰烬绽开的花。

艾瑞斯应该对地海群岛和现在的卡伽德帝国之间的冲突负主要责任。据说,他向卡格的最高祭司挑战,最后被那个祭司打败。他的巫师团也遭到破坏,他的权力也被取缔;更重要的是,他的护身戒指也被一分为二。这枚戒指是用银子做的,外面刻着 9 个具有魔力的古北欧文字,里面刻了一个海浪图案,当戒指被破坏的时候,地海群岛就不可能由一个国王来统治了。

地海群岛的君主制衰落以后,整个群岛形成封建诸侯各霸一方的格局,只有那些在自己的岛上掌权的人才有资格统治一方。从整体上来讲,随着卡伽德帝国的崛起,地海群岛的影响渐渐减少。卡伽德帝国成为地海东部各大岛屿的最大威胁。

地海群岛的近代历史受到吉德的控制。吉德可能是地海群岛最伟大的巫师,也是地海多年来最有名的龙主。吉德在龚特岛(Gont)出生,年轻时就表现出非凡的魔法才能,后来得到著名巫师奥吉恩(Ogion)的真传,最后来到罗克岛上继续学习巫术。

在一次不幸的事件当中,吉德释放了一个罪恶的幽灵,那是他从死人身上招回来的。他决定找回这个幽灵,在寻找过程中,吉德穿过了地海群岛，最终在东部地区之外很远的水域里，他找到了这个幽灵，并且通过给它命名的方式打败了它。这次远征的一个积极作用是，他在泉水岛荒凉的海滨找到了艾瑞斯的魔法戒指的其中一半。

与许多之前的巫师一样，吉德后来去过卡伽德帝国的阿土安圣岛(Atuan)，去寻找艾瑞斯魔法戒指的另一半。不过，与他之前去圣岛的那些人不同，吉德果真带着另一半魔法戒指回到了地海。如今，这枚魔法戒指的两个部分都已经被找回，可以还原为一枚完整的魔法戒指了，如此一来，地海也可以再次获得统一。吉德回来之后，被罗克岛的同行封为大巫师。

还原艾瑞斯的魔法戒指并不意味着和平已经回到了地海。消息不断传到罗克岛：地海的许多重镇和岛屿都已衰落，巫术也被废除；巫师们把巫术之位让给一些更有影响的势力。在瓦特霍特岛，吸毒最终造成一种无政府的状态；罗巴尼瑞岛的丝织业因为缺乏巫术而被迫停顿。显然是因为一些邪恶力量正在作祟，于是谣言四起，说有人能给他们带来永生，只要他们愿意放弃自己真正的名字并且跟随他。吉德出发去寻找这种邪恶力量的源头，陪伴他的是伊兰特的直系后代阿文。在西部巨龙的帮助下，吉德和阿文发现邪恶之源就在希里多尔岛。他们最终战胜了地海的这个致命威胁。阿文用自己真正的名字利班嫩(Lebannen)统治着统一后的地海。根据《吉德的事迹》的记载，大巫师吉德参加了利班嫩的加冕礼，然后乘坐他的传奇小船“远望号”离开了。利班嫩只说了一句话，“他统治的王国比我的更强大”。

地海各地使用的货币各不相同；内陆各岛通常使用象牙币，而南部各岛则使用银币，在奥斯凯尔岛和其他的南部岛上，通行的货币则是黄金。

乌苏拉·奎恩，《地海的巫师》；乌苏拉·奎恩，《阿土安岛的古墓群》；乌苏拉·奎恩，《地海彼岸》

安逸平原 | Ease, Plain of

位于基督徒王国的浮华市集和快乐山之间的一个小平原;站在利益山上可以俯瞰这个小平原;利益山上有一座蕴藏丰富的银矿。许多去天城的旅客都会遭到这座银矿的诱惑,而最后忘了自己的目的地。银矿周围地势危险、变化多端,不少人掉进去后,只有在那里等死。安逸平原更远的一端伫立着一块奇怪的纪念碑,形状像一个似乎已经变成盐柱子的女人,上面刻着这样的文字:"记住罗得的妻子"。

安逸平原的边缘有一条平坦大道,许多旅客很容易被诱惑到那里去,以为那条大路比他们当行的路更容易走。其实这只是一种幻觉,因为那里处处都是为粗心大意的旅客设下的陷阱,经过那条大路的旅客会不自觉地走进怀疑城堡。

约翰·班扬,《天路历程》(第一部、第二部)

东法森区 | East Farthing

参阅夏尔郡(Shire)。

伊斯特维镇 | Eastwick

位于大西洋的罗德岛。今天看来,这个小镇与许多其他小镇没有什么不同,但在过去,这个小镇上却发生过许多奇奇怪怪的事情,这些事情都与一个新来的名叫达伊尔-凡-霍纳(Darryl Van Horne)的人有关。据说,霍纳是来自纽约的一个发明家,对于这个小镇上的女人来说,霍纳显然极富魅力。他买下了著名的雷诺克斯(Lenox)老宅。今天来这里的游客还能看到这栋19世纪早期建造的老宅;红红的屋顶、蓝灰色的石地板、设计巧妙的青铜水槽,大烟囱的末梢就像一捆管弦乐器。老宅的正面非常对称,开有许多窗户，都很小，尤其是第三层的那一排窗户，可供仆人的卧室采光。老宅的整个正面看上去让人望而生畏。然而，不幸的是，自从这栋老宅划归共管范畴之后，它的有些建筑特色就失去了。

几十年来，伊斯特维镇徘徊于半传统与半时尚之间，在纳拉甘赛海湾(Narragansett Bay)周围形成一个L形。如今，白鹭在这里筑巢，螃蟹沿着海滩慢慢地往前爬行。在过去的日子里，热闹的市中心就在码头街的周围，刚好与它垂直的橡树街旁则建造了许多精致的老房子。如今，码头街得到重建和拓宽，这样就可以容纳更多的车辆通过，而橡树街建有笔直的大道，但仍然保留了以前的设施，比如小镇中心一个蓝色大理石饮水槽，两条街道在这里交会。

伊斯特维镇的名声一向不好，因为崇尚黑色巫术，不过这个小镇今天非常安全，游客会发现，自从神秘的达伊尔-凡-霍纳离开之后，曾经折磨小镇的可怕的雷暴灾难也随之消失了。

约翰·阿普迪克，《伊斯特维镇的女巫们》(John Updike, *The Witches of Eastwick*, New York, 1984)

艾布达岛 | Ebuda

又叫"哭泣岛"，位于大西洋的北部，爱尔兰海岸的背后。岛上居民不多，都是野蛮人。这些野蛮人沿袭了一个可怕的习俗：每天向大海里的食人鲸奉献一个少女。这种讨厌的习俗可以追溯到许久以前，海神尼普顿的海洋动物管家普罗特斯爱上了国王的女儿。有一次，他把这位公主留在沙滩上过夜，公主就怀了孕，国王一怒之下处死了公主。为了报复，普罗特斯放出海里所有的动物，袭击艾布达岛。食人鲸和海狮洗劫了艾布达岛，杀死了岛上的男人，吃掉岛上的牲畜，并且把这座防御之城团团围住。惊恐万状的市民向一位圣人求助，祈求他能结束这场灾难。圣人给出的答案是，每天必须向普罗特斯献上一位美丽的姑娘，直到有一天，那位被献出的姑娘能够博得普罗特斯的欢心，最终替代那位死去的公主。普罗特斯似乎并没有接纳这些姑娘；每天都有一位被选中的美丽女子被绑在海边的岩石上,最后被杀人魔王海象吃掉。时至今日,艾布达岛上的居民仍在四处搜寻美丽的女子,想要献给普罗特斯和那些海兽。

卢多维科·阿里奥斯托,《愤怒的奥兰多》

伊娜特尼普城 | Ecnatneper

又叫“纳德诺尔城”,参阅塔尔戈-纳迪波王国的首都。

伊甸谷 | Eden Vale

自由王国(Freeland)的首都。

伊多拉斯城 | Edoras

洛汗王国的首都,坐落在中土的中部地区,大白山脉的雪界河岸。早在魔戒大战开始之前,伊多拉斯城就已经存在了500多年;它坐落在一座小山上,四周有高墙、堤坝和荆棘篱笆。

游客一走进伊多拉斯城的城门,就可以看见一条用粗石铺砌的大路;一条小溪流进路边的沟渠。泉水从一块雕刻成马头状的岩石里喷出来,这块岩石位于小山顶的一个露台上;泉水溅入一个石盆里,最后流入沟渠。露台处有一排石梯,一直通到梅杜塞尔德宫(Meduseld)前面高高的平台上。

梅杜塞尔德宫是马克人之王的黄金宫殿,马克人之王是洛汗王国的世袭国王。梅杜塞尔德宫建于中土第三纪的2569年,名字源自它的金屋顶,金屋顶由高大的柱子支撑着。黄金宫殿里幽暗,可谓阴影之所,只可以依靠东墙上高高的窗户采光。宫殿里的装饰很丰富,有雕梁画栋,石地板发出五彩的微光,上面刻着神秘的符号和古怪的图案。宫殿的墙上挂着帆布,上面描绘了洛汗王国历史上的传奇人物。进去参观的人应当注意,这其中一块帆布上画的是洛汗王国的创立者，年轻的伊欧，他正骑着高大的骏马费拉罗夫(Felaróf)往南去凯勒布兰特平原，伊欧的姿势充满豪迈的英雄气概：他的黄发随风飞舞，他吹响了冲锋号，昂起头准备迎战；他的骏马扬起鼻孔，当空长鸣。

在洛汗王国的语言里，Edoras 的意思是"宫廷"。

托尔金，《魔戒首部曲：魔戒现身》；托尔金，《双塔奇谋》；托尔金，《王者归来》

鸡蛋在上村 | Eggs Up

位置不确定。许多年前，这个村子的村民就想建一座摩天大楼，希望自己能乘坐摩天大楼的电梯到月球上去，去那里享受晚餐。当摩天大楼建造了一半的时候，这些村民突然意识到月亮在往前挪移，这样一来，他们的摩天楼永远也到不了月球。于是他们拆掉摩天楼，准备另建一座通向月亮的高楼。结果他们再次发现月亮移走了。自那以后，鸡蛋在上村的村民整夜都在思考这个问题：为什么月亮会挪移呢？他们一直在想办法阻止月亮移走。

卡尔·桑德堡，《卢塔巴加故事集》(Carl Sandburg, *Rootabaga Stories*, New York, 1922)

伊吉普罗斯宫 | Egyplosis

又叫"圣殿"，一座坐落在湖中小岛上的皇宫；小岛距离阿特瓦塔巴王国的卡尔诺戈城以西 1000 英里左右。圣殿由一组寺庙构成，这组寺庙是从一块绿色大理石中凿出的。圣殿的主要建筑是一座希腊风格的剧院，彩色玻璃构成了剧院的圆屋顶，这里距离最下面的一排座位有 130 英尺高。圣殿建造在地狱之宫上，地狱之宫是用岩石砌成的一些寺庙，是神秘的哈瑞卡(Harikar)崇拜之地，那里的一切都可以依靠超自然的力量创造出来。从圣殿出发，穿过雕刻的植物迷宫就可以进入地狱之宫。

威廉·布拉德萧,《阿特瓦塔巴女神,内陆世界的发现史和阿特瓦塔巴王国的征服史》

欢乐岛 | Eight Delights and Bacchic Wine, Island of

一座小岛屿,具体位置不可考,岛上的居民叫极北人(请不要把他们与极北地区的居民相混淆),大多都是渔民、小佃农和手艺人,他们依靠交换自己的劳动所得过着简单的生活;他们也还没有钱的概念。在这里,艺术家和学者像采蜜的蜜蜂一样由全社会来供养。极地人从不生病,死亡率大大降低;几乎每个人都可以活到寿终正寝。

欢乐岛上不存在谋杀、欺骗和抢劫,因此交给法院审理的案子通常都是一些偶尔发生的小偷小摸、诽谤和通奸行为。对这些犯罪行为的惩罚是:罪犯必须穿特别的衣服,在公众集会的时候坐到一边去,静静地等待有人为他向法官求情,以求赦免;然后,罪犯庄重地穿上普通人的衣服,接着,酋长以全会众的名义亲吻他,如此,这个罪犯就可以再次被全体会众所接纳,整个场面最后以盛宴方式结束。

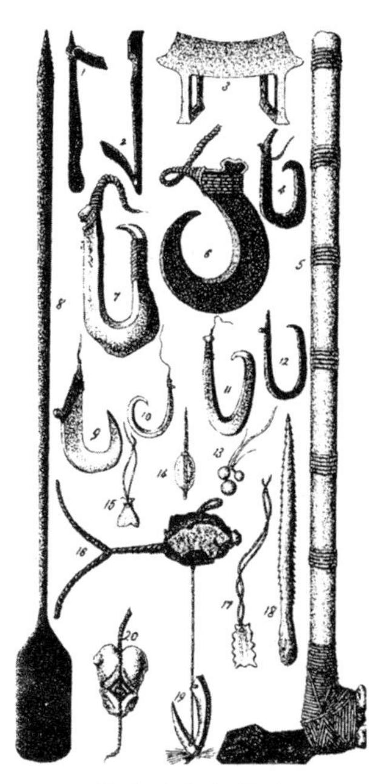

从欢乐岛上挑选出来的20种器具

在欢乐岛上,异教与基督教共存,并禁止信徒在公众场合互相攻击。对于这两种宗教而言,很多东西都得到了普遍的认同,不管是外在的,还是内在的:基督徒和异教徒互相学习,他们的信仰在很多方面都非常相似。许多基督徒(包括天主教的一些牧师)都主动举行丰收女神德墨特尔的仪式。神学家认为，尽管异教是按照“水平方向”向前发展，将自然吸收到神性之中，而基督教是向上无限地高飞，但这两种宗教犹如织布机上的细丝，被编织成了一件神衣，上面表现了谦卑的善意与和平的图案。欢乐岛上一年中最盛大的节日也许就是酒神节，庆祝时间定在每年的1月6日，地点在酒神庙。

斯蒂芬·安德斯，《我们都是乌托邦》(Stefan Andres, *Wir Sind Utopia*, Berlin, 1943)

伊朱尔城 | Ejur

参阅波奴科勒-德瑞尔卡福王国(Ponukele-Drelchkaff)的首都。

艾达玛海湾 | Eldamar

参阅阿曼大陆(Aman)。

埃尔多拉多国 | El Dorado

位于亚马逊河与秘鲁之间，国名源自一个古老的习俗。按照这个习俗，国王会把自己全身都涂上油，撒上金粉，变成一个“金人”，每年一次。埃尔多拉多国的居民很富有，但他们不贪婪，反倒认为自己的财富太多了。在他们眼里，黄金只是一种好看的东西，用来装饰宫殿和寺庙而已；此外好像没有多大的用处，还比不上食物和美酒。

埃尔多拉多国的人们崇拜世间万物的创造者，感谢赞美造物主对他们的恩慈。在这位造物主的眼里，国王和他的臣民是平等的，因为死神对他们一视同仁。

埃尔多拉多国的游客在这里会受到热情的接待，大街小巷里都有许多酒馆，每个酒馆里都有许多特色菜肴，游客可以随意品尝。其中值得推荐的美味有水果色拉、清炖鹦鹉和烤蜂雀。如果游客看见乡间四处散落的、数目众多的黄金和宝石,一定要毫不犹豫地捡起来,尽管这可能会遭到当地人的嘲笑。

埃尔多拉多国的首都叫马诺阿城,是印加人建造的,坐落在奥里诺科河的支流卡罗恩河上游的金沙大湖岸。马诺阿城里的一切都是用黄金做的:从建筑到武器、从家具到衣物,马诺阿城的每样物品都是金光闪闪的。这里很少有欧洲人来访,据说一个名叫朱安·马丁的西班牙人被蒙上双眼带到这里,只可以在城里活动,不可以出城去乡村野外。因此,尽管游客在这里很受欢迎,但他们也应当知道,他们在这里的活动会受到严格的限制。

沃尔特·罗利爵士,《美丽富饶的圭亚那帝国之发现》;El Inca Garcilasso de la Vega [Gómez Suárez de Figueroa], *Comentarios reales que tratan del origen de los Incas*, Madrid, 1609;伏尔泰,《论通史和各民族的风俗与精神》;伏尔泰,《老实人或乐天派》(Voltaire [François Marie Arouet], *Candide, ou l'Optimisme*, Paris, 1759);保罗·阿尔普瑞,《处女红岛》(Paul Alperine, *L'Ile des Vierges Rouges*, Paris, 1936)

伊兰纳岛 | Elenna

位于中土和阿曼大陆之间,所有凡人王国的最西端,这里看得见不死之地。伊兰纳岛是世界守护者瓦拉人划给伊丹族的领地,因为他们在中土第一纪时参与了反抗莫高斯的战斗;中土第二纪早期,西部人在伊兰纳岛上创建了努曼诺尔王国。

努曼诺尔人的日子越来越富有,并且逐渐熟悉了海洋生活,开始派人远征中土,在佩拉吉尔港等地创建了殖民地。然而,后来,很多努曼诺尔人开始反对瓦拉人。到了中土第二纪晚期,黑暗之君索伦被当作囚犯带到这座岛上,他很快腐蚀了努曼诺尔人的心,他在这座岛上兴起莫高斯崇拜,甚至主张用活人献祭,而且还说服努曼诺尔人航海到西部的不死之地,但根据“瓦拉人的禁令”,他们是不可以进入此地的。

最后，愤怒的瓦拉人把努曼诺尔人淹死在海里，只有忠实的人得以幸存，因为他们战胜了索伦的诱惑，继续崇拜他们的造物主，继续尊敬瓦拉人。他们首先建立了刚铎王国和阿诺尔王国，也就是那些遭受放逐的努曼诺尔人的王国。

托尔金，《王者归来》；托尔金，《精灵宝钻》

埃尔哈姆王国 | Elfhame

一个精灵王国，位于苏格兰边境的埃斯达勒穆尔天文台附近的小山脚下。小山呈优美的圆形，边缘陡峭；山顶有一个小湖，即当地著名的仙女湖，患哮喘的婴儿会被浸在湖水里，据说这样可以治愈他们的哮喘。仙女湖里不生杂草，湖底如水晶，其功能相当于湖水下面的精灵王国的天窗。小山的边缘有一道门，穿过这道门可以进入艾尔哈姆王国。不过，要打开这道门需要技巧；这道门通向一组复杂的走廊，经过这些走廊，最后可以来到宝座屋，宝座屋的墙壁是银子做的，水晶做的烛台里亮着蜡烛。宝座屋呈环形，周围是一个艺术走廊，很像大教堂里的回廊；这里是艾尔哈姆王国的中心，是朝臣集会的重要地方，他们在这里闲谈、调情和赌博。

艾尔哈姆王国的臣民不会长生不老，但他们的生命也并非微不足道，亦如他们的传统所表现的那样。他们的身高如小小的凡人，他们的寿命很长，只是最终会死去。他们直到死时都生得苗条好看，因此谣传他们会长生不老就不足为奇了。与欧洲所有其他的精灵一样，他们也是派瑞精灵的后代，派瑞精灵是一个古老的民族，他们似乎最早生活在波斯。派瑞王国是我们目前知道的唯一一个仍然生活在波斯的精灵王国；所有其他的派瑞精灵都已经被逐出波斯，如今在欧洲的很多地方定居下来，比如英国的艾尔哈姆精灵王国和埃尔维克精灵王国，瑞典的布罗库拉精灵王国，以及法国的布拉塞里昂精灵王国。这些精灵王国的文化特质基本相同，尽管布拉塞里昂精灵王国自称保留了所有最古老的传统。似乎只有英国的精灵才生活在小山的地下，这在他们的许多欧洲表亲看来是一个非常野蛮的习俗，比如世故圆滑的朱亦精灵就这样认为。只有英国的精灵是绿色的，但所有的精灵都会飞，他们的翅膀可以与身体分离，但他们当中的贵族通常不用翅膀，他们把飞行的功能留给劳动的仙子和仆人。

贵族精灵都不要孩子，不过他们非常喜欢孩子，经常会偷走凡人家的孩子，智力低下的孩子除外。他们把凡人家的孩子带进宫里，把他们当作宠物养起来。每偷一个孩子，他们都会举行一次仪式，这个仪式通常要持续一周。每天，一只饥饿的鼬鼠都会跑来啃食这个孩子的脖子，吸走孩子的鲜血，这种情形通常会持续 3 分钟。孩子的血液被吸干以后，他的身体会被注入从露水、煤烟以及有毒的乌头植物里提取的某种液体，这种液体能清除孩子身上的凡人特质，尽管还不能完全清除这种特质。这种液体大致相当于精灵的血液，它包括几种不能分析的物质；其中一种被认为是有磁性的气体。这种血液还可以使人长寿，经过这样的处理，这个孩子通常可以活到 150 岁，而精灵的生命通常是几个世纪。一旦这个孩子的身体开始变成灰白色，他就会被逐回到人间。

精灵女王在死前通常都会出现一些征兆。在艾尔哈姆精灵王国，这种迹象通常是一些黑天鹅的出现；这些黑天鹅会连续好几天在湖面上盘旋，这时候，女王就会宣布她的继承人。如果找不到合适的继承人，他们就采用占卜的方式。他们会抓住一些云雀，在云雀的脚上套上沉重的铅环，一只云雀代表宫里一个备选的继承人。到了正午时分，各位大臣、占卜家、档案管理员以及贵族的管家就会戴上黑色头巾，依次走进知识屋。知识屋其实是一间地下室，里面有一口深不可测的水井，云雀被一只接一只地投进井里，哪一只云雀在被淹死之前挣扎的时间最长，它所代表的那位女子就会成为下一任女王。接着，大家回到宫里，亲吻这个女子的手，然后喝下一杯蜜酒，祝福新任女王。

没有人知道精灵的语言从何而来；尽管所有的精灵王国都说同一种语言，但也包括一些方言。精灵王国的语言不同于任何一种人类语言，但也有学者推测，这种精灵语言可能与盖尔语有某种姻缘关系。这是一种非常柔和的语言,充满了模糊的语音和轻微的丝音。

希尔维亚·华纳,《精灵王国》

埃尔维克王国 | Elfwick

一个精灵王国,位于苏格兰东凯思内斯郡境内,统治这个精灵王国的是格卢奇女王。女王的宫殿坐落在悬崖之上。埃尔维克王国的图书馆非常有名;图书馆收藏的古籍很多,这些古籍包括一橱柜的奇书,它们是教父作家杰罗姆(Jerome)、克里索斯通(Chrysostom)以及奥利根(Origen)创作的文论集。

最近,在这家图书馆和大海的共同作用下,埃尔维克王国一个贵族波达爵士的生活遭到了毁灭。巨大的海浪不断冲击着崖石,庞大的水体运动使得这位爵士开始思考"永恒"这一问题。为了满足自己的好奇心,波达爵士进入圣安德鲁大学和牛津大学,与那些凡人家的孩子一起学习,并且心中萌发了"永存"这种想法。波达爵士还去德国旅行,在那里,他还倾听了某位浮士德专家的讲座。直到有一天,当波达爵士高飞于大海之上的时候,他才终于相信自己拥有不朽的灵魂。

然而,精灵王国拒绝接受灵魂不朽之说,他们认为这种观点既反社会,又具有很强的破坏性。好学的波达爵士开始公开讨论灵魂不朽之说,结果被当作异端遭到谴责,最后被放逐到卡特梅尔王国。在此期间,他不再坚信自己的宗教信仰,结果差点被处死。到了卡特梅尔王国之后,波达爵士变成了一个水手,生活得很幸福,最后无疾而终,被埋在海边。

希尔维亚·华纳,《精灵王国》

艾尔-哈德国 | El Hadd

面积很小,土地极其肥沃,介于阿迪斯坦和迪金尼斯坦之间。阿迪斯坦对面的山峦大多很贫瘠,而山峦的另一侧则是肥沃的平原,有众多的运河和沟渠。艾尔-哈德国没有大城市,每条峡谷和丘陵里都有人居住。艾尔-哈德国的集约化耕作很普遍,矿产也很丰富,主要有金矿、银矿、铜矿和铁矿。

从阿迪斯坦穿过山峦去艾尔-哈德国,只有两条路可以走。其中一条很隐蔽,需要经过东部的迪贝尔-安拉峰;但通常是穿过巴布-安拉(Bab Allah),即“上帝之门”,苏尔河在此飞流直下,溅起巨大的水花。这条路不容易通过,但依靠苏尔河岸的纤道可以穿过瀑布。在此以北,苏尔河从一个岩盆的大湖流出,岩盆的边缘坐落着房屋,一条路环绕岩盆而建。公共建筑建在水边,最高处,一尊天使雕像高耸入云。天使雕塑脚下有隧道经过,这条隧道一直通到湖中心一个小小的人工岛上。小岛上有一个蓄水池,水池中安设了机械装置,可以控制水流的大小。然而,许多世纪以来,岩盆一直都干涸无水,艾尔-哈德国没有河水灌溉周围的农田。在漫长的岁月里,这个岩盆对于游客来说,好似一座不知为何而建的建筑。因为缺水,大山背后的农田变成了荒漠,而艾尔-哈德国之所以得以幸存,可能是因为它有其他的储备水可用。这里曾经战火纷纷,使得艾尔-哈德国四分五裂,战争结束后,苏尔河又开始涨水,艾尔-哈德国这才恢复了昔日的和平。

艾尔-哈德国的骑兵团骑白马、穿甲胄,一身装束很像波斯人:他们穿着得体的紧身衣,腰间扎着麻花状的腰带,从远处看很像穿着盔甲。他们唯一的武器是腰间佩带的长矛和小刀,唯一的保护措施是富有个性的头盔,头盔用闪闪发光的金属做的。他们有时候用浅色的布蒙住头盔。见过他们的人说,他们就像许多圣书里提到的天兵;加之他们的乐器是古老的喇叭和长号,这就更使得人们有这样的感觉。

卡尔·迈,《阿迪斯坦》;卡尔·迈,《迪金尼斯坦的米尔》

伊利塞-瑞克鲁斯岛 | Elisee Reclus Island

位于北极圈附近的太平洋北部,被法国探险队和美国探险队同时发现,因此他们都声称这个岛屿属于他们的领土。

一列山脉横穿这座岛屿,这列山脉海拔 800 米,山上有温泉和间歇泉,常年不结冰。最高山峰叫斯拉德尔火山(Schrader Volcano)。美国探险队北上之后,法国探险队继续留在这里,被迫在这座岛上过冬。一个吹玻璃的工人利用矿物质和火山的热能,在熔岩柱上建造了一个规模庞大的玻璃圆屋顶,取名“克里斯塔罗城”。在圆屋顶下面,他又建造了许多小居室,将一个天然潟湖和一个间歇泉连接起来。克里斯塔罗城从热温泉里采集水蒸气,然后加热变成蒸汽,用来发电照明。为了打发无聊的闲暇,法国探险队的成员还创办了一种文学杂志。他们还驯养海鸟,如今,他们驯养的海鸟成为这座岛上最主要的食物来源。而与此同时,美国探险队也建造了一座圆形城市,名叫毛瑞维尔城。毛瑞维尔城的背后是一座大山,大山下面有一座地下小镇,名叫新毛瑞尔城,也是这支美国探险队建造的。最近,人们又在这附近发现了金矿。这里的居民还会使用一种非常有效的通讯系统;这是他们从遇难船的残骸中找到的,他们又从间歇泉的泥土里发现了铝金属,然后把这种铝金属做成电线连接起来,固定在熔岩柱上,于是就形成了他们使用的电话。

阿尔丰斯·布朗,《玻璃城》(Alphonse Brown, *Une Ville de verre*, Paris, 1891)

幽暗森林的精灵大厅 | Elvenhalls of Mirkwood

中土北部有一片古林,名叫幽暗森林。幽暗森林里有一条森林河,精灵大厅就坐落在森林河的两岸。茂密的山毛榉树林一直延伸到森林河岸。森林河上有一座桥,通向一些巨大的石门,穿过这些石门就可以进入精灵王的洞穴。石门背后有一组曲折的通道,经过这些通道可以直接进入洞穴;通道里被红红的火把照得通明。洞穴里有庞大的石柱群,景象非常壮观,让人流连忘返。精灵王就在这里主持政事,他坐在一把精雕细刻的木椅子上,手里握着一根雕花的橡木杖。春天里，他头戴野花编织的王冠；夏天，他戴着浆果红叶编织的王冠。

走出这个大洞穴，再经过一些通道，就可以进入许多小洞穴和一个大厅。一条小溪从地势最低的地方流出，流经小山，经过水闸汇入森林河。水闸可以关上，但经常都是敞开的，因为这条小溪是精灵与湖镇居民进行贸易往来的通道；精灵们把一些水桶放进小溪流，回来时又用竹竿把它们撑上来。

幽暗森林里的树精都是古代那些没有去西部仙境的精灵的后裔，他们与那些去仙境的所谓的高级精灵不同，也不同于那些生活在中土山林里的精灵。他们善良而友好，虽不及高级精灵聪明，但他们具有强大的魔力，对陌生人也非常警觉。他们非常喜欢酒，因为这里不产葡萄，酿酒所使用的葡萄都是从他们南方亲戚的葡萄园或其他地区的葡萄园里采集来的。

与中土其他地方的兽人和小精灵居住的洞穴相反，树精居住的洞穴更浅，空气也更轻凉。

托尔金，《魔戒前传：霍比特人历险记》；托尔金，《魔戒首部曲：魔戒现身》；托尔金，《王者归来》

精灵之家 | Elvenhome

参阅阿曼大陆(Aman)。

翡翠城 | Emerald City

奥兹国的首都，刚好坐落在奥兹国的中心，位于穆克金王国、加德林王国、温凯尔王国以及吉里金王国的交界处；周围地区也很快划归它管辖，但不可以在这些地方建造房屋，以防损坏城市景观和交通。周围地区地势平坦，绿草坪上栽种的树木不可以在其他地方种植，这些树的树叶柔软，边缘犹如鸵鸟的羽毛，泛着彩虹一样斑斓的色彩。

翡翠城筑有高高的围墙，只有一道门可以进入围墙。这是一扇翡翠门，直接通向墙内的一间警卫室。游客进城参观之前，都必须被带进这间高高的拱形屋里接受检查。

一旦进入这间屋子，参观者就会发现，这座翡翠城耀眼夺目、美丽壮观：街道和人行道上都镶嵌着大理石，平整而光洁，大理石之间的缝隙用翡翠来衔接，路边也用翡翠来铺砌。城里的房屋庞大壮观，有许多塔楼和圆屋顶。室内的装饰使用了各种宝石和稀有金属，但从街道这边看过去，全是闪闪发光的黄金和翡翠。

翡翠城的中心是皇宫，这里是奥兹国的统治者奥兹玛的首府。这是一栋巴洛克风格的建筑，四周筑有围墙，视野开阔。然而，皇宫里最壮观的也许是觐见室，这是一间高高的圆形屋。房间里的每个角落都镶嵌着翡翠，在屋子中间的灯光照耀下闪闪发光。圆屋顶的高处有一个画廊，每逢隆重的节日，这里就会演奏管弦乐；两处喷泉把香气四溢的彩色水雾几乎喷洒到了圆屋顶的最高处。圆形房间的最中心就是金光闪闪的宝座。

皇宫的其他房间虽然装饰不多，但它们的布置也同样华贵；许多房间里都有喷泉，发出清脆的声响；所有的房间里都铺了厚厚的地毯，所有的套间里都安装了大理石浴池，另外还有游泳池，每套房间里都有黄金做的床架。

翡翠城里只有一个留着绿胡子的士兵看守（他可能是镜子国的白衣骑士的一个亲戚），其实这座城市不需要任何设防：城门上挂着一块友爱磁铁，它可以把城门下经过的任何一个人变得更加可爱。

翡翠城的监狱也装饰得极尽奢华之至。圆屋顶使用的是彩色玻璃，墙面上铺着锦缎。囚犯可以在监狱里看书，也可以欣赏一些珍稀物品。监狱有三道门，都从不上锁。奥兹玛认为犯了罪的人都很不幸，因为他做错了事情，不得不被剥夺自由，在他看来，罪犯做错了事，因为他不够强壮和勇敢，所以应该被关进监狱，直到变得既强壮又勇敢为止，由于仁慈可以使人强壮而勇敢，因此囚犯可以得到最大的仁慈。翡翠城的监狱里只有一个俘虏。

翡翠城的市民不必把生命中的一半时间都用在努力工作上，他们从不认为工作是快乐之源。翡翠城的总人口估计有57318人，住在9654栋房子里。

翡翠城是奥兹国一个著名的巫师建造的。在女巫们推翻法定奥兹国的统治者之后，这个巫师开始着手管理奥兹国。当初，所有参观这座城市的人都必须带上绿色的玻璃眼镜，因为翡翠城那耀眼的美丽可能刺伤他们的眼睛。然而，翡翠城之所以看起来是绿色的，似乎只因为眼镜的绿色镜头，尽管翡翠城现在已经不要求参观者戴绿色眼镜了，也没有哪个参观者会说，翡翠城就缺少了它昔日的魅力。

弗兰克·鲍姆，《绿野仙踪》；弗兰克·鲍姆，《神奇的奥兹国》(L. Frank Baum, *The Marvelous Land of Oz*, Chicago, 1904)；弗兰克·鲍姆，《奥兹国的奥兹玛》(L. Frank Baum, *Ozma of Oz*, Chicago, 1907)；弗兰克·鲍姆，《桃乐丝与奥兹国的巫师》(L. Frank Baum, *Dorothy and the Wizard in Oz*, Chicago, 1908)；弗兰克·鲍姆，《奥兹国之路》；弗兰克·鲍姆，《奥兹国的翡翠城》；弗兰克·鲍姆，《奥兹国的缝补女孩》(L. Frank Baum, *The Patchwork Girl of Oz*, Chicago, 1913)

艾莫岛 | Emo

一座火山岛，周围是珊瑚礁，从珊瑚岛出发，需要几周才可能到达。艾莫岛上有两座山，海拔4000多英尺，两山之间隔着一条宽阔的山谷，山谷两边是茂密的树林。艾莫岛上有檀香，檀香的价值不菲。

艾莫岛上住着一个食人族，他们住在竹屋里，竹屋的屋顶用露兜树叶搭建而成。这种竹屋通常有倾斜的屋顶，三面墙壁和一个户外庭院。食人族的等级森严，统治他们的是一位德高望重的酋长，酋长的话就是金科玉律。

艾莫岛上的宗教以各种禁忌为基础：如果一个人选择一棵特别的树作为他的神，那么对他来说，这棵树上的果实自然就成为他的禁忌；因此，如果他吃了这棵树上的果实，就会被杀死，然后被他的同伴吞吃。酋长本人也是一种禁忌，任何人如果接触了一个酋长，不管这个族长是死还是活，这个人就会变成一种禁忌，必然被杀死。酋长那蓬松的头发被理发师挽起来，很像一块穆斯林头巾。这种发型对理发师的要求特别高，他必须非常专注，他的手指已经成为一种禁忌，不能再做其他的事情，因此他需要别人喂饭给他吃，就像给婴儿喂饭一样。

艾莫岛的居民还有一些有趣的宗教习俗。他们把一条大美洲鳗鱼当作神来崇拜，把它养在水池里，池水静止不流动。这条鳗鱼长 12 英尺，有男人的腰那么粗，听到饲养员轻轻的口哨声，它就会游出水面。

艾莫岛的居民通常穿条纹衣服，这种布料叫玛若(maro)，他们把这种布料缠绕在腰间，尽管在正式场合，酋长会穿一件用中国桑树皮做成的长袍。族长和其他首领的身上都有复杂的纹身，由专业艺术家完成。纹身的过程漫长而痛苦：他们 10 岁开始纹身，直到 30 岁时才能完成。首先，他们的皮肤被一根尖利的骨头刺穿，在皮肤上留下许多小孔，然后用石栗树的坚果沾上可可油，去涂抹那些小孔。游客最好不要尝试这种纹身，这是一个非常痛苦的过程，很可能会引发炎症，有时甚至导致痛苦的死亡。

艾莫岛上的娱乐包括角斗、拳击和冲浪。想去冲浪的游客必须小心水里的鲨鱼。

罗伯特·巴兰泰尼，《珊瑚岛》

艾姆培群岛 | Empi Archipelago

位于大西洋，距离幸福群岛不远，四周是令人讨厌的迷雾，迷雾里散发出一股令人难以忍受的味道，这味道让人想起被放在硫磺、沥青和柏油上焚烧的人肉。这里氛围阴暗、空气潮湿，加之地面有时候会覆盖着沥青，那种气味更让人觉得恶心。群岛上会出现绵绵不绝的喧嚣声，整个群岛上的人都能听见，这着实使游客感到震惊。那声音的位置不确定，似乎混杂着哭声和悲叹声，好像是许多痛苦的人同时发出的声音。就目前而言，整座群岛中只有一座岛屿得到了开发。据说，这座岛上多岩石、土地贫瘠、无水也无树，但荆棘丛生。岛上有 3 条河流，分别是泥河、火河和血河。火河很长，很难穿越，像水一样流动，像大海一样波涛汹涌；火河里鱼类丰富，有些鱼像燃烧的煤，有些鱼像火炬。

撒莫萨塔的吕西，《真正的历史》

恩波里厄姆城 | Emporium

奥西纳共和国(1)(Oceana[1])的首都。

空帽城 | Empty Hats

统治这座城市的是一位威严的女王，城里的居民就是空帽子，偶尔能看见肥胖的老鼠、猫和蝙蝠，它们的地位跟空帽子差不多。来过空帽城的游客很少把它描写成一个令人恐惧的地方；因为他们很快会感觉到他们自己也是空帽子。空帽城的女王不断地喃喃自语道："哪里有一颗松开的螺丝钉，哪里的桶就有一个窟窿。"没有人知道这谜一般的话里究竟暗藏着怎样的含意。

卡尔·桑德堡，《卢塔巴加故事集》

伊敏-穆尔山脉 | Emyn Muil

位于中土南部、刚铎王国的边境地带，洛汗王国以东，死亡沼泽以西。大河流经这些小山峦，然后汇入奥洛斯瀑布，最后流进威顿的沼泽。这列小山脉呈灰色，多岩石，从北向南逐渐形成巨大的山脊；向西形成陡峭的悬崖峭壁，而东面坡势缓和，虽有巨大的裂缝，更高处的山峦一片贫瘠；低矮的斜坡处可见一棵棵被凛冽的东风刮倒的大树，盘根错节的一棵棵残树也没能给这幽暗的风景增加一丝亮色。

托尔金,《魔戒首部曲:魔戒现身》;托尔金,《双塔奇谋》

魔法森林 | Enchanted Ground

靠近那条围绕基督徒王国的天城的河流。一条小路可以穿过这片魔法森林,但很难找到,而且这条小路多泥泞,有时候几乎不能走,因为低矮的灌木丛密集;游客应当小心,小路上有一个无底的深洞,稍不留神就容易掉进去。

魔法森林里没有旅店,也没有可以露宿的房间,虽有几个凉亭,但游客最好不要进去,因为如果你在凉亭里睡着了,就永远也不能醒来了。事实上,你若在魔法森林里的任何地方睡着了,情形都非常危险,森林里时常有小偷和怪物出没,游客最好随身携带武器。

魔法森林受到泡沫夫人的控制。泡沫夫人是一个女巫,也是一个了不起的妓女,她自称可以让所有的男人得到快乐。她个子高挑,样子很迷人,总是企图诱惑那些朝圣者放弃心中的目标。她性格温柔,对那些朝圣者总是满眼含笑;被她的美貌迷惑的人犹如死人,永远也到不了自己的目的地。泡沫夫人手上拿着大钱包,不断地数弄着里面的金钱,好像这能使她感到无比快乐。泡沫夫人尤其喜欢富有的旅客,而常常嘲笑那些贫穷的朝圣者。她让人相信她就是女神,应当在某些地方像女神一样得到崇拜。她喜欢歌舞宴乐,人们经常看见她出现在宴会上。她的誓言都是一些空头支票,虽然她告诉许多旅客,如果听从她的建议,他们就可以获得王冠和王国,实际上,她正是通过这种方式激起人们的贪欲和野心,从而把他们一个个地毁掉,她通过这样方式毁灭的人成千上万。她在统治者与臣民、男人与妻子,甚至在灵魂与肉体之间,撒播着不和谐的种子。

约翰·班扬,《天路历程》(第一部、第二部)

魔法树林 | Enchanted Wood

位于梦幻世界的沉睡大门背后。出发之前,游客最好带上牧师的正式祝福,那些牧师就住在魔法树林的周围。

魔法树林中的大树盘根错节,低矮的大橡树试着向外伸展枝叶,在一种奇怪真菌的磷光之中时隐时现。林中的隧道里住着神神秘秘的朱格(zoogs),它们掌握着许多秘密。据说,欧美发生的种种无法解释的谣传、事件和莫名其妙的失踪案都与它们有关。

朱格是一种褐色的小生物,它们会隐身术,生活在洞里或高大的树干里,主要靠吃真菌为生,也喜欢吃人肉,进入魔法树林的人很难生还。

霍华德·洛夫克拉夫特,“小人物卡达斯追梦记”,《阿克汉姆集锦》

英格兰公园 | England

坐落在怀特岛上,不要把这个公园与英格兰王国相混淆。这是一个大型的主题公园,包括一切从本质上讲属于英国人的事物。按照喜欢幻想的商界大亨杰克·皮特曼爵士的设想,这个主题公园向公众开放。后来,这一做法很受欢迎,无论在声望上还是在其重要方面,似乎都有取代“老英格兰”的架势。

主题公园里有许多引人注目的景观,比如,拥有双塔的维姆伯里露天体育馆;白垩山腰上雕刻的一匹白马;尺寸缩小了一半的大笨钟;莎士比亚之墓和蒂伊公主之墓;多佛的白崖;一幅现实主义写实风格的雾都伦敦,街上塞满了甲壳虫一样的黑色出租车;还有科茨沃尔德村庄,村里的茅草屋随处可见,还可以品尝到德文郡的奶油茶;充满各种复制品的国家艺术馆;勃郎宁村庄;简·奥斯丁故居以及史前巨石柱。园艺师把英国历史上的重大事件都刻画在一块面西而立的岩壁上。伦敦塔里的卫兵提供了丰盛的英国式早餐;快乐伙伴乐队陪同罗宾汉一起巡回演唱。皇家莎士比亚剧团也推出了定期的演出。有人谣传皇室同意安置假白金汉宫,不过这条消息不太可靠。到此观光的游客还可能见到伊丽莎白一世、查理一世和维多利亚女王。

游客在这里会得到热情的款待。这里有铺着昂贵的红地毯的宾馆,宾馆里装饰着各式各样的盆景;具有多切斯特和萨沃伊萨超豪华酒店的建筑风格;丁尼生-唐恩山上建有高尔夫球场、购物中心和牧羊犬训练场。

朱利安·巴尼斯,《英格兰公园》(Julian Barnes, *England*, London, 1998)

安拉德王国 | Enlad

位于地海群岛以北,与奥斯凯尔岛之间隔着狭长的奥斯凯尔海。西海岸有贝利拉港,是安拉德王国最主要的港口,也是众所周知的象牙城。

安拉德是一个安宁祥和的国家,这里山峦清幽,人们的主要活动是牧羊。新年那天,牧羊人的妻子来到贝利拉港,带来当年初生的小羊羔;小羊羔的身上撒着熏香,宫廷的巫师对着它们施魔法,口里念念有词,以保证他们的畜牧业更加兴旺。安拉德王国也是与西域各岛进行蓝宝石、牛皮和锡矿贸易的中心。

安拉德是地海最古老的公侯国,这个公侯国的君主可以追溯到它的传奇英雄安拉德。

乌苏拉·奎恩,《地海的巫师》;乌苏拉·奎恩,《阿土安岛的古墓群》;乌苏拉·奎恩,《地海彼岸》

恩那辛岛 | Ennasin

又叫"联盟岛",呈三角形状,有些像西西里岛,位置也与西西里岛差不多;岛民有几分像身上涂着红油漆的皮克特人,只是他们的鼻子涂得像扑克牌的梅花幺点。

恩那辛岛上的居民通过血亲或联姻方式彼此沾亲带故，他们为此深感自豪。他们的亲缘关系非常复杂，有的是因为近亲通婚，你遇见的每一个人都有可能是某某人的母亲、父亲、女婿、姨娘、表妹，甚至侄儿。你也许会奇怪，老人怎么会把3、4岁的小女孩叫“父亲”，而这个小女孩却管他叫“女儿”呢？夫妻之间也有许多奇奇怪怪的昵称，其中经典的称呼有“章鱼”、“海豚”，以及“短柄斧”。

恩那辛岛上的居民最感称心的是，让最不可能成为伴侣的人通过联姻成为夫妻，不过这样的婚礼一般不会邀请游客参加。

弗朗索瓦·拉伯雷，《巨人传第四部》

安特里琪国 | Entelechy

一个岛国，具体位置不清楚，主要港口叫马塔奥特克尼港，意思是“无用知识之家”。

统治这座岛屿的是一位女王，她的臣民通常称呼她为“精华”。女王真正的名字叫安特里琪，与这座岛同名，是女王的教父亚里士多德为她取的。女王看起来年轻又美丽，不过却已经2000多岁了，她只需弹奏一种乐器就可以医治百病：她根本不需要接触病人，只按照病人的呻吟弹奏乐器就可以治病。这是一种奇怪的乐器：乐管用肉桂枝做成；共鸣板用愈疮木；音栓用大黄叶柄；踏板用生草丛；琴键用药旋花科植物。只要在这样的乐器上弹奏乐曲，就能马上治好目盲、耳聋、嘴哑、麻风病以及中风等疾病。

女王只负责治疗“不治之症”，不太严重的疾病交给她的官员abstractors，perazons，nedibins，calcinators以及其他人来处理，他们采用其他办法来救治病人。比如，治疗性病就用一只木底鞋触击病人的齿椎骨3次；治疗发烧就把狐狸尾巴挂在病人的腰带左侧；治疗托钵僧的地区性贫穷就是完全免去他们的债务；而消除房间里的有毒气体的办法是把房子扔到空气里。

皇室成员中有人可以使年老的女人重新焕发青春；老眼昏花、牙齿掉光的老太婆可以重回16岁，再次变成貌美迷人的金发美女。不过这种返老还童术也有它的缺点:它无法达到女人的脚踝,返老还童的女人比她们做少女时个子更矮,因此她们在见到男人时很容易突然向前扑倒,或者很容易被人推倒。男人不可以采用这种方式返老还童;他们只有通过与返老还童的女人一起生活,才可以再次变得年轻。他们抓住第五种皮疹,每年更换一次头发和皮肤。这种方式又叫“蜕皮”,希腊语叫“Aphiasis”。

安特里琪岛还需要完成的任务有,把埃塞俄比亚人变成白人、从浮石里取水、在荆棘丛里摘葡萄、在蓟属植物里采摘无花果。一些皇室成员甚至还能“无中生有”,即从无中变出东西来,继而又让这些东西归于无;还有的皇室成员可以变出人们必备的美德。

女王在给人治病的时候,她的眼光足以让男人陷入昏睡,只有女王随身携带的一种白玫瑰可以唤醒他们。参观者会注意到女王说的话很奇怪,她所使用的术语皆出自抽象的哲学和逻辑。比如,在欢迎诚实的男人时,女王会说:“你们表面灿烂夺目的正直使我完全相信,你们的内心深处也充满了美德。我曾经是那么善于控制我个人的感情,如今却情不自禁地想对你们说,我要热诚地、最热诚地、最最热诚地欢迎你们”。这位慷慨的女主人为客人准备了最最丰盛的晚餐,而她自己却什么也没有喝,因为她喝的是神的酒;她什么也没有吃,因为她吃的是神的食物。她无需自己咀嚼,有专门的人帮她咀嚼食物,他们用自己深红色的食道为她消化食物。他们把食物嚼烂后,用最好的金属管将食物倒进女王的胃里。据说,女王完全借助他人完成自己的身体需求。

弗朗索瓦·拉伯雷,《巨人传第五部》

埃菲尔-杜阿斯山 | Ephel Duath

参阅影子山脉(Mountains of Shadow)。

埃雷博山 | Erebor

参阅孤独山(Lonely Mountain)。

艾瑞德-利苏伊山脉 | Ered Lithui

又名“灰烬山脉”,山里昏暗而贫瘠,山名由此而来。整个山脉呈东西走向,位于摩多王国的北部边境,在西力斯-戈哥隘口与埃菲尔-杜阿斯山脉交会。

托尔金,《魔戒首部曲:魔戒现身》;托尔金,《王者归来》

艾瑞吉昂国 | Eregion

参阅霍林王国(Hollin)。

埃瑞翁王国 | Erewhon

(Erewhon 共有 3 个音节:E-re-whon),可能位于澳大利亚中部或北部,来过这里的游客故意隐瞒了这个王国的具体位置。有些地理学家认为,埃瑞翁王国位于新西兰岛(具体而言,位于坎特伯雷的朗伊塔塔河的上游地区),他们没有考虑到的是,这个王国的面积非常广袤。

亨德尔的琶音序曲

如果要进入这个王国,游客首先必须穿过一条河谷;这

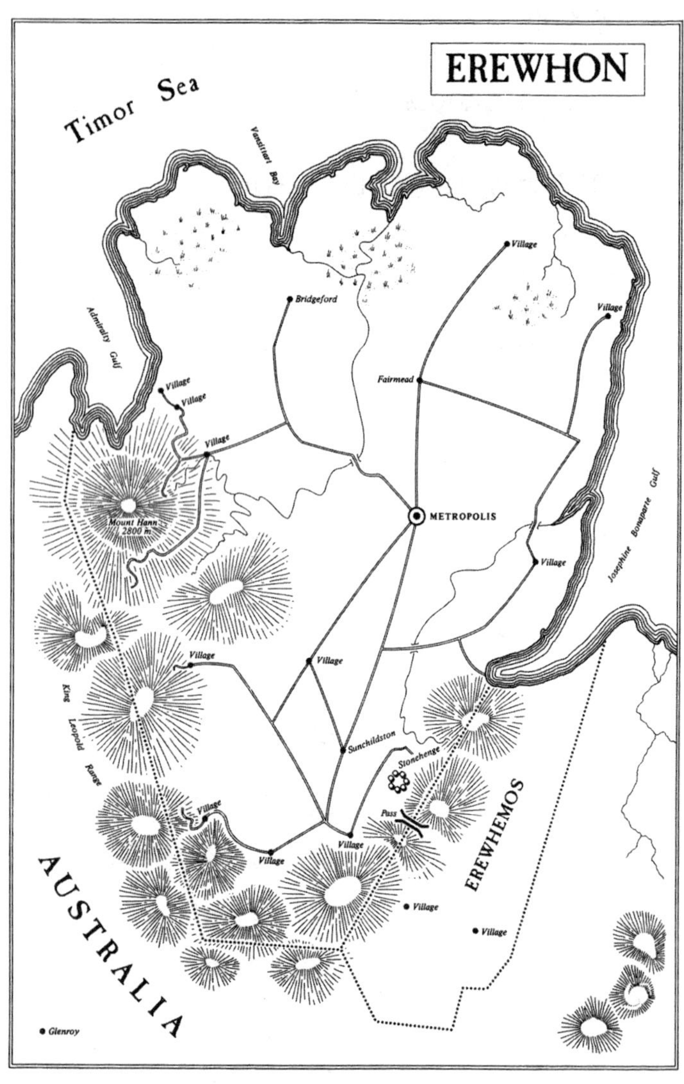
EREWHON
Timor Sea
Vansittart Bay
Admiralty Gulf
Bridgeford
Village
Village
Village
Village
Fairmead
Village
Mount Hann
2800 m
METROPOLIS
Josephine Bonaparte Gulf
Village
Village
Village
King Leopold Range
Sunchildston
Stonehenge
Pass
Village
Village
Village
EREWHEMOS
Village
Village
AUSTRALIA
Glenroy

埃瑞翁王国

条河谷始于寒冷的高山地区；然后，游客可以经过王国周围的牧场进入。山顶上的许多隘口已经被封冻，有耐心的游客总会找到一条进入这个王国的路，尽管这条路也可能积满了冰雪。边境地带属于埃瑞翁王国和埃瑞赫莫斯王国（Erewhemos）共有；埃瑞赫莫斯王国的居民属于有色人种，与埃瑞翁人没有血亲关系。埃瑞翁人像地中海人，他们举止端庄，这里的女子相貌秀美，性格温柔有教养，她们似乎同时具有埃及人、希腊人和意大利人的血统，比方说，她们的鼻子很像希腊人。任何一个想来埃瑞翁王国的游客都应当记住，金发碧眼在这里最受欢迎。

埃瑞翁王国的巨石阵

在埃瑞翁王国，游客会发现埃瑞翁人的许多习俗与欧洲人相同，但同时他也会惊讶地发现，埃瑞翁人使用的工具非常原始。在发明创造方面，埃瑞翁人似乎要比欧洲人落后五、六百年，不过许多欧洲乡村的情形也是如此。对于有些东西，埃瑞翁人还一点都不了解，比方说火药和火柴。埃瑞翁王国境内没有烟草，确实需要烟草的游客，可以在许多私人花园里找到一种麦芽，他可以把这种麦芽晒干，就可以用来替代他想要的烟草。埃瑞翁人的食物卫生而健康：他们的午餐吃山羊肉、燕麦饼和一些牛奶，孩子们喜欢吃蓝色大麦糖，这种大麦糖是折叠在一起的。埃瑞翁王国盛产一种上好的红酒。

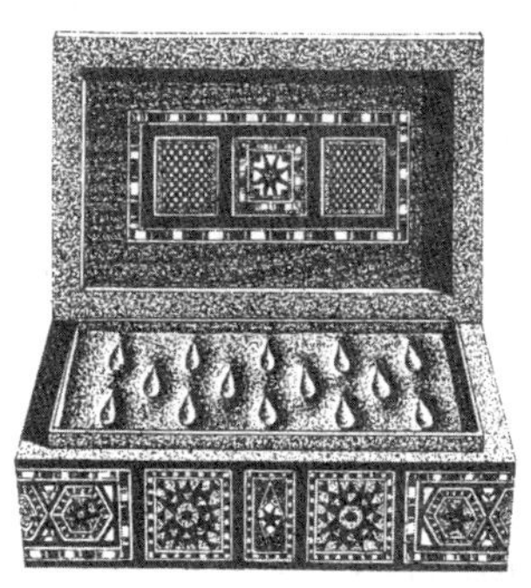
埃瑞翁王国的一个哀悼盒

埃瑞翁王国的乡村风光很美。走在乡村小路上，游客可以看见一些小小的神殿。小神殿里有形态各异的雕像，雕像上面的人物形象有的青春年少，有的成熟丰满，有的年老体衰。经过这些雕像时，埃瑞翁人会低下头表示尊敬。乡村里的河流很多，有些河道很宽，游客可以乘渡船过河。埃瑞翁王国有一个非常有趣的文化遗址：埃瑞翁人的史前巨石柱，距离那条流经埃瑞翁王国的河流非常近。史前巨石柱包括一些雕像，有些雕像上的人物具有超人特征，看起来粗鲁野蛮、面部狰狞，结合了埃及人、亚述人和日本人的面部特点；但比现实生活中的人要高出 6、7 倍；这些石像古老而破旧，上面长满了青苔，每一尊雕像都使用了 4 到 5 块巨石雕刻而成。在古时候，埃瑞翁人把那些长得丑陋又身患疾病的人献给这些石像，以转移那些可能降临到他们同胞身上的灾祸。当大风刮过这些中空的石像时，会产生优美的旋律，让人想起亨德尔的琶音序曲。

埃瑞翁王国的乡村与阿尔卑斯山或意大利伦巴底的那些村庄很相似：狭窄的街道两边挤满了房屋，屋顶很大，呈悬空状态，墙面上开有几扇窗，有些窗户上了釉；有些屋墙上爬满了藤蔓植物，屋内的墙壁上贴了纸，用的是英国《伦敦插图版新闻》和英国老牌漫画杂志《笨拙》当中的纸页。酒馆的标志性符号是一只瓶子和一只玻璃杯；街边的酒馆里干净舒适，值得推荐。

埃瑞翁王国的动物不太引人注目，其中包括一些小黑牛，还有拖着大尾巴的圆鼻子绵羊、山羊、野狗，还有几种鹌鹑鸟，使人想起新西兰的鹌鹑，这种鸟儿如今已经绝种；整个王国境内根本看不到任何毛类动物。

埃瑞翁王国还有许多小镇，从远处看，这些小镇好像高高的尖塔和圆圆的穹窿顶，大多数小镇都有自己的乐队和医院，有些甚至还建造了旧机器博物馆，比如坐落在桑奇斯顿港（以前叫寒港）的那家博物馆，曾经是一座有名的监狱；其他比较重要的小镇还有菲尔米特（Fairmead）和布瑞吉佛特（Bridgeford）。有些小镇上还竖有埃瑞翁王国著名人物的雕像。根据最新艺术流派的要求，每隔 50 年，一个由 24 名男子构成的陪审团就会做出决定，哪些雕像可以继续保留，哪些必须搬走，所有其他的雕像会全部毁掉。

埃瑞翁王国的都城气势恢弘，城里建造了壮观的塔楼、防御工事以及宫殿，其中最典型的当属塞诺伊·诺斯尼伯尔（Senoj Nosnibor）的住宅。这栋房屋坐落在市郊，这里看得见老火车站的破旧废墟，房屋周围有一片花园，占地 10 至 12 英亩，呈阶梯状分布，有宽阔的石阶可以上下；石阶上竖立着技艺精湛的雕像，雕像周围堆满了花盆，花盆里种植了埃瑞翁王国特有的几种小灌木；石阶两边是苍松翠柏，其间有绿草茵茵的小径，还有精心培植的葡萄园和果园；所有房间的正面都朝向一个庭院，与庞培城的房屋结构一样；庭院中央有一个浴池和一处喷泉。

房间里唯一的乐器是 12 个大铜锣，放在一间更大的画室里。家中的女眷偶尔会随便敲打几下，铜锣就会发出很难听的声音。铜锣乐器在商业场合里也有使用，大多数商业贸易都在音乐银行里举行。埃瑞翁王国的钱币都是用银子做的，金币非常稀奇罕见。埃瑞翁王国有两种截然不同的流通货币，分别受控于不同的银行和商业代码；两种货币具体的用途也极为复杂。音乐银行得到了社会的认可，但它发行的货币在外界没有任何用处；另一家银行的货币得到普遍的使用，但通常不被谈及。音乐银行的主要支行坐落在一个中心广场上，这家支行的建筑看起来非常古怪，但设计高雅、历史悠久，没有正对广场。穿过中心广场一个屏风后的拱门，就可以进入这家银行。这时候，你可以看见一片绿草地，被一个回廊围绕着；而前面伫立的就是壮观的银行塔楼，威严的正面被分隔成三个隐蔽的部分，各自装饰着不同种类的大理石和雕塑。塔楼正面的两侧是坚实而古怪的房屋，房屋的表面看起来非常舒服，掩映于果园、花园以及漂亮的老树林中。音乐银行具有风暴带来的想象和判断，但如果它的外观令人印象深刻的话，它里面的情形必定更是如此。这栋建筑看起来非常气派，被高墙分成几个大区间，墙上的窗户采用有色玻璃，上面描绘了许多世纪以来重要的商业活动状况。在这栋楼更远的一处，参观者能听见男人和小男孩的歌声：这是唯一让人不舒服的地方，因为欧洲人会觉得他们的声音很难听。

埃瑞翁王国的非理性学院分管教育，非理性学院的主要学习内容是假定学。埃瑞翁人认为，一个男孩应该了解世界万象的本质，他的整个一生都必须熟悉这些事物，这样他就可以对整个宇宙形成一种比较粗浅的概念。在埃瑞翁人看来，这种认识也可能包括对尚未存在的各种事物的认识。如果我们能让这个男孩看到这些可能性，就可以帮助他准备一套完全陌生而不可能的偶然事件，这对于他将来真正的处世才是最合适的训练。埃瑞翁人相信，如果男人总是以理性为指导，生活将变得令人难以忍受；理性使人误入歧途，使人热衷于引经据典、坚持原则和界定语言；语言的存在犹如太阳，先润泽，继而烧焦。埃瑞翁人学习的是古时候形成的一种假设论。要成为一个学者和绅士，这个男人就必须流利地使用这种假定语。埃瑞翁人不看重所谓的天才，他们认为，任何一个人或多或少都可以算得上是一个天才。有些思想激进的教授成为无用知识压制团和完全摒弃过去团的成员，不过他们只是少数派。埃瑞翁人的艺术得到了很好的发展，学生必须学习经商史，为的是了解他们工作的市场价值。最近，精神运动学院也在埃瑞翁王国建立起来。

埃瑞翁王国的法律很苛严，任何一种疾病都被视为一种严重的犯罪和不道德的行为；任何一个人都有可能因为感冒而遭到起诉，继而被关进监狱。而挪用公款和其他道德方面不检点的行为，却可以像欧洲人看待疾病的态度一样获得矫正官的安慰和治疗。矫正官通常需要接受长时间的特殊训练：为了能够熟练操作他将要治疗的某种道德疾病，他必须花一些时间去实践每一种恶行，并将这种实践作为一种神圣的宗教职责。这样的时间叫“斋戒日”。这种“斋戒日子”一直会持续下去，直到他真正学会如何降服心中潜在的恶念，并通过亲身经历为病人提供参考。这样的训练可能持续一生，为了克制某种恶念，有些敬业的训练者甚至学会了滥吃，甚至行恶，甚至为此献出自己的生命，成为光荣的烈士。在埃瑞翁王国，穷也是一种罪过；失去财产或某个好友同样会遭受惩罚，其责罚之重绝不亚于对身体犯罪的惩罚。这样的犯人会被送上亲人丧亡法庭受审。

埃瑞翁王国的这些离奇古怪的律法都是从何而来的呢?其实,它们源自许多奇奇怪怪的社会习俗。比如说,人们询问某个人的脾气就如同询问某个人的健康一样。任何形式的坏运气或在其他人那里受到不好的待遇,都会被视为一种违反社会的行为,因为它使人听上去不舒服。疾病是一种可怕的重罪,按照埃瑞翁人的习俗,人们会说"我偷了一双袜子",或干脆说"我有一双袜子",这句话的意思是他有些不舒服。为了自我治疗、保持健康,埃瑞翁人每周都会鞭打自己一次,一年有 2 到 3 个月只喝水和吃面包,表示对自己的惩罚,此外还有家庭矫正人的严格监督。

在埃瑞翁王国,死亡远没有疾病那么可怕。埃瑞翁人认为,倘若死亡就是犯罪,那也是超出法律制裁范畴的犯罪,法律在这个问题上只好保持缄默。埃瑞翁人把死者的尸体烧掉,然后把骨灰撒在任何一个地方,死者生前可以为自己选择这样的地方。任何人都不可以拒绝这种给予死者的权利,人们通常选择幼年时熟悉或喜欢的小花园或果园,作为他们最后的安息之所。当地人坚信,如果死后把骨灰撒在任何一块被选定的地方,那么自此以后,这些死去的人就会变成这块土地上令人嫉妒的保护人。一个人死了以后,他的朋友会送来一些小盒子,小盒子里装满了许多人工眼泪。根据与死者之间的关系疏近,眼泪数量从 2 滴到 16 滴不等;能够知道自己该送多少滴人工眼泪也算是一种懂礼节的表现。

在埃瑞翁王国,养育孩子被认为是一个痛苦的话题,更仁慈的做法就是不去触及它,既然埃瑞翁人认为身体不健康是有罪的,即使不健康的身体产生的是善。所有人都相信前世,他们降生到这个世界取决于他们前世的自由意志。他们说,没有出生的人会永远折磨夫妻双方,使他们痛苦不堪,身心都不得安宁,直到这对夫妇答应接纳他们为止。按照埃瑞翁人的想法,如果不是这样的话,一个男人选择另一个男人,继而遭受尘世的各种可能和变故,这将是一种可怕的自由。当一个孩子出生的时候,人们会拟定一份文件，上面写明这个孩子愿意承认因他的出生而产生的全部责任；在场的客人会折磨这个小孩，斥责他给父母带来如此巨大的痛苦。这时候，孩子会吓得大哭起来，客人们会认为这个孩子可能有了后悔之意；这个家族里的一位朋友会代表孩子在这份出生文件上签字。

埃瑞翁人的这种想法有一点值得我们注意，当他们确定了一件事情，并且承认这件事情是一套实践体系的基础时，他们就不会再去批判它。如果他们对一种被珍视的制度感到不妙，他们就不再去管它，如果可以不管的话。

埃瑞翁人的时间观念也很特别。他们说，我们通过生活被拉回去；又或走进未来，犹如进入漆黑的走廊；时间随我们同行，我们前进时，时间为我们掀开一扇扇百叶窗，但那光亮令我们感到目眩神迷，更加深了我们前面的黑暗。一开始，我们所见的很少，而且对它的关注也没有比对我们接下来要看的东西多。我们永远都在透过炫目的现在，好奇地窥视幽暗的未来；我们通过背后模糊的镜子反射的微光，来预示我们前面的方向；我们跌跌撞撞地前行，陷阱渐渐向我们张开大口，我们随之消失。埃瑞翁人说，以前有一种人能更好地预知未来，但他们一年之后就死了，因为他们不堪忍受这种预知给他们带来的痛苦。

埃瑞翁人公开崇拜各种神灵，但私下只相信一位神。他们崇拜的神灵都具有人的品性：正义、力量、希望、恐惧，以及爱；他们相信这些神灵在云层以外的某个地方真实地存在着。这些神灵热爱人类，也有益于人类的生活，但如果被人类忽略的话，他们就会生发愤怒；不过，他们只惩罚他们遇见的第一个人，而不是触犯他们的那个人。按照这些神灵的律法，两种物质不可能同时占领同一个空间，他们的律法由时间神和空间神共同执行。如果一块飞石和一个人的头部同时占据了一个空间，并企图“篡夺一种本不属于他们的权利”而惹怒神灵的话，他就会遭受极其严厉的惩罚，有时甚至被判死刑。

尽管埃瑞翁人也有自己的偶像和寺庙，但他们大肆夸耀的宗教崇拜其实只停留于表面。他们真正相信的是女神亚德格乌(Ydgrun);祭司把她当作真神的敌人。亚德格乌女神的地位模棱两可:她无所不在而又无所不能,但却并不高尚,有时候甚至做事残忍而荒唐。即使是许多虔诚地崇拜她的人,也因她的恶行而深感羞耻。这些人更多的是用心灵和行动、而非花言巧语去侍奉她。真正崇拜亚德格乌女神的人很少谈到她,如果没有充分的理由去这样做,他们永远不会去违背她的意愿。即使他们真的因骄傲而违背了女神的意愿,女神也很少因此惩罚他们,因为他们是勇敢的,而女神亚德格乌则不是。

也有人相信灵魂不死,相信人死可以复生;这样的人虽然不多,但其势力正在增长。他们说,那些一生下来就患病的人和在艰难环境中生活的人此后将永远遭受折磨,而那些英俊健康的人将会永远得到报酬。

曾有一段时间,埃瑞翁王国的居民都相信太阳之子说。这是一个名叫乔治·海格斯的英国人带来的结果;这个英国人来到这里后不久就带着一个埃瑞翁女子乘热气球跑了;从此以后,埃瑞翁王国的居民就相信,他必定是神圣的太阳之子。

如果来埃瑞翁王国参观,游客一定不要错过坐落在太阳之子小镇上的老机器博物馆。这家博物馆里主要珍藏了各种破旧的机器,如蒸汽机碎片、一辆旧火车、废弃闹钟以及旧手表等等。似乎在500年前,埃瑞翁人就拥有了丰富的机械知识。一位假设者著书证明机器最终取代人类。他说服每个人,要求制定法律,严禁人们继续进行机器改良和发明活动,违者以相当于伤寒重罪的惩罚论处。

游客应当注意的是,埃瑞翁王国瞬息万变,因此作者不能保证以上描述绝对准确。

塞缪尔·巴特勒,《埃瑞翁王国》(Samuel Butler, *Erewhon*, London, 1872);塞缪尔·巴特勒,《重游埃瑞翁王国》(Samuel Butler, *Erewhon Revisited*, London, 1901)

伊里雅多王国 | Eriador

介于中土迷雾山脉与蓝色山脉之间、灰泛河和格兰督因河以北的那些国家的一个古国。到了第三纪末，中土仍有人居住的地区有夏尔郡、布里地区以及人口稀少的瑞文德尔王国。

托尔金，《魔戒首部曲：魔戒现身》；托尔金，《王者归来》；托尔金，《精灵宝钻》

红发人艾瑞克之国 | Eric The Red, Land of

参阅艾瑞克-劳德拜之国(Erik-Raudebyg)。

艾瑞克劳德拜之国 | Erikraudebyg

又名“红发人艾瑞克之国”，这是位于格陵兰岛东北部的一个定居点，被鬼魔之齿包围着，从海边出发需要走 17 天。它坐落在一条河的岸边，这条河流到鬼魔之齿的边缘后就消失了，成为一条暗河。这些山峦脚下是一片松林，松林里点缀着小小的无花果树、白杨树以及悬铃树，一直延伸到河边，然后是一片沼泽，可以经过一条土堤穿过沼泽。

艾瑞克劳德拜之国其实是红发人艾瑞克之国保留下来的地域。10 世纪时，红发人艾瑞克发现了格陵兰岛。爱斯基摩人的传奇故事里有一个叫“红发人王国”，这是爱斯基摩人征服格陵兰岛之后，那些幸存下来的北欧海盗的唯一一个定居地。中部的村庄包括几百座石屋或木屋，上面是高高的尖顶、黑曜石窗，以及一个长满北欧植物和花草的花园。村庄中心的一条道路将它一分为二，这条路经过一个广场，一直通到山脚下的皇宫。皇宫只有一层，完全用石头建成，共有 30 扇窗，门柱上雕刻着龙的形象。皇宫里装饰着打猎获得的各种战利品；在国王的觐见室里，一排排长椅子摆放在讲台的前面，讲台支撑着一把用毛象牙做的仪式椅。

自然科学家会发现，艾瑞克劳德拜之国的动物很有趣。这里的毛象很多，大熊也不少，体型比北极熊更大，有灰熊的颜色；Ursus spelaeus 是一种住在史前欧洲洞穴里的大熊，生活在鬼魔之齿的洞穴里；还有上新世幸存下来的 Rhinoceros tichorhinus，这是一种双角犀牛，生活在充满咸味的沼泽里。

艾瑞克-劳德拜之国的居民皮肤白皙、身材高大；男人留着长长的红发，浓密的胡须，女人金发碧眼，显然属于斯堪的纳维亚人的后裔。男人穿束腰的外衣，裤子是驯鹿皮做的，用皮带从踝关节到膝盖呈十字形扎起来，脚穿毛皮拖鞋；女人穿毛皮镶边的长罩衣；士兵穿盔甲，戴尖顶头盔，佩剑，持棍棒及圆形盾牌；酋长戴象牙头盔。他们的斯堪的纳维亚战船庞大威严，约长 40 米，有大大的斑纹帆，每边都有 15 人划桨。

艾瑞克-劳德拜之国的居民说北欧语，这是维京人使用的一种语言，喉音很重，其中有些发音近似于现代斯堪的纳维亚语。这些居民崇拜奥丁神(Odin)。他们的政府是君主选举制；国王在体型上与这块定居地最早的居民很相似。即位那天，国王取名艾瑞克，后面加上昵称，比如“启蒙者”。艾瑞克-劳德拜之国的正义通过决斗来裁决，执行决斗的人是哈尔玛(Halmar)，或者叫高级祭司，他在决定谁将成为下一任国王这个重大问题上具有极大的影响力。

艾瑞克劳德拜人对于如何守护他们的领土焦虑不安，又由于爱斯基摩人是他们最大的敌人，因此当他们走在山背后的路上时，就会见谁杀谁。这里有一句人尽皆知的传言，艾瑞克劳德拜人之所以能够幸存这么多年，就是因为山那边的人没有谁能够到这里来。然而，根据他们的传统，某个与红发人艾瑞克长得很相像的人将会来统治这里，将会把这个城市从巨大的危险中拯救出来。因而留胡须的红发游客在计划游览艾瑞克劳德拜之国时，应当好好考虑考虑这一点。

保尔·阿尔帕里娜，《冰堡》

埃斯利亚城 | Ersilia

这座城市的位置不断在改变。在这座城市里,为了建立可以维持城市生活的种种关系,市民们纷纷从屋角拉出各种彩带,其中有白色的、黑色的、灰色的,还有黑白相间的,所用的颜色根据上面标记的血缘关系、贸易关系、权力关系或代理关系来确定。后来,这样的彩带越来越多,数不甚数,人们再也无法在其间穿行了,于是他们只好搬走,房子也拆除了;只留下彩带和彩带的支撑物。

接着,居民又在其他地方重建埃斯利亚城,又开始编织一种类似的彩带结构,并尽力将这种结构做得更加复杂,同时也更加有规则。然而,不久,他们又会放弃这种彩带结构,把自己的家搬到更远的地方。

到埃斯利亚城旅游的时候,游客会发现这些被放弃的城市的废墟,它们没有墙垣,没有死者的骸骨,风已经把他们卷走了:蛛网般的复杂关系正在寻求一种形式。

伊塔洛·卡尔维诺,《看不见的城市》

艾斯卡洛特城堡 | Escalot

距离英格兰的温切斯特不远。兰斯洛特爵士在温切斯特参加竞技比赛时曾住在这座城堡里。城堡主人的女儿伊莱恩爱上了这位爵士,并答应比赛那天穿着盛装出席。然而,伊莱恩的爱并没有得到回报,于是她把兰斯洛特爵士骗到柯宾城堡,并和他同床。他们有了儿子加拉哈德。加拉哈德后来成为最高贵的骑士,而且在卡邦尼克城堡里找到了圣杯。兰斯洛特爵士离开了伊莱恩,伊莱恩为此忧郁而死,她的尸体顺流飘到卡默洛特城堡,她身上还带有一封信,信里述说了她与兰斯洛特爵士之间不幸的爱情。这封信被当众宣读,最后在无尽的悲伤和哀悼中,伊莱恩被埋在这座城堡里。

无名氏,《亚瑟王之死》;阿尔弗雷德·坦尼森,《国王叙事诗》

艾素尔王国 | Essur

位于法斯国以西,一座高山把这两个国家隔开。与它的许多邻国不同,艾素尔王国境内森林密布、河流湍急、猎物丰富,自然奇迹很多,包括首都附近的热温泉。

艾素尔王国的宗教生活主要是对塔拉帕尔的崇拜。塔拉帕尔是一位女神,她与格洛梅王国崇拜的女神尤吉特很相像。最近,艾素尔王国又掀起了一股伊斯特拉崇拜热潮;很显然,这位女神的传奇故事是以格洛梅王国的伊斯特拉公主为基础的。伊斯特拉公主的形象只是一些朴实的木雕像,摆在一些寺庙里。这些寺庙很小,还没有一般的村舍大;用纯白色的大理石建成,寺庙内的柱子有凹槽,属于典型的希腊风格。人们相信,伊斯特拉公主在春、夏期间生活得像一个帝王,而到了冬天,就哭泣着四处流浪。收获季节结束的时候,寺庙内的雕塑就会被蒙上面纱,象征两位女神的离去。

路易斯,《直到我们拥有面容:一个被重叙的神话》(C. S. Lewis, *Till We Have Faces. A Myth Retold*, London, 1956)

埃斯托蒂岛 | Estotiland

面积比北大西洋的冰岛要小,有 4 条河流穿过这座岛屿,岛屿中心是一座高山。这座岛屿位于得洛吉奥岛(Drogio)以北,那里的人们在金碧辉煌的神殿里相互吞食;他们几乎掌握了世界上所有的技艺,只是不会使用指南针。

马克里尼,《关于弗里西亚、冰岛、Engrovelanda、爱沙尼亚和伊卡利亚岛屿的发现,北极由 Zeno 兄弟、M. Nicolo 和 M. Antonio 完成》(F. Marcolini, *Dello scoprimento dell'Isole Frislandia, Eslanda, Engrovelanda, Estotilanda e Icaria, fatto sotto il Polo Artico dai due fratelli Zeno, M. Nicolo e M. Antonio*, Venice, 1558)

永恒之地 | Eternity, Land of

参阅马格-梅尔岛(Mag-mell)。

艾提多帕之国 | Etidorhpa's Country

位于地下,通过美国肯塔基州著名的洞穴系统的入口可以到达这里。一条小溪穿过悬崖上的拱门,游客如果要进入一条隧道,就必须经过这条小溪。当小溪涨水的时候,水位可能到达隧道的顶部,游客这时便会发现有必要游过隧道。最后,游客会进入一个大洞穴,这里有一条路,远离小溪。大洞穴里不太幽暗,空气里似乎游动着一种奇特的亮光,没有固定的发光点。就在这里,游客会发现一大群地下动物;它们没有眼睛,却会用整个身体观察周围的事物。如果继续前行,游客会来到一个白色的水晶洞,水晶洞里杂乱地堆放着玻璃,这里还有一条地下河,河床已经干涸,里面四处都是小块的晶体盐。河床之外是一个深渊,绵延数英里;河床的另一边有一条蜿蜒崎岖的小路,一直延伸到一片浅水区,水流经过意大利的埃伯梅奥火山。这时候,游客已经到达地下150英里的地方了。

如果游客继续在地下蹒跚而行,就会发现一间屋子,名叫醉汉洞。小屋里住着一种小小人,他们曾经非常聪明,如今变得很愚蠢,身体已经萎缩变形。他们每个人都有一只大手,一条巨腿或一个大头颅。为了把外面的人变成他们这个样子,他们诱惑这些外来的人,请他们喝酒。地球上面的醉汉不正常的是他们的心智;而这里的醉汉不正常的是他们的身体。醉汉洞是一块圆形的凹地,直径1000英尺,中间设有一个石头讲坛,这里的酒是通过装在大碗里发酵而成。游客最好拒绝醉汉的邀请,醉汉随后会消失,然后会出现一群美丽的少女,她们在轻柔的乐曲中起舞。其中最美丽的要算艾提多帕。

接着,游客会来到中心圆处。这是一种透明的薄膜,距离地面约700英里,眼睛看不见它,这是一层力量,虽无重量,却可能导致或保存地球的引力。从这里可以进入地球的内核，只需从一块岩石上跳进地球的虚空就可以了。这里就是地球外壳和地核的衔接处，也就是人们熟悉的地球的尽头，除此之外的地方，我们没有获得任何的描述。

艾提多帕之国的植被主要是大型的菌类，颜色有明亮的白色、红色、黄色和蓝色，根茎呈几何形状，具有菠萝或草莓的芳香。地球上所谓的“三原色”在艾提多帕之国分得更细，有更多的色层。艾提多帕之国的动物稀少，只有昆虫、鸟类以及会飞翔的动物，有些像史前的爬行动物。

约翰·劳埃德，《艾提多帕之国或世界的尽头》（一部神秘存在的奇怪历史，一次著名旅行的记录，正如那本致莱维林·德鲁瑞的手稿所传达的那样，德鲁瑞答应印刷这份手稿，但后来他逃避了这个责任，最后由劳埃德负责完成）(John Uri Lloyd, *Etidorhpa or the End of the Earth*, Cincinnati, 1895)

伊顿沼泽 | Ettenmoors

位于中土，介于迷雾山脉西面的山嘴和米塞特尔河之间。米塞特尔河几乎沿着山嘴的方向而流，接着朝西南方向穿过鲁道尔地区，最后在那里汇入响水河。游客要注意，伊顿沼泽的河流之上没有桥。与罗达乌王国一样，这里住着一个巨人部落，他们体形庞大，生性愚蠢，喜欢杀人取乐，然后吃掉那些受害者。巨人部落生活在山洞里，黎明前必须回到地下，否则就会被阳光变成石头。因此，游客最好白天去伊顿沼泽。

托尔金，《魔戒首部曲：魔戒现身》；托尔金，《王者归来》

艾亭荒原 | Ettinsmoor

一片广袤而荒凉的高沼地，位于希瑞布河远远的河岸，是东北部的纳尼亚王国的沼泽边界，之外就是北部荒地。希瑞布河上没有桥，河水很浅，游客可以涉水过河。艾亭荒原里只能听见田凫和杓鹬的叫声，偶尔也能瞥见几只老鹰飞过高空。

一条小溪从西向东流进一个峡谷，最后汇入希瑞布河。这个峡谷是北部巨人族最喜欢的地方。他们把这里当作一条街道，他们的脚在谷底，手肘却触到了峡谷的边缘，好像正斜倚在栅栏边或墙垣上。

巨人最喜爱的运动是对着一块石冢投石头，即使从未投中过，也乐此不疲。这是他们所知道的为数不多的几种游戏之一。如果要观看投石游戏，游客应该知道，最安全的位置就是那块石冢。这样的游戏经常会导致争吵，巨人会用大石锤攻击对方的头部，他们的头骨非常坚硬，这种攻击伤害更多的是攻击者，而非被攻击者。

在峡谷的背后，艾亭荒原又向前绵延了数英里。在这片荒芜之地上，只有野禽会经常光顾。荒原北端距离希瑞布河约 10 天的路程，与一面陡峭的斜坡相接；斜坡斗转直下，融入一片悬崖。荒原背后有一个王国，那里全是灰暗的悬崖、峻峭的峰峦，以及幽深狭窄的沟壑。

陡峭的山峦脚下，一条河流充满喧嚣地穿过深深的峡谷，形成壮观的瀑布。峡谷上面有一座大桥，大桥的拱门有圣保罗大教堂的圆屋顶那么高，桥身不够稳固，但还可以使用。大桥所用的每一块岩石都与史前巨石柱的石头一般大，上面雕刻着复杂的众生像，有巨人、人身牛头怪、墨鱼、蜈蚣，以及可怕的神灵；神灵的起源和实质无从考查，只能想象。游客如果从陡坡出发，向北一直往前走，就可以到达巨人的废墟城和哈芳要塞(Harfung)①。

C. S. 路易斯，《银椅》

尤达蒙城 | Eudaemon

玛卡瑞亚王国(有一个非洲国家也叫玛卡瑞亚，不要彼此混

---

① Harfung 一词的拼写与该书后面的不同，后面的拼写是 Harfang。

淆)的首都,这是一座壮观的大城市,是专门为了居民的幸福而创建的。城里的居民都接受过高等教育,他们总是把共和国的利益置于自身利益之上。这里所有的人都不论贵贱、不分贫富,共同致力于共和国的幸福。按照法律的规定,这里严禁奢侈风气,酗酒要受到重重的处罚。各地的官员如有违法行为就会被撤职;犯亵渎罪的人会被割去舌头。

城里地位低贱的人没有选举权,不可以分享市政权利。一条拉丁文消息公示如下:大规模的最差实践者。参观者会注意到,城里的所有标志都用的是拉丁文和希腊文;希腊语符号主要出自希腊悲剧诗人欧里庇得斯的《赫库柏》。

尤达蒙城相信福音,但没有迷信的仪式。城里不允许公开讨论宗教,只有被任命的牧师才可以表达宗教观点。喜欢惹麻烦的哲学家会遭到驱逐。

加斯帕·斯蒂布里努斯,"尤达蒙共和国评论",《赛罗百科》(Gaspar Stiblinus,"Commentariolus de Eudaemonensium Republica", in *Coropaedia*, Basle, 1555)

尤多西亚城 | Eudoxia

坐落在亚洲,这座向上同时又向下伸展的城市,有许多弯曲的小街、阶梯、穷巷和茅屋。城里保存着一张地毯,你可以在其中看出这座城市的真实面貌。第一眼望去,你会觉得地毯上的图案跟尤多西亚城一点儿也不相像,因为整张地毯的设计都是对称的,沿着直线或曲线不断地反复,间或有色彩鲜艳的螺旋形纹饰。不过,如果你再仔细地加以审视,就会发现地毯的每一段都与城市的某个地点相符合。而且,城里所有的东西都包括在这张地毯里了,并且符合它们原来排列的先后次序,你之所以没有看见这些东西,是因为与拥挤人群的碰撞分散了你的注意力;因此你的观察是不完全的,这种观察使你注意到尤多西亚城的混乱、驴叫、煤烟的污迹和渔腥味;然而,地毯却证明了从某一点可以展示这座城市的真正比例，它的几何图形绝对不会漏掉任何一个最微小的细节。

在尤多西亚城很容易迷路。可是如果你专心审视这张地毯，你就会看出你要找的那条街道是在一圈深红的或深蓝的或紫红的颜色里面，那环绕着的一片紫色才是你真正的目的地。尤多西亚城里的每一个居民都拿地毯的固定图形与自己心目中的城市相对比，这也是他们的忧虑，而每个人都可以在图象里找到答案，找到他自己一生的故事，找到他自己命运的转折点。

有人向先知请教，像地毯和城市这两种如此相异的东西，它们之间究竟有怎样神秘的关联呢？先知回答说，其中一方具有上帝赐给星空的形状和行星运转的轨道；另一方就是近似的映象，犹如一切人造的东西一样。

有一段日子，卜卦者都认为地毯上和谐的图案都属于上天。他们根据这种信念诠释先知的话，没有人对此表示反对。不过，你同样可以得出相反的结论：我们眼中所见的尤多西亚城其实是宇宙真正的地图：一片不成形状的污迹，其中有扭曲的街道、在灰尘里乱成一堆的破屋、火焰，以及黑暗中的尖叫。

伊塔洛·卡尔维诺，《看不见的城市》

尤吉岛 | Eugea

位于大西洋，岛上住着塞姆菲特人，他们温文尔雅、勇敢无畏。他们在岛上开荒种地、修建房屋、创立法律，慢慢地在岛上定居下来。他们的宗教仪式和准则创建于古时候，创建者是一个希望自己的名字被永远忘记的聪明男子。伟大的神灵特奥斯被尊奉为“非凡的创造者，他创造了一个非凡的世界”，每年都要被祭拜16次。根据这位智者的理论，赋予自然及万物（包括人类）以生命的女神塞克丽用火孕育了塞吉尼女神。塞吉尼女神代表万物的化学属性，其他的男神和女神代表这个世界的原始力量。在以后的岁月里，艾萨克·牛顿爵士对这些原始力量进行了描述。比如，海神、太阳神赫利翁和月神梅尼勒这三位神灵之间的爱情冲突象征潮汐;孪生神奥吉瑞斯象征极地的磁力;太阳神赫利翁是拉姆佩里(光亮)和派洛夫斯(热量)的父亲。塞姆菲特人得到了宇宙神秘原则的引导,因此能够击退亚特兰蒂斯岛民的入侵。当时,这些岛民因为灾难纷纷逃离了自己的家园。

内布姆赛尔·勒梅西埃,《亚特兰蒂斯》或《牛顿的神谱》(Nepoumcène Lemercier, *L'Atlantiade, ou La Thegonie Newtonienne*, Paris, 1812)

音乐城 | Euphonia

位于德国哈尔茨山脉,这座城市的面积不大,人口约 1.2 万。参观者也许会认为,这是一所面积比较大的音乐学校。城里的居民除了唱歌什么也不做,他们还会弹奏乐器或从事其他与音乐相关的活动。他们当中一些人制作乐器,一些人创作歌曲,还有一些人研究声学或与声乐有关的物理现象。

音乐城分成几个小街区,与不同的音乐活动相对应。每种乐音和乐器都有以其命名的街道,不同街区的居民关心与之相关的不同音乐。

音乐城实行军事化管理,但因此就说它是专制的暴政统治,未免有些不公平。可以肯定地说,这座城市秩序井然,由此也才能产生卓越的艺术作品。德国政府在自己的权限范围之内,尽可能地让这里的居民生活得更舒适,对这些居民的要求只有一点:为德国政府培养 1000 多名音乐家,一年派送 2 至 3 次,去参加德国的各种节日庆典。

音乐城的市民几乎很难离开这座城市。相反,那些对音乐兴趣浓厚的人纷纷来到这里。音乐城里有一个大大的圆形剧场,可容纳两万人,另外还可容纳一万名音乐家;剧场每年要接纳大量的游客,这些游客进入剧场之前必须接受严格的考验。

音乐城的教育开始很早。很小的时候,孩子们就要学习尽可能多的节奏组合,然后研究音阶,学习自己选择的某种乐器,最后练习声乐和配乐。到了青春期，孩子们开始对音乐产生了真正的激情，开始学习表达和良好的音乐风格。市民最看重真诚的表达，因此也会对孩子们用心传授这方面的知识。那些不能或没有学会正确表达真诚的人将会被逐出这座城市，不管他们的声音或乐器技能有多么精湛；这样的人也可以住在市郊最偏远的地方，为锣乐器或弦乐器准备外壳。

音乐老师通常都有几个助手，这些助手专门研究每个大主题的不同部分。比如，当老师要写一篇关于小提琴演奏方面的普通论文，他的助手们就会处理小提琴的拨奏、声速以及其他方面的诀窍。

音乐城的居民何时工作和何时休息，都是由一个大型管风琴来操作。管风琴被安放在一座塔楼的顶端，在那里已经存在 5 个世纪了。这架管风琴通过蒸汽发声，即使四里格远的地方也能听得见。音乐指导和一般的通知也可以通过管风琴来传达，传达所用的语言是一些音乐符号，只有音乐城的居民才能理解。

一首曲子在被测试之前，它的各个部分都需要 3 到 4 天的时间才能完成。然后，创作组宣布在歌手剧院集会。在合唱队大师的指挥下，歌手每 100 人一组，每一组形成一个独立的合唱队；呼吸和停顿安排得非常巧妙，正在呼吸的歌手人数从未超过歌手总数的四分之一，不会出现停顿破坏音乐流畅这种现象。

研究音乐首先必须忠实于文本，然后确定合适的音调，最后形成合适的音乐风格和表达。合唱人员绝不可以因为音乐节奏而有任何的身体动作。为了完善各自的技艺，这些歌手必须默练，这种练习非常安静，昆虫的嗡嗡声都能听得见，甚至连盲人都会相信，剧场里只有他一个人。这样的停顿之后，歌手开始练习合唱，这时候，任何一个歌手都不可以错过自己在合唱中的角色。管弦乐队也会做同样的工作，只有当这两部分独自演练得完美无瑕之后，才可以进行合成：歌唱和乐器这两个部分经过共同的努力，最终创作出伟大的音乐，听众也终于能够欣赏到美妙的音乐。

在过去的几个世纪里，音乐城的市民采用一个巧妙的机器，让乐队指挥向每个合唱队歌手暗示他的指挥棒运动的方向;这一点听众是看不见的。通过这种方式,指挥的意图立即会传达到歌手那里,而又不会干扰到听众。

在音乐城里,音乐哲学是一门非常重要的科学,是市民研究音乐发展所基于的法则和历史原则。专攻这门科学的一个教授负责举办低劣音乐会这一奇特的习俗。一年的某个时候,音乐城的市民应邀去欣赏这种怪异的音乐会,在世界上的其他地方,这种音乐会已经被推崇了好几个世纪,音乐城的市民们应当避免这种音乐会的缺点。这些音乐会包括意大利 19 世纪早期音乐中的许多独唱短曲和 20 世纪前为几个音部所写的多少带有宗教气息的赋格曲。

未经邀请,任何游客都不可以进入音乐城,如果想得到邀请,游客必须拥有美妙动听的声音,而且能够弹奏各种乐器,还要通过音乐城的官员严格把关的性格测试。

赫克托耳·柏辽兹,《音乐城》(Hector Berlioz, *Euphonie, ou la ville musicale, Nouvelle de l'avenir*, Paris, 1852)

尤拉利王国 | Euralia

位于巴洛迪亚王国(Barodia)以北的两个联合的王国,分别是东尤拉利王国和西尤拉利王国,各自都有自己的国王和王后。尤拉利王国多山,也有一些河流和森林。联合王国的一个重要的地理标志就是尤拉利宫。宫殿内的每间客房都按照各自室内装饰的颜色来命名。宫殿前面的花园里有玫瑰花和康乃馨,由专门的官员精心照料。关于尤拉利王国的巫术史,可参考斯库维里格创作的《尤拉利王国:过去与现在》。这个联合王国里龙很常见,巫师也多,但好巫师稀缺。

米尔尼,《曾有一次》(A. A. Milne, *Once on a Time*, London, 1917)

尤莎皮亚城 | Eusapia

坐落在亚洲。就尽情享受无忧无虑的生活这一方面来说,世上没有哪一座城市能与它相比。为了缓冲由生至死的种种突变，尤莎皮亚城的居民建造了一座与它一模一样的地下城，所有经过特别的脱水处理的尸体都会被带到这座地下城里，去继续他们生前的活动。关于活动的性质，首要的考虑是死者生前心境最舒泰的时刻：大多数尸体都坐在饭桌旁边，或是在跳舞，或是在吹奏乐器。尤莎皮亚城的活人所从事的行业和专业，在这座地下城市里也同样存在，最起码都是生者乐于经营而永不厌烦的行业：钟表匠忙着修理身边那些不再走动的钟表，他把干枯的耳朵凑近走了音的老祖父的大摆钟；演员正睁开空洞的眼睛读着剧本；理发匠正握着干刷子给顾客的颧骨上抹肥皂泡；带笑的女子骷髅正在给小母牛的尸体挤奶。

其实，许多活人都希望死后能够过上另一种生活：地下城里挤满了猎人、女高音、银行家、小提琴手、公爵夫人、女佣以及将军；数目是活着的尤莎皮亚城里从来没有达到过的。

负责送死人到地下城里并且为他们安排位置的，是一个戴罩帽的兄弟会的工作。除了他们，谁都不能进入亡灵的尤莎皮亚城。有关地下城的一切资料，我们都是从他们那里探听得来的。有些人说，死人中也有同样性质的兄弟会组织，而且他们都乐意帮助别人。一个戴罩帽的兄弟去世之后，会在另一个尤莎皮亚城从事同样的工作。传说他们中有些人其实已经死了，却仍然在这两座城市里来来往往。因为在活人的尤莎皮亚城里，这个兄弟会掌握着很大的权力。

据说，他们每次到地下城去的时候，都会发现这座地下城市的变化：亡灵在自己的城市里也进行各种改革；虽然不多，但却是经过深思熟虑的，并非随意胡来。有人说，亡灵的尤莎皮亚城在一年之内就会变得面目全非。为了赶上潮流，活人的尤莎皮亚城也会根据戴罩帽的兄弟讲述的情形进行变革。这样，活人的尤莎皮亚城已经开始模仿亡灵的尤莎皮亚城了。

据说，这不是刚刚发生的事情：地上的尤莎皮亚城其实是已经去世的死人依照地下城的形象建造的。据说，在这一对孪生城市之间，谁是活人，谁是死人，再已没有办法区分了。

伊塔洛·卡尔维诺，《看不见的城市》

伊吾王国 | Ev

位于一片围绕奥兹国的沙漠的西北部，诺梅王国以南，属于罗克人的国王罗卡特的管辖范围。伊吾王国现在的统治者是年轻的艾乌拉多十五世。

伊吾王国的海滨地区覆盖着厚厚的森林，首都建在美丽的河谷地带；河谷里有果树和绿色的农田，其间有零星的农舍。皇宫周围有一个公园，公园里有喷泉、大理石雕塑、草坪以及花圃。皇宫附近是艾文纳小镇，这里是著名工程师斯密斯和丁克尔的总部。这两个人开发了机器人迪克托克，如果连接正确的话，这个机器人会思考、会说话。如今，它已成为奥兹国一个备受尊敬的公民。

艾乌拉多十四世是现任国王的父亲。他是一个暴君，打死了自己所有的仆人，却搞不坏机器人迪克托克，于是就把它关在海边一个山洞里，然后把洞门锁上，把钥匙扔进了海里。更残忍的是，这个暴君居然把自己的妻子和5个儿子、5个女儿卖给了诺米兰王国邪恶的国王，使他们成为那个国王地下宫殿里的装饰品。后来，艾乌拉多十四幡然醒悟，最终懊悔不已，自溺身亡。

艾乌拉多十四死后，没有留下一个合适的王位继承人，这使得他的侄女兰韦德尔有了可乘之机。她伺机夺取了王权，搬进了皇宫，与自己的仆人和卫兵住在那里。伊吾王国的臣民不知道如何评价兰韦德尔，每次看见她的时候，她的模样都不一样。兰韦德尔腰间挂着一把红宝石钥匙，只有用这把钥匙才可以辨认她。因为兰韦德尔收藏了30颗人头，一个月内每天一颗，并可以随意改变这些人头。兰韦德尔腰间的红宝石钥匙可以打开那间藏人头的屋子。兰韦德尔每增加一颗人头，她的容貌就会发生一次变化，而且她的性格和心情也会随之发生变化，从而使她变成一个不可捉摸的女人。

到伊吾王国观光的游客会发现，这里的生活根本不是问题，午餐盒和晚餐桶都会从树上长出来，里面已经盛满了烧好的饭菜。这些都是皇家的财产，每一只桶上面都标有一个字母E，那是皇家的标记。但也有危险的标记，也是唯一危险的标记，那就是写在沙子上的警示语："注意车轮人"，不过游客不必在意这一点。车轮人仅仅生活在伊吾王国的偏远地区，他们虽然生性残忍，却基本上不会伤人，只会搞些恶作剧。他们长得很像人，只是手臂和腿一样长，尾端装在车轮里，他们的车轮相当于指甲。车轮人在平坦的地面上可以飞快地前行，但无法穿过粗糙多岩石的地面。他们可以从人体上碾过去，但握不住任何东西，因此也不会给人造成严重的伤害。其实车轮人很无助，他们只会做出一副凶残的样子，让别人感到害怕，这样才可以保护他们自己。车轮人身穿明亮的五彩服，头戴活泼可爱的草帽。

弗兰克·鲍姆，《奥兹国的奥兹玛》；弗兰克·鲍姆，《奥兹国之路》

伊瓦奇国 | Evarchia

位于巴尔干半岛，1978年之前一直是一个王国。1978年，民族军事政府接管了这个国家。在公元9世纪的时候，伊瓦奇国吞并了沿海各个岛屿，成为一个帝国。由于岛民要求获得保护，以抵御海盗的入侵，因而这一转变是和平进行的，没有引起流血冲突。在这些岛屿当中，有几个以生产香料闻名的，比如盛产丁香的努特梅格岛(Nutmeg Island)，又叫丁香岛。游客可以参观马克拉尼岛(Macranese Island)，伊瓦奇国的飞机场就建在这里。从这里看过去，夏宫就在古灯塔的附近，距离了不起的马克拉尼岛的主要景点海盗城堡也不远；部分夏宫毁于1566年的一次地震。在马克拉尼岛上，岛雀是一种非常典型的鸟类，成年人把这种鸟儿叫"鲜艳鸟"，小孩子把它们叫"炫目鸟"。这种鸟儿胸脯的羽毛是绿色的，展开的翅膀上有猩红色的斑纹，但给人的总体印象是蓝色或青绿色；岛雀有绿岛雀那样大，有一张小巧的黄色鹦鹉嘴。

伊瓦奇国的首都建在内陆地区，1869年又在此建造了冬宫。

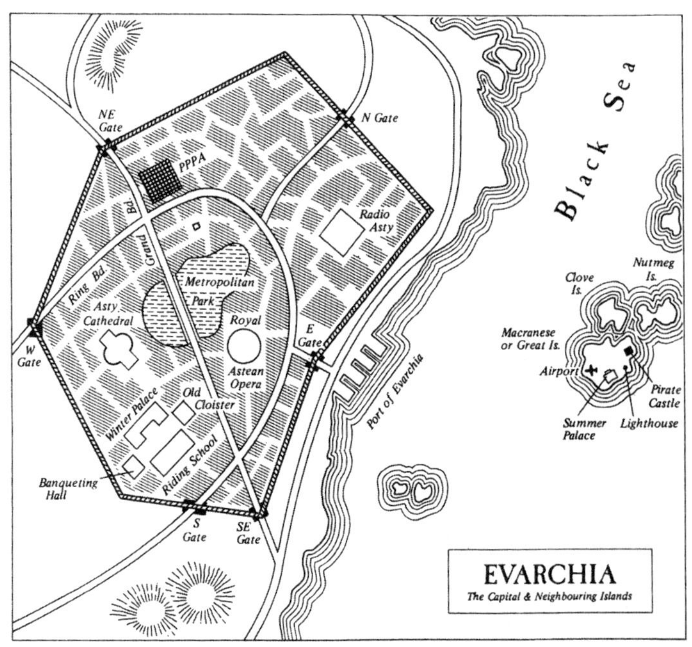

伊瓦奇国

冬宫的陈设极其简陋，窗户属于哥特式风格，非常漂亮，装饰属于后前拉斐尔风格(post-pre-Raphaelite)。另有3栋建筑围绕冬宫而建，这些建筑的正面值得注意：其一是马术学校，穹窿顶的左端翘起形成一个正方形，成为一座钟楼；其二是宴会厅，坐落在冬宫的左侧，有壁柱、飞檐、涡形装饰；其三是老修道院，坐落在冬宫的右侧。阿斯特安皇家剧院和阿斯代大教堂也值得一游。城市公园位于伊瓦奇国的中心。以东，位于阿斯代地区的有著名的花园带，受到公园、水池、公共纪念碑以及文化组织(PPPC)的保护。两条宽阔的绿荫大道穿过寒冷的首都，它们分别是盛大林荫道和环形林荫道。

伊瓦奇国拥有阿斯代国家电视台和几种报刊杂志，如《阿斯代时报》、《阿斯特安时报》、《伊瓦奇国宝石收藏者月刊》以及《红球拍》。伊瓦奇国只出版过一部著名小说；这部小说的英译版由灰墙

伊瓦奇国中心马术学校里的钟楼

出版社 1954 年出版。伊瓦奇国的大多数人既说伊瓦奇语，也说英语，虽然岛民和农民发“v”这个音很轻，感觉就像发的是“f”。根据传统的天主教和规范教堂的做法，伊瓦奇国最盛大的节日是圣灵降临节，但参观者应当知道，尽管圣诞节是比较次要的节日，但在这里也会得到应有的庆祝。

布里基.布洛菲，《没有椅子的宫殿：一部巴洛克小说》(Brigid Brophy, *Palace without Chair: A Baroque Novel*, London, 1978)

恶眼国 | Evileye Land

位于北极附近，那里住着一个以打猎为生的游牧部落。部落里的一些女人都有一双邪恶的眼睛。她们都是非常了不起的女巫，经常用魔法保护这片荒凉又贫瘠的土地上生活的人们。

游客应当注意，这些女人可能会对他们施展魔法，她们只需朝你瞪一下眼睛，就可以杀死你。她们的一只眼睛里有两个瞳孔，另一只眼睛和马的眼睛一样。根据报道，塞西亚地区的比蒂国和黑海南岸的古国本都生活着一个部落；这个部落里的这种女人更多。

罗德岛的阿波罗尼斯，《阿尔戈船英雄纪》(Apollonius of Rhodes, *Argonautica*, 2nd cen. BC)；老普林尼，《发现自然》

伊万帕诺玛地区 | Ewaipanoma

位于奥里诺科河的支流科亚拉河的两岸。这里有茂密的丛林，属于给它命名的那个部落的地盘。这里的土著人个个都是威猛的战士，全权控制着自己的地盘。外面很少有人见过他们；那些曾经见过他们的人这样形容他们：他们的两只肩膀里长了眼睛，胸膛中间长了嘴巴，两肩之间留着一缕长发。

沃尔特·罗利爵士，《美丽富饶的圭亚那帝国之发现》

埃克哈姆修道院 | Exham Priory

一座高贵气派的古宅的废墟，面积不大，坐落在威尔士的安切斯特村附近。这里曾经发生过一场可怕的灾难，毁掉了古宅的主人和他的5个孩子及仆人，而怀疑的阴云笼罩在他的第三个儿子身上。自此以后，这座古宅里再也无人居住，至今已过去3个世纪了。古宅建筑包括哥特式风格的塔楼，以撒克逊人或罗马人的建筑风格为基础。古宅的地基属于罗马的建筑风格，甚至是凯尔特人的德鲁伊教风格。这种地基非常独特，一边与坚固的石灰崖并连在一起，悬崖处可以俯瞰下面荒凉的山谷。

1918年，一个男爵家族的后代买下古宅，并于1923年住进这栋古宅里。这位新主人的祖先就层拥有这家古宅。新主人的猫听见古宅的墙壁里面有吵闹的声音，因此变得焦躁不安，主人和他的一个朋友决定去看看究竟。他们顺着声音传来的方向来到一段石梯前，这段石梯通向一间屋子，屋子很小，里面全是人和怪物的尸体。再往前走几步，他们发现一个洞穴，洞穴里发出微光；这个洞很高，高得看不到尽头。这是一个独特的地下世界，它结合了罗马废墟、无序而粗糙的撒克逊建筑以及英国早期的木建筑。然而在一堆枯骨面前，这些建筑就显得渺小了。枯骨的姿态如恶魔一样愤怒，它们都是一些囚犯的遗骸，这些人被古宅的老主人关起来，作为地下世界里的老鼠的食物。至今，这些凶残的老鼠依然生活在这个地下世界里。

几天以后，有人发现古宅的新主人像一只可怕的老鼠，蹲在他的朋友身边，朋友的身体已经被他吃掉了一半；这位新主人正在用他自己的罪孽涂抹他祖先曾犯下的罪。

霍华德·洛夫克拉夫特,“墙里面的老鼠”,《局外人和其他人》(Howard Phillips Lovecraft,“The Rats in the walls”, in *The Outsider and Others*, Sauk City, 1939)

埃克波塔米亚国 | Exopotamia

一个幅员辽阔的沙漠王国,有两种办法可以到达这里。其一是坐火车从巴黎到海滨,然后坐船,继而再坐火车,最后租一辆轿车或出租车即可到达;火车票和船票都需要提前预订。通常来说,坐船的人会很多,使得客船的船身几乎快要触到海底。年轻的女性游客要注意,客船的船长是一个很猥亵的老头,喜欢拧女孩子的屁股。船上的主食是清炖牛肉丁、太阳下烤得很熟的海鲜及海鲜汤。其二是乘坐从终点站开过来的975次公交车。司机在行驶途中经常会精神紊乱,他会撇开那条途经巴黎的正道,进入一条更宽阔的国家高速公路,他一路疾驰,一直开到埃克波塔米亚国;乘客不需要额外再花一分钱。

埃克波塔米亚国的天气很暖和。这里从不刮风,因为根本就没有空气,大气似乎非常清新而健康。游客行走在金色的沙滩上时必须小心,因为在沙滩上站久了就会长出根须来。

埃克波塔米亚国的植被稀少,值得一提的只有三齿稃。这是一种荆棘,常常会紧紧缠住行人的脚踝,使人感到非常痛苦。还有一种很长的爬行藤蔓,经常骚扰赤脚行走在沙丘上的人的脚丫子;如果这种植物被砍断,就会发出一股浓烈的树脂味,弥漫在大气里,而且还会流出一种很粘稠的汁液,滴落在地上。此外在浅浅的绿草里,可以发现一种黄色蜗牛,还有一种鲁米特斯(lumettes)。小孩子喜欢玩鲁米特斯,但小孩子吃了这种东西会生病。如果你踩到一只黄色蜗牛,蜗牛的贝壳会断裂,一滴心形水滴会从断裂的地方冒出来。

埃克波塔米亚国最引人瞩目的是太阳,全国各地所得的太阳光都不一样。从沙丘看过去，太阳出现在明亮的块状和暗黑的条纹的交叉之中：被明亮的条纹照亮的埃克波塔米亚国非常炎热，而那些处于黑暗条纹下的地区则非常寒冷。如果站在明亮地区的参观者把手伸进黑暗地区，手立即就会消失掉。

埃克波塔米亚国曾有一家宾馆，宾馆的老板叫约瑟夫·巴瑞左勒，昵称碧波，化名拉-比比里阿斯。这家宾馆如今已不存在，一条铁路穿过宾馆所在的位置，巨大的隧洞吞噬了宾馆的整栋建筑。

埃克波塔米亚国的人口众多，原因是这个沙漠国家的空间大，人们都愿意搬到这里来住。

鲍里斯·维安，《北京的秋天》(Boris Vian, L'Automme à Pékin, Paris, 1956)

赎罪城 | Expiation City

欧洲一座城市，坐落在一条宽阔的大河岸边，大河穿过广阔的草原。赎罪城的周围筑有高墙，高墙上只有一扇大门可以进出这座城市。赎罪城分为上城和下城。上城是政府机构、公共建筑以及商人和手艺人居住的地方；下城住的是那些需要赎罪的人。市郊有一些小房屋，带有花园和农场，那里住的是已被完全赦罪的人。下城又叫沙漠区，围墙外又筑有围墙，分成 60 个小村庄或地区，村里有士兵巡逻，村庄按性别分开。上城和下城之间坐落着 12 个小天主教堂和几个东正教教堂。

赎罪城的居民主要是一些需要或渴望受到社会再教育的人，或者是一些希望为个人在道德或精神上的缺陷赎罪的人。这些来赎罪城的人终身会被剥夺政治权利。刚开始的一段时间里，一个新教徒被关进一间名叫“坟墓”的监狱里。他以前的生活完全被抹去，30 年里，他都无名无姓地存在着；然后，牧师和法官来向他解释基督教的教义。这个新教徒从此获得了一个全新的名字，被安排住在下城。在下城里，他千万不可以说他为何而来：他的过去已被抹去，违反规定只会遭受更可怕的惩罚。新教徒的住处经常变换，以防他依恋自己的住处；这样做的目的是使他越来越相信，生活中没有什么是固定不变的，生活就是通往放逐之地的一次旅行，一个固定的居所就是对一种特别良好行为的报答。这个新教徒可以给家人和朋友写信，但他的信件要经过严格的审查。经过一段时间的赎罪，他可以回到自己的祖国。整个赎罪城都遵守独生生活和静默；城里能听到的唯一的声音就是早上和晚间的祈祷。

赎罪城的管理者是一个独裁者，他只对国王负责。独裁者的住处很像一个庞大的立方体花岗岩，前面有一个开阔的院落，后面是花园，让人想起古埃及的建筑。他的家附近就是法院，有一条单独的低矮狭窄的通道，没有窗户；监狱紧靠法院而建。下城的房屋看起来像帐篷，只有一间屋子；家具极少：一张床、一张桌子、一把椅子、一盏台灯、一只闹钟，以及一本《信徒手册》。地板是木制的，窗户上有木栅，门从外面被反锁了。这些房屋建在一个广场的三面，广场里有喷泉，中心有几棵果树；广场的第四面是主管人的住处。参观者会注意到，在整个下城里，诗人和哲学家的塑像被当作人类的恩人。

赎罪城里最主要的建筑是护城庙，护城庙没有明显的大门。参观者被蒙面带到这里。寺庙里的天花板镀了金，地板上镶嵌着图案，由许多圆柱子支撑的林荫道通向一座巨大的方形尖塔。寺庙的顶部是一个壮观的蓝色圆屋顶，由一圈女像柱支撑着。

游客需要介绍信才可以进入赎罪城，进来后会被安置在城里唯一的宾馆里，不可以单独上街。

巴兰奇，《赎罪城》(P. S. Ballanches, *La Ville des expiations*, Paris, 1907)

精灵国 | Fairyland

精灵国的位置总是在变化之中，只有那些有理由来精灵国的人才能参观这个国家，如果这些人熟悉精灵国，这个理由只有他们知道，抑或管理他们的那些精灵知道。穿过一片茂密的森林，有几条小路可以到达精灵国。这片森林附近有一间小屋，小屋的四角各有一棵大树，树枝在屋顶上彼此交叉，撑起一片阴凉。小屋里住着一个女人，女人的身上有精灵的血液。小屋的花园里可以看见花仙子，花仙子走了，花儿就凋谢了。小屋四角的大树是橡树，用来保护小屋及其主人不受邪恶的岑树的伤害，因为邪恶的岑树会把人们吓死。去精灵国必经的那片森林里，也住着其他的精灵和更邪恶的生灵，比如妖怪。他们生活在地下王国里，那里既没有大树，也没有其他植物。这些精灵和邪恶的生灵有他们自己的语言，但人类无法理解。他们像蛇一样缠绕在一起自娱自乐。

精灵国的树上结满了奇奇怪怪可以吃的果实。山毛榉有着女人一样的声音和形体，它们保护行人不受森林里妖怪的伤害；楷木可以随时变化自己的外形，为的是把人们诱惑到他的洞穴里，然后将这些受害者交给岑树。精灵国的动物对游客不构成危险，他们的语言人类也能够理解。

要穿过这片茂密的森林大约需要一天的时间。这时候，游客会看见一座陡峭多岩石的山峦。山脚下有一个小洞，洞里有一个浅浮雕，浅浮雕上面记录了有关皮格马利翁的故事。如果继续往前再走一天，游客就会来到一家农舍前，这里已经是精灵国的一部分了。游客应该看看这里的几栋有趣的建筑。比如魔鬼屋，这是一间低矮的、长长的小

精灵国南部森林里的一间小屋

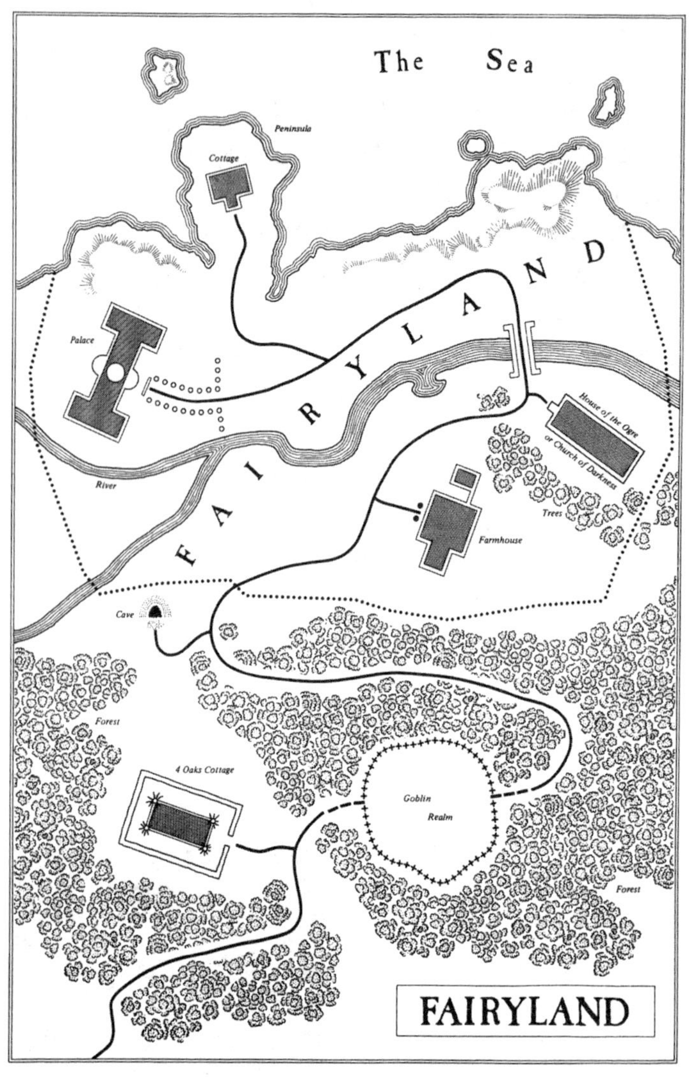
The Sea
Peninsula
Cottage
Palace
FAIRYLAND
River
House of the Ogre
or Church of Darkness
Trees
Farmhouse
Cave
Forest
4 Oaks Cottage
Goblin
Realm
Forest
FAIRYLAND

精灵国

棚屋，斜靠在空地里一棵白杨树上。如果游客走进棚屋，打开一个壁橱的门，他会发现他自己的影子，并且这个影子随时都会跟随他的左右。

精灵国的那座白色大理石宫殿坐落在河岸边，到了夜晚，白色大理石宫殿会在月光下发出柔和的光亮。宫殿的院子里有一处用斑岩砌成的喷泉。参观者会发现，那些看不见的手为他们准备好的屋子简直与他们自己的房间一模一样：大厅的天花板为蓝色，这里有一个水池，大得像一片地下海洋，里面有各种神奇的洞穴和色彩缤纷的珊瑚。图书室里的藏书很吸引人，以至于读者在阅读过程中会把自己变成游记里的游客和小说或戏剧里的英雄；如果继续读下去的话，书中的故事就会变成读者自己的故事了。另一个大厅里满是柔和的深红色光亮。这个大厅由纤细的黑色柱子支撑着；黑柱子与天花板相交，形成一个黑白相间的图案，像一片树叶上的纹理。如果有人见此心动而歌，他的歌声一定会美妙动听。大厅里还有一面有刺绣的帷帐，帷帐下面藏着一条通道，通向另一个大厅。那个大厅的天花板和地板都是黑色的，大厅的梁柱是深红色的，大厅里有一些白色的雕像，放在黑色的基座上；基座描绘的是华尔兹舞蹈的不同舞姿，让人觉得这些雕塑正在舞蹈。

参观者最好也去看看小岛上的一家农舍，穿过几条隧道就可以到达小岛。农舍很不寻常，只要壁炉里的火一直燃烧着，这家农舍就永远是白天。农舍有四扇门，分别是童年之门、叹息之门、沮丧之门和永恒之门。只要在木门上找到“＝＝”这个标记，就可以从任何一扇门走出来。

钱在精灵国没有任何用处，如果把钱给这些精灵，她们会非常生气。时间在这里似乎也比其他地方更长；在这里呆上 21 天对于游客来说就仿佛经历了 21 年。

乔治·麦克唐纳，《幻想家》(Gorge Macdonald, *Phantastes*, London, 1858)

信仰之地 | Faith, Land of

参阅布拉格曼岛(Bragman)。

伐克瑞迪山谷 | Fakreddin Valley

伐克瑞迪酋长统治的一个美丽的山谷,位于萨马拉城与伊希塔卡宫的废墟之间。山谷里生长着开花的灌木丛,有些地方被棕榈树覆盖,一栋雅致的房屋掩映于棕榈林间。整栋房屋有九扇铜门,每一扇铜门上面都写着这样的话:"这里是朝圣者的救济院,游客的庇护所,世界各地秘密的珍藏之地"。

当你走进这间房屋,主人会站在一个硕大的凹形天花板下面热情地接待你,天花板上悬挂着无色水晶灯,照得房间里明亮而温馨。这时候,冰冻果子露盛在水晶盘子里端了上来,还有其他各种美味,比如杏仁奶米饭和藏红花鲜汤。一层粉红色的薄纱遮掩了那扇通向一个椭圆形浴池和后宫的门。

伐克瑞迪山谷是那些来自中东和印度的流浪圣人的聚居地。身体有残疾和遭受其他各种磨难的人也来到这里,他们坚信伐克瑞迪酋长会帮助他们减轻人生的痛苦。

伐克瑞迪山谷周围都是荒漠,因此这个山谷就像一颗嵌在铅石里的翡翠。山谷里的一切都是那么舒适宜人,以至于山谷以西的云彩就是萨库丁(Shadukian)和安波拉巴(Amberabad)的圆屋顶,那些美丽温柔的小精灵居住的地方,她们把纯洁的心灵向天国敞开。

威廉·贝克福德,《瓦提克》(William Beckford, *Vathek*, Lucerne, 1878)

法伦矿井 | Falun

一处露天矿山,长 360 米,宽 160 米,深 60 米。

这个大而可畏的法伦断层就像“一幅张开大口的启示录景象”。矿井的入口是一面面笔直的黑墙，黑墙下面是碎石堆和滚落下来的大岩石。矿井的底部有通道，沿着通道可以进入走廊，走廊由金属架支撑着，与堡垒建筑所使用的金属架相似。这座大矿山里没有植被，也没有光线，唯有岩石堆、矿渣和令人窒息的天然气混合物，这很容易让人想起但丁在地狱入口见到的情景。

如果游客的心灵是纯洁的，他就不必害怕跟随矿工穿过这些可怕的深坑。如果他能够得到神秘的法伦女王的爱慕，他最美好的愿望就会实现。他会看到已经石化的怪物变成了真实的天堂之景；他会看到神奇的金属植物从地里冒出新芽，地面变得透明起来，植物的根须也清晰可见；一群少女尤其引人注目，她们的肢体缠绕在一起，正在树下嬉戏玩闹；她们用雪白的手臂召唤你；高高的金属树上挂满了果实、鲜花和耀眼的宝石。

女王奖赏勤劳无畏的矿工时，就会要求金属王子向她展示，暗色岩的纹理和铁矿的丰富纹理集中分布在哪里。

强大而慈爱的女王会喜欢任何一个天真纯洁而心中忧伤的人，她用耀眼的光芒照亮他，使他沉浸在幸福的海洋里。然而，如果这个人此时仍爱恋尘世间的某个女子，哪怕只有一丁点儿的爱恋，女王也会把他活活地烧死。

霍夫曼，《法伦矿山》(Ernst Theodor Amadeus Hoffmann, *Die Bergwerke zu Falun*, Berlin, 1819)

法纳迪亚岛 | Fanattia

属于太平洋东南部的雷拉若群岛，距离幽灵寻求岛不远。岛上住着堂吉诃德那样的疯子。他们坚信某些食物、饮料、衣服及姿势会对身体造成损害，因此他们像瓶中的蝎子一样彼此争斗，费劲心力想要废除这些被他们分别出来的邪恶。

戈弗雷·斯维文，《雷拉若群岛：流犯群岛》；戈弗雷·斯维文，《里曼诺拉岛：进步岛》

凡戈恩森林 | Fangorn Forest

迷雾山脉南端以东的一片古林,包括迷雾山脉最南端的梅塞德拉斯山峰(Methedras)的东坡。凡戈恩森林曾是一片更广袤的大森林的一部分,这片大森林一直延伸到中土西北部的蓝色山脉埃雷德-鲁恩山(the Ered Luin),包括现在的古林。凡戈恩森林里杂草丛生、枯枝缠绕,使那些走近它的人心中恐惧不安。有人说这片森林里没有空气,光线昏暗,令人窒息;也有人说,这样的古林会使人感到紧张而愤怒,就好像总有什么东西在监视你一样。凡戈恩森林满是邪恶和危险,这几乎人尽皆知。走进这片古林的游客要特别小心,不可轻易砍伐这古林中的树,否则会毫无意识地砍去他们自己的身体。

在中土的通用语里,“Fangorn”这个词的意思是“树须”。“树须”是这片古林的看守人;他是最老的树精,或者说奥诺德瑞(Onodrim),也就是牧树者,是中土世界里最古老的生灵。与形态各异的树种一样,树精也各有貌相:有些像栗子,皮肤呈褐色、手指张开、大腿粗短;有些像岑树,手指众多、腿长、皮肤呈灰色;有些有 3 个脚趾,其他树精的脚趾多达 9 个。尽管如此,这些树精都有一个共同的特点:他们的眼睛闪烁着绿光,显得迟钝而若有所思。总体而言,树精的身形高大,身穿灰褐色的兽皮,留着长长的灰白色或灰绿色的胡须。凡戈恩树精至少高 14 英尺,脚趾像树根,每只脚都有 7 个这样的脚趾;他们的头部硕大,几乎遮住了整个脖子,脸上留着浓密而灰白的胡须。据说,凡戈恩树精的眼睛里“闪烁着现在的光芒”,也似乎对过去怀有“极深刻的记忆和智慧”。

树精是中土最古老的居民。当小精灵们第一次在中土苏醒过来的时候,雅凡娜(Yavanna,字面意思是“果实赐予者”)召唤树精到奥尔瓦(the olvar)中来,奥尔瓦是一种不会移动的生物,相对于能够自由移动的生物——凯尔瓦(the kelvar)而言。雅凡娜担心她的这些创造物的安全,尤其是树木,因为她了解到侏儒会来,他们会大量地砍树造船。

树精们不知道自己在这片从北伊里雅多延伸到凡戈恩古林的森林里生活了多少年，他们一直看护着林中的每一棵大树。一开始，树精与树精少女和树精妻子一起生活和旅行。据说，树精妻子年轻时行动敏捷而可爱，长大成熟后，她们的背变驼了，脸晒黑了，渐渐地，她们开始各行其道：树精喜欢森林和高山，他们在那里可以找到野果，可以与大树和小精灵说话；树精妻子则喜欢森林之外的草坪，她们四处流浪，所到之处草木茂盛、鲜花盛开，犹如美丽的大花园。最后，树精妻子越过大河，把植物方面的知识传授给人类。中土第二纪时期，树精妻子从这个世界消失了。战乱时期，她们的花园也遭到毁坏，变成了荒芜之地，这就是有名的褐土地。树精寻找同伴的故事，记录在小精灵的歌谣里，树精自己不做歌谣，只是哼唱着树精妻子的名字。今天，有些树精仍然很有活力，但大多数已经昏昏欲睡，本质上已形同枯木。有些树精苏醒后十分邪恶，莫高斯的影子笼罩中土的时候，这些树精变成了那段黑暗日子的一种遗产。少数邪恶的树精生活在古林里，这样的树精大多生活在凡戈恩森林，这里弥漫着永恒的黑暗。

树精住在树精屋里。从外观和本质上讲，这些房屋之间的差异甚大。树须通常住在威灵厅，威灵厅坐落在最后的大山脚下，紧靠恩特瓦希河(Entwash)。两棵常青树犹如两根鲜活的门柱一样立于屋前，它们抬起自己的树枝让树须穿过，使他上到一块切成山边的水平空间里。无论是在哪一边，岩墙都向下倾斜成50英尺左右的高度。屋后是一个从岩石上切割出来的拱形凹壁。岩墙两侧都是大树，树枝在墙壁上方交会，撑起一片绿荫。一股水流从后墙上飞泻而下，在岩壁前形成一面精美的水幕，然后流进一个石盆，最后汇入恩特瓦希河。树精使用的家具很简单，一张石桌、一张铺着干草和欧洲蕨类植物的小床，以及两个盛满水用来照明的容器；如果被树须碰着，它们就会发出绿光，可以照亮房间和房屋后的大树。即使其他树精的住处形态各异，但也都有水流。

树精依靠树精气流生活。这是一种液体，味道像恩特瓦希河里的水，也带有森林里空气的味道。树精气流营养丰富，为树精提供强大的能量和活力。魔戒大战期间，夏尔郡的两个霍比特人就是依靠这种气流生活了好些天，结果长得比普通霍比特人高大得多。

树精没有自然死亡，尽管可能被杀死。树精的力气大得吓人，他们能把铁块握成薄薄的锡片，能用手指和脚趾捏碎岩石，感觉就像是在捏面包一样。树精的皮肤厚实而粗糙，可以避免箭矢的伤害。斧头的重击可能伤到他们，但没有哪一个能有机会第二次举起斧头。树精虽然强大如此，但在火焰面前却不堪一击。

树精非常警觉，他们说话语调缓慢，做任何决定都需要很长的时间，这也许与他们的年龄、智慧以及对事物复杂性的认识有关系。他们不会激情似火，唯一能激发他们情感变化的就是威胁，某种可能威胁他们和树木的东西。一旦意识到有这样的威胁存在，他们的变化大得惊人，立刻从迟钝、死寂和昏睡中醒来，变得十分凶残和野蛮。

树精的语言拖沓冗长，极其难学。这种语言缓慢多重复；其间似乎缺少某种可以与具体内容相分离的事物的概念。因此树须在说自己的名字时，就好像在讲一个冗长的故事：随着生命的延续，他的名字也会慢慢地生长。据我们所知，树精的生活在《夏尔人的红皮书》有过描绘，树须把他的"a-lalla-lalla-rumba-kamanda-lindor-burúmë"翻译成"我们依凭的那个事物，在美好的清晨，我站在那里，放眼望去，想起树林之外的绿草、马匹、白云，以及绵延的世界"。记录这个例子的两个霍比特人告诉树须，这其实就表示一座小山。树须的回答很能代表树精的特点。他说："这么一个仓促的词，竟然用来形容一种自世界形成以来就存在的事物。"

树精的知识古老而博大。他们以精灵自封，因为他们认为自己比人类更能理解其他事物，而且也没有人类那么自以为是；他们也把自己当作人类，因为他们比小精灵更能适应环境。他们比人类和精灵更优越，他们的生活更稳定，更能够长久地记住事物。

凡戈恩森林也是奇怪危险的胡恩斯的家园。有人认为胡恩斯也是树精。他们野性十足、行动迅速,可以躲藏在自己的影子里。他们分散于凡戈恩森林和附近的溪谷里,看护着那里的树林。在魔戒大战期间,他们与树须率领的树精一起,与人类并肩作战,在战斗中发挥了极大的作用。

人们认为树精妻子消失之后,树精古老的种族也正在消失。不过,也有预言称,在将来的某一天,树精和树精妻子会再次走到一起,当他们彼此失去一切的时候。

托尔金,《魔戒首部曲:魔戒现身》;托尔金,《双塔奇谋》;托尔金,《王者归来》;托尔金,《精灵宝钻》

想象王国 | Fantastica

没有边界,关于这个地方具体的地理环境,我们尚未获得比较准确的描述,因此更不可能为它绘制一幅地图。想象王国的村庄、河流、海洋和高山的位置都在不断地变化之中,甚至它在罗盘上显示的位置也会不断发生变化。既然这个地方不可测量,"远"和"近"也就只是非常主观的概念,天时和季节也是如此。而且,它的季节也是我们按照这个世界之外的法则来规定的:炙热的沙漠附近可能发现冰冻状态的极地景观。

想象王国的地理特征复杂多样,这里有树林、沼泽、高山、峭壁和一条所谓的大裂谷;大裂谷宽半英里,几乎把想象王国一分为二。沼泽当中有臭名昭著的霉沼和伤心沼。霉沼位于泡沫湖边,那里经常出现灵光(will-o'-the-wisps)①。想象王国的山脉有迷人的命运山、银山和死山。想象王国的居民各不相同,彼此之间并不友好。微族人把城市建在树枝上,小屋用绳梯、楼梯和滑梯连接起来;嚎叫森林里住着树皮巨怪,这些怪物长得很像树桩;所谓的岩石咀嚼者也住在那里的一座山上,他们会慢慢地吞掉那座山(山上

① 一种民间说法,即夜晚或半夜时在沼泽地里出现的一种拂动的灵光,很像闪烁的灯光,如果有人走近,灵光就会后退。

已经满是洞穴，整座山看上去就好像一片瑞士奶酪）；还有一种生灵，他们的身体是火，穿行于火蜥蜴城的火焰街上；还有萨萨弗拉尼地区（Sassafranians）的居民，他们出生的时候就已经衰老无比、死时又回到幼年时代。

如果游客想去想象王国，别忘了欣赏歌唱树之国、艾瑞波（Eribo）的玻璃塔、银山背后的草海，以及姆瓦马斯（Muwamath）的丛林寺庙，寺庙的月光石柱在空中不停地摇摆着。夜森林佩里林（Perilin）里有一种奇特的自然景观，正等待着游客去观赏，这种景观在黎明时会变成色彩沙漠葛布（Goab）。植物学家千万不可错过食肉果树园；这个果园属于霍洛克城堡（Horok Castle），霍洛克城堡是这里最了不起的女巫的家，参观者最好不要见到这个女巫。

幽灵城是想象王国最大的城市之一，坐落在幽灵地区，幽灵地区规模庞大的宫殿很多，宫殿的正面装饰着大型的画像，上面是魔鬼和骷髅的形象。

幽灵城是一座被废弃的城市，城里的居民被施了催眠术，他们失去了一切希望，绝望地跳进不断膨胀的虚空而死。

想象王国最美丽的地方是银城阿马甘斯（Amarganth）。阿马甘斯城里住着最古老的人类，统治这座城市的是年龄最大的老人，这个老人可以是一个男人，也可以是一个女人。阿马甘斯城建在一个紫蓝色的湖上，湖的四周是森林密布的山丘。银城的房屋建在船上，如果有朋友想搬来一起住，只需要把船移过来，如果他们变成了敌人，也只需要把船移到别处即可。船与船之间有街道和桥梁连接，驳船上建造了更大的宫殿，运河上穿行的小船是用银子做的，房屋的窗户、走廊和塔楼也是用银子建成的。为什么要使用银子呢？因为只有银子能够抵挡泪湖的湖水；湖水很咸，敌人还没有靠近，就可能被这样的湖水顷刻间“吞掉”，不管是敌船还是其他的配备，都逃脱不了这样的命运；只有银子能够抵抗泪湖的侵蚀。

如今，银城变成了一个旅游胜地，这里最引人注目的是图书馆，坐落在一艘圆形船里的一只大银盒里；无窗的墙壁上摆放着几层图书，估计有几千册，其中包括诗人巴斯蒂·布克斯(Bastian Balthasar Bux)的全集。

想象王国的统治者是一个稚气十足的女孩，住在一座象牙塔里。象牙塔像一块锥形糖，坐落在辽阔的平原上，许多花圃、篱笆和小径在此交错，整个景象看起来像一座迷宫。象牙塔的宫殿扭曲得像一只蜗牛壳，这是用最好的象牙做的。象牙被雕刻成大门、楼梯和小屋，小屋带有壁橱和小塔楼，这些建筑都紧紧地依靠在一起。主街越来越窄，按照螺旋方式环绕着塔楼。房屋上面是圆形的宝座室，最顶端是女王的寝宫，建造在一个木兰花形状的亭子里。没有路、也没有任何楼梯可以进入女王的寝宫，去过的人也想不起来他是怎么顺着光滑的寝宫边缘上去的。

想象王国是世界上最依赖旅游业的国家，如果没有游客，这个地方将被四周的虚无吞噬。所幸的是，只需要一个游客就可以使它再次恢复元气。

游客应当注意，想象王国容易迷惑人的意志，因此不可以在此久留，否则会使他忘却自己的身份，永远在此堕落下去；这样的游客就住在老皇帝之城，那里只有疯狂和荒唐。

最后需要说说几个曾到过想象王国的杰出人物，最早的有荷马、拉伯雷和某个名叫希克斯培的人；其次有博尔赫斯、托尔金、路易斯、马格丽特、达利(Dali)、阿尔钦博托(Arcimboldo)，以及众多其他的作家。

迈克尔·安达，《无尽的历史》(Michael Ende, *Die unendliche Geschichte*, Stuttgard, 1979)

凡第波王国 | Fantippo

位于西非，首都也叫凡第波城，坐落在凡第波河的河口；凡第波河最后汇入距离尼日尔河河口以东五、六十英里的贝宁海湾。凡第波城灯火通明，是一座快乐之城，与普通的欧洲城市差不多大。凡第波城虽坐落在河口，却不是重要的港口，因为出入河口的船只很少。

凡第波王国最有名的是邮政系统和圣诞节的庆祝方式，尽管它不是基督教国家。邮政系统是柯克国王引进的，欧洲的邮政系统深深地吸引了柯克国王，使得他立即决定模仿这种制度。邮票印发出来了，街道的各个角落也设置了邮箱，但是这种邮政制度一开始并没有发挥作用，人们虽然相信邮票的魔力，却没有看到需要专业邮递员这个事实。柯克国王也意识到了这个问题，他马上纠正错误，引进邮递员的制服，分派自己的人去做邮递工作。然而，从英国引进的这套制服并不合适，因为这套衣服穿在凡第坡王国的邮递员身上太热了，于是他们改进了这套制服，把它变成一顶小帽、一串珠子和一个邮件包。如此一来，从欧洲引进的这套邮政系统开始发挥作用，而且很快就流行开来。从某种意义上讲，正是这种流行导致了它的衰落。人们太迷恋邮票，开始用邮票做衣服；这种邮票外衣很快就变成了价值连城的稀罕物。凑巧这时候欧洲两个集邮爱好者来到凡第坡王国，他们专为一种 2.5 便士的凡第波红邮票而来，这种邮票不再印发，因为国王觉得邮票上自己的样子不太好看。这两个欧洲人上了岸，看见自己正苦苦寻找的邮票就缝在那群帮他们搬箱子的工人的衣服上，他们立即出高价索要。柯克国王听说了此事，开始思考收藏家赋予邮票的价值，他不再为服务邮政而发行邮票，只为收藏而印发。邮政服务渐渐被忽视，凡第波王国开始大量出口邮票给国际邮票收集市场。

约翰·杜利德博士克服了这种邮政服务的困难。他在探险期间来到凡第波王国。在他的引导下，一种新型邮政系统建立起来，那就是用小鸟做邮递员。一种分拣邮件服务为动物和小鸟建立起来，总部设在一艘距离无人岛(No Man's Land)①不远的游艇上。海外邮政服务尤其完备而快速，因为这种服务采用候鸟送件，一封信从到达美国到收到回信只需 24 小时。

圣诞节的庆祝活动就是共建邮政服务的直接结果。被带到凡

---

① 后面词条的拼写是：No-Man's-Land。

第波王国负责组织信件发送的一只伦敦麻雀了解到，由于凡第波王国不庆祝圣诞节，鸟儿邮递员都收不到圣诞礼物，因此很不高兴。于是这只伦敦麻雀和其他送信的鸟儿一起拒绝继续分送邮件，直到凡第波王国引进圣诞节和圣诞节礼物为止。每年圣诞节互送礼物的习俗由此形成，这足以让来到凡第波王国的第一批传教士感到惊讶。那只了不起的伦敦麻雀还提建议，要求在凡第波人的房屋前放一个邮箱。

杜利德博士的另一项改革是建立一个气象局，使用高飞的鸟儿为气象观察员。这个系统非常成功，它鼓励凡第波人建造大船，航行到更远的地方去，因为他们以前总是害怕航行时会遭遇海上风暴。

休·洛夫丁，《杜利德博士的邮局》(Hugh Lofting, *Doctor Dolittle's Post Office*, London, 1924)；休·洛夫丁，《杜利德博士和神秘湖泊》(Hugh Lofting, *Doctor Dolittle and the Secret Lake*, London, 1949)。

法兰杜拉王国 | Farandoulie

面积广袤，位于澳洲墨尔本的废墟附近，创建者是一个名叫萨托尼诺·法兰杜拉的法国人，他不幸落入海盗手里，后来被猿猴救起，被它们带到婆罗洲附近的一座岛上。19 世纪末，萨托尼诺·法兰杜拉入侵澳洲东南部的维多利亚州，打败了那里的英军。

法兰杜拉创建了一个国家，自称萨托尼诺一世。在法兰杜拉的这个王国里，人的法律和猿猴的法律相同，两只手的动物可以与四只手的动物和谐相处。萨托尼诺一世想征服印度，解放亚洲的猿猴，这个宏伟计划最后落空，因为英军使用美人计，在萨托尼诺一世的 5 万只猿猴大军面前摆上苏格兰威士忌和英国姑娘，猿猴大军因此堕落，军心涣散。

今天，参观者还能看到法兰杜拉王国美丽的首都，它坐落在墨尔本的蓝图上。墨尔本遭到毁坏，萨托尼诺的军队抢占了墨尔本的水族馆，为了拯救他所爱的一个女人；这个女人当时遭到大生物学家的绑架。有关这次战斗的真实情况尚不可知,但如果澳洲的历史可以最终得到书写的话,这些事实肯定也会真相大白。

阿尔伯特·洛必达,《萨托尼诺·法兰杜拉的奇异历险》(Albert Robida, *Voyages Très Extraordinaires de Saturnin Farandoul*, Paris, 1879)

法吉斯坦王国 | Farghestan

位于赛尔特斯人之海的对面,与奥森纳王国隔河相望。法吉斯坦的首都是拉各斯城,建在坦格瑞火山(Tangri)低矮的山腰处。长时间以来,坦格瑞火山都被当作一座死火山;这座火山最近又有活动的迹象。拉格斯城也是法吉斯坦重要的港口,进入这个港口的通道有暗礁保护。

300多年来,法吉斯坦一直与奥森纳王国交战不休,由于不涉及严重的利益问题,双方后来的冲突逐渐变少。这两个民族之间的仇恨主要源于法吉斯坦的海盗对奥森纳南部海岸的袭击和报复。在过去,他们的报复主要是围困和轰炸拉格斯城,奥森纳今天依然在庆祝这个节日。

拉各斯城大法官的印章图案是一头口吐火焰的怪物与一条蟒蛇相缠绕的状态。

于连·格拉克,《沙岸风云》(Julien Gracq, *Le Rivage des Syrtes*, Paris, 1951)

胖子王国和瘦子王国 | Fattipuff and Thinifer Kingdoms

位于枫丹白露的森林下面。游客如果想参观这两个国家,应该去枫丹白露城堡附近的孪生岩,那里有一段长石梯,沿着石梯可以下到地球的内部。整个地下世界里有巨大的气球照明,这种气球里充满了耀眼的蓝色气体,飘浮在地下天空里,使山崖间壮观的建筑看起来灿烂而辉煌。

长石梯的底端有一个小码头，与一个大海湾相邻；这里有两艘客轮可供游客选择，分别是涂成红色的胖船和使用发光的钢铁做的瘦船。红色船的船长强壮敦实，这艘船开往胖子王国的胖子城堡；钢铁做的那艘船的船长干瘪而倔强，这艘船驶向瘦子王国的首都瘦子城堡。

我们不可以把胖子和瘦子混为一谈。胖子热情好客、生活幸福，他们活着就是为了吃喝玩乐。在他们的王国里，任何东西都是圆的，都有衬垫，他们的建筑不拘一格，他们的艺术属于巴洛克风格。瘦子则相反，他们骨瘦如柴，样子十分可怕，身体像钉子一般坚硬，像奶油冻那样褐黄；他们生活匆忙，吃得少，除了水什么也不喝，工作直到疲倦不堪为止。他们自认为这种生活方式给了他们最好的世界，并鼓励来这里参观的游客效仿他们的行为。

几个世纪以来，胖子和瘦子一直都是不共戴天的仇敌。胖子王国与瘦子王国之间隔着一片海，海水中心有一座岛屿，胖子把它叫胖子岛，瘦子把它叫瘦子岛。为了避免产生混淆，我们最好把这座岛叫作“粉红岛”，游客在对这两国居民谈到这座岛屿的时候，最好就用这个名字。

安德烈·莫洛亚，《胖子王国和瘦子王国》（André Maurois, *Patapoufs et Filifers*, Paris, 1930）

仙子岛 | Fay, Island of The

美国的高山某处有一条瀑布，瀑布附近有一条河，河里有一座圆形小岛；小岛上绿草幽幽，清香四溢，偶有长春花点缀其间；岛上的绿树柔软、愉快、挺拔、明亮、纤细，优雅如东方人；树皮光滑而色彩斑驳。这座岛屿的东端笼罩在漆黑的阴影中，那里有众多难看的小山丘，可能是仙子的坟墓。仙子的生命短暂；她们从光亮走进阴暗就好像从夏走到冬。

爱伦坡，“仙女岛”，《故事集》（Edgar Allan Poe, “The Island of the Fay”, in *Tales*, New York, 1845）

羽毛岛 | Feather Island

位于印度洋。1784年,法国哲学家兼旅行家埃图瓦勒骑士发现了这座岛屿,他第一次从热气球里看见了这座岛屿的形状。羽毛岛的四周巉岩林立,成为保护它的天然屏障;羽毛岛是一个诱人的旅游胜地,岛上的空气清香四溢,树上的花儿芬芳馥郁,水晶般的溪流清澈见底。羽毛岛上的居民都是女人。

有趣的是,在羽毛岛的上流社会里,女人身上不生毛发,只有羽毛,不同的等级按照她们身上羽毛的颜色来分辨;她们认为毛发是粗俗的污点,只有下层社会的女人才生长毛发。羽毛岛上的女人从不生病;她们永葆青春,但1000年之后,她们会被蒸发掉。地位高的女人是从稀有的鸟蛋里孵化出来的,做仆人的女人从毛虫蛋里孵出,因此她们身上生长毛发。天蓝色女王是从凤凰蛋里孵出来的,她可得永生;她美若天仙,看起来永远只有18岁,皮肤呈淡紫色和玫瑰色,眼睛又黑又大;那位法国探险家来到这座岛上的时候,女王已经650岁了。

游客应该去看看天蓝色女王的宫殿。这座宫殿里的所有房间都是用羽毛做装饰,这些羽毛被精心排列成迷人的图案。房间的门上和地板上也覆盖着羽毛,屋里的家具也不例外。女王的寝宫里珍藏着数量丰富的宝石。游客如果碰见了这位女王,必须按照宫廷礼节跪拜她。

那位法国旅行家刚来到羽毛岛的时候,由于头发太长而被当作一个女人。后来,他被看作是岛上一只神圣的凤凰转世,岛民们还为这只凤凰建造了一座寺庙。羽毛岛的居民生活奢靡,旅行家越来越感到无聊,因此一年后离开了羽毛岛;然而,对他来说,这一年恍若过了五、六年。羽毛岛上的时间走得很慢,岛上的女人都染上了致

来自羽毛岛上流社会的一根羽毛和皇室鸟蛋

命的倦怠气息。尽管做仆人的女人也无聊至极，但当她们了解到宫里的女人更无聊时，她们的心里就多了一丝安慰。

芬尼·德·博阿尔内，《新发现的岛屿上真诚而友好的关系》(Fanny de Beauharnais, *Rélation très véritable d'une isle nouvellement découverte*, Paris, 1786)

同盟山 | Federal Hill

位于美国罗得岛的普罗维登斯的西区。这是一个幽灵一样的山丘，上面挤满了房屋和尖塔，城市的烟尘笼罩着它。

游客应该去看看“自由意志”教堂，或者叫星光智慧教堂。博文教授从埃及回来后想创建一个教派，于是在 1844 年 5 月买下了这个教堂。1846 年，普罗维登斯的 3 个公民神秘失踪，人们纷纷谈到一块不圣洁的水晶石，名叫“闪光的四边形体”(Shining Trapezohedron)。[①] 1848 年，又有 7 人神秘失踪，人们开始传言教堂里血祭的事。1853 年，奥玛里教父倾听了弗兰西斯·菲尼的死前告解。菲尼是 1849 年加入星光智慧教派的。他在告解中说，闪光的四边形体水晶石是博文教授在考察古埃及遗址时发现的，星光智慧教派用魔法召回一种在光亮下不存在的神秘实体。闪光的四边形体水晶石能帮助星光智慧派的成员看到其他的世界。他们把这个想象出来的实体叫作“黑暗猎手”，这个实体让他们知道了一些令人难以承受的秘密。1869 年，又一个爱尔兰青年神秘失踪，此后不久，爱尔兰的一个年轻暴徒袭击了星光智慧教堂。1877 年，又有 6 人失踪，普罗维登斯市长宣布关闭这座教堂。

直到 1935 年，星光智慧教堂再次引起公众的注意。一个个扑

---

① 一块来自遥远的犹格斯星球(Yuggoth)的水晶，在人类出现之前便被上古之神带到了地球上。随后辗转于瓦拉西亚蛇人和亚特兰蒂斯原有居民的手中，最后为埃及法老 Nephren-Ka 所得。千面之神奈亚拉托提普的化身之一“黑暗猎者”就藏在这枚水晶里。这枚水晶记载了无数有关宇宙起源和上古之神的知识，而其本身就是一扇通向无尽时空的神秘之门。

朔迷离的事件(包括一场袭击普罗维登斯市的可怕风暴)发生之后,一个名叫罗伯特·布莱克的人一心想要找到这些神秘事件背后的原因,结果在一次恐怖爆炸事件中丧生。对于此事,官方没有作出任何的解释,但有关古老的可怕仪式的谣言却在普罗维登斯市渐渐传开。

霍华德·P·洛夫克拉夫特,"黑暗猎手",《局外人和其他人》(Howard Phillips Lovecraft,"The Haunter of the Dark", in *The Outsider and Others*, Sauk City, 1939)

幸福岛 | Felicity Isle

位于爱琴海,统治这座岛屿的是幸福女王,也就是人们熟悉的特奥妮。幸福岛多天然屏障,有巉岩峭壁,奔腾的激流,残暴的老虎、狮子和豹子,岛上的每一朵玫瑰里都藏着一条毒蛇。

如果游客走进特奥尼的王国,就会发现这座岛屿被尘封在永恒的当下之中。岛上的一切都不会变老;岛上没有疾病,没有焦虑,也没有恐惧;空气中总是弥漫着琥珀凝露的清香;橘树总是调节着太阳的热量,溪水里总是花影重重,园中总是果实累累,鸟儿在低语,天空总是漆黑一团。幸福岛上住着永远年轻的仙子,年龄最大的只有15岁。

特奥尼的宫殿是用黄金做的。宫殿入口的一根圆柱子上刻着一段话,劝诫那些不忠的情人走开。女王与自己心爱的情人在这座岛上幸福地生活了300年。300年之后,心爱的男人离开女王,女王悲痛欲绝,然后用了2000年才克服了不忠的男人带给她的痛苦。难怪特奥尼的宫殿不对外开放。

芬尼·德·博阿尔内,《幸福岛与特奥尼》(Fanny de Beauharnais, *L'Isle de la Félicié ou Anaxis et Théone*, Paris, 1801)

费利多岛 | Felido, Island of

参阅加利纳科王国(Gallinaco)。

菲利马斯岛 | Felimath

参阅孤独岛(Lone Islands)。

菲利尼亚王国 | Felinia

与空空的地心中间的普鲁托大陆的诺兰德王国和班诺斯帝国相邻;与普鲁托大陆的其他国家一样,菲利尼亚王国的一切都要比地球表面的小得多;菲利尼亚王国的居民身高不足两尺半。

菲利尼亚人生性好奇,他们的主要智力兴趣是神学和法律,他们在这两方面的著作不计其数。菲利尼亚人特别喜欢解梦,他们相信梦境可以预知未来和公共彩票的中奖结果。这种对梦境的过度迷信最终导致了不可估量的破产。

菲利尼亚王国的宗教建立在预言家布尔玛的教义基础之上。人们只崇拜飞鸟和动物;他们一直生活在精神的黑夜里,直到有一天布尔玛的到来,他们才看见了光明。布尔玛采取的第一个行动是打开一个鸡蛋,使一只鸟从蛋壳里飞出来;布尔玛以此阐明,灵魂脱离死亡的躯壳和永生的道理。在布尔玛所行的神迹当中,最让人印象深刻的是他命令一棵橡树沉到地下,结果从橡树沉下去的地方升起来一股粉红色的喷泉,接着又升上来两股喷泉,分别呈蓝色和金黄色。人们在喷泉的周围建造了一座寺庙,参观者每天都可以在这里欣赏一个小时的彩色喷泉,今天依然如此。游客如果想买这种喷泉的模型,看管这座寺庙的 60 个祭司就会把装有彩色泉水的瓶子卖给他们。

布尔玛行了彩色喷泉这个神迹之后就走了。临走的时候,他说 3 天以后就回来,接着就被一头长着翅膀的大象驮着去了天国。回来时,布尔玛带回一本《圣书》,这本书变成了菲利尼亚宗教的基本教义;但也有人对此表示怀疑。为了阐释自己的理论,布尔玛把 10 个好男人带到菲利尼亚南部一座荒芜的高山上,并告诉他们,他会帮助他们进入天国。布尔玛给这10个好男人戴上金属帽子；他们一戴上帽子就嗖的一下飞到了天空，转瞬之间就不见了，此后再也没有回来。这样的金属帽子后来变成了一种自杀工具，寺庙里的任何一个祭司那里都可以买到这种帽子。

布尔玛的教义以那头有翅膀的神像和看护天堂之门的雄鹰为基础，他们的崇拜也是如此。菲利尼亚最重要的宗教遗址是圣象宫。这座宫殿建造在贫瘠的山腰上，宫殿里养了一头蓝色大象，据说是那头带着布尔玛去天国的圣象的直系后代。热心的动物学家可能会感到失望，因为他们最近的考察表明，宫殿里的这头圣象只是一头涂成蓝色的普通大象。

与这头圣象的把戏如出一辙的是，布尔玛创造的飞翔神迹似乎也有令人信服的解释。菲利尼亚刚好处在从地球表面到地心普鲁托大陆的南极通道之下。附近的铁山磁力强大，强大的磁力会把那些戴金属帽子的人吸引过去，从而使他们最终可以到达地球的表面。这充分表明，非洲的俾格米人和几个国家的山地侏儒实际上就是菲利尼亚人，他们就是通过这种方式来到地球表面的。

菲利尼亚是英法两国的海员1806年发现的，他们当时在北冰洋附近遭遇了海难，被困在从北极到普鲁托大陆的路途之中。穿过几个国家以后，他们来到了菲利尼亚。在听说了这些传奇之后，他们很快明白了其中的奥秘，于是决定利用铁山的巨大磁力回到地球表面。他们找寺庙里的工人为他们制作了金属帽，然后戴上金属帽飞回了地球的表面。他们到了南极周围的高山上，最后到达南冰洋，在新荷兰的某处着陆。如果去了菲利尼亚的游客想从那里回来，就可以采用这种办法。

无名氏，《地心旅行记》或《陌生国度历险记》

菲尼拉里岛 | Feneralia

属于太平洋东南部的雷拉若群岛。岛民是从里曼诺拉岛驱逐到这里来的破产者。菲尼拉里岛上几乎寸草不生，为了谋生，这里的岛民不得不做海盗。他们跑到其他岛上,要求以高额利润贷款,最初他们还会还款,后来干脆带着巨款溜之大吉。

戈弗雷·斯维文,《雷拉若群岛:流犯群岛》;戈弗雷·斯维文,《里曼诺拉岛:进步岛》

费尔丁纳之岛 | Ferdinand's Island

面积比较小,属于西印度群岛。岛上有森林、草地、农田和潺潺流淌的溪水。一群绵羊或几只小鸡就可能把游客带到一处茅屋旁。茅屋的主人是一个德国水手,遭遇海难后就到了这里,在这里一住就是 30 年。他把自己在这座岛上的生活做了全纪录,包括岛上的气候、农业状况以及其他一些有用的建议,对初来这里的游客会很有帮助。

18 世纪中期,一些奴隶被风暴吹到这里。也许今天,他们的后代还生活在这座岛上。这座岛上从未发生过任何争斗。

约翰·迈克尔·弗莱舍,《北欧人罗宾逊》(或一个天生的诺曼人的奇异之旅和异乎寻常的幸运事件。沃德玛·斐迪南以一种特殊方式来到一个此前仅有一人居住过的岛上,并且在岛上逗留了相当一段时间,最终却在经历了许多倒霉事儿之后幸运地重返自己的祖国,此外还有不少发生在其他人身上的奇事,这些均由 Selimenem 整理出来,供人们在空余时间里消遣)(Johann Michael Fleischer, *Der Nordische Robinson*, Copenhagen, 1741)

弗古斯城堡 | Fergus

弗古斯伯爵的住宅,坐落在卡姆河的一座小岛上。城堡内宽敞明亮,通风效果极好。水流湍急的卡姆河相当于城堡的天然护城河,河上面有可以闭合的吊桥,由两个吊闸门守护着;因此城堡周围不必修筑坚固的高墙和防御堡垒。

弗古斯城堡及其周围地区曾经受到一个巨人的威胁,这个巨人就是愚蠢而孩子气的陶鲁德。他吃掉犁地的马,土地因此而变得荒芜，审慎的游客也不愿意再来这座城堡。巨人自以为得到了一件可怕的宝贝，由于识别能力太差，他把一些破碎的陶器当作金银和珠宝搜集起来。陶路德后来死在卡默洛特城堡的骑士马哈特爵士的剑下。马哈特爵士在阿若伊森林里遇见了一个女子，他被这个女子带到了弗古斯城堡。马哈特爵士并不想杀死巨人，觉得他很可怜；然而，巨人在攻击他时丝毫不给他逃生的机会。巨人死后，弗古斯城堡里再没有人居住过。如今，这座城堡变成了一个安全而有趣的旅游胜地。

约翰·斯坦贝克，《亚瑟王与骑士行传，取材自托马斯·马洛礼爵士的温切斯特手稿和其他相关资料》

菲里斯兰岛 | Ferisland

属于南大西洋中的一座大群岛，与格诺提亚大陆的海滨地区相望；岛上住着一个嗜血的部落。菲里斯兰岛上灌木丛生，灌木丛中有一个圆屋顶，有 9 根柱子支撑着，屋顶的上空飘扬着一面红旗。圆屋顶的下面是一间宽敞的地下室，经过一道活动板门可以进入。屋内有一座古墓，是阿格拉甘托乌斯王子的坟墓；这位王子掌握了非凡的黑色巫术。他的画像就挂在墓碑上，上面写着他的预言：将来某一天，这些人当中会产生一位伟大的征服者。王子在这里出现之前，这座岛上一直没有国王，岛民只推选了一个总督来管理他们。

阿格拉甘托乌斯王子的古墓

这里值得一提的是，他们任命未来国王的方式和选举程序可能会使那些不够警觉的游客感到震惊。他们把一个年轻外国人的心从他的胸口掏出来，研成粉末，任何人如果毫不犹豫地喝下这种粉末兑的水，而丝毫不感到恶心的话，他们就决定让他与世界上最美丽的女人结婚，按照他们的标准，这对夫妻所生的孩子就是他们将来的国王。由于这种诡谲的迷信说法，许多年轻男子被挖了心，他们的尸体变成了岛上各条道路上的装饰，海盗把外国人卖给这里的岛民，换取他们的黄金和珍珠；他们的生意做得红红火火。

菲里斯兰岛上没有囚犯，因为这里的居民相信，如果他们必须与囚犯分享同样的空气，可能会遭受毒害。好奇的游客应当瞧瞧这里的岛民抬送总督的仪式；总督坐在树枝座椅上，身上裹着狮子皮，头上戴着羽毛头巾。

路易·阿德里安·迪佩龙·德·卡斯特拉，《命运与热情剧院》(Louis Adrien Duperron de Castera, *Le Theatre Des Passions Et De La Fortune*, Histoire Australe, Paris, 1731)

菲斯屯城堡 | Festenburg Castle

参阅泽恩达镇(Zenda)。

菲格勒非岛 | Figlefia

又叫“爱情岛”，属于太平洋最南面的雷拉若群岛。岛上最早的居民来自里曼诺拉岛，他们是一些被放逐到这里来的好色之徒，他们的生活淫乱放荡，经常绑架和奴役雷拉若群岛其他岛上的女子。他们实行一夫一妻制，但会经常背叛妻子，与朋友之妻通奸。

菲格勒非岛上的居民被其他岛上的人当作敌人，他们的代理人会遭到害虫一样的捕杀。然而，他们相信，自己的使命就是重新让地球充满活力。他们采用的办法就是杂交和有选择性的绝育。为了使人口锐减，他们故意使瘟疫泛滥，瘟疫的传播者就是斯乌纳瑞岛上的女奴。

戈弗雷·斯维文，《雷拉若群岛：流犯群岛》；戈弗雷·斯维文，《里曼诺拉岛：进步岛》

芬格斯沃德王国 | Fingiswold

位于瑞里克王国以北，阿卡玛王国的东南部。芬格斯沃德王国与瑞里克王国之间是荒凉多风的地峡，即有名的荒野；芬格斯沃德王国与阿卡玛王国之间是冰雪皑皑的高山。芬格斯沃德王国境内多山，据说首都瑞尔芒城以北的山脉是世界上海拔最高的地方。

芬格斯沃德王国的历史充满了暴力战争、背信弃义和被破坏的联盟。在首都举行叛乱活动的贵族遭到放逐，他们到了阿卡玛，在那里建立了阿卡玛王国，与芬格斯沃德王国之间关系敌对。芬格斯沃德王国曾遭到他们 3 次入侵，首都瑞尔芒城也曾两度被占。

埃迪森，《情人的情人》；埃迪森，《梅米森宫里的一顿鱼餐》；埃迪森，《梅泽恩迪大门》

费纳瓦尔王国 | Fionavar

地点不确定。如果不借助神灵的帮助，我们只能采用巫术到达这个王国。我们要么依靠魔法委员会的魔法；要么依靠母亲女神达娜的女祭司，请求她们轻轻地拍打我们一下，我们就可以进入地球的最深处了。

费纳瓦尔王国的地理环境多样，相信游客会非常感兴趣。费纳瓦尔王国的南部天气晴朗，土壤肥沃，这使得卡萨尔王国变成了一座真正的花园，其中最明显的莫过于拉莱-瑞噶尔的夏宫，是由塔拉森统治时期的天才 T'Varen 设计的，花园筑有围墙，整个花园方圆几英里，非常壮观；花园里有各种各样的动物和植物，在费纳瓦尔王国的其他地方看不见这样的动物和植物。花园之间被溪流隔开，溪流上有 9 座桥，每一座桥代表卡萨尔王国的一个具有历史意义的行省。在拉莱-瑞噶尔系列花园的南围墙附近，可以发现巨大的七弦琴树；传说这里就是布瑞宁王国的迪阿姆德王子和卡萨尔王国的萨拉公主见面的地方，这件事情发生在反抗拉克斯-马格姆的第二次战争之前的最后几天。

好奇的游客最好别忘了去尝尝这个花园王国颇受赞誉的利口酒(m'rae)和一种冰冻果子露,否则就枉来一趟卡萨尔王国了。

如果沿着西北方向去布瑞宁王国,就必须乘驳船去,然后穿过塞纳恩和瑟瑞斯这两座滨海城市之间的水域;这样就不会错过从拉莱-瑞噶尔夏宫出发、向北经色瑞恩河的峡谷时所见到的壮观景象。这座峡谷不可穿越,但如果是训练有素而又准备充分的登山爱好者,想要穿过这个峡谷也不是不可能的。

布瑞宁王国的气候温和(除了历史上的某些危险时期)、农田的面积广阔。最大的城市名叫帕拉斯-德瓦尔,与建在城市东北部的山坡上的那座皇宫同名。德瓦尔城可以向费纳瓦尔王国提供最好的产品,尤其是它的工艺精美的布匹,比如桌布、挂毯、厚厚的运动衫以及外套等等。此外,德瓦尔城还盛产啤酒,酒馆的数量多得惊人,其中的"黑猪"酒馆最值得推荐给游客,这家酒馆在历史上与迪阿姆伊德王子和其他的名人紧密相关。

进入德瓦尔宫殿,游客一定要去看看托马兹-拉尔设计的大厅,这个大厅共有 12 个大廊柱,地面镶嵌着美丽的图案,大厅里随处可见挂毯和迪勒万名副其实的有色玻璃窗。参观大厅最好是在日落之时,即当晚霞映照在大厅的西窗上,那是大厅的景致最美的时候,这时候会出现科纳瑞和克兰,他们是第一次反抗马格姆(比尔-兰加特)时的至尊王。

德瓦尔城以西是摩尼尔树林,或者叫神林,那里建了夏树,它总是与布瑞宁王国的至尊王的命运和权力紧密相关。神林和夏树不可以随便进入,没有特别的批准,游客绝不可以到这里来。

布瑞宁王国最东边的格温-斯特拉特省长期以来地位特殊,因为它曾与母亲女神达娜及其女祭司有关。游客在这些方面所受到的欢迎,可能直接取决于他们的性别。如果男性游客想参观雷南湖沿岸的莫维兰镇的寺庙,就必须为女神举行献血仪式。放荡不羁的游客一定要注意,这里的仲夏夜节日臭名昭著,充满了放纵的情欲。

坐落在莫维兰镇以东、卡尼万山脉以南的山麓下面的是女神的圣洞敦茂拉(Dun Maura),这个山洞具有极其浓厚的历史和宗教意义。顺便提一下,格温-斯特拉特省酿造的酒非常有名,尤其是它的白酒。

广袤的牧场从布瑞宁王国的北部一直延伸到格韦尼常青林,是骑手达尔莱部落居住的地方,也是他们赖以生存的众多埃尔特的家。如果幸运的话,游客还能看见达尔莱猎捕埃尔特的壮观场面。如果更幸运的话,游客还可能被邀请去参加捕猎后达尔莱在空地里举行的烧烤盛宴。不过,游客在喝 sachen 利口酒时一定要小心,这种酒可是达尔莱骑手最喜爱的一种烈性酒。

牧场以西是奔达兰古林,也叫大森林。有报道称这片大森林不会太讨厌各种闯入者,只是这一点尚未得到证实,因此大森林里仍然很危险,游客最好不要到这里来。对于喜欢冒险的游客,如果想要避开危险,他们最好走海路,从塔林德尔或罗顿出发,向北进入刚好位于奔达兰古林西面滨海的里森塔。里森塔禁止游客入内,这里极富野性的传奇色彩,曾经是亚瑟王、兰斯洛特爵士和圭尼维在第二战的最后日子里见面的地点,也是古林美丽的里森第一战期间死去的地方。

安达瑞恩和森尼特-斯特兰德的北部地区是在荒芜一千年之后唯一大面积复苏的地方。对于研究军事的学生来说,安达瑞恩当然就是第二战期间最后一次战斗的战场,这个地方很容易找到。游客如果继续往北走,穿过一些令人讨厌的地方之后,他就可以看见已经倒塌的斯答卡德塔的碎石堆;斯塔卡德塔曾是无敌的马格姆堡垒。如果游客愿意冒险,他还可以欣赏到浓雾弥漫的兰加特无比壮观的美景。遗憾的是这里曾经很不安全,尽管很长时间以来,这里还没有听说有邪恶的黑色小精灵出现。

安达瑞恩和奔达兰树林之间是景致非常模糊的达尼罗斯,这里是白色小精灵的地盘。拉克斯被推翻以后,达尼罗斯不再是可怕的影子王国,但至今仍然令游客望而却步。因此,如果没有得到特别的邀请,游客最好不要到这里来,尽管这里有迷人的倒挂瀑布菲阿萨尔和建有白色小精灵的水晶宝座的阿瑟尼尔山。

卡尼万和斯科勒达拉两大分裂山脉以东，是艾里都极度凄凉的荒地。第二战爆发之后，邪恶的拉克斯·马格姆在艾里都引起一场大屠杀，致使辉煌一时的阿卡伊泽城、特克维里尼城以及拉拉克城直至今日才又有人居住。艾里都北部住着来自班尼尔-罗克和班尼尔-塔尔两座孪生山的侏儒，他们仍然处在马特·索瑞恩国王的统治之下，尽管受到的控制比以前更少些。在班尼尔-罗克和班尼尔-塔尔两山之间的山坳里，有传说中的水晶湖卡罗尔-迪曼。除了侏儒，只有两个人可以踏入水晶湖的那块草坪。其中一个叫罗瑞·塞维克罗克，他曾是布瑞宁王国的第一个巫师，后来成为马特国王的顾问；另一个人叫吉姆波利·福特，来自我们的世界，后来在第二战期间很快成为布瑞宁王国的先知。这两个人到了这里，却没有记住在这里的所见所闻。

对于费纳瓦尔王国的史前状况，我们不太清楚。除了各种神灵，这里最初好像只住着两个民族，分别是巨人族帕拉克和野蛮族亨特人。随后，这里又来了白色小精灵和侏儒；至于谁最先到这里来的，仍有争论。

多年以后，人类来到这个平原上；来到艾里都的高山对面；来到南部；来到统一后成为卡萨尔王国的各个省市。人类作为一个可怕的族类的崛起，与越过海洋从西面来的创建者洛维斯不谋而合。据说，洛维斯被神灵摩尼尔呼唤到夏树，在夏树附近建造了德瓦尔城，继而建立起布瑞宁王国。

在费纳瓦尔王国的古代历史上，一次具有划时代意义的冲突是比尔-兰加特，反抗的对象是堕落神灵、无敌的拉克斯-马格姆。这个邪恶的不可征服者，以遥远的北部堡垒斯塔卡德作为自己的要塞，生平只打过两次败仗。第一次打败他的是布瑞宁王国的至尊国王科纳瑞，当时他处境艰难；第二次打败他的是科纳瑞的儿子，可爱的克兰，那是在科纳瑞战死之后。达尔莱族在其“父亲”瑞瓦尔的率领下，为赢得胜利立下了汗马功劳，因此克兰把这个平原永远让给了瑞瓦尔和他的继承者。后来，拉克斯被抓起来，尽管因“不合时宜”而没有被杀死，却被魔力锻造的铁链绑在兰加特山下；

5 块戒石被铸造出来，分别属于布瑞宁、卡萨尔国、艾里都、平原地区及达尼罗斯的白色小精灵，如果拉克斯想要重获自由，这 5 块戒石就会及时发出警告。

盖·凯伊，《夏树》(Guy Gavriel Kay, *The Summer Tree*, Toronto, 1984)；盖·凯伊，《流浪火》(Guy Gavriel Kay, *The Wandering Fire*, New York, 1986)；盖·凯伊，《最灰暗的路》(Guy Gavriel Kay, *The Darkest Road*, New York, 1986)

火山 | Fire Mountain

参阅海斯山(Hes)。

始祖城 | First Men City

帕罗利特之国的一座地下城；城里住着一个民族，其历史可以追溯到挪亚洪水时期。他们声称挪亚不是唯一获得上帝拯救的人，获得上帝拯救的还有他们的祖先亚利西。上帝也曾命令亚利西建造一艘大船，这艘大船没有像挪亚方舟那样停靠在高山上，而是深深地紧靠地底下。亚利西的后代仍然记得他们在地面上的生活，他们相信地球表面已无人居住，因而以“最初的人类”自视。他们的日常事务由族长管理，他们的生活很宁静，没有嫉妒，没有贪婪，也没有仇恨。他们欢迎外来者，但只欢迎那些再也不回到地球表面的陌生人。他们的语言是早期的希伯来语，他们的衣着是圣经时代的样式。他们在腰间系着盒子，盒子表面镶嵌着红宝石，这些红宝石可以发出紫外线；他们用这些盒子捕猎城里到处闲逛的史前怪物。这样的盒子保存在武器存放处，任何人不可以把它们带回家。始祖城的房屋很像古希伯来人或埃及人的建筑风格，只有一道门和几扇窗。

莫里斯·尚帕涅，《始祖城》(Maurice Champagne, *La Cité des premiers hommes*, Paris, 1929)

固定岛 | Fixed Isle

它其实是一座半岛，一片狭窄陆地将它与一块大陆相连，这块大陆可能是欧洲，也可能是非洲。固定岛长 7 里格，宽 5 里格，好像是被一座小桥固定在大陆上似的，这或许就是其岛名的由来。固定岛是君士坦丁堡的皇帝阿波罗迪恩发现的，他后来还控制了这座半岛。阿波罗迪恩的妻子名叫格瑞曼尼萨，是罗马皇帝斯吴丹的女儿。阿波罗迪恩和心爱的妻子来到这座岛上，打败了岛上的巨人，建立起一个幅员辽阔的王国，并且在这座岛上共同生活了 16 年。

君士坦丁堡的皇帝没有子嗣，皇帝死后，阿波罗迪恩被指认为皇位继承人。离开之前，阿波罗迪恩给固定岛施了魔法，只允许一个完美的骑士及其情人成为这座岛屿的新主人。他安排一个地方长官负责收租和管理半岛的日常事务，直到他期望的那个骑士和他的情人到来为止。阿波罗迪恩还作了如下安排：他在花园里栽种了各种树木，在花园的四周修建了城墙，只留一道城门和一个拱门，并在拱门上竖起一尊铜像，表现的是一个正在吹喇叭的男子。他还在花园中间建了一栋小楼，小楼共有 4 间装饰精美的屋子，他在其中一个房间里挂了自己和妻子的肖像，紧挨肖像的是闪光的玉石。他宣布说：

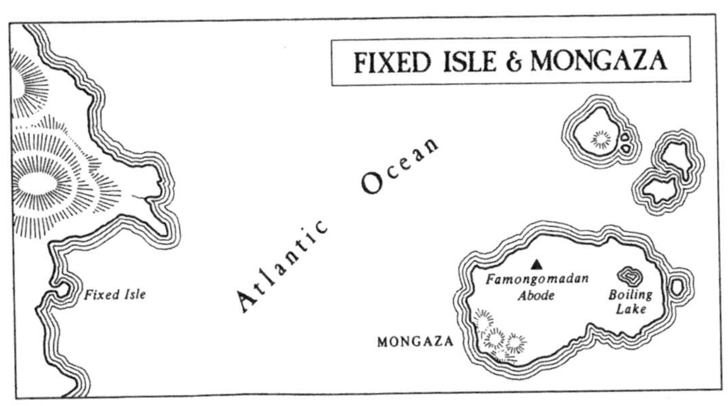

固 定 岛

“从今天起，谁要是背叛了爱情的神圣原则，谁就别想进入这座花园，因为你可以看见，那个铜像将会吹出一种可怕的音乐，它会喷出浓烟和火舌，困住那个卑劣的游客，然后把他带走，就好像他已经死去一样。如果穿过拱门的是一个忠实可爱的人，他（她）就可以畅通无阻，雕像上的男子会吹奏出一曲动听的旋律，迷倒所有的倾听者。因为来这里的人具有美德，因此可以看见他们自己的形象，看见写在碧玉里的他们的名字，但他们却不知道是谁写上去的。”

在那间充满与皇后之间绵绵爱意的屋子里，阿波罗迪恩立了两根柱子，门前的那根是铜柱，门的另一边是石柱，他把这间屋子也施了魔法，凡是不比他伟大的武士和不比他的妻子更有魅力的女子都不可以进来。无论是哪个武士，只要他不能成功地经过那根铜柱，就必须把自己的武器留在门外。那些被石柱挡住去路的武士必须放下手中的剑；那些走过石柱的人将留下自己的盾牌。最后，那些幸运地经过这两根柱子却被这间屋子挡在门外的人必须留下自己的踢马刺。接着，这样的女子必须说出自己的名字，她们的名字会被写在她们到达的任何一个地方。多年以来，很多人都去试过自己的运气，却只有高卢的阿玛迪斯成功进入那个房间，从而成为固定岛上真正的主人。

无名氏，《高卢的阿玛迪斯》

重构城 | Fixit City

坐落在尼日利亚联邦共和国境内的鲍奇高原。虽然算不上特别的美丽，但对某些游客来说却非常重要。如果哪个游客不小心被蚂蚁吃掉了半个身子，或是被粉碎机压碎了身体，这里的市民可以帮助他把身体恢复原状。这些市民的手非常灵巧，只需几块骨头或几根头发就可以重构一个身体。

要来重构城，游客必须遵守某些指示。他们会发现，通往这座城市的那条道路的两边有一些露天货摊，货摊上面摆放着半生不熟的食物。按照规定，游客应该婉言谢绝摊主递给他们的食物，然而再向他们打听去这座城市的捷径。摊主虽然不太情愿,但也会暗示他走一条小路最近,因为走这条小路可以避免丛林中的弯路,可以直接走到城门口。一旦进了城,游客就会被城里的居民留宿一晚。第二天早上,主人会让游客去放牛。游客带着一群短角奶牛和长角公牛,一直往前走,直到进入阿杜瓦树林为止。他们采摘阿杜瓦树上的果子,按要求,他们必须把熟透了的果子喂给牛吃,自己只吃尚未成熟的果子。接下来,牛群中最大的一头牛会跑回城里,向市民报告情况,这样游客就通过了测试。勿需再做什么,他只需把同伴的骨头或残肢交给市民,接着,这些市民用难以置信的魔力重构那个已被毁坏的身体。不过,这样的重构并不一定完美。经过重构的那个游客可能会发现自己变成了一个怪物,这个怪物要么没有臂膀,要么没有牙齿,或者没有鼻子,但不管怎样,总比一堆烂骨头和一缕乱发强很多。

特美阿尼,《豪萨迷信和习俗》(A. J. N. Tremearne, *Housa Superstitions and Customs*, London, 1913)

平面王国 | Flatland

这里的一切,不管是有生命的,还是没有生命的,都以直线形式出现。平面王国没有太阳,也没有其他的天体,而是按照自己的法则一直朝向南方,这种奇特性类似于指南针。

平面王国的大多数房屋都呈五角形,无窗,因为亮光会神秘地来来去去,白天和黑夜都是如此。每一间屋子的东面都有一扇小门,专为女人设立的。屋子的西面有一扇大门,专为男人而设。考虑到安全问题,平面王国没有方型和三角形的房屋;无生命的物体的线条比男人和女人的更粗,粗心的游客稍不注意就可能跑进它们

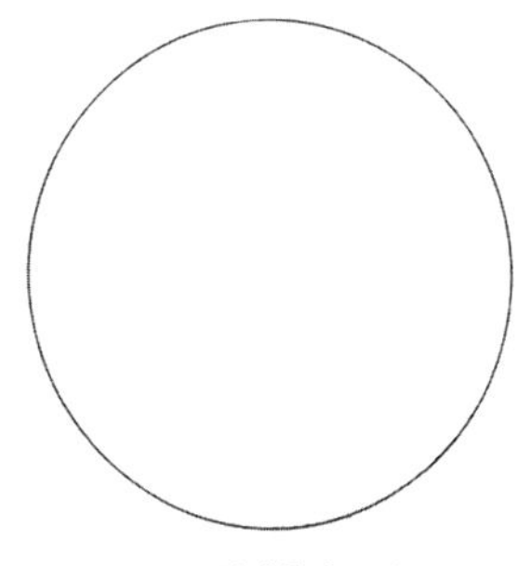

平面王国的祭司
和他的妻子

的身体里。值得一提的是，在遥远而落后的乡村，偶尔也能看见方形屋，它们属于11世纪的建筑风格。

平面王国的居民通常的长度，或者说宽度是11英寸，最大的不超过12英寸，大小取决于他们的年龄。平面王国的女人处于社会的最底层，是直线形的，社会的其余阶层有如下几种形态：士兵和处于最底层的工人是等腰三角形；中产阶级是等边三角形；专业人员和绅士是方形或五边形；贵族是六边形或多边形；处于社会最上层的是祭司，是完美的圆形。游客必须记住，平面王国的天空没有光线，因此不会产生阴影，所有的轮廓都像一条直线那样平直，就像地平线上一座遥远的岛屿，或者从桌子边缘水平看过去的一便士的硬币形状。

搞社会研究的学生一定对这点感兴趣，根据平面王国的自然法则，男孩子应该比他的父亲多一条边，这样的话，每一代在发展规模和高贵方面就会向前进一步。这个规定不总是适合生意人和士兵，尽管他们可以凭借军事功绩、辛勤劳动和异族联姻提高自己的社会地位。

平面王国的女人很出名，除了可以完全成为点（至少两个端点），她们还可以隐身，可以避开伤害。如果有人胆敢冒犯她们，他们的下场是必死无疑。不过，平面王国的女人没有智力，既无思考能力，也无判断能力，更无先见和深谋远虑，甚至没有记忆力。

平面王国的居民的模样都差不多，他们可以通过不同的方式辨认对方，比如听觉、感觉和推断。在社会的最高阶层里，他们还可以通过视觉。另一方面，平面王国的审美和艺术生活很枯燥；因为所有的地形、历史古迹、画像、花朵及平静的生活都是独立的线条，缺乏变化，只是明暗程度的区分。然而，实际上的情形也不总是如此。曾几何时，色彩在平面王国的居民生活中具有非凡的意义，由于智力艺术的迅速衰落，加之社会认可方面的混乱，色彩变成了不合法的东西。如今，色彩在平面王国几乎完全不存在了。

平面王国的中流砥柱都是圆形，或者叫祭司。他们的座右铭是，“注意你的形状”。这是一条放之四海而皆准的道理，无论是在政治、教会还是在道德领域,都要高于个体形状和集体形状的所有改进。

埃德温·阿伯特,《平面王国》(Edwin A. Abbott, *Flatland*, New York, 1884)

漂浮岛 | Floating Island

又叫"夏季岛"或"斯卡提-莫瑞亚岛",位于英国泰晤士河上游的海湾中部。漂浮岛是一座小岛,仅用一天就可以绕这座岛屿航行一周。小岛分 4 个部分,或者说 4 个省:北面是教会省;南面是土耳其省;东面是特罗诺旺特省;西部是梅登黑德省。到了冬季,漂浮岛会四处漂移,一直漂到一个无人知道的狭窄的海湾里,到了夏季才又回到原来的位置,因此这座岛又叫"夏季岛"。

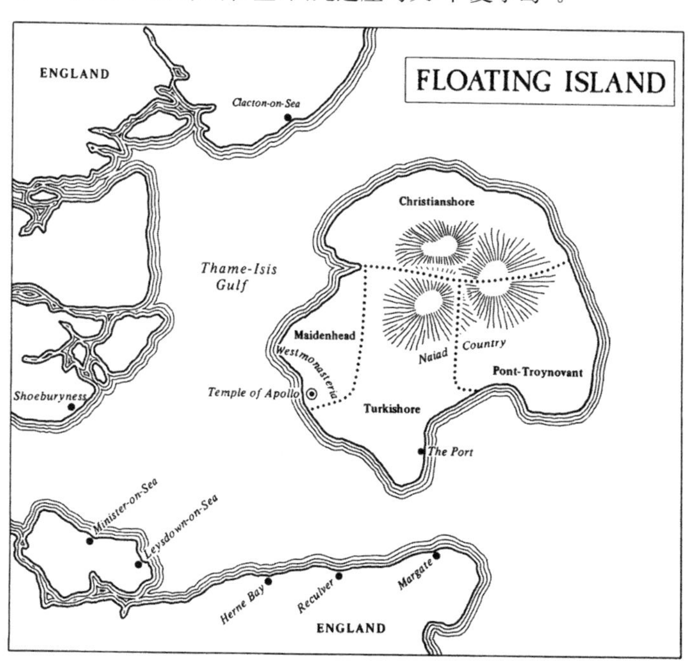

漂 浮 岛

纳阿德人生活在漂浮岛的高原上，他们会说一种混合语，会玩九柱戏。这种游戏会发出巨大的响声，整个山上都能听见这样的声音。纳阿德人很懒，他们抽烟厉害，尽管有果实累累的葡萄园，他们却从不酿酒。他们喜欢绿油油的牧场，却不耕种。梅敦赫德省有一个地方叫威斯特莫纳斯特里亚（Westmonasteria），是精美的古阿波罗庙的遗址所在地。

弗兰克·卡瑞利斯，《漂浮岛》（或一个新发现，与最近一次奇怪的探险活动有关，这次探险从拉姆波萨纳岛出发，途径弗兰卡岛、拉马利亚岛以及寺庙岛以东地区；探险船共有3艘，分别是"培-诺特号"、"艾克库斯号"和"里斯特-恩-赛特号"，由船长罗伯特·欧·穆奇统一指挥：探险队考察了所到之处的居民和他们的宗教、法律和各种习俗）(Frank Careless, *The Floating Island*, London, 1673)。

花神岛 | Flora

一座美丽的半岛，岛上鲜花遍地，四季无冬。岛民一生都在唱歌、跳舞和诵诗。岛上没有任何武器，一座狭窄的山峦把花神岛和阿宋特王国分隔开来。

花神岛并非总是充满快乐和幸福。几年前，熟悉巫术的两姐妹在这座岛上建造了一座城堡，并且派凶猛的狮子看守这座城堡，然后出去践踏花朵，用毒箭杀死岛上的居民。后来，阿宋特王国的王子杀死了这两个女巫，解救了花神岛。为了表示感谢，花神岛的女王决定嫁给这个王子，花神岛从此又恢复了往日的宁静。

费尔兰德·菲穆恩，"被束缚的幻想"，《作品全集》(Ferdinand Faimund, "Die gefesselte Phantasie", in *Sämtliche Werke*, Munich, 1837)

弗洛特萨岛 | Flotsam

位于南太平洋，南纬31度，西经150度，地处太平洋的地震带。弗洛特萨岛沿岸要么是浅滩，要么是悬崖，内陆地区多山，被森林覆盖,偶尔可见一些山洞。岛上的动物包括小鹿、狐狸、松鼠、黑豹以及各种蛇。弗洛特萨岛是詹姆斯·库克船长1773年发现的,内陆地区至今未得到完全的开发。

一个名叫瓦尔多·爱默生的人记录过弗洛特萨岛居民的生活。这些岛民属于原始人,分成几个部落,好像处于不同的发展阶段。最原始的是巴德人,属于游牧部落,他们身形高大、全身毛发、懒惰而野蛮。他们不能亲吻对方,随身带一根木棍,这是他们唯一的武器。比巴德人更文明的是一个无名部落,这个部落的人住在山洞里,只有当他们的酋长决定离开的时候,他们才会离开。最接近文明状态的是野人;他们生活在茅草屋里,会抽烟,受制于强者的律法,会用一些复杂的传说来解释自然现象;在他们看来,地震就是一只大黑豹纳古拉从地下囚室里跑出来。在野人部落建造的寺庙里,参观者会看见几个讲坛。寺庙背后有一间小屋,小屋里关着一些受害者,他们将被带去献祭。椽上挂着许多染成五颜六色的人头,因为这个部落的缩脑术很成功。参观者要小心,这些野人打招呼的方式很奇怪。见面之后,他们首先称呼对方,然后加上一句“我能杀了你”;他们这样说是有自己的理由的,这对于岛上所需要的生态平衡也很有帮助。

埃德加·巴勒斯,《穴居女孩》(Edgar Rice Burroughs, *The Cave Girl*, New York, 1913);埃德加·巴勒斯,《穴居男子》(Edgar Rice Burroughs, *The Cave Man*, New York, 1917)

弗洛泽拉-尼纳岛 | Flozella-A-Nina

属于马蒂群岛,因风景优美而闻名。弗洛泽拉-尼纳岛从海上升起,像三层大梯田,地上开满鲜花,好像一个悬挂的花园。这个岛名的意思是“最后一节歌”,源自一个古老的传说。很久很久以前,有一种性情温良的有翼生灵,与马蒂人一起住在马蒂群岛上。虽然与人类生活在一起,却因善良而遭人嫉恨。多年以来,这些更优越的生灵都以德报怨,继续友善待人,但马蒂人很难缠,他们毫不买账,把这种生灵从一个岛驱逐到另一个岛。最后,这些友好的生灵展开双翼飞到了天堂。没有这种生灵的感化，马蒂人的内心很快就充满了内疚和痛苦，变成了他们今天的后代这个样子。然而，古老的马蒂人却不知道自己正在祸害自己，他们的自信已大获全胜，于是大摆筵席，大肆庆祝。据说，一首颂诗因此写成，马蒂群岛有多少座岛屿，这首歌就有多少个小节。一群年轻人身着盛装，乘着小舟，围绕整个礁湖航行，对每一座岛屿吟唱与之相应的一节歌。弗洛泽拉岛是他们到达的最后一座岛屿，女王为了庆祝这件事，就给这座岛取了这么一个名字。

赫尔曼·梅尔维尔，《马蒂群岛：一次旅行》

荧光城 | Fluorescente

根据当地一个历史学家的说法，在这座城市里，“一个街头歌手用黑暗考验像一池红酒一样蔓延的沉默”，这句话在最初的达达语(Dada)里意义深远。

荧光城最突出的特点是，整座城市的十字路口都摆放着水果，有些水果堆到三层楼高。

荧光城的每日新闻都通过海军信旗来传达。市民不会说话，女人只会唱一些毫无意义的歌，而且歌词的数量很有限，并按照严格的规定。每逢星期五，这些短语会有所变化。凡是会发出噪音的东西，上面都会蒙上一层薄薄的橡胶，达到隔音的目的。遇上交通高峰期，一群群隐形狗就会被放出来，在整个城里四处乱窜。

参观荧光城的游客会注意到，城里的居民为了表示礼貌，会去触摸对方的手，他们不会持续很久这种看似有些性感的接触。游客也会遭到粘贴在车站的那些制作精美的“见证人体模特”的愚弄。这些模特是用可食用的东西做成的，外面涂了一层珍珠，引起某些路人无休止的戏弄，这些人坚持要对这些模特表示敬意。

游客最后应当注意的是，在荧光城不可以梦见自己在街上与女人搭话。

特里斯坦·查拉，《谷与糠》(Tristan Tzara, *Grains et Issues*, Paris, 1935)

恐惧城 | Flutterbudget Centre

一座大城市，坐落在奥兹国南部的一座小山上，几乎位于加德林王国和温凯王国的交界处。与废话镇一样，恐惧城也是奥兹国的一个防御地区。奥兹国的居民，无论是谁，只要表现出无端恐惧的神情，就会被送到这座恐惧城里。

恐惧城的市民总是无端地恐惧，总是担心会有灾难降临到他们的头上。举一个简单的例子，某个市民可能抱怨无法入睡，因为如果睡着了，他就必须闭上眼睛，而倘若闭上眼睛，眼睑就可能粘到一起，他就可能永远变成一个瞎子。有人安慰他说，这样的事情不会发生，他也相信这样的事情不会发生，但他转念又想，倘若真的发生眼睑被粘住的情形，那后果将不堪设想，考虑到这种极端的情形，他终日焦虑万分，以致彻夜难眠。

弗兰克·鲍姆，《奥兹国的翡翠城》

飞翔荷兰人之岗 | Flying Dutchman's Post

参阅达兰德的村庄(Daland's Village)。

冯斯-贝利城 | Fons Belli

参阅维鲁西亚岛(Venusia)的首都。

冯塞卡岛 | Fonseca

这座岛上经常乌云弥漫，因而经常时隐时现，像变魔术一样。冯塞卡岛最初的自然环境和殖民情况无人知晓；最早可供参考的资料是两个土耳其船长的信件，他们曾于 1707 年来过这里。他们认为这个岛屿距离巴达多斯岛以东仅几英里远。

冯塞卡岛上的居民是白种人，大多都是英国人的后裔，总人口不到 1.6 万人，此外还有两万奴隶。最早的奴隶来自非洲，尤其是来自几内亚。为了增加奴隶的数量，白人积极鼓励奴隶乱交，尽管他们还自称基督徒。

游客会发现，白人和黑奴似乎都喜欢吵架、酗酒和赌博。主城区的街道很脏，市民们也没有考虑到，要让自己的房屋适应此地的热带气候。冯塞卡岛的文化和教育水平都很低，岛上没有几所学校。学校的主要课程是阅读、写作和记账。宗教事务由一个辛勤的牧师操持。

冯塞卡岛的货币是一种有边框的小纸币，纸币上的文字无法理解。假如所有的商业活动都在发誓的时候进行，那么人们会相信这上面的文字是一种符咒，可能引起不和谐的情绪。不喜欢争辩的参观者会发现，西班牙的银子在这里被广泛使用。

无名氏，《新岛冯塞卡之旅》（靠近巴达多斯岛，包括在莱沃德群岛巡游中所做的一些观察，记录在战时两个土耳其船长的信件里；1907 年，他们被驱逐到那里。他们的信件从土耳其语和法语转译过来）（Anonymous, *A Voyage To The New Island*, London, 1708）

福尔加岛 | Foolgar

参阅鲁纳瑞群岛（Loonarie）。

弗里科岛 | Foollyk

又叫“诗人半岛”，位于火地岛附近，海拔很高，是费尔丁纳·马戈兰于 1520 年发现的。弗里科岛的居民自称是古代诗人赫罗森的后代；赫罗森是太阳和月亮所生的孩子。弗里科岛上的居民很穷，他们的诗歌贸易很不景气。他们的语言简洁而富有节奏，都按照既定的韵律来表达；普通人尽可能避免这种说话风格。这里一年举行一次诗歌贸易，市场上出售各种各样的诗歌作品：悲剧、

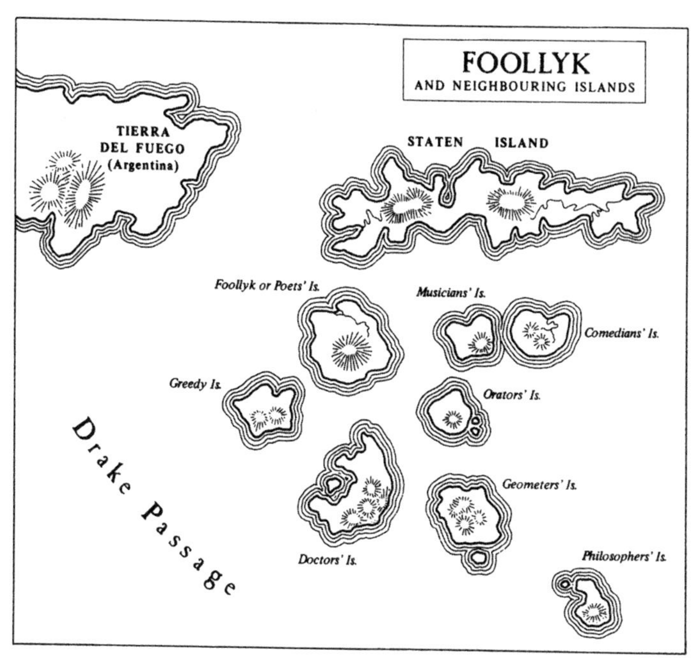

弗里科岛

喜剧、歌剧、史诗、寓言和格言，不一而足。海关人员可以禁止出口一部分诗歌作品。

皮埃尔·德方丹神甫，《新居利维或居利维船长之子让-居利维之旅》

禁城 | Forbidden City

参阅阿西海尔城(Ashair)。

禁林 | Forbidden Forest

一片危险的森林，位于英国霍格瓦特学校附近。森林里住着独角兽、狼人和人头马身怪。邪恶的人类来到森林里，杀死独角兽并吸干它们的血；独角兽的血呈银色，可以使人长生不死。那些杀死独角兽的人,依靠无辜而脆弱的生命维持他们自己的生命;从他们的嘴唇接触到独角兽血液的那一刻起,就注定会过上一种遭受诅咒的生活。参观者若要去那片森林,一定要十分小心

罗林,《哈利·波特与魔法石》(J. K. Rowling, *Harry Potter and the Philosoper's Stone*, London US)

森林 | Forest, The

具体位置不可知,住在这片森林里的人往往有一种错觉,认为这里就是地球上最后的森林。主宰这片森林的是一个无所不能的女巫;她有时候是一个男人,有时候是一个女人。在人类还没有时间概念的时候,这个女巫就已经住在这片森林里了。她给这片森林施了魔法,使它不会遭受入侵。那些企图进入森林的人最终都遭遇了可怕的灾祸,不管是农民、猎人,还是淘金者,无一幸免。不过,大多数魔咒都只是对入侵者的心理起作用,目的是让入侵者的内心产生恐惧,从而放弃进入森林的想法。因此,参观者要注意,想要进入这片森林几乎是不可能的。

森林里的动物多种多样,有鸟类和蚂蚁、熊和雪貂、美洲狮、好斗的麋鹿、蜘蛛、兔子和狐狸,它们彼此非常友爱,可以跨越性别和物种的界限及障碍。在危机之时,这片森林曾落入大角猫头鹰的羽翼之下。这只猫头鹰是女巫的老朋友,它对动物采取高压政策,谴责一切所谓的“差异”行为,比如所有不寻常的行为和异域特点。多亏当时还是学徒的男巫阿尔贝图斯的反抗,猫头鹰的独裁才最终结束。今天,来到这片森林的游客并不多,但他们可以分享一种幸福的氛围,这种氛围渗透到这片宁静的森林。

保罗·摩尼特,《圣所》(Paul Monette, *Sanctuary*, New York, 1997)

森林岛 | Forest Island

位置不可知,岛名源于那片几乎覆盖了整个岛屿的茂密森林。

森林岛的浅滩之外点缀着亮丽的鲜花，那里的森林密不透风，有一条巨龙把守，阻止参观者进入内陆。

有一种办法可以进入森林岛，就是沿着河岸进入森林的腹地，参观者能够辨认出那条河流，因为从河口处就可以清楚地看见岛中心的那个山丘，那是一座高耸于黑黝黝的森林之中的山峰。

森林岛上只有一个村庄，村子里搭建了一些奇特的树枝建筑。村里人温柔好客，他们虽然在许多方面还很原始，只会燧石取火和使用铜器；森林岛上没有铁。游客也会惊讶地发现，村民们几乎对航海一无所知，与其他民族的接触很少，或者说根本没有接触。他们身穿简陋的粗布棉服，佩戴的却是华美的黄金首饰。森林岛上的金子随处可见，吸引了偶然来此的生意人。

森林岛上实行君主制。国王老了以后，就会被带到山上，被一种具有麻醉功能的野树根杀死，这种死亡并不痛苦。随后，国王的尸体被送到山腰上一座用石头堆砌的小教堂里，尸体在教堂里经过防腐处理后被挂到墙上。教堂里还可以看见许多已故国王的尸体，他们的脖子上还戴着象征王权的项圈。国王的仆人在主人死之前就已经被杀死，他们的尸体也会做防腐处理，不过保存的时间较短，随后被扔进河里。

威廉·莫里斯，《世俗天堂》(William Morris, *The Earthly Paradise*, *A Poem*, London, 1868)

弗摩萨岛 | Formosa

不要与台湾岛相混淆。弗摩萨岛面积较大，位于太平洋，介于菲律宾和琉球群岛之间。

弗摩萨岛上的土著人只用金银饰物遮住羞处。他们的主食是毒蛇；他们用树枝打死毒蛇，在此过程中使毒蛇失去毒性，然后把蛇肉烹煮来吃。他们的语言独特难学。

弗摩萨岛在宗教方面使用活人祭。每年约有两万个孩子为此被杀，这些孩子的年龄均在 9 岁以下。弗摩萨岛的居民仇恨基督徒,当看见有游客来此,他们就会在他面前摆放一个十字架,并要求这个游客击打十字架,如果游客拒绝,就会被立即处死。不过这些岛民不会愤怒和嘲笑他人,因为他们性情温和且彬彬有礼。

乔治·撒玛纳札,《弗摩萨岛》(George Psalmanaazaar, *Description de l'isle Formosa*, Amsterdam, 1704)

弗诺斯特城堡 | Fornost

或者叫弗诺斯特-艾瑞恩城堡(Fornost Erain),即通用语里的王者城堡,是阿诺尔王国的主要堡垒,后来变成了阿塞顿王国的首都。庞大的北部堡垒就坐落在北岗之上。

阿诺尔王国以前的首都叫安努米那斯城,坐落在内鲁尔湖畔,第三纪的下半纪里,弗诺斯特城堡变成了阿诺尔王国的皇宫。阿诺尔王国落入安格玛的巫师国王之手后,弗诺斯特城堡几乎全部被毁。尽管后来弗诺斯特城堡被重新收回。那是一年之后第三纪的 1975 年,在弗诺斯特大战中,刚铎和瑞文德尔的军队加入了阿诺尔的残余势力,那时的弗诺斯特城堡已被废弃多年。如今的弗诺斯特城堡已经完全变成了一座废墟,据说,这里经常闹鬼,游客千万不要靠近,这座城堡仿佛变成了“死人之堤”。魔戒大战结束的时候,阿诺尔得到重建,变成一个王国,弗诺斯特城堡也得到了维护。

托尔金,《魔戒首部曲:魔戒现身》;托尔金,《王者归来》;托尔金,《精灵宝钻》

福罗契尔地区 | Forochel

这个地区寒冷而贫瘠,位于中土的北部海岸,距离夏尔郡以北约 300 英里。福罗契尔的冰封湾之所以叫这个名字,是因为它在冬季会完全结冰。冰封湾是一个大海湾的南部入口。福罗契尔地区住着罗萨斯雪人,他们是佛洛威治(Forodwaith)的后代;佛洛威治在第一纪时住在中土的最北端。罗萨斯雪人主要住在福罗契尔海岬、大海湾的西北面和海湾的南部海滨，即蓝色山脉的埃雷德-鲁恩山下。

罗萨斯雪人的生活原始而贫穷，我们对他们的生活了解很少。他们在雪地上建造房屋，据说他们可以在冰上跑步，他们的脚上戴着骷髅，当作滑雪板；他们会使用无轮车，让人想起我们现在使用的雪橇。

第三纪的1974年，阿塞顿王国沦陷，罗萨斯人并不想保护阿诺尔的阿维杜尔国王，这可能是因为他们相信，阿维杜尔的敌人，即巫师国王能随心所欲地结冰和融冰。后来，这位巫师国王成为摩多的魔戒幽灵纳古尔的主人。

托尔金，《魔戒首部曲：魔戒现身》；托尔金，《王者归来》

幸福群岛(1) | Fortunate Islands(1)

不要与地中海入口处的幸福群岛相混淆。幸福群岛(1)涵盖的那些岛屿的具体位置无法确定，它们的地理环境非常复杂，岛上的动物和植物的种类繁多。其中一座岛上生活着巨耳绿羊，它们硕大的耳朵比天鹅绒的质量更好。巨耳绿羊老去的时候，耳朵会被岛民割下来，做成外套；被割去耳朵的绿羊就会变成可爱的女人。

在幸福群岛的各个岛屿当中，蝴蝶岛是一座土壤肥沃的小岛，

一艘准备离开幸福群岛的蝴蝶船

岛上生活着众多的巨形蝴蝶;它们的翅膀被当地人拿来做船和风车的帆。蝴蝶岛上的所有东西都很大:葫芦和黄瓜大得出奇,当地人把它们晒干,掏空瓜瓤,然后把它们当作自己的住宅。烤鹳飞过天空,准备被吃掉,当地人用猎鹰捕获它们。

在可卡兹岛上,游客会发现一座黄油山,山坳里有一条牛奶河,有塞纳河那么宽,可以通航。牛奶河里很容易抓到一里格长的鳗鲡和七鳃鳗;这里的猪肉香肠通常被岛民当作船来使用。牛奶河的上游有一座山,是用面粉做的,任何人都可以享用这些面粉。幸好有这座面粉山,可卡兹岛上的居民才不需要风车。面粉山附近有一座喷泉,喷泉里会产生一条热乎乎的豌豆河,豌豆河流过辣乎乎的法国香肠河的河床。可卡兹岛上的常青树比松树还高,常青树上会长出更多的食物;雄树上生长黑布丁,雌树上生长意大利腊肠。

游客会发现,可卡兹岛上有面积广阔的农田,当地人在田里种鸡蛋,鸡蛋发芽后长成扁豆荚,豆荚里装有 30 到 40 个新鲜鸡蛋,这是岛民的主食。可卡兹岛上还有这样一个地区,那里的土地会生长饼干,像蘑菇那样一夜之间就从土里冒出来了。烤云雀每天早上都会从天空掉落下来。树篱笆生产小烘饼和果馅饼,数量异常的丰富,当地人把它们当作屋顶,就像条件不够好的国家使用石板一样,实际上,可卡兹岛上的孩子们吃的就是灌木树篱上生长的这种东西。

在可卡兹岛和蝴蝶岛上,美味的酒河漫过草坪,河岸上摆放着许多酒杯。这两座岛上盛产一种树,这种树专门生长奶酪;而另一种树上生长刀剑,用来切割奶酪。还有一种树上会结水果。尽管这种树不比橡树大多少,结出的水果却有驴头那么大,水果里有各种金币,是这种水果的种子。参观者应当知道,这种水果只有在完全成熟之后才会掉下来,成熟的日期一般是在 8 月中旬。也有这样的时候,虽然这种时候不多,比如刚好遇上虫害,这种果子里面不再是金币,而是银币。这些岛上的居民身穿树皮;这种树皮衣服比任何布衣都更洁白也更柔软,还可以不断地更新。

可卡兹岛和蝴蝶岛上都没有女人居住;这里的自然很慷慨,不需要凡间女子来做事情。当一个男人老了，厌倦了生活的时候，他就会躺在一个装有白葡萄酒的盆子里，自然地死去；葡萄酒很甜，男人感觉不到任何痛苦。晒干后的尸体被烧成灰烬；灰烬与鸡蛋膜混合，铸成死者生前的样子，最后又可以复活：朋友用麦秆插进死者的肛门，然后往肛门里吹气，死者就开始发声，然后开始打喷嚏，这表明死者已经复活了。

无名氏，《巨人庞大固埃的同伴巴汝奇航行记》

幸福群岛(2) | Fortunate Islands(2)

位于大西洋的地中海入口和非洲的西海岸附近。据说，岛上住着幸福的精灵，但普通的凡人也会发现这些岛屿同样使他们感到快乐。一个游客报告说，在幸福群岛上，“凡人的生活最容易不过：这里无冬无雪、雨水不多，海风习习沁人心脾”。公元前 82 年，一些来自卡迪兹岛(Cadiz)的海员说，他们来过幸福群岛，但只看见了其中的两座岛屿。根据他们的描述，幸福群岛上的土地肥沃，食物会自己从地里长出来，岛民很懒。

幸福群岛附近的陆地上有一个小渔村。这个渔村有专门的用途，村里的渔民必须轮流履行一种非凡的职责。到了寂静的夜里，会传来一阵敲门声，随后是一阵耳语，好似一阵微风，召唤那个该去履行职责的渔夫。于是，那个渔夫迅速来到海边，启动自己的船只；当船身沉到水下的时候，他知道他的乘客已经准备好了。他把船驶向幸福群岛，到了那里，他的乘客下船上岸，而他自己马上回到家里，依然没人看见他。这位渔夫不可以在幸福群岛上过夜，哪怕只住一个晚上。

这些岛屿的部分描述出自斯凯尔的一个德鲁伊教徒。一个声音命令这个教徒登上一艘神秘的帆船，这艘船已经航行了 7 天。到了第 8 天，德鲁伊教徒看见落日下的那座岛屿，岛上有青山有美树，一直延伸到海滨地区。岛上的山峰高耸，笼罩在透明的云雾里，山间有汩汩溪水流出，宁静而清澈。这里可能是奥姆布瑞斯岛

(Ombrios),也属于幸福群岛。幸福群岛共有 5 座岛屿,从东到西分别是:朱诺尼亚岛(Junonia),又叫普普拉瑞伊岛(Purpurariae);卡纳瑞亚岛(Canaria),又叫普拉纳瑞亚岛(Planaria);泥瓦瑞亚岛(Nivaria),又叫康瓦里斯岛(Convallis);卡普拉瑞亚岛(Capraria);以及奥姆布瑞斯岛或普鲁维阿丽亚岛(Pluvialia)。毛里塔尼亚国博学的国王朱巴为其中一座岛取名为卡纳瑞亚岛,是因为这座岛上到处都能看见一种体形庞大的狗;卡普拉瑞亚岛这个名字的由来是,这座岛屿的海滨附近的岩石上爬行着奇怪的大蜥蜴;奥姆布瑞斯这个岛名源于山里的一个快乐池;而泥瓦瑞亚岛这个岛名则源于岛上弥漫的薄雾和堆积的白雪。

荷马,《奥德赛》;西塞罗,《致信阿迪库斯》(Marcus Tullius Cicero, *Letters to Atticus*, 68—44BC);老普林尼,《自然史》;普鲁塔克,《索特里斯传》(Plutarch, *Life of Sortorius*, 1st cen. AD);托勒密,《地理》(Ptolemy, *Geography*, 2nd cen. AD);马福森,《大英格兰和爱尔兰简史》(James Macpherson *An Introduction to the History of Great Britain and Ireland*, Dublin, 1771);朱利安·雅克·穆托内·德·克莱勒丰,《幸运岛》(Julien-Jacques Moutonnet de Clairfons, *Les Isle Fortunées, ou les Aventures de Bathylle et de Cléobule, par M. M. D. C. A. S.*, Paris, 1778);司各特爵士,《巴黎的罗伯特伯爵》(Sir Walter Scott, *Count Robert of Paris*, London, 1898)

命运岛 | Fortune, Island of

位于美国海滨附近,具体位置不可知。海滨地区多树,无人居住,但森林之外是辽阔的平原,平原上的水资源很丰富,因此成为精耕细作的农田。

命运岛上的居民喜爱科学和艺术,他们总是渴望得到新信息。他们崇拜太阳,把太阳当作宇宙之父。他们相信灵魂不朽,认为善有善报,恶有恶报。无神论者在这里会被烧死,被一同烧毁的还有他们的作品。

巴尔塔扎尔神甫,《帕依洛索夫岛及其他岛屿,新探索》

福克斯卡索王国 | Foxcastle

一个精灵王国,位于苏格兰培波郡的一座小山下面。表面看起来,这座小山与该地区的其他山没有什么不同;山上同样覆盖着石南花,低矮的山坡上也有灰泥沼;也许它比其他山的地形更陡峭,山顶更平坦,但毫无迹象表明这里有一个精灵王国。山里有一座由石墙大厅和走廊构成的迷宫,这里的泉水和溪流交错分布,犹如人身上的血管,有些被用作这个精灵王国的日常水源。

福克斯卡索精灵的生活与其他精灵王国的精灵生活差不多,比如埃尔哈姆王国和卡特梅尔。福克斯卡索的精灵喜怒无常、兴趣多变:有些精灵训练松鼠,有些精灵研究天文学,有些把玩法国小号,每一个精灵都在不断改变自己的兴趣和爱好,女王更是如此。不过,她更喜欢编织,几乎从不厌倦,她在这方面花费的时间最多。如果用完了羊毛,她就拆掉旧的,又继续编织。宫中的精灵如果有机会握一下女王的线团,都会是一种无上的宠爱和荣耀,但到目前为止,还没有产生一个这样的幸运儿。

福克斯卡索王国是为数不多的几个有凡人去过的精灵王国之一。詹姆斯·苏特兰特是阿伯丁大学的修辞学老师,一个研究精灵传说的敏锐的学者。他被这个精灵王国当作囚犯,不得不在那里呆了好几年,但没有受到虐待,只是在刚来的那段时间里,他被蛛丝捆绑着,似乎这些精灵想精确地测量他的身体,用作科学研究。几年后,他被逐下山。回到阿伯丁之后,被当成一个疯子。

人们认为福克斯卡索这个名字可能从“仙族的城堡”演化而来。

希尔维亚·华纳,《精灵王国》

狐狸城 | Foxville

紧靠驴城的一个城邦,居民是会说话的狐狸,统治者是雷纳德

狐狸城的皇宫里一个雕刻精美的宝座

四世,他喜欢人家叫他狐狸王,他在国事处理方面保留着自己的官衔。

参观者经过一个宽宽的拱门就能到达狐狸城。狐狸城的两边有很多这样的拱门,拱门上有明亮的彩绘,檐壁上雕刻着凤凰。每一个拱门中心都雕刻着国王的头像,上面的国王戴一副眼镜和一个小小的黄金冠。

狐狸城的所有房屋都是用大理石建造而成的。大理石上面雕刻着鸡、鹅、雉鸡和火鸡,这些都是狐狸的主要食物。房屋的每一道门上都刻着房主的头像。游客最好去看看皇宫,皇宫里最壮观的就是宝座室和它的有色玻璃窗。

狐狸城保留了大规模的军队,主要是用来吓唬他们的邻居——驴城的居民。狐狸城的军人穿绿色的夹克衫和黄色的裤子;戴圆形帽,穿高高的红靴子;尾部佩带红色的弓;军官的夹克衫绣有金边,以示区别。他们使用木剑,木剑的边缘有利齿。文明人穿五彩的羽毛袍子。城里饲养了大量的家禽,可以提供食物和用以制作服装及床垫的羽毛。

狐狸城很有魅力,但参观者一定要提防这里的居民,他们总是喜怒无常。

弗兰克·鲍姆,《奥兹国之路》

芳香岛 | Fragrant Island

芳香岛上的一切都非常敏感。石珊瑚可以保护芳香岛,一旦有人靠近,石珊瑚就会缩进它们的珊瑚堡垒。

芳香岛上实行君主制;国王的主要职责是保护这座岛上的各位神灵。一位神灵被用 3 颗钉子固定在国王的船桅上,它好像是从北方带来的一只三角形的海豹或一条干鱼。另一个神灵被固定在后宫的上方;被放在两个女巫交缠的臀部和乳房之间,这个神宣布两种著名的幸福模式:“恋爱”和“神秘”。

当国王漫步海滩、吟唱或剪除那些会破坏海边神像的嫩芽时,他的妻子们正挤在床上,因为她们害怕亡者的幽灵,害怕那盏照亮她们屋子的大瓷灯。当国王不去散步的时候,他就会躺在自己的船里,几乎全身赤裸,只在臀部围一种象征王权的有斑纹的饰物。

阿尔弗雷德·雅里,《罗马新科学小说:啪嗒学家浮士德若尔博士的功绩和思想》

弗朗卡利亚国 | Francaria

参阅美加尼亚国(Meccania)。

弗朗斯城 | France-Ville

坐落在美国的太平洋海滨,北纬 43°11'3",西经 124°41"173。1872 年,法国科学家弗朗西斯·萨拉辛建造了这座城市。

建造弗朗斯城的资金出自萨拉辛的曾祖父留给他的一笔遗产,共计 527 百万法郎;他的曾祖父娶了孟加拉国的公主格库尔。萨拉辛和德国科学家苏尔茨教授共享这笔款项。苏尔茨教授还利用这笔钱建造了钢铁之城。游客可以从俄勒冈州那个与弗朗斯城以北相距仅 20 里格的白色海岬出发,穿过洛基山脉的喀斯喀特山,就能到达弗朗斯城。

经过一番测量和勘探,到了 1872 年的 1 月,500 名监工和欧洲工程师率领两万来自中国的劳工大军来到这里,开始了艰辛的工作。建城的布告贴满了加利福尼亚的每一个角落,每天清晨,从洛杉矶出发穿过美洲大陆的快速列车都会在后面多加一节广告车厢,加利福尼亚的 23 种报纸也在为建城计划招聘工人。这其实根本不需要做大规模的宣传,洛基山脉的高峰上刻着硕大的文字,足以表明这里急需人力。

弗朗斯城的创建者想干的第一件大事就是修一条铁路，这条铁路可以把这座新城和通向萨克拉门托的太平洋铁路连接起来。铁路正在建设的时候，城市建设计划就全部停止了；原因不是物质短缺。首先，美国急于把所有可以想到的建筑必需品都放到弗朗斯城的码头上。因此，现在的问题只是选择方面的困难。城市建设者最后决定，把软性石用来建造国民大厦和做普通的装饰；而房屋一律采用砖块，这种砖不是粗制滥造的寻常青砖，而是比较通透的砖，它们的大小很规则，具有一定的质量和密度，上面有一系列平行的圆形小孔。这样的砖放在一起，空气可以在砖墙内自由流动。此外，这种砖还有良好的隔音效果，从而使每个房间都可以形成完全独立的空间。

有专门的委员会负责这项建设工程，他们不喜欢平淡和呆板，因此不希望工程师只采用一种模式，希望他们遵循大致的规定即可。

想要在弗朗斯城定居下来的游客必须出具可靠的介绍信，必须能够从事某种自由职业，必须遵守这座城市的各项规定。这座城市不容忍懒人。

弗朗斯城的孩子从 4 岁开始就必须进行体能和智力训练，这样的训练可以使他们的大脑更聪敏，肌肉更发达。这些孩子通常都有严重的洁癖，即使衣服上有一点污渍，他们都会感到羞耻。

个人和集体都必须保持干净，这是弗朗斯城的创建者一贯坚持的基本理念。“干净，干净，再干净，从而消灭城市共同体内的各种毒素。”这是弗朗斯城中央政府的主要工作。为了达到这个目的，所有的排水沟的废水都被引出城外，城里每天的垃圾都会经过压缩，然后转移到城市附近的农田里。

弗朗斯城的水资源非常丰富，可以流到城市的每一个角落。街上铺着用沥青处理过的木板；步行街上铺着石板，像那幅油画里的荷兰庭院一样一层不染。市场秩序井然，胆敢投机取巧、损害公众健康的商人必遭严厉惩罚；贩卖变质鸡蛋、腐败的肉食或次品牛奶的人会以投毒者论处，因为他实际上就扮演了这样的角色。只有经验丰富的商人才能担负起这个既必须又复杂的职责，这些人通常受过特殊教育，主要负责管理洗衣店和消毒室。贴身穿的亚麻布衣服未经完全漂白，不可以送到它的主人那里，而且还必须格外小心，千万不可以把两家人的衣服混在一起洗。

有了这些简单的预防措施，城里的医院少了，即使有医院，也主要是收容无家可归的外地人和特殊病人。有人建议建一家大医院，一家传染病中心，可以使七、八百个病人同住在一个屋檐下。不过，弗朗斯城的创建者并不赞成这种想法。病人可以享受全额福利，医院只是处理急性病的临时病房，每次最多可接待 20 到 30 个病人，每个病人都有自己独立的房间，这些病人都被安置在敞亮的临时病房里。每年，这些用冷杉木搭建的简陋屋子都会被定期烧掉。由于按照同一种模式创建，这些病房可以随意增加，而且容易搬迁，可以从一座城市搬到另一座城市。

朱勒·凡尔纳，《蓓根的五亿法郎》(Jules Verne, *Les 500 millions de la Bégum*, Paris, 1879)

自由的科莫特地区 | Free Commots

位于北普瑞敦王国的凯尔-达赛尔城堡的东南部、中心山峦的东部，一直到了不起的阿文河的两岸。在自由的科莫茨地区的边缘、洛家荡山脉的梅勒丁山上可以看见鲁尼特之镜。

自由的科莫特地区目前是普瑞敦王国最肥沃、最吸引人的地方。这里生长甜草，这里的手艺人最出名，他们的作品享誉全国，只有泰维斯-特戈地下王国的仙女的作品可与之媲美。这些手艺人以前与泰维斯-特戈地下王国的仙女关系甚好。

与普瑞敦王国的其他地方不同，自由的科莫特地区没有封建地主的统治，他们只承认普瑞敦王国的至尊王，认为他们才是最高统治者。

劳埃德·亚历山大，《流浪者塔兰》；劳埃德·亚历山大，《至尊国王》

弗瑞多尼亚王国 | Freedonia

欧洲的一个国家，面积较小，位于塞尔瓦尼亚以北。弗瑞多尼亚的首都也叫弗瑞多尼亚，这是一座小城市，风景如画，尖塔高耸，房屋的屋顶严重倾斜。弗瑞多尼亚王国以农业为主。

从经济上讲，弗瑞多尼亚最重要的人物是身板结实的特赛戴尔夫人。她拥有弗瑞多尼亚的众多田产；她的财富就是政府背后的权力。凭着显赫的经济地位，特赛戴尔夫人可以使赞多尔总统退位，并坚持说，如果著名的卢夫斯·菲尔弗莱被任命为总统的话，她可以借给政府更多的钱。卢夫斯被任命为总统，他雷厉风行，很快博得人民的称赞，但他的某些做法逼得几个首相不得不相继辞职。

卢夫斯被任命为总统这件事，也惹得邻国塞尔瓦尼亚的大使特恩蒂诺很不高兴。塞尔瓦尼亚想要搞垮弗瑞多尼亚的政治和经济，菲尔弗莱总统自然就被看成了他们的绊脚石，也成为特恩蒂诺想迎娶特赛戴尔夫人的一大障碍，因为如果特赛戴尔夫人答应做他的老婆，菲尔弗莱就会给她施压，也不会答应她。于是，特恩蒂诺利用一个舞女去勾引菲尔弗莱，结果没有得逞：菲尔弗莱声称，如果那个舞女不滚蛋，他宁愿与奶牛跳舞。特恩蒂诺又使出一招，他想窃取弗瑞多尼亚的国家机密，这个企图也落了空。两人关系越来越紧张，后来展开对骂，菲尔弗莱骂特恩蒂诺是狒狒、蠢猪、蠕虫和暴发户，战争因此爆发。一开始，胜利好像属于入侵者塞尔瓦尼亚；但不久之后，塞尔瓦尼亚的总部遭到袭击，特恩蒂诺被抓起来，随即又被菲尔弗莱劈头盖脸地羞辱了一番，最后他不得不缴械投降，整个局势陡转。

利奥·麦卡瑞执导的电影《鸭汤》(*Duck Soup*, directed by Leo McCarey, USA, 1933)

自由王国 | Freeland

一个幅员辽阔的东非国家，从肯尼亚山和乞力马扎罗山向西延伸到中、西非的欧洲殖民地的边境地带。如今，自由王国还包括人们熟悉的马赛地区和乌干达地区。自由王国以南是坦噶尼喀湖，向北延伸到月亮山。

自由王国是一个独立的国家，最初是国际自由联盟建立的一块殖民地。国际自由联盟是一个重要的国际组织，19 世纪后半叶成立于欧洲，宗旨是建立这样的一个民主国家：可以享有完全的自由；可以在经济方面坚守公平和正义；可以保证每个公民的行动自由；可以保证每个工人完全享受自己的劳动成果。自由王国的具体位置被选定在东非，原因之一是那里气候适宜；另一方面，那里尚未被西方国家据为己有。这个计划是在一次公众会议上宣布的，很快就得到众多国家的积极响应。随后不久，第一批先驱者到达非洲。

自由王国最初的地址选在肯尼亚山的一个山谷里。这里环境优美、气候宜人。这个山谷往下倾斜，下面是一个大湖和开阔的公用地；近旁可以看见一个大瀑布，从肯尼亚山的冰川地带飞泻直下，汇入达纳河（Dna River）。第一批先驱者到达这里之后，完全被这里的美景迷住了，于是就把这个山谷叫作“伊甸谷”，自由王国的首都也取名伊甸谷。自由王国很快从一个小小的定居点发展到一个享有国际声誉的大国。如今，首都伊甸谷城借助快速复杂的通讯网络与外界保持着密切的联系。一条铁路沿着早期移民采取的蒙巴萨路线而建；另一条经过苏丹和尼罗河谷与地中海相连。但自由王国最伟大的成就可能是那条经维多利亚湖和刚果山谷连接大西洋海岸的铁路。不久，自由王国的电报通讯也建立起来，江河湖泊里都能见到快速巡游的蒸汽船。

伊甸谷城人口众多、规模庞大。每栋房屋都带有一个一万平方英尺的花园，房屋分散在无数个花园之间，属于摩尔风格和希腊风格的结合体。所有的街道都与林荫道相连。最壮观的是民族宫殿，这是一座规模庞大的建筑，其可爱之处在于，它总是与神话故事里的城堡相关联。民族宫殿完全使用白色和黄色的大理石，比梵蒂冈还要大，比圣彼得教堂的圆屋顶还要高。

伊甸谷城的公共建筑物很多，包括图书馆和壮观的圆形剧场。城里很安静，街面也很干净卫生；所有的工厂都尽可能地避免产生污染物。伊甸谷城与其他各大城市之间的联系，主要依靠一种小型工具 *draisne*。这种工具采用弹簧作动力，发动一次弹簧就可以行驶 12.5 英里；用完之后可以更换一个备用的，或者在中间服务站买一些新的。这种交通工具没有污染，也不会产生噪音。如果观赏城里的湖泊，坐这种狭长的弹力小船会很舒服。

自由王国的繁荣完全立足于它的经济哲学。生产资料属于集体所有，生产资料是否能够被完全使用，取决于个体公民的能力和劳动。生产目的是满足现实生活中人们的真实需求，这样的生产不会产生剩余产品，故不会产生不必要的市场竞争。生产必须随着消费的自然增长而增长，整个生产系统应该可以证明，社会作为一个整体的经济利益的一致性。如今，自由王国不再使用钱，黄金作为一种价值尺度被保留下来，所有真实的交易都在纸上或使用中央银行的支票进行。货币制度仍然存在，但只适用于对外贸易，自由王国国内流通的货币不到 7%。按照作为整体的一个共同体的规定，产品买卖必须在仓库里进行。价格一半由生产商来决定，一半取决于拍卖。

价值的唯一尺度按小时来计算，因此这也成为收入的唯一尺度。税收与收入成正比。收入是个人的净得份额。一开始，由于集体投资资本货物的需要，自由王国的税收极高。后来，税收额度逐渐降低。据估计，凭着高效的生产力，自由王国的公民每小时所挣得的平均工资相当于欧洲工人每周的工资水平，而且他们每周只需要工作 35 个小时。

对于丧失劳动力的人，共同体会发给他们“基本的生活费”，补贴额度根据个体的收入水平。这些享受补贴的人包括病人、老人、小孩和妇女。单身女人可以得到平均收入的 30%；已婚妇女可以获得平均收入的 15%；每个家庭的前三个小孩每人可得平均收入的 3%；孤儿可获得平均收入的 12%；病人和老人可获得 40%。

自由王国的女人一般不工作，除非是做老师和护士；只有这两个职业才能维护女性的尊严。按照欧洲的标准,这两种职业的收入都很丰厚,在自由王国的早期岁月里,教师的薪水很高,为的是吸引年轻的女性移民。

自由王国的工业生产很成功,这主要依靠国内丰富的自然资源,其中包括煤矿、铁矿、石油以及其他矿物质;另一方面,高度发展的机械化作业也功不可没。自由王国内不存在市场竞争,因而不存在工业和商业秘密,生产技术可以得到自由的利用。

在自由王国的早期历史中,国家的各项事务交由欧洲国际自由联盟的委员会来处理。所有的意向由人民代表大会来决定,所有的意见和纷争由仲裁董事会来解决。随着殖民地的发展,这种体制再也跟不上时代的需要,变得越来越不适用。人民代表大会又分为各个选举执行委员会,整个国家被分成500个地区,每个地区派一个代表进入人民代表大会,参与制定和修改国家宪法。

自由王国的早期历史告诉我们,那些早期移民很难与当地的土著居民和谐相处。自由王国的第一批移民不得不与这个地区的马赛族交战,但交战很快让位给一种联合。这些移民甚至成功地说服马赛战士放弃传统的土地耕种。尽管马赛人也是雇佣兵,他们成功抵御了其他部落的入侵。自由王国的早期历史可谓战火不断,但它始终没有保持一支固定的常备军。另一方面,男孩子很小就开始接受军事训练,学习如何使用武器。这种军事训练非常重要,尤其是当欧洲列强与阿比西尼亚交战,并且这样的交战会威胁自由王国的利益时。尽管阿比西尼亚重创过欧洲最训练有素的军队,但面对自由王国所谓的“非职业”军队和优越的战略技术,同样只会吃败仗,这一点也许最能告诉欧洲列强,自由王国不只是一个模糊的概念。

自由王国很重视教育:所有的孩子都必须在6到16岁之间接受教育。学校不教授古典学,但设置的课程大纲很像欧洲的学校教育风格。两者的不同在于,自由王国的课程大纲重点在体育锻炼,男孩上的体育课主要是基本的军事训练;女孩在体能训练方面不多,更多是家庭科目和音乐方面的熏陶。到了16岁,大多数男孩子都必须接受高等教育或技术教育。职业院校所设置的课程主要是为了确保各行各业的工人能够充分掌握机械化操作;大学教育主要面向智力水平高和应用能力强的人。不想当护士和老师的女孩成为学女,她们进入最高贵、最受人尊重的女性家里,完善自己的家务能力和社交技能。学女的地位介于真正的女儿和宫女之间。进入受人尊敬的家庭可能是一种特权,但能够得到这样一个学女也是这个受人尊敬的家庭的一种荣耀。

自由王国的婚姻是一件很简单的事情,两个人如果想生活在一起,就可以成为夫妻。爱情是婚姻之神圣性的唯一保障,正是由于婚姻是神圣的,自由王国才没有出现离婚现象。结婚不需要政府的同意,但需要上报国家统计局,以便及时更新数据。

自由王国的生活非常舒适。室内都有人工制冷和臭氧处理;家庭清洁都由机器来完成。食物和服务由共同体的联合会提供,这样一来,个体就可以从琐碎的家务和责任中解放出来。自由王国的艺术很兴旺,这多亏了自由王国全国性的图书馆制度。图书馆兼做咖啡馆和普通交际场所,书和杂志的销售量奇高,使得自由王国成为仅有的几个可以确保艺术家自食其力的国家之一。自由王国的公民患病率极低,被任命为公共官员、医术高明的医生可以为他们提供医疗保险。不过,必须注意的是,自由王国对公民不要求绝对的公平,它的社区制度可以确保个人才能和兴趣的充分发挥,而不是鼓励所谓的"平均"。

如今,自由王国仍处在国际自由联盟的控制之下,这个组织在欧洲设立了办事处,在特里斯特和蒙巴萨岛设有海外办公室,主要处理移民问题和成员资格证的申请问题。

西多尔·赫兹博士,《自由王国》(Dr. Theodor Hertzka, *Freiland*, Leipzig, 1890)

弗里斯兰蒂亚岛 | Frislandia

请不要与小小的弗里西群岛相混淆。弗里斯兰蒂亚岛位于北海，距离荷兰的海滨不远。威尼斯船长齐诺(Nicolo Zeno)和他的兄弟安东尼奥就是从这里起航去探索其他岛屿的，他们发现了伊卡瑞亚岛(不要将其与一个与它同名的国家相互混淆)和埃斯托蒂岛。伊卡里亚岛上的统治者是希腊神灵代达罗斯的直系后代，他们是身材矮小的穴居人。

马可里尼，《弗里斯兰蒂亚岛》(F. Marcolini, *Dello scoprimento dell'Isole Frislandia, Eslanda, Engrovelanda, Estotilanda e Icaria, Fattosotto il Polo Artico dai due fratelli Zeno, M. Nicoco e M. Antonio*, Venice, 1558)

轻盈岛 | Frivola

1750 年，英国海军上将安东发现了这座岛屿。轻盈岛靠近太平洋的胡安-菲尔纳德兹岛，统治它的是一个皇帝，被尊称为"殿下"。皇宫占据了首都灵城(Spiritual City)中心的一个大广场，广场周围是林立的商铺。灵城比伦敦大，与伦敦一样，灵城也被一条河流分开，城里也有许多美丽的花园。

轻盈岛的主要特点是，岛上所有的东西都很轻盈。比如树容易弯曲，就好像用橡胶做的，树上的果子不可以吃，含在嘴里味如泡沫。森林里多野兽，但都对人无害，它们的牙齿和爪子非常柔软，咆哮声犹如丝绸摩擦的沙沙声。

轻盈岛上的居民养马，但马儿没有什么用处，几乎不能托运东西，稍加一点重量，就会倒下去，这些马儿太脆弱，更不能犁田。

轻盈岛上的农活很容易做：女人会轻轻地吹响口哨，哨声可以翻动泥土；男人把种子撒在风里，风把种子轻轻地吹进土里。

阿贝·科伊尔，《发现轻盈岛》(转译自法语，如今私下里在巴黎的街头巷尾传阅，据说非常贴合那个描写轻盈岛及其居民的英国手抄本，写作顺序是从 A 到 I 和从 A 到 N)(Abbé Gabriel François Coyer, *A Discovery Of The Island Frivola*, London, 1750)

福瑞泽岛 | Frize, Island of

参阅绸缎王国(Satinland)。

冻火城 | Frozen Fire, The City of

奎维拉王国的首都,又叫“希波拉城”(Cibola)。

冻词海 | Frozen Words, Sea of

位于北部冰冻海的边缘。一到冬天,所有的单词和声音都会被冻结起来;只有等到春暖花开的时候,它们才又开始解冻。游客可以吃这些冰冻的词语,它们很像色彩缤纷的水晶糖。

巨人在夏季渡海时听见了交战的声音,那是阿里马斯宾人(参阅“阿里马斯宾国”)和驾云者之间的战斗,去年初冬就已经开始了。

弗朗索瓦·拉伯雷,《巨人传第四部》

发德卡姆吉镇 | Fuddlecumjig

属于奥兹国的加德林国。镇上住着发德人;他们是整个奥兹国好奇心最强的人。法德人是用许多块状物构成的,很像拼图玩具。当有陌生人靠近的时候,或者当他们突然听到什么噪音的时候,通常就会崩溃,然后再由某个能干而有耐心的人把他们重新组装起来。

奥兹国里有人觉得,再次组装发德人是一种好玩的游戏。发德人从不自己动手重装自己,他们太了解自己了,这种组装对他们不具有挑战性,这种体验也没有什么乐趣。

发德卡姆吉镇的主要公民是齐格维兹大人,或者叫拉瑞。他有一个怪癖,其中的原因只有他自己最清楚;他会不断地把自己拆开,把自己的身体散发到各地。几年前,当他再次拆散自己的时候,左膝上丢了一块东西,自此以后,他就只有瘸着腿走路了。这个镇上另一个杰出的公民叫尼特婆婆,她的主要活动好像就是给一只袋鼠编织手套,这只袋鼠经常在小镇上出现。

弗兰克·鲍姆,《奥兹国的翡翠城》

福尔沃斯村 | Fulworth

一个渔村，位于英格兰的苏塞克斯，地处福尔沃斯山谷，距离另一个村舍仅仅几英里远。1903 年，福尔摩斯退隐到这里养蜂。距离村舍半英里远的地方是哈罗德·斯达克胡的盖博马车公司。福尔摩斯的小屋现在归私人所有。

柯南·道尔爵士，“狮鬃毛历险记”，《福尔摩斯探案集》(Sir Arthur Conan Doyle, “The Adventure of the Lion's Mane”, in *The Case Book of Sherlock Holmes*, London, 1927)

冯迪尼维洞 | Fundinelve

侏儒居住的一个古老的山洞，位于英国柴郡奥尔德利山崖的地下。冯迪尼维洞受到魔咒的保护，入睡的哨兵可以永不老去。魔咒的核心密封在布瑞辛嘉门(Brisingamen)的怪石里，看守魔咒的是卡德林巫师。如果怪石遭到破坏，魔咒也会遭到破坏，那些卫兵就会死去。

艾伦·加纳，《宝石少女》

将来王国 | Futura

具体位置不可考。游客不妨去看看将来王国的公主庙。公主庙建在海边一块高高的岩石上。参观公主庙所走的路有点长，行程可能很慢。一到达那块岩石，游客必须经过七道门，每道门都用不同的金属做成，其依据是七大星球。第一道是金门，专为国王而建；这道门不可以打开。所有的门都由巨龙、火焰、巨人、有翼毒蛇、女妖及凤凰看守。

将来王国的人们总是喜欢思考将来的问题，他们总是为此争吵不休，尽管他们很渴望和平。

玛丽·安娜·德·卢密耶·罗贝尔，《水妖》

加尔丁岛 | Gaaldine

参阅龚达尔岛(Gondad[1])。

加拉王国 | Gala

位于亚洲南温带的中部，统治者是一个崇尚欧洲文化的独裁者。加拉王国的气候温和、土地肥沃，良好的自然条件有力地保障了农业的繁荣；此外，加拉王国的矿藏也非常丰富。

在政治方面，加拉王国最有特色的是它的税收制度。众所周知，国家要运转正常，就必须依靠税收。为此，加拉人找到了一种最温和、最安全的征税方式。税收就像一种强制性的博彩：按照法律规定，每个成年人都必须接受国家按照他的收入分配给他的彩票。中彩的人将获得税收总额的二十分之一。如此一来，加拉人个个都满心欢喜地交税，有时甚至表现出病态般的迫不及待。

加拉王国的另一项重大改革是压制和打击中间商。所有的产品属于国家所有；国家通过国营商店将产品卖出去，因此杜绝了通过其他方式提价的可能。加拉王国的路况出奇的好，国家想得很周到，建立了庞大的交通体系，所有的产品都可以轻而易举地送达目的地。道路交通就是加拉王国的整个经济命脉。

由于有了各项改革，如今的加拉王国变成了亚洲最富有的国家，周围的国家也变成了它的附属国，不过这是依靠外交手段而非流血冲突赢得的。

安德烈·弗朗索瓦·德·布朗卡·维尔纳夫，《加拉王国的治安史》(André-François de Brancas-Villeneuve, *Histoire ou Police du royaume de Gala, traduite de l'italien en anglais, et de l'anglais en françois*, Paris, 1754)

---

① Gondad 在后面的写法是 Gondal。

加利格尼亚岛 | Galligenia

具体位置不确定，大约宽 8 里格，长 12 里格；岛上住着 10 万余人，都是 3 个法国流放犯人的后代。这 3 个法国人在一次大风暴中遭遇了海难，然后他们来到附近的一座岛上避难。其实这 3 个法国人指的是某个名叫阿尔蒙特的人和他的一对儿女，为了在这座岛上生存和繁衍，他们不得不做出乱伦的行为。

为了不让自己的后代受到坏影响，阿尔蒙特和他的两个孩子从不告诉他们外部世界的事情。然而，他们的后代自己发现了上帝的存在，并且开始崇拜上帝。尽管没有教堂和牧师，他们还是从游客和商人那里了解到其他国家的情况。

阿尔蒙特的后代在这座岛上创建了一个共和国。这个共和国由贤人委员会管理，共和国的一切都归每个公民所有；女人是所有男人的妻子，男人是所有女人的丈夫。

共和国的所有公民，无论男女，一周只工作两天；这足以满足共和国的一切所需。共和国的公民清心寡欲，不渴望得到任何奢侈品。但最近几年，因为厌倦这种完美的社会模式，几个反对派决定搞一场小暴乱，想要颠覆共和国的美好秩序。这个共和国不欢迎欧洲人，共和国的公民害怕欧洲人来接管他们，害怕他们会像西班牙人教化南美印第安人那样教化他们。

夏尔·弗朗斯瓦·蒂费涅·德·拉罗谢，《加利格尼亚岛的历史：邓肯回忆录》(Charles François Tiphaigne de la Roche, *Histoire Des Galligènes, Ou Mémoires De Duncan*, Amsterdam, 1765)

加利纳科国 | Gallinaco

具体位置不确定，最初的居民是长臂猴，如今变成了费利多岛上大脚猴的地盘。大脚猴占领这座岛屿后，长臂猴失去了摘香蕉的权利，这种权利被大脚猴独吞。大脚猴决定做香蕉生意，他们可以想吃多少就吃多少,然后再把剩余的香蕉晒干,卖到国外,把香蕉皮分给长臂猴吃,以换取他们的劳动。长臂猴讨厌香蕉皮的味道,大脚猴想办法使他们相信香蕉皮很有营养,使他们相信大脚猴其实也嫉妒他们拥有吃香蕉皮的权利。“如果事情照此发展”,被打败的长臂猴痛苦地说,“我们的后代以后就会忘记怎样爬到香蕉树上找吃的了,他们将不再是真正的长臂猴了”。

看来有必要安排一只大脚猴站在每棵香蕉树前,拿一块石头当武器,守护香蕉树,因为在朦胧的夜色之下,香蕉可能被偷走。由于看守香蕉树的大脚猴数量不够,一些长臂猴也被召来填补空缺。作为奖励,长臂猿可以偶尔吃一根香蕉。长臂猴看守非常满意,觉得自己很重要。于是大脚猴和长臂猿共享这块地盘,但他们并不同心。他们躲在树丛和蕨类植物里,偷听对方的虚实,一度快乐而繁忙的加利纳科国,如今却笼罩在忧郁的气氛之中,即使外面阳光明媚,大脚猴和长臂猿的心情也很郁闷。如此一来,双方摩擦不断,彼此之间的敌意不断升级,局势越来越紧张。

最后,长臂猴得到了爬香蕉树的权利,可以上树品尝香蕉了。然而,问题很快又出现了:如果每只猴子都要吃香蕉,就没有足够的香蕉分给大家了,大脚猴又拒绝多分给他们香蕉树。对此,某些长臂猴越来越厌恨作为主人的大脚猴。

长臂猴中最聪明的猴子叫非诺,他很快就召集起部落的所有成员,并告诉他们他已想出了一个对策。非诺还建议大家选他做长臂猴和大脚猴共同的王。大家一致赞同非诺的想法,并且很快将他的这一想法付诸行动。

加利纳科国终于平静了几个月。以前,从来没有哪一只猴子能够成为两个部落的首领。为此各地的崇拜者纷纷前来祝贺,他们想弄明白非诺是怎样摆平这件棘手的事情的。非诺一开始还比较谦逊,但不久就被胜利冲昏了头脑。长臂猴的命运几乎没有任何的改变,他们手中可以用来分配的香蕉树仍然只有10棵,大多数长臂猴不得不整年依靠香蕉皮度日。非诺最后说服大脚猴,大脚猴答应多给长臂猴两棵香蕉树,并且还为此举行了盛大的交接仪式,每只猴子都满心欢喜。

仪式快结束的时候,非诺把部落中的几只老猴子召集起来,向他们保证,这种仪式只是一个开始,他们必须要有耐心,重振旗鼓,一定收回失去的香蕉树。接着,非诺又召集大脚猴部落的各位长老,告诉他们,为了和平,他将不得不时常拿走几棵香蕉树,这对大脚猴来说只是九牛一毛,无论如何也不会破坏他们的生意。

一年过去了,非诺声誉鹊起,这声誉远远地传到了加利纳科国之外,如今的非诺在众猴簇拥下气宇轩昂,脸上不乏狂妄傲慢的神气。没有一只猴子再胆敢跟他打招呼,除非再三思量,并且极尽谦卑和恭敬,因为非诺已容不得任何意见和批评。不过,他依然嗅觉灵敏,并且很快就了解到,长臂猴中间正在酝酿一场革命风暴。一天晚上,一个探子告诉非诺,长臂猿正在策划一次反叛活动。

非诺命令立即逮捕肇事者,并召集各个顾问开会。大会上大家争论不休,开会时间无限制地延长。最后,一个顾问想出了一个妙招。既然长臂猴最在意的不是吃香蕉,而是能不能爬到香蕉树上,那么长臂猴可以爬到所有的香蕉树上,只是树上的香蕉早已被摘光;这样一来,长臂猴就会觉得又获得了他们习以为常的自由。非诺十分赞同这个好办法,建议把那些香蕉树叫作"特别的",因为只有长臂猴才可以爬到这些树上去。今天,游客最熟悉的"加利纳科"(Gallinaco)这个名字的本意就是"特别的社会"。

鲍策明,"香蕉之战",《花园里的橡树:我们这个时代的寓言》(Yves Beauchemin,"The Banana Wars", in *The Ark in the Garden*: *Fables for Our Times*, Toronto, 1998)

嘉尔玛岛 | Galma

与纳尼亚王国隔岸相望,要到达这里,从卡尔帕拉维尔城向东北方向航行只需要一天。

在穿过东海的那次伟大的航行中，纳尼亚国王嘉斯滨十世曾驻足嘉尔玛岛；当时，嘉尔玛岛的公爵还举办了一场盛大的赛马活动。普通参观者就不要指望能得到这样的接待了。

路易斯，《纳尼亚传奇："黎明踏浪号"的远航》

加纳宾岛 | Ganabin Island

位置不确定，大概距离察尼夫岛不远。加纳宾岛多山，山上有双峰，从远处看很像帕纳萨斯山（Mount Parnassus）。附近有茂密的森林和世界上最美丽的喷泉。加纳宾岛上的居民全是小偷和强盗，到这里来的游客可要随时提防。

弗朗索瓦·拉伯雷，《巨人传第四部》

加纳克地区 | Ganakland

一片广袤的平原，位于地下大陆佩鲁西达，距离雅鲁村不远。这个地名取自它的居民加纳克人或比索尼人。加纳克人短小精悍，脸部和躯干长满棕色的长毛，额头上突出厚重的小角；尾巴末梢有一簇浓密的细毛。加纳克人用额前的角参与格斗，用低矮的头部攻击敌人，掏出敌人的内脏。与佩鲁西达其他地方的人一样，加纳克人也有自己的语言，不过他们经常像一头公牛一样咆哮，发怒时会用一只脚抓挠地面。

加纳克人吃素，但本性凶残。他们豢养女奴，一方面为了满足性欲，另一方面则为耕种农田。女奴衰老不能劳动的时候，就会被杀死；男人一般不会被当作奴隶，只有女奴不够用的时候才会被当作奴隶，要不然就会被杀死。如果奴隶的数量过多，加纳克人就会折磨他们，把他们捆绑在树桩上虐待致死。在此过程中，加纳克人会喝掉大量的烈酒，这种酒的名字叫"舞蹈水"，可以放纵人的肌体，使人的行为更加肆无忌惮。

埃德加·巴勒斯，《将被征服的七个世界》

刚嘉利迪亚王国 | Gangaridia

这个王国的钻石储量很丰富,位于恒河的东岸。刚嘉利迪人是安静的牧羊人,拥有庞大的羊群,可以生产世界上最好的羊毛。他们住在象牙和橘树装饰的房屋里,睡在玫瑰铺成的床榻上。他们是素食者,把所有的动物都看作自己的弟兄;因此,他们会认为杀死或吃掉它们的肉就是在犯谋杀罪。

这里的动物会说话,其中有最温和同时又最凶猛的独角兽,可以被当作坐骑。100 个骑独角兽的刚嘉利迪牧人足以打败一支庞大的军队。刚嘉利迪亚也是凤凰的家园,但不再是画眉鸟的家,画眉鸟已遭到驱逐,因为有一只画眉鸟带回的关于巴比伦公主的消息是假的,而那个巴比伦公主又是刚嘉利迪亚国王深爱的女子。

月圆之时,人们聚集在雪松寺庙里,感谢上帝赐予他们的一切。男人和女人聚在不同的寺庙里,以避免分心。所有的四足动物都聚集在美丽的草坪上,等着被献祭,鸟儿聚集在树林里,一些鹦鹉是这里了不起的传教士。

印度国王曾率领百万大军和一万头大象,企图进入刚嘉利迪亚。独角兽用角刺穿大象的身体,那些印度士兵纷纷倒在刚嘉利迪人的剑下,就好像镰刀下的谷穗。印度国王和他的 6000 士兵被抓;国王被投进恒河里洗澡,然后被喂以素食,直到他的脉搏稳定,性情不再那么狂烈为止。等到刚嘉利迪亚的政务会和独角兽都满意了,这些俘虏才得到释放。自此之后,印度人非常敬重刚嘉利迪人。

刚嘉利迪亚目前由一位女王统治。女王的儿子阿尔迪-阿马扎继承了巴比伦的皇位(他的父亲遭到冤枉,被废除了王位),然后娶了巴比伦的公主。

伏尔泰,《巴比伦公主》(Voltaire [François Marie Arouet], *La Princesse de Babylone*, Paris, 1768)

加拉曼提国 | Garamanti Country

位于瑞菲山脉(Rifei Mountains)以东的河谷,与山脉边缘的阿富汗相邻。请不要把这个国家的居民与生活在南部塞亚提(Sirti)利比亚荒漠里的一个同名部落相混淆。

瑞菲山脉的加拉曼提人都是野蛮人,他们从未被其他部落的人征服过;因为他们的周围地势险要、易守难攻。第一批来这里的游客是一些欧洲人,那是在16世纪时。根据他们的描述,这些土著人居住在肥沃的河谷里,不过人口稀少。加拉曼提人主要从事农业和饲养业,并遵守6条法律的规定,包括政府、宗教、着装、家庭、哲学以及遗传方面的问题。任何人不可以另外增加法律条款,否则会被判处死刑。

加拉曼提国有许多严格的规定。他们的着装严格统一,男女一样。每一对夫妇可以生3个小孩:超出3个,所有的孩子都会被处死。工作、财产和继承在全国内平等分享。女人到了50岁时会被处死;因此,这些居民中没有人会变老,会堕落,或者说对社会无用。说谎话的人也会被处死,加拉曼提人相信说谎足以毁掉整个民族。游客应当知道,这些岛民都是一神论者。

安东尼·格瓦拉,《教导诸王子的书,间有马可·奥琉略名著(部分内容)》(Antonio de Guevara, *Libro llamado Relox de los Príncipes, en el cual va encorporado el muy famoso libro de Marco Aurelio*, Madrid, 1527);曼布里诺·罗塞欧,《基督教王子的机制》(Mambrino Roseo, *Institutione del prencipe cristiano*, Venice, 1543)

嘉布村 | Garb

参阅海姆岛(Hime)。

木头人王国 | Gargoyles, Land of

一个地下王国。金字塔山上有一排螺旋形石梯,爬上这段石梯就可以到达这个王国。

这个王国的一切都是用木头做的:土壤是木屑做的,鹅卵石是树疙瘩做的,花园里的花儿是用木头雕的,地上的草是刨花构成的。在没有草和土壤的地方,可以看见坚硬的木质地面;天空飞过的也是木鸟。

木头人王国与金字塔山的深处有一定的距离。城市的一切也是用木材建造的;房屋像塔楼,而且形状各异:有方形、六边形,也有八边形;质量最好的是饱经风霜的老房子。

木头人也是木头构成的,身高不到3尺、腿短、手臂奇长,头部相对于身子而言显得过大,面孔丑陋无比;头上装饰有各种怪诞的图案,包括方形和其他几何形状的蔬菜。木头人生有木翅膀,可以飞翔,不用走路,因此腿对于他们来说几乎无用。睡觉的时候,木头人会把翅膀收起来,挂在墙上。惩罚木头人的办法就是拿走他们的翅膀,然后把他们关进一座高塔里,直到他们改邪归正为止。

木头人王国最不寻常的是,到处寂静无声。飞翔时,或使用符号和手势交流时,木头人也不会出声。木头人王国的牛不会叫,鸟也不会唱。参观者应当记住这一点,木头人怕噪音,如果遭到他们的攻击,噪音就是对付他们的最好武器,其次是火。

弗兰克·鲍姆,《桃乐丝与奥兹国的巫师》

加斯特之岛 | Gaster's Island

距离冻词海不远,从远处看去,岛上贫瘠多山。加斯特之岛中部是笔直的石崖,很难爬上去;崖顶肥沃而舒适,加斯特大师就住在这里。加斯特是世界上第一个艺术大师。与他一起生活的是佩尼亚夫人,佩尼亚夫人又叫贫穷,是9个缪斯女神的母亲。加斯特的前妻是爱神波鲁斯。

加斯特严肃而专制,不愿接受他人的意见,由于耳聋,他只能用手语。当他发号施令的时候,天空也会颤抖,地球也会振颤。他发明了许多技术和机器，还把技术传授给岛上的动物。比方说，他把鸟儿培养成诗人。他甚至可以使敌人的子弹原路返回，直接攻击它们的发射者，而且威力不减。加斯特脾气暴躁，他的怒气足以吞噬一切，人类和野兽更不在话下。

加斯特之岛上的偶像曼杜斯

加斯特的宫廷里可以发现两类朝臣："拨弄口舌者"和"加斯特崇拜者"。"拨弄口舌者"自称是古代尤瑞克里斯的后裔，他们还引用阿里斯托芬的权威著作《黄蜂》(*The Wasps*)来证明自己的血统。

"肚腹崇拜者"崇拜加斯特，把他当作世界上唯一的神。"加斯特崇拜者"在相貌和气质方面差异甚大，但他们都有一个共同点，那就是懒惰；他们从不劳动，认为劳动会损坏和侮辱他们的肚子。他们衣着古怪，穿贝壳状的蒙头斗篷。他们的宗教仪式是，抬着丑陋可怖的偶像曼杜斯去敬拜加斯特。曼杜斯的眼睛比肚子大，头更大，嘴巴很宽，牙齿在一根隐绳的控制下一开一合。在这个盛大的宗教节日里，"肚腹崇拜者"会给加斯特献上丰盛的食物和饮料。不过，加斯特大师不承认自己是神。

佩尼亚夫人是加斯特的摄政王。她出游的时候，法院必须关门，所有的命令全部无效。佩尼亚夫人至高无上，游客最好避开她。加斯特之岛上的居民对她唯恐避之不及，宁愿遭遇其他的危险，也不愿意碰见她，沦为她的俘虏。

弗朗索瓦·拉伯雷，《巨人传第四部》

高尼斯王国 | Gaunes

位于高卢西部，这里是波尔斯国王的地盘。波尔斯国王是兰斯洛特骑士的舅舅，两人都是卡默洛特城堡的圆桌骑士，竭力效忠亚瑟王，而且两人战功赫赫。在解放卡默洛特城堡时，波尔斯是亚瑟王的盟友，他的侄儿也成为亚瑟王最著名的骑士。

无名氏，《亚瑟王之死》

吉尔特山脉 | Gelt Mountains

一系列陡峭险峻的山峦，位于特尔塞纳河和贝克拉平原之间；特塞纳河是贝克拉帝国的北部边界。吉尔特山脉地势低矮的地方生长香桃木和柏树，这里有一条小路，蜿蜒盘亘于岩石之间，沿着这条小路可以穿过吉尔特山脉。吉尔特镇坐落在高高的山顶上，这里是铁矿贸易中心。

理查·亚当斯，《巨熊沙迪克》

真理宝石岛 | Gem of Truth Island

参阅阿里奥芬岛(Aleofane)。

吉妮莉亚宾岛 | Geneliabin

参阅特里尼亚岛(Teleniabin)。

鬼岛 | Genii, Land of the

参阅瓦奇群岛(Waq Archipelago)。

格诺提亚大陆 | Genotia

位于南大西洋，包括几个王国，海滨多岛屿，周围的海域经常有海盗出没，部分地区依然保留了奴隶制。希腊人从威尼斯游客的口中了解到这块大陆的存在。

格诺提亚大陆的某些王国值得一游，它们分别是基诺培瑞亚、潘多科里亚、菲里斯兰、尼欧培岛，以及佩纳西尔（属于赛梅科王国）。

路易·阿德里安·迪佩龙·德·卡斯特拉，《命运与热情剧院》

几何学家岛 | Geometers'Island

几座海拔比较高的半岛之一，靠近火地岛，干燥贫瘠。这座岛上的城市呈方形、规模庞大，城里很安静。岛民喜欢在沙滩上描画花鸟虫鱼。

皮埃尔·德方丹神甫，《新居利维或居利维船长之子让-居利维之旅》

巨人的花园 | Giant's Garden

一座美丽可爱的大花园，位于英国某地。大花园里长满柔软碧绿的青草，美丽的鲜花点缀在青草之间，像天上的点点繁星。园中有 12 棵桃树，春天开出粉白的小花，秋天结出丰硕的果实。花园中间是巨人的城堡，城堡上面有高高的窗和坚固的塔楼。在花园最远处的一个角落里，人们可以看见一棵树，树上开满可爱的白花；树枝呈金黄色，上面结满银色的果子；树下躺着巨人的尸体，上面盖着白色的小花。

今天的参观者很容易走进这个大花园。然而，在许多年前，巨人在花园周围筑起了高墙，并竖起一块牌子，牌子上写着："闲人莫入，违者重罚"，目的是不让附近的孩子到花园里来玩儿。可自从孩子们离开花园之后，花园里的鸟儿不再歌唱，树儿忘记了开花。雪霜、冰雹和北风不断肆虐着花园，春天也隐藏起来，不再光顾花园。后来，有一天，巨人突然听见美丽的歌声，这时他发现冬天已经走了。孩子们从一个墙洞处悄悄溜进花园里，他们也把春天带进了花园。巨人后悔了，觉得自己太自私，于是他操起一把巨斧，掀掉了那堵围墙。

那天来花园里玩的孩子当中有一个小小孩，巨人特别喜欢他。然而，自那天以后，小男孩就再也没有来过，其他的孩子照常每天早上到花园里来。多年以后，巨人老了，他开始静静地看着孩子们游戏。冬天的一个早晨，巨人往窗外望去，他看见花园最远处的一棵大树，树上开满了小小的白花，树下站着那个好久不曾来过的小男孩。巨人兴奋地跑下楼，跑进花园，但当他走近那个小男孩的时候，他的脸因生气而变得通红，因为小男孩的手掌上留有两个钉痕，一双小脚上也有两个同样的钉迹。男孩的话语止住了巨人的愤怒。小男孩说："你曾让我到你的花园里玩，我今天也想邀请你来我的花园，那就是"天堂"。

奥斯卡·王尔德，"自私的巨人"，《快乐王子及其他故事》(Oscar Wilde, "The Selfish Giant", in *the Happy Prince and Other Tales*, London, 1888)

巨人海 | Giants, Sea of

属于北冰洋的一部分。巨人海里生活着到这里来避难的巨人和怪物，其中几个是独眼巨怪(参阅"独眼巨怪岛")，他们的相貌奇丑无比，身后跟着凶残的狗，经常绑架格陵兰岛的女孩；女孩的父母若想要回自己的女儿，他们就必须求助安加科克巫师，他们可以用魔法杀死巨人。

晚上在巨人海靠岸的游客很容易遭到巨人的攻击，他们很可能被巨人用棍棒打死，然后被他们吃掉，所以要格外小心才是。当北欧可怕的冬天过去的时候，在温暖的阳光照耀下，海面开始解冻，奔腾的海水破碎了奇形怪状、闪烁如宝石的冰山，这时候，长胡子巨人们身着红衣，爬到这些冰冻的寺庙里，这些寺庙在阳光下发出彩虹般绚丽的光彩。巨人们和北极熊一起，行走在这些庄严的水晶石碑之间，穿过他们那广袤的领地。他们吹起小小的芦苇管，用以激起风暴。有几个巨人甚至到了挪威的北海岸。他们说话犹如恐怖的狂风怒号，手轻轻一举就可以把树根拔起。他们会跳进深水里摸鱼，会在陆地上捕猎野兽，他们的捕猎方法从不出错。

有个叫哈福斯特劳的巨人喜欢在水手面前表现自己。他体形庞大、没有手臂，从水中冒出来的时候活像一头大象。他戴着一顶头盔，身体呈淡蓝色，有些像冰的颜色；而他那隐在水下的一部分身体，无人能确定是人形，还是鱼形。

托马索·柏卡奇，《闻名世界的岛屿》（Tommaso Porcacchi，*Le isole piu' famose del mondo*，Milan，1572）；玛利亚·萨维-洛佩茨，《大海传奇》（Maria Savi-Lopez，*Leggende del mare*，Turin，1920）

吉凡提亚岛 | Giphantia

位于广袤的流沙之中，被西非以北的荒漠包围着。对于来到吉凡提亚岛的游客来说，这个半岛就像一个辽阔的平原，越往前走，植被长得越高，最后简直高与天接，很像一个巨大的圆形剧场。岛上的空气清新宜人，岛民过得怡然自得，从未有过疲倦感。

吉凡提亚岛上住着精灵，他们保护人类不受空气、水、火以及土的影响。在整个地球上，只有吉凡提亚岛上的自然仍然具有基本的能量，这里的自然仍然可以不断产生新的动物和植物。当然，新生的物种并非都能够存活下来，但这里的精灵会竭力去保护新生物种，然后把它们分配到世界各地。有时候也会遇上这样的情况，新生物种找不到合适的生存环境，最后绝种了。如果精灵到了其他地方，就会变成水仙或者侏儒。在某些地方，吉凡提亚岛上的精灵又叫扎兹瑞斯（zaziris，来自汉语里的“代理人”一词）。管理他们的是一个地方官，这个人的脸就像污水中的一个映像。

需要净化时，精灵就钻进一个高高的空圆柱里，圆柱里装满了4个元素的精华。这个净化柱附近有一座隆起的小山，经过200多级台阶可以到达。山顶摆放着一个圆球，象征地球。圆球通过一些不易察觉的频道与各国相连。被收集起来的信息很乱，但如果用树枝接触圆球，就能听见某个地方正在发生的事情。与圆球相连的还有一面镜子，通过这面镜子，精灵不但可以听见而且还能看见这些正在发生的事情。圆球附近有一个长满草的洞，洞底有一段楼梯，可以通到一间大屋子里。在这里，游客会注意到一幅投射到墙上的逼真的海洋图景。这些形象是固定的，但可以随意替换而不会遭到损坏，因此吸引了参观者所有的感官。

吉凡提亚岛上有3棵奇树。第一颗叫爱情树。树叶像香桃木，紫色花朵包裹在白色的三角形斑点里。爱情树不受冷热影响，但如果爱情树开始枯萎了，精灵也不能避免影响它的本质，尽管他们会设法救它；因此人类的爱情总是离散，而非团聚。第二棵树从不开花，也不长叶，也不结果，而是长满无数的小卷须；卷须末梢可见小小的蠕虫，小蠕虫会变成飞蝇，飞蝇的刺激过度激情和疯狂，于是就有了“什么东西叮了他”这种说法。第三棵树还没有一个人高，树枝沿水平方向生长，沿着一面石墙向四面延伸约300步远。这棵树上没有两片相同的叶子，每片树叶的叶脉都形成一种奇怪的形状，比如一列柱廊、一种科学工具、一个数学问题，或者一种机器。树叶黄了，被风卷起，变得非常纤细，纤细到可以渗进人的毛孔，进入人的血管里。一旦进入人的血管，这些树叶儿又会恢复原状，引发高烧。最后，人的大脑把树叶的各种形状复印下来，形成各种相应的发明。

夏尔·弗朗斯瓦·蒂费涅·德·拉罗谢，《吉凡提亚岛》(Charles François Tiphaigne de la Roche, *Gianphtie*, Paris, 1760)；夏尔·弗朗斯瓦·蒂费涅·德·拉罗谢，《扎兹瑞斯帝国》(Charles François Tiphaigne de la Roche, *L'Empire des Zaziris sur les Humains ou La Zazirocratie*, Paris, 1761)

格兰敦平原 | Gladden Fields

介于迷雾山脉和中土北部的大河之间，大河和罗林恩王国以北的格拉敦河交汇而形成。

中土第三纪初，格兰敦平原上爆发了一场大战。阿诺尔的国王伊西杜尔及其随从在此遭到迷雾山脉一伙兽人的袭击，并遭到残杀。这次打击使阿诺尔王国元气大伤，从此再也没有恢复过来。在这次大战期间，至尊戒掉进了大河，这件事情将彻底改变中土将来的历史。

托尔金，《魔戒首部曲：魔戒现身》；托尔金，《王者归来》；托尔金，《精灵宝钻》

格拉斯昂王国 | Glathion

参阅凯米利阿德王国（Cameliard）。

闪光洞穴 | Glittering Caves

参阅爱加拉隆洞（Aglarond）。

闪光平原之地 | Glittering Plain, Land of The

这是一个王国，可能位于苏格兰北部的海滨地区；境内多山和地势倾斜的草坪，因此可以经过一条狭窄的山路到达这里。看守这条山路的是一个穿猩红色衣服的典狱官，他的职责就是把游客带进来，然后阻止他们离开。参观者应该知道，来到闪光平原之地后是不可以再回去的。

一到达这个王国，参观者就可以长生不老，因此那些成功逃走的参观者就会变成游荡的幽灵。尽管闪光平原之地也叫“不死之地”，但参观者一定要记住，这个名字禁止使用，因而这个国家只表示“闪光平原之地”或“活人之国”。

国王的亭子三面被树林包围，亭子上面装饰着刺绣的花朵，尤其值得一看。人们在这里不会产生疲倦感，因此大多数人愿意步行到这里来。

威廉·莫里斯，《闪烁平原的故事》（闪烁平原又叫“活人之国”或“不朽者之地”）（William Morris, *The Story of the Glittering Plain*, London, 1891）

格洛梅王国 | Glome

地处法斯国和卡巴德王国的边界地带，首都也叫格洛梅，坐落在斯尼特河的两岸。格洛梅城最初距离斯尼特河很远，当时的斯尼特河经常洪水泛滥。今天，斯尼特河的河道加深变窄，驳船可以逆流而上，靠近城门。皇宫坐落在格洛梅城上面的小山上，看起来算不上特别的豪华和壮观，仅用木头和彩绘砖搭建而成。皇宫的第二层有一间星形小屋，有时被用作囚房；这里原本想建成一座圆形塔的第二层，不过始终没有完工。

斯尼特河的对岸有一座重要的寺庙，名叫“尤吉特之屋”。4块巨石竖立在这里，形成一个鸡蛋形状，每块巨石是普通人身高的两倍。这些巨石的年代已经非常久远，没有人知道是谁把它们搬到这里来的，也没有人知道是谁把它们按照这样的方式摆放在这里的。巨石之间建有砖墙，顶部盖着芦苇。根据祭司的说法，这种寺庙的形状具有象征意义，表示孕育这个世界的一个卵子或子宫。据说，尤吉特女神（艾素尔王国也崇拜这位女神，不过名字不同，他们崇拜的女神叫塔拉帕尔，象征地球、子宫和万物之母；人们相信女神自己就是从地球里被挤出来的。过去，象征这位女神的是立在寺庙中心的一块没有形状的石头，最近被一尊女子雕像代替了，这暗示了希腊文化对格洛梅王国的传统宗教的影响。女神尤吉特被当作山神之母，有时也被当作山神的妻子；山神住在格洛梅城上面的灰色山上,象征天神的力量。

对尤吉特女神和山神的崇拜需要不断地献祭。当地人通常用动物作牺牲,但如果需要比较迫切,他们也会把人当牺牲献上。这些牺牲被套上铁项圈,捆在被剥去树皮的大树上,等着山神和影子野兽来把他们吃掉。据说,一旦出现大麻烦,影子野兽就会出现。被当作牺牲的受害者都被灌了迷魂药,因此死的时候不会痛苦地挣扎。

寺庙里有祭司负责各项事务;祭司有等级之分。寺庙里有自己的守卫,他们都服从国王的卫队长。此外,进出寺庙的还有许多终生侍奉尤吉特女神的女人。

尽管一年到头都有祭祀活动,但最主要的还是诞生节。在这个节日里,一个祭司被蒙上眼睛,从黄昏时就被关进尤吉特之屋。到了第二天中午,这个祭司通过一番战斗跑出那间屋子,于是这个节日就算结束了。祭司的战斗只是象征性的,战斗所使用的只是一把木剑,战士身上泼洒的也不是血,而是葡萄酒。当祭司再次出现的时候,人群就聚在西门外播撒小麦种子。按照传统的做法,诞生节的前夜,国王必须和这个祭司呆在寺庙里,此外还有一个贵族、一位长老和一个民众代表。确定这些人的方式很神秘,那天晚上寺庙里发生的事情,处女是不可以看见的。

格洛梅王国是这里最富有的国家,它的财富来源主要是养牛和采银矿。过去,他们多使用罪犯开采银矿,但银的产量非常低,许多人死在矿上。而今,他们实施了新的制度:年轻力壮的奴隶被买来采矿,按照规定,只要他们采到所规定的矿石数量,就可以获得自由。对于一个强壮的奴隶来说,要获得这样的自由大约需要7年。这一改革大大地调动了奴隶的积极性,银矿产量迅猛增加。

格洛梅王国采用世袭君主制。王位通常传给长子,如果国王没有儿子,王位也可以传给女儿。其实,从格洛梅王国的近代历史来看,王权都掌握在特洛姆国王的女儿手里。特洛姆国王和他的第一任夫人生了两个女儿,一个名叫雷迪娃,后来嫁给法斯国的特鲁尼亚,另一个就是现任的统治者奥卢尔公主。后来,特洛姆国王又娶了卡巴德王国的公主,这位公主为他生了第三个女儿,名叫伊斯特拉，之后难产而死。伊斯特拉是格洛梅王国最美丽的女子，长得非常可爱，可以说人见人爱。而当瘟疫、暴乱和干旱不断肆虐这个王国的时候，人们一开始还相信她只需要用手碰一下某个病人，那个病人就可以被治好。可是慢慢地，人们开始怀疑她，认为她就是给这个国家带来重重灾难的人，应该遭受咒诅。最后，这个女孩被当作祭物带到灰烬山上，但就在这时候，天空飘起了细雨。

伊斯特拉被献祭之后，奥卢尔公主爬到灰烬山上，她发现伊斯特拉公主已经被西风带走了，并且变成了西风的妻子，住在西风为她建造的美丽的宫殿里。这座宫殿肉眼是看不见的，可是奥卢尔公主声称她在黎明时看见了这座宫殿。此后再也没有人见过伊斯特拉公主，但她变成了邻国艾素尔王国崇拜的偶像。

奥卢尔公主是格洛梅王国最著名的女王之一。她从小就认为自己生得最丑，因此在公众场合里，她总是在脸上蒙着面纱。她学会了舞剑，在一次决斗中，竟然击败了法斯国的叛军头子阿尔甘，从而帮助特鲁尼亚国王夺回了他的合法王位。在接下来的岁月里，奥卢尔公主多次率军出征，击败了住在灰烬山脉背后的瓦根人和艾素尔王国的军队。据说，在与艾素尔王国交战的过程中，公主一次就杀死了 7 个人。

除了具有卓越的军事成就之外，奥卢尔公主还大搞改革和重建首都。她的改革对银矿的影响尤其大。她的成功很大程度上得益于著名的福克斯。福克斯是一个希腊人，特洛姆国王把他带来做王子的老师。福克斯积极推动了希腊哲学思想在格洛梅王国的传播，在他的影响之下，皇家图书馆也建立起来。如今，皇家图书馆里珍藏着精选的希腊古籍。正是借助这些希腊古籍，格洛梅王国的贵族开始研读希腊哲学。

C. S. 路易斯，《直到我们拥有面容：一个被重叙的神话》(C. S. Lewis, *Till We Have Faces*, *A Myth Retold*, London, 1956)

格劳帕夫镇 | Gloupov

来自俄语单词“gloupy”，意思是“愚蠢的”。这个小镇现在的名字叫内普瑞克隆斯科镇，与罗马一样，建在 7 座小山上。3 条河流流经格劳帕夫镇，使这个小镇形成了交错分布的狭窄街道和小巷。这座城市是俄罗斯北部的碰头部落(这些人总是用头去碰撞墙壁和其他的障碍物)修建的。经过与邻国几个世纪的交战，在一次碰头竞赛中，碰头族击败了他们的劲敌歪肚人，从此，两个部落联合起来，开始为他们自己寻找一个国王。由于被找到的两个国王都拒绝这一殊荣，于是他们决定去寻找世界上最愚蠢的人做他们的国王。

他们最终找到了一个愿意做国王的人，这个人任命海盗扒手做市政官。为了赚钱和得到国王的感激，扒手煽动市民造反。他的造反一开始很成功，但他做过了头，最后被判了死刑。上绞刑架之前，扒手用黄瓜割断了自己的喉咙。国王又任命了两个市政官，但情形并没有得到好转，直到国王亲自来到城里，亲自上阵做市政官为止。他的那句“我要打死你”标志着格劳帕夫镇早期历史的结束。

如果游客对格劳帕夫镇的发展感兴趣，可以参考《格劳帕夫镇编年史》。这本书回顾了 1731 到 1825 年间，格劳帕夫镇所发生的一些事情。在这段时间里，先后有 21 个人做过格劳帕夫镇的市政官。其中也有杰出的，比如西蒙·迪沃伊科若夫(1762—1770)。他引进酿酒技术，强制使用芥末和月桂酱。迪沃伊科若夫死后，曾用来种植芥末的土地改种卷心菜和大豆，人们逐渐改掉了吃芥末的饮食习惯。在所谓的“文明化战争”初期，市政官波洛达芙凯严格要求人们保持吃芥末的习惯。“文明化战争”的第二个行动是，向格劳帕夫镇的居民解释，把房子建在坚固的石头地基上的必要性。第三次文明化战争下令不再种植除虫菊；第四次要求建立一所学院。波洛达芙凯后来意识到，他实施“文明化运动”的步子太快了，于是又发动了一系列反文明化运动战，下令烧毁在文明化进程中创建的 3 个郊区。直到 1798 年波洛达芙凯去世之后，格劳帕夫镇才避免了全城被毁的厄运。

波洛达芙凯去世以后，尼格迪阿福继任。尼格迪阿福希望格劳帕镇的居民具有良好的礼仪。他制定政策，确保市民能够起来勇敢面对灾难，结果在他的任期结束时，格劳帕夫镇几乎完全陷入饥荒。尼格迪阿福的后继者是米卡拉德，他试图废除体罚，不实施任何法律规定。他的接班人贝尼波伦斯偏偏疯狂地迷上了立法。除了其他的事情之外，贝尼波伦斯下令每个人走路必须小心，必须彼此交换适当的礼物。当他邀请拿破仑来格劳帕夫镇的时候，有人怀疑他在搞波拿巴主义，于是把他抓了起来。

接下来的市政官是陆军中校普莱西特。到达格劳帕夫镇的那一天，他就郑重宣布，他来格劳帕夫镇就是为了休息；在他的任期内，格劳帕夫镇非常繁荣。人们怀疑普莱西特在搞黑色巫术；一个阴险的将军切开他的头颅，发现里面装的全是智慧。自那以后，格劳帕夫镇交给警探管理，为了抢劫食品店，他们企图杀死镇上的狗，不过没有得逞。

接下来的市政官是伊万诺夫。伊万诺夫身体太小，任何体积大的东西他都吸收不了。据说，他后来死了，因为他完全不能理解这段时间通过的新法律。其他历史学家认为，伊万诺夫的大脑因缺乏使用而萎缩了，于是他退隐乡下，在那里繁衍了一个大头族。

1815年，伊万诺夫的市政官位置被察瑞奥特子爵取代。察瑞奥特子爵是法国一个探险家，他试图向格劳帕夫镇的居民阐释人权和波旁皇族的权利，诱使他们相信理性和教皇的绝对权威。人们开始建造通天塔，但最终没有完成，因为找不到合适的建筑师。于是人们开始崇拜古代斯拉夫人的众神，从此腐败和堕落成风，尊老习俗荡然无存；这时候，《倾城佳人》(*La Belle Hélène*)上演了。最后有人发现杜-察瑞奥特子爵竟然是一个女人；这个女人遭到放逐。

格劳斯蒂洛夫取代了杜-察瑞奥特。他盗用国家基金，为了不受良心的谴责，每次看见士兵只能吃发霉的面包，他就嚎啕大哭。他相信任何一个遭受过磨难的人都可能变成一只寄生虫；他拒绝看到幸福导致物质崇拜这样的情形，但正是这两点造成了他最后的堕落。他的内心经历了一次宗教转变，因此决定拯救所有人。他穿上苦行者的苦行衣，当众鞭打自己。今天，人们仍能欣赏到格劳斯蒂洛夫用来鞭笞自己的那根光滑如天鹅绒的鞭子，这根鞭子就放在格劳帕夫镇的档案馆里。正是在这个宗教转变时期，格劳斯蒂洛夫完成了《虔诚灵魂的快乐》。

格劳斯蒂洛夫的继任者是奥格瑞欧姆-鲍特希弗。鲍特希弗睡在地板上，枕着一块石头，把自己的妻儿终生关闭在地下室里。最后，他决心重建格劳帕夫镇的法律。在此期间，格劳波夫镇经历了漫长的干旱，鲍特希弗想从一条邻河调水，没有成功。于是，他决定另选地址重建格劳波夫镇，并把这个镇的名字改成内普瑞克隆城。一天，太阳不见了，地球开始震动，市政官也神秘地失踪了。对于整个事件的始末，即使是包罗万象的《格劳帕夫编年史》也只字未提。编年史的作者也是格劳帕夫镇的市政官，属于该镇的最后几任市政官，名叫扎力克维茨基，他骑着一匹白马来到镇上，烧掉了学校，毁掉了科学的所有根基。

谢尔盖·奥夫查罗夫，《小镇的故事》(Saltykov-Shchedrin [Mikhail Yevgrafovich Saltykov], *Istoriya odnogo goroda*, Moscow, 1869—70)

巫师岛 | Glubbdubdrib

一座小岛，面积大约是英格兰的怀特岛的三分之一，距离巴尼巴比国的西南面约 500 里格。

巫师岛上土地肥沃，统治者是巫师部落的酋长。酋长住在皇宫里，皇宫的四周是一片大花园，花园的面积约有 300 公顷，外面是 20 多英尺高的围墙。酋长的侍从都是幽灵，是一些依靠巫术唤醒的死人。酋长能够指挥这些死魂灵，命令他们一天 24 小时为他服务；酋长传唤的幽灵连续 3 个月都可以不重复。

到达巫师岛之后，参观者就会被带到一家私人住宅里，然后被带去面见这位酋长。如果他们的模样令酋长感到高兴，他们就可以传唤自己选定的幽灵。因此，他们有机会与历史上的伟人们交谈，比如亚历山大、汉尼拔、恺撒等等。不过，参观者要注意，根据世界历史某些方面的揭示，这些人永远都会遭到人们的厌恶。

乔纳森·斯威夫特,《走进世界上的几个偏远民族》

格里恩-卡格尼峡谷 | Glyn Cagny

位于爱尔兰境内,具体的位置在伊瑞恩的睡眠者之洞和格特-纳-可洛卡-莫拉附近,据说住在峡谷小池里的鲑鱼是爱尔兰岛上最深刻、最博学的生灵。

格里恩-卡格尼峡谷的来历与两位哲学家有关。这两位哲学家与各自的妻子"瘦女"和"灰发女"住在附近的松树林里。两位哲学家都非常聪明,能够解决所有的困难,能够回答所有的问题,还能够和格特-纳-可洛卡-莫拉的小精灵交谈,和该地区无数的仙子交流。有一次,潘神来到爱尔兰岛上,企图引诱其中一位哲学家的女儿凯迪琳,但凯迪琳嫁给了安古斯·奥格,如今与丈夫住在伊瑞恩的睡眠者之洞里。

当再也找不到可以学习的新事物时,其中一位哲学家选择了死亡。他把一间小木屋的中间部分收拾干净,然后脱掉外衣和靴子,踮着脚尖站着。接着就开始旋转、旋转,不停地旋转,后来转得越来越快,他转得平稳而流畅,活像一个转动的陀螺。大约转了一刻钟的样子,哲学家的转动速度渐渐慢下来,他摔倒了,死了,脸上的表情极其安详。他的妻子也重复了这个过程,只是她花的时间更长,因为她的身板显然更结实。他们被埋在自家木屋里的炉石下。

詹姆斯·斯蒂芬,《金坛》(James Stephen, *The Crock of Gold*, London, 1912)

纳菲斯塔西亚城 | Gnaphisthasia

距离阿特瓦塔巴的卡尔诺戈城的西南面约有100多英里。纳菲斯塔西亚建在山腰上,下面是一个富饶的山谷。纳菲斯塔西亚的建筑都是用瓷器做的,装饰着雕镂过的线脚。城市中央是一簇半圆形的锥形塔,闪烁如无数的宝石。锥形塔与有雕刻的围墙相连，这里就是艺术宫殿，也是所有艺术家的避难所。艺术宫里有一只大喇叭，不停地宣讲阿特瓦塔巴的22条艺术原则。

威廉·布拉德萧，《阿特瓦塔巴女神，内陆世界的发现史和阿特瓦塔巴王国的征服史》

山羊国 | Goat Land

一个幅员辽阔的帝国，位于印度次大陆，国名与宗教有关，因为当地人崇拜红须羊。

山羊国传统上由女人统治。女王死后，大队人马被派出去寻找她的继承人。当地人认为女王的继承人必定是神赐给他们的一件礼物。他们在面具岛上找到了多姆·裴多的女儿。于是，这个女孩做了山羊国的女王，她嫁给了当时的英格兰国王。然而不幸的是，那位英格兰国王正是她自己的父亲。

夏尔·菲厄·德·穆依，《铁面具或父子的冒险》(Charles Fieux de Mouhy, *Le Masque de Fer, ou les Aventures Admirables du Pere et du Fils*, The Hague, 1747)

山羊崇拜者之地 | Goat Worshippers, Land of

一个辽阔的平原，最远处是俄罗斯东南部的一列山脉。这个平原的部分地区覆盖着松林。平原上点缀着一些简陋的茅屋，这些茅屋用树枝和芦苇简单地搭建而成，有些茅屋簇拥在一起形成村落；有些散布在松林间。茅屋里的家具只有芦苇垫。

山羊崇拜者之地的一个原始村庄

山羊崇拜者身穿山羊皮，他们的生活非常原始。然而，他们已经开始使用铁矛和金斧头，这足以表明他们与其他更复杂的民族有过接触。山羊崇拜者热情好客,乐意与游客分享他们的牛奶、干肉和奶酪,尽管这些食物算不上丰盛。当有陌生人来到这里的时候,各家的家长就会用黑色和白色的鹅卵石抓阄。那些从酋长的帽子里抓到黑色鹅卵石的人,就会给陌生人献上一只羊,给这些陌生人提供羊奶,并让自己的妻子与这些陌生人睡觉。如果陌生人拒绝这些女人的宠爱,就会激起女人及其丈夫的愤怒,因为这会被视为他们的奇耻大辱。如果参观者在这里待的时间很长,其他的已婚女人就会来替换第一批女人。

山羊崇拜者的喉音很重,说话的声音很刺耳,特别像蛙叫。幸福的时候,他们就尖声嚎叫和哀号,类似的尖叫还表示鼓励和感激。当陌生人把他们的妻子带到自己的小屋时,男人们就聚集起来嚎叫,表示鼓励和幸福。如果要回报他人的感激,他们就把唾沫吐在那个人的脸上,然后再用自己的胡须为他抹去。

山羊崇拜者时常会成群结队地进入森林,走在他们前面的是一群带有武器的男人,跟在他们后面的是 4 个带着小孩的女人。这些孩子头上戴着树叶,身体被涂上颜色。然后,他们被放在一只公羊面前,被挖出内脏,其他人虔诚地跪着观看这整个仪式。

迪·洛朗斯神甫,《伙伴马蒂厄或复杂的人性》(Abbé H. L. Du Laurens, *Le Compère Mathieu ou les bigarrures de l'esprit humain*, London, 1771)

金驴岛 | Golden Asses, Island of

位于波利普拉格莫塞尼岛附近。正是在这座岛上,愚人村的聪明人和波利普拉格莫塞尼岛上一些喜欢做自己不懂的事情的人结束了自己美好的日子,最后被变成了驴子,头上拖着足有一码长的耳朵。据说,按照自然发展的规律,他们将一直保持驴子的模样,直到岛上的蓟草变成玫瑰花为止。

然而,这些驴子居民并不悲伤,他们会想方设法安慰自己。他们认为耳朵越长,他们的皮毛就越厚,即使遭一顿暴打也不会伤害到他们的筋骨。参观者可以把他们当坐骑。

查尔斯·金斯利,《水孩子:关于一个陆地婴儿的神话》

金岛 | Golden Island

一座富饶而招人喜欢的岛屿。到这里来的游客都会得到盛情的款待,他们会被戴上用果子和鲜花编织而成的花冠。

金岛这个名字取自该地盛产的一种贵金属。金岛上的女人穿着闪闪发光的金长袍;男人穿传统的民族服装,这种服装也会在太阳光下面闪闪发光。金岛上的男人和女人都会佩戴复杂的饰物。尽管他们很富有,但却对航运一无所知。这座岛上很少看见争斗的场面,他们使用的武器也只是一种边缘为燧石、铜或黄金的宝剑;他们没有铁制武器。

金岛过去曾被一个邻国征服。邻国的国王要求金岛纳贡,也就是每隔 5 年,金岛必须为他的寺庙奉献 10 个女子和 10 个男子。随着一群"流浪汉"的到来,这一陋习终于宣告结束。这些流浪汉离开了欧洲,到世界各地寻找他们心中的世俗天堂,但最终没有如愿。当听说金岛的居民被迫遵守这个野蛮的习俗时,这些人决定帮助他们这些慷慨大方的主人。凭借精良的武器,他们很快就打败了国王,结束了这个可怕的习俗(亦参流浪者群岛)。

威廉·莫里斯,《世俗天堂》

金湖 | Golden Lake

位于安第斯山脉。金湖的水来自山间小溪,山间的溪水流进一条宽阔而美丽的大河;野牛和绵羊在河岸上吃草。金湖一名与那些山间溪流有关,山间溪流把山里的金子带到湖里,沉积到湖底。金子在此地随处可见,因而当地的印第安人对它们习以为常,游客在金湖边随手一捧,就能捧起很多金子。

丹尼尔·笛福,《新环球游记》

金山 | Golden Mountain

一座小山，靠近凯勒巴的城市卡桑戈(Kassongo)，地处基伍湖(Kivu)的撒哈瑞安省(Saharian)。金山很著名，阿拉伯国家的一个苏丹把大量的黄金藏在这里。在欧洲人到来之前，苏丹就是这里的统治者。他死于一次战乱，当地人也忽略了这些黄金，因为黄金对他们来说没有什么用处。一个英国人发现了这批神秘的黄金，虽然后来他被抓起来，变成了凯勒巴土著人的囚犯，但他成功地把信送到了桑给巴尔岛。几支探险队急于想得到黄金，他们立即出发去凯勒巴，最后只有一个德国人和一个希腊人率领的探险队乘坐最快的飞船，成功解救了那个英国人，并夺走了黄金。

萨尔迦里，《黄金山》(Emilio Salgari, *Il treno volante*, Milan, 1904)

金河 | Golden River

参阅宝贝谷(Treasure Valley)。

金石岩 | Goldenstone

一块露出地面的岩层，由风化的灰沙石构成，位于英国柴郡奥尔德利山崖的上面。一个年轻的水妖站在金石上，他约莫3英尺高，皮肤光滑如珍珠，头发如绿色的海浪，长至腰部，正在吟唱古老的预言。

艾伦·加纳，《宝石少女》

金匠村 | Goldenthal

瑞士一个富饶的小村庄。村里的农产品和蜂蜜可谓远近闻名。

今天,来金匠村的游客可能很感兴趣的是,这个村里的人或许并不知道他们是怎么富起来的。在过去,由于长期的战争和连年的灾荒,金匠村开始衰败,村民变得麻木而堕落。他们开始抛弃传统的宗教,在痛苦中寻求不羁的快乐。他们的房屋开始失修,公私债务高筑,酗酒成为严重的社会问题;然而,当权者就是大酒馆的老板,他们诱惑人们酗酒和堕落。多年来,"金匠村"这个称呼变成了"叫花子"的代名词。

金匠村的小学校长的儿子,一个名叫奥斯瓦尔德的年轻人,在阔别家乡17年之后回到村里,看到的却是金匠村的破败景象。于是奥斯瓦尔德开始教书,为的是让村里的孩子过上好日子,但却遭到别人的嘲笑,被说成是一个巫师。奥斯瓦尔德耐心劝慰村民,并向他们保证说,如果他们按照他的话去做,他们将变成"金匠",这个村子将再次兴旺。奥斯瓦尔德建立了一支"金匠队",这支队伍由32个家长组成。他们发誓在接下来的七年零七周的日子里,将遵守奥斯瓦尔德的规定,定期去教堂礼拜,不再饮酒,不再咒骂,不再借债,努力工作,保持农场干净有序,以及保持谦虚和良好的个人行为习惯。那些债台高筑的人在附近的城里找到了工作,并且开始有了自己的积蓄。不久,情况开始好转,公共食堂建立起来,女人从家务中走出来,如果可能,她们也会去田里劳动。金匠村开始养蜂,为后来这个村庄的振兴奠定了基础。曾经完全归地主所有的公共用地,现在被平均分配给农民使用。通过让农民租用教会的土地,教区的债务也逐渐得以还清。村民开始修路和拓荒,他们有了衣穿,有了饭吃,贫困问题得到了解决。

如今的金匠村又富起来了,村民不再随便消费自己辛苦创造的财富,因为村里有规定:禁止奢侈之风,限制着衣风格和衣服成本。

丹尼尔·佐克,《金匠村》(Johann Heinrich Daniel Zschokke, *Der Gold-macherdorf*, Aarau, 1817)

龚达尔和加尔丁岛 | Gondal and Gaaldine

太平洋里的两座岛屿。龚达尔岛位于北太平洋，首都是瑞吉纳(Regina)。龚达尔岛的北部多山，包括几个湖泊：阿斯比恩湖(Lake Aspin)紧挨阿斯比恩城堡(Aspin Castle)，与艾尔德诺湖(Lake Elderno)一样水深、多风暴。艾尔诺湖(Lake Elnor)的周围全是沼泽地，即使是夏季，那里的山峦也覆盖着白雪。龚达尔岛的南部有著名的南方学院。龚达尔岛被划分为几个省，分别是阿尔科纳(Alcona)、阿尔梅达(Almeda)、埃尔贝(Elbë)、安哥拉(Angora，龚达尔岛的北部)以及埃克西纳(Exina，龚达尔岛的南部)。

加尔丁岛位于南太平洋，面积比较大，属于一座群岛。龚达尔人发现了这个群岛，然后在这里定居下来。加尔丁岛被分成几个

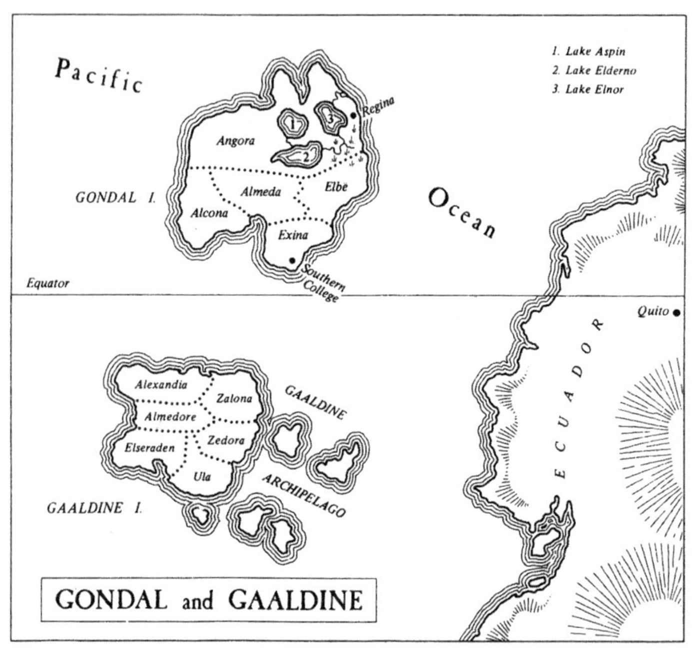

龚达尔和加尔丁岛

王国，分别是亚历山大国（Alexandia）、阿尔梅朵（Almedore）、艾尔塞拉顿（Elseraden）、乌拉（Ula）、泽多拉（Zedora）以及扎罗纳（Zalona）。阿尔梅朵的国旗是深红色的，扎罗纳的国旗是海绿色。

关于龚达尔岛和加尔丁岛的历史记载很少，而且破碎不成体系。阿尔梅朵王国曾经遭到过一次围攻，后来，这个王国征服了扎罗纳。19 世纪中期，龚达尔岛的裘里斯·布瑞扎达做了阿尔梅朵的国王。接下来，裘里斯入侵自己的家乡龚达尔岛，与自己的族人吉拉德一起成为联合君主。后来，裘里斯在自己的皇宫里遇刺身亡，死后葬在龚达尔岛的大山里。吉拉德被关进监狱，龚达尔岛落入暴君之手。最后，奥古斯塔女王统治龚达尔岛。自此，人们终于可以安享一段和平时光。这样的和平状态维持了 11 年，奥古斯塔女王去世，共和党与保皇党展开了激烈斗争，斗争的结果无人可知。

艾米莉·勃朗特，《完整的诗歌》（Emily Jane Brontë, *The Complete Poems*, Columnbia, 1941）；勃朗特姐妹，《混杂而未发表的作品》（Charlotte and Branwell Brontë, *The Miscellaneous and Unpublished Writings*, London, 1936—38；巴顿，《对龚达尔岛的一次调查》（W. D. Paden, *An Investigation of Gondal*, New York, 1958）

刚铎王国 | Gondor

中土最重要的一个王国，位于大白山脉的西南面。太白山脉把刚铎王国与洛汗王国分开，这列山脉从刚铎首都米那斯-提力斯的周围地区一直延伸到西面的贝尔法拉斯海湾。

刚铎王国幅员辽阔、地形复杂，包括众多的行省。其中几个行省是重要的人口密集区，比如乐贝宁省，这是一个混合种族的家园；他们是最初住在这里的野蛮人和刚铎人的祖先的后代。乐贝宁省在战乱期间比较安全，因此在第三纪 3029 年的大围攻和大战时期，被选作从首都疏散到这里来的那些女子的避难所。与乐贝宁省的居民相反，贝尔法拉斯海湾周围居住的都是身材高大、性情傲慢的男子，他们的眼睛呈海绿色，个个都是出色的水手；他们控制着刚铎王国的舰队。刚铎王国的主要港口位于大河岸的佩拉吉尔港和多尔-安若斯的海滨。

高个子伊兰迪尔和自己的家园逃过了努曼诺尔岛（这个地方以前叫“伊兰纳岛”，是中土最西面凡人居住的一个王国）上那场毁灭性的灾难。随后，他与西部人，亦即幸存下来的部分敦丹人一起回到中土。第二纪的3320年，伊兰迪尔创建了努曼诺尔人的两个放逐者之国，首先创建的是北部的阿诺尔王国，其次是南面的刚铎王国，刚铎王国很快崛起，成为后起之秀。

刚铎王国在其黄金时期的领域从凯勒布兰特河（又叫“银光河”，流经现在的罗林恩王国）扩展到现在的哈拉德王国，从东面的卢恩内海延伸到西部海滨。到了第三纪的1149年，刚铎王国逐渐走向衰落。

早期的刚铎王国经常遭到入侵，尤其是遭到卢恩河岸的“东方人”的入侵。这些“东方人”经常骚扰刚铎王国的边境；此外，刚铎王国也经常遭到南面哈拉德王国的各个部落的入侵。从第三纪的1432年到1448年期间，刚铎王国几乎被激烈的家族纷争搞得四分五裂，因为当时在位的统治者的血统遭到人们的质疑；如此一来，刚铎王国境内形成南、北两个阵营，内战随即爆发。以前合法的君主艾尔达卡遭到驱逐，几年后，他带领一队人马回来，夺回自己的王国。就在这场家族纷争之中，最初的首都奥斯吉力亚斯城变成了一片火海，米那斯-提力斯城继而成为刚铎王国的新首都。

第三纪的1851年，卢恩河畔的好战分子怀恩里德人（Weinriders）入侵刚铎王国，一场更持久的战争爆发了。尽管怀恩里德人在达格拉德平原的战事暂时失利，但他们仍在骚扰刚铎王国的边境，而且实力依然很强大，很快就控制了伊西利恩地区，一占就是好几年，直到第三纪的1944年，刚铎王国才完全摆脱了他们的控制。

不过，刚铎王国并非总是这些入侵的受害者。当北部的阿诺尔王国遭到巫师国王的入侵时，刚铎王国前去援助，瑞文德尔王国的精灵也赶来相助，巫师国王在夏尔郡以北的高地上被打败。巫师国王其实就是摩多王国的纳兹古尔人的君主，是摩多王国邪恶的黑暗之君索伦的最伟大、也是最恶毒的仆从。在刚铎王国的早期历史上，他经常袭击这个国家。

第三纪的2050年，刚铎王国的第33任国王伊尔努接受了巫师国王的挑战，去摩多王国寻找他。伊尔努此后再也没有回来，皇室血脉从此中断，直到魔戒战争结束后，刚铎王国才有了自己新的国王。这之前，王国的事务一直由国王的内务大臣打理。内务大臣是世袭的，他们通常都是很好的统治者。尽管如此，他们领导下的臣民私心越来越重，只想着如何为自己修建奢华的坟墓，不再想着保卫国家的事，也不再理睬日益强大的摩多王国对他们的威胁，刚铎王国的人口开始减少，渐渐失去了它昔日的辉煌。

魔戒战争结束之后，刚铎王国再次有了国王的统治，这就是阿拉贡二世。他是北部王国敦丹家族的最后一员，崛起于瑞文德尔山谷，多年来以各种面目不断伏击索伦及其同伙。他率领军队最终解除了首都米那斯-提力斯之围，后来又率领西部联军（刚铎王国和洛汗王国派出的联合军队）反抗黑暗之君索伦。魔戒大战结束之后，阿拉贡改名伊力萨，意思是“精灵石”；这个名字与一块绿色的精灵石有关。这块精灵石是阿文·伊文斯达送给他的；阿文·伊文斯达是埃尔隆德和塞勒布里安的女儿，嘉兰德瑞尔的孙女，蒂瑞昂城的诺尔多人最高贵的公主。这位公主爱上了阿拉贡，放弃了长生不老，成为阿拉贡的新娘。

刚铎王国的象征物是一棵白树，名叫尼姆罗斯（Nimloth），生长在失落之国努曼诺尔。伊力萨的祖先高个子伊兰迪尔把白树的一棵小树苗带到中土，种在米那斯-艾斯尔（Minas Ithil）①。索伦占领了米那斯-艾斯尔之后，用火烧死了这棵树苗。值得庆幸的是，这棵小树苗被救活了，然后被带到刚铎的新首都，种在新首都的一个喷泉院子里。后来，小树苗还是死了，人们再也找不到这样

① 后面没有这个词条。

的小树苗了。多年以来,庭院里只留下这棵已经枯死的小树苗,直到魔戒大战结束之后,伊力萨在米那斯-艾斯尔的明多鲁恩山上找到了一棵白树苗,今天的参观者在喷泉庭院里看见的就是这棵白树苗。白树苗的树叶上面呈黑色,背面呈银色,这棵树会开白花。

中土的通用语又叫西部语,是中土西部地区使用最广泛的一种语言,这种语言最纯粹的形式在刚铎王国,在这里拥有它最初的优雅和乐感。

托尔金,《魔戒前传:霍比特人历险记》;托尔金,《魔戒首部曲:魔戒现身》;托尔金,《双塔奇谋》;托尔金,《王者归来》;托尔金,《精灵宝钻》

龚杜尔共和国 | Gondour

具体的位置无人知道,统治这个共和国的是哈里发,由选举产生,任期 20 年;但国家事务实际上由内阁和议会处理,哈里发经常因行为不检而遭到弹劾,因此他的任期并不影响政府的性质;这个伟大的职位曾两度由女人来担任。

经过长时间的实践,龚杜尔共和国终于找到了一种独特的民主形式。它最初完全采用普选形式,但很快就废除了这种形式,因为普选的结果不尽人意,这样做似乎是在把所有的权力移交到愚昧者和不纳税的人手里;职能部门几乎也充斥着这样的人。于是人们开始寻找一种补救措施,他们相信最好的办法不是要取消普选,而是要将普选扩大,这个观点在他们看来新颖而独特。按照宪法的规定,每个人都有权投票,这种权利神圣不可侵犯。但宪法并没有说个人不可以投 2 次甚或 20 次票。因此,他们引入了一条强制性的命令,即在某些情形下,可以扩大选举权;这条命令最终在法律方面得到了具体化。“限制”选举权可能会带来麻烦;“扩大”选举权则会产生满意的效果,因此这条新法律很快被通过。按照它的规定,每个公民,不管有多穷,也不管有多无知,都拥有一次选举权。因此,普选权仍然起支配作用。但如果一个人受过良好的公立中学的教育,尽管没有钱,他都有 2 次投票的机会;如果受过高中教育,他可以有4次投票机会;如果他拥有价值相当于3000萨克的财产,他就可以再投一次票;这个人的财产每增加5万萨克,就有权再投一次票;如果某个人受过大学教育,他可以投9次票,不管他有没有财产。因此,有学识的人比有钱的人更容易获选,受过教育的人可以全权控制有钱人,因为他们的投票次数比富人多。

接下来发生了一件奇怪的事情。在通常情况下,一个人是否受人尊敬,完全取决于他所拥有的财产。如今的情形不同了,这个人是否高贵,也是用他的投票次数来衡量的。只有一次投票机会的人明显对他那位可以投3次票的邻居满怀敬意。如果他高于普通人,在为自己争取3次投票机会的过程中,他也明显会精力充沛地投入工作。这种竞争精神渗透到各行各业。以财产为基础的投票通常被叫作“死亡的选票”,因为这样的投票机会有可能失去;建立在学识基础上的投票叫“永恒的选票”,因为这样的投票机会通常具有永久性,因此,本质上讲也要比“必死的投票”更有价值。然而,“永恒的投票”并非绝对永久,因为非理性的作为可能使这样的投票结果暂时作废。在这种制度的运作之下,赌博和投机现象在龚杜尔几乎再也看不见了。一个拥有极大选举权的人不可能为了某种不确定的机会甘愿冒险失去这样的权利。

在今天的龚杜尔共和国,进入议会和做官可算是无比荣耀的事。如果按照以前的旧制度,这样的显赫只会使他遭受怀疑,并且变成报纸污蔑和辱骂的一个无助的对象。如今的政府官员不必再去偷,与过去相比,他们的收入简直是天文数字,当那些小工(他们从挑灰泥桶的角度看待政府官员的收入,并强迫那些喜欢阿谀奉承的仆人赞同这样的观点)刚开始创建议会时,政府官员的收入相当微薄。如今,正义显然得到了明智而严格的执行。作为法官,一旦通过具体的晋升制度得到这个职位,他就可以永远在这个职位上干下去;只要他的行为无可挑剔和指摘,他就没有义务为了迎合执政党的脾气而改变或调整自己的判断。

龚杜尔共和国拥有很多公立学校和免费学院。由于可以凭借自己的学识获得权利和尊重，这些免费学院不需要通过法律来招生，而且通常都可以得到满意的入学率，其入学率之高，令来此参观的人深感惊讶。

马克·吐温，《奇怪的龚杜尔共和国》(Mark Twain [Samuel Langhorne Clemens], *The Curious Republic of Gondour*, Atlanta, 1875)

龚特岛 | Gont

位于地海群岛的东北部。首先，龚特岛因巫师众多而远近闻名，许多巫师都效力于地海群岛的君主。地海群岛的每个村子里都有女巫，她们能用魔法修理东西，还能配制使人心生爱意或妒嫉的魔药。龚特岛上的气象员也很多，积雨云在被送到海上形成降雨之前，通常会从龚特岛的这一边“搏斗”到那一边。

龚特岛的女巫和气象员使用的魔法级别很低，与罗克岛上传授和实践的魔法几乎没有相同之处。龚特岛上的居民对自己实践的魔法背后的原理知之甚少，他们使用这些魔法只为达到某些庸俗的目的。他们经常会这样说，“像女人的魔法那么无力”，“像女人的魔法那样邪恶”；这两句俗语生动地描绘了女巫所使用的那些魔法的本质。因此，需要魔法帮助的游客应该向地海群岛的其他巫师求教。

龚特岛上最伟大的巫师也许要算吉德，也可以叫他雀鹰。吉德是在龚特岛的十棵桤木村长大的。这个村庄高高的坐落在北部山谷的尽头。吉德是一个铜匠的儿子，但他很快就在魔法方面表现出极高的天赋。小时候，吉德从姑妈(当地一个女巫)那里挑选了一些魔咒，并且很快就学会了如何使用这些魔咒召唤天空的飞鸟、控制气候或创造简单的幻象。正是控制气候或创造幻象这样的魔法使吉德第一次赢得了魔法师的声誉。

有一次，龚特岛遭到卡伽德帝国的偷袭，这些人脚穿高筒靴，踏上了这座岛屿。占领龚特岛的港口后，这些侵略者继续向内陆推进，所到之处烧杀抢掠，死亡和毁灭笼罩着低矮的山谷。最后，敌军到了十棵桤木村。当时的吉德还只是一个孩子，他突然想出了一个办法：他要用烟雾编织术制造一种幻象，保卫这个村庄不受他们的侵犯。吉德制造的烟雾笼罩了整个村子，村民们可以隐藏在浓浓的烟雾里反击入侵者。混乱之中，一些入侵者掉下悬崖，滚进下面的水坑里；其他的被一支隐形的村民军打得落花流水。入侵者心里想，这个地方肯定有神灵相助，因此不敢恋战，只得痛苦地撤离，当退到山谷的时候，他们发现自己的船已被龚特岛的海军烧毁。他们的退路已被堵住，因而不得不背水一战、继续顽抗，结果血洒阿恩茂斯沙滩。

这次行动使奥吉恩开始注意到吉德。奥吉恩是一个巫师，来自里-阿尔比岛(Re Albi)。这座小岛又叫鹰巢，距离首都约 50 公里远。奥吉恩开始训练吉德，他决心把这个男孩培养成一个真正的巫师。在做学徒时期，一个女孩希望吉德超越他自己的力量。初生牛犊不怕虎，吉德决定接受挑战，改变自己的模样。他从奥吉恩的魔法书里找到了一条魔法，他试着说出魔法里的那些话，可他错误地唤出一个邪恶的影子，这个影子将追逐他多年，直到被他毁灭为止。他的主人奥吉恩来了，把他救出黑暗，并告诉他，欺骗他的那个女孩的母亲也是一个女巫，显然是这个女巫打开了那本书里的一个错误魔法。不久，吉德离开龚特岛，去罗克岛继续学习魔法，他要把自己变成一个真正的巫师。

来到龚特岛的游客一定会惊讶于这座岛屿的自然特色。龚特岛宽不足 50 英里，其实就是一座山，周围是海浪滔天的龚特海，而其中的龚特岛足足高出海浪 1600 多米。龚特岛的海岸线犬牙交错。内陆地区的山谷里有农田，不过很少，更多是地势较高的森林。

龚特港坐落在“武装悬崖”之间的海湾里，港口的大门有雕刻的巨龙把守。这个港口是龚特岛上最大的一个市镇，它景色优美，建造有大大的石房和石塔，来自内海的商船云集在码头。龚特港曾经遭遇过地震，后来，奥吉恩拯救了这个港口。据说，奥吉恩对着那座山说话，就像是在安慰一头被吓坏了的动物一样，从而阻止了一场雪崩，如果不是这样的话，这个城镇早就被那场灾难摧毁了，而悬崖之间的那条水道也将被封闭。

龚特岛上那些山村显然不同于龚特港。大多数的村舍都是木建筑，通常只有一间屋子，外带一个羊棚。室内的结构很原始，屋子中央有一个火坑，相当于富人家的壁炉。到了冬天，村舍之间经常会被积雪隔断。

龚特岛的居民大多依靠牧羊或捕鱼为生，尽管过去这里海盗成风。龚特岛虽小，还是有严格的牧民和渔民之分。游客会发现，地势较高的山谷里的手艺人和牧羊人对大海一无所知，尽管他们把大海看作自己日常生活的一部分；而龚特岛的渔夫对岛屿内陆美丽的高地风光同样一无所知。

龚特岛主要出口羊毛织品，另外还出口暖和的羊皮大衣，这在地海群岛很出名。

龚特岛的居民身材瘦长结实、肤色偏黑，呈古铜色。在地海群岛的其他地方，龚特人又被叫作"牧羊人"。

乌苏拉·奎恩，《地海的巫师》；乌苏拉·奎恩，《阿土安岛的古墓群》；乌苏拉·奎恩，《地海彼岸》

高格罗斯高原 | Gorgoroth

面积广阔，位于摩多王国的西北部，从摩盖山脊一直延伸到艾瑞德-利苏伊山脉。奥诺杜因山峰就耸立在高格罗斯高原的中部。

高格罗斯高原是巴拉德-杜尔黑塔的所在地。杜尔黑塔是黑暗之君索伦建造的，是当时最坚固的要塞。索伦于第三纪的1000年开始修建这座高塔，花了600多年才完工。一条深深的沟壑围绕杜尔黑塔，经过一座庞大的铁桥可以穿过这条沟壑。此处有一条路通向奥诺杜因山腰处的火屋。杜尔黑塔本身就是一座令人望而生畏的铁山，包括敞开的铁门和众多坚固的铁塔，最高的铁塔的顶端有小尖塔和铁冠，这里就是眼窗的位置，向西面朝奥诺杜因山；眼窗就是铁塔里闪烁的一束红光，犹如一只转来转去的眼睛。

当至尊魔戒消失的时候，索伦的魔力随之消失，黑塔也彻底被摧毁。

在索伦控制摩多期间，高格罗斯高原上住的都是山地巨怪。它们长得高大健壮；他们的身体紧紧地包裹在一层角状的鱼鳞里，这层鱼鳞很像一件外衣，对他们的身体形成一种天然的保护。山地巨怪的手掌上长了很多瘤状物，这样的手掌拿得起沉重的铁锤(铁锤是他们最主要的武器)。他们先用铁锤把对手击倒，然后扑过去啃咬对手的喉咙。与在中土发现的那些巨怪一样，这里的山地巨怪的血液也是黑色的。

黑塔被摧毁之后，高格罗斯高原又变成了一座可怕的荒原，它千疮百孔，地缝里不时地冒出浓烟，笼罩着这片鬼魅之地。

托尔金，《魔戒首部曲：魔戒现身》；托尔金，《双塔奇谋》；托尔金，《王者归来》；托尔金，《精灵宝钻》

歌门鬼城 | Gormenghast Castle

格罗恩家族的祖屋所在地，距离险峻的歌门鬼山以东几英里远，坐落在扭曲密林的荆棘丛中。歌门鬼城的样子十分可怕，就好像是从地底下拽出来的一个诅咒，将要诅咒所有看见它的人。歌门鬼山和这座城堡之间荒凉而萧瑟，多为荒地，间或也能看见沼泽，水禽在芦苇丛中悠然地游荡；这是一片寂静之地，唯一的色彩就是灯心草的红色尖端。如果继续往前走，游客可以看见一块倾斜的高地，由墨绿色的岩石构成，也是一片阴郁和荒凉；高地下面流淌着一条河流，最后汇入这里的沼泽。这里只听得见田凫和杓鹬在风中的吟唱。

歌门鬼城的西面是一片松林，也就是有名的歌门鬼林；林荫中有一个小湖，静静地躺在蕨类植物覆盖的山脚下；湖水清澈，水中无水鸟游动。以北，孤独的荒漠渐渐消失在远方；以南则是一片海滩，海滩上全是流沙，海水无潮汐。

从山坡这边看过去，歌门鬼城就像一座嵌在荒海中的石岛，远离所有的贸易通道。远远看去就好像轻轻地飘浮在空中，上面的石头如花瓣一样展开，不过这只是一种假象。靠近城堡，游客就会发现，陡峭的悬崖和废弃的出露层非常明显。杂乱无章的石头显然已经破碎不堪，灰泥已经剥落，但就像那块灰石会永远地塌陷下去一样，它的毁灭注定比任何东西都更持久。

到了夏天，这座大城堡毫无生气，就像一只生病的动物。古代石匠的汗水和尘埃厚厚地堆积在院落里。斑驳的石头上爬满绿幽幽的蜥蜴，它们在晒太阳；围绕城堡的护城河变成了一锅浓汤。到了冬天，大雪笼盖了整座城堡，这样的情形可能要持续好几个月。

城堡外面，数以千计的泥屋和粗糙的棚屋散布于外墙的周围，杂乱无序地在凹凸不平的地面上展开，就像某种严重的流行瘟疫一样紧倚在围墙上。这些简陋的棚屋拥挤在尘灰满面的乡村小路旁，活像许许多多的鼹鼠丘。一条条小路就像一条条水沟，棚屋的顶部几乎可以在人们的头顶上相互连接。晚上，屋门上会挂起灯笼。按照当地的风俗，如果晚上有两个人在漆黑的胡同里相遇，他们会就着最近的一盏门灯相互对视一下，然后继续往前走。

棚屋高约 8 英尺，墙上有粗糙的玻璃窗。棚屋的地面铺着水泥，然后在上面铺了草垫，还有粗糙的木板床。这里的人们被叫作“居住者”，或者叫“聪明的雕刻匠”；他们很穷，而且疾病缠身，唯一可以引以为豪的是，他们自己雕刻的木制品和对格罗恩家族的忠诚。他们安于现状，对于这种难捱的贫穷，他们似乎很享受，谁也不会出去追求功名利禄，这样的行为在他们看来不可思议，既不体面，也很可耻。

“聪明的雕刻匠”这个称呼与历史悠久的木刻艺术有关；木刻是他们最感兴趣的事情。他们与歌门鬼城里的人几乎从无交往。每年只有一天，他们会走进这座城堡，那就是每年的 6 月 1 日，他们要去城堡展示他们的得意之作。评判者是格罗恩伯爵，伯爵会留下最好的木刻品，摆放在明亮的雕刻品展览厅里，这是城堡北翼的一间狭长的屋子。没有人进去参观过这间屋子，里面只堆放着被选中的精美雕刻，这些雕刻品上面积满了岁月的灰尘。没有选中的木刻品集中到伯爵的卧室下面的院子里，最后被全部烧毁。如果谁的作品入选，谁就可以获得牛皮纸卷轴，就可以在每月的月圆之时到城堡上面的城垛上去散步。这是聪明的雕刻匠们获得的唯一报酬，也是他们深感自豪的一种荣誉。

不同的家庭或不同的雕刻门派之间竞争激烈，各自朝着截然不同的风格发展。最有名的那幅雕刻作品被放在城堡围墙下方的黑骑手广场。这幅作品的作者不可知，但大家一致认为这是迄今为止最伟大的雕刻作品。它是骏马和骑手的一种高度风格化的形象，每年都会重新上漆，恢复到原有的亮色。马的头部往后形成一个拱形，似在仰望苍穹，马鬃像结冰的泡沫，蜷曲在骑手的膝盖上；马背上的骑手是一个不祥之物，他戴着斗篷，两臂柔软地垂在身体的两侧；嘴唇和头发的颜色有几分灵动，打破了脸部的死寂。只有最成功的雕刻匠才可以住在广场四周的棚屋里。

除了棚屋顶展示的雕刻作品，这片住宅区几乎没有任何颜色。这里唯一生长的植物是粗短的仙人掌；狗身上长满疥癣，正在满是灰尘的乡间小路的垃圾堆里寻找吃的。

居住者总爱到户外，坐在城垛下面四张长桌上吃晚饭。长者的座位最靠近墙壁；母亲和孩子坐在长者左边的桌子旁，男人和男孩坐剩下的两张桌子。青春期的少女到自己的小屋里吃晚饭，尽管有几个少女每天要去侍候老人。居住者主要吃切成薄片的白色 *jarl*-root，这种东西是他们每天从附近的森林里挖出来的，用野梅酒洗干净就可以吃。他们把每天吃剩下的食物从城堡的防卫墙扔下去。当不同的群体成员之间需要进一步交流的时候，他们就会使用一种形式化的称呼方式：居住者把城堡里的人叫作“歌门鬼人”，城堡里的人把他们叫作“聪明的雕刻家”，这种称呼方式是几个世纪前的第 17 位伯爵引进的。

按照他们的传统习俗，50 岁以上的杰出雕刻家可以在自己的族群里选一个姑娘做他的新娘，被选中的姑娘不可以拒绝。婚礼在扭曲密林以南的婚姻山上举行。当新娘把一只脚放在新郎的脚上时，密林里会传出一个声音，呼唤这对新人，然后他们紧握双手。

对聪明的雕刻匠来说，婚姻是人生的头等大事，因为他们认为私生子是邪恶的，就像胚胎中孕育的女巫。非婚生子的母亲会被逐出这个族群。

据说，城堡里的人几乎都不爱他们自己的家。他们只是城堡的一部分，对城堡之外的世界毫无所知。城堡中的氛围不太舒服；如果走在城堡里更荒凉的地方，就会有这样的感觉，好像某个人或某种东西刚从他进去的地方出来。

其实歌门鬼城很大，城堡里住的人可能几个星期都见不上一面。城堡的主要建筑包括几个大侧厅，几个世纪以来的不断改建使它已经完全脱离了最初的模样；整座城堡变成了一个奇怪的建筑群。有些建筑结构显然还有用处，比如亭子、瞭望台和走廊；有些建筑的作用就不太清楚了。比如，有这样一个奇怪的结构，只是密密麻麻地排列着圆柱子，正常体格的男子都很难挤进去；另一个建筑结构是一尊大石雕，雕刻的是一头大狮子，大狮子的嘴里衔着一个男子柔软的尸体，尸体上刻着这样的文字："他是格罗恩的仇敌"。

而今，这些建筑大多已经破败不堪，但最危险的还是东翼的燧石塔。在歌门鬼城的众多塔楼中，燧石塔最高。这是一座久经岁月侵蚀的大厦，大厦的墙上爬满了黑色的常春藤，里面住着死猫头鹰。大厦在石匠的作坊里高高耸起，像一根残废的手指，以亵渎的方式指向天空。这与格罗恩家族第 76 任伯爵，赛普克拉夫大人悲惨而恐怖的命运有关。由于长时间的忧郁，赛普克拉夫越来越相信他自己就是一只死去的猫头鹰。他开始到城堡的地下厨房里抓老鼠吃。最后，他带着一只死老鼠走进燧石塔，想把它作为礼物献给燧石塔里的猫头鹰，结果反被那里凶残的大鸟撕得粉碎。

歌门鬼城的东翼也有一个图书馆，遭到一场大火的破坏，接着又遭到洪水的浩劫，如今已经破烂不堪，最初的图书馆只留下一张大理石桌和绕桌而建约 15 英尺高的石廊。马特维（Martrovian）戏剧集在这场大火中全部被烧毁，尽管他的大部分诗集得以幸免。老图书管理员索杜斯特也被那场大火烧死，人们在那张大理石桌上找到了他的残骸。

歌门鬼城西翼的主要房间是大石厅，从传统上来讲，这里是一个餐厅。石厅长而高，石地板，厅堂里排列着大柱子，天花板上装饰着惨白的小天使油画，画中胖乎乎的小天使正隔着一片天空相互对望。岁月的侵蚀使得油画的颜色褪成了灰、绿、旧玫瑰色以及银白色的混合色。这幅油画是第 74 任伯爵和一个仆人完成的，仆人在帮助伯爵作画时从脚手架上摔下来，死了。石厅里漆黑一团，好像专门与阳光作对。石厅的一角是伯爵坐的桌子，桌子摆放在 7 英尺高的橡木台基上。

歌门鬼城的中心是蜘蛛厅，蜘蛛厅的四周围绕着霉烂的木柱子。之所以取这个名字，是因为这里发现了数目巨大的蜘蛛，它们正在破碎的木器上织网。蜘蛛厅的一端有一扇大窗户，开在宽大的石顶上，屋顶的边缘呈塔形，这样在下雨的时候，雨水就会积在屋檐上，屋顶上某些地方的积水经常有几英尺深。

也许歌门鬼城最怪异的地方是巨大的南厅，这里现在已无人居住，差不多完全被这座城堡的居民遗忘了。厅墙的某些地方很高，而在其他地方，参观者会突然冒出来，进入庞大的砖石庭院，砖石的缝隙里会长出繁茂的嫩草，墙上的裂缝里会开出小花，像丁尼生作品里描写的那种小花。南厅的过道很多，里面杂草丛生，老鼠在其间旁若无人地爬来爬去。南厅里有一间屋子叫树根屋，这是一间半圆形屋子，屋子的窗户很大，窗栏上嵌着宝石。很久以前，树根屋里满是尘土，屋子里有一棵枯树的盘根错节的根。你很难判定那些树根开始于何处，它们紧紧地缠绕在一起，差不多充满了整间屋子，而且穿过了树根屋门对面高而狭窄的洞穴。参观者会发现，可以沿着迷宫似的树根爬到枯树上去。枯树从围墙处开始水平生长，长到距离地面几百英尺高的地方后形成一座安全的天然桥。所有的树根被绘成不同的颜色，这显然是为了吸引鸟儿的注意。树根屋和旁边的房屋曾是克拉和克莱瑞丝的闺房。克拉和克莱瑞丝是第 76 任伯爵赛普克拉夫大人的孪生姐妹，她们孤独地生活在这里，直到死去。

南厅有一段楼梯,几乎已经被人们遗忘。它通向一个高高的露台,如今几乎全部被毁坏,变成了一座废墟。露台上曾有一个大窗框,窗户上的玻璃和木框已经找不到了。露台背后的大厅已开始腐烂,外面的石板长满黑色的青苔。被废弃的这个大厅和露台如今变成了寒鸦白鹭和麻鸠苍鹭的地盘。南厅的老鼠特别多,尤其是一种长得像鸽子的小老鼠,好像是这里的土著居民,歌门鬼城里还没有发现这种老鼠。鹳将巢穴筑在南厅更高的屋顶上。

歌门鬼城的大部分地方都很阴冷,不适宜居住。不同的只是普鲁尼斯加医生居住的地方,位于潮湿阴冷的军械库外面的一个庭院里。这是一座三层楼高的红砂岩房屋,与其作为主色调的灰色形成鲜明对比。这栋建筑通过一道悬空的扶壁与歌门鬼城相连。室内的家具有雕花,装饰舒适而奢华,比猫屋舒适多了。猫屋是歌门鬼城的伯爵夫人的房间,伯爵夫人在这里养了很多猫。医生的房屋正对着一个筑有围墙的花园。医生的妹妹在这里创建了一个精灵园,精灵园里生长着蕨类和苔藓植物,这些植物到了晚上就会开花。花园里随处可见假山、人行道、鱼塘和日晷,只有最远的一端可以看见真正的树林。

歌门鬼城的厨房构成庞大的地下空间,中间是大厨房,面积很大,采光依靠墙上高高的窗户。厨房里收拾得干干净净,有专门的清洁工来维护清洁,这些人被叫作“灰色洗刷工”。成年以后,他们会发现自己跟父亲一样,将一辈子呆在这里,清洁厨房的墙壁和地板,直至它们一尘不染。这些人从黎明一直干到第二天天亮,直到厨师来了以后才可以离开。他们就这样拼命地劳动,他们的手臂肌肉发达,他们的脸上露出猿猴一样的表情。在过去,洗刷工都是聋子;由于常年累月的辛苦劳作,他们的脸色发白,就像他们每天必须清洗的那块苍白的石头一样。厨房里蒸汽弥漫、拥挤不堪,通常不允许城堡里的其他人进来。酒窖紧挨着厨房,这里的地道和走廊交错形成一座迷宫,酒窖里布满灰尘,几乎无人来过。

歌门鬼城里有一所学校,目的是教育城堡里的孩子。学校里有一位校长和 16 个教授。学校中间有一个院子,院子的周围有高高的围墙,围墙上爬满了常春藤。经过学校的一条隧道可以进入这个院子。

学校里的所有教室都极具个性化。比如,有一间方方正正的教室,看上去非常明亮,课桌和地板每天早上都是用苏打水冲洗过的。隔壁那间教室像一条短短的隧道,采光只依靠一扇半圆形的窗户。第三间教室很宽敞,半空的房屋面南而开,这间教室通常是城堡里的男孩子玩一种危险游戏的地方;教室的地板被揭开,用作一个横跨教室的光滑而狭窄的通道。教室里的学生分成两组,其中一组成员的武器是弹弓和石弹,对面一组的某个成员从窗户荡出去,抓住一根树枝,毫不担心会掉进 100 英尺以下的那个四合院里。他把自己高高地荡起来,顺势选定一个角度落下,这个角度刚好可以使他再次跳进窗户,滑过那座狭窄的地板桥。当他这样做的时候,另一组男孩子开始向他发射纸弹。他们以前用的是泥弹,甚至也用过大理石弹,但这样的子弹杀死过 3 个孩子,此后他们改用纸弹。

歌门鬼城学校里的老师住在自己的庭院里。那是一组公寓,坐落在一个有遮挡的回廊上方。每个教授都分得一套公寓,公寓的门上刻着他及其前辈的名字。此外,所有的教职工还共用一间屋子,这间屋子叫马皮屋,因为它的墙使用的材料是马皮。马皮屋依靠可怜的地下光亮照明,房间里散发着粉笔灰和烟雾的味道。上课的时候,教授身穿黑色的学位服,戴着学位帽;闲暇的时候,他们穿酒红色的束腰大衣。这些教授坚持一层不变的授课方式,他们的职业就是颔首赞同自己房间里那些剥落的油画和生锈的鹅毛笔;他们的生活态度极端保守。一起吃过晚饭后,他们要在餐厅里举行庆祝仪式。长长的饭桌被掀翻,他们就坐在完全倒过来的这张长桌上,就好像坐在一种奇怪的船里面。然后,他们开始哼唱一首哀婉的圣歌,这首圣歌不再具有任何意义;然而,它却以一个响亮的劝说词“坚持”庆祝了“抵制变化”这个仪式。

歌门鬼城依靠传统和仪式维持着它的统治。城堡里那些上了年纪的仆人对某地及其传统具有一种本能的感觉;如果哪个地方的传统遭到破坏,他们马上就能感觉到。城堡里所有重要的书本都在宣讲那些每日每时必须遵守的仪式,根据书中的观点,仪式是一种终生职业。如今,许多传统的原始意义已经丧失,但维持传统的人不管这些,只为走走过场。比如,城堡的统治者一年必须打开橱柜两次,用一把特制小刀在铁橱柜背面刻一个半月形。现在,这个金属橱壁上的半月形已有700多个,但没有人能说出这样的传统究竟始于何时,其中又包含了怎样的故事和意义,而他的继承人几乎把自己的青春全都花在了这些复杂的仪式上。出生后的第12天,这个孩子就被放在专门的屋子里受洗,这间屋子通常被认为是城堡里最快乐的地方。洗礼开始之前,父亲把孩子召来,然后把他放在《歌门鬼城传奇》这本书的书页之间,接受在场所有人的祝福。这个孩子度过自己第一个生日的那天,城堡里要举行庄重的黑色早餐仪式。吃饭的时候,祭司会在饭桌上走来走去,踩踏剩下的饭菜,大概是要显示他研究和规定的那些知识多么有力量。继承者的每一个生日都要按照既定的仪式庆祝,尤其是他的第10个生日。就在那一天,他会被关进一间满是灰尘的屋子里,一天之后,他被蒙上双眼带到附近的湖边,那里正在上演一出哑剧,演员们扮成狮子、小羊羔、狼和马。这种仪式至少可以追溯到400年前,具体的象征意义已模糊不清。还有一种传统,歌门鬼城的伯爵夫人必须接受居住区的7个最丑陋的乞丐,并用油给他们施洗。

在最近几年里,歌门鬼城里发生了很多不愉快的事情,其中一些与斯蒂派克的阴谋有关。斯蒂派克是一个在厨房里干杂活儿的男孩,他使用见不得人的手段当上了祭司。这个男孩还与图书馆被毁和城堡里频频发生的谋杀案有关。他野心勃勃,希望有朝一日凭借自己掌握的某些仪式的具体知识控制歌门鬼城,因为那些仪式关系到城堡的生死存亡。他还企图向歌门鬼城的第76任伯爵的女儿弗西赛亚求婚,因此有人认为他应该对弗西赛亚的溺水而亡负责。后来,他死于一场与歌门鬼城的第77任伯爵提图斯·格罗恩的决斗。不久,提图斯离开了歌门鬼城,再也没有回来。提图斯死后,究竟还有多少仪式保留下来,我们就不得而知了,人们也只能依靠自己去猜测。

梅尔文·彼克,《提图斯·格罗恩》(Mervyn Peake, *Titus Groan*, London, 1946);梅尔文·彼克,《歌门鬼城》(Mervyn Peake, *Gormenghast*, London, 1950);梅尔文·皮克,《孤独的提图斯》(Mervyn Peake, *Titus Alone*, London, 1959)

格特-纳-可洛卡-莫拉 | Gort Na Cloca Mora

爱尔兰岛上一个民间传说中的精灵家园。具体位置不可考,可能靠近爱尔兰岛的格里恩-卡格尼峡谷。格特-纳-可洛卡-莫拉位于森林的边缘,那里有崎岖不平的旷野,旷野里可见散落的灰色大岩石;旷野的一角可见一棵低矮的伞状大树,从这里可以走到精灵的地下家园。旷野之外是陡峭的山坡,山坡上开满石楠花,一直延伸到天边。

与生活在这里的仙子一样,小精灵也会治病,但她们主要的工作好像是做鞋。她们喜欢穿浅绿色的衣服和皮质的围裙;戴高高的绿色帽子。精灵喜欢的鸟儿叫知更鸟,如果哪一只猫杀死了一只知更鸟,这些精灵一定会为它报仇。多年以来,精灵都在积攒黄金,为的是有一天能够从凡人手里赎回自己的同伴。

只要在那棵大树上敲三下,然后再敲两下,接着再敲一下,精灵就会被唤醒。游客可以把东西放在荒野周围的荆棘丛里,因为留在这里的东西绝对安全,荆棘丛会保护世上的每一个仙子,精灵也不敢去碰这里的东西。

詹姆斯·斯蒂芬,《金坛》

音乐家之岛和喜剧家之岛,格拉尔-福利布斯特之国 | Graal Flibuste, Country of The

具体位置不可知,与塔兰萨希多尼(Transarcidoni)相邻,距离有名的齐齐群岛(Chichi Archipelago,参阅“巴赫波赛岛”)不远。格拉尔-福利布斯特之国境内没有大路,只有几处草地和林间小路。如果要到这里来,游客最好坐马车和骑马。格拉尔-福利布斯特之国的某些地方最好不要去，比如说风省，那里经常有无聊的幽灵出没。还有克拉琴城，又叫唾沫城，到处都是肮脏发臭的房屋，城里的居民把垃圾和大便当宝贝收藏。

高山上住着纳尔国王，他的顾问是一条老巨蟒，拥有邪恶的想象。紧靠皇宫而立的是一座黑色小教堂，教堂里住着一个孤独的风琴手，他的背弯曲得像一株曼德拉草。为了娱乐游客，他总是重复唱同一节歌。

格拉尔-福利布斯特是这个国家的神灵，据说这个神灵会保护银行家。为他建造的寺庙就坐落在克兰奇泽山谷的深处，这是一块老鼠成群的荒凉之地。

格拉尔-福利布斯特之国的植物种类异常丰富，包括飞蛾形状的薰衣草、令人头昏目眩的三色紫罗兰以及果酱类植物，尤其是*molodies*和松树，松树的树干是水晶的，可以像镜子一样反射光线，因此这些水晶树干把整个格拉尔-福利布斯特之国的森林变成了一座迷宫；到了这里的游客是很难再走出去的。格拉尔-福利布斯特之国的动物也很丰富，其中有虎鸟、蝶猴，还有奇怪的天鹅马。天鹅马似乎会不停地运动，当它们滑过湖面或水池的时候，它们会嘶叫和抖动身上的羽翎。游客会看见它们躺在湖岸上舒服地晒太阳，它们几乎会用人类的眼睛寻找那个根本不可能找到的伴侣，而之所以不可能，是因为这些动物都被阉割了。

罗伯特·品基特，《格拉尔·福利布斯特》(Robert Pinget, *Craal Flibuste*, Paris, 1956)

格拉巴利亚岛 | Grabawlia

参阅鲁纳瑞群岛(Loonarie)。

格拉布拉伯王国 | Gramblamble Land

这个王国因为有伟大的皮普-波普湖和托西城而闻名。托西城里有了不起的市政博物馆，到格拉布拉伯王国来的游客都会去参观这个博物馆。格拉布拉伯王国的7个著名的家族分别是鹦鹉、鹳、鹅、猫头鹰、天竺鼠、猫和鱼，分别被关在7个密封的大玻璃瓶里。他们因家里孩子的恶行而深感羞耻，于是用大量的辣椒、白兰地酒和醋把自己腌起来。他们找到这个地区最杰出的律师帮他们起草遗言，并在遗言里谨慎地表示，7个玻璃瓶的塞子应当用蓝色蜂蜡密封，并且用羊皮纸或其他类似的替代品贴上标签，然后把瓶子放在一张桌腿镀银的大理石桌上，供胆小的公众每天检查和反思，从而使他们终生受益。

一只保存在玻璃瓶里的獾，这只玻璃瓶放在格拉布拉伯王国的托西博物馆里

参观者会找到这些玻璃瓶，他们就放在托西博物馆中心方庭的左翼靠右手边走廊的第427间屋里的第98张桌子上。

爱德华·李尔，“皮普-波普湖的七个家族的历史”，《无稽之歌、故事、植物以及字母》(Edward Lear, “The History of the Seven Families of the Lake Pipple-Popple”, in *Nonsense Songs Stories*, *Botany and Alphabets*, London, 1871)

大公国 | Grand Duchy

德国的一个普通公国。游客可以去参观大公国的快乐村，他们一定会惊讶于那里的秃鹰岩的美丽。大公国因是穆尔猫的原产地而闻名。穆尔猫是世界上唯一一种已经解决了猫科哲学之秘密的雄猫。作为《屋顶上的传记娱乐》的著名作者，穆尔以科学和哲学为基础，第一次把屋顶闲逛的学生猫和躺在垫子上暖身子的平庸猫作了区分：学生猫声音悦耳、灵魂纯洁、腹内空空；平庸猫蜷曲在一条油炸青鱼和一碗可口的牛奶前面，总是能找到理由拒绝与他人分享这些食物。

大公国的居民依靠相互模仿打发时间。实际上，游客很难弄清楚他们自己正在跟谁说话。当地人说，一个名叫扎克的小矮人后来做了朱砂牧师，而某个名叫梅塔德的和尚摇身一变成了波兰绅士。

大公国在与意大利的外交方面依然保持了自己的特权，尤其是在狂欢节时。大公国的最高荣誉是获得绿斑老虎勋章；夹克衫的纽扣多少则暗示了这一秩序中的地位。

霍夫曼，《金罐》（Ernst Theodor Amadeus Hoffmann, *Der goldene Topf*, Bamberg, 1814）；霍夫曼，《魔鬼的长生汤》（Ernst Theodor Amadeus Hoffmann, *Die Elixiere des Teufels*, Berlin, 1816）；霍夫曼，《侏儒扎克斯》（Ernst Theodor Amadeus Hoffmann, *Klein Zaches genannt Zinnober*, Berlin, 1819）；霍夫曼，《雄猫穆尔的人生观》（Ernst Theodor Amadeus Hoffmann, *Lebensansichten des Katers Murr*, Berlin, 1822）；霍夫曼，《布拉姆比拉公主》（Ernst Theodor Amadeus Hoffmann, *Prinzessin Brambilla*-Ein Capriccio nach *f.* Callot, Breslau, 1820）

芬威克的大公国 | Grand Duchy of Fenwick

参阅大芬威克公国（Duchy of Grand Fenwick）。

格拉德-尤斯卡瑞王国 | Grande Euscarie

一个地下王国，位于法国东南部的地下，穿过西比利牛斯山的弗詹洞穴（Fauzan Caves）可以到达这里。也有游客从其他地方到这里来，比如穿过法国的达迪兰洞（Dardilan Cavern）。

格拉德-尤斯卡瑞王国住着一群聪明的猛犸，它们在冰河世纪第一纪之后到这里来避难。

到达格拉德-尤斯卡瑞王国之后，游客应该对蓝色猛犸表示尊敬。蓝色猛犸是这里的头领，拥有“世界之王”这一美称。蓝色猛犸生活在首都亚尔那城（Yalna）。亚尔那城很大，用光滑的方石建造而成，约15米高，开有许多城门。整座城最主要的部分就是一个庞大的圆屋顶。参观者会发现，圆屋顶下面的房间都是空的，只有漂亮的地毯严严实实地遮盖着地板。这些地毯都是猛犸编织的，游客可以买过来做有趣的纪念品。

一种叫奥姆的药可以保护蓝色猛犸不受疾病的困扰，相反还可以使它们变得更诚实守信，更有责任感。除了蓝色猛犸，格拉德-尤斯卡瑞王国里还住着人头马身怪，它们拒绝服用奥姆药，因而不得不忍受人类普遍要承受的痛苦，比如爱情、嫉妒和愤怒。猛犸到来之前，人头马身怪是格拉德-尤斯卡瑞王国的主人，它们如今生活在波克梅城（Pokmé）的废墟里，这里曾是格拉德-尤斯卡瑞王国的首都。

格拉德-尤斯卡瑞王国使用无线电波照明，无线电波经过比利牛斯山脉的科德（Ghord）矿山传输到这里（尽管我们对它的具体操作程序还不能作全面的解释）。因此，格拉德-尤斯卡瑞王国的“天空”看起来就像一团明亮的尘雾，白天与黑夜之间没有分别。这里属于热带气候，植被也属于热带植被。唯一一种地方性动物叫*arabe*，这种动物可以生产一种营养丰富的奶。

法国地质学家威尔诺（Vernon）曾描写过格拉德-尤斯卡瑞王国。1913年，他写了《喀斯特地下山岳水平走廊及地下水文地理学研究》（*Etude sur les galeries horizontales dans le système orographique souterrain des Causses and Hydrographie Souterraine*）一书。1920年，他创建了《洞穴学年鉴》。威尔诺惊人地发现，猛犸使用的语言尤斯卡拉（Escuara）实际上是一种最原始的巴斯克语，猛犸把这种语言教给几千年前生活在比利牛斯山里的史前人类。因此，游客想到格拉德-尤斯卡瑞王国来之前，最好找一本巴斯克词汇书看看，这对他的旅行会非常有用。

吕克·阿尔贝尼，《蓝色猛犸》（Luc Alberny, *Le Mammouth Bleu*, Paris, 1935）

大芬威克公国 | Grand Fenwick, Duchy of

与芬维克的大公国(Grand Duchy of Fenwick)不是一个概念。大芬威克公国是世界上最小也是最落后的国家,位于阿尔卑斯山的南部山麓,多瑙河是它的北部边界。大芬威克公国长5英里,宽3英里,某些地方覆盖着茂密的森林,但大部分地区都是葡萄园,主要出口一种简单酿制而成的葡萄酒。

大芬威克公国只有一座城市,也叫大芬威克。市政广场的主要建筑是一座城堡,这里既是统治者的住宅,又是议会室。大芬威克城规模很大,但它的电视网络很小,而且效果很差,这就是大芬威克的国家电视台。

大芬威克公国是5个世纪前英国人罗格·芬威克爵士创建的,因而这个公国谨遵英国的传统,英语也是他们的母语。按照宪法规定,现任统治者是大公爵的遗孀格洛芮娜十三世;世袭首相和议会主席是梦乔伊(Mountjoy)的鲁伯特伯爵,1958年遭到驱逐。皇室反对派由大卫·本特尔领导。大芬威克公国保留了一支小规模的军队,由巴斯康贝陆军元帅统领,他也是市民生活中的大林务官。这支军队是按照英国警卫队的模式组建的,主要用来举行各种仪式。

1958年,大芬威克公国濒临破产,因为美国加利福尼亚州使用一种廉价酒盗用了公国有名的国酒牌子。为此,大芬威克公国向美国宣战,希望在遭遇不可避免的破产之后,还能获得一大笔赔偿金。在一次名垂青史的伟大壮举之中,一支由20人组成的远征军占领了纽约,当时的纽约在空袭训练期间变成了一座弃城。大芬威克公国在这里得到了世界上最致命的氢弹,凭借这种武器的威慑力,大芬威克公国自称是地球上最强大的国家。后来,这颗氢弹被发现是一颗哑弹,于是大芬威克公国和美国及时签订了和平协定。

1962年,大芬威克公国经历了第二次经济危机。有人认为公国出口的酒可能在长途运输中发生爆炸,因此进口这种酒的国家不再进口他们的酒。公国以建造登月火箭为由,向美国贷款 50 万美元,而美国送给公国 100 万美元作为礼物,苏联也不示弱,送给公国一枚过时的火箭,利用会爆炸的酒做推进燃料。就这样,大芬威克公国发射了那颗作为礼物的火箭,他们的探险队比美国和苏联的月球探险队更早到达月球,并声称月球是他们的地盘。

如果参观者希望到月球上去旅行,他们应该去大芬威克公国的领事馆签证。

《喧嚣的老鼠》,由杰克·阿诺德执导(*The Mouse that Roared*, Directed by Jack Arnorld, UK, 1958);《月亮上的老鼠》,理查德·莱斯特执导(*The Mouse on the Moon*, directed by Richard Lester, UK, 1962)

禁书墓园 | Graveyard of Unwritten Books

巨大的走廊组合体,位于巴黎森斯宾馆的下面。参观者走进森斯宾馆背后的一个庭院,在那里的一堵长满青苔的墙上有一个小通道。沿着这个小通道,可以到达一条狭窄而阴暗的走廊。进入走廊,又可以来到一个地下庭院。地下庭院里有一口井;参观者沿着一条井绳可以下到井底。到达井底之后,参观者会发现一条弓形走廊,走廊里很潮湿。参观者必须沿着这条走廊走到一扇铁门处。参观者必须上前敲门,在征得同意之后才能进去。参观者会发现这里是一个大书库,身穿制服的管理员在书库里来来去去,正忙着把书锁起来。这里就是有名的未成书墓园,又叫封锁井,全世界所有被官方封杀的书都放在这里。这些书当中有一部分虽已出版,后来又遭到禁印;而其他的书写出来就被禁止发行了;许多书一字未写。如果参观者想来这里,他最好带一把手电筒,不要让人看见他手里拿着一本书。

尼迪姆·格塞尔,《有轨电车》(Nedim Gürsel, *Son Tramway*, Istanbul, 1990)

大松柏沼泽 | Great Cypress Swamp

位于美国盖恩斯维尔附近，地处一个潮湿的深谷，被繁茂的青苔和奇怪的药草覆盖着。沼泽里臭气熏天，好像是风化的石头散发出来的，这些石头可能属于附近一座古代公墓，由于年代久远，石头上雕刻的名字已被岁月那只无形的手抹去了。

在这块可怕的墓地里，在一家家衰败的坟墓构成的骇人景象里，游客可能在一块更大的坟石下找到一条通道。最早提及这条通道的是拉朵夫·卡特尔，他是在寻找失踪的朋友哈里·瓦伦先生时发现的。根据卡特尔先生在编年史中的记载，哈里·瓦伦正是在这条通道里消失的，通道的墙壁里渗出一种很臭的液体，好像是从地下流出来的。瓦伦先生打电话给卡特尔，告诉他地下发生的许多骇人听闻的事情，最后，瓦伦先生用低沉的声音，空洞而冷漠地说，他自己已经死了。

霍华德·洛夫克拉夫特，“拉多夫·卡特尔”，《怪异的传说》(Howard Phillips Lovecraft, “The Statement of Randolph Carter”, in *Weird Tales*, New York, 1925)

大加拉巴尼王国 | Great Garabagne

一个非常奇怪的国家，它的地理位置不断在变化，边界也不确定。进入这个国家困难而艰险，只有一些梦想家和诗人来过这里。当游客在沉思或出现幻觉的时候，他可能看见了大加拉巴尼有毒的地貌。大加拉巴尼给人的第一印象是可怕，它使参观者陷入绝望的边缘。必须注意的是，每一个游客在这里都会遇到他自己的怪物、深坑和荒漠。大加拉巴尼的居民分为哈克人、伊芒格隆人以及几种美多塞姆人，他们都是西方社会最蔑视和最憎恶的人。

亨利·米修，《大加拉巴尼之旅》(Henri Michaux, *Voyage en Grande Garabagne*, Paris, 1936)；亨利·米修，《美多塞姆》(Henri Michaux,

Meidosems, Paris, 1948);亨利·米修,《厄瓜多尔》(Henri Michaux, *Ecuador*, Paris, 1968)

大毛利纳国 | Great Marina

一个拥有古老文明的古国,一个曾经富饶而美丽的国家,被毛里塔尼亚的兰格尔酋长及其野蛮的游牧部落征服。一个大湖泊环抱着金苹果园群岛。大湖泊的周围是罗马废墟、基督教教堂和墨洛维王朝(Merovingian)的城堡。大毛利纳以东是奥尔塔-普拉纳大陆,以北是特托布格森林和堪帕格纳国。大毛利纳国的上面高耸着花岗石危崖。

大毛利纳国盛产蘑菇、块菌、栗子和胡桃。这里气候温和,适宜柏树和多种果树的生长;这里生活的鸟类有鹌鹑、斑点画眉、无花果虫、红尾鸲、野鸭和金翅雀。

毛利纳小镇坐落在有名的长满葡萄藤蔓的小山左侧,小镇上有公鸡门和港口。港口附近是神圣家族的小教堂,装着桑麦拉王子的头颅的那个容器就埋在小教堂的地基下面。

诗人协会的组织很体面,对于一个诗人而言,吟诗的天赋无论从精神上,还是从物质上来讲,都是一种财富。在葬礼上,诗人会宣读对死者的判词。他可以采用两种押韵方式,一是挽歌体,适合歌颂富有正义的生活;二是 *ebernum*,这种韵律古时候用来歌颂斩杀妖怪的英雄,诗人在朗诵时,一只黑鹰会从笼中放出来。

恩斯特·荣格尔,《在花岗岩危崖上》

伟大母亲之岛 | Great Mother's Island

又叫"女人岛",太平洋里的一个女性共和国。伟大母亲岛多山,长约五、六千公里,像大港湾周围的一只马蹄铁;岛屿其他地方的海岸非常陡峭。薄薄的青烟从岛上的两座火山口袅袅升起,火山的山峰约高 3000 英尺。高山之下是肥沃的峡谷,清澈的泉水灌溉山谷。咖啡、烟草、胡椒、肉桂以及蔗糖都是这里的土产品，此外还有丰富的猎禽和动物和鱼类。

女人岛是在20世纪初某年的2月2日被发现的。当时，一艘名叫“科莫兰特号”的汽船从香港出发驶往洛杉矶，上面的一只救生船在这里搁浅。幸存者几乎都是妇女和小女孩，不过还有一个名叫弗澳的14岁男孩。为了消除所有幸存者的绝望心情，最年长的女人做了这艘船的船长。

岛上的生活还算容易，因为救生船上装满了工具和供应品。女人们建造了一座女士城，她们把建好的竹帐篷围成一个个圆形的结构，其中包括一个阅读帐篷和教堂帐篷（在这次海难中，这些幸存者从海水里救起一本圣经）；负责教堂事务的自然是女祭司。就在到达这座岛的那一年里，她们建造了一座小教堂，并成功地为其举行了落成典礼，由于当时有一个女子是达姆施塔特艺术家协会的会员，因此小教堂的饭厅采用了建筑大师威尔德（van de Velde）的建筑风格。岛上的书面资料也有保存，可以帮助这些女人记录岛上的发展状况。她们在这座岛上过得很愉快，不想再经历过去那种压抑的父权制生活。

海难事故发生大约一年之后，幸存者当中有一个女子生了一个儿子，她把这个孩子看作是印度教里的克利许那神（Krishna）的转世，是上帝姆卡琳达（Mukalinda）的儿子，因为姆卡琳达好像给她托过一次梦。年复一年，月复一月，由于各种迷信的泛滥，岛上又降生了更多的孩子。既然没有人有兴趣找到这些孩子的亲身父亲，关于神秘的交媾和男性生殖器崇拜便开始在这座岛上兴旺起来，她们还在岛上给姆卡琳达建造了一座寺庙。新生的孩子数量急剧增长，其中自然也包括部分的男孩子，渐渐地，女人们开始把这些男孩视为对自己的崇拜和母系社会的一种威胁。她们决定把5岁以上的男孩全部驱逐到岛上一个偏僻的地方，从此这个地方就叫“男儿国”。

正当女人们努力搞自己的崇拜时，那些年轻男子在弗澳的带领下，开始致力完成一些具体的目标。在接下来的10年里，他们做了无数的手工制品，尤其是木制的工艺品。他们甚至还建造了一艘小小的快速帆船。他们的双手非常灵巧，这使得男儿国里出现了一个神灵：圣手。

一段时间以后，因为那种说不清楚的生育之谜，女人国爆发了一场精神危机，女孩子冲进寺庙，用手中的火炬点燃了寺庙里的陈设。一群男子阻止了这些女孩更疯狂的行为，避免了更大的损失，他们在这座岛上插上了一面新旗帜，上面写着“男人”二字。

盖尔哈特·豪普特曼，《伟大母亲之岛或女人岛的奇迹，乌托邦群岛的历史》（Gerhart Hauptmann, *Die Insel der grossen Mutter oder das Wunder von Ile des Dames, Eine Geschichte aus dem utopishen Archipelagus*, Berlin, 1924）

大河 | Great River

或者叫“安杜因河”，中土北部最大的一条水道，发源于北部的灰色山脉，流经迷雾山脉和幽暗森林之间的山谷，流经安杜因山谷，穿过洛汗王国、伊西利恩地区，以及乐贝宁省，形成伊赛尔-安杜因三角洲，并且在此汇入贝尔法拉斯湾。在伊敏-穆尔山脉下面，大河冲进一个峡谷，最后流进一个长椭圆形的湖泊，也就是尼恩-海特欧尔湖。

山谷北部入口有两尊在岩石上雕刻出来的大雕像，雕刻的是亚戈那斯人，是中土第三纪中期雕刻的，用来标明刚铎王国的北界。亚戈那斯人雕像的上方有激流，无法通行，因而必须在西岸采用水陆联运方式绕过这些激流。

大河从尼恩-海特欧尔湖的南端流出，急转而下汇入奥洛斯瀑布，瀑布之下的河段可以通航。从海面上来的船只向大河的上游航行，一直到达刚铎王国的首都米那斯-提力斯城北部的船形岛——凯尔-安多斯岛。

大河最主要的港口是佩拉吉尔港，这个港口的位置不在海边，而是坐落在大河的三角洲上，是刚铎王国与西方交流的中心，也是打击海盗的重要基地。第三纪期间,这里海盗活动猖獗,经常从南面威胁刚铎王国的安全。

托尔金,《魔戒前传:霍比特人历险记》;托尔金,《魔戒首部曲:魔戒现身》;托尔金,《双塔奇谋》;托尔金,《王者归来》;托尔金,《精灵宝钻》

大水湖 | Great Water

湖中点缀着几座小岛,从伊维尔肖森林(Evilshaw)延伸到寻求者城堡。游客也许会在英国北部的某个地方见过这个湖泊。伊维尔肖森林密不透风,没有人敢到这里来打猎,也没有哪一个罪犯敢到这里来避难。许多传奇故事都与这片森林有关:有人说死人会在这片林子里散步;也有人说林子里住着魔鬼;还有人估计这片林子里藏着地狱之门,因此又把它叫作"魔鬼之园"。伊维尔肖森

大水湖

林的边缘地带是乌特海集市(Utterhay)。大水湖边有一栋房子,即众所周知的女巫之屋。

如果想穿过这个湖泊,欣赏湖中的几座小岛,游客必须使用一种没有方向舵的小船,这种小船名叫“发送船”。为了能够坐在这样的小船里游览湖景,使用者必须在自己身上割一条口子,然后把伤口上的血涂在船上,嘴里还要不停地念叨:

现在,这猩红的酒
把你灌醉,船首和船尾
然后醒来,醒来
用平常的方式
找到回去的路
越过洪水
因为发送者的意志
混合了血

大水湖的西南面坐落着寻求者城堡,也叫水边的白色监狱,一座中等规模的防御工事,是用石头和灰泥建成的。寻求者城堡禁止女人进入,除非城堡的主人找回了自己失去的爱情。城堡南面是美丽的花园,花园里生长着繁茂的玫瑰和百合花。城堡与周围地区处于对峙状态,与之敌对的那座城堡叫红发骑士城堡,又叫红发堡,因豢养凶残的食人犬而闻名。

大水湖中最重要的岛屿共有5座,都值得一看,如果游客有充足的时间的话。

在主动增加岛上,地里的庄稼会自然地生长,不需要料理、播种和收割。岛上的城堡已经变成了废墟。毒蛇、蜥蜴、夹壳虫以及吃腐肉的蝇虫在石缝里蠕动。

老少岛上唯一的建筑也是一座已经变成废墟的城堡。残留的雕刻和拱门依稀可见城堡昔日的美丽。一些游客回来报告说,这些废墟现在也已经消失,岛上住着一群孩子,年龄在5到15岁之间，他们好像永远不会长大。

女王岛上有美丽的宫殿，用白石建成。在宫殿的大厅里，一群可爱的女孩坐在餐桌旁，正伸手取自己面前的食物，她们的神态安详。大厅里有一个讲台，上面放了一具棺材，棺材里躺的是国王，国王的胸口横插着一把血迹斑斑的短剑；棺材旁边跪着王后。这些形象栩栩如生，这些人其实都已经死去多年。女王岛上住着以前的骑士，他们现在衣衫褴褛，不敢走进宫殿；夜里还能听见他们的哀号。

国王岛上多悬崖峭壁，悬崖之间耸立着一座城堡。城堡的大厅金碧辉煌，厅堂里摆放着一张高高的桌子，3 个国王和 3 个智者围坐在桌子旁。棺架上躺着一个被刺死的美丽女子。岛上唯一的居民是一群身穿薄纱的女子，她们不敢走进城堡的大厅。岛上除了鸟儿的歌鸣，就只能听见武器的击打声。

虚无岛的地势平坦，岛上经常雾气弥漫。过去的虚无岛寸草不生，如今却长满了果树，成群的牛羊在草地上吃草。虚无岛上的居民身穿羊毛短大衣，头戴绿叶花环。

参观者应当注意，大水湖中的这些岛屿变化很快，等他们再去的时候，也许就面目全非了，不再是现在所说的模样了。

威廉·莫里斯，《神奇群岛的水》（William Morris, *The Water of the Wondrous Isles*, London, 1897）

贪婪岛 | Greedy Island

火地岛附近几座地势较高的岛屿之一。贪婪岛的岛居都很胖，除了考虑吃，他们什么也不想。他们很富有，把大量的时间和收入都花在医生岛上。他们崇拜巴拉托古洛神（Baratrogulo），并把食物献给他。巴拉托古洛神被描绘成一个坐在饭桌前的大胖子，他的牧师都是先知和口技表演者，这些人用他们的胃来回答岛民的问题。

皮埃尔·德方丹神甫，《新居利维或居利维船长之子让-居利维之旅》

绿色小教堂 | Green Chapel

具体位置不确定，可能坐落在威尔士北部的某个地方，也可能坐落在维拉尔半岛。绿色小教堂的一旁流淌着一条小溪，小溪从崎岖的小山谷里流出。通过一条沟壑可以进入这个山谷。沟壑的旁边可见一条陡峭的山路，蜿蜒盘亘于荒凉可怖的悬崖之下。绿色小教堂的周围是连绵不断的森林和沼泽。绿色小教堂像一座古坟，可以经过一个小孔从其末端和两边进入。小教堂里面很像一个粗糙的洞穴，洞穴里杂草丛生。很显然，小教堂是人工修建的，只是我们无法知道它的历史和起源，也许它是一座坟墓，抑或一间被毁掉的粗糙的祷告室。

绿色小教堂与高文爵士和绿衣骑士之间发生的那场著名的决斗紧密相关。新年那天，绿衣骑士出现在亚瑟王的卡默洛特城堡里，他身穿绿衣，浑身都是绿色，坐骑也是绿色的。令人惊讶的是，绿衣骑士向在场的所有骑士提出挑战，希望有人砍他一斧头，但条件是，那个砍他的骑士一年后必须接受他的反击。

高文爵士接受了挑战，他干脆利落地砍掉了绿衣骑士的脑袋。绿衣骑士捡起自己的脑袋，夹在手臂下，策马疾驰而去，其行动之迅捷，令人瞠目结舌。一年后，高文骑马北行，在绿衣小教堂附近的一座城堡里住下。他想出去打猎，却因遭到城堡女主人的诱惑而没有成行。转眼新年又到了，高文骑士来到绿色小城堡，兑现与绿衣骑士的约定。绿衣骑士举起斧子砍向高文骑士的脖子，不过没有真砍，只稍稍碰了一下高文骑士的脖子。接着，绿衣骑士向高文讲述了他的亲身经历：原来，绿衣骑士被女巫莫甘娜施了魔法，被迫出去挑战亚瑟王的骑士，目的是要让他们看起来只是一群懦夫：高文寄宿的那座城堡的女主人就是绿衣骑士的妻子。绿衣骑士表明他对高文骑士没有恶意，并一再邀请他，但高文骑士还是拒绝了绿衣骑士的盛情，策马回到了卡默洛特城堡。

无名氏,《高文爵士和绿衣骑士》(Anonymous, *Sir Gawain and the Green Knight*, 14th cen. AD)

绿色王国 | Green Land

一个水下王国,位于英格兰岛。穿过一条小溪可以进入绿色王国;小溪通向一个大山洞,山洞里充满了一种液体状的光亮,这种光亮在更暗的地方呈蓝色,到了出口处就变成了淡绿色。这里的地面是一块长满青苔坚如岩石的盆地,墙上垂下长长的晶莹剔透的冰柱子。

游客穿过8个山洞之后就可以来到一个竞技场上,这是一个庞大的蜂窝或鸽巢。绿色王国的居民经常到这里来。他们的身体呈绿色,上面有半透明状的纹理,很像仙人掌;他们的头长得像鸡蛋,留着金黄色的长发,没有眉毛,明亮的小眼睛像雪貂。他们都穿透明的长袍。

在竞技场的背后,参观者可以看见一个平原,平原的中心是一个冒着气泡的热水湖;湖盆约宽200英尺,呈标准的椭圆形,被一堵岩石上凿出的低矮的墙壁围绕着。围绕湖盆的是一个约宽10英尺的半圆形水槽。这里非常暖和,就像身处温室一样。这里生长一种珊瑚,很像菌类,可以长到3英尺高。岩顶上悬挂着另一种植物,像缠绕在一起的枯树根,那其实不是根,而是茎干,里面含有果仁,很甜,可以食用,当地人把它们当面包吃。

绿色王国的动物稀少,其实只有一只鸟,比云雀稍大,更像猫头鹰:身体呈灰色,柔软的羽毛,每一只眼睛周围都长有翎颌,直直的嘴角,飞行方式与地球上所有其他的鸟类都不同,往上飞时向下沉,犹如一块石头垂直而下,然后螺旋形落下。这只鸟很孤独,也很温顺。绿色王国里还生活着银灰色的无脚蜥蜴和蛇,长约3英尺,身上的鳞甲发出微弱的蓝光。它们基本上都属于家养动物,经常盘绕在主人的脖子上。此外,游客还能看见一种甲壳虫,与乌龟差不多大,长着贝壳状的浅蓝色鞘翅,身体表面纵向排列着一些条纹,依靠三双丁字形连接的大腿奔跑,他们的下颌和触角不突出。雌性夹壳虫的尾部会发光。他们依靠粪便为生,被尊为清道夫和宠物。

绿色王国境内到处都能听见微弱的钟声,那是一组木棒从不同方位发出的声音。这些木棒是一些被作为车间或工厂的山洞里专门制作的,这是绿色王国的居民用来确定方位的方式,因为绿色王国里看不见可以用来定位的太阳和星星。

绿色王国的居民总是集体行动,比如出去采集食物。他们没有测量时间的工具,完全按照身体的自然需要做事,比如睡觉和做爱。女人如果怀了孕,就必须离开群体,住到一个大山洞里,在那里有年老的已婚妇女照顾她。

绿色王国的居民相信时间是有限的延续;他们指出周围岩石的坚固性和不可毁灭性。在他们看来,这种属性比空间更广阔,他们把这种属性与那些会变化的无意义的事物相比较。他们说,当最后的生命元素形成晶体之后,时间也会随之消失;时间是变动不居的,是大自然的变迁过程的一种标志。其他国家通过石化时间解决了时间之短暂这个问题,比如镜子王国。

绿色王国的语言不是以雅利安人的语言为基础,也与所有其他已知的语言没有关联。这种语言只用来说,从不包含书写字母和文字这样的概念。如果知道希腊语中的“Si”表示“我是”,会很有用的。

绿色王国关于不朽性的概念与大多数世纪里盛行的那些事物完全相对。也许是因为他们的头顶上是坚固的岩石,而不是广阔又不可触及的天空;也许因为他们相信宇宙将是有限的,而人类的数量将会无穷无尽,因此他们觉得自己身体里的有机生命元素讨厌又可悲。任何柔软和易变的东西都会使他们感到莫名的恐惧;特别是人类的呼吸,他们相信这是一个原始诅咒所产生的症状,只有死才能完全使它消失。他们不怕死亡,他们最恐惧的是腐烂,因为他们认为腐烂是回归柔软和气态,而这恰恰是他们的弱点,也是他们深感羞耻的原因。他们唯一的愿望就是变得坚硬,坚硬如他们周围的岩石，如岩石一样永恒。

正是出于这样的愿望，绿色王国的居民正在训练一种所谓的“石化仪式”。快要死去的人必须先进入一个洞穴，坐在洞穴里几块美丽的水晶上沉思，孤独地沉思。讨厌的呼吸一停止，他就被放进一个水槽里，水槽里盛满了石质水，他的身体被浸泡在里面，直到变成一尊盐柱子。这样的盐柱子堆积在一个洞穴里，变成了死人厅里的一尊尊石像，慢慢地，洞穴里堆满了这些坚硬的楔形物。绿色人相信，终有一天，他们的人口会越来越少，然后住进这里的最后一个洞穴里。最后，这个民族剩下的人将会跳进那个水槽，实现他们的生活目标，那就是获得永恒的完美。他们的身体与地球完美地结合，与宇宙合而为一。

19 世纪的 30 年代，绿色王国的两个孩子去了英格兰岛。后来，其中的一个男孩死了，而另一个女孩得救了，救她的是洛卡多尔(Roncador)的前任独裁者奥利弗博士。女孩名叫斯洛恩，英语名字叫萨利。后来，奥利维罗博士把她送回绿色王国，奥利弗博士也死在那里。

赫尔伯特·瑞德，《绿孩子》(Herbert Read, *The Green Child*, London, 1935)

绿沙岛 | Green Sand Island

夏威夷群岛西南面有 3 座岛屿，这是其中之一，与旧金山和横滨处在同一纬度上。1841 年，年轻的法裔丹麦科学家伦纳德·亨利来到这座岛上。他暗示绿沙岛、黑沙岛和红沙岛都可以通过地下死火山口彼此相连，而在世界的另一端，则与西藏山峦中一个深坑相连。亨利在绿沙岛上发现了一匹马和一种秃鹰，这种秃鹰只有西藏才有。亨利继续往前走，他要去寻找那个深坑的位置。最后，他在西藏的昆仑山上找到了那个深坑，那里有一座火山，火山爆发后的威力足以吞噬山里的一切。

如果想穿过深坑从西藏到达太平洋，游客就必须提防一群和尚,他们是深坑的看守,相信深坑是地狱之门。一次火山爆发毁掉了黑沙岛和红沙岛,爆发的原因是,看守深坑的那群愤怒的和尚把大量的炸药扔进了深坑。

瓦勒瑞,《绿沙岛》(Tancrède Vallerey, *L'lle au Sable vert*, Paris, 1930)

格林斯-沃弗群岛 | Greens Wharfe

或者叫卡普-维特群岛,靠近北大西洋的亚述尔群岛。这是一个快乐王国,这里的年轻人拥有无限的自由。岛上的居民行为滑稽而无聊,在服饰和时尚方面矫揉造作,而且还佯装自己受过良好的教育。他们自视聪明,经常吟诗作赋,并在公众场合里大声诵读。他们眼中的生活就是一个玩笑。他们喜欢嫖妓、酗酒和跳舞。要想在格林-斯沃弗的首都睡着很难,因为马车走过鹅卵石路面时会发出震耳欲聋的声响。

弗兰克·卡瑞利斯,《漂浮岛》

灰色琥珀岛 | Grey Amber, Island of

位于印度洋里的某个地方,具体位置不清楚,因为只有水手辛巴德(阿拉伯的一位编年史作家)曾经描绘过这座岛屿。当他航行在大海上的时候,遭遇了特大风暴,被海浪抛弃在这座岛屿附近的沙滩上。

灰色琥珀岛面积大、多山,海滩上随处可见来自世界各地的航船遗骸。岛上可以发现的东西很多,有华贵的服装,闪光的珠宝,还有各式各样的艺术品,看起来简直就像一个琳琅满目的阿拉伯集市。在这里,游客还能看见大量的中国木材、芦荟和灰色琥珀。灰色琥珀在烈日的暴晒下变成液体,像熔化的蜡液流到丘陵地带,最后流进大海,被鲸鱼吞吃,一段时间后,鲸鱼又把灰色琥珀吐出来,灰色琥珀就进入大海的深处。由于被鲸鱼的胃液消化过,吐出来的灰色琥珀发生了很大的变化；当它与水接触时，就会变得坚硬如钻石，轻盈如羽毛，最后又被海浪拍打到海滩上，贪婪的商人来到这里，把它们收集起来，然后再送到世界各地最名贵的商店里，以高价出售。

无名氏，《一千零一夜》

灰港 | Grey Havens

一座重要的港口和城市，位于中土西海岸的林顿地区。

灰港建在隆恩河汇入隆恩湾（通用语里叫“卢恩”[Lune]）的地方。大海湾形成于第一纪末贝勒里昂王国被大海吞没之时。灰港建于第二纪初，传统上它是去西方阿曼王国的海船的始发地。正是从这里，太多的精灵离开了中土；也正是从这里，魔戒大战的许多英雄扬帆远航。

托尔金，《魔戒首部曲：魔戒现身》；托尔金，《王者归来》；托尔金，《精灵宝钻》

灰色山脉 | Grey Mountains

也叫“伊瑞德-米斯林山（Ered Mithrin）”，东西走向，位于中土的幽暗森林以北。山里生活着各种精灵和中土最邪恶的兽人。灰色山脉及其周围地区，即凋谢的石楠之地，就是巨龙生活的地方。过去，巨龙经常袭击灰色山脉以南的国家。金色史矛革也来自这个地区，它是中土最伟大的火龙。

第三纪的 1981 年，侏儒被邪恶的巴尔若克赶出莫瑞亚王国的巨洞。之后，一些侏儒来到灰色山脉，试图在这里定居。然而，到了 2589 年，他们又不得不离开，因为山里的巨龙和兽人数量猛增；这些侏儒最后定居铁山。

托尔金，《魔戒前传：霍比特人历险记》；托尔金，《魔戒首部曲：魔戒现身》；托尔金，《王者归来》

灰绵羊山谷 | Greywethers

一个荒凉的山谷，一直延伸到距英格兰北部大水湖不远的高山上。一条小溪流过黑岩石。灰绵羊山谷里到处都是浅灰色的石头，形状有些像绵羊。这些石头好像是按照某种秩序排列起来的，它们就是"灰绵羊"，据说它们本是活生生的绵羊，后来被自己的主人变成了石头。

如果游客有足够的勇气，他可以等到这些灰绵羊都醒过来。这时候，无论向这些绵羊要什么，都可以得到满足；但前提是这个游客必须毫无畏惧，必须闭口不答任何一个问题。灰绵羊会用黄金、珠宝和裸体美女引诱游客，游客必须经得起诸般诱惑，必须一直等到公鸡打鸣为止，否则他自己也会变成石头。灰绵羊只会在某些夜里醒来，比如仲夏之夜。许多软弱而过分礼貌的游客就被变成了这山谷里的石头，因此游客来这里之前，必须首先了解这些知识，这一点非常重要。

威廉·莫瑞斯，《奇妙群岛的水》(William Morris, *The Water of the Wondrous Isles*, London, 1897)

格瑞姆巴特大公国 | Grimmbart, Grand Duchy of

德国南部一个小公国，几个世纪以来，都是格瑞姆巴特公爵在统治这个大公国。大公国的生活安宁而悠闲，国家财富的主要来源是农业和林业；森林可能是这个公国最宝贵的自然资源。大公国的人民对他们的森林倍感亲切，经常在诗歌里赞美他们的森林，大公国的艺术家在他们的作品里也不乏这样的赞美之词。大公国也有采盐业和银矿，但农业仍然是它的经济命脉。

大公国的居民希望把首都建造成欧洲最重要的温泉浴中心，但这个愿望最终没能实现。尽管温泉浴在中世纪时非常盛行，可是随着其他设施的不断兴起，温泉浴渐渐遭到冷落，不再有昔日的辉煌。如今,温泉浴吸引的外地游客也比较少,但温泉水中富含锂元子,人们把这种水做成瓶装水,大量出口到国外。

首都的主要建筑是古堡,坐落在主街的尽头,是大公爵的官邸;坐落在格瑞姆堡的那座城堡同样也很重要,被誉为王朝的摇篮。古堡连着一座教堂,这样的古堡形成一个由几座塔楼和走廊构成的迂回而不规则的建筑群。古堡既是宫殿,又是防御工事。许多世纪以来,古堡不断得到扩建,如今我们很难辨别它最初的模样了。古堡的墙壁朝着首都以西和主街大门的方向倾斜得厉害,主街的大门有石狮把守,大门上写着“耶和华的名是坚固台”,字迹有些模糊不清。穿过大门就可以进入 3 个紧靠着的院子,这 3 个院子各自用不同的黑色玄武岩做标记,每个院子的侧面都建有高塔,高塔的楼梯是弯曲的。

壮观的银屋是正式的接待室,这里可以俯瞰阿尔布莱特广场(Albrechtsplatz)。银屋的天花板很高,上面有银色的阿拉伯图饰;银屋的墙上覆盖着镀银的白绸缎,装饰有盾形纹章。壁炉架是一个大华盖,有银柱子支撑着。华盖上悬挂着一幅画像,画的是格瑞姆巴特家族的一个不知名的女子,她身穿一件白色仿貂皮大衣。银屋中间有一盏枝形装饰灯,灯下方是一张大桌子,一个形状如粗糙树干的银基架支撑着用珍珠母做的桌面。在古堡的无数间其他屋子当中,参观者要特别注意那间用金银装饰的宝座屋和大理石厅,这里挂有公爵夫人多洛西亚的画像。这里是宫廷乐队(俗称“公爵夫人的星期四”)举行音乐会的传统之地。

古堡里更现代的部分是娱乐室和骑士厅,宫中的官员过去常常聚到这里,庆祝盛大的招待会。附近是所谓的猫头鹰屋,这间屋子如今用来堆放杂物。这里曾经闹过鬼。据说,如果有重大而具有决定性意义的事情发生时,这间屋子里就会发出奇怪的噪音,而且噪音越来越大。

首都围绕古堡而建,被河流分成两部分。这条河环绕市政花园的南端流过,最后消失在茫茫群山之中。首都其实是一座大学城,学术研究方面非常保守,不注重学习。在大公国以外获得学术声誉的只有数学家柯灵哈梅尔教授。首都几乎没有音乐、文学或求知方面的活动，尽管宫廷剧院在表演方面水平很高，然后它的待遇很差。如果想听音乐，游客可以去努伯勒斯多夫（Knupplesdorf），那里的合唱团很出名。

几个世纪以来，大公国都遵循古老的传统，他们专注于宫廷礼仪的细枝末节，对大公国的经济发展不太用心。农民的健康遭到乳制品生产的严重影响；特别是那些小农，他们宁愿卖出自己的产品，也不愿留着自己消费，因为卖出去越多，获利就越多，结果他们的健康状况越来越糟。

大公国对森林管理不善，影响极其恶劣。为了积肥，地上的落叶被带走，森林表面遭到严重的侵蚀。为了眼前利益，他们大规模地砍伐树木，但又不及时植树，导致公共用地和国家的森林面积迅速减少。甚至首都和格瑞姆堡之间耗时约 15 分钟的小铁路也损失惨重。按照大公国的习俗规定，大公国内必须大建城堡，即使很多城堡建起来之后根本没有使用过，因此上述问题几乎得不到任何改善。在阿尔布莱希特三世统治初期，仅用于格瑞姆堡重建的投资就达 100 万马克，相当于大公国一年的收入。阿尔布莱希特三世死后，他的儿子阿尔布莱希特二世继位，这时候的大公国经济衰弱、负债累累。不久，银矿开采也不得不陷于停顿。

阿尔布莱希特生性腼腆，喜欢离群索居，他把国家重任交给弟弟海恩瑞希打理。海恩瑞希很快就变成了大公国真正的统治者，只是无名罢了。他积极管理国家事务，在此期间，德裔美国百万富翁斯珀尔曼来访，他最初来到这里来只为取水，后来就留下了。他在首都买了一座宫殿，花巨资进行大规模的重建。随他同来的还有他的女儿伊玛。伊玛性情古怪但富有同情心。她做了许多慈善事业，在当地很受欢迎。受到伊玛的启发，海恩瑞希开始研究经济，放弃了王子的传统职责。最后，这对年轻人结成夫妻，斯珀尔曼答应拿出数百万资产资助大公国，他帮助还清了大公国的债务，俨然变成了大公国的银行家。大公国又恢复了往昔的繁荣；银矿重新开采，银行的存款也滚滚而来。

伊玛和海恩瑞希的婚姻似乎印证了一个吉普赛女人的古老预言。海恩瑞希天生一只手臂干瘪，可以被看作这样一个王子，“他用一只手贡献给这个国家的东西远远多过其他人用双手贡献的东西”。玫瑰花丛也与那个古老的预言有关。玫瑰花丛生长在古堡的内花园里，常开美丽的红玫瑰，但这些红玫瑰总是发出腐烂的味道。据说，只有当大公国的皇室发生重大事情之后，那种臭味才会改变。如今，玫瑰花丛被移栽到市政花园，至于玫瑰花的味道会不会改变，还很难说。

大公国的居民身穿民族服装，尤其是在喜庆的节日里。男人穿红色夹克衫、高统靴，戴黑天鹅绒做的宽沿帽；女人穿亮丽的刺绣紧身衣和短短的紧身裙，头戴蝴蝶结的黑头巾。

托马斯·曼，《国王殿下》(Thomas Mann, *Königliche Hoheit*, Frankfurt, 1909)

格瑞姆堡 | Grimmberg

一座风景如画的小镇，坐落在格瑞姆巴特大公国。小镇上倾斜的灰屋顶也挡不住这座城堡的魅力；这座城堡是大公国的统治家族的祖屋，也是这个王朝的摇篮。在位的公爵的孩子都必须在这座城堡里出生，这是大公国一贯坚持的传统。在大公国共15代的统治者当中，公爵的孩子出生在别处的情形只发生过两次；这两次出生的孩子都被剥夺了爵位，最后的命运都很悲惨。

这座城堡最初是公爵时代的开创者格瑞姆巴特修建的。他的雕像就立在城堡的庭院里。在德国的早期历史上，这里的第一栋建筑如今已经完全不存在了。几个世纪以来，这座城堡不断得到扩建，但基本上也保持了它适宜居住的状态。城堡最近的一次维修是在阿尔布莱希特三世统治的初期，城堡的室内装饰得到更新。正义厅的锁眼盖修好了，镀金的天花板也得到了修复。同时，学院派教授林德曼的画作挂在了宴会厅里。这些油画的风格很传统，描绘了公爵家族所经历的某些重大的历史场面。从某种程度上讲,阿尔布莱希特三世把这座城堡变得更加现代化了,城堡里不再使用无烟煤火炉。

游客如果沿着一条不规则的胡同往前走,就可以来到这座城堡。这条胡同经过破败的村舍和一堵危墙之间的小镇,一直延伸到山上。穿过结实的大门可以进入城堡的中庭。中庭的视野很开阔,从这里去绿树成荫、稍有坡度的公园里散步,是一件非常愉快的事。

城堡的第一层主要是宴会厅,各种旗帜和武器悬挂在林德曼教授的油画之间。纤细的圆柱子支撑着天花板的彩绘穹窿顶,一排排石凳子依墙摆放着。墙上的窗户高而窄,有镀铅的窗格,这些窗户几乎开到了天花板上。壁炉的边沿蹲伏着会飞的怪物,属于典型的哥特式风格。城堡的第二层上面有新娘屋,呈八边形,这里可以俯瞰一条蜿蜒的小河和整个小镇。新娘屋的墙上绘有欢快的油画,壁缘上描绘着那些嫁入公爵家族的新娘的形象。这里就是格瑞姆巴特家族的孩子传统的出生地。紧靠着新娘屋的是化妆屋,依照传统,国务大臣要在这里鉴别新生儿的性别,然后向整个宫廷公开宣布。化妆屋的背后是图书馆,现在变成了创作室。沉重的书架上堆放着各式各样的手稿,手稿上记录了城堡的历史。

托马斯·曼,《国王殿下》

戈若卡弗岛 | Groenkaaf

距离百慕大群岛约有500里格远。在当地的土著语里,“Groenkaaf”的意思是“白色的王冠”,因为这座岛屿起伏的群山上面总是白雪皑皑。

戈若卡弗岛的周围多暗礁,游客要在这里登陆非常困难。但如果游客能够安全上岸,他将受到当地人的热情欢迎。当地人保持了原始的天真和淳朴,他们还不知道邪恶和美德之间的界限。

戈若卡弗岛拥有世界上最丰富的红宝石矿藏,此外还有许多金矿和银矿。戈若卡弗岛上的居民不关心物质财富。他们把律条刻在自己的身上,绣在刚刚出生一周的婴儿的手臂上,婴儿的左臂上写着“爱上帝”,右臂上写着“爱你的邻人”。

路易·吕斯坦·圣若里,《女军人,献给奥尔良骑士阁下》(Louis Rustaing de Saint-Jory, *Les Femmes Militaires. Relation Historique D'Une Isle Nouvellement Découverte ... Dedié A Monseigneur Le Chevalier D'Orléans. Par le C. D.* *** , Paris, 1735)

格若布利平原 | Gromboolian Plain

位于西海,一块阴郁之地,那里有高塔、湖泊、森林、沼泽和山麓;从海滨一直延伸到可怕的查克利-波尔高地(Chankly Bore)。泽梅里-菲特(Zemmery Fidd)多岩石的海滨地区生活着椭圆形的牡蛎。泽梅里-菲特之所以很出名,是因为这里曾是勇敢的玖布里人靠岸的地方。他们坐在一个滤网里从海面上来,据说,他们还去过附近的查克利-波尔高地、湖区和恐怖地带。泽梅里-菲特也曾是一个有名的避难所。苍蝇和长腿老爹曾逃到这里,游客有时还能看见他们玩斗鸡和掷梭镖游戏的情形。科若尼国王和王后佩里根也到过这里避难,他们如今住在查克利-波尔高地的溪水边。此外,来这里避难的还有勇邦波和群岛上的那位老人。

格若布利安平原的一处森林

在森林和鲜花盛开的平原上,生长着唐古姆树和钟鸣树,这两种树在钟鸣树王国和科若曼德尔地区的海滨也很常见。在暴风雨的夜里,人们可以看见一束红光越过格若布利大平原,人们把这种现象想象成“鼻子会发光的咚”。他们相信这只神奇的鼻子是咚自己用唐古姆树皮编织的。

爱德华·李尔,《鼻子会发光的咚》(Edward Lear, *The Dong with a Luminous Nose*, London, 1871)。

格娄利沃格王国 | Growleywogs Dominion

位于波纹王国的西北面。波纹王国的东南面是奇想人王国;波纹王国介于两国之间。

格娄利沃格是一种大型动物,身体由坚硬的骨头、皮肤和肌肉构成,没有一丁点儿脂肪。他们力大无比,力气最小的也能举起一头大象,并且能够不费吹灰之力就把这头大象扔到 7 英里之外的地方。他们作为一个种族极其狂妄自大。他们讨厌其他人,彼此之间又互相仇视,而且讨厌集体生活。他们的国王是伟大的加里普特。

弗兰克·鲍姆,《奥兹国的翡翠城》

古格王国 | Gug Kingdom

靠近梦幻世界的魔法树林。古格是一种全身长毛、体型庞大的生灵。他们做祭祀的方式非常奇怪,因此被驱赶到梦幻世界下面的地洞里。只有一道大石门将古格王国与魔法森林的朱格王国相连;但古格不敢打开这道大石门,因为他们害怕一句咒语。穿过古格王国时,参观者最好把自己打扮成盗墓者,古格最害怕盗墓者。另外,游客还要注意加斯特,他们的生活

古格王国一块被偷走的墓碑

非常原始，不能见光，靠古格为食，但他们分不清楚谁是古格，谁是盗墓者。参观者经常会看见一些盗墓者坐在从世界各地的墓地偷来的墓碑上。

霍华德·洛夫克拉夫特，“小人物卡达斯追梦记”，《阿克汉姆集锦》

谣言城 | Gup City

坐落在卡哈尼(Kahani)境内，位于故事溪流的海滨地区，是谣言王国的首都，建造在一座由101个小岛组成的群岛上。谣言城严禁特派人员入内。城里全是交错的水道，上面堆满了形状和大小各异的工艺品。群岛与陆地之间是一片潟湖，这是一片五光十色的美丽水域，谣言城的许多市民就在这里建造自己的家园。他们的建筑都是精雕细琢的木结构，屋顶使用加工成波纹状的黄金和白银。参观者也许希望看到岛上匀称的大花园，花园里点缀着喷泉、舒适的圆屋顶和伞状的古树。谣言城的军队偶尔在这里进行军事演习。这只军队就是有名的图书馆，由页码组成，页码是按照章节和卷数编排的。每卷书的前面都有封面或书名、页码及其军队编制，或者叫作“分页”和“校勘”。

大花园的周围是谣言城里3座最重要的建筑，看起来像3个精美的冰冻大蛋糕：首先是查特吉国王的宫殿，站在宫殿的大阳台上可以俯瞰下面的花园；花园右侧是谣言议会厅，又名唠叨箱，因为这里每年每月甚至每周都会举行辩论；谣言城的居民喜欢辩论。花园左边是高耸的P2C2E大厦，这里经常会传出嗡嗡声和叮当声。P2C2E代表“复杂得无法解释的程序”，这些程序又被一千零一个复杂得无法解释的机器控制着，这些机器就藏在大厦里面。操作这些机器的书记员都是理论家，他们的上司是海象。

萨尔曼·路西迪，《哈罗恩和故事海洋》(Salman Rushdie, *Haroun and the Sea of Stories*, London, 1990)

基诺格拉菲亚国 | Gynographia

这个国家的女人完全受制于男人，国家的法律完全听凭男人的意志。

忠诚是基诺格拉菲亚人的基本义务：不忠实的妻子任凭丈夫发落，同时还要交给12个老年妇女组成的审判团裁决，裁决结果交给一个由中年男子组成的审判团定夺。犯通奸罪的女人会遭到鞭笞，她的情人必须对受到伤害的丈夫作出赔偿；如果他侮辱甚至攻击已经受到伤害的丈夫，就会马上被处决。

新婚夫妇的婚礼结束15天之后，一个老太太会来教新娘如何操持家务；新娘必须发誓自己随时能够完成家务。基诺格拉菲亚国的婚姻基础不是个人的喜好，但也看重门当户对。到了婚龄的男子和女子的名单会在冬至和夏至时公布，父母为他们选择配偶。找不到丈夫的女子可以按照自己的社会地位得到相应的职业。出生高贵的女子可以当女修道院的院长，中产阶级的女儿可以去做修女，穷苦人家的女孩子就只能做佣人了。

基诺格拉菲亚的女孩接受完全不同于男孩的教育。从婴儿时期开始，女孩子就被放在襁褓里，而男婴则不同；这样做的目的是教育女孩学会谦虚，要求女孩从小学会克制。她们所接受的整个教育都是服务于她们所处的从属地位。到了9岁或12岁，女孩和男孩被放在一起抚养，为的是互相学习：女孩不再喜欢说闲话，她们变得更理性；男孩在以后的生活中不再那么肆无忌惮。下层社会的孩子不会学习读和写，他们将来的职业不需要读写技能。基诺格拉菲亚国保存着所有女孩子的行为记录册，用以指导父母为儿子选择合适的新娘。

如果女孩子失去了贞操，她将接受如下惩罚：如果她是被人勾引，其行为违背了自己的意志，那么那个勾引她的男子必须娶她，而这个女孩不可以再去公众场合。如果这种引诱出于女孩的自愿，她就必须嫁给一个年老的鳏夫。如果有人认为这个女孩的行为放荡,她的父亲就必须赔偿她婴儿时期的抚养费,而这个女孩要么坐牢,那么做一个洗衣工,或是妇女医院里的厨娘。

基诺格拉菲亚国的具体位置至今不可知,但如果参观者能够成功地进入这个国家,他们应当参加那里举行的冬至节和夏至节。6 月里,最佳劳动者和舞者会得到奖励;12 月里,最谦虚、最温柔、最节俭的女孩子会得到嘉奖。不过参观者千万不要踏入那些专供女人使用的房间。这些房间除了她们的父亲和丈夫,未经许可,任何男子都不可以进去,违者会被处死。

基诺格拉菲亚国的居民相信,女人的灵魂与男人的不同,女人有一种本能的欲望,那就是疯狂地渴望享乐。

尼古拉·埃德姆·雷蒂夫·德·拉布勒东,《基诺格拉菲亚国或两个诚实女人的主意》(Nicolas Edme Restif de la Bretonne, *Les Gynographes, ou Idées de deux honnêtes femmes sur un problème de réglement proposé à toute l*, The Hague, 1777)

吉诺玛克特王国 | Gynomactide

参阅尼欧培岛(Neopie Island)。

基诺培瑞亚王国 | Gynopyrea

位于南大西洋的格诺提亚大陆。基诺培瑞亚王国的居民是地球上最胆小、最柔弱的民族,他们像崇拜偶像一样尊敬他们的君王。

路易·阿德里安·迪佩龙·德·卡斯特拉,《命运与热情剧院》

哈希科拉姆岛 | Haciocram

又叫“先知岛”，面积很小，位于太平洋东南部的雷拉若群岛，是宗教狂热民族拉索罗拉人控制的一部分。远远看去，可见一张硕大的布告牌，树立在一座高塔上，上面写着“1999”；这是数字是先知岛上的野兽的真实数量，只有接受这个数字的人才可以到这里来。

哈希科拉姆岛上住着形形色色的宗教派别，他们之间争斗不休，他们的信仰盲目而疯狂，他们的信条都是那些所谓的圣书上所写的东西。他们中间有人相信灵魂存在于人的拇指里，有人认为灵魂藏在大脚趾里，还有人相信灵魂存在于身体里。他们彼此折磨，逼迫对方信仰他们的宗教。然而，这些教派的成员都诡计多端。据说，有些人假装与自己的对手保持一致，为的是等待对方放松警惕时给他们致命一击。

戈弗雷·斯维文，《雷拉若群岛：流犯群岛》；戈弗雷·斯维文，《里曼诺拉岛：进步岛》

哈德莱堡 | Hadleyburg

美国的一座城堡。多年以来，哈德莱堡的市民都是最诚实、最正直的人。他们享有这种美誉已经 3 代，并且把这种美誉看作是他们自己最大的财富。他们渴望把这种美德继续发扬光大，于是他们从摇篮中的婴儿抓起，为这些婴儿传授这种美德的主旨，把美德的原则作为文化主餐，贯穿于孩子的整个教育之中。他们想方设法排除孩子们可能遭受的种种诱惑，从而使他们的诚实愈久弥坚，成为他们身体的一部分。由于嫉妒这种至高无上的荣誉，附近几个小镇的居民讥笑哈德莱堡市民的骄傲，说那是一种“虚荣心”，但同时他们又不得不承认，哈德莱堡确实不容易受到引诱。为了找到一份可靠的工作，一个年轻人必须做的就是表明，哈德莱堡是他的故乡。

然而,倒霉的是,哈德莱堡触犯了一个陌生人,当时他们没有在意这件事情。为了报仇,这个陌生人在哈德莱堡留下一袋金币,扬言在他停留期间,谁要是回忆起自己曾对他说过的一些善意的话语,那袋金币就归他所有。当然啦,这种所谓善意的话,其实根本没有人对那个陌生人说过。哈德莱堡最有美德的人都受到了诱惑,他们都假装自己就是那个殷勤好客的人;秘密最终公开,这些人的假面具也被揭开,哈德莱堡所有的人都遭到了羞辱。

按照相关的法律规定,哈德莱堡改了名儿,当然它的新名字不为人知。那句古老的座右铭,“不要带我们走进诱惑”变成了“带我们去见诱惑”。

马克·吐温,《败坏了哈德莱堡的人及其他故事》(Mark Twain [Samuel Langhorne Clemens], *The Man who Corrupted Hadleyburg and Other Stories*, New York, 1899)

锤头山 | Hammerhead Hills

贫瘠而多岩石的小山,位于奥兹国的南端。锤头山一名与山里的居民有关。这些人没有手臂,如果有陌生人进入他们的领地,他们就用扁平的头去撞击陌生人。这些山民的脖子像橡胶,他们的头能伸出去很远,然后又能很快地收回。他们经常被奥兹国的其他居民看成野蛮人。尽管他们对陌生人凶狠无比,但他们通常不会走出这片山峦,因而不会对那些去其他国家旅行的游客构成威胁。

弗兰克·鲍姆,《绿野仙踪》;弗兰克·鲍姆,《奥兹国的翡翠城》

火腿岛 | Ham Rock

一座面积不大的玄武岩岛,位于大西洋,北纬 18.5 度,西经 45.53 度。1869 年 10 月 30 日,一艘名叫“大臣号”的船只在从查尔斯顿到利物浦的途中发现了这座岛屿。

1870年1月27日,“大臣号”沉没了,船上32名乘客中有11名设法到了距离亚马逊河口不远的马拉若岛。

火腿岛很像约克镇的一根火腿,岛名由此而来。岛上看不见任何动物,甚至看不见海鸟,因此人们推断它可能是最近才露出海面的。游客在火腿岛西端会发现一个神奇的洞穴,让人想起赫布里底群岛上的那些洞穴。据说,现在很难再找到火腿岛,也许它又沉到了海底。

朱勒·凡尔纳,《大臣号》(Jules Verne, *Le“Chancellor”*, Paris, 1875)

双手群岛 | Hands, The

两座小岛,位于地海群岛的东部。双手群岛的海岬多山,朝北指向卡伽德帝国的那些岛屿,像两只手的手指,岛名由此而来。两座小岛都被密不透风的森林覆盖。

东手岛的海滨地区阴冷而荒凉,悬崖笔直地伸向“手指”间的海湾,岛上没有浅滩。海湾延伸到大漂石覆盖的陡峭斜坡,坡上点缀着山洞,山洞上面覆盖着树木,树根一半露在空中。

西手岛上有一个村庄,位于一条小溪的入海处。村民粗犷好客,靠打鱼和牧羊为生。他们用厚厚的木板造船,这样的渔船很结实,专门对付汹涌的海浪。

吉德可能是地海群岛最伟大的巫师。在去摧毁影子野兽的路途中,吉德错误地来到了龚特岛,最后又到了双手群岛。在东手岛的一个漆黑的入口处,吉德碰见了影子野兽。他发起了第一攻击,但影子野兽突然变小,转瞬就不见了。这以后,吉德在西手岛的村子里休息了几天,在那里,他获得了那只传奇的小船“远望”。为了感谢西手岛村民的热情款待,吉德用巫术治好了那些生病的孩子,并且送给他们许多羊群,还在他们的渔船上写了符咒,在他们的房梁上写了古北欧文字“pirr”;这样,他们的房屋就可以避免火灾和风暴,房屋的主人也不会发疯。他还教那些岛民唱古代英雄的颂歌。由于很少有船只从海地群岛来到双手群岛,因此对于 100 年前创作的那些歌谣,这些岛民依然感到很新鲜。

乌苏拉·奎恩,《地海的巫师》

汉斯-巴克河[①] | Hans-Bach

一条地下河,河水中含铁,可以饮用,喝起来有一股墨水味。河名与汉斯·贝伊克(Hans Bjelke)先生有关。汉斯是来自冰岛的一个向导,一个绒鸭猎手,也是 1863 年来这里探险的莱敦布洛克探险队的成员。这条地下河是贝伊克自己开发出来的,他在一堵 60 厘米厚的花岗岩墙上凿了一个洞,花岗岩墙里便流出水来,形成了这条河流。他的这一做法改变了河水的流向,使它汇入了莱敦布洛克海,因此那里的游客随时可以喝到水。

朱勒·凡尔纳,《地心旅行》

哈普伊王国 | Happiland

乌托邦的一个邻国。游客会发现哈普伊王国的加冕礼最有趣。在加冕仪式上,新国王必须发誓国库里金子不得超过 1000 磅,或者说,不可以多于与这个数目相等的银子。据说,这种要求是某个国王提出来的。这个国王关心的不是他自己的财富,而是国家的福利。他认为这个数目的金子或银子足够镇压一场反革命运动,足够赶走一次入侵,但如果向外扩张,这笔钱肯定是不够的。此外,这样做还可以确保国王不聚敛非法的钱财,同时还可以确保用足够的钱进行正常的贸易和交换,因为国王的钱不可以超过法律规定的数额。

托马斯·莫尔爵士,《乌托邦》(Sir Thomas More, *Utopia*, London, 1516)

---

① Hans-Bach 后面的拼写是 Hans-Back。

快乐王子城 | Happy Prince City

关于这座城市,人们最熟悉的可能是它的另外一个名字。城里有一所大学和犹太人居住的一个小小的贫民窟。城市的中心广场上有一根高高的圆柱子,那是一尊雕塑的基座。许多年前,雕像就已经熔化了,但还没有被换下来,因为关于把谁换上去的这个问题,市长和博学的市议员们还没有达成一致意见。

旧雕像就是快乐王子。在遥远的过去,快乐王子曾是这座城市的统治者。他全身披着薄薄的金叶子。快乐王子的眼睛是一对明亮的蓝宝石,他的剑柄上有一颗大大的、闪闪发光的红宝石。他从那高高的柱子上往下看,看见了他在统治期间从来没有看到过的痛苦和灾难。一只小燕子要去埃及,她在这座城市里停了下来。快乐王子说服小燕子,让他把自己身上的金叶子和宝石送给那些穷人。冬天来了,小燕子不愿意再离开王子。现在,王子的全身都赤裸着,两只眼睛也瞎了。最后,燕子死在这尊雕像的脚下。看到这尊雕像竟变得如此寒碜,市议员们决定把它移开。

据说,上帝派天使去把这座城市里最珍贵的两样东西带回去,于是天使们把快乐王子那颗铅心带了回去,铅心在熔炉里没有化掉。他们带回去的还有小燕子的尸体。如今,小燕子在天堂的花园里歌唱,快乐王子生活在黄金做的上帝之城里。

奥斯卡·王尔德,《快乐王子和其他故事》(Oscar Wilde, *The Happy Prince and Other Tales*, London,1888)

哈拉德王国 | Harad

也就是夏尔郡的霍比特人熟知的太阳王国,位于中土南部、波若斯河和埃菲尔-杜阿斯山脉的南面,以及摩多王国的西南边界上。这块滨海地区又叫“乌姆巴”,包括峡湾、海岬和许多港口。

在古代,哈拉德王国和刚铎王国是友好的同盟,但亲族之间的纷争引发了一场大规模的内战，这场内战影响了第三纪 1432 年的整个刚铎王国。内战之后，被打败的叛军逃到乌姆巴，他们在那里逐渐堕落成海盗，数年以来经常骚扰刚铎王国的海滨地区。

哈拉德人是一个残暴的部落，他们的皮肤、眼睛和头发都是黑色的，发辫里点缀着金子；他们中有些人把脸颊涂成红色。他们的主要武器是一种红顶子的长矛和黄黑色的带穗子的盾牌。他们骑着大象去打仗，大象背上托着战争塔。大象的长牙上绑着金带子，大象的背部两侧盖着金光闪闪的红布。夏尔郡的霍比特人的传奇故事里也有这种大象的形象，只是名字不一样，霍比特人把它们叫作 *Oliphaunts*。

在中土的魔戒大战期间，沦落为海盗的哈拉德人与黑暗之君索伦结盟，封锁了安杜因河或大河的河口，切断了来自乐贝宁省和刚铎王国的贝尔法拉斯湾的军事力量对米那斯-提力斯城的援助。那些海盗派出强大的舰队，袭击刚铎王国的主要港口佩拉吉尔，不过被阿拉贡和无眠的死者击败。哈拉德人和伊西利恩的游侠之间也爆发过几次战争，因为哈拉德人企图北上，帮助黑暗之君索伦。

托尔金，《魔戒首部曲：魔戒现身》；托尔金，《双塔奇谋》；托尔金，《王者归来》

哈兰屯村 | Haranton

波伊兹麦西北部的一个小村庄。正是在这里，曼纽尔变成了一个牧猪奴，此后便开始了漫长的冒险生涯，而且凭借一系列的冒险活动，最终成为波伊兹麦的伯爵。曼纽尔还是个孩子的时候，经常会看哈兰屯水池里的水，一看就是好几个小时。据说，那水池里的水会给看它的人带去奇怪的梦境，游客最好不要去理会这样的说法。

詹姆斯·卡贝尔，《地球人物：一部形貌的喜剧》

哈芳城堡 | Harfang

这座城堡归巨人所有，远远地坐落在艾亭沼泽以北。哈芳城堡位于一座小山上，山下是巨人建造的城市。这座城市如今已变成废墟，只剩下一堆凌乱的碎石；某些地方还能看见一些圆柱子，与工厂的烟囱差不多高；柱子下面是残垣断壁，像树干那样粗大，人行道上较宽的地方刻着一句神秘的话："在我下面"。

哈芳城堡本来是温柔巨人的国王和王后居住的地方；究竟谁是他们的臣民，我们还无法确定。哈芳城堡更像一栋楼房，而非城堡，因为它没有严密的军事防御体系，可见哈芳城堡的居民都是依靠自己的体力保护自己。

巨人的主要体育运动好像是赤脚打猎，王后通常坐轿子去。巨人的食物是会说话的野兽和人类，他们认为这些都是难得的美味。人肉成为他们传统秋季盛宴上的部分食物，这些人肉通常被放在鱼肉和主菜之间。巨人也会吃沼泽里的蛤蜊，这种奇怪的动物来自纳尼亚王国的东北部，牡蛎的肉非常硬，吃之前要做特别的处理。

如果参观者可能成为巨人的盘中餐，那么他们最好赶紧逃跑，而且越快越好。

C. S. 路易斯，《银椅》

哈玛潭岩石 | Harmattan Rocks

几座紧挨着的小岛屿，与西非海岸相隔，距离凡第波王国的北部 60 英里。坐船几乎到不了这些小岛上，因为它们被沉入海水的岩石包围着；尽管有一个地方可以靠岸，但很难到达。小岛平坦多风，实际上没有土壤；它们是海鸟的天然避难所，这里云集了成群结队的海鸥、燕鸥、塘鹅、鸬鹚、海雀、海燕、海鹅及白色信天翁。

哈玛潭岩石是尼亚姆酋长的一部分领地。尼亚姆酋长曾经是西非最贫穷的那个国家的国王，如今是哈玛潭岩石附近的珍珠养殖业的老板。他的财富遭到达荷美共和国的亚马逊人和附近的埃勒布布的埃米尔的嫉妒。他们入侵尼亚姆酋长的领地，酋长联合自己的同盟，成功抵御了他们的入侵，从而为国家的繁荣奠定了基础。如果游客想来这里寻找珍珠,他们最好要明白,到海里去寻找珍珠这样的活儿必须由训练有素的鸬鹚来做。

休·洛夫丁,《杜利德博士的邮局》(Hugh Lofting, *Doctor Dolittle's Post Office*, London, 1924)

哈蒙迪亚王国 | Harmondia

一个没有地理位置的王国,由普鲁拉蒙人统治。我们只知道哈蒙迪亚的国歌,与其他几首民族颂歌一起,构成了恢弘的电声音乐《颂歌》的一部分,包括 4 个独唱和电子器乐,长达 32 分钟。

卡尔海因兹·斯托克豪森,《颂歌》(Karlheinz Stockhausen, *Hymnen*, Frankfurt, 1968)

和谐地区 | Harmoni

18 世纪中期创建的几块殖民地。由于殖民地的成员都发誓保守秘密,和谐地区的具体位置至今不可知,但也有人猜测它可能位于布鲁塞尔附近的峡谷地带,也可能位于瑞士洛桑城的郊区。

每块殖民地都拥有 1500 到 1800 个成员,他们共同分享一切,共同居住在一个空想的共产主义村庄里,这个村庄可以提供富足和快乐生活所需要的一切。一座瞭望塔、一座信号塔和一套电报系统使整个群体之间可以保持联络。

和谐地区的共产主义社会没有压迫,人们可以完全释放自己的激情。

到和谐地区来的游客会发现,他们自己的良好行为和礼仪在这里却变得既不正常,也不文明。比如,在和谐地区,肮脏的泥地里玩耍的孩子被当作模范公民,因为他们在城里不合时宜的卫生系统中找到了乐趣。这些孩子被分成小小兄弟会,他们骑在敏捷的小马驹上,把自己武装成一个个轻骑兵,在喇叭声、铃声、铙钹声等乐器声中围绕各个定居点尽情地欢笑。

和谐地区的社会基础是对激情进行的等级划分。特权激情相当于五种感官和心灵的四种激情，分别是野心、友谊、爱情和父子亲情。特权激情是三种"分配的"激情，包括推测激情、摇摆情感和复合激情。推测激情把感官和精神集中到一起；摇摆激情又叫变化激情，是寻求变化和新鲜的激情；混合激情是那些看似非理性的激情。

和谐地区的生活是根据许多团体和个体组织起来的；个体的不同按照这三种激情来划分。然而，和谐地区一个居民度过的普通一天都是从一个团体到另一个团体，他连续两天的劳动都是完全不同的，从劳动到玩耍，再到满足身体的各种功能需求。

参观者必须经过多种测试才可以成为和谐地区的某一类人，才可以进入它的每一个团体。

查尔斯·傅立叶，《四种运动论》(Charles Fourier, *Théorie des Quatre Mouvements*, Paris, 1808)；查尔斯·傅立叶，《农仆协会条约》(Charles Fourier, *Traité de l'Association Domestique Agricole*, Paris, 1822)查尔斯·傅立叶，《新的工业世界和社会事业》(Charles Fourier, *Le Nouveau Monde Industriel et Sociétaire*, Paris, 1829)；查尔斯·傅立叶，《新世界》(Charles Fourier, *Le Nouveau Monde Amoureux*, Paris, 1967)

和谐之国 | Harmonia

一个幅员辽阔的国家，具体的地理位置不可知，统治者是一个自由而热情的君主，深受享乐主义生活观念的启发和引导。和谐之国内有许多宫殿、亭子和洞穴；根据和谐之国的法律，每一对夫妇都有权住进这样的宫殿、亭子或洞穴里。这些地方都有半人半兽的森林神或水仙看护。和谐之国的居民都必须遵循和谐、美和爱情的原则；一切事物都必须符合父亲或者罗斯金的审美标准。血统大学选择那些可以生育的夫妇，从而给自然情欲赋予美学的原则。

乔治·德尔布吕克，《和谐之国》(Georges Delbruck, Au pays de l'harmonie, Paris, 1906)

哈罗山谷 | Harrowdale

地处伊多拉斯城上面的大白山脉。哈罗山谷的尽头坐落着敦摩尔堡(Dwimorberg),即著名的魔山。魔山的岩石中有一扇门,穿过这扇门就可以进入死者之路。哈罗山谷的东边是一条蜿蜒的小路,沿着这条小路穿过一处陡峭的悬崖,就可以进入敦哈罗城堡,山谷上面的悬崖构成了庞大的石墙。

在席卷整个中土的魔戒大战期间,哈罗山谷是洛汗王国的骑兵会聚之地。

托尔金,《王者归来》

哈特豪威尔故居 | Harthover Place

约翰·哈特豪威尔爵士居住的地方,一栋庞大的乡村住宅,坐落在英格兰岛的北部。

可以毫不含糊地说,哈特豪威尔故居是各种建筑风格的奇怪混合体,经历过多次的重修和扩建。故居的阁楼属于盎格鲁-撒克逊风格;第三层属于罗马的建筑风格;第二层是16世纪的意大利风格;第一层是伊丽莎白时代的建筑风格;故居的右翼是纯粹的多利安风格,中翼是早期的英格兰建筑风格,门廊是帕特农神庙的建筑风格,左翼是古希腊维奥蒂亚的建筑风格。巨大的楼梯模仿的是罗马的地下墓穴,后面的楼梯模仿的是印度泰姬陵;这一建筑模式是哈特豪威尔家族的一个成员引进的。这个人在印度为克莱夫服务期间发了大财。故居地下室复制的是象岛上的洞穴,工作室模仿的是布莱顿的皇家亭院。

游客穿过一英里长的椴树林荫道,就可以来到这所故居。游客不妨去看看旅馆的房门,门的两侧立着石柱子,上面雕刻着哈特豪威尔家族的族徽。

如果有人想变成水孩子(参阅“圣布兰丹的仙岛”),就应该穿过哈特豪威尔公园，穿过沼泽，然后来到莱斯维特峭壁上面，来到文戴尔村，到了这里，他就会变成一个水孩子。

查理·金斯利，《水孩子：关于一个陆地婴儿的神话》

帽针村 | Hat Pins

卢塔巴加国西部的一个小村庄，卢塔巴加国使用的所有帽针都是在这里生产的，大多数帽针都被送到奶油泡沫村。参观者可能会对下面这件事情感兴趣：帽针使这个小村庄避免了一场劫难。有一次，一阵狂风刮过，把整个村子吹到了高空。值得庆幸的是，所有的帽针都挂在了云朵上，这样就避免了这个小村庄被风刮到更远的地方。风停下之后，帽针被从云朵里拔出来，小村庄又回到了原处。

帽针村是著名的破袋子妈咪的家。破袋子老妈妈总是背着一个破袋子，可谁也没看见她往布袋里装什么东西，或者从里面取出什么东西。老妈妈也从来不告诉别人，袋子里面究竟装着什么东西。破袋子妈咪总是围着长围裙，围裙上面缝了好多的大兜兜，大兜兜里装了好多礼物，那是为村里的孩子们准备的。老妈妈从来不与成年人说话，却特别地喜欢小孩子，尤其是那些说“给我”，“给我给我”，“给我给我给我”的小孩子。有时候，如果老妈妈刚好看见一个小孩子在哭，她就会从兜兜里拿出一个玩具娃娃给他，玩具娃娃还没有小孩子的手掌大，但这个玩具娃娃可厉害了，她会大声说话，会唱中国人和亚述人的老歌。

卡尔·桑德堡，《卢塔巴加故事集》

幽灵岛 | Haunted Island

一座荒岛，位于加拿大的一个大湖里。大湖的水清凉，一到炎热的夏季，蒙特利尔和多伦多的居民就会来这里消暑。鲑鱼和大梭鱼在湖水的深处游动，到了 9 月下旬，它们才又慢慢地浮上来，这时候的枫叶正变得深红和金黄，避风湾里回荡着疯子肆无忌惮的笑声，夏季的时候，这里听不见他们奇怪的哭声。

幽灵岛上有一个村舍，两层高，游客最好不要到这里来。如果某个游客不幸来这里过夜，他会发现村舍的卧室里会突然冒出一个幽灵，彪悍的体格很像印第安人。令游客感到恐惧的是，他会亲眼看见这个幽灵正在剥一个男人的头皮，更令他恐惧的是，他会发现那个正在受虐的男人就是他自己。

布莱克伍德，"一座幽灵岛"，《古代巫术及其他故事》(Algernon Blackwood, "A Haunted Island", in *Ancient Sorceries and Other Stories*, London, 1906)

幽灵隘口 | Haunted Pass

参阅西力斯-戈多隘口(Cirith Gordor)。

哈维共和国 | Hav

一个面积较小的半岛城市共和国，位于近东地区；这个小小共和国经常夸口说这里来过很多名人。许多世纪以来，与意大利旅行家马可-波罗和英国历史学家金莱克所描绘的哈维一样，编年史记里描绘的哈维也是各种各样的。两个劳伦斯的小说和信件里也提到过哈维，弗洛伊德在研究美洲鳗鱼时，也曾用哈维语写过一首短诗。俾斯麦、尼金斯基和格雷斯王子也赞美过这个城市共和国。

所谓著名的楼梯，其实是哈维边境上一条古老险峻的驴道，如今很少被人使用，只有探险车和居住在西部峭壁上的穴居人科瑞特维会走这条路。多数游客会选择乘火车，他们坐在俄罗斯皇家铁路局的马车里，穿过隧道，绕过灰石悬崖，驶过平坦的原野，然后继续前行穿过肮脏的市郊，最后来到市中心。

哈维共和国的正中心是一座城堡，坐落在光秃秃的小山上。许多世纪以来，这座城堡一直是哈维共和国的权力中心。城堡的胸墙上是卡图瑞之宫的历史遗址；卡图瑞是一个了不起的吹号兵，最后宁死不屈、英勇殉职。每天早晨，这里都会吹响号角，纪念英勇无畏的卡图瑞。城堡以北是工人居住区，一直延伸到盐地和地势较低的山峦，德国考古学家斯里曼最初认为特洛伊就坐落在此。来自土耳其、阿拉伯、希腊、非洲及美洲的工人就住在工人居住区那些呈网状分布的狭长小屋里。这里叫巴拉德地区，铁路从这里穿过，切断与电车轨道平行的另一条宽轨道。城堡以西是古代雅典卫城的遗迹，残留的石柱子被丑陋的砖砌堡垒支撑着。城堡以南是港口、护航桥以及著名的铁狗铜像，铁狗铜像自十字军东征以来就已经远近闻名了。有些现代学者宣称，铜像上雕刻的不是一只狗，而是一只狐狸，就像那只被年轻的斯巴达人带进山里，把自己训练成英雄的狐狸。尽管如此，大多数参观者还是坚持认为这就是一只狗。这只狗从脚掌到耳朵高 6 英尺，皮毛上有许多涂鸦，其中还有一段著名的古北欧文字，与威尼斯一个军火库的狮子雕像身上的文字一起，表明东罗马帝国皇帝的挪威护卫军曾经到过这里。狗的尾巴上写着“M. P.”，字迹很模糊，普遍认为是马可-波罗这个名字的缩写。这只狗身上一些令人惊讶的花体符号可能是威尼斯的丝绸商人做的记号，此外还有 20 多个更奇怪的图案，各个年代的都有，似乎具有某种神秘的含义。1869 年苏伊士运河开通之后，探险家亨利·斯坦利来到这里，竟然无耻地把自己的名字写在狗的下颚处，为了纪念去耶路撒冷途经此地的德国皇帝威廉，他还非常专业地雕刻了一只戴着王冠的巨鹰。

港口以东坐落着圆形的新哈维城，新城的中心坐落着民族宫殿。新哈维城是国际联盟根据法国、意大利和德国的三方协议修建的。不过，现在的新哈维城失去了以前的优雅，也失去了最原汁原味的法国、意大利和德国的住宅风格。在这座城里，游客会发现各种现代化的设施，比如鲁克斯-玛丽布兰电影院和邮局。

哈维共和国的居民会说多种语言；他们目前会说的语言有土耳其语、希腊语、意大利语、法语、阿拉伯语、英语，甚至汉语。哈维共和国的动物种类不多，但很有趣。獴长得像毛茸茸的黑色食蚁兽，是英国人带到这里来的，用来交换这里的蛇；刺猬长得像满身有长刺的犰狳；小猎犬像一只刷锅用的灰色钢丝球。据说，那些所谓的阿比西尼亚猫最初也生活在这里，穴居人还在西部绝壁下喂养了一种蒙古矮种马。此外，这里还生活着狐狸、野兔和极为罕见的欧洲熊，这种熊的体型很像小灰熊，正濒临灭绝，而按照当时的说法，拯救这种动物的正是海明威。有一次，当齐阿诺伯爵瞄准几只幸存下来的欧洲熊时，海明威推开了他，伯爵就对海明威说："你这个傻瓜"，海明威还了一句"你这个法西斯"。

哈维共和国最著名的植物是娇弱的雪覆盆子，当最后的雪溶化的时候，它会从绝壁的崖缝里冒出来，夜里开花，第二天正午就会死去。穴居人收割的农作物很小，却价值连城；引进这种农作物时曾掀起了不小的波澜，这波澜丝毫不亚于法国薄若莱葡萄酒引起的疯狂，也不亚于伦敦飞来的第一只松鸡。不幸的是，他们所得到的每一种浆果几乎都要向政府汇报，从而获得外交方面的认可。

近来来，国际局势日益紧张，哈维共和国开始受到威胁，一些名人纷纷离开这里，搬到更安全的地方去住了。如果游客来这里旅行，首先要考察一下哈维共和国当前的政局。

简·莫里斯，《来自哈维共和国最后的文字》(Jan Morris, *Last Letters from Hav*, London, 1985)

哈诺尔岛 | Havnor

面积比较大，位于地海群岛的内海以北，是群岛之王的首府所在地，同时也被地海群岛的居民视为世界的中心。哈诺尔岛上有两列大山脉，其一是瑞夫尼山脉，位于哈诺尔岛的主城大港口上面，山脉向北延伸至海滨地区；其二是发里昂山脉，位于哈诺尔岛的西南面，最高峰是奥恩峰，巍然耸立于宽阔的南部海湾。

哈诺尔岛的大港口坐落在南海湾的海滨地区，因周围高高的白塔而闻名。《艾瑞斯-阿克比的事迹》是地海最古老、最伟大的一部史诗，这本书讲述了白塔的故事。白塔中最高的是国王之塔，是群岛之王居住的地方。在地海群岛没有实行君主统治的那几个世纪里，艾瑞斯-阿克比的剑就保存在国王之塔的顶端，尽管艾瑞斯-阿克比的尸体被安放在（至今仍被安放在）遥远的希里多尔岛上，也就是这位民族英雄被巨龙杀死的地方。后来，艾瑞斯-阿克比的戒指找到了，被重新铸造完整之后，也放在这里的国王之塔里。

哈诺尔岛的国王之塔

哈诺尔岛不仅是地海群岛的政治中心，同时也是地海群岛的贸易中心。哈诺尔岛的航线在地海群岛是最密集的，尤其是狭窄的爱巴诺尔海峡，一直延伸到南海滨的内陆海湾。

乌苏拉·奎恩，《地海的巫师》；乌苏拉·奎恩，《阿土安岛的古墓群》；乌苏拉·奎恩，《地海彼岸》

断头谷 | Headless Valley

参阅热带山谷（Tropical Valley）。

谣言岛 | Hearsay, Island of

面积很大，距离金驴岛不远。根据最近的一次人口普查，谣言岛现在或曾经有 30 多个王国和 6 个共和国，它们之间经常爆发莫名其妙的殊死争斗。它们的军事策略是塞住士兵的耳朵，大声尖叫“哦，不准告诉我们”，然后撒腿就跑。

谣言岛无疑是奔跑者的天堂。人们整日整夜地往前奔跑，但由于这个国家是一个半岛，因此他们最终都是绕着海滨跑。参观者会注意到，领着他们不断往前跑的是一个正在剪猪毛的绅士。那头猪的嚎叫刺激他们跑得更快，使他们斗志昂扬，因为他们想得到猪毛。跑在他们后面的是一个巨人，把他与电线和加拿大香膏放在一起，除了水，他什么也不喝，但不停地闻着烈酒的香味。这个巨人戴一副眼镜，随身带着一张蝴蝶网和各种现代装备，其装备从陆地测量图到解剖刀和镊子，可谓应有尽有。最奇怪的是，这个巨人是退着跑，他声称岛上的居民都已经追他好几百年了，而且还用石头砸他，说他是“一个头戴穆斯林头巾的邪恶的土耳其人”，说他“打了一个威尼斯人，伤害了这个国家”。对于这样的指控，巨人完全不知所措，他唯一的愿望就是和这里的岛民做朋友，并且告诉他们“某种对他们有利的东西”，但岛民们断然拒绝与他有关的任何东西。因而，令许多参观者高兴的是，永远的追逐总在继续。

查理·金斯利，《水孩子：关于一个陆地婴儿的神话》

异教徒之岛 | Heathen, Island of The

位于乌苏拉城郊的一个湖里。岛上唯一的建筑就是一座低矮的村舍，比乌苏拉城的所有房子都要好很多。这是一栋木结构的房屋，建在沼泽里，如同磐石一样坚固，已经有好几百年的历史。这栋木屋是一个陌生人为自己的妻子建造的，陌生人来自迪金尼斯坦，他的妻子是乌苏拉城里一个高级祭司或者说巫师的女儿。陌生人游历甚广，回到异教徒之岛后，利用从别处带回来的大理石，竖起了一座纪念碑。纪念碑长 4 米，宽 2 米，四面都刻有黑色的文字；纪念碑的周围有柱子，柱子上刻有文字，都是从《吠陀经》、《波斯古阿维斯陀经注解》（*the Zend Avesta*）、《易经》、《圣经》及《可兰经》中摘引的句段。纪念碑中心雕刻的那些引文还没有得到确认，但可以被翻译出来。纪念碑的南面写着“创世纪”几个字和如下诗句：

没有一个灵魂曾经来到人间
除非它首先是天堂里的一个灵

纪念碑的北面写着：

没有一个灵魂曾升到天堂
除非他首先是地上的一个人

纪念碑的东面刻着“罪”和一句“只有独身的人才会拒绝变成一个人”，这句话深奥如谜语；纪念碑的西面顶头刻着“惩罚”和如下面这句话：

因此它不能回到
天堂
那就是魔鬼

站在纪念碑上可以俯瞰下面的湖泊，纪念碑在莲花和其他几种奇花异草之间时隐时现。纪念碑的附近是一座坟墓，多年来一直被当作是陌生人妻子的坟墓。不过，这只是一个衣冠冢，里面没有陌生人妻子的尸体。

卡尔·迈，《阿迪斯坦》；卡尔·迈，《迪金尼斯坦的米尔》

赫克拉火山 | Hekla

位于冰岛，靠近一个深坑。深坑附近被淹死的男人在溺水之日再次出现，尽管他们溺水的地方距离深坑有好几百英里远。如果游客问他们要到哪里去，他们会长叹一声，然后说他们将去赫克拉火山。

距离赫克拉火山不远的地方有两大奇观：第一处是一堆火，这堆火不能燃烧易燃的东西；第二处的水不能灭火，而是像木材一样燃烧着。

柏卡奇，《享誉世界的岛屿》（Tommaso Porcacchi, *Le isole piu' famose del mondo*, Milan, 1572）

赫里柯达岛 | Helikonda

属于北太平洋的智慧群岛。与智慧群岛的其他岛屿一样，赫里柯达岛上的居民也崇尚一种从国外书本研究中获得的哲学思想。就赫里柯达岛上的情形而言，这种哲学思想可以叫作“为艺术而艺术”。

赫里柯达岛上的居民生活得很幸福，他们现在的幸福主要归功于最初的开拓者，一个艺术赞助者，就像美第奇家族一样。内陆地区的所有贸易和手工艺都可以在首都赫里柯达城里找到自然的批发商店，首都又为各省的艺术家和博物馆提供观众。赫里柯达城是一座圆形城市，围绕宽广的中心广场而建。中心广场被贝尔尼尼风格的柱廊围绕，这里被用来举行音乐会和戏剧表演，其中包括许多大礼堂，最大的礼堂可容纳 3000 个表演者和 2000 多个观众；中心广场还包括首都最主要的博物馆、工作室和画廊。赫里柯达城的街道从中心向四面辐射，分别叫作曲街、诗人街、画家街和雕刻家街。保守的艺术家居住的地方距离中心广场最近，最激进的和实验主义的画家住在距离中心广场最远的地方。

赫里柯达岛实行共和制，主要官员都是从各种艺术行业的代表中选举产生。行政官通常是音乐家，赫里柯达岛上的音乐家比其他艺术家更多。

赫里柯达岛最初的艺术很原始，但当斯泰恩的游客把欧洲艺术介绍进来之后，赫里柯达岛的艺术得到了蓬勃的发展。短短几年里，艺术家们就掌握了欧洲经过几个世纪发展起来的艺术成就，然后开始实践新的艺术门类。不过，赫里柯达岛的居民承认，他们还没有找到艺术的真谛。

赫里柯达岛依然保留了过去的艺术形式，但大多是出于教育和历史方面的考虑。比如，参观者会注意到，一场杰出的莫扎特音乐表演会没有赢得听众的掌声，这种音乐被阐释为过去的一种石化痕迹，一种保存了几个世纪的化石。表演和随之而来的阐释的主要目的是，把当前艺术置于更生动的比较之中，更加突出当前艺术的优越性。当前艺术包括未来主义表演，其艺术表现形式是，一个男子用牙齿把自己挂在秋千上表演小提琴独奏，或者一个骑士骑着飞驰的骏马在一张精致的帆布上绘制一幅立体画像。

对艺术感兴趣的游客可能想知道当时最伟大的三位艺术家，他们分别是卡可多、达达拉布拉和帕特左卡。卡可多是一位作曲家，在对数交响乐方面成就卓著，还在力的平行四边形方面创作出惊人的弦乐四重奏；达达拉布拉是一个诗人；帕特左卡是一位画家兼雕刻家，他最著名的作品是一幅油画，这幅油画结合了球状立体风格和圆柱的棱镜倾向；如今，这幅油画收藏在赫里柯达城的博物馆里，只包括用精湛的技巧固定在帆布上的针织纽扣；如果从正确的角度看过去，这幅油画展示了一种理想境界，而作者却认为这幅画作已经过时。

赫里柯达岛上最了不起的发明是光声机，它可以把任何东西变成相应的音乐，富有哲学心智的游客会想到，在英格兰，沃尔特·帕特尔曾建议把所有的艺术作品变成音乐，因为音乐只是一种纯粹的形式。光声机也可以扮演相反的角色，比如，把门德尔松的《芬格尔山洞》变成视觉艺术作品。然而，对听觉和视觉的感知都需要高度发达的感官，绝大多数参观者是不可能听到和看见这一切的。乐器很大程度上都被那个超验音调制作器替代了，那个制作器可以被用来创作一切可能的声音。乐器近似于发声器官和发动机的结合；实际上，电话振动膜的一种复杂结构就会产生这种声音。音调制作器也有缺点，因为每一种表演都是独一无二的，永远都不能被重复。

赫里柯达岛上的杰出艺术家都有一个明确的心愿:他们想把所有的艺术合而为一,并通过味觉的方式来传达和理解。卡可多已经开始努力创作一种散发气味的交响乐了,这种交响乐一旦完成,就会使所有现存的艺术变成多余。据说,这三个杰出艺术家晚上秘密聚在一起演奏室内乐,比如演奏意大利作曲家维瓦尔第的作品;他们的私下演奏非常成功。不过,这也许只是那些心怀不满的中产阶级杜撰的一个拙劣的谎言罢了。

亚历山大·莫茨科夫斯基,《智慧群岛:一次冒险之旅的故事》

太阳城 | Heliopolis

不要与另一座与它同名的古城相混淆。太阳城坐落在埃及。太阳城很美,按照纯粹的埃及风格建造,城里有许多金字塔和柱廊。在一处柱廊的中心有一个小树林,几乎遮掩了智慧女神庙和两座更小的寺庙;这两座小寺庙分别象征理性和自然。太阳城的花园里有各种各样的花朵,其中玫瑰花居多。花园里还有凶猛的野兽,用独特的笛声很容易把它们驯服。距离太阳城不远的地方是可怕的高山,高山上容易发生火灾和洪水,游客最好不要去,但这最能考验太阳城市民的忍耐力,如果他们想成为牧师的话。

太阳城由智者统治,政府有效地掌握在祭司手里,祭司的领袖是主教,祭司之下是战士,其次是阐释者(又叫"魔仆"或"演说家");平民都是一些猎人和牧羊人;处在社会最底层的是奴隶,所有的奴隶都是黑人。

太阳城的宗教组织是共济会,他们崇拜太阳,具有三位一体的象征意义。这种宗教结合了对古埃及的生育女神伊希斯和冥神奥西里斯的崇拜。太阳城的法律受制于宗教的基本戒律,即兄弟友爱。宗教成员同甘共苦;绝不容忍欺骗、懒惰和自私行为。下层人民的主要需求是吃、喝和睡觉,这些都能得到满足,他们自认为是最幸福的。奴隶也可以得到友好的对待。

游客应当知道,太阳城的大祭司对违法者的惩罚是驱逐出境。

如果奴隶爱上白人女子,或以任何方式背叛了主人;如果妇女太独立,就都会被逐出这座城市。被驱逐的人可以去邻国黑夜王国避难,黑夜王国实行标准的女家长制。

莫扎特或席卡内德,《魔笛》(Wolfgang Amadeus Mozart & Emanuel Schikaneder, *Die Zaubeflöte*, first performance, Vienna, 1791)

地狱屋 | Hell House

位于美国缅因州玛塔瓦萨凯的一个多雾的山谷。地狱屋是美国军火贸易商和某个娇小的英国女演员的儿子贝拉斯科于1919年建造的,是一个"经常闹鬼的地方"。1928年冬天,地狱屋的窗户全部被堵上,当地村民不愿来这里,他们也相信这里闹鬼。

1940年,一支探险队来到这里,想要揭开地狱屋的神秘面纱。这支探险队由两家媒体和3位专家组成,3位专家分别是格雷厄姆博士、兰特和芬利教授。痛苦的3天过去了,人们在附近的树林里发现了格雷厄姆博士的尸体;兰特教授脑部出血,还没有来得及讲述他在那间舞厅里的遭遇就死了;芬利教授也疯了,被带到梅德维疯人院,至今仍在那里,仍是一个疯子。

至于那两家媒体,其中一家的一个记者名叫格蕾丝·劳特,她被切开了喉咙,另一家的记者名叫本杰明·费希尔,被发现蹲在大门廊前,显然是被从地狱屋扔到这里的。

在1970年12月18到24日的那一周里,巴瑞特博士率领一个考察团来到这里,最终揭开了这个谜底。今天,地狱屋不会再害人了,但依然很少有游客敢来这里,只因为这里的山谷里整日弥漫着黄色的雾霾。

理查德·马瑟孙,《地狱屋》(Richard Matheson, *Hell House*, New York, 1971)

赫鲁岛 | Helluland

参阅马克岛(Markland)。

圣盔谷 | Helm's Deep

洛汗王国两大重要的防御体系之一，另一座叫敦哈罗城堡。连接这两座防御工事的是一条由西向东穿过大白山脉的狭长小路。

圣盔谷是一条狭窄陡峭的山峡，位于高耸的悬崖之间，这些悬崖远远地延伸到斯利西恩山3座高峰之下的大白山脉。圣盔谷的入口处有号角堡的保护；号角堡坐落在悬岩的山嘴之上，被高墙围绕。据说，号角堡是海王在巨人的帮助下修建的，号角堡这个名字与喇叭产生的一种回音效果有关。在和平时期，号角堡是洛汗王国的维斯福德人的主人居住的地方。号角堡坚不可摧，可以经过一条大堤道和石坡路进入这里。一堵高墙高20余尺，即有名的深墙，从号角堡一直延伸到圣盔谷南部的悬崖处，堵住了山峡的入口。

深墙之外，圣盔谷延伸到山峦中的一个大海湾。圣盔谷的第二道防线是圣盔堤坝，这是一条古老的战壕，位于深谷之下，长约两弗隆，一条深深的溪谷横穿堤坝。山峦之下是圣盔谷的大水晶洞，即爱加拉隆洞，这里曾经作为洛汗王国的避难所，如今是侏儒金雳的地盘。

圣盔谷因圣盔·锤手(Helm Hammerhand)而得名。圣盔·锤手是洛汗王国第一个朝代的最后一任国王。第三纪的2758年，洛汗王国同时遭到来自东、西两面的夹击，最后被征服。洛汗王国的男子在号角堡的背后找到了避难所，虽然在那里抵御了一次大围攻，但最终两败俱伤。据说，圣盔·锤手国王是唯一的幸存者，他徒手消灭了强敌，并坚信自己如果不带武器，就不会有人伤害他。离开深谷时，他吹奏的喇叭声足以使进攻的敌军闻风丧胆。后来，人们发现圣盔·锤手国王死了，直挺挺地站在圣盔堤坝上。据说，人们至今还能听见他吹奏的喇叭声，当洛汗王国的敌军进入深谷时，国王的幽灵仍在那里漫步，他的面容足以把敌人吓得半死。

魔戒大战期间，号角堡成为一次大战役的战场。正是在这里，洛汗王国的统治者塞奥顿的军队和护戒团的某些成员打败了萨鲁曼。萨鲁曼不再忠诚，他对至尊戒垂涎三尺，而至尊戒与中土的命运休戚相关。

萨鲁曼派去攻打号角堡的军队由敦伦丁人（最初是敦兰德地区的山民）和萨鲁曼自己创造的兽人组成。这次战斗产生了两件具有决定意义的事情：在整个战斗中，圣盔·锤手国王的号角传遍了圣盔谷，这使得敌军闻风丧胆，极大地鼓舞了洛汗王国军队的信心和士气；另外，从凡戈恩森林移到这里的感性树林霍恩斯形成一片可怕的森林，切断了那些怪物的退路；任何进入这片移动森林的人都会转瞬消失。这次战斗结束之后，感性森林又自动分开，让保卫号角堡的骑兵们向北回到伊森加德城堡。霍恩斯来如影、去如风，大批在战斗中死去的兽人也消失了。今天，在圣盔堤坝下面约一英里的地方有一个大土墩，上面被石头覆盖着，据说这里就是移动森林霍恩斯埋葬兽人的地方。自那以后，这个大土墩就变成了有名的死亡谷。这堆奇怪的石冢上没有长草。

托尔金，《双塔奇谋》；托尔金，《王者归来》

赫尼斯-安奴瀑布 | Henneth Annûn

位于中土南部刚铎王国境内的伊西利恩北部。赫尼斯-安奴瀑布的背后有一个山洞，直接从岩石上凿出，作为一个避难所和第三纪 2901 年伊西利恩的巡逻骑兵进攻的一个基地。赫尼斯-安奴瀑布也是有名的“日落之窗”，因为日落时，太阳光在接触瀑布的一瞬间会折射出彩虹般绚烂的色彩。当初，赫尼斯-安奴瀑布会流经这个山洞，山洞后来被扩建成一个避难所，自此瀑布改向，如今从更高的地方落下。在原来的那个山洞旁边，还有一条通道可以进入这个避难所。通道的确切位置只有那些巡逻骑兵知道。游客要到这里来，通常会被蒙上眼睛，因此不建议游客独自来这里。

托尔金，《双塔奇谋》；托尔金，《王者归来》

赫尔岛 | Her

位置不确定。赫尔岛的表面是一个水池，池水清澈如镜。池面上坐着一只安静的天鹅，时不时地张开它的双翼。参观者应当利用这些场景，看一眼作为整体的赫尔岛。赫尔岛拥有许多美丽的喷泉，园丁不让喷出去的水再回到地面，因为这样会弄皱水池光滑的表面。水雾沿水平方向喷射，形成第二面镜子。这些平行的镜子面面相对，就好像两个情人在彼此的时空中永远面对。

赫尔岛本身是一个坚固的宝石岩构成的，被八角形的防御工事支撑着，总体上看很像一个被绿草坪围绕着的碧玉喷泉的基座。

赫尔岛的统治者是一个巨人怪，可能来自独眼巨怪岛。在他的独眼前面，一个铁架支撑着两面镜子，两面镜子的背面靠在一

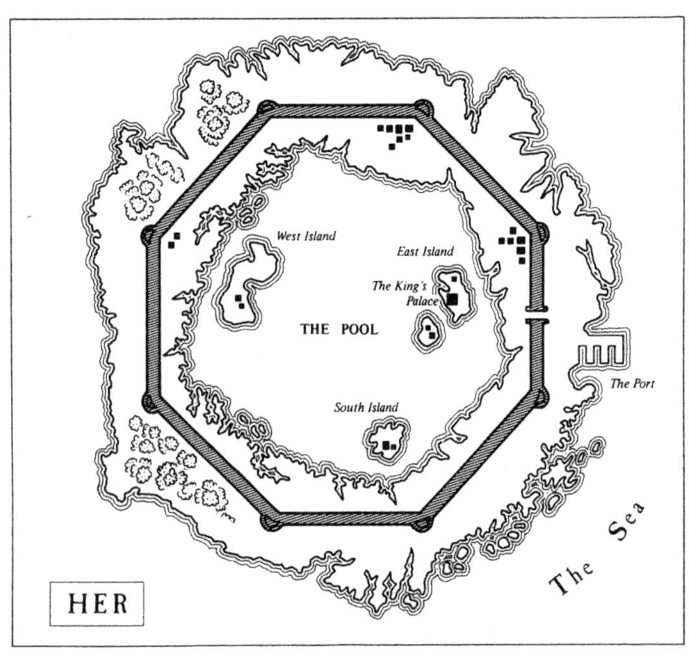

赫 尔 岛

起，可以直接照见迎面走来的那个人的面容。借助镜子的这种摆放，巨人怪可以看见紫外线下面才能看得见的东西。参观者会发现，独眼巨怪非常好客，他的仆人会给客人献上糖和一种奇怪的美味 *poncire*。赫尔岛的女人会为游客跳舞，她们撩开裙子，像孔雀开屏一样，然后抬起游客在草地上行走，露出裂开的布底鞋和蓬松如羊毛的衬裙。

阿尔弗雷德·雅里，《罗马新科学小说：啪嗒学家浮士德若尔博士的功绩和思想》

女儿国 | Herland

具体的位置不可考，来过这里的人又发誓对这个地方保密，尽管欧洲和多巴哥岛的几个地理考察团再三请求。

女儿国位于一个大山嘴，山嘴下面是浓密的丛林，丛林后面是高高的山峦。女儿国的东南面是一座大山谷和一个有地下出口的湖泊；其余部分被黑幽幽的悬崖围绕。女儿国与荷兰差不多大，面积大约 1 万到 1.2 万平方英里，人口约 300 万。女儿国的外围地区被茂密的森林覆盖；内陆地区包括辽阔的公园似的平原和草地。

当地的传奇故事告诉我们，位于山嘴下面丛林里的这个王国就是女儿国，到这里来参观的男人可能会遭遇危险。

我们可以证明女儿国确实存在。第一个真实的证据是，3 个年轻的美国人在溪水里发现了染料和布片，是从沼泽和丛林上面的山峦里漂下来的。他们在这里进行的第一次飞行探测表明，这里确实存在一个高度发达的国家，但它的居民怎样，我们尚且不知。由于对他们知道的这点东西非常好奇，这几个美国人在一个高原上降落，成为差不多 2000 年以来第一批到达女儿国的游客。

在接近基督纪元的那些岁月里，女儿国变得越来越大了，其面积包括滨海的平原和附近的海洋。女儿国的居民好像是雅利安人，因连年的战乱退回到山里，最后来到高地上。他们实行一夫多妻制，家有奴隶，为自己的生存而努力。为了保住这个避难所，他们建造了坚固的堡垒，有些堡垒至今保留完好，值得一看。他们最后被打败，打败他们的不是军事力量，而是地理环境：当男人们试图保卫那个通向外界的入口时，火山爆发了，毁掉了那个隘口，把这些男人全部埋在刚刚形成的岩墙下面。几乎没有一个自由的男子生还，奴隶趁机起来造反，他们杀死幸存下来的奴隶主，只留下年轻女子，并企图控制整个国家。这些女子坚决不从，并且巧妙地干掉了这些即将成为征服者的奴隶。

因此，女儿国没有留下一个男性公民。一开始，大家都绝望极了，因为那次浩劫之后，仅有的两个刚出生的男婴不久也死了。然而，这些女人很坚强，她们说服自己，必须依靠自己的力量共同劳动和生活。这样大约过了 10 年，奇迹终于发生了：一个女人生下了一个女孩，要知道，当时岛上一个男人也没有。她们认为这个孩子是上帝赐给她们的礼物，孩子的母亲被安置到圣母玛利亚寺庙里，得到严密地看管。接着，她的女儿又生了 5 个孩子，全是女孩子，由此形成了依靠单性繁殖的女儿国。自那以后，女儿国里全是女人，都是这位母亲的后代。这位母亲活了 100 岁，死前就有了 125 个外孙女，这些孩子都是单性繁殖，没有男性参与。

女儿国完全与外界隔绝，国内的人口又全是女人，因而朝着高度专业化的方向发展。由于可资利用的土地有限，女儿国的农业不得不满足最大限度的人口，这样，整个女儿国就变成了一个非常漂亮的花园。边缘地带的森林已经被开垦出来，与任何农用地一样，成为精耕细作的农田；地里还种上了葡萄，整个树林里被重新种上了果树。女儿国的女人们精心侍弄她们的土地，犹如欧洲的花农侍弄他们那美丽的果园一样。所有的废品都被回收利用，成为土地的肥料。新的果树品种得到成功的培植；这主要依靠嫁接现存的果树品种来完成。

女儿国的各个市镇展示了它们对秩序美的关注。整洁的房屋是用玫瑰石建造的，所有的公共建筑都是白色的，连接它们的道路一尘不染，路边是鲜花、绿树、花园和喷泉。

女儿国的女人都很健壮，而且勇敢无惧。年长的妇女拥有永久的权力和不老的美貌。所有的女子都留短发，穿舒适实用的衣服；一般都是紧身束腰外衣配齐膝的短裤。她们的外衣上有无数的小口袋，小口袋的排列很巧妙，主要是为了满足身体的各种需要。外衣上的装饰性针线很像女儿国的灿烂文化，这样的服饰把精美的艺术和实用的智慧结合起来。夏天，她们戴着轻便的草帽在烈日下干活；冬天，她们戴斗篷和头巾。经过几个世纪的演变，她们的服饰具有中国服饰的优雅，既美丽又实用，既有尊严又有品位。

女儿国的文化围绕为人之母和抚养孩子而展开。为了这个国家的女孩子，她们的语言也被故意简化了，现在，这种语言变得像世界语一样直接而理性。它以一种语音系统为基础，很容易学习，不过尽管简单，它依然包含了一种古老而内涵丰富的文化的全部特点。在女儿国，对孩子的教育是一门最高的艺术，婴儿只交给最能干的女人照管。由于看重孩子的抚育，孩子的母亲越喜欢自己的孩子，就越不愿意把孩子交给不懂看护孩子的女人看管，尽管这些女人也可能就是她们自己的孩子。被这样照看两年之后，这些女孩被送到"共同母亲"那里，她们生活在更温暖的地方，然后被送到更寒冷的地方，去适应那里的寒冷气候。孩子的房间和花园里不能有任何可能伤害到孩子的东西，比如，这样的房子里没有梯子，没有尖利的棱角，没有可能被吞进肚子里的小东西。这些房间和花园简直就是孩子们的天堂，她们在这里学习如何控制自己的身体，甚至在学会走路之前就学会了游泳，这样可以增强对控制自己身体的自信心。女儿国的女孩子很少哭泣。

女儿国对孩子的下一步教育是培养孩子的判断力和坚强的意志。这个教学过程要求孩子的积极参与，并强调在游戏中引导她们的学习，而不是通常的填鸭式教育。这样的教育可以培养孩子各方面的爱好和兴趣，培养她们的创造潜能和批判意识。她们要学习解剖学、生理学、营养学和基础科学。这种教育体制最大的特点是把心理学纳入历史学习，因为在她们看来，心理学属于整个共同体，会随着共同体的发展而发展。

女儿国的文化包括其他文明的残留信息，还包括这个国家与外界隔绝之前的某些历史片段。一个有文化的人应该了解生物科学、天文学、数学、物理学和化学。女儿国的医学已经衰落，因为岛上没有疾病，医学当然就渐渐地退出舞台了。虽然她们的技术属于实用性，却因此产生了一种时速30英里的电车。艺术、戏剧、音乐、宗教和教育齐头并进。女儿国经常举行盛大的庆典、游行以及其他仪式，艺术和宗教在其中融为一体。女儿国的戏剧主题与最具戏剧性的传统无关，性欲、战争、野心和贪欲在女儿国的艺术里没有立锥之地。

在最初的孤立时期，女儿国与希腊人一样，也有一个万神殿，但后来只保留了圣母玛利亚的圣殿。宗教变成了泛母性论，因为女儿国的女人们相信，大地母亲赐给她们食物，她们出生时就具有了母性，也依靠母性生活。因此，她们的生活就是母性的不断循环。女儿国没有任何形式化的教条，也没有任何仪式的崇拜，没有职责观念，不相信死后会遭受惩罚。这种母性的宗教精神渗透到女儿国的整个文化当中，宗教和文化难以分家。

尽管女儿国的母性崇拜很重要，但有限的资源告诉女儿国的女人们，必须控制人口的发展。她们说，母性是一种庄严的圣礼，但单性繁殖孩子可以借助意志的干预；因此，大多数女人只生育一个女孩。一个女人能享有的最高特权就是多生孩子，从而成为“多产母亲”。“多产母亲”的孩子最有可能成为贵族。因为资源有限，也因为必须利用所有能够利用的土地进行农业生产，13世纪早期，女儿国引进了火葬。

女儿国没有正式的政府，只依靠一种强烈目的感来统治国家。女儿国的真正领导人是大地母亲，她的地位相当于总统。女儿国几乎没有成文法典，几个世纪以来，国内没有人犯罪。她们的正义体制相当宽容，依靠温和的自制和教育，而不是报应和惩罚。

女儿国的动物不多，因为空间有限，多数吃草动物不得不被消灭。女儿国的宠物只有猫，这些猫得到训练，用来专门消灭有害动物和寄生虫,除了鸟类。猫的体型很大,皮毛柔滑,对所有人都很友好,对主人更是忠心耿耿。女儿国的雄猫很少,一年只交配一次。

夏洛特·吉尔曼,《女儿国》(Charlotte Perkins Gilman, *Herland*, New York, 1915—1916)

阴阳岛 | Hermaphrodite Island

一块漂移的陆地,通常是在葡萄牙的里斯本港口附近出现。阴阳岛上的居民都说拉丁语,都是雌雄同体。人们相信这个阴阳人共和国是腓尼基的太阳神埃拉伽巴路斯(Elagabalus)或者黑利阿加巴卢斯(Heliogabalus)创建的;为了对他表示敬意,岛上许多寺庙里都会举行奇怪的表演。参观者也许会认为自己到了一个像露天剧院的地方,整整一年里,在整座阴阳岛上,这些阴阳人都会表演古典作品里的一些场景,作为宗教仪式的一部分。这样的古典作品包括《萨宾女郎受辱记》、《阿塔塞克斯和他的女儿》、《被情人毁掉的阿克泰翁》和《萨丹纳帕鲁斯的淫荡职业》。阴阳岛上的建筑具有希腊风格,建筑材料通常是大理石、碧玉、斑岩和珐琅;这些美丽的建筑使阴阳岛增色不少。阴阳岛的街道两边是高高的圆柱子,每一根柱子上面都雕刻了一个女人,女人的头像男人,脸上长满络腮胡子。岛民在阴阳岛的中心竖立了一尊埃拉伽巴路斯的雕像,雕像的基石上刻着一本律法书。

阴阳岛中心广场上的国会大厦

阴阳共和国的座右铭是“我最棒”。所有法律的创建原则是美丽至上,性感被神圣化。其中一条法律是,“我们要忽略一切创造、救赎、正义和诅咒”;另一条是,“我们要忽略时间和永恒,我们不在意一天的结束。”

阴阳岛上最受欢迎的作家有奥维德①、卡塔路斯(Catullus)②、提布鲁斯(Tibullus)③和普罗佩提乌斯(Propertius)④。岛上居民每个月都要庆祝五月节。

托马斯·阿蒂斯,《阴阳岛的风俗录》(Thomas Artus, *Déscription de L'Isle des Hermaphrodites nouvellement découverte, contenant les Moeurs, Les Coutumes et les Ordonnances des Habitans de cette Ilse*, Cologne, 1724)

海斯山 | Hes

又叫“火焰山”,一座巨大的火山,位于卡鲁恩平原。数百年来,海斯山已经变成了一块崇拜火的圣地,一个高级女祭司主持这种崇拜仪式。2000多年前,亚历山大大帝的埃及籍将军拉森征服了卡鲁恩地区,成为可汗,在这座以古埃及生育女神伊希斯命名的火山上,拉森将军创建了伊希斯或海斯崇拜。

海斯山的第一个高级女祭司在最初的伊希斯崇拜里增加了某些变化,她用对生命和自然的崇拜取代了单纯而简单的火崇拜。高级女祭司被认为永远活着:当一个高级女祭司死后,她的女儿,无论是亲生的,还是收养的,都会继续她的头衔和职责。高级女祭司得到祭司学院的帮助,这个学院由300个男祭司和300个女祭司组成,他们都是近亲通婚,所生的孩子又成为这个学院的新成员。这些祭司都说同样的古希腊语。

海斯山及其周围地区的居民都具有鞑靼人的血统,他们处于半野蛮、半开化的状态,他们敬畏高级女祭司,并为她奉献礼物,但

① 罗马诗人,以其对爱的研究,尤其是《爱的艺术》(公元前1年)和《变形记》(公元8年)而闻名。

② 古罗马抒情诗人,以其写给“丽斯比雅”的爱情诗而闻名,丽斯比雅是古罗马的贵妇,真名为克洛狄亚。

③ 罗马诗人,写有许多简单而优雅的作品,其中有给两位心上人的挽歌。

④ 罗马哀歌诗人,其现存的作品包括为他的旧情人唱的挽歌《辛西娅》。

他们的火神崇拜里夹杂着一些原始而野蛮的仪式，其中最古怪的仪式就是所谓的寻找错误的女巫医。这个部落的萨满教道士在头上放了一只大白猫，口中大声念出一条咒语，那些被怀疑在搞巫术的人被叫到他面前，他们的手被反绑着；这时候，道士把那只白猫放进一个木盒子里，让那些嫌疑犯把木盒子传下去。如果白猫从木盒子里跳出来，扑到其中一个人的脸上，就说明这个人是罪犯，然后，这个倒霉蛋会被推到火里烧死。

这种仪式由高级女祭司在一个大山洞里主持，山洞里被火柱子照得通明；这些柱子都是从地下冒出来的，这是一种奇怪的火山现象。这种火焰无烟无味，也无热量，而是一种耀眼的白光。山洞背后的祭坛上立着一尊银色雕塑，表现的是一个躺在母亲臂弯里的小男孩，象征被神灵救赎的人类。据说，海斯的幽灵就住在这个祭坛里。

亨利·哈迦德，《阿希莎：她的归来》（Henry Rider Haggard, *Ayeshar. The Return of She*, London, 1905）

赫维特之岛 | Hewit's Island

位于马达加斯加岛的北部，与非洲东海岸隔海相望。站在一座山峰上可以清楚地看到这座岛的全景，比如站在特内里费岛上的某座山峰上。一条河流穿过水草丰茂之地，流向大海，其间经过一个很像巨人之路的岩脊。雨季时的海面上多风暴。1872 年，英国女人赫维特被抛弃在这座岛上。赫维特在这里用泥砖建起自己的房屋，也建造了自己的坟墓。

赫维特夫人在这座岛上养了一头狮子；为了产奶，她还驯服了一头野牛。她用闹钟、管子和一对风箱组装了一个机器人，这个机器人能够模仿人的声音。

查尔斯·迪丁，《汉娜·赫维特或女克鲁索》（一个不同寻常的女子，她心智非凡、成就卓越；她经历了非常有趣的探险，几乎经历了人生的每一站，其间有富足的辉煌，有灾难带来的悲惨，后来被抛弃在格罗夫纳东印度大商船上：成为南部海域一座岛上唯一的居民，时间长达 3 年之久；据说，这里的故事是她自己叙述的）（Charles Dibdin，*Hannah Hewit*；*Or, The Female Crusoe*，London，1796）

海姆岛 | Hime

位于地下大陆佩鲁西达的科萨尔-阿兹海，距离亚弥欧卡普岛不远。从地形学上来讲，这两座岛屿非常相似，沿海地区是森林密布的丘陵，内陆是高地，但它们的高地形状各不相同。与周围崇尚和平的邻居不同，海姆人好战，内部冲突持续不断，并且总是以暴力结束。海姆人实行一夫一妻制，但他们对婚姻普遍不忠。

到了海姆岛的游客再从那里回来的并不多，因为海姆人会随意地杀死他们。正由于回来的人极少，我们对海姆岛的了解也极少。然而，我们却获得了这座岛上两个村庄的详细记录。其中一个叫嘉布村，由许多石洞组成，石洞是从大悬崖上直接凿出来的，通过狭窄的壁架就可以到达。打进岩石里的木楔将壁架垂直地连接起来，这样的结构看起来好像很危险，但嘉布村的村民却喜欢走这种狭窄的壁架，他们简直就像走在平坦的地面一样轻松自如。嘉布村居民的生活并不舒适，加之海姆人又特别喜欢争吵，因此经常会有人被摔死；再则，孩子们最喜欢朝下面壁架上的行人扔石子。

另一个村庄叫卡恩村，主要是一簇簇被高墙围绕的石房和泥房。卡恩村位于高高的岩滩上，有悬崖峭壁作天然的屏障。

海姆岛的居民与亚弥欧卡岛的居民关系不好。海姆岛的男人时常骚扰亚弥欧卡岛，经常抢夺他们的女人，但很多人最后都是有去无回。位于海滨的一个部落发了大财，他们渡海来到亚弥欧卡岛，把海姆岛上那些死去的战士的小船运回来。那些小船很有价值，它们的结构虽然轻盈，却十分结实。海姆人的造船技术非常精湛，这样的小船是直接把原木掏空做成的，因此不会下沉。一张过去用来盖在座舱上的兽皮，现在被船夫系在腰间；如果这张兽皮系的位置适中，小船就不会进水，即使航行在巨浪滔天的海上也会非常安全。

埃德加·巴勒斯，《佩鲁西达的塔纳》

拉尼斯城 | Hlanith

梦幻世界里一座规模庞大的贸易城市，坐落在塞雷纳利亚海的海滨。拉尼斯城的城墙是用高低不平的花岗岩砌的，横梁和石膏构成的房屋展示了迷人的尖顶和三角墙。拉尼斯城的码头是橡木做的，附近的海上酒馆看上去极其古老，酒馆的屋顶低矮，用黑色的横梁构成，窗格子像公牛绿幽幽的眼睛。除了有人来这里进行贸易之外，没有其他人来。拉尼斯城的工匠做的东西非常结实，也很招人喜欢。木制的牛拉车碾过街道两边的自由集市，游客在这里能看见喧闹的交易场面。

霍华德·洛夫克拉夫特，“小人物卡达斯追梦记”，《阿克汉姆集锦》

霍夫堡 | Hofbau

参阅鲁里坦尼亚王国(Ruritania)。

霍格瓦特学校 | Hogwarts

英国某地一所魔法学校。在伦敦的国王十字架火车站的9.75站台，乘火车就可以到达这所学校。这所学校的建筑其实是一座古老的城堡，包括许多的炮塔和小塔楼，坐落在高高的山巅之上，站在上面可以俯瞰一个大黑湖。在非常特殊的情形下，麻瓜(Muggles，非魔法界的人类)也许会来参观这所魔法学校。跟团的游客会注意到一个大门廊，门廊的石墙上点燃了火炬。沿着一段大理石梯可以来到楼上，这里可以看见一对双层门正对着大厅敞开。大厅很宽敞，里面亮着数千只蜡烛，漂浮在学生餐桌的上

从禁林里看到的霍格瓦特魔法学校的景象

空。餐桌上摆放着闪闪发光的金盘和高脚玻璃杯，还有好多的美味，从烤牛肉到薄荷糖，应有尽有。由于使用了一个巧妙的魔法，大厅的天花板看起来很像外面的天空；令人难以置信的是，这个大厅的屋顶并不朝向天空。

大理石梯共有142段，其中有些宽，有些弯曲，有些狭窄，有些不稳当；有些在星期五那天朝向不同的地方，有些中途就没有了，于是石梯上的人不得不跳过去。此外还有一些大门，如果礼貌到位或刚好碰到最准确的位置，门就会打开。还有一些大门看起来像门，却是虚掩着的坚固的墙。画像上的人可以随处走动，可以相互交谈；盔甲也能自己走路。

按照英国的学校模式，学生分别住在4栋房子里，它们分别是格里芬多(Gryffindor)、胡弗葡夫(Hufflepuff)、拉文克沃(Ravenclaw)和斯莱赛因(Slytherin)。每栋房子都有一段辉煌的历史，都曾产生过杰出的男巫和女巫。一年级学生必须带的东西都可以在迪阿戈胡同的商店里买到。迪阿戈胡同是一条小魔法街，经过伦敦漏锅酒吧的一面内墙就可以进去。这里的学生的基本装束通常是：

三套朴素的工作长袍(黑色)；
一顶白天戴的朴素的尖顶帽(黑色)；
一副手套(龙皮材料或类似的)；
一件冬天穿的斗篷(黑色，银钩)；

其他的还有一根棍子,一口锅(白蜡做成,型号为2);
一套玻璃或水晶玻璃瓶;一个望远镜和一架黄铜天平)

虽然这些学生可以带猫头鹰、猫或蟾蜍,但不可以带帚柄,因为帚柄可能造成事故;至少低年级的学生不可以带。游客还要警惕一些调皮的幽灵,他们有时候特别讨厌。

为了能够充分享受霍格瓦特魔法学校之行,游客最好读读下面的相关书籍:

戈沙克,《标准的符咒书》(适合一年级学生)(Miranda Goshawk, *The Standard Book of Spells*);

巴格沙特,《魔法史》(Bathilda Bagshot, *A History of Magic*);

瓦弗陵,《魔法理论》(Adalbert Waffling, *Magical Theory*);

斯维奇,《变形术的初学者指南》(Emeric Switch, *The Beginner's Guide to Transfiguration*);

斯博瑞,《一千种魔法草和真菌》(Phyllida Spore, *One Thousand Magical Herbs and Fungi*);

金戈尔,《魔法精绵和药剂》(Arsenius Jigger, *Magical Drafts and Potions*);

斯卡曼德尔,《不可思议的野兽与何处找到它们》(Newt Scamander, *Fantastic Beasts and Where to Find Them*);

特瑞姆博,《黑色力量:自我保护指南》(Quentin Trimble, *The Dark Forces: A Guide to Self-Protection*)

罗琳,《哈利·波特与魔法石》;罗琳,《哈利·波特和巫师的石头》(J. K. Rowling, *Harry Potter and the Sorcerer's Stone*, Us);罗琳,《哈利·波特和秘密房间》(J. K. Rowling, *Harry Potter and the Chamber of Secrets*, London, 1998)

霍恩弗里斯国 | Hohenfliess

参阅利拉尔花园(Lilar);亦参佩斯迪兹城(Pestitz)。

洞城 | Holes, City of

参阅塞塔贝拉城(Cittabella)。

霍林王国 | Hollin

也叫“艾瑞吉昂国”,一个古老的精灵王国,位于迷雾山脉的东面,中土的鲁道尔地区以南。

中土第二纪时,诺尔多精灵定居霍林王国。诺尔多精灵又叫“珠宝匠人”。他们之所以到这里来,可能是因为受到附近莫瑞亚王国的侏儒的密银矿石(mithril)的诱惑,因为他们的造船工艺和金属制品非常有名。这两个民族之间经常有贸易往来,从莫瑞亚王国的城门上雕刻的精美文字,就可以了解到精灵精湛的工艺。

正是霍林王国的精灵为摩多王国的索伦锻造了魔戒,但他们却不知道索伦利用魔戒的邪恶用心。索伦后来又锻造了至尊戒,企图拥有最大的力量,控制中土的所有民族。后来,霍林王国的精灵察觉到索伦的阴谋,他们把魔戒全部藏起来,结果魔戒之战爆发,霍林王国被夷为平地。

许多精灵在这次冲突中丧生,幸存下来的精灵向北撤退,在瑞文德尔王国创建了一个新的避难所。即使是在中土第三纪初,霍林王国还没有人居住的时候,这块地方就充满了善意和祥和,因为这里曾住过精灵。

霍林王国的精灵的标志是冬青树,在这里生长繁茂。锡兰隆河边曾经生长着两棵大冬青树,标志着精灵领地的尽头和莫瑞亚王国的入口。自那以后,这两棵树被连根拔除。

托尔金,《魔戒首部曲:魔戒现身》;托尔金,《王者归来》;托尔金,《精灵宝钻》

空针洞 | Hollow Needle

伊特塔特的一个天然洞穴，是阿瑟尼·鲁滨的秘密藏身处。鲁滨是一个绅士模样的窃贼，退休之前聚敛了很多宝贝。尽管空针洞的周围弥漫着偶像崇拜之风，但这个洞穴却完好无损地藏着他的宝贝，其中包括原版的《蒙娜丽莎》和法国国王的宝物。鲁滨住在郊区一栋小屋里，他在那里种植了羽扇豆和其他一些鲜花。

不要把空针洞和针堡混淆在一起，针堡坐落在布列塔尼的某个地区，名叫空洞；鲁滨也曾去过那里，只是针堡没有什么独特之处。

莫里斯·勒布朗，《空心针》（Maurice Leblanc, *L'Aiguille creuse*, Paris, 1909）

霍洛莫罗岛 | Hooloomooloo

属于马蒂群岛，岛上多岩石，地面被低矮的灌木覆盖。

霍洛莫罗岛有时候又叫跛子岛。马蒂群岛上盛行消灭所有畸形婴儿的野蛮陋习，霍洛莫罗岛周围的岛民讨厌这样的陋习，尽管如此，他们也不想看到这样的畸形儿，于是很早以前就在霍洛莫罗岛为畸形儿建造了一个庇护所。那些被驱逐到这里的畸形儿的后代至今仍生活在这里，他们遵守自己的法律，服从自己推选的国王。他们不可以离开这座岛屿，因为马蒂群岛的其他岛民都不愿意跟他们打交道。

可是霍洛莫罗岛的这些人并不觉得他们自己是跛子，他们对参观者说，一个人生得好不好看完全取决于谁来做这个判断。

赫尔曼·梅尔维尔，《马蒂群岛：一次旅行》

单足跳之国 | Hoppers, Country of The

一个地下王国，位于奥兹国加德林国西北部的山峦下面，一道栅栏把它与角人王国分开，两国共同拥有一个大洞穴。洞穴里有微弱的灯光，但看不见光源在哪里，洞穴的墙面和屋顶都是采用洁白的大理石，大理石上面有漂亮的彩色纹理。拱形的屋顶上面刻有稀奇古怪的图案。单足跳之国的城市和村庄都很小，所有的房屋都用大理石建造而成，看起来格外醒目。这个地下王国缺少植被，居民的住宅周围都没有花园，只有一个院子，被低矮的大理石围墙隔开。

单足跳之国的居民只有一条腿，依靠单足跳跃前行，国名由此而来。

弗兰克·鲍姆，《奥兹国的缝补女孩》

角人王国 | Horner Country

位于奥兹国的加德林王国西北部的山峦下面，与单足跳者之国共同拥有一个大洞穴。两国被一个栅栏隔开。

角人的体形很小，身体像一个圆球，四肢粗短，头部呈球形，耳朵又尖又长，前额中间有角，不足 6 寸长，象牙一般白而尖利。角人的皮肤呈浅棕色，他们通常穿雪白的长袍。他们身上除了角，最引人注目的特征就是头发：角人的头发有 3 种颜色，分别是红、黄和绿色。红发位于脑门上，经常会垂下来遮住眼睛；头两侧是黄发，顶髻是绿发。统治角人王国的是一个酋长，名叫亚克，这个名字可能出自玩具王国的名人小杰克。亚克的徽章是一个五角星，五角星上面镶着宝石，这个徽章就戴在酋长的角上。

角人王国的街道铺得不平整，角人没有任何改善这个环境的想法。从表面上看，他们的房屋很脏，很容易被人们忽视，但屋子里面却绚丽无比。室内的墙壁上排列着镭金属，这种金属的表面装饰着浮雕，浮雕的图案有人物、动物、鲜花和绿树。所有家具的材料也是镭金属。角人认为他们生活在室内，花大力气去创建一个美丽的外表毫无意义。在他们看来，他们的邻居单足人的生命观念与他们截然不同：单足人居住在外观美丽的大理石房子里，室内邋遢不堪，一点也不舒适。由于不曾有人进过单足人的家，因此，角人的说法也无以为证。镭这种材料还有一种优势，生活在这种屋子里的人永远不会生病。这种贵金属深深埋藏于角人的城市下面；采镭是角人的主要活动。

角人很幽默，喜欢开残忍的玩笑；他们口无遮拦，为此差点跟邻国开战。他们说单足人之所以什么都不懂，可能就是因为他们只有一条腿，可以依靠的更少。单足人对这样的玩笑很恼火，觉得自己受了奇耻大辱，双方顿时剑拔弩张，幸好奥兹国的桃乐丝公主和她的几个朋友及时出面，说服角人向栅栏对面的单足人解释清楚那个玩笑的真实含义，从而避免了一场可能全面爆发的冲突。

弗兰克·鲍姆，《奥兹国的缝补女孩》

霍赛尔堡 | Horselberg

参阅文鲁斯堡(1)(Venusberg)(1)

霍斯克岛 | Hosk

一座大岛屿，位于地海的内海以西、九十群岛以北。霍斯克岛的海岸呈锯齿状，排列着许多海湾和沟渠。霍斯克岛的西北部是一个大海湾，几乎把这座岛屿一分为三；岛屿的东北部和南部多山。霍斯克岛上的主要港口是奥瑞梅港，坐落在岛屿的东海岸，为经常往返于内海的大商船专用。港口的老城的街道极其陡峭，街道两旁是坚固的石房，供商人居住。整座城市都筑有围墙，以对付不守法的领主和城内的强盗。富人家的房子都建有高塔和防御设施；码头上的仓库看起来很像一座堡垒。

乌苏拉·奎恩，《地海的巫师》

胡斯顿共和国 | Hostenlian Republic

参阅利比里亚(Liberia)。

慧骃国 | Houyhnhnms Land

南部海域里的一座岛屿。1711年，遭遇船员叛乱的格列佛船长被扔在这座荒岛上。

慧骃国的主要动物是一种优雅而温顺的马，用它们的语言来说，就是“Houyhnhnm”，意思是“自然的完美”。它们的座右铭是教化和理性，主要的美德是友谊和慈善，并将其升华为马族的一种自觉行为，因为它们认为“这是很自然的事情”。它们智慧、世故、喜欢吟诗作赋，会使用最准确、最新颖的比喻。它们经常谈论友谊、慈善及对赛跑冠军的赞美。由于与外界隔绝，他们培养了一种与世无争的文明，充满了庄重而高尚的氛围，见不到任何的政治纷

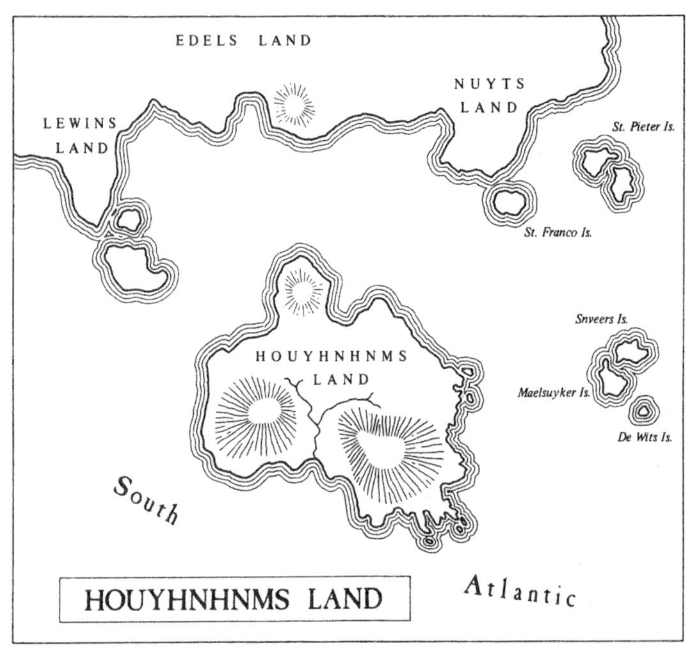

慧 骃 国

争。对于游客来说,这里是一个比瑞士温泉更理想的选择。

每隔 4 年的春分那一天,它们会召开代表大会,询问各地区的生活状况,以“劝说”方式解决问题。这种方式更受欢迎,因为它们认为理性的动物不应该受到强迫,只可以通过建议或劝说让它们去做某件事情,因为理性动物不得不听从理性的召唤。

参观者会发现马族的社会不提倡平等。无论是从体能还是从心智方面来看,棕色马、斑点马及黑马都要比白马和铁灰色的马更优越。白马和铁灰马自然地属于服务阶层,寻找配偶时也从不高攀,不会跑到自己的圈子外去寻找配偶。这种等级划分是天生的,没有哪一个想要刻意去违背。

马族使用前蹄的中空部分,就好像人类使用自己的双手一样。它们的工具用燧石做成,因为他们还不了解金属,但它们可以制造木器和陶器,游客可以把它们的木器和陶器买来当作纪念品。

马族生活在低矮的长方形屋子里,这样的房屋茅草为顶,房间面积大,光滑的泥地板,饲料架和马槽占据了屋子的整个长度。这种住宅的结构采用一种挺拔的大树。这种树很特别,长到 40 年后,树根就会松开;一阵大风就可以把它刮倒,这样,大树的树干被收集到一起,按照一定的间距插进土里,然后把燕麦秆和树枝条编织在树干之间。整栋住宅的房门和屋顶也是这样建成。

马族的成员不会生病,如果遭遇事故,用疗效最好的草药就可以把它们治愈。大多数马可以活到 70 到 75 岁,有些甚至可以活到 80 岁。老死的过程通常很漫长,但无痛苦。它们大多能准确地预知自己会在什么时候死去。在生命的最后 10 天里,它们会去看望朋友和邻居,向它们庄严地告别。它们的心情很平静,就好像仅仅是离开这里,到遥远的地方去度过自己的余生。在它们的语言里,“死亡”表示“回到自己的第一个母亲那里”。这是对它们的宗教本质的一种暗示,某些观察者把它与地球上其他地方的地母崇拜相联系。死去的马被埋在最黑暗的地方。

婚姻对马族来说是头等大事,它们会精心安排婚姻,以防削弱自己的宗族。它们的婚姻由朋友或父母来安排,其基础不是浪漫的爱情和本能的冲动，而是理性的完美和力量。尽管缺乏浪漫，马族的夫妻之间友好而和谐，通奸可以说闻所未闻。为了避免繁衍过快，马族决定每对夫妇只可以生两个小马驹，不过做奴仆的马可以生 3 个，为的是更好地料理主人的家务。如果一对夫妇生了两匹小雌马，其中一匹雌马可以用来换一头小雄马，前提是小雄马的父母已经有一匹小雄马了。如果丢了一匹小马驹，或某个准妈妈错过了育龄期，代表大会可以批准她领养一匹小马驹。

在慧骃国，雌马和雄马接受同样的教育，教育的基础是勤劳、锻炼和清洁。各地区的小马驹一年要进行 4 次赛跑或其他方式的体能训练和比赛，对获胜者的奖励是一首赞歌。它们一周只有几天可以吃到燕麦粥和牛奶(这是成年马的标准食物)，这样的饮食一直持续到 18 岁。在这之前，它们早晚都是在父母的监视下去地里吃草。如果游客是带着孩子来这里的，又不想被孩子打扰，他可以把孩子留在这充满田园牧歌式的环境里。

马族的语言很像高地德语，但比高地德语更古雅。它们没有书面语，只有口语。它们的语言里没有表示邪恶的词汇，而这样的词汇和概念在地球上的其他地方比比皆是。慧骃国里看不见战火，听不见政治纷争，它们最多只会说一句“不是那样的”，类似英语表达中的“你撒谎”。

慧骃国计算年份的方式依靠太阳和月亮的运转，这种计算不再细分为周和日。马族懂日蚀和月蚀，它们掌握的天文学知识仅此而已。

在慧骃国这片祥和的土地上，马族不是唯一的居民，其他动物还包括一种掠食鸟纳伊(gnnayh)；一种野鼠鲁姆(luhimuh)；一种像燕子的大鸟尼哈恩(lyhannh)。慧骃国也养牛，牛主要是用来产奶；猫是它们的宠物。然而，除了马族，这里最重要的动物是雅虎(Yahoos，参阅“布罗迪之国”)。雅虎长得很像人，头部和胸部长满缠结在一起的毛，脊椎骨下面也有一簇毛，皮肤呈棕褐色，没有尾巴。雌性雅虎的体型比雄性的小，走路时胸部简直可以碰到地面。

雅虎是地球上最讨厌的动物之一，它们似乎天生就喜欢肮脏和污秽。雅虎属于群居动物，它们的头领总是族群里面长得最丑、最畸形的那一个。头领通常都有一个宠儿，宠儿的任务是舔主人的脚和屁股，并把雌雅虎赶进主人的窝棚。所有的雅虎都讨厌那个宠儿，因此它不得不跑回去与主人同住，寻求主人的庇护。一旦主人找到一个更糟糕的动物，这个宠儿就会被抛弃。这样的事情一发生，所有的雅虎就会攻击那只被抛弃的宠儿，在他身上撒尿拉尿，弄得他全身肮脏不堪。

与其他的野兽一样，雄雅虎也是共同占有雌雅虎，从而形成一种不固定的夫妻关系。在慧骃国的居民中，只有它们才会遭受疾病的折磨，为此它们焦虑不安。

雅虎身体强壮、行动敏捷，特别擅长游泳和爬树。它们好像讨厌其他动物，内部也经常发生纷争，对待自己的同伴非常粗暴，经常把对方抓伤。它们总是为了抢夺食物而互相争斗，即使食物很充足的时候也会如此。雌雅虎极其好色，尤其是年轻的雌雅虎，经常在雄雅虎之间挑起是非。

雅虎特别喜欢一种发光的石头，地里有时候可以找到这样的石头。为了找到这样的石头，雅虎经常要在地里刨挖好几个小时。它们把这种发光石收集起来，然后埋了，尽管这些石头本身并无什么价值。但如果这些藏起来的发光石被盗走，那可是雅虎所遭受的最坏的事情。

雅虎见什么吃什么，树根、死驴、狗，概不例外，尽管它们自称更喜欢吃偷来的食物；他们说这样的食物更好吃。它们也极其喜欢一种稀罕的多汁的根茎，会不停地吃这种根茎，醉了就倒在污秽的泥地里。

雅虎从哪里来的，这始终是一个谜，但好像它们也不是这里土生土长的。从历史上看，它们是从大洋对面自己的家园里被赶出来的；其中两只雅虎来到高山上，从此变得比自己的同类更加堕落，而且繁衍更快，曾几何时，它们的数量足以控制慧骃国。为此，慧骃国开始有计划的猎杀它们；如今，雅虎被关进窝棚里，被当作苦力使用。

慧骃国的马类非常讨厌雅虎，但凡使用雅虎作后缀的词，都表示否定的含义或贬义。因此，邪恶的房屋就被形容成“Ynholmhn-mrohlnw-Yahoo”。游客有时会被马族邀请去猎捕雅虎，如果是这样，游客最好不要答应。

乔纳森·斯威夫特，《走进世界上的几个偏远民族》

玄州 | Hsuan

中国北海之中，方圆七千二百里，仙伯真公所治，饶金芝玉草。

游客也许想知道，征和三年（公元前 90 年），汉武帝至玄州，当地人送四碟薰香，大如雀蛋，黑如桑椹。两年后，长安城遭遇瘟疫。汉武帝燃薰香，死不足三月者皆复活。熏香味数周内挥之不去，期间无人死亡。

参观者若发现薰香，请务必小心，因为复活者（除少数典型的情形之外）可能造成更大的悲剧。

东方朔，《海内十洲记》(Tung-fang Shuo, *Accounts of the Ten Continents*, Ist cen. BC)

胡拉克城 | Hulak

建在一个古老的弹坑里，坐落在巴西的克桑古河附近，南纬 10 度，西经 55 度。胡拉克城里住着胡拉人，他们是白种人，据说来自亚特兰蒂斯。胡拉男子身材矮小、头发金黄，身穿蓝色丝绸长衣；女性胡拉人比男性更强壮，更擅长使用无线电广播。她们发明了一种致命的蓝光，专门用来吓唬敌人。然而，年轻的英国探险家阿兰·乌特鹏捕捉了这种蓝光，并把它用来对付胡拉人，500 胡拉人最后只剩下 13 个。当然，300 多年前发生的一次大地震也毁了不少胡拉人。

参观者会发现，今天的胡拉克城是一座令人愉快的城市，城里的建筑规模庞大，高约 400 英尺，都是直接从红色岩石上凿出的。

城里的大寺庙特别值得一看。这座寺庙拥有壮观的金色磁盘,金色磁盘上嵌着宝石,据说被用来描绘太阳。

布瑞吉斯,《神秘的城市》(T. C. Bridges, *The Mysterious City*, London, 1928)

羞辱谷 | Humiliation, Valley of

介于艰难山和死荫谷之间。许多人都说这个山谷里充满了邪恶,但这里却是土壤最肥沃、氛围最祥和的地方。谦卑的人们开垦了富饶的农田;羊群在山坡上吃草。羞辱谷里没有什么娱乐活动,是最适合冥想的地方。过去,这里有天城之王的乡村家园,那个时候,人们还能在山谷里看见天使,在草地上能找到珍珠。

约翰·班扬,《天路历程》(第一部、第二部)

驼背岛 | Humped Island

参阅巴萨德岛(Bossard)。

驼背岛 | Hunchback Island

位于太平洋,距离加拉帕戈斯岛不远。

除了南部喜欢旅游的荷兰人,驼背岛其他地方的居民都是驼背。驼背们认为背不驼是一种“自然的耻辱”。国王多索葛洛伯斯克八十世统治期间,欧洲人才开始知道驼背岛。驼背岛上的称谓都按照其职业的特征。比如,国王叫“独立”,大臣叫“谦恭”;战士叫“人性”;法官叫“正直”;女士叫“严格”。驼背岛主要出口铁和骆驼。

皮埃尔·德方丹神甫,《新居利维或居利维船长之子让-居利维之旅》

饥饿城 | Hunger City

参阅翌日岛(Morrow Island)。

胡尼亚共和国 | Hunia

参阅布里特瓦共和国(Blitva)。

胡-亚特-胡岛 | Hur-At-Hur

参阅卡伽德帝国(Kargad Empire)。

胡鲁比尔帝国 | Hurlubiere

西欧一个地域辽阔的大帝国,首都胡鲁城规模庞大,皇宫所占的面积几乎与巴黎一样大。皇帝名叫胡鲁布卢,是赫赫有名的胡鲁伯卢家族的直系后代,又叫玛尼发发大帝。这个王朝沿自圣蝙蝠,为使皇帝及其臣民得到凉爽而适合安睡的夜晚,圣蝙蝠每夜张开巨大的翅膀为他们遮蔽日光。

除了那场荼毒近百万生灵的宗教战争,我们对这个帝国知之甚少。而关于圣蝙蝠的由来,胡鲁比尔帝国两个最伟大的哲学家鲍鲍拉凯(Bourbouraki)和巴巴若科(Barbaroko)各持己见。一个认为圣蝙蝠是从一只白蛋里孵化出来的;另一个认为这个蛋不是白色的,而是红色的。玛尼发发大帝试图调和这两种观点,他说这只蛋外面是白色,里面是红色;或者说外面是红色的,里面是白色;然而,各大教派的成员并不接受这种说法。最后,朝廷弄臣,一个外国人博尼奎特证明,圣蝙蝠根本不是从蛋里面孵化出来的,它应该属于胎生,与人类同形同性。

自此,大家不再争吵,当着沸腾喧嚣的人群,玛尼发发大帝砍了那两个哲学家的头。今天,参观者再也找不到这场血腥的宗教纷争的任何痕迹了。

夏尔·诺迪埃,《喧闹的大游行》(Charles Nodier, *Hurbubleu*, *Grand Manifafa d'Hurbubière*, Paris, 1822)

卫生城 | Hygeia

一座 1876 年建造的模范城市，旨在改善人类的健康状况和最大限度地延长人的寿命，从而把人类的死亡率降到最低。

作为国际知名的制造业生产城市，卫生城拥有声誉极好的公共游泳池、土耳其浴室、运动场、图书馆、寄宿学校、艺校、演讲厅，以及其他一些有益人类身心健康的娱乐设施。

这座城市最有趣的特点是，所有设施的宗旨都是改善市民的健康。卫生城坐落在一条大河的东北方向；大河为这座城市提供了干净的水源，河水需要经过仔细的过滤，而且每日还要测两次纯度。如果需要的话，还要在这样的水里添加臭氧。

卫生城呈网格状分布。3 条主要的林荫道由东向西，成直角与重要的林荫道交会。次要的林荫道与大林荫道平行。卫生城街道很宽，两边绿树成荫，街面上铺着柏油木板，两侧是人行道，用灰白色的石板铺成；人行道平整干净，上面没有小坑，没有浅沟，两边有明亮的路灯，通风设施非常好。地铁位于交通繁忙时不可通行的主林荫道的下面。

卫生城的人口约有 10 万，他们住在两万栋房屋里，占地 400 余亩，人口密度每平方亩 25 人。商业区的房屋有 4 层，其他地方只有 3 层。所有房屋高不过 60 英尺，建造在街道背后，不会遮挡街面。每栋房屋都建造在地铁的正上方，有坚固的砖石拱门作支撑。

城里的地下通道用来排水、埋藏天然气管和水管，同时也帮助改善城市的通风状况。卫生城没有地下室和地窖；房屋之间全是花园，公共建筑的周围全是绿树，为城市的健康和美丽增色不少。

卫生城的建筑采用抛光的有色砖；颜色的选择取决于主人的喜好。这样的砖很好看，墙上无需再贴墙纸，因此墙壁不易受潮。砖面上有小孔，透气性好，新鲜空气通过一侧的小孔进入室内；如果需要，室内还可以加热。

卫生城的房顶略呈拱形，上面铺着沥青或瓦片，四周竖有铁栏杆，大多数屋顶都被用作花园。厨房正好位于屋顶下面，避免油烟满屋子弥漫。大多数房屋里都有升降装置，用来将饭菜送到餐厅。

每间屋里都提供冷热水。卧室的通风状况良好、阳光充足，每个人可以居住的空间是 1200 立方英尺。卧室里不摆放不必要的家具。垃圾通过通风井运到地下通道的垃圾站。穿过一道滑门就可以到达每一层的通风井旁。厨房和浴室的地板用光滑的灰瓦铺成。客厅采用木地板，隔板使用结实的橡木。

卫生城有 20 家医院，专门负责卫生保健，每家医院负责 5000 人。所有的医院都按照统一的模式修建，独立的入口很宽，入口两侧是护士长和常住医务人员的卧室。侧翼是一条通道，玻璃为顶。每翼有 12 间病房，如果需要，这些病房又可以分成独立的小病房。更远处的病房朝着花园，各带一个休息间，里面可以住两个护士。门诊部的格局很像英国伯明翰的女王医院。

身患传染疾病的孩子分开住。医院采用蒸汽加热，并通过电线与消防、工厂和公共机构保持联系通畅。医院还为孩子和老年人提供住处，从建筑结构来看，这些房屋很像普通的卫生院。

由于良好的城市规划和医疗设施，婴儿多发的疾病、斑疹、霍乱及伤寒症都已经得到根除；其中包括酗酒引起的所有疾病。患肺结核的可能性也因对污染的控制和通风的改善而大大降低。

卫生城的公墓位于郊区。墓地经人工处理，由上好的碳土和速生植物构成。死者被埋在土里之前，身上只穿寿衣或躺在柳篮里，目的是让尸体腐烂得更快。坟头上没有单独的标志，只在纪念厅里立一块大纪念碑，纪念这里被掩埋的每一个死者。

工厂和私人住宅都需要预防污染。所有的烟囱都与中心通风道相连，烟尘直接被吸进通风道。在被排放到空气中之前，所有的烟尘都必须经过煤气炉的再燃烧，从而烧尽其中的余碳。这样做的成本非常低，城市也有效地避免了烟雾和污染带来的污染。

为了避免住宅区的商业活动，某些街区允许工匠和技工进入，从而减少了把居住区当作商铺的不良影响。

水和天然气由当地有关部门控制。由于生水不适宜饮用,城市供应便宜的蒸馏水,解决了参观者的饮水问题。政府的臭氧发动机生产臭氧,用作消毒剂。如果参观者需要烟和酒,最好随身带上,卫生城不卖这些商品。

本杰明·理查森,《卫生域》(Sir Benjamin Ward Richardson, *Hygeia, a City of Health*, London, 1876)

极北地区 | Hyperborea

一个果实累累的愉快之地,可能位于苏格兰的北部。高高的悬崖很像女人的身体,形成通向极北海洋的海峡入口的两翼。参观者最好不要在晚上到达极北地区,因为这些悬崖夜间会复活,会毁掉过往这里的所有船只。

极北地区的太阳每年只升起一次,那是在仲夏之时,深冬时再落下去。居民早晨播种,中午收割,日落时采摘果子,晚上回洞里歇息。他们把采来的第一批果子献给太阳神阿波罗。

极北地区的居民不知道什么叫悲伤。他们可以选择自己的死期,到了这一天,他们会大办宴席,欢欢喜喜的庆祝这个特别的日子,然后就从悬崖上纵身跳下,结束自己的生命。

极北地区的跳岩

极北地区高山上的昆虫多如云朵,尤其是蝴蝶,都是那些覆盖山麓的不寻常的植物直接产生的。四条富含鱼类的大河流经极北地区郁郁葱葱的草地,河岸上随处可见青蛙,居民把青蛙当作高级美味,尤其是双头蛙,据说可以带来好运,有助生育。极北地区的森林里生长着许多古树，长得像怪物和人类，此外还有成群的独角兽和独角鸟。

老普林尼，《自然史》；老普林尼，《发现自然》

伪君子岛 | Hypocrisy Island

参阅察尼夫岛（Chaneph Island）。

依安库姆岛 | Ianicum

参阅拉米亚岛(Lamian①)。

伊邦斯克城 | Ibansk

坐落在东欧的广阔平原上，是华沙和乌拉尔山脉的中转站。我们不知道这座城市究竟有多大，这里的居民究竟有多少，但据说它占地面积极其广阔，横跨欧、亚两大陆。城里的很多居民都叫伊巴诺夫。

经过伊邦斯克城科学家的不懈努力，城里的居民都要比其他欧洲人和亚洲人高出一头。这也要归功于进步的历史环境、公正的理论和明智的领导，使伊邦斯克城的市民可以从历史的角度审视彼此的行为。市民有时候在不知不觉中就完成了这一点，有时并没有参与就完成了，抑或根本不能完成这个行动之时就已经完成。

伊邦斯克军事飞行学院建筑被公认是这座城市里最美丽、最恢弘的建筑，甚至在拉丁美洲和非洲的一些国家还能找到印有这所学校建筑的邮票。这所学院建立于大战前，由最早的 3 栋旧房子改建而成。这 3 栋旧房分别是几乎被遗弃的贵族公馆；没有完工的商人住宅和一座犹太教堂。在亲眼目睹了这栋建筑结构之后，资产阶级现代主义者科布塞尔(Le Corbusier)②说，现在他没什么可做的了，于是他回了家。著名的艺术评论家伊巴诺夫在他的"我为什么不是现代主义者"一文中引用了此事，并指出，没有哪一个伊邦斯克市民会怀念他。

---

① 原文中，这个词条在后面的拼写是 Lamian。

② 瑞士裔法国建筑学家和作家，现代主义学派最有力的倡导者，他设计了大量的功能主义混凝土建筑和高楼住宅区。

军事飞行学院建筑的主要特点是它拥有两个正面。这种建筑风格非常独特，许多游客乃至伊邦斯克城的部分市民都会认为这是两栋建筑。因此，在战争爆发之前，政府将这栋建筑交给两个完全不同的组织托管，它们是航空俱乐部和肉联公司，结果冲突爆发。双方领导人开始准备对于彼此都很关键的材料，结果两人都被逮捕。后来，其中一个组织用完了原始材料，这场冲突借助纯粹的理论得以正确的解决。哲学家伊巴诺夫在《伊邦斯克城及周围地区的敌对势力的联合与冲突》一书中引用了这一经典案例，从而证明在伊邦斯克城，一般矛盾不会升级为敌我矛盾，而是会通过某些事件的影响力得到解决。

如果一个游客面朝军事飞行学院的正对面，背对伊邦斯克城的主要河流伊巴努奇卡和水电站，他就会立刻明白哲学家伊巴诺夫说得太对了。就在学院的开幕式上，伊巴诺夫说，在这个刚刚启动的辉煌的将来里，甚至所有的工人都能住进这样一个金碧辉煌的宫殿。学院建筑的那个正面装饰了 900 根大圆柱，几乎采用了世界建筑史上的所有风格。屋顶上是一簇耸入云霄的小塔楼，构成一个整体；这是对不可模仿的幸福的伊班德教堂的圆屋顶的完美模仿。伊巴诺夫惊叹于这栋学院建筑的美丽，他在半年刊 *Aurora Bore Orientalis* 的社论部分这样写道，“面对这绝世的美丽，我们只能屏神静气、驻足凝视”。一个名叫伊巴诺夫的学生会委员刚好瞥见了这栋建筑的美学结构，他认为这样的建筑结构完全不适合普通人居住。在小心翼翼地端详了一位民族英雄那足有 3 层楼高的雕像之后，他悄悄地对一个名叫伊巴诺夫的学生说：“我们最终还是超越了希腊人，至少我们每个人所拥有的圆柱子比他们多，可以说，我们现在变成了世界上最强大的圆柱子强国了”。那个名叫伊巴诺夫的学生把他的话报告给官方，于是那个诽谤者的命运就在那晚熄灯钟敲响之前被决定了。

军事飞行学院建筑的设计师们犯了一个小小的错误，但这个小错误却在厕所现实主义文学发展方面扮演了一个重要角色。设计师们没有考虑厕所的位置。后来人们才明白这是故意的，这些建筑设计师故意这样做的,因为按照一个错误的理论,开始阶段应该排除厕所;设计者们坚持了这种谬论。于是作家伊巴诺夫说了一句让人记忆深刻的话:“如果有人被抓住,就要被排除在外”。直到航空俱乐部接管这栋建筑以后,这个问题才被发现。于是航空俱乐部不得不在一个院子里补建了一个简易小厕所。这个院子距离这栋建筑比较远,比其他地方堆放的垃圾要少些。学院不得不给学生每天两小时的时间去上厕所,按照每人每隔 3 小时 10 分钟上一次厕所来计算。这种计算完全依据经验所得,后来借用现代乘法表,为它提供了一个理论基础。不过,天黑之后,去上厕所就是一件很冒险的事情了,因为学生的制服会被弄脏。慢慢地,学生白天也不太去上厕所了。后来修了一条路,但修得太晚了,学生已经习惯在院子的垃圾堆解决问题,那个简易小厕所渐渐淡出了学生的视线,变成了多疑而孤独的知识分子表现自我的地点;这些人的行动常常遭到严密的监视。

在军事飞行学院的正面前方,参观者会发现一位民族英雄的雕像,这尊雕像比现实生活中的人大得多;这位民族英雄是一个领袖。雕塑用结实的链子固定在花岗岩的底座上,长时间以来,那些结实的链子被认为只是装饰性的。令人意想不到的是,底座开始往下降,雕塑也开始向前倾斜,其倾斜度超出了官方认定的最大限度,就好像这位领袖的那只硕大无比的鼻子迟早会扎进伊巴努奇卡河;负责这尊雕像的那个雕刻家因此获罪。

伊邦斯克城的历史由如下事件构成:那些根本没有发生的事;那些快要发生、结果由于某种原因而在关键时刻没有发生的事;那些希望发生却没有发生的事;那些不希望发生却又发生了的事;那些在错误的时候、错误的地方、以错误的方式发生的事;那些已经发生了但官方不承认已经发生的事;那些发生了、也已确切证实发生了、然后却不被接受的事。伊邦斯克城的这种历史似乎是美丽的鲜活例证,就像 1950 年国家图书馆的馆长在布宜诺斯艾利斯中对美丽的界定。这位智慧的老人说:“幸福的各种状态、神话、被岁月雕刻的脸庞、某些黄昏,以及某些地方,这一切都想告诉我们某种事情，或已经告诉我们本不该错过的某种事情，或将要告诉我们的某种事情：这种没有发生的启示之紧迫性也许就是一种美学事实。”

季诺维也夫，《裂口的高地》(Aleksandr Zinoviev, *Ziyayushchie Vysoty*, Lausanne, 1976)

伊卡拉城 | Icara

伊卡瑞亚共和国(Icaria)的首都。

伊卡瑞亚共和国 | Icaria

可能位于地中海，一片狭长的海域把这个共和国与玛沃尔斯王国(Marvols Country)隔开。这个国家禁止那些想到这里来做生意的游客，只有那些希望把伊卡瑞亚共和国的智慧理论带回去的人才被允许入内。入境之前，游客必须支付一笔钱，这笔钱的数量相当于他在这里所花的时间，但以后不必再交钱，而且这里其他的一切服务都是免费。伊卡瑞亚共和国不设防，也没有海关官员；这些被认为是不体面的职业。

伊卡瑞亚共和国的一栋城市建筑

伊卡瑞亚共和国的主要景点就是首都伊卡拉城(Icara)。伊卡拉城集中了世界上每一座最漂亮城市的精华。马厩、医院、面包店、工厂和仓库都建在市郊，居民区位于市中心，市中心的街道干净整

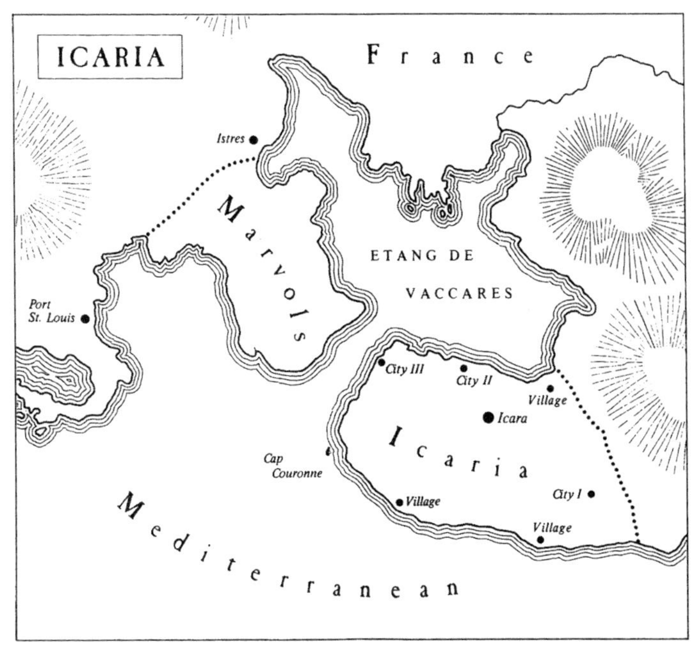

伊卡瑞亚共和国

洁、宽阔笔直。所有的住宅都建有许多阳台，这样的住宅都不超过4层。每栋房屋都带有一个美丽的花园；为了城市的美丽，侍弄好自己的花园是每个公民的权利，也是他应尽的义务。伊卡瑞亚共和国实行共产主义。伊卡瑞亚共和国负责管理公共事务，法律由公民自己制定，依据的是公民的需求和良心。

伊迪尼·卡贝，《伊卡瑞亚旅行记》(Etienne Cabet, *Voyage en Icarie*, Paris, 1839)；伊迪尼·卡贝，《伊卡瑞亚创建者的演讲》(Etienne Cabet, *Adresse du fondateur d'Icarie*, Paris, 1856)

艾希公国 | Ici

又叫“赫里公国”(Here)，一座宫殿式公国的废墟，位于红海的埃及海滨。今天到这里来的游客会发现，有必要熟悉艾希公国

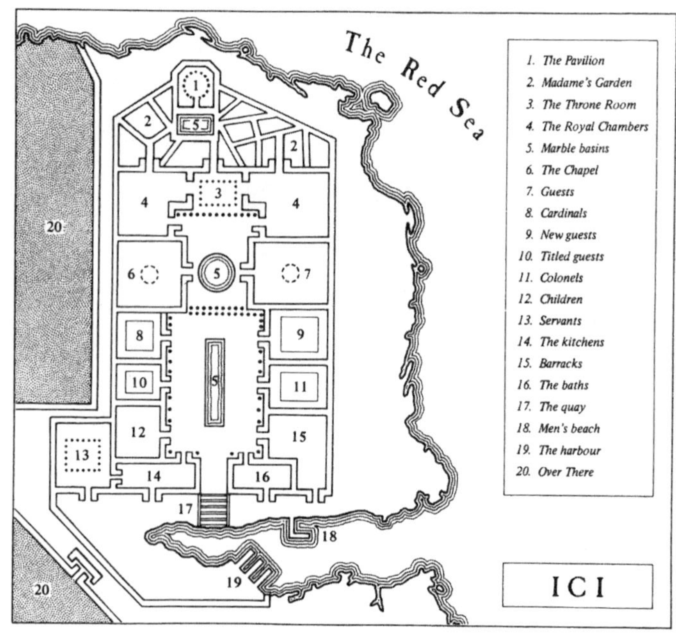

艾希公国

那段短暂而悲惨的历史，它惊人地展示了 20 世纪一些著名历史人物的生与死。

大公爵夫人奥尔加殿下是俄国最后一个沙皇尼古拉二世的大女儿，与其他家族成员不同，她没有遭到谋杀。直到 1917 年底，在她的法国女教师维拉·鲁波夫的帮助下，奥尔加成功逃出囚禁他们一家人的扎斯科耶-塞罗宫。在这场内乱中，两个女人四处漂泊，3 年后来到罗马尼亚，受到奥尔加的表妹马瑞亚王后的热情接待。由于早年喜欢冒险和堕落的生活，奥尔加爱上了罗马尼亚的年轻官员康斯坦丁·科密诺。科密诺自称是拜占庭的最后一个皇帝，他们盼望沙皇复辟，渴望再次征服拜占庭帝国，但他们没有获得政治方面的认可。在忠心耿耿的法国女教师的陪同下，奥尔加和康斯坦丁从罗马尼亚辗转来到伦敦，又从伦敦辗转来到柏林；他们依靠不正当的手段维持生计，尤其是伪造公文。

他们以前苏联共产国际主席季诺维也夫的名义，给英国工党写了一封有名的信，英国首相鲍德温利用这封信打败了工党，最后大获全胜。奥尔加还想出一条妙计，她要敲诈英国政府，威胁鲍德温，扬言要说出真相，指出鲍德温的胜利不过是一封假信的结果。为了避免这个丑闻，鲍德温答应把俄国皇太后送给英王乔治的那些珠宝送给奥尔加，但条件是奥尔加等人必须永远从欧洲大陆消失。然而，那位法国女教师鲁波夫被葛吉夫的那些秘密发现迷住了，于是她决定留下来，住在好朋友的乡下住宅里，只有奥尔加和康斯坦丁于 1925 年初离开欧洲，去了埃及。

那时候，亚历山大城里住着一位杰出的年轻人，名叫菲利克斯·若罗，是康斯坦丁的好朋友，天生贪恋皇权和享乐。为了表示欢迎，埃及福阿德国王把自己的蒙特泽城堡的一间阁楼送给了奥尔加，菲利克斯和康斯坦丁毫不费力地说服奥尔加，把这间楼阁变成了一个赌窝。很快，这里就会聚了亚历山大城里的各路精英，这其中有大臣、苏伊士运河的管理人员，甚至还有埃及国王本人。他们在这里一掷千金，觥筹交错，丑闻实实在在地威胁到了亚历山大城的贵族制度。

当时，贝德福德公爵的表兄帕夏是埃及的警察局长，他建议埃及国王赐给奥尔加一块地，但这块地最好距离亚历山大城越远越好。奥尔加是这块土地的绝对统治者，她可以在这里恣意挥洒自己的激情，接待自己的朋友，只要不威胁埃及王国的利益就行。

1860 年，卡迪阿巴斯在红海一座小岛上建造了一座宫殿，这座宫殿处于半荒废状态都好些年了。

奥尔加很想创建自己的公国。她看到那座庞大的宫殿时高兴极了，尽管当时的宫殿已开始遭受到沙尘暴的侵袭。奥尔加把自己的地盘叫作“艾希公国”。然后，她召来 100 个农夫，清扫宫殿的各个房间，重修宫殿的屋顶、露台和花园。但她遇到了一个很现实的问题，这一带缺水，距离这里最近的泉水至少也有 30 公里远，位于山岩背后的一个小海湾。许多世纪以前，古埃及人的后裔科普特人在那里建了一座修道院。通过巧妙使用美人计和无耻的威胁，奥尔加决定让修道院的和尚搬走，把他们撵到亚历山大城以东的荒漠里，与那里的弟兄同住在纳图绿洲。奥尔加的公国花费巨资运水；很多工人中暑或患上严重的疾病。经过 3 个月的千辛万苦，水流过了宫殿院子里的小树林，流过许多房间，沿着土耳其式澡堂的墙壁流进了大理石浴盆。

埃及国王的舅舅很喜欢奥尔加的公国，甚至超过对自己家园的喜爱。他送给奥尔加昂贵的家具，奥尔加又花美金从苏联人那里买来俄罗斯帝国时期的一些贵重东西，比如油画、书籍和其他的小玩意儿，都是奥尔加小时候在帕夫洛斯克宫和扎斯科耶-塞罗宫殿里就非常熟悉的东西，如今，这些东西又回到了它们的合法主人手里。奥尔加雇佣了一群仆人；男仆身穿白色长袍，上面绣着金色的帝国之鹰；女仆几乎一丝不挂，她们来自天主教学堂，持有最好的推荐信。

当一切准备就绪的时候，当花园墙上的第一批鲜花盛开的时候，当宫殿里挂起镜子的时候，菲利克斯·若罗把从太阳城到佩特拉城的所有最腐败的人都邀请到了艾希公国。甚至放荡的外国人也来到奥尔加的宫殿里。印度总督更是奥尔加宫里的常客，此外还有来自拉丁美洲的政客，他们的名字最好被忘记。奥尔加带着一个真正君主的傲慢神气，请这些人随意选择自己的伴侣，都是一些经过专门训练的年轻女子或不知疲倦的黑人男子。

在俄罗斯帝国徽章（黄色原野里的一只黑鹰）的映衬下，奥尔加的宫廷简直变成了一座豪华妓院。异装癖成为艾希公国的一种时尚，宫女打扮成绅士，绅士打扮成宫女。当时，艾希宫廷里的名人有英国作家托马斯·劳伦斯（据推测，他没有在一次摩托车事故中丧生）、诗人莫里斯·萨奇（他逃过了汉堡发生的爆炸案）、英国小说家毛姆、法国女作家科莱特、意大利编剧马拉帕泰、男爵夫人卡伦·布利克森、几个维也纳籍犹太人、几个纳粹党人、美国作家杜鲁门·卡波特（由一个替身扮演，如今住在美国），以及许多其他身份的人。即使是在纳赛尔总统执政期间，艾希宫廷的生意也是异常兴隆，因为奥尔加负责纳赛尔总统的部分军事开支。

艾希公国的生活属于18世纪的欧洲宫廷风格。电灯被当作人类的一大罪孽，艾希宫殿里只可以点蜡烛和油灯。图书馆里的藏书也是如此，其中包括18世纪的所有小说家的作品、18世纪初的传记和三流作品，不包括20世纪出版的书籍。艾希宫里禁止使用日历，只提一周几天，不可说某年某月。

奥尔加不希望自己的宫廷受到母爱的影响，婴儿一出生就被交换抚养，被培养成舞蹈演员或歌手，帮助艾希公国谋取财富。艾希公国的踢踏舞者名声远扬，甚至连比利时人控制的刚果都知道他们；对于艾希公国的合唱歌手，从荷兰到波斯都有需求。艾希公国的年轻女子被卖到世界各地，甚至利用她们换取印度的大麻和鸦片。

艾希公国不接待出身贫寒的人、身患疾病的人和老人，这些人都会遭到驱逐，被驱赶到拉-巴斯，或者叫那边，即宫墙背后的一块荒地。他们的生活悲惨而肮脏，为艾希公国的体面人干着繁重的体力活。终于有一天，他们不愿意再这样忍受下去，他们挖了一条直通奥尔加宫殿的地道。接着，在发现了红海石油之后，纳赛尔总统决定重新控制那座小岛，于是他怂恿这些穷苦人起来造反，他们扑向艾希公国，屠杀了公国里所有放荡堕落的人。

还有最后一个秘密；诗人莫里斯·萨奇被奥尔加的一个小情人杀死之前，道出了这个秘密。其实公爵夫人不是奥尔加本人，而是爱冒险的女教师鲁波夫，奥尔加早在1924年就死了，鲁波夫装扮成奥尔加的样子控制了艾希公国。如果去艾希公国，参观者会在一座荒唐的俄罗斯教堂里找到相关证据，证明这种说法确凿无误。这座教堂用大理石建成，圆屋顶用的是黄金，教堂里有一个模糊的拜占庭镶嵌图案，上面写着："献给维拉·鲁波夫女皇。"

菲利普·朱利昂，《逃往埃及》(Philippe Jullian, *La Fuite en Egypte*, Paris, 1968)

伊德斯地区 | iDeath

一个小型的乡村共同体，位于美国某地。大多数人都住在镇上，但也有人宁愿住在郊区的小屋里，到城里去只为吃饭。共同体的成员轮流做饭，一起用餐。村里的农作物只有西瓜，实际上西瓜替代了一切。西瓜被送到西瓜加工厂，用火烹煮到只剩下糖分，然后做成居民拥有的一样东西（他们的生命）的形状。西瓜糖在太阳下晾干变硬；这里随时可见各种颜色的西瓜糖条：红色、金色、灰黑、白色、棕色和蓝色。许多小屋完全用西瓜糖做成，甚至窗户也是西瓜糖做的，这种窗户非常透明，很难把它们与玻璃窗区分开来。西瓜糖与从鲑鱼身上提取的油混合，可以做成一种香精，这种香精能发出干净而宜人的光亮，用来照明。

伊德斯地区唯一的副业是，饲养河岸上的鱼苗孵化场的鲑鱼。这个养殖场是用西瓜糖和从附近山上采来的石头建的，地面用漂亮的瓦片铺成，瓦片之间结合得非常完美，似乎是按照音乐节奏镶嵌的。

出于某种原因，这个地区装饰着各种各样的雕塑，表现的是居民喜欢的东西。比如这里有 20 到 30 尊不同形状的蔬菜雕塑，比如马铃薯和洋蓟，雕刻在西瓜糖上面。

这个地区还有最独特的一点，太阳的颜色在一周 7 天各不相同；这样的颜色决定了种植和收获的西瓜的颜色。颜色顺序如下：

星期一：红色
星期二：金色
星期三：灰色
星期四：黑色
星期五：白色
星期六：蓝色
星期天：棕色

黑色西瓜很甜，特别适合用来做不发声的东西，比如无声闹钟。

这个共同体的葬礼也很独特。死者穿上西瓜糖做的长袍，脖子上戴着磷火串珠,因此他们的坟墓里会发出永恒的光。死者躺在饰有玻璃和小石头的松木盾形物上面,然后被抬到河边。一个玻璃轴被沉到河里,送葬队伍把尸体送到河床,然后把尸体放进一个玻璃墓穴里。举行葬礼时,人们通常会在河边的养殖场翩翩起舞。

游客会发现这个共同体的生活宁静而祥和,成员之间的交往很随意,很多人甚至没有固定的名字。共同体的报纸每年只出版一次。

然而,在过去,这个共同体也遭受过痛苦。多年来,他们总是受到老虎的伤害,这些老虎会说话,而且声音甜美,但极具破坏力,共同体的成员不得不决定捕杀老虎,直到剩下最后一只为止。这最后一只老虎在山上被杀死,尸体被带到鳜鱼养殖场,浸在西瓜油里,然后烧毁。

共同体最终遭到分裂,一部分人留下来,定居到一个距离城市比较远的奇怪地方,这个地方名叫"被遗忘的作品";所有被遗忘的东西都能在这里找到。这些被遗忘的作品绵延几英里长,其入口有一个警告牌,告诉他们如果走进这里,他们会完全迷路。造反派住在这里的破房子里,用他们在附近找到的那些被遗忘的东西酿造威士忌。他们与这里的定居者非常敌对。后来,造反派宣称自残是统治共同体的真正途径,最后他们都死于严重的自残。

理查·布劳提根,《在西瓜糖里》(Richard Brautigan, *In Watermelon Sugar*, San Francisco, 1964)

偶像岛 | Idol Island

位于北美洲的东海岸附近,靠近温克菲尔德之岛。

偶像岛上无人居住,但动物的数量可观。鸟类栖息在海滨地区,其中一种鸟儿大小如鹦鹉,羽毛如彩虹,尾部如孔雀开屏。另一种四足动物的样子也很奇怪,与山羊一般大,腿很纤细,被沉重的身体压得有些弯曲,行动极其缓慢;眼睛大而鼓,牙齿尖利,毛发长，末梢形成许多小发卷，小发卷的大小如榛子，会分泌一种粘液，田鼠很喜欢，经常去咬这种动物，被咬得难受的时候，这种动物就会突然转过细长的脖子，一口吞掉田鼠。

偶像岛上最近只有两个人居住，尽管考古表明，好几百年以前，这座岛上就已有人住了。16 世纪末，一位欧洲绅士被放逐到这里，在这里一住就是 40 年。岛上生活着一种野山羊，行动敏捷，很难猎捕。然而绅士发现这种山羊喜欢一种黄果，如果拿这种果子当诱饵，它们准上钩。在那些日子里，这位具有开拓精神的绅士把自己的生活都记录在日记里，我们从某些日记的片段可以判定，来到这座岛上之前，绅士的生活放荡不羁，到来之后，他不得不面对孤独的新生活；最后变成了一个基督徒。

大约 40 年后，温克菲尔德小姐来到偶像岛；她是弗吉尼亚一个农场主和一位在英国受过教育的印第安公主的女儿。在返乡途中遭到好色的船长的侵犯，因为不从而被抛弃在这座荒岛上。

参观者认为，首先能够整体描写这个地方的是机会和美德的结合。温克菲尔德小姐最初在这座荒岛上的生活容易多了，她找到了以前那位绅士的日记，从日记里了解到哪种野果可以吃，哪种方法可以捕到狡猾的野山羊。

令温克菲尔德小姐感到惊讶的是，这座荒岛上有各种形状的石头建筑，都处于半荒废状态。她还在其中一栋石头建筑里住了一段时间；游客也可以把这些石建筑当作临时居所。其他的建筑里藏着木乃伊，从木乃伊上面的文字来看，他们都已经被保存了 1000 多年了。许多石墓里装着一些献给太阳神的处女的尸体和服饰。附近有一间地下屋，里面放着高级祭司的法衣。这是一种奇怪的长袍，用上好的金片制成，金片拧成网状，或饰有钻石和其他的宝石。走近细看的时候，温克菲尔德小姐发现了一个地下通道，这个地道通向一个中空的金像，很像一个巨人。温克菲尔德小姐认为这可能象征太阳神；金偶像发出的任何声音都被扩大了，温克菲尔德小姐猜对了，这座金偶像通常用来传达太阳的神谕。

温克菲尔德小姐从绅士的日记里了解到，印第安人经常来偶像岛崇拜太阳神，于是决定利用这个神谕，把那些印第安人都转变成基督徒。借金偶像之口，温克菲尔德小姐要求他们放弃太阳神崇拜，转而崇拜造物主，她让那些印第安人明白基本的基督教教义，并且告诉他们会有一个女人来这里继续引导他们。然后，她穿上一个高级祭司的长袍，出现在他们面前，这使得他们相信基督教是最美好的宗教。那些印第安人很喜欢温克菲尔德小姐的布道，邀请她去做他们的女王。温克菲尔德小姐婉言谢绝，但答应做他们的老师，去他们的家乡，即现在的温克菲尔德岛。

温克菲尔德小姐继续帮助印第安人皈依基督教，但也时常回到偶像岛。后来，她看见一批英国海员在偶像岛靠岸，并认出其中一个人就是她的表哥，他是一个英国牧师。温克菲尔德小姐首先站在金像里对上岸的人说话，希望毫不费力地就让那些容易轻信的海员相信，偶像岛上闹鬼，尽管到了最后她还是走出了金偶像，让大家看见了她的本相。可海员们还是不让她登船，她说服表哥，使他相信她说的话都是真的。温克菲尔德小姐有一个计划，她要在温克菲尔德岛上建立一个基督教共同体，作为牧师的表哥对此表示极大的热情。他们后来结了婚，并成功地完成了自己的传教使命。多亏那位船长的干预和忠诚，偶像岛也继承了温克菲尔德小姐的宗教思想，自此，这个兴盛起来的基督教共同体决定不再与外部世界打交道。

如今，游客再也看不见偶像岛上那些古遗址了，一次地震毁掉了许多石建筑；金像也被温克菲尔德之岛的居民毁掉了，因为他们不想继续崇拜那尊偶像。

温克菲尔德，《那个美国女人》或《温克菲尔德小姐探险记》(Unca Eliza Winkfield [?], *The Female American; Or The Adventures of Unca Eliza Winkfield*. Compiled by Herself, London, 1767)

艾菲西岛 | Iffish

一座大岛屿，位于地海群岛的东面。岛上的村庄和小镇坐落在连绵起伏的群山之间;村舍和镇上的房子都以石板为顶。主要港口叫伊斯梅,坐落在北部海滨。小镇上炼制青铜,也有以家庭为基础的小型编织厂,主要生产挂毯。

艾菲西岛的奇特之处颇多,其中一种名叫哈瑞凯(Harrekki)的小龙,有时被人们当着宠物来养。哈瑞凯不及一个小女孩的手长,生有翅膀和爪子。这种小龙生活在橡树上,主要吃虫子、黄蜂和麻雀蛋,是迄今为止在地海群岛东部发现的唯一一种小龙,与地海群岛西面希里多尔岛和佩多尔岛上发现的那些龙是远亲。伊斯梅港的大酒馆就以哈瑞凯为名,为的是纪念这种小龙,生意人和市民经常聚在这里。

艾菲西岛上的男巫叫维奇,他在罗克岛上把吉德培养成了地海群岛最有名的巫师。维奇决定到艾菲西岛上练习魔法,与弟弟妹妹一起住在艾斯梅港的祖屋里,这是一栋宽敞坚实的房子,今天还能看见。

乌苏拉·奎恩,《地海的巫师》

愚人岛 | Ignoramuses, Island of

与指控岛仅一水之隔。

岛民住在一个大酒榨机里,经过50多级台阶就可以进入。这个大酒榨机被其他不同形状和不同大小的酒榨机、为强盗准备的绞刑架和其他无数的刑具包围着。

岛民的主要职业就是生产一种"可以饮用的金子",即一种酒。酿造这种酒所需要的葡萄来源各有不同,比如"公共库存"、"乌鸦的地盘"、"国王的私库"、"王室什一税"、"贷款"、"礼物"或"意外之财"。最好的库存叫"国库"。如果这里的葡萄放在酒榨机里压榨,它们的贵族味儿至少会弥漫6个月以上。据说,压榨机是用真正的十字架上的木头制成的,每一部分都用本国语言写有名称:螺钉叫"收条";酒杯叫"开支";虎钳叫"国家";横梁叫"到期的钱还没有还";支撑物叫"错误的占有";主梁叫"废除";边木叫"恢复";大缸叫"剩余物";双柄篮叫“滚动”;踩槽叫“释放”;葡萄篮叫“宣布有效性”;箩筐叫“被证实的法令”;木桶叫“潜能”;漏斗叫“解除”或“赦免”。

这些岛民又被叫作“愚蠢的人”,因为他们什么都不懂。根据法律规定,岛上一切都由无知的人来管理,理由只能是“阁下说的”、“阁下希望这样”和“阁下规定的”。

愚蠢人遭到别人的厌弃,但愚人岛上的动物更遭人讨厌。一只名叫双倍的大恶狗模样丑陋,长了一对狗头、狼的肚子和魔鬼的爪子。双倍狗吃的是债务人的奶,阁下很喜欢双倍狗,可以用它租一个好农场。双倍狗的母亲叫四倍,长得很像她的孩子,但她有4颗头,两颗为男性,两颗为女性。如果不考虑被关起来的外祖母“拒绝交费”,四倍算是岛上最可怕的动物了。

游客如果要来参观大酒榨机,他会看见一个怪人。这个怪人被链子锁着;他既是一个文盲,又是一位学者,全身罩着一副眼镜,就像一只躲在硬壳里的乌龟。他只吃一种动物,本地语叫“细察账目”。这个怪人名叫回顾,从无法追忆的远古时期开始,他就被锁在这里了,阁下后悔极了,他本来一心想饿死回顾。

弗朗索瓦·拉伯雷,《巨人传第五部》

无知山脉 | Ignorance, Mountains of

位于智慧王国境内,山势崎岖险峻,满地泥泞和青苔;山里多怪物。

比如,“永恒的攫词者”其实是一只鸟。这只鸟不修边幅,有尖利的喙,有时会从他人的嘴里夺取词汇,有时在峭壁上筑窝。“永恒的攫词者”天生应该栖息在语境里,但它在这里住起来很不舒服,因此不大愿意呆在里面。

“可怕的琐事”是无价值工作的魔鬼、徒劳的怪物和习惯的妖怪。他穿得像一个体体面面的绅士,却偏偏生了一张空洞的脸,脸上无眼、无鼻也没有嘴巴。他从未彻彻底底地完成一件事情,他相信所有的小事都很重要,因此做事情总是三心二意;他打一会儿猎又去数鹅卵石，要不就去做另一件毫无价值的事情。

“不真诚的魔鬼”会给参观者设套，他说话总是似是而非，从不算数。

“变形巨人”没有任何形状，因此总想变成自己周围环境的形状：在山上想变成山峰；在森林想变成大树，在城市想变成大厦。“变形巨人”很残忍，因为恐惧一切；他不能吞掉思想，因为思想很难咀嚼。

“妥协三魔鬼”总是转圈儿。无论在什么时候，如果第一个魔鬼说“这里”，第二个就会说“那里”，第三个就会两个都赞同。

“可怕而忙碌的后知后觉”是一群充满仇恨和恶意的蛇发女怪，模样像软壳蜗牛，体形庞大、眼睛贼亮、大嘴湿漉漉的，所到之处都会留下一路的粘液，行动快速惊人。

“傲慢的无所不知”只有一张嘴，总喜欢搬弄是非、假传信息。与“夸夸其谈”一起打猎，“夸夸其谈”的牙齿专用来破坏真相。

“平庸的理由”是一种平庸的小动物，总是不厌其烦地重复同样的理由。看起来对人无害，但若是抓住猎物，他绝不会放弃。

“空中城堡”坐落在无知山的最高峰上，可以通过一段盘旋山间的石梯到达。石梯最下面坐着感官捕捉人，帮助人们寻找那些找不到的东西，倾听那些听不见的声音，品闻那些闻不到的味道。他能偷走人们的目的感、责任感和比例感，却不能带走人们的幽默感，只要人们能够听见笑声。他身穿一件双排扣的礼服，戴着一副厚厚的眼镜；欺骗游客的感官之前，他一定会记下游客的所有信息。

诺顿·贾斯特，《幻想天堂》

想象岛 | Imaginary Island

既不在北方，也不在南方；岛上气候温和，用意大利语说就是节奏适中，因柔软而快乐的空气闻名。想象岛美丽富饶，自然环境胜似天堂，岛上却无人居住。想象岛方圆 100 里格，宽 40 里格，被大理石栏杆围绕，却无人凭栏欣赏海景。想象岛上坐落着两大安全港，港口内却空空如也。第一个港口主要是一块形状如堡垒的岩石，岩石下面是一个露台，像一颗被金色大炮保护着的大钻石。港口的简陋棚屋直接在岩石上凿出，另一栋看得见的建筑很小，使用钻石、珊瑚和珍珠建成。第二个港口使用的全是钢材。

想象岛上的森林也很闻名。这里的森林很美，森林里有桔树林、石榴树林和茉莉花丛，它们的生长速度比欧洲的快 20 倍；森林里溪流众多，纵横交错。想象岛上矿藏丰富，从未有人来开采过，这里有碧玉、红玉髓、蓝宝石、绿宝石、天青石以及翡翠。海滩上的贝壳随处可见，里面能找到珍珠，却无人去找过。想象岛上的动物包括海马、大象、海豚、水仙和歌声动听的美人鱼。森林里住着半人半兽的萨梯，与它们在斯巴罗船长之岛上的那些同类一样谦虚。此外，还有黄色的、黑色的和白色的牡鹿、粉红色的小鹿、小山羊、红蓝相间的马、大象、单峰驼，甚至独角兽，极其常见。到了晚上，各种动物聚集到草地上，与天空的鸟儿和水中的仙女一起吟唱。

灰狗像一位国王一样统治着整个动物世界，为它效劳的有狮子、猴子和狐狸。据说，想象岛上的牛肉和羊肉是世界上最好吃的食物，但从未有人品尝过。如果游客想来想象岛参观，他一定会在这里发现一种蚕，很像中国的春蚕，其数量大得惊人。

蒙庞西埃公爵夫人安娜，《想象岛的故事》(Anne Marie Louise Henriette d'Orléans, Duchesse De Montpensier, *Rélation de l'Isle Imaginaire*, Paris, 1659)

想象王国 | Imagination

一个永远年轻的王国，统治这个王国的是一位仁慈的女王，其感人事迹已经传扬到了国外。女王的大女儿叫故事公主，曾被派去人类王国完成一项使命。到了那里，一群学究气的卫兵不让她进去，因为他们听她的表妹时尚夫人指控她只是一个老处女。故事公主听从母亲的建议，决定一直待在那里，等到那些卫兵睡着了，然后在人类王国的孩子们的帮助下，最终获得了许可。

如果游客想来想象王国，在获得许可之前最好去拜见故事公主。

威廉·豪夫，《女子日历》(Wilhelm Hauff, *Märchenalmanach*, Stuttgart, 1826)

伊姆拉德-莫古尔山谷 | Imlad Morgul

位于摩多王国的影子山脉，曾有邪恶之塔米那斯-莫古尔的守护。莫古尔山谷很深，从东到西倾斜厉害，西面比较开阔。莫古尔都因河流过这个山谷，释放出一种致命的冷气。人们不可能从这条河里取水喝，因为河水污染太严重。莫古尔山谷里有一条路，沿着这条路往前走，就可以来到米那斯-莫古尔塔和刚铎王国的古都奥斯吉力亚斯城。

莫古尔都因河上曾有一座白色大桥；这座桥连接起十字路地区到米那斯-莫古尔塔之间的道路，是索伦统治摩多王国时修建的。白桥上刻画着各种人和兽的形像，它们的形象堕落而丑陋。在西力斯-戈哥隘口前爆发的一场喧嚣的大战中，西部军打败了索伦，白桥也随之被摧毁。

莫古尔山谷贫瘠而荒凉；明亮的白花曾经盛开在莫古尔都因河的两岸，花朵美丽而又让人心生恐惧；这些白花儿形似梦魇，散发出一股腐烂的臭味，弥漫于整个山谷。魔戒大战之后，人们净化这条山谷的空气，烧掉了山谷里的这些植被，但最终因这里邪气太重，至今无人居住。因此，莫古尔山谷又叫鬼魂谷。

托尔金，《双塔奇谋》；托尔金，《王者归来》；托尔金，《精灵宝钻》

不朽者之城 | Immortals, City of the

一座城市的废墟，坐落在埃塞俄比亚，靠近阿拉伯海湾，建造在巉岩林立的高原之上。高原上面有一系列肮脏而破烂的走廊，通向一间宽敞的圆形房屋。圆形房屋有 9 道门，穿过第 8 道门可以进入一座迷宫，然后经过迷宫又可以再次回到大圆屋。从第9道门进去、穿过另一座迷宫，可以进入第二间大圆屋，与第一间大圆屋相似；这样的大圆屋和迷宫很多，数不甚数。最后，游客会来到一面墙的前面，墙上有金属梯；爬上金属梯子，游客就会发现自己正站在不朽者之城的一个小院子里。不朽者之城的建筑了无生气，就好像是一群疯狂的神灵建造的：到处都是没有尽头的走廊，高不可及的窗户和小屋，深坑上面敞开的怪异的屋门，不可思议地倒挂着的楼梯，而其他的楼梯悬在空中，只依靠着纪念碑的一侧，然后在漆黑的顶楼上拐几个弯儿就莫名其妙地消失了。

不朽者之城的众多大圆屋中的一间

不朽者之城里住着穴居人。他们喜欢住在市郊的浅沙坑里。他们不会说话，喜欢吃毒蛇。他们是了不起的不朽者，因为他们喝了城郊一条脏河里的水，可以永生不死。他们可以长时间地保持身体不运动，只需要一点儿水和一小片食物就可以维持生命，他们的身体犹如温顺的豢养动物。他们喜欢的东西不多，其中包括雨水。荷马变成一个不朽者之后，花了数个世纪寻找另一条河流，希望消除自己身体的不朽性。他肯定找到了那条河，因为在1929年的10月，他化名为士麦那一个古董商约瑟·卡塔菲鲁斯，死在宙斯号的甲板上，被葬在罗斯岛(the Island of Los)。

豪尔斯·博尔赫斯，“不朽者之城”，《阿莱夫》(Jorge Luis Borges, “El, Immortal”, in *El Aleph*, Buenos Aires, 1949)

印加地道 | Inca Tunnel

一条地下河流或者说地下走廊，在美洲大陆的地下绵延了2000多里格远，从肯塔基州的猛犸洞一直延伸到秘鲁的提提卡卡湖。1870年，工程师约翰·韦伯赫尔在探险期间驾驶汽船穿过了这条地下河。

在开始这次探险之前，他们找到一个印第安人临死前留下的一份文献，其中指出印加人的宝物就藏在这条地下河的尽头，是在西班牙人到来之后藏在这里的。了解到这个重大的秘密，探险队很快就出发了。他们经历重重艰险，一路上不得不面对凶残的章鱼、成千上万的老鼠、危险的火山坑、容易着火的汽油湖、间歇泉、炙热的煤矿和滚烫的流水，最后找到了一具公元前 1100 年的中国木乃伊和前探险队队员的遗骸，当然也找到了印加人的宝物。可不幸的是，他们没能带走这些宝物，因此一种易燃气体把他们的努力化为了灰烬。

大约 3 个月后，秘鲁一个富人贝拉卡扎在提提卡卡湖附近发现了一具遗骸，最后被证明是工程师约翰·韦伯赫尔的遗骸。此外，他们还发现了韦伯赫尔记录这次探险活动的手稿。

艾米丽·奥萨格里，《距离美国两千里》(Emilio Salgari, *Duemila leghe sotto l'America*, Milan, 1888)

主动增加岛 | Increase Unsought, Isle of

参阅大水湖(Great Water)。

印度岛 | India

位于印度洋，北部海滨高耸着喜马拉雅山，请不要与印度国相混淆，因为印度国的北部边境也屹立着喜马拉雅山。

印度岛通过汽船与动物王国相连；动物王国里居住的是衣着体面的动物。我们对于这个王国了解得很少，只知道这里的树其实是插在柱子上面的羊毛球；只知道那时候统治印度岛的是一位年轻的王侯。

C. S. 路易斯，《惊喜》(C. S. Lewis, *Surprised by Joy*, London, 1955)

印第安纳岛 | Indiana

一座岩石林立的大岛屿，位于地下大陆佩鲁西达的索亚-阿兹海，差不多正对着图瑞亚王国。岛屿沿海是茂密的丛林和空旷的稀树高原，稀树林间覆盖着丰茂的青草。印第安纳岛的隆起地带是一系列平坦的高原，让人想起新墨西哥的高原。一条大河发源于此，最后汇入大海。

印第安纳岛上住着两个不同的部族，一个是更先进的穴居族，与佩鲁西达许多地区的穴居人很相似，住在岩洞里。另一个种族几乎不能算是人类，在佩鲁西达的其他地方也看不见他们，他们的四肢像猩猩，身高 7 尺有余，几乎全身覆盖着厚厚的毛，毛下面的皮肤呈白色。

这些人最突出的身体特征是脸形像绵羊，眼睛向前突出，牙齿长而尖利；他们行动敏捷、身体强壮，能够背着重物轻松地攀爬于笔直的悬崖上。他们住在山洞里，这样的山洞位于平坦的孤丘上，要进入山洞只能爬上山崖。他们虽然长相凶狠，心地却非常善良，而且也爱好和平，若非出于自卫，他们绝不杀生，尽管他们中的罪犯偶尔也会被处死。落入他们之手的俘虏必须做苦力，触犯部落习俗的人也是如此。令人惊讶的是，这个极其原始的部落居然拥有比较先进的农业。他们在小山谷里拓荒，拾掇出一大片农田，种上各种农作物。他们吃食草动物和飞鸟，还擅长捕猎庞大的麋鹿。他们通常靠四肢爬行，捕获猎物轻而易举；他们用纤绳捆住麋鹿，用尖利的牙齿咬烂麋鹿的脖子。

对于这些人类，我们一直找不到一个合适的名字。有时候他们被当作残忍的猿人。他们会讲一种极其简单粗糙的佩鲁西达语，这种语言被简化到只剩下名词和动词，很像原始简单的海明威语言。他们的国王叫格-格-格。

埃德加·巴勒斯，《在地心》；埃德加·巴勒斯，《地下大陆佩鲁西达》；埃德加·巴勒斯，《佩鲁西达的塔纳》

印度半岛 | Indian Island

位于合恩角地区，从利阿丁之岛出发只需 5 天的时间。印度半岛的居民来自巴尔迪维亚岛，他们是为了逃避残暴的西班牙主人才来到这里的。从巴尔迪维亚跑出来的约有 600 人，最后定居在这偏远的荒岛上。他们性情温和、殷勤好客，但他们从不信任、也仇恨西班牙祭司，不过把其他所有的人视为兄弟。除了日常的开销，他们没有别的财产。他们主要依靠打猎和捕鱼为生。一旦发生冲突，他们就使用毒箭，因此，西班牙游客来这里时最好带上草药解毒剂。

安德烈·纪尧姆·柯南·德奥维尔，《基马诺夫王的命运或基马诺夫王回忆录》(André Guillaume Conant d'Orville, *La Destinée Ou Mémoires Du Lord Kilmarnoff, Traduits De l'Anglois De Miss Voodwill, Par M. Contant Dorville*, Amsterdam & Paris, 1766)

王子半岛 | Infante Island

一座面积比较小的半岛，位于布列塔尼半岛以西的大西洋，岛上多陡峭高耸的岩石，岩石上面坐落着一座大城堡；大城堡里住着一位绅士，绅士崇尚荣誉、殷勤好客，具有骑士风度。最后一次有人去王子半岛好像是 15 世纪末，当时，这座半岛是爱尔兰王国的一部分。

无名氏，《高卢的阿马蒂斯》

伊恩慕斯港 | Innsmouth

一个古老的渔港，位于美国的马萨诸塞州，与美国其他部分之间隔着广袤的沙漠。伊恩慕斯港始建于 1643 年，坐落在马努克塞特河的河岸，很快变成一个重要的船坞。

对于今天的伊恩慕斯港，游客最好不要去。这个渔港的空气里弥漫着恶臭的鱼腥味儿，这里的居民看起来像奇怪的两栖动物，马、狗和其他动物都很讨厌他们。

据说，在 1830 年，某个名叫欧贝得·马希的船长离开伊恩慕斯港，出发去南太平洋，无意之间在这里发现了一座火山岛。这座火山岛面积很小，岛上满是奇怪的废墟，还有丑陋的怪物的奇特雕像。火山岛附近一座岛上的土著居民向马希船长解释说，这座废墟岛上住着一种长得像半鱼半蛙的两栖怪物，这种怪物给他们提供粮食和黄金珠宝，以换取人做牺牲。土著居民还告诉马希船长，他们过去还曾与这种怪物结合，生育的后代可以长生不老。马希船长在与这些土著人的交往之中看见了商机，他以极低的价格买进许多黄金饰品。然而，好景不长，几年以后，附近几座岛上的居民厌倦或者说害怕这种可恶的交易，他们突然袭击那些与马希船长做生意的土著人，把他们全都杀了。马希船长不想失去这桩好买卖，决定亲自去找两栖怪物。土著酋长送给船长一把铅锤，按照酋长的指示，船长把铅锤抛进大海，成功地找到了两栖怪物。

马希船长与两栖怪物的交流也许很成功。不久，一座奇怪的教堂建立起来，教堂里开始崇拜伊恩慕斯港出现的海怪达戈。后来，街上也能看见这种半鱼半蛙的怪物。为了阻止参观者进来，为了解释这种奇怪的新新人类，伊恩慕斯港的居民编造了一个故事，说一种来自亚洲的流行病席卷了伊恩慕斯港。伊恩慕斯港的历史固然疑点重重，然而，在阿克汉姆的密斯卡通大学和在马萨诸塞州纽伯里波特的历史研究院，参观者都能找到有关这种两栖怪物的作品。其中最重要的一幅作品在历史研究院展出：一种冠状头饰上面装饰着海洋生物和几何形图案，不难看出，这其中就有讨厌的半鱼半蛙的两栖怪物。

如果游客想参观伊恩慕斯港，他可以坐马车去。每天有两辆马车从纽伯里波特出发，每天两班，时间分别是上午 10 点和晚上 7 点。

霍华德·洛夫克拉夫特，“伊恩慕斯港口上空的阴影”，《局外人和其他人》(Howard Phillips Lovecraft,"The Shadow over Innsmouth", *The Outsider and Others*, Sauk City, 1939)

因奎诺克城 | Inquanok

梦幻世界的一座城市,坐落在讨厌的棱格荒原边界地带的一个阴冷昏暗的地方,与棱格荒原之间隔着连绵不断的群山;群山之间可见令人恐怖的石村和讨厌的修道院。

游客会发现因奎诺克城的一个奇怪的特点:这座城市包含着某些阴影,没有哪只猫能够忍受这样的阴影,因此整座城里都听不见一声猫叫。

这是一座古老的城市,稀有而奇特,高耸于暗黑的围墙和码头之上,围墙和码头上装饰着卷轴、凹槽饰纹和镶金的蔓藤花纹。城里的房屋高而多窗,房屋的每一面墙上都刻着花朵和其他图案,图案的对称感美得令人目眩,比光线更刺眼。有些房屋的最上面是庞大的圆屋顶。有些房屋建造在有露台的金字塔之间,上面簇拥着小尖塔,表现了人类奇异而丰富的想象。房屋的墙低矮,墙上开有很多门,门与门的间隔不远,都开在高耸的大拱门下面,大拱门的顶端是神灵的头像。

每隔一会儿,这座缟玛瑙城的上空就会响起一阵钟声,每次都有隆隆的乐声与之应和,这神秘的乐声混杂着喇叭声、古提琴声和祷告声,犹如大雨倾盆泼洒在这缟玛瑙城的街道上。建在水边的房屋更低矮,奇怪的拱门上有金色的符号,据说是用来纪念那些保护它们的小神灵。嵌入的门、刻有人物形象的正面、有雕镂的阳台和水晶窗户,无一不闪烁着阴郁而优雅的魅力。游客偶尔可见一座广场,广场周围有黑色的柱子、柱廊和各种怪物的雕像;这些怪物有的来自现实生活,也有的来自神话和寓言故事。笔直的街道、侧街的小胡同、球茎状的圆屋顶、尖塔和装饰有阿拉伯图案的屋顶,这些景致看似怪异,其中的美感却溢于言表。

不过,最壮观的还是城中心的长老庙。长老庙规模庞大、高耸如云;平坦的圆屋顶和凌云的尖塔看起来非常气派,使得其他的景致显得更加微不足道。长老庙的四周都是花园,花园之外筑有围墙。从这里开始,各条街道像车轮毂的辐条一样向周围辐射。花园的围墙上开有七扇拱形大门,每一扇大门上面都雕刻着一张脸谱,大门总是开着,因奎诺克城的居民随时都可以进来。他们可以到铺着空心砖的小路上散步,也可以穿过一条条小胡同,小胡同的两侧是一排排奇怪的胸像台和一些普通神灵的神龛。喷泉和水池里游动了来自深海的小银鱼;水面上映照出高高的长老庙阳台上的三脚台。

当低沉的教堂钟声在城市和花园上空敲响的时候,长老庙的七扇大门里就会走出一群祭司。他们排着长长的队伍,头戴面具和布罩,每隔一臂远的距离,就会有祭司顶着大金碗,金碗里冒着水汽。这些祭司大踏步地走进七间小门房,接着就不见了。据说,小门房与教堂之间连着许多地下通道,这些消失了的祭司就是从这些地下通道再回到教堂的。也有人私底下说,这些门房里有很多深深的缟玛瑙阶梯,往下一直通到一些难以言状的地方。然而,在整个因奎诺克城里,只有极少数的迹象表明,这些戴着头巾的祭司不属于人类。

蒙面国王的宫殿坐落在因奎诺克城上方的小山上;这座宫殿包括许多让人叹为观止的圆屋顶。缟玛瑙路陡峭而狭窄,只有一条路除外,这条路很宽,有些弯曲,国王及其侍从骑着牦牛或坐着牦牛车从这条路经过。迷人的花坛、纤细的花树、黄铜瓮子、刻有精致的浅浮雕的三脚抬、脉纹清晰栩栩如生的黑色大理石雕塑、鱼影婆娑的玄武岩喷泉、刻有发光的小鸣鸟的寺庙、拥有非凡的螺旋工艺的黄铜大门,以及正值花季的葡萄藤蔓,这一切共同构成了一幅让人看着心旷神怡的美丽风景画。不过,对于那个巨大的中心拱顶,参观者不可以看得太久,据说拱顶里住过一个老人,是所有谣传甚多的 *Shantakbirds* 的始祖,他会使那些好奇的参观者晚上做噩梦。

霍华德·洛夫克拉夫特,“小人物卡达斯追梦记”,《阿克汉姆集锦》

解释者之家 | Interpreter's House

刚好被关在一扇大门里面,这扇大门地处一条大路的起点,大路从毁灭城延伸到基督徒王国的天城。这种房屋专为去天城的旅客建造的,作为他们朝圣路上的暂歇之地。他们首先要在这里穿上白衣,然后再去天城。解释者给旅客们介绍他们的沿途所见;他给出的大部分信息都是有寓意的,不过他会解释这些信息的真正含义。

解释者之家里每一个房间都有寓意。在一间屋子里面,我们可以看见这样一个男子,他正在用扫帚清扫地板上的稻草,这象征着他正在纠正凡人身上的缺点。一间大客厅里堆满了垃圾,而且从未被清扫过,这象征那些从未蒙受圣恩的凡人,灰尘象征凡人的原罪和内心的堕落;清扫这个房间只会扬起令人窒息的灰尘。唯一的清洁方式是先洒水,再除去灰尘;据说这样的水象征福音。

约翰·班扬,《天路历程》(第一部、第二部)

伊欧纳劳岛 | Iounalao

位于加勒比海;Iounalao 的意思是“可以找到鬣蜥的地方”。登上这座岛屿,游客有时候会认为这不是一座热带岛屿,而是一座希腊岛屿;这种错觉可能源于岛屿周围的水,因为这里的海水很奇怪:这里的海水有时候呈酒红色。

伊欧纳劳岛上有一个很重要的村子,村里有一条热辣辣的街道,经过几家小店铺、几个俱乐部和唯一一家药房,一直延伸到海边。博物馆里有趣的东西极少,其中有一只样子扭曲的酒瓶,酒瓶的表面涂了一层黄铜,可能是卡塔赫纳港的一艘大帆船带来的,也可能是圣人之战时期一艘名叫巴黎号的军舰带来的。伊欧纳劳岛上的居民相信,保护这个酒瓶的是一只眼睛像月亮的独眼章鱼;海鸥则保护酒瓶不遭亵渎。

村里最老的酒吧叫“无痛”，酒吧老板名叫玛-凯尔（Ma Kilman）。这家酒吧有一个姜末面包阳台，这个阳台带有芥末三角墙和绿色的边缘。酒吧里的那幅油画因为年代久远而起了皱褶。酒吧楼下的娱乐室里摆着一些木桌子，客人可以到这里来玩多米诺骨牌。村子以北有一条闪光的石英路，沿着这条路往前走，可以看见一小片荆棘林。这片荆棘林曾是一座庄园的一部分，庄园里还有风车、生锈的大锅炉、煮糖用的大锅和黑漆漆的柱子；游客还可以看见几个居民在侍弄山药园子。

海滩是人们娱乐和聚会的地方，岛民在这里骑马、抓螃蟹或听歌。坐在沙滩上，看守一排独木舟的是一位游吟诗人；他是一个盲人，名叫圣奥麦罗，或者叫七海先生。他看守的那些独木舟分别叫“赞美他”、“我们相信上帝”、“晨星”、“圣露西亚”，以及“我眼中之光”。这位吟游诗人有时候用盲人之间使用的暗语低吟往事，告诉他的听众他曾周游世界。参观者也许会认为他们在某个地方见过这位老人，比如伦敦、印度，抑或加勒比海的其他岛上，但伊欧纳劳岛才是圣奥美尔的家。

德里克·沃尔科特，《奥麦罗》（Derek Walcott, *Omeros*, New York, 1990）

伊瑞木-扎特-艾尔-伊玛特城 | Irem Zat El-Emad

或者叫拥有宏大建筑的伊瑞木，坐落在也门共和国的荒漠中，被庞大的防御工事环绕着；城里的亭阁高耸入云。穿过两扇大门可以进入这座城市，大门上镶嵌着各种颜色的宝石，有白色、红色，还有绿色。亭阁包括高高的房间，用金、银建造而成，上面装饰着红宝石、橄榄石、珍珠，以及其他五彩斑斓的宝石。

伊瑞木城是一个赶骆驼的人发现的，这个人名叫阿布-凯拉贝（Abdallah ibn Aboo-Kilabeh）；他在寻找丢失的骆驼时偶然发现了这座城市。很快，这个消息就传到了哈里发摩阿维耶（Caliph Mo'awiyeh）那里，他立即召见巫师卡布-艾尔-阿巴（Kaab-el-Ahbar)，请他讲述这座城市的历史。通过这位巫师写的编年史，人们知道了伊瑞木城的历史；这座城市是希达特国王(King Sheddad)建造的。希达特国王喜欢读古书，当读到描绘天堂的文字时，他马上决定在地上也建造一座天堂。希达特国王统治着10万个小国王；每个小国王又统治着10万个勇敢的酋长，每个勇敢的酋长又拥有10万个士兵。希达特国王把这些人召集到面前，命令他们去寻找一块空地，一块最适宜建造这座尘世天堂的空地；他要在这块空地上用黄金和白银建造一座天堂一样的城市。这项工程持续了300年。城市竣工的时候，希达德国王又命令他的手下建造了坚不可摧的防御工事；这又花去工人20年。接下来，希达德国王命令他的一千个维齐尔①、他的重要官员、他的军队、他的妻妾、他的女奴以及他的弄臣们，去为这次旅行做充分的准备；这次准备工作又花去20年。后来，他们终于出发了。然而正当他们再走一天就可以到达这座城市时，天堂里传来一声可怕的巨响，那一声巨响把他们全都毁灭了。

如今的伊瑞木城无人居住，但城里宝物很多，游客可以随意带走。

无名氏，《一千零一夜》

铁岛 | Iron, Island of

参阅玛伯迪金-杜尔达岛(Marbotikin Dulda)。

铁山 | Iron Hills

位于一片平原以东；这片平原围绕着中土北部的孤独山。铁山里住着侏儒，他们最初生活在灰色山脉，但由于灰色山上巨龙越来越多，侏儒们不得不选择离开。铁山上居住的侏儒没有他们那

① 维齐尔：穆斯林政府高官，尤指前土耳其帝国的政府高官。

些生活在中土其他地区的近亲富有，因为这里只产铁矿，不产黄金，但他们在这里至少可以避开讨厌的巨龙。

在他们的国王乃恩带领下，铁山上的侏儒加入了自己同胞的阵营，共同起来反抗兽人；兽人在第三纪 2799 年接管了丁瑞尔溪谷的莫瑞亚王国。侏儒的加入及时扭转了战局，局势变得对侏儒更加有利。一群来自铁山的侏儒也参加了中土 2941 年在孤独山腰爆发的五军之战。

托尔金，《魔戒前传：霍比特人历险记》；托尔金，《魔戒首部曲：魔戒现身》；托尔金，《王者归来》

大铁山 | Iron Mountains

另外两座山也叫这个名字，一座位于北极，另一座位于南极，都呈圆形，中心是两极之间的通道，直达地心普鲁托大陆。

人们一直怀疑大铁山的真实存在，直到 1806 年，人们才终于发现了这些山峦。就在那一年，“水星号”捕鲸船上的船员在斯匹茨卑尔根岛(Spitzbergen)的海滨遭遇了海难，幸存下来的人继续朝内陆地区走，他们渐渐发现，越往北走，气温越高。最后，他们到了大铁山，在秃岩上潦草地写下自己的到达日期：1806 年 11 月 8 日。他们翻过这座大山，猛然间才发现自己掉进了一个山洞里。这是一个无底洞，他们一直往下掉，最后掉进了普鲁托大陆的深处。后来，经过菲利尼亚王国回到地面。

无名氏，《地心之旅记》或《陌生国度历险记》

伊萨拉城 | Isaura

即“千井之城”，据说这座城市建在地下的深湖里。在这座城市的范围之内，四周的居民只要掘一个垂直的深洞，就可以汲到水，只是不能越过这个范围。这座城市绿色的周界与地下湖的黑色轮廓完全吻合。在这里，看不见的风景决定了看得见的风景；岩石的白垩天空之下是拍岸的水浪，这是阳光里每一种动物所产生的动力。

因此，伊萨拉城存在两种宗教形式。

有人相信，伊萨拉城的各位神灵栖身于地心深处，也就是住在那个为地下溪流提供水源的黑湖里。也有人认为这些神灵住在那只被吊索系着、升出井口的水桶里，住在转动的滑车里，住在水车的绞盘里，住在戽水车的辘轳里，住在抽水机的把柄里，住在从钻井里引水的风车扇页里，住在探测器扭曲的支架里，住在屋顶的高脚水池里，住在高架渠柔和的弯角里，住在所有的水柱、垂直的管道和排水沟里，甚至住在伊萨拉城凌空的风向标里；这是一座完全向上伸展的城市。

伊塔洛·卡尔维诺，《看不见的城市》

伊森茂特隘口 | Isenmouthe

也叫“卡拉奇-安格瑞隘口(Carach Angren)”，经过这个狭窄的隘口可以进入摩多王国的西北部。摩多王国位于两个山嘴之间，一个山嘴从灰烬山脉向西延伸，第二个从影子山脉向东延伸。经过这条隘口还可以进入巫敦溪谷。

在统治摩多王国时，索伦把这个隘口当作攻打刚铎王国的一个基地。他在那两个山嘴上面建造了防御工事和高塔，用来守卫这个隘口。在隘口的对面，索伦又建造了一面坚固的大土墙，此外，这个隘口还得到一条深深的沟堑的坚守；沟堑上面只有一座桥。后来，索伦把这些防御工事都派上了用场，魔戒大战结束之时，这一套防御体系被洛汗王国和刚铎王国的联军摧毁。

托尔金，《王者归来》

伊西梅里亚共和国 | Ishmaelia

其实，这是一个无法进入的非洲国家，英国答应在此修路之前

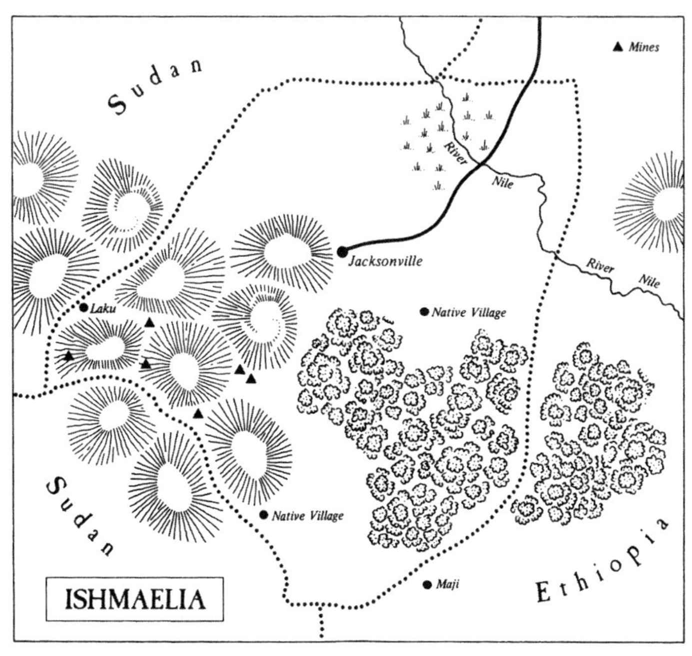

伊西梅里亚共和国

就是这个样子。只有火车可以进入这里。火车从红海的一个意大利小港出发,至少需要 3 天艰难的行程才能到达。出发之后,火车很快进入蚊虫肆虐的灌木丛,穿过炙热的荒原,艰难地爬行于伊西梅里亚的山峦之间。游客需要知道的是,如果遇到雨季,火车通常要晚点 3 个小时,因此,旅客丢失行李是常有的事。

伊西梅里亚共和国是一个山地国家,位于苏丹以南、非洲东北部的法国殖民地以北。伊西梅里亚共和国尚未得到全面开发,甚至也没有得到适当的勘探,尽管它的矿产资源已为人所知,其中包括西部丘陵地带的大型金矿。伊西梅里亚的交通极不方便,内陆地区只能靠骡子托运。路少又多泥泞,这样的路一到雨季就变成了小溪。内陆地区受本地酋长的统治,他们待人的态度极不友好,大多数土著人依然干他们的老本行,做奴隶、海盗或悠闲的绅士。

据说,伊西梅里亚的一些更原始的部落依然保留着极为奇特的习俗;这些习俗还有待我们做进一步的研究。几个寻捕大猎物的猎人无意间闯进这里,多年来都是依靠自己的经验在此谋生。伊西梅里亚的铁路建设几乎没有影响到当地农民的生活,但却使首都周围几个简陋的手工作坊濒临破产。多亏他们不断地引进制造业,加之实施了一种极具弹性的破产法,贸易逆差才得以扭转。

伊西梅里亚的孤立状态是历史造成的。19 世纪 70 年代,第一批欧洲传教士和游客来到伊西梅里亚,却被一个不剩地全部吃掉。此后不久,西方列强派出远征军,企图报仇,但他们的遭遇更悲惨。最后,这些列强发现,与其把伊西梅里亚变成一块殖民地,还不如让它的邻国来控制和管理它。于是大家一致同意把伊西梅里亚从地图上划掉,从而保证它永远不受影响。

按照这种方式隔离起来的人们没有共同的语言,没有传统,也没有历史,这个国家因此变成了一个共和国。国际法学家委员会起草了一部宪法,确保在这里实施民主制和一种可转让的投票制,保障两院制。土生土长的阿拉巴马人杰克逊先生被任命为共和国的第一任总统。根据宪法,共和国的选举本应该每 5 年举行一次,但实践证明这是不可行的。被接受的官员和杰克逊政府的候选人轮流到全国各地,接连 6 天盛宴款待各地的酋长,然后,那些酋长按照宪法的规定记录下他们的得票结果。如此一来,杰克逊的人完全控制了这个共和国的政治生活;这种选举方式也就是著名的"杰克逊之治"。

共和国的国防部和内陆税务局合并成一个政府机构,由杰克逊将军全权控制。杰克逊的势力过去(现在依然是)由两个公司组成,分别是伊西梅里亚的骡子征收军和步枪队构成,外加一支小规模的炮兵敢死队,用来对付大贵族的继承人。到了财政年快结束的时候,杰克逊的人马就会四面出击,及时运回一船又一船的咖啡、奴隶、银币和牲畜,装进政府的仓库,用来发薪水和还清国债。按照这个制度的实施方式,伊西梅里亚共和国好像会出现繁荣的景象。

30 年代中期,杰克逊家族的一次家庭争论导致了政变和新政党的形成。其中一个政党叫白衫党,创建人名叫斯密里斯·索姆。这个组织对伊西梅里亚共和国的政治生活影响极小,但却使欧洲国家更加相信,伊西梅里亚即将爆发内战。国际新闻媒体来到伊西梅里亚共和国,开始报道一场事实上并不存在的战争。加之苏联特务的杜撰和德国势力的影响,伊西梅里亚共和国的局势变得越来越复杂,而背后真正的原因是,德国和苏联都急于想获得开采这个共和国的矿产的权利。此后,苏联又爆发了一次短命的政变,政变的开始和结束都没有发生流血冲突。还没有等到德国和苏联反应过来,一个英国商人抢先一步,成功地获得了这个共和国的采矿权,伊西梅里亚共和国迅速恢复了正常。

杰克逊城是伊西梅里亚共和国的首都,也是共和国仅有的一座大城市。伊西梅里亚共和国的第一个保险公司成立后不久,发生了一次纵火案,致使这座城市破败不堪,城里随处可见纵火案留下的后遗症。杰克逊城的主街是一条狭窄的柏油碎石路,两边是肮脏的小道,为行人和骡子共用。市郊的街道还没有四分之一英里宽。游客可以到杰克逊夫人经营的自由旅馆寄宿,这家旅馆也许住起来不太舒服,旅馆的顶棚是锡做的,上面有洞,室内无浴室;旅馆提供的食物很简单:午餐有沙丁鱼、牛肉和鸡肉,晚餐有汤、牛肉和鸡肉。牛肉和鸡肉与灰绿色的豌豆放在一起,用伍斯特郡酱或番茄酱调味。当然,游客也可以去德雷斯勒膳宿公寓住,这个公寓由三栋锡箔为顶的建筑构成,占地一公顷。这家旅馆的院子里养了一些家畜,包括各种家禽、一头猪、一条三只腿的狗和一头产奶的恶羊。浴棚里有一个锡盆,专门为客人准备的,不过这里也是蝙蝠的地盘。游客到了杰克逊城之后,可去的地方还有波波塔凯的乒乓球俱乐部、博斯的咖啡店、卡内基图书馆和电影院。

伊西梅里亚共和国的另一座城市禁止游客入内。这座城市在地图上的位置很突出,在实际生活中却根本不存在,也许,地图上标注这个地方只为提升伊西梅里亚的重要性。1898 年,边界委员会在设法去苏丹的时候曾在这里露宿,他们去问当地一个小男孩,这个地方叫什么。小男孩回答说"Laku",意思是"不知道"。自此,Laku就出现在边界委员会绘制的那张地图的草图上了,今天的官方地图上仍然使用这个名字。

伊西梅里亚人都是多年的基督徒,那些想吃人肉的人在这里可以获得赦免,即使是在四旬斋的时候也可以得赦免。伊西梅里亚共和国实行一夫多妻或一妻多夫制。共和国内行贿成风,通常只需要5英镑就可以贿赂监狱,要求他们释放罪犯,参观者很有必要了解这一点。伊西梅里亚人喜欢各种形式的演讲,比如布道、做报告、长篇大论的责备、政治表演、歌颂活人或死人以及慈善呼吁。他们好像只喜欢说话的声音,说什么样的内容无所谓。

伊西梅里亚共和国的邮政系统很原始,电报发送方式有些反复无常,因为送信人不会阅读。他们会等到电报堆积到6封之后才发出去,这时候,他们会派送信人把这些电报送到最可能是收件人地址的地方,然后等到这些电报全部被收件人领走为止。

伊西梅里亚共和国的植物包括各种红色鲜花;雨季结束的时候,这里随处可见红色的鲜花,此外还有香蕉树、橡胶树和咖啡树。伊西梅里亚也出产一种印度大麻,这里有很多人抽大麻。

伊西梅里亚共和国引进欧洲生产的东西比较多,因为英国、瑞典和德国在这里都设有领事馆。如果游客需要欧洲生产的用具,他可以去找瑞典的副领事,这位副领事也是瑞典教区医院的外科医生,在杰克逊城里经营一种合成茶、圣经和药店。

伊夫林·渥夫,《独家新闻》(Evelyn Waugh, Scoop, *A Novel about Journalists*, London, 1938)

依希塔卡宫 | Ishtakar

一座已变成废墟的宫殿,坐落在阿巴塞德之国的边缘地带,阿巴塞德之国的首都叫萨马拉城。游客穿过一个深谷可以进入这座宫殿,宫殿入口立着两块高耸的岩石。深谷两边的高山上可见古代皇陵闪闪发光的正面。如今的深谷已完全荒芜,深谷里的两个村庄也已荒废。

依希塔卡宫最壮观的部分是瞭望塔上的大露台。大露台的表面很光滑，用黑色大理石建成。宫殿右边是无数的瞭望塔，这些瞭望塔现在都没有顶，只有夜鸟在这里栖息。瞭望塔的这种建筑风格在世界其他地方是找不到的。庞大的依希塔卡宫因其雕塑和浮雕而闻名。它的雕塑表现的是 4 只巨型动物，结合了一只美洲豹和一只半狮半鹫的怪兽的特点。看着这样的雕塑，最勇敢的参观者也会心生恐惧。

依希塔卡宫是索里曼在幽灵和神灵的帮助下建造的，辉煌的时候曾是索里曼王国里最壮观的建筑。然而，在建造这座宫殿时，索里曼触怒了神圣的君王，后来，他的这份杰作被雷声摧毁。

依希塔卡宫的露台下面有许多奇怪的小房间，小房间里住着各种邪恶的妖怪，他们受魔鬼伊波里斯的差遣。那些冒险闯进来的人会看见一个宽敞的拱形大厅，大厅里有一排排柱子和拱廊；大厅的地板上覆盖着金粉和芬芳的藏红花，大厅的饭桌用来摆放妖怪们的盛宴，这些妖怪正随着淫荡的音乐起舞。大厅里拥挤着太多的怪物，他们用右手拍打着自己的胸口，忘记了周围的一切；他们的脸呈死灰，眼睛里闪着磷光，夜色笼罩的墓地里偶尔会看见这样的磷光。

更隐蔽的大厅里藏着亚当以前那些苏丹的宝物。魔鬼伊波里斯的宫廷就在这里。伊波里斯坐在神龛里的一个火球上，神龛被长长的幕帘罩着，幕帘用深红色的锦缎做成，上面点缀着金饰物。伊波里斯的形貌如一个年轻的男子，他的眼神既骄傲又绝望；他的手中握着一根铁杖，那只手曾遭过雷击；那根铁杖用来控制恶魔和地球更深处的其他魔鬼。神龛旁有一条走廊，一直通到一个圆顶大厅。圆顶大厅的墙上有 50 扇黄铜大门，黄铜大门上挂着铁锁，每一扇大门上面的铁锁一样多。亚当以前那些国王的尸体躺在大厅里面的床上，这些床是用不容易腐烂的雪松做的。那些国王其实都还活着，也能意识到自己现在的痛苦。依希塔卡宫的建造者也躺在这里，与自己的先辈一样处于半死亡状态。

威廉·贝克福德，《瓦提克》

伊斯拉岛 | Isla

位于地中海的西面，没有确切的名字，但根据游客的记录，我们大致可以推断这座岛屿应该叫伊斯拉岛。伊斯拉岛的国王是一位枢机主教。从空中俯瞰，可见岛上的葡萄园、杏树、无花果和杏园。岛上的小镇上有波形瓦为顶的房屋，有金碧辉煌的教堂，这些小镇坐落在辽阔而略有起伏的平原上。岛上主要的河段多嶙峋的岩石，河里的水快要枯竭，最后形成大大小小的水潭。伊斯拉岛的海滨是森林密布的悬崖、白色的沙滩以及主要城市塞乌达；这座城市筑有围墙，由一个港口发展起来。伊斯拉岛的北海岸和西海岸是大山、交错的山脊、葱绿的山谷和高耸的牧场。伊斯拉岛上的居民使用风车引水，这种引水方法是从萨拉逊人那里学来的。由于伊斯拉岛的地势高，即使正值盛夏，山顶也会堆满积雪；野狼在茂密的树林里闲逛，据说很久以前，人们在山里发现了一个被野狼养大的孩子。

伊斯拉岛上的居民喝马奶；喜欢捕鱼。除了春、秋分时会有风暴，伊斯拉岛附近的水域通常都比较平静，那是捕鱼的好时节。

伊斯拉岛的首都塞乌达非常漂亮，主要是基督教风格的建筑，但也有小部分的萨拉逊风格。据说，塞乌达的大教堂是那些持朴素生活观的人建造的，使用的是普通的灰石；大教堂的拱顶高耸，整个教堂形式简单而美丽。一种复调音乐会深深打动这里的路人，这种音乐听起来很像阴沉的四旬斋音乐，因为中央广场和过道之间的拱形开口和拱形窗很隔音，还会改变日光的颜色。这座大教堂后来又增加了一些装饰，比如在每一个祭坛的背后，在通道的每一座小教堂里，在高高的祭坛背后浓墨重彩的强调里，在珠光宝气的纵酒狂欢里，增加了彩色的大理石柱子、纷乱的叶状柱头、雕刻的天使，以及绘有虔诚的圣人肖像的画布。

参观了塞乌达城，游客也许想去看看桑特-叶若尼莫镇（Sant Jeronimo）、著名的加利利修道院，以及蒙特-莫若圣殿（Monte

Mauro)，这里如今已变成朝圣之地。参观者要注意，如果要参观塞乌达城以外的地方，他必须带上许可证，因为那些地方的居民对所有外来人都存有戒心。据说，这座岛上来过一个外国王子，也可能是一个天使，他蛊惑这里的岛民改变了他们的信仰。参观者可能会发现，今天的伊斯拉岛已经完全不同于以前游客所描绘的伊斯拉岛了。

吉尔·瓦尔希，《认识天使》(Jill Paton Walsh, *Knowledge of Angels*, London, 1994)

伊斯兰蒂亚 | Islandia

一个小王国，位于卡拉恩州(Karain Continent)的南部，与卡拉恩州的其余部分之间隔着伊斯兰蒂亚山的断层地带；断层地带的最高处在伊斯兰蒂亚山终年积雪的穹窿形山峰里。第二座高耸的山峦西南走向，一直延伸到温德尔省，形成一座半岛；两大山峦之间是肥沃的多宁河谷(Doring Valley)。

两个重要的隘口横跨伊斯兰蒂亚边境上的北部山峦，分别是多宁河谷最前面的莫拉隘口和罗恩隘口。莫拉隘口的下面是弗雷；这里是陡峭的悬崖，高 3000 英尺；大部分地区覆盖着茂密的森林。伊斯兰蒂亚的地形通常包括狭长的农田、高山和森林；林间散布着一些农场。多宁河谷周围的地下不同，那里是一大片沼泽，其间有纵横交错的河流和沟渠。伊斯兰蒂亚的一个显著地理特点是，城市与农村之间缺乏明显的过渡。

伊斯兰蒂亚的所有城市和小镇的周围都筑有围墙，没有郊区概念，城市好像突然从四周的农田里冒出来似的。游客应该来看看这里的多宁镇。多宁镇建在多宁河中心的 6 个小岛上；那里的多宁河两岸用粉红色的花岗岩修筑了围墙。中心相同的层层楼房和城堡高耸于围墙之上，为多宁镇增添了一道独特的风景，游客最好不要错过这样的景观。这些建筑的颜色从暗红到橙黄，从浅灰到深蓝，与绿水形成鲜明的对照，整个多宁镇看起来就像漂浮在绿

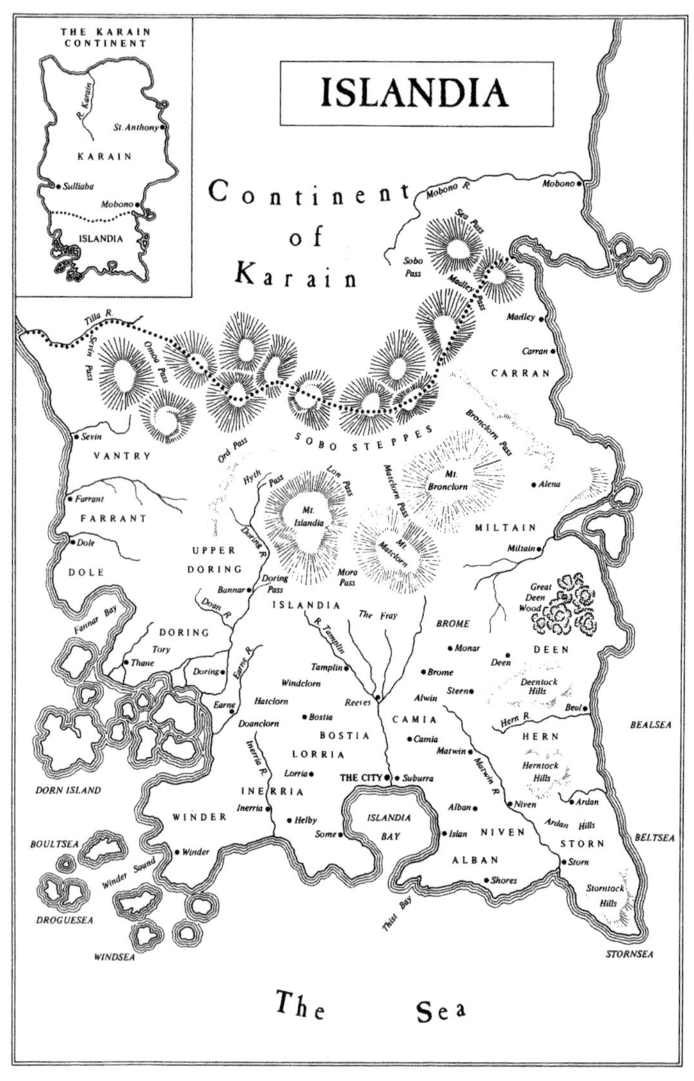
THE KARAIN CONTINENT
R. Karain
St. Anthony
KARAIN
Sulliaba
Mobono
ISLANDIA
ISLANDIA
Continent of Karain
Mobono R.
Mobono
Sea Pass
Sobo Pass
Madley Pass
Madley
Carran
CARRAN
Tilla R.
Sevin Pass
Omoa Pass
Bronclorn Pass
SOBO STEPPES
Sevin
VANTRY
Ord Pass
Hyth Pass
Lon Pass
Matclorn Pass
Mt. Bronclorn
Alena
Farrant
FARRANT
Mt. Islandia
Mt. Matclorn
MILTAIN
Miltain
Dole
UPPER DORING
Doring R.
DOLE
Mora Pass
Doring Pass
Bannar
Great Deen Wood
Doan R.
ISLANDIA
The Fray
BROME
Fannar Bay
DORING
Tory
Thane
R. Tamplin
Monar
DEEN
Deen
Tamplin
Brome
Doring
Earne R.
Windclorn
Deentock Hills
Steen
Alwin
Earne
Hatclorn
Reeves
Beol
Bostia
CAMIA
Hern R.
BEALSEA
Doanclorn
HERN
BOSTIA
Camia
Inerria R.
LORRIA
Matwin
Matwin R.
Herntock Hills
Lorria
THE CITY
Suburra
DORN ISLAND
INERRIA
Ardan
Alban
Niven
Inerria
WINDER
Helby
ISLANDIA BAY
Ardan Hills
Some
Islan
NIVEN
STORN
BELTSEA
BOULTSEA
Winder
ALBAN
Storn
Winder Sound
Shores
Storntock Hills
DROGUESEA
Thist Bay
WINDSEA
STORNSEA
The Sea

伊斯兰蒂亚

水之上。穿过一片山毛榉和橡树林就可以进入多宁镇,走出森林、来到多宁河边,就可以看见浮出水面的多宁镇。

伊斯兰蒂亚的首都叫城市,也是主要的港口,坐落在伊斯兰蒂亚河冲积而成的三角洲的 3 个小山丘上。中间的小山丘的山顶呈方形,由赤色的砂岩构成,被 5 栋古建筑包围,古建筑的墙面呈片状,窗户的窗格很大。这些古建筑是伊斯兰蒂亚的政府机构和管理机构所在地。这些建筑的正面弯曲,屋顶极度倾斜,看起来素朴而庄严。古建筑的上方耸立着一座暗蓝色的圆柱形塔楼。与此相反,首都的旧城区像一座迷宫,由蜿蜒的街道和被抬高的桥梁构成。在遥远的过去,首都城市长期遭受围困,因此屋顶与屋顶之间架起了桥梁,便于守军采取行动,也避免下面的街道过于拥挤;这些桥梁今天依然还保存着。在横跨街道的那些优雅的拱门之上有无数的屋顶花园,这些花园渐渐地构成一座空中迷宫,迷宫与下面的街道平面图没有任何关系。

首都城市值得一提的地方有愉快的花园、窗台上的盆景和爬满葡萄藤的围墙,此外,值得注意的还有各种浮雕。每栋建筑都记录了房主家族历史中的某个场景,或者说伊斯兰蒂亚历史中的一个场景。浮雕的质量各不相同,有的粗糙,有的复杂;全国各地都能找到与之类似的浮雕,但首都城市对伊斯兰蒂亚的这种艺术形式表现得淋漓尽致。

首都城市还拥有伊斯兰蒂亚唯一的剧院,剧院的名字叫阿尔文剧院,建于 14 世纪,主要是一个庞大的圆形剧场。圆形剧场的顶部是一个凌空的圆屋顶。阿尔文纳剧院是音乐表演和公众集会的地方。伊斯兰蒂亚人认为模仿他人,即使是模仿一个虚构的人物也是最没有品位的行为,因此,伊斯兰蒂亚没有戏剧。到了晚上,首都城市的街上就会亮起昏暗的烛光,蜡烛放在街角的房屋上面,蜡烛外面罩了一层蜡纸,防止烛光被风吹灭。

对于伊斯兰蒂亚的早期历史,我们知之不多。古时候的伊斯兰蒂亚人好像分散在整个卡拉恩州。后来,一个黑人部落班特来到这里,伊斯兰蒂亚人被逼到弗雷边,他们暂时在那里落脚,也学会了群居。又过了很多年，由于人口增长太快，伊斯兰蒂亚人不得不继续向外迁移。他们继续往南走，进入现在的伊斯兰蒂亚，赶走了那里的班特部落。我们不太了解他们在弗雷的生活状况：离开弗雷之前，他们毁掉房屋，发誓不再回去。因此，对于伊斯兰蒂亚人早期的生活环境，考古学家很难重构一幅清晰的画面。我们只能看见一栋依然屹立在那里的房屋，那就是阿尔文国王的家。离开的时候，阿尔文国王拔去了门闩，但宣布谁也不可以进入。直到今天，参观者都不可以进去，否则便会遭到严厉的惩罚。

伊斯兰蒂亚人离开弗雷的时间是公元800年左右。15年后，他们在瑞维建造了第一座城市。1035年，他们在瑞维创建了一所大学。从那个时候起，伊斯兰蒂亚的历史变成了一部战斗史诗，他们反抗的是北部山峦背后科尔高原(Col Plateau)上的游牧部落和卡拉恩州的居民。在接下来的几个世纪里，村里的班特族人全部被赶走，这些人今天生活在北部山峦及其背后的大草原上。

伊斯兰蒂亚从未经历过欧洲文化中特有的封建社会时期，因为作为经济基础的农场太小，一个农场甚至无法支撑两、三个家庭的生活；因此，伊斯兰蒂亚的贵族不可能发展成为一个强大的或者联合的社会阶级。13世纪时，由于深受基督教传教士的影响，一些贵族发起政变，他们起来反抗王权，不过很快遭到镇压，那些基督徒也被赶出了伊斯兰蒂亚。这次政变虽然遭遇失败，但是贵族获得了选举，尽管只有某些家庭成员可能被选上。

有趣的是，伊斯兰蒂亚的君主立宪制受益于一个历史事件。在反抗卡拉恩人的战争期间，阿尔文十八世与他的军队失去了联系，此后没有人再看见过他。也许他已经死了，但他的死从未得到完全的证实，因此按照传统，他仍然是伊斯兰蒂亚的国王。国王失踪5年后，他的儿子被国民大会推选为摄政王。国民大会是一种全民集会，其历史可以追溯到伊斯兰蒂亚人大批离开弗雷时期。伊斯兰蒂亚人一致同意，只要国民大会认为某个人合适做国王，他就可以统治伊斯兰蒂亚。自此，伊斯兰蒂亚的所有国王都被封为“礼治”。国王的权力受到严格的限制：他不可以随意任命官员，与其他的贵族一样，他在管理委员会里也只有一次投票机会。

19 世纪以来，伊斯兰蒂亚几乎完全与外界隔绝。曾经有几次，传教士和移民被允许可以进入这里，但后来又遭到驱逐。1841 年，英、法、美三国政府依靠莫拉大人领导的扩张主义政党的支持，企图强迫伊斯兰蒂亚与他们签订贸易协定，建立外交关系，但也遭到了拒绝。这个事情发生之后，进入伊斯兰蒂亚所受的限制就更多了。如果游客想参观伊斯兰蒂亚，他就必须在制定参观计划之前，先与领事馆协商好通行证的问题。

自 1841 年那次事件以来，伊斯兰蒂亚的政府开始相信，在作为经济支柱的农业当中，有必要实现一定程度的工业化。他们决定建一座工业城市，这座城市名叫萨伯拉(Suburra)，从设计到建造都是由一个英国工程师一手完成。这是伊斯兰蒂亚唯一的一个工业中心，主要制造精美的农用机械和轮船。

到了 1906 年，伊斯兰蒂亚的孤立状态得到了暂时的缓解。当时，按照莫拉条约的规定，外交方面的代表和一些从欧美来的采矿商可以进入伊斯兰蒂亚，可以在这里居住两年零九个月；这样的做法还处于试行阶段。莫拉条约的缔造者是莫拉大人，他急切盼望伊斯兰蒂亚能够有更好的发展，盼望伊斯兰蒂亚能够与世界各国建立起正常的外交关系。为了表示诚信，伊斯兰蒂亚撤走了驻扎在山隘附近的军队，尽管边境仍然保持着封闭状态。撤走驻军和莫拉条约的实行都极具争议，这引发了伊斯兰蒂亚全国上下长时间的愤怒声讨。总体而言，这对引入伊斯兰蒂亚的工业产品的反应很不利：农民看不到现代机械化农业的优势，他们反倒认为机械化的现代农业是对传统生活方式的潜在威胁。最后，经过不断的政变和公民投票，与外国建立永久的外交关系这一提议被占三分之二的绝大多数否定了。不久，莫拉政府垮台，接替他的政府更加保守。1908 年冬，伊斯兰蒂亚的边疆地区发生了很多事情。班特部落的骑兵穿过边界，抢夺伊斯兰蒂亚的农田，表面看来这是因为受到索伯-斯蒂贝斯(Sobo Steppes，参阅“卡拉恩州”)的德国管理局的挑拨。这些都是最后被记录的边疆事件，自 1908 年以来，伊斯兰蒂亚与外界完全隔绝。

伊斯兰蒂亚之所以采取孤立态度，可能是因为他们害怕外国人把疾病带进来，也可能是为了保护他们的自然资源。他们相信，一旦有外国的东西进入，他们就必须修订法律，政府就不得不更加频繁地干预私人的生活。伊斯兰蒂亚总是拒绝经济的发展，因为发展经济意味着许多人最后必然离开农业，而农业又是伊斯兰蒂亚人的生活与文化的基础。伊斯兰蒂亚人害怕污染，大规模的工业生产可能会破坏他们所珍爱的自然风景。

然而，我们最终还是得从文化保守主义的角度解释这种孤立态度。伊斯兰蒂亚的文化与农业紧密相连；除了萨伯拉这个工业城市，伊斯兰蒂亚的经济基础是农业。这是一种传统的自给自足、完全依靠刀耕火种的原始农业。从理论上讲，5%～6%的人口拥有90%的土地；但从实践和法律上来讲，他们所处的地位决定了他们必须履行一定的义务。这些义务把他们与他们的依附人紧紧地绑在一起，因此完全不可能扩大规模积累财富，其结果便是一种文明的形成，这种文明可以提供人们所需要的一切，从而形成一个稳定不变的社会。农业的这种自给自足状态在许多方面滋长了一种个人主义风气：个人拥有他所需要的一切，因而不会再去关心共同体的发展。这种个人主义作风与一种宽容的哲学携手同行，最后导致了绝对的贫富两极，个体也不必参与社会事务。

伊斯兰蒂亚人最关心的是如何与他们的自然环境和谐相处，像高等动物那样满足最基本的需求和欲望，不强迫他人，也不去破坏自然的平衡。伊斯兰蒂亚人对待农业的态度尤其如此。在他们看来，农业犹如一幅画卷，农民就是在这幅画卷上作画的艺术家。每个艺术家只会对这幅由自然和他的先辈们创造的画卷稍作修改。修改这幅画卷时，即引进新的农作物时，他们必须考虑画面的整体结构；如此一来，伊斯兰蒂亚的农民变成了技艺最娴熟的风景设计师；他们的工作节奏舒缓而悠然自得。他们喜欢做体力要求最大的农活，但也可以毫不犹豫地停下农活去学习读写，如果他们渴望这样做的话。

参观者会注意到，伊斯兰蒂亚人的生活十分悠闲而祥和。没有机械化的运输，缓慢的马步似乎象征着伊斯兰蒂亚生活的主旋律：简单自在。伊斯兰蒂亚人的娱乐也是如此，比如划船、滑雪、拜访朋友和外出野餐。伊斯兰蒂亚人没有商业方面的娱乐，没有公共舞厅，舞会在自己家里举办。如果说他们真有商业娱乐方面的活动，那就是阿尔文剧院举行的音乐会，这是一种最接近商业表演的活动。伊斯兰蒂亚的音乐多为独奏或小合唱，而非交响乐。这样的音乐素朴精妙、如余音绕梁，三日不绝。

从伊斯兰蒂亚人的丧葬习俗，我们也能窥见其典型的个人主义风格和刻板的朴素风范。死者被埋在没有任何标记的坟墓里，但他生前可以选择自己被埋葬的地点，这就意味着个人选择的这个埋葬点相较于公墓更具有个性化。

伊斯兰蒂亚的基本社会单位是家庭，其他的一切都要服从家庭。家庭传统至关重要。家庭的地位体现在他们的语言之中。当要表达“我和我的家庭”的时候，他们就用一个具体的代词表示“我们”。实际上，当伊斯兰蒂亚人使用这个具体的代词时，他不仅用它表示他的家庭，也表示他几百年前的祖先。家庭及家庭农场的核心地位可以使用 *Tan-ry-Doon* 这个概念描述，这个概念从字面上看就是“土地-地方-习俗”。每个人在农村都有一个家，城市居民在农村也有这样一个家。这个家可能是一个农场，也可能只是一个亲戚的家，但个人对这个家拥有绝对的使用权，他可以随时搬到那里去居住，那里随时都会为他准备一个房间，等他回去住。有时候，这样的家也可以提供给朋友居住，亦即“我的房子也就是你的房子”。这只是字面上的解释，这是一个伊斯兰蒂亚人所能拥有和得到的最了不起的特权和荣誉之一。*Alia* 一词就表示对某人的家庭及其祖宅的依附。

在伊斯兰蒂亚人看来，婚姻主要是延续家族血脉和姓氏的一种手段。而另一方面，如果一个家里有两兄弟，其中一个通常不结婚，目的是避免家里的农场太拥挤，资源太紧张。不过，虽不结婚，他们通常都有各自的情人，这一点也为当地的伦理所接受。这是一种不正式的婚礼:新人只需要在一个好友面前简单表明,两人愿意以夫妻方式开始新生活就可以了。实际上,伊斯兰蒂亚的语言里没有“妻子”这个概念,最接近“妻子”这个词的是 *alia*,表示“分享情人”。婚姻的基础是共同劳动和男人提供给情人的报酬;这意味着女人其实是在男人之间作选择,而不是在所提供的社会优势与物质优势之间作选择。没有什么可以阻止农场雇工或庄园雇工与农场主或庄园主之间的通婚。伊斯兰蒂亚的男女关系非常宽松。男女朋友可以在一起裸浴,晚上可以同住一室,这都是很稀松平常的事情。然而,另一方面,男人和女人也不可以长久地呆在一起,以免他们性欲过旺。从词汇学的意义上讲,*apia* 和 ania 这两个词的意思是有严格区分的。*apia* 表示“性欲”,*ania* 表示“想与某位异性结婚的欲望”。与其他国家不同,伊斯兰蒂亚在劳动方面没有严格的性别区分,男人和女人的工作范畴没有作严格而固定的划分,如果不考虑体力问题的话。奇怪的是,尽管格利尔夫人(Ms. Germaine Greer)在《女太监》(*The Female Eunuch*)一书中对伊斯兰蒂亚的社会分析得非常透彻,却没有分析伊斯兰蒂亚女人的生活状况。

伊斯兰蒂亚的语言结构和语法简单易学,这种语言没有词尾变化,没有变形,也没有语态和时态的划分,通常也没有性别的区分,除非确实需要。不过,这种语言很难翻译,因为其中的农耕词汇异常丰富,其他语言中一个词可以表达的概念,在伊斯兰蒂亚的语言里,要用许多具有细微差异的词汇来表达。比如表示“好处”这个概念,伊斯兰蒂亚语中也有好几个词,主要取决于对哪方面的好处,“对身体的好处”、“对农耕的好处”,还是“对‘情人’的好处”,如此等等。伊斯兰蒂亚人只有一个名字,没有尊称。个人的名字是通过他与家长之间的关系或他自己在家里的出生顺序来决定的。因此,某人可能叫“多恩,多宁河谷的多恩家的侄外孙”,“Hyth Ek”(Hyth 表示第一个孩子)或“Hyth Ettera”(Hyth 表示第三个孩子,而且是女儿)。

伊斯兰蒂亚的文学形式只有寓言。历史上最著名的作家可能是鲍德温(Bodwin),是他复兴了伊斯兰蒂亚14世纪的古典文学。他的作品至今很畅销,主要特点是构思精巧、结构复杂、内容丰富,而且说教不多。其他重要作家有18世纪的寓言家戈尔丁和16世纪的诗人莫拉。

伊斯兰蒂亚人的起源不清楚,但从身体特征上来看,他们大致可分为两类,一类体型魁伟、黑发、黑眼睛;另一类个子矮小、头发浅褐、身材纤瘦。伊斯兰蒂亚人很少有长得肥头大耳的,也很少有男人长着串脸胡,男人穿长至膝盖的短裤、开领衬衫、宽松而做工精美的羊毛夹克衫;他们的衬衫料子是柔软的亚麻布,领口开得很大。女人通常穿齐膝的裙子和夹克,她们的夹克样式与男人的相似,在夹克里面穿亚麻灯笼裤、胸衣以及预防酷寒的羊毛衫。伊斯兰蒂亚人喜欢赤脚走路,有时也穿羊毛袜子。伊斯兰蒂亚的陆军、海军以及每个省的军队都用两种颜色表示。他们所穿的夹克显示主要的颜色,袖口表示次要的颜色。海军穿灰色和蓝色;密尔顿省的军人穿红色和白色;海斯省的军人穿白色和深蓝色。他们在正式场合所穿衬衫的颜色取决于个人的品位,但通常选择与着衣者肤色相配的颜色。

伊斯兰蒂亚的食物不具有异国情调;多数食物与欧洲的很相似,只是他们的饮料稍有不同。伊斯兰蒂亚生产一种又苦又辣的巧克力,但很畅销。他们生产的一种名叫 *Sarka* 的烈酒也很受欢迎,尝起来味若干桃白兰地;还有一种像蜜一样甜的白酒。伊斯兰蒂亚最常见的酒通常轻微地用树脂处理过,呈红色,度数很高,喝起来非常提神。伊斯兰蒂亚人在旅途中常常吃腌制的水果和坚硬的肉丸,吃之前,他们会先把肉丸放在水里泡软;这样的肉丸在冬天可以保存一个月不坏,夏季的保质期为10天。

伊斯兰蒂亚人没有表,他们用水钟计算时间。可能是为了弥补没有表的不足,他们培养了一种敏锐的时间观念。伊斯兰蒂亚人的一年分为四季,冬季始于一年中最短的那一天,共有4个月,接下来是两个月的 *Grane*,然后是4个月的 *Sorn*,最后是两个月的 *Leaves*;白天和黑夜各12个小时。

伊斯兰蒂亚的动物有灰色的小鹿，小鹿的角很短。有时在罗瑞亚森林里也能看见熊和狼。伊斯兰蒂亚最引人注意的鸟儿叫*Aspara*，这是一种海鸥，嘴角呈猩红色，背上的毛是褐色，其他部分则是白色，这种海鸥行动敏捷如燕，经常出现在多宁沼泽里。伊斯兰蒂亚人从不猎捕这种海鸥。

伊斯兰蒂亚虽是农业社会，但它的矿产资源非常丰富，包括储量丰富的石油和煤矿。他们还在温德尔省发现了铜矿；菲利恩火山岛上有重要的金矿、银矿、铁矿和铂矿。

参观者应该知道，进入伊斯兰蒂亚很难。尽管他们可以从卡拉恩州的圣安东尼港坐船来，但根据1841年颁布的"百法"，参观者的人数受到严格的限制。上岸之前，所有的参观者都必须接受严格的体检。外国人不可以移民到伊斯兰蒂亚，他们最多可以在这里住一年；永久性移民需要国民大会的通过。除了可以带书和礼物，外来的参观者不允许带其他任何东西进来。伊斯兰蒂亚也不接受外来商人在这里投资。

游客如果想更加详细地了解伊斯兰蒂亚，他可以去阅读大卫波特准备的《伊斯兰蒂亚简介：历史、习俗、语言、法律以及地理环境》(*An Introduction to Islandia; its history, customs, laws, language, and geography as prepared by Basil Davenport*, New York, 1942)。

奥斯丁·怀特，《伊斯兰蒂亚》(Austin Tappan Wright, *Islandia*, New York, 1944)；马克·萨克斯顿，《伊斯拉或今日之伊斯兰蒂亚》(Mark Saxton, *The Islar, or Islandia Today-A Narrative of Lang III*, Boston, 1969)

伊西利恩地区 | Ithilien

刚铎王国一块最古老、最高贵的封地。这是一个美丽的地方，位于大河和影子山脉之间狭长的地带。伊西利恩地区的南部边界是波若斯河，这条河发端于高山之间，最后汇入大河。

伊西利恩地区以东和以北都有高山环抱,因此气候温和。这是一块富饶肥沃之地,号称刚铎王国的花园。这里有丰润的绿草、柽柳树林、笃蓐香、橄榄林以及刺柏林;高山上生长着各种野生草药,空气里弥漫着浓浓的草药味儿。

在引发魔戒大战的那段日子和魔戒大战期间,伊西利恩地区遭到摩多王国的黑暗之君索伦的控制。在那些岁月里,伊西利恩地区几乎无人居住,完全变成了一块杂草丛生的荒地。索伦被打败之后的几年里,伊西利恩地区仍然背负着兽人留下的痕迹,那些兽人蓄意毁掉伊西利恩地区的一草一木;他们在村子对面留下一排又一排的污秽。只有伊西利恩地区的游侠还依然走出赫尼斯-安奴瀑布的隐蔽处,到这里来巡逻。

作为游侠的头领,法拉米尔的大部分时间都在伊西利恩地区的那场大战中度过,但在带军撤退到米那斯-提力斯的时候,他却受了重伤。大战结束之后,法拉米尔成为伊西利恩的国王,他娶了洛汗王国的女英雄艾奥恩。他们定居伊西利恩,恢复了它原有的美丽。

赫尼斯-安奴瀑布附近的格玛伦平原是索伦被彻底摧毁之后、盟军举行庆祝活动的地方。这是一块延伸到一片山毛榉林的大草原,一条小溪穿过大草原。为了这个庆祝活动,洛汗、多尔-安罗斯和刚铎三国,在各自的国旗下面的草坪上摆放了3个草皮座位。夏尔郡的两个霍比特人,弗罗多和山姆在此受到西部大军特别的尊敬,因为是他们最终摧毁了魔戒,毁灭了索伦的邪恶力量。

托尔金,《魔戒首部曲:魔戒现身》;托尔金,《双塔奇谋》;托尔金,《王者归来》

伊万村 | Ivanikha

苏联的一个村庄;伊万村的村民都叫伊万,只是昵称不同,有的叫“自食者伊万”,因为他们睡觉时会咬自己的耳朵;有的叫“秃子伊万”;有的叫“抠鼻伊万”,有的叫“痰吐得最远的伊万”。伊万们喜欢到新的国度去，因为他们相信外面的山水要比伊万村的更好。为了证明这一点，他们挖了一个深洞；穿过这个深洞，他们就可以到达地球的另一端。然而，他们并没有找到那个更好的地方，于是不得不失望地再次回到伊万村。他们害怕说起这件事，怕别人说他们是骗子。

叶夫根尼·伊万诺维奇·扎米亚，“伊万村”（Yevgeniy Ivanovich Zamyatin, “Ivany”, in *Dva Rasskaza dlja vzroslych detej*, Moscow, 1922）

伊克斯王国 | Ix

诺兰德王国以西的一个国家，两国之间隔着高耸的山峦；山下有一条河，是伊克斯王国自然的界河。从这里开始有一些较好走的路，经过森林直达伊克斯王国的首都；伊克斯王国的首都也叫伊克斯。

伊克斯城美丽而壮观，城里有众多井然有序的花园和灌木林。城里最壮观的建筑是皇宫，坐落在公园的中心，沿着大理石铺成的人行道走就可以进入这座皇宫；人行道的两边有雕塑和喷泉。

众所周知，统治伊克斯王国的是一位名叫泽西的美丽女子。她头发金黄，目光炯炯有神，肤色白皙如百合花，看起来不过 16 岁，而实际上她做伊克斯的女王都已有好几百年了。她现在是 683 岁，也有人说她 1000 岁了。泽西女王会使用魔法延长自己的寿命，因此可以永葆青春和美丽。她虽是一个女巫，但这并不意味着她一定很邪恶。相反，她的统治井然有序，充分展示了她的聪明才智和公平之心。她教会自己的臣民耕种土地、播种和收割；教会他们制作金属工具和建造结实的房屋。尽管如此，她的臣民还是很怕她，而不是爱戴她；他们非常清楚她的真实年龄和魔力。不管女王看起来多么有魅力，人们都对她畏惧三分，对她说话也格外小心。

泽西女王心里悲伤，因为尽管她看起来美丽年轻，但如果一照镜子,就会看见一个丑陋老巫婆的形象,那是她原本的样子。因此,她禁止宫里在高档家具上安装镜子。

后来,泽西女王从一位游吟诗人那里听说,诺兰德的国王有一顶魔法斗篷;这件斗篷能够实现主人的一个愿望。女王决定搞定魔法斗篷,她首先扮作一个巫师进入诺兰德,但她想得到斗篷的企图很快破产了。于是,她决定入侵诺兰德。她戴上金盔甲,亲自率军进入诺兰德,结果也遭到惨败。诺兰德的军队虽不及女王的一半,但率领这支军队的是一个身高 10 英尺的将军和一个功夫了得的刽子手。这个刽子手的手臂很长,一伸出去就可以把女王的军官抓取过去,女王的军队因此遭遇重创。更严重的是,诺兰德王国内有一只会说话的狗,它跑到女王的军队里散播谣言,说泽西女王必败。女王的军队士气大落,从此一蹶不振。尽管打败了,泽西女王仍然想得到魔法斗篷。她又乔装打扮,变成诺兰德首都诺拉皇宫里的一个女仆。只要能进入皇宫,她就有机会偷走魔法斗篷。泽西女王确实偷走了魔法斗篷。然而,偷来的魔法斗篷并没有使她美梦成真,因为如果这顶魔法斗篷是从先前的主人那里偷来的,它就不会实现偷窃者的愿望。泽西女王太失望了,她扔掉了这顶魔法斗篷。

尽管泽西女王企图入侵诺兰德,但当诺兰德的统治者向她求救时,她还是相当友善和慷慨的。起因是一种名叫罗利-罗各(Roley-Rogues)的怪物,长得像鲜活的足球,生活在北部高山上。后来他们从山上下来,骚扰诺兰德的百姓,侵占诺兰德的领土,并把诺兰德的居民赶出了他们的家园。诺兰德的国王来到泽西女王的皇宫,女王对他们表示友好,她首先坦诚了自己偷魔法斗篷的行为不正当,继而又说她自己也不知道魔法斗篷现在在哪里。然后,她使用魔法制造了一种安眠药水,所有喝下这种安眠药水的罗利-罗各都睡着了,于是伊克斯的军队趁机把他们绑起来,带到河边,扔进河里,从而拯救了诺兰德国王,同时也清除了他们自己潜在的威胁。这一次,伊克斯的军队在诺兰德大受欢迎。

有人找到那顶魔法斗篷,把它切成碎片,但魔法斗篷最终还是被复原,并被带回到诺兰德的首都诺拉城。

自从赶走了罗利-罗各之后,伊克斯与诺兰德之间恢复了友好关系。泽西也与奥兹国的奥兹玛保持着良好的关系;奥兹玛举办盛大的生日宴会那天,泽西女王还是他的座上宾呢。

弗兰克·鲍姆,《伊克斯的泽西女王》或《魔术师克劳克的故事》;弗兰克·鲍姆,《奥兹国之路》

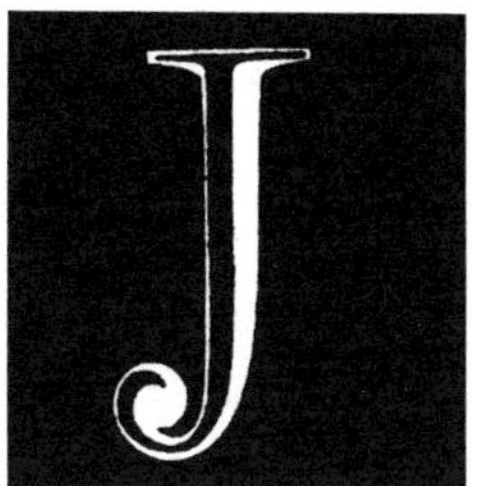

亚伯沃岛 | Jabberoo

参阅鲁纳瑞群岛(Loonarie)。

炸脖龙树林 | Jabberwocky Wood

可能位于英格兰岛的某个地方。

只有日耳曼人的一首诗歌里提到过这个地方,这首诗发表在镜子国,此后又多次重印。根据这首诗的描绘,我们知道,这里曾是一个英雄与怪物炸脖龙进行殊死搏斗的地方。炸脖龙的样子使人一看就心生恐惧;他的眼睛喷火、爪子凶猛、下颌尖利。它那颗被砍断的头依然还保存着,他的头盖骨作为展品在这片树林附近还能看见。这片树林里还有两种怪物,他们是大毛怪和揪拨揪拨鸟(亦参"蛇鲨岛"),也很危险,游客最好避开。

这片树林附近有一块绿草坪,绿草坪上面竖着一个日晷,日晷周围的草坪又叫 *wabe*,因为日晷周围的这个草坪绕了很远。这里生活着 *Toves*,一种柔软而粘糊糊的动物,由獾与蜥蜴交配所生,它们尖利的鼻子像螺丝锥。它们把巢筑在日晷下,只吃奶酪。还有 *Borogoves* 鸟,瘦小而邋遢,完全展开的羽毛像一个活生生的拖把;看起来脆弱而痛苦。此外还有 *raths*,这是一种绿猪,当它们迷了路,聚到日晷周围的草坪上时,就会大声地咆哮和吹口哨。这片树林里唯一值得注意的树叫 *tumtum*;对于这种树,我们了解不多。

路易斯·卡罗尔,《爱丽丝梦游仙境》

杰克逊城 | Jacksonville

伊西梅里亚(Ishmaelia)的首都。

美洲虎座之地 | Jaguar Throne, Realm of the

我们只知道这里珍藏着著名的美洲虎宝座，游客可以到这里来参观，尤其是圣诞节时。美洲虎宝座放在一座金字塔里，要进入这座金字塔，参观者首先必须穿过一条隧道。隧道很窄，参观者的肩膀会碰到隧道两侧湿漉漉的旧石壁。进入金字塔的通道只有一条，进去和出来的人都得经过这条通道；出来的人由于想赶紧跑出来呼吸新鲜空气，经常会把正要进去的人又推回来。

金字塔里的空气潮湿而浑浊，过道里依靠几只小电灯泡照明。走到一半路程的时候，参观者会看见一尊雕塑，用来纪念一种古老的娱乐活动。古时候流行一种在外院里进行的游戏；这种外院的墙里嵌着石环，游戏的一方如果输了，他们就会被砍头。这尊雕塑的身体表现的是一个男子，头部被一股喷泉代替，象征得祝福的输家可以用自己的头变成雨。据说，这个比喻可能很危险。

金字塔的最深处藏着那个美洲虎宝座，它就蜷缩在一间小小的方形屋里。美洲虎的眼睛是用红宝石做的，看起来闪闪发光，美洲虎的牙齿栩栩如生，但它的意义已经失去。我们只知道它被固定在这里，不能出去。

玛格丽特·阿特伍德，“原材料”，《黑暗中的谋杀》(Margaret Atwood, “Raw Materials”, in *Murder in the Dark*, Toronto, 1983)

简纳提-沙尔城 | Jannati Shahr

又叫“天城”，坐落在沙特阿拉伯境内，地处阿拉伯半岛的中心沙漠 Ruba-el-Khali，或者叫“空居”，从未被欧洲白人穿越过的一个地方；而从中国、印度以及印度洋中更偏远的某些岛屿出发到这里来则更容易。简纳提-沙尔城坐落在铁山背后，隐藏于金山脚下。金山的岩石含金量很高，因此整座金山就好像是黄金堆积而成的。一次猛烈的火山爆发劈开了金山的山墙，把山墙挤压成一个宽 2.5英里的岩沟，岩沟的长和高无法测量。能工巧匠们用金山的岩石建造城墙、城垛、房屋、清真寺和尖塔。金石墙的外面没有使用灰泥，因此，从远处看起来，这座城市金光灿灿，活像一座金城。金城长长的围墙上开有门，呈迷人的拱形，围绕着小巧的尖塔和金光闪闪的圆屋顶。翠绿的花园和羽毛似的棕榈树林与背后黑色的悬崖形成强烈的对比。花园里生长着各种果树，它们有无花果树、石榴树、橙树、杏树、橘树和海枣树。城外还有大麦田、燕麦地、烟草地和甘蔗地；还有成群的羚羊、绵羊和各种鸟儿，比如鹈鹕、仙鹤、鸽子、猎鹰、苍鹰和水禽。

沿着一条宽阔平坦的大路往前走，再穿过一扇金门就可以进入简纳提-沙尔城。城里随处可见热闹的集市和金碧辉煌的高楼；这里有一座危险的地下迷宫，通向一间神奇的藏宝屋。宝屋里珍藏着来自世界各地的宝贝，比如有些来自迦太基，有些来自尼罗河，也有的来自所罗门国王。如果游客进入这间宝屋后想再走出去，就必须穿过一条地下河，这条地下河又叫夜河，夜河里的水温很高。

本世纪初，一群白人来到简纳提-沙尔城，偷走了麦加的圣石和神奇的珍珠星；珍珠星是穆罕默德弥留之际在麦地那留给心爱的妻子阿伊莎的遗物。圣石最终被夺回，但那颗珍珠星再也没有找回来。珍珠星后来落到一个纽约女子的手里，从而变成了一件私藏品。

乔治·英格兰，《飞虎队》(George Allan England, *The Flying Legion*, Chicago, 1920)

简森尼亚 | Jansenia

一块肥沃的土地，与利波丁尼亚(Libertinia)、绝望国(Despairia)和卡尔文尼亚(Calvinia)①三国相邻。南部海域多风暴，海

---

① 前面没有这个词条。

简纳堤-沙尔城南部的沙漠风光

水深不可测。首都坐落在简森尼亚的中心地带，从首都出发到3个邻国的距离一样，步行需要4天。简森尼亚境内河流众多，引人注目的是一个湖泊，形状像内瓦湖，但据说湖水比内瓦湖更深。

简森尼亚最初是佛兰德人的殖民地，佛兰德人因其新颖独特的法律而闻名。今天的简森尼亚是一个多民族国家。简森尼亚人认为他们的首都是6世纪时海波尼王子建造的，尽管有些档案管理员声称，曾师从于盖利尔的塔苏斯王子才是这座城市真正的建造者。按照简森尼亚人的说法，海波尼王子还留下一把剑，这把剑现在被作为一件文物保留下来。如果你走近仔细瞧瞧这把剑，你会发现它其实是假的，但你仍会惊叹于它精美的工艺。

不久前，简森尼亚惨遭黑死病的困扰。当听说简森尼亚的城镇因这场灾难变得荒废，人口遭到锐减，简森尼亚的邻国们不禁心中暗喜。然而，这些报告最终证明是假的，简森尼亚很快恢复了正常，邻国为此十分恼火。

简森尼亚人个子特别矮小，尽管以前的油画把他们的祖先表现得有正常人那么高。他们的头部坚硬，头骨很厚。有些简森尼亚人长了两颗心，这给他们那臭名昭著的伪善行为找到了借口。简森尼亚人生性多疑，与邻国关系很不好。他们至今保留着健全的间谍组织，而且他们都是晚上做生意。简森尼亚人的房屋与欧洲的差不多，房屋后面都有入口，进去和出来时都可以不被看见。

简森尼亚人的走路和行为方式都十分古怪,仅这一点就可以把他们与其他人区分开来。他们自称是世界上最聪明的人,自称只有他们才能辨别善恶。

简森尼亚流行一种地方病,这是一种致命的疾病,患上这种病的人会全身发肿;唯一的救治办法就是让病人离开简森尼亚。然而,参观者要小心,简森尼亚不会让任何人离开的,如果有必要的话,他们还会采取强制手段,把所有人都留下来。

简森尼亚人的生活受宗教的控制,他们的宗教属于基督教,是某个名叫马加里库斯的人传下来的。简森尼亚人相信,耶稣基督的死只为拯救极少数的人,大多数人不属于这个范畴;能否得救取决于上帝的恩慈,上帝只把这种恩慈赐予少数人。上帝施加的律法,只有在上帝的帮助下才能得到遵守,大多数罪人被排除在外。简森尼亚人不承认教皇的绝对权威;他们认为这种说法是对神权的僭越。如果教皇攻击简森尼亚人的神学,他们的形象就会从简森尼亚人的日历里抹去,空缺由简森尼亚人更容易驾驭的宗教领袖来填补。

为了表示尊重圣餐,简森尼亚人实际上搁置了圣餐仪式,取消弥撒就是一种斋戒的方式。在简森尼亚的某些地区,祭司不做弥撒就可以得到薪水,这符合简森尼亚的一种习俗:什么也不做的人就可以获得报酬。祭司认为宽恕没有任何功效,因为宽恕只是为内心痛苦提供一种仁慈的表达;因此临死的人经常得不到宽恕。

简森尼亚没有僧侣,隐士也跟手艺人一样劳动,并在市场上出售他们的手艺,而更虔诚的人认为这些都已过时。另一方面,简森尼亚的修女随处可见。如果某个牧师想做修道院里倾听忏悔的神父,那么他将面对强大的竞争。总的来说,简森尼亚人很虔诚,许多传教士被派到其他地方传教,他们一般不表明自己的真实身份。游客可能在自己的祖国见过他们,只是不知道罢了。

简森尼亚人的教育也严格遵守宗教教义。他们特别强调基督的受难不为死婴;一个人如果不信基督,即使采取的行动是好的,这样的行动也是不可饶恕的罪行。简森尼亚人当中很少有人研究

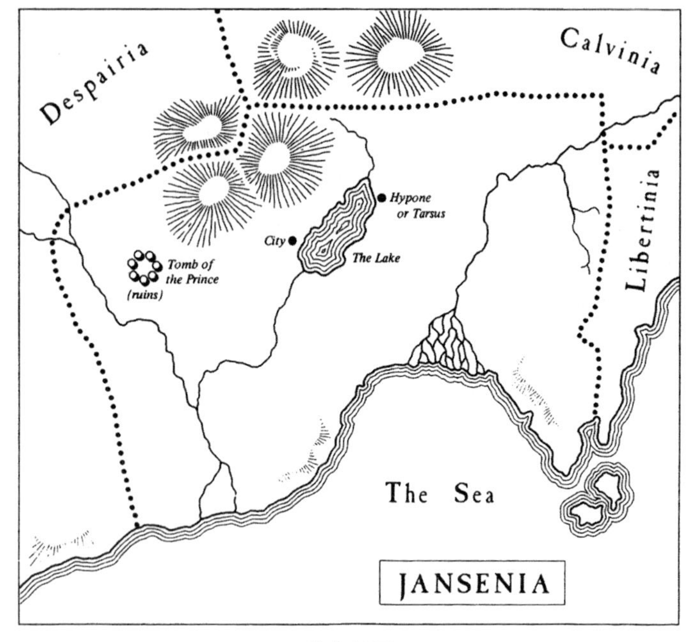

简森尼亚

《圣经》,除非他准备做一个牧师。学校的主要课程还包括语法。穷人的孩子上中学和大学时都由富人赞助,社会鼓励富人多做慈善事业。

简森尼亚的印刷业很发达。精美的纸张和印刷体字样被用来制作精美的书籍,尽管书中也经常会出现错误,不过这不影响简森尼亚人的生活,他们感兴趣的只是书的封面和装订;他们还经常赞助欧美众多有名的读书俱乐部。

在军事方面,简森尼亚人再次表现了他们的不诚实。即使是打了败仗,他们也会装成胜利者的模样,在教堂里举行隆重的庆祝仪式,同时还展出那面“抢来”的敌军战旗;这面旗帜其实是他们自己做的。简森尼亚人不制造枪支,所有的枪支都是从卡尔文尼亚进口。他们很爱护自己的枪,经常把枪擦得锃亮。圣诞节的时候,他们经常会送枪给自己的亲友。简森尼亚人使用的火药没有声音,这样的机枪开火的时候是无声的,这样看来,简森尼亚人常常是最危险的敌人。

简森尼亚的哲学家不承认常识判断力的存在。最近,一位思想家遭到车裂,原因是他胆敢宣扬常识存在论。简森尼亚人很喜欢使用修辞,几乎人人都会修辞法。

简森尼亚的手表时间根据月亮的运转,而非太阳。手表做得很糟糕,因此简森尼亚人没有准确的时间概念。

简森尼亚的动物包括狼,狼身上长得绵羊一样的毛。还有狐狸,喜欢与母鸡和闹喳喳的黑鹦鹉住在一起。简森尼亚的猫头鹰会唱歌,而且歌声比夜莺的还要甜美。简森尼亚的小牛犊和小鹿子比欧洲的牛犊和小鹿更大。简森尼亚的驴子会戴女人做的羊毛呢帽。简森尼亚最普通的植物是乌头根和月桂树,月桂树被用来做王冠。

简森尼亚盛产金矿和银矿;水银也很常见。简森尼亚人使用的奢侈品大多从利波丁尼亚进口,书和武器则从卡尔文尼亚进口。简森尼亚向德斯柏瑞亚出口绳子、刀子、丧服、墓碑及碑文所需的铜匾。

简森尼亚多风暴和雷电。如果游客要去参观著名的王子墓,他会发现这座坟墓最近遭受过一次雷击,现在只能看见它的几块壮观的坟石。

扎夏利·德·利泽留神父,《简森尼亚国的居民、风俗以及宗教史》

雅鲁村 | Ja-Ru

与地下大陆佩鲁西达的死亡森林之间有一点距离。这个村子里住着猛犸人,他们喜欢骑猛犸,就像地面上的人喜欢骑马一样。猛犸人体型剽悍、攻击力强,个个都像重量级的拳击手。他们重视体能训练,但不太尊重人类的生活,尤其是陌生人的生活。他们认为尊重陌生人就是在向自己的敌人示弱。他们还振振有词地说,如果尊重陌生人,他们就没有什么人可以杀了,因此最后就只能自相残杀，这对于他们自己部落的生存显然不是什么好事。

猛犸人都是猎人，他们对农业一窍不通。他们的主食是肉，也喜欢一种后劲儿特别大的烈酒 *tu-mal*，鲁瓦群岛的居民也喜欢喝这种酒。

雅鲁人的婚姻通过仪式性的决斗来决定。一个女子必须要有一个同伴，这个同伴必须跟任何一个想娶她为妻的男人决斗。他们在决斗中不使用武器，只是赤手空拳，直到一方投降，或被击倒为止；这样的决斗一般不会造成死亡。如果女子的同伴获胜，女子就会选他做自己的丈夫；如果挑战者胜，那么这位挑战者可以自己决定是否要这个女子为妻。这种决斗的最终决定权属于酋长。

埃德加·巴勒斯，《将被征服的七个世界》

约克坦地区 | Jochtan

参阅纳扎尔王国(Nazar)。

加利金凯王国 | Jolliginki

位于非洲东海岸。如果参观者从海上来，他上岸之后可以走一条小路，这条小路一直延伸到悬崖之上，悬崖上面有干燥的洞穴，可作为他的藏身之处。如果他继续沿着这条路往前走，就可以进入茂密的森林。森林里生长着姜根、牵牛花、爬行植物、藤蔓植物和椰子树。游客应该避开沼泽地。皇宫坐落在开阔的地方，用泥土建造而成，皇宫的餐具室有一扇破窗，从未维修过。皇宫附近有一间地牢，是用石头砌的，地牢的高墙上有一扇上了闩的小窗。地牢里关着英国人杜利德博士和他的所有动物；杜利德博士来自沼泽地的一个小水坑小镇，把他关在这里，实在不公平。

与加利金凯王国相距不远的是猴子王国，穿过两国之间的界河，可以最快速地进入这个王国。然而，要经过这条界河，只有走猴子搭建起来的“猴桥”。所谓“猴桥”，就是一只只鲜活的猴子构

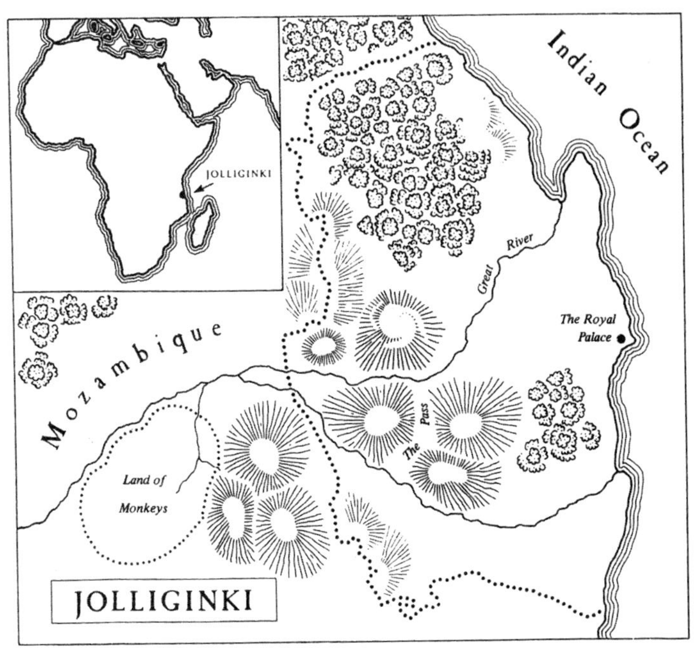

加利金凯王国

成的一条“鲜活的链子”。杜利德博士是第一个走过这条活链子，完成这个壮举的白人。尽管有人说，很多伟大的探险家和须发斑白的自然主义者接连好几个星期蹲在丛林里，等待猴子搭桥。

杜利德博士把世界上最稀奇的那只动物带回了英国，这是猴子送给杜利德博士的一份礼物，因为杜利德博士治好了他们的病。这只珍稀动物名叫 *pushmi-pullyu*，它生性腼腆而有礼貌，没有尾巴，身体两端各有一颗头，每颗头上都长着尖利的角。这只奇怪的动物与阿比西尼亚的瞪羚有血缘关系，它的母亲与亚洲的岩羚是亲戚，父亲的曾祖父是幸存下来的最后一只独角兽。*pushmi-pullyu* 很难被抓住，如果躲在它的背后而不被看见，几乎是不可能的，因为它生有两颗头。不幸的是，它们现在已经绝种了。

休·洛夫丁，《杜利德博士的故事》(Hugh Lofting, *The Story of Doctor Dolittle*, London, 1922)

加利博伊岛 | Jollyboys, Island of

参阅波佩菲戈之岛(Popefigs' Island)。

快乐宫殿之岛 | Joy, Island of the Palace of

可能位于大西洋中部,只有依靠无人驾驶的魔法船才可以到达。快乐宫殿之岛由一座绚丽的花园构成,花园里绿色盎然,这样的美景令人惊叹,使人流连忘返。大花园方圆 15 英里,四面临海;西海岸屹立着一座宫殿,岛名由此而来。宫殿使用大理石建成,大理石的表面光滑明亮,上面清晰可见整个花园的景象。有林荫道通到这座宫殿,林荫道和宫殿的露台都使用绿色或黑色大理石建造。宫殿的天花板周围挂满了郁郁葱葱的藤蔓,宫殿的围墙表面嵌满着宝石和黄金,有些地方还装饰着精致的壁画。公园里有喷泉,喷泉的水总是干净又清新。不过,这座岛屿最引人注目的却是一种难以形容的香味。

宫殿里住着一群女子,个个美若天仙;她们大多数时间都呆在一个小小的亭子里。亭子采用珐琅和黄金做装饰,顶棚也是用黄金做的,由几根水晶柱支撑着。值得注意的是,这座宫殿其实是玛拉吉吉巫师设置的一个陷阱,目的是把年轻力壮的男子引诱到这座岛上,使他们成为仙女安吉莉卡的情人(亦参"阿尔布拉卡城")。

马托·博亚尔多,《热恋的奥兰多》

"快乐守卫"城堡 | Joyeusegarde

英国的一座城堡,骑马从卡默洛特城堡出发,只需要几天就可以到达。城堡的表面涂着石膏,石膏是经过铬处理过的,阳光照耀之下会闪闪发光。城堡顶铺着石板和瓦片,上面又建有无数的小塔,小塔之间有小桥相连。城堡最初叫 the Douleureuse Garde,即

“悲伤守卫”城堡,后来被兰斯洛特爵士重新命名。兰斯洛特 18 岁时被封为骑士,之后,他所获得的第一个英雄业绩就是夺取这座城堡,接着便是为它更名。

正是在这座城堡里,兰斯洛特爵士与亚瑟王之妻圭尼维之间有了私情。愤怒的亚瑟王封锁城堡,时间长达两个月,直到教皇下令要求兰斯洛特爵士交出圭尼维之后,这样的围困才最终停止。这对情人不得不分手,圭尼维不得不留下来。

在萨里斯贝平原的最后一战里,亚瑟王被莫德瑞特杀死。兰斯洛特爵士以宗教起誓,开始绝食,最后饥饿而死,临终时要求被送回城堡。人们尊重了他的遗愿。直至今天,游客依然能看见城堡静静的拱顶下安躺着的兰斯洛特之墓。

无名氏,《亚瑟王之死》;托马斯·马洛礼爵士,《亚瑟王之死》;怀特,《永恒之王》

快乐岛 | Joyous Isle

具体的位置不确定。快乐岛的周围水深面广,水面上无桥梁可用,因此很难到达。快乐岛上的主要建筑是布里昂特城堡,兰斯洛特爵士在柯宾城堡治好疯病后,与伊莱恩一起去的就是这座城堡。值得一提的是布里昂特城堡里的大型赛马场,赛马场的上方是观众席。据说,兰斯洛特爵士在一次赛马比赛中击败了 500 骑士。

托马斯·马洛礼爵士,《亚瑟王之死》

朱阿姆岛 | Juam

属于马蒂群岛,是马蒂群岛中面积最大的几座岛屿之一,与它相邻的是几座森林茂密的岛屿。朱阿姆岛给人的第一印象非常深刻,一排墨绿色的悬崖形成陡峭如山形墙的突起,好像是用巨大的铁锤和凿子凿出来的;海水经过岩缝灌进周围的潟湖。

如果要到这里来,游客首先必须小心避开潟湖周围的激流,然后进入岛屿以北一个翠绿狭长的海湾。岛屿中部是维拉米拉山谷，这里是朱阿姆的君王的世袭居住地。峡谷里坐落着两个美丽的村庄：峡谷以东的叫东村，以西的叫西村；村民们上午住东村，下午就搬到西村，他们这样做就可以一整天呆在阴凉的地方。

晨屋是一座设计相当奇特的宫殿，耸立于一个天然的土丘之上。这座宫殿几乎覆盖了一块深深的凹地；这块凹地位于墨绿色的悬崖和众多的小棚屋之间，从小棚屋的地方可以俯瞰远处的小树林。建造这座宫殿用了500个月的时间，因为建筑师撒在宫殿的方形地基里的椰树种子需要这么长的时间才能长大。这些长大的椰树水平地排列在一起，之间用精雕细刻的猩红色横梁相互连接。宫殿的顶部覆盖着一层芬芳的绿草，掩映于高高的棕榈树丛，伶俐的小鸟儿绕飞于棕榈树之间，或者停歇在颤动的绿草上吟唱。第二和第三个柱廊之间形成一个最美丽的凉亭。整座宫殿被一种名叫 *diomi* 的灌木围起来，这种灌木会开一种名叫 *lenora*（意思是“香甜的呼吸”）的花儿。这芬芳馥郁的篱笆里面摆放着一排排垫子，垫子上面的刺绣非常精美。3条金光闪闪的溪流流进宫殿下面一个水潭，再流入维拉米拉峡谷。这3条溪流在宫殿的背后溅起一片水晶般的水雾；看着这摇曳的绿草、婉转啼鸣的小鸟和芬芳的空气，置身其中的游客很难判断他所处的位置，这是在一个魔幻花园呢，还是在大海深处的一个洞窟里呢？

晨屋背后是3个彼此分隔的凉亭，这些凉亭与一些不太公共化的寓所相通。如果游客从中间的凉亭经过，并幻想这个凉亭会把他们带到出口处，那么他们就会来到朱阿姆的君王们最隐蔽的居所。这是一座方形建筑，与金字塔的结构一样简单，却比金字塔显得更不可思议。墙壁和地面上完全被茅草覆盖，但远处有一条路可以进入方形建筑。几乎不到一码远的地方，游客又可以看见一面覆盖着茅草的墙壁，与第一面墙壁一样简单。两面墙壁之间是一个走廊，游客可以借着墙缝里透进来的微光，沿着走廊往前走，就会到达对面，这里可以看见第二个出口。穿过这个出口，游客可以进入另一个走廊，这个走廊里的光线比第一个更暗；如果继续往前走，游客又会来到第三面同样单调乏味的墙壁附近。这样一直往前走，游客看见前面的墙壁和走廊更加漆黑，直到进入城堡的中心，也就是宫殿最里面的凉亭。宫殿的核心部分是露天的，面积很小。参观者在这里只能看见天空，只能凝望天空中闪烁的星星。在这个近乎坚不可摧的秘密藏身地，朱阿姆的君王像层层包裹的果肉，庄重地坐在那里。他们被整个宇宙包围着，被黄道保围着，被地平线包围着，被四面的海水包围着，被各种暗礁包围着，被高山包围着，被海港包围着，被皇权包围着；君王的两臂紧紧环抱，裹在这一层层妙不可言的包围之中。

午后屋相当于一间紧靠山洞而建的边房。洞口被一段长长的凉亭保护着，支撑这段凉亭的是一块块大石头，大石头被凿成崇拜物的样子，十分粗糙；每一块石头的中心都刻着一只蜥蜴。山洞里流出一股清泉，这是山谷里最重要的水源，清泉汇入山里一条长长的水渠里，接着又流进一个大石潭。清泉的象征意义是，人类在黑夜里诞生，在阳光下一路奔跑，最后回到阴森森的黑暗之中。

在下午房的最里面，参观者可以看见一尊石像，雕刻的是维拉米拉的保护神德米(Demi)。这尊石像的表面湿漉漉的，全身泛着绿光，像水里的石头。德米好像深受坐骨神经痛和腰痛的困扰。根据朱阿姆岛上的风俗，下午房的地面铺着老国王的骷髅，每一具骷髅都被红、白、黑三种颜色的珊瑚构成的图案包围着，其间还夹带着流星运动时掉下来的陨石，陨石上刻着已故国王身上的纹身。每一具骷髅上都挂着一根权杖，参观者必定会注意到，骷髅旁边埋藏着皇家使用的武器。

如果被邀去参加朱阿姆岛上举办的宴会，游客必须首先了解这座岛上的饮食习惯。朱阿姆岛上的居民使用一种奇特的水桌子。他们的做法是，将大树的树干掏空，然后在被掏空的地方盛满水；水桌上面有几只船形的小盘，盘子里摆放着食物，这些食物从水上被传到一个又一个客人的手里。对于这座岛上其他方面的习俗，我们就不得而知了。

赫尔曼·梅尔维尔，《马蒂群岛：一次旅行》

朱康人之谷 | Jukans, Valley of The

一个森林茂密的山谷，位于地下大陆佩鲁西达，距离阿扎尔山谷不远，山峦对面是沃格河谷。林间空地里散布着几个村落，最重要的是梅扎村。

梅扎村的面积其实很大，完全像一座城市。梅扎村被高高的木栅栏包围着，木栅栏的大门有重兵把守。栅栏里面的房屋簇拥在一起，显得凌乱不堪，看不见什么街道。所有的房屋都各不相同，使用的材料也各不相同，比如树枝、树皮和干草。有些房屋完全使用茅草，其他的则是方形的木建筑。一座塔楼可能有 20 英尺高，但它的旁边可能紧靠着一栋用树皮搭建的方形小屋；一栋用细枝精心编织的小棚屋旁边，可能就是一间最原始的茅草屋。

梅扎村的中心坐落着皇宫，包括一排低矮不规则的建筑结构，占地一英亩。这其实是一个村舍，建造时显然没有经过很好的规划。蜿蜒的走廊突然消失于粗糙的墙后；漆黑的屋子紧挨着几条走廊；其他的屋子其实是一些小小的露天庭院。屋子的某些地方挤满了人和家具，而其他地方又好像已被废弃了多年。沿着一段隐蔽的走廊往前走，可以进入一个山洞，这个山洞位于村子外面的林间溪谷之上；溪谷名叫国王之谷。参观者需要注意，他们在这里的参观必须有导游陪同，否则根本进不了皇宫。

朱康人与他们自己建造的房屋一样奇怪，他们似乎遗传了祖上的疯狂，性格方面极端喜怒无常。一旦被激怒，就很容易采取暴力行为，稍不顺心就会起杀戮之心。梅扎村的“街上”随处可见这样的朱康人。他们的行为离奇古怪，参观者可能会亲眼看见他们中的有些人正在用石块击打自己的头部；有些人正狠命地要把自己扼死，一个富人正在用石刀折磨自己的小孩；而对于这样的事情，没有哪一个朱康人会有闲心去管。

朱康人个头很矮，头发总是乱蓬蓬的。他们穿粗糙的猴皮衣服，腰间系着腰带，头上戴着猴皮护身符，脖子上套着人牙项链。

朱康人崇拜半人半兽的奥加尔。朱康人通常利用来这里的游客祭祀这位神灵。一尊样子猥亵的奥加尔石像竖立在宫外;路过这里的人必须友好但不一定亲密地对石像说:“你好,奥加尔”,这是当地的习俗。参观者会看见许多男人在石像面前转动车轮;这些人是当地的祭司,他们代表所有朱康人向这位神灵祷告。朱康人相信他们自己是奥加尔的孩子,是地下大陆佩鲁西达最美丽、最强大的民族。朱康人总是认为他们才是村里最理智的人,而其他人都是胡言乱语的疯子,这也是朱康人的典型特征。

地面上也存在一种与朱康人相似的文化,那就是绪嘉王国。

埃德加·巴勒斯,《恐怖王国》

朱米奥克斯岛 | Jumezux, Isle Des

参阅食人岛(Cannibal Island)。

双子岛 | Jumelles

包括两座岛屿,这两座岛的面积大致相同,距离新西兰岛的海滨不远;两岛之间隔着一条宽 1.5 里格的水渠。两座岛上的居民说同样的语言,拥有相同的宗教;他们之间经常做木材和石材生意。其中一座岛屿叫湖居者之岛,因为这座岛上的定居者生活在一个 40 里格宽的湖面上,湖中小岛林立,小岛之间有小桥相连。岛上的房屋通常有两层高,都是木结构,被漆成红色或黑色;窗户用透明的牛角做成,室内装饰着瓷器和金属镜子。

另一座岛叫国王岛,岛上土地肥沃、人民富裕。国王岛的中心城市叫迪利奥巴(Deliarbou)。这是一座圆形石建筑,城里每一个十字路口都有一座大理石喷泉。国王岛上的洞穴众多,被当作民居,洞里铺着地毯,装饰豪华。国王岛上实行贵族制,上流社会的人脖子上戴着项链,项链上刻着“没有它,我们什么也不是”。

国王岛上的居民反对一夫多妻,违反者要被处死。在湖居者

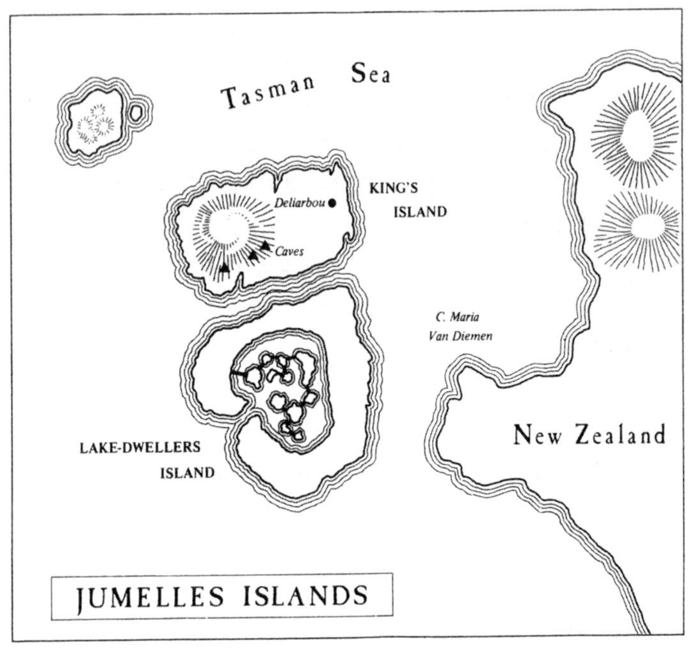

双 子 岛

之岛上，通奸的男子会被处死，女人则被赤裸身体当众鞭打，然后割掉鼻子，扔进丛林里等死。遵照这两座岛上的宗教，每逢月圆之夜，岛民就要献祭一头白色小母牛，因为他们相信岛上只有一个造物主，每一个灵魂都是这个造物主的一部分；而作恶者会投胎变成动物。这些岛民吃滚烫的土豆面包，喝一种树浆酒。

德·卡塔德，《绅士农民》或《德·郎西的双子岛奇遇记》(de Catalde, *Le Paysan Gentilhomme, Ou Avantures De M. Ransay: Avec Son Voyage Aux Isles Jumelles. Par Monsieur De Catalde*, Paris, 1737)

云达普尔国 | Jundapur

印度一个小王国，由王侯统治，类似于英国乡村的领主政治。王宫是 18 世纪时的石建筑，属于 16 世纪意大利建筑家帕拉第奥的风格，坐落在起伏的稀树草原上。王宫的围墙已经开始坍塌，经常会有牛群闯进来。宫殿背后有一个湖，湖中有森林密布的小岛，小岛上有一个六边形的笼子，笼子最上面是洋葱形的黄铜圆屋顶，笼壁是铁格子做的。笼子里养了植物，是从新几内亚岛带过来的，天堂鸟喜欢绕飞于这些植物丛中，它们都是最后一位王侯的祖父养的鸟儿。

云达普尔国的宫殿，属于帕拉迪奥建筑风格，建有高高的尖塔和镀金的圆屋顶

传说很久以前，王侯的女儿爱上了一个船夫，当时她还不知道这个船夫就是黑天神(Krishna①)。一天晚上，女孩偷偷跑到湖边与船夫约会。女孩的哥哥突然出现，看到这样的情景非常惊讶，于是大声叫起来，然而只能听见苍鹭的叫声，因为湖水已被黑天神施了魔法。一看到有人贸然闯入，黑天神便露出了他的真实面目，女孩的哥哥当场昏倒，妹妹也因受惊吓而死。这一传说还有一个版本，说的是兄妹俩都变成了苍鹭，当月亮在午夜升起的时候，就能听见这两人的叫声。

云达普尔镇没有什么特点，乏善可陈，只有一些狭窄而混乱的街道和商铺。

保罗·司各特，《天堂鸟》(Paul Scott, *The Birds of Paradise*, London, 1962)

云冈伊卡湖 | Junganyika

又叫“秘密湖”，位于西非。只能经过小凡第波河才能到达，这

---

① Krishna是至尊人格首神，Krishna这个名字梵文的意思是黑色，中文译为黑天或奎师那，因为黑色能吸收光谱中的七种颜色，象征他具有吸引一切的能力，印度教崇拜的大神之一。黑天的形象在印度民间文学、绘画、音乐等艺术中时有体现。

条小河最后汇入凡第波王国周围的海洋。秘密湖永远处于迷雾笼罩之中，四周是红树林沼泽和交错的小溪流。生活在秘密湖及其周围地区的许多动物说，湖水中含有最古老的诺亚大洪水：地球上其他地方的洪水都退去之后，这个湖里依然存在大洪水的成分。

据说，很少有人来这里探险，而且只有一人到过秘密湖，那就是沼泽小水坑小镇的杜利德博士。他来这里是为了满足老泥脸的要求。老泥脸是一只大海龟，只有它还记得那次大洪水的情形，也只有它是那次大洪水的幸存者。它既能在咸水里生活，也能在淡水里生活。老泥脸深受痛风的困扰。为了得到治疗，它告诉杜利德博士大洪水之前的情形。为了表示感激，杜利德博士在湖中心造了一座人工岛，我们至今还能看见这座人工岛的部分遗迹。它是数万只鸟儿衔来的小石块和沙砾在充满泥泞的湖水中堆积而成的；这就是为什么多年以后，一些地质学家会认为海边的沙砾可以证明小岛曾位于海底的原因。从某种意义上讲，他们的说法没错，但他们所说的大海其实就是那次大洪水。

几年之后又发生了一次大地震，这次大地震很大程度上改变了这里的地貌，同时也部分地毁掉了人工岛。老泥脸虽被埋在泥淖中多年，但最终还是得以生还。大地震使沙巴城(Shalba)的废墟显露出来，这里曾是马希图国王(King Mashtu)的首府，大洪水爆发之前，马希图国王统治着一个繁荣的王国。只有这些废墟还能证明那段历史的文明景象，研究考古学的学生也将通过实地考察充分证明这一点。

云冈伊卡湖这个湖泊名字与某些发生在大洪水之前的事件有关。老泥脸从大洪水中救了两个人，他们是伊贝和加莎。伊贝帮助诺亚管理动物，加莎是伊贝喜欢的女孩。老泥脸英勇顽强地与想要杀死他们的母老虎搏斗，与所有想要扼杀人类或使人类沦为奴隶的动物搏斗。伊贝和加莎不说同一种语言，他们只是把各自所说的词连起来进行交流。当老泥脸给他们带来大洪水后那座城市废墟里的海枣蜜饯时，伊贝大叫“Junga”，意思是“枣子”，而佳莎说“Nyika”，也表示“枣子”。这两个词加在一起就是这个湖泊现在的名字。为了自身的安全，伊贝和佳莎离开了这里，被老泥脸大海龟带到了美洲。杜利德博士到来之前，没有人来过秘密湖。

休·洛夫丁，《杜利德博士的邮局》；休洛夫丁，《杜利德博士和神秘湖》

侏罗纪公园 | Jurassic Park

一个实验性的娱乐园，位于努布拉岛，长 8 英里，最宽处有 3 英里，距离哥斯达黎加西海岸的卡波-布兰科生态园不远。经验丰富的游客会注意到，这个公园很像枫白地区，也就是“失落的世界”。努布拉岛(Nublar)其实不是一座岛，而是一个海峰，是从海底升起来的一块火山岩形成的，那里生长着丰富的热带植物，周围的地面温度非常高，到处都是小溪流，它们从石缝和小石洞里喷涌而出，水里面还冒着气泡。由于到处是水蒸汽和激流，这座岛屿总是笼罩在迷雾之中，其实，西班牙语中的“Nublar”这个词的意思就是“云遮雾罩”。努布拉岛的北端是绿幽幽的丘陵，海拔近 2000 英尺，只有坐船或乘直升机才能够来这里。从海港或从飞机跑道处可以看到一些狭窄的小路，沿着这些小路就可以走进一些建筑，比如游人中心、实验室和旅馆等等，这样复杂的建筑群在热带丛林里显得极不协调。建筑群的入口有粗糙的手绘标志，上面写着“欢迎来到侏罗纪公园”。

侏罗纪公园里至少生活着 15 种恐龙，都是用恐龙血液中的 DNA 克隆出来的，这种 DNA 采自史前琥珀中发现的蚊子胃部。这 15 种恐龙都是在公园的实验室里“创造”出来的，而实验室只对专业人员开放。克隆实验中会使用某些可能产生畸形胎儿的物质、放射性同位素和致命毒药。恐龙蛋在孵化过程中得到精心的照料，直至恐龙的出生；出生后的小恐龙被放到公园里娱乐观众。

必须小心预防恐龙的逃跑，它们跑到外面会造成严重的危害。管理人员用带电的栅栏把这些危险动物同观众隔开，适当的时候还必须采取强制措施。这些恐龙的 DNA 之中被故意植入了一种“赖氨酸”基因，从而使它们获得了一种纯蛋白质酶。因此它们的身体不能生产赖氨酸，除非它们能得到饮食中富含的赖氨酸，于是侏罗纪公园的饲养员给它们喂食一种药片，药片中含有定量的赖氨酸，据说如果不这样，它们就会休克，然后昏迷 12 个小时，最后死去。而且这些恐龙中如果有一只逃跑，公园里的电脑就会立刻响起警报，因为电脑每隔几分钟就会计算一次它们的数量。

几年前，侏罗纪公园里发生过一次严重的事故，许多恐龙成功地逃跑出去，给公园里的游客和当地村民带来极大的灾难。如今，侏罗纪公园得到重修，并再次向公众开放。不过，参观者还是需要特别小心，他们必须知道，如果发生事故，侏罗纪公园的管理处和哥斯达黎加政府都不会承担责任。

迈克尔·科瑞西敦，《侏罗纪公园》(Michael Crichton, *Jurassic Park*, New York, 1990)

正义殿 | Justice, Palace of

结构庞大而不连贯，坐落在一座无名城里，人们因为一些莫名的指控被召集到这里来。任何进入正义殿的人都会遇到一群腋下夹着公文包、形色匆匆的男子对他说，继续往前走，一直走进宫殿里面。正义殿的墙上开有许多扇门，门上装饰着青铜片，青铜片上面有题字，字迹因年代久远已模糊不清。进入正义殿最后一个大厅的人们，必须坐在那里的木凳上等几天。几周后，这些人会感到百无聊赖，于是就有人去询问屋子里的办事人员，看是否有什么事情需要他们帮忙。不久，这种帮忙就变成了一种全职工作。最后，一位法官会把那个最有耐心的帮手提拔为他的秘书。多年以后，这个被任命的秘书会发现，其他的办事人员都对他以"殿下"相称。他必须在一些卷宗上签名，包括一项缺席罪指控。如今，年事已高的老法官似乎还记得那个被指控者的名字，但由于不能废除这一既定的程序，他只好在那份文件上签上自己的大名。

马可·德勒维，"卡夫卡的第一个故事"，《伪造》(Marco Denevi, "El primer cuento de Kafka?", in *Falsificaciones*, Buenos Aires, 1966)

谷 | K, Valley of K

参阅阿里弗贝城(Alifbay)。

卡宾镇 | Kabin

一座舒适的小镇,筑有围墙,坐落在贝克拉帝国东北部的偏远地带和特尔塞纳河的支流维拉克河河岸。多年以后,卡宾小镇变成了贝克拉帝国的边境城市。如果游客从东穿过维拉克河来到这里,他会被认为是从不法之地泽瑞过来的,因此会被遣送回去,或者被杀掉。贝克拉帝国的战乱结束之后,情况发生了一些变化,游人过河之后不再被当作犯罪分子,如今的泽瑞地区变成了受过教化的文明之地。卡宾小镇也不再是边境城市。

卡宾镇的水库很有名,它通过管道为贝克拉帝国的这座城市供水。要进入这座 60 英里以外的城市,输水管道首先必须穿过贝克拉平原。水库位于卡宾小镇以北,介于两个绿色山嘴之间。参观者可能会注意到巨大的河口水坝和复杂的水闸系统;这个系统调节进入输水管道的水量。

理查·亚当斯,《巨熊沙迪克》

卡达斯城 | Kadath

一座会结冰的大城市,位于棱格高原的背后。据说,这里隐藏着许多超乎人们想象的秘密,如果游客想来这里参观,他必须依靠盗墓者,不过迄今为止还无人来过。

据说,这个拥有规模庞大的缟玛瑙城堡的卡达斯城,其实就是梦幻世界那座神圣不可侵犯的都城。

洛夫克拉夫特,“小人物卡达斯追梦记”,《阿克汉姆集锦》

卡利王国 | Kali

位于地下大陆佩鲁西达，距离萨瑞王国的东北部800英里左右。卡利王国的中部有一个山村，村里的人住在山洞里，山洞直接从石灰崖上凿出。这是一列东北方向延伸的火山带中的最后一个壁垒，平行于卢拉尔-阿兹海的海滨。悬崖之外的地面渐渐隆起，最后与一堵火山岩相接；丰茂的植被渐渐变得稀疏，这里只有一座火山仍处在活跃期。

卡利王国有两类居民，分别是崖居人和马齿人。与佩鲁西达的其他人一样，崖居人生活在山洞里，山洞之间有摇晃的梯子连接。崖石下面散落了一些茅草屋，用来准备食物和提供公共的活动空间。马齿人住在更高的山地，他们的皮肤黝黑，长着善于抓挠身体的尾巴，嘴角两边生着长长的獠牙，前额明显地向前突出，短而僵硬的黑发，两眼靠得很近，以人肉为食。这些人不会说佩鲁西达的标准语，但他们会像猴子一样用奇怪的吱喳声进行交流。游客最好不要接触这两种人类，他们都很危险。

埃德加·巴勒斯，《回到佩鲁西达》(Edgar Rice Burroughs, *Return to Pellucidar*, New York, 1941)；埃德加·巴勒斯，《铜器时代的人类》(Edgar Rice Burroughs, *Men of the Bronze Age*, New York, 1942)

卡鲁恩平原 | Kaloon

一个面积广袤的冲积平原，也许曾经是一个古老的湖盆，位于亚洲中部，这里土地肥沃，得到精耕细作。一条河流经这个冲积平原，河中心坐落着卡鲁恩城。卡鲁恩城形成了河中心一座小岛的露台，被这条河的支流环抱，高出卡鲁恩平原约100英尺。卡鲁恩城里最大的建筑是可汗的皇宫，皇宫里装饰着廊柱，皇宫的顶部建有小塔，皇宫周围全是花园。

卡鲁恩地区曾被亚历山大大帝的拉森将军占领。这位将军把希腊语带到了这个地区，并且在这里建立起一个最重要的王朝，这个王朝至今仍在。

卡鲁恩地区的居民属于鞑靼人，他们不重视商业。这个地区没有流通货币，尽管珍贵的金属矿不少，却只被用作装饰。卡鲁恩地区的统治者迷信巫术，崇拜海斯山的女神伊西斯。

亨利·哈迦德，《阿希莎：她的归来》

坎巴顿岛 | Kanbadon

参阅维蒂群岛(Viti Islands)。

卡拉恩洲 | Karain Continent

一座面积广袤的海岛，位于南太平洋。如今这座海岛的大部分地区受到欧洲的控制。

卡拉恩洲人口混杂，最早的居民可能是高加索人；后来，黑人班特族和阿拉伯人也不断逃到这里。卡拉恩州现在的人种就是这两个民族的后代，他们以前住在滨海的平原地区，后来被驱赶到内陆，海滨最终被欧洲人控制。卡拉恩州内陆地区的居民生活很原始，尤其是班特族，他们是伊斯兰蒂亚人的宿敌(参阅“伊斯兰蒂亚”)。

卡拉恩洲最大的城市叫莫波诺城，现在是英国一个保护国的都城，以前是卡拉恩州的皇帝居住的地方。莫波诺城是一座古老而邪恶的城市，城里拥挤不堪，市民深受贫困之苦。这座城市建造在平原地区，主要部分是皇宫的方形露台。14世纪时，莫波诺城被伊斯兰蒂亚女王阿尔文占据了两年。伊斯兰蒂亚的诗人波德温(Bodwin)在莫波诺城生活多年；他在书里提到“一座邪恶城里的一座高塔”，其实指的就是这座皇宫。

圣安东尼港位于莫波诺城以北，来自南安普敦码头的汽船就停靠在这里。圣安东尼港口建造在宽阔的山谷里，有狭窄而蜿蜒的山峡将其与大海相连。这里的房屋用褐色砂石建成，如层层梯

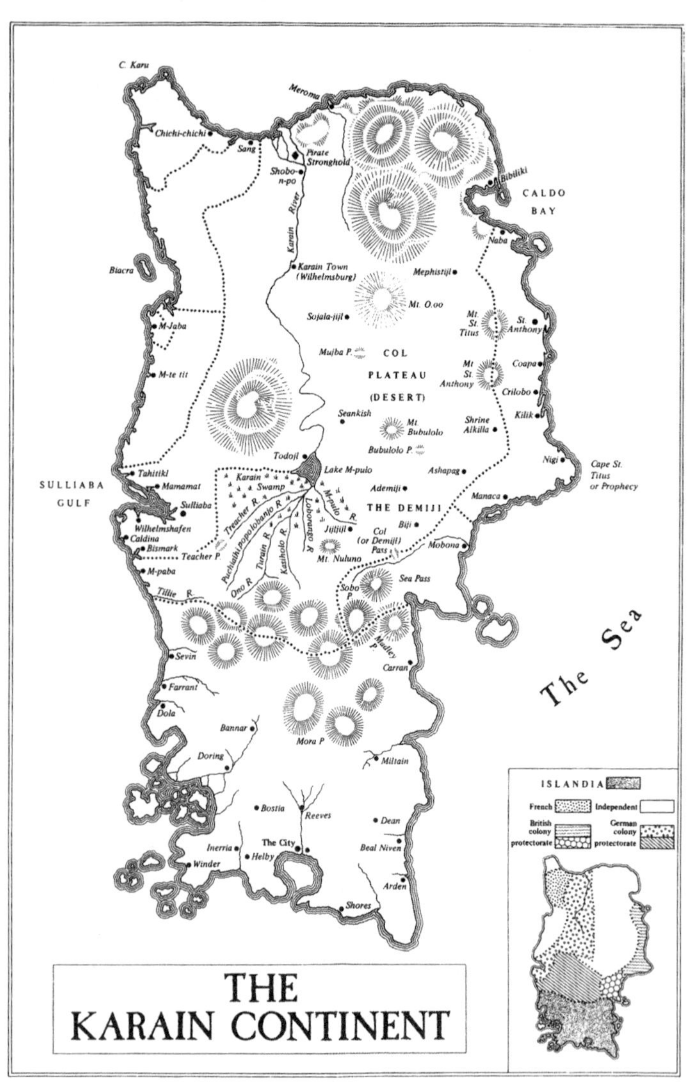
C. Karu
Meroma
Chichi-chichi
Sang
Pirate Stronghold
Shobo-n-po
Karain River
Bibiliki
CALDO BAY
Naba
Biacra
Karain Town (Wilhelmsburg)
Mephistijl
Mt. O.oo
Sojala-jijl
M-Jaba
Mt. St. Titus
St. Anthony
Mujba P.
COL PLATEAU (DESERT)
M-te tit
Mt St. Anthony
Coapa
Crilobo
Seankish
Kilik
Mt Bubulolo
Shrine Alkilla
Bubulolo P.
Todojl
Nigi
Lake M-pulo
Cape St. Titus or Prophecy
Ashapag
Tahitikl
Karain Swamp
SULLIABA GULF
Mamamat
Ademiji
Sulliaba
THE DEMIJI
Manaca
Treacher R.
M-pulo R.
Loborango R.
Wilhelmshafen
Caldina
Bismark
Biji
Jijtijl
Col (or Demijl) Pass
Mobona
Teacher P.
Mt. Nuluno
M-paba
Ono R.
Turain R.
Kasiholo R.
Sea Pass
Sobo P.
Tillie R.
The Sea
Maulley P.
Sevin
Carran
Farrant
Dola
Bannar
Mora P
Doring
Miltain
ISLANDIA
French
Independent
British colony
protectorate
German colony
protectorate
Bostia
Reeves
Dean
The City
Inerria
Helby
Beal Niven
Winder
Arden
Shores
THE KARAIN CONTINENT

卡拉恩州

田排列在U形山谷陡峭的边缘。游客会闻到一股奇怪的味道，就是人和半腐烂的蔬菜混合而成的味道。如今，圣安东尼港的居民接受英国的直接统治，白种人和黑种人所生的那些混血儿极有可能就是最初的高加索人和班特人的后裔。他们的眼睛是黑色的，性格柔顺，自称是上帝的羔羊。据说，黑人和白人一直分开居住，直到基督教传教士到来之后，这种情形才得到改变。因为按照他们对基督教教义的理解，四海之内皆兄弟，因此作为唯一一种美德，这两个部落开始通婚。男人穿有口袋的深蓝色裤子，女人穿暗褐色的罩衣。

索伯-斯蒂贝斯(Sobo Steppes)刚好位于伊斯兰蒂亚山的北部，这是一片干涸的草地，点缀着一些筑有围墙的小镇。小镇上住着卡拉恩人和班特人，如今是德国的保护地。尽管德国人承认伊斯兰蒂亚的独立和完整，但在班特人肆虐伊斯兰蒂亚辽阔的边境时，德国必须对1908年发生的那些边界事件承担责任；因此，德国与伊斯兰蒂亚的关系有些紧张。持德国护照的游客很难获得伊斯兰蒂亚的签证。

卡拉恩洲的内陆地区是独立的，这个地区包括科尔高原(Col Plateau)的荒漠地带，而大部分滨海地区受到欧洲的控制：英国在大陆东海岸拥有一块殖民地和一个保护国，德国控制了卡拉恩河以西的大片地区；法国在西海岸拥有一个保护国，一种汽船往返于法属贝卡拉港(Biacra)和瑟堡港(Cherbourg)两地之间。

奥斯丁·怀特，《伊斯兰蒂亚》；马克·萨克斯顿，《伊斯拉或今天之伊斯兰蒂亚》

卡瑞格-亚特岛 | Karego-At

参阅卡伽德帝国(Kargad Empire)。

卡伽德帝国 | Kargad Empire

由地海群岛以东的4座海岛组成，它们分别是卡瑞格-亚特岛、阿土安岛、亚特尼尼岛和胡-亚特-胡岛。

如今的卡伽德帝国与地海群岛其他国家能够和平相处了。但是在过去的许多个世纪里，它们都是水火不容的仇敌。卡伽人令人心生畏惧，经常被当作野蛮的流浪汉和海盗。从种族和语言方面来看，他们与地海群岛的其他岛民没有什么区别，但他们心怀敌意，对待他人很漠然。

这两个共同体之间的敌对状态可以追溯到很久以前。根据卡伽人的说法，地海群岛的巫师将奉命袭击卡伽德帝国，他们的理由是要消灭巨龙，但此后仍然继续掳掠烧杀的行为。当地海群岛的巫师国王艾瑞斯-阿克比来到卡伽德帝国的首都阿瓦巴斯城，并伙同贵族叛贼密谋控制首都时，这一冲突迅速升级。据说，这位巫师国王和高级祭司在那座寺庙里大战多时，最后寺庙被毁，高级祭司打败了艾瑞斯-阿克比，并折断了他的魔杖。失去权力的巫师国王向西逃去，最后被地处偏远的希里多尔岛上的巨龙杀死。他的失败对卡伽德帝国和地海群岛都产生了非常重大的影响。艾瑞斯-阿克比手上的戒指被折成两半，一半埋在阿土安岛的古墓群里，另一半送给了卡伽人的国王。失去戒指意味着地海开始走向衰落；直到两半戒指重新获得，地海群岛才得到统一，最后由哈诺尔岛的国王统治。

这件事情对卡伽德帝国造成的后果更严重。卡伽人的高级巫师伊塔森是塔布人的祖先，他的后代就是卡瑞格-亚特岛的祭司国王。随着势力的壮大和巩固，他们逐渐控制了地海群岛以东的四座海岛，也就是今天的卡伽德帝国，并自称是卡伽德帝国的神灵之王。神灵之王的出现结束了诸王之间的恩怨和纷争，而在过去，这些纷争使得卡伽人的各个小国难以发展成为独立统一的大国。与此同时，神灵之王的出现也为帝国的强大奠定了基础。卡伽德帝国逐渐壮大，很快超过了地海各国，对任何一个胆敢冒犯它的地海人都很危险，而那些真正冒险去的人大多都是巫师，目的是为了寻找艾瑞斯-阿克比的魔戒，他们中的很多人最后都死于路途中。

从文化方面来看，神灵之王的出现给卡伽德帝国的生活带来了翻天覆地的变化。卡伽人认为巫术与他们的信仰相悖，与帝国西部那些皮肤黝黑的巫师心中的邪恶记忆紧密相关。在这里，读写技能也被当作黑色巫术而开始走向衰落。不过，在众多的变化之中，宗教的改变影响最为深远。自封的神灵之王变成了宗教的崇拜对象。阿土安岛的神王庙比过去那些圣地都显得更加重要了，比如著名的阿土安古墓群。

阿土安岛的古墓群曾是卡伽德帝国古老的宗教中心，这种宗教崇拜"累世无名者"(Nameless Ones)，他们象征地球和黑暗的古老力量，他们的仆人是一个女祭司。信徒们相信，即使女祭司死了，她也依然存在，因为她的灵魂会投胎转世。等到女祭司一死，信徒们就出发去寻找她投胎的那个女孩，然后把她带到王位室，以一种象征性的牺牲仪式把这个女孩"祭献"给"累世无名者"；这个女孩便成为至尊女祭司，也就是"被吃者"。她开始学习有关"累世无名者"的各种知识。只有她可以进入阿土安岛迷宫一样的古墓群，这里没有灯光，她必须学会使用触觉和用心去记忆。慢慢地，这个女孩开始喜欢上这个黑暗的圣地。

如今，神灵之王的崇拜越来越兴旺，对"累世无名者"的崇拜反倒日渐冷落，王位室也年久失修，呈现出衰败的景象。被神灵之王送到古墓群里等待"累世无名者"吞吃的囚犯也越来越少。

后来，艾瑞斯-阿克比的一半戒指在泉水岛找到了，即将成为大巫师的吉德被派往阿土安岛寻找国王的另一半戒指。吉德能够走进那座古墓迷宫，却不能走出来，即使是用巫术也不行。而正当他在迷宫里找不到退路的时候，又遭到至尊女祭司阿哈的嘲弄和折磨。但不久，女祭司开始同情基德，并把他从敌人手里救出来，甚至还帮他找到了丢失的另一半戒指。后来，当他们穿过漆黑的通道准备回来时，大地开始震动，"累世无名者"开始复仇。吉德阻止了地震，直到他们到达安全地带，但阿土安古墓群却被地震吞没了，整座迷宫也随之坍塌。至今屹立在此的只有神灵之王的金顶寺。我们无法知道，古墓群遭到破坏是不是"累世无名者"崇拜消失的最终根源，但我们知道，至尊女祭司阿哈离开阿土安岛后去了粪特岛。

不过,在卡伽德帝国的 4 座岛屿中,人们最熟悉的是阿土安岛,尽管北部多山的胡-亚特-胡岛上的雪松很有名。阿土安岛的西部盛产水果,它的内陆地区地势较高,生长着茂密的白杨树和杜松。阿土安岛上的居民所住的茅屋大多很分散,城市的布局相同,建材通常使用泥砖,城外筑有防御性的围墙,围墙两边有瞭望塔,只有一道城门可以进入城内。卡伽人的建筑最突出的特点是那些垂悬的城垛。

艾瑞斯-阿克比的戒指被找到之后,地海群岛得到统一,再次恢复了昔日的辉煌。卡伽德帝国和地海群岛之间的敌对关系也得到改善,卡伽人不再骚扰地海群岛。他们双方还签订了一些贸易协定,不过卡伽人还是独立于地海的各种事务之外。卡伽人似乎不像以前那么讨厌巫术了,富商的儿子去西部的罗克岛学习巫术的情形也屡见不鲜。

乌苏拉·奎恩,《地海的巫师》;乌苏拉·奎恩,《阿土安岛的古墓群》;乌苏拉·奎恩,《地海彼岸》

卡卡海 | Karkar, Sea of

卡卡海一个被送给艾米莫萨的铜壶

可能属于大西洋,靠近摩洛哥的西北海岸,海滨地区住着一个黑人部落,他们身穿奇怪的毛皮衣服,他们的语言难以理解。他们了解伊斯兰教,因为经常有一个人从海面上来看他们;这个人的身体会产生强烈的光芒,他宣布世界上只有一位独一的神,穆罕默德就是他的先知。每逢星期五的晚上,广阔的海面上就会点起一盏灯,一个神圣的声音在高声祷告。

从铜城返回的时候，艾米莫萨拜访了黑人部落，并且从他们那里得到12个铜壶；所罗门国王用铜壶囚禁了许多叛逆的神灵。黑人部落头领还把一条美人鱼送给了莫萨，那是大海里最伟大的奇观。然而，在回大马士革的路上，美人鱼因为炎热的天气死了。从此，人们再也没有见过这样的美人鱼。

无名氏，《一千零一夜》

卡帕森城堡 | Karpathenburg

地处特兰西瓦尼亚(Transylvania)的荒地，位于卡帕森县，坐落在奥伽尔孤独的火山峰上。距离城堡最近的村庄是普利撒山南山腰的维尔斯特村。进入城堡的那条山路如今已变得杂草丛生，而整个城堡也只留下荒凉的废墟。

卡帕森城堡建于12或13世纪，属于葛兹男爵。葛兹家族最后一个成员是鲁道夫男爵，他特别喜欢戏剧，尤其喜欢某个意大利歌手。19世纪末，他因涉嫌多次参与反对残暴的匈牙利政府的罗马尼亚革命而失踪。自此以后，卡帕森城堡被废弃了，从而引发了特兰西瓦尼亚人想象中的幽灵景象。传说城堡附近有一棵高大的山毛榉树；鲁道夫男爵失踪的时候，这棵树失去了一根树枝，每年都有一根新树枝掉下来，当山毛榉树最后一根树枝掉下来的时候，卡帕森城堡就会被毁灭。由于有这种迷信的说法，因此多年来无人敢靠近火山峰，去城堡的那条山路也就荒废了。

1892年，一个牧羊人惊奇地发现卡帕森城堡的烟囱正冒着青烟。于是他去告诉当地的村民，说他看见了一个征兆。当地村民将信将疑，踌躇了一阵子，有两个村民决定去看个究竟。当他们试图穿过城堡的一个小栅栏时，其中一个被无形的力量击倒了；另一个掉进了城壕的泥潭里。一个罗马尼亚贵族，特里克的方兹伯爵最后揭开了谜底。他带着一个忠实的随从爬到城堡的围墙上面，在围墙壁垒上看见了葛兹男爵那位心爱的意大利歌手美丽的身影，当时她正在朗诵最完美的一曲咏叹调。然而，众所周知，这个意大利歌手早已死去多年。

方兹伯爵被这个情景搞得晕头转向，最后他跌跌撞撞地走进城堡，他在这里找到了葛兹男爵。葛兹男爵依然还活着，和一个老仆人生活在一起，老仆人是一位电器专家。方兹伯爵发现，适才听到的那位意大利女歌手的声音其实是留声机里传出来的，而女歌手的模样则是通过光电手段产生的幻影；通过在某个精确的角度安设一面镜子和一盏明亮的台灯，然后把女歌手的一幅肖像放大到生活中的大小做成的。于是就出现了女歌手昔日美丽的模样，与她作为意大利舞台皇后时的样子一模一样。

葛兹男爵意识到秘密会被揭穿，于是他炸掉自己的城堡，随后也死了，被埋在卡帕森城堡的废墟里。参观者应该会注意到，威灵斯岛上的莫瑞尔绅士也搞过这样的装置。

朱勒·凡尔纳，《卡帕森城堡》(Jules Verne, *Le Château des Carpathes*, Paris, 1892)

卡奥斯岛 | Kayoss

位于布鲁利伊岛(Broolyi)的对面。

凯尔索城 | Kelso

尼姆帕坦岛(Nimpatan)的首都。

果仁湖 | Kernel, The

参阅奥西纳岛(2)(Oceana[2])。

钥匙森林 | Key, Forest of

形状像一把钥匙，位于去年伯爵的领地和萨多夫伯爵的地盘

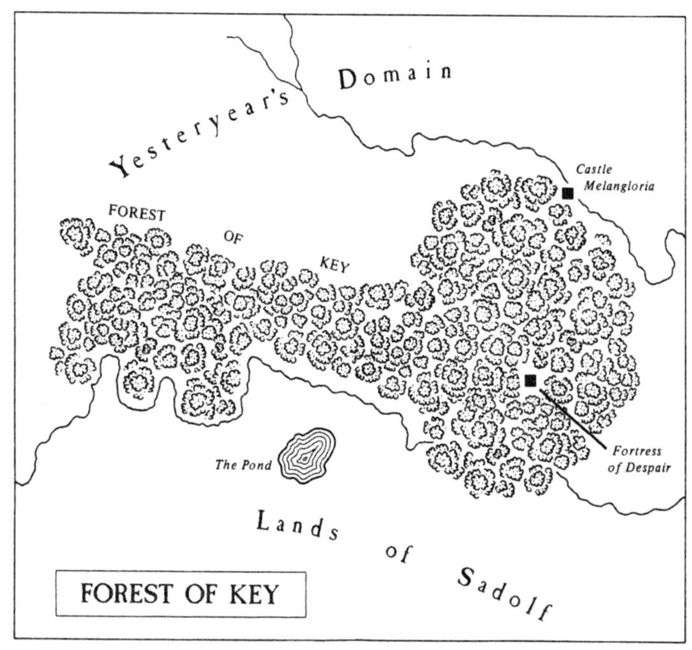

钥匙森林

之间。去年伯爵的父亲挑战当地一个强盗贵族萨多夫，非要与他下棋，结果赢得这片森林，这样的比赛必须每25年进行一次，以确定钥匙森林的所有权。

如果游客要来钥匙森林，他首先必须去隐士梅拉斯的住宅。这个人会劝他们忏悔，然后给他们酒喝。钥匙森林里可以看见两栋大型建筑，一栋是去年伯爵居住的大城堡梅兰格罗瑞亚，包括两座塔楼，其中一座叫猪塔，另一座叫绝望塔，坐落在森林的最深处，那里听不到鸟儿的歌吟，那里的居民极其不幸。

钥匙森林很独特，森林里的居民相信他们就像硕大无比的棋盘上的棋子，被一个无形的棋手任意摆布；镜子国的居民也抱持这样的哲学观，尽管他们可能表达得不太连贯。

霍尔夫和西普尔，《玻璃酒杯与象棋丑闻》(Paul Hulshof & Robert Vincent Schipper, *Glazewijn en het schaak-schandaal*, Amsterdam, 1973)

九十王国 | Kingdom 90

参阅波利亚库城(Poliarcopolis)。

金刚岛 | King Kong's Island

参阅骷髅岛(Skull Island)。

国王岛 | Kings, Isle of

参阅大水湖(Great Water)。

国王之国 | King's Kingdom

位于印度洋,一些探险家认为这里有大卫之子所罗门国王的坟墓,尽管许多权威人士认为所罗门的墓地应该在萨巴城。国王之国有可怕的大毒蛇,还有一种很有名的大鱼,足以吞下一艘轮船。辛巴德谈到过 3 条这样的大鱼,据说它们比山还高。

无名氏,《一千零一夜》

所罗门国王的矿山 | King Solomon's Mines

阿伦·夸特梅恩去非洲库库阿纳高原探险时发现了这座宝藏。他在这次探险活动中还发现了一条大道,这条大道的某些部分直接从岩石上凿出。沿着这条大路可以进入一座高山的最深处,大路在这里又分为两条,一条从苏利曼山到库库阿纳国的首都洛奥;另一条从高山深处到三女巫之山。库库阿纳的国王对这条白色道路充满敬畏之情,这条大路维护得很好,丝毫没有遭到沙尘的侵害。

到达三女巫之山的主峰时,游客会看见一个约 50 米深的大洞:这里就是所罗门的钻石矿山。山洞最远处树立了 3 尊大石像,当地人称他们是沉默者:他们坐在石基上,石基之间的距离约 20 英尺;每尊石像从头到脚高 7 米,其中一尊雕刻的是一位姿态优雅的女子,虽然她的模样已遭到自然的严重侵蚀;其他两尊是一个可怕的恶魔和一个安详的男人,不过在参观者看来,他的安详似乎具有一种相反的效果。据说这 3 尊石像代表 3 个神灵:西顿人的神亚斯托勒(Astoreth)、莫瑞拜特人的神基抹(Chemos)和阿蒙人的神米尔卡姆(Milcom)。

这些巨像背后约 50 英尺远处是一条隧道的入口,沿着隧道往前走,可以来到一个大岩洞前。大岩洞里的光亮来自它的顶部,洞里充满钟乳石,与冰柱相似,有些钟乳石被简单雕刻成埃及木乃伊的形象。另一条隧道从这里延伸到一间漆黑的小屋;库库阿纳的居民把这间小屋叫死亡之所,他们还把自己的国王埋在这间小屋里。小屋的背后坐着一个巨人的骷髅,约 5 米高,手里握着一根长矛,好像正准备把长矛刺出去;骷髅的另一只手斜靠在一张石桌上,给人的感觉是整个骷髅正在往上升。石桌的周围摆放着库库阿纳已故国王的木乃伊;由于受到洞内空气中的化学成分的多年腐蚀,这些木乃伊已经石化。

死亡之所有一道暗门,只有一种秘密方法可以打开。这道暗门可以进入所罗门的藏宝屋,藏宝屋里有 400 多只象牙,还有不计其数的黄金和各种尚未雕琢过的钻石。

死亡之地的这道暗门很难处理,因此参观者务必小心,千万别把自己锁在里面了。

亨利·哈迦德,《所罗门国王的宝藏》(Henry Rider Haggard, *King Solomon's Mines*, London, 1886)

凯科纳顿城 | Kinkenadon

一座坐落在威尔士海滨的城堡。这座城堡及其周围地区都很富裕，这就是卡默洛特城堡的亚瑟王选择这个地方来庆祝圣灵降临节的原因。正在庆祝这个节日期间，嘉利斯爵士第一次来到亚瑟王的皇宫里。嘉利斯是奥科尼郡的罗得和亚瑟王姐姐马加丝的儿子，也是高文爵士的兄长。他打败了黑骑士、绿骑士、蓝骑士和红骑士；这些骑士后来都宣誓效忠亚瑟王。

托马斯·马洛礼爵士，《亚瑟王之死》

凯奥拉姆城 | Kioram

距离阿特瓦塔巴王国的卡尔诺戈城 500 英里远，完全是从一座白色大理石山上凿出来的；堡垒和宫殿坐落在一个大广场里，位置很突出。依靠柱子支撑的拱道从堡垒坚固的围墙底下一直延伸到岩石深处；围墙上面形成一条平坦的环形路。

凯奥拉姆城的主要景观是一座可以移动的拉卡马德瓦庙(Rakamadeva)，又叫“神圣的机车”。它是用质地坚硬的黄金、铂金以及其他重金属构成的，可以在一条高架单轨上疾驰；它的重量依赖于一些车轮，前后各有 6 个，所有的车轮都藏在车身底下。只有皇室成员和那些从凯奥拉姆城到卡尔诺戈城的游客才有权利使用这辆机车，使用时间为 5 小时。

凯奥拉姆城盛产阿特瓦塔巴最好的酒 *squang*；喝过这种酒的游客都说它很像最好的阿拉斯加葡萄酒。

威廉·布拉德萧，《阿特瓦塔巴女神，内陆世界的发现史和阿特瓦塔巴的征服史》

凯尔兰城 | Kiran

坐落在奥克拉诺斯河的两岸；这条河穿过梦幻世界的部分地区，然后汇入塞雷纳利亚海。凯尔兰城的露台是用碧玉做的，倾斜后与奥克拉诺斯河岸处于同一水平位置，继而一直延伸到一座美丽的寺庙附近。伊利克-瓦德(Ilek-Vad)的国王每年都坐着金轿子不远万里来到这里，向奥克拉诺斯河的河神祷告。这座美丽的寺庙完全用碧玉建成，包括大厅、庭院、7座小尖塔和内神殿，占地面积一英亩。奥克拉诺斯河在内神殿流过一些隐蔽的水渠，这里在晚上的时候能听见婉转悠扬的歌声。当月亮照着寺庙的时候，游客会听见奇怪的乐音，但只有伊利克-瓦德的国王知道那是什么音乐，因为只有他才可以进入这座寺庙。

霍华德·洛夫克拉夫特，“小人物卡达斯追梦记”，《阿克汉姆集锦》

克里德丛林 | Kled

梦幻世界一片广袤的丛林，丛林里香气四溢。游客会在这里发现一些沉睡的象牙殿，这些象牙殿看起来完好无损，里面却冷冷清清。这里曾住过一个最伟大的君主，他所统治的那个王国已经被人淡忘。据说，梦幻世界的神灵使用咒语保护了象牙塔的完好，因为根据几本当地的圣书记载，也许有一天，这些象牙殿还会再次派上用场。尽管有商队曾在月黑之夜从远处看见过它们，然而没有人胆敢冒险走进去，因为据说象牙殿里有看守藏在暗中保护它们。

霍华德·洛夫克拉夫特，“小人物卡达斯追梦记”，《阿克汉姆集锦》

沙漏疗养院 | Klepsydra

波兰东部一个疗养院。要到这个疗养院来并非易事，虽然可以坐火车，但火车一周才有一趟，而且极不可靠。即使经验丰富的游客也会发现，这些火车就像破旧的标本，而且大多数火车都是从其他线路上退下来的，坐起来既不舒服又不挡风。有些火车跟我们的客厅差不多大小，里面好像很久没有人坐过了，让人感到恐惧而陌生。火车的过道里随意堆放着麦秆和垃圾，里面的乘客仿佛已经沉睡了好几个月了。沙漏疗养院的附近也没有像样的车站，仅有一个路边暂停处。如果提前做好安排，会有马车来接这里的游客；否则的话，游客就只有赤脚穿过黑暗的稀树高原了。

沙漏疗养院的周围主要是森林，耸立于山谷的两边，像一个纸板做的舞台道具。疗养院坐落在山谷里，游客可以经过一座人行桥来到这里。人行桥的扶手用白桦树枝做成，看起来极不稳当。沙漏疗养院像一栋庞大的马蹄形建筑，负责这家疗养院的是科达医生，他发现了"时间逆转"这一现象。由于这个伟大的发现，疗养院门诊部的一切都稍晚一些，因此，那些被认为将死的病人如果送到这里就会活下来。然而，他们也可能会死去，使他们的存在留下污点。

根据科达医生的说法，时间逆转只是一个简单的相对概念。尽管科达医生是这样解释的，但这种治疗的性质却始终是一个谜。这种治疗似乎不需要外科手术，疗养院的临床手术室显然好久没有使用过了，而且我们也不能肯定，这种治疗是否一定能够把病人从病魔中拯救出来；唯一可以确定的是，病人过去的活力已经得到恢复，因而也的确存在治愈的可能。

凡是到这里来的病人都被鼓励多多睡觉，他们可以睡很长时间，基本上什么也不用做；这种办法可以帮助病人保持体力。沙漏疗养院里到处都是灰尘，来这里参观的人对此感到十分惊讶，他们说，尽管一开始这里的医务人员还热情地欢迎他们，但很快就对他们视而不见了。还有一些病人说他们有这样的感觉，当他们正要离开病房的时候，就会发现某个人刚好站在房门后，这个人突然转身离开，悄无声息地消失在一个转角处。

沙漏疗养院的附近经常可以看见纯黑色的狗，各种形状、各种大小的都有。不知道为什么，这些狗在薄暮时分经常在疗养院周围的路上乱跑。它们不怎么怕人，尽管从病人身边跑开的时候，它们也会狂吠几声。也不知道为什么，疗养院的主建筑背后一个大院子里养了一条大块头的阿尔萨斯牧羊犬。这是一只怪兽，似乎具有狼人一般的凶残，但一个参观者说，他亲眼看见这只怪兽装扮成人的样子。

疗养院靠近一座城市，这座城市没有名字，城里的街道空空荡荡，城市上空总是昏暗一片。城里有许多商铺，有些商铺是疗养院的病人经营的，这些商铺好像永远关着门；还有一些商铺似乎总是在准备关门。这里的空气厚重而绵软；参观者很难睁开双眼，很难抵制这种了无生机的沉闷，浓浓的睡意会时时来袭。潮湿的雾气像一片潮湿的海绵笼罩着整座城市，遮蔽了城市的部分风景，洗去了城市的往昔。

城里的居民大多数时间都好像在睡觉，他们坐在咖啡屋和饭馆里打盹，走在大街上也在打瞌睡。他们对时间好像没有感觉，对当下这种破碎状态的生活感到很满足。城里的女子走路很奇怪，好像总是遵循着某种内在的节奏，好像沿着一根从锭子上不断拉直的隐形线前行。她们笔直地朝前走，忽略了所有的障碍，好像受控于自己那种势在必得的优越。

无名城和疗养院周围大多数植被都是黑色的，特别是一种黑色蕨类植物；屋窗上和公共场所里都有这种蕨类植物，就好像这种植物是无名城的羽冠或是哀吊的象征。

有报道称这座无名城最近遭到敌军的入侵；因为城市的外观激发了许多不满足的公民的渴望。他们身穿黑色的平民服装，胸前装饰着白色的带子；他们用来复枪武装自己，去恐吓这座城市。还有人报道，城里有枪击和纵火事件，但没有提供更详细的确证；不过，游客也应当小心才是。

布鲁诺·舒尔茨，《沙漏疗养院》(Bruno Schulz, *Sanatorium pod Klepsydra*, Warsaw, 1937)

科洛普斯托凯亚国 | Klopstokia

这是一个了不起的体育王国；这里的婴儿能够跳 6 英尺高，上了年纪的家庭主妇短短几秒钟就能跑一英里远，这样的情景不能不让人瞠目结舌。

1932 年，科洛普斯托凯亚在奥运会上大获全胜，尽管当时遭到国际社会的百般阻挠。此后，由于外交方面的原因，这个国家再也没有参加过奥运会。

《百万美元的腿》,由爱德华·克里尼执导(*Million Dollar Legs*, directed by Edward Cline, USA, 1932)

克罗瑞奥勒岛 | Kloriole

属于雷拉若群岛,一座海拔很高的海岛,位于太平洋的东南部。岛屿中心有一座高山,山顶坐落着一栋大房子,人们可以通过从岩石上凿出来的石梯来到这里。这样的石梯好像从海面上笔直升起,石梯上血迹斑斑,这是那些没能登上海岛的人留下的。一到达这里,参观者就会看见这样的景象:许多衣着奇特的人正坐在高高的小生镜里放纸风筝和自己的作品。这些人都是首都文学声誉寺庙里级别比较低的侍僧,他们用风筝把自己写的东西呈送到级别更高的祭司那里。更远处,参观者可以看见栅栏背后站着一些正在祷告的人,而栅栏的上面则斜躺着一些肥胖的诗人。每一道栅栏上面都刻着这样的文字:"没有人能够像神灵那样进入这座非同寻常的寺庙,除非依靠风筝"。寺庙里包括很多小生境,每一处小生境里都有一位伟大诗人的木乃伊,这位诗人永远保存在那里。再往岛屿深处走,参观者可以看见一条深谷,深谷里有一块坟地,坟地里有骷髅和纸张,研究历史古迹的学者经常来这里寻找他们想要的东西。为了保护从岛屿深处进入寺庙的那条路,这座岛上还养了一群野鹅,这些野鹅靠吃年轻诗人为生。

克罗瑞奥勒岛上的祭司的创作完全是格式化的,创作的内容已显得微不足道,文学创作变成了一种空洞无物的艺术。比如,小孩子的唠叨被作为文学创作记录下来。偶尔发生的奴隶反抗会威胁祭司的权力;尤其是当一个天才横空出世,新的偶像出现在寺庙里的时候。

戈弗雷·斯维文,《雷拉若群岛:流犯群岛》;戈弗雷·斯维文,《里曼诺拉岛:进步岛》

克尔城 | Kor

一座城市的废墟,位于东非中部某地,坐落在山峦围绕的一个小平原地带。周围的高山犹如天然的屏障隆起于非洲的大草原。如果有谁想来克尔城,他必须首先经过一条古渠才能穿过这些山峦。这条古渠如今已经干涸,至于是谁建造了这条水渠,我们已无处查考。

城市周围的平地得到精耕细作,农田几乎都快靠近这座废墟城市的围墙。克尔城占地 30 多平方公里;厚实的城墙依在,足足有 12 到 14 英尺高;护城河上壮观的桥梁已经坍塌。站在城墙上往下俯瞰,整座城市充满了阴郁的气氛:廊柱一公里接着一公里地倒掉,寺庙已毁,祭坛被弃,宫殿坍塌,散落于疯长的绿色植被里,无限地向外延伸。宽阔而笔直的街道从方形的石院一直延伸到一座四合院模样的大寺庙。大寺庙的围墙外面有一个庭院,庭院又环抱着一圈内围墙,内围墙里面又是一个较小的庭院,这样依次交替出现。寺庙的中心有一个直径约 7 米的黑色圆石地基,地基上面竖立着巨大的白色大理石雕像,描绘的是一个长着翅膀的女人;这个女人两臂张开,脸上蒙着面纱。根据刻在石基上的文字,我们知道这个女人象征世间万物的真理,希望人们去揭开她那神秘的面纱。其他几块碑石上的文字告诉我们,克尔城大约存在了 4800 年,最后毁于一场可怕的流行疾病。

克尔城周围的山峦其实是一块大墓地,这里有成百上千的木乃伊和骷髅,排列在里面的走廊上。特别值得一看的是一个圣保罗大教堂式的走廊,里面的骷髅堆积如山。距离这里不远的地方有一个洞穴,洞里面正在上演各种不同的酷刑。比如,洞的中心有一个小火炉,火炉里正燃烧着罪人的头颅;洞里的壁画特别介绍了克尔市民最喜欢的几种酷刑。

雅马哈吉(Amahagger)至今保留着这样的野蛮仪式。雅马哈吉是一个黑人部落,生活在大草原;他们与索马里人长得很像,会说不地道的阿拉伯语。他们的五官虽然生得不丑，但看到他们的面容总会使人心生恐惧。他们穿羚羊皮和豹皮，据说他们还是了不起的雕刻家。在这个部落里，女人与男人享有同等的权利，但女人不可以去田间劳动，没有继承权。在这个部落里，孩子不知道自己的父母是谁；只有每个村里的酋长才可以享受“父亲”这个称谓。如果一个女子喜欢上某个男子，她就会当着全体部落成员的面亲吻他，然后跟他结婚，直到她看上另一个男子为止。

这个部落里的所有村子又叫“家庭”，都服从一个名叫 Hiya 的女人至高无上的权力。Hiya 又叫“Ayesha”或“她”，Ayesha 读作 Assha；她是“She-Who-Must-Be-Obeyed”的缩写，即“必被遵从的她”。据说，Ayesha 已经 2000 岁了，看起来却很年轻，因为她的身体始终沐浴在所谓的“生命之火”当中，这其实是一种火山现象，只有距离克尔城一天路程的一个火山坑里才会出现这种现象。

亨利·哈迦德，《她》(Henry Rider Haggard, *She*, London, 1905)

科萨尔城 | Korsar

坐落在佩鲁西达地下大陆的热带地区，一直延伸到科萨尔-阿兹海滨，其间隔着一片小海峡。

科萨尔城坐落在一条曲折的大河的河口。这座城市其实是一个重要的港口，这里停靠着许多驳船和渔船，包括科萨尔城里的战船。除了萨瑞城和塞克索特国，科萨尔城算得上佩鲁西达唯一一座真正的城市。白色的房屋以红瓦为顶，红色、蓝色和金黄色的圆屋顶和尖塔，熙熙攘攘的码头，整座城市看起来非常气派，游客最好不要错过。尤其值得一提的是酋长的宫殿，其建筑风格显然受过摩尔人的影响。灰炉王泰山来过这里，为的是把佩鲁西达的君王救出来。

科萨尔城里的人都是海盗和抢劫者，他们的穿着跟以前的西班牙海盗差不多：花哨的腰带、浅色的头巾和宽松的靴子。他们的船规模庞大，船首和船尾都很高，配有饰物，绘有头像，比如美人鱼或赤裸的女人。这些大船依靠风帆前进,船上装有大炮。科萨尔人建造的船是佩鲁西达最快的船,如果不考虑萨利城最近出现的那些船只。科萨尔人很喜欢他们自己建造的船,参观者一定要小心,不可以随意占用他们的船;偷窃他们的船只会被判死刑,即使是一只小船。科萨尔城的居民主要靠打劫其他部落为生,尽管他们也跟其他岛上的人做生意,比如海姆岛。

至于科萨尔人的祖先从哪里来,我们无法确定;但科萨尔人的历史告诉我们,他们的祖先来自一艘海盗船。这艘船从极地入口出发,最后来到佩鲁西达,船上的人在这里留下来,与当地人通婚。这段历史也许可以解释他们的建筑风格和他们对酋长的称呼(Cid)。科萨尔人的传奇故事里提到,他们的祖先来自一片结冰的海洋,这里所说的结冰的海洋可能就是北冰洋。

科萨尔人属于白种人;他们自傲狂妄、生性暴虐、易动怒、好杀戮,时常以折磨囚犯为乐。他们通常会直接杀死囚犯,但有时也会把囚犯扔进酋长宫殿下面漆黑阴森的地牢里,那里满是肆虐的毒蛇和巨鼠。如果地底人习惯阳光永远普照的话,他们会发现,世界上再也找不到比科萨尔人更擅长恐怖折磨的人了。

科萨尔城是佩鲁西达为数不多的工业区之一。这里开采铁矿和煤炭,生产粗糙的火药。多数采矿都是由奴隶来完成,这些奴隶是从当地更原始的部落里抢来的;除了采矿,奴隶也在郊区的田间劳动。

科萨尔城以北,佩鲁西达最典型的热带植被渐渐少了,更多的是雪松和松树林,然后可以看见被狂风肆虐的稀树草原。科萨尔城的北端是一片海洋,尚未开发,从北海岸可以看见照亮地球表面的那个太阳;这里是佩鲁西达唯一可以看见太阳的地方。

埃德加·巴勒斯,《地心的泰山》(Edgar Rice Burroughs, *Tarzan at the Earth's Core*, New York, 1930);埃德加·巴勒斯,《佩鲁西达的塔纳》;埃德加·巴勒斯,《恐怖王国》

科赛金国 | Kosekin Country

位于南极洲的地底下。19 世纪初,英国坎伯兰郡的亚当·莫

科赛金国的小镇上一间卧室的细节

尔来到这里，并记下了他在这里的探险经历。他把日记装进一个铜缸，然后扔到大海里。1850 年 2 月 15 日，有人在大西洋的特内里费岛附近发现了这本日记。后来，这本日记得以出版，这是对科赛金国的最早描述。

穿过南极的水域，再经过几座大火山，游客会进入荒凉而阴郁的海滨地区，这里住着矮小干瘦的黑人。他们的头发毫无光泽，被编成一缕缕长辫；他们的脸丑陋无比；他们身穿海鸟皮做的围裙，随身带着长矛。他们的后代很像侏儒，他们的女人生的很丑。游客不要在这里登陆，因为这里的黑人喜欢吃人肉。如果继续往前走，游客会被一股激流卷入一条地下水道，地下水道通向一个地下海，地下海里住着各种海怪；他们的脖子像蛇、牙齿尖利、尾巴像鞭子。科赛金国就位于这片地下海里：冰雪覆盖的山峰背后是精耕细作的绿色农田和茂密的森林，森林里主要生长着高大的蕨类植物，农田与森林之间是人口密集的城市、纵横交错的道路、层层叠叠的斜坡、一排排拱门、金字塔以及坚固的城墙。科赛金国气候温和，动物种类繁多；一种大鸟体形如牛，不会飞翔，疾驰如骏马，被用来拉车。还有体型庞大的鳄鱼和无翅多头龙，最大的多头龙长 100 英尺，尾部长而有鳞；后腿比前腿长，脚上有可怕的爪子，每颗头上都长着獠牙，像犀牛的长牙。还有一种动物叫 athaleb，容易被人驯服，体型介于大蝙蝠和有翼鳄鱼之间，可以一口吞下猎物。

科赛金国的主要城市坐落在一个山坡上；街道由连续的露台和连接露台的交叉的道路构成。街道两边是用来排水的深水沟。城里有几个用途不同的半金字塔形的大建筑。许多房屋带有洞穴或亭子，都是石头建筑，屋顶呈金字塔形，从里面看上去很像大洞穴；拱形的天花板上悬着金灯，墙上装饰着豪华的挂毯，睡椅上铺

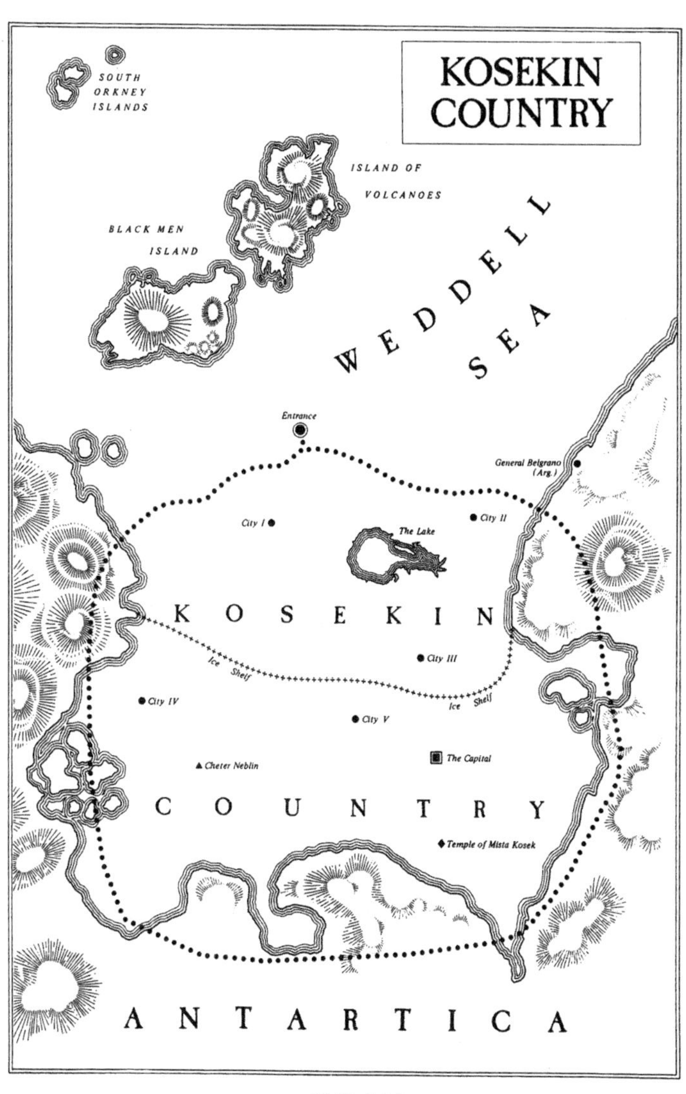
KOSEKIN COUNTRY
SOUTH ORKNEY ISLANDS
ISLAND OF VOLCANOES
BLACK MEN ISLAND
WEDDELL SEA
Entrance
General Belgrano (Arg.)
City I
City II
The Lake
KOSEKIN
Ice Shelf
City III
City IV
Ice Shelf
City V
The Capital
Cheter Neblin
COUNTRY
Temple of Mista Kosek
ANTARTICA

科赛金国

着柔软的垫子，房间里面还摆放着长靠椅和软椅，地板上铺着昂贵的地毯。

城里的居民身材瘦小，头发黑而直。因为阳光太强烈，他们的视力很弱，眼睛经常半睁半闭。城里的男人把胡子编在一起，身穿粗糙的束腰外衣，但官员穿戴优雅得体的斗篷和长袍，上面有精美的刺绣。这里的每个人都戴宽沿帽，酋长的帽子上有金饰物。他们最温柔也最嗜血，最善良也最凶残；他们很可能是迁往遥远的南部的穴居人，这点可以参阅不朽者之城，那里也住着穴居人。

在科赛金国，乞丐受人尊重和羡慕，老人和孩子也是如此。如果一个男人和一个女人彼此相爱，他们就必须分开。这里的病人得到最大的关照，如果得的是不治之症，就更是如此。这里的每个人都会帮助他的近邻。当一个科赛金人从别人那里感受到友爱，他的内心就会充满一种复仇似的情感，这时的他毫无睡意，急不可待地想去帮助他人。如此一来，就会产生家族恩怨和民族仇恨，因此私底下施舍钱财给别人会受到惩罚，"使用暴力使别人接受他的施舍的人"也要受到惩罚；举例来说吧，假如施舍的人是一个身强力壮的男子，他看见一个身体比他柔弱的男子，非要做他的奴隶或是强迫这个男子收下他的钱包，如果这个男子拒绝接受，他就以自杀相威胁，那么这个强壮男子的行为就是暴力犯罪，同样会受到惩罚。

几乎每隔 6 个月，科赛金人就会出海进行一次"神圣的猎捕"，捕猎海里的一个怪物。这个怪物的头长得像鳄鱼，毛茸茸的脖子足有 20 英尺长，生有巨大的鳍；上身包裹在鳞甲里。科赛金人的船身很长很低，由 100 支船桨或一张大大的方形帆向前推动；他们从船上向怪物投掷标枪，奇怪的是，他们不担心自己会被怪物杀死，反倒盼望自己快快死去。

因为死亡对科赛金人来说是一件最了不起的大事。他们在死人洞穴里为死者举行庆祝仪式。这个洞穴很大，洞内的光线微弱，洞顶有 100 英尺高，下面是一座庄严的半金字塔，塔里面有石梯。洞墙上有一些小生境，小生境里有许多以前牺牲的受害者，或者说受益人。这些人形象干瘪，取坐姿状态，手里抱着火炬，空洞的眼睛怒视着前方；每个死人的胸前都放着一把刀柄和半块刀片；他们通常头戴花冠。在6月节里，人们一边唱着“牺牲牺牲！高兴高兴！感谢黑暗！”这样的圣歌，一边把那些被选中的牺牲推到祭坛上。这些被用来献祭的人就躺在死人洞里，10年后他们的尸体再迁往公墓。科赛金国把死亡叫作“快乐之王”，他们相信自己死后会去黑暗王国。他们会在一个大洞穴里庆祝黑暗节，从里面看，这个大洞穴很像哥特式的大教堂。

科赛金人使用的语言有点像阿拉伯语，书面语包括不同的字体，比如印刷体按照一种不规则的方式构成。这种语言的字母有P K T B G D F CH TH M L N S H R，其中的3个字母在英语字母表中找不到对应的字母；元音在阅读时才加进去。科赛金国的图书使用的是一种纸莎草。某些科赛金词汇对游客来说可能很有用，比如男人(Iz)、女人(Izza)、光亮(Or)、再见(Salonla)、女王(Malca)和白天(Jom)。

科赛金的诗人喜欢不幸福的爱情；喜欢讲述那些被迫结婚后又心碎而死的情人之间的故事。他们赞美失败，因为自我牺牲是一种值得称道的荣耀之举。他们歌颂清道夫，歌颂点街灯的灯夫、苦力和乞丐。科赛金人的音乐忧郁悲伤、缠绵悱恻，听后会久久萦绕于心间，驱之不去。这是用一种十二弦的方形吉他弹奏的。科赛金的音乐家喜欢凯尔特人的音乐，这种音乐是亚当·莫尔介绍进来的，他们喜欢“天长地久”和“夏天里的最后一支玫瑰”这两首曲子，而且在祭祀时喜欢唱这些歌。

科赛金人的食物以各种家禽为主，这些家禽的肉尝起来像鹅肉、火鸡肉或山鹑肉；这里的居民喜欢喝糖水、温和的酒和软饮料。

詹姆斯·米勒，《铜缸里的奇怪手稿》(James De Mille, *A Strange Manuscript found in a Copper Cylinder*, New York, 1888)

库莫斯城 | Koumos

维奇博克国(Vichebolk Land)的首都。

科拉达克岛 | Kradak

属于北太平洋的智慧群岛。与智慧群岛的其他海岛一样，科拉达克岛也有自己独特的文化，主要以那些舶来的思想理论为基础。

科拉达克岛民没有自己的民族服装，也没有典型的风格；他们不追求时尚，他们的服装结合了不同的文化风格。当地的男人穿皮制围裙，围裙上有荷叶边，他们戴闪闪发光的大礼帽；年轻女子穿套裙，结合护士、妓女、乡村姑娘的衣着风格，看似古怪却很舒服。

科拉达克岛民的主要活动就是寻欢作乐，因此这座岛又叫"变态岛"。这里的岛民大多都有受虐倾向，他们把痛苦与快乐、兴奋与灾难之间的联系发挥得淋漓尽致。他们可以自由无碍地做自己想做的事情，比如性爱，法律对他们那些稀奇古怪的想法和变态的行为都听之任之。因此，到这里来的游客可能要躺在满是钉子的床上，忍受一个强壮的女汉子的鞭打，或是连续好几天阅读托马斯·哈代的长篇小说。

科拉达克岛的文化旨在解除人际关系中的各种羁绊，最大限度地释放个人激情和思想。真正专家学院得到政府的大力支持，积极拓宽人们的视野，发展新的思想模式；而获得原创性研究的成功者通常会得到一顿鞭笞。

岛上那些行为最古怪的孩子通常会被选出来，送到近海的古利岛(Gulliu)去抚养。这些孩子会得到各种非正常的培养，如果合适的话，他们会被送到另一座小岛，去接受进一步的非正常训练。人们的愿望是让这些孩子最终变成一种新新人类，这样，他们在思想和情感方面都具有强大的协调能力，从而完全摆脱常人的逻辑思维模式。为了达到这个目的，科拉达克岛引进了一种自由灵活的数字系统，这种系统的任何一个给定的数字都能体现另一个给定的数字的价值，因此 2+2 就可以等于 5。这里的许多游客也非常熟悉这个数字系统,使用其他方式也能得出类似的结果,比如在阿根廷、伊朗、智利、捷克斯洛伐克和布图阿王国。

初来这里的游客可能对科拉达克岛的食物感到奇怪:这些食物的配料方式千奇百怪,不同的搭配可以产生不同的口味,极大地刺激了味觉的感受能力。山羊奶酪和拌以唾液的烤沙丁鱼同时出现在餐桌上;还有香草烤牛舌和块菌咖啡拌泡黄瓜,这些都是游客必须品尝的一部分美味。他们还有一种很特别的家常菜,是用古柯叶精心制作而成的香喷喷的沙拉,古柯叶里的可卡因会使人产生幻觉,因此这道菜很受青睐。岛民的香烟中包含的烟草比较少,因此对于喜欢抽烟的游客来说,记住下面的知识很重要:这些岛民的香烟中添加了天仙子、毒芹、蒲公英、螳螂等,这些都是麻醉剂,效果与平常的尼古丁差不多。因此游客最好自备烟草,以免对当地的烟草上瘾。

亚历山大·莫茨科夫斯基,《智慧群岛:一次冒险之旅的故事》

克拉沃尼亚王国 | Kravonia

一个古老的欧洲国家,如今可能采用了另一种统治模式,距离前苏联的边境地区不远。游客最好坐马车到这里来。

离开首都斯拉维纳(Slavna)之后,那条大路沿着克拉斯河(River Krath)往东南方向又延伸了 5 英里左右,然后穿过这条河上面的一座古木桥。作为一条重要的贸易通道,克拉斯河继续往南流,但游客应当朝东北方向继续前行 15 英里,然后穿过平坦的村野、肥沃的农田和牧场,沿着这条大路一直走到塔尔提湖(Lake Talti)边的沼泽地。到了这里,当塔尔提湖延伸到克拉沃尼亚边境的山峦背面之后,塔尔提湖把这条大路一分为二。右边的那条路一直延伸到多布拉瓦(Dobrava),距离分路的地方约 8 英里远。离开多布拉瓦之后,这条路又继续朝东北方向延伸,大约经过 10 英里后经圣彼得隘口穿过山峦;圣彼得隘口其实是山峦上面和边境对面的一条栈道。如果游客想继续前行,他应当走左边那条分

克拉沃尼亚王国北部普拉斯罗克城堡里的庭院

岔的路，这条路笔直地向前延伸近 5 英里，最后到达普拉斯罗克城堡(Praslok Castle)所在的那座小山。

普拉斯罗克城堡是斯拉维纳城的赛吉乌斯王子最喜欢的住宅。赛吉乌斯王子死后，这座城堡变成了他的妻子索菲的据点。对于那些熟悉欧洲近代史的游客来说，索菲的惊天伟业他们并不陌生。索菲出生在英国埃塞克斯的摩坪哈姆村，1865 年之前，索菲在那里做过厨娘。之后，她来到伦敦，受到玛格丽特·杜丁敦夫人的保护，从伦敦到巴黎，索菲很快成为首都享乐生活的主角儿。如今，她已是大名鼎鼎的格鲁奇·索菲。1870 年，在克拉沃尼亚出生的玛丽·泽科维奇邀请索菲一起回到她的祖国。也许一切都是命运的安排，这个英国厨娘偏偏救了赛吉乌斯王子的性命；当时，赛吉乌斯王子正遭到 3 个官员的攻击。出于感激，克拉沃尼亚国王阿里克塞斯封她为多布拉瓦男爵夫人。赛吉乌斯王子继承了王位，但不久便遭到背叛和暗杀，不过在临死之前，王子与索菲举行了婚礼。

普拉斯罗克城堡是一栋古宅，坐落在一座小山上。由于地势陡峭，有必要在这条路与城堡前的方形塔之间铺一条大堤道。古

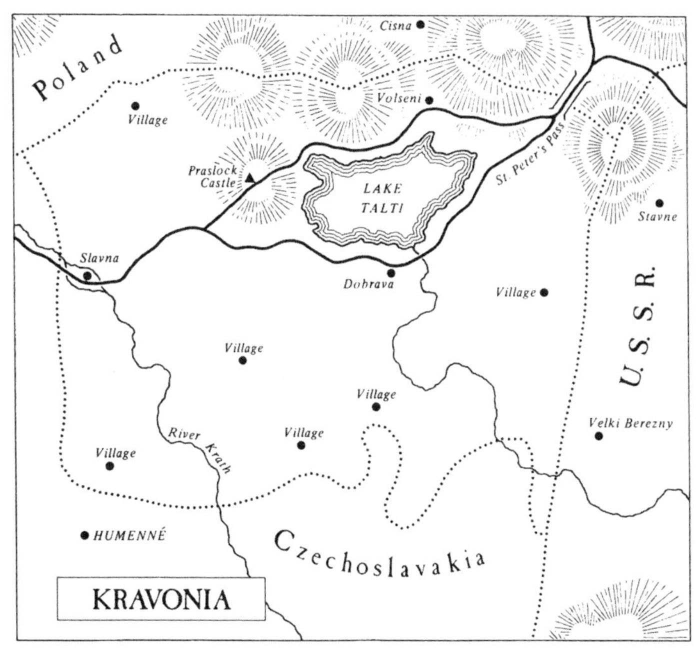

克拉沃尼亚王国

时候，人们把马关在围墙里面；后来，现代化的马厩就建在道路的另一边，因此爬上堤道再赤脚进入城堡渐渐成为一种习惯。城堡里的布置很简单，但显得离奇有趣。除了上面包含餐厅和两间卧室的塔楼以外，整栋建筑的底楼包括三排小房间，其格局完全按照所依山势的走向而建。第一排房间是皇宫，第二排是仆人的卧室，第三排是卫兵营；所有的房间都朝向一条隐蔽的通道或城堡内廷的回廊。城堡用灰石建成，可以作为一座事务性的山间要塞，因其庞大的石建筑和险要的地势而显得非常坚固。

在普拉斯罗克城堡里稍作休息后，游客应当沿着这条路继续往前走 5 英里，就可以进入瓦尔森尼城（Volseni）。这座城市坐落在一个高原的边缘地带，从上面可以俯视塔尔提湖，对面就是多布拉瓦。

瓦尔森尼城实际上就是一条长长的大街道，街道两边是房屋，一直延伸到市场附近；这些房屋都有长长的斜顶，街道两边随处可见圆形的塔楼。瓦尔森尼城背山而立，其他三面是一堵坚固却有些破裂的围墙，因此可以说，瓦尔森尼城固若金汤。如果游客想在这里住上一宿，他会听见一阵喇叭声，这是在告诉他城门要关上了。虽然这里风景如画，但不值得常住。

瓦尔森尼城之外没有真正意义上的道路，只有乡间小道。其中最重要的、使用频率最高的是那条沿对角线方向穿过塔尔提山谷的小路，这条路与经过多布拉瓦的那条路在圣彼得隘口交会，大约在20英里远的地方与经过瓦尔森尼城的另一条路交会。这条重要的道路构成了一个粗糙而不规则的三角形的基点，斯拉维纳城一分为二的地方、圣彼得隘口和瓦尔森尼城形成了它的三个角，而塔尔提湖处在这个三角形的中心。

虽然从实际距离来讲靠近首都斯拉维纳城，但这里的地理环境与首都周围肥沃的河谷地带大不相同。这里是荒凉的山地牧场和山林；其自然特色突出反映在当地居民的性格方面。那些把瓦尔森尼城当作首都的人，比首都斯拉维纳的居民生活得更艰苦，更不习惯奢侈的生活；尽管他们更不习惯争吵和暴乱，但如果他们拿起武器，那绝对令敌人望而生畏、心惊胆寒。在刺杀赛吉乌斯王子的悲剧发生之后，瓦尔森尼城的男子推选年轻的皇后索菲做酋长，她率领他们顺利地赢得了胜利。

克拉沃尼亚语很难学，但游客有必要知道，克拉沃尼亚的货币单位是“para”，一个para大致相当于英国的4个新便士。在到达这里之前，游客必须了解确切的汇率。游客也应该记住索菲的一句话：“到了克拉沃尼亚，必须入乡随俗；你应当知道这里可不是英国的埃塞克斯。”

安东尼·霍普，《克拉沃尼亚的索菲》(Anthony Hope [Anthony Hope Kawkins], *Sophy of Kravonia*, London, 1906)

科若诺莫王国 | Kronomo

位于宾菲尔德之岛的东南部，是阿比思尼斯的国界。科若诺莫王国只有一座城市,筑有围墙,方圆 5 英里。

18 世纪早期,科若诺莫王国由波玛拉统治,他做得非常成功,在位 22 年,最后被他自己的侄儿巫伊瑞亚赶下台。当波玛拉被带到宾菲尔德之岛准备杀掉的时候,被一个英国人救下来,宾菲尔德就是这个英国人的名字。宾菲尔德帮助波玛拉重获王权,并同他一起回到科若诺莫王国。巫伊瑞亚很快被打败,这很大程度上归功于宾菲尔德从自己家乡带来的那只残暴的犬鸟。犬鸟羽毛蓬松,属食肉动物,如今在科若诺莫王国的动物群里看不见了,因此来这里的游客大可放心。

威廉·宾菲尔德,《宾菲尔德之岛历险记》

库库阿纳高原 | Kukuanaland

一座面积广袤的高原,位于南非中部,被苏里曼山脉包围,这列山脉形成一道坚固的天然屏障。高原里隆起两座大山,名叫萨巴城的胸峰,高约 5000 米。

高原上的居民是祖鲁人,说一种古老的祖鲁语,这种语言相当于乔叟时代的英语。据说,这里最初住的都是矿工,是所罗门国王开矿时带来的。

亨利·哈迦德,《所罗门国王的宝藏》(Henry Rider Hagard, *King Solomon's Mines*, London, 1886)

库梅罗村 | Kummerow

位于低波美拉尼亚,四周环山。据说,这里的居民非常反感基督教的洗礼。因此在施洗之前,按照当地的习俗,施洗者应该首先清洁自己,那些被派来为库梅罗人施洗的人必须站在结冰的河水里,这一站就是好几个小时,直到他们倒在冰冷的河水里,彻底忘记了自己的使命。

来这里的游客可以参加这样的受洗仪式,他会发现,谁在冰冷的河水里站的时间最长，谁就是库梅罗的国王。

埃姆·威尔克，《库梅罗村的异教徒》（Ehm Welk [Thomas Trimm], *Die Heiden von Kummerow*, Berlin, 1937）

昆仑山 | Kunlun, Mount

位于中国，是玉皇大帝的下都，有陆吾怪兽守护着。陆吾体形如虎，有 9 条尾巴，脸面像人，爪子如猛虎。

昆仑山高万仞，方圆 800 里。最高峰上面生长一种高 40 英尺的大树，5 个男子合抱不过来。昆仑山上住着西王母，这是一种怪物，长着豹尾、虎牙，有着尖利的嗓音、厚厚的毛发和耀眼的羽冠。

无名氏，《山海经》（Anonymous, *The Book of Mountains and Seas*, 4th cen. BC）

花边国 | Laceland

一个岛国，从她岛出发需要 6 小时。当游客靠近花边国的时候，就会突然出现一块光线明亮的地区，与阴影地区形成鲜明的对比。据说，这突然出现的强烈对比与上帝第一天创造白日时的情形一模一样。

花边国的国王纺织这明亮的光线，把它编织成圣母像、珠宝、孔雀和人物的形象，他们就像尼罗河三仙女的舞蹈一样交织在一起。清晰的图像与周围的漆黑彼此对照，就像霜冻在窗户上构成的形状，很快又消失于阴影之中。

阿尔弗雷德·雅里，《罗马新科学小说：啪嗒学家浮士德若尔博士的功绩和思想》

女士城 | Ladies, City of

参阅贤女城(City of Virtuous Women)。

女人岛 | Ladies' Island

参阅母亲岛(Great Mother's Island)。

拉加多城 | Lagado

巴尼巴比国(Balnibarbi)的首都。

莱马克堡垒 | Laimak

瑞里克王国一座令人恐怖的堡垒；像一只睡着的狼蹲伏在岩石上，看起来不像是人力所为，更像是一块古老的岩石上的出露层。数个世纪以来，莱马克堡垒都是由帕瑞家族来管理；这个家族控制瑞里克王国的政治生活数十载。这座堡垒坐落在猫头鹰河谷里的一个小山顶上。小山不高，但它周围几乎都是悬崖峭壁，高出猫头鹰河谷三、四百英尺。

莱马克堡垒用巨石建成。这些巨石是从小山上开凿出来的；堡垒的围墙依照山顶的轮廓而建。参观者应当知道，堡垒的入口是北面围墙上的一扇大拱门。要进入这扇大拱门，只有走盘亘在峭壁上的那条蜿蜒的小路；那条小路由几座塔楼和低矮的墙支撑着，因此，敌人进入这座堡垒的可能性很少。

堡垒最引人注目的是它那巨大的L形宴会厅，用黑曜岩建造而成；宴会厅西北面的墙上有一排竖框窗，其他墙面上装饰了13个大型的雕刻，上面刻的是一些恶魔的头；恶魔伸出来的舌头支撑着那些灯具，硕大的眼睛像镜子一样反射出不断变化的光线。这些景象是那么阴森可怖，难怪莱马克堡垒总是与邪恶和灾难紧密相关，而且几起惨烈的谋杀案就发生在堡垒的大厅和大厅深处的地牢里。

帕瑞家族的族徽是一只红嘴的黑色猫头鹰，猫头鹰的爪子下面是一座金矿，上面写着“我每夜都在捕捉害虫”几个字。

埃迪森，《情人的情人》；埃迪森，《梅尼森宫里的一顿鱼餐》；埃迪森，《梅泽恩迪大门》

莱科海尔岛 | Laïquhire

位于北大西洋，面积比较大，形成两个地区：高地和低地。高地住着所谓的隐形神灵，这些神灵有时候也想被别人看见，因为他们希望参与人类的活动。

无名氏，《一个费城人在新国度的好奇之旅》(Anonymous, *Voyage curieux d'un Philadelphe dans des Pays Nouvellement Décourerts*, The Hague, 1755)

湖镇 | Lake-Town

位于长湖上方的丛林里。具体而言，湖镇坐落在幽暗森林以东，孤独山以南，中土以北，刚好位于幽暗森林的森林河汇入长湖的地方；一处岩角形成的海湾保护湖镇不受湍急的河水的侵蚀。

长湖的水源来自北边的奔流河。长湖很宽，站在湖中心的小船上，几乎看不见湖水的南、北两端。长湖南端的湖水形成一个大瀑布，水花飞溅，站在长湖的另一端也能听见。

湖镇是与代尔国和幽暗森林的精灵进行贸易的中心；货物也可以从湖镇南面通过河运。湖镇居民与精灵之间的贸易独具特色。他们首先把那些将要运送到精灵那里的货物装进木桶里，然后再送到平船上，或者绑在一起用竹竿划到森林河的上游去。精灵留下货物后，只需把那些空桶投进森林河，然后让它们顺流漂向湖镇，激流把空木桶冲进海湾，湖镇派出船只再把这些空木桶拖到码头上，于是空桶又回到了湖镇。

湖镇也叫艾斯加罗斯，至少已经过两次重建。如今的湖镇是在巨龙金色史矛革死后建造的。金色史矛革曾经迫使侏儒离开孤独山，曾经摧毁过代尔国。在攻击湖镇的过程中，这条巨龙最终被杀死，不过那是在它使用烈焰一样的呼吸毁掉大半个湖镇之后。多年以来，人们在古老的湖镇废墟里还能看见史矛戈的遗骸。湖镇人再也不想生活在这个污秽邪恶的地方，因此把自己的定居点稍稍做了北移。

湖镇的克拉姆饼干很出名，长途旅行时带上这种饼干很实用。这种饼干尝起来虽然无味，却特别有营养，而且不会发霉。

托尔金，《魔戒前传：霍比特人历险记》

拉库城 | Laku

参阅伊西梅里亚共和国(Ishmaelia)。

拉玛瑞岛 | Lamary

位于印度洋，面积较小；小岛上天气炎热，岛民总是赤身裸体。岛上的女人、土地和财产属于公有。拉玛瑞人吃人肉；首先，他们从人贩子那里买来小孩，养得白白胖胖之后再把他们吃掉。他们说人肉是这个世界上最好吃的东西。如果遇上灾荒,他们甚至会吃掉人贩子。

约翰·曼德维尔爵士,《曼德维尔游记》

拉米亚岛 | Lamiam

拉米亚岛上的双龙塔

位于阿拉伯海,也叫依安库姆岛或库巴岛,因为这里的岛民讨厌正午的太阳。他们属于食人巨人族,赤身裸体住在山洞里。他们没有政府,一切依靠武力解决。

拉米亚岛上一个引人注意的景点是双龙塔。双龙塔坐落在高山上,山下是一座金矿。保护双龙塔的是两条巨龙,它们的木雕形象保存在塔里面。根据拉米亚岛上一种有趣的习俗,梦想到达金矿的人必须首先杀死自己的父母,然后把这些巨龙木雕涂上死者的鲜血。

拉米亚岛附近有一座浮岛,据说是被恒河冲走的一部分天堂。浮岛上有很多宝石、金子、香料以及两种珍稀树种 agallicum 和 guiacum。不过,浮岛上人烟稀少,不适宜居住。浮岛上的女人舌头里有虫,她们用燧石刀砍掉舌头,用草药治愈伤口,把这些虫子卖给意大利人炼制毒药。法国人最好不要来浮岛,据说一群法国游客曾来到这里,一到这里就开始像蛇那样全身蜕皮。

威廉·布莱恩,《一段愉快而令人同情的对话》(对话内容是一群对抗热病的善良人,他们用安慰对抗死亡)(William Bullein, *A Dialogue both Pleasant and Pitiful*, London, 1564)

灯笼国 | Lanternland

从绸缎王国出发需要 4 天才能到达。当参观者靠近港口的时候,他们也许能认出拉罗歇尔灯塔的灯笼,还有法罗斯、奥普利恩以及艾克洛城的灯笼。灯笼国住着灯笼和标灯,灯笼都是女性,标灯都是男性;另外还有午夜加油壶,他们住在一个靠近港口的小村里。保护这个小村子的是方尖石塔灯,它们依靠灯笼过活,就像修道院的修士依靠修女生活一样。他们勤劳正直,古希腊雄辩家狄摩西尼曾用它们烧掉了自己的午夜油。

荣耀灯笼侍候女王的起居;荣耀灯笼指的是阿里斯托芬灯笼和克里安西斯信号灯。女王身穿洁白无瑕的水晶,水晶里镶嵌着波形花纹,水晶的边缘镶嵌着大钻石;血统灯笼要么身穿云母,要么穿无色水晶;宫廷里的其他女性头戴牛角,身穿纸衣或油布。标灯按照自己的官衔和房屋的古老程度决定怎样着衣。华丽的宫廷里有一个朴素的陶制灯笼特别显眼;这就是古希腊斯多葛派哲学家爱比克泰德灯笼,3000 德拉克马也买不来他。法律灯笼可以通过头上精美的深红丝绸被认出来。另外两种灯笼的区别是,她们的腰带上系的口袋不同;这些都是药剂师的大灯笼和小灯笼。

吃午饭的时候,灯笼吃的是多脂油而发霉的蜡烛,女王吃的却是一个明亮的大白蜡灯芯,灯芯的顶端略呈红色。具有皇族血统的灯笼也受到特别的招待,她们可以吃胡桃油蜡烛,受女王恩宠的和级别较高的客人也享有此等殊荣。午餐的其他菜肴还有 midrilles,放在冷水中煮熟的,这样就闻不到烟味;还有烧烤的 hannicroches,与煤炭和冰块一同呈上,为的是不烫伤客人的牙齿;还有奇怪的 farignolles,用火药调味,用来预防疝气;餐后甜点是盐腌的 grimaces，放在月光里烘烤。吃过午餐，信号灯的灯芯释放出荣耀的亮光；然而有些年轻灯笼不会真正发光，却会发出淫荡的让人想入非非的微光。

女王生日那天会举办盛宴，这通常是在 5 月中旬。宴会上的各位贵宾都是来自世界各地的灯笼。他们三三两两走进皇宫；女王坐在铺着金子的高靠椅上，椅子上面是深红色的绸缎天篷，天篷外层装饰着金子和宝石。处理完重要的事务以后，灯笼们会参加一个形式上的宴会。宴会中会摆上白蜡烛，之后是特别的舞会。被邀的参观者会发现，这样的舞蹈既锻炼身体，也是高难度的杂技动作。灯笼们跳得很高，有时会吹灭自己的灯光；如果是这样，她们就会变成瞎子。

在灯笼国，所有与快乐相关的重大事情都发生在晚上，当灯笼在标灯陪同下出门的时候，参观者千万不要错过这令人赏心悦目的壮观场面。

无名氏，《巨人庞大固埃的同伴巴汝奇航行记》；弗朗索瓦·拉伯雷，《巨人传第五部》

拉普塔岛 | Laputa

一座会漂移或飞翔的岛屿，盘旋于更大的巴尼巴比岛（Balnibarbi）之上，拉普塔国王统治着这座岛屿。拉普塔岛呈圆形，直径 7837 码，高约 300 码，占地 1 万英亩。海岛底部是坚硬的金刚岩层，深 200 码，上面是一层矿岩和肥沃的土壤。海岛向中间倾斜，形成 4 块大盆地，积聚雨水。当自然的蒸发没有使盆地的积水溢出时，海岛可以升到雨云层的上面。

拉普塔岛边缘有石梯和走廊，因此可以从下面登上这座海岛。如果要与巴尼巴比岛交流，他们就把信息打包降下去，而使用滑轮把下面的食物和饮料运上去；他们还会从低处的走廊上捕鱼。

拉普塔岛的中心有一条直径约 50 码的裂缝，岛上的天文学家可以从这里下降到一个巨大的穹隆形结构里，名叫天文洞，位于金刚岩层以下 100 码深处。天文洞里点了 20 盏灯，这些灯会一直亮

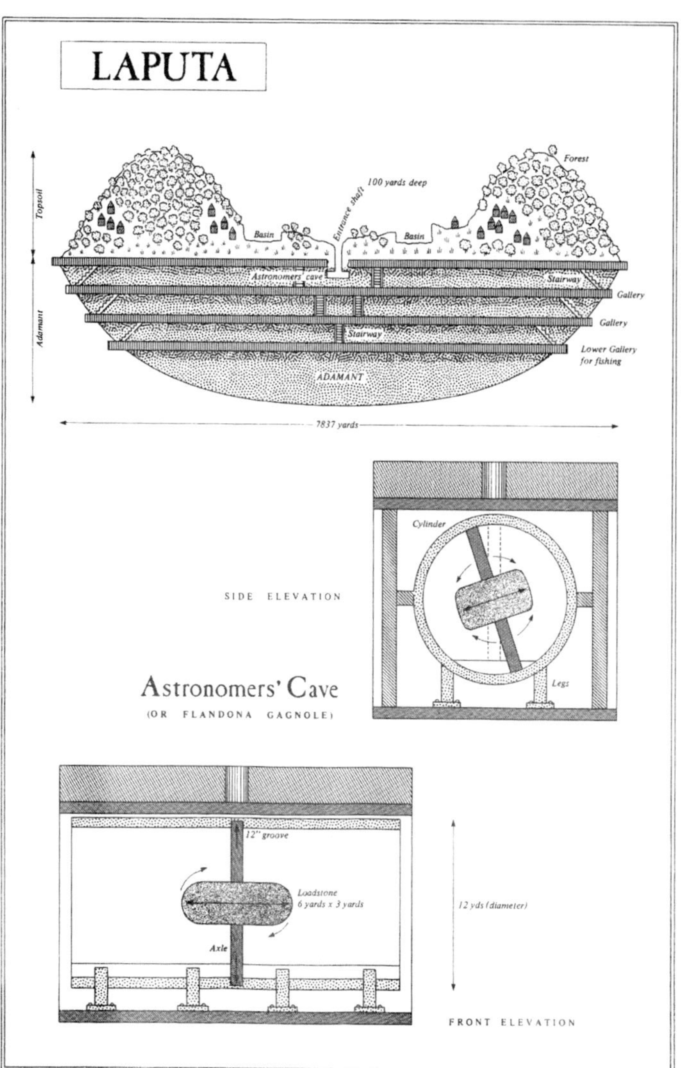
LAPUTA
Forest
100 yards deep
Entrance shaft
Topsoil
Basin
Basin
Astronomers' cave
Stairway
Gallery
Gallery
Adamant
Stairway
Lower Gallery
for fishing
ADAMANT
7837 yards
Cylinder
SIDE ELEVATION
Legs
Astronomers' Cave
(OR FLANDONA GAGNOLE)
12" groove
Loadstone
6 yards x 3 yards
12 yds (diameter)
Axle
FRONT ELEVATION

拉普塔岛

着，亮光反射到洞穴的每一个角落。洞里装置了六分仪、四分仪、望远镜、古天体观测仪以及其他天文仪器。不过，与海岛命脉息息相关的最大奇观是一块大磁铁。这块大磁铁的形状像织工用的一只梭子；长 6 码，最宽的地方约 3 码。支撑大磁铁的是强大的金刚石轮轴，大磁铁绕轮轴转动，其位置非常巧妙，即使最无力的手也能转动它。围绕大磁铁的是一根中空的金刚石圆柱，长 4 英尺，直径 12 码，水平放置，由 8 只金刚石脚支撑着，每只高 6 码。在这个凹面的中心有一个 12 英寸深的凹槽，凹槽里安放了轴端，有重大事情的时候轴端就会转动。

无论怎样用力，这块大磁石都不会离开自己的位置，因为圆柱体和它的脚都是金刚岩的一部分，而金刚岩构成了海岛的底部。

拉普塔岛借助这块磁铁可以自由升降，可以移动，因为磁铁石的一端吸附在巴尼巴比岛上，另一端又受到强大的排斥力。如果转动被吸附的一端，那么海岛就会下降到地球上，如果被排斥的一端朝下，海岛就会上升入高空。当磁铁石的位置倾斜时，拉普塔岛的运动也会倾斜。因为在磁铁里，力量总是按照水平的方向运动。

通过倾斜运动，拉普塔岛的信息被传达到国王的整个领地。为了解释拉普塔岛的运动模式（参观者可以查阅巴尼巴比岛下面的地图），我们用 AB 代表划过巴尼巴比岛的一条线，用 cd 线代表大磁铁石，其中的 d 是被排斥的一端，c 表示吸附的一端，拉普塔岛位于 C 上面；如果这块磁铁石被放在 cd 线上，排斥的一端就会下降，拉普塔岛将倾斜地下降到位置 D。当这座海岛到达位置 D 时，如果磁铁绕自己的轴转动，直到被吸附的一端指向 E，那么海岛就会倾斜地被带到位置 E；当磁铁在此再绕着轴转到 EF 时，被排斥的一端就会下降，海岛将会倾斜地朝 F 上升，在此，通过把磁铁被吸附的一端指向 G，海岛也会被带到 G，要从 G 到 H，只需转动磁铁石，使被排斥的一端直接朝下运动。因此，改变磁铁的位置可以使拉普塔岛倾斜地升和降，通过不断变化的升和降，拉普塔岛的信息就从巴尼巴比岛的一端传到了另一端。

但必须注意的是，拉普塔岛不能移动到下面的国王领地之外，而且拉普塔岛的上升高度也不能超过 4 英里。究其原因，拉普塔岛上的天文学家认为这块磁铁的作用力只限于 4 英里以内；另一方面也是因为地球内核的那种矿物质，它对磁铁石的作用只限于国王的领地之内。

当大磁铁水平放置时，拉普塔岛就静止不动了；因为在这种情况下，大磁铁的两端与地球的距离相等，使用的力量一样，作用力和反作用相同，因此就不会产生运动。

这块磁铁石掌握在天文学家手里，他们不断按照国王的旨意确定磁铁石的位置。他们把自己一生的大好年华都用来观察天体的运行，借助远比当今的欧洲或日本更先进的望远镜观察天体的变化。

游客会注意到，拉普塔岛的居民喜欢把头偏左或偏右，他们的一只眼睛向内转动，另一只眼睛不断地往天上看。他们总是沉浸在冥想之中，因此需要刺激他们说话或者听别人说话；于是就有了这样一种习俗，富人会专门雇一些拍打者。这些人在口袋里装满石头或干豌豆，然后用它们轻轻敲击说话者的嘴和听者的右耳；他们还用这些口袋敲打主人的眼睛，以避免他们碰到障碍物或撞到其他人。

拉普塔岛的居民最重要的职业就是音乐、数学和天文学，尽管这些不是他们独有的职业，但都是他们最发达的科学。他们把 1 万颗固定的行星进行了分类，并且发现了两颗相似的火星。通过仔细观察，他们精确地算出了 93 颗彗星的运行规律。

然而，他们的实践却跟不上理论的步伐。在日常生活中，拉普塔岛的居民笨得出奇。他们建造的房屋角度不对，墙壁不直，因为设计的图纸太复杂，建造者领悟不了其中的奥秘。这一切都源于他们对实践几何学的不屑一顾。他们在裁剪衣服的时候也是如此。他们度量尺寸使用的是象限仪和圆规，度量结果被小心翼翼地标注在纸上，但做出的衣服总是不合身，因为裁缝常常在计算时犯错误。他们做的长袍常常用各种数学和乐器图案做装饰，其他国家的居民对这些图案闻所未闻。

拉普塔岛的居民一直很担心，那些天体性质的改变会不会严重影响到地球。比如，如果太阳不断靠近地球，是否会把地球烧成灰烬。尽管地球逃过了一颗彗星的撞击，但它能否躲过其他彗星的撞击呢？他们被这些疑问搞得焦头烂额，以至于夜不能寐，再也感受不到生活的甜蜜。当早上遇见朋友的时候，他们首先询问的是太阳的健康，太阳升起和落下时看起来会是什么样子。他们这样的对话很像那些对鬼怪精灵津津乐道、然后又因此惶恐不安睡不着觉的孩子；从英格兰岛来的参观者最好不要总是询问天气问题。

拉普塔人极其善辩，但他们不否定对方的意见。他们不懂想象、幻想或发明，这些词在他们的语言中极度缺乏。他们说话温柔动听，听起来很像意大利语。这种语言的大多数词汇都来自音乐和数学。如果他们想赞美什么，就用圆圈、平行四边形和椭圆形来描绘，对于音乐术语，他们也这样使用。

拉普塔岛的女人朝气蓬勃，总想到拉普塔岛外面的世界去看看，但如果没有国王的批准，她们是不可以离开的。事实上，她们离开拉普塔岛的机会也极其罕见，因为经验表明，出去的女人很少再回来。至少有一个女人宁愿生活在巴尼巴比岛的简陋小屋里，也不愿意与拉普塔岛富裕的牧师住在一起，这个女人最后和一个天天揍她的男人跑了。拉普塔岛的女人通常把巴尼巴比岛的男人当作自己的情人，这是因为她们的丈夫终日沉迷于冥思苦想。倘若某个拉普塔男人没有雇用拍打者，而只有许多纸张和数学工具，那么即使他的妻子当作他的面跟情人亲热，他也视若无睹。

拉普塔人对数学和音乐的痴迷也表现在食物方面。他们的食物配料没什么不同，但他们的菜做成数学符号或乐器形状：羊肉被切成等边三角形，鸭子被绑成小提琴，香肠类似笛子，如此等等，不一而足。

拉普塔国王擅长以各种方式镇压内乱。他能让海岛悬浮在敌对方居住的城市上空，从而剥夺他们本可以享受的雨露和阳光。他可以使用大石头攻击造反者，对于这些造反者，国王最后可能使出的杀手锏,就是让拉普塔岛去压死他们,尽管这种做法有欠考虑。因为这样做只能使国王和他的大臣们越来越得不到民心,而且也可能毁掉王族的财产。

国王和他的两个大儿子都不能离开拉普塔岛;王后在生育期也不可以离开。

拉普塔岛上的居民一直争论不休的是,这座海岛是否叫托姆多迪岛(Tomtoddies),但这种说法的证据尚不充足。

乔纳森·斯威夫特,《走进世界上的几个偏远民族》

最后的陆地 | Last Land

参阅阿斯托维尔岛(Astowell)。

最后的海 | Last Sea

参阅天涯岛(World's End Island)。

拉托恩城 | Latoryn

参阅曼西王国(Mancy)。

跳跃群岛 | Leap Islands

包括南极洲附近的一些独立王国,比如高跳国(Leaphigh)、低跳国(Leaplow)、上跳国(Leapup)、下跳国(Leapdown)、跳高国(Leapover)、跳过国(Leapthrough)、跳远国(Leaplong)、短跳国(Leapshort)、园跳国(Leapround)、跳下国(Leapunder)。除了低跳国,每一个王国的居民都信仰一种以新型社会理论为基础的宗教;岛民们其实是一群比较文明的猴子,名叫"莫尼金部落"。

游客坐船可以到达跳跃群岛,沿途有漂浮的里程标。游客

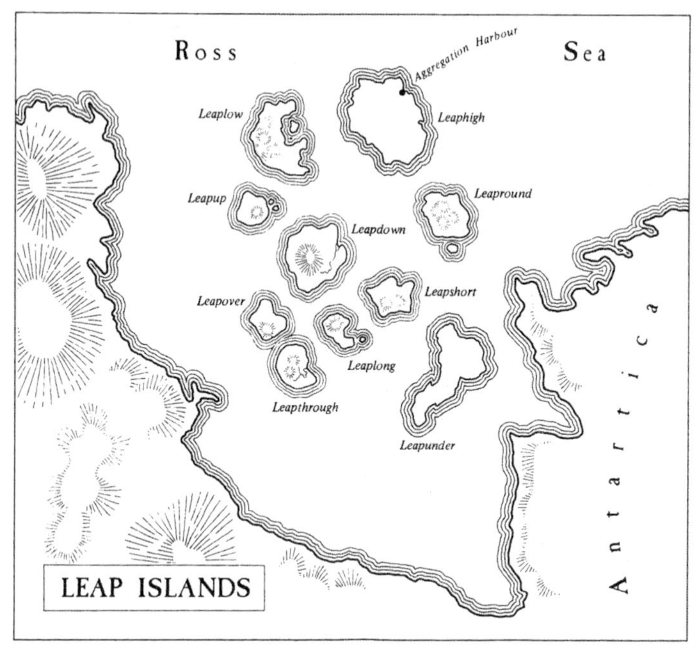

跳跃群岛

首先会来到高跳岛的集合港。这里比较著名的有大广场、科学艺术宫和同情学院。政府分为法律、观点和实践三部门。国王依法实行统治，国王的表亲按照实践统治，国王又根据观点来统治。

科学家把莫尼金猴定义为四足动物或“摇尾者”，他们只在正式场合才穿衣服。它们的语言中尽管有希腊词根，但更像丹麦语或瑞典语。这里更文明的猴子说法语，用尾巴致敬。莫尼金猴说，人类最后将进化成他们的样子，其根本理由不在于脑子而在于尾巴。他们做买卖不用钱而只讲承诺，因为承诺烧不掉，也偷不走。他们的一年四季有相应的名字，比如坚果季。每一只莫尼金猴都用数字和颜色来称呼；颜色表示等级、地位、职业和性别；数字表示智商。比如“数字 22817，颜色为沉思色”表示理论博士。

詹姆斯·库珀,《莫尼金猴族》(James Fenimore Cooper, *The Monikins*, New York, 1835)

利阿丁之岛 | Learding's Island

合恩角地区一座多山、多森林的岛屿。

岛名沿用利阿丁船长的名字,这位船长与他的妻子及两个水手在此遭遇海难。他们在这座岛上生活了 9 年,住在小木屋里,靠垦荒为生。6 年后,两个水手企图强奸利阿丁船长的妻子,船长的妻子与他们搏斗,杀死了其中一人,另一个水手侥幸逃走,跑到深山里,最后遭到印第安人的绑架。

安德烈·纪尧姆·柯南·德奥维尔,《基马诺夫王的命运或基马诺夫王回忆录》

独处地 | Leaveheavenalone

一个非常安静的地方,介于老妇寓言岛和乌有乡的另一端之间。热辣辣的太阳把海水变成水蒸汽,风又将水蒸汽变成云朵,就像尚蒂伊花边一样。空中到处都是这样的装饰,看起来很像壮丽的水晶宫。

查理·金斯利,《水孩子:关于一个陆地婴儿的神话》

利多阿岛 | Le Douar

位于布列塔尼半岛的海滨附近。13 世纪时,海水吞没了利多阿岛,整座海岛就像一艘被翻倒过来的轮船。海岛周围的高山形成巨大的钟形玻璃盖,利多阿岛的居民就生活在这里,日子祥和而安宁。经过几个世纪的进化,他们的身体逐渐能够支撑大海的压力。他们依靠一种大蘑菇为生,这种蘑菇在其他地方是找不到的。他们还从镭元素中提取光亮照明,他们认为镭对身体没有害处。

罗斯尼,《可怕的谜语》(J. H. Rosny, jeune, *l'Enigme du "Redoutable"*, Paris, 1930)

军团城 | Legions, City of The

坐落在威尔士的格拉摩根郡,距离赛韦恩海不远。乌斯克河从城墙下面流过,城墙的周围是树林和绿草地。

修建军团城之前,这里发生过一次大战,时间是在亚瑟王早期抵御撒克逊人入侵期间。当亚瑟王征服所有王国和高卢地区,并选择军团城作为王宫时,正是在这里举行的加冕礼。

军团城是亚瑟王的统辖区最富裕的城市之一;皇宫以黄金为顶,整座皇宫堪与罗马城媲美。这里有两座教堂值得参观,是军团城里最恢弘的建筑。其中一座教堂是为纪念裘利斯而建造的,教堂里的唱诗班远近闻名;另一座是为纪念亚伦而建,是不列颠岛上第三座都市景观。军团城也包括一所学院,学院里有200个圣人,他们在天文学方面造诣颇深,通过研究星相进行预测,向亚瑟王建言献策。

无名氏,《大不列颠人的历史》;蒙默思的杰弗里,《不列颠诸王记》(Geoffrey of Monmouth, *Historia Regum Britanniae*, 12th cen. AD)

莱克斯里普城堡 | Leixlip

坐落在都柏林附近,仍然属于光荣的老爱尔兰家族。游客只要向这个家族提出申请,就可以租借这座城堡。在过去的两百年里,这座城堡一直空着无人居住。它最大的优势在于,它似乎距离都柏林或任何一个居民点都有好几百英里远,但实际上,它那令人骄傲而精巧的尖塔距离都柏林只有几英里。

如果从鲁坎那条路来,游客可以穿过莱克斯里普桥后到达这座城堡,莱克斯里普桥的单拱门横跨利菲河。从这座低矮的藏着弯拱的小桥看出去,游客会发现一道迷人的风景。湍急的河水围绕着整座城堡和一个可爱的绿色公园,最后在一座小教堂低矮的围墙附近归于平静。河道在这里变宽，继而静静地穿过圆桶形的穹隆建筑，形成一幅静谧祥和的景致，使人过目不忘。这里植被茂密，游客可以在这里或是在城堡周围的小径上漫步，欣赏这里的小树林和山腰上布局巧妙的希腊寺庙。

然而，来这里参观的人都应记住，莱克斯里普城堡的第一个房客布拉尼男爵的3个女儿所遭受的那场灾难。在一次闲逛快要结束时，利德蒙特男爵的年轻继承人，聪敏美丽的女孩简·布拉尼沦为一种魔法的牺牲品。直到今天，人们也无法弄明白这是什么样的魔法。当人们走进城堡厨房里的时候，也许还会看见简的身影，只是不太清晰，当时简饥寒交加。而在一间卧室里，人们会找到这次谋杀的证据，那是简的姐夫犯下的，他在结婚当天结束了自己的生命，也割破了自己新娘的喉咙。在另一间屋子里，人们也许会找到另一桩无耻谋杀案的证据，谋杀发生在苏格兰，这一桩谋杀使男爵失去了自己的第三女儿安妮。

莱克斯里普城堡里经常闹鬼，因为它背负的诅咒永远挥之不去。

查尔斯·马图里恩，《莱克斯里普城堡》(Charles Robert Maturin, *The Castle of Leixlip*, Dublin, 1820)

棱格高原 | Leng

梦幻世界里一座荒凉的高原，这里经常有狂风肆虐，就像一个垂死而无人记得的地方的高空。寒冷寂静的薄暮中升起一栋庞大建筑的模糊轮廓，它没有窗，四周是独立的巨石柱。这里是梦幻世界里最可怕的地方，一座古老的史前修道院就是梦幻世界里那位高级祭司居住的地方。祭司总是戴着黄色的面罩，其模样让人无法用言语形容。修道院狭窄弯曲的走廊里装饰着一些史前场景，大多数考古学家都不了解这座修道院的建筑风格。经历无数个地质年代之后，修道院的色质依然清晰，因为这里寒冷而干燥，能够使许多原生态的东西保持鲜活的状态。

古老的壁画就是棱格高原的编年史。游客会看见一些画作，描写的是一种有角有蹄的怪物，这种怪物长得很像人，嘴很宽，正在那些已被遗忘的城市里跳舞。这些古老的壁画描绘了古代战争；棱格高原的居民与附近山谷里骄傲的紫蜘蛛之间的较量；黑色大轮船从月球回来时的情景；棱格高原的居民屈从于水螅的情景，以及跳跃、挣扎和躲避他们无形的亵渎的情景。这些光滑的灰白色怪物逐渐被当作神灵来崇拜，而且，当他们中的 20 个最胖的怪物被带到黑色大轮船上的时候，棱格高原上没有一个居民抱怨。魔鬼般的月亮兽在大海里的一座锯齿状的岛上安营扎寨，这座岛屿恰恰就是因奎诺克岛的船员试图避开的一块不知名的灰岩，到了晚上，那里会传来邪恶的嚎叫声。

霍华德·洛夫拉夫特，"小人物卡达斯追梦记"，《阿克汉姆集锦》

伦纳德的王国 | Leonard's Land

位于南美洲的巴塔哥尼亚。法国哲学家伦纳德根据平等原则和当地气候条件建立起这座岛屿的政治体制。伦纳德相信一切依赖于天气，他竖起 12 个风标，帮助立法者审议法案。

根据历史记载，伦纳德自封为王，而正由于他自己的气候理论，他失去了民心。一次，伦纳德与邻村作战遭遇失败，因为他坚持认为不应该在逆风时进行战斗。结果人们用石头砸他，并把他赶走了。

让·加斯帕德，《冒险哲学》(Jean Gaspard Dubois-Fontanelle, *Aventures Philosophique*, Paris, 1766)

里奥妮亚城 | Leonia

亚洲的一座城市，这里的市民每天换新装。他们每天从新被单和新床单里醒来，用刚打开包装纸的肥皂洗脸，穿崭新的衣服，从最新型的冰箱里拿出未开的罐头，听最现代的广播台播放的最新的音乐。

弃置在路边的是昨日的里奥妮亚城，裹在洁净的塑料袋子里等待垃圾车运走。除了一筒筒挤过的牙膏、坏电灯泡、报纸、瓶罐、包装纸之外，还有锅炉、百科词典、钢琴、瓷器等餐具。如果要估量里奥妮亚城有多么富饶，单单看它每天的生产、销售和购买量是不够的，还要看它每天为了腾出空间安置新东西而丢弃了多少东西。于是你开始揣测，里奥妮亚城真正的乐趣是所谓享受新鲜事物呢，还是抛弃、清除、洗净经常出现的污秽。事实上，人们欢迎清道夫就像欢迎天使一样，清道夫们在充满敬意的静默中搬走昨日的痕迹，这似乎是足以激发宗教虔诚的一种仪式，不过也许因为人们丢弃东西之后就不愿意再去想象它们。

没有人想过，他们每天扔掉的垃圾都去了哪里。运到城外，当然是这样，可是城市年年都在扩大，清道夫必须走得更远一点。垃圾量增加了，垃圾堆也增高了，在更宽的周界里一层层地堆起来。而且，里奥妮亚城制造新物品的能力越强，垃圾的质量也就越高，也就更经得起时间和自然力量的考验，它们不发霉也不燃烧。里奥妮亚城周围的垃圾俨然变成了坚不可摧的堡垒，像山岭一样从四周高高耸起。

其结果就是，里奥妮亚城抛弃的东西越多，积存的东西也就越多；它过去的鳞片已经熔合成一套脱不掉的胸甲。城市每日在更新，就必然把它自己保留在唯一可以确定的形态里：昨天的废物，堆在前天和更久远的废物之上。

里奥妮亚城的垃圾可能会一点一点侵入别人的世界，不过在它最外围的斜坡之外，别的城市的清道夫也在推出堆积如山的垃圾。在里奥妮亚城的边界之外，整个世界也许都布满了火山口，各自环绕着一个不断爆发的城市。隔开敌对的陌生城市的，是遭受侵蚀的垃圾堡垒，靠着彼此混杂在一起的瓦砾互相支持着。

垃圾堆得越高，倒塌的危险性就越大：只要一个铁罐、一个旧车胎或者一只酒杯滚向里奥妮亚城，就会引来一次大崩塌：不成对的鞋子、旧日历和残败的干花；而城市不断想要摆脱的过去，以及混杂着邻近城市的过去，就会把它埋葬得干干净净。这样的一次大灾难会把肮脏的山岭夷为平地，抹掉每日换上新衣的一切痕迹。在附近的城市里，他们已经准备好开路机，等着铲平这片土地，向新的领地扩展，把清道夫驱逐得更远更远。

伊塔洛·卡尔维诺，《看不见的城市》

里阿纳大学 | Lerna

距离瑞士的乌姆斯克城 20 公里远，从日内瓦坐火车需要 5 个小时。里阿纳大学校园里正在发生一些奇怪的事情，其中一件事情是，到世界各地去寻找 24 个同样的男子，据说这一项伟业与宇宙的秘密法则有关。

安吉尔·博诺米尼，《里阿纳大学的新奇事儿》(Angel Bonomini, *Los Novicios de Nerna*, Buenos Aires, 1972)

里斯尼温城 | Lesneven

奥西纳岛(Oceana)(2)的首都。

勒塔里斯邦岛 | Letalispons

位于太平洋，岛上多山，靠近胡安-菲尔纳德兹岛，有些地方覆盖着茂密的森林。岛屿中心隆起一座高山，是狩猎野熊的地方。岛民自称是赛里贝利特人(Cerebellites)或马加斯里德人(Maggotheads)，说西班牙语，因为智利人统治过这座海岛。这些岛民身穿绿绸衣，相信灵魂转世说，他们的座右铭是"人生短暂、艺术不朽"。他们的寿命大约 120 岁，不会老去。当活到 60 岁的时候，他们又会变得年轻，重新获得生命力。他们从不会陷入激情，不会鼓励无节制的行为。赛里贝利特人没有敌人，因为他们不会触犯别

勒塔里斯邦岛的首都斯卡利克罗塔的塔身

人。他们的法律很简单:1)关注最初的想法,千万不要有第二个想法;2)从不按照别人的思路想问题,而是追求原创;3)好的品味是第六种感觉;4)记住许多故事,健谈;5)从不在说话时思考问题;6)总是以一种全新的方式表达自己。

勒塔里斯邦岛的首都叫斯卡利克罗塔(Scaricrotariparagorgouleo)。城里的建筑高大雄奇,塔楼纤细高耸,塔楼最上面是风向标和月亮运行测量仪。

皮埃尔·德方丹神甫,《新居利维或居利维船长之子让-居利维之旅》

鲁克岛 | Leuke

位于黑海,刚好处在尼斯特河的河口对面,首都叫伪城,菲里斯人(参阅“菲里斯蒂亚”)征服这座海岛后被毁。据说,鲁克岛是海神波塞冬从海里托上来的,用来为西蒂斯埋葬儿子阿基琉斯之用。为了纪念阿基琉斯,这里还建造了一座寺庙;寺庙里没有祭司,只有一群群白色的大鸟飞来哀吊阿基琉斯。这些白色鸟每天用它们的巨翅从海里取来海水,撒在寺庙的墙上。在这座寺庙里,阿基琉斯娶了海伦,波塞冬和他的妻子安菲特律斯、西蒂斯以及海里的其他众多女神都见证了这场盛大的婚礼。

一些忠于阿基琉斯的人也来这里朝圣,此外,水手在出海之前也会来岛上祭奠他。

米利都的阿尔克提努斯,《埃塞俄比亚人》(Arctinus of Miletus, Aethiopis, [?]); Strabo, Geography, 1st cen. BC; 卡贝尔,《地球人物:一部关于形貌的喜剧》;詹姆斯·卡贝尔,《朱根:正义的喜剧》

利比里亚城 | Liberia

坐落在霍斯特岛的海滨地区,靠近火地岛。非洲一个共和国也叫这个名字,请不要把这两个地方混为一谈。利比里亚城是一群遭遇海难的船员建造的;1881 年 3 月 15 日的夜里,他们乘坐的"约拿单号"遭遇海难,沉到了冰冷的海水里。所幸的是,当时船上装载了一些建筑材料,他们本来要去莫桑比克创建一个小规模的共同体。船沉下去的时候,船员们设法救出了大部分建材,并且把它们运上了岸。

当时的霍斯特岛上住着一个欧洲人,他是一个顽固的无政府主义者,非常讨厌人类。据说,他具有皇室血统,当地人叫他 Kaw-djer,意思是"朋友"或"恩人"。尽管不太情愿,他最终还是帮助这些船员在斯格奇伟尔海湾创建了一个小营地。

几个月之后,一艘智利战舰在霍斯特岛靠岸,这表明新来的这些智利人要占领这个地方,并且要在霍斯特岛上永久居住。当时的智利刚刚与阿根廷签订了火地岛条约,他们希望在其中一座岛上建立一个殖民地,随后,将有大批智利人迁入这个殖民地。于是他们成立了霍斯特共和国,如此一来,最初只是一个营地的利比里亚城如今变成了共和国的首都。那些智利殖民者选择一面红白相间的旗帜作为他们的国旗。

由于共和国的居民经常争吵不休,那个欧洲人 Kaw-djer 后来成为他们的领袖,稳定了共和国的秩序。他与智利人商量,准备在附近的霍恩岛上建一座灯塔;他还赶走了可怕的巴塔哥尼亚人。

到了 1890 年底,霍斯特共和国与智利、阿根廷甚至欧洲各国都建立了强大的贸易关系。利比里亚城的发展良好,城里包括两个印刷厂、一家剧院、一个邮局、一个教堂、两所学校、一些兵营、一个法院以及漂亮的宫殿。另外还建有一个现代水电站，为工厂和街道提供照明。

1891 年 3 月 6 日的早晨，一群猎人在哈迪半岛西面的岗亭山峦脚下发现了一座金矿；淘金热出现了，这与美国加利福尼亚和加拿大的克朗代克地区掀起的淘金热一样，致使这个共和国迅速垮台。

为了淘到金子，人们放弃农牧业和渔业。唯一摆脱这次淘金热的只是少数印第安人，他们来霍斯特岛只为躲避巴塔哥尼亚人。

1893 年冬，霍斯特岛上发生了一件最糟糕的事情；岛上所生产的东西没有了，岛上的人口一下子增长了 5 倍，饥饿的人群开始抢劫和杀人。1894 年 1 月 10 日，一艘智利战舰袭击了这个共和国。Kaw-djer 的梦想完全破灭，他不得不宣布投降，共和国随之瓦解，霍斯特岛变成了智利人的领地，利比里亚城变成了一座废墟，官方地图上再也找不到这个地方。

朱勒·凡尔纳，《"约拿单号"历险记》(Jules Verne, *Les Naufragés du"Jonnathan"*, [post.] Paris, 1909)

利波丁尼亚 | Libertinia

简森尼亚以东的一个大国。利波丁尼亚盛产酒、糖、琥珀、丝绸以及其他奢侈品，这些产品均向它的邻国出售。

扎夏利·德·利泽留神父，《简森尼亚国的居民、风俗以及宗教史》

利希腾堡大公国 | Lichtenburg, Grand Duchy of

建于 1316 年。1683 年，土耳其人试图入侵利希腾堡大公国，但没有得逞。自此，利希腾堡大公国越发贫穷而无足轻重，其他国家也不再有兴趣来进攻它；国际上的政治力量很大程度上也忽略了这个大公国的存在。大公国内唯一的产品就是奶酪，很难吃，出口也不成功。1949 年，大公国出现贸易逆差 88.7 万奥元。大公国更加穷困不堪，连一支军队也养不起，由于资金极度匮乏，一年一度的利希腾堡博览会已难以为继。

1683 年，大公国建立了统治王朝。现任大公爵奥拓和大公爵夫人索菲没有生育孩子，于是马丽亚公主成为大公国的继承人。然而，根据谣传，马丽亚公主将主动辞去这个职务，因为她想嫁给一个平民，在此情形之下，统治王朝走向灭亡。尽管皇室拥有28.3平方英里的利希腾堡，但大约只有 3.1 平方英里的土地得到了开垦。

大公国是联合政府，过去 20 年里没有实行选举制。老首相塞巴斯蒂安下台后，由当时的财政部长和保守激进党领袖康斯坦丁将军接替，秘书长坦塔尼任财政部长。

大公国的首都也叫利希腾堡，坐落在大广场的中心，主要建筑是皇宫和美国大使馆，大使馆最初是大公爵马克希米利亚为自己的情人建造的。

沃尔特·朗执导的《风流贵妇》(*Call Me Madam*, directed by Walter Lang, USA, 1951)

莱敦布洛克海 | Lidenbrock Sea

一个地下海，位于地球的最深处，1863 年被莱敦布洛克教授率领的探险队发现；距离冰岛东南面 350 里格，就在苏格兰岛的格拉姆比山脉的下面。莱敦布洛克海的水是甜的，与地中海的水质相似，海滩由金沙构成，上面点缀着上帝在创造万物的最初日子里留下来的贝壳。

莱敦布洛克海被一束束白光照得通亮，比月光更明亮，可能是电源发出的光亮，有些像北极光。海面上的巨大苍穹一半覆盖着厚厚的云层，在一天的某个时段，厚厚的云层会降下暴雨。空中电流层对云层的影响会产生令人惊讶的光线效应，这好像导致了令人不能自拔的忧郁症。

希望到莱敦布洛克海来探险的游客可以从格劳本海湾出发。

距离海湾不远的地方是一片森林，森林里到处可见高大的伞状树，还有白蘑菇，大约10到15米高，排列得非常紧密，连光线也无法穿透。许多史前枯骨就埋在这非凡的植被下面，游客会在这里发现古代乳齿象的下颌、恐龙兽的臼齿和大懒兽的大腿骨。

在莱敦布洛克海里，游客会看见蛇颈龙和鱼龙之间的野蛮搏斗，它们都是史前动物，此外还有许多其他类似的动物。

如果想舒适地穿过莱敦布洛克海，游客最好用枯树造一只木筏，因为使用木筏回到地面更方便，回来时需要穿过冰岛的斯纳菲尔斯-约库尔凹地（参阅萨努塞姆走廊）。参观者应当设法参与一次地下火山大爆发，当岩浆从火山的裂口喷涌而出的时候，游客应当乘着木筏趁喷涌的岩浆到达地面。正是使用这种方式，莱敦布洛克教授才于1863年8月29日从意大利的斯特若伯里火山上到了地面。

朱勒·凡尔纳，《地心旅行》

利拉花园 | Lilar

位于霍恩弗里斯公国境内，靠近佩斯迪兹城，是霍恩弗里斯王子的快乐花园和居所。

利拉花园里有橡树、冷杉、银白色的杨树、各种果树和几栋美丽的房屋；其中，水房的喷泉很出名，喷泉水来自罗萨纳小溪，小溪流经利拉山谷。雷电房坐落在小山顶，那里可以俯瞰布鲁门恩山脉；雷电房经常遭到雷击。魔法林里有机械化灯光和人工降雨，很像一座迷宫，比法国凡尔赛的装置更复杂。梦庙的地板和天花板上都有窗，窗框用的是树枝和绿叶，看起来更像一块林中空地，而非人工建筑。利拉宫殿可以通过冰雪覆盖的岩石、果园以及茉莉花灌木丛之间的一条小路进入。金碧辉煌的庭院里有夜鹰、金丝雀、燕子、画眉、金翅雀、云雀、雉鸡、鸽子、孔雀等各种鸟类，它们的叫声震耳欲聋。

让-保罗，《提坦》(Jean Paul [Johann Paul Friedrich Richter], *Titan*, Berlin, 1800—03)

小人国 | Lilliput

一个岛国，位于苏门答腊岛西南和巽他海峡。1699 年，外科医生格列佛发现了这个地方，当时，格列佛在这座海岛附近遭遇了海难。小人国的居民身高不足 6 英寸，与参观者熟悉的众多东西相比，小人国的一切都显得那么娇小玲珑，通常在 1 英寸到 1 英尺之间；马高 4.5 英寸，农田不比花圃大，最高的树也只有 7 英尺高。

首都米尔登多城(Mildendo)呈方形，围墙高 2.5 英尺，宽 11 英寸。围墙入口的侧面是坚实的塔楼，塔楼之间宽 10 英里。两条主街把米尔登多城划分成 4 个小矩形区，每个小矩形区又被胡同和巷道分成更小的区间；这里的房屋有三、四层高，人口约 50 万。皇宫坐落在城中心，也是两条主街交汇之地，围墙高两英尺；外面的庭院约有 40 平方英尺，包括两个别的庭院；朝觐室位于广场最里面。巨大的宫门(按照小人国的标准)从一个庭院经过 4 英寸厚的石墙与另一个庭院相连；皇家公园位于米尔登多城以外 200 码远处。

身高超过 6 英寸的参观者必须小心，因为他们要适应小人国的标准很困难，他们很可能踩坏当地的房屋，或无意中将树连根拔起。参观者应该了解小人国的法律。在小人国，法律制度都是通过奖赏方式得到巩固的。不管是谁，只要他表明自己遵守小人国的法律已经 73 年了，他就可以获得国家基金提供的特别权利；特权大小视各人条件和身份而有所不同；他也可以接受非世袭的法律头衔。小人国把欺骗看得比偷窃还要严重，因为他们认为诚实没有办法抵制诡计多端的狡猾，因此，犯欺骗罪的人通常会被判死刑。所有犯罪行为都要受到严惩；作伪证和诽谤会被马上处死。被冤枉的人可以获得国家赔偿，如果冤枉他的那个人无力赔偿的话。

从理论上讲，小人国的官员选举也采用这种方法。人们更看

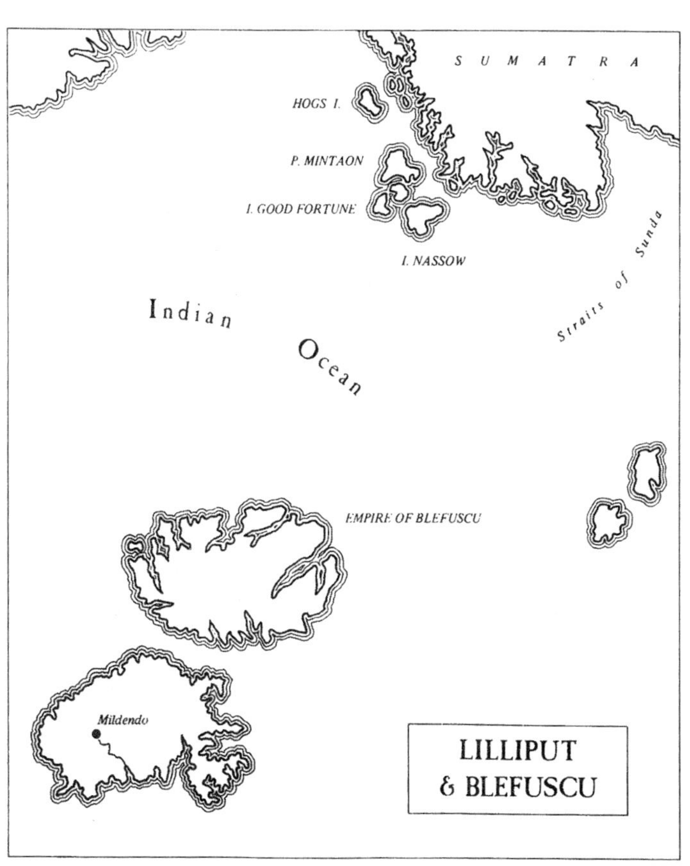
SUMATRA
HOGS I.
P. MINTAON
I. GOOD FORTUNE
I. NASSOW
Indian Ocean
Straits of Sunda
EMPIRE OF BLEFUSCU
Mildendo
LILLIPUT
& BLEFUSCU

小人国

重美德而非才能。小人国的公民认为，真理、正义和节制任何人都能够做到，如果再加上美德、善意和经验，任何人都可以为国家服务。

然而，从实践来看，这些原则却遭到严重的腐蚀。像绳舞、跳高和爬行这些17世纪早期就引进的奇怪习俗，逐渐变得与党派政治同等重要，党派政治逐渐主宰了小人国的政治生活。跳绳舞的人只是那些想在宫里获得较高职位的候选人，他们一出生就开始这方面的培训，尽管他们未必是皇室成员或受过自由教育的男子。当因为死亡或丑闻（这种情况不常见）而出现职位空缺时，就有5、6个候选人被允许跳绳舞。绳舞使用的绳子很细，约2英尺长，放在离地面约1英尺高的地方；那些候选人必须在上面跳舞。谁跳得最高，而且能稳稳站立在绳子上面不摔下来，谁就能够获胜。然而，跳绳舞经常会发生严重的摔伤情形，甚至死亡事故。跳跃或攀爬只在黄帝或大臣面前举行，皇帝或大臣手握一根长棍，长棍与地面平行，然后，经过灵巧测试的候选人一个接一个地走上前来，跳过那根棍子，或者当棍子上下移动时，在棍子下面做前后跳跃。谁坚持的时间最长，谁的动作最敏捷，谁就是冠军，就能获得一根蓝色绳。亚军可以得到一根红绳，季军获得绿绳。这些绳子被系在他们的腰间，作为皇上的最高奖励；皇宫里那些重要人物的腰间都有这样的绳子。

小人国的主要政党是特拉梅克党（Tramecksam）和斯拉梅克党（Slamecksam），这两个名字源自两个政党成员所穿鞋子的高低。不同的政党几乎不在一起吃饭和说话。特拉梅克党的人数更多，据说他们更支持旧宪法，却没有政治实权。斯拉梅克党是宫里唯一拥有实权的党派，国王支持这个党派，王子的态度不够明朗，因为他的鞋跟一高一低，因此走起路来有些跛，有人认为他更喜欢特拉梅克党。

最近，小人国因为内乱而遭遇分裂。过去，他们喜欢从最大的一端打鸡蛋，不过有一次，国王看见自己的儿子这样打鸡蛋划破了手指，便下令通告全国，要求从更小的一端打鸡蛋。这引起人们的极大不满，从而全国上下爆发了6场叛乱。国王失去了王位，另一个国王也在暴乱中死去。邻岛布利夫斯库岛(Blefuscu)的国王也来添乱；他们开始干预叛乱，向吃了败仗的叛军提供庇护，因此情况变得更加糟糕。根据布利夫斯库岛的国王的说法，小人国的政府态度触犯了先知鲁斯特洛克的教义，先知在《布鲁德克拉》(*Brundecral*)一书的第54章写道，所有真正的信徒必须从最方便的一端打鸡蛋。按照小人国的理解，最方便的一端当然是更小的一端。被放逐的叛军对布利夫斯库王宫的影响非常大，战争最终爆发，布利夫斯库企图入侵小人国。当时，格列佛正住在小人国。格列佛涉水渡过狭长的海峡，将布利夫斯库岛的小船拖到小人国，挫败了他们的入侵计划。最后双方签订和平条约，这非常有利于小人国的发展。游客会发现许多有关这次争端的描述，但只有在国外才能买到这样的书，小人国禁止出售此类图书。

通常而言，这两个岛屿之间的关系都比较亲密；两国贸易往来也很频繁，一国被放逐的人通常可以到另一国寻求庇护。两国的贵族和富人都把自己的小孩送到海峡对面去接受教育，让他们去了解外面的世界，学习另一种语言。但实际上，两国都认为自己的语言才是这个世界最美最古老的语言，并因此嘲笑自己邻国的语言。

小人国在抚养孩子方面与众不同。他们认为，既然男女的自然结合只为繁衍后代，那么他们与动物没什么两样。他们说，孩子没有理由感激自己的父母生养了他，只要想想人类必然遭受的各种痛苦就明白了。其实，生育孩子不是一种特权，也不是父母的意图，父母的意图在其他方面，而去过埃瑞翁王国(Erewhon)的游客肯定注意到了，埃瑞翁人在这方面所持的观点恰好相反。在小人国，父母是孩子得到幸福的最后依靠，因此每座城市都有托儿所。除了佃农和苦力，其他所有父母都要求把孩子送到托儿所，直到孩子满20个月、被认为具备一定程度的顺从时才停止这种幼儿教育。学生的背景和环境不同，所受的教育也不同。生意人的儿子在7岁大时就开始做学徒，高素质的人的儿子还要继续学习，一直学到15岁。他们不可以与仆人说话,以防过早熟悉愚蠢和罪恶。父母一年只能看望两次孩子,他们与孩子说话的时间不超过一小时,而且必须当着一位教授的面。这种场合里不容许窃窃私语、亲密行为和赠送礼物。教育的主要内容是诚实、谦虚、宗教以及爱国主义原则。

女孩上不同的幼儿园和学校,但男女所受教育基本相同,只不过女孩在体能训练方面没有男孩那么暴力。女孩在家务方面得到特别的指导,为了符合小人国的风俗习惯,女孩要求了解圣洁和尊严,而不是去在意过多的打扮和修饰。女孩所受教育的哲学蕴意是,作为一个妻子不可能永远年轻,对她的丈夫而言,她应该总是理性的,讨人喜欢的。女孩一直学习到12岁,也就是她们的婚龄时间。

小人国虽然实行义务教育,但并不是免费教育。父母要求交孩子的生活费。把孩子带到这个世上来,然而却让其他人来支撑孩子的各样费用,这在小人国的居民看来是一件很讨厌的事情。

来这里的游客会发现,小人国的葬礼也与他们自己国家的葬礼习俗不同。死人被埋葬的时候头朝下,因为小人国的居民相信地球是平的。死人在等待1万1000个朔望月之后就会复活,这时候地球会完全翻转过来,这样,死人复活时就可以站起来。受教育越多的人越会考虑这个荒唐的做法,本来这个习俗是用来娱乐下层人的。

小人国的语言没有任何详细的记载。参观者有必要掌握一些短语。比如,Hurgo的意思是"大王",Borach Mivola的意思是"滚开",quinbus flestrin的意思是"伟人山",这是当地人给格列佛取的绰号。参观者还应该注意,这些短语通常是沿着对角线从纸张一角写到另一角。

小人国最大的钱币是*sprug*,这是一个金圆盘,大小相当于一块金光闪闪的金片。至于长度单位,小人国的1 *drurr* 等于1/14英寸,1 *glumgluff* 等于1/10英尺;小人国测量时间的工具不是时针和分针,而是按照秒针来计算。

乔纳森·斯威夫特,《走进世界上的几个偏远民族》

里曼诺拉岛 | Limanora

属于太平洋东南部的雷拉诺群岛，岛上浓雾弥漫，因此又叫“魔鬼岛”。游客若从海上来，首先看到的是丽拉若玛火山（Lilaroma Volcano）冰雪覆盖的山峰。岛上有弩炮和风暴警示球，警示球会制造人工风暴，这两种东西可以保护这座海岛，因此，进入这里会非常危险。

里曼诺拉岛的内陆地区多山，众多的梯形山丘和谷地覆盖着热带植物；多岩石的海滨地区和悬崖最初是火山和珊瑚。

里曼诺拉岛上的植物不同于太平洋的其他岛屿。生命树生长在沼泽地区；从这种树上提取的一种物质可以使肺在缺氧的状态下继续工作。加马贝尔（Germabell）的果实使肌肉和软骨变得更

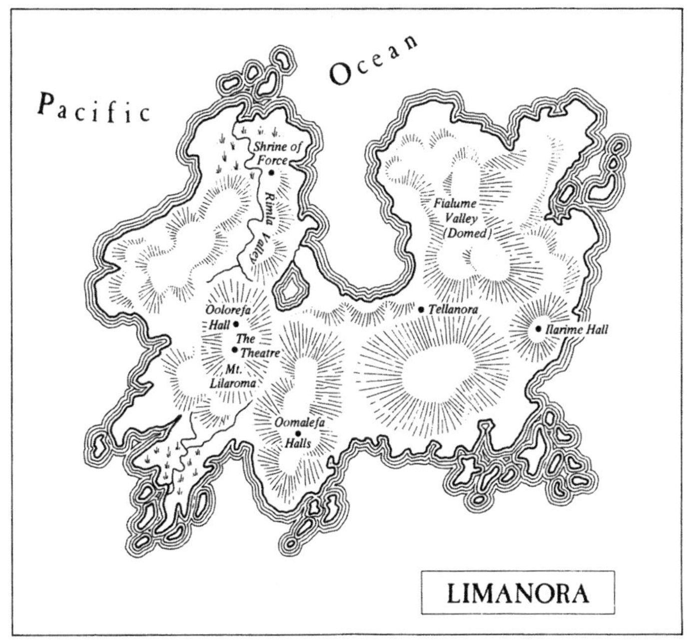

里曼诺拉岛

灵活，这种树生长在贫瘠的山坡上。阿发瑞尼（Alfarene）像一种苔藓植物，能够在厚厚的冰雪下生存多年。树上的果实呈锥形，里面富含氧气；如果精心培育，这种植物可以长成一棵大树。这三种树的合成物可以帮助里曼诺拉人飞到没有氧气的高空里。

岛上最重要的产品是伊瑞里（irelium），一种从土壤里提取的金属，在很深的地下可以找到这种金属最纯净的形式。这种金属轻巧、透明、质地坚硬，与其他物质混合后会变得富有弹性，是里曼诺拉岛文明的基础。它产生的东西比薄纱更精致，却依然像皮质一样坚硬，既可以用在庞大的工程方面，也可以用来做服装材料。复杂的遥控机械装置可以把伊瑞里金属和其他金属提取出来，因此人们没有必要进入地下去开采。

里曼诺拉人引以为豪的是两个大山谷，分别是瑞姆拉山谷（Rimla）和菲阿鲁米山谷（Fialume）。瑞姆拉山谷位于丽拉若玛火山的山腰上；山腰上的沟渠把山里的水带到山谷，山谷入口是一条大峡谷，山谷的中心坐落着一座透明的大圆顶屋，里面有复杂的机械装置，向一座高耸的尖塔辐射，尖塔安装了透明的金属管。这里就是能源圣地，是产生和分配电能的中心。不过，这里也使用风能和太阳能。菲阿鲁米大山谷里的植被很茂盛，也叫“昔日山谷”。一个闪闪发光的穹窿顶笼罩山谷，穹窿顶上方有几条小溪流，浇灌了周围茂密的树林、灌木丛和鲜花。山谷里开阔的地带筑有台阶，台阶的两侧是门廊和柱廊，拾级而上几乎可以抵达发光的穹窿顶。菲拉鲁米山谷也是一片坟地，在这里，死去的人高高坐在林间的基座上。为了保存尸体，死人的内脏被取出来，代之以伊瑞里金属。不过，在这种金属被发现之前，保存尸体的办法是把死人放在钟乳石洞里加以钙化（参阅绿色王国）。更早些的时候，对死人的处理也采取火葬和土埋。而今，死者被家人按死亡的时间顺序集中到一起。

里曼诺拉岛上最原始的居民来自南部；他们的早期文明毁于一次火山爆发，南极荒芜的地方至今还能看见城市的废墟。里曼诺拉人希望精神和肉体都能够得到发展，这是里曼诺拉文明的基础。首先,精心的抚养排除了所有的遗传疾病;教育和改革又逐渐降低了犯罪率。一位宗教改革者提议废除私有财产,以消除所有的社会遗留问题。这位改革者后来遭到谋杀,内战因此爆发,社会主义者被打败。为了消灭宗教改革者所提倡的新宗教政策,上层社会开始接受这种新宗教,并且开始崇拜这位宗教改革的殉道者,但他思想中的社会主义元素被涤除。社会主义者和其他遭人讨厌的人被驱赶到雷拉诺群岛的其他岛上,不允许再回来,否则以死刑论处。由此一来,阻碍里曼诺拉岛发展的每一个障碍都被排除了。所有的动物都必须圈养,凋谢的植物被毁掉,因为担心它们会影响里曼诺拉人的生活。

里曼诺拉人身材矮小、虎背熊腰、臂长头大,脉搏比欧洲人跳得更快,但呼吸更慢。他们能抵御极地的寒冷,他们在手臂和脚上绑着薄纱似的靠引擎发动的大翅膀,他们的大脚趾进化成了大拇指,通过这种大拇指来操作引擎,控制翅膀的飞行方向和速度。他们的飞行几乎变成了一种本能。里曼诺拉人相信意志力就像磁铁的吸引力一样,可以通过眼睛得到最好的引导。这一理论被用在催眠和眼神的交流之中,通过这种交流,里曼诺拉人可以进行没有声音的长篇对话:他们从来不说,除非有具体事情非说不可的时候。他们性情温和,值得信赖。他们的后脑勺上有一种非常精密的神经中心,可以感知空气和物质中的电流振动。这种 *firla* 电流感应是他们在飞行时的导航基础,也是 *filammu* 的基础;*filammu* 又叫意向电报,一种长距离传达情感刺激的工具。他们的感觉器官很发达,能够感知天上星星的变化,而这些细微变化通常只能通过望远镜才能观察到,但他们仅仅通过闻,或者品尝就能辨别混合物中的各种成分。他们的皮肤能感光,能够区分不同的光源。他们能通过手指引导产生磁性,减轻痛苦。里曼诺拉人能活好几百岁。

里曼诺拉岛上没有中学和大学,当地人认为学校是滋生统一的温床。但教育被看作共同体的主要功能,对孩子的教育时间是50到70年。学生满25岁以后才可以进行自由的社会交往,而且还需要有人监督,时间也比较短。如果到了 50 岁,所有过去的尊敬都被涤除的时候,这些里曼诺拉人就会被带到菲阿鲁米山谷,在那里,他们能看见自己这个民族的过去,他们会感到害怕,会欣赏过去的进步。只有到了 75 岁时,他们才配做父母。

里曼诺拉人的学校教学科目不包括数学,因为所有计算都依靠机器来完成。语言被看作是一种公共习俗,如果一个词还存在歧义,还不被成人社会接受,那么这个词就进不了语言范畴。如果需要,长老委员会可以造一些新词,但这些新词在被认可之前必须得到普遍的使用。里曼诺拉人没有文学,这似乎表明他们的通用语存在不足,因为文学需要艺术语言,艺术语言需要天赋。里曼诺拉文化中最接近虚构的是在未来剧院里表现的将来,剧院里的戏剧表演通过自动控制来完成。他们的语言太精密了,因此有这样的表达:"如果语言不可靠,那么一切都是错的","小心语言,思想会自己照顾自己",对于这样的表达,仙境王国的一个贵妇人是这样说的:"注意发音,感官会自己照顾自己的"。

里曼诺拉由委员会统治;委员会的成员是父母、养父母(他们更适合孩子的教育)和监护人。家庭是社会管理单位,婚姻是为了使一个种族更优越,性爱只为传宗接代。

里曼诺拉岛的建筑很有趣;每一个男人和女人都有自己的一栋房子,每一栋房子上面都有一种装饰,即两种藤蔓植物。如果它们低垂而且分开悬挂着,表明房主想单身独居,这时候参观者最好不要去打扰;如果这两种藤蔓植物交错悬挂,表明主人希望有人陪伴。这种习俗容易使人想起英国的"橡木游戏"(sporting the oak)。里曼诺拉人喜欢孤独,孤独对他们来说很重要;他们认为生命的最后胜利就是能像纪念碑一样独自屹立。他们说孤独是"自我的最高表达,最低级的动物才喜欢群居"。他们选择独居还另有原因;他们的感官很发达,甚至能够听见人体内脏的运动,因此与他人同眠简直让他们难以忍受。

里曼诺拉的房主经常改变住房的形状和结构,他们所使用的机器叫乌罗兰(ooloran)。乌罗兰就放在乌罗瑞法大厅(Oolorefa Hall)，这是一个大型的中心圆屋顶，建在丽拉若玛火山的一个平坦的高原上，四周都是炮塔。乌罗兰可以制造不同的声音和音符，这些声音和音符被投射到伊瑞里金属尘的旋风中，使其呈现出理想的形状。然后，磁铁把这些金属微粒固定到适当的位置，用热度固定其形状，再冷却金属使其快速降温，从而完成住房的整体改变程序。当理想的模形做好之后，就会被空运到相应的位置。

如果参观者被邀请参观这样的房屋，他们首先应该去看看那些床。这种床一半是吊床，一半是床架，柔软而灵活，挂在角落里，睡觉时可以躺在中间的凹槽里，因此不会碰到边缘的支架。舒适的枕头带有温和的正电荷，目的是从神经中枢里吸取能量，放松身体；床架带负电荷。这种床令使用者感到兴奋而愉悦，难怪里曼诺拉人总是步履矫健。

在里曼诺拉人恢弘的建筑当中，有四个地方值得游客去看。*Tellanora* 是一间宽敞的中心大厅，里面有一架时间望远镜，描绘了将来的图景。一些小厅里表现了文化提供的不同可能性。一间独立大厅包括 *ciralaison* 或恐怖的博物馆，这里描绘了里曼诺拉人想象中的地狱，表现了一种精神停滞的社会，此外还包括许多其他的场景，揭示了“文明”的西方基督教国家。未来剧院可能是里曼诺拉岛上最美丽的建筑。这是一个庞大的水晶圆屋顶，高耸于丽拉若玛火山之上，两侧是梯田和用熔岩建造的高塔。这里使用一种名叫 *duomovamolan* 的乐器，它借助光与声音来复制和阐释天籁之声。里曼诺拉人飞到剧院上欣赏音乐。第三栋建筑是 *Ilarime*，专为嗅觉、味觉和听觉相结合而建造。他们认为交响乐需要这三种感官的参与，但这种经历非常被动，因此欣赏一次交响乐的时间非常

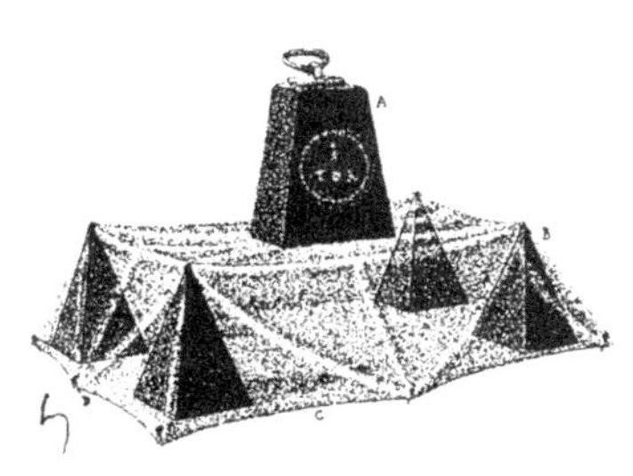

里曼诺拉岛一个证明 gauze 力量的实验

短。第四栋建筑是乌罗瑞法大厅，包括建在海岬附近的大厅，这里可以全方位地欣赏海景。从一处透明的门廊可以进入这个大厅。最高的山脊上有许多建筑，像群星簇拥在一起，形成一个带有双重小尖塔的银河系，其中包括各种圆屋顶和尖塔。乌罗瑞法大厅有发达的营养学和医学，人们稍有疾患就会来这里治疗。

里曼诺拉岛上有几种奇怪的科学：其一是 *sonnology*，建立在"通过睡眠去挖掘死人"这样的古谚语的基础上，借助梦境去揭示人的过去和未来；*leomarie* 是一种地球观察学，用来研究地壳和地核的运动；*lilarie* 是岛屿安全学，借助各种工具预测天气的变化和监督这里的游客。尽管有如此齐全的装备，里曼诺拉岛最终还是没有逃过一劫，因为南极大陆的下沉，海岛以南的火山终将熄灭。更可怕的是，在将来某一天，雷拉若群岛也可能遭遇毁灭。

戈弗雷·斯维文，《里曼诺拉岛：进步岛》

林肯岛 | Lincoln

位于太平洋，又叫"神秘岛"。以前是一座火山岛，距离新西兰岛 1800 英里；1865 年同盟国的一群囚犯偶然发现了这个地方，当时为了逃避美国内战，他们坐一种轻便的小船来到这里。

林肯岛的侧翼是一座与它很相似的海岛，形状像一只大象。林肯岛上土壤贫瘠、气候干燥、多岩石，在被发现之前，这里是燕鸥和海鸥的栖息之地。海滨的黑沙上生活着一大群甲壳类动物和软体动物。再往内陆地区走，可看见突然隆起的一个大高原，上面主要是一座火山的锥形双峰，峰顶终年积雪，山腰上覆盖着茂密的森林，森林里的动物种类繁多。

这些美国人感到不可思议的是，他们在这里遇见了尼莫船长，正是他发明了了不起的"鹦鹉螺号核动力潜艇"，当时他在这座海岛上避难。此后不久，火山爆发，奔涌的熔岩毁灭了这座岛屿的大部分地区。

今天，这里的海面上只能看见一排狭长的岩石，见证了这里曾是尼莫船长最后的家园。

朱勒·凡尔纳，《神秘岛》(Jules Verne, *l'Ile mystérieuse*, Paris, 1874)

林顿地区 | Lindon

也叫"奥斯瑞朗特地区"，介于中土西海岸和蓝色山脉之间；被卢恩湾分成两个地区，它们分别是 *Forlindon* 和 *Harlindon*。卢恩湾位于卢恩河(*Lune* 在通用语里相当于古老的灰色精灵使用的 *Lhûn*)的河口；卢恩河发端于伊里雅多王国，流经林顿地区。林顿地区的主要城市和港口是灰港，这就是贝勒里昂王国所余剩的一切，中土第一纪末，贝勒里昂王国被大海吞没，遭遇了彻底的毁灭。

林顿地区生活着一些不愿意离开这里的精灵，当时他们的许多同伴都穿过蓝色山脉，去与森林精灵会合，或进入霍林王国；蓝色山脉就是我们现在所熟悉的幽暗森林。林顿地区一度是吉尔加拉德统治的地盘，中土第二纪时，在凡人的帮助下，吉尔加拉德把摩多王国的黑暗之君索伦逐出了林顿。吉尔加拉德是凡人和精灵联合反抗索伦的最后联盟的领袖，在奥诺杜因山腰爆发的最后一场反索伦大战中死去。

林顿地区后来由西尔丹统治，西尔丹是著名的水手和造船工人，他也参与了第二纪末那场战役。第三纪初，他经常帮助北方人反抗索伦，他是白色委员会的成员，该委员会的作用是处理那些反对他的计划。

托尔金，《王者归来》；托尔金，《精灵宝钻》

直线国 | Lineland

统治这个国家的是一群快活而性情温和的君主。顾名思义，直线国就是一条直线。

直线国的臣民是一些短直线(代表男人)和点(代表女人)。所有的人一直运动不停,他们所能看见的只是一条独立的直线,这就是他们的整个世界。直线人不会转弯,不会给参观者让路,也不能超过其他人;他们的视线局限于一点。因此,直线人的性别和年轻只能根据他们的声音来判断。

由于他们的视线只局限于一点,他们的行动只限于一条直线,因此参观者会发现,直线国的一切都索然无味。

埃德温·阿伯特,《平面国》(Edwin A. Abbott, *Flatland*, New York, 1952)

林-黎加水池 | Lin Ligua

一个深不可测的潮汐池,靠近南威尔士的赛韦恩海岸。涨潮的时候,引来的潮汐从未填满过这个潮汐池;退潮的时候,潮水急剧喷出,喷口处的海浪如山高。

蒙默思的杰弗里,《不列颠诸王记》

黎泊达港 | Liperda

位于地中海,受到奥斯曼土耳其帝国的控制。在繁华的中心市场上,游客可以买到波斯海盗贩卖到这里的奴隶。黎泊达港的芭莎宫距离市场不远,那里最著名的是一座漂亮的凉亭。

伊莱莎·海伍德,《菲利多尔与普拉森提亚:或太微妙的爱情》(Eliza Fowler Haywood, *Philidore and Placentia: Or, l'Amour trop Delicat*, By Mrs. Haywood, London, 1727)

利图安尼亚 | Lituania

请不要与波罗的海地区的利苏安尼亚国(Lithuania)相混淆。这是一个忧郁的王国,但没有特兰西瓦尼亚(Transylvania)那么不幸。利图安尼亚境内多沼泽、黑森林和冰雪覆盖的高山。全国各地散布着新哥特风格的城堡,城堡里有时会出现一大群危险的幼虫,有时候住着奢侈的嗜血家族。

游客要注意,利图安尼亚多雨雪和冰雹天气,冰雹像苹果一样从天空落下来。某些时候,雨雪和冰雹同时进行,尽管这种情况不多;但随之而来的就是该地区最典型的狂风。利图安尼亚是“冬季最长的国家”。

利图安尼亚有两家旅馆值得推荐给大家,分别是巴尔斯达酒馆(Barlskdat Inn)和维萨里斯旅馆(Versalis Hotel)。游客在这两家旅馆里都能喝到一种琥珀色的酒 *Starka*,这种酒容易使人醉,通常是在女子乐队演奏的激昂乐声中献给客人。

亨利·吉格纳,《落马立陶宛》(Henri Guigonnat, *Démone en Lituanie*, Paris, 1973)

肝脏洋葱镇 | Liver And Onions

卢塔巴加国的主要城市,也是它的首都,坐落在一个起伏的平原上,这个平原是全国的农业中心。游客可以坐全国最快的金顶快车去那里。

城里最著名的一个公民叫土豆脸盲人,他坐在邮局外面的街边拉手风琴,他的周围摆满了各式各样的纳钱罐:一个锡杯用来装玩球的人从 10 英尺外的地方扔过来的钱;谁扔的钱最多就表明谁最富裕;一个底部有洞的木杯收到的钱用来周济穷人。他们高兴扔给这个盲人 5 分镍币,然后又拿回来。土豆脸盲人坐在洗碟盆和洗衣盆之间,希望有人能帮助他把所有的钱从邮局取回来。土豆脸是城里最会讲故事的人。

卡尔·桑德堡,《卢塔巴加国的故事》

活着岛 | Living Island

岛上住着神秘的野兽、会说话的船、闹钟、会抽烟的壁炉、有生命的乐器；市长是一条待人友好的魔法龙，名叫帕夫。

游客可以去维奇普城堡，那里曾住着一个与城堡同名的科学家。她想偷走小男孩杰米的魔笛，结果没有成功，反倒把自己炸死了。

游客若在参观时遇见一个女巫，他最好把自己扮作天使的模样，因为活着岛上的女巫最怕天使。

霍灵斯沃斯·莫尔斯执导的《魔法龙帕夫》(*Pufnstuf*, directed by Hollingsworth Morse, USA, 1970)

活人国 | Living Men, Land of

参阅闪光平原地区(Land of the Glittering Plain)。

利克苏斯岛 | Lixus

位于非洲西北部，被延伸到内陆的海湾环抱。古时的利克苏斯岛是一片树林，林中生长着有名的金树，而今这里只剩下一棵金树。金树会开花，花瓣像黄金，结出的果实像沉重的金球；里面的果肉像金矿里的水晶。

利克苏斯岛上那些聚集在金果汁上面的金属虫

岛上有一种昆虫，很像大黄蜂，它们具有金属的身体和金色的翅膀，专门靠采集金树果实的汁液为食。它们会生产一种蜂蜜一样的物质，用来抚育下一代。这种物质的温度很高，像正在融化的黄金，游客最好不要去碰它。如果想仔细观察这些蜂房，必须等到日落的时候，这时候它们正昏昏欲睡，游客就可以走近细细地观察。

老普林尼，《发现自然》

拉瑞吉港 | Llaregyb

威尔士海岸德威河口的一座小镇，人口不足 500。这是一个让人昏昏欲睡、多水的地方，紧靠着开满雏菊的草坪和经常有野兔出没的牛奶树林之间，牛奶树林沿着拉瑞吉港的遗址一直延伸到海边。奶牛和山羊在周围葱绿的草地上吃草，驴子在附近的驴场上闲逛。

拉瑞吉港只有 3 条真正的街道，分别是加冕街、鸟蛤街和驴子街。城市的其余部分由狭窄的铺着鹅卵石的小巷子构成，在建筑方面其实乏善可陈。比如，加冕街的大多数房屋只有两层高，颜色是不均匀的粉红。这里保留了几栋 18 世纪的建筑，看起来趾高气扬，不过多数房屋因年久失修而境况凄凉。贝塞斯达小教堂(Bethesda Chapel)和墓地的历史价值都不大。拉瑞吉港也没给运动爱好者提供多少便利。德威河里盛产鲑鱼，由于过度捕捞，如今河水中已看不见几条鲑鱼了。拉瑞吉港最扎眼的是奇特的鹅卵石街、小渔港和当地人风趣的交谈。市政厅前的抽水机是市民的主要聚集之地，也是闲言碎语的传播中心。

小港里的渔船星星点点，随潮水时起时伏。当地渔民根本不想出海，尤其是天气糟糕的时候。他们宁愿躺在舒适的"水手臂弯"里度过风暴。"水手臂弯"其实是一间公用房屋，值得一提的是屋墙上挂钟的指针，在过去的 50 年里，指针就固定在 11 点 30 分这个位置，这个时候总是"水手臂弯"营业的时间。屋子里有温热的苦啤酒，晚上人们可以在这里唱歌。

遇上"水手臂弯"客满的时候，尽管这种情形很少见，游客就可以到"海湾景观"里住宿。"海湾景观"是专为城里那些富人准备的付费宾馆。房东是奥格摩・普利察夫人，她是一个寡妇，结过两次婚，两个丈夫分别是退休的油布推销员奥格摩先生和失败的作家普利察先生。"海湾景观"里很干净，床铺一尘不染。奥格摩・普利察夫人很爱干净，据说她拒绝接待客人，更别说让客人踩她的地毯，睡她的床单。

拉瑞吉人都是宗教信徒。许多人仍然在床上痛苦地阅读“你不可做这，也不可做那”。他们是一个联系紧密的共同体，每个人对自己的邻居都了如指掌。虽然都是清教徒，虽然他们动辄就驱逐那些违背他们的道德原则的人，但对别人在性方面的小过失，他们还是会津津乐道。

共同体的成员几乎都没有姓氏，名字相同的人通常以各自的职业相称；比如面包师叫“代面包”，殡仪馆人员叫“死人伊万”，教堂里的风琴手叫“风琴摩根”，送牛奶的叫“牛奶先生奥凯”。大多数拉瑞吉人的口头表达能力都很强，他们的谈话诗意盎然。当地传教士，可敬的杰肯斯就是这方面的最佳代表，他每天都用自己独到的诗歌体语言跟别人打招呼。

拉瑞吉人喜欢吃传统的威尔士食物，比如一种威尔士蛋糕 *cawl*、一种韭菜肉汤和当地收集的鸟蛤。参观者要注意某些肉菜，因为有谣传说屠夫卖的肉不适合人吃，比如鼩鼱肉和鼹鼠肉。

拉瑞吉具有历史意义的地方是拉瑞吉山，位于拉瑞吉港的背后。根据尊敬的传教士杰肯斯的说法，这里其实是一块神秘的坟地，一个纪念碑，纪念那些在凯尔特人离开“夏国”之前生活在这里的人们，这里也是德鲁伊教徒举行婚礼的地方。拉瑞吉山上堆着一小圈石头，这些石头不是德鲁伊教徒堆起来的，而是城里屠夫的儿子竖立的。这座山值得一游，因为在这里可以全方位地欣赏城市的美景。浪漫的游客可能还想去附近的牛奶树林里看看，经常去那里的多是约会的情人。

迪兰·托马斯，《牛奶树林下面，一出话语的戏剧》(Dylan Thomas, *Under Milk Wood, A Play for Voices*, London, 1954)

孤独山庄 | Locus Solus

巴黎附近一栋大别墅，四围都是蒙莫朗西的大花园，坐落在奥伊斯河汇入塞纳河的地方。孤独山庄是科学家坎特瑞的住宅，包括几间实验室，坎特瑞及其助手在这里为科学奉献了自己毕生的精力。

大花园里亭子众多，亭子里有坎特瑞的精巧发明，还有一些艺术品，其中包括一个裸体男子的雕像，是用探险家埃什诺兹从廷巴克图带回来的泥土做的。男子的右手握着有一种植物，名叫 *Arthemisia maritima*，在治疗女性闭经方面效果显著。男子雕像所在的小生镜里堆放着 3 座浅浮雕，来自格洛安尼城，一座布列塔人建造的城市，15 世纪时被沙漠埋没。

还有一种飞翔的甲虫也很有趣，参观者对它赞不绝口。飞翔的甲虫悬挂在坎特瑞发明的一种复杂的装置上面，用来预测天气。这种装置能预测未来 10 天的风向和风力，还能预测未来云团的大小、湿度和密度。飞翔的甲虫实际上只是一种暴露在大自然中的艺术品，是坎特瑞使用无痛程序拔出的人牙构成的一种复杂而不可思议的拼图。这一无痛程序使得孤独山庄增加了许多牙病患者；坎特瑞医生决定把拔出的牙齿派上特殊的用场。

在花园里阳光最明媚的地方，可以看见一种大钻石，被坎特瑞用作一种容器，用来装他制造的一种水溶液。这种水名叫阿奎-米坎(aqua-mican)，在这种经过氧化的水里，人和动物都可以自由地呼吸，就像在陆地上一样。

人们应该特别注意孤独山庄的复活亭。多亏坎特瑞的两大发明：活力剂(vitalium)和复活剂(résurrectine)，保存在冰上面的尸体才会突然苏醒过来。复活剂被注入尸体的头部，在颅内形成胶片；接着再注入活力剂，活力剂与复活剂接触后产生电流，电流使尸体“真实地”运动起来。在完善这套程序的过程之中，坎特瑞将个体生活中经常重复的那些运动复制到尸体里面，于是幻想成真了：死人的肺部开始呼吸，嘴唇开始吐出语词，手开始在空中挥动。并非所有的尸体都能够这样动起来，坎特瑞医生选择尸体的时候非常小心。

坎特瑞医生负责带领有导游陪同的孤独山庄旅行团，但敏感的人们宁愿避开疯人亭，疯人亭里坐着一个老绅士，不停地絮叨他的女儿被谋杀的经历。

雷蒙德·卢塞尔,《孤独山庄》(Raymond Roussel, *Locus Solus*, Paris, 1914)

罗库塔岛 | Locuta

位于拉普塔岛的另一边,罗库塔岛上人口密集,是小格列佛发现的。罗库塔岛上住着一个依靠贸易为生的民族,他们与外面其他民族都有贸易往来。他们从经验中发现,在与其他民族进行交流时,必须接受不同的法律,遵守不同的习俗。经过长时间的学习和研究,他们得出这样的结论:不同的社会具有不同的需求和律法,因为无政府状态通过程度不同的语言发展进入到人类社会当中。因此,他们花大量的时间和精力研究语言和演讲艺术。罗库塔岛的四周全是台阶,孩子们就坐在台阶上学习。

当罗库塔人接触到一个新的国家时,就会制定相应的新规定。比如,他们用 9 种词性分析英国社会:最古老的是第一类,叫功能词,功能词又划分为 4 个小类别,或者叫名词类,它们分别是:统治一切的人,统治人和地方的人,处理想象事物的人,以及分类的人。按照罗库塔人的说法,名词总需要第二类词的陪同,这类词决定主人的性质和特点;这些词就是形容词,它们的功能很重要,因为名词依靠它们赢得声誉;名词在行动时需要第三类词的帮助,那就是动词;第四类是连词,相当于英国的牧师阶层:没有他们的帮助,就没有联合。

罗库塔人分析其他社会所使用的方法目前尚不可知。

格拉哈姆夫人,《罗库塔岛之游:小格列佛片段》(Mrs. E. S. Graham, *Voyage to Locuta; A Fragment by Lemuel Gulliver Junior*, London, 1817)

罗蒂哈普拉城 | Lodidhapura

柬埔寨丛林中的一座城市,统治这座城市的是著名的麻风病国王。不管是谁，只要他胆敢靠近这座城市，就会立即遭到高耸入云的寺庙和石殿的攻击。精雕细刻的尖塔耸立在丛林之中，景象甚为壮观。罗蒂哈普拉城前面是农田，奴隶赤身露体地在田间劳动，他们住在城墙附近简单搭成的茅草屋里。城门后面是街道，街道两边是小店铺，主要出售陶器、金银饰物、地毯、熏香、武器和盔甲。参天大树和茂密的灌木丛遮蔽了蜿蜒的林荫道，林荫道两侧有雕塑和廊柱。罗蒂哈普拉城里最豪华的建筑是皇宫，从皇宫的基石到最高的尖塔都装饰着流光溢彩的瓷瓦，表现方式十分离奇。

罗蒂哈普拉城的宗教很简单，市民们崇拜寺庙里控制这座城市的毁灭者希瓦（Siva）；他们也崇拜两个小神灵，分别是布拉梅尔（Brahmer）和维西奴（Vishnu）。罗蒂哈普拉城拥有强大的军队，士兵穿铜盔甲和皮外衣，头戴铜头盔，常备武器是剑、矛和弓箭。

麻风病国王的疾病被戈登国王治好了。戈登国王是一个美国探险家，20 世纪 30 年代来到这里。显而易见，戈登国王从老虎嘴里救下了罗蒂哈普拉城的这位高级祭司，当时，美国探险家在丛林里迷了路，他浑身疲乏、头昏眼花。这事之后，满怀感激的祭司特别关照戈登，但后来因为戈登救了敌城诺姆-德克（Pnom Dhek）的公主，祭司国王就对他以死相逼。最后，戈登治好了祭司国王的“麻风病”，因而也救了他自己。祭司所患的这种疾病其实是一种对蘑菇的过敏反应，而祭司国王偏偏喜欢吃这种蘑菇。

要来罗蒂哈普拉城参观的游客最好不要触怒它的国王，因为触怒国王意味着接受“老虎的考验”。这种考验其实是一种人兽搏斗，一种在罗蒂哈普拉城非常流行的残酷游戏。

埃德加·巴勒斯，《丛林女孩》（Edgar Rice Burroughs, *The Jungle Girl*, New York, 1931）

洛夫屯公墓 | Lofoten

不要与一座与它同名的岛屿相混淆。除了古老的石墓和总是下雨的天空，这里最出名的就是黑压压的专吃冰冷尸体的乌鸦。

根据某些见证人的说法，洛夫屯公墓里的死人也许并不比某些著名的活人更像死人。

奥斯卡·米诺兹，《七种孤独：诗歌》(Oscar Venceslas de Lubicz Milosz, *Les Sept solitudes*, *poèmes*, Paris, 1906)

罗姆国 | Lomb

位于印度海滨。罗姆国盛产胡椒，胡椒的主要产地是康巴尔的森林。森林里有许多大毒蛇，为了能够更安全地采摘胡椒，罗姆国的居民在手和脚上涂着蜗牛的唾沫。康巴尔省有两座大城市，分别是弗拉丁(Fladrine)和征朗兹(Zinglantz)，每座城里都有混居的基督徒和犹太人。

罗姆国的主要城市叫普罗波，坐落在普罗波山的山脚下。城里有普罗波水井：井水的味道和气味会不断发生变化。据说，喝三次井水就可以治愈百病。普罗波的居民经常喝这里的井水，因此从不生病，也不会变老。

罗姆国的牛性情温和，会给当地人带来利润，因而这里的人们崇拜牛。他们将牛使用6、7年后就杀掉吃肉。他们制作半人半牛的偶像，认为邪恶的幽灵会从这个偶像里出来同他们说话。罗姆国会用孩子为这个偶像献祭，因此不建议游客带小孩来这里。

约翰·曼德维尔爵士，《曼德维尔游记》

泰晤士河畔的伦敦 | London-On-Thames

部分建造于悬崖底部，部分直接从岩石上凿出。这里的居民是一群大猩猩，他们会说英语，而且相信他们是16世纪的人投胎转世而来。

人们可以经大竹林、芹菜地和果园来到伦敦；猩猩用粗糙的农具在这些田里劳动。地面的伦敦包括屋顶呈锥形的圆形竹屋和矩形泥石房。崖脚附近是王宫，共有3层，有尖塔和城墙，隐约表现了中世纪英国的建筑风格。这里的国王是一只大猩猩,自称亨利八世,住在一间空屋子里;屋子的地板用干草铺成。国王有 5 个妻子,也都是猩猩,其中有阿拉贡的凯瑟琳和安妮·博林。其他猩猩有威尔士王子,红衣主教沃尔西,还有一只老猿猴,被敬奉为上帝。国王有时会抓来一些白种女人,作为他暂时的第六任妻子。其他的猩猩想法对付那些非洲女人,她们是从附近可怕的部落里带来的;一些白种男人沦为猩猩的仆人。

1933 年出生的一位英国教授分析了这个奇怪的共同体。他找到了从死人身上提取细胞的方法,并带着从历史人物身上提取的许多样本来到非洲。在这里,他把自己的细胞注入猩猩体内,教这些猩猩学习英语,当他日渐衰老的时候,他把小猩猩的细胞注入自己体内。后来,这位教授被这里的猩猩奉为上帝,尊为国王。今天,世界上的某些人是否就是这位英国教授年轻时转变而来的猩猩呢?这一点我们不得而知。

埃德加·巴勒斯,《泰山和狮子人》(Edgar Rice Burroughs, *Tarzan and the Lion Man*, New York, 1934)

孤独群岛 | Lone Islands

距离纳尼亚王国以东约 400 里格。纳尼亚王国第十任国王加勒打败巨龙,把这些海岛的岛民拯救出来。出于感激,这些岛民向加勒国王宣誓效忠。此后,孤独群岛就成为纳尼亚王国的附属岛屿,但后来,纳尼亚王国与它的附属岛之间的接触渐渐减少。

在孤独群岛的 3 座岛屿当中,杜恩岛最重要。以东的阿芙拉岛上几乎无人居住,而菲利玛斯岛上的居民更少,这里的土地主要用来牧羊,一条 1 英里宽的海峡将其与杜恩岛隔开。

杜恩岛上最主要的定居点是狭港城,这里曾是重要的奴隶贸易中心,奴隶被送到卡罗门帝国挖矿,或去船上做苦力。不过,现在禁止奴隶买卖,因为纳尼亚王国的嘉斯滨国王在去杜恩岛的探险中废除了奴隶贸易,废除了孤独群岛的总督。因为他大搞奴隶贸易,而纳尼亚王国不接受这样的奴隶贸易。后来,被纳尼亚王国放逐的七贵族之一的伯恩王取代了他。

C. S. 路易斯,《嘉斯滨王子》(C. S. Lewis, *Prince Caspian*, Lodnon, 1951);路易斯,《纳尼亚传奇:"黎明踏浪号"的远航》;路易斯,《最后一战》

孤独岛 | Lonely Island

位于芬兰湾,靠近姆明地区的海滨。海滩上到处盛开着百合花,内陆地区可以看见一簇簇白花,从远处看,这些白花好像是用玻璃做的。孤独岛上还生长着天蓝色的玫瑰和深红色的金凤花。

孤独岛聚集了一群管状小动物 *Hattifatteners*,这种动物即不能听,也不会说,脸上毫无表情;不睡觉也没有情感。森林小人国里经常可以看见它们的身影,但每年 6 月,他们会来到孤独岛,从这里出发去进行一次没有尽头的探险;没有人知道它们究竟在寻找什么。

托夫·杨森,《魔法师的帽子》(Tova Jansson, *Taikurin Hattu*, Helsinki, 1958);托夫·杨森,《姆明爸爸的功绩》(Tove Jansson, *Muumipapan urotyöt*, Helsinki, 1966)

孤独山 | Lonely Mountain

也叫"埃雷博山",介于幽暗森林和长湖以北的铁山之间。正如这座山的名字所示,孤独山处于孤独状态,是幽暗森林东部平原有名的边界。奔流河形成一个大环,环绕在孤独山的南面;人类的城市王国代尔就坐落在此。

孤独山是侏儒国王(又叫"山下国王")的皇宫所在地,也是从莫瑞亚王国来的杜林族的主要居住地。山下大厅和宫殿是侏儒建造的,他们靠挖山上的黄金和珠宝以及在附近地下工厂里做工为生。他们生活得很幸福,与代尔人相处也很融洽。他们把自己的产品拿到镇上去买;他们就这样幸福生活了许多年。直到有一天,巨龙金色史矛革来到这里，从此，幸福生活再也与他们无缘。金色史矛革来自幽暗森林以北的山林，听说埃雷博山蕴藏着巨大的财富，于是被吸引到了这里。他偷袭侏儒，屠杀他们，并赶走幸存下来的那些侏儒。在接下来的200年里，这条巨龙就生活在侏儒的宫殿的大厅里，他把自己山上的所有财物都藏在这里，晚上就躺在这些宝物上面睡觉。他跟所有的巨龙一样，喜欢聚敛财富，目的不是拿来使用。史矛革经常给代尔王国带去灾难，他扇动巨大的翅膀掠过城镇，嘴里喷着火焰，荼毒这里的生灵，以至于到了最后，其他幸存下来的人都不得不抛弃这座城市。孤独山周围的土地变成了遭受史矛革肆虐之后的荒地，除了大火焚烧后留下的焦黑的树桩，这里寸草不生。

到了第三纪的2941年，侏儒国王索恩率领探险队，企图赶走巨龙史矛革。探险队的成员中有一个侏儒名叫巴金斯，他是夏尔郡的霍比特人。巴金斯在长长的谜语交流中接触了这条巨龙；这可能是与中土巨龙说话的最恰当的方式，因为这种方式吸引了巨龙对谜语的本能兴趣，而且说话者在这种方式里可以暴露自己的身份。然而，比尔博的谜语却遭到不幸的结局。史矛革认为其中一个谜语的意思是，这个霍比特人要么来自湖镇，要么与湖镇有关。于是巨龙跑出来袭击湖镇，造成巨大的灾难，后来被代尔国的准国王巴德杀死。

史矛革死后，孤独山的山腰上爆发了声势浩大的战斗，这次战斗是人类、侏儒和精灵的联合力量与入侵这里的兽人和摩多王国的邪恶力量之间的较量。根据历史记载，这次战斗又叫五军大战，胜利者是侏儒及其盟军，因为有迷雾山脉的雄鹰和安杜因山谷的贝恩前来助阵。

与代尔镇一样，如今的侏儒王国呈现出空前繁荣的景象，这一状态至少持续到魔戒大战时期。到了第三纪的3019年，代尔镇遭到东方势力的入侵，被围困的凡人和侏儒撤退到迷雾山的山洞里。后来，邪恶力量在南方遭遇挫败，这些侏儒最后得以成功突围。

进入侏儒王国最明显的一条路是经过所谓的“前门”，即孤独山南面的一个大山洞；奔流河流经这个天然的拱门。不过，孤独山的西面也有一个秘密入口，就位于悬崖前面，与周围的岩石没有什么两样，很难辨别出那里就是入口。对于这道拱门，只有借助魔法才能打开；还有一把特殊的钥匙也可以打开它，不过那需要在某天特定的时候，即太阳西下时阳光照在锁孔上的时候。这道拱门正是 13 个侏儒的目标，他们在索恩带领下，要去向巨龙史矛革讨回孤独山。

经过仔细考察地图上提到的有关这道拱门的所有因素，霍比特人比尔博最终打开了拱门。然而，巨龙史矛革毁掉了这个入口，那是在它最后一次劫掠湖镇的时候。

这个神秘的入口处有一条狭窄的通道，通向一个深洞，即巨龙史矛革的老巢。要到达这个通道，游客也可以经过宽阔而光滑的台阶，拾级而上可以走进那些大厅，大厅的水平位置与“前门”相同，其中最重要的是宴会厅和会议厅；不过更气派的是侏儒国王斯沃尔的大房间，穿过两扇大门就可以进入这个房间。大厅后面有一扇门，通向一个洞穴，这里是奔流河的源头；奔腾的河水从巨大的“前门”前面流过，最后汇入一条狭窄的古渠。

孤独山南面长长的山嘴就是有名的乌鸦山，这里是一个古哨所的遗址。乌鸦山是迷雾山脉里乌鸦的栖息地，这些乌鸦很聪敏，与这里居住的侏儒相处融洽。在巨龙史矛革到来之前，乌鸦山是卡克鸟及其配偶的家园。卡克鸟是一种令人敬佩的鸟，它们将巢穴筑在哨所的上方。过去，乌鸦经常给住在山里的侏儒带信，目的是从他们那里换取一种闪闪发光的东西。如今，留在孤独山上的乌鸦已经不多了。在五军大战期间，精灵在乌鸦山上找到了立足之地。

孤独山也是一种古画眉鸟栖息的地方。这种鸟全身都是黑色的，身上有斑、体型巨大、胸脯呈浅黄色，据说可以活到 200 岁。它们是侏儒的朋友，也是代尔人的信使，能听懂代尔人说的话。其中一只画眉鸟无意间听到比尔博讨论他与巨龙史矛革交换谜语的事，他从中窥见了巨龙最薄弱的一面。于是，这只画眉鸟飞到代尔，把这个消息告诉了巴德国王，最后帮助人类杀死了巨龙。

正是在孤独山上，侏儒找到的最大的宝贝最终被发现。这就

是 *Arkenstone*，一块巨大的白色宝石，具有多个菱面，每一面都会反射光线，似乎还可以随着光线的变化而改变自己的颜色。当侏儒被收藏白宝石的巨龙赶走之后，白宝石就留在了这里。现在，比尔博找到了这块宝石，最后把它埋在深山的索恩墓里。

托尔金，《魔戒前传：霍比特人历险记》；托尔金，《魔戒首部曲：魔戒现身》；托尔金，《王者归来》

长丘岛 | Long Dune

地势狭长而低矮，位于地海群岛的西南端。岛上无人居住，但木筏族（有时也叫“公海之子”）每年会来这里一次，目的是到这里来砍树修船。木筏族的生活习俗尚未得到科学的确证。对大多数地海群岛的居民来说，木筏族的生活永远都是一个谜。

木筏族依靠木筏子为生，木筏用平滑的圆木做成，这些圆木被紧紧地系在一起，这样的木筏结实而不漏水。木筏上有粗糙的木屋和高高的桅杆。船帆用一种名叫“尼尔古”的水草做成。这种水草生长在南河段，叶子呈褐色，长达 100 英尺，边缘很像蕨类。人们首先把这种水草捣烂织成布，用作船帆；也可以织成纤维，用来做绳索和渔网。这里最长的木筏有 40 多英尺，上面有一座寺庙，用有形的圆木建成；门框两侧的直木被雕刻成会发声的鲸鱼，门上方是一个复杂的大方形图案。

木筏族的人长得又高又瘦，最突出的是他们的大眼睛。他们按照一种非常生硬的方式向前移动，加之他们嗓音尖细，感觉很像苍鹭和仙鹤。他们的身上除了一块遮羞布，几乎完全赤裸，但却具有天然的尊严。

到了秋天，他们的木筏要被送到长丘岛去整修。他们走不同的路线，每艘木筏都载着自己的人员循着大鲸鱼的踪迹，穿过没有航标的大海。捕鲸是木筏族的生活重点，他们用象牙叉捕猎大鲸鱼。每年冬天，他们当中总有一些木筏主迷失方向，最后被巨浪吞没。巨浪有山峦那么高，但木筏族没见过山峦，因此他们说巨浪像

“雷雨云那么大”。

到了春天，他们行船至熟悉的“巴拉特兰路”。其实对于这个地方，游客在任何一张地海群岛的航海图上都找不到。所有熬过凛冽冬风的木筏都聚集到这里，形成一个大圆圈，它们不断地划开，然后又聚拢，这是木筏族结婚时举行的仪式。

木筏族对陆地上面的人的生活不感兴趣，他们一点都不关心自己经过的那些海岛，不关心漫长航行中所看见的其他海船。他们主要的职业是捕鱼，用“尼尔古”海草编织缆绳和船帆，用鲸牙制做捕鱼工具。他们总能抽出时间游泳或聊天；因为在他们看来，没有哪一项工作必须在固定的时间内完成。从很大程度上说，木筏族的生活似乎不存在时间概念；他们没有小时或分钟这样的概念，他们的时间单位是一天、一夜，甚或一季。

在一年中最短的那个夜晚，他们再次聚拢，形成一个大圆圈，然后在木筏上点起火把。这是他们跳舞庆祝“长舞节”的时候；这一点与地海群岛的其他岛民相同。“长舞”没有音乐伴奏；舞者随着吟唱人尖利的嗓音在晃动的木筏上有节奏地跺脚。他们唱的不是地海英雄，而是信天翁、鲸鱼和海豚。这令研究者心生疑惑，他们想知道木筏族的文学是否影响了欧洲文学，是否影响了冗长而古老的海洋叙事文学，是否影响了一种把鸟类和诗人混在一起的法国动物学诗歌。关于其他人的传统习俗，木筏族只记得神灵赛葛伊从深海中托出这些海岛的故事；此外就是海洋和海洋生物。

木筏族的主要食物是炖鱼，有时他们在炖鱼里加上海草，味道虽咸却很不错，而且营养丰富。他们很珍惜淡水，他们像珍藏珍贵的日用品一样储藏雨水。

乌苏拉·奎恩，《地海的巫师》；乌苏拉·奎恩，《地海彼岸》

长住城 | Longjumeau

法国的一座城市，城里的居民没有人离开过这座城市。市民们多次计划去婆罗洲、新西兰岛、火地岛或是格陵兰岛，但最终总不能成行，他们要么忘了带钥匙；要么睡过头误了火车；要么崴了脚，要么就是把钱夹忘在家里了。城里的居民从未参加过城市之外的葬礼、婚礼或者基督教的洗礼。曾经有一次，一对夫妇想逃出这座城市；他们进入一等车厢，认为这节车厢会把他们带到凡尔赛，但不幸的是，火车虽然出发了，这节车厢却被从火车上拆下来，留在了车站。

莱昂·波伊，“长住城的俘虏”，《全集》(Léon Bloy, “Les captifs de Longjumeau”, in *l'Oeuvre Complète*, Paris, 1947)

郎夏城堡 | Longshaw

一个定居点，坐落在一条从西向东汇入分裂洪水的河流两岸。郎夏城堡把美丽的室内建筑与军事防御体系完美地结合起来。这座城堡最初建于和平时期，塔楼和防御工事是后来加上去的，目的是抵御外族的入侵。城堡周围是果园和花园，城堡里大大小小的尖塔建造得非常精致，堪比雕刻的象牙。城堡的主人名叫哥特瑞克(Godrick)，他的旗帜在城堡上空飘扬，旗帜上面的标志是一只被刺穿的雄鹿。

威廉·莫里斯，《分裂洪水》(William Morris, *The Sundering Flood*, London, 1897)

镜子国 | Looking-Glass Land

位于牛津基督教学院的院长办公室背后。要进入镜子国，参观者必须首先进入基督学院系主任的住宅，走进他的起居室。起居室里放着一个大壁炉架，壁炉架上放着一面夸张的镜子。参观者千万不要去碰那些干花花瓶；这些干花被保存在维多利亚时代的玻璃罐子里。参观者应该爬到壁炉架上，穿过镜子进入镜子国，进去以后，这面镜子就像银色的薄雾一样会很快散去。

另一间相似的屋子位于起居室的对面，看起来不够整洁，但屋里的每一样摆设都有生命力。参观者不应该对屋里那只挂钟的背面感到惊讶，挂钟的背面很像一个干瘪老头的脸；他正瞪着参观者，嗤嗤地笑着。

镜子背后那间屋子刚好延伸到镜子国，变成了一道愉悦的风景。这里有棋盘一样的田地、山丘、森林和溪流，但我们尚未得到有关这些景物的准确描绘。的确，镜子国的地理特征总是处在不断变化之中。不知不觉地，参观者就会来到另一个不同的地方，因为镜子国排除了空间里不必要的、磨磨蹭蹭的运动和流逝的时间。比如，参观者可能会发现，几秒钟前他还在欣赏园中的花儿，转瞬之间就坐在了火车里。接着，他将在一种无时间的状态下进入一片树林；又从那片树林走进英国一个令人愉快的旧商店，然后又从旧商店来到一片快乐的水域。镜子国正是古希腊斯多葛派哲学家芝诺驳斥空间存在的一个明证。镜子国占据了好几平方英里的土地，但即使是走完这么多英里的路，也到不了镜子国的各个不同地方。通常而言，为了从 B 点走到 A 点，人们必须首先穿过 C 点；为了到达 C 点，就必须首先穿过 D 点，如此等等。为了避免这种不可能的前进方式，镜子国的参观者从一点到另一点的时候，不必白费周折地穿过中间那个点。

镜子国的参观者还需要考虑时间问题。参观者在家乡的时候，总会理所当然地认为时间是朝前走的，这是可能的，甚至非常可能的，从过去穿过现在进入将来；如果此时是 5 点，那么接下来就是 5 点过 1 分，5 点过 2 分了。

然而，镜子国的情形不同。首先，人们的时间随时都可能停止，而且这丝毫不影响他人的时间。人们可以随意选择自己的成长时间，而镜子国其他地方的时间照常进行。其次，由于镜子国的时间既可以向前走，也可以倒着走，因此人们可能记住后来发生的事情。镜子国的刑法就利用了这一点，人们首先执行判决，然后再进行审判，最后才谈到这个人犯了什么罪，倘若这个犯罪行为从未发生，那自然好。能够处理过去和将来的另一大优势是可以避开现在。比如，皇室成员每隔一天要吃火腿，亦即明天和昨天吃火腿;因为今天不是那一天,因此现在不吃火腿。以此类推,人们先吃蛋糕,然后再切开蛋糕。

统治镜子国的是两个皇族,分别是红色家族和白色家族。然而,在一些类似于糟糕的下棋活动中,当平民(和一些参观者)经过许多给定的地点之后,继续前进到皇后的位置时,就会产生新皇后。获此殊荣的参观者会猛然发现,他自己莫名其妙地就戴上了皇冠;他必须准备参加两个永恒皇后要求的一次素质测试。素质测试的内容之一是良好的行为方式,例如总是说真话和先思而后说;继而写下所说的;不要试图用双手拒绝一切;务必记住邀请皇后参加一个重要的聚会。其二是数学:加法,1 加 1 加 1 加 1 加 1 加 1 加 1 加 1 加 1 加 1;减法,8 减去 9;一只狗减去一块骨头;除法,一条面包除以一把小刀的结果是面包和黄油。其他问题是常识和语言方面的话题,例如,法语中的"fiddle-dee-dee"是什么意思?

镜子国的语言虽然由英语词汇和语法构成,但它具有不同的语法规则。镜子国的人们可以随意改变词汇的含义,因为他们认为主人是他们自己,而不是单词。在镜子国的词汇里面,动词最自负,脾气也最大,因此最不好对付;形容词任劳任怨,甘愿做任何事情。参观者必须清楚这一点,最好让一个单词尽可能地发挥它的作用。比方说,"impenetrability"的意思可以是"对这个话题我们已经谈论得差不多了,倘若你提到接下来希望做什么,那也无妨,因为我想你的意思并不是要永远停下来"。这种情形下的单词需要额外付费;它们的薪水在周六的晚上再加以累计。在镜子国里,名字必须要有含义:仅仅叫"爱丽丝"还远远不够,如果这个词不表示某人性格的话。参观者进入镜子国之前,务必选择一个有含义的名字。

镜子国的居民选择词汇时非常小心,他们在词与词之间作了很多区分。比方说,某种东西叫什么,某种东西名叫什么,某种东西的名字是什么,某种东西是什么。因此,为了记住语义方面的这些区分,一首歌的名字可能叫"黑线鳕的眼睛",这首歌的名字可能是“一个衰弱的老人”,这首歌可能叫“方法与手段”,但这首歌可能是“坐在门槛上”。

镜子国的居民很喜欢诗歌,其中最著名的一首是盎格鲁一撒克逊人创作的,名叫 *Jabberwocky*(可参阅“炸脖龙树林”)和悲伤的叙事诗“海象与木匠”。Jabberwocky 被译成好几种文字:法语是 *Le Jaseroque*;德语是 *Der Jammerwoch*;拉丁语是 *Gaberbochhus*,这被认为是英语国家里一种最重要的文学尝试。镜子国的居民把书捧到镜子前阅读。

镜子国的动植物也比较独特:镜子国的花儿会说话,而且按照各自的性格说话;百合花攻击性强,玫瑰花骄傲自负,雏菊平淡无奇,紫罗兰粗暴无礼。有人这样解释说,因为镜子国的花坛很硬,花儿从不睡觉,因此它们就与参观者进行有趣的交谈,尽管按照镜子国的习俗和礼节,陌生人要首先跟这些花儿打招呼。花儿的文学品位很高,其实除了一顶桂冠诗人的荣耀,它们一无所有。镜子国的树虽然不会说话,但会咆哮;因为树枝叫 *bough*。参观者会发现,镜子国花园里的新鲜空气很适宜花木生长。

除了青蛙、衰老的狮子、多疑的独角兽、那些独具盎格鲁-撒克逊态度且处于发情期的野兔、商业价值极高的绵羊以及害羞的小鹿,镜子国的各类昆虫也令人惊讶,参观者肯定会对这些感兴趣。象蜜把自己的长鼻子戳进花朵里;声音嘶哑的甲壳虫像火车一样挪动着身体;木马蝇在枝头上摇摆,靠树液和锯屑讨生活;金鱼草蝇的身体像李子布丁,翅膀像冬青叶,头部像浸过白兰地酒的葡萄干,靠吃小麦布丁和肉馅饼为生,它们将自己的巢穴建造在圣诞礼盒里;黄油面包蝇的翅膀是用面包和黄油的薄片做的,身体是面包屑做的,头是糖做的,吃一种清淡的奶油茶,由于很难找到这种奶油茶,它们经常被活活地饿死。另有两只昆虫也很奇特:一是虱子,喜欢双关语,性格恰好与蛇鲨(亦可参阅“蛇鲨岛”)相反;其二是一只戴假发的黄蜂,维多利亚时期,一个草率的画家企图谋杀它,此后,人们就一直以为这只黄蜂死了。

镜子国里有几个著名的居民,参观者可能会遇见他们。一个是白衣骑士，这是一个老骑士，喜欢搞发明创造；另两个是一对爱争吵的兄弟，名叫 Tweedledum 和 Tweedledee，喜欢朗诵诗歌取悦参观者；此外，还有一位红衣国王，参观者最好避开他，据说他躺在镜子国的森林里做梦，梦境包括那些遇见他的参观者。游客千万不要去吵醒他，否则会像蜡烛一样耗尽自己的生命，但如果这位参观者通过了圆形废墟国的火焰，他就不必理睬这个规劝。

路易斯·卡罗尔，《爱丽丝梦游仙境》

鲁纳瑞岛 | Loonarie

由几座小岛组成，属于雷拉若群岛，位于太平洋的东南部，被用作雷拉若群岛的疯人院，其中最重要的几个小岛屿是：

梅德拉岛，又叫慈善岛，人们熟悉的名字叫好事者之岛，岛上住着宣传家和各种狂热分子。

沃特尼科斯特岛又叫神律岛，岛上的居民通过一条法律，宣称他们的语言将成为世界上最通用的语言；他们那肮脏的陋室将成为文明的中心。神律岛是这组小岛中最肥沃的海岛；岛上矿藏丰富，富含稀有金属；岛上气派的大都市和金碧辉煌的建筑都令其他岛的居民心生嫉妒。它的岛民坚信，如果他们每人都能把自己的信仰付诸实践，这个世界就会得救，于是他们联合起来，但这个联合却导致了他们最后的衰败。

福尔加岛多沼泽、地势低、面积小，房屋坐落在山丘上。福尔加岛又可以翻译成“高贵血统之岛”，岛上所有的居民都自称是某个神灵的后代。在过去，福尔加岛上的寺庙为了避免破产，就把世系和血统卖给出价最高的人；这种做法由牧师去完成，至今仍然流行。福尔加岛的居民华而不实、装模作样，因此这座岛屿又叫“势利岛”。

阿迪沃岛也叫“新闻岛”，对于这座海岛，游客惟恐避之不及。这里是隔离区，是那些被驱逐的、喜欢乱涂乱写的疯子居住的地方。除了阿里奥芬岛，其他岛上的居民都认为新闻业是一种会传染的疾病或精神病。这些被驱逐的人使用的是他们的旧武器，一种可以喷墨水和发臭的有色液体的汽枪；人们凭借这种有毒的气味老远就能辨出这座海岛。阿迪沃岛上的居民崇拜蒙面纱的自我。

对于亚伯沃岛，游客最好不要去，被驱逐的贪得无厌的空谈者就住在这里。他们整日争吵不休、无心生产。

威特林根岛是地球上最阴郁的海岛，岛上住着那些因有智慧而遭到放逐的人。他们都知道对方的笑话，而且没完没了地重复这些笑话。

博拉瑞亚岛上的居民按照与他们相抵触的人的法则生活。

格拉巴利亚岛是守财奴居住的地方。

恋法岛上住着一群被放逐的人，他们迷恋法律，要么不断地进行诉讼，要么完全不理睬法律。

巴林迪西亚岛上的居民过得很不幸，如果不主持辩论，他们就不断地进行模拟法庭审判。

戈弗雷·斯维文，《雷拉若群岛：流犯群岛》；戈弗雷·斯维文，《里曼诺拉岛：进步岛》

罗巴尼瑞岛 | Lorbanery

又叫“丝绸岛”，地势较低，面积大，位于地海群岛的南端。从海面上看去，整座海岛呈一片绿色，因为岛上的土地都没有用来建造房屋和修建道路，而是用来种植赫尔巴树（hurbah）。赫尔巴树低矮，树梢呈圆形，树叶是灰蚕的食物，因此养蚕业是这座岛屿的经济支柱，几乎岛上的每一个人，甚至包括小孩，都会纺织精美的丝绸。他们纺织的丝绸有两种：蓝绸和无与伦比的红绸，红绸又叫“龙焰绸”，哈诺尔王国的女王就喜欢穿这样的丝绸。

到了晚上，丝绸岛上的天空满是灰色的小蝙蝠，它们专吃蚕。丝绸岛上的居民认为不可杀死这些小蝙蝠，否则会给这座海岛带来邪恶和灾难。按照这些岛民的理解，既然人类可以依靠养蚕为生，那么剥夺小蝙蝠的这种生计特权显然有失公允。一直以来，丝绸印染工作都是由男巫和女巫来监督完成的，有一个巫师是有名的"守林人"，他保证赫尔巴树林永远不受雨水的损害。

在地海群岛遭受一种邪恶力量(这种邪恶力量最终被希里多尔岛上的大巫师基德打败)肆虐的年月里，丝绸岛丧失了自己的巫术传统，岛民的生活了无生气，丝绸业不再使用传统的巫术，质量也大打折扣，岛民的经济损失惨重。索萨拉港已名存实亡，这里一度可以同时容纳几艘大商船，丝绸岛上的建筑也褪了色。

丝绸岛上的建筑风格独特，房屋规模不大，用赫尔巴树叶为顶，毫无规划地摆放在一起。

乌苏拉·奎恩，《地海彼岸》

罗布鲁格特城 | Lorbrulgrud

巨人岛(Brobdingnag)的首都。

蝇王岛 | Lord of The flies, Island of The

一座可能位于印度洋的珊瑚岛，大致呈船形，多岩石和悬崖，边缘为陡峭的山峦。蝇王岛的旁边是另一座海岛；这两座岛几乎是分离的，像一个堡垒。蝇王岛最不寻常的地方是一处粉红色的悬崖，悬崖的顶端是歪斜的石头，石头的顶端又有歪斜的石头，顶端又是一块，如此这般，经过攀岩者的奇特想象，这种粉红色悬崖就变成了一堆和谐的岩群。在粉红悬崖隆起的地方，经常有狭窄而蜿蜒的小径。蝇王岛被潟湖围绕，边缘生长着棕榈树；海滩上可以发现大贝壳，当潮水退去的时候，透明的小生物就会来到海边。蝇王岛上有色彩缤纷的鸟儿、海鸥、野猪和蝴蝶。

海滩上隐约可见小棚屋的遗迹，这是一群英国小孩建造的。二战期间，这些孩子曾在这里遭遇飞行事故。海边的两具小骷髅和飞机残骸(里面还有飞行员的遗体)就是那次事故无声的明证。据说,这座岛上住着蝇王,蝇王的标志有时候用插在一根杆子上的野猪头来表示,亦即昙花一现的现代社会的一个原始神灵。

威廉·戈尔丁,《蝇王》(William Golding, *Lord of the Flies*, London, 1954)

罗林恩王国 | Lórien

中土一个古老的森林王国,介于迷雾山脉和大河之间,著名的银光河或凯勒布兰特河流经这里之后,汇入大河。罗林恩王国也叫罗斯罗林恩(Lothlórien)、鲜花罗林恩以及荒野的金树林,而在最原始的高等精灵语言里,这座岛屿的名字叫*Laurelindórenan*,意思是"会唱歌的金山谷"。在中土所有的精灵王国当中,罗林恩王国的风景最美,如今,大多数地方都已经废弃了。多年来,这里都是罗林恩女王格兰瑞尔和塞勒鹏君王的领地,首都叫卡拉斯-加拉松城。

女王格兰瑞尔是当时中土所有幸存下来的高级精灵中最高贵的精灵,她的力量足以保护罗林恩王国不受摩多王国的黑暗之君索伦的邪恶影响,因此这个王国境内一直风平浪静。罗林恩王国无疾病也没有瑕疵,所有的轮廓清晰可见,所有的颜色明亮耀眼。在所有来精灵王国的凡人看来,外界似乎无形,也无法辨别;置身罗林恩王国犹如置身于古代或中土第一纪的情景之中。瑞文德尔王国保留了许多古老的记忆,而在罗林恩王国,过去的一切似乎都从未停止。当参观者进入罗林恩王国以后,他们会发现时间并未流逝。这里的精灵也好像一点没变,这就意味着他们周围的世界变化迅速。但由于他们没有记录流逝的岁月,因此对变化没有任何感觉。夏尔郡的霍比特人山姆在总结罗林恩奇观时说,感觉就像在一首歌里,好像在家,同时又像在度假一样。

罗林恩王国有一种有名的大树,名叫梅丽恩树(mellyrn),一种高大的梅隆树,树干呈银灰色,树枝水平撑开,树梢分成众多的枝丫,形成一个树冠;树精就在树冠上修建平台,名叫塔兰(Talan);他们就生活在这样的平台里。平台无墙也无围栏,仅是一个轻巧的可以移动的屏风,用来遮风挡雨。

梅隆树是一种奇特的树,直到春季才会掉叶;树叶在秋天变成金黄,春天来临时,金黄色的树叶为这片森林提供了金色的地面和金黄色的花朵。几乎只有罗林恩王国才有这种树,倘若其他地方也有,那也只是极少的例外。女王格兰瑞尔曾把梅隆树的一粒种子送给夏尔郡的山姆;如今,这粒种子在夏尔郡已长成一棵参天大树。罗林恩王国的依拉诺树(elanor)也很有名,这是一种生长在冬季的植物,开黄色的星形花朵。此外,纤细的尼弗瑞迪树(niphredil)也很有名,这种树开白色的或灰绿色的花。

罗林恩王国的中心是面积比较大的塞林-阿姆若斯山,山上覆盖着芳香馥郁的绿草,山顶生长着两圈大树,内圈是梅隆树,用青金做装饰,外圈是美丽的无叶树,无叶树的树皮是纯白色的。依拉诺树和尼弗瑞迪树生长在周围。中心是一棵大树,白色的平台在高高的枝丫间时隐时现。

塞林-阿姆若斯山位于罗林恩的奈斯或戈尔地区,介于大河和银光河之间,形状像一个巨大的矛头。对于陌生人而言,穿过银光河进入奈斯地区算得上是一种特权。凡是进入这里的参观者必须朝见罗林恩的君王和女王,首先由他们来判断这个闯入者是敌是友。如果到了这一步,这个参观者就再也不可能回去了,因为回去的路已被堵死。正是在塞林-阿姆若斯山上,精灵公主阿文和伊西尔铎的继承人、联合王国未来的国王阿拉贡定下了海誓山盟。中土第四纪的120年,阿文的丈夫阿拉贡死去,阿文回到这里,不久也抑郁而死。

罗林恩王国始建于中土第二纪。魔戒大战期间,罗林恩王国的统治者是格兰瑞尔和塞勒鹏,两人都英勇无比、美丽绝伦,苍老并未在他们身上留下任何痕迹,唯有他们的眼睛似乎蕴藏着久远而深邃的记忆。格兰瑞尔在反抗邪恶之君索伦时是一员主将,她首先召开了白色会议,调解反抗她的各派势力之间的矛盾。正是她和精灵国王的三枚戒指之一的尼尼亚一起把邪恶力量赶出了罗林恩王国。

与幽暗森林的精灵厅的精灵不同，罗林恩王国的精灵都是高级精灵，他们航行到西方，在那里度过了许多年。在这个过程中，他们变得越来越睿智，越来越美丽。他们掌握了昆雅语(Quenya)，即高级精灵使用的一种古语言，不过，这种语言只在某些仪式上使用；他们大多数时候都说灰精灵的语言，或者叫辛达林语(Sindarin)。

中土的精灵会做各种精美的工艺品，每一件手工艺品都具有不可思议的魔力。比如，小玻璃瓶在黑夜里会发光，他们的祖先铸造的利剑在兽人或小精灵来临时会发出耀眼的蓝光。此外，这里的精灵还生产精巧的金属制品，比如用金银花及其叶子做装饰的剑鞘。精灵用一种精美的丝绸做衣服，衣服的颜色很难判断，因为它会跟随周围环境的变化而变化，与周围的树叶、水和岩石的颜色保持一致。这似乎表明精灵喜爱地球表面的光和空间，讨厌漆黑的地下生活，这一点是其他精灵厅的精灵所不具备的。

精灵的船不同寻常，通常只被漆成灰色，按照他们的说法，这些船不同于其他船，因为它们不管装载多重的东西都不会下沉。但若操作不当，它们可能会有奇怪的表现。船绳是用一种轻巧而结实的名叫希斯兰(hithlain)的东西编织而成。

罗林恩王国的精灵准备的食物和饮料也与众不同，这样的食物和饮料可以很快让人恢复体力和活力。*Lembas* 或 *waybread* 是一种裹在叶子里的小蛋糕，其甜味可以保持好几天，比湖镇的克拉姆更甜也更好吃，也比安杜因山谷有名的蜜糕味道更甜。

罗林恩王国的精灵身形高大、容貌姣好、皮肤白皙、发丝乌黑或金黄、声音婉转动听，行动时寂静无声。他们好像具有一种奇特的理解力。他们骑马不用马鞍，也不用马鞭控制坐骑。即使最难驾驭的马儿也听从他们的声音。他们待人彬彬有礼；不管他们的地位有多高，都总是站起身来欢迎客人。

奥诺杜因火山的至尊戒被毁灭之后，格兰瑞尔的魔戒也丧失了很多力量，精灵也失去了自己的力量。第三纪的 3021 年 9 月，格兰瑞尔向西航行穿过大海，但就在此时，塞勒鹏在幽暗森林里创建了一块新的殖民地，命名为“东罗林恩”，如今这里已清除了邪恶。格兰瑞尔离开后，罗林恩王国似乎失去了昔日的美丽，著名的大树也没有能够继续存活。

罗林恩王国与阿姆若斯和尼姆若德之间的爱情故事紧密相关。尼姆若德是一位美丽的精灵少女；她的名字与一条清浅的小溪流相同。这条小溪流发源于高山，流入银光河。当恶魔般的巴尔若克被莫瑞亚王国的侏儒唤醒之后，精灵纷纷离开罗林恩王国，向西穿过海洋来到这里。尼姆若德和他的爱人阿姆若斯也分别加入其中，在经过大白山脉时，尼姆若德迷了路。风暴把等待尼姆若德的阿姆若斯的船沉入海底，阿姆若斯也纵身跳入海水；从此，这两个精灵音信杳无。据说，当南风吹起来的时候，人们还能隐约听见阿姆若斯的声音，尼姆若德河最后流入贝尔法拉斯湾的那一天，也是罗林恩王国的精灵从贝尔法拉斯湾启航的那一天。

托尔金，《魔戒首部曲：魔戒现身》；托尔金，《双塔奇谋》；托尔金，《王者归来》；托尔金，《精灵宝钻》

失落时间海 | Lost Time

一片广袤的水域，位于南美洲某地，是一个已被废弃的小村庄的边界；这个小村庄坚硬的土块因硝酸钠的侵蚀裂开了。这片海水的海底有梯田一样的花儿和成千上万美味的海龟。

多年前某个 3 月初的几天夜里，这片通常只带走垃圾的海域开始散发出浓郁的玫瑰花香。村民又陆续回到村里，虽然当时的村子一片荒芜。这些村民中有参加铜管乐队的人，有智者，有强盗和骗子，骗子的脖子上缠着大蟒蛇，正在兜售可以使人长生不老的灵丹妙药。他们来到镇上，组织下棋和抽奖活动。

不久,赫尔伯特先生也来了。如果村民能够解决自己的问题,这位先生就会给他们钞票。一个村民学会了模仿48种不同鸟类的声音,从而得到48比索(pesos)。只有一个村民难住了赫尔伯特,那是一个妓女,她告诉这位先生,说自己什么问题也没有,她变成妓女"只是因为喜欢这个职业"。

解决完别人的问题,赫尔伯特先生就特别想睡觉,这一睡可能就是几个世纪。当他醒来的时候感到特别饥饿,于是纵身跳进失落时间海,在这片水域里,村里的死人漂浮在两股激流之间,他们的脸上漾着微笑。

加西亚·马尔克斯,"失落时间海",《难以置信的悲惨故事——纯真的埃伦蒂拉和残忍的祖母》(Gabriel García Márquez,"El Mar del tiempo perdido",in *La Increíble y triste historia de la cándida Erendira y de su abuela desalmada*, Buenos Aires, 1972)

食莲岛 | Lotus-Eaters Island

位于地中海的巨浪之间,黄沙滩上吹起一阵微风,像疲惫的梦者发出的叹息。这里的白日如同永恒的午后。

食莲岛上住着一群食莲人,他们可以忘记尘世的一切烦恼。他们充满善意地向任何愿意与他们一起进餐的人提供莲花。假如游客毫无戒备,品尝了这种莲花,就会打消回乡的念头,只有通过暴力,他们才可能再次回到家乡。假如某个游客决定与他们共食莲花,他会发现海滩越来越远,同伴的声音越来越弱,好像那声音来自坟墓;这时的他即使是醒着,也会觉得已沉沉睡去。他依然对这里的一切感到陌生,他将听到一种莫名的乐音,不知这是否来自他的内心。

荷马,《奥德赛》;阿尔弗雷德·田纳西勋爵,"食莲人",《诗歌》(Alfred, Lord Tennyson,"The Lotos-eaters",in *Poems*, London, 1833)

爱情岛 | Love, Island of

参阅菲格勒非岛(Figlefia)。

爱河泉 | Love, River and Fountain of

位于法国的阿登高地。爱河泉用黄金和雪花石膏做成,看起来闪闪发光,映照出四周的绿草地。这是梅林巫师为特瑞斯坦创造的饮水处,这样,特瑞斯坦就可以拒绝王后伊索尔达的爱情。喷泉会随着情人的心情而发生变化。喷泉不远的地方流淌着爱河,据说喝了爱河水的人会受到爱情的迷惑。雷纳尔多喝了这两处的水,结果他爱上了美丽的安吉莉卡,继而又抛弃了她(亦参“阿尔布拉卡城”)。

马特奥·博亚尔多,《热恋的奥兰多》

法国爱河附近用黄金和雪花石膏做的喷泉

情人洞 | Lover's Cave

情人洞的部分景观自然天成,部分为人工所为,位于多山而遥远的科沃尔地区。

情人洞呈圆形,直接在平滑雪白的岩石上凿出,墙上较高的地方开有 3 扇小窗,为山洞提供照明。情人洞的洞顶呈拱形,很高,形成一个精美的圆屋顶。拱顶石上可见一顶王冠,王冠上镶嵌着黄金和珍珠。情人洞的地面用大理石铺成,像青草一样嫩绿。山洞里的中心摆放着一张升高了的床,这张床直接在坚固的水晶上面凿出;一段镂刻的文字告诉我们,这个山洞属于爱神。山洞的门用黄铜做成,两个大门栓分别用雪松和象牙做的;门只有从里面才能打开。

建造这个山洞的建筑师目前尚不可知,但这种设计的意义已经得到历史学家的诠释。山洞的圆形象征爱情的完全；山洞里无隐蔽的地方和角落，表明狡猾和欺骗在这个洞里无处藏身；山洞的宽度表示爱情的力量；山洞的高度象征爱情渴望美德，而象征物就是洞顶的拱形石；白墙和绿地板象征爱情的完整和坚定不移；水晶床的晶莹剔透象征爱情的纯洁；门不能从外面打开是因为真正的爱情不可强迫；3扇小窗象征爱人的3种美德：善良、谦卑和良好的教养。

来过这个山洞的两个名人分别是特瑞斯坦和伊索尔德，因为伊索尔德的丈夫马克心生嫉妒，把他们赶出了科沃尔的王宫。

哥特弗里德·冯·斯特拉斯堡，《特瑞斯坦》(Gottfried von Strassburg, *Tristan*, 13th cen. AD)

低罗曼西亚 | Lower Romancia

参阅罗曼西亚(Romancia)。

路阿那群岛 | Luana

面积很大，位于地下大陆佩鲁西达的卢拉尔-阿兹海和阿诺洛群岛的东北部。路阿那群岛上人口众多，个个生得美丽无比，不过对于这座群岛，我们目前尚无详细的描述。路阿娜群岛的居民与阿诺洛群岛的居民一样，都是具有古铜色皮肤的梅左普人，都是熟练的水手和渔民。尽管许多个世纪以来，这两座群岛上的居民都是竞争对手，而且之间经常发生战争，但他们现在竞争的只是谁建造的船更精美。

埃德加·巴勒斯，《地下大陆佩鲁西达》

卢比克城 | Lubec

具体的位置不清楚，城里没有穷人。

卢比克城的男人没有合适的生殖器，这些生殖器都被藏在市镇大厅里。卡培拉瑞亚国也采用一种与此类似的但更重要的程序。如果需要，这些生殖器就被安在女性的生殖器上，看起来很像卢比克城女人身上的伤疤。男性生殖器有时被用来生产仆人，但用来生产流浪儿和乞丐的男性生殖器明显数量不足，因而这座城市消除了这个讨厌而不值得存在的阶层。

贝鲁阿尔德·韦唯尔，《到来的方式：通过论证和与道德的碰撞，这部作品给出了所有事物肯定和必须存在的理由，不论以前、现在，还是将来》(Béroualde de Verville, *Le moyen de parvenir. Oeuvre contenant la raison de tout ce qui a esté, est, et sera, avec démonstrations certaines et nécessaries selon la rencontre des effets de vertu*, Paris, 1880)

鲁特比塔亚城 | Ludbitallya

卡克罗嘉林岛的(Cacklogallinia)中心城市。

鲁特城 | Ludstadt

路莎王国的首都。

拉格奈格岛 | Luggnagg

面积很大，距离日本的东南部约100里格，日本是它的重要贸易伙伴。这里的海船从岛屿东南海滨的主要港口克鲁门尼克港出发到日本；也有航行到巫师岛的。拉格奈格岛的首都叫特拉德拉杜城(Traldragdub)①，也叫特里德拉奥格布城(Trildraogdrib)。

拉格奈格岛上的居民很好客，对待陌生人非常友好；陌生人经常可以由国家出钱在此住宿。如果游客被邀请入宫，他应该严肃

① 后面的拼写是(Tralgragdubb)。

对待此事,因为进宫表明“你得到了国王的宠幸,可以舔去他脚凳前面的灰尘”。游客进宫时必须匍匐前行,同时去舔食地板上的灰尘。当外国人被召入宫时,他必须注意,不可让地板上的灰尘太显眼,否则会触犯国王。不过,倘若一个普通的政客在宫中树敌太多,他会发现地板上满是灰尘,那么这个时候,他到达皇宫时几乎快要窒息而死。任何人若在国王面前吐痰或是抹嘴,都是大不敬的行为,而且因此会被处死,执行死刑的方式是在地板上撒上一种黑色毒药,这种毒药在 24 小时内就能置人于死地。但是为了公正地对待国王的仁慈,驱散初来乍到的参观者心中的恐惧,我们在此需要加以说明,执行死刑后的刑场周围都已被冲刷得干干净净了。

一到达皇宫的 4 个庭院,参观者必须下跪,磕头 7 次,然后说:“Ickpling gloffthrobb squutserumm blhiop mlashnalt zwin tnodbalkguffh slhiophad gurdlubh asht”,这句话可以翻译成“祝陛下比太阳更长寿,比十一个半月亮活得更长久。”

拉格奈格岛上最出名的是 *Struldbruggs*,意思是“长生不老的人”。如果一个孩子出生时左眼球的正上方有一个红点,那么按照拉格奈格人的说法,这表明这个孩子不会死去。等到这个孩子长到 12 岁的时候,这个红点就会变大、变绿。到了 25 岁的时候,这个圆点的颜色变得暗淡了。45 岁时,圆点变得像煤炭一样黑,圆点的大小像以前的英国先令;此后不再有变化。这个国家有 1100 个这样的长生不老之人。对于形成这种现象的原因,我们目前尚无任何令人信服的解释,这似乎不属于遗传范畴。然而,可悲的是,尽管他们不会死去,却也不能永葆青春;他们的身体会经历正常的衰老。到了 80 岁的时候,他们的体力开始衰竭,而且不得不面对永存所带来的无聊和乏味。一旦上了这个年纪,他们从法律上讲也算是一个死人了。他们的继承人会继承他们的财产,他们不能再购买土地,也不能做目击证人。他们只可以保留少量的薪俸,身无分文的人由国家供养。更糟糕的是,由于拉格奈格人的语言变化太快,他们最终会失去与人交流的能力,只能像外国人一样生活在自己的国家里。

这些长生不老之人其实经常会遭受别人的歧视和讨厌，在其他人看来，他们的出生就预示着不祥之兆。按照法律的要求，不死之人的婚姻到了 80 岁时就自动解除，尽管他们本人没有任何过错，但考虑到两人都必须背负永恒的生活，而且同时还得负担伴侣的永恒生活，因此，继续延续这样的婚姻就显得有些不近情理。

乔纳森·斯威夫特，《走进世界上的几个偏远民族》

路莎王国 | Lutha

南欧一个面积不大的内陆国，邻国有塞尔维亚、奥地利和匈牙利。路莎王国其实不为外界所知，只有那些在塔菲尔堡疗养院接受过精心治疗的人才知道这个地方；塔菲尔堡疗养院在治疗神经疾病方面很著名。

路莎王国的首都叫鲁特城，建造在陡峭的山坡上，站在山上可以俯瞰下面的中央平原。鲁特城的历史悠久，周围筑有城墙，街道崎岖不平，另建有 4 个防御堡垒。城里有古老的大教堂，传统上是路莎王国的国王举行加冕礼和婚礼的地方。中央平原的对面是荒山、沟壑和作为塞尔维亚边界的古林。游客到这里来旅行会非常危险，因为山上经常有强盗出没。

来之前，游客需要了解路莎王国的历史。自 16 世纪以来，鲁宾若斯王朝就统治着路莎王国。以前那个王朝的最后一任国王想要屈从于强大的邻国，完全不顾人民的自由和利益，这引起人民极大的不满，于是这个国王最终被废。上个世纪末，鲁宾若斯王朝开始走下坡路。1880 年，维多利亚公主跟一个美国朋友离开路莎王国，到美国定居，利奥波德王子成为路莎王国的继承人。

这件事情的前因后果至今尚无定论，但这势必会对路莎王国的发展产生重大影响。

当时的国王，也就是利奥波德王子的父亲去世之后，鲁宾若斯王朝的形势出现了转机，利奥波德王子的舅舅，布伦茨的彼得王子声称，由于受不了父亲离世的打击，年仅 13 岁的继承人利奥波德王子疯了，于是彼得王子把这个男孩关进布伦茨城堡，然后自封摄政王。在其摄政期间，腐败之风日甚，税收暴涨，人们不得不服从严厉的军事管理。

10 年后，谣传“疯王子”利奥波德逃出了布伦茨城堡，这一消息使路莎王国顿时陷入混乱之中。不久，美国人“巴尼”库斯特尔又来到路莎王国，这使得事态变得更加复杂。尽管路莎王国的人们不知道他究竟是谁，但他的的确确就是维多利亚公主的儿子，又长得像他的舅舅利奥波德。这一相似使得人们把库斯特尔误认为是露莎王国的“疯王子”利奥波德。

经过一系列惊心动魄的事件之后，最后在一次激战中，库斯特尔成功地把合法继承人推上了王位。然而，新国王采取的第一个行动就是驱逐库斯特尔，因为他害怕这个美国人的人气会盖过自己。利奥波德王子的统治极为暴虐，人民的处境比摄政王统治时期更加痛苦。最后，利奥波德与宿敌布伦茨派进行谈判，而布伦茨派转而要求国王捉拿已经回到美国的库斯特尔。库斯特尔悄悄穿过塞尔维亚边界，回到了路莎王国。

与此同时，奥地利和塞尔维亚之间的战争威胁正在加剧。露莎王国逐渐卷入更大的冲突中，布伦茨集团已牢牢控制了怯懦的利奥波德王子。当这个集团想寻求奥地利的军事支持时，库斯特尔与高贵的 Van der Tann 家族一起，要求塞尔维亚在反对布伦茨集团方面助一臂之力。于是冲突继续升级，最后爆发了鲁特大战，战争就在城门外打响。

也正是因为这两个人长得很像，利奥波德王子被当作库斯特尔杀死。人们不再接受利奥波德王子的统治，而只认“巴尼”库斯特尔，库斯特尔受到人民的热情欢迎，并娶了 Van der Tann 家族的爱玛公主为妻。一切不幸的罪魁祸首，布伦茨的彼得最终受到审判，被处以绞刑。

埃德加·巴勒斯，《疯王》(Edgar Rice Burroughs, *The Mad King*, New York, 1914)

想象地名
私人词典
M ~ Z
Mirkwood
N
Moria
Lakeshire
LITTLEPAWS
THE LONLY MOUNTAIN
THE MIDDLE EARTH
STORMWIND CITY
The Dictionary of Imaginary Places
THE LASTRAW AREA
[加] A.曼古埃尔 [意] G.盖德鲁培◎著
赵 蓉◎译
FAGON FOREST
Mirror Lake
华东师范大学出版社

华东师范大学出版社六点分社 策划

M

马巴伦王国 | Mabaron

位于印度，经海上从罗姆国出发需要航行10天。马巴伦王国最著名的是众多美丽的城市，包括使徒圣托马斯之墓。墓地旁边放着一只罐子，耶稣基督被钉十字架受死的时候，圣托马斯用手触摸了基督的肋旁，他的那只手臂就放在这个罐子里。当人们遇到法律方面的纷争时，他们就把各自的申诉放在圣托马斯的这只手里，有过错的那张申诉纸就会被这只手扔掉。

安放圣托马斯尸体的那个教堂值得一看。教堂里还有许多圣人和偶像的精美塑像，最小的塑像也比现实生活中的人高两倍。教堂用黄金做装饰，看起来金碧辉煌。最大的偶像是假基督徒的神灵；他坐在金椅子上，脖子上戴着金项链，项链上嵌着珍珠和宝石。许多人从几百英里以外的地方赶来崇拜他，甚至有人为他献上自己的孩子；也有人用刀割伤自己，以表示对圣托马斯的爱，为他而死的人被认为会得福。

这个偶像被放在一间大屋子里，这间屋子映照在一个大水池中。朝圣者把祭品抛进水里，所捐的钱被用来维修圣殿。在过圣化节的时候，偶像坐在大轮椅里被人抬着经过大街，前面是马巴伦王国的少女，她们一对对地走过来，后面跟着朝圣者。有些人倒在偶像前，被偶像的轮椅碾得粉碎。游行结束后，几百人用匕首自戕，被那些幸存者视为圣人。这些圣人的尸体被火化，骨灰被当作圣物，马巴伦王国到处都是这样的圣物。

约翰·曼德维尔爵士，《曼德维尔游记》

玛卡瑞亚王国 | Macaria

具体位置不可知，可能位于非洲北部。玛卡瑞亚王国人口众多，人民富足，被游客誉为“一个果实累累的花园”。玛卡瑞亚王国的高速公路很出名，自17世纪中期开始，高速公路就像一座城市

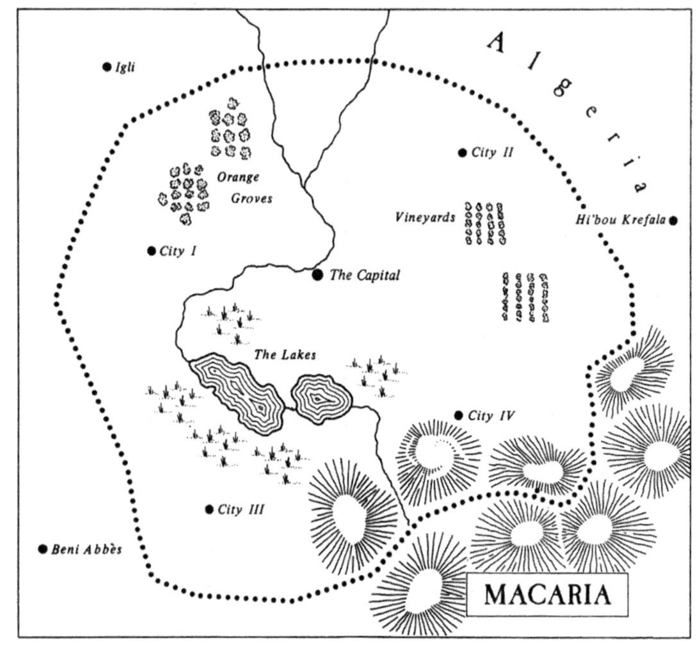

玛卡瑞亚

的街道。尽管通常而言，玛卡瑞亚与邻国的关系友好，但玛卡瑞亚的法律规定：无论哪个国家，一旦企图入侵玛卡瑞亚，它就会成为玛卡瑞亚的合法战利品，因此有几个王国被玛卡瑞亚的军队摧毁，以警告那些企图入侵者。

塞缪尔·哈特利伯，《著名的玛卡瑞亚王国》（这个王国的政府杰出，人民富有、健康、幸福；国王得到臣民的爱戴和尊崇，贵族得到荣誉，好人受到尊重，邪恶受到惩罚，美德得到奖励，他们的一切行为都是其他王国的典范；摘自一位学者与一个游客的对话）（Samuel Hartlib, *A Description of the Famous Kingdom of Macaria*, London, 1641）

玛康多村 | Macondo

古时候哥伦比亚地区的一个村庄，创建这个村庄的是布恩迪亚。他的想象力总是那么超凡脱俗，他设计的房屋可以使居民去河边取水时所用的力气刚好相等；他修建的街道可以使所有的房屋获得的阳光相等。为了方便村里人的生活，他还做了一些小陷阱，用来捕捉金丝雀、知更鸟和夜莺。很快，村里到处都能听到鸟儿的歌声，嘹亮的歌声吸引着每年来玛康多村的吉普赛人，他们来向这里的居民展示最新的世界第八大奇观。

往东可见一排排不可穿越的险峻山峦；这些山峦是玛康多村的天然屏障。往南是一块被一种蔬菜汤覆盖的沼泽，沼泽往西扩展，形成一片宽阔的水域，水里的鲸鱼肤质细腻，脸和身体很像女人，它们用挺拔诱人的胸部勾引到这里来的水手。往北可见一片森林，需要几天才能穿过这片森林，然后就是茫茫的大海。

最初的玛康多村只是一个小村庄，只有 20 个用泥土和竹子搭建的小棚屋。如今的玛康多村变成了一座城市，拥有众多的商铺和一个大市场。看到如此的繁荣景象，布恩迪亚放走了他精心捕捉的所有鸟儿，只保留着他从商人那里用鹦鹉换来的乐钟。这些乐钟会同时响起，每过半小时，玛康多镇就会响起一阵悦耳的铃声。每天中午，杜鹃的歌声和华尔兹音乐会增添人们午睡的乐趣。布恩迪亚还挪走街边的阿拉伯树胶，然后种上杏树，并且建立起一种体系，使这些杏树可以在此永远存活。多年后，玛康多镇变成了一座大城市，到处是木房和锌顶，古老的杏树仍然生长在老街的两边，树上开满鲜花，已经没有人还记得这些古树是何时来到这里的。

玛康多村的历史上发生过许多重要事件，最著名的就是困扰居民的失眠症。这是一种不同寻常的病症，它最让人感到可怕的不是不能入睡，因为身体并不疲倦，最可怕的是人的记忆会因此逐渐丧失。当一个人患上失眠症的时候，他就习惯了不睡觉，他的童年记忆开始消失，接着会忘记事物的概念和名字。最后，他可能忘记自己，意识不到自己的存在，而后陷入一种安静的精神失常状态。玛康多村的周围装了闹铃，任何人若想离开，必须拉一下铃铛，表明他的神志还很清醒。参观者最好不要在这里吃东西，因为他可能染上健忘症。玛康多村的居民很快就习惯了这种疾病，不再因无用的睡眠而烦恼。为了不忘记周围的一切，他们把每样东西都贴上标签：比如“木桶”、“饭桌”、“奶牛”或“花朵”。不过，他们意识到，即使采用这种方式记忆事物也会忘记，于是只好在标签上补充更复杂的解释；比如牛的身上可能会写着：“这是一头牛；每天早上必须挤奶，牛奶必须煮到沸腾，再加上咖啡，做成牛奶咖啡”。居民还在村口竖起一张告示牌，上面写着“玛康多村”，稍远的地方还有一张告示牌，上面写着“上帝存在”。

玛康多村的居民发明了一套更新颖的系统，用来弥补这种奇怪的健忘症所造成的恶劣影响。他们用卡片的方式了解过去，后来的吉普赛人也这样做过。布恩迪亚发明了一种记忆器，他每天早上都把过去发生在自己身上的事情记录在记忆器里。通过这种方式，他在任何一个地方都可以使用记忆器，用来回忆过去的每一天。后来，吉普赛人梅尔奎亚德斯带来一种解毒剂，这种解毒剂专治失眠症。这是一种甜味的液体，装在小瓶子里。人们服用了这种药，慢慢就可以克服失眠症，不久这种流行病就消失了。梅尔奎亚德斯死后又复活了，因为他害怕死后的寂寞。居民服用这种药后会很快入睡。

玛康多村历史上的另一件值得一提的事是建造大教堂，这个建议是菲伊纳教父提出的。菲伊纳教父周游世界，目的是想在不虔诚的地方建造一个圣所，他希望看到教堂里充满逼真的圣人塑像，装上彩色玻璃窗。然而，玛康多村民从未见过牧师，他们与上帝直接对话，摆脱原罪的影响。他们喝完满满一杯巧克力后，能离开地面约 20 厘米。当发现玛康多村不是他寻找的虔诚的中心后，菲伊纳教父又出发去别处寻找他的圣所。

最近，玛康多村建立起美国香蕉种植园，这个村通过四通八达的铁路与世界相连。然而，由于遭遇罢工、连续的暴雨和干旱，香蕉种植园被摧毁，玛康多村的财富也被一阵凶猛的龙卷风带走了。

加西亚·马尔克斯，《百年孤独》(Gabriel García Márquez, *Cien anos de soledad*, Buenois Aires, 1967)

马克拉尼岛 | Macranese Island

参阅伊瓦奇国(Evarchia)。

马可瑞恩岛 | Macreons Island

属于斯波拉提群岛。这个地方曾是英国的附属国，一个繁荣的贸易中心，商人往来频繁。然而，不知道为什么，马可瑞恩岛上的居民越来越穷；这座岛最后变成只有老人居住的荒岛。

马可瑞恩岛的大部分地区都是黑黝黝的森林，森林里是魔鬼和绿林好汉出没的地方，这些英雄如今年老体衰、头发灰白、昏昏欲睡。当他们还活着的时候，这个地方的生活繁荣、气候宜人。当他们中有人要死去的时候，巨大的悲痛窒息了这片森林，瘟疫和其他灾难相继到来，空气中弥漫着可怕的骚动，大海上风暴迭起。这片森林里值得一看的是一些废墟，比如寺庙废墟，方尖塔废墟、金字塔废墟、纪念碑以及古陵墓的废墟，上面刻着碑文和警句，所使用的语言有象形文、阿拉伯语、爱奥尼亚语和斯拉夫语。

参观者会发现，马可瑞恩岛上的老人很友好；他们也是技艺精湛的雕刻家和造船专家。

弗朗索瓦·拉伯雷，《巨人传第四部》

马格瑞比尼亚国 | Maghrebinia

面积很大，从马尔马拉海一直延伸到波斯尼亚湾，从伏尔加河延伸到奥德河-尼斯河。在这个王国里，各个民族和部落都能和谐相处，都能服从一个国家的领导。不同省市由国王指定的总督管理，这些总督建立起一个真正的民主国家。民主国家的法律和宪法以传统和该国古老的文明为基础。游客如果对这个国家的历史感兴趣，他可以参考《马格瑞比尼亚编年史》。这本书写于 15 世纪，之后得到不断的修订。

马格瑞比尼亚历史上发生过一件值得纪念的大事情；拜占庭使节赐予尼科夫一世的父亲普兹比斯洛“Archonton of Maipulien”这个头衔，并建议他与拜占庭 Fanarioten Chuzpephorus Yatanagides 美丽的女儿联姻。几番周折之后，婚礼最终在索菲娅大教堂举行。这次婚礼以及随后引起的诸多争论导致了一系列法律的产生，这些法律构成了马格瑞比尼亚国今日宪法的基础。

乔治·雷佐瑞，《马格瑞比尼亚的历史》(Gregor von Rezzori, *Maghrebinische Geschichten*, Hamburg, 1953)

女巫岩 | Magic Maiden, Rock of The

一处贫瘠而嶙峋的山岩，高耸于大海之上，上接云天，从红塔岛出发需要 6 天才能到达。古时候，这块岩石就叫女巫岛，那时候统治这里的就是一个女巫，她是古希腊阿尔戈斯城邦的巫师菲尼托尔的女儿；比她的父亲更擅长巫术，一直生活在山岩上一座壮观的宫殿里。当无数从爱尔兰和挪威来的海船穿过山岩周围的水域时，这个美丽的少女就使用魔法把海船诱惑到岩边，掠夺船上的财物。如果有骑士上岸，她就把他们囚禁起来，囚禁时间的长短完全由她决定；她常常强迫他们互相决斗，直到决斗的一方严重受伤或被杀死为止。

一天，女巫抓到一个年轻的骑士，并且疯狂地爱上了他。这个骑士约莫 25 岁，来自克里特岛。骑士假装也很爱这个女巫，并且慢慢地从她那里学习巫术。有一天，他们坐在高高的山岩上谈论巫术，骑士走上前假装要拥抱她，然后顺势把她推下了悬崖。事后，骑士释放了被女巫囚禁的其他骑士，带上女巫的财物回到了克里特岛，此后再也没有来过这里。但在那座皇宫一间最豪华的屋子里，他被迫留下大量的财物，这些财物至今被巫术控制着，不能被带走。当寂静的冬日来临，山崖中的毒蛇和其他可怕的野兽冬眠的时候，一些人爬上山岩企图侵吞这些宝物，他们说自己能靠近那间屋子，却无法进去。他们还说屋里的一块门板上写了一些血红色的字母，另一块门板上也写着神秘的文字，其中包括一个骑士的名字，这个骑士注定会取下门栓里的那把宝剑，然后走进这间宝屋。

无名氏，《高卢的阿马蒂斯》

马格-梅尔岛 | Mag-mell

又叫"马格-梅尔德岛"或"永恒之地"，位于爱尔兰岛对面和大西洋背后；岛上住着赛迪，一种不死的幽灵，曾住在古老的爱尔兰岛上。马格-梅尔岛和爱尔兰岛之间有地下水道相通，赛迪经常穿过水道，回到他们古老的家园。游客也可以利用这些水道。赛迪也能在水面上行走，像鸟儿一样乘风飞翔，或驾着水晶船航行于茫茫的大海之上。

有人见过赛迪，说这些幽灵其实是一些手里拿着书的老人。女赛迪装扮成人的样子，住在爱尔兰岛上，她们的丈夫是凡人。有时候她们会绑架一些男人做自己的丈夫，把这些凡人带到马格-梅尔岛，将他们变成不死的幽灵。

游客一定要注意，如果他们已经来到这里，再想回去的话就会立刻老去。

玛利亚·萨维-洛佩茨，《大海传奇》(Maria Savi-Lopez, *Leggende del mare*, Turin, 1920)

马格尼城 | Mahagonny

有人认为这座城市坐落在阿拉斯加附近，有人坚持认为这座城市距离加利福尼亚更近；不管谁错谁对，大家都相信马格尼城是一块被海洋包围着的荒漠。

马格尼城是阿拉斯加人建造的，目的是让自己的伴侣在这里享受世俗之乐，尽可能地获得最大的好处。马格尼城像一座梦幻城，这主要是因为一个精力充沛的寡妇贝格比克和她的女伴，她们非常了解肉体的快乐。

应该提到的是，马格尼城的居民面临的真正危险是人类自己，尽管也有台风这样的自然灾害，但台风虽然毁掉了彭萨克拉城(Pensacola)和阿特赛纳城(Atsena)，却让马格尼城奇迹般地躲过了一劫。

布莱希特，《马格尼城的兴衰史》(Bertolt Brecht, *Aufstieg und Fall der Stadt Mahagonny*, Vienna, 1929)

少女城堡 | Maiden's Castle

坐落在威尔士赛韦恩河两岸筑有防御工事的小山上。陡峭的泥墙之间有一条狭窄的小道，小道两旁有壕沟和壁垒作保护，经过这条小道可以进入少女城堡。游客应当注意，这是一座被施了魔法的城堡；即使是在白天，当地人也害怕看见这座城堡，因为他们害怕住在城堡里的幽灵。据说，在有风的夜晚，人们可以看见一座幽灵塔，坐落在少女城堡的上方，清晨时，幽灵塔就会消失，那是莫甘娜经常出没的地方。

在寻找圣杯的过程中，加拉哈德爵士和他的同伴来到少女城堡。他们了解到，这里的七兄弟占领了城堡附近的地区，他们俘虏当地的女人，把她们关在自己的城堡里。这邪恶的七兄弟都是骑士，7年前接管了少女城堡。后来，加拉哈德爵士打败了他们，自此，这里又恢复了昔日的安宁。

托马斯·马洛礼爵士，《亚瑟王之死》；约翰·斯坦贝克，《托马斯·马洛礼爵士的温切斯特手稿和其他文献中的亚瑟王及其高贵骑士的伟大功绩》

梅纳岛 | Maïna

太平洋里的一座小岛屿，岛上有很多橡胶园，矿藏也很丰富。岛上住着两个部落，分别是阿提克里人(Articoles)和博奥斯人(Beos)。阿提克里人是小说家司各特的后代，司各特著有《黑暗的性》(*The Dark Sex*),是这座岛上第一个居民,他于1861年从荷兰人手里买下了这座岛屿。博奥斯人是司各特带到这座岛上的那些仆人的后代。

阿提克里人是作家、画家、雕刻家和音乐家,他们生活的目的就是创造艺术,博奥斯人照料他们的生活,博奥斯人的主要乐趣正在于此,他们为阿提克里人贡献一切,包括他们自己的女人。

即使有一天,阿提克里人不能创作了,他们也要继续创作。著名作家罗奇科出版了一本有趣的自传,长达16900页,书名叫《我为什么不能写作》。按照阿提克里人的说法,任何题材和任何经历都可以通过某种艺术形式来表达。因此,阿提克里人不仅可能出版《我的私密日记》,而且还会出版《我的私密日记的日记》;他的妻子将会出版《我丈夫的私密日记的日记的日记》。最近,沉迷于英国布鲁姆斯伯里(Bloomsbury)①信仰的出版商完全支持阿提克里人的这一信条。

在阿提克里人看来,艺术和生活是一对同义词;在他们的观众眼里,演员在现实生活中的角色就是他们在戏剧里扮演的角色。某个女演员的仆人忘了把她更衣室门上的名字改成她将要扮演的那个角色的名字,这个女演员只好以真实的身份走上舞台,由此引起全体观众一片哗然。

阿提克里人对来此参观的游客非常友好,他们邀请参观者住进他们的五星级宾馆,宾馆的名字叫"精神病院",然后在这里对他们进行研究。阿提克里人缺乏激情,因此他们想深入了解人类的激情,为自己下一部艺术作品做准备。

安德烈·莫洛亚,《阿提克里人的家乡之旅》(André Maurois, *Voyage au Pays des Articoles*, Paris, 1927)

玛卡罗罗国 | Makalolo

非洲中部的一个小国家。玛卡罗罗国住着一群女战士,男人

---

① 英国伦敦中北部的居住区,因在20世纪初期与知识界的人物,包括弗吉尼亚·伍尔芙、E. M. 福斯特以及约翰·凯恩斯的关系而闻名于世。

在这里没有真正的实权，他们渴望的最高位置就是成为皇家的厨师。玛卡罗罗国的军事游行规模庞大，在游行过程中，身材高大的女战士骑在精心打扮过的长颈鹿和鸵鸟身上，以显示她们至高无上的权力。

玛卡罗罗国实行君主选举制，选举产生两位女王，任期 5 年。当她们的统治快要结束的时候，王宫里将举行盛宴，最高级别的官员和社会名流都会应邀列席。宴会上，即将离职的两位女王被客人烤熟吃掉。即将上任的两个女王也在宴会上，她们也会吃前任女王的肉，因此玛卡罗罗人相信，前任女王的智慧就通过这种方式传给了她们的后继者，从而延续了她们独特的精神遗产。

阿尔贝·罗比达，《大半个世界的不平凡之旅》(Albert Robida, *Voyage Très Extraordinaires de Saturnin Farandoul dans les 5 ou 6 parties du monde* [*et dans tous les pays connus et même inconnus de M. Fules Verne*], Paris, 1879)

马拉克维亚城堡 | Malacovia

一座用钢铁建造的城堡，坐落在多瑙河三角洲，也就是著名的圣乔治河的支流上，距离圣乔治河的最南端不远。1870 年，一批来自英国和法国的技术工人建造了这座城堡，当时他们根本不知道自己要去哪里工作，只知道建造这座城堡的地址在俄罗斯的第聂伯河两岸。城堡一竣工，他们就被遣送回国了。

负责这项工程的是一个古怪的王子，名叫诺盖；诺盖王子非常富有，但行为有些疯癫。他和几个同胞从克里米亚搬到这里，最后在多布乌吉亚定居，梦想重建失去的王国。为了实现这个梦想，诺盖王子决定在沼泽里建造一座钢铁城堡，作为一个重要的军事基地，向神圣俄罗斯帝国的海滨城市（尤其是奥德萨）发动快速而致命的攻击，从而使穿过黑海的俄罗斯船沉海，或者掳获这些船只。与他的那些同胞不同，诺盖王子自幼在彼得堡长大，受过大学教育。他开始迷恋神秘的机械装置，尤其是新近发明的一种神秘的

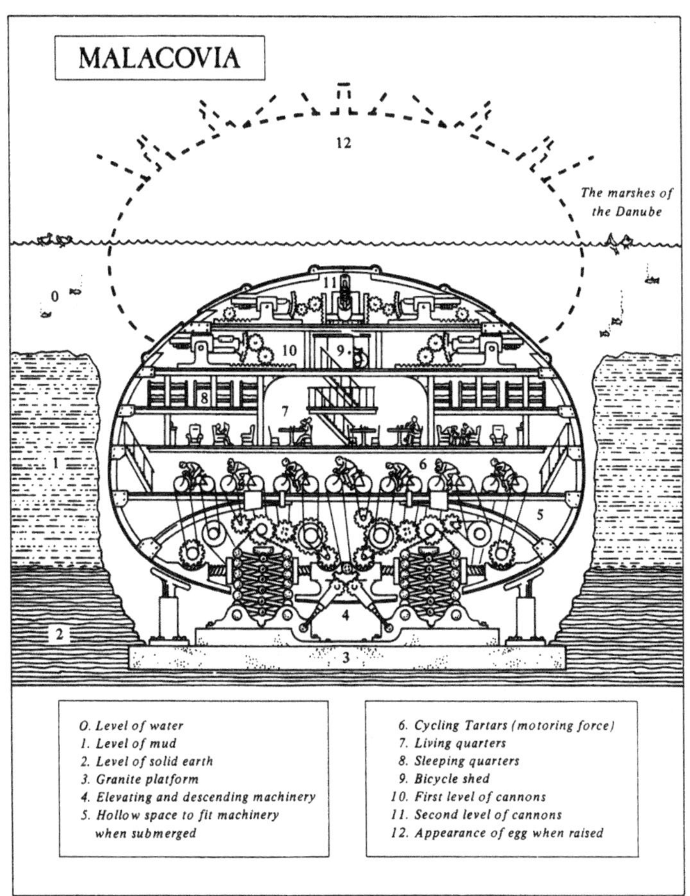
MALACOVIA
12
The marshes of the Danube
11
0
10
9
8
7
1
6
5
2
4
3
O. Level of water
1. Level of mud
2. Level of solid earth
3. Granite platform
4. Elevating and descending machinery
5. Hollow space to fit machinery
when submerged
6. Cycling Tartars (motoring force)
7. Living quarters
8. Sleeping quarters
9. Bicycle shed
10. First level of cannons
11. Second level of cannons
12. Appearance of egg when raised

马拉克维亚城堡示意图

机器,这种机器似乎可以制造无数的可能性,那就是自行车。

诺盖王子计划把马拉克维亚城堡建造成一个装满大炮的"大铁蛋"。这个大铁蛋可以撤退到沼泽下面一个花岗岩平台里藏起来。这个垂直的机械装置依靠一组与巨大的嵌齿相连的自行车来工作;差不多有50个诺盖英雄来踩这种自行车的踏板。诺盖王子给这座城堡取名叫"Malacovia";由于他对古希腊语了解不多,他相信"malakos"的意思就是"壳",但实际上这个词的意思是"潮湿的",而对于建造在沼泽中的这座城市来说,这无疑是个好名字。

从这座城堡出发,诺盖英雄们可以坐一种由踏板驱动的小平板船到达俄罗斯的海滨。他们每个人都可以把自己的自行车扛在肩上,一旦到了干燥的陆地,他们就可以对俄罗斯的居民点发起疯狂的袭击。尽管诺盖王子的同胞一开始喜欢骑马,但当他们看到这些骑着自行车像幽灵一样闪过的"怪物"给俄罗斯人的心里造成了那么大的惊恐时,他们很快就相信这种自行车的无穷魅力了。

俄罗斯政府显然无力与这些海盗较量,于是希望外国势力去摧毁诺盖王子的"大铁蛋",还黑海地区以和平。这时候,自然开始发挥作用,一个出其不意的解决方案出现了。多瑙河三角洲凝重的湿气腐蚀了马拉克维亚城堡的起重机嵌齿,尽管诺盖英雄们努力踩踏板,这个机械装置最终在1873年的某一天不动了。想到末日将近,诺盖王子和英勇的同胞们把自行车扛在肩上,经过一个秘密通道逃走了。他们最后到了世界各地,即使到了1900年初,人们在英国或法国还能看见一个脚踩自行车踏板的鞑靼人从一个居民区的林荫道上一闪而过,其速度之快令人惊叹。失败的诺盖王子悲伤不已,后来娶了在奥德萨俘虏的一个美国富婆,并在罗马尼亚首都布加勒斯坦创建了罗马尼亚第一家自行车厂。

阿梅多·托塞提,《黑海的脚踏板》(Amedeo Tosetti, *Pedali sul Mar Nero*, Milan,1884)

马尔多纳达港 | Maldonada

巴尼巴比王国(Balnibarbi)的一个港口。

曼西王国 | Mancy

位于印度东海岸，是世界上最美丽的王国，拥有两千多座大城市和众多小镇，城里住着基督徒和穆斯林。曼西王国的主要城市是拉托恩城，这是一个河港城市，据说比巴黎还要大，从海上去大概需要一天时间。

曼西人崇拜偶像，他们在偶像面前做烤肉，然后烤肉被这些圣人吃掉。曼西王国的鸟类比欧洲的大两倍。最常见的鸟儿看起来像白鹅，头上有大鸟冠。曼西王国多毒蛇，这是一种难得的美味，筵席上若没有蛇肉，主人会感到颜面无光，也得不到客人的尊重。曼西王国有一种独特的白色母鸡，身上长有绵羊一样的毛。有些名叫 *loyres* 的小动物很受欢迎，被驯养来钓鱼。

坎赛城里以前住着曼西的国王，这里值得一看。坎赛城也叫“天国”，周长 50 英里，与威尼斯差不多，坐落在一个潟湖上；从拉托恩城出发到这里需要几天的时间。

坎赛城里住着许多修道士，他们住在一个修道院里。修道院的四周是一个大花园，坐船可以到达这里。当这些修道士吃完饭后，剩下的饭菜被盛在银盘里，用来喂养花园里上千只动物。这些修道士相信美丽的动物是富人投胎转世；丑陋的动物是穷人投胎转世。坎赛城生产一种名叫比格农(bignon)的烈酒。

约翰·曼德维尔爵士，《曼德维尔游记》

曼代王国 | Mandai Country

位于北极。沿着北极星穿过一片广袤的冰雪地带，游客会看见一扇大门。大门是从一座大山的边缘挖掘出来的，守门的是一只狮子、一个金蝎子、一把红色宝剑和一条名叫乌尔的毒蛇。乌尔毒蛇藏在金色的鳞片里，它的鳞片很锋利，足以切断钢铁。打开这道门需要暗语，如果说对了，门就会自动滑开，里面是大山深处的一条大裂缝。从裂缝跳下去，游客就会到达一个王国。王国的居民赤裸着身子，头发金黄，全身上下长满柔软的白毛；他们生活在竹舍和中空的树上。

这里就是曼代王国，这里气候温和，没有害虫，也没有食肉兽。居民生活在一个共同体里，没有私有财产，所有人一律平等。

西米兹·安哈，《伊朗》(Hirmiz bar Anhar, *Iran*, Paris, 1905)

曼伽布岛 | Mangaboos, Island of The

位于地球深处，靠近地球中心。从上面看，这里的地理环境与地球表面没有什么不同，只不过当六彩的阳光照在物体上的时候，它们的颜色会不断地发生变化。位于中心位置的太阳是一个闪烁的白色星球，它拥有 5 个小星球，其颜色分别是玫瑰色、紫色、黄色、蓝色和橘红色。尽管太阳光令人目眩，它们发出的热量却很少，而且它们的位置总是保持不动，因此这里没有夜晚，没有一天 24 小时的时间划分。

对于一座如此靠近地心的岛屿，既然地心引力被减少了，游客将会发现人完全可以在空中行走，也可以从建筑上面跳下来了，不过走上坡路会很费力。

曼伽布岛上的居民长得非常美丽，这里看不见一个丑人。他们的表情安详，主要是因为他们不能笑，也不会皱眉头。

把曼伽布人描绘成会动、会说话却没有心脏或内脏器官的蔬菜或许更贴切。他们不属于胎生，而是生长在美丽花园里的灌木丛上面。这里可以看见不同成长阶段的曼伽布人，他们挂在国内高大而漂亮的植物上面，婴儿、少年人和成年人都挂在同样的灌木上面，完全成熟后才被摘下来。因此曼伽布岛上找不到一个孩子。当他们被用自己的鞋底挂在植物上的时候，既不能动弹，也不会发声。只有当被摘下来的时候，他们才可以说话和运动。他们身上最耀眼的衣服跟他们一同生长，成为他们身体的一部分。

曼伽布人的寿命很短，即使不发生事故，保证潮湿而凉爽的状态，他们也很少能活过 5 年。当他们遭到破坏时，只需要简单地重新栽种他们，然后就会再次生长。同样，当他们身处壮年时，又会被重新栽种，目的是繁殖后代。

曼伽布人生活在漂亮的城市里，城市很大，城里的建筑是透明的玻璃屋，上面是水晶圆屋顶和高耸入云的尖塔。玻璃建筑就像它们的居民，也是自然地从地里长出来的，一旦被破坏，就需要简单的复原。唯一不方便的是，这种玻璃房屋和宫殿生长得非常缓慢。

城市中心有一个广场，广场上坐落着男巫居住的宫殿；男巫的职责是给继位的王子或公主提供建议。与其他身穿绿衣裳的曼伽布人不同，巫师穿浅黄色的衣服。他没有头发，头和手都裹在荆棘里，这种荆棘有些像玫瑰刺。他住在玻璃宫殿里，这种宫殿有高高的圆屋顶，宫殿的每个屋角都有一座尖塔。

曼伽布国是桃乐丝·盖尔偶然发现的，后来人们才知道，盖尔其实就是奥兹国的桃乐丝公主。在加利福尼亚发生的一次大地震中，桃乐丝被地面吞噬。接着，她和自己的马车、小猫尤瑞卡以及一个名叫泽布的小男孩一起来到地下，进入奥兹国，不久与奥兹国的前巫师会合。这位巫师是桃乐丝在曼伽布王国认识的。他曾经统治过奥兹国，如今为美国芭乐姆及贝利马戏团工作，乘着热气球吸引观众去看演出。偶尔有一次，他进入地球的一道裂缝，随后就到了曼伽布玻璃王国。

曼伽布人对待桃乐丝一行的到来并不友好，认为他们破坏了自己的玻璃建筑。桃乐丝和她的伙伴们解释说，这所谓的“石头雨”其实并不是他们的过错，而是地震造成的自然结果。但曼伽布人不相信，因此他们的解释算是白费力气。继位的王子声称，这些有血有肉的生灵不可以呆在一个蔬菜王国里，必须被毁掉。为了干预王子的行为，桃乐丝决定摘下王子的继承者(公主现在也已经成熟)，因为王子企图继续掌权，没有按时将他自己的继承人摘下来。尽管公主最初也对他们满怀感激，但她也认为这些闯入者应该被毁掉，假如他们没有办法自己离开这个国家的话。公主说，应该把巫师用来表演的猫、马和小猪关进他们的黑洞监狱里；而那些人则应该被扔到“缠藤”里，这种“缠藤”可以在封闭的花园里看见，这其实是一些缠绕在一起的生物，最后形成一个蛇窝状的垫子。这些生物接触到什么就毁掉什么，毁掉的同时也能增加它们自己的力量。

多亏男巫的超凡智慧，这群不幸的闯入者才最终逃过这一劫。男巫从行囊里取出一个煤油罐，在他们周围点燃一圈火焰。然后，男巫告诉桃乐丝公主，如果劝公主把他们扔进“缠藤”的蔬菜是对的，他就不会被火烧伤；如果是错的，他就会被火烧死。当然，后来那些靠近火焰的东西都被烧焦了，空气里弥漫着烧焦的马铃薯的味道。他们得救了，但公主仍然坚持要把那些动物赶到黑洞里。尽管他们反对，那只猫、马和小猪仔还是被一群用荆棘武装的曼伽布人赶出了这座城市。它们穿过平原来到一座玻璃山上，最后进入一个可怕的黑洞。把这些动物赶进去之后，曼伽布人开始用玻璃岩堵住入口，但巫师打断了他们的工作，撤去了这块玻璃岩石。当他挖好一个足够大的山洞时，曼伽布人使用荆棘把巫师、桃乐丝和泽布赶进了黑洞。

参观者也许会感到惊讶，因为这个洞通向一条地道，地道最终把他们带到了维欧山谷，他们从这里轻而易举地回到了地面。

弗兰克·鲍姆，《桃乐丝与奥兹国的巫师》

曼伽洛尔岛 | Manghalour

一个富饶的岛屿，岛上有静静流淌的小溪、绿幽幽的草地、累累的果实、高大的雪松，以及几座峻拔的山峦。曼伽洛尔国是一个立宪君主制国家，创始人是一个名叫拉瓦尔的法国人，创建的时间是 12 世纪中期。不久之前，拉瓦尔在这座岛屿附近遭遇海难，与他同行的还有 1200 人。

曼伽洛尔国的居民都是穆斯林，靠剥削当地高山族吉布瑞为生。拉瓦尔曾在一次小战斗中和吉布瑞人一起抵抗穆斯林，穆斯

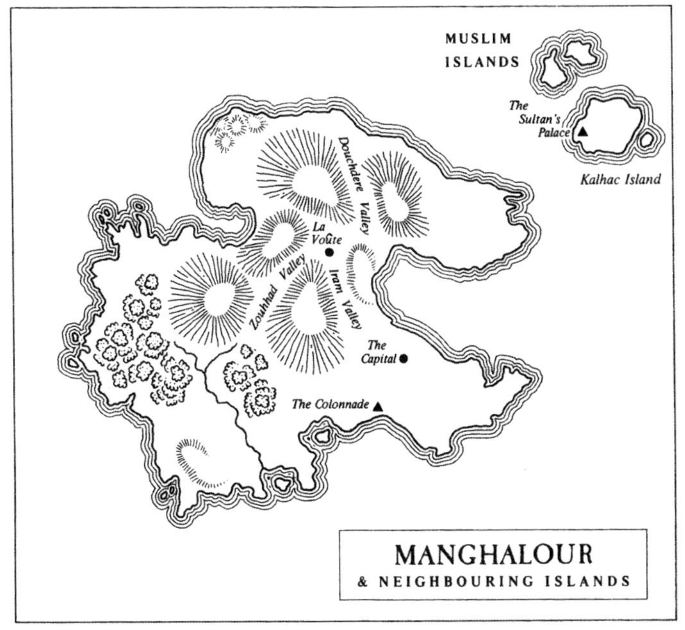

曼伽洛尔岛

林国王最后选择自杀。胜利者打开后宫，拉瓦尔娶了被囚禁的穆斯林女人，吉布瑞人和穆斯林联合统治曼伽洛尔国，从此，每个人都过上了幸福的生活，这样的日子持续了 10 年。10 年后，这块殖民地遭到一支强大的野蛮军的入侵，在英勇的女战士的帮助下，拉瓦尔成功地击退敌军。胜利后不久，曼伽洛尔国的女子可以拿起武器，女孩可以进公立学校读书，接受与男孩同样的教育。

如果想要更多地了解这座岛屿的历史，大家可以去阅读海滨附近森林里一根柱子上的青铜匾额；这根柱子是哥特式风格的柱廊的一部分。高山上的山谷地带是吉布瑞人生活的基础，吉布瑞人身体强壮、性格傲慢，最初来自苏联的切尔卡西亚。今天，他们是曼伽洛尔岛上人口最多的一个少数民族。

曼伽洛尔岛上有 3 个谷地值得一看。其一是多齐德尔(Douchdere)绿色山谷，又叫“梦谷”，连绵 17 里格，宽 5 里格；山谷里矿藏丰富，是曼伽洛尔岛上最肥沃的地区之一。左哈德山谷(Zouhhad)荒凉而偏僻，这里的居民都是一些修道士，住在从岩石上凿出的小洞穴里；有军队驻守这里唯一的入口，因此他们过着与世隔绝的生活。一旦有人进入这个山谷，他就不可以再出去。这些修道士的孤立状态是吉布瑞人的一条法律造成的，制定这条法律的目的是要结束这个宗教共同体的富裕生活。左哈德山谷的一个有趣的地方是拉-瓦特村(La Voûte)，突出于一个悬崖之上，没有任何的支撑，每年这里都会得到修道士的祝福，保佑它不掉进下面的无底深渊里。

第三个重要的山谷是伊拉姆山谷(Iram)，又叫世俗天堂。这里最著名的是漂亮的瀑布。还有一座寺庙的废墟也值得一看，下面的故事与这个寺庙有关。吉布瑞国王的一个儿子偷偷改信伊斯兰教，对年轻人的快乐毫无兴趣。为了改变他，国王把一个名叫达瑞姆的美丽少女赐给他。然而，这个美丽女子不但不劝王子放弃伊斯兰教，相反还深受王子的影响，并且同意嫁给他。而与此同时，国王也爱上了这个女子，为了避免与儿子竞争，国王把儿子囚禁在伊拉姆山谷里。达瑞姆同意嫁给国王，但她有一个条件：国王必须杀死她的保姆。国王高兴地照做了，但当他揭开保姆的面纱时，发现死去的却是达瑞姆；国王伤心欲绝，最后抑郁而死。王子在达瑞姆的坟上建了一座寺庙，他每日呆坐在寺庙里，终日以泪洗面。

曼伽洛尔岛的具体位置不确定，但是约 40 里格远的地方有一些小岛，小岛上住着被放逐的穆斯林，这些穆斯林成为岛上的原始居民。如今，这里由苏丹统治，苏丹把皇宫建在卡尔哈克岛(Kalhac)上。

路易·吕斯坦·圣若里，《女战士》(献给奥尔良骑士阁下)(Louis Rustaing de Saint-Jory, *Les Femmes Militaires*, Paris, 1735)

曼格岛 | Mango Island

从珊瑚岛出发坐船需要 3 周才能到达。来这里的游客可以住在基督徒创建的一个小村庄里，小村庄位于一个中心山脊的边缘。

村里的每一栋房屋都自带花园，用红赭石和从珊瑚里提取的石灰粉刷墙壁。村里最结实的建筑是一座教堂，教堂坐落在小山上，长100英尺，宽50英尺。整座教堂没用一颗钉子，由于岛上没有来自欧洲的现代工具可用，土著人就用骨头和碎石轴建造这座教堂，两个月就建好了。村里的人很友好，他们穿得稀奇古怪，主要模仿的是欧洲人的服饰。

曼格岛上的生活美丽而安宁，唯一的缺点是老鼠猖獗，几乎快要泛滥成灾。这里很难看见一只猫，村民都用猪来消灭老鼠。中心山脊对面的食人族做的传统炖鼠菜再也吃不到了，因为食人族的最后一任国王改信了基督教。与这种高级炖菜一同消失的还有许多其他离奇的习俗，比如废黜仪式。在这个仪式上，新任国王会活埋老国王，勒死老皇后，然后再建造一座寺庙或宫殿，用做地基的就是老国王以前的侍从。

罗伯特·巴兰泰尼，《珊瑚岛》(Robert Michael Ballantyne, *The Coral Island*, London, 1858)

曼诺巴岛 | Manoba

一座火山岛，位于新几内亚岛的海滨附近，乘坐群岛贸易公司的轮船可到达这座火山岛。准时运行的汽艇服务把曼诺巴岛与大陆连接起来。

曼诺巴岛高出海平面5000英尺，四周是暗礁和潟湖，海滩呈银白色，因为火山沙上面有一层珊瑚尘。海岛沿岸是密林和棕榈林，每年的降雨量是100英寸。

人们生活在海滨地区，这里的房屋地基很高，目的是预防风暴时的冲天巨浪。这里的岛民生活很原始，一些人还佩戴着生殖器状的牛角，另一些人鼻孔里穿着豪猪毛。来这里参观的欧洲人接触了曼诺巴女人后会感到自尊心严重受挫。然而，大陆来的妓女经常在曼诺巴提供服务，像小贩一样打发着自己无聊的日子。

曼诺巴岛在地理环境方面与世隔绝，因此这里的人尚未皈依基督教。传教士的活动对这里的居民没有产生多大的影响，这里没有建立永久的贸易站，二战后，这样的情形得到改观。曼诺巴岛上的居民参与所谓的货船崇拜：他们相信人的幸福来自商品或货物，因为正是商品使白人如此强大而富有。

保罗·司各特，《天堂鸟》(Paul Scott, *The Birds of Paradise*, London, 1962)

曼诺哈姆岛 | Manouham

位于南回归线附近，距离智利的海岸不远。曼诺哈姆岛上有两条河流，流经广袤的平原地区。岛上住着一个食人族，他们建立了一个村庄，村庄里有一长排小房屋。

曼诺哈姆岛上著名的皇家墓地

曼诺哈姆岛的主要特点是它的坟墓，这些坟墓都是一些大土墩，每个大土墩的一侧都是敞开着的，可以看见里面姿势如胎儿的尸体。曼诺哈姆岛上的居民想以此表明，地球是我们所有人的母亲。死者和他的所有财物、食物以及饮料葬在一起。送葬的人在葬礼上跳舞，舞姿模仿的是星球的运动，他们还击打树干发出巨大的噪音，认为这样就可以把死者的灵魂赶进天堂。

曼诺哈姆岛上住着两个部落，一个是凯斯特瑞人，他们个个都是战士；另一个叫桃乌奥斯人，都是诗人和哲学家。桃乌奥斯人会写愉快的悼词，他们一边吃死人的尸体，一边大声地说："噢！噢！轻盈的四肢，会舞蹈的美腿，勇敢的臂膀。噢！噢！今晚你晚些睡，明早从我腹中醒来，噢！噢！"

皮埃尔·德方丹神甫，《新居利维或居利维船长之子让-居利维之旅》

枫白地区 | Maple White Land

通常人们最熟悉的名字是失落的世界，这里是一座会爆发火山的高原，位于巴西亚马逊国。名字源自它的发现者，一个来自密歇根州底特律的画家兼诗人。这里首次得到开发是在 1912 年，开发者是查林杰教授率领的一支英国探险队。高原上生活着许多濒临灭绝的物种，其中值得一提的有禽龙、异龙、斑龙、马齿虎和翼龙。高原周围的玄武岩或火成岩悬崖形成密不透风的山脊，把高原与亚马逊丛林的其他部分隔开。山脊的最高点是一块独立的金字塔形的岩石，高五、六百英尺。

从亚马逊河岸的曼纳斯港口(Manaus)出发，沿河航行三周半

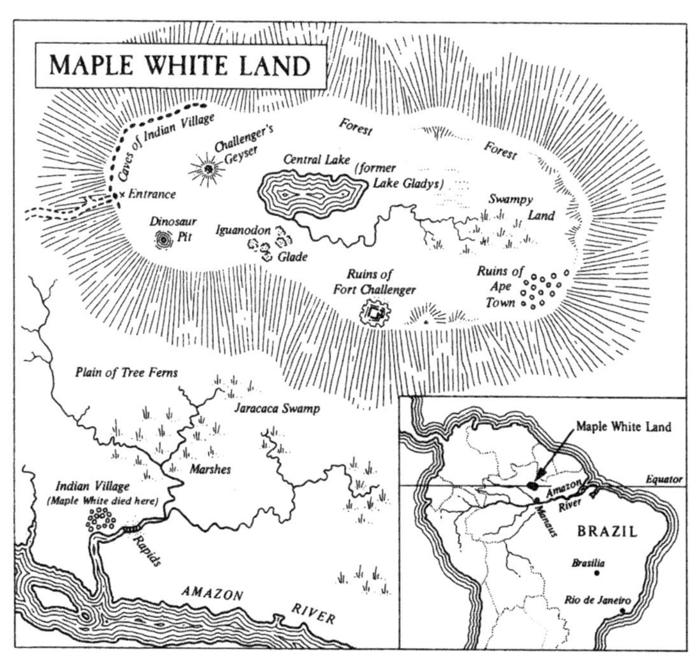

枫白王国

枫白王国的印第安人居住的洞穴

就可以到达枫白地区。从曼纳斯港口向西北航行3天后，就可以进入亚马逊河的一条支流，大概位于安纳维哈纳斯群岛(Anavilhanas)附近。再往前面航行两天，可以到达库卡玛印第安人村。再前进100英里左右，在小溪一边有一处特别突出的掌状物，但此时游客必须继续向前航行，一直到半英里远处的一个洞穴，洞穴位于小溪的另一边。继续航行4天后，游客可以到达一片蚊子肆虐的沼泽。游客必须步行穿过沼泽，然后继续前行，走到第九天，游客可以看见一片竹林，这片竹林挡住了去路，这时需要拿弯刀砍出一条路来。路的前面是开阔的平原，生长着桫椤树；平原的前面是两座小山，小山前面是加拉卡卡沼泽(Jaracaca)，得名于南美洲毒性最大、攻击力最强的一种毒蛇。小山的另一面是高原的红色山脊，游客必须沿着红色山脊走，一直走到北端的洞穴。洞穴的入口位于从右边数起的第二个洞穴。进入这个洞穴500码远的地方的左边有一个出口，但是游客必须沿着这条主隧道再走30码。如果严格遵守这一点，游客就会发现土著人留在墙上的一些有趣的符号。这个入口通向印第安人村，穿过村庄可以来到那座高原上。游客不可以走那条用白粉笔箭头标注的道路；以前的入口已经被垮塌的岩石堵住了。

那个高原呈椭圆形，占地60多平方英里，像一个浅浅的漏斗，边缘的山脊朝中心的大湖倾斜。中心湖周长10英里，以前叫格拉底斯湖(Lake Gladys)。这里生活的动物不同寻常，但植物却属于温带气候的植被，有南洋杉、山毛榉、橡树、桦树，以及高大的银杏树。

下面的景点值得一游：其一是查林杰废墟，废墟的大门和部分木墙仍在，废墟上面是一颗枝叶茂盛的银杏树；其二是翼龙的栖息地，一个小坑的斜坡，这是高原在爆发火山后留下的一个古老的通风口，数以百计的翼龙聚集在这里，它们拍打着泛着绿色泡沫的水池，水池的边缘是芦苇丛；其三是禽龙的领地；第四个是查林杰间歇泉；第五是钻石矿井，位于蓝色粘土的火山坑里，是若克斯敦大人发现的；还有猿人废墟或多达村（Doda Village）的废墟，1912年，这些猿人被土著居民印第安人阿卡拉消灭。阿卡拉村就嵌在山脊北面的洞穴之中。

柯兰·道尔爵士，《失落的世界》（Sir Arthur Conan Doyle, *The Lost World*, London, 1912）

马拉达加尔国 | Maradagal

南美洲的一个国家，疆域辽阔，居民近2700万，与帕拉帕加尔国毗邻。

1924年，两国交战，交战的结果尚不清楚，但只需看看马拉达加尔咖啡馆里的跛子，就知道这场冲突付出了多么惨痛的代价。参观者发现那些当地人总是会瞪着他们看，他们的眼睛是玻璃做的假眼睛，目光呆滞而凶狠。

卡罗·耶达，“疼痛的知识”，《文学》（Carlo Emilio Gadda, “La cognizione del dolore”, in *Letteratura*, Milan, 1938—41）

玛拉摩岛 | Maramma

属于马蒂群岛，面积很大，是所有马蒂人的避难所。海岛中心是可望而不可及的奥佛峰；想要爬上高峰的人最终会被摔死。除了这座高峰，玛拉摩岛上几乎全是起伏的山丘和溪谷，就像风暴过后的海洋。

玛拉摩岛上没有一棵果树；岛民完全依靠邻居的施舍，因此日子过得很贫穷。但岛民说在这块圣地上种果树本身就是一个错误。

玛拉摩岛上的澳洛庙也值得一看，澳洛是天堂里至高无上的君王，澳洛庙建在一座小岛上，小岛位于玛拉摩岛中心神圣的亚莫湖上。

玛拉摩岛上比较著名的还有莫奈地区，这里是埋葬“教皇”的地方。“教皇”是岛民对祭司的称呼。如果游客想来这里，他必须走过一条浅浅的河床，在水中洗净双脚后才可以靠近这块圣地。沿路都是茅草亭，是那些在圣水里洗衣的信徒暂时的栖身之所；因为在大多数情况下，浸湿后的衣服如果马上穿在身上，会使人折寿，得风湿病。莫奈地区有围墙环绕，附近的大树上挂了 20 颗野猪头，保护这块圣地不受邪恶幽灵的侵扰，围墙中心是干沙丘，干沙丘里埋着玛拉摩岛的祭司。

沙丘附近，游客能喝到莫奈圣泉，泉水清澈如水晶，水井背后可见两排尖利如象牙的石牙，名曰“澳洛之嘴”。据说，凡人的手如果伸进泉水里，就会被这些可怕的石牙咬住。

莫奈井旁有一尊大黑石雕像，表现的是一个头部很大的壮年男子，被挖去了内脏，中空的腹部填塞着各种调料和人牲；这种直接进食的方式有助于偶像的消化。

几个世纪以前，祭司强迫玛拉摩岛的居民接受一个习俗，结果岛民的语言不断在发生变化。除了几个常用的名字，祭司还有一个教名，是他在刚出生时获得的。在他的一生中，祭司的所有称谓没有一个包含他的教名所包含的那些音节；这就产生了大量的词汇，使得这种语言变得更加新颖而独特。

赫尔曼·梅尔维尔，《马蒂群岛：一次旅行》

玛伯迪金-杜尔达岛 | Marbotikin Dulda

又名“铁岛”，位于印度洋，首都是奇姆克城（To-At-Chimk），主要城市是京培城（Ching Peh）。铁岛由女王统治，女王与普通人的区别主要在于她的衣着和齐身的钢带：女王身穿镶着白边的蓝色长袍。牧师和法官穿绿色长袍，齐至脚踝；普通人穿灰色的束腰短袍。帽子上插的羽毛数量和尺寸大小表明他们各自的社会地位。铁岛上所有的珠宝都是用钢铁做的，铁是这座岛上最重要的商品。铁岛的居民生得高大健壮，像中国人一样温和友好，但他们会很快过于亲密。一群智慧的老院士伺候在女王的左右，将女王侍奉得最好的可以有幸亲吻女王的脚后跟。

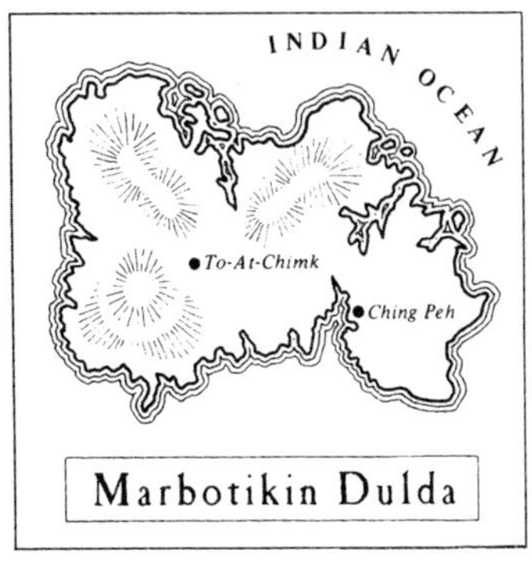

玛伯迪金-杜尔达岛

铁岛上的建筑材料主要是砖，房屋只有两层高，地下室很大，位于地下 20 英尺深的地方。皇宫像一个蜂房，里面的房间呈方形，每一角都有走廊，连接着画廊。中心的屋子最大，没有屋顶，里面有一棵大树。宝座室有 12 面墙，上面很少有装饰，女王的宝座是用铁做的，很光滑。

按照铁岛的宗教传说，至高无上的造物主住在月亮里，他的住处在一座大寺庙里得到崇拜。这座寺庙里有一尊雕像，雕像有 12 颗硕大的头颅，代表黄道十二宫，这些头围绕着枢轴按照月亮的运动模式运动；岛上的居民只在新月节时与亲朋好友相聚。

铁岛上的葬礼也很奇特。尸体通常放在外面；人们会用力抖动尸体，看看是否还有生命迹象。如果确实已经死去，死者的头会被砍下来，埋在地基下面，而尸身被暴露在城外的山坡上。若两个居民决定结婚，他们会在月圆之日被带到宫殿里两间不同的屋子里，这时候新郎必须想办法去找新娘，而新娘则尽可能地长时间避开新郎。一旦二人结合在一起，就必须在寺庙里举行婚礼，这时候大家又唱又跳，直到天亮。

如果有人犯了谋杀罪，如果他有孩子，其中的一个孩子就会被抓起来，送给受害人。如果杀人犯没有孩子，他就必须挨打，在受害者生命的每个月里，他都要挨一次打。

铁岛上的居民使用的词汇多为单音节词，几乎所有的词都以元音结尾。他们的语速快慢决定单词的含义：比如，*loatchi* 的意思是“深深地爱”；*lo-atchi* 的意思是“温柔地爱”。一个词后面加上 *k* 就变成了这个词的反义词，比如，*loatchik* 的意思就是“恨”。

皮埃尔·舍瓦里耶·迪普莱西，《乔治·瓦尔普先生回忆录》（他在世界上不同地方的旅行；他不平凡的奇遇；发现了几个未知的地区；描写了当地居民的风俗习惯）（Pierre Chevalier Duplessis, *Mémoires De Sir George Wollap*, Paris, 1787—88）

马蒂群岛 | Mardi Archipelago

太平洋中一系列小岛屿，刚好位于赤道上，就像“一支由小岛屿组成的舰队，深深地停靠在它们的珊瑚港内”。其中几座小岛值得一看，分别是迪昂达岛（Diranda）、多米诺拉岛（Dominora）、弗洛泽拉-尼纳岛（Flozella-A-Nina）、霍洛莫罗岛（Hooloomooloo）、朱阿姆岛（Juam）、玛拉玛岛（Maramma）、闵达岛（Minda）、梦岛（Nora-bamma）、奥多岛（Odo）、奥霍鲁岛（Ohonoo）、派弥尼岛（Pimminee）、图比亚岛（Tupia），又叫瓦拉皮岛（Valapee）。

赫尔曼·梅尔维尔，《马蒂群岛：一次旅行》

梅瑞玛城 | Maremma

参阅奥森纳王国（Orsenna）。

马克岛 | Markland

岛上森林密布，介于赫鲁岛和温兰德岛之间，位于北大西洋的戴维斯海峡。发现这座岛屿的是红发人艾瑞克，他从赫鲁岛的平坦石地区出发，向东南航行了两天后来到这里。到了这座岛上，艾瑞克的同伴杀了一头熊。Markland 的意思是“森林地区”。

无名氏，《艾瑞克的传奇》(Anonymous, *Eirik's Saga*, 13th cen. AD)

花岗石危崖 | Marmorklippen

这是一座大山，大山两边是大毛利纳国和堪帕格纳国。“Marmorklippen”的意思是“花岗岩悬崖”。大山脚下有石梯一直通到山顶，站在山顶可以鸟瞰周围的王国；悬崖上有猫头鹰和猎鹰筑巢，还有蜥蜴和头若长矛的毒蛇。

恩斯特·荣格尔，《在花岗岩危崖上》

马丁尼亚省 | Martinia

参阅纳扎尔王国(Nazar)。

奇妙群岛 | Marvellous Islands

参阅布里斯文特群岛(Brisevent)。

奇妙河 | Marvellous River

尼罗河的一条支流，发源于埃塞俄比亚高原。河水浑浊；沿河而下，游客会发现前面的路被大石墙堵住了，谁也不能翻越大石墙。不过，到这里之前，游客首先会穿过一块迷人之地。坐在舒适的船上，游客会看见一群和谐相处的狮子、老虎、毒蛇，以及河边饮水的独角兽。这里的土著人身上涂着奇怪的颜色，他们从小渔船上撒下渔网，正在把捕获的生姜、大黄檀香和肉桂拖上来；而沙滩上的漂亮女人正在把自己的白色陶罐摆在阳光下。奇怪的是，阳光会把白罐子里的水变得像泉水一样清凉。

尽管河岸上的风景如此诱人，游客却不知道如何靠岸。

让·儒安维尔，《圣路易的历史》(Jean, Sire de Joinville, *Histoire de saint Louis*, Paris, 1809 [?])

玛沃尔斯国 | Marvols Country

参阅伊卡瑞亚共和国(Icaria)。

面具岛 | Mask Island

没有标记，属于东印度群岛，如今岛上无人居住。面具岛的周围悬崖林立，很难靠近，游客只能选在一处狭窄的海湾靠岸。海湾位于高高的山岩间，海湾里有一条崎岖不平的小路，直达悬崖顶端。游客上岸后可以找到一些淡水和野果。

第一个看见面具岛的人是一位西班牙国王。当时他正准备出发去寻找一座最荒凉的海岛，要把自己的姐姐和西班牙东北部加泰罗尼亚的总督裴多驱逐到最荒凉的岛上，因为他们俩的私奔令他大为恼怒。这座最荒凉的海岛就是面具岛。面具岛这个名字源自这对夫妇所戴的铁面具，他们不得不一直戴着铁面具，因为他们没有办法把铁面具摘下来。他们在这座岛上生活了许多年，依靠野果、飞鸟以及这严酷环境中的其他微薄资源为生。他们在这里生了两个孩子，一男一女。女孩胸前有一个胎记，形状像一副铁面具。路过的船只在岸边发现了她，把她带到了山羊国。后来，小女孩变成了山羊国的女王，当地人认为这是神灵赐给他们的一件礼物。

一艘船在面具岛附近触礁，船上的人全部遇难，但船身尚好，于是这对被放逐的夫妇和他们的儿子乘坐这艘船离开了面具岛，最后到达英国的海滨。

不久，总督裴多加入英军，在英国与西班牙之间的战斗中屡立战功，由此声名鹊起；英王遇刺后，他被拥立为王。如今已成鳏夫的他迎娶了前国王的遗孀，这位前王后来自山羊国。而就在此时，新国王突然发现新娘胸前有他熟悉的胎记，此时的他如五雷轰顶：他娶的竟然是自己的女儿！在极度的恐惧中，新国王选择了自杀。

夏尔·菲厄·德·穆依，《铁面具或父子的冒险》

马塔奥特克尼港 | Mataeotechny

参阅安特里琪国(Entelechy)。

毛瑞维尔城 | Maurelville

又名“毛瑞尔城(Maurel City)”，参阅“伊利塞-瑞克鲁斯岛(Elisee Reclus Island)”。

毛里塔尼亚 | Mauretania

堪帕格纳国以北的一个王国，请不要与非洲一个与它同名的共和国相混淆。毛里塔尼亚的居民麻木地服从于强权，一个个就像活生生的机器。当所谓的兰格尔酋长在大毛利纳国和其他几个邻国的居民心中罩上恐惧的阴影之前，他来这里统治的第一个国家就是毛里塔尼亚。

恩斯特·荣格尔，《在花岗岩危崖上》

马克森之岛 | Maxon's Island

位于中国南海，具体地说，位于婆罗洲一条小河的河口对面。从新加坡经帕玛洪群岛，再往赤道以北走几英里的路，便可以到达婆罗洲境内一条小河河口对面的桑汤海岬，马克森之岛就在海岬附近。海岛虽小，岛上的土壤却很肥沃，整座岛屿看起来很像一个被暗礁包围的密港。岛上气候温和、空气湿润，动植物属于典型的热带动植物,但森林里没有体型庞大的动物。

本世纪初,马克森教授发现了这座海岛。他在海岛上建了一个实验室,试图用死去的化学物质创造新生命。经过十多次辛苦的实验,马克森误认为在此遭遇海难的纽约水手小哈普就是他努力的结果。后来,马克森和女儿维吉尼亚、中国厨师辛以及小哈普被美国海军救走。只有一个盒子留在了这座岛上,埋在附近的海边;盒子里藏着马克森创造新生命的秘方。

埃德加·巴勒斯,《没有灵魂的人》(Edgar Rice Burroughs, *A Man without a Soul*, New York, 1913)

梅达岛 | Mayda

又叫"七城岛",位于亚速群岛的东北部,北纬 46 度,经度不清楚。公元 734 年,波图大主教和葡萄牙的其他 6 个大主教发现了这座海岛,当时他们的国家正遭到摩尔人的入侵。

1447 年,一个效力于葡萄牙国王的意大利船长奥尼来到这座岛上。在他眼里,这座岛屿地势低矮、多火山,形如一轮新月。他说这里的岛民说葡萄牙语,而且岛民还问他,摩尔人是否已被赶出了西班牙。

梅达岛长 45 公里,划分为 7 个共同体,分别由这 7 个大主教创建;每个共同体都拥有一座大教堂,大教堂用玄武岩石板建成,用贝壳粉加固,里面还装饰了许多黄金。梅达岛上人口众多,他们定期举行宗教仪式。

华盛顿·欧文,《阿尔汉布拉宫》(Washington Irving, *The Alhambra*, New York, 1832);佳迪斯,《看不见的地平线》(Vincent Gaddis, *Invisible Horizons*, New York, 1958)

美加尼亚国 | Meccania

位于西欧,虽然国力强大却不太为人所知,与弗朗卡利亚国相邻。从地理环境方面来讲，一块陆地环绕着整个美加尼亚，使其孤立于周围的邻国。这块陆地的历史可以追溯到一战时期，当时这个地方受到保护，成为尚未开发的无人居住区。每年，这里生长的荒草都会被烧掉，并装上电网，使得这一自然屏障更难逾越。

要穿过这个边境地带，游客必须提前办理签证和购票。那些从弗朗卡瑞亚的边境小镇格拉维斯来到这里的人，可以坐一辆车窗为百叶窗的舒适警车到达桥镇。这是一个大城镇，坐落在河边，周围是美丽的美加尼亚乡村景色。到了桥镇后，游客必须去警察局报到，接受检察官针对外国人的询问，并接受体检，然后是洗浴消毒。他们的手印被归档，声音被记录，照片被带走，最后头发也被剪去一缕，以备官方做记录。按照国外参观者之行为规范的要求，这些游客第二天必须再次接受沐浴和消毒，然后才可以在导游的监督下离开。游客在警察局的住宿和体检费用都需要由自己承担。

参观美加尼亚不是免费的；参观者必须遵守严格的日程安排，而且没有导游的陪同，任何人都不可以离开自己所在的宾馆。如果参观者是第一次到这里来，他就必须提前 3 天告知他将要参观的那个城镇，然后完成一些与经历过此的参观者类似的手续。甚至在没有得到许可之前，参观者也不可以与其他的外国游客说话。没有官方的许可，参观者不可以带走任何东西，包括他自己的日记和笔记本。

美加尼亚的一切属于国家所有，个人没有权利反对这个“超级国家”。最基本的个人主义概念在这里已经完全消失。孩子们从小就接受这样的教育，国家是“所有人的父母”。“超级国家”是美加尼亚的集体之灵，它涵盖所有个体灵魂。美加尼亚人相信，这是实现众人向往的基督教理想的一条捷径。完全由国家控制，意味着所有信件必须接受检查，所有电话必须接受邮局的监听。尽管如此，至今尚未听说有人对政府表示不满。

作为一个现代国家，美加尼亚直到 19 世纪才真正崛起，尊敬的布鲁迪昂王子力挽狂澜，纠正了美加尼亚错误的自由主义理想，保证国家不受其革命思想的影响。虽然他遭到社会主义者斯伯特

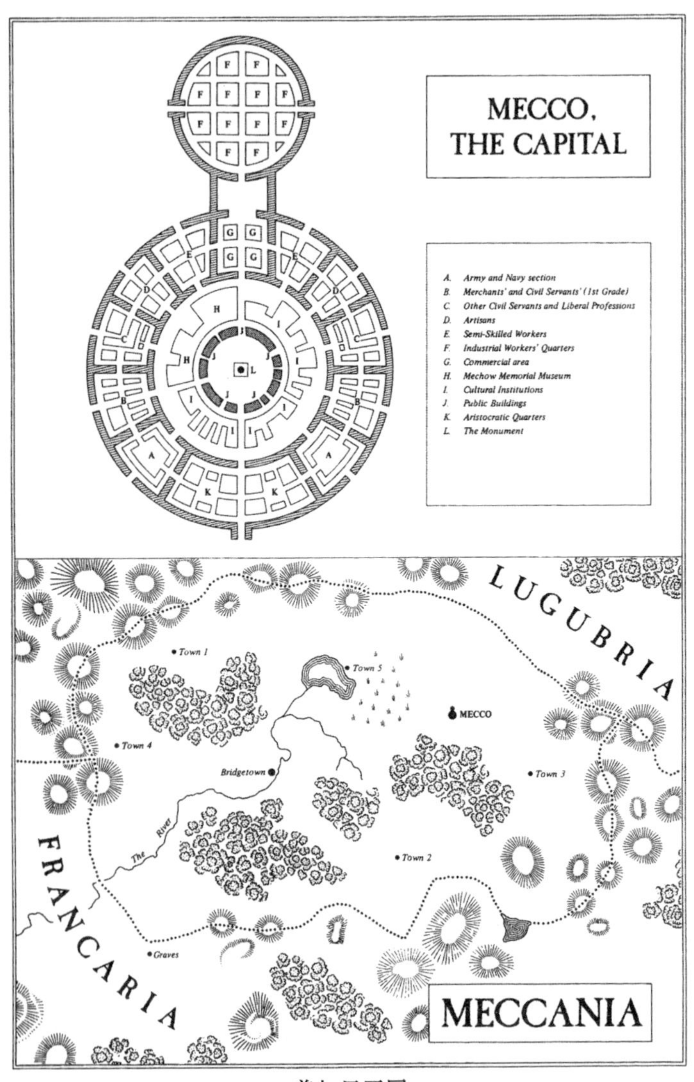
MECCO,
THE CAPITAL
A. Army and Navy section
B. Merchants' and Civil Servants' (1st Grade)
C. Other Civil Servants and Liberal Professions
D. Artisans
E. Semi-Skilled Workers
F. Industrial Workers' Quarters
G. Commercial area
H. Mechow Memorial Museum
I. Cultural Institutions
J. Public Buildings
K. Aristocratic Quarters
L. The Monument
LUGUBRIA
Town 1
Town 5
MECCO
Town 4
Bridgetown
Town 3
The River
FRANCARIA
Town 2
Graves
MECCANIA

美加尼亚国

的反对，但他的改革确实提高了人们的生活水平；这似乎有力地驳斥了斯伯特所谓的经济衰落和革命之不可避免这一论调。布鲁迪昂王子去世后，美加尼亚开始疯狂地向外扩张，并掀起一场损失惨重的战争，造成生灵涂炭，国家贫穷。国家重建的重任落在布鲁迪昂的侄孙梅西欧王子身上。为了弥补战争所造成的损失，国家又一次在经济发展和人民生活中扮演了重要角色；个人主义得到遏制。在梅西欧王子和接下来的内政部长的积极影响下，所有生产手段都掌握在权力集中的政府手里。梅西欧开始精心重构一个超级大国的蓝图。他许诺要发展一个有组织的生产制度，这一制度可以杜绝经济危机和失业威胁，他的许诺很快吸引了社会主义者斯伯特的追随者。

美加尼亚社会分成 7 个阶层：第一阶层是贵族，约有 1 万人；第二阶层是陆军和海军，包括出生高贵的官员，这个阶层约有 400 万人；第三个阶层是最富有的商人和行政官员，总共 600 多万人；第四阶层的人数多达 2000 万，包括其他文职人员和最自由的专业人士；第五阶层是 4000 万技术精湛的手艺人；第六个阶层是 2000 万半熟练的工人；第七个阶层共有 1 万人，他们是仆人。

从一个阶层进入另一个阶层也是可能的，不过不常见。每个阶层的人都有自己的制服，而且必须随时穿制服；除了一些需要穿军装的场合。制服的颜色按照如下顺序：白色、红色、黄色、绿色、咖啡色、灰色和深蓝色。不同勋章表示阶层内部的等级划分。女人不穿制服，但她们的外衣上面缝有一块有颜色的布，表明她们所属的阶层；女人在服装消费方面严格按照她们各自所在的阶层和地位。

美加尼亚的统治者是皇帝，但他也受制于一个议会，这个议会代表 7 个阶层，此外没有任何党派和反对派。某些外国评议员声称，尽管有议会和贵族的积极干预，但强大的军队才是真正的幕后操纵者。

美加尼亚的社会等级也反映在它的城市规划方面。城市通常建成圆形，中心是政府和公共建筑，它们的周围是各个文化机构，主要街道从中心向外辐射，就像轮胎的轮辐，将城市分成不同阶层的居住区。

美加尼亚的城镇虽然看起来很壮观，风景却并不美丽，即使是四周拥有大花园的豪宅，看起来也过于标准，好像所有建筑规划都出自同一流派的建筑师之手。第一个阶层的公寓几乎完全一样，只是不同阶层的住宅尺寸各不相同。参观者会发现，这些城市异常干净整齐，就是太单调乏味。看看首都梅科城，游客会觉得仿佛走进了一家大医院，那里的一切都是那么的整齐划一。

梅科城里最重要的雕像是梅西欧王子，竖立在以他命名的广场中心，与一座教堂的尖塔一样高，雕塑用的是一块不成形的花岗岩，顶部也是一块花岗石，花岗石上面雕刻了众多的浮雕，这些浮雕表现了美加尼亚的重建情形。广场的角落竖立着巨大的塑像，分别代表武器、智慧、文化和权力。花岗岩的方形基座上竖立着一根柱子，高 100 多英尺，支撑着王子的雕像。美加尼亚人定期来这里默哀，缅怀梅西欧王子，每个人的默哀方式遵循各自所属的阶层的具体要求。纪念碑的设计师也葬于那块花岗岩石的下面，这是遵照他自己的意愿而为的。

整座梅科城淋漓尽致地展示了梅西欧王子的努力：街道、旅馆、广场通常以他命名；这里的男子模仿梅西欧王子留胡须，戴眼镜，这渐渐成为一种时尚。首先，梅西欧王子的名字保留在梅西欧纪念博物馆里，里面珍藏了王子的所有演讲和生前用品，很值得一看。如果能在梅科城生活，这是一种无上的光荣；与美加尼亚的大多数城市不同，梅科城里没有第七阶层的人。

在美加尼亚，任何事情都受到国家的统一管理，购物也受到严格的控制。某些食物只能够在中心市场上买到，中心市场分布在各大城市之中；其他东西可以在小商店里购买。在上述两种情形里，家庭主妇必须在给定的时间里去购物，必须赞助某个商人至少一年，违背这个原则就不可饶恕。在工厂里，管理员办公室必须详细记录被聘人员的技术水平和性格，甚至还有专门人员以科学的方式测量职工的疲劳程度；如果工人的疲劳程度低于正常水平，这个工人就必须加班，直到达到那个疲劳程度为止。工厂一年组织一次“奋发月”。所有雇员必须连续30天快速工作，尽可能地达到工业心理学家所要求的工作时数。这不仅仅是极好的训练，这个月结束的时候，工人们非常高兴，以至于在一年里的其他时间里，他们也干劲儿十足。

在美加尼亚，女人通常不上班，除了第六阶层或第七阶层的女人，她们就在自己所属阶层的小卖部里服务，其他的时间就做家务。

在美加尼亚，国家对人民生活的控制程度主要取决于社会科学部和时间工作部的努力。社会科学部收集从工业生产到家庭开销的所有数据，目的是准确地做统筹规划。当家庭主妇上报家庭开支的时候，如果发现下个阶层消费的饮料太多，就会实施制裁。为了与健康部门通力合作，这个部门就会根据不同阶层的营养需求搭配饮食。家庭开支和生产的双重控制完全消除了社会的贫困和奢侈行为。

时间工作部也许更重要。这个部门每周都会发给居民日记表，居民必须记录本周内每半小时的运动和行动，共有150项需要填写。如果他们记录的时间表上有任何空缺，他们就必须举行一些有用的活动。时间部门的重要功能还包括，计算完成一项规定行动所需要的时间。参观者必须注意，他们自己也要求填写日记表格；如果不照着做，就会被处以罚款。而且参观者想要在日记表格上造假，这也是不可能的，因为他们的一举一动完全受到控制和检查。

即使是在闲暇时间，人们的生活也受到控制。如果某人的记录表明多出了半小时，他就必须制作一个半年计划，列出自己想要承担的文化活动项目。专管私人闲暇时间的巡视员给出专家建议，确保这个程序得到严格的遵守。人们每周必须看戏，这是义务，而且无权自己选择看哪一场戏。所有的剧院都归国家所有；戏剧通常是诗歌体，充满了道德说教，每一部戏都由被监视的专家组来完成，很少有私人创作。戏剧复杂程度视观众所属的阶层而论。

最受欢迎的剧目主要是“效率、无效和民族自我意识”、“美加尼亚的胜利”以及“尿酸”。“尿酸”剧目主要从社会学、病理学和生理学角度研究社会、家庭和个人生活中有毒物质的作用。

作为一种重要的艺术形式，戏剧取代了小说的位置。在一个大图书馆里，所有的小说都归为儿童读物；唯一会阅读小说的成年人是精神病院的疯子，因为小说似乎对他们具有某种安慰作用。疯子最喜欢的作家有格雷厄姆、海因里希·波尔和巴尔扎克。美加尼亚不发行日报，只有地方报纸和国家报纸，这些都是成年人的普通读物，主要包括数据和官方报告。所有非小说类读物都能在公立图书馆里找到；还可以通过官方图书代理商（这个国家不再需要书店）订购。大多数图书都由政府发行，印刷商（又一个政府部门）只是决定印刷什么和具体的印刷量。

美加尼亚的所有视觉艺术作品要么宣扬爱国主义，要么进行道德说教。从理论方面来看，所有绘画作品由中央董事会来控制，它决定来年绘画所应涉及的主题。从实践方面来看，如果出现某种非法作品，那也是为上流社会网开一面。美加尼亚人对其他国家的艺术作品毫无兴趣，而且还因为自己从未受过拉丁文化影响而深感自豪。

美加尼亚的教育也掌握在中央委员会手中。学什么课程、学多久都是根据学生所属的阶层来计算。青少年工业局决定，第五阶层到第七阶层的学生的教育主要是职业培训。这些学生在未得到证书之前，不可以参加工作。甚至学前教育也完全控制在政府手里。所有玩具都有具体的教育目标，没有教育意义的游戏被认为是浪费精力和智识。小孩在家里玩玩具时也会受到监视。

在所有的政府部门当中，健康部门的规模可能是最大的。这个部门又细分为无数个小部门，它还负责污水处理和街道卫生。美加尼亚的所有房屋每年都要接受检查，以保持统一的卫生标准，所有公民每年也要体检一次。如果发现有疾病，病人可以得到免费的义务治疗。拒绝治疗的人通常被当作精神病人关进精神病院。如果某个人患上不治之症，特殊医疗部门会宣布把这个人处死。这个部门还改进了脑病的研究方法，即所谓的“慢性反对倾向”。遭受这种疾病折磨的人被关在精神病院里，他们中的大多数人都属于老顽固派；这种病好像在年轻人中发病率最高。作为通常的医疗研究，医生也用动物做实验。他们在实验室里培植那些移植了马心的牛，没有前腿的狗，以及移植了虎皮的猪。外国评论员认为，在未征得他们同意的情况下，这些实验可能还会用人做实验，这样的实验可能也影响了莫诺医生的研究(参阅贵族之岛)。

健康部门还负责婚姻问题，它规定了每对夫妇 5 年之内可生育的孩子的数目。然而，根据某些报道，健康部还扮演着某些更奇怪的角色。按照美加尼亚的法律要求，妻子有权选择孩子的父亲，妻子可以不接受合法丈夫的拥抱。由于文化方面的原因，美加尼亚的女人更愿意选择具有阳刚之气的壮年男子，尤其是军人。因而，通过每年的体检，健康部还为贵族成员提供合适的配偶，这样的配偶通常来自下层社会。一旦时机成熟，健康部就以“治疗”为由把入选的女子送走。

由于国家紧密监视私人生活，所以大批警力没有花力气去侦察犯罪行为，而在美加尼亚，犯罪也并不多见。凡是有犯罪倾向的人都会被放逐到罪犯管制区，因而他们几乎不会惹麻烦。警察主要监督国家法律是否得到遵守。警察收集每个人的具体信息，创建年度报告，并且以此为基础颁发模范证书。警察局的图书馆收藏了所有人的个人档案的副本。

对于美加尼亚的军队，我们的了解很少，尽管他们全民皆兵；军队被视为民族的灵魂。1970 年，一个中国人来到这里，他听到这样一些谣言，大概是美加尼亚正在搞化学战争。似乎是在几年前，与美加尼亚永久结盟的鲁古布瑞亚不愿意承认两国签订的新条约。虽未宣战，美加尼亚却立即派飞船到鲁古布瑞亚，威胁要使用化学武器摧毁它的主城区，如果鲁古布瑞亚不马上在条约上签字的话。鲁古布瑞亚很快投降，紧张局势仅仅持续了 3 天，外界并不知。

格雷戈里·欧文，《超级大国美加尼亚》(Gregory Owen, *Meccania, the Super-State*, London, 1918)

梅科城 | Mecco

美加尼亚的首都。

梅达摩塞岛 | Medamothy

又叫“乌有岛”,一个美丽宜人的地方,值得一游的景点有灯塔和高耸于海滨地区的大理石尖塔,据说这座岛屿的海岸线与加拿大的一样长。

这里一年一度的集市吸引了亚、非两地的众多富商。这里的集市上可以买到各种古董和奢侈品,此外还有来自异域的动物,比如独角兽和驯鹿。

弗朗索瓦·拉伯雷,《巨人传第四部》

梅德拉岛 | Meddla

参阅鲁纳瑞群岛(Loonarie)。

梅迪辛哈特地区 | Medicine Hat

不要与阿尔伯塔的梅迪辛哈特(Medicine Hat)混淆。这里所说的梅迪辛哈特其实是加拿大境内一个偏远的定居点,靠近萨斯喀彻温河,是各类蜥蜴和奇努克部落的家园。奇努克部落酋长就是所谓的“首席天气制造人”,他坐在高山上一座高塔里的一张高凳上。如果游客想要某种好天气或坏天气,可以请他帮忙,但必须记住,这个酋长有时候会犯一些拙劣的错误。

根据历史记载,梅迪辛哈特曾遭遇连年干旱,空气中尘土飞扬,动物受不了这窒息的尘土,于是要求降雨。下雨了,雨水湿透了它们的尾巴,天空又突然降下冰霜,冻住了它们的尾巴;更要命的是，一阵狂风刮过，吹跑了它们的尾巴。对于长尾巴的动物，这带来了极大的不便。黄色的 *Flongboo* 为此心痛欲碎，因为它要用尾巴照亮一棵中空的树里面的屋子；晚上打猎的时候，他要用尾巴照亮草原上的小路。现在，66 只动物组成一个委员会，被派到酋长那里，请求他帮忙解决这个问题。结果这位善良却糊涂的酋长先是吹了一阵大风，把这些动物的尾巴吹了回去，然后又用另一场可怕的霜冻把它们的尾巴全都冻住。

卡尔·桑德堡，《卢塔巴加故事集》

梅德维恩山谷 | Medwyn's Valley

深藏于普瑞敦大陆北部那座陡峭而不可逾越的鹰山之中。

据说，在遥远的过去，黑水泛滥淹没了普瑞敦大陆。尼韦德造了一艘木船，并带上各种动物，每种动物两只。洪水退去后，木船来到梅德维恩山谷。如今这里依稀可见这艘古木船的残骸，残骸的一半已埋进土里。山谷里只住着一个留长胡子的老人，自称梅德维恩。他对这个传说不置可否，也不承认他就是尼韦德本人。

游客最好不要到这条隐秘的山谷里来。这里很难到达，因为根本找不到进入山谷的路。然而，这个山谷却是森林里野兽的避难所。流经普瑞敦大陆的溪流也可以在山谷里畅行无阻。如果游客足够勇猛，如果有一只友好且愿意为他带路的动物的帮助，他当然可以去梅德维恩山谷，但即便如此，他要想再从那里回来就不太可能了。

劳埃德·亚历山大，《三之书》；劳埃德·亚历山大，《至尊国王》

梅扎村 | Meeza

参阅朱康人之谷(Valley of the Jukans)。

梅加帕塔哥尼亚群岛 | Megapatagonia

位于火地岛和南极洲之间,这里的人类居民还进化得不够完善,依然保留着动物的模样和习惯。群岛中的每一座岛上都生活着一种奇特的生灵,比如熊人、猿人或水獭人。有些海岛上的居民长得很像人类,但他们的习俗大多还很原始。岛上每人每天只工作4个小时,他们认为工作是一种愉快的自愿行为。岛上无专业人员;所有事情大家都轮流做。

梅加帕塔哥尼亚群岛上一个人正在玩新进比较流行的鞋帽游戏

由于群岛刚好位于法国的对面,因而居民说一种与法语恰好相反的语言。比如,他们说“你好!”就是“Nob ruoj”。他们把鞋穿在头上,把帽子戴在脚上。女人与男人稍稍有些不平等。他们既不画画,也不雕塑,认为这些都是没用的艺术,只是“一种用来帮助临终之人的孤独的幻想”。不过,这些岛民接受音乐和诗歌。群岛的首都是西拉普城,坐落在那座最重要的海岛上。

尼古拉-艾德姆·雷斯蒂夫,《一个司机的南半球发现之旅》或《法国迷宫;一个非常有哲理的消息:一只猴子的来信》(Nicolas-Edme Restif de la Bretonne, *La Découverte australe Par un Homme-volant*, *ou Le Dédale français*; *Nouvelle très-philosophique*: *Suivie de la Lettre d'un Singe*, *&c*[a], Leipzig, 1781)

梅尔科特岛 | Meillcourt

位于印度洋,从好望角出发需要 3 周的时间。梅尔科特岛的四周是沙丘，岛上森林茂密，多溪流、湖泊和果树；内陆地区多高山、湖泊和密林。海岛的统治者是一个法国探险家梅尔科特骑士的后裔。18世纪早期，梅尔科特在这座海岛附近遭遇海难，但他侥幸逃过一劫。梅尔科特岛的居民是欧洲人与岛上两个土著部落，特若葛洛赛（Troglocites）和奎卡赛特斯（Quacacites）通婚所生的后代。多年来，这两个部落一直都是近亲繁殖。

梅尔科特岛的居民生活安宁而怡然自得，周围的环境赐与他们所需要的一切。虽然铁的发现有力地促进了当地的繁荣，但这些岛民没有什么奢侈品。他们虽然信天主教(传统上特若葛洛赛人都是无神论者)，但法律保障他们的信仰自由。为了便于管理，梅尔科特岛的居民被分为士兵和工人，工人是主体。岛上没有商人，因为商业不可避免地会导致竞争。岛上也没有修士。

在梅尔科特到达这里之前，特若葛洛赛人实行君王制，他们热爱和平，靠打猎和捕鱼为生。他们的传统教养表现在他们的习俗方面。比如，男人可以因通奸与妻子离婚，但如果他这样做，就必须继续支付妻子一年的生活费。在刑事审判过程中，量刑会考虑罪犯的美德。女孩子到了结婚年龄时，必须接受为期3个月的*kakarika*，也就是考试。她的求婚者跟她说话，问她的品味和兴趣，并送给她礼物。3个月后，那些没有在她身上发现任何过错而且依然喜欢她的求婚者排成一行，各人手里握着一根划燃的火柴。女孩喜欢谁，就吹灭那个人手里的火柴；于是这个求婚人就跪在女孩父亲面前，肯求他的保护，然后亲吻女孩。婚礼后3天，女孩会去满足其他的求婚人。不过，在未通过为期3个月的考试之前，女孩不可以表达她自己的意愿。

梅尔科特岛上还有一个习俗：男人如果欣赏另一个男人，他就把手放在被欣赏者的胸前，然后轻轻地触摸他的脚，表示愿意做他的仆人。梅尔科特岛民的语言虽然与印度语有某种亲缘关系，但它本身也非常独特。岛民穿耀眼的衣服，领口开得很低，这种衣服是用从芦苇中提取的一种纸浆做的。他们用弓箭和短钉作武器。

阿尔让侯爵,《现代立法者:梅尔科特骑士回忆录》(Jean Baptiste de Boyer, Marquis d'Argens, *Le Législateur Moderne, Ou Les Mémoires Du Chevalier De Meillcourt*, Amsterdam, 1739)

梅伯国 | Meïpe

具体位置不确定。梅伯国的教师从来不教书育人,成年人也不要求对其他人以礼相待。

梅伯国是玛若伊斯在1918年发现的,那时候她才4岁,是法国一个著名作家的女儿。

安德烈·莫洛亚,《被赦免的梅伯》(André Maurois, *Meïpe ou La Délivrance*, Paris, 1929)

梅林德王国 | Melinde

位于印度,与阿彼思尼斯和刚泽接壤,海滨可见零零落落的葡萄牙商栈。多年来,梅林德王国与刚泽之间经常爆发冲突,主要涉及奴隶贸易和有关刚泽是否可以穿过这个王国、进入海滨地区的问题。不过,游客尽管放心,如今战争已经结束;解决方案是,刚泽向梅林德王国纳税,刚泽商人必须按照规定的路线进入海滨地区,而且在梅林德王国的停留时间不得超出既定的期限。

威廉·宾菲尔德,《宾菲尔德之岛历险记》

梅丽塔岛 | Melita

位于大西洋,岛上盛产一种塞姆拉克斯(simlax)人形灌木,紧紧攀附在旁边的大树上。据说,这种人形灌木是一个少女变的,因为她喜欢某种藏红花;也许这就是当地人在神圣的宗教仪式上不使用这种灌木的原因。

老普林尼,《发现自然》

美罗瑞亚水渠 | Meloria Canal

一条庞大的地下水道，从伊特鲁里亚穿过意大利，然后汇入亚得里亚海。水渠东面的入口位于阿里格若小岛附近的布瑞恩塔河(Brenta River)的河谷；西面入口在莱瑞希岛(Lerici)和马拉隆加岛(Punta di Maralungpo)之间的斯贝泽亚海湾。美罗瑞亚水渠是1868年被发现的；这得感谢当地的一群渔民。这些渔民在海水里发现了一只盒子，盒子里装了一张地图及其来历的叙述。

大约是在1300年，热那亚共和国的船长戈塔迪在这座岛屿附近发现了一个很大的地下洞穴，这个洞穴可容纳一艘大船通过。发现这个洞穴不久，船长承担起一项宏伟的工程：他要创建一条连接伊特鲁里亚和亚得里亚海的地下水道，以方便热那亚人入侵威尼斯共和国。戈塔迪船长很有钱，他很快就召集了500个非洲奴隶。在这些奴隶的努力下，戈塔迪船长用了8年时间顺利完成了这项不可思议的庞大工程。竣工之后，这些黑奴被遣送回非洲。

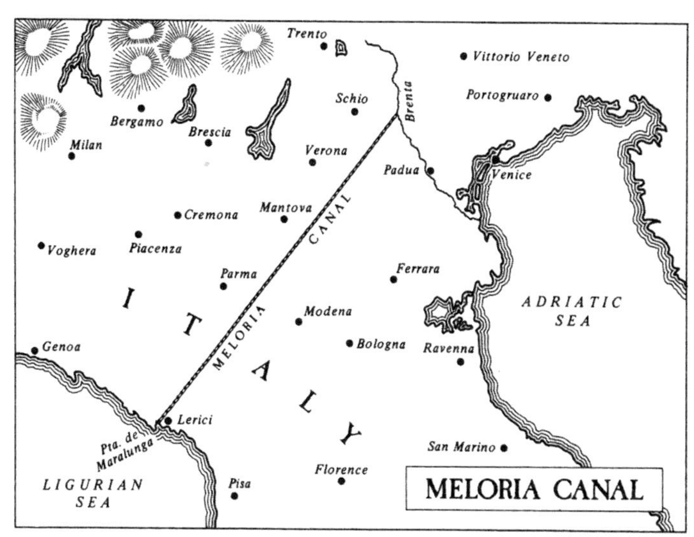

美罗瑞亚水渠

少数知道这个工程的热那亚人发誓严守秘密。然而,戈塔迪船长不幸被威尼斯人抓获,结果差不多又过了400年,才有人发现这条地下水道。

即使是在今天,美罗瑞亚水渠也没有真正起到作用,这也许是因为技术方面的问题,也可能是因为地下产生的地震使水渠难以通行。只有4个人曾经穿过这条水道:他们是那3个发现盒子的渔民和意大利海军里某个名叫班迪的医生。1868年,他们来到这里,不过对这次经历,他们主要讲述了所遭遇的一次可怕的火山现象。他们说水道里的动物很多,有丰富的水母、鹦鹉螺和水螅,还有巨大的软体动物。这些动物色彩鲜艳,有蓝色、绿色和红色。这条水渠的更前方,一群群鱼儿形成厚厚的一层,它们会发出一种可怕的磷光,这磷光照亮了周围的水域。

埃米里奥·萨尔加里,《美罗瑞亚水渠上的航行》(Emilio Salgari, *I naviganti della Meloria*, Milan, 1903)

梅米森宫殿 | Memison

梅斯泽瑞亚各位国王的夏宫,靠近风景旖旎的莱斯玛湖畔。莱斯玛湖边多树,位于梅斯泽瑞亚的中心地区。尽管梅米森宫殿的周围筑有防御工事和护城河,但其主要目的是消暑和娱乐。夏宫里最闻名的是水陆花园和那些大摇大摆停歇在砂砾小路上的白孔雀。夏宫的主体结构呈T形;更长的一翼是南北走向。沿着T形的两翼是一个银白色的石廊,每隔15英尺左右就有廊柱,支撑石廊上面的屋顶。T形建筑中最主要的一翼上面可以俯瞰一座花园,花园四周有紫杉篱笆。夏宫的西北面铺着橡木地板,这里是举行露天舞的地方;梅斯泽瑞亚气候温和,特别适宜露天舞蹈。

距离梅米森宫殿1英里左右的地方是一座小山,这里可以欣赏泽西玛拉河沿岸的草地和沼泽,沼泽是许多水鸟的天然栖息地。再往内陆地区看,可以望见漂亮的农庄整齐有序的篱笆,这里盛产有名的梅斯泽瑞亚酒。小山顶上有一处天然温泉,如今变成了一个隐蔽的浴池；温泉周围生长着野蔷薇、刺柏、胡桃木和含羞草。有栏杆通向山顶的温泉，这使得登山变得更轻松愉快，而且还可以欣赏到周围的乡村风光。这个温泉池是梅斯泽瑞亚的国王梅贞提乌斯为情人阿马丽建造的，阿马丽为他生育了扎亚那城的巴加纳克斯公爵。

埃迪森，《情人的情人》；埃迪森，《梅米森宫里的一顿鱼餐》；埃迪森，《梅泽恩迪大门》

仁慈农场 | Mercy Farm

参阅戴安娜的小树林(Diana's Grove)。

人鱼王国 | Mer-King's Kingdom[①]

位于茫茫的海水下面，海水与最可爱的矢车菊一样蓝，与最晶莹剔透的水晶一样干净。海水很深很深，许多教堂必须叠加起来才能从最深处到达海面。人鱼王国里生长的植物美丽非凡，树叶非常轻盈，海水微微一动就会使它们轻轻摇曳，看起来很像有生命的东西。这里大大小小的鱼类众多，它们在海树间游弋，就像绕树而飞的小鸟。据说，阿基塔尼亚的王子曾在这里的一个洞里睡着了。

人鱼王国的城堡坐落在海水最深处；宫墙用珊瑚做成，宫殿最高处的窗户用琥珀做成；屋顶用蚌壳，波浪经过窗户时，窗户就会关上。在人鱼王国里，每一只蚌壳都包含有闪闪发光的珍珠，任何一颗珍珠都可能成为国王王冠上面镶嵌的价值连城的装饰。宫墙之外的花儿美丽而娇艳，当窗户打开的时候，鱼儿就会跳进屋子里，像陆地上的燕子，喜欢吃公主手里的食物，喜欢公主的爱抚。

宫殿前面有一个大花园，大花园里满是火红和深蓝色的大树，

---

① Mer-king's 在后面的拼写为 Merking's。

树上的花儿像火红的太阳，树上的果实像闪闪发光的金子。花园的沙土呈明亮的蓝色，像闪烁的磷火。当风平浪静的时候，太阳看起来就像一朵紫色花，花萼里淌出世界的光亮。每一个小公主在花园里都拥有一块地，她们可以在这块地里播种自己的快乐。有的公主把自己的小花园做成鲸鱼状，有的喜欢做成美人鱼的模样，最小的公主却把她的小花园做成太阳一样的圆形，里面只种了红色的花，即小公主眼里的太阳。而且，她还在花园里摆放了一个男孩的大理石雕像，公主是在一艘遇难的船只里发现这个男孩的；公主还在雕像旁边种了一棵正在哭泣的红柳。

到了 15 岁，美人鱼就可以来到海面上，坐在月光里的岩石边观看过往的船只。如果美人鱼爱上一个普通的凡人，并且希望与他结合，她就必须忍受一种可怕的仪式。首先，她必须去拜访一个女巫，女巫住在滚烫的沼泽背后。女巫的住宅周围全是树状的水螅，像从地里发射出来的百头蛇；还有爬来爬去硕大无比的蜗牛，女巫亲切地把它们叫作小鸡。女巫的房子是用遭遇海难的死人骷髅做的。美人鱼想从女巫那里得到的是一种液体药；为了得到这种液体，她必须让女巫割下她的舌头，这样一来她就再也不能唱歌，再也不会说话了。美人鱼带着液体来到岸边，美人鱼必须喝下它；只有喝下去之后，美人鱼的尾巴才会消失，然后从她的尾部长出人一样的腿来。这种变化过程非常痛苦，就像行走在尖利的刀锋上一样。此时的美人鱼再也回不到人鱼王国，回不到以前的状态了。如果她爱的那个凡人与其他的女子结合，美人鱼就只能选择死去，她的身体会变成水中的泡沫。

玛丽·安娜·德·卢密耶·罗贝尔，《水妖》；汉斯·安德森，《海的女儿》(Hans Christian Andersen, *Den lille Havfrue*, Copenhagen, 1835)

梅林之墓 | Merlin's Tomb

一个崖洞，位于英格兰岛的科沃尔郡，一个埋葬梅林巫师的地方。梅林不仅是卡默洛特城堡的大巫师，也是亚瑟王的朋友兼顾问。上了年纪的梅林巫师爱上了一个名叫尼尼微的女孩；为了得到这个女孩，他把自己的所有巫术都传授给了她。这其中包括一个大魔法，这是一个可怕的魔咒，没有办法可以解开。梅林巫师坚信尼尼微会嫁给他，于是在悬崖深处为自己建造了非常气派的婚房，也就是那个大崖洞。当他带尼尼微来参观婚房时，尼尼微对他施了可怕的魔咒，将他永远封存于这个洞中。今天，参观者还能看见这位了不起的梅林巫师，他正躺在自己亲手建造的这个漂亮的大崖洞里，而且只能永远躺在那里了。

有历史学家声称，梅林巫师其实是被尼尼微女巫用魔法困在了布拉塞里昂森林里的一棵橡树里。那颗橡树里至今还能看见梅林巫师的尸体。不管梅林巫师现在躺在哪里，人们其实都知道，自他 1940 年从监牢里逃出来之后，在剑桥大学教授兰赛姆博士的帮助下，硬是把英格兰从生不如死的状态中拯救出来。

阿尔弗雷德·坦尼森，《国王叙事诗》；路易斯，《丑陋的力量》（C. S. Lewis, *That Hideous Strength*, London, 1946）；约翰·斯坦贝克，《亚瑟王与骑士行传，取材自托马斯·马洛礼爵士的温切斯特手稿和其他相关资料》

梅罗亚城 | Meroa

参阅萨巴城（Saba）。

快乐王国 | Merryland

与诺兰德王国的东南面相邻。快乐王国的统治者是一个女王，这个女王其实是一个精美的蜡人。女王总是穿一件长袍，长袍上装饰着绒毛和鸟翎颌；女王的脸上涂着艳丽的色彩，女王的眼睛是用玻璃做的，总好像在盯着什么东西看，但女王的表情总是很招人喜欢。女王有一群保镖护驾，这群保镖是木制的士兵，身上涂着明亮的颜色，佩戴着木制手枪。

快乐王国也是小糖人的家园，这一点从他们的名字就可以得知，他们的整个身体都是用糖做的。一个身材矮胖的小男人总是带着糖筛子，这样他就可以给自己加糖，把自己武装起来，使自己不粘在所接触的东西上面。

奥兹国的奥兹玛会举办一次派对，为女王庆生，女王及其侍从都是派对上最重要的嘉宾。

弗兰克·鲍姆，《伊克斯的泽西女王》或《魔术师克劳克的故事》；弗兰克·鲍姆，《奥兹国之路》

梅斯凯塔岛 | Meskeeta

属于太平洋东南部的雷拉若群岛，对于这座岛屿，居民所熟悉的名字是“善恶辨别者之岛”。

梅斯凯塔岛上的居民身材矮小，他们是从里曼诺拉岛放逐到这里来的。他们都是些屠书之徒，嗜好批评近乎疯狂，因爱吹毛求疵而变得视野狭窄。他们随身总是带着飞镖，经常用飞镖互相攻击；他们个个都戴着眼镜，用以挑剔他们所见到的任何事物。他们的上半身藏在宽松的面罩里，用以隐藏真实的自己。他们知道，嫉妒的唯一办法就是互相奉承。他们的家里养了侏儒奴隶，专门为他们写书，供他们抨击和批评。他们崇拜耀眼的东西，但如果太阳变得暗淡了，他们也会拿起飞镖掷向太阳。他们把寺庙建在被他们迫害致死的那些人的坟墓上面，如今，这些人被他们尊奉为圣人。

戈弗雷·斯维文，《雷拉若群岛：流犯群岛》；戈弗雷·斯维文，《里曼诺拉岛：进步岛》

梅斯泽瑞亚王国 | Meszria

位于瑞里克王国以南，两国之间隔着冰川覆盖的休伦山脉。梅斯泽瑞亚气候温和，全国的大部分地区都覆盖着茂密的森林。

梅斯泽瑞亚境内有几个湖泊，最著名的是莱斯玛湖，位于梅米森宫殿附近，首都扎亚那城附近的无名湖更小。两个美丽的水仙安迪欧普和卡玛斯佩经常光顾这两处湖泊。长期以来，她们与梅斯泽瑞亚的统治者关系融洽。尽管她们经常扮作人的模样，但安迪欧普有时也被看作一只杀人的山猫，卡玛斯佩被看作一种小型哺乳动物，但通常被看作一只河鼠。在偏远的山谷里，还能看见半人半羊的怪物；与这些水仙一样，他们也有自己的语言，在人类听来，他们的语言犹如树叶发出的瑟瑟声。

梅斯泽瑞亚以北的地区多山，地势很高而且崎岖不平，只有两个隘口可以穿过这些山峦。更容易走的那个隘口叫萨里玛特，位于山峦的西面，那里的休伦山脉地势不太险峻。山峦以东是若雅隘口，有鲁玛拉的要塞做保护。要塞下面的山路比羊肠小道稍宽，向下进入鲁巴拉溪谷底部唯一的通道"门帘"，这是一条蜿蜒小径，曲曲折折地绵延了2000多英尺。

我们对梅斯泽瑞亚的早期历史知之甚少。这个王国的历史记载始于扎亚那城的建造。扎亚那城建立后738年，梅斯泽瑞亚完全由罗斯玛女王统治。罗斯玛是瑞里克王国的帕瑞家族的后代。罗斯玛登上王位牵涉到几宗谋杀案，她的两位前任丈夫和侄儿遭到刺杀，这个侄儿专为她杀人。749年，她嫁给芬格斯沃德王国的梅贞提乌斯。从此，梅斯泽瑞亚王国、瑞里克王国和芬格斯沃德王国表面上形成了一个国家，由一个国王统治，于是开始了长时间的"梅贞提乌斯之治"。扎亚那城建立后777年，梅贞提乌斯和罗斯玛在瑟斯托拉岛上双双被毒死，在接下来的年月里，三国之间战乱不断，此时，扎亚那城的公爵，梅贞提乌斯的私生子巴加纳克斯脱颖而出，成为这三国之王。

埃迪森，《情人的情人》；埃迪森，《梅米森宫里的一顿鱼餐》；埃迪森，《梅泽恩迪大门》

梅第根庄园 | Mettingen

位于美国费城附近的河岸边，名字源自庄园的第一个主人。

梅第根地产的维兰德教堂

18 世纪末，萨克森的维兰德先生购买了这块土地。年轻的时候，维兰德就开始喜欢阿比尔教派和卡米萨德教，后来变成了一个清教徒，并且为此还建了一座教堂，坐落在一块被苍松覆盖的岩石之上，距离维兰德居住的地方约 300 码，占据了一块直径约 12 英尺的空旷地带。刚开始，这座教堂的结构主要是一个圆屋顶，由 12 根多利安式的柱子支撑着。教堂的装饰很少，有粗糙的石梯通向这座教堂。那块岩石的另外三面极为陡峭。维兰德死后，他的儿女把这座教堂变成了今天人们所看见的一个凉亭。

教堂里发生过一次大爆炸，烧毁了维兰德的衣服，也烧死了维兰德。维兰德声称，他在祈祷时看见过一道亮光，当时他觉得五雷轰顶，好像被棍子猛击了一下；后来因受伤严重而死。此类案例在佛罗伦萨的杂志里也有过报道；1783 年 5 月，梅瑞丽和姆拉尔在《医药杂志》里也报道过这种情形。此后不久，独立战争爆发，维兰德的儿子西奥多残忍地杀害了自己的妻儿，声称自己是按照幻象中所听见的那个命令做的，后来他自己也选择了自杀。

查理·布朗，《维兰德或蜕变：一个美国传说》(Charles Brockden Brown, *Wieland or The Transforamtion : An American Tale* , New York, 1798)

梅左拉尼亚王国 | Mezzorania

位于非洲东部的沙漠之中，介于苏丹和埃塞俄比亚之间。这是一个文明发达的王国，崇拜太阳。王国的政府建立在这样的宗教基础之上，法律根据传统和神秘的圣人的建议来制定。梅左拉尼亚没有死刑；刑事犯可以得到宽恕，只是被驱逐到沙漠里。各种

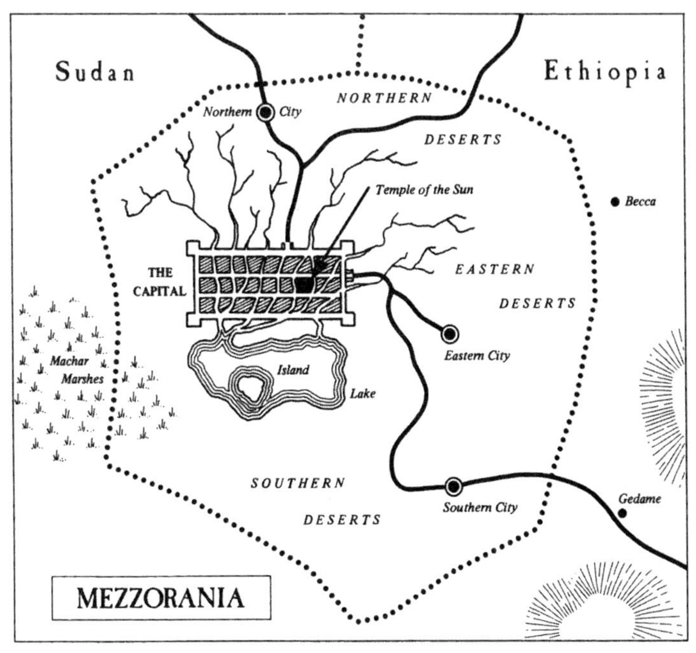

梅左拉尼亚王国

社会实践，比如出生、死亡和婚姻，都要求举行公开的仪式庆祝，仪式的费用由三、四个贵族家庭共同承担。

梅左拉尼亚的城市规模庞大而壮观，除了艺术城和商业城，其他所有城市都根据同样的规划来建造。梅左拉尼亚的首都坐落在湖畔，湖泊被一条大水渠分隔成许多水闸和河段。水渠和湖泊上面架起 12 座单拱桥，穿过这些单拱桥可以来到主干道上。水渠延伸到市中心的地方，分叉形成一座方形岛屿，方形岛上面建造了美丽的太阳庙。如今，这座太阳庙变成了世界一大奇观。

西蒙·伯灵顿，《卢卡回忆录》（出自意大利博洛尼亚城的教父调查之前的坦白和检讨。广袤的非洲沙漠里发现了一个不为人知的国家，这里的居民与中国人一样古老，一样具有先进的文明。该回忆录讲述了这个国家的古老传统、起源、宗教、习俗、政治，以及他们穿越那片沙漠的方法。叙述者罗列了几起最奇怪的事件。回忆录的手稿原件保留在圣马克图书馆，这是复印本，其中包括图书馆馆长、博学多才的瑞迪先生的评论，其主要解释了他被捕的原因和经历。这个复印本忠实地从意大利语翻译而来）(Simon Berington, *The Memoirs of Sig^r Gaudentio di lucca*, by E. T. Gent, London, 1737)

米克洛莫纳王国 | Micromona

具体位置不可知。在这个王国里，享有特权的是女性，男人只能做奴隶。整个王国由女王来统治，女王拥有一支强大的军队；在女王的率领下，这支军队南征北战，不断扩张王国的边境。据说，米克洛莫纳王国的女人坚信她们是地球上的天使，因此不愿意与地球上的男人结合。如果要繁衍后代，她们只需要摇动一棵长在天堂边缘的大树的树枝就可以了。这样可以确保为这个王国提供健康且数量稳定的女孩。米克洛莫纳王国不欢迎男性参观者。

卡尔·伊默尔曼，《图里芬特新：英雄史诗三部曲》(Karl Immerman, *Tulifäntchen, Ein Heldengedicht in drei Gesängen*, Hamburg, 1830)

中土 | Middle-earth

位于贝烈盖尔海的东岸。贝烈盖尔海把中土和西北部的阿曼王国分开。中土的海岸崎岖不平，从西北向东绵延了好几千英里，从福罗契尔周围冰雪覆盖的荒地一直延伸到南部的贝尔法拉斯大海湾。

福罗契尔以南，中土向外突出形成一座大半岛，半岛三面环海。这个地区有南北走向的蓝色山脉，蓝色山脉以西是林顿地区，介于山脉和海滨之间。林顿地区以前叫奥斯瑞朗特，属于伟大的西部地区，即贝勒里昂王国没有被淹没的一部分。贝勒里昂地区在远古时期曾是灰精灵居住的地方，许多世纪以前被大海吞没，如今的林顿地区住着精灵族。

中土最大的山脉叫迷雾山，从北向南横穿中土。迷雾山脉和以西的蓝色山脉之间是伊里雅多王国，包括阿诺尔古国、霍比特人

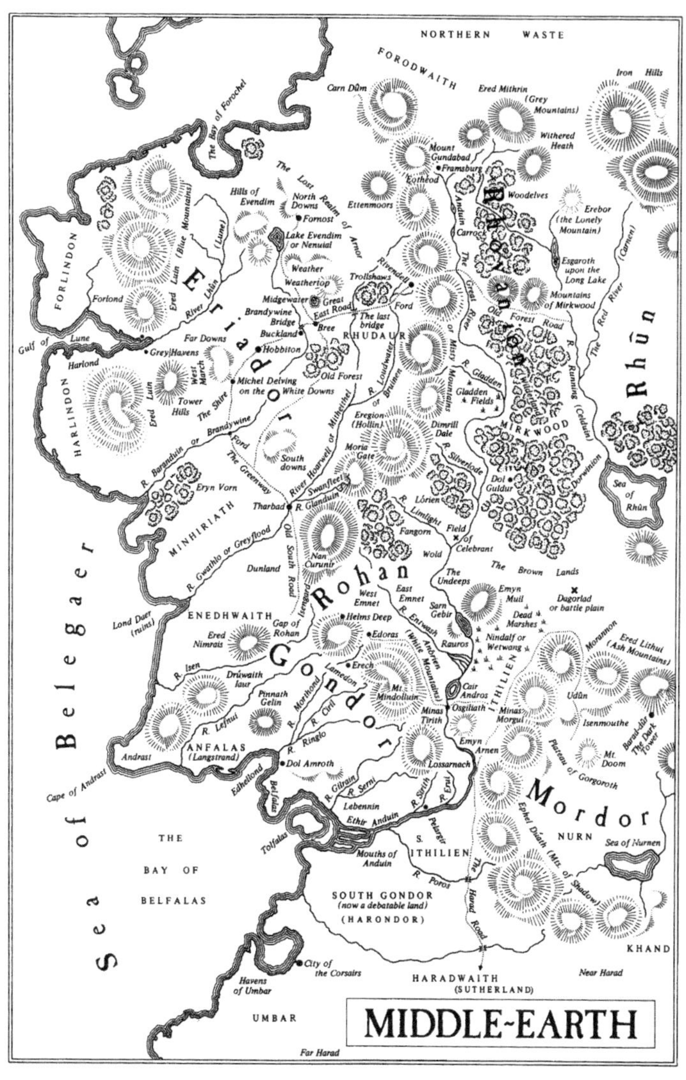
NORTHERN WASTE
FORODWAITH
Iron Hills
Carn Dûm
Ered Mithrin (Grey Mountains)
Withered Heath
The Bay of Forochel
Mount Gundabad
Framsburg
Eotheod
Woodelves
Erebor (the Lonely Mountain)
The Lost Realm of Arnor
Hills of Evendim
North Downs
Fornost
Ettenmoors
Lake Evendim or Nenuial
Carrock
Esgaroth upon the Long Lake
FORLINDON
Ered Luin (Blue Mountains)
(Lune)
Eriador
Weather Hills
Weathertop
Trollshaws
Rivendell
Mountains of Mirkwood
(Carnen)
Forlond
River Lhûn
Midgewater
Great East Road
Brandywine Bridge
The last bridge
Ford
Old Forest Road
The Red River
Rhûn
Gulf of Lune
Buckland
Bree
RHUDAUR
Far Downs
Grey Havens
Hobbiton
Harlond
West March
Michel Delving on the White Downs
Old Forest
R. Loudwater or Bruinen
Misty Mountains
R. Gladden
Gladden Fields
R. Running (Celduin)
HARLINDON
Ered Luin
Tower Hills
The Shire
Eregion (Hollin)
Dimrill Dale
MIRKWOOD
R. Baranduin or Brandywine
Ford
River Hoarwell or Mitheithel
Moria Gate
R. Silverlode
South downs
The Greenway
Swanfleet
Eryn Vorn
Dol Guldur
Dorwinion
Sea of Rhûn
Tharbad
R. Glanduin
Lórien
R. Limlight
MINHIRIATH
Fangorn
Field of Celebrant
Old South Road
Nan Curunír
Wold
R. Gwathlo or Greyflood
Dunland
Rohan
The Undeeps
The Brown Lands
Isengard
West Emnet
East Emnet
Sarn Gebir
Emyn Muil
Dagorlad or battle plain
Belegaer
Lond Daer (ruins)
ENEDHWAITH
Gap of Rohan
Helms Deep
R. Entwash
Dead Marshes
Morannon
Ered Lithui (Ash Mountains)
Ered Nimrais
Edoras
(White Mountains)
Rauros
Nindalf or Wetwang
Gondor
R. Isen
Erech
Anórien
Drúwaith Iaur
Lamedon
Cair Andros
ITHILIEN
Udûn
Pinnath Gelin
R. Morthond
Mt. Mindolluin
Minas Tirith
Osgiliath
Minas Morgul
Isenmouthe
Barad-dûr The Dark Tower
R. Lefnui
R. Ciril
Emyn Arnen
Mt. Doom
ANFALAS (Langstrand)
R. Ringlo
Andrast
Dol Amroth
Lossarnach
Plateau of Gorgoroth
Cape of Andrast
Edhellond
Belfalas
R. Gilrain
R. Serni
R. Sirith
R. Erui
Mordor
Lebennin
Ephel Dúath (Mts. of Shadow)
Ethir Anduin
Pelargir
Sea of
THE BAY OF BELFALAS
Tolfalas
S. ITHILIEN
NURN
Sea of Nurnen
Mouths of Anduin
R. Poros
The Harad Road
SOUTH GONDOR (now a debatable land) (HARONDOR)
KHAND
City of the Corsairs
Havens of Umbar
HARADWAITH (SUTHERLAND)
Near Harad
UMBAR
MIDDLE-EARTH
Far Harad
The Great River Anduin
Rhovanion

中土

生活的夏尔郡，以及位于中心地带的布里地区。瑞文德尔王国、霍林王国和敦兰德地区都位于迷雾山脉的西面。迷雾山脉以东是大河河谷和罗林恩王国的森林，这片森林曾是中土最美丽的地方。大河对面，幽暗森林与迷雾山脉平行。与幽暗森林遥远的东北端接壤的是有名的埃雷博山下的侏儒聚居地，以及孤独山、代尔王国和湖镇等主要的人类居住的城镇。凡戈恩森林位于迷雾山脉的南端，这片森林是中土古林剩余的部分，古林曾经覆盖了大半个中土。

迷雾山脉的南部隆起而形成大白山脉，洛汗王国的草原将这两座山分开。刚铎王国就位于大白山脉的周围地区，刚铎王国的南面被贝尔法拉斯海湾包围，以东是摩多王国。刚铎王国拥有中土最大的城市，也就是米那斯-提力斯城。东南部的摩多王国位置偏僻而荒凉，以北被灰烬山脉包围，西面和南面是影子山脉。

中土以南与哈拉德王国接壤，以东与卢恩王国相邻。

根据中土的传说，中土世界是伊鲁（Eru）或伊鲁瓦塔（Ilúvater）的音乐创造的。伊鲁的音乐是创造万物和最强大的生命之源；他拥有永不熄灭的火焰，并用火焰点燃了自己的第一个创造，圣人爱奴尔（the Ainur）。这些圣人对造物主伊鲁高唱赞歌，他们首先独唱，然后再合唱，歌声和谐而完美。伊鲁向这些圣人揭示他的辉煌主题，要求他们用自己的力量去完善这个主题。这些圣人积极回应，复杂而优美的歌声萦绕于永恒大厅的上空。然而，麦耳卡（Melkor）唱出了不和谐的声音，他是这群圣人里本事最高的一个，他希望按照自己的想象来创造音乐主题。他曾经徒劳地寻找一种不灭之火，而今又企图把他自己的变调加入伊鲁的音乐之中。结果，伊鲁的音乐发展成为两个独立的主题：一个美丽、庄严而悠扬；另一个喧闹而充满单调乏味的重复。喧闹的主题总想控制美丽的主题，但最终它的喧闹只变成了臃肿和累赘，因为没有哪一种音乐可以与伊鲁的音乐相媲美。伊鲁的音乐是一切音乐的源头。渐渐地，圣人们帮助完成的音乐越来越清晰，他们参与创造的那个世界存于虚空之中，而非来自音乐。他们看到了这个世界的历史和发展，看到了许多他们不曾想到的事物，比如伊鲁的孩子，伊鲁自己孕育的精灵和人类。这些事物成为伊鲁引介的第三个音乐主题；伊鲁的孩子不同于这些圣人，但这些圣人喜爱这些孩子，喜欢他们的不同和自由。他们还希望精灵和人类是真实存在的，而不只是单纯的概念。然而，麦耳卡嫉妒精灵和人类所得到的礼物，他企图让他们屈从于他个人的意志，以夺去他们的自由。

麦耳卡野心勃勃，于是伊鲁宣布，他将把不灭火焰带到这个世界上来，让这个世界真实地存在。他说了一声“Eä”，意思是“随它吧”，于是就有了这个世界。那些希望来到这个世界的圣人也降临到这个世界上，变成他们自己所希望的瓦拉（Valar）的样子，虽然神性方面的特质更少了，但人们仍然把他们叫作“神灵”。他们也是这个世界的各种力量，长时间辛苦地工作，为了创造他们想象中的景象。他们首先创造了一个美丽的花园，但麦耳卡来到这里，企图抢占花园。于是瓦拉和麦耳卡之间展开了第一次交战，麦耳卡隆起圣人的山谷，摧毁他们的山峦，填平他们的大海。伊鲁最初的规划无法实现了，地球阿达（Arda）被创造成一个坚实的球体，而不是伊鲁原初设想的样子，即中心是火焰似的一团云彩。伊鲁送给自己的孩子们一件新礼物；与那些深受圣人音乐影响的生灵不同，这些孩子有力量创造他们自己的生命，创造更美丽的事物。如果他们对这个世界感到不满的话，他们可以到外面去寻找。人类获得了自由，但与自由结伴而来的却是死亡。精灵将成为世界上最美丽的生灵，他们将创造更美丽的事物。不过，与人类不同的是，精灵不会死去，除非被杀死或者因忧伤而死。他们将与这个世界同在，但随着时间的推移，他们也会慢慢地老去。死去的精灵将进入瓦林诺王国的曼多斯大厅。

第一批精灵在中土东北部的奎韦恩醒来，当时瓦林诺的瓦达（Varda）刚刚用金银露珠做完星星。这样，精灵醒来首先看见的就是这些星星，因此他们总认为瓦达是至高无上的。这一批精灵名叫“伊尔达（Eldar）”。后来，当瓦拉与麦耳卡的那场交战毁掉了大半个中土的时候，伊尔达这个名字就只用来表示那些因这场战争向西迁移的精灵；没有离开的精灵就叫“不情愿者”，或“阿瓦瑞(Avari)”。最初的伊尔达精灵有3类，他们分别是白精灵万娅尔(Vanyar)、博学精灵诺尔多(Noldor)，以及最后的精灵泰勒瑞(Teleri)。博学精灵从奥勒(Aulë，一个瓦拉)那里学到了很多东西。

当太阳升起来的时候，人类在中土世界的东部醒来。他们有好几个名字，比如希尔多、跟随者、第二类人、陌生人或者太阳之子。他们与黑精灵为伴；黑精灵从未去过瓦林诺，但却比去过那里的精灵更聪明，也更美丽。一部分人类向西迁移并进入已消失的贝勒里昂地区，与那里的精灵成为朋友，变成了伊丹族，后来又叫敦丹人或西部人。只有他们支持瓦拉攻打麦耳卡，如今的麦耳卡也就是莫高斯。为了表示感谢，瓦拉为这些人类创造了一座岛屿，取名伊兰纳岛，刚好位于中土与瓦林诺之间的中心地带。伊兰纳岛被毁掉之后，中土的敦丹人到阿诺尔古国和刚铎王国定居；他们的亲族住在代尔国、安杜因山谷和洛汗王国境内；其他人住在霍林、瑞文德尔、幽暗森林和罗林恩王国。泰勒瑞精灵住在托尔-艾瑞希岛，因此他们以后的发展也略有不同。

至于中土的侏儒，据说是奥勒在中土的山下大厅里创造的，因为奥勒讨厌那些享受地球和学习他的技能的生灵。他把侏儒送给伊鲁，伊鲁接受了这些侏儒，但他要求侏儒必须在初生之时醒来，并且暗示侏儒与精灵之间必有一场大争战。奥勒创造了7个侏儒，然后把他们带到很远的地方，等待他们苏醒。奥勒把侏儒变得健壮而坚韧不屈。这些侏儒能够自己恢复生理方面的功能，而且会长寿，尽管终有一死。长期以来，精灵都认为侏儒死后会石化，但侏儒自己坚信奥勒爱他们，因此他们会再次回到瓦林诺的大厅。

中土的历史包括四纪。

第一纪时，瓦拉与麦耳卡或莫高斯之间爆发了无数场争战，这段历史结束于大战役时期。大战役摧毁了莫高斯那座位于西北面的大堡垒安格班德，包括大堡垒上面的谭格若德瑞山脉，即莫高斯创造的一列山脉。正是在这里，莫高斯带来了传说中菲诺尔(Fëanor)创造的3颗希尔马瑞宝石。这些珠宝与钻石一样晶莹剔透，比金刚石的质地更坚硬，据说它们吸收了光亮，因而可以在黑暗中发光。瓦达把它们变成圣物，凡是接触过它们的凡人或者不干净的手都会被烧焦。莫高斯把它们嵌在自己的铁冠上，但在接触它们的时候，莫高斯的那只邪恶的手被烧焦了，变成了黑乎乎的样子。莫高斯对精灵和人类嫉妒得要死，他多次进攻精灵和人类，把他们变成他的奴仆，这其中包括瓦拉的一些助手，梅尔。这些奴仆叫“瓦拉奥卡(Valaraukar)”或“火灾”，在中土世界又叫“巴尔若克(Balrogs)”。莫高斯还腐蚀了奥勒最了不起的仆人，即人们熟知的臭名昭著的索伦；索伦后来住在摩多王国。最后，莫高斯在安格班德被打败，被投进永恒的虚空之中，这虚空穿越黑夜之门，越过世界之墙。北部的贝勒里昂地区永远被大海吞没，仅留下一个角落，名叫林顿地区。

第二纪始于莫高斯的败北。当时许多精灵离开中土，敦丹人在伊兰纳岛上创建了伟大的努曼诺尔王国。正是在第二纪时有了至尊魔戒。利用至尊魔戒，索伦逐渐加强了对中土的控制，并且向精灵和侏儒发动战争，毁坏他们的土地，企图把他们变成自己的仆人。一些努曼诺尔人起来反抗索伦，最后把索伦作为人质带到了伊兰纳岛，但不幸的是，索伦很快腐蚀了那里的岛民，唆使他们背弃了瓦拉，而且还在那座岛上大搞莫高斯崇拜和活人祭。愤怒的瓦拉毁灭了努曼诺尔王国，只保留了最虔诚的没有被索伦腐蚀的人。那些幸存者回到中土，创建了放逐者之国，刚铎王国和阿多王国。他们还带来了预言石帕兰迪瑞(Palantíri)和一棵尼姆若斯(Nimroth)白树苗。如今，刚铎王国的米那斯-提力斯城的大树就是这棵树苗长成的。人类和精灵协同作战，形成最后联盟打击索伦，最后在达格拉德平原大战中打败了索伦；自此，第二纪结束。索伦被打败之后，至尊戒被努曼诺尔的国王伊西尔铎夺走，他们将在接下来的第三纪里肆虐中土。

第三纪始于索伦企图控制中土的最后努力。索伦再次出现是在第三纪的第100年，他先是在幽暗森林、继而到摩多王国壮大自己的势力。在整个第三纪期间，索伦得到了最忠实的奴仆纳古尔人;纳古尔人又叫魔戒幽灵,他们是一些凡人国王,受到自尊戒的腐蚀,如今完全沦为至尊戒的奴仆。自从格拉顿平原大战之后,至尊戒就不见了,但不久后又被找到。索伦开始创建自己的军队,他的这支军队由兽人、巨怪和摩多王国的凡人组成。

索伦的对手由白色委员会率领。白色委员会的成员由巫师和伊尔达精灵组成,首先率领这只反抗军的是白人巫师萨鲁曼。后来,萨鲁曼遭到索伦的魔力的腐蚀,变成了索伦的同伙。白色委员会决定由神秘巫师白胡子甘道夫来率领。打败索伦的战略包括两个方面:一方面,保护那些遭到索伦威胁的国家;另一方面,摧毁至尊戒,把至尊戒带到最初铸造它的地方,投进奥诺杜因的厄运裂谷烧毁。

反抗索伦的主要战斗始于南-库鲁尼尔堡垒的中立,这个堡垒是索伦在失败之后留下的最后一个要塞。接下来是佩伦诺亚平原大战、洛汗王国的成功保卫战、以及米那斯-提力斯城的反围攻。如今,米那斯-提力斯城已经成为由刚铎王国和洛汗王国联合形成的西部军进攻摩多王国的总部。大战在西力斯-哥戈隘口进行,至尊戒最后被投近厄运裂谷,索伦的势力最终被摧毁。北部的代尔人和孤独山的侏儒积极战斗,打败了进攻他们的兽人军队,夏尔郡解放了,巫师萨鲁曼想在这里建立恐怖统治的企图遭到挫败。

这一阶段最重要的人物是巫师甘道夫。第三纪时,一群巫师从西部来到这里保护中土,甘道夫是其中之一。甘道夫有许多别名,但他最初叫什么名字已无人知道。青年时期的甘道夫曾说他叫奥罗瑞。一个梅尔也叫这个名字,因此有人推断,他们实际上指的是同一个人。

第三纪结束了,黑暗之君索伦被打败,那些来自灰港的护戒队也离开了中土。刚铎王国和洛汗王国由随后形成的联合王国第一任国王伊力萨统治。到了第四纪,中土变成了人类的聚居地,因为魔戒大战期间的许多英雄和精灵都穿过大海去了西部。

中土的通用语是西部语,中土的居民几乎都会说这种语言,他们要么把它作为母语，要么作为第二语言。最初的西部语是伊甸人使用的语言，他们把这种语言传到了努曼诺尔王国，从努曼诺尔王国又传到了佩拉吉尔港。佩拉吉尔港的西部语中夹杂了精灵使用的词汇，使得这种语言的表达更加丰富了。渐渐地，西部语传到刚铎王国和阿诺尔王国，最后传到了整个中土世界。不过，最单纯的西部语在刚铎王国。

北部敦丹人的亲族也说西部语，但洛汗王国的洛依瑞姆人拥有自己的语言。洛依瑞姆人中只有贵族才会说流利的西部语，他们与刚铎人说得一样好。敦兰人和杜拉丹森林里的野人也有自己的语言，他们的语言与这种通用语毫无关系。夏尔郡的霍比特人也有自己的语言，是一种更加方言化的西部语，尽管他们中的博学者会说标准的西部语。某些巨怪和兽人也说西部语，不过兽人的语言听起来更野蛮。其他巨怪和兽人说一种黑色语，这是索伦在摩多王国创造的语言。

与那些侏儒一样，凡戈恩王国的树精也有他们自己的语言，只是他们的语言其他人都不熟悉。侏儒有自己的专用语，他们把自己的语言看作是最珍贵的遗产。人们熟悉的某些侏儒的名字其实都属于西部语：为了保持自己的神秘性，侏儒通常不愿意向别人透露他们真实的姓名。

高级精灵说奎恩亚语（Quenya）。由于长期困在伊瑞西亚岛，泰勒瑞精灵创造了一种不同的语言。今天的奎恩亚语主要用于仪式方面；日常生活中通常使用森达里恩语（Sindarin）。森达里恩语以前是贝勒里昂王国西海岸的灰精灵使用的语言。慢慢地，中土的所有精灵都接受了这种语言。由于与精灵有贸易往来，有些凡人也说森达里恩语，甚至奎恩亚语，但他们在这方面的语言能力已渐渐丧失。

中土使用两种书面语进行书写，这两种书面语都起源于精灵语。一种是藤瓦语（Tengwar）或蒂瓦语（Tîw），用毛笔或钢笔来书写，字体呈方形。从起源来看，这种书面语是博学的诺尔多精灵发展起来的，但中土使用的这种书面语仅代表其发展的第二个阶段，是被放逐的努曼诺尔人带到这里来的，与西部语的传播方式相同。另一种书面语是古代北欧文字塞塔语(Certar)，或者叫塞思语(Cirth)，最初雕刻在金属或石头上，字体呈三角形。这种书写语首先是贝勒里昂王国的精灵发展起来的，随后中土开始流行它的一种简写体，中土的人类、侏儒，甚至兽人，都会使用这种文字。代尔国和洛汗王国仍然使用这种简写本。而游吟诗人和智者创造了一种更为复杂的版本，名叫“戴若语(Daeron)”，起源也在贝勒里昂国，也就是人们熟悉的戴若字母表；艾瑞吉昂国和莫瑞亚王国都接受了这种书面语。这里变成了人们熟悉的安哥哈斯-莫瑞亚或者莫瑞亚长长的卢恩字母。为了翻译口头语，这些侏儒使用了塞思语。

精灵和人类使用的日历不同。精灵使用六进制和十二进制。一天也叫 ré，从日落到日落；52596 天相当于一个 yén，相当于人类的 144 年。太阳年共有六季，分别是春、夏、秋、衰退、冬，以及活跃。冬和夏各 72 天；其他的季节各有 54 天，有时会略有调整。这种日历又叫瑞文德尔日历，至于这种日历如何准确地推算时间，却没有任何精确的记载。人类使用国王历：一年 365 天，分成 12 个月。这种日历可以追溯到第二纪的第一年。夏尔郡和布里地区也使用一种类似的日历，名叫“夏尔历”，不同的是，这两个地方把各自的定居日作为第一年。

托尔金，《魔戒前传：霍比特人历险记》；托尔金，《魔戒首部曲：魔戒现身》；托尔金，《双塔奇谋》；托尔金，《王者归来》；托尔金，《精灵宝钻》

蠓虫沼泽 | Midgewater Marshes

位于中土北部布里地区以东一片荒漠的背后；几乎没有路可以帮助人们安全穿越这片充满危险的沼泽。沼泽里到处都是蠓虫，它们会发出很大的噪音。这种昆虫的习性还不为人所知，但它们那讨厌的叫声表明它们是蟋蟀的坏亲戚。

托尔金，《魔戒首部曲：魔戒现身》

米迪安国 | Midian

位于非洲根泽山脉背后一座小山谷里，创建于两千多年前，创建者是圣经人物塔尔苏斯的保罗的一个喜欢空想的门徒。山谷里有一个熄灭已久的火山坑。米迪安国以南是从松软的火山灰里挖出来的亚伯拉罕村，靠近幽深的奇尼瑞斯湖；以北是自命不凡的伊利亚村，村里的棚屋用石头和木材建成，这里没有米迪安国南部常见的堕落和疾病。

南米迪安国的统治者是一个基督徒，他谨守第一批基督徒所遵守的仪式和习俗。据说，这些基督徒的鼻子很重要，但却不讨人喜欢。他们用孩子献祭，就像亚伯拉罕为耶和华献上自己的爱子一样，他们丧心病狂地把受害者钉在十字架上。南米迪安国的居民说话很难懂，因为他们的语言已经被人们遗忘很久了。

埃德加·巴勒斯，《凯旋的泰山》(Edgar Rice Burroughs, *Tarzan Triumphant*, New York, 1932)

米德维奇村 | Midwich

位于英格兰岛，距离特拉尼镇的西北面约 8 英里。米德维奇村是一个典型的英国农庄，包括一片绿草地、60 个村舍和一间小教堂；小教堂属于哥特式的建筑风格，加上一扇诺曼底式的西门和一个圣水盆。

关于米德维奇村的存在，历史方面没有作任何的解释，因为铁路、马车和水道从未从这里经过。米德维奇村最有名的是一群孩子，这群孩子的母亲都在 9 月 26 号那天神秘怀胎。这群孩子头发金黄、眼发金光；嘴比普通人的要小，手指甲更细；他们的身体和心理年龄是实际的两倍，都能用心灵感应传递信息。

然而，正是这种心灵感应要了他们的命，因为他们被用来献祭。某个名叫泽拉比的人向这个维多利亚村庄投了几颗炸弹，当时,孩子们正在村里听别人演讲,炸弹爆炸了,炸死了泽拉比和这群孩子,也毁掉了这个村庄,不过村庄本身并没有什么建筑价值。

约翰·温德汉姆,《米德维奇村的杜鹃鸟》(John wyndham, *The Midwich Cuckoos*, London, 1957)

米拉吉王国 | Mihragian Kingdom

印度洋里的一个岛国,名字与这个王国最著名的国王有关;所有的海马只到这里来交配。

国王的忠实仆人每月都会借着昏暗的新月光亮把母马牵到沙滩上来,他们自己则藏在附近的一个地洞里。受到母海马气味的吸引,雄海马来到海滩上,然后四处看看。如果发现周围没有别人,它们就上去与母马交配,使母马受孕。然而,当它们企图引诱母马下海的时候,却发现这些母马都是被牢牢地拴在海滩上的。听到母马的嘶鸣,国王的仆人离开藏身处,将那些雄海马吓走。几个月后,母马产下小马驹;这些小马驹可以买个好价钱。地球上其他地方找不到这样的动物。

无名氏,《一千零一夜》

米尔敦多城 | Mildendo

小人国的首都。

牛奶岛 | Milk

位于太平洋,一个遭受诅咒的人类家园。牛奶岛的居民喜欢斗殴、杀人、喝人血,他们把人血叫作“迪欧(dieu)”。按照这些岛民的传统,谁杀的人最多,谁就最受尊重。

约翰·曼德维尔爵士,《曼德维尔游记》

牛奶半岛 | Milk Island

参阅卡索萨岛(Caseosa)。

牛奶林 | Milk Wood

参阅拉瑞吉港(Llaregyb)。

百万愿望之国 | Million Wishes, Land of A

如果你没有记住拉丰丹的“狐狸与乌鸦”这首诗,你就会来到这个国家。如果你不轻信他人,你就会看见这样的景象:炙热的熔岩从沙丘顶部的一个烟洞里喷涌而出,形成这样的文字:“百万愿望之国,魔幻之地,2448 kil”,不清楚这里的“kil”指的是公里还是千克。

一个喜欢解梦的法老会告诉你,去最近的骆驼站该怎么走。这个法老喜欢饲养白鸡和黑鸡。一旦你找好了自己的位置,就别忘了把这只鸡的右耳朵拉低一点,表示这只鸡已有人“坐”了。

到达魔幻之地后,那只执勤的乌鸦沙伊牧夫伦先生会试验你,为的是把你变成一个二等仙女。如果你通过试验,执勤的乌鸦先生就会把你放在一只执勤的鸽子腾达鲁夫先生的脚上,这只鸽子负责仙女的飞行课程。

这块土地上的主要居民是仙女,女王的宫殿是一栋壮观的玻璃房子,玫瑰覆盖的水晶柱子支撑着这栋玻璃房。女王长得很美也很疯狂,她有时穿一件用电线编织的长袍,看起来就像艾菲尔铁塔。

百万愿望之国向所有年满 12 岁以上的人开放,也只有在这个百万愿望之国,人们才可以让 8 乘以 6 等于任何一个他们想要的数字。

安德烈·莫洛亚,《三万六千名志愿者的国家》(André Maurois, *Le Pays des trente-six mille volontés*, Paris, 1928)

米罗赛斯城 | Milosis

朱温迪王国的首都；“Milosis”的意思是“被遮蔽的城市”。这座城市坐落在一个大湖旁边，采用红色的花岗岩建成。城里所有的建筑都只有一层，周围是绿色花园，可以减弱花岗岩耀眼的光芒。有扶梯通到皇宫，扶梯宽约 20 米，扶梯的两侧是大柱子，支撑扶梯的是一个花岗岩拱门。许多个世纪以来，人们都无法建造这样的扶梯。最后，一位年轻的建筑师拉登马斯成功搭起了一架扶梯，国王为此把自己的女儿嫁给他，并因此建立了扶梯王朝。为了纪念这件大事，人们为拉登马斯竖了一尊雕像，雕像上的拉登马斯好像睡着了；一个少女正在碰他的额头，好像在给他注入灵感。今天，人们在宫殿里还能看见这尊雕像。此外，这里还竖立着一块黑色大理石，黑色大理石的每一边不到一米长，被认为是朱温迪城的圣石，朱温迪的每一任国主在宣誓就职时都会把手按在这块圣石上。据说，黑色大理石是从太阳上面掉下来的。

太阳庙距离皇宫不远，是一座白色的圆形大理石建筑，上面是金色的圆屋顶。寺庙里的房间像花瓣儿一样绽放；每间屋子最远的角落都立有一尊金塑像，屋顶和里面的内墙都用黄金做成。寺庙正中央有一个金坛，表示太阳，上面放着 5 个金盖子。祭坛前面有一道可以活动的门，门下面燃烧着不灭的火焰，那些遭受诅咒的囚犯就被扔在这样的火焰里。城里的所有仪式都由太阳庙里的祭司主持，他们身穿白色的束腰长袍，长袍上绣着象征太阳的符号。他们的腰带上挂着闪闪发光的小圆盘，举行仪式时，小圆盘会发出清脆悦耳的叮当声。

亨利·哈迦德，《阿兰·奎特梅恩》(Henry Rider Haggard, *Allan Quatermain*, London, 1887)

米纳岛 | Mina

位于本色列岛附近。

米那斯-莫古尔城 | Minas Morgul

一座防御城市，坐落在埃菲尔-杜阿斯山上，是刚铎王国的联合国王伊西尔铎的首府。米那斯-莫古尔城建于中土第二纪末，作为米那斯-阿诺尔城的兄弟城；米那斯-阿诺尔城是伊西尔铎的兄弟安纳瑞安的首府，后来更名为米那斯-提力斯城。

米那斯-莫古尔城最初叫米那斯-艾斯尔城。这是一座月亮塔，坐落在影子山脉的一个高地山谷里，地处摩多王国的边境，是伊西利恩的省会城市。这座防御城里种有白树，还有一颗帕兰迪瑞宝石。帕兰迪瑞宝石共有7颗，又叫"预言石"，是努曼诺尔的居民在家园被洪水毁灭之后带到刚铎王国来的。

米那斯-莫古尔城的建筑风格与坚不可摧的米那斯-提力斯城一样，但在其历史上，它屡遭掳掠和侵占。第二纪的3429年，摩多王国的黑暗之君索伦占领了米那斯-莫古尔城。第二纪末，索伦被打败，米那斯-莫古尔城又回到刚铎王国。第三纪初，人类似乎定居过这座城市，不过时间不太长。到了第三纪的2002年，这座城市又被摩多王国占据，纳古尔人定居这里，兽人也到了这里，如此一来，索伦在影子山脉以西就有了立足之地。接下来，索伦以这座城市为据点攻打刚铎王国。自此，这座美丽的城市有了一个新名字，那就是巫术塔米那斯-莫古尔城。

魔戒大战结束之后，米那斯-莫古尔城又回到刚铎王国，但已经变得不太适宜居住，伊力萨国王下令毁掉这座城市，然而人们对这座城市的早期记忆和恐怖印象依然还在。

托尔金，《魔戒首部曲：魔戒现身》；托尔金，《双塔奇谋》；托尔金，《王者归来》；托尔金，《精灵宝钻》

米那斯-提力斯塔 | Minas Tirith

一座瞭望塔，是刚铎王国的首府，以前叫米那斯-阿诺尔城，一座太阳城。

米那斯-提力斯塔建于中土第二纪末，那时候刚铎王国刚刚建国不久。米那斯-提力斯塔最初是一座美丽的防御城市，是大个子伊兰迪尔的小儿子安纳瑞安的首府，也是米那斯-艾斯尔城的兄弟城；米那斯-艾斯尔是安纳瑞安的哥哥伊西尔铎的首府。这两座城市之间坐落着奥斯吉力亚斯城，当时是刚铎王国的首都。随着米那斯-艾斯尔城和奥斯吉力亚斯城逐渐衰落，米那斯-阿诺尔城的地位越来越重要。到了第三纪的 2002 年，米那斯-艾斯尔城被纳古尔人的国王霸占，变成了米那斯-莫古尔城。此后，刚铎王国的首府迁到米那斯-阿诺尔城，更名为米那斯-提力斯城，渐渐地，人们开始熟悉这个名字。

尽管在设计这座城市的时候，人们并没有打算把它建成刚铎王国的重要堡垒，但这座城市独特的地理位置使它逃过了各种劫难，最终得以幸存。米那斯-提力斯城坐落在警戒山上，警戒山是明多鲁恩山的一个山嘴；明多鲁恩山位于大白山脉的最东端，而大白山脉是刚铎王国的天然屏障，米那斯-提力斯城充分利用了这一地理优势。它被建造在 7 个水平面上，每个水平面的四周都筑有石墙；每个水平面都依傍山崖而建；每个水平面都设有大门，每扇大门都朝着不同的方向，因此这座城市可谓坚不可摧，除非从明多鲁恩山的低处突破，那里的山脊与这座城市的第五个水平面的警戒山相连。不过，为了弥补这一天然之不足，这座城市的周围筑起了坚固的围墙。

要进入这座城市，游客可以首先进入第一水平面的大门，然后经过通向第二平面的路进入第二平面的大门，再依次进入其他平面的大门。城市的低处是商人和手艺人居住的地方。第七平面是大本营，即一个被城垛包围的崖嘴，必须穿过岩石之间一条崎岖的长隧道才能到达。城市看守者可以在这些城垛里清楚地看到第一平面的大门。

第七平面的大本营包括刚铎王国的高级法庭和已故王公贵族的坟墓，位于明多鲁恩山上的城墙背后。第六平面上有一条小路，通向死人宅院，必须经过一扇大门才能走这条路，而大门只在举行葬礼时才会打开，而且只有市长和死人宅院的工作人员才可以进去。这里的街道叫寂静街，街道两边排列着柱子和雕像，两边也是死人居住的房屋，拱形的屋顶，拱形的房间。房屋里面，死人躺在大理石桌上，他们的头枕着石头。

米那斯-提力斯城的房屋很高，窗户位置也很高，屋内很宽敞，楼梯上的雕刻非常漂亮。私人住宅和公共建筑的大门和拱门上的雕镂非常复杂，装饰着古老奇怪的题词。通过第七扇大门可以进入大本营，大门上的拱顶石里刻着国王的头像，国王头上戴着王冠。米那斯-提力斯城最精美的建筑是市政大厅，大厅的窗户开得很低，窗户两侧是支撑屋顶的黑色大理石柱，柱头上雕刻着鸟儿、动物和树叶的形象；屋顶呈拱形，上面有暗淡的金字，并嵌入五彩斑斓的窗饰。前国王的雕像被放在黑柱子之间。大厅最远处的平台上摆放着一个宝座，宝座上方有一个大理石天篷，雕刻成一个头盔的样子，头盔上面戴着王冠。就在宝座后面的墙上雕刻有一棵花树，花树上镶嵌着闪闪发光的宝石。

第七平面的高处耸立着伊塞里恩白塔，高300英尺，顶端是一座精巧的小尖塔。白天每隔一小时，白塔里一只银白色的钟就会敲响。从历史上来看，这座塔是卡利梅塔国王于中土第三纪的1900年建造的。2698年，摄政王伊塞里恩一世重修白塔。白塔里藏着一颗预言石帕兰迪瑞。这是一种晶莹剔透的水晶球，通过它可以看见无限的时空，甚至可以用来交流思想。白塔下面有一颗白树，象征刚铎王国的王权，生长在喷泉庭院里。

看守大本营的是身穿黑袍的士兵，他们戴着高高的头盔，头盔的耳部紧贴脸颊，头盔的顶端刻着鸟翼；这种头盔用密银做成。密银是一种很耀眼的银质金属，是莫瑞亚王国的侏儒开采的。只有大本营的卫兵才有资格佩戴刚铎的伊伦迪尔国王的徽章，即银冠之下的一棵白树和五星。米那斯-提力斯城里最著名的是康复室，位于第六平面，房屋布置巧妙，被一个草坪和城里唯一的花园围绕着。米那斯-提力斯城的医生医术高明，他们的知识源于古时。他们能医治百病，只是对死亡无能为力，不过，魔戒大战期间出现的黑色呼吸疾病好像也超出了他们的医治能力。这种疾病是患者与摩多王国的魔戒幽灵纳古尔人接触后染上的；症状轻微的只会做噩梦，严重的会在噩梦中死去。英雄阿拉贡建议使用一种 *athelas* 草药，这种草药又叫 *kingsfoi* 或 asëa aranion，可以用它的汤汁来治疗病人。阿拉贡医治这种重症的能力向人们表明，他就是他们期待已久的国王。

米那斯-提力斯城从未落入敌手，尽管它在魔戒大战期间遭到围攻，在佩伦诺亚平原大战役中，它的第一堵城墙被攻破。战斗一开始，米那斯-提力斯城就被笼罩在黑暗之中，直到战斗结束。米那斯-提力斯城的反围攻行动获得胜利，黑暗最终完全退去。正是在米那斯-提力斯城，人们制定了对付黑暗之君索伦的战略战术；正是从这里出发，反抗索伦的大军经过艰苦卓绝的跋涉来到中土，赶走了那里的敌人；也正是在这里，阿拉贡被拥立为王，成为中土联合王国的第一任国王。

托尔金，《魔戒首部曲：魔戒现身》；托尔金，《双塔奇谋》；托尔金，《王者归来》；托尔金，《精灵宝钻》

闵达岛 | Minda

属于马蒂群岛，这里的岛民整天忙着行巫术，这可是其他岛上的居民迫切需要的。据说，闵达人很会骗人，他们轻轻松松地就能使其他岛上的居民相信自己中了邪，需要驱魔；闵达人就靠这种手段骗人钱财。他们使用一种特制的混合物的烟雾驱魔，混合物的主要成分是被切碎的人心，他们把切碎的人心分成不同的剂量。胃弱的游客最好不要参与这种魔药的配制过程。

赫尔曼·梅尔维尔，《马蒂群岛：一次旅行》

弥奴尼地区 | Minuni

非洲一片广袤的荆棘林，林中住着一种名叫蚁人的微型人。这片荆棘林密不透风，只有最小的动物才敢冒险进来。这个地区还住着阿拉里部落，都是体型彪悍的女人，她们有时会遭到蚁人的攻击。

Veltopismakus 和 *Trohanadalmakus* 是这个地区的两个主要定居点，两地居民经常交战。城里有精心建造的拱形屋，对蚁人来说太高。这种拱形屋的建造过程如下：首先是打好圆形地基，用大石头砌出地基的大致轮廓，然后标出 4 个入口的位置。第一层上面堆砌的大石头更多，直径长 150 到 200 英尺；然后在第一层上面建第二层，这一层的面积更小，包括木拱门和横梁。这种建筑的经典例子就是 *Adendrohakis* 宫殿，这座宫殿共 36 层，一座供蚁人居住的真正的蚁山。

来这片荆棘林旅游的游客会看见，这里的蚁人骑着小小的皇室羚羊，皇室羚羊与非洲西海岸发现的很相似，但游客千万不要去骑这种羚羊，除非他的身高不足 1 英尺。

埃德加·巴勒斯，《泰山和蚁人》(Edgar Rice Burroughs, *Tarzan and the Ant Men*, New York, 1924)

幽暗森林 | Mirkwood

一片面积很大的古森林，位于中土北部、迷雾山脉以东和灰色山脉以南。

滋润这片森林的主要河流是发端于灰色山脉的森林河，奔流河滋润着古森林的东部边缘。幽暗森林是魔河的源头，魔河里的水是黑色的；喝过魔河水或者在这样的水里洗过澡的人会忘掉一切，并且会很快入睡。有两条路可以穿过幽暗森林：一条是古林路，魔戒大战期间，古林路的东段变成了沼泽，不可以通过；另一条是精灵去幽暗森林北部的路。

幽暗森林过去叫“伟大的绿林”。第三纪早期，索伦的邪恶力量控制了这片地区，伟大的绿林于是改名为幽暗森林。索伦在幽暗森林的南部建造了一座塔楼，取名“多尔-古尔都”；塔楼里住着邪恶生灵，他们开始腐蚀这片古森林。在接下来的 1000 多年里，索伦控制了这片森林，这时候的幽暗森林真可谓名副其实。后来，白色委员会摧毁了索伦的邪恶计划，把他赶出了多尔-古尔都城堡。索伦撤退到摩多王国，但他的那些邪恶生灵回到森林塔，因此幽暗森林依然很黑暗，游客最好不要去。

幽暗森林变成了幽深诡谲之地，只有交错的树枝之间能渗进微弱的绿光。幽暗森林里到处都是奇怪而凶残的生灵，其中最可怕的是一种把蛛网结在大树之间的巨蜘蛛。如果某个愚蠢的游客不小心迷了路，他就会撞到这样的蜘网上。这时候，巨蜘蛛会悄悄地爬过来捉住他，分泌毒液把他毒死，然后再把他吃掉。这种巨蜘蛛会用吱吱声相互交流。

我们几乎不可能准确地辨别幽暗森林里的许多生灵。红色、黄色或绿色的眼睛从幽暗的地方露出来，矮树丛里会传来离奇的呼噜声和呜呜的哀诉声。幽暗森林里还能见到一种黑松鼠。如果哪里有一团火，马上就会引来一大群黑蛾或巨蝙蝠；黑蛾有人的手掌那么大。根据历史记载，那时候的幽暗森林里还能看见一种白色小鹿。森林上空飘浮着天鹅绒一样的黑蝴蝶，被认为是一种颜色更深的紫蛱蝶。

当时的幽暗森林里只有边缘地带有人居住，少数树人住在幽暗森林的西南面；他们不得不对付林中的巨蜘蛛和兽人，日子过得异常艰难。精灵住在森林河两岸的精灵大厅里。

索伦被打败后，人们开始努力清除幽暗森林里的邪恶势力。第三纪的3019年，来自罗林恩王国的强大军队彻底摧毁了黑塔多尔-古尔都。古森林的北部变成了精灵大厅的老居民的地盘，而南部地区变成了东罗林恩王国的一部分。高山和海峡之间的森林边缘缩小成一片狭窄的地带，成为树人和安杜因山谷里波宁人的聚居地。为了清除幽暗森林的邪恶影响，这里曾经发生过很多大战。古森林里的邪恶最终被清除，幽暗森林改名为 *Eryn Lasgale*，即绿叶林。但出于历史方面的原因，人们心中熟悉的名字依然是幽暗森林。

托尔金，《魔戒前传：霍比特人历险记》；托尔金，《魔戒首部曲：魔戒现身》；托尔金，《王者归来》

鲁尼特之镜 | Mirror of Llunet

一个浅浅的小水潭，水潭里的水来自岩墙上的水滴。鲁尼特之镜位于梅勒丁山脚下一个山洞；梅勒丁山是洛家荡山脉的最高峰，地处普瑞敦王国以北的自由的科莫茨地区。鲁尼特之镜的地下是鲁尼特湖，一个长长的椭圆形湖泊，被绿树环绕，一直扩展到梅勒丁山的山腰处。

自由的科莫茨地区的居民知道，如果想认识自己，他们只需要注视鲁尼特之镜中的水。当凯尔-达尔本农场的塔兰决定去寻找自我时，莫瓦沼泽的3个女巫就告诉他有关鲁尼特之镜的神奇故事。于是塔兰来到鲁尼特之镜，朝水里一看，就看见了清澈的潭水中他自己的脸。与那些去鲁尼特之境的游客一样，塔兰在潭水中找到了自我。

劳埃德·亚历山大，《流浪者塔兰》

密西港 | Mishport

参阅维米希岛(Vemish)。

米斯尼王国 | Misnie

靠近帕夫拉戈尼亚，曾经被波斯国王塞勒斯征服。米斯尼王国的首都叫莫瑞萨特城，城里的建筑属于18世纪的巴黎风格。米斯尼王国的臣民举止优雅、智慧过人，他们瞧不起那些以自我为中心的人，他们会使这样的人在这里无栖身之地。

米斯尼王国的公主刚好相反，因为害怕阳光，她白天睡觉晚上活动。米斯尼王国不用日晷，因而人们的生活不受时间的约束。

蒙庞西埃公爵夫人安娜，《想象岛的故事》(Anne Marie Louise Henriette d'Orléans, Duchesse De Montpensier, *Rélation de l'Isle Imaginaire*, Paris, 1659)

米斯贝柯沼泽 | Mispec Moor

位于图罗尼城与已经消失的安坦地区之间，最著名的居民是美胸族的玛雅；一个很智慧的女人，住在干净整洁的木房子里。玛雅擅长一些二流的魔法，能把大山移入大海里；能在不可逾越的地方架起桥梁；能为客人送去玫瑰镜子，这样的镜子可以美化一切。

玛雅住的木房子附近有正在吃草的牛羊，它们其实都是玛雅以前的情人。出于善意，玛雅把这些情人变成了现在这个样子，因为按照她自己的说法，这些情人就可以像家畜一样在这里幸福而安全地生活下去，不必再出去冒险。

沼泽里的其他居民大多是女巫或男巫，他们待人友好，但前提是游客不要去问他们，那些没有受洗的婴儿都去哪儿了。

詹姆斯·卡贝尔，《夏娃的故事》

迷雾山脉 | Misty Mountains

地域广袤，从中土北部的荒漠一直延伸到南部洛汗王国的大裂谷，绵延近 300 里格。大河流经迷雾山脉的东面。

迷雾山脉的地势非常险峻，要想穿过这些山峦，游客必须博学多识，必须熟悉当地的环境，因为这里的许多路都会把你带进死胡同。瑞文德尔王国南部唯一的通道是位于险峻峭拔的卡拉德拉斯山的红角门。中土的侏儒把卡拉德拉斯山叫作“残酷的 *Barazinbar*”，即“红角”的意思，因为山里的气候条件恶劣，卡拉德拉斯山好像故意制造了一些不利因素，阻碍游客的到来。迷雾山脉以南是莫瑞亚王国。迷雾山脉的许多大山，尤其是那些面向莫瑞亚王国的山峰，特别能唤起侏儒心里最深刻的记忆。古时候，他们的祖先就在这块土地上辛勤地劳作。迷雾山脉的东面是巨鹰的老巢，巨鹰是一种很古老的鸟儿，体型最大的能托着人前行；它们肯定做过很多丰功伟绩的奇事。

在整个第三纪里，迷雾山脉总是遭到邪恶生灵的肆虐，这些生灵包括索伦的猎犬、邪恶的巨狼和山上的兽人。兽人野蛮而残忍，专门传授破坏之术，他们会制造武器，这一点尤其使他们臭名昭著。他们会挖隧道和开矿，尽管他们更喜欢奴役其他人去做这些事。在所有伙同摩多王国的黑暗之君索伦干坏事的邪恶生灵当中，兽人是最可怕的。他们生活在瑞文德尔附近的一系列大山洞里，他们有效地控制了周围的山峦。第三纪的2793到2799年，兽人和莫瑞亚王国的侏儒进行殊死之战；2941年又在孤独山上发生了五军大战，这期间，成千上万的兽人战死，但他们还在继续繁衍，继续生活在那些山洞里。

迷雾山脉及其下面的山洞与高鲁姆的记忆紧密相关，高鲁姆是来自夏尔郡的施托尔霍比特人，他曾拥有至尊魔戒。索伦也想用至尊戒来控制整个中土世界。高鲁姆带着至尊戒来到迷雾山，生活在地下湖中的一座小岛上。慢慢地，他开始屈从于魔戒的邪恶力量，直到有一天面目全非，完全变成了一个粘糊糊的小生物，他的眼睛苍白得像白炽灯泡，脚上长出了长长的蹼。

邪恶厚重的迷雾笼罩着这些巨大的山峰，据说它们都是世界之初莫高斯隆起的杰作；这个阴险的家伙想用它们来阻挡敌人的进攻。

托尔金，《魔戒前传：霍比特人历险记》；托尔金，《魔戒首部曲：魔戒现身》；托尔金，《双塔奇谋》；托尔金，《王者归来》；托尔金，《精灵宝钻》

米尔奇国 | Mlch Country

参阅布罗迪之国(Brodie's Land)。

莫波诺城 | Mobono

参阅卡拉恩州(Karain Continent)。

墨嘉多尔城 | Mogador

坐落在摩洛哥的海滨，筑有城墙，白色城墙晚上会发光。城墙有 4 个入口，每个入口都有一座塔，标志罗盘针的基本方位。城墙上面另有 666 座小塔，每座小塔的顶端盘着一条空心石龙，空心石龙里发出狂风的呼啸；第一次听到这样的声音会让人潸然泪下。墨嘉多尔市民中流行这样一句话：“如果有人想了解宇宙的奥秘，他可以把宇宙放进一个果壳里”。这可能说的是一副有名的纸牌；墨嘉多尔人相信，他们可以用这副纸牌来解释事物和脸部的神秘文字。纸牌摆放的方式是，9 张摆成一个螺旋形，4 张放在中间，摆成一个方形，这种摆放与墨嘉多尔城的布局一样。螺旋形表示这座城市的主街，也就是蜗牛大街；主街从最外面的围墙一直延伸到中心广场，蜿蜒曲折地穿行在带格子窗的白房子之间。中心广场里有公共浴池、公共烤箱和 3 座寺庙，墨嘉多尔城的市民笃信 3 种宗教。主街的每个拐弯处都有喷泉，喷泉水呈螺旋形流进澡堂里，用以清洁万物；澡堂入口的上方有几个红色字母，红色字母的边缘装饰着精美的书法，被烙成 3 种颜色；意思是“请进！自从你来到

墨嘉多尔城的城墙上雕镂的石龙

这个世界,这里就是你身体的房屋,火的房屋里是水,水的房屋里是火。请进!像雨水一样倒下,像麦秆一样燃烧吧!愿你在感官的浴池里奉献你那令人愉悦的美德。请进!”

墨嘉多尔城最大的市场是索科集市,这个集市上可以买到杏仁、西瓜、大米、水晶般的无花果和海枣。码头上的人们在拍卖各种鱼类。城里有几种珍稀的候鸟,比如月亮尾的小海鸥、海火鸡、红乌鸦、寒鹳,以及一种经常成为肉食鱼的盘中餐的小鸟。这里还有一种孔雀,是墨嘉多尔猫的猎物;郊外四处游荡着鬣狗、野狼和野骆驼。

在墨嘉多尔城的市民看来,他们的城市就是世界的本来模样,展示了精神生活的真实景象。外来人若不适应这种城市规划,就会被水手扔到海里。墨嘉多尔城的市民说话很色情,他们总是用身体和感官进行交流。

墨嘉多尔城的空气异常干燥:秋季多风、冬季寒冷。墨嘉多尔城很难进入,一群传教士想进入城里,结果被困在市郊的沙漠里,再也没有回来。天放晴的时候,人们还能看见他们那埋在沙丘里的遗骸,而令他们骄傲的十字架仍然握在瘦骨嶙峋的手里。不久前,中国一个王子试图坐一种半雪橇、半帆船的高级工具来墨嘉多尔城,他在海里航行了 233 年又 10 天,但据我们所知,他至今还没有到达这座城市。

阿尔伯特·桑齐兹,《墨嘉多尔城的故事》(Alberto Ruy-Sánchez, *Cuentos de Mogador*, Mexico, 1994; Alberto Ruy Sánchez, En los labios del agua, Mexico, 1996);阿尔伯特·桑齐兹,《空气之名》(Alberto Ruy-Sánchez, *Los nombres del aire*, Mexico, 1987)

鼹鼠居 | Mole End

鼹鼠先生的家,位于河岸附近的一个草坪下面。沿着一条崎岖的隧道可以到达一个干净整洁的庭院;庭院的地面铺满沙子,这里有许多铁丝篮和支架,篮子里装满了蕨类植物,支架支撑着维多利亚女王、意大利将军加里波第,以及意大利各位英雄的雕像。庭院的一旁是九柱戏场地,场地里摆放着木凳和木桌,还有一个金鱼池,金鱼池的边缘镶嵌着海贝壳,金鱼池的中央耸立着一种奇特的建筑,也是用贝壳做的,上面支撑着一个大玻璃球;大玻璃球的表面是银白色的,将周围的东西反射成各种悦目的形状。

鼹鼠先生的家小巧而舒适,房屋的结构非常好,稍稍大一点的房间里装饰着许多印刷物。鼹鼠先生是当地的红人,比如每年去唱圣歌的时候,田鼠拜访的最后一个地方就是鼹鼠的家;因为田鼠知道它们在这里肯定能够得到丰美的食物和饮料。

肯尼斯·格雷厄姆,《柳林风声》(Kenneth Grahame, *The Wind in the Willows*, London, 1908)

莫纳王国 | Mona

一个岛国,靠近普瑞敦王国的海滨,历史上属于乌德鲁姆家族。乌德鲁姆家族的城堡位于蒂娜斯-瑞德纳特,坐落在陡峭的悬崖最高处,悬崖下面是一个星月形海港,这是一个用石头建造的码头,筑有防波堤和弯曲的海墙。蒂娜斯-瑞德纳特以北是莽莽的草原,一直延伸到帕伊斯山脉平缓的山腰。

莫纳王国的内陆地区大多被森林覆盖,唯一一条大河叫阿洛河,河道宽、水流急,在大海湾处汇入海洋。大海湾下面是凯尔-克鲁尔城堡的废墟,这座城堡曾是里尔家族的首府,也是普瑞敦王国的一个大巫术中心。这座城堡最初的位置在陆地上,由于海水的不断侵蚀,城堡所在地最后变成了一座小小的孤岛。如今,我们几乎看不见这座城堡的一丝痕迹。

凯尔-克鲁尔城堡存在的最后阶段与艾罗妮公主相关。艾罗妮公主是里尔家族的最后一个成员。当她还是一个孩子的时候,就被普瑞敦王国的死亡之君阿诺恩的妻子阿西伦从凯尔-克鲁尔城堡带走了。阿西伦企图掌握过去完全由里尔家族的女儿控制的巫术。为了得到公主的巫术,她把艾罗妮公主带到了螺旋城堡。

现在,螺旋城堡留下的遗迹已经很少,但在瑞塔的坟冢(Barrow of Rhitta)附近还能看见它的废墟。后来,公主使用会发光的小金球逃出螺旋城堡,与她一起逃走的还有凯尔-达尔本农场的牧猪倌塔兰,塔兰注定会成为普瑞敦王国的至尊王。其实,那时候的艾罗妮公主还没有认识到小金球的魔力,不知道真正起作用的是里尔家族的金佩里德恩;没有它,里尔家族那些从母亲传给女儿继而代代相传的魔法是没办法解开的。

艾罗妮公主的逃跑和大黑锅(死亡之君阿诺恩用来制造不死之士,以期再次控制普瑞敦王国)被毁之后,艾罗妮公主被送回莫纳王国,希望乌德鲁姆家族的泰勒瑞亚女王及其宫女能够把她培养成一个标准的公主,但艾罗妮公主并不喜欢这个样子,她梦想成为一个侠女。艾罗妮公主乘船来到莫纳王国,陪伴她的是塔兰和莫纳王国的王子卢恩。然而,到达莫纳王国两天后,艾罗妮公主逃跑了,消失得无影无踪。塔兰和卢恩出去寻找她。他们在海岛上发现了弗露杜尔-弗拉姆和格韦迪恩,他们分别是马斯至尊王的军事头领和敦之子的一个后代;他们建造了凯尔-达赛尔大城堡,用来保护普瑞敦王国。塔兰和卢恩后来跟他们变成了好朋友,在这两个朋友的帮助下,塔兰和卢恩只找到了公主的魔力小金球。

在寻找艾罗妮公主的路途中,塔兰和卢恩一行掉进了一个地下山洞里。普瑞敦王国境内不属于泰维斯-特戈仙女族的地下山洞不多,这个山洞是其中一个。今天,这个巨大的山洞依然可见,一次冰暴把大山洞里的石笋和钟乳变成了一簇石林;远处奇怪的水池闪闪发光,时而蓝,时而绿,介于岩石上红红绿绿的纹路之间。

这个巨洞是当时的巨人格鲁建造的一座"监狱"。格鲁以前并不是一个巨人,而是一个小小的侏儒,生活在莫纳王国森林里的一间小屋里。由于没有如愿以偿地成为一个英雄,或一个战士,格鲁开始学习巫术。他遇见了一个巫师,这个巫师送给他一本书,声称书里讲的尽是凯尔-克鲁尔城堡的魔咒,但讨厌的是,这本书上什么也没写。当格鲁学习其他巫术时,他发现了一个公式,这个公式可以使他的体型变得更大,身体变得更强壮。他首先用自己的猫利安做实验，利安果然变得奇大无比，看起来简直像一个怪物。格鲁明白，这个公式的魔力显而易见。怀着几分恐惧，格鲁逃到一个山洞里，身上仅带着那只小药瓶。最后，他还是喝了药瓶里的魔药水，他发现自己的身体在不断地膨胀、膨胀，越来越大，最后，他连那个山洞也出不去了。他不得不呆在山洞里，他的发间有蝙蝠在飞，周围有蠕虫瞪着他。

塔兰一行不小心掉下去的地方刚好就是格鲁藏身的这个大山洞。看见这些人闯进来，格鲁高兴得连话都说不清楚了，但他真正想说的是，他能用他们做试验，这样也许能找到缩小自己的方法。他还告诉他们怎样去凯尔-克鲁尔废墟。到了那个废墟，他们发现了艾罗妮公主的行踪。原来她遭到了阿西伦和马格的绑架，马格是蒂娜斯-瑞德纳特的管家，在企图与阿西伦共享权力的过程中背弃了蒂娜斯-瑞德纳特的信任。

当塔兰一行找到艾罗妮公主时，公主并没有认出他们，可见阿西伦在她身上所施的魔法有多厉害。当时，像格韦迪恩那样强大的巫师也对付不了阿西伦，因为这个女巫把公主的生命附在了她自己身上；杀死阿西伦无异于杀死艾罗妮。尽管很不情愿，格韦迪恩还是把金佩里德恩和那本从格鲁那里得到的空白魔法书递给了艾罗妮，阿西伦命令艾罗妮借着金佩里德恩的亮光读那本魔法书，格韦迪恩也无可奈何，只能在一旁呆着。据说，在读那本魔法书的时候，艾罗妮公主的神情发生了剧烈的变化，好像内心正经历着可怕的冲突；她好像已经完全置身于所有的威胁之外，再也不需要任何人的帮助。她将金佩里德恩靠近魔法书，书页很快燃烧成一朵粉红色的云团，随后又变作一团耀眼的白色火焰，魔法书被烧成灰烬，魔法书的魔力也消失殆尽，阿西伦最终被打败。

看着自己的同盟倒下了，马格打开城堡的铁门，这道铁门可是抵御海浪的唯一防卫。几乎就在一刹那，凯尔-克鲁尔城堡的城门外墙被巨浪冲垮了，城堡转瞬消失在巨浪之中。塔兰和他的几个伙伴死里逃生，被海水冲到莫纳王国的沙滩上。里尔家族的财富只剩下仙女族雕镂上的牛角；艾罗妮公主把这份家产送给了塔兰。

格鲁仍被困在大山洞里，直到有一天凯尔-达尔本农场的巫师达尔本送给他一个魔咒，他才得以恢复原形。多年以后，塔兰成为普瑞敦王国的至尊王，他建造了一条直通大山洞的路，用来纪念自己的朋友、莫纳王国的卢恩王子。今天，游客还能看见这个古遗址。

劳埃德·亚历山大，《三之书》；劳埃德·亚历山大，《黑色大铁锅》；劳埃德·亚历山大，《里尔城堡》；劳埃德·亚历山大，《至尊国王》

蒙多-诺沃国 | Mondo Nuovo

又叫“新世界”，一个很难进入的国家，位于广袤的中欧平原，最早有人到这里来的时间是1552年，来访者是佛罗伦萨的一个游客，也是外来学院的成员。

蒙多-诺沃国的每个省都只有一座城市，剩下的地方都用来种植粮食，主要种植大麦和小麦，另有几处森林。这些城市都按照同样的规划建造，形状像星星，周围筑有围墙。城市中心建有一座大寺庙，大寺庙的圆屋顶比佛罗伦萨的大6倍；每座大寺庙都有一百扇大门；每一扇大门旁都有一条大路，一直通到城墙处；每条大路都由一个祭司看守，这样的祭司有一百个，最老的祭司管理一座城市。城里有工厂、工艺品店、杂货店、男服经销商、面包师、医生、鞋匠、制革工人、铁匠和磨坊主。

城里的酒店很多，酒店里的食物和饮料全部免费，游客不妨进去尝尝。

蒙多-诺沃国的家庭与别的地方不同。蒙多-诺沃国的女人属于大家所有，孩子和母亲住在一起，直到孩子入学。因衰老而丧失劳动力的老人留在家里，并且可以得到很好的照顾。畸形儿一出生就被丢弃到井里；患了不治之症的人会被砒霜杀死，用这种方式杀死的人还有疯子和罪犯。蒙多-诺沃国没有小偷，因为一切财产属于公有。

在蒙多-诺沃国，死亡是一件令人讨厌的事，因此人们不会举行葬礼。周日是休息和祈祷的日子，人们聚集到寺庙里祈祷和听音乐。

安顿·多尼，《蒙迪 I》（Anton Francesco Doni，*I Mondi*，Florence，1552）

蒙嘉扎岛 | Mongaza Island

从固定岛出发需要 7 天才能到达。这座海岛的历史只有 15 世纪的编年史里记载过，但没有什么多大的价值。海岛的周围建造了防御工事，大多数防御工事坐落在沸腾湖边。沸腾湖这个名字听起来很吓人，其实毫无惊人之处。蒙嘉扎岛也是巨人法蒙哥马丹的老巢，知道他的人无不心生畏惧，因为他经常杀死少女，用来祭献沸腾湖附近的一尊偶像。

无名氏，《阿马迪斯·德·高拉》（Anonymous，*Amadis de Gaula*，Zaragoza，1508）

蒙诺莫塔帕城 | Monomotapa

城里的居民很在乎友谊，他们能洞悉别人内心深处最隐秘的渴望。如果有人梦见他的朋友正在悲伤，那么他的这位朋友真的会感到悲伤，然后他会跑去救出那位正在做梦的人。游客不可以分享当地人之间这种亲密无间的关系。

让·德·拉封丹，《寓言诗》（Jean de La Fontaine，*Fables choisies，mises en vers VIII*；11，2d ed.，Paris，1678—9）

怪物公园 | Monsters' Park

一个迪斯尼乐园，建在埃及亚历山大城附近的海滩上，今天只能看见它的废墟。公园里排列着许多大海怪的形象，看起来样子很可怕，用来保护亚历山大城。

怪物公园里看守亚历山大城的雕塑

在亚历山大大帝建造这座城市的时候，每天晚上都会从海里上来一群怪物，破坏城市的地基。于是国王下令造一个玻璃笼，玻璃笼里关了一个画家，然后把这个玻璃笼沉到海里，画家在玻璃笼里绘出了这些搞破坏的海怪模样。然后，国王下令在海边竖立大雕像，就以画家笔下的怪物为模型，当这些怪物来到海边，一看见雕像上自己的模样就仓皇而逃，消失得无影无踪；从此再也没有海怪上岸来破坏这座城市。

海怪乐园的废墟掩映于棕榈林之间，如今，这里变成了孩子们的游乐场。

玛瑞亚·洛佩兹，《大海传奇》(Maria Savi-Lopez, *Leggende del mare*, Turin, 1920)

蒙特-莫若圣殿 | Monte Mauro

参阅伊斯拉岛(Isla)。

蒙特辛诺之洞 | Montesinos's Cave

一个很有名的山洞，位于西班牙的拉曼察地区。只有拉-曼察的骑士堂吉诃德彻底考察过这个山洞，并写下了有关这个山洞的考察报告。

这个山洞深约90英尺，能容纳一辆马车和拉车的骡子通过。如果某个游客在山洞里睡着了，醒来后，他会发现一块美丽的天然草坪，草坪旁边（仍在山洞里）是一座壮观的城堡，城堡的墙似乎是用透明的水晶做的。城堡的大门打开之后，一个德高望重的老人会走出来，自称蒙特辛诺，他邀请游客去城堡里参观一个宽敞的雪花石厅。这个雪花石厅里有一座大理石坟墓，坟墓里埋的是历史上最伟大的骑士杜郎达特。自从梅林巫师在他身上施了魔法之后，他就躺在这里了。杜郎达特的情人蓓蕾玛，还有历史上最有名的美人圭尼维和杜尔希妮，像幽灵一样在城堡周围转悠。来这里参观的游客可能不明白，为什么他们花了两、三天时间想象这些奇迹，一旦离开，他们会发现时间其实才过去半小时。

塞万提斯，《堂吉诃德》

蒙特维德城 | Monteverde

卡帕-布兰卡岛(Capa Blanca Island)①的中心城市。

情绪王国 | Moody Land

这个国家的情形会随着居民的情绪变化而不断发生变化。参观者应当注意，情绪王国的天气不可预测。太阳整天晚上照射着这里，直到居民讨厌为止，接下来会有一个讨厌的夜晚，空气里充满咕哝和不满，厚重的空气使人不能呼吸。当居民发怒的时候，地面开始震动；当人们困惑不解的时候，所有的建筑、街灯和汽车会变得很肮脏，就好像一幅幅突然失去光彩的油画。参观者可能会发现，他们很难搞清楚一件事情在哪里结束，另一

---

① 后面这个词条是卡帕-布兰卡群岛。

件事情在哪里开始。

拉什迪,《哈乐与故事海》(Salman Rushdie, *Haroun and the Sea of Stories*, London, 1990)

姆明地区 | Moominland

也叫“姆明山谷”,位于芬兰湾和琼斯老爹王国以南。一条河流穿过姆明山谷,从孤独山脉流经孤独半岛和姆明爸爸半岛对面海滨附近的沙丘。

姆明山谷里无人居住,距离这里最近的居民只有姆明爸爸半岛上的灯塔看守人和几个科学家,他们守护着孤独山里一座孤零零的气象台。

姆明山谷一名源于山谷里一种名叫姆明的生灵。这种生灵有时候又叫姆明怪,他们身体矮小、皮肤洁白无毛、猪嘴、短尾、会冬眠;他们用后腿行走,吹口哨交流,不会唱歌。姆明善解人意、待人有礼,从不会忘记用口哨表示感谢,并且会很礼貌地跟别人打招呼。

姆明族住在两层高的小楼房里;这样的楼房多阳台和走廊,使人想起老古董似的瓷器炉。两层楼之间有狭窄的楼梯,屋子里有舒适的床,床上有黄铜把手、摇椅和树形装饰灯,屋内有用木材作燃料的中央取暖器。

对于这种小生灵的起源,我们了解的很少。研究者找到了一种原始姆明族,并称他们是“祖先”;这一发现或许可以对姆明族的进化提供一些线索。被称为“祖先”的那些姆明体型小、肤色灰黑、猪嘴、多毛,而现在的姆明全身光洁无毛,尽管到了冬天,他们的身上会长出厚厚的毛。有人认为,这种被称为“祖先”的姆明很可能就是1000年前存在的森林小人。

大多数姆明都会从本年的11月起开始冬眠,这样的冬眠一直要持续到第二年的5月。这大概是因为他们的祖先就是如此,没有证据表明冬眠是他们的一种身体需求。他们睡在客厅里,把春

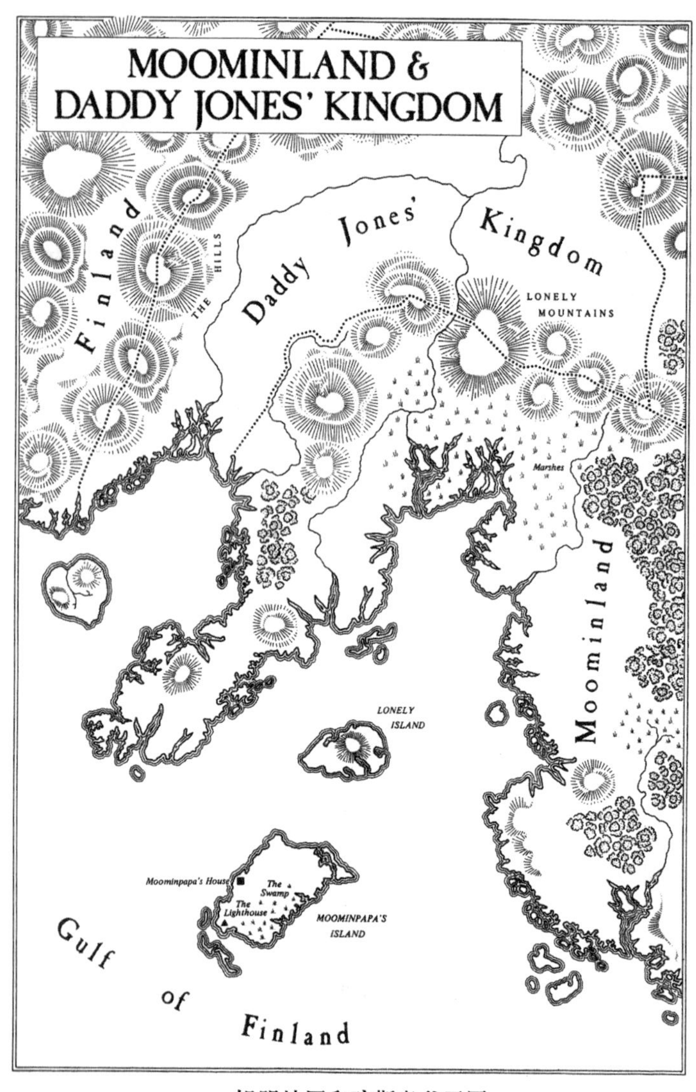

姆明地区和琼斯老爹王国

季所需要的一切东西都放在旁边。进入冬眠之前，他们会大吃一顿松针餐，尽管他们在夏季通常不吃这个。

姆明的社会结构主要表现在家庭方面，他们没有正式的政府机构。到了父亲节和母亲节的时候，他们会举行盛大的庆典。

姆明族一年最重要的节日可能是仲夏篝火节，游客最好不要错过这个节日。每逢这个节日，姆明会在沿海一带点燃篝火，篝火的火势渐微的时候，他们会摘下一朵花放在枕头下面。如果游客刚好也这样做了，那么这个晚上他做的梦一定会实现，假如他第二天早上才谈到那个梦境的话。

不进入冬眠的姆明也会在那个夜晚点燃篝火。当太阳回到姆明山谷之前，月亮升起之际，他们举着火把，敲锣打鼓地围着火堆跳舞；这种快乐的习俗可以追溯到 1000 年前。姆明山谷里还住着另外几种生灵，其中包括被动的树精 *Hattifatteners*，每隔 6 个月，他们就聚集到孤独半岛上寻找某些神秘的东西；他们特别渴望找到气压计。另一种生灵叫 *Hemulens*，姆明山谷和琼斯老爹半岛上都能看见他们的身影。他们比姆明的体型大，但反应比较迟钝，不过这并不妨碍他们快乐地组织别人的生活。

姆明山谷里的其他生灵都能够互相交流。这些奇怪的生灵包括雌性的格罗克；长得像猴子的 Thingummy 和鲍勃；一种小型哺乳动物，皮毛呈浅褐色；一种名叫 *Sniff* 的四足动物，体型小、长鼻、长耳长尾，生性友好；一种叫 *Snufkin* 的小型哺乳动物，会吹口琴，喜欢戴一种绿帽子，帽子里插一根羽毛；还有一种叫 *Snork* 和 *Snork-Maiden* 的生灵，体形与姆明相似，肤色会随着情绪的变化而变化，全身长着柔软的绒毛，眼睛呈蓝色。

姆明山谷里的大树是长毛树精的天然栖息地。长毛树精都是雌性的，生活在树干上，晚间会停歇在树枝上唱歌。她们好像喜欢住在树叶肥大的树上，而不是针叶树上。

姆明山谷里常见的鸟类和动物有布谷鸟和萤火虫，高山上可以看见狼和鹰，海滨可见美人鱼，但对于他们的生活习性，我们知之甚少。

除了崇拜气压计的 *Hattifatteners*，姆明山谷里的居民好像并没有正式的宗教形式，但他们又好像确实存在一种普遍化的神灵信仰，他们把这位神叫作“所有小动物的保护神”，不过这种信仰不涉及任何独特的仪式。

托夫・杨森，《彗星来到姆明谷》（Tove Jansson, *Muumpeikko ja pyrstötähti*, Helsinki, 1950；托夫・杨森，《那么这该咋办呢?》（Tove Jansson, *Kuinkas sitten kävikään*, Helsinki, 1972;《仲夏狂想曲》（Tove Jansson, *Vaarallinen juhannus*, Helsinki 1957）；托夫・杨森，《姆明谷的隆冬》（Tove Jasson, *Taikatallvi*, Helsink, 1958）；托夫・杨森，《魔术师的帽子》（Tove Jansson, *Taikurin hattu*, Helsinki, 1958）；托夫・杨森，《姆明爸爸海上历险记》（Tove Jansson, *Muumipappa merellä*, Helsinki, 1965）；托夫・杨森，《姆明爸爸的功绩》（Tove Jansson, *Muumipapan urotyöt*, Helsinki, 1966）；托夫・杨森，《11 月的姆明谷》（Tove Jansson, *Muumilaakson marraskuu*, Helsinki, 1971）

姆明爸爸半岛 | Moominpapa's Island

位于芬兰湾、姆明地区的海滨附近，面积不大，多为沼泽和水草地，岛上没有参天大树，唯一的植被是石楠花和低矮的云杉。半岛北海滨有一个半月形的白沙湾，位于两个海岬之间。半岛上只有两栋建筑，即半岛最南端的一座灯塔和西海岬上面的一栋小塔楼。小塔楼用铁架固定在岩石上，这样可以抵挡冬日的狂风。

半岛上只住着灯塔看守人，尽管偶尔也有姆明地区的居民来访。正是在这座半岛上，姆明地区最奇怪的居民格罗克的秘密才得以揭开。格罗克是一种雌性生灵，这类生灵好像只有她一个，她对电灯非常着迷，眼睛又圆又大，看起来很忧伤，其实毫无表情。格罗克会把自己坐过的地面冻住，这样会造成很多问题。最后，姆明发现格罗克这种讨厌的能力其实是因为孤独。于是他们开始对她表示友好，这样一来，格罗克很快就停止了她的冰冻行为。

托夫・杨森，《姆明爸爸海上历险记》；托夫・杨森，《姆明爸爸的功绩》

穆尔镇 | Moor

奥地利境内一个小小的采石场，靠近莱斯村和哈格村，坐落在一个湖泊和高耸的山峦之间，距离林兹东部 12 英里。此处所说的高耸的山峦就是石海，这里禁止穆尔镇的居民进入。花岗岩山丘上竖着一块告示牌，上面的文字有人体那么大，告知人们穆尔镇过去的罪恶：

> 这里躺着 11973 人，
> 被穆尔镇的居民杀戮；
> 欢迎来到穆尔镇。

二战后，为了惩罚战犯，穆尔镇的居民被迫回到前工业时代。他们被禁止使用铁路、工厂、电站以及机械作业，这些设备只能等着腐烂。今天的参观者会发现，穆尔镇很像中世纪的一个小农庄。

穆尔镇的景致很一般，留下的只是战争的创伤和一片废墟。市政府由橱窗里的宪兵队守卫，参观者在此可以翻阅战争年代的死亡登记簿。镇上值得一看的只有几处废墟，即一个废弃的锯木厂和一座公墓小教堂；小教堂里放着木制的圣母玛丽亚像。还有一处废弃的大别墅，名叫狗王之所，是穆尔镇的行政官居住的地方，有凶猛的猎狗看守，不对外开放。

穆尔镇的居民一年举行两次节日庆典。寒冬时节，他们要庆祝 *Stellamour*。根据穆尔镇日志里所能发现的囚犯种类，所有的市民必须装扮成犹太人、战俘、吉普赛人、共产党人或者种族虐待者。他们穿着各种制服，在假想的除虱站外面站成一长排，在巨大的花岗岩石前摆弄着姿态，在已被破坏很久的兵营旁边排列整齐。夏季来临时，穆尔镇的居民要举行 *tableau vivant*，这个节日又叫"岩梯节"。每人背上一个木桶，木桶里装着一块方形大石头；然后一个接一个地爬上岩梯，从采石场的深坑向上爬四层楼高，最后到达多雾的高地。在战争期间，穆尔镇的囚犯因疲劳过度死在这样的岩梯上，或者被监工打死、踢死和遭枪击而死，但穆尔镇的市民举行这种仪式时没有那么残忍；人们只需要模仿受害人的姿势就可以了。

克里斯多夫·拉斯麦，《受罪之国》(Christoph Ransmayr, Morbus Kitahara, Frankfurt, 1995)

摩多王国 | Mordor

位于中土，面积辽阔、三面环山、土地贫瘠，确切地说，位于洛汗王国和刚铎王国以南。摩多王国的北部有艾瑞德-利苏伊山脉，或者叫灰烬山，作为它的一道天然屏障；西面和南面有伊菲尔-杜斯山脉的保护，这列山脉又叫影子山；西北面是灰烬山和影子山在西力斯-戈多隘口的交会之处。这个隘口是进入摩多王国的主要通道；另一条进入摩多王国的通道名叫“西力斯-乌格尔隘口”，它横跨伊菲尔-杜斯山脉，很难进入。

摩多王国的地形结构主要是一座大火山，名叫“奥诺杜因山”，位于摩多王国西北部的高格罗斯高原。摩多王国南部是广阔的努恩海，许多河流由南向北流进这个内陆海。努恩海里的水不会流动，而且味道极苦。影子山的降雨形成涓涓细流，但很快会渗入沙砾和岩石。这些溪水有一种油腻的苦味，但如果能在这里发现这样的水源，也是一件令人高兴的事儿，因为摩多王国的大部分地区都是干旱的荒漠。

摩多王国的历史总是与邪恶的黑暗势力紧密相关，这些邪恶力量一度控制了中土的全部历史，因此，如果把摩多王国叫作“黑暗王国”或“无名王国”，也算是名副其实。如果我们要讨论摩多王国，就不可能不谈到索伦。根据中土的传说，索伦最初是一个善良的精灵，后来变成邪恶的莫高斯的一个奴仆。莫高斯企图控制中土，结果遭遇失败。当时的索伦似乎也有些后悔，但很快又重蹈覆辙，也开始策划控制中土的邪恶计划。他乔装打扮，四处游历，影响深远。在他那巨大的魔力和美德的感召之下,形形色色的生灵聚集到他的周围。第二纪的 1500 至 1590 年,索伦诱惑霍林王国的精灵铸造魔戒,谁要是拥有这样的魔戒,就会拥有巨大的手力和心力。霍林王国的精灵为自己铸造了 3 枚戒指,另外又铸造了 7 枚,并把这 7 枚分别送给侏儒的君王,9 枚分别送给人类的领袖。然而,谁也不知道,索伦正偷偷地在奥诺杜因的火海里铸造另一枚魔戒,这枚魔戒可以使戴上它的人沦为它的奴隶。索伦的这枚戒指用黄金做成,可以抵御最高强度的炙烤,但却逃不过奥诺杜因山的厄运之火。火可以显示这枚魔戒上所刻写的文字,那是索伦用来创造它的一部分可怕的咒语:

三枚戒指给天空下的精灵国君,
七枚戒指给石厅中的侏儒王,
九枚戒指给必死的人类,
至尊戒给阴影中的黑暗之王——
摩多之地笼罩着魔影。
至尊戒找到它们,并且统驭它们,
至尊戒带回它们,并禁锢它们于黑暗之中。
是呀!摩多之地笼罩着魔影……

了解到索伦制造了至尊戒之后,精灵再也不戴自己的魔戒,因此没有遭到魔戒的奴役。侏儒虽然戴上这样的魔戒,但由于他们具有不屈从强权的性格,因此也没有被至尊戒俘虏。人类的国王获得那 9 枚魔戒后,获得了神秘的知识和看不见的力量,变成了强大的国王和巫师,但渐渐地,他们开始受到魔戒的奴役,变成了至尊魔戒的奴隶,最后变成了魔戒幽灵纳古尔人,变成了拥有至尊魔戒赐予的超自然力量,变成了隐形人,能看见的只有他们身上的黑衫;他们那高高的颧骨、苍白的脸和可怕的眼睛,只有戴上魔戒的人才能看得见。他们不可摧毁,一般的武器伤害不了他们,碰到他们就会熔化。他们变成了索伦的陆军中尉,为完成索伦的邪恶计划尽忠尽职。

索伦的形象不再美好，他的眼睛燃烧着邪恶之火，无人敢看他一眼。索伦把摩多王国作为他自己的军事基地，开始挑衅洛汗王国和刚铎王国。第二纪的3429年，索伦军攻占刚铎王国当时的都城“米那斯-莫古尔城”。第二年，精灵和人类形成最后同盟，共同反抗索伦。他们组建了一支大军，南下挑战索伦的邪恶势力，并在达格拉德平原大战中打败了索伦的军队，在奥诺杜因山腰的最后战斗中夺走了索伦的至尊戒，索伦的势力被摧毁。

后来，至尊戒又多次易手，但无论落入谁手，魔戒的邪恶力量都会控制那个人。尽管如此，掌握魔戒的人却不愿意放弃魔戒，即使是把魔戒给别人看一眼，也会令其倍感沉重。戴上魔戒的人不仅可以隐身，而且会发现他自己的身体正在慢慢地发生变化，变得越来越薄，直到身体完全消失，即使不戴的时候也会如此。当完全摆脱魔戒的控制之后，拥有魔戒的人已经失去了自己的身体，就像魔戒幽灵纳古尔人一样。至尊魔戒似乎也有它自己的意志，那就是回到索伦那里。

达格拉德平原大战并没有彻底摧垮索伦的势力。大约在第三纪的1100年，索伦的邪恶力量又卷土重来，出现在中土世界，也出现在幽暗森林。为了击败索伦，巫师们聚集到中土，组成白色委员会，共同商讨应对之策。然而，不幸的是，委员会的领袖白胡子巫师萨鲁曼很快也受到索伦的腐化。萨鲁曼开始寻找这枚第三纪初就已经遗失的至尊戒，开始受到索伦的邪恶影响。

索伦的盟军远离中土寻找至尊戒，索伦也开始准备武力进攻中土。由于对敌人缺乏足够的警惕，刚铎王国建造的那些用来抵御索伦回撤的防御工事逐渐被索伦攻占。索伦与哈拉德王国的凡人和洛汗王国、刚铎王国的宿敌“东方人”结成同盟，在中土北部开矿和制造铁炉，锻造武器；在南部依靠奴隶种植庄稼，提供粮草。索伦的主力部队由兽人和巨怪组成。

兽人最初好像是第一纪时莫高斯豢养的怪物。据说，在那个时候，一些精灵站到了莫高斯一边，莫高斯就用他们培植兽人，以嘲笑真正的精灵。兽人模样丑陋、弓腿、长臂、黑脸、长牙、生性邪恶;他们更像一种妖怪,尽管不同的部落中兽人的样子又各不相同。他们讨厌美好的事物,他们身上的衣服又臭又重,他们的心里只想着破坏和杀戮。他们的部落很原始,不同的部落之间经常发生争斗。早期的兽人经常在迷雾山脉一带活动,最后还把侏儒赶出了莫瑞亚王国。到了第二纪和第三纪,索伦的所有地盘上都有兽人活动的身影,甚至萨鲁曼控制的南库鲁尼尔山谷里也能看见他们的影子。萨鲁曼成功地使人类和兽人结合,从而产生了另一种怪物。这种怪物肤黄眼斜,比普通的人类更高大,他们成为萨鲁曼的斗士和探子。在通常情形之下,兽人身体矮小、皮肤黝黑、鼻孔硕大,但战斗时的兽人体型更大,样子也更可怕。

据说,巨怪的形成是为了嘲笑凡戈恩森林的树精。巨怪身体强壮、心性邪恶,愚笨却残暴成性。巨怪的种类很多,比如有生活在莫瑞亚王国的洞穴巨怪;生活在高格罗斯高原上的山间巨怪;生活在迷雾山脉以西和伊顿沼泽的石头巨怪。第三纪又出现了一种巨怪,他们也是被培植出来的,名叫 *Olog-hai*,比其他种类的巨怪身形更大、更强壮,也更狡猾,能够抵挡阳光,因为阳光会把其他种类的巨怪变成石头。

所有这些巨怪都被索伦召集到摩多王国。大规模的营地和小城镇建造起来,尤其是在摩盖山脊以南。

后来,索伦了解到至尊戒掌握在夏尔郡一个霍比特人的手里。这个霍比特人在白色委员会的帮助下,准备把至尊戒投进厄运裂谷,即奥诺杜因山谷,也就是铸造这枚魔戒的地方,用那里的烈焰毁灭这枚至尊戒,这是毁灭至尊戒的唯一办法。然而,毁灭和拯救至尊戒的两派势力展开了可怕的争斗。最后,当护戒队准备把至尊戒带到奥诺杜因山谷时,西部军向南进军,直捣索伦的老巢摩多。第三纪的 3019 年,两派势力之间爆发了最后的决战,即西力斯-戈哥隘口大战。正是在这次大战期间,至尊戒被投进了厄运裂谷,索伦的势力被彻底摧毁。索伦的军队被彻底击溃,其防御工事被夷为平地。巴拉德-杜尔和摩多王国的防御体系彻底被摧毁。

索伦大败后，奥诺杜因火山爆发，大大地改变了摩多王国的地貌。

托尔金，《魔戒前传：霍比特人历险记》；托尔金，《魔戒首部曲：魔戒现身》；托尔金，《双塔奇谋》；托尔金，《王者归来》；托尔金，《精灵宝钻》

莫诺岛 | Moreau's Island

参阅贵族岛(Noble's Island①)。

摩莱里之国 | Morelly's Land

具体位置不确定。参观者应当知道，摩莱里之国的所有社会生活都遵照3条基本而神圣的律法，目的是杜绝那些困扰其他社会的罪恶。这3条基本的律法是，除了日用品，不可以拥有其他任何私人财产；每个人都必须劳动；每个人都必须根据自己的年龄和能力为这个国家的经济发展作出贡献。

摩莱里之国实行共和制：50岁以上的父亲都是参议员，可以参与政治决议。如果需要，参议院可以组建一个委员会，专门向参议院建言献策，这个委员会由商界和其他自由行业的年轻代表组成。各大城市选出它们自己的参议员和委员会；这些参议员和委员会一起选出最高委员会。摩莱里之国的整个社会以家庭、部落和城市为基础；每个部落拥有的家庭一样多，每座城市拥有的部落数量一样多。如果可能的话，所有城市的规模都尽可能地建得一样大；如果某个城市太大了，就需要创建一座新城市。

共和国的基础是有组织的生产和分配系统。所有的公民都必须在各个行业中年龄最大、经验最丰富的代表的监督下工作。在每一个生产领域，一个有经验的师傅(必须26岁以上)监督10到20个工人。摩莱里之国不做私下交换；耐用商品均可以在公共商店里买到；易坏商品在公共地方由生产商出售。

---

① 后为Noble's Isle。

在这个共和国里，工作的选择与教育及育儿制度联系紧密。婴儿需要母乳喂养，5岁前，孩子必须尽可能地与父母呆在一起，5岁后离开父母，同其他的同龄儿童一起抚养，不过男孩和女孩分开抚养。在接下来的5年里，孩子们交给父母轮流抚养。在这些年月里，孩子们必须学习基本的道德伦理规范和职业技能。到了10岁，这些孩子开始在师傅的指点下学习。这个阶段的学习内容包括道德哲学、纯技能和职业教育，整个学徒阶段都有师傅全权负责他们的职业教育和道德修养。到了20岁时，所有的公民必须从事农业劳动，时间是5年，身体残疾、不能参加劳动的人除外。5年后，他们可以继续做农活，也可以重操旧业，不过这个时候，他们自己也可以做师傅了。如果另谋职业，他们还必须再做5年学徒。到40岁时，他们可以成为“自由劳动者”，也就是说，他们可以重新选择职业，不需要继续接受培训。

摩莱里之国的公民都必须结婚；任何人40岁以后都不可以独身。各个城市的年轻人每年就会聚在一起，公开择偶；来这里参观的人也可以参加这样的择偶活动。但这种聚会常常令人感到很尴尬，无论是对于当事人，还是旁观者都是如此。选择配偶是男人的特权，但若要结婚，需要征得那位被他选中的女子的同意。结婚10年后的夫妻不可以离婚，他们面对的问题只可以通过共同协商解决。离婚之前，部落和家庭将努力搭成和解。夫妻双方离婚后6个月内不可以见面，一年内不许再结婚，不可以与前妻或前夫复婚，不可以与其他离婚的人结婚，也不可以与比他自己小的人结婚。离婚后，孩子交给父亲监护。

在摩莱里之国，所有公民都必须学会勤俭节约，所有的人都必须穿同样的衣服，这样的衣服一直要穿到30岁，衣服的颜色根据衣着者的职业来定。30岁后，人们可以根据自己的品味穿衣，但必须做到简单朴素，不可以因爱慕虚荣而衣着华丽；否则家长可以作出相应的惩罚；所有公民的工作服和休闲服都是由共同体来提供。

摩莱里之国积极鼓励艺术发展，他们把艺术作为一种职业，30

岁以上的公民都可以从事艺术。道德科学研究建立在法律的基础之上，面向所有公民。形而上学沦为关于上帝之神性的讨论，上帝即是一种非个人的宇宙创造者。人们认为来世的生活不可知，造物主对死后可能发生或不可能发生的事情并没有给与我们任何暗示。参议员负责记录摩莱里之国的历史；这是一项非常严格而真实的工作，没有半点想像和杜撰的空间。

摩莱里之国的配给制充分体现在城市的规划方面。城市的街道井然有序，围绕中心广场而建造。每个部落都有独立的街区，每个家庭都有独立的住宅；并留有扩建空间，而且这样的扩展不破坏原有的规划。工厂位于市郊，四周是农业带，里外都有医院和养老院。

在摩莱里之国，谋杀被视为一种违背自然的罪行；谋杀犯会被判终生监禁，历史会抹去他们的名字，表明他们的罪恶行径与人类社会无关。其他的罪犯要么蹲监狱，要么被剥夺公民权；凡是经过法院审过的案子都是终审判决。罪犯由国家为他们提供膳食，由那些有懒惰倾向的年轻人照顾，因为人们相信，目睹罪犯的下场有助于这些懒惰的年轻人改掉懒毛病。监狱所在的位置总是令人不快，通常建在坟场附近。

摩莱里，《自然法典或法律的真谛，总是不被人赏识》(Morelly，一，*Code de la nature*, *ou le véritable esprit de ses lois*, *de tout temps négligé ou méconnu*, Amsterdam, 1755)

莫瑞岛 | Morel's Island

参阅威灵斯山(Villings)。

摩盖山脊 | Morgai, The

位于影子山脉东边的地底下；影子山脉位于摩多王国的上方。摩盖山脊和影子山脉之间有一条天然的深谷，深谷上面有一座石桥。摩盖山脊的顶部沟壑纵横，几乎无法通过。这里植被很少，只有草丛和低矮的灌木丛，紧靠地面的是尖利的荆棘从。摩盖山脊的动物不多，只有蚊子、蛆虫和苍蝇；有些苍蝇呈褐色或黑色，有凸起的红色标记，很像眼睛。

托尔金，《王者归来》

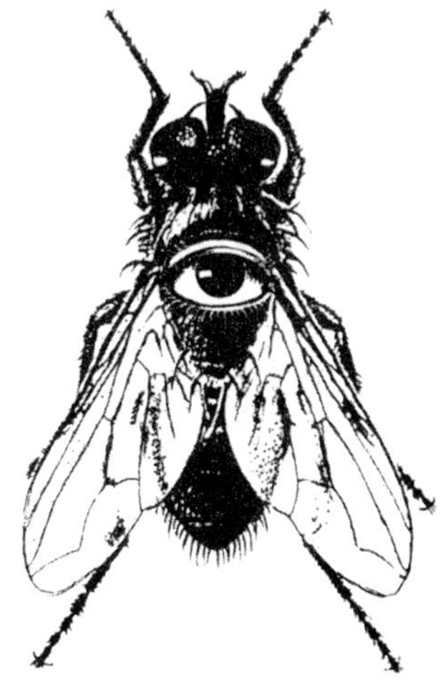

摩盖山脊上的苍蝇

莫甘娜城堡 | Morgan le Fay

又叫“不忠的莫甘之城堡”，坐落在威尔士某地，是卡默洛特城堡主人亚瑟王的姐姐居住的地方。亚瑟王的姐姐曾是英国奥克尼郡罗得国王的妻子，后来变成了最了不起的女巫。她为亚瑟王生了一个儿子，取名为莫德瑞特。她和莫德瑞特一起住在凯里恩城堡，但儿子对母亲的真实身份毫无所知。在萨里斯贝平原大战中，莫特瑞德将会杀死自己的亲生父亲，这是命中注定的事情。

参观者会发现这座漆黑的城堡里装饰豪华：墙上铺着丝绸，被无数支蜡烛照得通明；城堡里的仆人穿着稀奇古怪的长袍，他们对客人的照顾可谓无微不至。

城堡里最有趣的是一间厢房，厢房的墙上有一幅壁画，表现的是兰斯洛特爵士与亚瑟王妻子圭尼维之间的乱伦。壁画是兰斯洛特爵士亲手创作的，当时他被莫甘囚禁在这座城堡里。

无名氏，《亚瑟王之死》

莫瑞亚王国 | Moria

中土最大的侏儒定居点，位于迷雾山脉地下的最深处；侏儒又把它叫作“卡扎德-杜姆(Khazad-dûm)”，字面意思是“侏儒卡扎德人居住的大厦”。这是一座宏伟的地下城市，始建于中土第一纪，当时正值侏儒的七父亲之最、著名的杜林来到丁瑞尔溪谷或阿扎努比扎山谷的时候，这里也成为侏儒王国的一部分。

莫瑞亚王国正是杜林及其信徒创建的。这是一座由隧道、楼梯及大厅构成的庞大的迷宫；此外还包括大矿山，这是侏儒的财富来源。

侏儒建造了大门，站在这里可以俯瞰阿扎努比扎山谷和镜湖。位于大门上面或上方的莫瑞亚被系统地叫作“水平”，大门下面无数的大厅叫作“深度”。莫瑞亚东边有一片古老的居住区，由一系列大厅构成，建在第七层平面上，距离地面最高，通过从山岩上凿出的窗户采光。更低处的大厅甚至更大；位于第一深度的第二厅宽敞多洞穴，两排高耸的柱子一直延伸到厅堂的中央，雕刻成大树干的样子，石树枝支撑着屋顶。最初，第二厅与第一厅相连，外面的通道是一座精致的拱桥，很窄，行人排成一行才能通过；拱桥没有扶手，约长 50 英尺，跨过一个黑糊糊的深坑，这里曾是一个重要的防御工事，抵御那些企图夺取第一厅的敌人。

莫瑞亚王国最初有两个入口，相距 40 多英里，位于迷雾山脉的两面。主入口叫大门，位于莫瑞亚东面的丁瑞尔河谷；登上大石梯可以到达这些大门。当精灵和侏儒还是朋友的时候，他们建造了西门，用来促进贸易。西门直接从山谷上面的峭壁上凿出，峭壁又名莫瑞亚的围墙，那条山谷曾是一个浅浅的河床，河流的名字叫锡兰隆河，也叫大门溪。低矮的门关闭时不容易被看见，不过，如此建造莫瑞亚的西面入口是为了让其他民族能够明白它怎么用，知道如何毫不费力地打开它。大门上方刻着在伊西利恩地区锻造的侏儒文字，只有当月光照射在这些文字上面时才能被看见。它们表现的是杜林的徽章，一顶七星王冠下面一个铁砧和铁锤；高级精灵的那棵树和菲诺家族(Fëanor)的那个星星。在一个用精灵文字构成的拱形里，有一段西方精灵语：“莫瑞亚的国王杜林之门，请说话友善，请进。”当说到精灵语中的朋友 *mellow* 一词时，大门就会打开。还有一段文字介绍大门建造者纳维(Narvi)，也就是这些符号的创造者，霍林王国著名的精灵工匠塞勒布利博(Celebrimbor)。

中土的侏儒擅长工艺制作，尤其是在金工方面。他们能制造精美的珠宝、珍稀的金属品、饰品、盔甲及其他武器。他们开采矿石，用来打造自己的地下居所。他们通常诚实可靠，但迷恋黄金和稀有金属。在莫瑞亚王国，侏儒找到了渴望已久的秘银，这种金属只有莫瑞亚境内才有，也正是他们最想要的真正的银子。秘银可以锻造成多种形状，而且光泽度好，永远不会失去光泽。侏儒把它炼成一种轻巧却比炼过的铁更坚硬的金属，这时候，精灵用这种金属来锻造合金伊西尔丁(ithildin)。护戒使者、夏尔郡的霍比特人比尔博曾得到过一副秘银制成的盔甲。这副盔甲闪闪发光，摇动时会发出清脆的响声，正是有了这副秘银盔甲的保护，比尔博和他的侄儿弗罗多才多次死里逃生。

侏儒在地下寻找秘银的活动最终招来了灾难。由于他们越挖越深，弄醒了巴罗克；这是可怕的魔鬼族里最后的幸存者。这种魔鬼像一个巨大的阴影，被火焰包裹着，佩带皮鞭和锋利的宝剑，具有令人恐怖的威力。巴罗克杀死了两个侏儒国王，其他侏儒逃跑了，离开了莫瑞亚王国。到了第三纪的1981年，莫瑞亚变成了一座弃城。多数侏儒向北迁徙到孤独山，另一些侏儒到了铁山和灰烬山。莫瑞亚境内的地下洞穴很快就变成了兽人和邪恶的小精灵的地盘，他们后来受到魔鬼巴罗克的辖制。为了回到莫瑞亚地区，侏儒做了两次努力。第一次努力导致了侏儒与兽人之间的全面大战，大战从第三纪的2793年一直持续到2799年。第三纪的2790年，侏儒国王斯沃尔再次进入莫瑞亚，结果被兽人杀死并被切去手足。为了找到凶手，侏儒开始袭击兽人的每一个窝点，最后在阿萨努比萨大战中大获全胜，但侏儒自己的损失也非常惨重，由于害怕巴罗克，他们不敢再次定居莫瑞亚。差不多两百多年以后，一个名叫巴林的侏儒赶走了孤独山的巨龙史矛革，率领侏儒回到莫瑞亚。巴林统治莫瑞亚5年后，被兽人杀死，与他一同受难的还有他的许多同胞；他被葬在记录屋玛扎布尔屋里。

魔戒大战期间，由于迷雾山脉不可以经过，护戒使者只好穿过莫瑞亚地区。他们遭到兽人和洞穴巨怪的进攻，最后又遭到巴罗克的袭击。护戒使者一个接一个地穿过通向东面入口的狭窄拱桥，白胡子老巫师甘道夫留在后面对付巴罗克。桥断了，他们从桥上掉下去，连续10天，两人打得难解难分，最后一直打到莫瑞亚上面的山顶，巴罗克坠下悬崖摔死了。此后，甘道夫被带到罗林恩王国，变成了白胡子甘道夫。巴罗克虽已被消灭，莫瑞亚却仍然遭受着兽人的肆虐；侏儒似乎不再奢望回到莫瑞亚。

侏儒被迫四处流浪，但他们始终保持了自己的语言和文化。他们继续制造乐器，包括精美的金竖琴——孤独山下巨龙史矛戈的宝物中还可以发现这样的竖琴，然后继续吟唱他们的过去。

托尔金，《魔戒前传：霍比特人历险记》；托尔金，《魔戒首部曲：魔戒现身》；托尔金，《双塔奇谋》；托尔金，《王者归来》；托尔金，《精灵宝钻》

莫瑞安纳城 | Moriana

坐落在亚洲某地。涉过一条河，跨过一个山隘，你就会看见莫瑞安纳城。在阳光之下，它的雪花石城门是透明的，它的珊瑚柱支撑着嵌有蛇纹石的装饰，它的房屋是玻璃建造的，像水族箱；一群正在跳舞的长着银色鳞片的女子在水母形的吊灯下游来游去。即使不是第一次出门旅行，你也已经知道，像这样的城市总得有个对应物。只要绕半圈，你就可以看见莫瑞安纳城隐藏的另一张面孔：一大片锈蚀的金属、麻袋、嵌着铁钉的木板、布满煤渍的管道、成堆的铁罐、挂着褪色招牌的墙壁、破藤椅的框架，以及只配挂在烂屋梁上的绳子。

从一面到另一面，这座城市的各种形象似乎在不断地繁殖，而它其实没有厚度，只有正、反两个面，就像一张两面都有图画的纸，这两幅画既不能分开，也不能对望。

伊塔洛·卡尔维诺，《看不见的城市》

莫弗城 | Morphopolis

距离法国布洛伊斯只有几公里远，占据了查波特城堡的公园。莫弗城是巴黎的微型版，一条大水渠表示塞纳河。城里可以看见卢浮宫商场、戏剧林荫道、帕克斯咖啡店、爱丽舍宫、巴黎最著名的餐馆、时尚服装店和剧院。

莫弗城的居民都还在沉睡之中。1920 年，莫弗医生找到一种药，可以强化人的生理机能。1950 年，他决定建造一座 300 年都不会倾倒的城市，并筹备好了资金：4 亿万法郎用来购地和建楼，2 亿法郎用在维修和安全方面。1950 年 6 月 28 日，1 万多人愿意参与这个实验，并被注入这种药物。就像睡美人城堡里的居民一样，这些人如今正在酣睡之中，他们将在 2250 年的 6 月 28 日醒来。

参观者要注意，想要进入莫弗城，就必须持有法国政府的签证。

莫瑞斯·巴里朗，《沉睡之城》(Maurice Barrère, La Cité du sommeil, Paris, 1929)

翌日半岛 | Morrow Island

具体位置是北纬 46.2235 度，西经 33.39486 度，与佛朗哥伯利亚的海滨之间隔着茂柏图斯水渠。

翌日半岛长 30 公里，宽 8 公里，人口 5 万多，首都鲁克斯城是一座海滨防御城市。岛上值得一看的还有美丽的普利梅维尔城，距离内陆地区 12 公里。海岛以西是咸水沼泽和牡蛎养殖厂；以南是牧场；西北部是饥饿城的渔港，风景优美，只需要登上 43 米高的拉维灯塔就可以一览无余这里的美景。

翌日半岛上的居民很穷，由于缺乏麻醉剂，很多人病死在医院里，但它也有几分独特的魅力，从而使它更值得一游。特别是这座岛上出现的 20 个神圣的幽灵，这引起许多神性的变化，比如首都的革命广场被重新命名，现在叫圣心广场了。

参观者会发现，他们可以在既定的时间为这些幽灵预订位置，直接从 12 个已经安排好的守护神里去挑选。

亨利·夏多勃里昂，《偶像之城》(Henri Chateau, *La Cité des idoles*, Paris, 1906)

莫瓦沼泽 | Morva

一个偏僻而荒凉的地方，位于普瑞敦王国的斯特拉德河(Ystrad)西岸。只要沿着一条狭窄的路走，穿过伊德里斯森林背后那片沼泽就可以到达。游客会发现这个地区主要是死水潭和沼泽，包括零星的荆豆属植物、灌木丛和草丛。远处会传来一阵阵嗡嗡声和痛苦的呻吟，空气里弥漫着腐烂的味道，整个地区被笼罩在阴郁的白雾之中。如果找不到那些隐蔽的路，游客是无法穿过沼泽的；这些路与陷下去的草丛和泥土看上去没有什么区别，很难辨认。

莫瓦沼泽里只有一栋低矮的村舍，建在沼泽边缘的土丘上，用树枝和泥土搭建而成，后面是摇摇欲坠的马厩和外屋，远处很难看得清楚。这个村舍就是奥都、奥文和奥格西的住所。据说，这 3 个女巫之间随时可以互换身份，但她们都不喜欢把自己变成奥格西，因为奥格西对一切生灵贪得无厌；因此她们没有办法养宠物，因为她们养的宠物最终会变成奥格西的食物。她们还能改变自己的容貌，她们本是丑陋的老太婆，却可以变成美丽的少女。关于这一点，英国巴斯城的一个女子就曾报道过。

正是在莫瓦沼泽，凯尔-达尔本的伟大男巫达尔本度过了自己的童年。3 个女巫在一个柳篮里发现了他。她们把他抚养大，教给他巫术。也正是在莫瓦沼泽，达尔本得到了那本可以预知普瑞敦王国之未来的《三之书》。

劳埃德·亚历山大，《黑色大铁锅》；劳埃德·亚历山大，《流浪者塔兰》；劳埃德·亚历山大，《至尊国王》

凯利母亲的天堂 | Mother Carey's Heaven

参阅和平池(Peacepool)。

悲伤湖 | Mournful Sea

参阅阿里弗贝城(Alifbay)。

模拟山 | Mount Analogue

南太平洋中的一座岛屿大陆,由一座与此同名的世界最高峰构成,坐落在一个水下平台上,绵延1万多英里。这个水下平台含有多种矿物质;这些矿物质生成的年代不太清楚。它们扭曲了周围的空间,使其形成一个外壳,把整个地区都包裹在里面。不过,这个外壳没有被完全密封起来,上面留有小口,用来接受来自星体的辐射,这是维系生命所必需的东西。这个外壳也朝地核敞开,像一个扭曲不可穿透的环,也像一个不可触及的隐形障碍,环绕着这个地区。由于不可见,人们很难相信是否真的存在这样一个环。

假设一艘船位于A点,也就是说,位于这座岛屿的西南面(请参看地图所示),一座灯塔位于B点,即岛屿的东北部,那么从A点可以看见灯塔的光(位于B点),这时,模拟山好像根本不存在,因为灯塔的光完全绕过了它。假如这艘船从A点前进到B点,空间里的弯曲也偏离星光和磁力,因此,不管是在六分仪上,还是在罗盘上,这艘船似乎都是在直线航行。不转动方向盘,船会自动绕过模拟山周围的弯度。综上所述,即使模拟山的面积有澳洲那么大,也很少有人能够意识到它的存在,这一点不难理解。

为了找到进入模拟山的路线,正如几个探险队所做的那样,游客必须接受严格的"需要"的带领才能到达。只有太阳能够不扭曲

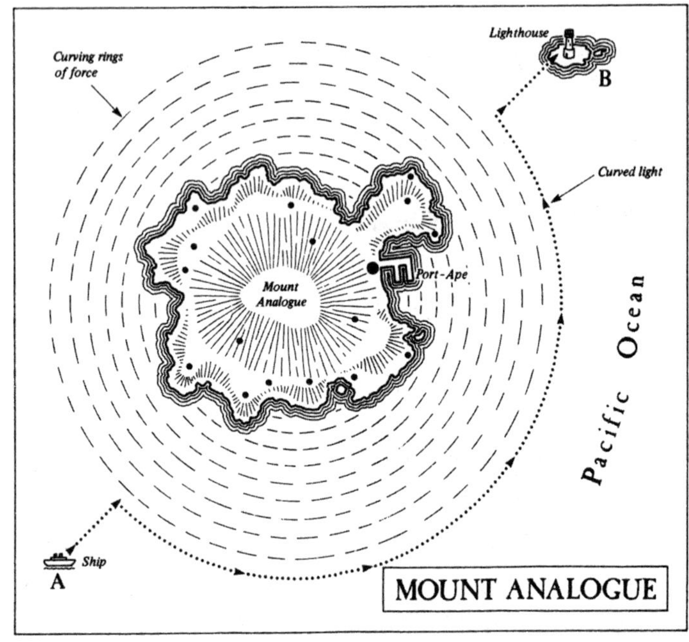

模 拟 山

岛屿周围的空间;因而,无论是在黎明,还是黄昏,游人必须想办法破开那层外壳。如果需要,他可以在黄昏时从西面进入这座看不见的岛屿,而不是黎明时从东面进入。正如富兰克林的热屋实验一样,这时海上的一股冷空气将吹向模拟山低处过热的大气层。在这种情况下,游客可以被吸附在外壳里面;黎明时,游客在东面会受到一股猛烈的推力。这只是一种象征性的做法,表明文明从东到西逐渐衰落。要想到达文明的起源之地,游客必须朝相反的方向前进。

关于模拟山,我们只能从一个来过这里的探险队那里了解到一些信息;不过他们的记录很不全面,而且也没有告知他们最终是否能够登上模拟山。尽管如此,他们的记录也精彩地描绘了猿城和这里的岛民的社会结构。权力落入高山导游之手,他们形成了自己的社会阶层。除了做导游,他们还管理海滨和山腰的村庄。

岛上没有纯粹的土著人,居民都来自四面八方,他们在不同的时期来到这里,目的是要爬上模拟山,他们相信模拟山是天堂与地球之间的连接点。

雷纳·道马尔,《模拟山》(René Daumal, *Le Mont Analogue*, Paris, 1952)

移林半岛 | Moving Trees, Island of

北大西洋中一座面积比较大的岛屿。岛上植被丰富,岛名源于 17 世纪早期来到这里的那些航海家所犯的一个错误。他们航行到一处河口,看见一些树木从河的一岸跳到另一岸,他们心里顿生惶恐,决定回撤。最近来到这里的游客注意到,所谓的“移林”其实是当地渔民使用的大驳船,大驳船上密密麻麻地装饰着色彩缤纷的树枝。

塞万提斯·萨维德拉,《贝尔西雷斯和西希斯蒙达历险记》(Miguel de Cervantes Saavedra, *Los trabajos de Persiles y Sigismunda*, Madrid, 1617)

穆尔岛 | Muil

参阅七岛(Seven Isles)。

穆美尔湖 | Mummelsee

位于德国斯佩萨特地区一座最高峰的山脚下。根据当地居民的说法,穆美尔湖深不见底,湖水里住着水精灵,因此湖名的意思是“水妖湖”或“精灵湖”。

参观者一定要注意,不知道为什么,任何干扰了穆美尔湖的东西都会遭到毁灭,任何投进穆美尔湖里的东西都会变成另外某种东西。一旦湖水受到干扰,就会引发强烈的风暴。可以说,没有路直接通到穆美尔湖，游客只能依靠步行。就我们目前所知，可以从穆美尔湖进入中枢地区。

约翰·汉斯·雅各·克里斯托菲·冯·格里美豪森，《痴儿西木历险记》；约翰·汉斯·雅各·克里斯托菲·冯·格里美豪森，《痴儿西木历险记续集》

音乐岛 | Musical Island

这座岛上最值得注意的是一些奇异的古乐器花，例如 *taroles*，*ravanstrons*，*sambucas*，*archilutes*，pandoras，*kins*，*tchés*，*turlurettes*，*magreplas*，以及 hydraules，生长在风神用竹篱围起来的植物园里。拜占庭时期，公元 775 年，君士坦丁五世送给欧洲法兰克丕平国王的那架管风琴就保存在岛上的一间花房里，是法国贡比涅城堡的圣高乃依带到这座岛上的。如今，人们仍能听见它发出 *octavina*，*counterbassoon*，*sarrusophone*，*binious*，*zampogna*，*bagpipe*，*serpent*，*coelophone*，*saxhorn*，以及 *enclure* 这样的声音。夏至的时候，植物园中所有的古乐器花朵都会竞相开放。

音乐岛上的音乐由顾问温度计来控制，人们把这种温度计叫作“塞壬”。冬至时，这样的音乐既有猫的诅咒声，也有黄蜂或苍蝇的嗡嗡声。

星空也会制造音乐，愉悦岛上的游客。晚上，土星敲击古埃及的打击乐器叉铃的琴弦；日出和日落时，太阳和月亮互相撞击，响声如铙钹声。

音乐岛的国王正坐在他那散发着竖琴香味的宝座上，欣赏着座天使、主天使和能天使们的大合唱：“让我们日夜饮酒！让我们永远爱恋！”国王习惯对来访者唱这样一段圣歌：“欣赏山间铙钹乐声的那个人是幸福的，他清晨醒来，心境平和，发誓绝不向外面的俗人泄露这份幸福的神秘之源。”

阿尔弗雷德·雅里，《罗马新科学小说：啪嗒学家浮士德若尔博士的功绩和思想》

音乐家之岛和喜剧家之岛 | Musicians' Island and Comedian's Island

火地岛附近两座相邻的岛屿。对于喜剧家之岛,我们了解不多,但我们知道音乐家之岛却是一个令人愉快的地方,这座半岛上只听得见歌声和乐器声。岛民说话节奏平和,就好像说的是瑞典语。他们按照乐曲的节奏建造房屋和花园。这两座半岛上的居民必须定期向诗人之岛弗里科的政府纳税。

皮埃尔·德方丹神甫,《新居利维或居利维船长之子让-居利维之旅》

音乐家山谷 | Musicker's Valley

一个令人愉快的山谷,介于驴城和那个沿着咕嘟人之国方向延伸的平原之间。路边有一栋小房屋,小房屋里住着山谷里唯一的居民卡普。卡普是一个肥胖的小矮人,喜欢穿有镶边的红色夹克衫、蓝马甲和镶有金边的白裤子。

山谷的空气里经常充满了乐声,这乐声是卡普的身体发出来的,很像手风琴或破旧的留声机里发出的声音。卡普的整个身体就像一架管风琴,他的肺就是风厢。听到这样的乐声,我们就不难理解山谷里为何没有其他人居住了。

莱曼·鲍姆,《奥兹国之路》

神秘岛 | Mysterious

参阅林肯岛(Lincoln)。

神秘谷 | Mystery, Valley of

参阅热带谷(Tropical Valley)。

纳库梅拉岛 | Nacumera

大西洋里的一座美丽的大岛，周长 1000 多英里。岛上的居民远近闻名，他们长得人高马大，头像狗，生性好战，随身总是带着尖利的矛和结实的盾，前额上带着心形的金银装饰，这是他们崇拜公牛的神圣标志；他们在腰间系一块遮羞布。为了节约，他们甚至会吃掉俘虏。

纳库梅拉岛上的居民戴在前额上的金牛偶像

纳库梅拉岛的国王很虔诚，饭前总要对着自己的神灵祈祷 300 次。国王与普通人的打扮区别不大，唯一不同的是，国王的脖子上戴着一块红宝石，长约 1 英尺，宽五指。中国的皇帝早就对这块红宝石垂涎三尺，他们想方设法想弄到这块红宝石，一会儿说要从国王那里买这块宝石，一会儿又用战争相威胁，但最终没能得逞。

约翰·曼德维尔爵士，《曼德维尔游记》

无名城堡 | Nameless Castle

这座城堡孤独地伫立在法国的村庄里。在城堡的主要入口，游客会看到下面这段话："我不属于任何人，又属于所有人；进来之前，你已在这里；离开之后，你仍在这里"。在这座城堡里，参观者会发现一群杂居的人，他们既说真话，也说谎言，他们要么坐着，要么四处闲逛。

尽管入口有警告，一群强盗还是霸占了这座城堡，加之有恶仆帮忙，他们会杀死任何想要夺走这座城堡的人。

邓尼斯·狄德罗，《宿命论者雅克和他的主人》(Denis Diderot, *Jacques le fataliste et son maître*, Paris, 1796)

南-库鲁尼山谷 | Nan Curunir

位于中土的迷雾山脉南端的西面，在萨鲁曼巫师定居这里之前，这里是有名的安格诺斯特山谷，在此可以俯瞰伊森平原和洛汗王国境内的裂谷。这个山谷的战略位置非常重要，只有南面可以进入谷地，其他三面都是天然的屏障。

山谷里坐落着坚固的伊森加德城堡，最初为刚铎王国的居民所建。洛汗王国成为独立的王国之后，这座城堡成为重要的前哨。城堡由巨大的天然岩墙构成，岩墙突出，环绕着一块直径约 1 英里的圆形平原，平原中心是一座高塔，名叫奥特汉克塔。这一面与悬崖齐高的岩墙就是有名的伊森加德之环。这座城堡只有一个入口，一条从岩墙南面的黑岩上凿出的长隧道。铁门位于岩墙的两端，在没有插上门栓的时候，只需稍稍一推就可以打开。岩墙围起来的这块土地得到了开垦，参观者从隧道里走出来的时候，会惊讶于这一片绿草地和精致的果园。如今，岩墙遭到大面积的毁坏，但那座高塔依然可见。

高塔用光滑的黑岩建造而成；高处，4 根大岩柱被焊接在一起，形成一个尖塔，约高 500 英尺，尖塔上建有狭小的平台，上面雕刻着怪异的符号。27 级宽阔的黑石梯一直通到高塔仅有的入口。高塔的窗户位置很高。

第三纪的 2758 至 2759 年那个漫长的严冬过去之后，刚铎王国第 19 任摄政王贝森和洛汗王国的弗瑞阿拉夫国王欢迎萨鲁曼来到伊森加德城堡，希望他能帮助摆脱这个被严冬肆虐的王国。萨鲁曼从贝森那里得到奥特汉克塔的钥匙，作为贝森的助理和高塔的看守在这里住下来。

对付摩多王国的黑暗之君索伦的白色委员会共有 5 个巫师，萨鲁曼是其中之一。最初，萨鲁曼对洛汗王国很友善，但逐渐受到索伦邪恶势力的影响。萨鲁曼来伊森加德城堡的动机似乎是想得到奥桑克石，即一颗预言石帕兰迪瑞。这种水晶黑球好像有一颗火焰之心;如果拥有一颗这样的水晶石,他就可以看见遥远的未来,还可以用思想进行交流。水晶石最初是艾达玛海湾的精灵制造的,用来保护刚铎王国,被放在中土不同的地方。最重要的那颗水晶石保存在刚铎王国以前的首都奥斯吉力亚斯城,其他的放在米那斯-提力斯城和米那斯-莫古尔城。另有3颗保存在阿诺尔王国的安努米那斯城里的阿蒙苏尔塔,阿蒙苏尔塔曾坐落在气象山,如今位于高塔山脉。水晶石容许强大的意志控制弱小意志,因此当这样的预言石落入索伦之手后,它就会对其他的预言石构成巨大的威胁。

萨鲁曼住在伊森加德城堡期间,城堡的模样和周围的自然变化很大。围墙内被开垦的土地变成了他的加工厂:到处都是金属、大理石柱和机器;丑陋的土丘遮住了那条通向地下锻造厂和运输萨鲁曼的奴隶军的通风道的入口。伊森加德城堡变成了邪恶生灵的家园,这样的邪恶生灵包括索伦放出去骚扰刚铎王国和洛汗王国边境的兽人。也是在这座城堡里,萨鲁曼还成功地制造了人与兽人相结合的后代。

在魔戒大战期间,凡戈恩森林的树精组成了一支强大的军队,去进攻萨鲁曼的堡垒。树精最大的愿望就是向这些肆意破坏森林的兽人复仇。他们毫不费力地摧毁了伊森加德城堡的防御工事,只用手的力量就拆掉了那堵岩墙,并使伊森河改变了流向,使得洪水泛滥,淹没了那些地下洞穴和工厂,继而在奥特汉克塔的山脚下形成一个湖泊,而奥特汉克塔本身则证明自己确实是坚不可摧的,能够抵挡住中土体格最强大的树精的袭击。萨鲁曼及其助手格瑞玛或虫舌逃到高塔里,成了树精酋长树须的阶下囚。愤怒和绝望之余,格瑞玛糊里糊涂地把那颗水晶石扔出了高塔。水晶石最后落入阿拉贡之手,阿拉贡是刚铎王国的王族后裔,后来成为联合王国的至尊国王。

取得胜利后,树精搬走了古墙的碎石,在山谷入口种了两棵大树,并在这个地区的周围种植了树林,这就是后来的看护林,主要任务是看守被囚禁的萨鲁曼。魔戒大战结束之后,树须酋长才允许萨鲁曼离开,但他必须把高塔的钥匙交给刚铎的国王。

托尔金,《魔戒首部曲:魔戒现身》;托尔金,《双塔奇谋》;托尔金,《王者归来》;托尔金,《精灵宝钻》

纳尼亚王国 | Narnia

位于山峦和荒漠之间,山峦以南是阿钦兰王国,而荒漠是纳尼亚王国的北部边界,纳尼亚王国东面临海,以西是起伏的山峦和峭壁。大河流经纳尼亚王国全境,从悬崖间飞流直下,流进铁锅池。铁锅池其实是一个深洞,深洞里正冒着气泡;大河两岸多悬崖峭壁。一条发源于灯笼荒漠的支流经过陡峭的山峡,再经过海狸水坝汇入大河。大河穿过草地、岩石、石楠花丛和森林,最后流进宽阔的山谷。到了这里,大河变得更浅,最浅的地方形成了大河滩,上面坐落着贝鲁纳镇。贝鲁纳镇筑有围墙,房屋为红屋顶。在贝鲁纳镇的下面,大河与拉希河交汇,蜿蜒穿过广袤的森林后,汇入纳尼亚王国的首都帕拉维尔城附近的大海。纳尼亚王国的海岸多森林,尽管东北部的海岸多沼泽,其中有小岛无数、沟渠众多;纳尼亚王国以西是巨大的山峦,这些山峦赫然耸立于西部荒野之上,西部荒野多为嶙峋的丘陵,与远处醒目的冰山形成对照。

纳尼亚王国不是被某个凡人创造的,而是伟大的狮子阿斯兰创造的。阿斯兰来自世界尽头背后的阿斯兰王国,是纳尼亚王国那位神秘而万能的至尊王的儿子。很少有人能有机会亲眼目睹阿斯兰的风采;但都对阿斯兰的鬃毛和眼睛印象深刻,而且无不为阿斯兰使用力量时所具有的优雅和智慧所折服。阿斯兰给人印象最深的是他那美妙动听的嗓音,阿斯兰就用这美妙的嗓音唱出了纳尼亚王国,这真可谓凭空出世。据说,阿斯兰的这首创造之歌里既没有歌词,也没有调子,但这却是我们所听到的最美的歌,它使漆黑的天空突然间群星闪烁。阿斯兰唱歌的时候,黑漆漆的天空开始变得灰暗,继而变成浅白,然后是粉红,再从粉红变成金黄,好像太阳正在冉冉升起。这时候,纳尼亚王国的山谷也不知从何处跳

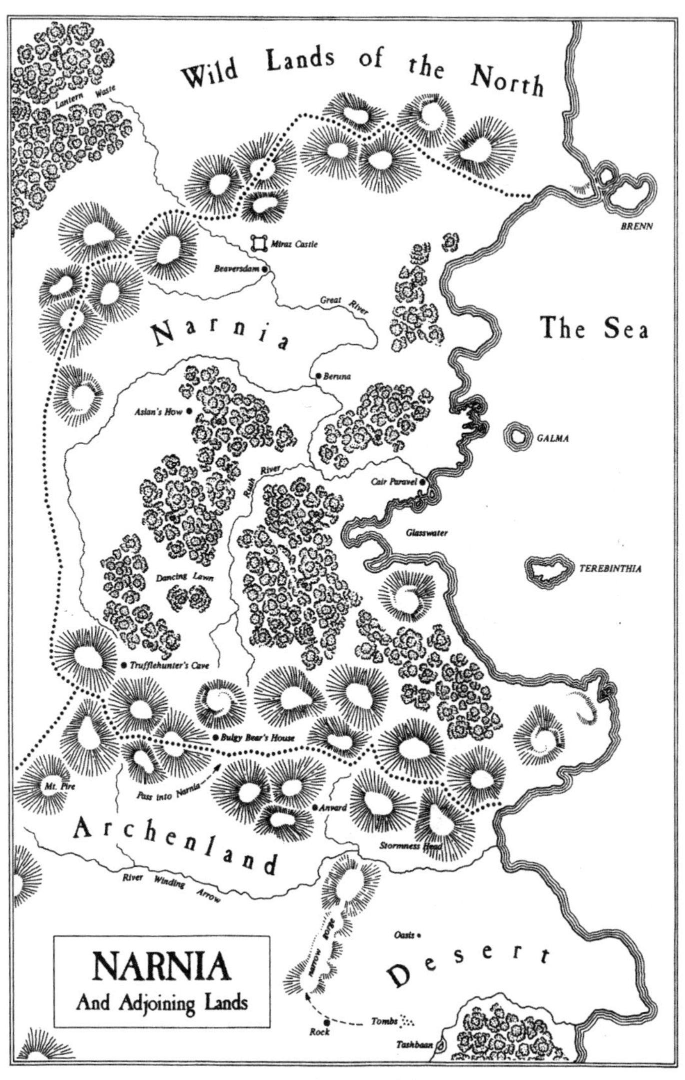
Wild Lands of the North
Lantern Waste
Miraz Castle
Beaversdam
Great River
BRENN
Narnia
The Sea
Beruna
Aslan's How
GALMA
Rush River
Cair Paravel
Glasswater
TEREBINTHIA
Dancing Lawn
Trufflehunter's Cave
Bulgy Bear's House
Mt. Pire
Pass into Narnia
Anvard
Archenland
Stormness Head
River Winding Arrow
Oasis
Desert
NARNIA
And Adjoining Lands
Rock
Tombs
Tashbaan

纳尼亚王国

那座重建的高塔，屹立于纳尼亚王国的首都帕拉维尔城的入口处

跃而出，而当阿斯兰开始来回走动，唱一首更加轻快活泼的新歌时，绿草长出来了，很快就覆盖了山谷和上面的山丘；树也开始生长。阿斯兰的歌声越来越激昂，草地上开始冒出气泡，形成一个个土丘，然后不断地膨胀，越变越大，最后爆开，从里面蹦出一只只完整而鲜活的动物。这些新生的动物马上就开始自己的活动：鸟儿唱歌，蜜蜂采蜜，青蛙跳进河里，黑豹在洗澡，美洲豹在用树干磨爪子。阿斯兰又用美妙的歌声创造了森林中的野人，他们是半人半兽的怪物和侏儒。在阿斯兰创造纳尼亚王国的最初几天里，纳尼亚王国的每件东西都自然而然地长出来；一块金属很快变成一根灯柱，金币和银币很快变成金树和银树。

纳尼亚王国最值得一看的是阿斯兰之墓，这是大森林里一座人造的大古冢，参观者千万不要错过。具体而言，阿斯兰的古冢坐落在大森林上方的一座小山上，站在小山顶能看见大海。大古冢建于古代，由迷宫一样的隧道、走廊和洞穴组成，穿过低矮的石拱门可以进入。所有的隧道相互连接，用光滑的石头做顶，石头上刻着奇怪的文字和蛇形的线条，在这些文字和线条之间不断重复狮子这一主题。大古冢的中心是一间房屋，用具有古代工艺的柱子支撑着；厢房里放着一张破石桌，石桌从中间断开，桌面上刻着文字，古冢还没有最后竣工之前，这些文字就已经被侵蚀得面目全非了。阿斯兰的古冢是一处令人感到奇怪而又心生敬畏的历史遗址。它与纳尼亚王国历史上一些最重要的事件相关，好奇的参观者不妨好好研究一下纳尼亚王国的历史，这样可以更好地了解这个王国的生活方式和习俗。

纳尼亚王国几经兴衰和沉浮，忽而是多年的和平和繁荣，忽而又是多年的贫穷和混乱；纳尼亚王国的历史就像是拼缀而成的。

根据纳尼亚王国的基本律法，这个国家必须由男人来统治，因此阿斯兰创建了这样一个政府，这个政府的统治者是一个车夫和他的妻子，这两个人分别被阿斯兰封为国王和王后，也就是弗兰克国王和海伦王后。今天，我们能够欣赏到俩人的王冠，都是侏儒用金树叶子做的；王冠上镶嵌着美丽的宝石，这些宝石是鼹鼠采集的。国王和王后还成立了安全委员会，委员会的成员包括侏儒的酋长、河神、猫头鹰、大乌鸦、公牛和大象。这个委员会统治纳尼亚王国，但它必须服从海对面的大君王和他的儿子阿斯兰的权威。

纳尼亚王国曾经受制于白发女巫加迪斯的专制统治，整个王国终年冰雪，总是寒冷的冬日，不过圣诞节那天永远是一个例外，那天的大河变成了绿冰覆盖的平坦地面。据说，阿斯兰会来结束纳尼亚的冬天。在4个小冒险家的帮助下，阿斯兰赢得了胜利，那个预言终于实现。4个小冒险家在纳尼亚王国的首都帕拉维尔登上了君王的宝座，成为联合君主，统治纳尼亚王国多年。他们分别是显赫之王彼得、优雅女王苏珊、公正之王埃德蒙特，以及勇敢女王露西。这就是纳尼亚王国历史上最值得记住的黄金时代。

大河的河口有两条小溪流汇入，两条溪流之间是一个平原，平原隆起成一座小山，帕拉威尔最初就屹立在这座小山上；后来小山被侵蚀成一座小岛。最初的帕拉威尔只是白发女巫加迪斯建造的一座城堡，包括许多高塔和小尖塔，城堡的一个大拱形建筑里安装了一扇大铁门。参观者可以欣赏城堡正厅的象牙顶，西墙悬挂着孔雀的羽毛。在与白发女巫的最后对决中，城堡入口的大门和高塔遭到彼得极大的毁坏。不过，如今的城堡再次恢复了昔日的辉煌，尽管没有历史记载表明这座城堡是在什么时候，或是由谁来完成的这个恢复工作。

纳尼亚王国的建筑相对而言很少。除了坐落在帕拉威尔和海狸水坝边的一座城堡，唯一一个定居点就是贝鲁纳小镇。纳尼亚王国的生灵大多喜欢住在森林里和山洞里，喜欢舒适的生活。长得半人半羊的怪物所居住的地下房屋设备齐全，屋子里堆放着大量的书籍，其中包括《仙女和她们的生活方式》和《人类是一个神话吗?》。

值得一提的还有其他几种动物，其中有野兔、狗和勇敢的独角兽，它们在战斗时可以隐身。特别有趣的是奇怪的沼泽人。它们身体小、四肢奇长、手和脚上有蹼、肤色如泥、一缕缕杂草一般的灰绿色发丝垂在肩头。他们穿土黄色的衣服，戴宽边沿的尖帽，很难把他们与周围的环境区分开来，他们住在自己的棚屋里，这些棚屋散布于沼泽的周围。沼泽人的生活态度很悲观，总是使人想到人生之大不幸。他们靠沼泽里的鳗鲡和青蛙讨生活，他们会抽一种奇怪的旱烟，这种旱烟里混杂着泥土；烟雾不会升腾到空中，而是从烟管里冒出来。

纳尼亚王国的东海是美人鱼的家园，而森林里却充满了各种树精，我们很难把这些树精与周围的树林分开。

当大多数动物的食物比较充分，不会去惊吓游客时，有些动物的饮食习惯却很奇怪。比如，树精会吃各种土壤，甚至在盛宴上也是如此；巨大的人首马身怪的饮食习惯更是离谱。它既有人的胃，又有马的胃，会吃下双倍的食物。它早餐喝稀饭以填饱人胃；而为了填饱马胃，它又要吃草，一吃就是一个多小时，最后还要吃捣碎的燕麦和糖，这又得花去很多时间。因此，如果邀请他到家里做客，那可不是什么好玩的事，一般人可是招待不起的。

纳尼亚王国的侏儒约 4 英尺高，就体形而言，它们算是一种最强壮的生灵了。他们是勇敢而杰出的矿工和铁匠，但他们有时候凶猛好战、不讲信誉。

纳尼亚王国令人印象深刻的习俗是一年一度的雪舞节。当到了地面覆盖厚厚积雪时的第一个月夜，半人半羊的怪物和树精就会表演一种极其复杂的舞蹈。他们的外面围着侏儒，侏儒穿上最漂亮的鲜红色外衣，戴着毛皮头巾，脚上套着毛皮长筒靴，随着音乐的节拍抛掷雪球。如果所有舞者的动作都很完美，就没有人会被雪球击中。不过，这既是一种舞蹈，更是一种游戏，舞者稍不注意就会失去平衡，就会被雪球击中，而其他人则为此乐不可支。如果舞者训练有素，比如乐师和侏儒，如果愿意，他们可以连续跳上好儿个小时而不被雪球打中。

当井中水仙和树精参加半人半羊的怪物狂欢时，森林居民也会喜欢这种舞蹈。另一种流行的消遣方式是在穿红衣的侏儒带领下去矿井和洞中寻宝。夏天，当纳尼亚王国的小溪流淌着蜜酒的时候，把酒神巴库斯抚养长大的老西勒诺斯就会骑着驴儿来到这里，有时候巴库斯也会亲自来，接下来就是好几周的纵酒狂欢。

帕拉威尔举行的那些仪式特别壮观。城堡的晚宴生动地描绘了纳尼亚人的荣耀和谦恭有礼。城堡的正厅里彩旗飘飘；每一道菜都会伴随响亮的喇叭声和半圆形铜鼓的敲击声端上桌来。晚餐的菜肴和点心使人眼花缭乱，人们边吃边听故事和诗歌。

国王的到来和离去都是一件大事，尤其是当他们坐船来的时候。国王及其随从衣着华丽，船上装点着缤纷的彩旗，人们聚集起来欢迎国王的到来。至尊王彼得去孤独群岛乘坐的"辉煌号"像一只天鹅。船首是天鹅的头，天鹅的两翼差不多弯曲到了船腰，船帆用丝绸做成，因此整艘船看起来就像一只遨游水上的活生生的天鹅。"黎明踏浪号"像一条龙，镀金的龙头就是船首，龙的两翼就是船缘，龙尾就是船尾。这艘船只有一根桅杆，庞大的方形船帆的颜色是高贵的紫色。监视哨位于龙脖子里的一个小架上，可以透过龙嘴向外巡视。

纳尼亚王国的时间与其他地方不同。不管在纳尼亚王国呆多久，游客回去后都会发现时间刚过去一会儿，因此几乎不可能准确地告诉别人，纳尼亚王国的时间；3 年或 100 年可能在某个地方只相当于1年。

到纳尼亚王国去的办法很多。纳尼亚王国诞生时就存在的人类，通过世界之间的树林，依靠魔环来到这里。另一种办法是通过衣橱的背面进入，但前提是，这个背面是用纳尼亚王国生长的苹果树做的。当遇到紧急和危险的情况时，被阿斯兰传召的人则不需要任何人的帮助，只需要通过阿斯兰的魔法就可以到达纳尼亚王国，还可以通过他的魔法再回来。进入纳尼亚王国的人在年龄方面有最低限制，尽管对此我们尚未获得确切的信息。

C. S. 路易斯，《狮子、女巫和衣橱》(C. S. Lewis, *The Lion, the Witch and the Wardrobe*, London, 1950)；C. S. 路易斯，《嘉斯滨王子》(C. S. Lewis, *Prince Caspian*, London, 1951)；C. S. 路易斯，《纳尼亚传奇："黎明踏浪号"的远航》；C. S. 路易斯，《银椅》；C. S. 路易斯，《能言马和男孩》；C. S. 路易斯，《魔术师的侄儿》；C. S. 路易斯，《最后一战》

俄克拉荷马自然剧院 | Nature Theatre of Oklahoma

参阅俄克拉荷马国家剧院(Oklahoma, Nature① Theatre of)。

纳得利岛 | Naudely

从荷兰首都阿姆斯特丹出发，需要航行3个月才能到达。从海面上望过去，游客可以找到掩映于翠绿群山中的快乐之城梅瑞达。梅瑞达城里最值得一游的地方有镀金的钟楼、宽阔笔直的林荫道和美丽的八边形宫殿杜克拉斯。许多方形尖塔和喷泉充分体现了这座快乐之城的建筑风格。

纳得利岛上的居民都是天主教徒，他们沉默寡言、严厉异常。他们非常重视道德教育，岛民当中几乎没有小偷，没有花花公子和伪君子，甚至军队里都找不到这样的人。贵族的特权必须经过美

---

① 疑原文有误，Nature后实为National。

德考核方能获得,这种考核通常伴随盛大的庆典;在众人的喝彩声中,刚刚封为贵族的人在梅瑞达城欣然接受他们的贵族头衔。只有王子可以不参加美德考核。

在这座岛上,任何人占有的土地都不可以超过普通家庭所需要的两倍。困难时期,手工业者和农民都可以得到国家的帮助;所需款项来源于专门的互助基金。纳得利岛上看不见乞丐、骗子和妓女。

皮埃尔·德·顾拜旦,《一个温柔又幸福的君主的心声》或《蒙特伯罗王子在纳得利岛上的游记》(Pierre de Lesconvel, *Idée d'un Regne Doux Et Heureux, Ou Relation Du Voyage du Prince de Montberaud dan I'lle de Naudely*, Paris, 1703)

纳提鲁斯港 | Nautilus Harbour

一个地下港口,位于一座死火山下面,经过地下水道可以进入。纳莫船长把这个地下港作为"纳提鲁斯号"潜水艇的停泊之处,这方面的知识可参考阿拉伯地道和林肯半岛。然而,我们至今不知道,这座死火山究竟是位于加那利群岛,还是佛得角群岛。

这座死火山里有一个潟湖,面积很大,直径约 2 英里,周长 6 英里;潟湖的水位比海平面更高,形成一个约高 600 米的漏斗。

死火山附近的海底蕴藏着丰富的煤矿资源,"纳提鲁斯号"潜水艇上的船员可以开采这些资源。

朱勒·凡尔纳,《海底两万里》(Jules Verne, *Vingt mille lieues sous les mers*, Paris, 1870)

未成形之脐带国 | Navel of Limbo

请不要与凯尔特人的地狱相混淆。在凯尔特人的地狱里,婴儿醉得令人恐怖。未成形之脐带是一个虫形国家,这个国家的各个省市都破碎不堪,它的思想不再是自由的,除非呈碎片状存在。

未成形之脐带的居民脑子里装着包裹,包裹用绳线捆着,包裹

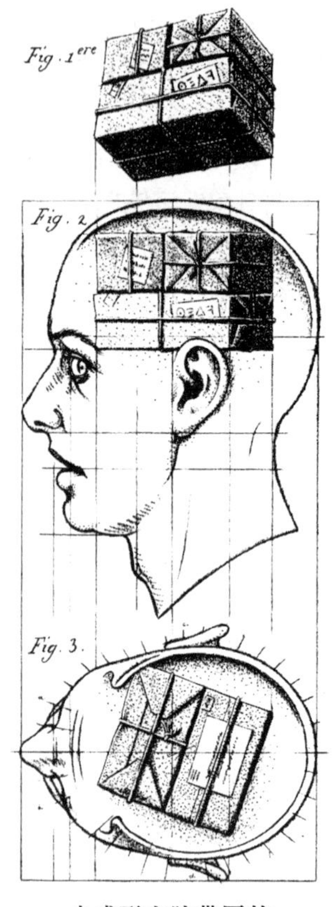

未成形之脐带国的一个普通大脑扫描图

上面的地址不可知。这里最重要的居民也叫"未成形之脐带";他是一个邮递员。"未成形之脐带"拄着圣帕特里克的手杖,挨家挨户地去送信,他总是会问这样一个问题:"罗德兹的精神病院寄给你一个玫瑰绞刑架,你要吗?"

安托南·阿尔托,《未成形的脐带》(Antonin Artaud, *l'Ombilic des limbes*, Paris, 1925)

纳扎尔王国 | Nazar

一个地下王国,被分成几个省,或是几个独立的小王国。要想到达纳扎尔王国,游客必须穿过挪威的伯尔根附近山峦里的一道裂缝。到达纳扎尔王国,游客会发现他被一团大气包围着,这种大气就是纳扎尔王国的空气,可以托着游客慢慢地降落。

纳扎尔王国的某些地方很有趣,值得一游,比如克罗奇特岛上的居民看起来既像人类,又像乐器,他们提问时用慢板,表示感谢时用快板;他们还会讨论一些哲学和财务问题。马丁尼亚地区住着文明的猿猴,他们特别讨厌思维迟钝的人;波图地区的树会说话、会走路;约克坦地区的居民包容所有的观点,宽容被视为市民美德的最高境界;卡克利维地区的居民是女人说了算。不赞成女人执政的游客会注意到,"女人参与公共事务管理引起这个地区的政局动荡不安,性行为随心所欲;女人继续争权夺利,不获得最高权力决不罢休。"

18 世纪早期，一个名叫克里姆的挪威游客来到纳扎尔王国，此后他写了《论女人》一书，企图推翻卡克利维的女人政府。为此他“被放逐到天空里”；这是卡克利维地区独有的一种惩罚。克里姆被关进一只笼子，这只笼子被捆在大鹏鸟身上，因此被关在笼子里的克里姆就一直漂浮在空气中。后来，克里姆侥幸逃生，接着他来到奎玛王国。他在这里教会人们制造武器，并且用来对付他们的邻国，为此他被任命为奎玛的国王，但在一次政变当中，他不得不再次逃亡。他来到森林，发现了一个山洞；穿过这个山洞，回到了欧洲。后来，他把自己这段离奇的经历写成了书。

路德维希·霍尔贝格男爵，《尼柯莱·克里姆的地下世界之旅》(Baron Ludvig Holberg, *Nicolai Klimii Iter Subterraneum Novam Telluris Theoriam Ac Historiam Quintae Monarchiae Adhuc Nobis Incognitae Exhibens E Bibliotheca B. Abelini*, Copenhagen, 1741)

尼恩-海特欧尔湖 | Nen Hithoel

一个长椭圆形的湖泊，位于中土南部的大河上面，被湖泊包围的是陡峭的伊敏-穆尔山。大河由北向南汇入这个湖泊，其间流经岩石中一条狭长的裂缝。裂缝的入口有两尊石像，雕刻的是亚戈那斯人：他们正举起左手，像是在警告什么；他们的右手紧握斧头；头上戴着王冠，又像戴着头盔，只是看起来损坏严重。这两尊雕像直接从岩石上凿出，分别代表伊西尔铎和安纳瑞安，他们是古刚铎王国的创建者伊伦迪尔的儿子。第二纪时，他们联合起来统治刚铎王国。这里是刚铎王国的北部边界，禁止任何人入内，当然，合法进入这里的游客例外。

海特欧尔湖的南端有 3 座高峰，其中一座高峰其实是一个岛屿，笔直地从水里升起来，这就是托尔-布兰迪尔峰，又叫“丁德洛克峰”。据说，这座山上找不到人类和野兽的踪迹。大河两岸隆起的山峰叫阿蒙洛峰和阿蒙恩峰，也叫“观景峰”。阿蒙恩峰的峰顶是一块大环形区域，地面铺砌过，四周是破碎的护城墙；大环形区域的中心，一排石梯一直延伸到高高的观望台。观望台由 4 根柱子支撑着，站在观望台上可以欣赏到中土绵延数百平方英里的美丽风景。从高高的观景台俯瞰下面，迷雾山脉就像一颗颗破碎的牙齿。海特欧尔湖以西可以看见洛汗王国和伊森加德城堡，以南可以看见大河形成的伊赛尔-安杜因三角洲。再往内陆地区穿过大河，可以看见米那斯-提力斯城，西南面清晰可见邪恶的摩多王国。

托尔金，《魔戒首部曲：魔戒现身》

尼欧培岛 | Neopie Island

靠近南大西洋的格诺提亚大陆的海滨，被分成 3 个王国，分别是萨尔瓦拉王国、多克塞若斯王国和吉诺玛克特王国。据说，亚马逊人（参阅“亚马逊王国”）曾经惨无人道地虐待吉诺玛克特王国的土著居民，后来被吉诺玛克特人赶走，并发誓要杀死所有落入他们之手的外国女人。他们说到做到，尤其是大战之前，为了寻求获胜的好运，他们会残忍地杀死外国女人。因此女性游客一定要注意，千万不要到这里来。

路易·阿德里安·迪佩龙·德·卡斯特拉，《命运与热情剧院》

尼奔特岛 | Nepenthe

位于伊特鲁里亚海，从这里可以望见意大利半岛。尼奔特岛的海崖很有名，尤其是从船上看过去甚为壮观。

尼奔特岛最初是一座火山岛，因此岛上的岩石五彩缤纷，简直为我们提供了一片绚烂的彩色地带。轻柔的浮石有白色、灰色和褐色等几种颜色，拍摄出来能看见上面明亮的纹理。山崖被海水侵蚀成奇形怪状，山崖上有岩缝和岩洞，岩缝和岩洞上面耸立着针尖一样的尖塔。这些山崖高得吓人，特别是陡峭的魔鬼岩，又叫“自杀岩”，可以说完全垂直于地面。这块岩石呈深深的蓝黑色，上面点缀着红色的斑纹，好像是岩石里渗出的血液；这里就是独特的海崖风景的最后一站。再往前走，山势越来越缓，直到与海面处于同一水平。这个过程形成一系列的土坡，土坡上面有雨水冲积而成的条条沟壑，冬雨带走了沟壑松软的表层土壤。这些沟壑大半年里都干涸无水，因为尼奔特岛上没有天然形成的溪流。

尼奔特岛过去至少有12处天然泉，这些天然泉水闻起来有一股恶臭的味道，不可以拿来饮用，但具有治疗作用。举例来说吧，圣卡罗吉若泉可以治疗痛风，缓解工作压力，也可以治疗麻风病和防治蝎子叮咬；赫丘利泉像酒，可以治疗中风、痔疮和冻疮；圣吠陀泉的气味据说曾使安娜·帕斯托起死回生。然而，这些泉水慢慢地枯竭了，甚至它们的地理位置也随之被人遗忘了。最后消失的是圣伊利亚斯泉，这股泉水在17、18世纪时吸引了不少游客的到来，并且曾为众多遭受纵欲和酗酒之苦的人带去了福音。为此，这里还建造了壮观的水泵房。然而，到了19世纪中期，这股泉水莫名其妙就失去了游客的青睐。魔鬼岩附近的水泵房也变成了废墟，废墟周围一片凋敝的景象，显得破败不堪，看不见一棵绿树，往昔的浪漫气息荡然无存。

由于缺乏溪流，尼奔特岛上那些漂亮的花园只能依靠复杂的水泵装置来供水。具体做法是，用水泵把地下冬雨库里的水抽到人工喷泉里。维拉-凯斯梅特宫殿就是充分利用这种供水装置的典范。这座宫殿具有摩尔人的建筑风格，大理石铺砌的房间几乎门对门，简直就像一座迷宫。维拉宫殿的花园里绿树成荫、繁花似锦，因为这里盛行西罗科风（sirocco）①；此外，这个花园至少有24个喷泉为它供水，这样就保证了花园里空气的湿度。

也是因为缺少溪流，加之岛上的火山土，尼奔特岛上酿造的酒很有名；最好的酒都是在大山里酿造的，尤其是尼奔特岛东部大海

---

① 西罗科风：吹过意大利南部、西西里以及地中海诸岛的炎热而闷湿的南风或东南风，是发源于撒哈拉沙漠的干燥多尘的风，但是在经过地中海的过程中变得湿润。

上垂悬的火山崖上酿造的酒。

尼奔特岛最重要的城市也叫尼奔特，城里的建筑使用多孔的火山岩石建造而成，街道是用黑色的火山岩铺砌的。许多房屋被漆成白色，有的露出原本的红色。从上面看，这些房屋好像完全被藤蔓植物、仙人掌和花园遮住了。门廊上的绘画和窗台上的花盆，更增添了色彩的灵动和奔放。老城坐落在高处，面朝正北方向，显得拘谨呆板；与新城不同，老城的绿化面积非常大，完全被绿树包围。最初的老城只是一块重要的根据地，用来保护岛民不受海盗的侵扰。然而，随着海盗威胁的消除，居民过上了安稳日子；开始觉得生活在海边更方便，于是老城渐渐衰落。在此过程中，阿尔弗雷德大公爵做了很大的努力，他想要改变老城的这种状况。也正是因为有了他，老城才有了现在的模样。围绕老城一周，阿尔弗雷德大公爵建造了圆形墙，建造了有城垛的大门和高塔，这些新建造的部分主要作用在于装饰，而非防御。与这些新建部分不协调的老房子全部被拆除。阿尔弗雷德大公爵坚持认为，老城的建筑必须全部刷成粉红色。如今，粉红色变成了尼奔特岛的传统色彩，就连本笃会(Benedictine)和天主教加尔都西教会(Carthusian)的修道院的正面也被刷成了粉红色。到了18世纪，老城的城墙差不多已变成废墟，许多年代更久远的建筑已遭到废弃，但老城仍旧保留着自己的贵族气派。

尼奔特岛上的社交生活大多集于广场或市场，这个令人舒服的广场的三面都是重要的公共建筑，只有一面临海。岛民喜欢一大早就聚集到广场上来，他们来这里要么闲聊，要么观望刚刚上岸的外地人，要么交流信息。这个习俗表明岛民早晨不需要做什么事情，也表明他们的生活休闲自得，因为他们大半个下午都必须睡觉。站在广场的露台上，游客可以清楚地看见尼奔特岛低矮地区绿油油的农田；还可以清清楚楚地看见尼奔特岛的内陆地区和沿海的火山。

过去，火山直接影响了尼奔特岛民的生活。在火山刚刚爆发的那几天里，铺天盖地的火山灰淹没了所有的农田，但由于尼奔特岛的保护人圣多德卡努斯的干预，一场大雨会及时降临，转移这可怕的灾难。圣多德卡努斯是一个来自克罗塔罗佛波地区的传教士，后来遭到食人族的虐杀，但他的大腿骨却奇迹般地保留下来，如今被当作圣物，保存在一座专为他建造的教堂里。每逢圣多德卡努斯纪念日和需要这位圣人帮助的时候，这块大腿骨就会被运到国外。教堂里有一块大理石板，石板上刻着一段文字，讲述了圣多德卡努斯的生平；这是阿尔弗雷德大公爵负责完成的。后来，为了不让其他君主得到那位技艺精湛的雕刻家的作品，阿尔弗雷德大公爵挖去了雕刻家的双眼，砍去了他的双手，但作为补偿，那位雕刻家被赐予金葡萄藤，还可以吃到最好的龙虾，一直到死。

在纪念圣多德卡努斯的那一天，钟鸣声、机枪声和追击炮声震耳欲聋，使人觉得好像正在发生大地震；一些人抬着圣人的塑像穿过大街，能够抬这位圣人也是一件无上光荣的事情，需要花大价钱才能买到这样的机会；但如果有机会抬圣像的话，这个人可以被赦免 12 个月的罪过。

尼奔特岛上的水手有他们自己的保护神，那就是圣尤拉利亚。1712 年，尤拉利亚出生于西班牙的埃斯特雷马杜拉省。尤拉利亚之所以为人所知，是因为她坚持让自己受苦。当还是一个孩子的时候，她每隔 5 周才吃一顿饭，14 岁时就死了。然而，在她短暂的一生里，尤拉利亚创造了无数个奇迹。据说，尤拉利亚的尸体呈现出玫瑰的颜色，并发出紫罗兰的香味，整整持续了 20 周。当她的尸体被解剖后，人们在她的肝脏里发现了坎普斯特拉的圣詹姆斯雕像。可是为什么尼奔特岛上的水手要选择尤拉利亚作为他们的保护神呢？这一点我们尚不清楚，但在梅里恩编写的一本小册子里，我们可以读到尤拉利亚的生平和对她的崇拜。

尼奔特岛上的居民信仰天主教，但并不排斥巴扎库洛夫创建的俄罗斯教派。巴扎库洛夫是一位神秘主义者，沙俄专制时期，他可谓声名显赫，不久又因政治竞争而遭到放逐；后来有人威胁要刺杀他，于是他离开了俄罗斯。离开俄罗斯之前，巴扎库洛夫要求他的跟随者不吃温血动物的肉，因此许多士兵拒绝吃这样的食物，从而引起军队的大骚动。

巴扎库洛夫之所以最后定居尼奔特岛，可能是因为他喜欢吃鱼和龙虾。他的信徒自称小白牛，他们穿宽松的红色长袍，很好辨认。

尼奔特岛上一个著名的奇观是所谓的墨丘利山洞。山洞的位置很偏僻，被认为是古代做人牲的地方。关于这个名字，我们找不到任何令人满意的解释。阿尔弗雷德大公爵下令建造了直达这个山洞的石梯，并且经常来这个山洞。据说，大公爵在这个山洞里复兴了一些古老的嗜血仪式。对于这样的说法，我们找不到任何可靠的依据。如今，墨丘利山洞已遭到废弃，岛民不大喜欢再来这里。墨丘利洞这个洞名也变成了一个典故，但凡谈到令人感到羞耻或不可能的事情，我们就可以说，“这样的事只可能在墨丘利山洞里才会发生”。

尼奔特岛上的山洞很多，其中一个山洞后来变成了一家饭馆，这就是人们熟悉的路易塞拉洞。这个山洞深深地位于浮石下面，上面与大海相通。天然的岩石拱顶已被漆成白色，上面绘有鱼类和动物的图案。这家饭馆的特色菜是龙虾菜和凉拌鱼。

喜欢学习的游客应该知道，记录尼奔特岛早期历史的最佳书籍是佩瑞利的《尼奔特岛上的古迹》。这本书用拉丁文写成，好像是佩瑞利留下的唯一一部作品，最后的出版时间是1709年。

诺曼·道格拉斯，《南风》

内普瑞克隆斯科镇 | Nepreklonsk

参阅格劳波夫镇(Gloupov)。

尼西姆港 | Neshum

参阅奥斯凯尔岛(Osskil)。

梦幻岛 | Never-Never Land

具体位置无法确定，女性参观者禁止入内。到梦幻岛有三种途径。刚刚入睡的孩子有时候会看见梦幻岛，此时的梦幻岛会主动把自己呈现给这个入睡的孩子，而不用入睡者自己去寻找；护士不小心时，婴儿车里掉出来的男婴可以看见梦幻岛，这些男婴主要来自伦敦的肯辛顿花园，如果接下来的一周时间里没有人来寻找这些男婴，他们就会被送到梦幻岛，成为“迷失的男孩”。据说，女孩子很聪明，通常不会从婴儿车里掉下来；第三种到达梦幻岛的办法是通过小男孩彼得潘。彼得潘不愿意长大，自称从出生的那天起就离开了家。彼得潘的牙齿还是乳牙，依然保留着初生婴儿的笑容。他可以在魔力灰尘的帮助下飞翔；他可以把魔力灰尘撒在

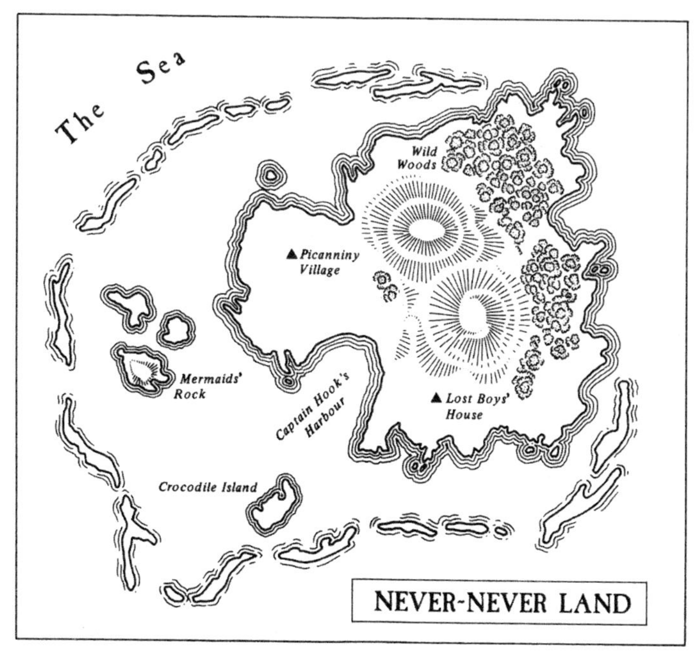

梦 幻 岛

游客的身上,使他们飞起来。只有一个女孩来过梦幻岛,她叫可爱的温迪,随她来的还有她的两个小弟弟,温迪是作为“迷失的男孩”的母亲来到梦幻岛上的。

那些“迷失的男孩”生活在地下室,穿过七棵空心树的树干就可以进入这样的地下室。地下室还有一道入口,那是一个假烟囱。整栋房子只有一间大屋子,屋子中间有一棵长生树。这棵长生树每天都要被锯掉,但到了喝下午茶的时候,它又会长出来,长到可以被用来作一张餐桌那么高;喝完下午茶之后,这棵树又被砍掉,以腾出空间来做游戏。长生树的周围长着蘑菇,可以当凳子用。如果“迷失的男孩”想去钓鱼,他们在地板上挖几个洞就可以了。“迷失的男孩”的床很大,这张床在白天斜靠在墙上,每天晚上6点半的时候就会被放下来;放下来的时候,这张床差不多占了大半间屋子。这么多孩子睡在一张床上显然很拥挤,但他们已经达成一致,他们可以一起翻身。

“迷失的男孩”的食物中有些是假的,但他们通常以面包果、山药、椰子、烤猪和香蕉为主食,并把这些食物连同葫芦汁或木瓜汁一起咽下。他们回到森林中猎熊,用熊皮做衣服,穿上这样的熊皮衣服,看起来毛茸茸、圆滚滚的,即使跌倒了,也可以继续往前面滚,因此他们走起路来非常稳当。彼得潘是他们的头领,即使彼得潘离开后,梦幻岛也会风平浪静。彼得潘经常给这些“迷失的男孩”吹笛子,给他们讲故事,这些故事是他在夜里从其他孩子那里听来的。

据说,梦幻岛上住着红发印第安人,他们是残忍的皮卡尼尼部落,这些人全身涂满了颜料,经常用镰刀和斧头剥人的头皮。他们的酋长是魁伟的小豹子,他有一个美丽的女儿,名叫虎莲。据说,虎莲不想结婚,因此“用短柄斧砍倒了祭坛”。后来,虎莲被彼得潘从海盗手里救出来,红发印第安人变成了“迷失的男孩”的盟友。

在过去,梦幻岛上经常有海盗出没,因为臭名昭著的胡克船长和逍遥自在的斯梅而远近闻名。彼得潘砍掉了胡克船长的手,并把这只手送给了一条大鳄鱼。大鳄鱼特别喜欢这只手,于是决定去找胡克船长,想吃掉他。然而,由于大鳄鱼吞过一只闹钟,当它靠近胡克船长时,闹钟就会滴答滴答地响起来,这无疑是在给胡克船长发信号。不过,大鳄鱼最后还是吃掉了胡克船长,那是在胡克船长被彼得潘打败的时候。过去,海盗最大的嗜好就是绑架人质,并且强迫人质走跳板,逼着他们走伸出船缘的木板,然后使他们掉进海里淹死。

潟湖下面的珊瑚洞是美人鱼的家园。美人鱼是一群美丽的生灵,她们经常出来晒太阳,在海边梳洗自己的头发。她们虽然生得美丽,待人却不太友好,有时甚至充满敌意和恶念。她们可能不是人鱼王国里那些善良的美人鱼的亲戚。有时候,参观者会看见她们在玩一种水球,这种水球就是雨水在海面上溅起的水泡,球门位于彩虹的两端,她们用尾巴踢球,只有守门员才可以用手。

梦幻岛也是精灵的住所,精灵住在梦幻岛的大树上。男精灵穿紫红色的衣服,女精灵穿白衣,尽管有些愚蠢的精灵坚持要穿蓝色衣服。精灵醒来以后会一直发光,为自己的住宅提供照明。

梦幻岛上最著名的精灵叫小叮当,过去是彼得潘的好伙伴。通常而言,梦幻岛上的精灵活不过一年;当一个刚出生的婴儿大笑的时候,一个精灵就降生了,而当一个孩子说他不相信精灵存在的时候,一个精灵就会死去。要想让死去的精灵复活,常用的办法是拍手。为此,人们会在圣诞节那天举行降神会,这种仪式主要在英格兰举行,也就是众所周知的"哑剧"。

梦幻岛上的动物种类很多,从掠食动物到食人动物,从熊和狼到老虎和狮子,应有尽有。梦幻岛上唯一为人所知的鸟儿叫梦幻鸟,住在潟湖上面漂浮的一顶帽子里。有时候,彼得潘会拿走帽子,用漂浮的鸟巢来代替,然后在特殊的场合里戴上这顶帽子。

詹姆斯·巴瑞爵士,《长不大的男孩彼得潘》(Sir James Matthew Barrie, *Peter Pan, or the Boy Who Wouldn't Grow Up*, London, 1904);詹姆斯·巴瑞爵士,《肯辛顿花园里的彼得潘》(Sir James Matthew Barrie, *Peter Pan in Kensington Gardens*, London, 1906);詹姆斯·巴瑞爵士,《彼得和温迪》(Sir James Matthew Barrie, *Peter and Wendy*, London, 1911)

永不能到达之国 | Neverreachhereland

一个小国家，没有确切的位置，被一片大森林包围着。一个奇怪的草坪正对着一块空旷之地，空地上生长着几棵橡树、栗树和棕榈树。草坪背后是蓝色海洋和一个苹果园。一条小溪穿过这个国家，在地平线的上方汇入海洋。北面有一个小海湾，海水里盛开着睡莲，周围是椰子树和橘树林，树林上方耸立着一座大城堡。树林的另一边是一个小村庄，这里可以看见永不能到达之国。尽管我们不可能参观这个国家，但有时候可以凭着生动而珍贵的记忆看见它，比如童话书里、日记本里夹着的干花，以及人家窗外的苹果树枝。

安德烈·多泰尔，《永不能到达之国》(André Dhôtel, *Les Pays où l'on n'arrive jamais*, Paris, 1955)

乌有乡 | Neverwhere

一个地下王国，位于英格兰伦敦下面；这个地方的行政区划刚好与地下铁路系统的车站位置相符。不是每个人都有机会参观乌有乡；有些游客会遇上一个奇怪的老太婆，这个老太婆会给他们看手相算命，然后告诉他们去乌有乡的旅行会是什么样子。

乌有乡庞大的金属炉

进入乌有乡的游客会忘记他们自己的世界，乌有乡的居民把那个世界叫作“上面”。对于那个世界，这些进入乌有乡的游客就好像从来没有在那里生活过，除了乌有乡的居民，没有人能看见他们，也没有人能够听见他们的声音。然而，乌有乡的屋墙上保留了过去的记忆，进入这里的游客可能会突然看见过去一些可怕而痛苦的景象，并为之大受震动。乌有乡使用蜡烛照明；当地的特色菜是炖猫肉，据说很好吃。

参观乌有乡时，游客不妨雇一名保镖，比如他可以去找臭名昭著的卡拉巴斯侯爵；这样的事情可以去一个漂浮市场搞定。漂浮市场是一个规模庞大的社交场所，这里可以交换各种各样的服务，敌对双方可以在这里签订休战协定。游客会发现，这里的老鼠是他们最了不起的助手，因此最明智的办法是熟悉老鼠说的话。乌有乡是一个特别危险的地方，为了避免遇上麻烦，游客可以去找修道士帮忙，他们在黑修士地下车站负责一家关爱中心。

乌有乡的某些地方游客最好别去，比如葛鲁普和旺德玛兄弟俩开的一家臭名昭著的老公司，名叫"清除障碍、消除麻烦、除去讨厌的四肢以及监护人牙科"。这家公司霸占了维多利亚医院（这家医院因国家医疗经费缩减而被迫关闭）的地下室，外加一些废弃的病房，共有 100 多间，有些病房是空的，有些装满了医疗器械。一间病房里有一个大铁炉，另一些病房上了锁，里面有浴室和厕所，可是没有水。如果游客不怕冒险来到这里，他们最好尽快从医院的楼梯上下来，然后穿过废弃的浴室，经过医务人员的专用卫生间和一间满是碎玻璃的屋子（屋子的天花板完全塌了），然后走到一个锈迹斑斑的铁楼口，那里，曾经纯白的油漆如今剥离成潮湿的长条状了。这时候，他们应该穿过最下面的沼泽，然后继续往前走，经过一扇已经半腐烂的木门，他们会发现自己已经到了地下室。这是一间宽敞的屋子，里面堆放着差不多已有 120 年历史的医用废物，这些东西早被人遗忘了。这里就是葛鲁普先生和旺德玛先生的家，房屋的墙壁很潮湿，屋顶漏水，屋角的杂物已经发霉；其中一些东西曾经都是鲜活的生命。

尼尔·盖曼，《乌有乡》（Neil Gaiman, *Neverwhere*, London, 1996）

新不列颠群岛 | New Britain

印度洋里的 3 座岛屿，距离好望角以东约 350 里格远；其中的

新不列颠女王使用的三叉戟

阿普瑞里斯岛是1740年查理·史密斯爵士发现的。史密斯爵士的海船与安森环球探险队一起离开英国，但由于受疾病困扰，船员减少，史密斯爵士被迫落在了后面。后来，史密斯爵士在阿普瑞里斯岛附近遭遇海难，船毁，但他自己幸免于难。当地一个名叫莉里娅的女子救了他，后来为他生了一个儿子。来到阿普瑞里斯岛上后，史密斯爵士成功地使酋长相信，他就是太阳之子，并要求酋长接纳莉里娅的儿子。然而，莉里娅因难产而死，史密斯爵士的声望随之跌落。后来，史密斯爵士成功预测了一次地震，这使得他再次声名鹊起。其实那次地震是他用沉船上的火药人为制造的。再后来，史密斯爵士成功抵御了西班牙人和法国人的入侵，最后在岛上创建了一个模范社会，并使其成为一个真正的世界强国。

阿普瑞里斯岛被一列山脉分成一个平原和一片森林。阿普瑞里斯岛上有几个特别重要的城市，分别是布尼尔城(Burnel)、斯普瑞戈城(Springle)、加维斯城(Jarvis)、库宁哈姆城(Cuningham)和爱丁堡。查理-海尔城(Charles Hire)是阿普瑞里斯的首都，这座城市花了7年时间才得以建成。查理-海尔城的街道有24英尺宽，每条街道的中心地带都有一排绿树；查理-海尔城里公园众多，把这座城市打扮得分外漂亮。皇宫是一座两层高的砖木建筑，拥有一个庭院和一个花园，外加一个法国式城堡的侧厅，与查理-海尔城的其他建筑一样。皇宫被涂成一条条的红、黄和黑色。阿普瑞里斯的政府制度类似于英国的议会制。刑法中废除了死刑，不过鞭笞很普遍。阿普瑞里斯在婚姻方面允许一夫多妻，皇室成员必须娶5个妻子。查理-海尔城的国家剧院上演的戏

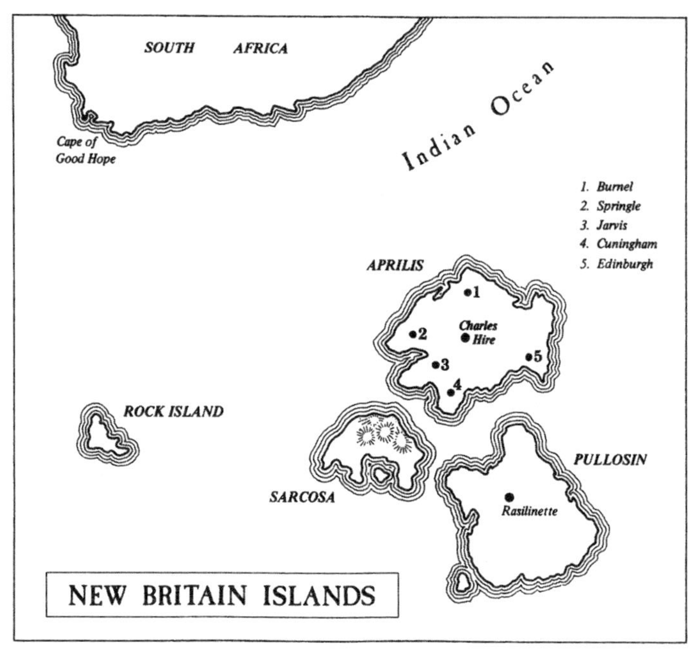

新不列颠群岛

剧结合了喜剧、芭蕾舞剧和滑稽剧，这种戏剧里有裸体表演，这种表演早在 18 世纪就已经开始了。1781 年，查理-海尔城又创建了一家新剧院。此外，游客不妨去看看坐落在斯普瑞戈城的天然三角形剧场，那里的芭蕾舞剧很有名。

阿普瑞里斯的国教是太阳教，不过今天，许多人都信奉基督教。这里特别值得一看的是美丽的太阳庙，一座用砖柱撑起来的圆顶屋，圆顶屋的中间绘有太阳的形象。

阿普瑞里斯的动物与新不列颠群岛的另外两座岛上的动物很相似，与世界上其他地方的动物却不一样。阿普瑞里斯岛上有一种黑白鸟，名叫塔鲁（tarlow），有雉鸡那么大，烤来吃味道极美；还有一种野鹿马图奇（matouchi）；一种狐狸左图尼（zotuane）；一种松鼠赛佩多（cerpedos），白羽毛，红眼睛；一种大野兔察拉斯（charlas），拖着一条猫尾巴；一种友好的夜莺普利察（plicha）；一种蓝红色的大鸽子皮里里(pililli);还有一种长 40 英尺的蛇,于人无害。

新不列颠群岛的其他两座岛上山峦众多,岛民肤色黝黑。其中的普罗森岛(Pullosin)面积最大,地势平坦、森林茂密,首都叫拉塞里奈特(Rasilinette)。普罗森岛由女人统治,这些女人把男人当奴隶使唤。女王的徽章是黄金做的三叉戟。女王的宝座也完全是用沉甸甸的黄金做的,由 12 个壮汉一直抬着。据说,后来,普罗森岛的男人奋起反抗,结束了普罗森岛的女人统治,女王缴械投降,回到厨房做起了厨娘。

一些历史学家认为,新不列颠群岛不是史密斯爵士发现的,而是一支英国探险队在寻找牛顿爵士假定的那个南部大陆时发现的。他们声称,这支英国探险队在其中一座岛上竖了一根柱子,作为标志,告知游客这里已经是英国的地盘。探险队员还把一张印有安妮女王头像的旧便士、一架爱尔兰竖琴和一张苏格兰钞票埋在这根柱子下面。

阿普瑞里斯的货币叫几尼和黄金铸造的半个几尼。游客一到这里就必须接受体检,必须持有健康证明才可以入内。

皮埃尔·舍瓦里耶·迪普莱西,《乔治·瓦尔普先生回忆录》;查尔斯·迪丁,《汉娜·赫维特或女克鲁索》

新基尼亚国 | New Gynia

又名“维拉吉尼亚国”,位于未知的南部大陆。新基尼亚国从印度洋的南部延伸到印度尼西亚群岛,包括阴阳岛;但这里的阴阳岛指的不是葡萄牙海滨附近的阴阳岛。新基尼亚国的土壤肥沃,但没有得到充分利用。

新基尼亚国的主要行省有普拉佩菲尔特(Plapperfeldt)、巴尔吉恩(Balgern)、贺伦堡(Heulenberg)、拉希福特(Lachfurt)、梅瑞恩地区(Merrenland)、西梅恩(Sheemenland)、亚马逊、虔诚女人省(Eugenia),以及阴阳岛。维拉吉里亚的首都是女子城,坐落在普拉佩菲尔特省。这里的议会在召开时不会被打断,因为在维拉吉里亚国,权力的行使没有偏见。每个女子都有权发表自己的言论,任何事情都可以成为讨论和选举的前提。这样的讨论没完没了,参与者都要同时说话。为了确保某种程度的稳定性,维拉吉里亚国规定:一旦作出决定,就必须等到第二天才可以推翻这个决定。维拉吉里亚选举政府官员依据的是被选举者的美貌和口才,这项工作专门由一个陪审团来组织,陪审团的成员主要是老年妇女。

维拉吉尼亚最有名的省是爱欲省。在这里的爱情城里,女人浓妆艳抹、袒胸露乳,衣服精致而透明。她们生活在玻璃屋里;如果没有打扮好的话,她们绝对不会在公共场所里露面。她们一整天都在购物,为的是吸引别人的注意。

她们像蜘蛛一样监视着洛卡尼亚和色欲省的男人,经常与那里的男人交战。她们肆无忌惮地抢夺那里的男人,把他们抓起来关在马厩里,给他们吃春药,以满足她们自己的性欲。

在维拉吉里亚的阴阳岛上,一切事物都具有双重性别,比如苹果梨树、樱桃李子树、杏仁海枣树等等。岛上的居民穿得一半像男人,一半像女人,他们的姓名也是一半阴性,一半阳性。这些岛民不需要有伴侣来帮助他们完成繁衍,他们认为单性人就是魔鬼。

约瑟夫·霍尔,《世界的不同与相同》(Joseph Hall, *Mundus alter et idem, sive Terra Australis ante hac semper incognita*, London, *circa* 1605);《乌托邦》(第 II 部,世界的不同与相同:今天的新、旧世界,里面详细描述了那个即将 6000 岁高龄的旧世界将会为一个新世界诞生出什么来:从这个世界里,人们可以像从它母亲和生育者的镜子里一样清楚地看见它的特点、风俗、变迁和习惯。)(*Utopiae*, Leipzig, 1613)

新巴黎 | New Paris

参阅南极法国(Antarctic France)的首都。

新波普赛贝特尔城 | New Popsipetel

参阅蜘蛛猴半岛(Spidermonkey Island)。

新瑞士 | New Switzerland

一个美丽富饶的地区，位于新几内亚一座大岛上。这座大海岛尚未得到全面开发，我们了解的也只有岛上的新瑞士。

新瑞士的大部分地区都是岩石，因此境内没有内陆地区发现的那些最危险的动物。一个狭窄的隘口，即我们熟悉的那道裂口，穿过岩墙后延伸到丘陵地带，然后继续向前经过一个大平原。大平原有东河穿过；东河穿过茂密的森林，被认为发源于一列延伸至远方的山脉脚下。山脉脚下的部分地区已经得到开发。内陆地区最有名的地方是一块沼泽；围绕着翠绿峡谷里的一个水池；翠绿峡谷的入口正对着许多狭窄的山峡。

新瑞士的海滨地区多巉岩，但安全海湾提供了天然的停泊点。一条名叫豹河的溪流汇入安全海湾。鲨鱼岛是安全海湾里一个小小的内陆岛，它守护着安全海湾的入口。沿着海滨地区朝前走，可以看见失望岬，一直延伸到海面上。失望岬非常危险，完全被隐藏的暗礁和一个长长的沙丘围绕着，暗礁一直延伸到深海区。失望岬的峰顶多岩石，风景美丽，从海滨一直延伸到下一个海岬。

新瑞士的内陆地区生长着密密麻麻的小矮树，其间可见火烈鸟沼泽里的芦苇荡，继续往前走，就可以看见一片田野，田野里的野棉花和水稻长势很旺；田野间有一个美丽的湖泊。田野背后有一个天然水晶洞，一条清澈的小溪漫过水晶洞；这里值得一看。

安全海湾旁边和失望岬的对面，一簇悬崖笔直地从海里升起来，某些地方，参差不齐的岩石就悬在海面上，这个地方就是有名的教堂海岬。一条天然隧道穿过教堂海岬，穿过一道石拱门。沿着这条天然的隧道往前走，游客可以到达一个几乎完全被陆地包

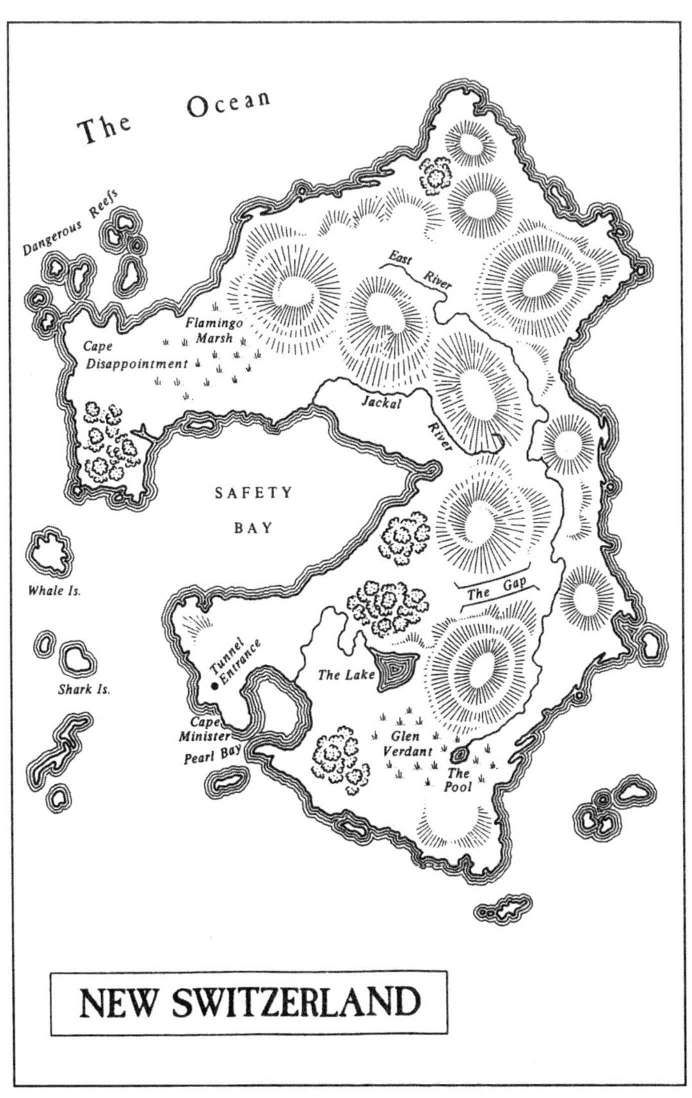
The Ocean
Dangerous Reefs
East River
Flamingo Marsh
Cape Disappointment
Jackal River
SAFETY BAY
Whale Is.
The Gap
Tunnel Entrance
The Lake
Shark Is.
Cape Minister
Pearl Bay
Glen Verdant
The Pool
NEW SWITZERLAND

新瑞士

围的大海湾。大海湾旁边有一个肥沃的平原，这里的海岸线一直延伸到河口地区。大海湾名叫珍珠湾，一片暗礁和沙丘把它与远海隔开，在那些环抱它的海岬之间只剩下一条窄窄的海峡。大海湾的另一边是沙地，内陆有茂密的森林，偶尔有溪流穿过森林。

新瑞士适合热带植物生长，比如椰树、竹子、红树和一种常青橡树；橡胶、香蕉、茶、大米、西米、人参和番石榴都是野生的；这里还适合各种香料植物的生长。

新瑞士的动物种类同样很多。海滨地区生活的动物多为澳大拉西亚(Australasia)①的典型动物，比如袋鼠、黑天鹅和鸭嘴兽；内陆地区的动物有狮子、老虎、貘、大象、狼和野猪；平原上生活的是鸵鸟和羚羊；森林是猿猴和成群的野猪的天然栖息地，此外，森林里还能看见鬣蜥和大蟒蛇。新瑞士的海产品同样很丰富，海水里生活着海豹和企鹅、鲑鱼、青鱼、鲟鱼和鳗鲡，还有乌龟和陆地蟹；海滨附近的水域里可以看见鲨鱼和鲸鱼，因此周围的小岛就以它们的名字来命名。

新瑞士的矿产资源十分丰富，尽管我们目前还没有获得深入的研究，还没有得到商业方面的开发。新瑞士已知的矿产资源有石棉、滑石、云母和漂白土；另外还有石膏矿。

新瑞士的土著居民好像不多，内陆地区似乎也没有人类活动的迹象。这个岛屿是瑞士的一个牧师和他的家人发现的；当时他们在这座岛屿附近遭遇了海难。后来，他们定居这座岛上，把它叫作新瑞士，并且把这块殖民地的居民变成了行为规范、道德严谨、勤奋好学的典范。

新瑞士属于热带气候，雨季很长。

约翰·维斯，《瑞士的罗宾逊或遭受海难的瑞士传道士及其家人：一本献给儿童和儿童之友的富有教益的书》(Johann David Wyss, *Der schweizerische Robinson, oder Der Schiffbruchige Schweizprediger und*

---

① 一个不明确的地理名词，一般指的是澳大利亚、新西兰和附近南太平洋诸岛，有时也泛指大洋洲和太平洋岛屿。

seine Familie. Ein lehrreiches Buch fur Kinder und Kinder-freunde, Zurich, 1812—27)

尼克斯多瑞亚国 | Nexdorea

中欧地区的一个大公国,因专为邻国培养王后而远近闻名。大公爵家的女孩子都要在皇室所属的一座旧宫殿和公园里学习如何放纵自己。女孩子在这里不用学习自己的母语。到了婚配年龄时,她们被按照相貌分成几等,然后送给邻国的单身国王。如果某个女孩被选为王后,她会被送到皇家育儿殿,由专门的老师教她学习那个国家的语言和王室礼仪。

尼克斯多瑞亚国的徽章是红色的,或者是一只鹅和 6 只小雌鹅,傲气十足地摇摇摆摆地前行;或是鸡冠,或是银色扶椅里一只打鼾的蓝鼻子狒狒;或是支持者,或是母鸡生的两枚蛋,或是声音沙哑的紫貂;座右铭是荷包蛋和泡菜。尼克斯多瑞亚主产鸡蛋,因此徽章里的很多典故都与家禽有关。尼克斯多瑞亚的流通货币是黄铜和德银,它的邻国不接受这样的货币。

汤姆·胡德,《培策蒂拉的铭文》

恩格拉尼峰 | Ngranek

梦幻世界的南海中有一座岛屿,名叫奥瑞阿布岛,高耸的恩格拉尼峰就坐落在这座岛上。骑马从巴哈那港出发,需要两天才能到达。由于奥瑞阿布岛上的居民把这座大山看作圣山,因此我们对它真实的地貌了解很少。有人想爬上这座山去采集它的古老熔岩,但他们最多只能爬到半山腰,几乎没有人能够爬到山顶。

如果游客想去攀登这座山峰,他必须从巴哈马附近的亚斯湖畔出发,穿过一片荒野和树林后,他会来到那些熔岩采集人的营地。那些人不会建议游客晚上出去,因为他们害怕一种名叫夜魇的动物。我们不太了解这种动物,只知道它们的身体冰冷而光滑,生有膜状的翅膀。当游客来到营地背后，走过一段长长的山路，就会看见一些废弃的砖房，这里的山民就曾住在这样的房子里。这样的砖房顺着山势而建，一直延伸到山腰处；然而，这样的砖房越往高处延伸，太阳升起时，失踪的村民就越多。最后，村民们决定放弃整个村庄，因为他们有时候看见夜晚时会发生一些莫名其妙的事。

如果游客从这里出发，继续往前走，他会发现恩格拉尼峰越来越险峻难行。一开始，游客还能看见几棵树、几处无精打采的灌木丛，渐渐地，就只能看见丑陋的岩石、冰霜和终年积雪；在某些地方，还能看见坚硬的熔岩河和随意堆放的矿渣。游客沿途所见的那些山洞实在令人恐怖。最后，游客发现在一块光秃秃的山石上刻着一个庞然大物；他有着高傲而庄重的脸、细长的眼、大耳垂、小鼻子、尖下巴。游客最好是在天黑之前从这里下来；否则就可能成为夜魔的美食。这些凶残的动物首先会捉弄一番自己的猎物，然后再把猎物拖到它们那可怕的迷宫里。

霍华德·洛夫克拉夫特，“小人物卡达斯追梦记”，《阿克汉姆集锦》

夜城 | Night City

又叫“恐怖的夜城”，有时也叫“死城”，被自杀河紧紧环绕。自杀河是一个大潟湖北面的重要水渠，它流经黑色的沼泽和荒漠，然后经过巉岩林立的山脊进入夜城。夜城以西和以北是一片无路可走的荒野，那里只看得见丛生的杂草和疯长的树木；还有广袤的崇山峻岭、荒凉的高地和深黑的峡谷。夜城以东是茫茫大海，没有任何航船可以穿过这片大海。

尽管夜城本身还没有变成废墟，但夜城看起来满目疮痍。夜城里不见阳光，太阳永远照不到这个地方，只有惨淡的街灯可以指引游客穿过狭窄而沉寂的街道。

在夜城北部的郊区，房屋似乎很分散，一座大宫殿孤零零地矗立在空荡荡的广场上。在大宫殿上方的最高处，竖立着一尊巨大的女子雕像。雕像中的女子身生两翼,脸颊靠在紧紧攥着的左手上,手肘搁在膝上;右手握着一对罗盘和一本书;脚边放着木匠用的一些行头。女子旁边是一个坟墓和身体已经僵硬的婴儿。这个女子是夜城的女王,也是夜城的守护人,名叫美菱科里娅,她此时正审视着自己的住处。

夜城的居民主要是成年男子,街上很难看见一个女人,有时也能看见一个孩子。这些人面容憔悴,看起来又聋又瞎,好像可悲的石面具。他们从不睡觉,到处游荡,悄无声息地穿过潮湿沉寂的街道和无数的小巷。如果游客见过这些人,就会发现这些人不会说话;他们和他们的城市一起终会印证游客心中那个古老而隐秘的绝望。

詹姆斯·汤姆森,《可怕的夜城》(James Thomson, *The City of Dreadful Night*, London, 1874)

黑夜王国 | Night, Kingdom of

参阅太阳城(Heliopolis)。

梦魇修道院 | Nightmare Abbey

一栋庄严的家宅,英国林肯郡边缘的沼泽和大海之间有一块干燥之地,这栋住宅就坐落于此。这其实是一座城堡似的修道院,非常精美,但已处于半凋敝状态,除了南面,修道院的其他三面都有护城河围绕。

这家修道院原本是克里斯多夫·格洛瑞伊先生的住宅。住宅的风格诙谐有趣;整栋住宅包括许多塔楼,西南面的塔楼已破败凋零,变成了猫头鹰的巢穴;东南面的塔楼主人是格洛瑞伊的儿子,他写过一本小册子,名叫《哲学的气体:人类心灵的一种普通照明工程》,这本小册子只卖掉了 7 本;西北面的塔楼是格洛瑞伊先生的公寓,这些公寓面朝护城河和沼泽。东北面的塔楼是所有仆人的住宅。东南角有一露台，正对着平坦的海滨一片狭长的地带，这里可以看见大海、单调的栅栏和风车，这个露台就是有名的“花园”，但这所谓的“花园”里只生长常青藤和杂草。修道院的主要部分包括高级包房、大客厅和数间卧室。格洛瑞伊先生的儿子为自己的塔楼增加了一个入口，这个入口一直通到一栋隐蔽的公寓的一个小套间。一条可以进入城堡的大路位于栅栏上方。梦魇修道院距离科拉迪克村有 10 英里远。

格洛瑞伊先生曾经注释过《传道书》。《传道书》无可辩驳的告诉我们万象皆空。这位评注者形容自己的住宅是一个大狗窝，每个人都在这样的狗窝里过着狗一样的生活。格洛瑞伊先生有很多收藏品，其中一个是装藩趣酒的大酒杯。这个大酒杯是用格洛瑞伊先生的一位祖先的头骨做的，这位先辈极端厌世，在一个雨天上吊自杀了。这座城堡里的仆人也不同寻常，他们之所以能够成为这里的仆人，是因为他们都长着一副长脸，都有一个阴郁的名字，他们分别是大管家黑乌鸦、管家乌鸦、贴身男仆骷髅(根据格洛瑞伊先生的说法，这个男仆具有法国血统，真名叫弧线)、鹤嘴锄，以及坟墓；一个名叫死人头的准男仆因为表现得很开心而遭到辞退，但在被辞退之前，这个快乐男仆已经搞定了城堡里所有的女仆，生了一大堆年轻的死人头。

城堡里经常会出现一个忧郁的幽灵，参观者要注意，这个幽灵最终会影响城堡里的所有人。

托马斯·皮科克，《梦魇修道院》(Thomas Love Peacock, *Nightmare Abbey*, London, 1818)

尼姆城 | Nimmr

非洲墓谷里坐落着两个城市，尼姆城是其中之一。理查德一世统治期间，东征的十字军战士在地中海遭遇海难，其中一部分战士幸免于难，这些人分两队人马继续南行。一队人马认为他们到了圣墓，于是在那里建造了尼姆城来保护圣墓；另一队人马对此表示怀疑，他们在山谷对面建造了另一座城市，阻止尼姆市民在找到圣墓之前逃回英国。今天，这两座城市的居民分别叫前线和后方。他们依然保持着12世纪的所有民风，两个阵营的人之间每年都要举行比武，游客也可以参加，甚至有时可以被封为骑士。

埃德加·巴勒斯，《丛林中的泰山王》(Edgar Rice Burroughs, *Tarzan Lord of the Jungle*, New York, 1928)

尼帕坦岛 | Nimpatan

位于南大西洋，面积比较大，海岸线极其曲折，周围是陡峭的巉岩，巉崖背后是贫瘠的山地和荒凉的平原，中心是肥沃的农田，而荒凉的平原与肥沃的农田之间又是环状山峦。肥沃的乡村景色优美，树林和农田像一块美丽的挂毯，其间散布着农房和村舍。尼帕坦岛的首都叫科尔索，坐落在岛屿的内陆地区，然而与周围的环境迥然不同，科尔索城丑陋而令人沮丧；城里的街道狭窄而肮脏，两边拥挤着简陋的房屋，更贫穷的街区人口密度更大，不足5平方码的空间竟然要容纳20到30个人。科尔索城的公共建筑看起来笨重不堪，全无雅致可言，甚至皇宫也是那么的低矮、肮脏而简陋。

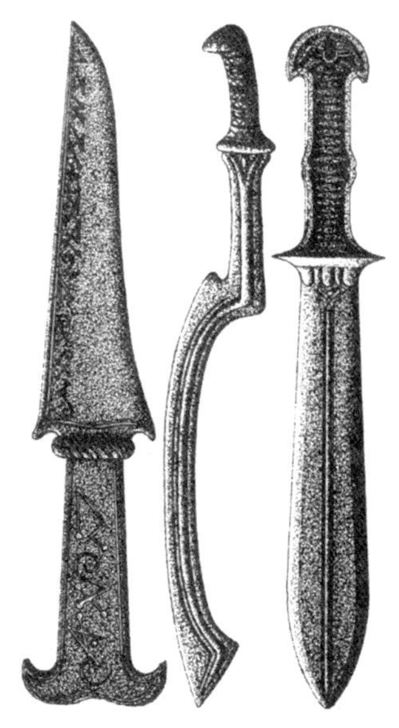

尼帕坦岛的原始居民使用的三种金刀

尼帕坦岛上的居民极不好客，尼帕坦岛上的游客甚少，尼帕坦人对待游客的态度极为恶劣。当游客穿过小镇或乡村时，经常会遭到尼帕坦人那讨厌的嘘声，甚至还得忍受他们扔过来的垃圾，除非游客身上带着黄金。尼帕坦人崇拜黄金，他们对黄金的热情丝毫不亚于其他民族对神灵的崇拜。如果游客身上带有黄金,他会得到尼帕坦人最高级别的款待。尼帕坦人的拜金热可以用来解释他们的民族性:尼帕坦人嗜赌成性,他们经常把大把大把的钱押在蜗牛比赛这样的赌博里。尼帕坦岛的政府官员极其腐败;要想在这样的社会和政治生活中步步高升,就必须通过贿赂。

尼帕坦岛实行君主制,但它保留了大议会,大议会的各个代表由选举产生。尼帕坦岛的选举制度通过如下方式运行:选举权完全掌握在虔诚的"克阿里拉"(the Crallilah)崇拜者的手里,"克阿里拉"在尼帕坦语中的意思是"金条"。尼帕坦岛上有两个政党,每个政党成员都只关心他自己的财富和权力。不管是哪个党执政,它所代表的政府都只是极力鼓励人们致富,教人们采用各种手段敛财。国家财政部长格瑞贝里诺非常精辟地总结了这种政治的核心信条,他认为人类的行为都是利己的,所谓的美德只不过是经过伪装的邪恶;政府只代表少数人的利益,政府只应该关心自己的利益,不必去考虑公共利益,因此政府为了维护自己的权力可以不择手段,分化瓦解、残酷镇压及勒索都可用;如果哪个地方出现叛乱,政府就会往那里派驻军队或征税,直到叛军屈服为止。

尼帕坦岛的习俗表明,尼帕坦人以前可能更自由。每年,科尔索城的中心广场都会举行一种奇怪的仪式:人们坐在广场周围的走廊里,国王坐在广场中心的宝座上。此时,财政部长走进广场,但他立即遭到敌对人群的围攻。这些人手持篮子,篮子里装满垃圾和粪便。他们首先痛骂和诅咒财政部长,继而朝他扔垃圾,为了保护自己,财政部长抛出一些纸张;抓住纸张的人就变成他的同盟,当他的同盟人数占据人群的大多数时,双方就会打起来,直打到筋疲力尽为止。这时候,财政部长来到国王面前,揪住国王的鼻子,想把他从王位上拽下来,然后他把那些纸张全部收起来,扔到国王的膝盖上。到了这个时候,仪式终告结束。据说,这种仪式象征尼帕坦人最初的自由,尽管接连有4任国王想废除这种仪式,但终未成功。

Calmonsora 的字面意思是“智慧之所”，又叫科尔索学院，隐藏于科尔索城里那栋最脏最丑的建筑里。科尔索学院的主要特点是所谓的“知识宝库”，这是一间宽敞的屋子，里面有各种怪物、各种自然奇观，以及丑陋的怪事。最近，这间屋子里又多了一件新玩意儿，那就是皇室成员使用过的一把尿壶。这间屋子里的其他珍藏品有来自世界各地的奇珍异宝，它们作为人类最精美的创造，充分证明了人类心智所能达到的极限。在最后一段时间里，这间屋子里的收藏品一直在增多。今天，我们还能看见路易斯·帕维尔斯的画像、杰奎琳-苏珊的作品集、一本德国明星周刊、一份来自几个国家的政治报道，以及整个皮尔·卡丹衣橱。

相反，首都科尔索城里最美丽的建筑是疯人院。疯子被关在那些精美匀称的房间里，这些房间被分隔成独立的小公寓，每个公寓都带有自己的小花园。关在这里的疯子有：只遵照自然，拒绝恭维顾客的画家；愚蠢到想要与被他自己引诱的女子结婚的博爱者；拒绝与朋友之妻通奸的友人，以及拒绝恭维那些完全戒酒的伟大医生的牧师。一句话，凡是违背尼帕坦岛的文化和礼仪的人，最后都会被关到这里来。这样的隔离制度在其他国家也有效仿。

尼帕坦人的衣着很有特色：男人穿紧身的丝绸长袍，整个身体都包裹在袍子里，他们把自己的腰、脚背、手臂和大腿裹得更严实，简直都快影响正常的血液循环了。尼帕坦岛的上流社会穿宽松的袍子，他们喜欢戴昂贵的假发；尼帕坦岛的女人把整张脸都涂得红红的，脖子上戴着各种饰品，胸部裹在紧身衣里，这种紧身衣在屁股的地方突然张开，再往下留了几码长，算是裙子，穿上这种衣服的女人看起来就像一个留着长手柄的大铃铛。

尼帕坦岛上这些衣着奢侈的人不是土著人，他们是殖民者。尼帕坦岛上的土著人很少，通常都住在贫瘠地区，依靠贫瘠的荒地为生，因此他们的生活很艰辛，但他们保留了原始的传统习俗，丝毫没有受到殖民者的影响。他们赤身裸体，只用从植物里提取的蓝色，把太阳和各种动物的形象绘在身上。他们吃得很少，一小块土地就能满足他们全部的需求。他们在自己住的地方藏有大量的黄金,但他们只把黄金拿来做农具,比如拿来做那种用来割圣草的镰刀。他们生活平和而有节制,但太单调乏味。

约翰·霍尔梅斯贝,《霍尔梅斯贝船长的航行、旅游以及神奇发现》(包括1739年作者去南部海域途中发生的一系列令人惊讶的不寻常事件)(John Holmesby, *The Voyages, Travels, And Wonderful Discoveries of Capt. John Holmesby*, London, 1757)

九十群岛 | Ninety Isles

一簇小岛屿,位于地海群岛的内海西面,介于群岛以北的霍斯克岛和西南面的恩斯梅尔岛之间。九十群岛以西是彭多尔岛,岛上住着巨龙,为此人们很害怕来这座岛上。九十群岛究竟由多少个小岛屿组成,我们不太清楚,人们对此也始终争论不休,但如果包括那些拥有淡水泉的海岛,九十群岛可能共有70座;如果还包括每一处的岩石,那么就不止100座了。然而,这种计算也无法算出九十群岛的真实数目,因为退潮的时候可能露出十多座岛屿,而涨潮的时候也许只能看见3座岛屿。尽管内海的海潮较弱,但考虑到小岛之间数目众多的水渠,这个内海的潮汐活动会比其他水域的更频繁,也更剧烈。

水渠之间几乎没有桥,岛上几乎没有重要的城市。赛尔德岛上有一个小小的定居点。九十群岛的主要产业是用一种名叫*turbie*的小鱼炼油,这个定居点就是该产业的一个重要基地。大型贸易船把这种油运到九十群岛的各个岛上。游客和商人可以住在那里的海上房屋里,海上房屋给他们提供食物。参观者可以睡在用船椽搭建的厅堂里。

九十群岛的其他岛屿被分成各个市镇,每个市镇包括10到20座海岛,这样的市镇都由一个酋长或岛主统治;至于这些酋长和岛主是怎样获得他们的统治地位的,我们还不清楚。

九十群岛上的土地都可以耕种,但岛民主要靠海洋为生。岛上的各家各户都编织了渔网，专门打捞可用来炼油的 *turbiex* 小鱼。岛上的小孩子只要学会了走路，就可以拥有自己的小划船。岛上的小贩们在桨声中叫卖；女人划着小船穿过水渠，去拜访自己的邻居。最近几年，九十群岛上兴起一种新型建筑，这种建筑的窗户和阳台直接伸向水面。九十群岛上的居民并不富有，他们的住房有些没有窗户，完全是泥地板。九十群岛上看不见一座石建筑，所有的房屋都使用木材和茅草搭建而成。岛民的生活虽然谈不上富裕，但至少也能自给自足，他们依靠捕鱼、种植和炼油业也能养活自己。

乌苏拉·奎恩，《地海的巫师》

九漩涡之岛 | Nine Whirlpools, Island of The

这座岛屿位置偏远，距离地球上任何一个地方都有 1000 英里远。如今，这座岛屿变成了一个富饶而安宁的地方，它那令人好奇的历史没有留给人们多少回忆，只有所谓的孤独塔上那粉红和淡黄色石雕，以及海滩上巨龙的石像，还在为它逝去的时光作无声的见证。

几个世纪以来，这座海岛都很难靠近，因为它的周围有连续不断的 9 个漩涡。正因为难以靠近，一个偏远地方的国王看重了它，把自己的女儿放逐到这个岛上。国王这样做的目的是想要一个儿子，加之这个女儿又惹怒了他。公主被放逐到这里后，被国王施了魔法；这样一来，公主永远不会变老，但如果没有一位勇士前来相救，公主将永远只能呆在这座岛上。国王还派了一头巨龙和一只半狮半鹫的怪物去看守公主，分别做公主的厨师和女仆。随同公主而去的还有公主的母亲和为公主接生的女巫。许多年来，她们犹如石像一样站在孤独塔的入口。

几个世纪过去了，很多王子来到这片海域，试图救走被施了魔法的公主，但最终都被海岛周围湍急的漩涡挡住了去路。后来，海王的一个儿子听说了此事，他也想去拯救公主。最终，他摸清了那些漩涡退潮的时间，登上了那座海岛，打败了巨龙，征服了怪物。

据说，那些漩涡是公主父亲的血液形成的。当潮水退去的时候，那些漩涡就变成了红宝石。那位救出公主的勇士把红宝石扔进土里，红宝石马上就变成了沉甸甸的稻子，好像是在为它们自己赎罪。而今，公主和勇士结了婚，生活在他们为自己建造的美丽的宫殿里。那头巨龙变成了一块石头，留在海滩上，成了招人喜欢的玩具。

伊迪斯·尼斯比特，《九漩涡之岛》(Edith Nesbit, *The Island of the Nine Whirlpools*, London, 1899)

诺亚老宅 | Noah's Realm

一处私人拥有的小规模房产，如今坐落在大海的深处；这里所说的大海可能就是地中海。诺亚老宅的中心是一栋大房子的废墟，木制的走廊，上面可见平台摇椅。这栋房子的四周有庭院，庭院以外是几英亩的草坪，草坪里有一个小池塘，据说池塘里的鱼儿曾跳出来走路。大房子不远处有一片森林，这片森林既危险，又具有治疗作用。森林里的某些地方可以庇护受伤的动物，因为林荫里的蘑菇具有药用价值，可以用来驱赶巨龙。闻到这种蘑菇的味道，巨龙就会呕吐并感到剧烈的头痛。这些巨龙住在森林里更危

耶和华最后一次访问诺亚老宅期间乘坐的马车

险的地方，这样的地方名叫“龙塘”。巨龙把自己埋在红色淤泥里，只露出眼睛和嘴巴，路过这里的人很难发现它们。

这片森林里既有沼泽、流沙和深坑，也有荨麻地、黄蜂巢，以及用尖利如刮胡刀的石头砌成的烤架，此外，还有突然在游客脚下裂开的断层，断层里会冒出滚烫的燃煤，会烧坏游客的鞋底。据说，弧猴会保护这片森林，他们就好像是这片森林里的精灵，但这一点尚未得到证实。森林里还生活着仙子，她们有时候会跟鸟儿争抢生存空间。

森林不远处是一片果园，果园的周围筑有围墙；果园里很静谧，园中的果树井然有序，园中的小径绿草茵茵。园中有颜色众多的苹果树，比如红色、绿色、紫色和白色。据说，这些苹果树上结的果实很危险，不可以拿来吃，至于为什么，我们还不清楚。

诺亚老宅以北是祭祀山。要到达祭祀山，游客必须途经厕所、浴室、冰冻房、生长着太阳花的露台，以及雪松林。祭祀山的山顶上有一棵孤松和一个粗糙的石祭坛。据说，诺亚医生多次在这里做活体解剖实验和活体祭献，为此，他被誉为全世界最杰出的外科医生。

森林以北和祭祀山的背后有几座城市。当这个地区露出水面的时候，就可以看见这些城市和城里的寺庙上空袅袅升起的烟雾。在过去，这里的寺庙里会举行各种庆祝活动，以纪念巴力神。在此期间，女人被推到祭坛上，被男人强奸，据说有些女人是自愿的；巴力神投胎为公牛，经常强奸自己选中的女人。

这些城市的堕落触怒了耶和华，他坐着大马车来到诺亚老宅。马车轮上的皮革被石头磨破了，上面沾满了稀泥，愤怒的市民毫不客气地把粪便、臭鸡蛋和烂菜扔到耶和华身上；最后，马车的轮子也破了。马车的后面有一串笼子，每一只笼子都采用白色碎石膏，镀成洛可可风格。笼子里装着各种动物，笼子上面拉了一条横幅，横幅上写着“七大奇迹！人生的伟大奇迹”。据说，这是耶和华最后一次来到诺亚老宅，不久就憔悴而死。

蒂莫西·芬德利，《不想再航行》(Timothy Findley, *Not Wanted on the Voyage*, Toronto, 1984)

贵族岛 | Noble's Isle

又叫“莫诺岛”，一座火山岛，位于南纬5.3度，西经101度，地势低，面积小、植被茂密，多为棕榈树。沙滩呈单调的灰沙斜坡，地势陡峭，一直延伸到一处海拔六、七十英尺的山脊。山脊另一面有一条小溪，这条小溪穿过狭窄的山谷，流入贵族之岛的内陆地区。山脊以北，游客会发现一个小规模的热温泉；山脊以南是一片被烧焦的森林和一块肮脏的沼泽，沼泽里散发出一股刺鼻的气味。

第一次有人涉足贵族岛是在1867年。那一年，英国生物学家莫诺博士及其助手蒙哥马利来到这座岛上，并且在岛上建立了一个营地，作为科学研究基地。莫诺博士对这座岛屿的地理环境和历史进行了详尽的考察，最后由爱德华·普瑞迪克先生整理，他的侄儿查尔斯出版。

尽管我们对这座岛屿的居住现状无法提供任何信息，但我们知道，这里曾经住着一个印第安部落卡纳卡斯和一群兽人。对于卡纳卡斯印第安人，我们发现他们在新卡利多尼亚也居住过。在女巫喀耳刻(参阅“埃阿亚岛”)那种颠倒的传统里，那些兽人原本是一些公牛、狮子和猿猴。莫诺博士想把一些动物变成人，那些没有变成人的动物就变成了上面所说的兽人。有些兽人虽然具有语言天赋，但它们最终还是回归了自己的兽性；游客一定要小心，因为遇见兽人可不是一件舒服的事。

回到英国后，爱德华·普瑞迪克发现，他的那些英国同胞尽管表面上很正常，却总是让他想起生活在贵族岛上的兽人。四处觅食的女人可能在他背后喵喵地叫；面色苍白、满眼疲倦的工人就像受伤的小鹿，对着他不停地咳嗽；老年人使他想起了猿人。更令他恶心的是火车上或公交车上那些神情呆滞的乘客。爱德华的这些联想其实并非毫无根据，因为一些兽人离开贵族岛后，到国外去生活了。

如果某个参观者本来就是一只野兽，更容易变形的话，尽管我们可以肯定,莫诺博士及其助手都已不在人世,那么他会发现,掌握贵族岛的生存法则非常必要,比如,“不要用四肢行走;不要舔食饮料;不要吃肉和鱼;不要用爪子抓树皮;不要追撵人类”。然而,这位参观者必须注意,因为据说这样的变形非常痛苦;如果不是这样的话,莫诺博士用来做实验的那栋房子为何要叫痛苦屋呢?

韦尔斯,《莫诺博士之岛》(H. G.. Wells, *The Island of Doctor Moreau*, London, 1896)

纳德诺尔城 | Nodnol

又叫“伊娜特尼普城”,塔尔戈-纳迪波的首都。

诺兰德王国 | Noland

位于奥兹国周围的致命沙漠的背后。诺兰德王国以西是伊克斯王国,一列山脉将这两个王国分隔开来。诺兰德王国的东南面与快乐王国接壤,以北是高耸入云的山脉,这列山脉地势更高的地方是罗利人最初的家园;他们入侵过诺兰德王国。诺兰德王国的首都叫诺乐城,这是一座筑有围墙的古城,坐落在一座小山上。

诺兰德王国的国王是一个名叫巴德的男孩,他之所以能够登上王位,主要依赖于诺兰德王国一条古怪的继承法。根据诺兰德王国的古律法,国王死后若没有留下一个继承人,王位就由从东门进入首都的第 47 个人来继承。不管这第 47 个人是谁,无论其年龄、性别和社会地位,他都必须被拥立为一个合法继承人。巴德和姐姐梅戈(人们最熟悉的名字叫弗拉弗)是一个穷船夫的遗孤,被严厉的瑞维特姑姑带到了诺乐城。尽管出身不好,巴德还是变成了王位的合法继承人,因为他恰好就是第 47 个从东门进入首都的人。一开始,巴德还不大情愿履行国王之职,他更关心的是怎么玩,更喜欢花钱去买玩具,但他对错综复杂的案子的判断却十分公正,因而越来越受到人们的爱戴。

未到诺乐城之前，姐姐弗拉弗得到布阿泽仙子编织的魔力斗篷，谁戴上这顶斗篷，谁的愿望就会实现，甚至连他自己尚未想到的愿望也能实现。因此，戴上斗篷的瑞维特姑姑突然长出了翅膀，当时她正希望自己能够飞到商店里去。接着一只狗开始说话；巴德的贴身男仆得到了 6 个仆人；国王的将军托利多布一下子长到了 10 英尺高；高级执行官托利德布想摘到高处的苹果时，他的手臂突然变长了，于是轻轻松松地摘到了苹果。在魔力斗篷实现的那些愿望当中，最大的一个愿望就是高级会计师托利狄布的愿望；他希望国库永远充盈，不管取走了多少钱，国库里永远都是满满的。

魔力斗篷帮助人实现心愿的传言不胫而走，并且迅速传开。我们还能听到有关魔力斗篷的一些歌谣，游吟诗人到处传唱这些歌谣。伊克斯王国的泽西女王最早听说了魔力斗篷的神奇故事。她想马上得到这顶斗篷，以满足她最最热切的愿望。她想有一面魔镜，这样她就可以用这面魔镜向别人展示她更迷人的模样，而不是现在这副衰老的样子。于是她使用调包计从诺兰德王国偷走了魔法斗篷，但她很快发现魔法斗篷并没有魔力，其实原因很简单，因为魔法斗篷是她偷来的，自然不可能帮助她实现愿望。

不久，诺兰德王国遭到罗利人的入侵。罗利人是诺兰德王国以北的高山族的后裔，这些怪物长得像圆滚滚的皮球，四肢粗大，能用四肢滚动身体；他们的肌肉健壮而富有弹性，像一种天然橡胶。他们天生好斗，攻击性强，但很少造成伤害，因为当他们发生碰撞时，只会迅速地弹开对方；然而，这些怪物却是诺兰德人的劲敌。罗利人把诺兰德人击倒之后，就把他们按在巨大的荆棘上面，这些荆棘可是罗利人的宝剑。罗利人行动迅猛，毫无防备的诺兰德军队很快倒戈。

罗利人控制了诺兰德王国的首都，在这座城里制造了极大的混乱，他们把用不了的东西一律毁掉；把能找到的一切可吃的东西全部吃掉。巴德国王的顾问失去了往日的尊荣，将军沦为可怜的厨子，巴德的贴身男仆被迫为罗利人瘙痒。巴德自己也没有太在意罗利人的这次入侵，他满以为魔法斗篷能够帮助他赶走罗利人。后来巴德才发现魔法斗篷失去了魔力，于是决定和姐姐弗拉弗离开自己的王国，跟姑姑一起到了伊克斯王国。

伊克斯的泽西女王热情地接待了他们，承认她偷了真正的魔法斗篷，并补充说她已不再拥有魔法斗篷。要想复原魔法斗篷非常难，因为魔法斗篷被撕开来补缀破了的被子，甚至其中一块还拿去送给了一个海员当领带。因此，如果想要解救诺兰德王国，就只有采取其他的方式。最后泽西女王配了一副魔药，由那只会说话的狗带到了诺乐成。狗把魔药放进罗利人最喜欢喝的一种汤里；喝了这种汤的罗利人全都睡着了，伊克斯王国的军队趁机进入诺兰德王国，得到诺兰德人的夹道欢迎。他们一起把罗利人捆起来，拖到河边，扔进河里。这些罗利人最后被冲进大海，从此以后他们再也不会骚扰诺兰德王国的安宁了。巴德和他的姐姐回到诺兰德王国，为此举行了盛大的庆典。

弗兰克·鲍姆，《伊克斯的泽西女王》或《魔术师克劳克的故事》；弗兰克·鲍姆，《奥兹国之路》

诺兰达尼亚共和国 | Nolandania

位于地心深处的普鲁托大陆，共有 11 个共和国，诺兰达尼亚是其中之一。与其他的共和国一样，诺兰达尼亚境内生活的人类和动物也比地球表面的小很多；诺兰达尼亚共和国的居民身高不足两英尺，而两英尺就是普鲁托居民的平均身高。

诺兰达尼亚与班诺斯帝国接壤，面积虽然比邻国大得多，人口却比邻国的少；国内的军事力量薄弱，政局动荡不安。

根据诺兰达尼亚仅有的几个道德家的说法，诺兰达尼亚人现今只图享乐，整日歌舞宴饮，整个共和国正走向彻底的毁灭：公共生活中的腐败随处可见，公民的私人生活也充斥着形形色色的放荡和赌博；通奸变成了娱乐的借口，据说诺兰达尼亚的情妇比合法的妻子还要多，婚姻制度正在解体。在这样一个日渐堕落的共和国里，头脑清醒的公民根本看不见希望的曙光。

无名氏，《地心旅行记》或《陌生国度历险记》

诺兰迪亚王国 | Nolandia

位于乌托邦以南，一个缺乏趣味的王国。

诺兰迪亚的国王坚信，凭借世袭的联姻，他应该拥有乌托邦这个邻国。他后来用武力征服了乌托邦，但要控制乌托邦远比征服它更难，这一点很快就变得一目了然。诺兰迪亚王国内战频频，并且时有外敌入侵，国库资金大量外流，被用来支持这块刚刚征服的领土。

诺兰迪亚王国的形势日益恶化：犯罪率陡升，法律成了一纸空文；国王忙于新国的事务，无暇顾及他自己的王国。诺兰迪亚人希望国王在这两个王国之间作出选择。他们对国王说，他们人数众多，国王想要两国兼顾显然不太可能。国王最后不得不回到诺兰迪亚，继续履行他作为国王的职责，而把这块新获得的领地交给他的一个刚被推翻的朋友打理。

托马斯·莫尔爵士，《乌托邦》

诺乐城 | Nole

诺兰德王国(Noland)的首都。

无人岛 | No-Man's-Land

靠近凡第波王国的海滨。从陆地上看，无人岛就像一颗李子布丁，曲折的海岸线之间其实隐藏着一个深洞；深洞宽 30 英里，可以用来藏身。无人岛上溪流众多、森林密布，还有几英亩绿草摇曳的草地。

凡第波王国的居民说，无人岛上住着食人巨龙，他们几乎不敢靠近。据说,好几百年以前,凡第波王国的卡克布奇国王把自己的岳母大人放逐到这座岛上,因为国王受不了岳母大人的絮絮叨叨。国王每周都会派船把食物送到这座岛上,但有一次,送食物的人突然发现国王的岳母不见了,而此时出现了一条巨龙,把他们吓跑了。一位著名的男巫听说了此事,认为那条巨龙就是国王的岳母变的。

不过,游客不必为此担心,因为事情的真相并非如此。无人岛上没有巨龙,这里只生活着食草动物。河马在河岸上吃草,大象和犀牛在长长的绿草间逡巡,此外还有许多长颈鹿、猴子和鹿子;群鸟聚集在海岛各处;这里是所有非肉食动物的天堂。有趣的是,无人岛是地球上唯一的史前动物 *piffilosaurus* 生活的地方。这种动物似乎是鳄鱼与长颈鹿交配所生下的后代,它们的腿很短,并且向外张开,尾巴和脖子特别长。尽管体型巨大,它们的性情却很温和。它们喜欢晒太阳,以熟香蕉为食。这种动物也许是有关龙的神话的起源。当游客试图上岸时,这些怪物就走进无人岛中心的一个山洞里,吸进山洞周围笼罩的薄雾。然后,它们来到海滩上,大声地咆哮,鼻孔里呼出那种薄雾;也许正因为如此,它们总是被当作喷火龙。

国王的岳母确实从这座海岛上消失了,因为岛上的动物也受不了她的絮叨。那些动物把她弄到遥远的非洲海岸,她在那里嫁给了刚果南部一个聋子国王。

凡第波王国的杜利德医生在无人岛上创建了一个重要的邮政系统中心。

休·洛夫丁,《杜利德博士的邮局》

诺梅王国 | Nomeland

洛基人的罗奎特国王的地盘;伊吾王国以北的山峦下面有一些宽阔的洞穴,诺梅王国就位于这些宽阔的洞穴里。

诺梅是岩石仙子,他们生得娇小敏捷,身体的颜色与周围岩石的颜色完全一致;他们的皮肤粗糙,呈参差不齐的锯齿状排列,看起来就像是从岩石上切割下来的。由于经常在洞下面的矿井里劳动,它们的身体强壮、肌肉发达。

游客要注意,来诺梅王国既困难又危险。如果想进入这个王国,只有穿过伊吾王国北部一条狭窄的山谷。这条山谷最窄的地方有一个巨人把守,这个巨人用大铁锤捣碎了通道。其实这个巨人是一架机器,是伊吾王国的维修公司组装的。这家公司还制造了迪克托克机器人,这个机器人最后变成了奥兹国最受尊敬的公民。对付巨人的唯一办法就是在巨人的大铁锤举起还未落下的时候,迅速从下面跑过去。然而,即使过了这一关,最后真正想要进入诺梅王国还是很难。进入诺梅王国的那扇大门隐藏在岩石下面,只有当罗卡特国王认为参观者的请求足够谦卑之时,这扇大门才会打开。

走进大门可见一条隧道,一直通到罗卡特国王的宝座室,隧道里有火焰般的宝石照明。罗卡特国王经常坐在宝座上抽烟,宝座的构造看起来有些笨拙,它直接用一块大岩石上雕刻出来,宝座上面镶嵌了翡翠、红宝石以及钻石。大门背后是王宫的各个厅堂;这座宫殿非常壮观,这些厅堂都是宽敞的拱形屋,拱形屋的墙壁用光滑的大理石砌成,上面挂着丝绸布帘,地上铺着厚厚的天鹅绒地毯,家具用稀有的古木做成。宫殿里的光线神秘而柔和,似乎没有一处具体的光源。宫殿下面很深的地方是矿山,成千上万的诺梅仙女在那里开采矿石和稀有金属。地下的洞穴也是罗卡特国王的庞大军队驻扎的地方;军队里的每个人都戴着镶嵌有宝石的铁盔。

参观者可能看不到诺梅王国的一个奇观,那就是伊吾罗尔多十四世的妻儿石化的形象。为了长生不老,伊吾罗尔多十四世把自己的妻儿作为奴隶送给罗卡特国王,但他并没有从罗卡特国王那里得到多少好处,最后不得不因为懊悔而自杀。出于同情,罗卡特国王把新获得的那些奴隶变成了厅堂里的装饰,以免去他们将要承受的苦痛。奥兹国的奥兹玛女王和她的朋友救出了那些奴隶,我们不知道罗卡特国王最后是否替换了他们。

弗兰克·鲍姆,《奥兹国的奥兹玛》;弗兰克·鲍姆,《奥兹国之路》;弗兰克·鲍姆,《奥兹国的翡翠城》

诺潘德之国 | Nopandes, Land of

位于美国阿巴拉契亚山的背后,周围的湖泊和高山是它的天然屏障。诺潘德之国住着印第安人诺潘德人;他们殷勤好客,生活井井有条。

诺潘德人与西班牙人素有来往,这一点从首都诺潘德城的布局就能看出来。诺潘德城的街道井然有序,两边是砖房,最有名的是酋长居住的砖石宫殿,宫殿周围有美丽的花园和果园。

如果勇敢的游客找到一条被一堵岩墙封住的深谷,并且穿过重兵把守的深谷的入口,他就会穿过第二扇大门,通过这扇大门进入一个封闭的地区,这个地区永远燃烧着熊熊大火。这里是一座监狱,即为人们所熟知的地狱,看守监狱的牧师叫魔鬼。到了晚上,那些有罪之人被带到这里用火烧死,这样的场面整个部落的人都能看见,游客也可能被邀请去观看这样的场面。

安东尼·普雷沃神甫,《英国哲学家或克伦威尔私生子克利夫兰先生的故事》

梦岛 | Nora-Bamma

属于马蒂群岛,被描绘成像穆罕默德的头巾一样又圆又绿。梦岛上的居民都是幻想家、抑郁症患者和梦游者。

无论是谁,一旦到达梦岛的海滨,就会情不自禁地想睡觉。那些来这里寻找著名的金南瓜的人还没有等到摘第一个金南瓜,就已经昏睡过去了,只有等到夜幕降临之后,他们才会醒来。路上的游客不停地揉眼睛,时不时地会有沉默不语的幽灵跟他们打招呼,这些幽灵在昏暗的森林里忽隐忽现,行动十分诡秘。

赫尔曼·梅尔维尔,《玛蒂群岛:一次旅行》

北法森区 | North Farthing

参阅夏尔郡(The Shire)。

北极王国 | North Pole Kingdom

位于北极的地下,这里住着非常文明的恐龙。北极王国由纵横交错的地下隧道构成,这些地下隧道有几个出口,通向覆盖着冰雪的荒地。恐龙的社会组织非常精密,每一个成员都有他自己的职业,主要负责操作那些把北极的电磁转变成热能和光能的大机器。负责这项工作的恐龙身边随时跟着年轻学徒,如果某个工人玩忽职守,那个年轻学徒就会马上顶替上去,犯渎职罪的工人会被赶到屠宰场。北极王国的恐龙穿着豹皮衣服,样子看起来像蜥蜴,脸上毫无表情。

北极王国的第三个出口

有人认为北极王国的恐龙是那些去地下寻找避难所的史前恐龙的后代。一位法国探险家曾描述过北极王国。19世纪晚期,法国考古学家在西伯利亚北部发现了这位探险家的手稿,那时,这位探险家的同伴已经精神失常。这份手稿是在一个空空的汽油桶里找到的,汽油桶的旁边躺着一具恐龙尸骸,它可能是这白茫茫的冰冻世界里唯一的居民吧。

查尔斯·德瑞尼斯,《极地人》(Charles Derennes, *Le Peuple du Pôle*, Paris, 1907)

虚无岛 | Nothing, Isle of

参阅大水湖(Great Water)。

新索里马城 | Nova Solyma

以色列的一座城市，基督教信仰的一个坚固堡垒。新索里马城建在两座山峦的峰顶之上，宏伟壮观的城墙位于更高的山坡上。新索里马城共有 12 扇城门，都是用坚实的黄铜做成。城门上雕刻着部落的徽章和酋长的名字，很容易辨认。每一扇城门的上方都建造了一座坚固的塔楼，守卫这扇城门。主要城门叫雅达门，面朝一条精致的大街；大街两旁建有各自独立的石头公寓，同样的高度，同样的外观，看起来彼此相连，蔚为壮观。古索里马城没有留下什么，但它上面规模更大的新索里马城却显示了它曾经的辉煌。

这里的每一栋房屋上面都刻有文字，描述了这栋房屋的建造过程。其中一栋最重要的房屋墙上是这样写的："建造这栋房屋的费用来路清白，建造过程没有弄虚作假，因而它能遮风挡雨，能够经历多年，它的主人一代又一代生活在这里，没有破坏它，也无需改变它；这栋房屋里没有赌博，没有乱伦和通奸，没有撒泼和动怒，没有宿怨和血仇。"此外，这栋房屋上面还刻着这样的文字，表明这里禁止幽灵、动物和兽人出入。房屋的周围有花园，花园里有浮雕，表现的是《圣经》里的场景。新索里马城每年都要举行落成大典，在庆典过程中，一个少女将被选为锡安的女儿。

新索里马城的公立学校建在城北。没有面朝大街的窗户，只有名人的塑像；大门上方是大卫的塑像，由一位恪尽职守的专职人员看守。

新索里马城里的年轻人逐渐学会了如何忍受苦难，学会了如何服从医生的意愿。城里一位作家曾经说："苦难中长大的穷孩子比那些从小娇生惯养的富家子弟更坚强、体质也更好。" 新索里马

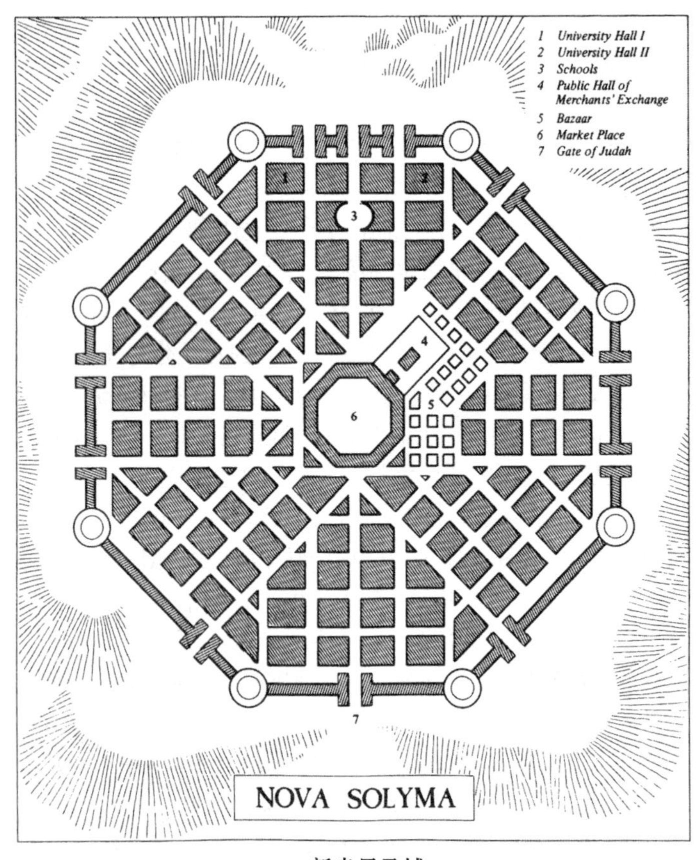
1 University Hall I
2 University Hall II
3 Schools
4 Public Hall of Merchants' Exchange
5 Bazaar
6 Market Place
7 Gate of Judah
1
2
3
4
5
6
7
NOVA SOLYMA

新索里马城

城里的男孩子会学跳舞、学游泳和射箭；他们还必须学会克制自己的情感。为了能够让人改邪归正，新索里马城唾弃所有不良行为。在这里，懒惰和胆怯的人会遭到鞭笞；使人感到羞耻的不纯洁的人会遭到警告；爱撒谎的人会被当作不会说话的牲畜，这样的人不配得到口齿清晰的人类社会的善待。

新索里马城里的市民相信宇宙就是一个大子宫。

塞缪尔·格特，《新索里马城的书性》(Samuel Gott, *Novae Solymae libri sex*, London, 1648)

乌有岛 | Nowhere Island

参阅梅达摩塞岛(Medamothy)。

努比亚城 | Nubia

伟大的埃塞俄比亚王国的首都(亦参萨巴城)。苏丹境内有一块贫瘠的荒地，也叫这个名字，请不要把这两个地方混淆起来；此外，非洲东北部有一个古国也叫努比亚。

努比亚城的统治者是塞纳坡，他的王国里有的是黄金、珠宝、香液、麝香和琥珀。有些游客认为，塞纳坡就是有名的祭司王约翰，即传说中的一位信奉基督教的中世纪国王兼祭司。努比亚城最引人注目的是皇宫，皇宫里有美丽的水晶柱，皇宫的墙上镶嵌着红宝石、翡翠、蓝宝石和黄玉，每间屋子里都藏着大量的珍珠和稀有宝石。

努比亚城的北面是月亮山，这里是尼罗河的发祥地。埃及法老每年都要向塞纳坡进贡，因为害怕努比亚的统治者改变尼罗河的流向，使其流到另一个国家。

月亮山上有一个美丽的花园王国，据说这个王国是陆地上的天堂。塞纳坡国王曾试图征服这个王国。他带着骆队、大象和步兵进攻月亮山，结果遭到上帝的惩罚。上帝把他变成一个瞎子，并且派天使杀死了他的十万人马。这样的惩罚还没有完，上帝还派鸟身女怪来折磨这个入侵者：只要塞纳坡国王一想吃东西，这些女怪就在国王的食物上飞来飞去，用粪便弄脏他的食物。法国骑士阿斯托尔弗抓住这些鸟身女怪，把她们关在月亮山下的山洞里，救出了塞纳坡国王。据说，人们至今还能听见月亮山下那些鸟身女怪拍打黑色翅膀的声音。

卢多维奇·阿里奥斯托，《愤怒的奥兰多》

零国 | Null, Land of

参阅智慧王国（Wisdom Kingdom）。

数字城 | Numbers, City of

参阅数字城邦（Digitopolis）。

坚果群岛 | Nut Islands

位于大西洋，距离蔬菜海不远。坚果群岛上有一种奇怪的树，树上的果实硕大无比，足有 15 英尺长；因此有了这个岛名。坚果岛上的居民叫坚果族，他们用坚果造船。

撒莫萨塔的吕西，《真正的历史》

鲁托皮亚国 | Nutopia

这个国家没有领土、没有疆界，也没有护照，只有居民。鲁托皮亚国除了宇宙大法，没有别的律法，所有的公民都是国家的大使。鲁托皮亚国的国际颂歌叫 *Bring on the Lucie*。如果想获得这个国家的更多信息，可以写信给鲁托皮亚国的大使馆，大使馆的地址是：白街 1 号，纽约市，纽约 10013，美国。

约翰·列侬，《心灵游戏》(John Lennon, *Mind Games*, London, 1973)

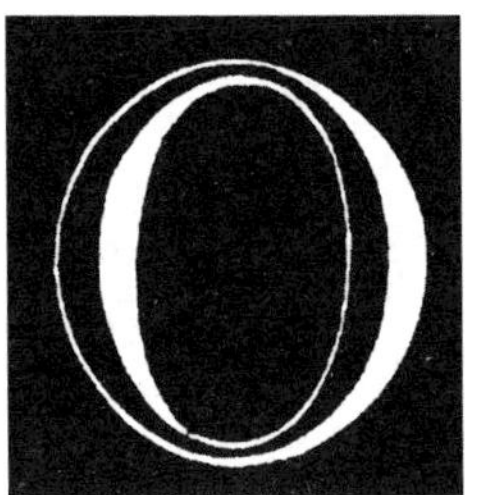

奥巴萨岛 | Obalsa

参阅智慧群岛(Isles of Wisdom)。

欧-布拉哈岛 | O-Blaha

参阅智慧群岛(Isles of Wisdom)。

奥西纳共和国 (1) | Oceana (1)

主要部分是奥西纳岛,外加马培西亚(Marpesia)和帕诺佩(Panopea)两个省。奥西纳岛比法国小;第一次提到它的是普利尼;先后被罗马人、日耳曼人、斯堪的纳维亚人以及努斯特瑞亚人征服过。罗马人把它作为一个行省,日耳曼人在这里实行君主统治。经过多年艰苦卓绝的内战,奥西纳岛上最终实现了民主共和国制。

奥西纳共和国的居民分为自由人和奴隶。年轻人和老年人又可以细分为行军部队和驻守部队。骑兵和步兵是根据他们的性质来划分;奥西纳共和国的军队分成三部分,分别是凤凰、塘鹅和燕子;连队分为白树、香桃木和小树枝。从行政管理方面来看,奥西纳共和国被分为教区、郡区和部落。部落酋长由选举产生,每个部落分派 7 个代表进入中央政府。教区代表推选和平部的法官、海军上校和上尉。几个其他官员和顾问由参议院通过选举产生。立法必须经过人民的批准:参议院提出议案,人民来表决。法律限定了个人占用土地的多少,目的是确保权力掌握在大多数人手里。

奥西纳共和国的首都是恩波里厄姆城(Emporium),在市长和郡长的领导下,商人和市议员共同管理这座城市。恩波里厄姆城本身由恩波里厄姆(Emporium)和希尔纳(Hiera)这两座城市

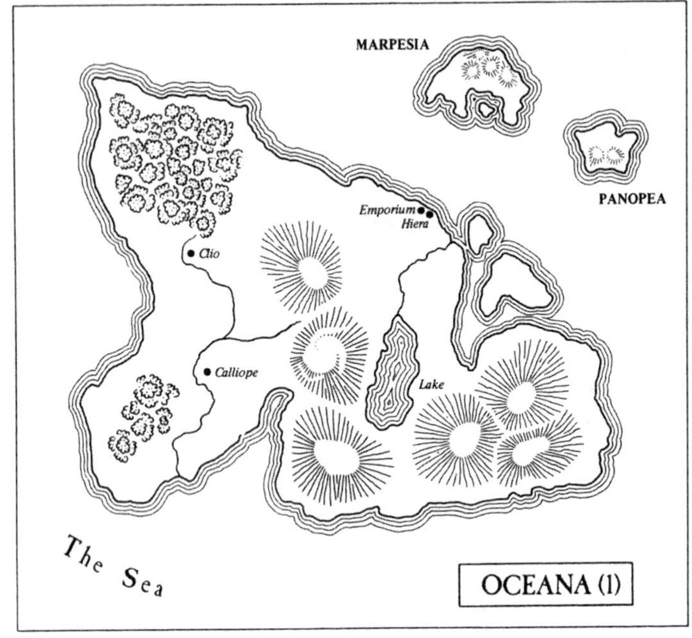

奥西纳共和国

组成。

奥西纳共和国实行宗教信仰自由政策,但也建立了宗教委员会,来维持基本的伦理道德规范。国教的牧师被派往大学任职,但他不可以接受其他的聘任。每一个部落都开办了自己的免费学校,入学孩子的年龄均在 9 到 15 岁之间,但独生子的教育责任由孩子的父亲来承担。奥西纳共和国共有两所重点大学,分别位于克里欧城(Clio)和卡利欧普城(Calliope)。

帕诺佩省原是奥西纳共和国所征服的一个海岛,如今已出现堕落的迹象,被叫作“懒汉和懦夫之母”,这样的地方不可能产生佩带武器的勇士。尽管奥西纳共和国最好的朋友都是移民,但那些犹太居民都尽可能地去远离大陆的帕诺佩岛上定居。

詹姆斯·哈灵顿,《奥西纳共和国》(James Harington, *The Commonwealth of Oceana*, London, 1656)

奥西纳岛(2) | Oceana (2)

北大西洋的一座岛屿,请不要与奥西纳共和国相混淆。奥西纳岛位于爱尔兰以南,距离英格兰岛的康沃尔郡的西海滨约 200 英里。

奥西纳岛的面积很小,海岸线还不到 90 英里长,由于位置偏远,游客很难进入。岛上没有机场,每周只有从爱尔兰出发的汽船能够到达这里。波特哈尼尔港是岛上唯一一个深水港,距离首都里斯尼温城约 20 英里。这是一个天然港,是因一条山峡与大海相接,在高耸的悬崖之间形成的。第二个港口叫卡勒斯顿,坐落在岛屿南部的海滨,很小,容不了大型渡船,只可以停泊捕龙虾的小船。

奥西纳岛缺乏天然港口,这是它的地形造成的。奥西纳岛的

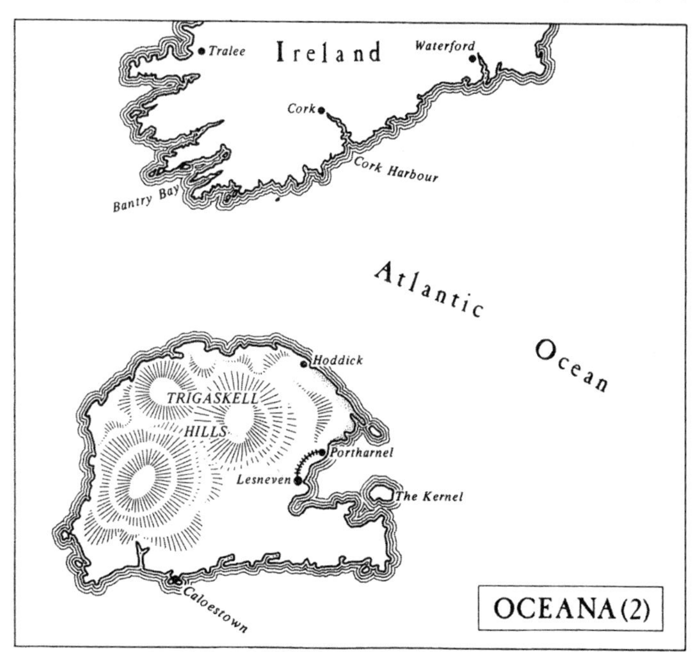

奥西纳岛

周围巉岩林立，完全无法靠近。东海滨的山势稍稍缓和，似乎没那么陡峭，但临海的地方几乎全是花岗岩，海滩少得可怜；唯一算得上海滩的地方距离里斯尼温城以北有 10 到 15 英里，一直向北延伸到霍狄克村。这里夏天可以游泳，里斯尼温城虽然地处大海湾，却没有形成天然港口。大陆与果仁湖的近海岛屿之间水流湍急，使得这里的海湾非常危险。里斯尼温城也没有海滩，海滨平坦多泥。首都的火车站距离这个小镇很远，位于退潮时暴露出来的泥沙滩上方的桩子上。火车从这个车站出发，开往波特哈尼尔港。

里斯尼温本城只是一座单调乏味的小镇，其建筑毫无特色。屋墙被一律刷成白色，屋顶倾斜得厉害，窗面用花冈岩；这些房屋呈阶梯状分布；街上随处可见花岗岩石的骑马台，但马儿明显没有以前多了。整座城市最醒目的建筑是罗塔，这里是政府所在地。罗塔呈圆形，穹窿顶，依靠狭长的窗户采光，地板用明暗相间的石板铺成，四周是低矮的护墙，上面留有主要入口，一直通到更衣间和升高了的总统宝座旁边。护墙背后是为政府代表准备的两排皮椅，皮椅上方有一圈环形过道，参观者可以来这里参与讨论。罗塔并不壮观，但看起来庄严肃穆。

奥西纳岛的内陆地区共有两种地形，中部是荒野和丘陵，南部是富饶的农田，被分成各个大庄园。大庄园的土地通常租给农民耕种，但也有庄园主自己耕种土地的情形，这实际上形成了一个半独立的小王国。奥西纳岛的内陆以北和以西的地区更贫瘠，这样的贫瘠地带一直延伸到特里加斯凯尔丘陵和西部的花岗岩山。这些山峦横七竖八毫无秩序地堆在一起，山势极其陡峭险峻，忽而升到 3000 英尺，忽而又降低到大西洋海滨的悬崖，因此，游客需要从北向南，经过这里的丘陵地带非常困难。冬天，这些山峰上覆盖着积雪，攀登起来极其危险。高沼地和山峦是牧羊的好地方。从传统意义上讲，牧羊人不是佃农，他们拥有自己的土地，比佃农和来自山地和谷地的生意人更独立，也更机敏；他们始终不信任这些来自“低地”的人。

从政治方面来看，奥西纳是一个独立的国家。每年从全国选出 60 个代表，进入中央政府，然后又从这 60 个代表当中，选出享有行政权的总统。从文化方面来看，奥西纳岛的居民非常保守：女人的穿着十分传统，尤其是农村女人，她们穿长袍，披橘红色的披肩。奥西纳岛的居民生活节奏十分缓慢，似乎与 20 世纪毫不沾边。比如，邮件还依靠身穿蓝色制服的邮递员驾着马车去递送。从宗教事务方面来看，奥西纳岛上的大多数居民都信仰爱尔兰的东正教，但巫术在奥西纳的农村依然存在，其中包括魔鬼崇拜、裸体狂欢和各种自虐仪式。

奥西纳人好像只有一种传统菜，那就是凉拌布丁，通常与奶酪一起吃；用面包和凉拌浆果做成，浆果是岛上特有的一种水果。里斯尼温城的主打菜是龙虾派，蛮荒的高地最负盛名的是石南花酒。

奥西纳岛一直与外界隔绝，即使是与最近的国家之间也没有政治事务方面的往来。二战期间，奥西纳岛完全保持中立，但当听说英、德两国企图占领它时，奥西纳建立起自卫军和海滨防御体系。20 世纪 50 年代，奥西纳岛在梅尔奇莱尼的统治下变得更加孤立，梅尔奇莱尼自称奥西纳的大君主。

梅尔奇莱尼是一个庄园主，通过不断壮大自己的势力，最终成为控制罗塔的独裁者。他加大对人民的控制力度，一方面控制威士忌的进口，另一方面，也是更重要的一方面，巧妙地利用传统巫术。在他的统治之下，奥西纳广泛庆祝女巫会或安息日，古老的罗塔经常举行淫秽的仪式。梅尔奇莱尼也把威士忌当作武器，故意降低威士忌以往高昂的进口价，等到所有人都对威士忌上瘾的时候，又突然提高价格，如此一来，人们几乎会不顾廉耻地去满足自己的酒瘾。奥西纳的治安由梅尔奇莱尼的御用军来维持；奥西纳还引进囚犯劳动制度，如有反对声音，要么被镇压，要么遭驱逐。被驱逐的重要组织有在都柏林创建的革命委员会。这个委员会不是依靠办事效率高而出名。推翻梅尔奇莱尼的统治很大程度上得力于凯戈，凯戈最初只是果仁岛上一个名不见经传的小佃农。

凯戈最初对梅尔奇莱尼采取的反抗行动，很像他自己的一次圣战：大君主梅尔奇莱尼想把凯戈的土地用来建造防御工事；凯戈也被从自己的土地上赶走，而当他起来反抗时又被送进了监狱。后来，凯戈从监狱里跑出来，拦截了一辆运输黄金的火车来到了都柏林，与当地的革命委员会建立起联系。然而，这个小佃农与委员会的关系日趋紧张，特别是当凯戈谈到想杀死梅尔奇莱尼这个独裁者的时候。革命委员会组织过一次登陆奥西纳岛的行动，但遭遇惨败，凯戈开始自己组织武装力量反抗这个独裁者。他率领一小队人马在奥西纳岛的西海岸登陆，缴获了御用军的武器，更好地武装了自己的力量。

这就是凯戈反抗独裁者的一场持久战的开始，最后以梅尔奇莱尼的死亡而告终。凯戈用这个独裁者最喜欢的斧头杀死了这个独裁者。在与独裁者作斗争的过程中，凯戈逐渐赢得了农民的支持，因为梅尔奇莱尼经常砍伐树林，出口木材，使得当地农民做不成传统的木雕家具。然而，庄园主却不信任凯戈，战争变得既残酷又邪恶，并且逐步升级，从小规模的小冲突发展到全面争夺戒备森严的里斯尼温城的大战斗。相比而言，革命委员会参加这场反抗独裁者的战斗较晚，但如今却想独吞推翻暴君梅尔奇莱尼的胜利果实。他们以盗窃罪为名抓捕凯戈，官方记录里丝毫没有提及凯戈反抗独裁者的行动。

凯丁，《壮汉》(H. R. F. Keating, *The Strong Man*, London, 1971)

奥特维亚城 | Octavia

亚洲的一座蛛网城。两座陡峭的高山之间有一处悬崖，奥特维亚城就悬在悬崖中间，被绳子、链子和天桥固定在两座山峰之间。游客最好踩着小小的木结往前行，千万不要踩到空当处，也不可以紧靠着大麻绳走。木结头的下面就是数百英尺深的空虚之地，那里空无一物，只有片片白云掠过；如果你往更深处看，你会看见裂缝的底部。

奥特维亚城的基石就是一张网，这张网是这个城市的通道和支撑。其他的一切不是往上升，而是挂在网的下面，比如绳梯、吊床、大口袋一样晃荡的房屋、晾衣架、狭长如小船的露台、煤气喷嘴、烤肉叉、细绳上的篮子、小型升降机、哑巴服务员、淋浴、秋千、小孩子做游戏的吊环、缆车、枝形装饰以及蔓生植物。

尽管悬挂在深渊之上，奥特维亚居民的生活并不比其他城市的居民更动荡。

伊塔洛·卡尔维诺，《看不见的城市》

奥德斯岛 | Odes, Isle of

从安特里琪国出发，需要航行两天才能到达。Odes 源自希腊词“*odos*”，意思是“道路”。岛上的路都是活生生的，可以按照自己的意愿到处移动。正如亚里士多德所言，一种东西是否有生命，主要取决于它是否可以自主地运动；这些“道路”因而被看作是有生命的。

去奥德斯岛旅行，游客应向当地人问路；然后走那条最正确的路，这样他们就会被送到目的地。实际上，穿过奥德斯岛与从里昂到阿维尼翁坐船穿过隆河一样容易。不过，奥德斯岛上也有坏人：路匪经常躺在路边，等着移动的道路通过，然后野蛮地袭击道路，与那些在路边抢劫老太太的强盗是一路货色。因此，这些路匪一旦被抓住，就会遭到车压和殴打。

对于游客来说，自由移动的道路是奥德斯岛上又一道迷人的风景线。这样的道路有黄砖路、卡米尼多路、曼德勒之路、加冕礼街、米勒之路、苦难之路以及奔向遥远北方的小路；这些路穿过奥德斯岛的山峦和草地。

弗朗索瓦·拉伯雷，《巨人传第五部》

奥多岛 | Odo

属于马蒂群岛，被三条呈同心圆形状的大壕沟围绕着；大壕沟里生长着芋头。奥多岛上的番石榴和葡萄园都很有名，但奇怪的是，马蒂群岛的其他岛上都生长面包树，而奥多岛上的居民对面包

坐落在奥多岛的山峦之间的贵族住宅

树却闻所未闻。

奥多岛的首都也叫奥多。除了奥多城，奥多岛上没有其他大城市，只有一些分散的定居点。奥多岛的居民主要有两个等级：贵族和平民，也有作为第三个等级的奴隶，奴隶的来源主要是战俘。贵族住的地方很分散，有的住在森林深处，有的住在海滨，有些住在高高的树枝间，还有的住在内陆的高山上。平民和奴隶住在肮脏的地方，这些地方很难进去。他们通常住在山洞里，或者住在用浮木搭建的小屋里，因为他们不可以砍伐树木。奴隶在壕沟里种植芋头。奥多岛上没有公墓，死去的人被带到一块暗礁上，然后被扔到海里。按照奥多岛上土著人的说法，“地球是用来培植鲜花的大瓮，不是用来埋葬尸体的坟墓，我们可不希望自己收获的果实是从坟墓里长出来的”。这些土著人相信，在有暴风雨的夜里，当海浪拍打着礁石的时候，就会从大海深处传来成千上万的死人的低语。

赫尔曼·梅尔维尔，《马蒂群岛：一次旅行》

奥格吉亚岛 | Ogygia

位于地中海的西部。岛上有一个山洞，洞里住着卡里普索。山洞的四周是一片茂密的树林，主要有楷树、白杨和香甜的松柏。洞口上方有一片繁茂的葡萄藤蔓，上面挂满了熟透的葡萄。4 条清澈的小溪紧紧地依着一起，蜿蜒流过葡萄园。树林背后是柔软的草地，草地上生长着紫罗兰和野芹。奥格吉亚岛上的鸟类主要有猫头鹰、猎鹰和海鸦。曾经来过奥格吉亚岛的游客当中，至少有一位是皇室成员。

荷马，《奥德赛》

奥霍鲁岛 | Ohonoo

属于马蒂群岛。奥霍鲁岛的海滨地势平坦,3 层面积广阔的梯田逐层向内陆延伸;从北面看过去,就好像通向太阳的大台阶。于是就有了这样的传说,在创造马蒂群岛之前,造物主维沃(Vivo)首先架起了一架天梯,而奥霍鲁岛就是这架天梯的基石。后来,造物主发现地球上满是堕落和邪恶,就回到天上,毁掉了他背后的天梯;构成天梯的那些石块沉入大海,形成了今天的马蒂群岛。

奥霍鲁岛是一座"罪犯岛",居民都是从周围海岛上放逐而来的罪人。他们在这里创建了一个新的共同体,撵走了那些他们认为不配住在这里的人。至于被赶走的那些人比他们更诚实,还是更坏,我们还不清楚。

游客可以去看看古老的凯威雕像;凯威是小偷的保护神,也是奥霍鲁岛的保护神。凯威的形象从巉岩林立的海滨一个天然形成的小生境里升起来;海滨地区环抱着蒙罗瓦山谷。凯威有 5 只眼、10 只手、6 条腿;他的手很大,手指有人的手臂那么粗。据说,他从一片金色云朵上面掉下来,结果把大腿以下的身体埋进了土里,造成了一次不小的地震。

赫尔曼·梅尔维尔,《马蒂群岛:一次旅行》

俄克拉荷马自然剧院 | Oklahoma, Nature Theatre of

当然坐落在美国。对于这个剧院里发生的事情,我们知之不多。剧院的所有工作人员都是通过一条布告得到录用的。这条布告宣称,任何人都可以在剧院里谋到职位。求职人必须在指定的赛马场上展示自己的能力,这样的地方包括纽约的克雷顿赛马场,这样的展示从早上 6 点一直持续到深夜。

到达赛马场后,求职人员会听到一阵乱哄哄的喇叭声;这正好说明俄克拉荷马自然剧院是一个大企业,因为只有小企业才会井然有序。

跑马场的入口搭建了一个低矮的平台，支撑着几百个女子的体重。这些女子身穿白衣，扇动着硕大的两翼，扮成天使的样子，嘴里吹着金光闪闪的长喇叭。她们其实站在彼此分离的基座上；观众看不见她们，因为移动的长幔子遮住了她们的身影。这样的基座很高，有些足有6英尺高，站在上面的女子看起来就像一个个巨人，只是她们的头看起来很小，散开的头发看起来很短、很滑稽，垂在两只大翅膀之间。为了避免单调，这些基座的大小各异，因而有些女子的位置低，有些女子的位置高，看起来顶天立地，让人觉得一阵微风也能把她们吹走。这些女子表演了两个小时后，被一群扮作魔鬼的男子换下。一部分男子开始吹喇叭，吹得和前面那些女子一样糟糕；另一部分男子开始敲锣打鼓。

显而易见，所有请求到剧院工作的人都可以得到录用。没有证明、没有专业技能的人都可以被录用。不管是成年人还是小孩子，甚至婴儿都可以在俄克拉荷马自然剧院里获得一席之地。至于为什么会这样，我们没有得到任何解释。

我们也没有得到有关这家剧院的具体描绘，只有一张照片为我们展示了总统包厢的样子。乍一看，人们可能认为这个包厢根本不是什么包厢，而是舞台本身；临时搭建的金色胸墙延伸得很远，纤细的柱子精雕细琢，好像是用一把奇妙的剪刀剪出来的；柱子之间可以看见前任院长所获的奖章，一个接一个地摆放着，其中一个上面展示了一只非常挺拔的鼻子，一张翘起的嘴唇和一只沮丧的眼睛，被圆形的眼睑完全遮住了。红缎子窗帘从屋顶一直垂到地面，帘子上面装饰着绳环。如果游客坐火车从克雷顿出发，他需要两天两夜才能到达俄克拉荷马自然剧院。

弗朗兹·卡夫卡，《美国》(Franz Kafka, *Amerika*, Munich, 1927)

古林 | Old Forest

介于北部中土的巴克地区和古墓岗之间。这里曾经有一片广袤的大森林,从迷雾山脉一直延伸到西北部的蓝色山,古林就是这片大森林残留的一部分,另一部分是人们熟悉的凡戈恩森林,也是仅存的唯一一个重要部分。威赛-温德勒河发祥于古墓岗,穿过古林,然后汇入布兰迪维因河,最后在那里流进巴克王国的南端。

古林是一个可怕的地方,林中的一切好像都是活生生的,而且警惕性很高。除了树木绵绵不绝的低语,古林其实很安静。古林里的大树心肠很坏,对陌生人的态度很敌对,它们会四处移动,使得林间小路变化莫测,难寻踪迹。这些大树会攻击游客,它们用树枝抓住游客,围攻游客。最可怕的是一处幽谷,名叫威赛-温德勒河谷,这里是一股神秘力量的中心。威赛-温德勒河岸长满柳树,柳树的头领是邪恶的柳树老人。这是一棵阴险恶毒的大树,它会向路人降下咒语,诱使路人靠着它的树干入睡,接着树干张开,把这些入睡的路人全部拉进去。

古林的大树曾经攻击过一片篱笆,这片篱笆围绕着巴克王国的东部边境。当地的霍比特人点燃大火,赶走了这些大树。大火之后,这里形成一片开阔之地;也就是现在人们熟悉的篝火草原。

人们认为古林大树之所以仇恨其他生灵,是因为它们太骄傲。它们也许还在回味过去的辉煌;那时候的它们可是贵族身份,因此会把其他生灵视为僭越者和破坏者。游客最好避开这片古林,但如果某个游客确实需要穿过古林,他可以找非凡的汤姆·庞巴迪做他的向导,这样就可以平安无事了。庞巴迪生活在古林和古墓岗之间,他的来历无人知晓,但他自称是最古老的存在,自称是中土第一个居民。那些还能回忆起中土遥远的第一纪的人说,即使是在那个时候,庞巴迪也要比那些老人更老,但他们对于庞巴迪的过去并不知道。精灵把庞巴迪叫伊阿瓦恩,或者叫"最古老的人和没有父亲的人";而对于侏儒来说,庞巴迪就是佛恩;对于北方人来说,庞巴迪就是奥拉尔德。作为山、水和树的主人,庞巴迪知道,没有人能够凌驾于他之上,他有控制这片古林和古墓岗的魔力。他是唯一一个不受魔戒影响的人,因此他戴上魔戒后也不会隐身。他总是那么快乐,嘴里总是哼着歌。只需看看他那双蓝色的眼睛、笑容满面的红脸颊和长长的棕褐色胡子，我们就很容易认出他。他时常穿一件浅蓝色的外套和黄色的靴子。他比霍比特人高，看起来很像正常的人类，尽管他比大多数的人都更矮。当别人问起他是谁的时候，他的妻子金莓只会简单地回答说："他是自有永有的"。

托尔金，《魔戒首部曲：魔戒现身》；托尔金，《双塔奇谋》

老渔夫半岛 | Old-Man-Of-The-Sea's-Island

印度洋里一座极其危险的海岛。海岛上住着一个老渔夫，老渔夫身穿树叶，坐在海边，满脸悲伤，好像在等待一个不幸的人。如果某个游客同情老渔夫，然后把他背在自己背上，那么他的余生将成为这个老渔夫的驮畜。老渔夫的腿黑而粗，很像美洲野牛皮。老渔夫把这样一双腿缠绕在游客的脖子上，用力夹紧游客的脖子，直到这位游客完全失去知觉。然后，老渔夫开始猛击游客的肩和背，让他明白现在谁是主人，并强迫游客把他背到岛上的各个地方去采摘最好、最成熟的果实。就这样，老渔夫日日夜夜都坐在这个游客背上，有时候还在他背上拉屎拉尿，这使得游客更不舒服。

水手辛巴德曾经描述过这个地方，他还解释了自己是如何成功地逃脱老渔夫的魔掌，最后如何杀死老渔夫的。但老渔夫是否真的已死，我们尚无法证明；因此游客到这里来的时候一定要格外小心。

无名氏，《一千零一夜》

老马瑟的祖宅 | Old Mathers, House of

位于爱尔兰某地，属于这样一个国家：这个国家的每一条路都是朝左拐，其中一条通向永恒。骑自行车去这个地方会非常危险，因为根据著名的原子交换理论，骑自行车的人可能变成自行车，或者变成一个半人半车的怪物。走在这样的地方同样也很危险：你的脚不断敲击地面所造成的结果是，你所走的那条路的某一部分会进入你的身体。

进入这栋古宅，你会在右边第一间屋子里那高低不平的地板下面发现一个黑色盒子。黑色盒子里装了 3000 英镑的现金。如果你经不起这叠钞票的诱惑，那么你要注意，古宅的厚墙里就是狐狸警长的小小办公室。狐狸警长其实是一个男子的巨像，这个男子会问一些有关草莓酱的稀奇古怪的问题。没有人可以直视他的眼睛，因为那样做的结果肯定是变成瞎子。

弗拉恩·奥布瑞恩，《第三个警察》(Flann O'Brien, *The Third Policeman*, London, 1940)

老妇寓言岛 | Oldwivesfabledom

紧靠汤姆多迪岛。老妇寓言岛的居民不相信上帝，只崇拜一只会嚎叫的猴子。

岛民经常拿坡瓦人吓唬自家孩子。坡瓦人是一个臭名昭著的绅士，无论是在什么时候，只要他觉得合适，就会喷出爆竹，流出沸腾的沥青。他随身带着一个雷声盒，盒子里装着各种可怕的玩意儿，比如弹弓、芜菁灯以及魔法灯笼。坡瓦人的这个盒子太可怕了，只要他一来，孩子们准会被吓昏过去。其实坡瓦人是一个十足的胆小鬼，只要叫一声“波……”，他自己就会被吓跑的。

那些用坡瓦人吓唬孩子的父母经常会奖励坡瓦人，他们会用银轿子抬着坡瓦人四处晃悠。然而，当他们这样做的时候，他们会发现那些轿杆扎进了他们肩膀，从此，他们再也不能把坡瓦人放下来。直到今天，游客还能看见许多居民背上突出的轿杆。

查理·金斯利，《水孩子：关于一个陆地婴儿的神话》

独眼王国 | One-Eyed, Kingdom of The

位于西非，顾名思义，独眼王国里的所有居民都只有一只眼睛。根据独眼王国的习俗，所有人都必须尽可能地模仿自己的国王。因此，在遥远的过去，当一个独眼女王出生后，所有的人就立即挖出自己的一只眼睛。这个传统一直延续至今。如果游客知道这个习俗，他就应当知道，任何一个拥有双眼的人都不可能出现在独眼王国的朝廷上。

独眼王国的居民说，他们的大臣如果有一只眼睛是瞎的，这是一大优势，因为如果他们两只眼睛都能看见，他们很容易用一只眼睛关注自己的利益。然而，这种逻辑实在可怕，因为如果将来某个国王没有鼻子，那么他的臣民也就必须割掉自己的鼻子了。

游客应当去看看独眼王国的皇宫。这座皇宫其实只是一间棚屋，比一般的住宅大 4 倍。皇宫里摆放着一张大床，床上铺了 30 张虎皮，女王就在这里宠幸那些陌生人。如果游客不愿意接受女王的款待，就会遭到鞭打，如果仍然不接受，就会被切成 4 块，做成烧烤，然后被他们吃掉。

让·加斯帕德，《冒险哲学》(Jean Gaspard Dubois-Fontanelle, *Aventures Philosophiques*, Paris, 1766)

奥格河谷 | Oog

位于地下大陆佩鲁西达，具体位置不可知，但根据报道，奥格河汇入萨瑞王国附近的一个内陆海。奥格河谷和朱康人之谷之间横着一列山峦。

奥格河谷里有一个重要的居民点，其实是一个原始村落，使用尖利的芦苇搭建而成。这些芦苇被垂直固定在地面上，芦苇之间用长长的结实的草绳固定。这里就是奥格女战士的家园。这些女人身体强壮，下颌上留着胡须，其生理特征和性格更接近男性。在奥格这个社会里，可以说有一点在整个佩鲁西达都显得极为独特的是，奥格的男人被当作奴隶，他们必须在村里的花园里劳动。他们遭到主人的虐待，经常遭到主人狠狠的鞭打。如果偷盗了园中的食物，他们会遭到更加残忍的鞭打。这些男人可以拥有一些绵羊,也可以享用一些粗糙的食物。

奥格河谷里的文化发展水平,即使按照佩鲁西达的标准来看,也算是很低的了。河谷里的女人制作简单的陶器和粗糙的篮子,她们所拥有的巨大财富就是粗糙的石刀和斧头。发生战事的时候,这些粗糙的石刀和石斧因为有了弹弓和具有独创性的烟雾棒而得到了更好的发挥。这种烟雾棒是用芦苇做的,点燃后会散发出一股浓烈的烟味。女人把这种燃烧着的芦苇秆投向敌人,浓烟呛得敌人喘不过气来,他们的眼睛看不见东西,从而为这些奥格女战士提供一层很好的烟幕保护。

佩鲁西达的其他部落虽不情愿,但也不得不承认,奥格女人制造的独木舟是这个地下大陆里最好的。这些独木舟被有效地用来袭击其他村庄,也被用来将奴隶运到奥格河谷。

埃德加·巴勒斯,《恐怖王国》

奥-欧岛 | Oo-Oh

位于南太平洋,靠近卡斯帕克岛的海滨,是维尔沃人的家园;维尔沃人是这个地区最发达的部落。他们能依靠附着在肩膀上的大翅膀飞翔;这些翅膀产生自卡斯帕克岛上发现的一种独特的进化系统。

根据卡斯帕克岛的加鲁人的传说,维尔沃人最初只有比较原始的翅膀,他们在其他方面很像加鲁人。这两个部落之间存在巨大的竞争,主要是因为维尔沃人是第一个能够胎生的种族,而卡斯帕克岛上的大多数种族都必须从最原始的进化阶段开始繁衍后代。尽管如此,维尔沃人不能生育女孩。也许是为了弥补这一点,他们集中精力开拓智慧,发明了塔斯-阿德(tas-ad)这个概念,意思是“使用正确的或者维尔沃人的方式做事情”。慢慢地,他们觉得应该把塔斯-阿德带到整个世界,谁要是挡了他们的道,谁就要遭到毁灭。为了实现这个愿望,他们把翅膀发育不完全的人全部杀掉。由于狂妄自大,维尔沃人开始招来卡斯帕克岛上其他部族的仇恨;最后他们被迫离开,到奥-欧岛定居。

就他们现在这个样子来看,维尔沃人很像那些长着翅膀、体形瘦小的人类。他们脸色苍白、双颊凹陷,让人觉得那是死神的头;加上他们那爪子一样的手指和强劲有力的长臂,更加使人有这样的感觉。他们不长体毛,没有眉毛,也没有眼睫毛。由于不能生育女孩,他们就从卡斯帕克岛上更发达的种族中抢夺女人,让她们来帮助繁衍维尔沃男性部落的下一代子孙。有时候,维尔沃人把加鲁男人也抓起来,折磨他们,企图找到他们特别的繁衍秘密。

维尔沃人的文化完全以谋杀为基础。除了谋杀外来人,他们还谋杀自己部落里的成员;因此部落里的年轻人不得不藏在地下室里,为的是避免同胞的伤害。现在,卡斯帕克岛上有 3 座维尔沃城,都是用人的头盖骨做装饰,许多头盖骨被穿在杆子上,被涂成蓝色和白色,城市的人行道上也铺满了人的头盖骨。当某个人被杀死之后,留下来的只有他的头骨;尸体的其余部分被抛到河里,被海滨的爬行动物吃掉。

维尔沃城里的房屋凌乱不堪;这些房屋重叠在一起,其高度可达 100 英尺。许多地方的房屋非常拥挤,如此一来,最低处的房屋就见不到阳光了;人也不可能在这些房屋之间移动。城里的街道很窄,弯弯曲曲的,某些地方完全被高高矗立的建筑挡住了。这些建筑的颜色大相径庭,正如它们的形状,但大多数建筑都有杯状的屋顶,目的是阻挡雨水。屋顶的某个地方通常都留着一个口子,被用作门,从这里通过梯子可以进入下面的房间。城市建筑的每一层都装饰着人的头盖骨,越到上面,装饰的头盖骨越多。

维尔沃最重要的城市主要由一座用头盖骨建成的塔楼和一栋大房子构成,这栋大房子被叫作“七块头骨的忧伤之地”。大房子呈方形,上面插着七根杆子,每根杆子上面都挂着一块头骨。这里是囚禁罪犯的地方。囚房附近矗立着一座大寺庙,这是在一块开阔之地上建造的唯一一栋大建筑。大寺庙的屋顶呈盘碟状,突出在屋檐的背后,看起来好像一顶倒过来戴着的苦力帽。大寺庙里挂着兽皮和软毛皮，大多是美洲豹和老虎的毛皮。大寺庙的墙上装饰着头骨，其他装饰主要是黄金，这些黄金大概是他们的战利品，因为维尔沃不喜欢戴珠宝饰物。大寺庙的天花板上依稀可见一些象形文字的痕迹，寺庙的墙上装饰着头骨和维尔沃人的翅膀。寺庙的地下通道一直通到死河，死河的水汇入远海。

维尔沃主要依靠水果、蔬菜和不同的鱼类为生；他们把这些东西与其他各种辨别不出的东西混在一起吃。这样的调制可以产生一种既令人沮丧却又美味可口的食物。食物被放在一些大屋子里，维尔沃坐在高高的基石上，基座上面已被挖空。每个基石上面可以坐 4 个维尔沃，每个维尔沃都有一把吃烤肉用的叉子和一个用来盛液体食物的蚌壳。维尔沃吃饭速度很快，而且很大声。他们想尽可能快地吃完食物，因此吃起来狼吞虎咽，结果漏掉了一大半的食物。在他们吃饭的这些房间里，严禁口角和争吵；这些房间是整个城市里最安全的地方。

这些城市之外的地方被宜人的森林覆盖。与邻岛卡斯帕克不同，奥-欧岛上没有大量的食肉动物，也没有史前爬行动物。当维尔沃最初来到这座岛上时，这里似乎没有动物，大多数现在发现的动物都是从维尔沃引进来的，这些动物得到了天然的喂养。

维尔沃穿精美的长袍，长袍的颜色表明他们的社会地位和等级，而社会地位的确定完全依赖他们进行的谋杀数量。地位最低的维尔沃身穿白色衣服；一旦他们的谋杀数量很充分时，他们的白色长袍上就可以缝上黄色的带子。地位最高的维尔沃穿红色和蓝色衣服。蓝色看起来好像是谋杀本身的颜色；只有一个维尔沃随时都可以穿固体蓝的长袍，他就是“那个可以对鲁阿塔说话的人”。我们对维尔沃的宗教了解不多。在那些来自卡斯帕克岛的部落当中，好像只有他们拥有宗教信仰的组织，他们自称是被拣选的种族。

埃德加·巴勒斯，《被时间遗忘的国度》(Edgar Rice Burroughs, *The Land That Time Forgot*, New York, 1918)；埃德加·巴勒斯，《走出时间的深渊》(Edgar Rice Burroughs, *Out of Time's Abyss*, New York, 1918)

奥巴城 | Opar

一座了不起的城市，坐落在非洲一个狭窄的山谷里。游客经西部的山峦到达这里之后，会看见巨大的城墙、高高的神殿、炮台、尖塔，以及在阳光下闪烁着红、黄两色光芒的圆屋顶。奥巴城的城墙可谓坚不可摧，游客最好在城墙上找到一个 20 英尺宽的裂缝，然后从这个裂缝进入城里。城墙内，一段水泥楼梯通向一个狭小的院落和一面内墙，由于历经几个世纪，这段水泥楼梯已经被蚀空。一条通道穿过内墙，游客经过这条通道，可以来到一簇阴暗凋敝的建筑旁。这些建筑的上方是一座太阳庙，人们在这里崇拜火神。

游客经过一个高高的柱廊可以进入太阳庙，太阳庙的柱廊上面站着一尊巨鸟像。太阳庙的墙上刻着讨厌的人类和野兽的奇怪形象，这些雕像里摆放着金色写字板，写字板上面写着象形文字。太阳庙里的房间彼此分开，所有的房间似乎都是用黄金做的。太阳庙的最里面也有一间小屋，这里就是死人屋，据说死人会回到这间屋子里进行崇拜活动。奥巴城的市民相信，无论谁走进这间屋子，都会被死人抓住，用来献给他们那些不可思议的神灵。

死人屋附近有一条秘密通道，一直通到藏宝屋；藏宝屋里堆满了金子。藏宝屋的背后是奥巴城的宝石屋，宝石屋里收藏了成千上万的珍稀宝石，雕琢过的和没有雕琢过的，应有尽有。最近爆发的一次地震震动了这座城市，我们不知道太阳庙的哪些地方在这次地震之后还能幸存。

太阳庙里的献祭仪式很有趣：高级女祭司等候在太阳庙里，直到第一抹阳光照射到祭坛石上的牺牲时，这就意味着太阳选定了它的牺牲；接着，站成一长排的男人和女人手捧金杯往前走。女祭司将一把刀子插入牺牲的心脏，血液就流入金杯里；参加这个仪式的人举起金杯，为太阳神的健康干杯。

据说，奥巴城是亚特兰蒂斯的一块被废弃的殖民地。奥巴城的居民忘记了他们那些辉煌的过去，但通过太阳庙墙上一些稀奇古怪的饰物，人们可以对他们逝去已久的光辉历史略知一二；不过，这一点尚未得到证实。

埃德加·巴勒斯，《泰山归来》（Edgar RiceBurroughs，The Return of Tarzan，New York，1913）；埃德加·巴勒斯，《泰山和奥巴的珠宝》（Edgar Rice Burroughs，*Tarzan and the Jewels of Opar*，New York，1916）；埃德加·巴勒斯，《隐形人泰山》（Edgar RiceBurroughs，*Tarzan the Invisible*，New York，1931）

奥菲亚王国 | Ophir

位于阿拉伯半岛的东南部。在这个王国里，最好的金子象征纯洁和神圣；最好的银子象征正直和公正；最美的象牙代表诚实的商业；最忠实的猿猴代表最温顺的社会底层；最骄傲的孔雀代表最聪敏的行政官。据说，所罗门国王亲自把这样的金子、银子、象牙、猿猴以及孔雀从奥菲亚王国带到了他自己的王国。

奥菲亚王国的教堂信仰福音主义新教，但整个王国实行宗教自由政策，只要信徒与上帝的荣耀保持一致。公众传教士和神学家只可以宣讲宗教的意义和伦理，而且必须尽可能地避开有争议的话题。星期日是神圣的休息日，这个节日有严格的法律做保障。

根据奥菲亚王国的法律，最完善的美德就是正义和慈善。脏话和低俗的玩笑都是明文禁止的，如果有人说脏话，或者开低俗的玩笑，无论这个人的职位有多高，他都不得不把一对母猪耳朵戴在自己头上，他这样一戴可能是一天，也可能是好几天，时间的长短根据被告所犯罪行的轻重而定。如果被告是第一次触犯法律，除了做相应的赔偿，他可以不接受这样的惩罚，比方说偷盗，但他必须加倍赔偿受害人。

奥菲亚王国的国王必须完全忠于自己的妻子，这是正义和纯洁相结合的一个最完美的例子；不管是国王还是太子，都必须经常到全国各大省市进行微服私访。

游客应当知道，奥菲亚王国严禁决斗行为；触犯这条法律的人必须一辈子戴着一把钝剑和一顶傻瓜帽子。如果决斗者拥有国家颁发的徽章，那么他们的盾徽必须换成一个头饰，头饰上面加一个向下的帽檐和一副眼镜，再加两只猫作为他的支持者。

《圣经：列王记上》(*The Bible*, *I Kings* 9:28,10,11,22,48)；《历代志上》(1 *Chronicles* 29: 4: 2,Chronciles 8: 18)；《约伯记》(*Job* 22: 24)；《诗篇》(*Psalms* 45: 9)；《以赛亚书》(*Isaiah* 13: 12)；无名氏，《迄今为止被众人寻觅却未能找到的被治理得最好的王国》(Anonymous, *Der Wohleingerichtete Staat des bisher von vielen gesushten aber nicht gefundenen Königreichs*, Leipzig, 1699)

酒瓶神使之岛 | Oracle of the Bottle, Island of The

距离灯笼国不远。在这座岛上，游客可以找博学的灯笼作为向导。

酒瓶神使住在一座宽敞的地下神庙里，地下神庙入口位于酒神巴库斯亲手培植的一个葡萄园的最远处。葡萄园每个季节都会开花结果，葡萄园里种植了各种各样的葡萄树，从法兰尼葡萄树到玛姆赛葡萄树，从格拉夫葡萄到芳香的安茹葡萄，应有尽有。

当游客在灯笼的带领下穿过葡萄园时，他必须吃下 3 颗葡萄，必须把葡萄叶垫在鞋底，以表示他厌恶酒，已经征服了酒，并把酒踩在脚下。葡萄园的尽头有一个古老的拱门，拱门上雕刻着酒徒的纪念物，表现为一排排大酒瓶、酒桶、小木桶，以及其他一些酒器、玻璃杯、高脚杯和各种精美的食品，比如奶油蛋糕，烟熏牛舌和几种奶酪。拱门的正面刻着这样的文字：

> 在你穿过这个拱门之前，希望你
> 一路带着灯笼。

拱门外面是一个美丽的葡萄藤架，藤架上挂着 500 种不同颜色和不同形状的葡萄。这些都不是自然生长的葡萄,而是用科学方式培植的葡萄品种。葡萄藤架的末端有三棵古老的常青树;游客必须用这三棵常青树上的叶子编一顶阿尔巴尼亚帽子,并戴上这顶帽子,表示他不会受酒的控制,他的心智依然冷静,不会受制于感官的刺激和干扰。

从这里继续往前走,游客和他的灯笼就可以走进一个用石膏镶边的拱顶,拱顶上面描绘的大概是一群女人和一些半人半兽的怪物,正站在塞列努斯的屁股上跳舞。从拱顶可以进入大理石做的地下楼梯,经过许多级台阶之后,游客可以来到神庙的入口。这个入口用碧玉做成,属于多利安风格,上面刻着金灿灿的希腊文字:“酒中有真言”。神庙的大门用黄铜做的,门上装饰着浮雕,浮雕上刻的是葡萄藤蔓,做工非常精细。一块六边形的天然磁石悬在神庙的大门上,大门的两边挂着蒜串儿。若要打开这扇大门,只需把大蒜系到两根粉色丝绳上,然后把那块天然磁石往右边抛一下,门就会打开。如果大蒜的位置太远,不足以中和磁石的磁力,那么这块磁石就会被吸引到一块藏在黄铜里面的钢板上,这时候,大门就会柔和地滑开。门一旦打开,那只引导游客大老远来到这里的灯笼就会缩回去:其中的原因不好讲。灯笼不可以进入神庙。

神庙的地面是小方形的镶嵌图案,用上等光滑的石头铺成,并保留了它们天然的颜色。这些石头有带彩色斑纹的红玉石,有斑岩,有带乳白色条纹的玛瑙,有玉髓以及绿宝石。神庙主要走廊的地面使用小石头拼成葡萄藤的图案,这些小石头象征一片片葡萄叶和一串串葡萄。神庙的镶嵌工艺非常精美,很多游客在参观这些图案时会不由自主地把脚抬高,深怕一不小心就踩到了“葡萄藤”。寺庙的墙壁和拱顶上是用大理石和斑岩镶嵌的图案,表现的是酒神巴库斯打败印度人的情形。

神庙正中央有一个奇怪的六边形喷泉。喷泉的基石和上层结构使用最纯最透明的雪花石做成,约有 1 英尺高。喷泉的外面被很多柱子、微型祭坛和多利安风格的模具分成相等的几分;而里面的喷泉呈圆形。喷泉边缘每个角度的中心点上都有一根中空的柱子，这些柱子构成一个圆，或一根 28 英寸高的栏杆。第一根柱子用的是蓝宝石；第二根用青玉石，柱子上雕刻着希腊字母 α 和 ε，这两个字母不断地交替出现；第三根柱子用钻石做成，如闪电一样耀眼；第四根柱子用紫水晶；第五根柱子用绿宝石；第六根柱子用玛瑙；第七根柱子用透明的月亮石。古代占卜家用这些宝石来代表七个星体，这些宝石的上面悬挂着古希腊罗马神灵的形象，这些神灵手里握着各自所代表的那块金属。

围绕喷泉的那些柱子、框缘和檐口都是用上好的金子做的。柱子支撑着一个水晶拱顶，拱顶的表面刻着十二宫图、冬至、夏至、春秋二分点以及最重要的恒星的形状。拱顶的上面有三串长长的珍珠，珍珠的尺寸是统一的，看起来简直就像一颗颗泪滴。这些珍珠串在一起形成鸢尾的形状，中间是一颗六边形的红榴石。

喷泉里的水通过三条水道被排干。这三条水道的边缘镶嵌了珍珠，它们在喷泉的外围形成一个等边三角形。三条水道都是双重的，都呈螺旋形状。当圣泉水被排干的时候，喷泉里就会产生一种奇怪的乐声，听起来好像是从很深很深的地下发出的。喷泉里的水很神奇，尝起来像酒的味道，喜好酒的人可以随意想象这酒的味道。

神庙中心有一盏水晶灯提供照明，水晶灯呈圆形，直径 2.6 英尺；据说象征知识领域。水晶灯的中心是绝对的中心，四围没有点的支撑，有些人把它叫作“上帝”，比如 16 世纪法国著名哲学家和数学家帕斯卡。水晶灯最里面是一个更小的葫芦状的水晶容器，容器里有一根石棉灯芯；石棉灯芯被点燃的时候，会像白昼一样明亮。这盏水晶灯用三根银链子悬挂在穹窿顶上；三根银链子形成一个三角形，三角形里面挂了一个金盘，金盘上穿了四个孔，四个孔上挂了更多的灯，这些灯都是用稀有宝石做的，比如紫水晶、吕底亚人的红宝石、猫眼石以及黄玉。

酒瓶神使住在寺庙一间独立的小教堂里。小教堂呈圆形，采用透明石建造而成，这样的建筑可以吸收阳光。小教堂的结构完全对称，地板的直径与拱顶的高度完全相等。小教堂的中心也有一个六边形的喷泉，喷泉采用的是精美的雪花石膏，喷泉里盛满了清澈的水。那个酒瓶几乎是椭圆形的，一半浸在水中，只是瓶口比真实的椭圆形酒瓶露出得更高一些。

如果某个游客想请教酒瓶神使，他就会被女祭司巴布科带进这间小教堂。然后，他必须亲吻六边形喷泉的边缘，必须跳三曲酒神舞。跳完后，这个游客在两张石凳子之间坐下来，开始唱雅典人的一曲祝酒歌。唱完的时候，女祭司把某样东西投进喷泉，喷泉里的水马上沸腾起来。其间可听见破裂声，然后，那个神使开始回答游客所提出的任何一个问题。游客最好只用一只耳朵倾听神使的发音。如果需要解释，女祭司就会递给游客一本银书，银书的形状有些像每日祈祷书。然后，女祭司要求游客喝下银书中的一章或品尝一杯。这本“书”其实是一种白葡萄酒。不管对神使的回答是否满意，游客都必须沿着来时的路离开小教堂。

弗朗索瓦·拉伯雷，《巨人传第五部》

奥拉苏拉城 | Orasulla

阿尔布王国的首都。

演说家之岛 | Orators'Island

火地岛附近有几座海拔较高的岛屿，演说家之岛是其中之一。这座岛屿土壤肥沃，自然资源丰富，但岛上的居民骨瘦如柴，因为他们痴迷演讲，几乎没有时间吃饭，更别谈有时间消化食物了。

皮埃尔·德方丹神甫，《新居利维或居利维船长之子让-居利维之旅》

奥瑞阿布岛 | Oriab

参阅诺斯山谷(Pnoth)；亦可参阅“恩格拉尼峰(Ngranek)”。

奥诺杜因山 | Orodruin

一座活火山，位于摩多王国的西北部，由火山灰、煤渣和烧炼过的石头堆积而成，如今又叫毁灭山或火焰山。奥诺杜因山那长长的灰色斜坡耸立于平原之上，高约 3000 英尺；坡顶是一个中心圆锥体，高 1500 英尺。圆锥体附近流淌的熔岩里发出红光。奥诺杜因山浓烟滚滚，使人难以呼吸，周围地区也是烟雾弥漫，一片荒凉。索伦之路蜿蜒盘亘于火焰山之间，直达萨玛斯-纳尔火屋。

经过一扇朝向正东方的大门可以进入这些火屋。火屋标记了摩多王国的黑暗之君索伦选定的眼睛标志。火屋是索伦的魔法中心，也是索伦遭遇最后失败之前在摩多王国建造的恐怖势力的心脏地带。厄运裂谷里燃烧着毁灭之火，索伦在炙热的火焰里铸造了至尊戒，希望凭借至尊戒控制整个中土。就在那个时候，索伦失去了至尊戒；精灵、侏儒和人类联合起来，组成最后联盟，在达格拉德平原与索伦展开激战，战火一直烧到奥诺杜因山的斜坡处。

索伦被打败以后，伊西尔铎国王砍掉了他的手指，获得了至尊戒，摧毁了黑暗之君的魔力。而对于至尊戒，只有厄运裂谷的火焰才能摧毁它。如果伊西尔铎国王把至尊戒投进厄运裂谷，索伦将永无翻身之日。不过，随着至尊戒的腐蚀力量开始发挥作用，伊西尔铎国王也贪恋上至尊戒；他带走了至尊戒，而他自己也遭到至尊戒的背叛。

3000 多年后，弗罗多把至尊戒带到了奥诺杜因山的斜坡处，想把它投进厄运裂谷。然而，就在这个关键时刻，弗罗多也受到了至尊戒的控制，他站在那里，手指上戴着至尊魔戒，心中有些犹豫。他的同伴高鲁姆也垂涎至尊戒，他向弗罗多发起攻击，咬掉了弗罗多的手指，结果带着至尊戒掉进了厄运裂谷。

至尊戒被毁灭时引发了巨大的火山运动，摧毁了整个摩多王国；这件事情发生在中土第三纪的 3019 年。第二纪的 3320 年和第三纪的 2954 年，索伦回到摩多王国，当时同样爆发了强烈的火山运动。

托尔金,《魔戒首部曲:魔戒现身》;托尔金,《王者归来》;托尔金,《精灵宝钻》

奥洛分纳岛 | Orofena

南太平洋里的一座岛屿,位于南太平洋的萨摩亚群岛以东,岛屿下面住着人类最危险的敌人。奥洛分纳岛被珊瑚暗礁环绕着,但它最初只是一座火山,其本身处在一座死火山的边缘地带。这是一个广袤的圆形地带,中心是一个大湖泊,湖中心是一个小岛。

奥洛分纳岛的大部分地区都覆盖着森林,尽管也有几处开阔的未开垦的灌木地带,其间点缀着摇曳的棕榈树。奥洛分纳岛上可以耕作的土地很少,岛上的土著人都很懒惰,他们种植的庄稼只能满足他们最基本的需求。这些土著岛民主要吃面包果和其他野果子,唯一的家养动物是猪,通常都是放养。奥洛分纳岛上的居民总数约 5000 到 1 万。这些居民喜欢杀死婴儿,因为他们害怕人口太多,害怕他们的食物不够吃。

奥洛分纳岛上的岛民身材高大、容貌娇好、四肢颀长匀称。他们的生活虽然原始,但他们的骨子里却带着一股伟大的远古气息,就好像他们曾经知道一个更古老的世界,只是他们现在已经忘记了那个世界。奥洛分纳岛上的男人只在腰间系一条布带;女人在脖子上挂着花环;酋长穿一件羽毛斗篷;祭司戴着丑陋的面具和竹篮一样的帽子,帽子上插着羽毛。这些岛民的语言极具表现力,听起来像唱歌;他们好像懂波利尼西亚人的语言,但他们说话的重

奥洛分纳岛上一个祭司的面具

音有些不同。

奥洛分纳岛上的居民不知道他们究竟从何而来,他们没有这方面的传统,但他们相信,他们的祖先始终居住在这座岛上。他们是一个懂音乐和诗歌的民族,留下了很多歌谣,只是他们已不再理解记录这些歌谣的语言。

他们的上帝叫奥洛(Oro),意思是“战士”。他们曾经崇拜一个偶像,这个偶像代表他们自己。在崇拜仪式上,他们会举行人牲祭和吃人仪式,这是他们的一个传统。据说,奥洛是造物主德盖(Degai,即命运)的仆人,德盖创造了这个世界,并掌管着这个世界的一切。奥洛掀起海水淹没了周围的陆地,只留下奥洛分纳人的祖先。后来,德盖来到湖中心的那座火山岛上定居,如今我们只能看见那座火山的山顶。因此,对于奥洛分纳人来说,那个湖泊是神圣之地,只有祭司才可以去湖中心的那座火山岛上。

奥洛崇拜和奥洛传说已被人们发现,形成了一个事实基础。第一次世界大战爆发之际,3 个英国人在奥洛分纳岛附近遭遇飓风。尽管遭到祭司的极力反对,这 3 个英国人还是登上了湖中心的火山岛。不久,他们在火山岛一个地下洞里的一间屋子里发现了一副水晶棺材,棺材里躺着两具尸体。走进仔细一看,他们发现这两具尸体都还活着,只是处于假死状态。令人感到惊讶的是,这 3 个英国人还发现,这两个人不是别人,正是奥洛和他的女儿伊娃(Yva)。他们已经假死了 25 万年,他们是曾经统治这个世界的那个半神半人族的最后幸存者。

许多世纪以来,他们都是伟大的君主,统治着这个世界。他们发现了很多秘密,集聚了强大的政治权力,聚敛了大量的财富。作为智慧之子,他们逐渐形成了一个独立的部落,漠视周围那些遭受痛苦和死亡的人。最后,这个世界联合起来向智慧之子宣战,迫使他们去尼沃城避难,尼沃城是奥洛分纳正下方的一座防御之城。智慧之子在这个地下庇护所里又生活了好几个世纪,他们保持了崇拜造物主德盖这个传统,继续发展他们的科学和艺术。可是到了最后,他们的力量变得越来越弱,正如他们中的一个祭司所言,这时候的他们就像“黑暗中的花儿”。地球上的民族开始取得胜利。

奥洛拒绝一个和平解决方案。根据这个方案,奥洛必须告诉人类,那些只有智慧之子才能知道的秘密,必须把自己的女儿许配给这个世界的统治者,即民族之王。眼看着自己正在走向毁灭,奥洛决定毁掉整个人类,然后自己就此睡去。奥洛改变了世界的平衡,把陆地变成了大海,把海洋变成了陆地,人类全部被淹死。

从长睡中醒来之后,奥洛向 3 个英国人展示了他那可怕的力量:他可以离开自己的身体,站在灵魂的平面上去游览这个世界。他带着那 3 个英国探险家去参观地下城尼沃的废墟,参观里面寂静而宽阔的街道、房屋和大理石院落、辉煌的神庙和宫殿。在尼沃这座地下城里,这些英国人尝到了“生命之水”。这是一种神奇的液体,这种液体曾维系了智慧之子的生命,这或许是他们最想保守的一个秘密。3 个英国人也对奥洛说起地球上面那个现代世界的发展。他们讲的那些话和奥洛自己在神游现代世界时所看到的那些事物,使奥洛坚信有必要再次摧毁那个世界,为的是在其废墟上建立起真正伟大的文明。他带着伊娃和 3 个英国探险家一起沉入地心深处,沉到那个最后的“平衡中心”。在那里,一个可怕的陀螺仪控制了地球的命运;这个陀螺仪是自然生成的,看起来像一个怪物。奥洛的计划是让这个陀螺仪偏离正常的轨道,从而引发洪水,淹没地球。伊娃在最后关头阻止了奥洛,她用自己的身体挡住了父亲的力量,毁灭了自己,但也引发了一次小地震。

3 个英国人穿过地道,成功地回到了奥洛分纳岛,结果发现,由于受这次小地震的影响,湖中心那座火山变成了一座毫无意义的小岛。至于地下城尼沃的废墟还保留着多少,无人知晓。

今天,游客只能看见奥洛分纳岛上散落的废墟和一些奇怪的碎片状的雕像,这些就是智慧之子的文明所残留的唯一见证。

奥洛分纳人认为,之所以发生地震是因为那 3 个英国白人触犯了神灵。于是他们逼迫 3 个探险家乘坐一只救生筏离开奥洛分纳岛,这只救生筏其实就是他们在那次海难发生时保留下来的。

后来，一艘货轮发现了他们，把他们带回了欧洲。

奥洛自己的命运尚不可知。也许他正躺在那些睡着了的国王的传奇背后，比如巴巴罗萨和亚瑟王。如果在奥洛分纳岛上发现了棺材，游客最好不要把它打开，也不要冒冒失失地去向当地政府报告。

亨利·哈迦德，《当世界摇动之时》(Henry Rider Haggard, *When the World Shook, Being an Account of the Great Adventure of Bastin, Bickley and Arbuthnot*, London, 1918)

奥伍诺科岛 | Oroonoko Island

位于西印度群岛，与大英帝国之间有贸易往来。奥伍诺科岛上的居民用鱼肉、鹿肉、猴子、鹦鹉和篮子去交换珍珠和金属用具。

岛上的土著人皮肤呈红黄色，喜欢用珍珠和贝壳打扮自己：他们把珍珠和贝壳用针固定在自己身上。这些土著人没有国王，只有头领；而年龄最老的战士就是他们的头领，他的旨意不可违背。

这些土著居民每年都要花一天时间，悼念那位死去的英国总督。这种悼念活动刚开始的时候，那位英国总督还没有死。英国总督曾经答应同这些土著人一起吃饭，结果没有来。按照这些土著居民的逻辑，只有死亡才可以让人不兑现自己的诺言，因此他们自然而然地认为总督已经死了；于是他们开始哀吊他，即使后来那位总督亲自现身了，也无法安慰他们内心的悲伤。他们会把他视为幽灵而不去理睬他，然后每年都为他举行一次葬礼。

阿弗拉·贝恩，《奥伍诺科岛或皇家的奴隶》(Aphra Behn, *Oroonoko, or Royal Slave*, London, 1678)

孤儿岛 | Orphan Island

太平洋里的一个共和国，以前叫"史密斯半岛"。孤儿岛由两座小岛组成，两座小岛之间是一块瓶颈状的陆地，小岛周围是一个

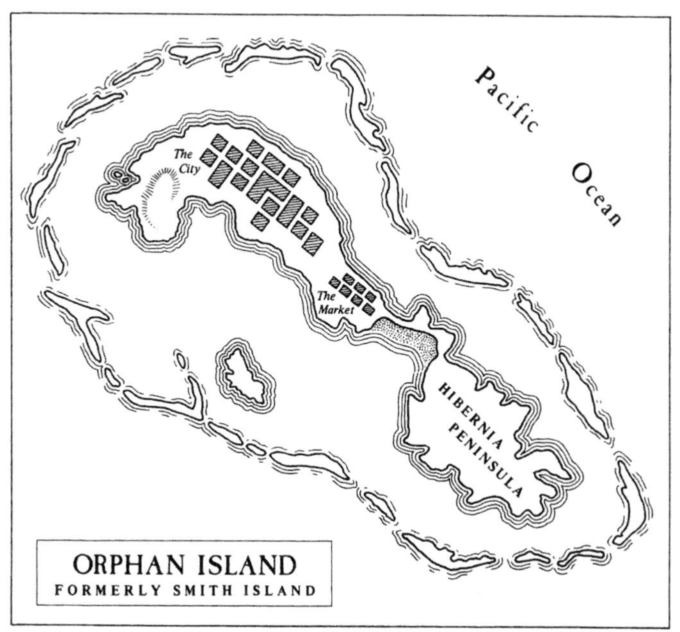

孤儿岛

潟湖和一座珊瑚礁。孤儿岛上的植物非常典型,尽管绿树已减少了很多。岛上的动物有嘲鸟、天堂鸟、大鬣蜥、猴子、鹦鹉、陆地蟹、犰狳和蛇。有时候,鲨鱼也会进入那片潟湖。

1855 年,一群孤儿从伦敦出发去往加利福尼亚,不幸在这座半岛附近遭遇海难,这其中还包括他们的老师夏洛特·史密斯小姐。1923 年,剑桥大学的社会学讲师丁克威尔先生得到了这次海难的档案。丁克威尔的祖父是那艘孤儿船的船长,他讲述了自己当时是如何抛弃船上其他受难者,如何逃生的。他给出了那座岛屿的具体位置,希望有救援船派出,去拯救那些受难者。

丁克威尔先生航行到塔伊迪(法国的波利尼西亚),准备从那里去孤儿岛。到了孤儿岛后,丁克威尔先生发现史密斯小姐依然活着,已经是 98 岁的高龄,并已成为孤儿岛的女王。她自称维多利亚女王,住在一栋名叫巴尔默拉的房子里(游客今天还能看见这栋房子)。屋子里的装饰完全按照维多利亚时代的风格来布置。史密斯小姐以维多利亚时代的理念为基础,在这座岛上进行独裁统治。丁克威尔先生到达孤儿岛后不久,史密斯小姐就去世了,那是在 1925 年 9 月 1 日,也是史密斯小姐出生的那一天。那些对女王表示不满的孤儿要求解散议会。丁克威尔先生找到了一个折中的解决办法:他一方面解除了史密斯小姐那些后裔的特权,另一方面让孤儿们得到更公平的待遇。这座岛屿从此更名为孤儿岛,岛上建立起共和国。在丁克威尔先生的影响下,孤儿岛上掀起了一场文艺复兴运动,其间出现了许多不错的文艺作品,特别是戏剧。这些作品以前因被视为不道德而遭到禁止。

在史密斯小姐统治期间,她的直系亲属构成了上层统治阶级,那些孤儿被迫受雇于人,从而沦为下层老百姓。到了 1885 年,整座孤儿岛被史密斯家族瓜分。此外,斯密斯家族也是议会的主要成员。孤儿岛上的议会只有一个深受英国议会影响的贵族院,贵族院包括 29 名皇室成员和一个由 6 人组成的内阁;拥有一定财产的男子才享有选举权。孤儿岛的教育也遵循那些以欧洲为中心的受宗教启发的原则,尽管史密斯家族的成员和那些孤儿不会上同一所学校。孤儿岛的国教是新教,但也存在一个小小的天主教派和一个小规模的无神论派。19 世纪末,一个法国耶稣会教士在这里遭遇海难,与他同船的还有两个皈依基督教的非洲人。这位耶稣会教士在一次“废除教皇”的动乱中丧生,然后被那两个非洲人吃了。

夏洛特·史密斯小姐在孤儿岛上实施许多维多利亚时代的律条,比如,不可以在沙滩上睡觉;不可以使用拉丁文;不可以在星期天打猎和捕鱼;不管什么时候提到史密斯小姐的名字,人们都必须下跪;不管史密斯小姐何时出现在公众场合,人们都必须唱国歌。这样的法律得到警察和法院的强制执行;法院还保留了陪审团制度。孤儿岛对谋杀犯的惩罚是淹死。人们最喜爱的海龟赛跑活动也遭到禁止,但在多数地方依然盛行。

孤儿岛保留了许多维多利亚时代的习俗,比如一年两次的派对和舞会;玩蟋蟀;在椰子树下找婴儿;送奶人送椰奶到家门口;晚礼服上插羽毛。孤儿岛的社会习俗和处事态度都深受第一次海难时留下来的几本书的影响,分别是《呼啸山庄》、《圣战》、《混居社会或每个人的正确举止之指南》。那些出自宗教经典和诗人之口的话语被刻在树上,引导人们养成美好的品德。

孤儿岛使用日晷、月相盘和沙漏来计算时间,这些东西完成一圈就表示一小时。如果以英国时间为标准,孤儿岛上的时间要慢十分钟。孤儿岛的消息通常被写在大海边潮湿的沙滩上,两个男子用木棍把这些消息听写下来。他们写得非常清楚,前来阅读消息的人也可以看得很清楚。孤儿岛上的麻烦事儿不公开。在孤儿岛上,货币替代了最初的物物交换,这样的货币包括贝壳和珊瑚石。孤儿岛上的食物包括海龟汤、龟肉、山药、面包果和牡蛎。岛民更喜欢喝发酵的果汁,不喜欢未发酵的苹果酒。

孤儿岛上的城市由结实的木房子构成。孤儿岛的东海滨是商业区,很像一个露天市场。孤儿岛由两座小岛组成,其中较小的一座叫希波尼亚岛(Hibernia),传统上被看作那些对生活感到不满意的人居住的地方。1910 年,孤儿岛上爆发了一场革命,在这场革命运动中,造反派吃了败仗,很不光彩地退到希波尼亚岛。希波尼亚岛的土壤没有孤儿岛的其他地方肥沃。

罗斯·罗斯玛卡雷,《孤儿岛》(Rose Macaulay, *Orphan Island*, London, 1924)

奥瑞梅港 | Orrimy

参阅霍斯克岛(Hosk)。

奥森纳王国 | Orsenna

一个古老的王国,位于赛尔特斯人之海的对面,与法吉斯坦隔海相望。奥森纳王国曾是一个重要的贸易帝国,但终因大海淤塞、沙漠侵蚀而逐渐走向衰落。如今，奥森纳王国的许多南部港口几乎完全被淤塞，航运只限于捕鱼和本土贸易。

奥森纳王国的公民自律性很强，他们待人态度冷漠，穿衣可谓素朴之至；相比而言，南方人要招摇得多，性格也开朗得多。

奥森纳王国的内陆地区是野生绵羊和成群的水牛栖息的地方，此外还有跳鼠；野狗在半沙漠化的大草原上闲荡；鸬鹚是海滨地区最典型的鸟类。奥森纳王国很少遭遇恶劣的风暴，但参观者应当注意，这个王国的冬季很潮湿，雾霾天气在南部海滨很常见。

奥森纳王国是一个基督教国家，但它的基督教受到严厉的批评，因为在东正教发生异端争论期间，奥森纳王国的基督徒曾出面干预。奥森纳王国的宗教最初似乎与东部的聂斯托里教派（Nestorian）有关，甚至与伊斯兰教的某些仪式也有关联。奥森纳王国的宗教生活包括诸多当下比较盛行的迷信活动，其中一些迷信活动与梅瑞玛的圣达玛斯教堂有关，梅瑞玛的波斯风格的拱顶建筑很出名。圣达玛斯也因为庆祝圣诞节时所遵循的那个习俗而闻名，这时候，一种渔船的模型取代了传统的棚屋。除了城里的教堂，南部还有比较分散的小教堂和修道院。身着白色长袍的修道士和巡回祭司负责宗教的这些前哨。

奥森纳王国的首都也叫奥森纳，坐落在泽恩塔河上游的一座小山上。奥森纳城的上半个城区簇拥着圣裘德大教堂和安全委员会那庄严肃穆的封建宫廷；这里狭窄拥挤的街道历来都是谣言、诽谤和骚乱滋生之地，而谣言、诽谤和骚乱正是奥森纳人政治生活的一大特点。奥森纳城的商业区位于泽恩塔河的两岸，泽恩塔河的周围是沼泽，沼泽里瘴雾弥漫，经常笼罩着这片商业区。奥森纳城的大部分地区已显出凋敝迹象：位于市郊的赛尔瓦吉园林年久失修、人迹罕至。奥森纳王国的商业和管理中心也是如此，奥森纳城里有一所古老而文明的大学。委员会的艺术陈列室值得一看，这里收藏了许多油画，其中包括著名的肖像画家郎霍尼的杰作。

南方的梅瑞玛被誉为赛尔特斯人的威尼斯，位于王国以南，靠近一条枯水河的河口；奥森纳王国境内只有几条枯水河。这片三角洲的大部分地区已经干裂。梅瑞玛曾是一个与法吉斯坦进行贸易的港口，一度兴盛繁荣，尤其是在奥森纳王国与法吉斯坦交好，没有战事困扰，两国发展正常关系的时候。如今，梅瑞玛的许多运河和宫殿都已处于半荒废状态，尽管如此，也难掩它们昔日的辉煌。阿尔多布兰迪宫殿坐落在奥森纳城的郊外，位于一条运河与一个潟湖之间；矩形的塔楼还能让人想起奥森纳王国建筑史上的鼎盛时期，但总的看来，这座宫殿应该是一座防御性城堡。它的第一层被拱廊围绕，拱廊的顶端是一个露台，露台的周围曾是花园，今天还看得见这片花园的遗迹。梅瑞玛已经衰落，但奥森纳王国的贵族仍络绎不绝地来这里消夏。

梅瑞玛是距离海滨临时要塞最近的城市，这座临时要塞最初是用来对付法吉斯坦的防御工事。有谣言称法吉斯坦会再度入侵，于是这座要塞最近得到重建。游客会注意到，要塞的墙上仍然覆盖着藤蔓植物。当这座要塞还没有人居住，要塞的壕堑还不可以被填满的那段日子里，这些藤蔓植物就已经爬满了要塞的墙壁。制图室是这座海滨要塞的中心，它收藏了许多地图和图表。其中一部分来自法吉斯坦；对于这一部分地图和图表，游客在其他地方是找不到的。海滨要塞的上方是一座低矮的小山，小山上有一块墓地，被石墙环抱，这里就是附近的庄园主安息的地方。每年，在奥森纳王国的军队到来之前，人们都会来到这里，用春花和月桂花编织一个花圈放在公墓里。

海滨要塞与奥森纳城之间有一条古道相连，古道的路况很糟糕，有些地方可以看出是罗马人建造的。荒凉的赛尔特行省围绕海滨要塞而建，古道在经过这个行省之前，首先会经过一个干旱的半荒漠地区，这个半荒漠地区通常只有游牧部落来过；然后他们穿过萨格拉镇。这座小镇曾是一个重要的灌溉中心，如今已变成废墟，到处杂草丛生。然而即使已经破败不堪，萨格拉镇也充分体现了奥森纳王国对“高贵”材料的一贯青睐，比如对花岗岩和大理石的偏好。穿过萨格拉镇，这条古道又经过沿海的泥滩和赛尔特海滨干涸的潟湖。不管是海滨要塞，还是那个海滨行省，都算不上特别理想的海军基地。

统治奥森纳王国的是贵族大会和一个由选举产生的参议院;君主大会代表这个国家的古老家族。执行机关叫大臣院;安全委员会负责国内、外的所有安全事务。由于安全委员会动用了庞大的间谍组织,因此它真实的权力范畴和影响力很难判定。

奥森纳王国的宪法经常被视为好政府的典范,但如果你走近一点看,就会发现这样的宪法只是一个已经过时的老古董。经历几个世纪以后,政府的那些传统文件已经很难让所有人明白,也许只有少数几个精英还能理解。奥森纳王国的政治及其与法吉斯坦长期交战的真正原因,只有少数几个人知道,这两者背后的那些原则代代相传,实在让人羡慕。权力的易手几乎是悄然而至的,权力平衡的变化涉及复杂的间谍活动,对于已经发生的重大政治变革,很少会有人意识到。另一方面,由于实践"剂量"政策,成功的党派渐渐吸收了那些最初似乎与他们自己的立场和性质完全不相干的因素,这就使得奥森纳王国的政治生活变得更加扑朔迷离。受制于官方拘泥的形式和拟古风尚的那些事情也是如此。一旦可能,人们仍然使用古语,甚至有些古语所指代的东西今天已经完全不存在了。因此,赛尔特斯海岸线习惯上指的是"前线",几只被废弃的小船被作为"舰队"保留在那里。

如果游客想要全面描述奥森纳王国的历史,他可以去翻阅丹尼罗创作的《起源的历史》。这本书对奥森纳王国的早期历史及其对异端发起的圣战作了较为权威的叙述。丹尼罗还描写了奥森纳文明的鼎盛时期,那是在阿拉伯人入侵,整个海滨地区都可以得到灌溉之时。今天,在萨各拉镇和南部的半沙漠化地区,这些灌溉系统的废墟依然可见。

奥森纳王国的近代史充斥着接连不断的谋反、谋杀和诱骗,其中许多都与著名的阿尔多布兰迪家族有关。这是一个古老而高贵的家族,它的某些成员仍然生活在奥森纳王国的波加市郊。这个家族的不少成员因为自己的政治信仰和在战争时期的言行而遭到流放,或被判处死刑。在最后的300年里,奥森纳王国一直在与邻国法吉斯坦交战，最初是因为海盗扰乱其海滨地区。为了报复这些偷袭行为，法吉斯坦的首都拉各斯遭到奥森纳王国的炮舰轰炸；这件事每年都会得到纪念。两国自此战争不断，尽管最近发生的大事不多。

阿尔多布兰迪家族总会卷入这场战争。这个家族的一个成员皮罗逃跑了，然后帮助建立了拉各斯镇的防御工事。奥森纳王国记住了皮罗的背叛，参观者应当注意，在经过首都会议画廊里的皮罗肖像时，必须戴上帽子；因为这已经成为奥森纳王国的一个习俗。这幅肖像只是一个副本；原版放在梅瑞玛宫殿里。

于连·格拉克，《沙岸风云》

奥特伽岛 | Ortelga

位于贝克拉帝国北边的特尔塞纳河，长约 25 英里。

奥特伽岛的大部分地区覆盖着茂密的森林。唯一的定居点是一个小镇，也叫奥特伽，建造有防御工事，坐落在奥特伽岛的东端。奥特伽岛上茂密的森林为各种动物提供了栖身之所，这些动物包括猿猴、野猪以及其他体型较小的哺乳动物。到了春天，纳特鸟向北迁徙，途中会来到这座岛上。纳特鸟非常漂亮：金色的羽冠、紫色的胸脯、整齐的金尾羽。它们被这里的岛民看作夏季的使者，如果有人敢杀死它们，这个人必遭遇不幸；尽管这些鸟儿的尾羽在许多地方都很值钱。

奥特伽城有复杂的防御体系作保护，这一防御体系部分是自然天成，部分为人工建造。这样的防御工事围绕海岸而建：削尖的树桩与成排的大树连接在一起，使得浓密的丛林变成了天然的屏障。奥特伽城的某些地方还种植了有毒的荆棘；沼泽里的排水口修筑了水坝，形成一个浅浅的湖泊。沼泽里生活着从陆地上抓来的鳄鱼，这些鳄鱼被留在这里繁殖后代。这一套防御体系之外是一片死亡地带，宽约 80 码，除了负责看守这里的人，其他任何人都不可以进入。这里到处都是陷阱，陷阱里藏着削尖的木桩或蛇窝；

还有一些小路通向围场,围场上方的大树上建有平台,一旦有人进入围场,平台上就会乱箭齐飞。

尽管奥特伽岛一直是贝克拉帝国的一个原始前哨,然而,今天,来自奥特伽岛的人们已经统治了整个贝克拉帝国,就像他们在遥远的过去所做的那样。奥特伽人建造了伟大的贝克拉城,并在整座岛上进行贸易活动。在那些日子里,整个贝克拉帝国都崇拜奥特伽岛的沙迪克。沙迪克是一只巨熊,被视为上帝力量的体现。为此,奥特伽岛变成了一块圣地,来自贝克拉帝国各地的人们纷纷来到这里,崇拜沙迪克。人们可以经过一条堤道来到奥特伽岛。如今堤道已沉入水中,河流的对岸有纪念碑做标志,这块纪念碑也叫作两面岩,如今依然屹立在那里。

理查·亚当斯,《巨熊沙迪克》

奥斯吉力亚斯城 | Osgiliath

也叫“天体城堡”,刚铎王国最初的首都,坐落在大河两岸,介于米那斯-莫古尔城和米那斯-提力斯城之间。

奥斯吉力亚斯城建于第二纪的3320年,此后一直到第三纪的1640年,这座城市始终是那么雄伟壮观、金碧辉煌、人口众多。城堡里珍藏着4颗帕兰提瑞;帕兰提瑞又叫水晶石,被放在天体的穹窿顶里,后来穹窿顶被夷为平地,水晶石沉到了大河底。

奥斯吉力亚斯城没有设防,在第三纪1437年爆发的一场家族争斗中,奥斯吉力亚斯的大半个城区被大火烧毁。这场家族争斗其实是一场声势浩大的内战,它造成了刚铎王国的分崩离析;奥斯吉力亚斯城也变成了一座废墟。第三纪的1640年,刚铎王国迁都到现在的米那斯-提力斯城,就在那一年,很多人在那场大灾难中死去。后来,摩多王国用武力攻占了奥斯吉力亚斯城,但很快这座城市又被刚铎王国夺回去,并使它成为新首都的防御体系的一个军事前哨。第三纪的3018年,几乎完全被毁的奥斯吉力亚斯古城再次落入摩多王国的索伦之手,一年以后,刚铎王国突破了索伦对米那斯-提力斯城的围攻，再次夺回古城。此后，这座古城得到重建，只是对于它的重建，我们没有找到任何记载。

托尔金，《魔戒首部曲：魔戒现身》；托尔金，《双塔奇谋》；托尔金，《王者归来》；托尔金，《精灵宝钻》

奥斯瑞朗特地区 | Ossiriand

参阅林顿地区(Lindon)。

奥斯凯尔岛 | Osskil

一座多山的大岛屿，位于地海的北部。奥斯凯尔岛的内陆地区荒凉，一片狭长的沼泽一直延伸到高山上。奥斯凯尔岛处于寒冷的北风地带，一年的大多数时间都会飘雪，皑皑的白雪从海拔较高的荒漠上空飘落下来。

在地海其他地区的居民看来，奥斯凯尔岛简直臭名昭著。所有与它相关的事物都与地海群岛的其他岛上的情形不同。奥斯凯尔岛上的巫师不会统治国家，这与地海群岛其他岛上的巫师不同。奥斯凯尔岛上的居民不说哈迪语，而说他们自己的方言。地海群岛的大部分地区使用象牙作为流通货币，而奥斯凯尔岛的居民却使用黄金；实际上，在地海群岛的北方居民眼里，黄金是值得珍藏的宝贝，正如彭多尔岛上的巨龙。在地海群岛的众多海岛上，商船上的成员之间都是伙伴关系，他们共同分享探险所获得的好处，而在奥斯凯尔岛的海滨，狭长的小船上拥挤不堪，里面混杂着奴隶、农奴和自由人，他们得到的报酬就是黄金。奥斯凯尔岛上的居民长得也与地海群岛的其他居民不同，他们的皮肤苍白，黑发柔软而细长，而地海群岛上的大多数居民都是古铜色的皮肤。

奥斯凯尔岛上的主要贸易港是尼西姆港，坐落在地势较低的东海岸。尼西姆港看起来灰蒙蒙的，蜷伏在光秃秃的山丘之下；两边是长长的石筑防波堤，更增添了尼西姆港的凄凉。商船的装卸工作都由尼西姆港的海洋协会来承担。

对于奥斯凯尔岛上的政府，我们知道的不多，但特瑞隆王宫就是政府所在地，统治着凯赛蒙特荒漠和奥斯山脉之间的地区。特瑞隆王宫是一座要塞，高高地坐落在一个小山坡上。王宫的周围是庭院，庭院的上方高耸着一座中心塔，很像一颗尖利的牙齿。中心塔内的装饰豪华，一排厅堂使用大理石建成，大理石上面雕刻复杂，厅堂上面挂着漂亮的织锦。中心塔之下很深的地方就是特瑞隆，这座王宫也因此而得名。特瑞隆是这座王宫的基石，它其实是一座地牢里一块没有被加过工的粗石，外型与周围的普通石头没有什么不同，但特瑞隆会因它内部蕴藏的力量而发出明亮的光芒，构成巨大的光环。地牢里潮湿阴冷，感觉邪恶随时会扑面而来。据说，塞果伊从大海深处把地海群岛召唤出来之前，特瑞隆就已经形成了。当这个世界形成的时候，它也形成了；而当这个世界毁灭的时候，它会依然存在着。如果一个有魔法的人把手放在这块石头上，这块石头就会用它自己的声音回答他提出的任何一个问题。然而，几乎无人能够控制这块石头的力量，即使是拥有它的人也会对它的影响力心生恐惧。地牢的门也被施了魔法，如果不懂那些古老的魔法知识，是没有办法打开地牢之门的。地海的几个巫师扔掉自己的手杖，甘愿为这块石头效劳，因为它的力量远远超过了他们的力量。如果他们遇上挑战，这块石头会派出它的生灵进行攻击。那些生灵其实是一群笨拙的野兽，它们生有两翼，长相丑陋，属于人类或巨龙出现之前的动物。它们只存在于特瑞隆那辉煌的记忆里，保留着这份记忆就好了。

乌苏拉·奎恩，《地海的巫师》

乌有乡的另一端 | Other End of Nowhere

一栋庞大而丑陋的建筑，比一座新建造的疯人院还要可怕。人们建造它那可怕的高墙所遵循的原则尚不可知。这栋建筑的看守者是一群警棍，这些警棍顶端的正中央都有一只眼睛，因此无需警察把它们举在手里，它们就可以独立行事。这些警棍都有一根皮带，不站岗的时候，它们可以把自己挂在皮带上。一把老式的大口径短枪充当这栋建筑的守门人，它持有乌有乡的另一端的投宿者的名单；短枪的枪膛里装满了子弹，这些子弹都是用黄铜做的。如果到这里来的游客生性顽劣，就会被投进乌有乡另一端的监狱里，并且会遭到那些母亲固体眼泪的猛击，因为人们认为这种不舒服的经历有助于生性顽劣的游客改邪归正。

正是从这里出发，水孩子汤姆开始了他的自我牺牲之旅。他找到了那个虐待他的清道夫格瑞米斯。格瑞米斯被关在烟囱里，他希望得到啤酒和一个烟斗，当然这些东西在这里都是被禁止的。每天晚上，他都要遭到冰雹的折磨，这种冰雹降下来时柔软如雨，一接触到他的身体就会变得坚硬如子弹。格瑞米斯不知道，这些冰雹其实就是母亲因他做坏事而流下的眼泪。只有当他为自己的行为表示忏悔的时候，只有当那悔恨的泪水第一次把他洗得干干净净的时候，他才有可能离开那个烟囱。也只有到那个时候，特瑞米斯才可以离开乌有乡的另一端，用他的余生去清扫埃特纳火山坑；也许今天他还在那里。

查理·金斯利，《水孩子：关于一个陆地婴儿的神话》

奥特兰托城堡 | Otranto, Castle of

一座庞大而复杂的防御工事，属于中世纪的建筑，坐落在意大利的普利亚区，靠近一座与它同名的城市。城堡里发生过许多不可思议的怪事，比如城堡里出现过一顶硕大无比的头盔。这顶头盔比现实生活中的头盔要大 100 多倍，上面覆盖着厚厚的黑羽毛。城堡主人的祖先会从他们的肖像里走出来，因为他们不赞成城堡里那些居民的作为。有时候，城堡更高处的画廊里会突然出现巨人的身体，其动机显然是为了渲染那个可悲的舞台装饰。

这座庞大的防御工事下面有迷宫一样的走廊；经过这迷宫般的走廊时，女性游客经常会遭遇性骚扰。如果这些女子想逃跑，她

从西面看过去的奥特兰托城堡景观

们最好能够找到一条秘密通道，然后经过这条通道进入城堡附近的圣尼古拉斯教堂。

霍拉斯·瓦尔波勒，《奥特兰托城堡》(Horace Walpole, *The Castle of Otranto*, London, 1765)

奥伊达镇 | Ouidah

非洲达荷美王国的一个总督管辖区，因盛行人牲而闻名，如今是尼日利亚贝宁省的一部分，遵循马克思主义原则。奥伊达镇灰尘弥漫，肮脏不堪，不过也有几栋有趣的建筑，其历史可以追溯到19世纪早期。其中之一就是圣灵感孕大教堂，坐落在一个与它同名的地方。大教堂的墙壁上刷过灰泥，但已显得斑驳陆离，过道里铁柱子上的接缝口已锈迹斑斑，使得铁柱子快要破裂开来；屋顶上的蓝色厚木板也已经腐烂；有人还偷走了祭坛桌里面用象牙做的和平鸽，圣母玛利亚像也结满了蜘蛛网。为了与自己的民族精神保持一致，一颗红五星悬挂在孤儿院的上方，神圣家族的门被重新漆成了黑色。忏悔室里充满了猩红色的大鼓。斯坦梅茨主教街从大教堂一直延伸到左贝集市，拜物教徒正在这个市场上以集市神*Aizan*之名宰杀家禽，然而大教堂对面的一座寺庙里正在举行神秘的巨蟒崇拜，这座寺庙由一些拥挤的泥棚屋构成，棚屋周围是茂密的树林。土耳其秃鹰从乳白色的天空掠过,蟋蟀在岩缝里喳喳地叫着,狐蝠在番石榴林间飞来飞去。

列宁路上两家旅馆可供游客选择,分别是温莎旅馆和反温莎旅馆。游客可以在夜晚之敌酒吧买到饮料,如果那家酒吧提供饮料的话;在现代图书馆里,游客可以找到旅游指南方面的书籍;这家图书馆目前的藏书比政府批准的更多。如果游客要去那座葡萄牙要塞,有两辆出租车可供他们租用,分别是信心汽车和信心婴儿,不过这个地方不值得推荐。

奥伊达镇上著名的总督弗朗西斯科·希尔瓦曾是一个冒险家和奴隶贩子。他家的祖屋是一栋混凝土建筑,坐落在那两辆出租车停放地的西面。祖屋的门被漆成了主人的肤色。值得一看的有古旧的赌博大厅,赌博大厅里挂着希尔瓦总督的照片,装裱了镀金的相框,大厅里的陈设还包括一张台球桌、一些日本瓷碗、痰盂以及藤椅。希尔瓦总督有一个神奇的音乐盒,摆放在入口的大厅里。从总督的卧室望出去,可以看见下面的一个大花园。大花园用红土砌成,花园里有一些塑料花,蜥蜴在花园平坦的白色大理石墓碑上晒太阳。如果要参观这间卧室,游客必须征得洗衣女工亚雅·阿德里那夫人的同意。游客会注意到卧室里的两样东西,果阿人的四脚床和意大利阿西尼城的圣弗朗西斯石膏像。床的四脚用黑檀木为材料,床头嵌着象牙做的大奖章;在那尊涂了颜料的石膏像上面,圣弗朗西斯正举着双手祷告。卧室的墙上悬挂着用黑海芋做的一个花圈,用来纪念总督大人,架子上摆放着一个镀金的十字架、一个黄色的戴荆冠的耶稣画像和一枚族徽,族徽上面画的是一头银象。地板上嵌了一块白色大理石,上面用葡萄牙语写着:

弗朗西斯科·希尔瓦
1785 年生于巴西
1857 年 3 月 8 日卒于奥伊达

如果游客想来这里参观,还需要签证,得到签证后,他可以在这里待上 3 个月。

布鲁斯·查特温,《奥伊达的总督》(Bruce Chatwin, *The Viceroy of Ouidah*, London, 1980)

爆炸岛 | Out

一个森林密布的半岛,距离指控岛不远。爆炸岛上的居民喜欢暴饮暴食,他们有一个古怪的癖好,喜欢鞭打自己,直到打得皮开肉绽。他们觉得这样做很舒服,觉得这样做可以使他们的身体长得更快,就像树皮剥落的大树。

爆炸岛上还有一个习俗,当某个岛民把自己打得只剩下内脏的时候,即临近“爆炸点”的时候,他就会准备一场“爆炸”盛宴,邀请所有的亲朋好友参加这个盛宴,然后,他开始喝酒,尽情地喝,直到放出一个刺耳的响屁,以此暗示所有在场的人:他最终幸福地爆炸了。

弗朗索瓦·拉伯雷,《巨人传第五部》

外海 | Outer Sea

参阅阿曼大陆(Aman)。

上下王国 | Over And Under Country

与气球采摘者之国相邻,之所以这样命名,是因为这个地方的人从来不给其他人让路;他们要么走对方的上面,要么走对方的下面。比方说,当两辆火车在开往卢塔巴加国的铁路上相遇时,其中一辆火车直接就从另一辆火车的上面或下面驶过去。

卡尔·桑德堡,《卢塔巴加故事集》

奥兹国 | OZ

面积广袤,被分成 4 个小王国:东面是穆克金王国,西面是温凯尔王国,南面是加德林王国,北面是吉利金王国。这四个小王国在很大程度上可以独立自主,但都效忠于奥兹国的统治者奥兹玛公主;奥兹玛公主住在首都翡翠城。翡翠城坐落在奥兹国的正中心,这个位置也刚好是4个小王国彼此相邻的地方。正如一个著名的参观者所说的那样,奥兹国不是美国的堪萨斯。

奥兹国的原始居民都长得差不多,不管他们来自奥兹国的哪个地区,情形都是一样。他们的个头矮小,身高不及一个发育良好的小孩。他们喜欢戴一顶圆顶帽,圆顶帽大约高出头顶1英尺,帽檐上挂着铃铛。女人穿长罩衫,罩衫上装饰着闪闪发光的五星;男人穿长长的夹克衫和高筒靴。不同地区居民的不同之处只有他们的肤色,他们的肤色与他们衣服的颜色和王国的颜色完全保持一致。在穆克金王国,蓝色是主色调,这里的草,这里的树,以及这里的房屋,都是蓝色的,这里的男人穿蓝色的衣服。温凯尔王国的主色调是黄色;加德林王国的主色调是红色,而吉利金王国的主色调是紫色。这四种主色调都出现在奥兹国的大旗上,在这面大旗上,绿色的五角星代表翡翠城,这个五角星绣于旗帜的中心。

奥兹国的村庄主要有肥沃的农田,农田整饬有序,可以生产上好的谷物和蔬菜。奥兹国远处的森林和山野里住着不同的民族,比如托腾霍特沙漠或榔头山上居住的那个奇怪的民族。加德林王国西北部的山峦深处是地下王国单足跳者之国和角人王国。奥兹国还有面积较小的自治区,某些自治区并不承认奥兹国的中央权力,比如城市王国厨具国。虽然瓷器村、邦尼贝里城以及剪纸村的居民承认奥兹玛公主的统治,但出于某种考虑,他们仍然生活在各自独立的共同体里。恐惧城和废话镇被视为奥兹国两个带有防御性的定居点。恐惧城的居民总是担心会有可怕的事情发生,因为有这样的担心,他们的内心总是恐惧万分,那些总是受困于无端恐惧的人就会被送到这里来,而那些不能清楚表达自己观点的人就会被送到废话镇。这两个共同体并不是惩罚性的定居点,送到那里去的人与那些跟他们的情形差不多的人生活在一起,而且生活得非常幸福。

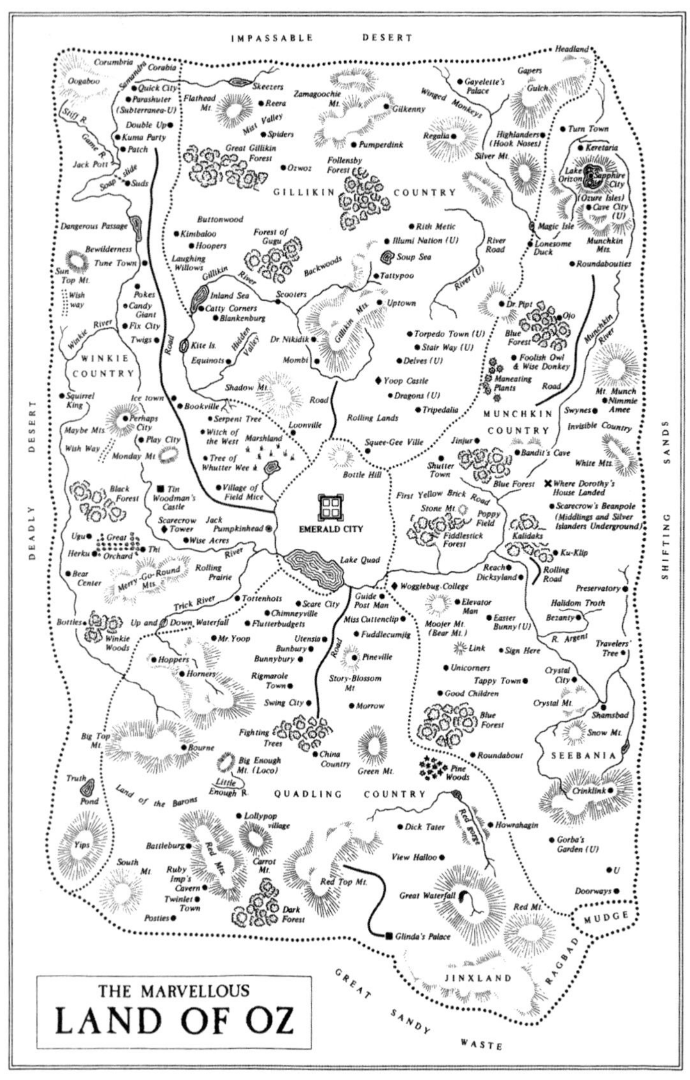
IMPASSABLE DESERT
DEADLY DESERT
SHIFTING SANDS
GREAT SANDY WASTE
THE MARVELLOUS
LAND OF OZ
Headland
Corumbria
Corabia
Oogaboo
Samandra
Quick City
Parashuter
(Subterranea-U)
Stiff R.
Game R.
Double Up
Kuma Party
Patch
Jack Pott
Soap slide
Suds
Skeezers
Flathead Mt.
Reera
Zamagoochie Mt.
Gilkenny
Mist Valley
Spiders
Great Gillikin Forest
Ozwoz
Follensby Forest
Pumperdink
Winged Monkeys
Gayelette's Palace
Gapers Gulch
Regalia
Highlanders
(Hook Noses)
Silver Mt.
Turn Town
Keretaria
Lake Orizon
Sapphire City
(Ozure Isles)
Cave City (U)
GILLIKIN COUNTRY
Buttonwood
Dangerous Passage
Kimbaloo
Hoopers
Forest of Gugu
Rith Metic
Illumi Nation (U)
River Road
Magic Isle
Lonesome Duck
Munchkin Mts.
Roundabouties
Bewilderness
Tune Town
Sun Top Mt.
Laughing Willows
Gillikin River
Backwoods
Soup Sea
Tattypoo
River (U)
Wish way
Pokes
Candy Giant
Fix City
Winkie River
Twigs
Inland Sea
Catty Corners
Blankenburg
Scooters
Gillikin Mts.
Uptown
Dr. Pipt
Ojo
Blue Forest
Munchkin River
Road
Kite Is.
Hidden Valley
Equinots
Dr. Nikidik
Mombi
Torpedo Town (U)
Stair Way (U)
Delves (U)
Foolish Owl
& Wise Donkey
Maneating Plants
WINKIE COUNTRY
Shadow Mt.
Yoop Castle
Dragons (U)
Mt. Munch
Nimmie Amee
Squirrel King
Ice town
Bookville
Tripedalia
Swynes
MUNCHKIN COUNTRY
Perhaps City
Serpent Tree
Rolling Lands
Maybe Mts.
Witch of the West
Loonville
Invisible Country
Play City
Marshland
Squee-Gee Ville
Jinjur
Wish Way
Monday Mt.
Tree of Whutter Wee
Bandit's Cave
White Mts.
Bottle Hill
Shutter Town
Black Forest
Tin Woodman's Castle
Village of Field Mice
Blue Forest
Where Dorothy's House Landed
EMERALD CITY
First Yellow Brick Road
Stone Mt.
Poppy Field
Scarecrow's Beanpole
(Middlings and Silver Islanders Underground)
Scarecrow Tower
Jack Pumpkinhead
Fiddlestick Forest
Kalidaks
Ugu
Great Orchard
Thi
Wise Acres
Ku-Klip
Herku
River
Lake Quad
Reach
Dicksyland
Rolling Road
Bear Center
Merry-Go-Round Mts.
Rolling Prairie
Wogglebug College
Preservatory
Trick River
Tottenhots
Scare City
Guide Post Man
Elevator Man
Halidom Troth
Chimneyville
Bezanty
Bottles
Up and Down Waterfall
Flutterbudgets
Miss Cuttenclip
Mooter Mt.
(Bear Mt.)
Easter Bunny (U)
Winkie Woods
Mr. Yoop
Utensia
Fuddlecumjig
R. Argent
Travelers' Tree
Bunbury
Link
Sign Here
Hoppers
Bunnybury
Pineville
Unicorners
Crystal City
Horners
Rigmarole Town
Story-Blossom Mt.
Tappy Town
Good Children
Crystal Mt.
Swing City
Morrow
Shamsbad
Blue Forest
Snow Mt.
Fighting Trees
Big Top Mt.
Bourne
China Country
Roundabout
SEEBANIA
Big Enough Mt. (Loco)
Green Mt.
Pine Woods
Truth Pond
Little Enough R.
Crinklink
Land of the Barons
QUADLING COUNTRY
Lollypop village
Dick Tater
Red gorge
Howrahagin
Yips
Battleburg
Red Mts.
Gorba's Garden (U)
View Halloo
South Mt.
Ruby Imp's Cavern
Carrot Mt.
Red Top Mt.
U
Great Waterfall
Doorways
Twinlet Town
Red Mt.
Posties
Dark Forest
MUDGE
Glinda's Palace
JINXLAND
RAGBAD

奥 兹 国

奥兹国没有疾病，也没有贫穷和死亡。奥兹国不存在金钱，所有的财富都归奥兹玛公主所有；奥兹玛公主把所有的臣民都当作她自己的孩子。奥兹国的臣民可以各取所需。奥兹国的农产丰富，所生产的谷物可以满足全国所需；所收获的农产品平均分配。裁缝、服装设计师、珠宝商以及其他的生意人提供所有产品，他们得到的报酬就是所有邻居的支持。如果出现日用品短缺，首都的大仓库就会提供那种日用品。当某种商品出现剩余时，这种商品就会储藏到仓库里。奥兹国的所有臣民一半时间工作，一半时间玩耍，他们为自己舒适的工作环境感到骄傲而快乐；他们的工作不是强迫的。

奥兹国的生活安全而平静，尽管某些地区的森林里会出现奇怪而危险的动物。穆克金王国的东部有一片森林，这片森林里经常有卡里达出没，卡里达的身体像熊，头像老虎。在过去，卡里达经常危害到游客的生命安全，而今，大多数卡里达都已被奥兹人驯服，只是卡里达的脾气古怪，不可以相信它们。穆克金王国南部的搏斗树和东南部的吃人植物也很凶险，它们经常会威胁游客的生命。当有人靠近的时候，搏斗树就会弯下身来，用树枝把那个人紧紧地捆住，然后再抛出去。吃人植物生长在路边，这种植物的叶子会诱惑游客的眼睛，这样的叶子好像带有蓝色的根茎，这样的根茎包含着其他的颜色；当这样的叶子随风摇曳的时候，就会出现明亮的色彩，继而消失；好奇的游客会朝着叶子走过去，当他们走到足够近的时候，这些叶子就会弯下腰来，紧紧地扼住他们。不过，有一种东西好像可以迷惑这种食人植物，那就是口哨声；游客只要一吹口哨，就可以免遭它们的攻击。其实，奥兹国的危险动物和植物并不多，而且大多生活在偏僻的地方，对当地居民不会造成严重的威胁，尽管偶尔会威胁到粗心的旅行者的生命安全。

奥兹国的大多数动物都很温顺而友好。比如田鼠，它们有自己的女王，还帮助过奥兹玛女王和她的朋友。奥兹国遥远的北部是翼猴的家园，生活在森林里，它们顽劣不羁，也正是它们的顽劣造成了它们的衰败，因为它们惹怒了住在奥兹北部一座红宝石宫殿里的女巫加娅利特。愤怒之下,加娅利特女巫用魔法捆住了它们的翅膀,使它们失去了自由。它们必须实现任何一个拥有魔法帽的人的3个愿望,而这顶魔法帽掌握在奥兹玛公主手里。

关于奥兹国的早期历史,我们了解的很少。在遥远的过去,这片土地曾经属于一个独立王国,统治这个王国的君主就叫奥兹或奥兹玛。自从一系列不寻常的事情发生以后,这个王国的大部分地区都受到或好或坏的女巫的控制。在这个王国南部和北部,邪恶的女巫最终被善良的女巫打败,但在东部和西部,邪恶的女巫仍然控制着她们那邪恶的地盘。善良的女巫戈琳达赢得了奥兹国的南部,至今仍然统治着那个地区。

就在这个时候,奥兹国迎来了它的第一位客人,美国人奥马哈,马戏团里一个玩气球的人。巧合的是,奥马哈在自己的气球上画了两个大写字母 O. Z. ,奥兹国的居民误解了这两个字母的意思,于是拥立他为王,认为他是一个了不起的巫师。奥马哈带领奥兹国的居民建造了翡翠城,并以巫师的身份统治这个地方,尽管他只会玩一点小把戏,但还是很快就为自己赢得了大巫师的名誉。

奥兹国的第二个外来人可能更重要。这位来访的客人是来自堪萨斯州的一个女孩,名叫桃乐丝·盖尔。桃乐丝嫉妒敏捷的蓝鸫,对彩虹充满了非气象学方面的好奇。一天,桃乐丝和她的宠物狗托托被一阵狂风吹走了,一同被带走的还有她家的房子。后来,那栋房子被带到了穆克金王国的东部,正好落在那个邪恶的女巫身上,砸死了她。桃乐丝沿着著名的黄砖路来到了翡翠城,然后继续往前走,来到温凯尔王国。在几个朋友的帮助下,桃乐丝击败了西部的邪恶女巫,她是东部女巫的姐姐。桃乐丝的那些伙伴将在成为奥兹国扮演重要角色,其中包括一只怯懦的狮子,不过它最终找到了勇气,变成了兽中之王;另一个是锡樵夫,原是一个穆克金人,他经常砍伤自己,因为他的斧子被东部女巫施了魔法,他被自己的斧子砍得支离破碎,他的四肢不得不换成假肢,后来,他的整个身体都变成了锡,再后来,他变成了温凯尔王国的君主,至今生活在温凯尔王国一座金碧辉煌的宫殿里。在赢得这样的声誉之后,

THE COUNTRIES SURROUNDING OZ
NONESTIC OCEAN
LAND OF OZ
Gillikin Country
Winkie Country
Munchkin Country
Emerald City
Quadling Country
IMPASSABLE DESERT
DEADLY DESERT
SHIFTING SANDS
GREAT SANDY WASTE
LAND OF EV
NOME KING'S DOMINIONS (Underground)
KINGDOM OF IX
NOLAND
MERRYLAND
SKAMPAVIA
RINKITINK
MENANKYPOO
WHIMSIES
PHANFASMS & MIMICS
RIPPLE LAND
KINGDOM OF DREAMS
GROWLEY-WOGS
VEGETABLE KINGDOM OF MANGABOO (U)
VALLEY OF VOE (U)
BOBOLAND
AROL
FOREST OF BURZEE
THUMBUMBIA
LAUGHING VALLEY OF HOHAHO
MULGRAVIA
MACVELT
JUNKUM
QUOK
BILKON
RIBDIL
AURISSAU
KINGDOM OF SCOWLEYOW
VALLEY OF MO (Phunnyland)
ORKLAND
LOLAND
HILAND
THE ENCHANTED ISLE OF YEW
AURIEL
HEG
DAWNA
PLENTA

奥兹国的周边国家

他把自己的整个身体都镀了锡,他到现在还经常打磨自己那镀了锡的身体。桃乐丝的第三个伙伴是一个稻草人,他总是抱怨自己没有头脑,但与桃乐丝的这次旅行可以证明,其实他是一个很有头脑的稻草人。打败西部女巫后,桃乐丝决定回到堪萨斯州,那个玩气球的男巫答应与她一起离开。不幸的是,当他的气球带着桃乐丝离开的时候,他们分开了,桃乐丝只得穿上一双从东部女巫那里得到的魔鞋才能离开。不过,桃乐丝又回到了奥兹国,最后做了奥兹国的一个公主;玩气球的男巫在曼伽布王国与桃乐丝会面之后也回来了,自那以后,他也一直留在奥兹国。

在男巫离开的那段日子里,翡翠城由那个稻草人统治。他似乎统治得很好,但后来发生了一次叛乱,这次叛乱推翻了他的统治,而领导这次叛乱的是一个名叫金乌尔的女孩。这个女孩率军攻打翡翠城,其动机很可能是想拥有奥兹国的珠宝。此后又发生了一系列复杂的事情,金乌尔被善良的女巫戈琳达推翻。金乌尔发起的这次叛乱没有流一滴血,尽管她们使用了织针攻打翡翠城。这次叛乱是奥兹国历史上的最后一次叛乱,金乌尔的势力衰落以后,奥兹国的合法继承者找到了,她就是奥兹玛公主。奥兹玛公主很小的时候就被从家里带走,并被一个名叫莫比的女巫变成了一个男孩;后来,善良的女巫戈琳达恢复了她的女儿身。自那以后,奥兹玛公主开始统治奥兹国。

奥兹国的政府禁止行巫术,但持有执照的人可以行巫术。禁止巫术旨在避免让那些邪恶的女巫重获力量,同时也可以阻止事故的发生。在最后一批行巫术的人当中,有个巫师不小心把某个人变成了一尊大理石像,这次事故引起了一场可怕的争论,因为要想使那尊大理石像恢复人形,必须很辛苦地去学习某种特殊的魔法。那个粗心的巫师还制造了两个生灵,分别是一只精致的玻璃猫和一个名叫废片的拼缀女孩,他们都依靠奥兹国的巫术获得了生命。早些时候,几个了不起的生灵也是通过这种方式创造出来的,比如说,那个锯木架就是被奥兹玛复活的,那时候的奥兹玛公主还是男儿身。虽然是一个木制品,锯木架却比所有正常的马儿都跑得快,但凡遇见它的人都连连称好。为了不让自己的木腿坏掉,锯木架穿上了金鞋。在复活锯木架之前,奥兹玛迪普已经可以把木头和南瓜变成一个人,这主要是用来吓唬莫比女巫。这就是蒂姆南瓜头,它的身体在撒上魔粉后复活了,如今就生活在温凯尔王国,住在首都翡翠城的边境上。蒂姆南瓜头不会死去,但他的南瓜头可能会失去,当这种事情发生的时候,他的那些南瓜头就埋在他自己的坟墓里,然后奥兹玛公主再为他雕刻一颗崭新的南瓜头。

奥兹国的主要教育机构是皇家体育学院,也就是著名的沃格勒布学院,以创始人沃格勒布(H. M. Wogglebug, T. E.)教授的姓氏来命名,“T. E.”代表“获益匪浅”,指的是沃格勒布去听一所乡村学校的挪维塔尔教授讲课的那段日子。首字母“H. M.”的意思是“高度放大”,指的是沃格勒布教授生活中发生的一件大事情。听课的时候,沃格勒布教授被挪维塔尔教授发现了,然后他的形象在屏幕上被高度放大,后来他从高度放大国的那所学校里逃了出来。自那以后,沃格勒布教授就保持着那个被放大了的尺寸,至少与普通居民一样高。沃格勒布是褐色的,在他前面不断交替出现浅褐色和白色的条纹。他的大半个身体都罩在衣服里,那是一件带黄色里衬的深蓝色燕尾服和一条浅黄褐色的毛绒灯笼裤;他习惯戴一顶高高的丝绸帽。沃格勒布教授引进的教育理念不同于其他地方:学生花时间进行体育锻炼,但不是在这个词的通常意义下进行锻炼。开始“锻炼”之前,他们会服用巫师制作的学习药丸;就寝的时候,他们会服用一粒代数药丸,这粒药丸相当于 4 小时的学习效果;至于地理和其他方面的药丸,他们会在规定的时间内服用。如此一来,这些学生的学习速度非常快,效率非常高,很快就能掌握主要的学习课程。他们服用的这些药丸外面都有一层糖衣,容易服用,因此鸟类和其他动物也可以通过这种方式进行学习。

进入奥兹国一直都很难,该国周围都是沙漠,要想在沙地上立足,就会马上变成沙尘。在过去,人们可以飞越这片沙漠,桃乐丝和男巫第一次到这里来就是这么做的。奥兹国的另一个来访者是诺梅王国的国王，他待人很不友好，企图从沙漠下面的地道入侵奥兹国。结果奥兹玛决定把她的王国隐藏起来，而且决定马上停止奥兹国与外界的所有交流。为此，奥兹玛去请善良的女巫戈琳达为奥兹国降下符咒，这样一来，人们就再也看不见奥兹国了，即使是越过了沙漠的游客也不可能确定奥兹国的具体方位。

即使人们看见了奥兹国，要离开也不是一件容易的事。不同的情形下，桃乐丝离开奥兹国所依靠的魔法也不同，要么依靠东部女巫的魔鞋，要么依靠诺梅国王的那根带子。在这两种情形里，这两样东西都在桃乐丝一回到堪萨斯就消失了；到了堪萨斯，这些东西不再具有魔力。当然，奥兹玛和戈琳达都可以使用魔法把人们带到奥兹国，但这种情况不会经常发生。

弗兰克·鲍姆，《绿野仙踪》；弗兰克·鲍姆，《神奇的奥兹国》；弗兰克·鲍姆，《奥兹国的奥兹玛》；弗兰克·鲍姆，《桃乐丝与奥兹国的巫师》；弗兰克·鲍姆，《奥兹国之路》；弗兰克·鲍姆，《奥兹国的翡翠城》；弗兰克·鲍姆，《奥兹国的缝补女孩》

帕-安克岛 | Pa-anch

位于红海南部。帕-安克岛上城市众多,最大的叫帕纳拉城。帕纳拉城是一座繁荣之城,拥有众多寺庙,城市周围有小树林、花园和美丽的草地,那里可以听到鸟儿的啼鸣和泉水的叮咚。帕-安克岛上的动物包括大象、狮子、美洲豹以及其他的热带动物。

帕-安克岛上的居民分为三等:手艺人和祭司、农民和牧羊人,以及士兵。权力掌握在祭司手里,他们也有权为自己挑选世界上最美丽的少女。帕-安克岛的政府由三人组成,每年更新一次。除了房屋及其周围的土地,帕-安克岛的财富都归国家所有。帕-安克岛上的土壤适合种植各类农作物,比如甘蔗;这里的甘蔗能结出可供食用的果实。帕-安克岛的矿产资源丰富,其中包括金矿和其他稀有金属,不过这些矿物都不出口,但每年会出口大量的没药树脂和熏香。帕-安克岛上的土著人通常穿羊毛衣服,戴黄金首饰。

狄奥多乌斯·希库鲁斯,《历史图书馆》(Diodorus Siculus, *The Library of History*, Ist cen. BC)

帕夫拉戈尼亚王国 | Paflagonia

与黑杖国接壤,介于黑杖国和科里姆-鞑靼王国之间,首都叫布罗伯丁嘉城。我们不太了解帕夫拉戈尼亚王国的地貌,但知道这个王国的奖惩制度远近闻名。这里的罪犯必须自我鞭笞,鞭笞者的等级很多,鞭笞的严重程度也不尽相同,这样的惩罚盛行于全国。不过,做好事的人会得到奖励,这些经由巴斯佛罗大学精心挑选的人,可以得到一只木勺。帕夫拉戈尼亚王国的最高奖励和荣誉是"黄瓜勋章",这样的奖励有时候会产生一些高级职位,比如说,台球部长或网球场上的王室侍从。

提特马希,"玫瑰与戒指",《圣诞之书》

帕拉岛 | Pala

属于印度尼西亚群岛，与恩荡岛之间隔着帕拉海峡。帕拉岛的首都叫西瓦普拉姆。帕拉岛上多山、多岩石，只有一处小海湾可以上岸。从这个小海湾出发，可以进入一条溪谷。帕拉岛上石油资源丰富，但岛上的居民不会把这些石油资源交给外国公司开采，他们只开采了少部分石油供自己使用。帕拉岛上的铜矿和金矿也有一定的储量；岛上还有一家水泥厂和一个现代化的水力发电站。

帕拉岛的发展其实要归功于两个男人的卓越贡献，他们分别是现任王侯的曾祖父和帕拉岛的第一个马科菲尔。当安德鲁·马科菲尔在一艘英国探险船上做外科医生的时候，他来到了印度，这是他第一次来到东方世界。因为笃信苏格兰的加尔文教，马科菲尔留在印度传教。在此期间，帕拉岛的王侯代表来见他，希望他能来帕拉岛。马科菲尔答应了，并于1843年来到帕拉岛。在这里，马科菲尔成功地摘除了王侯的肿瘤，在缺乏麻醉的情况下，马科菲尔采用催眠术为王侯做了手术。此后，马科菲尔再也没有回过欧洲，再也没有去过印度，而是留下来与王侯一起致力于帕拉岛的改革。马科菲尔下定决心，一定要使帕拉岛摆脱饥荒的折磨，他曾亲眼目睹了饥荒带给印度居民的巨大痛苦。马科菲尔开始在帕拉岛上实施医疗保健，并继续努力创建一个农业研究站。

帕拉岛的棕榈林荫道

他们想把东方和西方这两个世界里最好的因素结合起来，使这座岛上的每个人都能够获得最大限度的幸福。

帕拉岛上的居民都是和平爱好者，岛上既没有军队，也没有监狱。帕拉岛一直实行君主立宪制，在政治上是由去中心化的各个自治政府构成的联盟。帕拉岛不存在对新闻的垄断，一群编辑代表不同的集体和利益，每个编辑都有讨论和评论的固定空间，读者也可以得出他自己的结论。

帕拉岛实行合作化的经济制度，这种经济以互相帮助为基础，外加一种信用制度。这种信用制度模仿的是19世纪的信用联合制。帕拉岛的人口相对较少，因此岛上有充分的剩余产品，有足够多的黄金被生产出来用于流通，补充出口；昂贵的装备用现金购买，金、银和铜都是岛民们内部使用的流通货币。

帕拉人信佛。佛教是公元7世纪从孟加拉和西藏传到帕拉岛的。这种佛教具有密宗的元素，受到湿婆派的影响；帕拉佛教没有放弃俗世，也没有寻求涅槃；它接受这个世俗世界。一切被看得见的、被体味得到的、被听得见的、或是被接触过的东西都有助于个体摆脱对自我的束缚。这种宗教的核心思想可以归纳为“梵我同一”；它利用了不同形式的禅宗和瑜伽，其中包括性爱和性欲瑜伽，这种瑜伽允许重新发现已被普及的儿童性行为。关于帕拉人宗教中的诸多要素，老王侯在《评注论真理及论对真理而言，什么才可能是合理的》(*Notes On What's What and On What It Might Be Reasonable To Do About What's What*)一书中作了总结。

帕拉岛上有几座重要的历史遗址值得一游，其中包括一座大佛教寺庙，刚好位于首都外面，因寺内精美的雕塑而闻名。这座寺庙在举行解脱仪式时使用，坐落在高高的山麓上，利用山上的红石建造而成。寺庙的四个面都有垂直的棱纹，寺庙顶部是一个平面圆屋顶，很像一种有花植物的果皮。寺庙里黑漆漆的，采光来自花格窗和悬挂在祭坛上的七盏灯。祭坛上立着一尊青铜像，雕刻的是正在跳舞的湿婆神；整个青铜像还不及一个孩子大。青铜像下面的小生境又安设了七盏灯，当这七盏灯都被点亮的时候，会照见一尊湿婆神及其妻子帕瓦娣的塑像。湿婆神的四只手中有两只手里握着象征性的鼓和火,另外两只手正在爱抚缠绕着他的这位女神。

帕拉岛上的植被属于岛上那种气候的典型植物:低矮的山坡上是一层层的稻田,而在更高的,约有 7000 英尺高的山坡上,则可以种植所有能在南欧生长的农作物,包括一些高纬度作物,比如制作莫克沙所使用的蘑菇。帕拉岛的海滨生长着棕榈树,山麓下面是茂密的丛林;木瓜、面包树以及其他热带树木可以在这里自由地生长。

莫克沙是一种可以使人产生幻觉的烈性药物,从蘑菇中提炼而出,其名称源自帕拉岛上几种最重要的仪式。这种药就是有名的"现实揭示者"。它可以使人产生一种类似于冥想所达到的那种状态,获得一种升华了的现实感知。莫克沙也会影响大脑中那些通常不"活跃的"的空间,可以使人马上进入潜意识,从而得到一种神秘的体验。帕拉人说,服用这种迷幻剂可以把人带到天堂、地狱以及天堂和地狱之外的地方,可以让人看见某些佛教派别所说的"虚无的大光"。莫克沙仪式是一种开始仪式,在寺庙里举行。举行这种仪式的时候,年轻人向湿婆神提供一种攀岩成就,然后服用这种迷幻剂,体验释放自我的快乐。

神经衰弱症在帕拉岛的发病率非常低,心脏和血管方面的疾病很少,这主要是因为他们对预防性药物的大规模使用,对心理的调节和对饮食的控制。女性有避孕的自由,而且得到国家税收的支持。人工受精得到广泛的使用;在生育了一到两个孩子之后,父母们经常会从深度冻结的精子库里选择他们下一个孩子的父亲。使用人工授精可以逐步提高种族的生存能力。从神学的角度来看,根据投胎转世和因果报应的说法,人工授精应该是人类做出的一种正当而合理的选择。

帕拉岛上的家庭组织很不寻常。每个人都属于一个共同的接受群体,这个群体共由 15 到 25 对各个年龄段的夫妻组成,他们以一种大家庭的方式彼此接纳。如果一个孩子觉得自己的家庭太约束人,或者感到很不舒服,他可以搬到其所属的那个接受群体的另一户人家里居住。当孩子们还很小的时候,他们就开始学习何为“善”。吃奶的时候,孩子得到抚摸,从而得到快乐;当他吸奶或被爱抚的时候,动物或其他人的身体会接触他,同时对他不断重复“善”这个词。孩子会慢慢地建构起这样的联系:“食物”加上“抚摸”,加上“接触”,再加上“善”,就等于“爱”。这或许可以解释,帕拉岛上的动物与人类为何有如此亲密的关系。这种方式最初是从新几内亚岛上的一个原始部落发展起来的;安德鲁·马科菲尔在旅途中偶然遇见了这个部落。

帕拉岛上的教育着眼于孩子对逻辑和事物结构的理解,其次是对逻辑和事物结构的普遍运用。教师在教学中经常使用游戏方式,比如心理桥牌、蛇梯棋以及孟德尔式的快乐家庭。生态学是一门重要学科,它被视为伦理学的基础,因为人类只有善待地球,才有可能在地球上生活下去。基础生态学迅速导致了基础佛教的传播。孩子们学习了“本质”和佛教的概念,这是为莫克沙启蒙做准备。这些教学方法都在与更传统的、以书本为基础的教学方法相结合。西瓦普拉姆大学设置的课程包括社会学和比较宗教学。年龄在 16 到 24 周岁之间的学生一边学习一边工作,拥有不同类型的工作经历也是他们所受教育的一部分。成年人的生活也是如此,所有官员也都要从事一定的体力劳动。攀岩可以让孩子们明白死亡随时存在,所有的存在都具有不稳定性和危险性。性爱瑜伽也在教育中扮演了极其重要的角色,它开发了身体的潜意识,把做爱变成了瑜伽。他们还照着未来的佛和造物主的模样制作了稻草人,并以此告诉孩子们,所有的神灵都是人类自己创造的,是人类自己赋予了神灵的权利。“扼住命运之喉”或“自我决定”也是孩子们需要学习的重要部分。

孩子到了 4 岁或 5 岁时,都要参加全面的身体和心理测试。有犯罪倾向的和心理有问题的孩子都可以得到及时治疗。根据帕拉人的医学分析,犯罪行为是因为人的内分泌不平衡造成的,因此对这些人的治疗也应该做到对症下药。这其中还涉及到行为科学，例如，对于那些争强好胜的人，可以鼓励他们把对力量的渴望转向有益的社会活动方面，比如伐木、开矿或者划船，某些时候也可以对这样的学生实施催眠术。在催眠状态下，一些学生能够“扭曲时间”、掌握学科、解决问题，而且他们完成这些事情所花的时间比通常的情形更短。帕拉岛的教育都是建立在对孩子的这种分类基础之上的。可能有人会问：“对于一个孩子，什么才是最重要的呢？他的内脏、他的肌肉，还是他的神经系统？”不管怎么说，不管是在哪种情形之下，孩子的潜能都可以被转移到有用的渠道上来，以符合“做你自己”这一观念。

梵语、帕拉语和英语都是帕拉岛上的通用语。梵语主要用在宗教仪式方面。英语是安德鲁·马科菲尔医生带来的，为帕拉人提供了观察外部世界的机会。帕拉岛上最早出版的英语读物有《一千零一夜》选集和《金刚经》的英译本。英语在帕拉岛上被用在商业和科学方面；而帕拉语主要用在私人生活方面。据说，在整个东南亚，帕拉语拥有数量最庞大的色情词汇和情感方面的词汇。

帕拉岛完全禁止游客入内；参观者不要指望自己能够闯进这里。

阿尔杜斯·赫胥利，《岛屿》(Aldous Huxley, *Island*, London, 1962)

巴林迪西亚岛 | Palindicia

参阅鲁纳瑞群岛(Loonarie)。

帕-乌-多恩王国 | Pal-ul-Don

位于扎伊尔共和国，经过一片广袤的大草原可以到达，大草原的尽头是丰茂的丛林；我们已知的所有鸟类和野兽似乎都会选择在这里栖身，这里的混血动物很多，比如马齿狮，这种狮子身上带着黄黑相间的斑纹。

茂密的丛林之间有一座山脊，经过一段陡峭的山坡，可以看到亚伯-本-奥索山谷(Valley of Jab-Ben-Otho);亚伯-本-奥索是帕-乌-多恩王国伟大的神灵。从山峦之父帕斯塔-乌尔-韦德(Pastar-ul-ved)开始,可以看到一道神秘而美丽的风景正慢慢地展开,因为伟大神灵之谷是真正的自然奇迹。这座山谷也是光城阿-鲁尔(A-lur)坐落的地方,山谷的周围是高耸入云的悬崖,山谷里点缀着深深的蓝湖和蜿蜒曲折的河流。

阿-鲁尔城的所有建筑都是从白垩岩石上凿出的,这些石灰岩曾是一片低矮的丘陵的一部分。石灰岩中的废物被用来铺砌街面。狭窄的壁架和露台打破了建筑物柔和的线条。最值得注意的两栋建筑是科-坦宫殿和格瑞弗寺庙。科-坦宫殿的大门上刻着美丽的几何形图案,穿过大门可以进入科-坦宫殿;宫殿里装饰有鸟兽的图案和人物形象。宫殿里的宝座室几乎占据了一座庞大的金字塔,宝座室里宽宽的台阶两边站立着一排排严阵以待的士兵,国王坐在最高处的黄金宝座上,阳光透过圆屋顶上高高的通风口,照射在国王身上,使他看起来金光闪闪,令周围的人感到神迷目眩。

格瑞弗寺庙共有3层高,寺庙的入口有一道栅栏,直接从岩石上凿出,雕刻成一个格瑞弗的头形。格瑞弗是一种凶猛的野兽,长得很像史前动物三角恐龙。这种动物高20英尺,身体呈蓝色,脸呈黄色,眼睛周围有蓝色的条纹,羽冠是红色,腹部呈黄色。三条平行的脊骨,一条呈红色,另外两条呈黄色,两只巨角突出于眼睛上方,第三只突出于鼻子上方;格瑞弗没有蹄,只有爪。尽管格瑞弗的样子看起来凶猛而危险,但它却可以被训练成人们的坐骑。骑者必须先照着它的脸打一下,然后再坐到它的背上去。就目前而言,骑这种动物去探索帕-乌-多恩王国是最好的办法。

帕-乌-多恩王国生活着两个不同的部落。白人赫-多恩(Ho-don)住在王国东南部的城市里,比如阿-鲁尔和图-鲁尔(Tu-lur)。这种人没有头发,长有尾巴,尽管他们崇拜的上帝是没有长尾巴的。黑人瓦兹-多恩(Waz-don)毛发浓密而蓬松,长着长长的尾巴,生活在树林里或深洞里,他们认为城市就是监狱。

帕-乌-多恩王国的居民说话时喉音很重,但他们的语言不难学。在这种语言里,表达某个词的复数就是重写一遍这个词的第一个字母。比如,*don* 表示“人”、“*d'don*”就表示“人们”;“ja”的意思是“狮子”,因此“j'ja”表示“许多狮子”。

埃德加·巴勒斯,《可怕的泰山》(Edgar Rice Burroughs, *Tarzan the Terrible*, New York, 1921)

帕纳拉城 | Panara

参阅帕-安克岛(Pa-Anch)。

潘多科里亚岛 | Pandoclia

南大西洋里的一座半岛,靠近格诺提亚大陆。潘多科里亚岛上的居民容易嫉妒,法律禁止女性深夜出门在外;如有违背,受到的惩罚将可怕到难以形容。对男人是否也有这样的规定,刑法中没有提到。

路易·阿德里安·迪佩龙·德·卡斯特拉,《命运与热情剧院》

帕诺佩省 | Panopea

参阅奥西纳共和国(1)(Oceana[1])。

帕佩菲吉亚王国 | Papefiguiera

具体位置不可知,岛上居住的都是些身体肥胖的人,这里的和尚肥如奶牛;无数的神学博士几乎也胖得不行;行政官四旬斋先生只吃圆滚滚的白鸡肉,也是超级的肥胖,他一屁股坐下去,就要占去几平方英尺的面积。

贝鲁阿尔德·韦唯尔,《到来的方式:通过论证和与道德的碰撞,这部作品给出了所有事物肯定和必须存在的理由,不论以前、现在,还是将来》

纸袋子宫殿 | Paper Sacks, Palace of

具体位置不确定，这座宫殿完全用纸袋子建造而成，纸袋子国王就住在宫殿里。纸袋子宫殿里住的多是粉红花生和紫色花生，它们每天晚上穿上套鞋，静下来做纸袋；纸袋子国王亲自监工，如果他的尊严遭到侵犯，他就会把花生装进袋子里，然后吆喝一声，“一个镍币一袋，一个镍币一袋”，最后用垃圾罐把它们扔到垃圾堆里。住在这座纸袋子宫殿里的花生也会花大量的时间缝制手绢。

卡尔·桑德堡，《卢塔巴加故事集》

帕拉德萨知识大学 | Paradesa

参阅阿加萨王国(Agartha)。

天堂岛 | Paradise Island

位于南太平洋，之所以这样命名，是因为这座岛屿总是给人愉快的感觉。一列山脉把天堂岛一分为二，一半住着来自欧洲的殖民者，16 世纪初，他们在这座海岛附近遭遇海难；另一边住着土著人，这些人的皮肤呈棕色，身材高大、体形匀称；除了妻子是共有的，他们拥有各自的一切，因此没有什么使他们感到不满足。

天堂岛上的居民认为从欧洲来的游客都是劣等人，不管是从体格上，还是从道德方面来看。他们担心欧洲游客会给天堂岛带来病菌，于是把他们隔离 5 个月，要求他们接受体检，然后还需定期去林中水池沐浴洁身。

天堂岛上的土著人喜爱音乐；他们喜欢唱歌，也喜欢弹奏乐器。鸟儿也跟他们一起学唱歌，经过不断地重复，鸟儿也学会了一些歌词。天堂岛上有一种于人无害的狮子，头大、满身鬃毛，经常在海岛上闲逛，被土著人驯化得像狗一样温顺。来此参观的游客会发现,绪嘉王国驯养的一种狮子跟天堂岛的狮子长得很像。

安布罗斯·埃文斯,《詹姆斯·杜泊迪安夫妇的探险及其令人惊讶的获救经历》(他们被海盗带走,来到天堂岛上那个无人居住的地区;其中描绘了天堂岛上那个国家的法律、宗教以及习俗。他们最终获救,几经周折来到巴黎,至今仍生活在巴黎。此外还包括亚历山大·温杜奇的历险故事,温杜奇的海员起来造反,把他扔在南海的一座岛屿附近;温杜奇在那里生活了5年5个月又7天;最后得到上天的保佑,被一艘来自牙买加的船解救,整个故事由他自叙而成)(Ambrose Evans [?], *The Adventures, and Surprizing Deliverances, of James Dubourdieu, And His Wife*, London, 1719)

帕拉帕加尔国 | Parapagal

参阅马拉达加尔国(Maradagal)。

帕哈恩帝国 | Parhan

幅员辽阔,坐商队的大篷车也要好几个月才能穿越。帕哈恩帝国位于中东某地,靠近红色山脉,横跨瑞哈大草原,地处甜海岸。帕哈恩帝国由几块殖民地构成,每一块殖民地都有自己的边界。奇怪的葡萄牙人居住在其中一个地区,他们两眼空洞无神;印度人、泽柯德人和波斯商人住在其他三个地区。沃都哈的骑士控制了北部一个小地区;他们的邻居是帕哈尼人,这些人骑马向南一直走到盐碱地带。

只有一群探险家闯入了帕哈恩帝国,他们是来寻找一种神秘的蓝色金属。这种金属具有神秘力量,据说可以在阿拉姆特城堡的废墟附近找到。如果要到达这座城堡,游客必须穿过幽灵出没的黑森林,黑森林里栖居着各种无法形容的怪物。游客还必须穿过发臭的沼泽,沼泽里生长着已经石化的树木;此外,游客还必须穿过死亡之城,这座城里的居民都是无脸人。阿拉姆特城堡的废墟规模庞大;残留的城堡楼梯上面覆盖着青苔,这样的楼梯好像是一种比正常人大四、五倍的怪物建造的。城堡的门廊上还能看见浮雕和一个难以理解的阿拉伯图案。据说,去参观这座城堡废墟的人都是有去无回。

多米尼克·布隆贝格,《帕让在阿拉姆城堡和城堡之外的旅程》(Dominique Bromberger, *l'Itinéraire de Parhan au Château d'Alamut et au-delà*, Paris, 1978)

帕罗利特之国 | Paroulet's Country

一个地下王国,位于地下 22 里格深处,那里有大海,有岛屿,还有山峦。帕罗利特之国的大部分地区幽暗而贫瘠,无人居住,经过澳大利亚的一条地道可以到达。这个地下王国是法国古生物学家、动物学家兼地质学家帕罗利特和他的侄儿在一次寻找化石的探险活动中发现的。尽管可以经过澳大利亚的那条地道来到这里,但参观者要注意,那条地道已经被地下王国的居民毁掉了,因此可能需要重新挖掘。

这个小小的定居点通过众多的海底隧道与外界相连,但对于那些海底隧道的位置,我们却无从得知。此外,每一条海底隧道都安装了金门,金门的开关实施电控方式。从帕罗利特之国出发,可以乘坐地下电梯进入萨努塞姆走廊。这种探险活动非常危险,游客最好不要做这样的尝试。

帕罗利特之国的首都叫挪亚,坐落在大海边,建有一系列露台,周围是史前公园,公园里满是飞舞的蜜蜂和蝴蝶。帕罗利特之国其他重要的城市中心有以挪士城、拉美奇城、犹八城、赫柏城、特鲁巴城以及始祖城。有人居住的地区因有铀矿、金矿以及银矿而闻名。

帕罗利特之国拥有高度发达的技术,其中包括对原子能的掌握和利用。帕罗利特之国的居民都使用照明电,整个王国明亮如白昼。帕罗利特之国的居民还可以乘坐一种飞行器去旅行,这种飞行器可以在水下快速前进，模样与一个细长的金属盆差不多，可以垂直地起飞和着陆，利用原子能作为驱动力。

帕罗利特之国境内生活着各种史前动物和植物，其中翼龙生活在山洞里，鱼龙生活在大海中。

莫里斯·尚帕涅，《始祖城》

鹦鹉王国 | Parrots, Land of

南部海洋里一座偏远的海岛，海岸多岩石，整座岛上只有一个天然小港。海边巉岩林立，只有一条狭窄的山峡穿过这道天然的屏障，巉岩背面是广袤的森林，森林里的大树与地球一样古老。森林背后的平原是居民区。

鹦鹉王国现在的居民可以追溯到 18 世纪来到这里的英国商人杜尔哈姆。杜尔哈姆在这里靠岸寻水，与他同来的还有 4 个欧洲女人和一个具有波斯血统的巫师帕提泽特，这些人都是杜尔哈姆从一艘船上救下来的。当杜尔哈姆靠岸的时候，那个波斯人告诉他，这里将变成他的家园，他将统治这个地方。波斯人的这个预言变成了现实：这座岛上的土著人之间发生了冲突，最后他们拥立杜尔哈姆做他们的头领。过了一段时间，杜尔哈姆娶了土著人的公主塞里斯特，自己也成为他们的国王，也就是巴贝尔。

那时候，这座岛上有一个远近闻名的哑巴王国，哑巴王国的居民都不会说话。根据他们的传说（一个世纪之后，达尔文对此作了科学的分析），这座岛屿曾位于海底，海水退去后，海里的很多东西开始灭绝；幸存下来的生灵（包括人类）慢慢地演化成今天这个样子。然而，这里的人类依然不会说话，他们只能用手势进行交流；据说，将来有一天，一种鸟儿会给他们带来语言能力，不过对于这种鸟儿，他们在这里从来没有见过。当杜尔哈姆来到这座岛上的时候，岛上的土著人生活得安宁而祥和。几个世纪以来，这座岛上从未发生过战争，甚至连争吵也没有过。这些土著人坚信他们的交流方式最具优势，他们认为口头交流是对珍贵能量的浪费，这种能量本应该在其他方面得到更好的利用。

这些岛民与来到这里的欧洲人之间的婚姻大多非常成功,但他们生下来的孩子天生都是哑巴。杜尔哈姆去世的时候,他的女儿穆塔嫁给帕提泽特的儿子,也就是巴贝尔。

几年后,一艘前往东印度公司的商船在这座海岛附近遭遇了海难,船上只有两个人得以幸免,就是泽林多尔和姐姐泽琳达,后来被年轻的巴贝尔和他的兄弟们在海滩上发现。他们在姐弟俩身边还发现了一只鹦鹉,觉得十分惊讶,这可是他们生平第一次看见鹦鹉。他们把泽林多尔和泽琳达带进宫里,热情友好地款待了这对姐弟。

巴贝尔的小女儿塞勒塔公主听见鹦鹉说了几个单词后,慢慢地萌发了想说话的念头。鹦鹉告诉那几个会说话的欧洲人,说它其实是非洲阿克若普斯吉国王的儿子,只是不幸被施了魔法。原来,阿克若普斯吉国王觉得自己的儿子什么也没有学会,只会鹦鹉学舌地重复老师讲的几个故事,因此很不高兴,而那位老师也觉得自己受到了侮辱,于是一怒之下把自己的这个学生变成了一只鹦鹉,并且下了诅咒,说这个王子将永远不可能恢复人形,除非有一天,他能够把语言天赋带给那些对语言一无所知的人,并且除非有一天出现一位公主,这位公主爱他胜过爱自己的权力。

这个被变成鹦鹉的王子离开家,辗转去过好几个国家,最后来到一艘船上,这艘船把他带到了这座岛上。

经过耐心的尝试,鹦鹉王子成功地教会了塞勒塔公主和其他皇室成员说话的能力。后来,鹦鹉王子还创办了公共学校,除了几个不想学说话的人,岛上其他所有人都学会了用语言流利地表达。

经过一段时间对语言的迷恋、对爱情的困惑与纠葛,以及众多的政治阴谋以后,塞勒塔公主终于承认她已经爱上了这只鹦鹉,而且爱他胜过爱自己的权力,于是她决定退位。当她一说出这个愿望的时候,那只鹦鹉马上恢复了人形,原来他是一个俊美的王子。后来,这个俊美的王子娶公主为妻。为了纪念这位王子,这个王国改名叫鹦鹉王国。如今,那些会说话的人们都承认,现在的这个国家要比以前的哑巴王国好多了。为了纪念这对皇室夫妇,人们建造了一座巨大的金字塔,金字塔的顶端站立着一只巨大的鹦鹉雕像。

根据记载,几年后,一个名叫亚伯拉罕·奥特里乌斯的人来过这座海岛。海岛上的居民皮肤白皙、头发金黄,他们幸福快乐地生活在这里,就如同他们在获得语言天赋之前一样。

皮埃尔·夏尔·法比奥·奥尼隆,《盖德洛奈修道院院长,阿索,迷人的王子;全新的故事,用于按时间顺序来介绍鹦鹉的世界》(Pierre Charles Fabiot Aunillon, *Abbé Du Guay de Launay*, *Azor*, *ou Le prince enchanté*; *histoire nouvelle*, *pour servir de chronique à celle de la terre des perroquets*; *traduit de l'anglois du sçvant Popiniay*, London, 1750)

帕萨尼亚岛 | Parthalia

可能位于阿拉伯海。岛上住着一群巨人,这些巨人已经在这座海岛上生活了很多年,其中一个巨人还帮助建立了罗马帝国,他至今还活着。帕萨尼亚岛上生长着一种有趣的小树,这种小树上会长出牡蛎。

威廉·布莱恩,《一段愉快而令人同情的对话》

帕特尼恩镇 | Parthenion Town

法国的一个小镇,镇名的拉丁文意思是"处女的密室",从广义上讲,这个小镇还包括几座法国城市的某些保留区。帕特尼恩镇上到处都是妓院,这些妓院都受到政府的保护;所有的妓女都必须住在这里,违者必定遭受体罚。只有 25 岁以上的女子才可以出来做妓女,做妓女可以不被问及生活环境和家庭背景,但必须接受严格的体检。如果被查出有病,她们照样可以做妓女,只是首先必须接受治疗。如果她们患上了不治之症,就必须停业。帕特尼恩镇不可以随意进入,父母不可以随便带走自己的女儿,如果女儿不同意，父母甚至不可以跟女儿说话。

妓院通常建在非常安静的地方，每个妓院都带有一个庭院和两个花园。任何人都可以进入庭院，但女人和孩子不可以进入第一个花园。第二个花园留给妓女和鸨母。第一个花园里可以发现许多售票处，这些售票处隐藏在灌木丛中。售票处的价格表自由定价，买了票，参观者就可以走进一个走廊。这样的走廊很多，它们通向一间屋子，通过这间屋子，参观者可以不被发现地观察那些女子，然后不被发现地选择自己想要的女子。被选中的女子也有权利考验那个选她的男人，如果女子确实不愿意，她也可以拒绝。价格取决于女子的年龄和相貌，晚上的价格翻倍。

如果某个男人爱上了一个妓女，而且愿意一直支付白天的票价，这个女子就会搬出普通房间，住进一个单间；而且不再向其他男人提供服务。这个男子可以要求自己的家庭同意他拥有这样一个情人，或是把这个女子娶回家。妓院都在固定的几个小时内营业，但约好了某个女子的男人可以 9 点之前进去。这些女子都以花为名，穿戴可以随自己的意愿，但她们在服装方面的开销是固定的，不可以洒香水和化妆。除非结婚或继承一笔财产，否则这些女子永远不可以走出帕特尼恩镇。

帕特尼恩镇的管理者是一个委员会。这个委员会由 12 个体面的男人组成，这些男人至少拥有市长一样的级别。他们得到以前的妓女的帮助，这些妓女可以证明他们的能力和教养。这 12 个男人对一个上司负责，这个上司从委员会那里接受她的命令。鸨母不可以亲自执行惩罚，只可以报告给专门的执行者。如果一个妓女被指控有罪，她也可以提起上诉，如果没有足够的证据证明她有罪，她就是无罪的。对妓女的惩罚大多限于某种特权的丧失，比如失去上音乐课或者舞蹈课的权利。如果犯了严重的罪过，比如流产，就会被判处一年的监禁，其间的饭菜只有面包和水。如果一个妓女对自己的情人不忠，或是欺骗他，让他相信她已经怀孕，这个妓女就会被判处死刑。

怀孕的妓女被关在妓院里的一个特殊地方，孩子的父亲对这个孩子和他的母亲都没有义务。除非他们组建了家庭，否则孩子由国家负责抚养。通常而言，妓女所生的男孩会被训练成战士，不适合做战士的孩子可以做裁缝，或是做帕特尼恩镇的园圃工人。如果是一个女孩，如果这个女孩长着好看，她就可以获得一份合适的嫁妆，得到社交艺术方面的培训；如果长得不好看，她就只能做一个仆人。当妓女老了，她可以不被打扰地生活在帕特尼恩镇的一个特别地区，可以选择去教课，或是去餐桌边服务。

尼古拉·埃德姆·雷蒂夫·德·拉布勒东，《温度计》(Nicolas Edme Restif de la Bretonne, Le Pornographe, London & The Hague, 1769)

帕萨特默勒岛 | Pastemolle

一座圆形小岛，位于幸福群岛(1)上没有被界定的地区。只有穿过一道融化的奶油门才可以进入这个小岛，奶油门经过太阳的暴晒变干，最后变得比钢铁还要坚硬。帕萨特默勒岛被烤箱包围着，烤箱背对大海，里面总是不断地被装满不同的馅饼。为了方便参观者，烤箱上方都贴有通知，以此告知人们下面那个烤箱里究竟烤的是哪种馅饼。岛上住着一群极其虔诚的土拨鼠，这是一种啮齿类穴居动物，生活在一座女子修道院里。

无名氏，《巨人庞大固埃的同伴巴汝奇航行记》

帕塔格尼之岛 | Patagones, Island of The

位于大西洋中心的一座圆形岛屿，直径1130里格，周长3550里格，是一座大群岛的中心。大群岛上住的都是哲学家，这些哲学家决定完全按照弗朗西斯·培根百科全书式的理论系统来生活。按照培根的理论，这些哲学家在群岛的各个岛上建立了众多的实验室，用来培育他们在生活中所需要的一切。

这些哲学家生性懒惰，加之他们又是群岛上唯一的居民，因此他们决定创建一个部落，专门为其工作。他们建立了一个新的实验室,取名为人类学实验室,利用这个实验室生产大量的人类,并把这些人叫作帕塔格尼人。这些人体型庞大,其中最小的也能用自己的皮肤盖住 12 面法国大鼓。然而,当这些哲学家准备把人类的技能传给帕塔格尼人时,人类学实验室的意识形态分部只成功地交给他们极少的智慧。每一个帕塔格尼人只接受了最少的智慧,因而被全世界的人视为最愚蠢的人,因此,"笨得像帕塔格尼人"这个说法也开始进入欧洲和亚洲的语言表述中。

帕塔格尼人成为一个独立的民族,他们根据身高来推选自己的国王。哲学家们决定继续以正常的方式繁殖人类,他们觉得这比他们的哲学实验好玩多了,但由于正常繁殖的人类的身高永远达不到帕塔格尼人的规格,也就一直没有机会被推选为国王。

游客会发现大群岛上的菜肴很有名。如果想吃一道用沙拉酱凉拌的牛头菜,游客必须把自己点的这道菜向烹饪部的厨师交待清楚。烹饪部会送出一张纸条,送到生物学部的哺乳动物分部,哺乳动物分部会生产一头小牛,然后留下牛头。接着,鸟类学分部会制作出一只公鸡;公鸡的鸡冠和肾脏被送到烹饪部。最后,甲壳类分部会调制出一打左右的小虾。带着所有这些配料,烹饪部开始制作客人点的那道牛头菜。牛头菜做好之后,会有人趁热端给客人享用,并收取一定的费用,这个费用不包括酒水和服务费。

夏尔·诺迪埃,《喧闹的大游行》(Charles Nodier, *Hurlubeu, Grand Manifafa d'Hurlubrière*, Paris, 1822)

帕塔岛 | Pathan

爪哇岛背后的一座大岛屿。岛上有一湖,湖水深不见底,任何东西掉进湖里,都不可能再浮上来,这座岛屿因此而闻名。帕塔纳上的植物具有很高的食用性:有的树可以吃,生长在山腰上,当地人把这种树用来制作美味的白面包。低洼地带的树可以产酒和酿蜜,还能生产一种毒药,这种毒药只有一种解药,即把生产这种毒药的树上的叶子压碎,然后与水混合就可以了。帕塔岛上最重要的植物是帕塔芦苇，又叫塔比，约有 30 英寸长。芦苇根的接口处可以发现珍贵的宝石。塔比芦苇被用来建造房屋和轮船；用这种材料建造的轮船很沉重，20 个壮汉也抬不动。

约翰·曼德维尔爵士，《曼德维尔游记》

死者之路 | Paths of the Dead

这是一系列地下通道，位于大白山下，从敦哈罗高地上面的草地费瑞菲尔特一直延伸到刚铎王国的艾瑞其小山。

经过一个拱门可以进入死者之路。拱门可以被简单地叫作门或黑门。拱门入口上方刻着一些神秘的图案，这又增添了几分触手可及的恐惧感，这种恐惧感使到达入口的人心情更加阴郁。多年以来，死者之路上经常有死人出没，这些死人通常被叫作无眠的死者、灰色主人或者影子主人。他们步行或骑马穿过死者之路，身上唯一可辨认的特征就是那发光的眼睛。

在整个第三纪里，无眠死者经常出没于死者之路和顿哈罗高地；他们是这些高山上最早的居民。当邪恶的索伦威胁中土的安全时，阿诺尔王国和刚铎王国的至尊王伊西尔铎与他交战，无眠死者答应帮助伊西尔铎，但后来并没有兑现诺言。愤怒的伊西尔铎咒骂他们，说他们将日夜辛苦地劳作，不得休息，直到诺言兑现的那一天。

在整个第三纪里，很少有人敢冒险经过死者之路，那些走上死者之路的人再也没有回来。第三纪的 2570 年，洛汗王国的布瑞戈国王的儿子巴尔多发誓要穿过死者之路，但许多年后的 3019 年，他的尸骨被一个成功穿过死者之路的探险队发现。其实，能够这般幸运的探险队成员并不多。这个探险队由阿拉贡率领，阿拉贡是伊西尔铎的直系后裔，也是魔戒大战中最了不起的英雄。他拥有足够的意志和勇气率领他的探险队安全穿过死者之路。作为伊西尔铎的继承人，阿拉贡迫使死者跟随他来到艾瑞其小山，也就是他们最初发誓的地方，要求他们打败索伦的联盟，即那些海盗。当时，那些海盗已经控制了刚铎王国最大的港口佩拉吉尔。无眠死者最终兑现了承诺，也摆脱了伊西尔铎的诅咒，那个诅咒已经压迫了它们许多年。弥补了这个过错之后，那些无眠死者就从中土消失了。

托尔金，《双塔奇谋》；托尔金，《王者归来》

帕克地区 | Pauk

一个广阔的地方，这里住着一只大蜘蛛，身形高大如一个男子。被带到这里来的参观者以后只有恐惧地看着这只大蜘蛛了。

陀思妥耶夫斯基，《群魔》(Fyodor Mikhailovich Dostoyevsky, *Besy*, Moscow, 1871—72)

和平岛 | Peace, Isle of

参阅布鲁利伊岛(Broolyi)。

和平池 | Peacepool

也是人们熟悉的凯利母亲的天堂，即北冰洋里的一个大水池，靠近简梅恩之地，四周是高高的冰崖，可以保护大水池不受风暴的袭击。水池的水平静而油腻，是好鲸鱼求死的地方。好鲸鱼在慢慢地膨胀中打滚，摆脱了所有的危险，直到母亲凯利把它们召去，并将其变成新的生灵。和平池只留给最好的鲸鱼，即那些正直的鲸鱼、剃刀鲸、瓶鼻鲸以及独角鲸。喧闹的抹香鲸除外，因为抹香鲸有它们自己的和平池。那是位于南极附近的一个大水池，距离埃里伯斯山的最南端 263 英里。

北极和平池的中心坐着凯利母亲，一个白色大理石一样的女人，坐在一个白色大理石的宝座上。宝座下面有成千上万的生灵游来游去，他们的形状和颜色各异，有些颜色和形状简直超出了人类的想象。它们都是凯利母亲的孩子,都是她用海水变成的生灵。

查理·金斯利,《水孩子:关于一个陆地婴儿的神话》

佩拉吉尔港 | Pelargir

刚铎王国最大的港口,建在大河两岸,刚好位于大河汇入西力斯海的上方,距离大海只有几英里远。佩拉吉尔港初建于中土第二纪,曾是努曼诺尔水手的一个主要避难所。伊伦迪尔率领努曼诺尔人来中土建立刚铎王国时,涉足的第一个地方就是这里。后来,这里成为刚铎王国的海军与乌姆巴人在贝尔法拉斯湾交战的一个重要基地。

魔戒大战期间,佩拉吉尔港被乌姆巴海盗占领。这些海盗继续往大河上游航行,准备攻打刚铎王国的重要堡垒米那斯-提力斯城。将要成为刚铎国王的阿拉贡在帕兰提瑞(palantír)水晶石里看到了这些准备,因为这种水晶石能够让他看到遥远的地方所发生的事情。当阿拉贡只能召集一小部分力量对抗这些海盗时,他召唤了一群可怕的无眠死者,跟随他从死者之路来到佩拉吉尔港。到了佩拉吉尔港,他们发现一场想要控制佩拉吉尔港的大战正在如火如荼地进行。无眠死者开始进攻,他们所向披靡,很快赢得了胜利。如果在最后的战斗中,那些无眠死者使用常规武器或简单的恐吓,战争的胜负就难以预料了。

刚铎人乘船继续向大河上游航行,他们及时到达,扭转了佩伦诺亚平原的战局,瓦解了米那斯-提力斯城之围。

托尔金,《王者归来》;托尔金,《精灵宝钻》

佩伦诺亚平原 | Pelennor, Fields of

刚铎王国的一个地区,介于刚铎首都米那斯-提力斯城与大河之间。佩伦诺亚平原被大围墙环抱。南面,大围墙沿着大河上方的一道筑堤从小船港哈隆特港开始,蜿蜒向北越过一条通向奥斯吉力亚斯城的道路;奥斯吉力亚斯城是刚铎王国以前的首都,如今已成废墟。这条路沿着一道有围墙的堤道,经过大围墙的一个入口进入佩伦诺亚平原,这个入口有两座高塔作为保护。

大围墙建于第三纪的 2954 年。当时,伊西利恩的花园省因受摩多王国的黑暗之君索伦的影响而遭到废弃。

被大围墙围起来的这个地区最宽之处有 4 里格,最窄的地方 1 里格,有缓和的山坡、梯田和河流。这里的土壤肥沃,得到了很好的利用,被用来种植谷物和放牧。很少有人住在这里,这里的人其实都是牧民或农民。

第三纪的 3019 年,佩伦诺亚平原成为争夺米那斯-提力斯城的大战场,战斗持续了 3 天。在纳古尔的头领的率领下,来自米那斯-莫古尔隘口和哈拉德的军队穿过大河,攻破大围墙,逼迫刚铎王国的军队退回到米那斯-提力斯城。佩伦诺亚平原上搭起黑红相间的大帐篷,挖好的壕沟用来储藏那些用来攻打米那斯-提力斯城的武器。巨大的弹弓对着米那斯-提力斯城的城门飞射,魔戒幽灵纳古尔骑上翼马,掠过城市的上空,用他们尖利的嚎叫威慑敌人。

大战初期,伊西利恩巡逻骑兵的总头领法拉米尔受伤了,被送到米那斯-提力斯城的康复室。法拉米尔的父亲因绝望而放弃了米那斯-提力斯城的控制权,巫师甘道夫控制了那里的防御工事。虽然他也做了努力,米那斯-提力斯城的七层平台中的第一层还是被夺去,哈拉德王国的人们骑着大象去进攻上面那几层平台。他们使用一根攻城槌攻击主大门,这根攻城槌长 100 英尺,是在摩多王国的锻炉里铸造的;攻城槌又叫葛龙特(Grond),意在纪念莫高斯带来的那根权杖;莫高斯是中土第一纪时的黑暗之君。攻城槌的钢头像一只掠食的野狼。山里的巨怪挥舞着这根大槌,一群兽人紧跟其后。守城者拼命抵抗,撤退时身后的尸体几乎堆积如山。尽管如此,城门仍被攻破,那群黑暗势力黎明时开始进城。然而,出乎意料的是,洛汗王国的骑兵吹响了号角,这号角声很远就能听见。那些骑兵势如破竹、横扫一切,从背后袭击敌军,黑暗之君最终溃败。然后，纳古尔的头领策马闯进佩伦诺亚大战场，杀死了洛汗王国的第13任国王塞奥顿。当塞奥顿国王倒下去的那一刹那，洛汗王国的一名勇士冲了上去，纳古尔的头领不禁哈哈大笑，再次抬出那句老话，他永远不会败给一个凡人。然而，这名勇士就是艾奥恩，洛汗王国的一个女人，她女扮男装，戴着男人的盔甲，从哈罗峡谷赶到了这里。艾奥恩进攻时，纳古尔的头领用大头棒击碎了她的盾牌，正当他准备杀死艾奥恩的时候，在场的霍比特人梅瑞用匕首朝他刺去。随着一声痛苦的哀嚎，纳古尔人的头领消失了，他的黑衣无形的落在地上。这个结果印证了那句话：纳古尔人的头领不会被一个凡人所杀，而会被一个女人和一个霍比特人联合起来杀死。

看到这里，洛依瑞姆人向哈拉德瑞姆人发起了疯狂的进攻。但摩多王国的军队，那些东方人和南方人好像占了上风，直到佩拉吉尔港的舰队到来之后，洛依瑞姆人才得到解救。佩拉吉尔的舰队最前面的那艘战船上挂起了刚铎王国遗失已久的国旗。敌军困惑不解，正在这时候，阿拉贡（后来的伊力萨国王）登上哈隆特港，刚铎王国的军队冲出围城，进入佩伦诺亚平原。战斗结束后，佩伦诺亚平原上的敌军全部被歼灭。在魔戒大战历史上，佩伦诺亚平原之战可以说是规模最大、意义最重要的一次战斗。

托尔金，《王者归来》；托尔金，《精灵宝钻》

佩鲁西达大陆 | Pellucidar

一块地下大陆，位于地表以下 500 英里深的地方。游客应当注意，站在地球里面犹如站在碗底，碗的几个面弯曲成穹窿形状，因此，站在地球最深处对距离的感觉完全不同于站在地球表面。100 英里以外的一棵树，我们可以清清楚楚地看见，但对于近处的一座山，我们却几乎什么也看不见；地平线好像一条向上弯曲的大曲线。

佩鲁西达的光亮来自它自己的太阳。这个太阳是一个位置固定的球体，被四周等量的吸引力固定在地球的中心。这个耀眼的球体也有一颗小卫星，围绕地球的轴心旋转，巧合的是，小卫星与

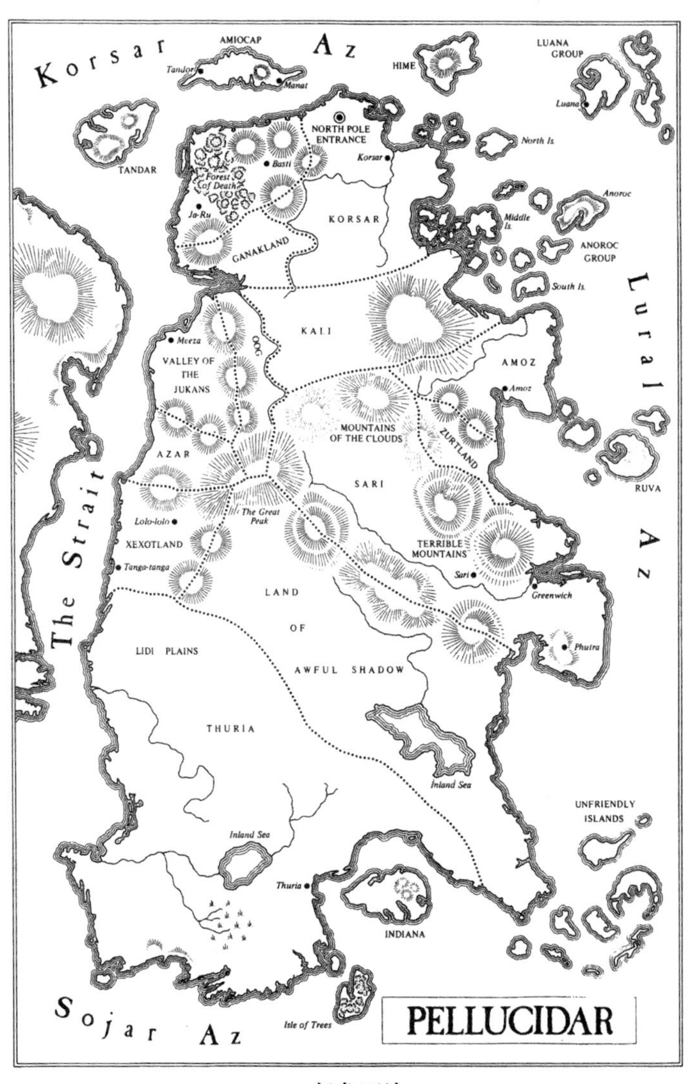
Korsar Az
AMIOCAP
Tandor
Manat
HIME
LUANA GROUP
Luana
TANDAR
NORTH POLE ENTRANCE
Basti
Korsar
North Is.
Forest of Death
Ja-Ru
KORSAR
GANAKLAND
Anoroc
Middle Is.
ANOROC GROUP
South Is.
Lural Az
KALI
Meeza
OOG
VALLEY OF THE JUKANS
AMOZ
Amoz
MOUNTAINS OF THE CLOUDS
ZURTLAND
AZAR
SARI
RUVA
The Great Peak
Lolo-lolo
XEXOTLAND
TERRIBLE MOUNTAINS
Tanga-tanga
Sari
Greenwich
The Strait
LAND OF AWFUL SHADOW
LIDI PLAINS
Phutra
THURIA
Inland Sea
UNFRIENDLY ISLANDS
Inland Sea
Thuria
INDIANA
Sojar Az
Isle of Trees
PELLUCIDAR

佩鲁西达

地球自身一起转动,因此它的位置总是处在佩鲁西达上空的同一个点上,它使得另一个地区永远处于黑暗,那里就是可怕的影子王国,位于图瑞亚王国的边界地带。不过,佩鲁西达的其他地区永远是光明,那里没有黑夜,也没有黑暗时期,因此我们不可能精确地计算佩鲁西达的时间,无论是处于哪一种情况之下,时间在佩鲁西达几乎不存在,一切都是瞬息万变、转瞬即逝。时间的消失也意味着,佩鲁西达的居民没有地表的居民老得快。佩鲁西达唯一的时间单位是“休息时段”,又叫“睡眠”,佩鲁西达的居民会说他们在某个地方住了“许多睡眠”,这是对时间的一种大致估算,其个体差异很大。

由于佩鲁西达的上空只有一个固定的太阳,因此这块地下大陆没有自然的导航帮助,但佩鲁西达的居民拥有一种奇特的自导本能,它可以弥补这一不足。这种导航本能可以帮助他们毫无困难地穿过广袤的敌对区,就好像这些人在他们的脑子里安了指南针,他们当中的许多人甚至还能找到某些他们只听说过的地方。

从地表进入佩鲁西达只有一个办法,那就是穿过北极的一个入口;这个入口通向科萨尔以北的荒漠。佩鲁西达的表面大多为硬土,因为它恰好是上面的大海相对应的大陆块,反之亦然。佩鲁西达最著名的地区位于卢拉尔-阿兹海,即位于图瑞亚王国以南的索亚-阿兹海。索亚-阿兹海里已开发了两座重要的群岛,分别是阿诺洛群岛和路阿那群岛。一座名为不友好群岛的广大地区尚未得到开发。卢拉尔-阿兹海里还有几座漂浮的群岛,比如鲁瓦群岛。这座群岛通常会漂移到很远的地方。漂浮群岛上居住的人类与佩鲁西达大陆上的居民毫无关系。

经常遭受卢拉尔-阿兹海侵蚀的陆地主要是云山。云山几乎无法穿越,山顶终年积雪,云山与重要的萨瑞王国之间的大部分地区覆盖着茂密的亚热带植被,其间可见石灰崖的出露层和湍急的河流。萨瑞王国本身位于云山里一个海拔较高的高原上,高原上生长着笨拙的树和跳跃的河流。

科萨尔的北部地区几乎完全处于蛮荒状态,没有人能肯定,那里的大海究竟有多大。游客只去过那里的海姆岛、坦达尔岛和亚弥欧卡岛。

图瑞亚王国的内陆是里迪平原。这是一个奇怪的地区,位于可怕的影子王国的边界上。它的大部分地区永远处于黎明时分,这里生长的植被也很奇怪。我们不知道,佩鲁西达其他平原上生长的草类在这里是否也有发现。这种草高至人腰,每一片草叶的尖端都开着一朵星形小花,花儿的颜色各异;草叶随风摇曳时会发出耀眼的光。

佩鲁西达居住着众多的种族和部落,大部分部落和种族还处于石器时代,只有生活在塞克索特国和科萨尔的海盗除外,这些部落都已进入铜器时代。大多数仍处于石器时代的部落彼此不相往来,他们几乎不知道外面还有其他部落的存在,对于他们来说,阿扎尔山谷的食人族、朱康人之谷的疯子以及沃格河谷的女战士更像是一个传说,而不是真正的族类。

即使是在比较文明的卡利地区,那里居住的也是野蛮人和原始的马齿人。宁静的亚弥欧卡岛上住着相貌极丑的半人类"克瑞派人",这是一个食人族,生活在地下山洞里。

在佩鲁西达,生活在农村的部落很少,这样的部落通常住在悬崖上面的洞穴里,比如卡利地区和海姆岛上的那些崖洞。耕作土地的部落不多,他们的耕作方式非常原始,许多人靠打猎和采集野果为生。比较而言,科萨尔人和塞克索特人的社会结构更复杂,他们拥有自己的货币,科萨尔人甚至建造了几个工厂,主要用于为他们的海船生产装备。

佩鲁西达的居民几乎都说一种通用语,尽管这种通用语具有不同的区域特点和发展阶段。卡利地区的马齿人不同,他们有自己的语言,他们的语言听起来就像猴子叽叽喳喳的叫声。

佩鲁西达天气暖和,游客到这里来时不用担心带什么衣服。大多数佩鲁西达人只在腰间缠一块布,或在肩上搭一张动物皮,某些地区的居民会佩戴各种护身符,这些护身符的设计基本相同,只有科萨尔和塞克索特国的除外。

大多数佩鲁西达人都相信，佩鲁西达位于一片燃烧的海洋之上，这片海洋名叫摩洛普-阿兹海。佩鲁西达本身是平坦的，被一面墙围着，这面墙可以避免泥水掉进火焰里。他们还相信，所有被埋进土里的死人都被挪到了摩洛普-阿兹火海，搬运这些尸体的人属于一种邪恶的小人类，就住在摩洛普-阿兹火海里，这一点可以用来解释佩鲁西达盛行的一种丧葬习俗。为了逃避那些邪恶的小人类，佩鲁西达人把死人放在树里，让鸟儿把他们送到死亡世界，即送到那颗位于可怕的影子王国之上的卫星里。

佩鲁西达的婚俗大致也具有相同的趋势，只有亚弥欧卡岛稍有不同。在佩鲁西达，赢得配偶通常需要经过情敌之间的决斗，这很容易造成决斗一方的死亡，最终是赢得决斗的男人赢得女人，不管这个男人是谁，这都是他的权利。打败情敌后，胜利者要么牵着女人的手，表示他希望这个女人成为他的配偶，要么把他自己的手举过女人的头，表示这个女人是自由的，不必对他履行什么义务。如果他既不牵女人的手，也不把手举过女人的头，那么这个女人就会成为他的奴隶，其他任何一个男人都不可以公开拥有这个女人，除非他在下一次决斗中打败这个女人的主人。对佩鲁西达的女人来说，最大的耻辱莫过于在一次决斗中被某个男人赢得，继而又被这个男人当作奴隶使唤。在佩鲁西达，通过诱骗和强奸得到配偶的情形也时有发生。在这种情形里，女人几乎没有选择的自由，如果被一个她不喜欢的男人带走，她的选择只有逃跑或自杀。在佩鲁西达，通常的情况是家里的长子先结婚，除非他为了自己的弟弟放弃这个优先权。

佩鲁西达人对待陌生人的态度非常敌对，他们认为所有的陌生人都可能成为他们的敌人，因此会见一个杀一个。死亡森林里的嘉布赛人还会吃掉自己的俘虏。巴斯蒂村的村民把自己的俘虏当作奴隶，直到榨干他们身上最后一滴血汗为止。最残忍的部落可能是加纳克地区的比索尼人，他们会很享受地看着自己的俘虏被他们活活地折磨死。

佩鲁西达的动物非常残忍，这使得游客在这里的生活变得更加危险。佩鲁西达的大多数动物都与地表史前时期生活的动物很相像，属于肉食动物，残忍而贪婪。佩鲁西达的许多地区住着嗜血成性的动物，游客最好不要去。佩鲁西达被驯化的动物可能不多，其中包括一种恐龙里迪(Lidi)，图瑞亚王国的居民用它们来驮重物；一种生性凶猛的狼狗约洛克(jolok)。佩鲁西达的高山上住着洞熊瑞斯(ryth)，洞熊体型大，居住在山洞里；剑齿虎塔拉克(tarag)也住在高山上，不过只有坦达尔岛上生活的塔拉克已经被驯化。坦达尔岛上的居民还成功地驯化了可怕的穴居狮子塔沃(taho)。佩鲁西达的翼龙希德帕(Thidpars)很常见，这种翼龙极其狡猾。

佩鲁西达不太危险的动物有野猪、野鹿、猛犸以及沃索珀(orthopoi)。沃索珀是一种三趾小型马，这种动物在地球表面生活过。麋鹿萨戈(tharg)体型庞大，肉很好吃，在很多地方都遭到猎捕。迪瑞斯(dyryth)是一种奇特的食草动物，非常懒惰，体型跟大象差不多，全身覆盖着蓬松的毛发；迪瑞斯的前脚掌生有大爪子，用来抓取树叶；它们行动缓慢，但爬树时却显得异常地灵活；它们的尾巴用于自我防卫。

佩鲁西达的海洋生物远比地球表面的危险，这使得佩鲁西达的航海活动变得异常危险。佩鲁西达的海水里充满了海蛇和海豹一样的坦多泽(tandozares)，这种海洋动物的脖子长 10 英尺，头部像蛇，生有许多尖利的毒牙。拉比瑞索顿(Labyrinthodon)是一种两栖动物，下颚像鳄鱼，身体像蟾蜍。佩鲁西达的沼泽里也有这种动物，不过这些沼泽里主要生活着希赛格(sithig)。阿兹迪瑞斯(Azdyryth)很像一种小鲸鱼，头部长得像美洲鳄鱼。游客一定要小心，千万不能掉进佩鲁西达的大海里，如果不小心掉进海里，生还可能性几乎为零。

佩鲁西达最危险的动物如今在许多地方都找不到了，尽管它们生活在蛮荒的内陆地区。马哈(Mahar)曾是佩鲁西达的主要动物。这是一种爬行类动物，头大、身体瘦长，嘴像鸟喙、牙齿很尖利。马哈依靠膜状的翅膀飞翔，翅膀从它们的前脚处张开。马哈非常聪敏，能通过心灵感应进行交流，还会使用一种复杂的象形文字，它们用这种文字记录历史。马哈生活在地下城市里，比如普特拉市。这些城市坐落在萨瑞王国东南面的平原之下。城市规划得很好，街道整齐有致，采光来自上面的通风口。如今只有雌性马哈还存在。这些马哈发现可以采用化学方式孵化自己的后代，不需要雄性马哈来帮助完成繁衍，如此，雄性马哈最终遭到灭绝。

大猩猩萨戈斯(sargoths)和人类为马哈提供服务。萨戈斯使用一种神秘的肢体语言与自己的主人马哈交流。翼龙希德帕也被马哈当作自己的卫兵。然而，智慧的马哈也残忍无比，它们把萨戈斯抓来的那些奴隶用作残忍的活体实验；其他的被弄到寺庙里去吃掉。马哈的寺庙其实是一些深深的洞穴，洞穴的中心有一个水池。马哈先给这些牺牲品催眠，然后把它们驱赶到水池里，这些受害者乖乖地走进水里，因为被催眠，即使被马哈撕成碎片，它们也没有丝毫的反抗。马哈只吃孩子和女人，男性俘虏被带到一座宽敞的圆形剧场，然后被迫与各种凶残的野兽搏斗；如果这些俘虏能够在搏斗中幸存下来，他们就可以得到自由，但这样的幸运儿极少。

埃德加·巴勒斯，《在地心》；埃德加·巴勒斯，《地下大陆佩鲁西达》；埃德加·巴勒斯，《佩鲁西达人塔纳》；埃德加·巴勒斯，《将被征服的七个世界》；埃德加·巴勒斯，《回到佩鲁西达》；埃德加·巴勒斯，《铜器时代的人类》；埃德加·巴勒斯，《驯虎女郎》(Edgar Rice Burroughs, *Tiger Girl*, New York, 1942)；埃德加·巴勒斯，《恐怖王国》；埃德加·巴勒斯，《野蛮的佩鲁西达》(Edgar Rice Burroughs, *Savage Pellucidar*, New York, 1963)

流放地 | Penal Settlement

一座规模庞大的监狱，地处一个多沙的小山谷。小山谷很深，周围全是巉岩和峭壁。监狱不远处有一条河流，有长长的阶梯一直通到可以摆渡的地方；游客在这里可以坐船到达河流的上游。

流放地属于热带气候。

流放地的房屋几乎完全一样,大多毁坏严重,指挥官的总部和茶室也是如此。最有趣的是刑讯室,它深深地嵌在土里,共有三部分,随着时间的流逝,这三部分各有了自己可爱的昵称:第一部分叫“床”,中间可以移动的部分叫“耙”,第三部分叫“设计师”。流放地的指导方针是罪过无用辩驳;犯人的嘴被堵上了,免得他说出一些无用的谎言。犯人被固定在“床”上,上面铺了一层特别准备的棉絮。犯人全身赤裸,脸朝下躺在“床”上,脖子和手脚被皮带捆住。然后“床”开始运动;与“耙”的运动默契配合;所谓“耙”,就是真正执行判决书的刑具。

“耙”上的钢针把判决书写在犯人的身上,犯人自己并不知道这个判决。“耙”上的钢针有两种,成倍地排列着,每一根长针旁边都安排了一根短针。长针用来书写,短针用来向外喷水,冲洗血迹,这样可以让字迹清晰地显现出来。接着,冲洗后的血水经过小漏斗导入一根主管道里,这根主管道一直延伸到一块事先准备好的坟地。“耙”用玻璃做成,这样,参观者就可以坐在舒适的藤椅上,欣赏书写判决的整个真实过程。

当然,这个过程不只是简简单单地写几个字,不会一下子把犯人杀死,这个过程通常会持续 12 个小时。判决书绝不会那么简单地写出来,真正的判决文字周围一定会点缀许许多多的花纹。刺在犯人身上的文字用花体字写成,看起来像一根窄窄的腰带。旁边准备了棉絮,用来止血。

在这个过程的前 6 个小时里,铁针会越写越深,囚犯会感到一阵阵的刺痛。两个小时后,囚犯嘴里塞的东西被取掉,但这时候的囚犯已经没有力气喊叫了。这时候,热乎乎的米粥被倒进“床”头的一个电热盆里,如果囚犯想吃,他可以用舌头去舔食米粥,他可以想吃多少就吃多少,没有哪个囚犯会错过这个机会。大约只需 6 个小时,那个囚犯就会完全丧失食欲。慢慢地,他安静下来了,好像一切都明白了。行刑官说,他们此时有一种强烈的冲动,想与囚犯一起经历“耙”的过程。从这个时候起,囚犯撅起嘴来,好像是在倾听并开始理解刺在身上的文字。见证人很难读懂的那些花体字,囚犯读懂了,他是用自己的伤口解读了那些花体文字。最后,“耙”刺穿囚犯,把他扔进那个坟墓里,与那些血水和棉絮粘在一起。直到这个时候,整个判决才算执行完毕,最后,一个指挥官和一个士兵走过来,一起帮忙掩埋囚犯。

弗朗兹·卡夫卡,《在流放地》Franz Kafka, *In der Strafkolonie*, Leipzig, 1919)

彭多尔岛 | Pendor

位于地海群岛远远的西端和九十群岛以西。彭多尔岛距离常规的海航线很远,因此岛上至今无人居住,成为人们世世代代逃避的地方。以前的彭多尔岛被海盗占据,岛上的君主就是海盗或奴隶主,地海人都很讨厌他们。后来,一条喷火巨龙袭卷了地海西部,消灭了那里的海盗,并用烈焰把岛上的君主和居民全部化为灰烬。海盗头子聚敛的珠宝和黄金完全变成了喷火龙的囊中之物。

今天,到达彭多尔岛的游客只会看见几条寂静的街道,通向新月形海湾里的一个港口,新月形海湾位于一座堡垒破碎的塔楼之下。

地海最常见的是一种于人无害的小龙,名叫哈瑞凯(harrek-ki),生活在地海东部的艾菲西岛。尽管如此,游客几乎很难有机会见到地海西部的巨龙,因而应当注意这些动物的典型特征。地海西部的成年龙体型巨大;幼龙也有一艘 40 人划桨的大船那么长。巨龙的头顶有穗子,身体包裹在微微发光的鳞片里,尾巴锋利如刀刃,嘴里长着三叉舌,生气的时候,三叉舌会喷出熊熊的烈焰。巨龙的翅膀呈黑色的膜状,里面流淌着黑色的毒液,根据有经验的游客的说法,地海最美的景象就是这些巨龙在晨风中吼叫和翻滚的时候。

这些巨龙都是训练有素的魔法师,它们使用魔法的方式不同于人类,它们生来就会说古语。古语里的所有事物都有真实的名字，这些真实的名字能够带给它们力量。除了罗克岛上的巫师，几乎没有人会说古语。在罗克岛上，巫师从事的主要活动就是学习古语。与人类不同，巨龙可以用古语撒谎，而且乐此不疲。它们捉弄听众就像猫捉弄老鼠一样，在镜子一样的词汇迷宫里抓住听众，这种镜像词汇不揭示真理，而只反映真理。能够与巨龙对话的很少，龙王算其中之一。然而，与通常的情形相反，龙王不控制巨龙，它只知道巨龙的真实名字，能够对它们说话，也能使它们听懂它所说的话。没有人能够控制巨龙；当一个人碰见一条巨龙的时候，随之而来的问题只是，他是被这条巨龙吃掉，还是跟它对话。在整个地海群岛上，巨龙是一种最古老也最强大的动物，只可能败给一个在魔法和技巧方面与它们旗鼓相当的对手。因此，游客也应当注意，即使是世界上最伟大的魔法师，他也很难在看见一条巨龙的眼睛后还能幸运地活下来。

乌苏拉·奎恩，《地海的巫师》；乌苏拉·奎恩，《阿土安岛的古墓群》；乌苏拉·奎恩，《地海彼岸》

企鹅岛 | Penguin Island

参阅阿尔卡岛(Alca)。

奔提克索尔帝国 | Pentixore

印度洋里的一个岛国，岛国周围的海水里有磁力岩石，因此进入这个岛国艰难而危险。岛国境内有一大奇观，名叫砂砾海。砂砾海是干涸的，里面没有海水，由砾石和沙子构成，但这些沙砾会像其他海的海水一样波浪起伏，只是不能行船。尽管砂砾海里没有水，其中却能发现不同寻常的鱼类，一条由珍稀石头构成的固体河从内陆地区的大山里流出，每周 3 次汇入砂砾海。

砂砾海的背后有一片沙漠，沙漠里生活着野狗、会说话的鹦鹉，以及长着猪嘴的角人；此外，还有一种小树，这种小树每天中午结果子，每天晚上果子又缩回到土里。

奔提克索尔帝国的首都叫尼塞城，皇帝不住在这座城里，而是住在气候温和的苏萨城。苏萨城里的宫殿也可谓一大奇观。宫殿的门使用有红色条纹的玛瑙，栅栏用象牙做成，窗户使用水晶，桌子用紫水晶、黄金和翡翠。通到皇帝御座的台阶使用缟玛瑙、水晶、碧玉、红玉髓、有红条纹的玛瑙以及贵橄榄石，阶梯两边采用黄金、珍珠和珍稀宝石。御座的边缘镶嵌着翡翠。御座室里点着红榴石，燃烧的香膏散发出香味，御座室的柱子使用黄金做成，床架使用的是蓝宝石和黄金。宫殿塔楼的顶端是圆形的金拱顶，到了晚上，拱顶里就会点亮红榴石。皇宫里用餐的人每天可达3万。

当皇帝出去打仗的时候，他的军队被3个巨大的黄金十字架带领着，这些十字架里面镶嵌着珍稀的宝石，被装在战车里。每个十字架后面都跟着1万士兵和10万步兵。在和平时期的旅程中，引导皇帝的是一个简单的木十字架，一个布满泥土的金浅盘，象征皇帝的肉体将会化为尘土；还有一个银盘，里面装满了珠宝，象征皇帝的高贵和权力。

约翰·曼德维尔爵士，《曼德维尔游记》

迷雾人王国 | People of The Mist, Country of The

一个多雾的地区，位于非洲东南部的中心地带，主要包括碧纳山脉脚下一个广阔的高原。沿赞比西河从莫桑比克(游客要记住，必须经过葡萄牙一个奴隶贩卖营的废墟，这片废墟名叫佩雷拉营，昵称“黄色魔鬼”)出发，穿过埋葬托马斯·奥特拉姆的曼尼卡山脉，就可以到达赞比西河岸的马福恩定居点。从这里可以进入一个尚未开发的高原，这个高原把南非和中非隔开，高原上的生活艰苦而孤独。建议游客此时预备一些食物，因为再往前面走，猎物更难获得。此外，游客还要提防那些身背毒箭的丛林人和游荡在这个森林王国里的狮子；这个森林王国是游客接下来必须经过的地方。经过森林，游客会来到一片广袤的平原上，平原里布满尖利的石头;继续往前走,游客会到达一片起伏的草原,这片草原绵延 100 多英里。最后,游客来到一处大悬崖,这其实是一堵横跨草原的岩墙,犹如一道白色的台阶,高 700—1000 英尺。一条河流从悬崖间奔流而下,溅起无数美丽的水花。登上这里的悬崖很难,但如果你爬上去了,就有机会欣赏壮观的乡村风景。

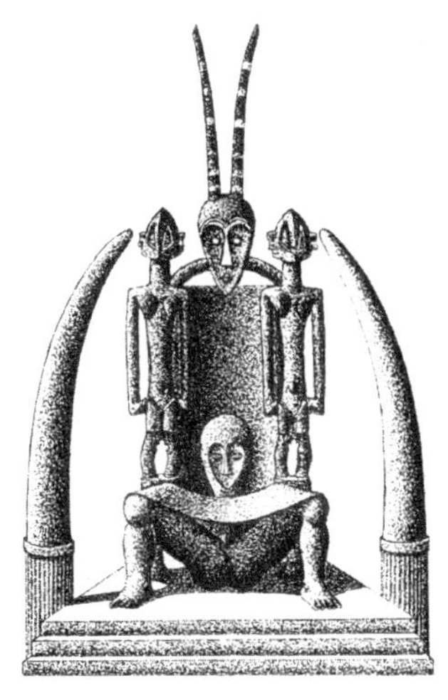

迷雾人王国的御座

在到达迷雾人之城前,游客将会看见牧民居住的房屋;牧民照看着这里毛发蓬乱的大水牛。他们的房屋采用巨大的粗漂石建成,大漂石外面是一层草皮,而不是灰泥,屋顶使用小树的树干和一层草皮搭建,草皮上的草长得郁郁葱葱。这样的房屋长约 40 英尺,高 20 英尺,有一道位置很高的门,两扇小窗,窗户用兽皮做窗帘,泥地板。

迷雾人之城坐落在一个半岛上,城市的三面都有河流,背后有高山保护,筑有城墙。游客可以坐小小的木筏穿过天然的护城河。城里到处都是高高的灰石房,房顶上铺着绿草皮,很像房屋之间的大漂石。城中心有一个市场和一些商铺。宫殿与其他房屋别无二致,唯一的不同在于宫殿是独立的,外面建有围栏,有地下通道把宫殿与深水神庙相连,神庙是敞开的,很像罗马的圆形大剧场。

神庙里竖着一尊侏儒像,塑像上的侏儒比例很大,足有 70—80 英尺高。塑像的下面是一个深深的水池,水池里曾住着一头大鳄鱼,人们以为这头鳄鱼就是亚尔,即活着的神蛇。过去,迷雾人用人献祭,并为这尊塑像和鳄鱼提供红宝石和蓝宝石。据说,亚尔杀死了自己的母亲阿卡,迷雾人所献的红宝石象征亚尔母亲的血,蓝宝石象征母亲祈求宽恕时流下的眼泪。一个名叫罗德或马福恩的白人的女儿乔安娜,在英国人伦纳德·特拉姆及其助手——黑人侏儒奥特尔的帮助下，把自己装扮成女神阿卡，从迷雾人那里得到了大量的宝石，然后带着这些宝石逃出迷雾人王国，但那些宝石最终还是丢失了。

迷雾人身高 6 英尺，表情严肃，大眼睛，浓密的头发，黑黄色的皮肤。他们的士兵身穿山羊皮，每个士兵身上都带着一根矛、一张弓、带钩的箭和一只喇叭，他们的箭上面装饰着红羽毛，喇叭用野牛角做成。迷雾人的医生在胸口纹了一条蓝色的大蟒蛇。

在迷雾人之城里，游客可以看见两件有趣的东西，一件是皇宫里的御座，第二件是女神阿卡的长袍。御座用草皮做顶，御座本身用黑木和象牙做成，御座的脚很像人的脚；女神阿卡的那件长袍，乔安娜在假扮女神时就穿在身上。这是一件黑色长袍，用黑山羊身上最柔软的绒毛做成，上面的纽扣是用动物的角做的，袖子留到穿衣者的两只手腕处，长袍的尖顶帽下面是一副面具，面具上开了 3 个口，可以露出眼睛和嘴巴。

亨利·哈迦德，《迷雾人》(Henry Rider Haggard, *The People of the Mist*, London, 1894)

胡椒国 | Pepperland

位于绿海之下 8000 里格深的地方，穿过洞穴海可以到达。游客会很快注意到，胡椒国的主要特色就是它的色彩：该国地形包括各种颜色的小山，茂密的有色森林，以及起伏的稀树草原；森林里生长着色彩鲜艳的树，树上栖息着众多有色鸟和蝴蝶。胡椒国的居民身着色彩亮丽的衣服；胡椒国境内经常会出现彩虹。胡椒国没有城镇，只有几栋形状各异的房屋；胡椒人的社会生活主要在演奏台，因为所有胡椒人都是演奏家，他们非常喜爱音乐。

胡椒国最初是胡椒中士和他的孤独心灵俱乐部的殖民地。112 小节(bars)前，胡椒中士和他的乐队坐着一艘黄色潜水艇到达这里；今天，这艘潜水艇就停在一座金字塔的塔顶。胡椒国的现任国王叫市长大人，也叫“领袖”，是一位音乐家兼指挥家。他的助手是一个勇敢的胡椒人,名叫小弗雷德。

石化的大山围绕着胡椒国的边境。这里住着蓝色吝啬鬼,他们的主要目的是征服胡椒国,从而把这个王国和它的居民变成蓝色和灰色。在酋长及其助手马克斯的率领下,蓝色吝啬鬼用飞翔的手套做主要武器,对胡椒国发起了进攻。小弗雷德坐着黄色潜水艇来到英国的利物浦,劝说四个音乐家与他一起回胡椒国,这四个音乐家就是带有怀旧情绪的披头士。披头士的音乐打败了蓝色吝啬鬼,把他们驱逐到阿根廷,胡椒国又恢复了色彩缤纷的本色。

邓恩执导的《黄色潜水艇》(*Yellow Submarine*, directed by George Dunning, Uk, 1968)

仙女王国 | Peri Kingdom

波斯境内一条深深的山谷,虽然周围被冰雪覆盖的群山围绕,山谷里却非常暖和,土壤也很肥沃。山谷的中心有一个湖,湖的周围可见别墅和花园。湖中有一小岛,佩里维女王就住在这座小岛上。佩里维女王是最古老的精灵家族中的一个代表,尽管如此,她却生活在一个比较朴素的亭阁里,亭阁的周围生长着花期植物,比如温柏、丁香、金莲花和木兰。小岛被芦苇岸包围,小岛的主要特点是可以不停地旋转。佩里维女王曾告诉她的一个巫师朋友,她现在觉得国事很烦人,所以想安安静静地呆在亭阁里。为了满足她的愿望,巫师使用魔法使小岛旋转起来,这样女王就可以两者兼顾了,既可以待在家里,又可以打理国事。小岛不停地旋转,使得参观者经常找不到上岸的方向,而且在他们想法穿过小岛周围的芦苇之前,不得不等小岛再转一、两圈。

佩里维女王是一个身材肥胖的仙子,她皮肤白皙,脸上涂着白色的铅粉;除了在腰间戴着一颗钻石珠宝,几乎不佩戴任何饰物。佩里维女王的王冠是一顶高高的圆柱体黑纱帽,黑纱下面装饰有一圈鲸须。女王穿一件透明的白长袍,长袍像一层薄纱在她的胸口、腹部和大腿上浮动。女王与许多猫生活在一起,喜欢下棋和音乐。女王是一个非常成功的双簧管演奏家，也是一位水平相当高的棋手，但她一心只想赢，也不想明明地被欺骗，因此游客最好不要赢她，这样做很不明智。

所有的精灵王国都可以将自己的历史追溯到仙女族。几个世纪以来，人们就以为仙女族已经灭绝。仙女族的起源始终是一个谜。一些权威人士认为它们是用火做的，其他人则认为它们是堕落的天使，但有一点大家一致认同，即在人类出现之前，它们就已经生活在地球上了。人们普遍相信，由于接连不断的地震和入侵，它们中的大多数被赶出了那个位于波斯的原始王国。布拉塞里昂王国的宫廷档案员曾写过一部标准的精灵作品，他说，仙女族是被魔术师摩西和亚伦赶走的。然而，至今尚无一人能够解释，这个山谷王国是怎样成功地保留下来的。

仙女族比它们那些生活在欧洲的后代更矮小，但身体强壮、生活积极，而且特别能够吃苦耐劳。它们的文化是素朴和奢华的奇怪大融合。它们具有了不起的忍耐力，但也喜欢奢侈品，比如喜欢进口的精油。它们喜欢精美的菜肴和刨冰，甚至连喝的汤也是甜的。所有的精灵和仙女都依靠花蜜和甘露为食，这或许就是神话的起源。仙女族与欧洲精灵的一个重要区别是，佩里维女王经常飞翔，而且乐此不疲；欧洲精灵王国的贵族则很久以前就已经放弃了飞翔。

希尔维亚·华纳，《精灵王国》

佩瑞赛亚城 | Perinthia

亚洲的一座城市。由于需要制定佩瑞赛亚城的城市规划，天文学家根据星相的位置推算出地点和日期；他们画出一横一竖的交叉线，一横反映太阳轨迹的黄道带，一竖表示天空旋转的轴心。他们以黄道十二宫为根据，在地图上划分区域，使每一座寺庙和每一个地区都有福星高照。他们定出墙上开设门洞的位置，设想每个门框都能衬托出以后 1000 年内的月蚀。他们保证佩瑞赛亚城会体现宇宙的和谐；自然的理性和诸神的仁慈会决定佩瑞赛亚城居民的命运。

按照天文学家的精确计算，佩瑞赛亚城终于建成。各种各样的人纷纷来到这里定居和繁衍。在佩瑞赛亚城里出生的第一代居民开始长大成人，到达法定的结婚年龄后，他们开始生育孩子。

今天，在佩瑞赛亚城的街道和广场上，游客会碰见跛子、侏儒、驼背、肥胖的男人，以及长胡子的女人。然而，游客看不到最糟糕的情形：地下室和阁楼里传出的哀嚎声，那些长着 3 个头或 6 条腿的孩子就被父母关在那里。

佩瑞赛亚城的天文学家不得不面对一个艰难的选择：要么承认所有的计算都是错的，那些数据不能反映整个宇宙；要么就必须揭示，神灵的秩序恰恰就体现在这座魔鬼城市里。

伊塔洛·卡尔维诺，《看不见的城市》

佩拉城 | Perla

中国中部的梦国的首都，佩拉城里的居民大约有两万。佩拉城坐落在壮观的黑河弯曲的地方。黑河的水像墨水一样黑；深黑色是这里一个基本的地理特点。一切似乎都是一个深绿色的阴影，一种不透明的灰绿色。天空总是阴云密布，既看不见太阳和月亮，也看不见星星。云团低低地垂到地面上，从来没有变化；专家解释说，这是水蒸气在城市周围广袤的沼泽和树林里造成的一种现象。即使这里的空气感觉起来很暖和，但气压计上表现出来的总是糟糕而多云的天气。这里的季节对比不鲜明：春天会持续 5 个月，秋天也是 5 个月；夏季短暂而炎热，晚上会连续不断的出现幽暗的微光；无尽的黄昏和少许雪花则是冬季的象征。

佩拉城的建筑属于典型的中欧风格。佩拉城的创建者和统治者叫克劳斯·佩特拉。他把整个欧洲的老房子盘下来，然后不惜一切代价把它们搬到了佩拉城。这种选择办法使佩拉城获得了一种独特的氛围。佩拉城被分成四大城区。火车站建在一片沼泽的

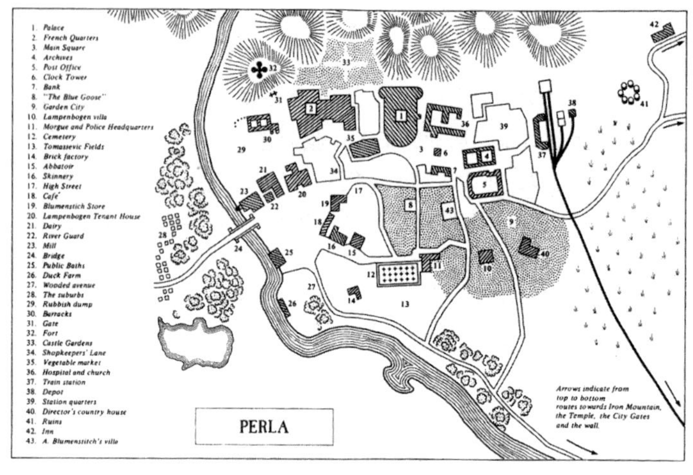

佩 拉 城

边缘,总是被笼罩在烟雾之中,这里有肮脏的行政建筑、档案馆和邮局。这个荒凉而乏味的地区与所谓的花园城为邻。花园城是富人居住区,接下来是长街,这里商铺林立,是中产阶级居住的地区。长街面对黑河,看起来像一个村庄。长街和高山之间的狭窄地带是第四区,这里是法国人的城区。这个小城区里住着意大利人、斯拉夫人和犹太人,共4000多人;这个城区的名声最臭。奇特的异质群体居住在这里的老木屋里,这里的街道弯弯曲曲,屋子里散发出臭味;这样的城区绝不是佩拉城的骄傲。

佩拉城的上方高耸着一栋奇怪的建筑,庞大得有些笨拙,这里是帕特拉的住处。这栋房子依靠在多孔而粗糙的岩石上,主体部分面对市中心的一个大广场。河流的对面是市郊,这是一个村庄的名字,这个村子里现在居住着梦国最初的居民。这些居民显然是蒙古人,自称是伟大的成吉思汗的直系后裔。他们的生活平静而祥和,不像佩拉城的居民那样躁狂。市郊既有低矮而结构复杂的木屋,也有小型炮塔和圆锥形的帐篷,每一栋建筑的周围都带有一个修剪整饬的花园。路标随处可见,上面插着彩旗和玻璃圆盘,这些路标做成无数奇特的人物形象,有的大,有的小,都是用上了釉的泥土、木头和金属制做的,看起来就像被苔藓覆盖的稻草人。挺拔的大树撑开繁茂的枝丫,几乎要把整个地区罩在其中。

佩拉城的人口只从某些界限分明的类型中招募。头衔最大的人都极度敏感。不同类型的疯狂癖好,比如收集狂、阅读狂、赌博狂、宗教偏执狂以及其他形式的神经衰弱症,似乎都是成为梦国公民的最佳素质。佩拉城的女人大多患有癔症。社会底层民众的入选基础是畸形发展或过度的发展,比如酗酒者、对自己和这个世界不满意的人、抑郁症患者、唯心论者、愤世嫉俗者、恃强凌弱者、自以为是的圆滑世故者、寻求和平的老冒险家、杂技演员、骗子、被流放的政治犯、在逃的谋杀犯,以及骗子和小偷。在某些情形里,畸形的身体越突出,越容易获得佩拉城的邀请。因为这个原因,那些患甲状腺肿者、鼻子肿大者和驼背在佩拉城比比皆是,佩拉城的大多数人最初来自德国。

佩拉城的人口增长缓慢,这里不太鼓励生育;市民认为孩子带来的麻烦太多,不值得生育。

佩拉城的一个主要特点是,一切事物都带有一种不确定的却又十分浓烈的味道。最糟糕的味道很像是把面粉和干鳕鱼混在一起形成的。有谣言称帕特拉从欧洲各大首都,比如巴黎和伊斯坦布尔的贫民窟和红灯区那里购买的老屋都沾满了鲜血和罪孽。佩拉城周围阴森的森林和沼泽也与这丑陋的传说有关,没有人敢在天黑之后去那些地方。

梦国最神秘的地方就是梦湖里的一座神庙,从佩拉城坐船需要一天才能到达。神庙的周围是一些人工瀑布和一个宁静的公园,神庙本身使用的材料名贵非凡,使用的建筑艺术也十分卓越,使人觉得这里就是天堂与世俗之间的一个中转站。

神庙的地下室里还竖立着象征性的雕像。神庙一年只开放一次,参观者需要持介绍信才能进来。

佩拉城的宗教令人感到不安。这里的居民敬畏鸡蛋、坚果、面包、奶酪、蜂蜜、牛奶、酒和醋;钢和铁代表邪恶。

佩拉城已有很长一段时间没有接待过游客了。来自中亚的游客报告说，他们听到一种谣传，传言佩拉城遭遇了灾难，被变成了一座废墟。有人提到一种奇怪的睡眠流行病；也有一些人认为佩拉城遭到了许多动物的入侵；还有一些人暗示佩拉城的市民患上了一种来势凶猛的怪眼病。某些游牧部落还描绘了庞大的废墟、巨大的石块，以及断裂的柱子。有人说，这些可能就是壮观的佩拉城最后的痕迹。

阿尔弗雷德·顾宾，《另一面：一部奇幻小说》(Alfred Kubin, *Die andere Seite*: *Ein phantastischer Roman*, Berlin, 1908)

佩斯迪兹城 | Pestitz

霍恩弗里斯(Hohenfliess)的首都。这座大学城建在一座高山的山腰上，属于意大利的建筑风格，拥有许多宫殿和美丽的高楼，高楼的屋顶上伫立着雕像。坐落在布莱门布尔山(Blemenbühl Mountains)上的天文塔值得一游，还有史莱克霍恩山(Mount Schreckhorn)上的两座教堂也不错。

在佩斯迪兹城，受人尊敬的公民可以被封为羊毛骑士，这个仪式的场面非常壮观，吸引了众多的来客。当一个羊毛骑士被埋葬的时候，他的徽章被倒放在墓碑上，盾牌被倒过来悬挂着，头盔破碎成一千片。

让-保罗，《提坦》

潘塔斯迪科山 | Phantastico

位于波纹王国以西，周围是一条溪谷；这条溪谷是可怕的番法斯姆(the Phanfasms)的地盘边界；番法斯姆居住在潘塔斯迪科山。溪谷里全是熔化的火山岩，里面住着火蛇和有毒的火蜥蜴。要穿过这条熔岩溪谷，只有走溪谷上面一座狭窄的单拱桥。单拱桥使用灰石建成，一条猩红色的大鳄鱼守在桥边。这个地区弥漫

番法斯姆那座坐落在潘塔斯迪科山上的漂亮城市，但在游客眼里只是一排粗糙的石房，这是番法斯姆为保护自己的城市故意玩弄的骗术

着冲天的恶臭和瘴气，鸟儿也不情愿从这里飞过，游客要知道这一点，所有生灵都应该避开潘塔斯迪科山。

番法斯姆的城市就坐落在潘塔斯迪科山平坦的山顶上，这座城市属于邪恶精灵伊尔博(Erbs)。城市很美，可以说是用魔法创造的一座最壮观的城市，但在游客的眼里却不是这样。到达这座城市后，游客看到的只是一排粗糙的石房、一块贫瘠的荒地，以及地里奇形怪状的树木。这种景象只是番法斯姆故意玩弄的一个骗术，目的是保护他们的城市，那些胆敢不远千里来到这里的游客应该可以征服这座城市。

番法斯姆没有固定的模样；他们一会儿是蛇，一会儿又变成蜥蜴或野狼，一会儿又恢复成蛇的样子。其他的番法斯姆看起来像长了狮子头或枭头的男子。他们的统治者可以变成一头熊，或是一个美丽的少女，或是一只蝴蝶，这一切的变化都在转瞬之间就完成了。

弗兰克·鲍姆，《奥兹国的翡翠城》

菲里斯蒂亚 | Philistia

波伊兹麦附近的一个国家，首都叫诺瓦加斯城。

菲里斯蒂亚的居民就是菲里斯人，他们征服了鲁克岛，毁掉了它的首都伪城。当多洛丽丝女王率领菲里斯军进入这座城市时，阿基琉斯、海伦及其他的希腊英雄竟像云彩一样从他们头顶掠过。菲里斯人长驱直入，没有遭到任何反抗，他们使用一种希腊火烧毁一切，把整个伪城化为了灰烬。

游客应当知道，菲里斯蒂亚法律的关键是每个人都必须做他应该做的事情。正如菲里斯人期望的那样，女人和祭司可以随心所欲，男人必须服从他们。这可以用来解释，为什么菲里斯蒂亚总是由女王统治。

菲里斯蒂亚崇拜 3 个重要的神灵，分别是赛斯巴拉（Sesphara）、阿吉斯（Ageus）和维尔-蒂诺（Vel-Tyno）。赛斯巴拉是一位梦神，她喜欢异教徒。这种崇拜如今正在向其他国家发展，并在那里引起极大的混乱和无数疯狂而怪诞的行动。维尔-蒂诺喜欢灰色，按照他的说法，“所有其他的颜色都很讨厌”。鲁克岛上的伪城就是献给维尔-蒂诺的。关于阿吉斯崇拜，我们知道的就不多了。如今，阿吉斯庙的窗户就放在波伊兹麦的斯多瑞森德城堡里，被北方人阿斯蒙德公爵（Duke Asmund）当作战利品。

在菲里斯蒂亚，孩子由鹳来接生，召唤鹳的方式是特塞利女巫以前使用过的。在地板上画两条粉笔线和五颗排列成一行的黑色星星。丈夫沿着其中一条粉笔线走，并暗示妻子也走这条粉笔线，接着他还吻了吻妻子。这时候，鹳带着接生孩子这个命令出现了。菲里斯人认为，任何其他接生婴儿的方式都不清楚。然而，有些人喜欢那些可能在白菜地里发现的婴儿，关于这一点可以参阅“扎瓦提尼亚村”。

菲里斯蒂亚的女王相信她的臣民喜欢诗歌，尽管她自己从来不读诗。女王的观点站不住脚。菲里斯蒂亚的许多人都说，文学创作差不多就是给自己找麻烦。据我们所知，菲里斯蒂亚只有 3 位作家，结果都被赶走了，或是被吓跑了，据说他们现在变成了幽灵作家，专门为英国一些畅销书的作者服务。

菲里斯蒂亚境内的金龟子很有特点，这是一种很臭的昆虫，但很受尊重，它认为活人好色而下流，它对死者赞誉有加。

詹姆斯·卡贝尔，《地球人物：一部关于形貌的喜剧》；詹姆斯·卡贝尔，《朱根：正义的喜剧》

费罗梅拉的王国 | Philomela's Kingdom

位于大西洋里一座半岛的南部。17 世纪中期，费罗博努斯国王控制了整座岛屿，他把这座岛屿分成三份：北部留给他的儿子费罗克里斯，中部留给他自己，南部留给他的私生女费罗梅拉。

费罗梅拉的王国的海滩全是干净的金沙，金沙里有许多贝壳，很像珍稀的宝石。这个国家盛产美丽的大树，这些树生长密集，因此林间的土壤无法再耕种，但却为愉快的散步留下了充足的空间。森林里住着一群可爱的女子，她们在林间唱歌跳舞，但游客最好不要去留意她们的行踪。

一条中心大道通向皇宫，如今，这座皇宫已成废墟。费罗克里斯毁掉了这座皇宫，因为他发现费罗梅拉在利用这座皇宫诱惑年轻俊美的游客，并且还用极端残忍的方式处置那些游客。根据一些有关皇宫的描绘，我们知道这座皇宫的确美丽非凡。皇宫的每一个入口都位于地势倾斜之处，皇宫本身就建造在陡峭的岩壁上，像一个圆形大剧场。皇宫的墙壁像玻璃，中空的柱子不够坚实，似乎支撑不住皇宫的重量。皇宫前面的建筑围绕着一个花园。饭厅非常宏伟壮观，里面的卧室很奢华，卧

费罗梅拉的王国的脚山里的巨像遗迹

室的外墙包裹了一层布，布上画着一群裸体男女，画面内容极其淫秽，但这一切设计好像都只是为了表现，而非实用。

这座皇宫其实是一个设计巧妙的陷阱。费罗梅拉挥霍完了自己的财富，就想利用皇宫掠夺那些不小心的游客。当她的客人躺在她那华丽的床上时，地板会裂开，客人就会掉进下水道里；下水道里堆满了受害者的尸体，尸体周围全是残羹剩饭，或是呕吐物和排泄物，这些污秽正在和他们的尸体一同腐烂。这时候，客人能听见一连串可怕的咔哒咔哒声，混杂着野兽的咆哮声。要走出这条下水道，只有穿过一条非常危险的河流，许多受害者为了逃避更悲惨的命运，故意淹死在这条河里。河上面有一座桥，桥上站着一个可怕的巨人，逃命的人只能从巨人的胯下过去。巨人的眼睛非常凶猛，他的身体上有擦伤和淤血。如果有人能成功地穿过这座桥，他就能到达金山顶上的费罗博努斯王国。

费罗博努斯的城堡仍然矗立在那里，它拥有几种不寻常的东西：比如一些花瓶，采用的是 17 世纪生产的那种透明但不易碎的玻璃；还有永不停歇的自动机，可以用来制作音乐，也可以显示跳舞男女的微缩身影。我们记得，费罗博努斯国王好像写过一篇专题论文，题目叫“论所有的手工艺品”，但关于费罗克里斯王国，我们几乎一无所知。

塞缪尔·格特，《新索里马城的书性》

费罗博努斯王国 | Philoponus' Kingdom

参阅费罗梅拉的王国(Philomela's Kingdom)。

费罗斯岛 | Philos

具体位置不可知，由于地形奇特，几乎不受外界干扰，虽有一处海滨不被岩石包围，但却有沙丘作为保护，那里的海水太浅，没有船只能够靠岸。游客应注意，到达费罗斯岛最好的办法就是在海边制造海难。如果这里的岛民觉得你是好人，就会让你在这里住下来；否则就会把你驱逐到另一座岛上。

费罗斯岛上繁花似锦，娇艳的花朵在空气里散发着阵阵芬芳，这些花儿主要是玫瑰、大橘花和柠檬花。费罗斯岛上有许多精美的花园，看起来好像是大自然的杰作，而不是人力打造的。甚至那些雕塑也好像是偶然来到这里的。费罗斯岛上的洞窟里散发着茉莉花香，洞里面装饰着贝壳。费罗斯岛上只有一个荒凉的地区，位于岛屿以南，那里几乎无人居住。

费罗斯岛不搞君主专制，它依靠的是爱、友谊和坦诚；谁最能激发这些情感，谁就能成为第一公民。费罗斯岛上不缺乏这样的候选人，费罗斯岛上的美丽女子与第一公民一起，用爱统治岛上的其他居民。这些女子对自我价值有非常清醒的认识，她们会格外小心地选择自己的爱人，从不会去勾引年轻人，而是想法去吸引那些诚实可靠的成熟男人。

费罗斯岛上没有正式的婚姻，只有爱的誓言；没有寺庙，因为心灵就是真实的寺庙；没有司法制度，因为所有人都很公正。费罗斯岛上的女人具有高尚的美德，一些贫穷的女子甚至把自己完全献给那些因年轻而找不到爱人的男子。这些妓女被视为对社会有用的公民，她们为了社会的利益而牺牲了自己。她们的生活由国家负责，如果有人要为她们的服务买单，她们会感到恐惧。

费罗斯岛的首都叫菲拉米尔城(Philamire)，这里的每一栋房子都像宫殿，里面装饰了无数的镜子。菲拉米尔城里有许多剧院，剧院里主要上演古典时期的法国戏剧。在这些剧院里，女演员拥有贞女的地位。主要剧院是一栋圆形建筑，坐落在一个八角形的大广场上。这个剧院有许多出口，因此观众在出入剧院时不会造成混乱。

孔特・德・马蒂尼，《阿尔西梅董的旅行或港口的破船》(Comte de Martigny, *Voyage d'Alcimédon, ou Naufrage qui conduit au port*, Amsterdam, 1751)

哲学家之岛 | Philosopher's Island

火地岛附近有几座地势很高的岛屿，哲学家之岛是其中之一。岛上的建筑非常著名，哲学家建造了庞大的大厦，又叫“体系”。他们首先从屋顶上的栋木开始修建，这个通常会得到精心的完成。然而，当那些哲学家开始打地基的时候，整栋建筑垮塌下来，砸死了那个建筑师。

哲学家把心思都用在奇奇怪怪的事情上：他们称空气的重量；比较两滴水的异同；变着花样界定事物，比如说，他们总是想法子寻找几个意思相同的词来替换掉某个词。

哲学家之岛总是终年积雪；路很难走，游客在这里很容易迷失方向。

皮埃尔·德方丹神甫，《新居利维或居利维船长之子让-居利维之旅》

哲学岛 | Philosophy Isle

位于美国海滨附近，靠近命运岛，首都叫瑞斯帕城，是世界上最著名的学术基地。

哲学岛上没有政府，对于何谓没有压迫，何谓最开明的政府，人们各执己见。哲学岛上也没有一种宗教，尽管有一些神学家；因为哲学岛上掀起过一场嘲笑运动，使得人们不再相信宗教；而创作各种诋毁宗教的作品则可以获得学术声誉。

哲学岛上的学校很重要，哲学家们相互竞争，纷纷教授各自不同的理念，包括欧洲哲学中人们所熟知的多数思想体系和众多关于宇宙起源的阐释。这里可以看见所有思想流派的代表人物，比如罗比耐(Robinet)、伏尔泰和狄德罗，他们终于发现了这个好地方，因而不必再浪费时间与那些知识贫乏的庸俗之辈交流。

如果想来哲学岛，游客首先应该好好了解各种哲学思潮，否则就会发现自己在这里只是一个局外人，听不懂哲学家在说些什么，因为哲学讨论是哲学岛上的全部活动内容，哲学家在表达自己的观点时经常引经据典。

巴尔塔扎尔神甫，《帕依洛索夫岛及其他岛屿，新探索》

菲利斯城 | Phyllis

亚洲的一座城市。当游客来到菲利斯城后，会发现水渠上的小桥很有意思，每座桥都各不相同，有弯曲的，有遮盖着的，有柱脚的，有用驳船承托的，有凌空的，有雕花栏杆的。此外，游客还能欣赏到各式各样临街的窗户：有竖框的，有摩尔风格的，有拱形的，有尖顶的，有半月形的，还有彩色玻璃的。铺砌街道的材料也各不相同：有鹅卵石，有木板，有碎石，还有蓝白相间的瓷砖。无论从哪一个角度来看，这座城市都会带给你一份惊喜：伸出堡垒墙头的一丛刺山柑，梁柱上 3 尊皇后雕塑，以及洋葱形圆屋顶上串着 3 个小洋葱的尖顶塔。“能够天天看到这座菲利斯城的人真有眼福啊！”你不禁会发出这样的感叹；但与此同时，你又不得不因为要离开这座怎么也看不够的城市而深感惋惜。

然而，有时也会发生这样的事情，某个游客必须住在菲利斯城，而且必须在这里度过余生。可是他看见的这座菲利斯城突然间就消失了，玫瑰窗户消失了，屋梁上的雕像消失了，洋葱形的圆屋顶也消失了。与菲利斯城的所有居民一样，这位游客不得不绕来绕去地从一条街走到另一条街，不得不在阴影中寻找一片阳光地带。这里有一扇门，那里有一排楼梯，这里有一条板凳，他可以放下自己的篮子，如果一不小心，他就会掉进一个洞里。菲利斯城的其余部分是看不见的，它只是一个空间，它的街道是虚无中各个点之间的连线，即那条无须经过某个债权人的窗前，便可以到达某个商铺的最短路线。游客的脚步迈不出他的视线，而他的视线所及的，都是被埋葬了的或者被抹去了的东西。

千百万双眼睛看着那些窗户，那些桥梁，那些刺山柑，它们可能正在浏览一页空白纸。菲利斯城这样的城市有很多，它们可以躲过所有人的目光,可是躲不过那些出其不意降临的眼睛。

伊塔洛·卡尔维诺,《看不见的城市》

皮埃尔-布兰奇岛 | Pierre Blanche, Isle De La

又叫"白石群岛",位于马六甲海峡,长两里格,宽半里格,岛上岩石林立,大部分地区土壤贫瘠。皮埃尔-布兰奇岛上多个民族混居一起,他们大多是17世纪末一艘遇难船上那些幸存者的后代。

皮埃尔-布兰奇岛上有两个小村庄:一个村庄里住着基督徒,另一个村庄里住着异教徒。皮埃尔-布兰奇岛上没有法律,也没有行政部门,岛民创建了一种公有制,这种公有制根据岛民的需要提供服务。基督教和异教徒幸福地生活在一起,他们之间经常通婚。孩子出生时要接受洗礼,并得到祝福,但孩子的名字要等到他会说话以后再取。这些孩子长到6、7岁时就开始订婚,这时候,他们的头发会被剪掉,这是他们一生中第一次剪发。男孩子把自己剪掉的头发用芦苇扎起来,做成一件长罩衫,送给自己未来的新娘。

皮埃尔-布兰奇岛上的葬礼很有意思,值得一看。教堂里总会事先准备好一具陶棺,当有人去世的时候,这具棺材就会被放进一个坟墓里,死者被放在一个装扮鲜艳的担架上抬出来,担架上洒了安息香,然后,尸体被包裹起来埋进土里;这样会保持一年,这段时间是哀吊期,死者的亲人每天都会来看守坟墓。一年后,尸体被挖出来,放在太阳下暴晒。

皮埃尔-布兰奇岛上有一种奇特的树,树皮的颜色比肉桂更深,尝起来像胡椒、丁香和肉桂的混合味道。把这样的树皮碾成粉末,然后敷在伤口上,24小时后就可以把伤口治愈。如果把这种东西放在猪油里溶化,就会产生一种香膏,这种香膏具有舒缓镇定的作用。这种奇特的树上开的花能吸引鱼类,可以用来作鱼饵。

德拉尔赛·德·格朗皮埃尔[?],《非洲、美洲和西印度群岛游记》(描写犹大王国,一些特色触动了国王的生活。在亚洲马六甲海峡上一个新开发的小岛上的游记,戈尔孔达两个王子的故事。由前海事主管德·大皮埃尔先生草拟。)(Dralsé de Grandpierre [?], *Relation De Divers Voyages Faits Dans l'Afrique, dans l'Ameriqu, υ, aux Indes Occidentales*, Paris, 1718)

派乐城 | Pile

一座单色城市,被凿成一幅用石头、砖块和灰泥构成的精美锦缎。为了把它建造成一座恢弘而欢乐的城市,派乐城似乎失去了控制。它就像一座恢弘的陵墓,那里的所有空间都打上了马赛克。经过许多拱廊、楼梯和大厅,派乐城的王子们总是争斗不休,其实他们彼此都沾亲带故。

派乐城里住着梦想家、光棍、温顺的道德家、小提琴家、狡猾的哲学家、遭受折磨的阴谋家、80 多岁的老人、素食主义者、天文学家、文物研究者、科学家、主教、外科医生、数学家、和尚、内科医生、术士、建筑师,以及泥瓦匠。

派乐城的核心是预言机,这是圣克拉教堂(the Church of St. Klaed)里的一台大电脑,当地居民戏称它为"上帝的助听器"。这台时间定义机是用木料、石头和白蜡做成的,它会告诉派乐城的居民要做什么。听从这台机器的指引,派乐城的皇太子离开自己的王国,走进了一个拥有各种色彩的地方,此后再也没有回来。为此,派乐城的人们相信,抛弃一个地方就等于失去一个地方,从此他们再也不愿意出去旅行了。

阿尔迪斯和威尔克斯,《派乐城,来自圣克拉的电脑的花瓣》(Brian W. Aldiss & Mike Wilks, *Pile, petals from St. Klaed's Computer*, London, 1979)

派弥尼岛 | Pimminee

马蒂群岛最西端的一座岛屿,完全是平面的,覆盖着瘦弱而病态的植被。岛上的空气令人窒息,使人衰弱无力。

参观者会饶有兴趣地注意到当地人的民族服饰，当地人喜欢打扮近乎疯狂。他们还制定了专门的穿衣法典，其中相关的法律条文无数。这些规定涉及他们的服饰的每一个细节，甚至连最后一小块布料和线缝也不放过。他们忽略了脚饰的使用：当贵族们出门散步的时候，那些身穿制服的仆人就会走在他们前面，这些仆人在主人脚前放上有雕刻的小木板，为的是不让主人的脚接触地面。贵族的脚上套着绳子，这根绳子主要用来调整他们的步伐，保持特定的步伐，以符合派弥尼岛上良好的礼仪。

赫尔曼·梅尔维尔，《马蒂群岛：一次旅行》

粉红宫殿 | Pink Palace

具体位置不可知，宫殿里住着粉红女孩。每天下午，粉红女孩都会透过挂毯上的地形图和精美的英国油画看出去。她穿着丝绸拖鞋，走在柔软的地毯上，用银餐具从百瓷盘里取食物。当她走过去用手在香气四溢的空气里画一只天鹅时，就会说："我求你不要起来"。粉红女孩喜欢欣赏轻柔的古典音乐，喜欢用法语朗诵《知了和蚂蚁》（*La cigale et la fourmi*）。

粉红女孩全身粉红，身体散发出玫瑰香味。她没有手肘和膝盖，因为膝盖太丑，手肘看起来像鸡屁股。粉红女孩每天进入宫殿密室一次，但她不能问是哪一间密室。当她进入那间屋子的时候，所有的闹钟都会停下来，只有当她离开那间屋子的时候，闹钟才又开始嘀嗒嘀嗒地往前走。

然而，有一次，粉红女孩离开宫殿，到外面去旅行。她看见了盐、石灰岩风景和黑漆漆的泥水池，野猪在水池里打滚，还看见了动物的粪便，听见了粗鲁的说话声，也听见了邪恶的妓院里传出的淫荡的乐声。她看见了妓女、小偷以及放款人那可怕的面孔。一个醉酒的水手吻了她；一个瞎子用患了麻风病的手抚摸她。透过打开的窗户，她看见情人在吵架；一个孩子的葬礼正在举行；一个婴儿痛苦不堪地降生；一个老人正被他的侄儿谋杀。污秽的狗和邪恶的猫咬了她的脚踝,但粉红女孩没有死。在经过泥土、口痰、排泄物、醉酒水手的亲吻、妓女和谋杀之后,粉红女孩回到宫殿。沐浴净身后,她往身上洒了香水,然后坐在餐桌前,用银餐具从白色瓷盘里取食物,当她经过的时候说:"我求你不要起来"。这就是参观者今天所看到的粉红女孩的生活。

马可·德勒维,《粉红女孩》(Marco Denevi,"La Niña rosa", in *Falsificaciones*, Buenos Aires, 1966)

皮普-波普湖 | Pipple-Popple, Lake

参阅格拉布拉伯王国(Gram-Blamble Land)。

比瑟姆斯克城 | Pissempsco

阿卡玛王国(Akkama)的首都。

游戏王国 | Play, Land of

一个精灵王国,这里住着小精灵。这里的小东西可以获得更大的尺寸:苜蓿的顶端是树木,雨池是大海,树叶像船一样在这样的大海上航行。除了一些昆虫,比如大黄蜂、蜘蛛、苍蝇、蚂蚁和瓢虫,游戏王国里住着喜欢思考的小生灵,它们有可爱的眼睛,身体被包裹在或绿或黑、或粉或金黄,抑或蓝色的盔甲里。有些小生灵有翅膀,但似乎不怎么使用,它们喜欢看游客在雨池大海里航行;前提是这些游客必须生得很小才行。

游客闭上眼睛穿过空气就可以到达游戏王国。返程通常令人惊讶,因为这个小世界和游客的大世界之间反差太大,这对游客来说无疑是一个极大的震撼。

罗伯特·斯蒂文森,"小王国",《一个孩子的诗苑》(Robert Louis Stevenson, "The Little Land", in *A Child's Garden of Verses*, London, 1885)

游戏镇 | Play Town

坐落在意大利的托斯卡纳区。托斯卡纳区有几个地方停着马车，参观者可以乘坐这些马车去游戏镇；游戏镇的交通完全免费。马车会用铃声和喇叭声告诉游客他已到了，铃声和喇叭声非常轻柔，听起来像蚊子的嗡嗡声；马车的轮子上包着破布，为的是尽可能地减少噪音。马车用 12 对驴子来拉，这些驴子高矮一样，身上的颜色一样，它们都穿夏季鞋，鞋子很小，是白色的。赶马车的小男人个头还没有他自己的腰身粗，声音甜腻如一滴黄油；他像粉红的苹果，嘴巴一直在笑，声音柔软亲切，就像一只猫讨好主人时发出的那种叫声。当拉车的驴子烦躁时，他会在驴子的耳朵上亲一下表示安慰。

游戏镇可以在黎明时到达，它不像地球上的其他地方。游戏镇住的都是小孩，最大的孩子也只有 14 岁，最小的还不到 8 岁。街上的笑声和快乐的嬉闹声大得可以把驯狮人变成聋子。街上到处都是成群结队的顽童：有的在玩弹子游戏，有的在捉迷藏，有的在骑自行车，还有的在骑木马；有的在玩瞎子的牛皮革，有的穿上小丑服装，表演滑稽可笑的把戏，有的在翻筋斗或用手走路，还有一群孩子在玩打仗的游戏，他们把自己装扮成战士，戴着羽毛头盔，挥舞着锡剑。他们又是笑又是叫，又是唱歌又是拍手，好一派热闹的景象。所有的广场上都有木偶戏表演，所有的墙壁上都写着“游戏万岁，学校关门”。在游戏镇的任何一个角落，参观者都不会看见学校、教师和书本。游戏镇规定，每逢星期四和星期天，孩子们都不用上学；如此一来，游戏镇的一周就有 6 个星期四和一个星期天。假期从 1 月 1 日开始，12 月 31 日结束。

游戏镇只有一个不好的地方，那就是 5 个月以后，这里的孩子全都会变成驴子，然后被赶马车的小男子拉出去卖个好价钱。

卡洛·科洛迪，《木偶奇遇记》(Carlo Collodi, *Le avventure di Pinocchio*, Florence, 1883)

普鲁托大陆 | Pluto

一个地下世界，请不要跟那个与它同名的天体混淆。普鲁托面积广袤，位于空空荡荡的地心。铁山围绕着地球的南、北两极，山上有很大的裂缝，经过这些裂缝就可以进入普鲁托大陆。

普鲁托大陆的地貌与地球表面的基本相似，但有些地区的风景更美。这个地心世界最引人注目的特点是，这里生活的一切都比地球表面的更小，因为它比地球本身更小。普鲁托大陆的居民很少高过3英尺，普鲁托大陆的动物也比地球表面的动物更小。马没有绵羊大，大象跟小牛犊差不多，在某些地方被当作交通工具。普鲁托的大多数植物群落与地球表面的相似，即使是在某个水果外形与地球相应水果外形区别很大的地方也是一样，其口味很容易辨别。

普鲁托大陆的气候稳定平和，季节之间的变化不大。这里可以看见云层，到了晚上，云层有时会变得厚重。白天，普鲁托大陆沐浴在清澈平静的光亮里，这种光亮被认为是太阳光，太阳光要么穿过地球两极的入口，要么穿过地壳的裂缝和洞穴，照射到普鲁托大陆上。普鲁托大陆夜空里那些固定的星体始终是一个谜。一种理论认为它们是微型天体。另一种理论认为它们是火山的根源。与地球表面一样，普鲁托大陆上也有河流和大海；所不同的只是，它们比地球表面的河流和大海更小，这里的水比起球表面的更苍白、更清澈。普鲁托大陆最重要的海长约280里格，宽173里格，海里散布着大大小小的岛屿。

普鲁托大陆共有46个独立国家：15个王国，6个帝国，11个共和国和14个民族国家，民族国家没有固定的政府，处于不同的政治和文化发展阶段。

普鲁托的居民在相貌和文化方面差别很大。森林里和平原上住着绿皮肤的游牧民族，他们可能是最原始的民族；社会结构最复杂的可能是阿尔布王国的公民。绿皮肤的游牧民族没有固定的居住点，他们身穿粗糙的动物毛皮，拥有体系完整的宗教信仰，接受创造论和来生的观念。根据他们的神学理论，这个世界是一位善良的神灵创造的，这个神灵和他的妻子生活在普鲁托大陆更高的地方，但他的力量遭到一个邪恶神灵的对抗。只有邪恶神灵才有孩子（实际上，在这个世界诞生之前，他的妻子就生育了孩子），慢慢地，由于害怕邪恶神灵及其后代的愤怒，人们开始放弃善良的神，不再崇拜他。

1806年，一群来自英、法两国的水手因迷失方向来到普鲁托大陆。绿皮肤的游牧人把他们当作邪恶的生灵，纷纷上前用石头砸他们，这可能是因为他们苍白的肤色，苍白象征着邪恶。游牧人相信用石头可以赶走邪恶的灵魂，如果这种办法不成功，他们就会献上补偿物：用草皮搭起一个祭坛，然后牵出6头猫一般大小的猪，放在祭坛上杀掉烤熟。祭司头戴传统的褐色高帽，走近那些陌生人，用手势暗示他们拿走祭品。如果祭司终于相信那些陌生人其实都是人类，那么他们对待陌生人的态度就会更友好，他们会给陌生人介绍他们自己的生活方式，他们会谈起普鲁托大陆的其他民族，这些参观者可以在回去之前去拜访这些民族。

绿皮肤的游牧人代表普鲁托大陆的最低发展水平，尽管如此，一种皮肤呈黄绿色的森林人却处在比较高的文明阶段，他们住在天然丛林里，丛林周围是一条壕沟，森林人住在树下粗糙的木棚屋里。对于他们的文化，我们知道的不多，但他们好像已经有了基本的政府形式，也知道如何使用工具。

无名氏，《地心旅行记》或《陌生国度历险记》

普鲁托尼亚 | Plutonia

一个面积广袤的地区，位于深深的地球内部，进入这里的通道位于北纬81度的波弗特海(Beaufort)，即俄罗斯一列山峦的背后，福瑞迪·南森之地(Fridtj Nansen Land)。普鲁托尼亚是1914年6月17日被发现的，发现者是一支法国探险队，探险队的队长是尼古拉·图卡诺夫教授(Professor Nikolai Innokentevic Trukanov),在中空的地球理论研究方面具有很深的造诣。

这支法国探险队本来想穿过南森之地,但猛然间却发现自己到了海平面以下9000多米深的地方。他们还在不断地下降,最后来到一个水下世界,这里与西伯利亚冻土地带有些相似,红彤彤的太阳照在上面。他们其实已经到了深深的地球内部,那个红彤彤的太阳其实是一个新的物体,他们叫它普鲁托,那个国家就叫普鲁托尼亚。

探险者发现普鲁托尼亚生活着许多庞大的史前动物,比如猛犸、巨熊以及各种各样的恐龙。普鲁托尼亚的中心是所谓的黑色沙漠,面积广阔,由黑色的岩石构成,周围是一座火山。火山的山腰上生长着一片史前森林,森林里住着大蚂蚁,大蚂蚁建造起巨大的蚁山,使人想起现代人的摩天大楼。

普鲁托尼亚的其余地区有丛林、沼泽、河流和湖泊,这些地方都没有得到应有的开发。探险队在这里发现了一个部落,部落里大多都是女人。这个部落用动物皮搭建棚屋,他们全身赤裸,吃生肉,还不知道使用火。男人和女人都出去打猎;男人很瘦弱,慢吞吞地跟在女人后面;女人高大健壮,她们用刺耳的尖叫声率领着打猎队伍。部落里的孩子虽只有一个母亲,父亲却又几个。他们的身体覆盖着软毛,让人觉得更像猿猴。这个部落的语言包括单音节和双音节词,没有格的变化,也没有动词、副词和介词的区分;词性根据说话人的姿势来定。他们能用手指和脚趾数到十。

威拉德米尔·奥布鲁特,《普鲁托尼亚》((Vladimir Obrutcev, *Plutonia*, Moscow, 1924)

诺姆-德克城 | Pnom Dhek

位于柬埔寨的丛林之中,可以和罗蒂哈普拉城相媲美。这两座城市具有近乎相同的面貌:壮观的砖石建筑和华丽的高塔连接着金碧辉煌的寺庙，使人觉得诺姆-德克城的居民非常富有。皇宫低矮而不连贯；所有不同时期的国王都在中心部分增加了自己的风格，整体看来，这座皇宫比罗蒂哈普拉城更有魅力。皇宫周围的花园很大也很美，保持得非常完好，尤其是气派壮观的大门，可以让两头大象同时轻松地通过。

尽管罗蒂哈普拉城和诺姆-德克城具有相似性，但这两座城市之间长期处于交战状态。戈登国王原是一位美国探险家，他帮助诺姆-德克城的弗-坦公主摆脱罗蒂哈普拉城的麻风病国王；麻风病国王想把公主抢去做他的情妇。戈登国王还帮助公主摆脱了邪恶的巴拉塔·拉恩的魔掌，这个人一直想霸占弗-坦公主，野心勃勃地想成为诺姆-德克城的下一任国王。戈登国王后来娶了弗-坦公主，使这个王朝延续至今。

参观诺姆-德克城的时候，游客别忘了去看看那些地下迷宫，戈登国王和弗-坦公主就是从这里逃出去的。

诺姆-德克城坚固的植被墙是柬埔寨丛林的一大特色，里面到处是老虎和蛇。这个地区经常可以看见黑豹、美洲豹、蜘蛛、猴子、大象以及其他地方飞来的鸟类。

埃德加·巴勒斯，《丛林女孩》(Edgar Rice Burroughs, *The Jungle Girl*, New York, 1931)

诺斯山谷 | Pnoth

位于梦幻世界南海里的奥瑞阿布岛，被险峻的史洛克山峦(Peaks of Throk)包围着。诺斯山谷里生活着大豹犬，它们在堆积如山的骨头里刨挖食物。我们对这种动物了解不多，只知道它们经过时发出的沙沙声和粘糊糊的触角。它们只在黑暗中爬行，让人无法看得清楚。

诺斯山谷也是梦幻世界的盗尸者倒掉盛宴残羹的地方。据说，几个名人假扮成盗尸者住在梦幻世界，人们却以为他们早就不在人世了。游客还可能在这里找到自己已故的朋友，他们的模样几乎跟生前一样，但现在已变成这个肮脏部落里的一员。

霍华德·洛夫克拉夫特，“小人物卡达斯追梦记”，《阿克汉姆集锦》

波卡帕利亚山村 | Pocapaglia

一个小山村，位于意大利的皮埃蒙特区。小山村坐落在小山顶上，小山的边缘陡峭而险峻。小山村的居民在鸡屁股上挂着一个大口袋，为的是不让刚生下来的鸡蛋滚到山下的树林里。

伊塔洛·卡尔维诺编，《意大利童话精选》(Italo Calvino, editor, *Fiabe italiane*, Turin, 1956)

诗歌半岛 | Poetry, Island of

岛上住的是一些心烦意乱爱做梦的人。这些人每天早晨都会跪拜黎明女神，把这位女神高高地捧在 9 个缪斯和阿波罗之上。

这些岛民拥有一种奇特的生育方式，他们用大脑怀孕，然后经过手指把孩子生出来。他们生育的大多数孩子都是怪物，但不会抛弃这些怪物孩子，而是给他们喂养一种很有营养的肉，名叫尊重。当某个岛民去世的时候，他会被放进精雕细琢的修辞装置里进行防腐处理，他的葬礼上会吹响荣誉的喇叭。

诗歌半岛缺乏政治组织，经济没有发展，军事力量薄弱，这种情况令人惊讶。诗歌半岛的居民要么在孤独的海边闲逛，孤独的身影就像天边的云彩；要么坐在潺潺的溪水边；要么创作毫无意义的诗歌，然后在聚会上一本正经地朗诵。

让·雅可比·德·弗雷蒙·阿布朗考，《拉辛的真实故事拾遗》

诗人半岛 | Poets' Island

参阅弗里科岛(Foollyk)。

波伊兹麦王国 | Poictesme

法国南部一个小王国，位于普罗旺斯以西。波伊兹麦王国富含金属矿，盛产谷物，是一个适宜居住的地方。波伊兹麦王国境内有宁静的溪流；重要的大河名叫杜阿德尼兹河，流经整个王国，最后汇入王国东南部的艾吉斯莫特斯海湾(Gulf of Aiguesmortes)。波伊兹麦王国有两大森林，分别是阿凯尔森林和泰尼菲尔斯山脉(Tainefells Mountains)以北的博维恩森林(Bovion Forest)。阿凯尔森林和杜阿德尼兹河之间是贫瘠的阿蒙尼朗沼泽，沼泽里经常有女巫出没，游客最好不要去那里。波伊兹麦王国境内还有一个地方，游客最好也别去，那就是敦-维勒秦地区，那里是地球之苦的居所。波伊兹麦王国地势最高的地方是斯多瑞森德(Storisende)，波伊兹麦王国的伯爵的城堡，坐落在杜阿德尼兹河的两岸。贝利加德(Bellegarde)还有几座重要的城堡，包括皇室居住的宫殿。拉尼克(Ranec)、阿斯(Asch)、尼拉克梅尔(Nerac sur Mer)，以及佩蒂贡(Perdigon)也有城堡。

波伊兹麦王国的标志是一匹银色牡马，总是用后腿站立着；波伊兹麦王国的座右铭是“人乐于受骗”。

对于波伊兹麦王国的早期历史，我们只知道它的史诗记载了一些事件，这些历史事件都与赎罪者曼纽尔伯爵有关。曼纽尔是白手臂桃乐丝和一个瞎子海精灵奥瑞兰德尔(Oriander)所生的儿子。他的母亲桃乐丝始终是一个处女，虽然冬至那天她在洞里生下了曼纽尔。奥瑞兰德尔不能离开水，因此桃乐丝嫁给了伊梅瑞克(Emerick)，伊梅瑞克变成了曼纽尔名义上的父亲。曼纽尔在波伊兹麦王国西北部的哈兰屯村长大，那里的日子很艰难。从此，曼纽尔开始去维奈德克斯山(Vraidex)探险，他在那座山上进行了多次探险，这是第一次。

在维奈德克斯山，曼纽尔终于看见了波伊兹麦王国的君主费尔丁纳的宫廷，后来，他的这位前辈被处以死刑，为他的出任扫清

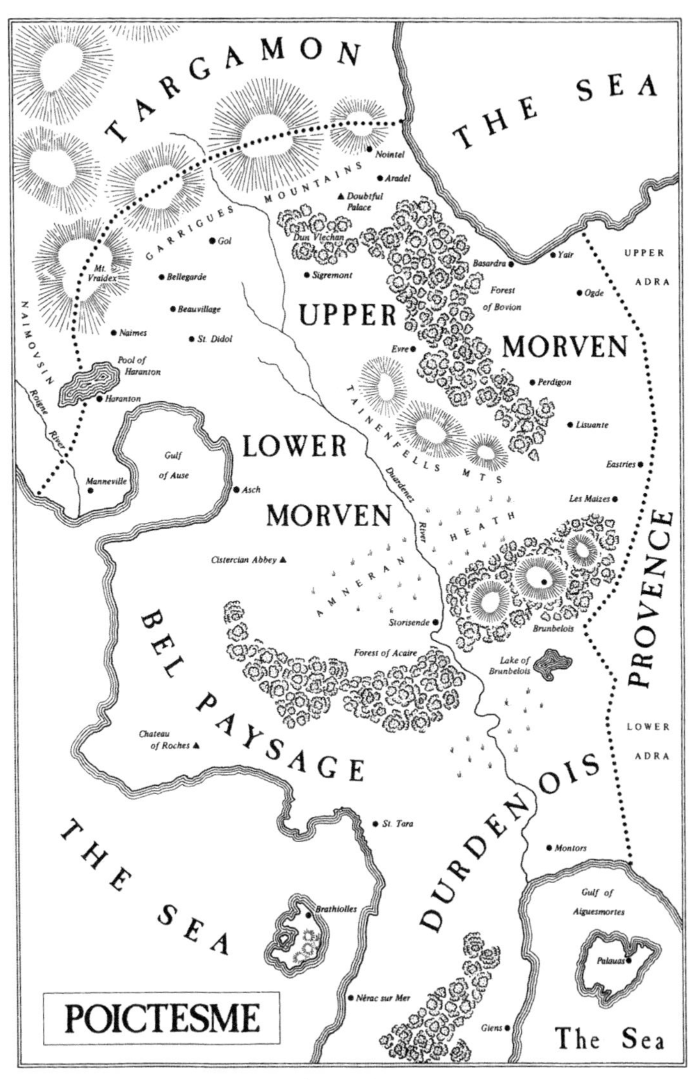
TARGAMON
THE SEA
GARRIGUES MOUNTAINS
Nointel
Aradel
Doubtful Palace
Dun Vlechan
Gol
Mt. Vraidex
Bellegarde
Sigremont
Basardra
Yair
UPPER ADRA
Forest of Bovion
Ogde
NAIMOVSIN
Beauvillage
UPPER
Naimes
St. Didol
Evre
MORVEN
Pool of Haranton
Perdigon
Rougne River
Haranton
TAINENFELLS MTS
Lisuante
Gulf of Ause
LOWER
Eastries
Manneville
Asch
Duardenez River
Les Maizes
MORVEN
HEATH
Cistercian Abbey
AMNERAN
PROVENCE
BEL PAYSAGE
Storisende
Brunbelois
Forest of Acaire
Lake of Brunbelois
LOWER ADRA
Chateau of Roches
DURDENOIS
THE SEA
St. Tara
Montors
Gulf of Aiguesmortes
Brathiolles
Palauas
POICTESME
Nérac sur Mer
Giens
The Sea

波伊兹麦王国

了道路，使他顺理成章地做了波伊兹麦王国的伯爵。曼纽尔伯爵负责招募一支军队，赶走阿斯蒙德公爵率领的北方军，因为他们入侵波伊兹麦王国，并且控制了这个王国的大部分地区。

战斗刚开始的时候，他们屡屡受挫。比如在佩蒂贡，曼纽尔伯爵的骑士当中只有4人得以幸存。在利苏雅特(Lisuarte)，曼纽尔的军队被一伙手持长柄镰刀、干草叉和棍棒的农民军击退。在基督圣体节那天，曼纽尔的陆军中尉托西·瓦卡被抓，而且被一根烧红的拨火棍刺死。但到了最后，运气改变了双方的力量对比。在米拉蒙(Miramon)的帮助下，波伊兹麦王国的失地被一一收回；米拉蒙是维奈德克斯山的9个睡眠之王(Nine Sleeps)。他虽然答应帮忙，但也有一个附加条件：必须赐给超自然神灵霍文代尔(Horvendile)一块地；这个协定的具体条款始终不为人知。米拉蒙在自家阁楼里捡到一些被丢弃的梦的碎片，用它们创造了一群奇怪的混血儿，其中包括一个长着4只手的战士。他手持一根木棒、一枚贝壳、一朵莲花和一块铁饼，骑在牡马上，牧马的毛发像刚刚擦亮的银子一样闪闪发光；还有一个影子人一手拿着一个T形十字章和一根节杖；他骑在一只甲虫上，这只甲虫长着人的手臂，公羊的头，狮子的脚。还有一个战士骑着一头公牛，戴着一串用大蟒和人的头骨做的项链；另一个战士骑着一头大水牛，手里拿着一根棍子和套索，这根套索据说是用来套取死人的灵魂。这些战士高唱战歌"Blaerde shay alphenio kasbue gorfons albuifrio"，发起了最后的进攻。一看见这群怪物，阿斯蒙德公爵率领的军队顿时乱作一团，溃不成军，据说当时的场面十分惨烈，几乎看不见一具全尸。

然后，曼纽尔伯爵进入被征服的地区，创建了银牡马协会，即一个骑士团，负责保护波伊兹麦王国的安全。

曼纽尔伯爵娶了尼亚菲尔(Niafer)。他第一次遇见尼亚菲尔是在维奈德克斯山。尼亚菲尔去世的时候，曼纽尔伯爵在敦-维利西安使她起死回生。由于在实施魔法时出了一点错误，尼亚菲尔复活之后有一只脚是跛的。尼亚菲尔虽只是一个马夫的女儿，但她却假扮成巴巴利的苏丹(Soldan of Barbary)的女儿和凯马斯

(Kaimarth)的直系后代;凯马斯是王中之王,也是第一个教人们建造房屋的人。对于尼亚菲尔杜撰的这个版本,没有人怀疑过它的真实性,这个版本就记录在那本有些虚假的家谱里,那本虚假的家谱就竖立在斯多瑞森德的大厅里。曼纽尔伯爵和尼亚菲尔生育了3个孩子,其中一个后来做了波伊兹麦的国王;曼纽尔伯爵的侄儿成了教皇。

关于曼纽尔伯爵最后的结局,我们只能去猜测。历史学家们都相信他从斯多瑞德尔的一扇窗户消失了,也有人说他升天了,也有人说他和死神骑马同去了。

波伊兹麦王国的第二个大英雄叫朱根(Jurgen)。朱根从阿蒙尼朗沼泽下面的巨怪王那里救出了凯米利阿德王国的圭尼维。朱根还在柯卡格尼岛住过一段时间。在那里,他娶了湖泊女神阿尼提斯。波伊兹麦王国现在的统治者是德·普桑格家族,这个家族的历史可以追溯到朱根那里;据说,朱根与他们的一位祖先之间有私情。弗洛瑞安·德·普桑格娶了曼纽尔伯爵的孙女;通过这种联姻,这个统治家族就拥有了波伊兹麦王国两大英雄的血脉。

波伊兹麦王国的居民信仰基督教,虽然国内也存在形形色色的异教思想;其中包括对邪恶神灵加尼科特(Janicot)的崇拜和冬至的丰产仪式,即所谓的车轮节。参加这种仪式的游客会看见一个可怕的祭坛,那其实是一具全裸的女尸。这种崇拜包括婴儿祭和有些痛苦的处女入会仪式。人们相信基督教是圣霍里克(St. Horrig)和圣奥克(St. Ork)介绍进来的,这两位圣人坐在一个石槽里,穿过海洋,冬至那天到了波伊兹麦王国。霍里克死后被埋在加尔(Gol)附近的坟墓里,波伊兹麦王国一些关于奇迹的传说与霍里克的坟墓有关,于是他被追封为圣人。霍里克这个名字用大写字母刻在墓碑上,由于久经风蚀,其中的字母R看不清楚了,这个名字就被读成霍普瑞克(Hoprig),由此导致了现在流行的圣霍普瑞克崇拜。具有嘲讽意味的是,真正的霍普瑞克其实是一个刽子手,就是他碾死了这位圣人,而且还砍掉了这位圣人的头颅。至于奥克,他的尸体被霍普瑞克那伙人已经毁得不成样子,连为他举行一个正式的葬礼都找不到足够的尸身。

詹姆斯·卡贝尔,《朱根:正义的喜剧》;詹姆斯·卡贝尔,《地球人物:一部关于形貌的喜剧》;詹姆斯·卡贝尔,《高地:祛魅的喜剧》

北极熊王国 | Polar Bear Kingdom

根据匈牙利探险家皮特罗·加里巴斯(Pietro Galibas)的报告,这个地区住着智商很高的极地熊。皮特罗·加里巴斯在极地考察期间,被自己的同伴抛弃在弗朗兹·约瑟夫之地(Franz Josef's Land),或者南森群岛某地。这里的极地熊救了他,并且细心照顾他。后来,极地熊的国王邀请加里巴斯参观他的宫殿。这是一座由巨大的冰洞和地下洞穴构成的迷宫,迷宫里充满了各种奇观,比如庞大的水晶柱和透明的玄武岩。

加里巴斯还说他看见了许多被冻住的史前动物,极地熊把它们作为取之不尽、用之不竭的食物源。加里巴斯吃这些动物肉时没有感到恶心,尽管这样的肉质坚硬,很不好吃。加里巴斯在这个王国里待的时间比较长,因此有机会去参观那座地下迷宫。他发现了一个巨大的洞穴,洞里有一个大大的硫酸铜湖,于是坐着石棉筏穿过了这个大湖。加里巴斯最惊人的发现是在一个水晶洞里,他在那个洞里看见了一个女孩和她父亲的尸体。这对父女在这里已经冬眠了两万年。加里巴斯讲述了他使这对父女起死回生的经过,其使用的是具有特殊作用的龙涎香。然后,他说,这对父女用希伯来语对他表示感谢。然而,从科学的角度来讲,很不幸的是,我们这位探险专家对自己这令人难以置信的发现太得意了,因而做了一系列不可取的试验,造成了石油喷发,冰山融化,史前动物开始复活。所幸的是这次石油喷发很快就停止了,气温逐渐恢复正常,那些史前动物又重新进入冬眠状态。然而,这样一来,对于北极圈深处那些已经灭绝了好几千年的动物,其他游客再也没有机会欣赏了。

朱勒·凡尔纳,《海底两万里》

博拉瑞亚岛 | Polaria

参阅鲁纳瑞群岛(Loonarie)。

波利亚库城 | Poliarcopolis

九十王国的首都,位于普洛托科斯莫地下王国。波利亚库的城墙上开了96扇门;城墙的外面有4800间地下屋,这是市政府分给穷人居住的。一条宽阔而金碧辉煌的林荫道围绕着这座城市,这条林荫道也被当作通向一条运河的码头,这条运河形成一个完美的多边形,多边形有24个角;运河上面有一座单拱桥。林荫道的左边是人行道,林荫道的右边稍低,介于人行道和码头之间的是公路。

波利亚库城有96条街,把这座城市分成许多个小城区;每条街道长1200英尺,交汇于市中心,然后形成一条用木头铺成的康庄大道。

贾科莫·卡萨诺瓦,《Icosameron 和 Edouard 的历史》(Giacomo Girolamo Casanova di Seingalt, *Jcosamero Ou Histoire d'Edouard*, Prague, 1788)

普罗波城 | Polombe

参阅罗姆国(Lomb)。

波利格洛特岛 | Polyglot

位于红海,岛上住着一个多才多艺的民族,名叫多语人,通晓世界各国的语言。为此,那些偶然碰见他们的陌生人无不惊讶之极,就在他们目瞪口呆的时候,这些多语人抓起他们,接着就是一阵生吞活剥。与普遍的信仰相反,法国巴黎从未发生过这样的事。

也是在波利格洛特岛上,不过是在对面的海滨地区,住着另一个部落。这个部落里的人身高 15 英尺,身体如大理石一样白净,两耳长得像蝙蝠。晚上,他们用大耳朵睡觉,不用床垫和毛毯。如果遇见其他人,他们就会马上竖起大耳朵,一阵风似地向内陆的沙漠逃去。

无名氏,《怪兽奇观》(Anonymous, *liber monstrorum de diversis generibus*, 9th cen. AD)

波利普拉格莫塞尼半岛 | Polypragmosyne, Island of

又叫"骗子港",尽管这种说法不够恰当。波利普拉格莫塞尼半岛上的居民总是喜欢苦笑,也总是喜欢打听邻居家的事情,他们对此总是满心好奇,甚至超过对自己的关心。

波利普拉格莫塞尼半岛上有一个重要的历史遗址,游客千万莫要错过,这就是惨败者纪念馆;包括巴别塔创建者的作品和特拉法尔加广场(Trafalgar Square)上的喷泉。在这个历史纪念馆里面,政客们正在讲那些本应该起作用的宪法;阴谋家正在讲那些本该成功的革命;经济学家正在讲那些本该使每个人都可以获得财富的计划,如此等等。在纪念馆的大厅里,补鞋匠卖不出去鞋的时候就讲整形外科知识;哲学家正在预言,说英国人如果信天主教的话,英国将成为世界上最自由、最富裕的国家。

在波利普拉格莫塞尼半岛上,人们都在做自己不了解的事,因为他们都已在自己熟悉的领域吃了败仗。在这种大混乱当中,我们可以看见犁拉着马,钉子敲着铁锤,书在创作作者,公牛在经营瓷器店,猴子在给猫修脸。

波利普拉格莫塞尼半岛的海滨住着愚人村的聪明人,他们正在把一个水池往他们认为月亮掉进去的地方拽。大家都知道,这些聪敏人和大多数其他岛民将会结束金驴半岛上的好日子。

查理·金斯利,《水孩子:关于一个陆地婴儿的神话》

波马斯王国 | Pomace

一个精灵王国，位于英格兰的赫里福郡。波马斯王国很安静，没有朱亦王国(Zuy)的喧嚣，也没有布拉塞里昂王国常见的浮躁。与大多数精灵王国不同，波马斯王国在人类历史上扮演着非常重要的角色，这主要是因为精灵哈姆雷特的缘故。哈姆雷特出生高贵，但小时候的古怪脾性使他显得格外与众不同。他创建了波马斯无节制投机协会，国内的保守派成员认为这个组织具有很大的破坏性。无节制投机协会主要讨论户外露宿、好品味的坏处以及人类可能比精灵更有趣等话题。他们的最后一次讨论引起了精灵之间严重的敌对情绪，为此，这个协会不得不宣布解体。哈姆雷特也因剧院的利益而与自己的同胞闹得不和。

哈姆雷特娶了波马斯王国最美丽的精灵尼尔。尼尔在生育一对双胞胎兄弟时难产而死，这两个孩子其实不是尼尔丈夫的孩子，而是尼尔跟一个普通凡人所生的孩子。在这种情况下，精灵通常可以选择流产，但那种用刺柏的树皮和树叶混合而成的传统药物对尼尔没有用。这对双胞胎兄弟在波马斯王国长大，成年后离开了波马斯王国，这令大多数精灵深感安慰。然而，几年后，他们回到自己的合法父亲哈姆雷特那里，要求进入政府部门，不再过漂泊不定的生活。经过劝说，哈姆雷特同意为这两兄弟建立一所神学院，这所神学院坐落在威尔士北部的温洛克。两兄弟成为这所新卡拉维学院(Caraway College)的优秀学生，随着时间的流逝，两兄弟都做了大主教，即有名的圣洁大主教和强壮大主教。后来，他们各自做了约克郡的大主教和坎特伯雷大主教。因为出了两位大主教，卡拉维学院很快就有了名气。哈姆雷特积极支持兄弟俩的事业，虽然他这样做更多是为了消遣和娱乐。此外，哈姆雷特也非常关心他们的学校教育。哈姆雷特可能是唯一一个曾经深入研究过神学的精灵。

希尔维亚・华纳，《精灵王国》

波奴科勒-德瑞尔卡福王国 | Ponukele-Drelchkaff

一个地域辽阔的非洲帝国，西北部紧靠达霍梅(Dahomey)，北部与鲍奇山丘(Baoutchi Massif)相邻，南部可能以刚果河为界，尽管有些喜欢阿谀奉承的朝臣会对他们的皇帝说，这个王国一直延伸到好望角。波奴科勒帝国被特兹河(Tez River)分成两个截然不同的地区，首都伊吾尔市(Ejur)坐落在特兹河的河口，特兹河以北是波奴科勒地区(Ponukéle)，以南是德瑞尔卡福地区。

自1655年以来，这两个非洲小王国开始拥有了共同的历史。当时，波奴科勒的第一任国王索乌恩(Souann)征服了德瑞尔卡福。10年前，索乌恩娶了西班牙的两姐妹，这两姐妹曾经在伊吾尔市附近遭遇海难。后来，她们各自在同一天的同一时刻为索乌恩生了一个儿子，索乌恩给这两个儿子分别取名为塔罗(Talou)和雅乌尔(Yaour)。1665年，索乌恩大限将至，临终前把波奴科勒留给塔罗，把德瑞尔卡福留给雅乌尔。可是这两个新建立的王国一直交战不断，这样的状况一直持续到1904年6月5日特兹河大战爆发。此后不久，塔罗七世打败并谋杀了雅乌尔九世，再次统一了这两个国家。

伊吾尔市规模庞大，包括数目众多的茅草屋。这座城市靠近海滨，地势险峻，只能通过在陡峭的巉岩上撞毁船只才能到达。伊吾尔市的中心是一个战利品广场，非常壮观，广场四周是林荫道，林荫道两边生长着上百年的无花果树，树丛间插着许多长矛，长矛上面装饰着人头、假珠宝以及许多其他的饰物，这些都是塔罗二世及其前任抢夺的战利品。

伊吾尔市的城门口有一个大公园，名叫贝胡里卢恩(Behuliphruen)，面向东南方，一条小小的重水溪穿过大公园。大公园里种植了来自世界各地的奇花异草，一群奴隶正在用自己一生的精力料理这些奇花异草。这些奇花异草当中有一种奇怪的大树，大树上结出的果实很像大个头的香蕉，这种果实遮蔽了大树周围的地面。如果游客捡起这样的果实,然后把它捣碎,做成一支蜡烛,再用缠绕在树干上的藤蔓做烛芯,他就会发现,这种蜡烛在被点燃时会产生很大的噪音,噪音会持续很长的时间,就像轰隆隆的雷声。大公园里还有一种奇怪的植物,会开红色的花,这种红色的花会释放浓烈的香味,这浓烈的香味专门吸引蚊子的注意,当地人用另一种植物的网状细丝编织美丽的笼子,然后在笼子里放一朵红花,去吸引那些嗡嗡叫的蚊子。巴奇寇花(Bachkou)的花瓣上有剃刀一样锋利的刺,如果游客被这样的刺扎破了手指,他可以用力挤压花瓣,挤出的汁液可以用来消毒和止血。特兹河里生长着两栖的白色海藻,笔直得像芦苇。

从伊吾尔市出发往北走,经过一天的行程,就会看见辽阔而茂密的沃尔森林,1904 年发生的一场大火烧毁了沃尔南部的森林。这片森林里有一种奇特的珍稀植物,可以用来当作绘画机器,当地人普遍使用这种机器,因为它可以生产一幅幅油画,就像照相机拍摄的彩照一样。

波奴科勒-德瑞尔卡福王国有许多奇怪的动物,比如一种体型庞大的腐尸动物。这种动物长着有力的大翅膀,大大的脚,涉禽类动物一样的嘴,嘴外面有圆圆的出气孔。还有一种啮齿类动物,像松鼠,有一小撮黑色的鬃毛,很容易引起参观者的注意,因为这种鬃毛会发出两种同样响亮的声音。还有一种胖乎乎的蠕虫,生活在那条重水小溪里,不伤人;这种蠕虫对音乐非常敏感,如果游客想把它们吸引到岸边来的话,可以吹奏柔和的音乐,一听到这样的乐声,它们就会马上游到岸边来。海滨附近的海水里也生活着一些动物,只是这些动物还没有得到人们全面的研究。它们长得像旗帜,像窗帘,像肥皂,像锌盘,像果子冻,以及其他某些形状的东西。地下洞穴里生活着海绵,海绵的形状和功能很像人的心脏。

雷蒙·鲁塞尔,《非洲印象》(Raymond Roussel, *Impressions d'Afrique*, Paris, 1910);让·菲瑞,《非洲印象》(Jean Ferry, *L'Afrique des impressions*, Paris, 1967)

亵渎教皇之岛 | Popefigs' Island

以前叫“快乐男孩之岛”。现在这座岛上的居民生活贫穷，因为他们的祖先做错了事情。许多年前，快乐男孩之岛上的市长、长老和老师到邻岛教皇崇拜岛去观看一年一度的宗教游行，他们中有人在看到教皇肖像被抬着穿过大街时做了一个下流的动作，这是公开“侮辱”教皇肖像的行为。为了惩罚这样的侮辱行为，教皇崇拜岛的居民洗劫了快乐男孩之岛，杀死了岛上所有的成年男子，只留下妇女和儿童。那些幸存下来的妇女和儿童被卖为奴隶，被迫向他们进贡，被迫接受“亵渎教皇之岛”这个名字，因为他们胆敢侮辱教皇的肖像。自那以后，快乐男孩之岛就生活在痛苦和贫穷之中，经常遭受冰雹、暴风和饥荒的折磨，这些都是用来惩罚他们祖先犯下的罪孽。快乐男孩之岛上的居民说，魔鬼得到路西弗的许可，经常来这里寻欢作乐。因此，岛上的居民痛苦不堪，港口旁边的小教堂也被削去屋顶，变成了一堆废墟。

弗朗索瓦·拉伯雷，《巨人传第四部》

教皇崇拜岛 | Popimania

靠近亵渎教皇之岛，岛上住着疯狂崇拜教皇的人们。他们服从霍梅纳兹或格利特克罗德主教的统治。他们相信教皇实际上就是上帝的化身，他们谨遵教皇的法令，并声称岛上保存的教皇法令都来自天堂，是天使带到地上来的；而其他国家发现的那些教皇法令只是模仿。他们坚信每个人都应该放弃其他的职业，专心致志地研究教皇的法令和诏书；只有等到那个时候，这个世界才会幸福，地球上才不会有冰雹、霜冻和其他的自然灾害；犯罪和战争才可能消失，当然，反对异教徒的圣战除外。在他们看来，真正的基督徒应该做的是广泛了解和研究教皇的法令，这才是使他们成为世界上最有声望、最受人尊敬的唯一途径。

神圣的教皇法令被保存在一座教堂里，写在一本巨大的金书里，书的封面上镶嵌着各种稀有的宝石，有红宝石、翡翠、钻石以及珍珠。这本金书被套上两根结实的金链子，悬挂在教堂大门那刻着花纹的中楣上。教堂的祭坛背后有一幅制作粗糙的教皇肖像，高贵的参观者可以亲吻那根接触圣像的棍子一端，圣像只在最盛大的宗教节日里才展示给最忠实的信徒看。教皇崇拜岛上的居民相信，一旦看见圣像，他们记得的所有罪孽都会得到赦免，不记得的罪孽有四十分之十八和三分之一可以得到赦免。

尽管这些岛民疯狂地崇拜教皇，却从来没有见过真正的教皇，因此对于那些自称看见过教皇的人，他们表示极大的尊敬。他们会亲吻这些人的脚，赐予其各种形式的荣誉。他们中一个后知后觉的人曾这样写道：正如有一天弥赛亚会来到犹太人中间一样，教皇有一天也会来到这些岛民的中间；直到那个时候，他们必须欢迎任何一位看见过教皇陛下的人，盛情款待他，对他表示最崇高的敬意。

他们邀请那些自称见过教皇的人去参加盛宴，费用出自公共捐款。为了与教皇令书中规定的相关内容保持一致，他们把一半的钱花在食物上，一半的钱花在饮料方面。盛宴上的每一道菜都带有大量的圣典填料，补充酒是岛上的一大特色酒，通常与饭菜一同端上桌。客人得到教皇崇拜岛上那些待嫁姑娘们的侍奉，这些女子身穿白色的束腰长袍，头发用彩带扎成辫子，发辫上插着香甜的香草和鲜花。

教皇崇拜岛因美味的珍珠而闻名，这些珍珠出口到法国，它们在法国的名字叫“好基督徒珍珠”。

弗朗索瓦·拉伯雷，《巨人传第四部》

波波国 | Popo

德国境内的一个小王国，小王国的边境一眼就能看得见。小王国的彼得国王为了一门心思钻研哲学，放弃了自己的王位。彼得国王的儿子莱恩斯继位，娶邻国公主丽娜为王后。

莱恩斯想把自己的王国变成缪斯女神喜欢的享乐之国。遵照他的命令，日历被废除了，所有的闹钟也被砸坏了，只有开花结果和年龄变老能告诉他们时间正在流逝。小王国的边境线上摆放着硕大的太阳镜，用来制造快乐、统一，以及夏日般的气氛。

小王国的首相名叫瓦勒里欧(Valério)，他形容自己在工作方面像一个“处女”。根据一些爱嚼舌根的人的说法，瓦勒里欧首相懒得要命，他希望小王国的每个人都不要超量工作。他只颁布过一条法令，即如果一个人手上长水泡的话，就要去坐牢；如果累出了病，就要被送上法庭，如果夸口说他是在用汗水赚面包，就会被认为心理不健全，会危害社会。

格奥尔格·毕希纳：“莱恩斯和丽娜”，《德国电报》(Georg Büchner, “Leonce und Lena” in *Telegraph für Deutschland*, No. 76—80, Hamburg, 1838)

猿猴港 | Port-Ape

一座小城市，坐落在模拟山的海滨地区，城里只住着欧洲人，大多是法国人。猿猴港这个名字很难解释，因为这个地区其实根本就没有什么猿猴。

整个海滨地区密密麻麻地停靠着来自不同时期和不同国家的商船，这些都是被抛弃的船只；停靠在这里静静地等着被风化，或是被海中的生物消化。这些船只大多属于远征队所有，远征队经历多个世纪以后来到这里，只为爬上模拟山。猿猴港与其他的海滨城市一样，相当于远征队的一个起航点，远征队从这里出发，到达模拟山山腰的第一个露营地，然后再从这个露营地出发，花两天时间继续攀登模拟山。最后，当地的导游带领他们登上模拟山的最高峰。

每一支到达猿猴港的探险队都会从当地导游那里得到一袋金属货币，用来购买东西和服务。这种预付款必须用佩拉达姆(peradam)来还。佩拉达姆是一种圆形水晶,相当于当地的黄金。佩拉达姆也叫“亚当之石”,与人类起源有某种神秘的联系。据说,钻石是这种圆形水晶中的一种次品。圆形水晶非常纯净,其折光指数和空气非常相像,因此很难看见。但如果确实需要它,它也会在火焰般的亮光中显现自己。

从猿猴港看模拟山

正由于佩拉达姆如此稀缺,如此难以被发现,因此一些参观者不再上山寻找,他们想通过做工匠或劳工赚取。如果游客拿不出相应的佩拉达姆偿还当地的导游,那么他将面临一个很不愉快的结果。

猿猴港的经济和社会模式都很简单,这一点有些像工业革命之前的一个欧洲小镇。猿猴港不可以引进电动机,不可以使用电,也不可以使用爆炸物。猿猴港里只有几座教堂、一个市政厅和一个警察局。政府掌握在当地导游手里,他们的代表也行驶管理权。他们的权力无可比拟,稳稳地建立在其所获得的佩拉达姆这样的财富基础之上。只有海滨地区的人们才有这种金属货币,他们用这些货币购买日常用品。

猿猴港的人口都是远征队的后代;几个世纪以前,远征队员就生活在这里。非洲人、亚洲人以及一些已经灭绝的种族在这里都有了自己的后代。其他海滨城市的生活与猿猴港相似,所不同的只是那些民族各自拥有不同的习俗和语言,每一种语言都烙上了独特的导游用语的印记。这些语言以独特的方式变化发展,少数几种语言里,比如猿猴港的法语,还保留了很多古用语和不规范的表达,同时也增加了一些新词汇,用来表达像佩拉达姆这样的本土事物。

猿猴港温度适宜,大多数欧洲国家比较常见的动、植物都能够在这里生存。此外,这里还有人们不了解的几个物种。其中有一种树状的旋花,这种植物发芽和生长的力量非常大,可以被用来制造一种慢性炸药,还可以用来搬移采石场的岩石。还有一种火焰般的菌类植物,也叫松勃菌,块头很大,也会爆炸。炸开后,里面的孢子到处飞扬,经过几小时的强烈发酵,会突然迸发出火焰。还有一种会说话的稀有灌木丛,非常敏感,果实形成鼓,与树叶摩擦,可发出各种人声,就像鹦鹉,这种鼓会重复它周围说出的任何一个单词。还有一种环形蜈蚣,属于多足类动物,喜欢自娱自乐,长两米左右,身子可以蜷缩在一起,非常迅速地从山顶滚落下来。还有一种体型庞大的蜥蜴,有些像变色龙,前额长了一只直瞪瞪的大眼睛,另外两只眼睛已经退化,这种蜥蜴深受当地居民的喜欢和尊重。还有一种会飞的毛毛虫,其实是一种大桑蚕,天气好的时候,大桑蚕的体内就能产生一种很轻的气体,这种气体可以把身体几小时内变成一个大气球,然后被风带走,这种大桑蚕永远不会成年,它的后代通过幼虫状态的单性繁殖形成。

雷纳・道马尔,《模拟山》

布里顿港 | Port Breton

参阅斯多恩岛(Storn)。

格劳本海湾 | Port-Grauben

一个微型海湾,位于地下海莱敦布洛克海西北部的海滨。海湾的名字是莱敦布洛克探险队的成员取的,这支探险队于 1863 年开发了这些地区,为了纪念汉堡的格劳本小姐。

如果游客想去莱敦布洛克海,就必须从格劳本海湾出发。在这个海湾的水域里,游客会看见巨大的海草,很像体型庞大的食草蛇,有 1000 多米长。他们还会看见一种瞎鱼,因为在黑漆漆的地下生活,因此不需要眼睛;根据莱顿勃洛克教授的说法,瞎鱼属于地球上史前生活的一种动物,现在已经绝种。

朱勒·凡尔纳,《地心旅行》

普罗顿库拉村 | Protiuncula

位于塞尔瓦迪山,靠近意大利南部的卢卡尼亚山谷。游客来普罗顿库拉村的目的主要是重获某种失去的东西。

游客最好不要在冬、夏两季来普罗顿库拉村,因为这两个季节在普罗顿库拉村都不是最理想的季节:夏季尘土飞扬,炙热难忍;冬季凛冽的狂风令人难以前行。其实,游客春季来这里也不太方便,暴雨冲刷了山谷,使道路变得泥泞而危险。如果游客需要休息,普罗顿库拉村前面只有两个村可以,分别是特吉阿诺(Teggiano)和劳瑞诺(Laurino),前者靠近一座凋败的城堡,后者靠近一座小教堂。

每个游客都会发现,普罗顿库拉村不同于他记忆中的样子,但他们都很难说出究竟发生了怎样的变化;也有人可能就此决定不再去普罗顿库拉村。

斯特凡·安德烈,《普罗顿库拉村之行》(Stefan Andres, *Die Reise nach Portiuncula*, Munich, 1954)

薯虫国 | Potato Bug Country

可能靠近卢塔巴加国,这里住着薯虫。薯虫国的愿望和怀疑都会变成现实。薯虫国的交通主要依靠火车,这里有慢车、快车以及不开往目的地而是倒着开的火车。薯虫国的货币是福勒姆(fl-eem),参观者最好事先准备一些福勒姆,否则没法在这里做事情。

卡尔·桑德堡,《卢塔巴加故事集》

波图省 | Potu

参阅纳扎尔王国(Nazar)。

鄱阳山 | Poyang

统治这座山的是一位脾气暴躁的神灵。要想安全抵达鄱阳山，游客必须给这位神灵献上最好的狗肉。如果狗肉煮得不太熟，参观者就会遭到惩罚：他必须自己把这狗肉吃了，然后被一只看不见的手搭上一张虎皮，于是这个粗心的游客就变成了一只食人虎。鄱阳山上这样的野兽很多。

刘敬叔，《异苑》(Liu Ching-Shu, *Garden of Marvels*, 5th cen. AD)

现在王国 | Present Land

靠近南极。1828年，楠塔基特岛上的亚瑟·皮姆先生发现了这个王国，他是第一个看见这个王国的人。1928年，法国探险家亚当·哈兹(Adam Harcz)来到这里。如果游客想来参观现在王国，可以坐飞机从恩德比地出发。

游客会置身于茫茫迷雾之中，到了海拔3000米左右的高度，大雾会慢慢地散去，这时候游客能看见一片山峦，白热化的烟雾正从山峦中的火山坑里腾腾升起。参观者要注意，一旦到达现在王国，他的手表会停止走动；这是很正常的状况，因此不用抱怨手表生产商。第一眼看过去，现在王国就像一个磷光闪闪的高原，蓝白相间，一直延伸到高山脚下，蜿蜒的小溪和水渠连接起一个个湖泊和水池。山峦地势险峻，断裂的山腰处有洞穴和积满水的火山坑，积水的边缘是灰沙。光线从多孔的岩石照射进来，把岩石周围照得通亮。水池更像一个水花园，池水的密度大，温度高达38度；这种高密度的水会像水银一样腐蚀人的皮肤，游客千万不可以把手伸进这样的水里。现在王国无风、无尘、也无气味；现代王国的植物长得很奇特，灌木丛长得像珊瑚，呈亮白色；挺拔的大树像玻璃纤维，圆而厚的树叶，圆而透明的果实。水池里生长着一簇簇浅绿色和蓝色的水草。

现在王国就是此在王国;这里的居民没有记忆,每时每刻都是全新而完美的。这种静止的现时状态里没有任何变化,也没有将来。任何事物都是一清二楚的,没有神秘,没有隐瞒,没有谎言,没有倦怠,也没有痛苦。现在王国只发生过一件事情,被哈兹记录在他的旅行日记里。当时光线开始暗淡,就好像正在发生日蚀,哈兹注意到,现在王国的居民一对接一对地走进山腰的一个大裂缝里。哈兹跟在他们后面,他们进入一个地道,沿着地道继续往前走了差不多几千公里的样子,就进了那座山。山里的气温开始上升,参观者会发现地道的地面和墙壁都是用黄金砌成的。哈兹看着这些居民来到一处裂口,裂口里伸出一棵树来,树枝构成一个完美的圆形,每根树枝上都结了一个果实,有些像橄榄。一只鸟儿开始唱歌,接着,一个身穿白衣的巨人出现在这些居民面前,根据皮普先生的描绘,这个巨人好像"穿着白色的裹尸布","比这里任何一个人都显得更高大"。巨人一出现,地球就开始震动,树上的果子纷纷掉落,这些居民捡起果子,把它们压在额前,然后跪在大树前,高喊"tekeli-li";萨拉尔岛上的土著人也是这么做的。这些居民的面部表情各异,有的丑陋可怕、有的充满天国的美丽。最后,白衣巨人消失在一团金色的迷雾中,这些土著人站起身来,把手中的果实投进山里的那道裂口,这时候,他们的表情恢复了正常。然后,他们中的一些人离开裂口,也有人跳进深深的洞里,嘴里再次高喊着"tekeli-li"。

这些居民都是雌雄同体,他们具有人形,身体呈半透明状,好像是用白玉做的。除了拇指,他们的其他手指上都有蹼,都有近乎透明的膜状物,看起来很像一种日本鱼类的鳍。他们的眼睛很大,柔软的短发,牙齿和指甲像珍珠母,手和脚非常纤细,肌肉十分发达。他们走路的姿态很优雅,性情很温和,最喜欢的消遣是游泳和戏水。他们的身体不会产生分泌物,也不需要任何分泌物。他们从不睡觉,依靠空气生活。他们交流的语言如音乐般轻柔。他们的身体不带有人类惯有的罪恶。他们住在圆顶棚屋里,这样的棚屋构成了一个新月形的村庄。每一栋棚屋都带有一个有盖的天井和一间单独的屋子，这些土著人家里都有海草编织的床垫，他们就在这样的床垫上做爱。

参观者若想记住在这里度过的那些日子，他最好能找到一块椭圆形的石头，这种石头很像天青石，它可以帮助参观者保留对现在王国的记忆。

爱伦坡，《楠塔基特岛的亚瑟·皮姆的故事》(Edgar Allan Poe, *The Narrative of Arthur Gordon Pym of Nantucket*, New York, 1838)；多米尼格·安德烈，《永恒的征服》(Dominique André, *Conquête de l'Eternel*, Paris, 1947)。

普利梅维尔城 | Primevere

参阅翌日岛(Morrow Island)。

普洛斯波罗亲王的城堡 | Prince Prospero's Castle

可能位于中欧地区。这是一座修道院，四周筑有坚固的围墙，围墙上面开有铁门。据说，普洛斯波罗亲王曾为了逃避红死病来这里避难，当时，那场瘟疫正肆虐着他的整个王国。

这座城堡共有7间漂亮的屋子，这些屋子的设计很不规则，参观者一次只能看见一间屋子。每一面墙的中间都有一扇高高的哥特式彩色玻璃窗，窗户的颜色根据屋子装饰的主色调来确定。从东到西，7间屋子的颜色分别是蓝色、紫色、绿色、橘红色、白色、紫罗兰色以及黑色。只有第七间屋子的窗户没有跟房间的装饰色保持一致，这扇窗户的窗格是猩红色的，鲜血一样的颜色。房间里的照明不用灯和蜡烛，而是用烤炉，烤炉通过彩色玻璃发出暗淡的光。

为了庆祝隐居的第五或第六个月，普洛斯波罗王子为自己的1000个朋友举办了一场盛况空前的假面舞会。然而，不幸的是，这次庆祝活动却因红死病的出现被迫中断，红死病决定扮成亲王，参加这次舞会。

爱伦坡,“红死病的假面舞会”,《神秘和想象故事集》(Edgar Allan Poe,“The Masque of the Red Death”, in *Tales of Mystery and Imagination*, Philadelphia, 1919)

海岬宫殿 | Promontory Palace

一座规模庞大的别墅,具体位置不清楚,包括伊比诺斯(Epiros)或伯罗奔尼撒半岛那样广袤的附属地区。如果游客经海上到这里来,他可以看见沙丘、冰河以及一些被德国白杨树和正面为圆形的旅馆包围着的洗衣房。到达这里之后,游客会发现沙丘上的鲜花热得出奇。公园边缘生长的草本植物也不同寻常。在旅馆那富丽堂皇的正面,开着令人赏心悦目的窗户。

亚瑟·兰波,《启示》(Arthur Rimbaud, *Les Illuminations*, Paris, 1886)

先知岛 | Prophets, Isle of

参阅哈希科拉岛(Haciocram)。

普洛斯彼罗岛 | Prospero's Island

又叫“凯列班岛”,可能位于地中海,介于突尼斯和那不勒斯(有些遭遇海难的船员认为应该是加勒比海)之间。普洛斯彼罗岛上住着怪物凯列班,一种介于海洋和陆地动物之间的怪物。岛上还住着几个小精灵和幽灵,其中一个叫阿瑞尔。

普洛斯佩罗岛的庇护神是赛特巴斯,据说,他住在自己创造的一个月球上,他还创造了太阳和大海。

17 世纪早期,被废黜王位的米兰公爵普洛斯彼罗和女儿生活在这里。他的女儿后来成为那不勒斯女王。普洛斯彼罗公爵的房

普洛斯佩罗岛上公爵的蜂房

屋靠近泥泞的湖边，这栋房屋至今仍在；房屋四周是小树林，不受恶劣天气的影响。普洛斯彼罗公爵拥有一家著名的图书馆，里面主要珍藏巫术和介绍神秘事物的奇书，其中一卷好像已经遗失，但其他的书至今保存完好。据说，公爵随身所带的那根魔杖就埋在这附近。

普洛斯彼罗岛上既有富饶的地方，也有贫瘠的地方。岛上有清泉，有盐井，还有覆盖着石南、荆豆和青苔植物的广袤土地，有些地方还生长着山胡桃果和榛子；此外还有许多小动物，比如蟾蜍、蝰蛇、乌龟、鼹鼠、松鸦、甲虫以及蚊子；还有橡树和松树(很像怪物凯列班的母亲塞克拉克丝女巫囚禁阿瑞尔的地方所生长的松树)。普洛斯彼罗岛上充满了各种噪音和香甜的空气，有时还能听见温柔迷人的乐音，这样的声音对人无害，但有些声音我们最好不要听，比如奇怪的回音和一种小鼓的敲击声。

莎士比亚，《暴风雨》(William Shakespeare, *The Tempest*, London, 1623)；勃朗宁，“凯列班论赛特巴斯”，《戏剧人物》(Robert Browning, “Caliban upon Setebos”, in *Dramatis Personae*, London, 1864)

普洛托科斯莫王国 | Protocosmo

一个很难进入的地下王国。两个英国旅行家曾经描述过这个王国；他们是兄妹俩，他们乘坐的“沃尔西号”(Wolsey)遭遇了海难，后来被海水冲到了这个地方。“沃尔西号”的船长是亚瑟·霍华德大人，他与另外两艘船于 1534 年启程，绕北海航行。当他们航行到东经或西经 28 度、北纬或南纬 16. 15 度左右的时候,一场可怕的大风暴袭击了他们的海船。兄妹俩躲进一个大铅盒,逃过了这场劫难。大铅盒被凶猛的漩涡抛出了船舱,被激流冲到一个水下裂缝处,穿过无数层的水和气体,他们最后出现在一块神奇的土地上,直到被其他人发现。

因此,应该用英语拼读这个国家的名字。这是一座坚固的大海岛,漂浮在一种泥泞般的凹形物质之上,这种物质无边无尽,是那个世界与我们自己的世界之间的媒介层。大岛屿的半空中(即地球的中心)树立着一个铁球,铁球发出淡粉色的光芒。这个地方一望无垠,常常可见一片片小树林,树林里生长着圣树,景致十分宜人。普洛托科斯莫王国的土地得到了全面的开垦。除了几座低矮的瞭望塔和天文台,城市、农场以及其他的建筑都是隐蔽的。普洛托科斯莫王国的整个地面被分成完美的方形区,方形区的每一边都有水渠。普洛托科斯莫王国的居民叫梅加米克罗(Megamicroes),他们生活在地下房屋里。每个方形区至少建有 8 栋这样的房屋,每对梅加米克罗夫妇居住在一栋这样的房屋里。农民住的房屋带有货棚和马厩,他们的房屋很小,呈方形,共 3 层,每层有 4 英尺高,只有第三层能获得自然光,自然光透过天花板的缝隙照射进来。

几个方形区共同构成一座城市。城市的建筑宏伟壮观,这些美丽的建筑随时准备迎接远方的来客。在这些城市建筑当中,最值得一提的是皇宫,所有的城市里都能找到这样的建筑,皇宫的主人是国王。这些宫殿属于标准的方形建筑,整栋建筑包括院子、花园、水渠、树林,以及一切由工业、科学或金钱提供的东西,这些东西都被用来满足国王的物质和精神需求。每座皇宫都有 1 万间独立的房屋,可以住 10 万个仆人。每座皇宫还有 100 间宽敞的音乐室,无论在什么时候,这些音乐室都值得一看。在每座城市的围墙外面,政府为穷人搭建了栖身之所。这些居所与普通的农舍差不多,只是不带马厩和货棚,建造这样的房屋基于一个宗教观念,即贵族和富人必须努力使每对梅加米克罗夫妇都能生活在安全的屋檐下,都能享受到舒服的睡眠。普洛托科斯莫王国的夜晚最迷人,也是一天中最长的时段。

在政治方面,普洛托科斯莫王国被分成80个王国和10个共和国,每一个国家占地121万平方英里。余下的约3600万平方英里被分成216块大小不等的封地,所有的封地都呈三角形,封地的领主可以为自己的领地单独立法。

梅加米克罗有讨人喜欢的一面,他们的样子有几分像婴儿;他们的皮肤有几种颜色,但几乎没有白色和黑色,红皮肤也极少;他们的头发很短,像羊毛,头发的颜色与其肤色一样多。所有的梅加米克罗好像都喜欢戴一种尖顶帽,这样的打扮格外惹人注目。尖顶帽的前面被抬高,盖住了耳朵。这其实不是帽子,而是身体的一部分,很像人耳的软骨。梅加米克罗雌雄同体,属于卵生。他们一对对地出生,依靠自己生产的一种奶养活自己,这种奶可以使其永葆青春和健康,直至死去。他们的死亡一般发生在192个收获季节;相当于48年。他们的奶是第六感产生的,这种第六感是通过用药草和带香味的花揉搓皮肤产生的。他们也吃面粉,他们把这种面粉放在水里煮熟,微温时与药草一起喝下,这样可以提高奶的营养。一个梅加米克罗在吃下这种面粉之后,就会去吮吸他身旁那个梅加米克罗的奶,然后再让身旁这个梅加米克罗吸他的奶。如果某个梅加米克罗没能成功地产奶,他会感到十分沮丧。他们吮奶的时间几乎不到一分钟,所有参加这种宴会的梅加米克罗都要吸这种奶,同时也要提供这样的奶;然后,他们开始互相温柔地亲吻和友好地交谈。每个梅加米克罗还要接受一只小篮子,小篮子里装满了草药,作为餐后甜点。梅加米克罗取出一个细颈瓶,从里面夹出一小撮粉红色的火药洒在药草上;药草马上燃烧起来,形成一种蓝色的火焰,蓝色火焰会产生细腻而营养丰富的香气。等到药草变成了灰烬,这顿通常要持续一个小时的宴会才会结束。

梅加米克罗生命中的最初12年(相当于我们的3年)通常与自己的孪生体住在一起。他们住在一个笼子里,笼子里什么也不缺。他们唯一的娱乐就是与他的孪生体说话,然后借助自然力量在以后的日子里变成一个整体，就好像他们的两个身体里只住着一个灵魂。离开笼子几个小时后，他们被父母带到饭厅里，学习如何与其他家庭成员一同进餐。他们从笼子里出来6到12个小时以后才可能产奶。这对孪生子生来就彼此喜欢，这种情感在以后的教育中会继续加强。他们之间永远的结合会通过一种仪式确定下来。这个仪式在一间屋子里举行，他们被父母带到那间屋子，仪式结束后，他们被单独留在屋子里。两次"绿色圆木的燃烧"之后，父母会来看他们，这时候他们会交给父母两枚蛋，与鸡蛋一般大小。他们会从嘴里迅速吐出这两枚蛋，父母接过蛋，把它们泡在一种持续发热的液体里。孵化过程又要持续两次"绿色圆木的燃烧"，一对梅加米克罗婴儿才会诞生。如果这一对梅加米克罗是红色的，而且没有任何其他颜色的条纹，那么皆大欢喜。然而，如果这对梅加米克罗只有一种颜色，而这种颜色又不是红色，他们会被视为没有生育能力，最后只能成为科学家、画家或手艺人。如果他们生下来身上就有多种颜色或带有斑纹，同样会被视为没有生育能力；同时，因为这样的长相，他们只能被当作娱乐的对象，只能是工人、服务员或者农民。每对红色梅加米克罗会生产15对宝宝，但在这15对宝宝里面，很难找到两对红色的梅加米克罗。

梅加米克罗的语言悦耳动听，由a，e，i，o，u和oo这6个元音构成，没有辅音，据说辅音的发声会伤害他们那敏感的耳膜。

梅加米克罗一年分成4个时期，叫"绿色圆木的燃烧"。每个时期持续45天，由5个被叫着"复活"的奔塔曼(pentamans)组成。每个奔塔曼有5天，一天有20个小时，一小时有36分钟、一分钟有36秒、一秒就是他们的脉搏跳动一次。"绿色圆木的燃烧"这个名字源自一种灌木。这种灌木没有树叶和枝干，在新年的第一天，这种灌木长出地面，长到一个奔塔曼的时候，就与梅加米克罗一样高了。然后会有一场暴雨到来，这场暴雨会持续两小时左右；暴雨之后，这种灌木开始燃烧，发出火焰，最后变成灰烬。然而，在灰烬变冷之前，这种灌木会把自己的一条根须插进土里，这条根须生长到9个奔塔曼后又会燃烧，发出火焰。梅加米克罗的一年会下4

次大雨，这样的大雨会使空气变得更加清新，却不会把泥土打湿。值得注意的是这种大雨降临的过程：月末前的3小时里，一阵微风袭来，然后风越吹越猛，最后会平息下来。但风停之前，整个地球的表面都会被厚厚的雾霭覆盖，一种柔软的粉色雨开始从雾霭里升起，然后一直上升，两小时过后，天空开始平静下来，太阳出来了，地面依然很干燥。大雨到来时，梅加米克罗从各自的屋子里走出来，到升起来的雨滴中嬉戏。

奔塔曼也叫“黑虫的复苏”，因为这种黑虫的孵化时间几乎与“绿色圆木的燃烧”时间相同。一个周期为12小时，在经过5个这样的周期之后，小黑虫会变成蝴蝶，继而死去，化作尘土，然后又变成虫卵，因此梅加米克罗把我们的“白天”叫作“异形”。他们的一周时间如下：“蝶蛹”、“蝴蝶”，“死亡”，“尘土”以及“卵”。“蝴蝶”和“尘土”被认为是不吉利的日子，在这样的日子里，死者会被火化或埋葬。“卵”是庆祝的日子，在这一天，年轻的梅加米克罗居住的那个笼子会被打开，然后人们会为这对梅加米克罗举行婚礼。一年的前、后两天是梅加米克罗唯一的两个假日。他们在一年的第一天收获，最后一天播种，让土地在余下的日子里得到休息。

普洛托科斯莫王国的动物除了飞马，其他的动物与欧洲的很相似。飞马的头小而尖，嘴像灰狗，头上那块帽子一样的东西比梅加米克罗的还要长，这使得它们只能朝正前方看。飞马体型瘦，跑得快，全身覆盖着羽毛，身后拖着一条尾巴，尾巴的长度和形状像雉鸡，从宽度来看像燕子。飞马的尾巴能自由地开合，但不能摆动，既不能抬起来，也不能放下去。这条尾巴有2.5英尺长，差不多与身体一样长，末尾分成两个平行的末梢。飞马有4只翅膀，长在腿上；飞马的腿很短，腿部的肌肉很发达。飞马的背上带着一个自然生成的鞍，可供两人使用。只有国王才拥有一、两组飞马，因为这些飞马只有衰老之后才可以繁殖。飞马在地上行走缓慢，而且步履艰难，但在飞行时却速度极快，尽管从未超过1000英里。它们会沿着直线前进，它们飞行时不能上升和下降，也不能转弯。因此一旦起飞，它们就沿着一个舷梯向前飞跑，舷梯的一端被抬高，抬高的角度与飞行的路程成正比。如果国王想送一封信给他的邻国，那么首先必须查看地图，弄清楚其与邻国的距离，然后根据这个距离来调整舷梯升高的角度，为飞马的起跑做准备。舷梯的方向由伟大的地理学家决定，舷梯的角度由伟大的几何学家决定，这两位科学家把飞马带上舷梯，然后松开缰绳，当飞马的翅膀开始扇动的时候，他们必须马上匍匐在地。如果这匹飞马飞错了方向，其中一个科学家就会坐牢。这些程序可能遇到的唯一一个危险是，两个国王决定同时给对方送信，因此这两匹飞马可能在半空中相撞，撞击速度是每小时 40 英里，每一匹飞马都带着 100 磅重的东西，这样的撞击会严重伤害两边的飞马和骑手。

普洛托科斯莫王国境内还有一种有趣的动物，那就是蟒蛇，被认为是梅加米克罗的天敌。蟒蛇安静地生活在果园里，只吃树上的果子。它们身长 3 英尺，宽 6 英寸，皮上有斑纹，上面覆盖着鳞甲。它们的脸具有人的表情，看起来很甜、很迷人，但十分危险。它们会发出一种可怕的咝咝声，这样的叫声令梅加米克罗恐惧万分。

如果游客急于想参观普洛托科斯莫王国，那么最好从斯洛文尼亚的山峦下面进去，最初的两个记者就是从这条路线逃回到地球表面的。遗憾的是，他们没有留下确切的位置。

贾科莫·卡萨诺瓦，《Icosameron 和 Edouard 的历史》

普罗维登斯半岛 | Providence Island

位于摩鹿加群岛的东部。整座半岛宽 10 英尺，长约 20 英尺，大部分海滨地区地势平坦，但越往内陆地势越高，最后形成一片林地。半岛以东形成一座高山，半岛的地形介于森林和草原之间。岛上溪流众多，一条大河穿过中部的大草原。岛屿的西北部是面积广阔的沼泽，一直延伸到海滨地区。沼泽里栖息着岛上最奇特的动物；这种动物的体型像马，笔直的长角，身体短而粗壮，头也像马，只是要宽得多。遭到攻击时，这种动物会像狮子一样咆哮，会用可怕的长角保护自己。半岛的西部海滨森林茂密,多丘陵,林间有一宽阔多草的高原,一条瀑布从悬崖上飞泻下来,汇入下面一块天然形成的盆地。

普罗维登斯半岛这个名字是英国人约翰·丹尼尔取的。17世纪中期,丹尼尔和自己的一个同伴在这座半岛附近遭遇了海难。他们上岸后,最初就住在海滨附近,晚上躲在树上,逃避野猪的攻击。后来,他们爬到山坡上,在那里建造了一个简易的避难所。一年后,丹尼尔才发现他的那位同伴原来是一个女人,于是两人结了婚,举行了一个简单却十分感人的婚礼,并祈求上苍的赐福。在接下来的30年里,他们共同抚育了11个孩子。等孩子们长大以后,他们安排这些孩子跟自己的兄妹结婚。有人认为,亚当的后代肯定打破了乱伦这一禁忌。等到丹尼尔离开普罗维登斯半岛的时候,3对最早结婚的孩子已为他生育了15个孙子。

一开始,丹尼尔一家在普罗维登斯半岛上的生活很艰难,但这种流浪生活不久就得到了很大程度的改善。热带风暴摧毁了两艘海船,他们找到了这两艘遇难船只的甲板和船骨,用这些东西修建了更坚固的房屋。他们还打捞上来一些衣服、种子,以及其他一些有用的东西。他们在第二艘遇难海船上发现了一只怀孕的母狗,这是两艘遇难船只上唯一的幸存者。这只母狗的宝宝为丹尼尔一家以后的打猎活动提供了必要的帮助。

随着家族的壮大,丹尼尔为他们建立了几个新的定居点。游客能看见几个这样的定居点或农场。每个农场里都养了一群牛和一些猪,它们都是最原始的野牛和野猪的后代,不过已被驯化,剩下的野牛和野猪已被杀光,因为它们经常破坏庄稼。他们把从沉船上找到的那些种子撒在地里,这些种子很快发芽,而且长势很好,它们的产量比在欧洲大很多。半岛上的天然植物也提供了许多可以食用的果实,为第一批遭遇海难的幸存者提供了重要的生存保障。

丹尼尔的长子雅各布在机械方面具有非凡的天赋。在这座半岛上生活的30多年里,雅各布发明了一种原始的飞行器,他把这种飞行器叫作鹰,希望自己能够坐着这种飞行器回到英国。这种飞行器是他用从沉船上打捞上来的帆布、木材和铁做的。雅各布先把帆布在翼肋上绷直,翼肋用铁结合到一起,飞行器的中心是一个铁制的平台,平台上安有一个泵,中空的管子连接到这个泵上,便于翼肋的升降,从而推动飞行器朝着需要的方向前进。雅各布对这种飞行器的试飞很成功,但当父子俩试图飞得更远些的时候,他们发现自己竟然飞到了月球上。他们在月球上呆了一段时间,然后准备飞回普罗维登斯半岛,结果失败了,降落到安德森之岩上。他们在那里起飞,飞向拉普兰,最后成功飞回了英国。

拉尔夫·莫里斯,《约翰·丹尼尔的生平及其令人惊叹的历险》

普瑞敦王国 | Prydain

这个王国人口稀少,大部分地区都是森林和高山,大多数定居点都紧紧围绕封建领主的据点而建。

普瑞敦王国的主要定居点位于北部的凯尔-达赛尔。凯尔-达赛尔可以被看作普瑞敦王国的首都。这里有一座大城堡,是普瑞敦王国的至尊王的首府,坐落在敦之子建造一个堡垒的地方。凯尔-达赛尔的东南面是自由的科莫特地区,这里是普瑞敦王国境内最肥沃、最吸引人的地区。在自由的科莫特地区的边缘,洛家荡山脉(Llawgadarn Mountains)隆起为壮观的梅勒丁山(Mount Meledin)。

从地理环境和社会环境两个方面来讲,普瑞敦王国的其他地区介于谷地附属王国和丘陵附属王国之间。谷地附属王国主要种植谷物和养牛,丘陵附属王国主要养羊。总体而言,丘陵地区的属国更落后,居民的生活也更艰难;尤其在最近几年里,这些国家又深受海盗的祸害。山谷里的农场和小村庄集中建在草地和森林空地上,因为地势比较高的定居点容易陷入孤立,尤其是到了冬天,这些定居点几乎完全与外界隔绝。实际上,北部雄鹰山脉更高的地方的居民更少,几乎变成了蛮荒之地。这里只有一个定居点,位于梅德维恩山谷,这个定居点无路可进。

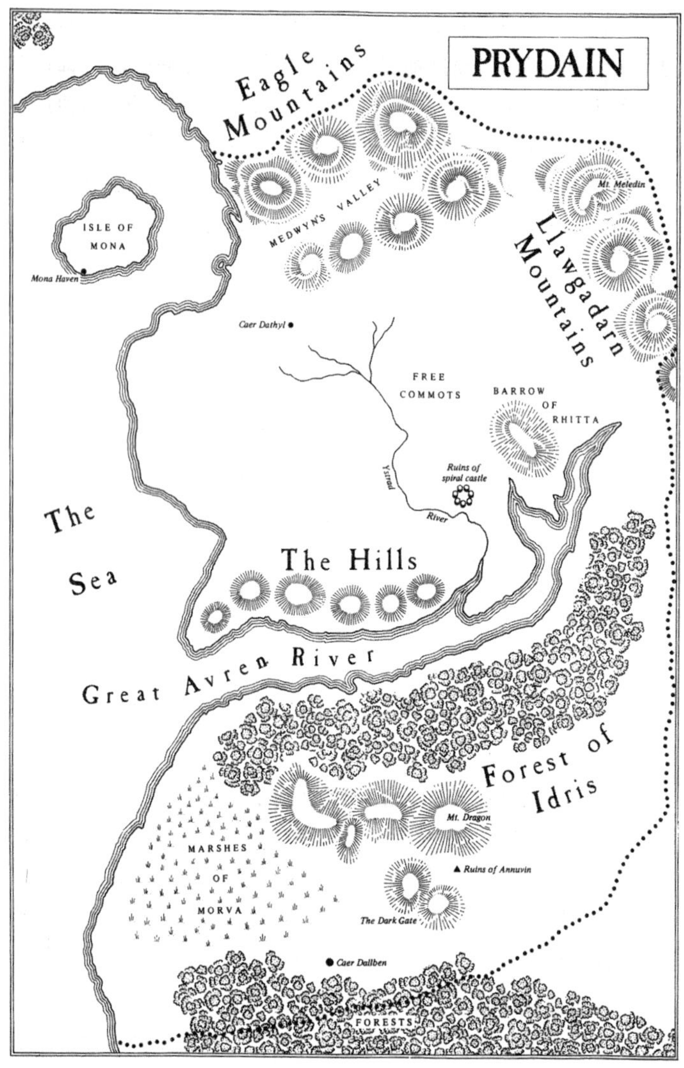
PRYDAIN
Eagle Mountains
Medwyn's Valley
Mt. Meledin
Llawgadarn Mountains
Isle of Mona
Mona Haven
Caer Dathyl
Free Commots
Barrow of Rhitta
Ruins of spiral castle
Ystrad River
The Sea
The Hills
Great Avren River
Forest of Idris
Mt. Dragon
Marshes of Morva
Ruins of Annuvin
The Dark Gate
Caer Dallben
Forests

普瑞敦王国

普瑞敦王国的南部气候更温和，这里多农场和果园，最典型的是凯尔-达尔本农场，至少表面上看起来是这样。凯尔-达尔本农场是一个重要的历史遗址，走过这个农场就是了不起的阿文河之上的丘陵，穿过丘陵可以看见辽阔的艾德里斯森林（Forest of Idris），森林之外是沼泽，一直延伸到可怕的莫瓦沼泽的边缘。对于这片沼泽，几乎没有人愿意再来，因为莫瓦沼泽以北是普瑞敦王国最可怕的地方，这里曾是死亡之君阿诺恩的地盘。阿诺恩统治普瑞敦王国多年，给普瑞敦王国的人民造成了巨大的痛苦。如今，阿诺恩的安奴温要塞（Annuvin）已完全被摧毁，这座要塞坐落在黑门和北部龙山之间；黑门就是双子峰，它守护着这座要塞的南部入口。阿诺恩的邪恶势力很大，在他控制普瑞敦王国期间，普瑞敦王国境内最肥沃的红土休耕地变成了半沙漠化的荒地。据说，在过去，红土休耕地一带的土壤非常肥沃，那里的农作物不需要料理，它们会直接从土壤里长出来。今天，人们正在努力开垦这块土地。

在很久以前，普瑞敦王国非常繁荣，它的工匠很有名，特别是自由的科莫特地区的手艺人。普瑞敦王国的农产品也很有名。可是好景不长，普瑞敦王国遭到阿西伦的掳掠和控制。阿西伦是死亡之君阿诺恩的妻子，她使用魔法偷走了人类的许多财富和技术。后来，她的丈夫阿诺恩为了夺取权力背叛了她。在那些岁月里，阿诺恩发明了几种可怕的武器，这些可怕的武器把普瑞敦王国的许多地方变成了废墟和荒地。阿诺恩的铁锅战士尤其令人感到恐惧。这些铁锅战士刀枪不入，其实就是一些复活了的死尸。阿诺恩把这些死尸从坟墓里偷回来，放进一口奇特的大黑锅里；然后用魔法使他们复活；这口大黑锅原本是莫瓦沼泽 3 个女巫的道具。从力量方面来看，人类肯定斗不过这些沉默却残忍无比的铁锅战士。此外，阿诺恩还训练了一种大黑鸟，取名怀泰恩特（gwythaints），这种巨鸟被训练成间谍，它们能用巨爪和喙撕碎人的身体。

不过，随着敦之子的到来，阿诺恩对普瑞敦王国的控制终告结束。敦之子来自夏国，他们都是了不起的战士，也是杰出的魔法师。在他们的干预下，阿诺恩陷入了困境，尽管还没有被杀死。此后，普瑞敦王国开始建造防御工事，主要有两座，分别是坚固的凯尔-达赛尔城堡和简陋的凯尔-达尔本农场。凯尔-达尔本农场是普瑞敦王国最伟大的魔法师达尔本的家园，这里是反抗阿诺恩的精神中心，有强大的魔力保护，任何邪恶势力都无法渗入。

敦氏家族的至尊国王世世代代统治着凯尔-达赛尔城堡，他们还负责保护自由的科莫特地区和莫纳王国的海滨地区。在这些年里，至尊国王与精灵族、小矮人以及艾迪里格国王(King Eiddileg)统治的地下王国泰维斯-特戈的仙子们建立了友好关系。

在至尊国王马斯统治凯尔-达赛尔城堡期间，阿诺恩的邪恶势力在普瑞敦王国再次出现，他的统帅是角王，角王也经常出没于凯尔-达尔本农场附近的森林。角王的头长得像齿轮，其实那是一个头罩，上面长着弯曲的鹿角。一听到他的到来，凯尔-达尔本农场的畜群就会被吓得四处逃窜。

这群仓皇逃窜的动物里有一头名叫合温的白猪，它具有预言能力，它的出现就是一个严重的警告。凯尔-达尔本农场里有一个副猪倌，名叫塔兰，他立即出发去寻找这头不寻常的白猪。塔兰是一个孤儿，对自己的身世毫无所知，但他注定会在普瑞敦王国的解放事业中扮演重要角色。

走进森林不久，塔兰撞见了角王，被角王弄伤。当他奋力摆脱角王的手下时，遇见了敦之子的统帅格韦迪恩，格韦迪恩完全凭自己的本事变成了一个王子。很快，乌尔吉也加入了他们。乌尔吉是一种奇怪的生灵，长得一半像人，一半像野兽，他四肢细长，毛发长而蓬松，是它那个族群里的唯一幸存者。当他们穿过森林时，乌尔吉收集了很多树枝和树叶，然后把这些树枝和树叶放在头发里，很快就搭起来一个移动鸟窝。乌尔吉有时会自我哀伤，有时又会冲动发怒，但在接下来的战斗中，它始终是一位忠实的盟友和一个值得信赖的朋友。

在与铁锅战士发生的一场冲突中，格韦迪恩和塔兰被俘，被带到了螺旋城堡。螺旋城堡当时还是阿西伦的要塞，如今已变成一座废墟，坐落在斯特拉德河的两岸，瑞塔的坟冢对面。再说格韦迪恩和塔兰，他们被关进螺旋城堡的两间地牢里。幸运的是，塔兰被里尔家族的最后一个成员艾罗妮公主救出了地牢。逃出地牢之后，塔兰和艾罗妮公主从瑞塔的坟冢里找到了宝剑迪恩维；迪恩维专为普瑞敦王国铸造，这把宝剑注定会成为毁灭阿诺恩的强大武器。迪恩维剑上面刻有文字，证明了这把宝剑的力量，并且强调，只有血统高贵和品德高尚的人才可以毫无危险地拿起这把宝剑。当塔兰和艾罗妮公主提着这把宝剑走出坟冢时，片状的蓝火吞没了螺旋城堡，城堡的塔楼化为灰烬。

塔兰不知道，他的同伴格韦迪恩已被带到另一座城堡里，不过后来也从那里逃出来了。艾罗妮公主又从螺旋城堡里救出一个囚犯，她以为这个囚犯就是格韦迪恩，结果这个人是弗露杜尔·弗拉姆，一个小王国的国王，喜欢像游吟诗人那样，带着心爱的三弦琴四处游逛，喜欢过无拘无碍的自由生活。

塔兰和他的朋友继续往北走，他们必须尽快告诉凯尔-达赛尔城堡的驻军：南部的叛军势力正在壮大。当他们走近目的地的时候，发现角王正朝着城堡冲过来。他们与角王的卫军发生了一场小冲突；冲突中，塔兰看见了角王本人，于是他举起了迪恩维宝剑。宝剑发出炫目的光芒，震倒了塔兰，宝剑的力量如此强大，大地也开始颤抖，角王被彻底消灭，角王的那群铁锅战士也在敦的军队面前消融了。

一年后，凯尔-达尔本农场召开大会议，会议决定攻打黑门。黑门是阿诺恩的要塞的入口，也是阿诺恩制造可怕的铁锅战士的地方。尽管无法杀死已经复活的死尸，但有必要阻止他们继续增多，因此必须毁掉那口大铁锅。他们的这次进攻计划利用了小矮人多利的隐身术，成功地攻进黑门，但大铁锅早已不知去向，无人知道它的下落，甚至连阿诺恩也不知道。

战斗进行到这个阶段，阿诺恩又发展了一种新势力：猎人。猎人与铁锅战士不同,他们属于人类,然而深受誓言和魔力的束缚。他们都是忠心耿耿的杀手,一旦他们当中的某个兄弟被杀,士气就会大增。他们身穿兽皮,打扮得跟野兽差不多。塔兰和他的同伴们继续寻找大铁锅的下落,最后,他们发现大铁锅就在莫瓦沼泽,而且又被那三个狡猾的女巫控制了。塔兰一行还了解到,只有某个活人自愿跳进那口大铁锅,大铁锅才会被毁掉,但这就意味着那个自愿跳进大铁锅的人也会死去。伊利迪尔王子(Prince Ellidyr)一直嫉妒塔兰,他的内心为此备受煎熬,后来他明白这种嫉妒和竞争是多么愚蠢,于是做出了最后一次英雄的壮举;他纵深跳进了大铁锅。随着震耳欲聋的爆裂声,大铁锅终于彻底被毁,伊利迪尔也失去了他宝贵的生命。

阿诺恩又一次遭受重创,但他还没有被彻底击败,因为大铁锅的毁灭只意味着他不能再继续制造不死的死尸战士,不过这样的战士在战场上仍然还有很多,而且猎人的数量也与日俱增。敦之子与阿诺恩接下来的较量将在莫纳王国展开。在莫纳王国,阿诺恩的妻子阿西伦企图得到里尔家族的魔法,但她未能得逞,这对于她和阿诺恩来说无疑又是一大挫折。

塔兰回到了凯尔-达尔本农场,这很可能是因为他爱上了里尔家族的艾罗妮公主。塔兰开始了漫长的流浪生活,他试图去打开自己的身世之谜。他首先去了莫瓦沼泽,3 个女巫建议他去鲁尼特之镜,如果他真想了解自己的身世的话。塔兰艰难地行走在乡间小道上,他经历了很多高尚的冒险活动。正是在此期间,塔兰逐渐体会到,他的那些质朴的农民是多么了不起,同时也渐渐明白了,即使这些农民不比那些贵族和统帅更伟大,至少也与他们相差无几。最后,塔兰来到了自由的科莫特地区,在这里,他获得了"流浪者塔兰"一名;在这里,他和工匠和手艺人一起生活,一起工作;在此期间,他学会了打铁、制陶和编织技术。

这一次,死亡之君阿诺恩亲自出马,他充分利用人性的贪婪,许诺要把财富和权力分给普瑞敦王国那些势力弱小的领主,从而赢得这些人的支持。当格韦迪恩被发现受伤之后,这种严重的情况被弗露杜尔带到了家乡。迪恩维宝剑不在他身边，一个探险队出发去寻找那把神奇的宝剑，可宝剑还没有找到，普瑞敦王国的至尊王的首府凯尔-达赛尔城堡已被铁锅战士夷为了平地。在那次战斗中，科莫特军、北方的坎特维人以及敦之子联合起来，但他们的联军也被打败，普瑞敦王国的至尊王战死疆场，幸存下来的战士撤退到凯尔-达赛尔城堡背后的山林里。他们在那里重新制定计划，准备拼死一战，攻克死亡之君阿诺恩的要塞。这一次他们兵分两路：一路人马由格韦迪恩率领，坐船从海上出发，这些船只曾把敦之子带到普瑞敦王国；另一队人马由塔兰率领，从陆路拖住阿诺恩的铁锅战士。

陆路充满艰险，但塔兰一行最终取得了胜利。他们进山以后，仙女族的军队也加入了他们，这支军队的武器装备甚至超过了科莫特人。尽管仙女族过去一直不相信人类，但她们坚信阿诺恩对自己国家构成的威胁更可怕。就在这个时候，鸟类和动物也被发动起来，它们的每张喙和每只脚爪都对准了死亡之君阿诺恩的盟军。生活在森林里和高山上的狗熊也开始进攻阿诺恩的猎人，乌鸦攻击阿诺恩的大黑鸟怀泰恩特，它们靠数量击败了这些巨鸟。然而，尽管盟军数量众多，这次战斗仍然没有获胜。在科莫特人的军队到达安奴温要塞的围墙（背后是阿诺恩的黑色大理石厅）之前，许多奇怪而可怕的预言都变成了现实。格韦迪恩率领的一队人马撞开大门的时候，铁锅战士的脚步紧追而至。就在这个时候，塔兰过去生活中所发生的一件事情扭转了此次战局。这件事情差不多已被人完全遗忘了。在很多年前，塔兰饲养过一只刚刚学飞就被抛弃的巨鸟怀泰恩特。就在塔兰被岩石绊倒的一刹那，一只怀泰恩特猛地扑过来，发出相认的叫声，并且把塔兰带到了龙山的顶峰，山风从一个狭窄的洞口呼啸而过，就好像在召唤塔兰进去。此时，铁锅战士渐渐逼近，塔兰毫不犹豫地走进洞穴，迪恩维宝剑就静静的等在那里；塔兰举起宝剑，宝剑发出耀眼的光芒，铁锅战士和剩下的猎人齐刷刷地倒在安奴温迷宫一样的地道里。阿诺恩仍在做垂死挣扎，他摇身一变，变成了格韦迪恩的模样，企图骗走塔兰手中的宝剑。塔兰识破了阿诺恩的诡计，这个魔王随即化作一团烟雾逃走了。然而，最可怕的事情发生了，阿西伦和阿诺恩之间突然爆发了冲突，阿诺恩变成了一条毒蛇，阿西伦抓住毒蛇，并试图拧下毒蛇的头，不料她自己的脖子却被蛇的毒牙刺中。毒蛇转过身，开始攻击塔兰，塔兰用迪恩维宝剑把它劈成两段，毒蛇的身体在塔兰脚下翻腾，渐渐恢复了阿诺恩的本来面目，然后像影子一样沉到了地底。死亡之君阿诺恩终于被消灭了。也许最重要、最有意义的是人们在阿诺恩的大厅里发现的那只箱子，箱子里装的东西后来被证明是阿诺恩偷来的秘密和人类的许多技术，人们原以为那些知识早已失传。胜利者从安奴温凯旋归来，阿诺恩的宫殿、大厅和塔楼在他们身后纷纷坍塌，变成了一座座废墟。迪恩维宝剑完成了自己的使命，它不再发出夺目的光芒，而是变成了一把锈迹斑斑的古剑。

死亡之君阿诺恩被击败之后，敦之子坐金船回到夏国，一起回去的还有他们的许多盟友，比如乌尔吉、小矮人多利、弗露杜尔·弗拉姆以及达尔本。塔兰不愿意离开，他说自己在普瑞敦王国还有很多事情要做。塔兰后来被拥立为新一代至尊王，艾罗妮公主也自愿放弃魔法，随他一起留下来。随着敦之子的离开，普瑞敦王国的魔力也随之消失，留下人们独自辨别善恶了。

劳埃德·亚历山大，《三之书》；劳埃德·亚历山大，《黑色大铁锅》；劳埃德·亚历山大，《里尔城堡》；劳埃德·亚历山大，《流浪者塔兰》；劳埃德·亚历山大，《至尊国王》

伪城 | Pseudopolis

鲁克岛（Leuke）的首都。

托勒迈斯城 | Ptolemais

希腊一座昏暗的城市。城里的房屋用黄铜做门，窗户上挂着黑色的幔帐。城里的地下墓穴附近住着一个生灵,名叫阴影,经常在赫尔卢希恩平原上游荡,这个平原位于腐臭的卡戎运河的边缘。据说,这个生灵预示着死亡,因此游客最好避开它。

爱伦坡,《影子:一则寓言》,《故事集》(Edgar Allan Poe,"Shadow: a Parable", in *Tales*, Philadelphia, 1845)

泰克斯半岛 | Ptyx Island

其实是一块独立的岩石,因独一无二而价值连城。这块岩石像白宝石一样晶莹剔透;别的石头摸起来很冷,这块岩石摸起来热乎乎的,因为它会散发热量,像半球形的铜鼓发出的热量。泰克斯半岛很难描绘:它既像"一种无可挑剔的液体,按照永恒的规律被固定下来",又像"一块密度很厚重的钻石"。

游客要在泰克斯半岛附近登陆不难,因为有天然石梯一直通到半岛的高处。站在半岛的最高处,游客看见的不是这个世界的微小事物,而是构成宇宙本身的基本物质。

泰克斯半岛的国王坐在漂浮的摇椅上,总是张开着双臂欢迎各方来客。他总是穿着一件方格呢斗篷,喜欢抽烟斗,喜欢给游客送彩蛋。

泰克斯半岛上的动物包括半人半羊的怪物和山泽仙子;这些仙子的皮肤呈玫瑰色,看起来很有光泽。她们好像盘旋在空中,因泰克斯岩石发出的优美旋律而不能好好入睡,因此总显得昏昏欲睡的样子。

阿尔弗雷德·雅里,《罗马新科学小说:啪嗒学家浮士德若尔博士的功绩和思想》

普罗森岛 | Pullosin

参阅新不列颠群岛(New Britain)。

南瓜群岛 | Pumpkin Islands

南瓜群岛上一种典型的木筏

位于北大西洋，之所以这样命名，是因为这座群岛上生长了许多大南瓜，有的大南瓜有 70 立方英里。岛民把南瓜晒干，取出里面的南瓜瓤，把南瓜壳当船，瓜茎做桅杆，瓜叶作船帆。这些岛民都是海盗，经常骚扰邻岛的居民，他们派出庞大的南瓜船队袭击坚果岛(Nut Island)①上的努特纳特人(Nutnaut)，这些人把他们叫作“南瓜海盗”。

撒莫萨塔的吕西，《真正的历史》

紫色半岛 | Purple Island

位于北纬 45 度的太平洋，岛上住着红色的埃塞俄比亚人。我们不知道这个部落的祖先是谁，这样称呼只因为他们的红皮肤。

这座半岛好像是一些德国水手发现的，然后被法国人接管。其实，真正发现这座半岛的人可能是格里纳文爵士(Lord Glenarvan)，他给半岛取名为埃塞俄比亚岛，只是这个名字从未被采用过。当地人只会说自己的方言，他们不会、也不打算学习其他人的语言。格里纳文大人在半岛的最高峰上插了一面英国国旗，但土著人把这面旗帜撕下来做成了他们的裤子；这个行为大大地激怒了格里纳文。于是，格里纳文与这些土著人签订通商条约，结果好事没办成，因为火山爆发，火山灰掩埋了这座半岛的国王。高级祭司开始进行社会变革，政权落入海盗之手；血腥的内战爆发，海盗

① 前面相应的词条是 Nut Islands。

被逐，红色埃塞俄比亚人成为自己的主人，重建旧秩序的所有努力全部作废，尽管有外国势力的干预。

布尔加科夫，《紫色半岛》(Mikhail Bulgakov, *Bagrobyj ostrov*, Moscow, 1928)

小人国 | Pygmy Kingdom

位于印度的达雷河(Dalay River)两岸，靠近曼西王国。小人国的居民高三掌(相当于27英寸)，生得美丽、举止文雅。他们大多只能活6到7岁，8岁已算长寿。他们是这个世界上最出色的金匠、银匠和织布工。但他们从来不做农活，农活都由正常身高的人来帮忙完成。这些正常身高的人在他们眼里简直就是巨人，这些人住在小人国的一座大城市里；这座大城市值得一游。

约翰·曼德维尔爵士，《曼德维尔游记》

派拉里斯岛 | Pyrallis

一座火山岛，岛上的居民是生有两翼的小生灵，名叫派拉里斯(pyrallis)或皮罗托克尼斯(pyrotocones)。克里特岛的铜造厂里也发现过这种生灵。

它们有些像长着昆虫翅膀的龙，从火中摄取营养，火是它们赖以生存的唯一元素。

老普林尼，《发现自然》

金字塔山 | Pyramid Mountain

一座高高的锥形山，从地下的维欧山谷隆起来，位于一片黑色海洋之滨。整座金子塔山都位于地表以下，透过它更高处的一道缝隙可以看见太阳，但要从地面进入金字塔山很难。

从维欧山谷开始，一段螺旋形石梯盘亘于金字塔山之上，每隔

金字塔山上一段螺旋形石梯

一段石梯就有一个观景平台，从岩壁的裂缝可以望见下面的维欧山谷。观景平台之间的石梯上方挂着灯笼，灯笼的光亮有些昏暗。来到观景平台上，游客已经算爬得很高了，完全可以看清楚云朵仙子优雅的身影。云朵仙子就生活在这个地区，他们正坐在淡蓝色的云岸边。云层的缝隙之间可以看见一些奇怪的鸟儿，它们有时在空气中扇动着翅膀；这些鸟儿有的大如鹏鸟，它们的眼光凶猛，爪子和喙非常尖利。

爬到大辫子居住的山洞时，游客应该在这里停一停。这个山洞大致位于金字塔山的半山腰。山洞的主人叫大辫子，因为他的头发和胡须太多太多，他把这超级多的头发和胡须扎成一股股的小辫子，然后在每股辫子的末梢系上一根彩带子。大辫子年事已高，他的辫子几乎盘成了原来的两倍长。大辫子曾经生活在地球表面，也曾是一个远近闻名的商人，为美国纽扣状器件生产进口孔眼；他对多孔石膏的小孔感兴趣，对纽扣和汽车轮胎的高级孔眼也很感兴趣。他最重要的发明是可调整的挖柱孔，希望这个发明能为自己带来一笔财富。他生产了很多挖柱孔，为了节约空间，他把这些挖柱孔整整齐齐地摆在一起，从而形成一个很深的洞，一直延伸到地球内部。一天，大辫子斜倚在洞口，想看看这个洞究竟有多深，结果一头栽进去，所幸的是他抓住了金字塔山上一块石头，才没有掉进海里淹死。

在大辫子的洞口上方，有石梯蜿蜒直上，到达木头人之国的外围后突然消失了。游客现在只能沿着粗糙的隧道往前走，这些隧道一直延伸到地表附近。途中，游客会发现一个洞，洞里住着一种小龙和它的后代。这些小龙通常都已经饿得快不行了，谁要是愚蠢到去靠近它们,肯定会被它们吃掉。游客应当注意,如果实在要进入小龙的洞穴,唯一的安全时间是龙妈妈出去捕食的时候。如果遇到这些小龙,游客一定要保持比较安全的距离。小龙的尾巴被拴在洞底的岩石上,目的是防止它们跑得太远,爬到山上互相打斗,造成太多的麻烦。金字塔山的这些小龙自称是亚特兰蒂斯岛上绿龙的后代。成年龙估计有 2000 多岁了,小龙已 60 多岁,即便如此,它们那颗年轻的头颅也已经大得像个木桶了,头上还长满了绿幽幽的鳞。

在小龙洞的背后,平缓的斜坡通向一块旋转的岩石,这里是到达出口之前最后一个山洞的入口,到了出口就可以看见顶部的岩缝里透射进来的阳光。

从这里到达地球表面还有相当一段距离,对于这段距离,游客只能靠飞行才能完成了。

弗兰克·鲍姆,《桃乐丝与奥兹国的魔法师》;弗兰克·鲍姆,《奥兹国之路》

皮兰德利亚岛 | Pyrandria

南极洲附近的一座岛屿,很远就能看见,岛上光芒四射。

皮兰德利亚岛是火人居住的国家。火人的皮肤是用火做的,只要有什么东西能够燃起火焰,他们就能一直活着。如果没有可以燃烧的东西,他们就会变成火花,飘浮在空气中,许多国家的居民都能看见他们,把他们当作磷火。火人与其他人类始终保持着距离,岛上其他的居民就只有火蜥蜴了。

让·雅可比·德·弗雷蒙·阿布朗考,《拉辛的真实故事拾遗》

奎阿玛王国 | Quama

参阅纳扎尔王国(Nazar)。

奥加拉尔岛 | Oqaral Island

与墨西哥的海滨隔海相望,靠近加达里拉河(River Guadaliara)的河口。要进入这座岛屿很难,因为它被岩石环抱,海面上又波涛汹涌。沿着一道岩缝可以进入岛屿的内陆,内陆有个约 1 英里长的湖泊,湖边是一片绿草茵茵的稀树平原,周围是陡峭的悬崖,因此与外部世界相隔绝。奥加拉尔岛上有一种动物,长得像小鹿,有野兔的两倍大,狐狸的颜色,山羊的脸和脚,吃起来像鹿肉。奥加拉尔岛上还有一种奇特的植物,从远处看,极像一片小树林。

墨西哥人和秘鲁人一直以为奥加拉尔岛是海盗的老巢,实际上这座岛上只有一个居民,一个上了年纪的英国人,名叫菲利普·奥加尔(Philip Quarll)。奥加尔在伦敦出生,1675 年 9 月 15 日流浪到此。1724 年,英国布里斯托尔的一个商人偶然在这座岛上登陆,顺便去拜访了这位老人。尽管老人把自己的回忆录交给了这个商人,希望能在英国出版,但他自己不想离开这座岛屿。据说,他现在已经很老了,但仍然活着。

奥加拉尔岛上的气候宜人,夏日有雷雨,冬天会下雪。

彼得·朗格维尔,《隐士》或者《英国人菲利普·奥加尔先生不寻常的遭遇和令人惊讶的冒险经历》(后来,布里斯托尔的商人多宁顿先生在南部海域的一座荒岛上发现了菲利普·奥加尔,那时他已经在那座荒岛上生活了 50 多年,在此期间没有得到任何人的帮助,至今仍住在那里,将来也不会离开。基本内容如下:I. 奥加尔老人与那些发现他的人闲聊,向他们讲述他的生活经历:他出生在圣伊莱斯的小教堂里,依靠一位女士的捐助获得了学校教育,后来成为一个钳工匠的徒弟。II. 他如何离开自己的主人;怎样与一个臭名昭著的强盗密切交往;那个强盗被绞死以后,他是

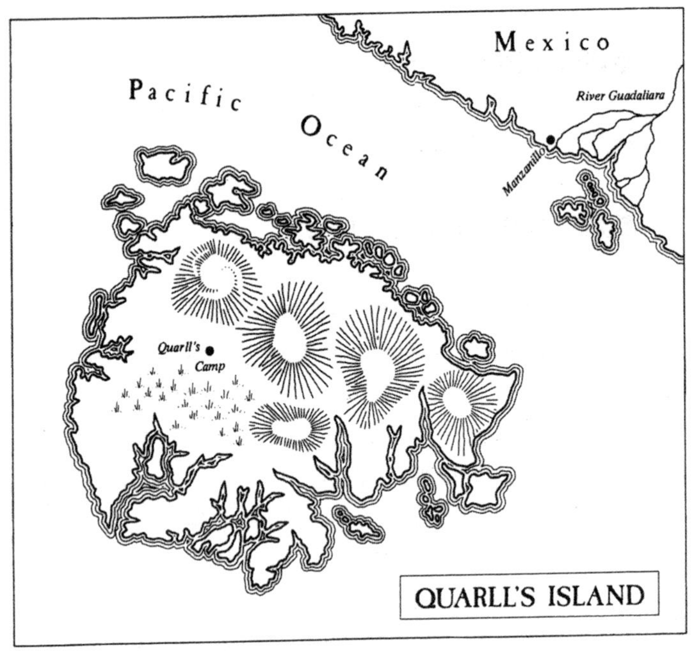

奥加拉尔岛

怎样逃出来的；后来，他做了一名船员，娶了一个很有名气的妓女，成为一个普通的士兵，继而成为一个音乐老师，相继又娶了三个女人，为此受到老贝利街的中央法庭的审判而获刑。III. 他是如何得到查理二世的宽恕，成为一个商人，后来在墨西哥海湾这座荒岛附近的海面遭遇海难。在此附有这座荒岛的一张奇怪的地图和其他的删节》(Peter Longueville, *The Hermit: Or, the Unparalleled Sufferings And Surprising Adventures Of Mr. Philip Quarll*, Westminster, 1727)

皇后岛 | Queen Island

位于北极附近，准确地说，应该是北纬 89°59′15″。第一个发现这座岛屿的人是船长约翰·哈特拉斯(John Hatteras)。哈特拉斯船长驾着“前进号”从英国利物浦出发，1861 年 7 月 11 日和 4 个同伴到达这里。皇后岛被火山灰覆盖着,岛上不生长任何植物,深受一座活火山的影响,据说这座活火山就是真正的北极所在地(可参阅真正的北极)。1861 年 7 月 12 日,哈特拉斯船长带着他的狗杜克到达火山顶峰,并在峰顶升起一面英国国旗,但就在此时,哈特拉斯船长疯了。回到利物浦,哈特拉斯被关进了斯特恩乡村疯人院。疯人院的医生发现哈特拉斯失去了语言能力,只会一直朝着北极的方向走。

来参观皇后岛的游客会发现,那座活火山叫哈特拉斯山,一块匾额上面写着这样几个字:"约翰·哈特拉斯,1861 年"。关于皇后岛的更多故事,可参阅克罗波尼博士(Dr. Clawbonny)的《北极的英国人》(*The English at the North Pole*),这本书于 1862 年由皇家地理学会出版。

朱勒·凡尔纳,《哈特拉斯船长历险记》(Jules Verne, *Voyages et aventures du Capitaine Hatteras*, Paris, 1866)

奎坤恩多尼镇 | Quiquendone

佛兰德斯的一座小镇,居民共 2393 人,距离奥敦纳德(Audenarde)的西北部大约 13.5 公里,距离布鲁日(Bruges)的东南部 15.25 公里。瓦阿河(Vaar)是埃斯考河(the Escaut)的一条小支流,河上有 3 座桥,桥上的建筑依然保持了中世纪的风格。游客可以来这里参观一座古老的教堂,教堂的基石是鲍多恩伯爵(Count Baudouin)于 1197 年奠定的;鲍多恩伯爵就是君士坦丁堡后来的皇帝。小镇上值得一游的地方还有市政大厅,市政大厅的窗户属于哥特式风格,高约 357 英尺,楼上的钟比布鲁日的还要著名,被誉为空中钢琴。小镇上比较重要的地方还有总督大厅,拿骚城的威廉的肖像被布兰敦(Brandon)挂在厅墙上。圣马格洛尔教堂(Church of Saint Magloire)的十字架龛是 16 世纪的杰作。坤恩丁·梅特赛思(Quentin Metsys)铸造的一块铸铁,刚好位于圣伊奴尔弗广场(St. Ernulph Square)的中心。还有布龚迪(Burgundy)的玛丽之墓,玛丽是无畏者查理的女儿,如今安息在布鲁日的圣母马利亚教堂。此外,值得一提的还有奎坤恩多尼小镇生产的奶油和麦芽糖。

上个世纪以前,奎坤恩多尼小镇从未发生过争吵:车夫从不会咒骂,马车夫从不会彼此侮辱,马不需要关起来,狗不咬人,猫不抓人。到 1872 年,奎坤恩多尼小镇变成了一个邪恶的实验中心,做邪恶实验的是化学工程师奥克斯博士。因为急需为奎坤恩多尼小镇提供现代化的照明系统,奥克斯博士建立了一个网络,用来分配照明的气体。然而,奥克斯博士没有使用被蒸馏的煤炭里产生的碳化氢气,而是用了一种更现代化的物质,这种物质叫氧氢基气体,是氧气和氢气的一种混合物,所产生的光比氢气明亮 20 倍。奥克斯博士成功地制造了大量的氧氢基气体。他没有使用钠和锰(正如在 Tessie de Motay 系统中使用的一样),而只是利用一节电池来产生电解水。不需要使用任何复杂的设备,奥克斯博士就能把电流输入大水库,使水分解成氧气和氢气,氧气被引导到一边,两倍于氧气的氢气被引导到另一边。这两种气体被密封在不同的容器里,因为它们的混合物会产生可怕的爆炸。在迷宫一样的管道的引导下,这两种气体最后被混合在一起,从而产生了一种明亮的火焰,这种火焰相当于电灯的光亮。

这种神奇的气体给奎坤恩多尼小镇带来的不完全是好事,它还招来了一些讨厌的负面效应。小镇居民的性格、脾气以及思想都深受这种气体的影响:他们曾经是安分守己的好公民,如今变成了易怒好斗的暴徒。家养的动物变成了凶猛危险的野兽;果园里的果树、花园里的花儿以及公园里的植物也发生了奇怪的变化:灌木丛变成了大树林;种子一种下去就会冒出一颗颗人头来,人头上是绿油油的卷发,而在几小时后,这些头又变成硕大无朋的蔬菜。芦笋长到两英尺高;洋蓟长到甜瓜那么大;甜瓜大如南瓜,南瓜大如教堂里的钟,直径达 9 英尺;花椰菜长得像灌木丛;蘑菇长得像雨伞;一个草莓需要两个人才能吃完;一个梨子四个人也吃不完。花儿的生长速度更快,有一次,一个园丁差点晕倒,他发现他的郁金香变成了知更鸟一家子的窝巢。整座奎坤恩多尼小镇的居民都来欣赏这离奇的郁金香样本，这种样本随即被冠名为 *tulipa quiquendonia*。

在奎坤恩多尼小镇的这些变化当中，有些变化影响了小镇居民的身体，消化不良的人数比以前增加了 3 倍，小镇居民每天吃 6 顿饭；而不是吃两顿，酗酒、胃炎、溃疡以及患神经疾病的人数也不断增多。最后，深受其害的小镇居民决定攻击他们的邻居威尔加人(Virgamen)，理由是威尔加人的一头奶牛在 1135 年跨过了边界，跑到他们这边的草地里吃草。就在他们准备与威尔加人交战的时候，大水库发生了可怕的爆炸。爆炸结束了奥克斯博士的照明实验，也可能结束了奥克斯博士的生命。如今，奎坤恩多尼小镇按照常规的方式照明，也能提供游客所要求的一切设施。

朱勒·凡尔纳，《奥克斯博士的实验》(Jules Verne, *Une Fantaisie du Docteur Ox*, Paris, 1872)

奎索岛 | Quiso

特尔塞纳河里一座多岩石的小岛。特尔塞纳河是贝克拉帝国的北部边界。奎索岛地处奥特伽岛的下游，岛上有两栋非常有名的建筑，都建造在奎索岛仅有的一座大山上。第一栋是上庙，其实是一间直接在坚硬的岩石上凿出的屋子；屋子很高，30 年才完工。经过一棵树的树干可以进入上庙，紧靠着树干的是一个深深的山涧；这样一来，树干就代替了最初的悬求桥；悬求桥是一座细长的铁桥，多年前就已经被毁掉了。深深的山涧旁边有一个开阔的露台，也是那些已被遗忘的工匠建造的。第二栋建筑是一个壁架，看起来可能更壮观，巨大的台阶和架子也是直接从坚硬的岩石上凿出来的。

奎索岛与巨熊沙迪克崇拜关系密切。在整个贝克拉帝国，沙迪克一度被视为上帝力量的化身。在贝克拉帝国早期那段辉煌的日子里，朝圣者千里迢迢来到奎索岛上。统治这座圣岛的是高级女祭司和她的助手，这些助手都是处女，她们把自己的生命完全献给了沙迪克崇拜。她们来自奥特伽岛，都是从奥特伽岛上的女子

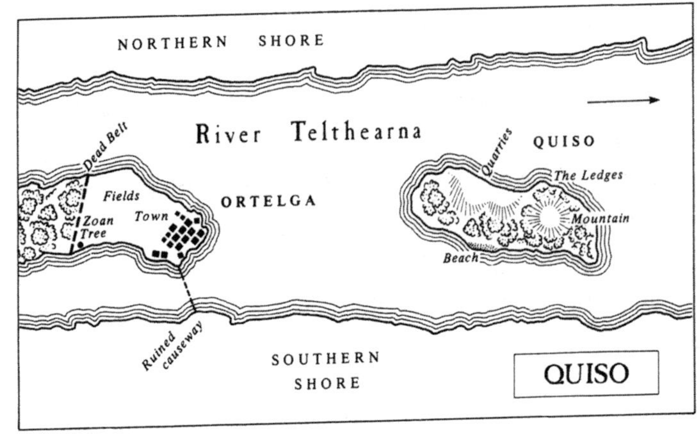

奎索岛

当中选出来的，被带到奎索岛后改了姓名，此后再也没有回过家，主要任务就是照料巨熊沙迪克；唱圣歌让巨熊保持安静。有时候，巨熊沙迪克会伤人性命，但这样的事情通常被认为是神的意志。这些女助手从不离开奎索岛，除非被选去陪伴高级女祭司。高级女祭司一年去奥特伽岛两次，与那里的男爵商谈事情和为她自己挑选新助手。这个时候，高级女祭司一般什么东西也不带，为的是掩饰她已离开圣岛这个事实。在与男爵商谈的时候，高级女祭司一直带着熊面具，没有人看见过她真实的模样。

当奥特伽统治贝克拉帝国的日子结束以后，沙迪克崇拜依然存在，尽管奎索岛上不可以再养熊；高级女祭司和那些处女助手等待着转世的沙迪克再次出现，这一等就是好几个世纪。有一次，她们离开奎索岛去寻找圣熊，最后又回到奎索岛，至今仍住在那里。

理查·亚当斯，《巨熊沙迪克》

奎维拉王国 | Quivera

位于南美洲，与独立共和国相邻。玛多就生活在奎维拉王国，他本是格温妮丝王子欧文的儿子；1169 年离开威尔士。

奎维拉王国一块金币的正反两面

奎维拉王国盛产红宝石，首都希波拉城的名字由此而来。希波拉城又叫冻火城。希波拉城筑有围墙，城内有设防，城对面就是一条陡峭的山谷，这条山谷一直通到红宝石矿山。希波拉城值得一提的是圣大卫教堂，教堂的整个屋顶都覆盖着薄薄的金片。

奎维拉王国的历史深受红宝石贸易的影响。1824年，一群寻找红宝石的欧洲人在奎维拉王国附近遭遇海难，为了逃生来到这里。他们带来了贪婪和瘟疫，致使这个王国几乎遭到灭顶之灾。他们还企图夺取王权，但他们的阴谋最终没有得逞。

奎维拉王国最有名的地方还有圣科罗纳(Santa Corona)火山和倾倒峭壁隘口。从海滨望过去，可以看见圣科罗纳火山。倾倒峭壁隘口之所以叫这个名字，是因为隘口上面不断有岩石滚下来。一条热气腾腾的溪流穿过隘口，流进一个天然盆地。这个盆地被悬崖环抱，盆地里有间歇泉眼。巨大的蕨类植物生长在中心平原上。乳白色的瞎眼红牙海怪据说就住在大山脚下那些不宜说的山洞里，身体与轮船一样长。

奎维拉王国的货币是一种柔软的金币，正面有玛多的头像，刻着 *Mad. Prince. Civ*；背面是一个几何形图案，由三个三角形构成，中间的三角形最小，上面刻着 *Civ*。

奎维拉王国的史诗很有名，吟唱时用竖琴伴奏。

瓦甘·威尔金斯，《冻火之城》(Vaughan Wilkins, *The City of Frozen Fire*, London, 1950)

拉科玛尼王国 | Raklmani

远远地被隔在大海一边，这里的太阳睡着了，这里的岛民很虔诚，生活得很幸福，他们也叫拉科玛尼，过着圣徒一样的生活，一年只吃一次饭，那是在一只彩蛋从茫茫大海上向他们漂过来的时候，这片浩瀚的大海把他们与其他国家分隔开来。

赛维-洛佩兹，《大海传奇》(Maria Savi-lopez, *Leggende del mare*, Turin, 1920)

拉玛亚城 | Ramaja

巴利拉瑞(Babilary)的首都。

壁垒接合镇 | Rampart Junction

位于美国的爱荷华州，介于芝加哥和洛杉矶之间，坐落在一条小河流的两岸。壁垒接合镇是一个典型的美国乡镇，包括一条积满灰尘的大街和片状的木房屋。霍尼格尔五金店是镇上最重要的商店，16 点整准时关门。到了壁垒接合镇后，游客会看见一位老人。老人坐在一把古旧的椅子上，椅子被翘起来靠在站台的墙上。老人的脸黑黑的，布满了皱纹，活像一张蜥蜴皮；老人的眼睛永远在斜视着什么；灰白的头发在夏风中飘动。老人在这里的站台上一坐就是 20 年；他在等一个人。老人的一生充满了积怨，那些怨恨最初都是因为一些琐事，慢慢地积压在心里，最后令他难以容忍。为了发泄怨恨，老人决定等一个陌生人来。不知道为什么，这个陌生人会在这里下车，壁垒接合镇上的人都不认识他，他也不认识壁垒接合镇上的任何人。当这样的陌生人到来之后，老人会跟着他往前走，然后跟他搭话，最后把他杀死。这样的命运类似于那个曾在大海里发现一个黄铜瓶子的阿拉伯渔民的遭遇，也类似于阿根廷南部的朱安·达尔曼先生的经历。因此,建议游客最好在这个仪式结束之前尽快离开。

无名氏,《一千零一夜》;豪尔斯·博尔赫斯,"南方",《虚构集》(Jorge Luis Borges,"El Sur", in *Ficciones* (2nd edition), Buenos Aires, 1956);雷·布拉德堡,"无人下车的城镇",《一种治疗忧郁的药》(Ray Bradburg, "The Town Where No One Got Off", in *A Medicine for Melancholy*, New York, 1959)

拉姆波勒岛 | Rampole Island

位于南大西洋,最近的港口可能是巴亚-布兰卡港(Bahia Blanca)。拉姆波勒岛上的土壤肥沃,植被丰富,但整座岛上只有两个地区有人居住。最著名的定居点是一个小村庄,位于海滨地区的一个小山峡里。小山峡里散布着一些棚屋,所有的棚屋都被荆棘篱笆围起来。小山峡大约 3 英里长,宽不到 100 码。内陆的最远处有一些小瀑布,这里是两个定居点之间的边界。下一个定居点位于绝壁背后的一个大河谷。拉姆波勒岛的大部分地区都是低矮的灌木丛和大树林。

拉姆波勒岛上最奇特的地形是一块突出的岩石,位于通向小山峡的一个海湾的入口。这块岩石本身是由一种奇怪的物质构成的,很像纯蓝色和紫色的玻璃,岩石上面还有粉红色的斑点和白色的纹理。这种岩石好像可以从里面反射光线,很像一个张着嘴、瞪着眼的女人。岩石的背后是一座小尖塔,用石头建成,像一只挥舞着大棒的手。岩石上画了一张红嘴唇和一双眼眶发白的眼睛,象征一位神灵,当地人把它叫作伟大女神。每当打鱼归来,他们都会把船并排着停靠在伟大女神面前,然后举起船桨向女神致敬,向她展示他们的收获。

小山峡里的居民是一群食人族。他们的皮肤呈暗黄色,暗黑的头发被紧紧地绑在脑后;身穿粗糙的麻布衣服,用一种腐臭的油脂涂抹身体。他们天生强壮,却遭受着各种疾病和传染病的折磨,这可能是因为他们生活的环境太污浊了。部落里的男人赤身裸体，女子系着腰带，戴各种饰物，比如脚环和项链。处女用鱼肝油沫头发，使头发看起来油光发亮。她们还把红色和黄色的染料涂在身上，把牙齿涂成黑色和红色。他们实行一夫多妻制，第一个妻子的地位最高。

他们与内陆地区的某个部落有贸易往来，把干鱼、牡蛎壳和鲨鱼皮放在小瀑布旁边平坦的石头上，用来交换原始的铁锅、硬木、水果和坚果。尽管这两个部落之间有交往，他们之间的关系却很敌对，有时甚至会爆发战争，而这通常都是贸易争端引起的。当战争爆发的时候，村里的一切都被涂成红色，然后，村民们开始兴奋地摩拳擦掌；所有的年轻男子都变成了战士，他们的耳朵被剪去，同时接受残酷的折磨，目的是磨练他们的意志，为即将到来的战斗做准备。

根据这个部落的法律，男人只可以在战场上被杀死，他们的尸体被人们瓜分，然后再吃掉。他们的肉体总是被叫作“一个朋友的礼物”。他们的骨头和不能吃的一小块被放在伟大女神的祭坛上，等着腐烂，剩下的部分分给每个居民吃。这些居民聚集到一个圆形棚屋里，一起享受这份人肉餐。他们通常蹲在一块厚石板旁边，用右手拿起一块块人肉；遵照良好的用餐仪式，他们在分享人肉时不可以说话，用餐结束后，最年长的人会说一句“感谢这位朋友”，然后所有的分享者把这句话再重复一遍。

拉姆波勒岛上的居民对疯子怀着宗教般的尊重。丧失心智被视为伟大女神特别赐予的礼物，疯子的肉被视为禁忌，不可以被食用。正是怀着这种信念，他们供养着这样一个疯子。他们说，只要这个疯子被养得白白胖胖健健康康，他们这个部落就会兴旺发达。而作为回报，这个疯子摇身一变就成了一个预言家。这个神圣的疯子与部落的其他人分开居住，他住在一间棚屋里，棚屋里面装饰着人的头骨和大树獭的骨头。疯子得到一根黑木手杖，手杖上刻着淫秽的符号，装饰着珍珠母和鲨鱼齿。

这个部落的大部分生活都受制于各种禁忌。比方说，不可以读某些单词;不可以给出一个人的真名;也不可以用第三人称称呼自己;不可以冒险进入山谷上面的空旷地带。这些形形色色的禁忌使得人们生活在海滨最阴郁、最不健康的地方,只有那些被认为拥有了不起的魔法的人才可以住在高地。

拉姆波勒岛是灰蜥蜴的乐园。灰蜥蜴可以长到1英尺长。拉姆波勒岛上还生长一种植物,长得很像茅膏菜,这种植物的叶子缠卷起来可以捕获和消化苍蝇、蜥蜴和小鸟。

拉姆波勒岛是世界上唯一一个仍能找到巨大的地面树獭生活的地方。这种动物以前很常见,世界上的许多地方都能看见它们的身影,比如在巴塔哥尼亚和火地岛就已经发现了地面树獭的遗骸,不过,在其他任何地方都没有找到仍然还活着的地面树獭。地面树獭生活在高地,他们在那里可以安全地繁殖,没有掠食者来夺走它们的生命,当地居民也不吃地面树獭的肉。地面树獭可能长到大象那样高大,全身长满粗糙的灰色长毛,长毛上面经常粘些泥土和植物的碎叶。地面树獭的皮肤呈粉红色,运动缓慢而笨拙;他们依靠前腿的肘关节行走,肘关节有厚厚的爪子。它们的头埋得很低,尾部比身体的任何部位都要高;它们经常蹲着,身体斜靠在尾巴上,爪子支撑着腹部。地面树獭身上的寄生虫很多,最常见的是一种大黑虱。地面树獭的身体闻起来像腐烂的海草,呼吸里充满了恶臭的味道。

地面树獭通常吃新鲜的树枝和嫩芽,这大大地破坏了高地的植被。此外,地面树獭还会吃掉各种小动物的卵,而且好像会对这些小动物施行催眠术。地面树獭不怕火,当它拖曳着身子经过时,拉姆波勒岛上的居民会发现它带着一种邪恶的神气。

韦尔斯,《拉姆波勒岛上的布里特沃赛先生》(H. G. Wells, *Mr. Blettsworthy on Rampole Island*, London, 1933)

赎金岛 | Ransom, Isle of

也许位于北海,被岩石包围着,岛上多高耸的黑色悬崖。赎金岛上经常有海盗和绑架者出没，岛名因此而来。游客可以从海上经一个山洞来到赎金岛，但经过这个山洞时，船必须收起帆才能通过。

赎金岛上只有一个著名的地方，名叫掠夺者大厅。大厅里那间重要的屋子的墙上镶嵌了面板，面板上刻着花园、绿树以及一个笑眯眯的国王的形象。据说，这个笑眯眯的国王统治着闪烁平原。

威廉·莫里斯，《闪烁平原的故事》（闪烁平原又叫“活人之国”或“不朽者之地”）（William Morris, *The Story of the Glittering Plain*, London, 1891），后附有图表。

赎金岛上掠夺者大厅里一块有雕刻的面板

拉文纳尔之塔 | Ravenal's Tower

一座高塔，几英里之外就能看见，坐落在肯特郡象牙桥附近的山顶上。拉文纳尔之塔其实是为理查·拉文纳尔建造的陵墓。据说，拉文纳尔遭到诅咒，死后不可以安息在陆地上和海洋里，因而被埋在天地之间一间八角形的屋子里；这间屋子位于塔楼的中间。最初，理查·拉文纳尔躺在一块玻璃板下，身上穿着蓝色的绸缎，戴着白银饰品，他的宝剑就放在身边。后来，那块玻璃板被换成了花岗岩石板，石板上刻着这样的文字：

这里躺着理查·拉文纳尔先生
他生于1720年，死于1779年

我躺在这里，躺在天地之间
想想我吧，亲爱的路人
你们若真的看见了我的碑石
请为我祈祷吧

拉文纳尔先生生前留下遗言，愿意捐一笔钱来维修这座高塔。如今，这座高塔仍然保持完好，尽管偶尔有流浪者在高塔下面的楼梯上露宿。

掩埋理查·拉文纳尔的那间屋子里有一段螺旋形石梯，一直通到山顶；站在山顶上，美丽的乡村风景可以一览无余。

伊迪丝·尼斯比特，《向善者》(Edith Nesbit, *The Wouldbegoods*, London, 1901)

现实主义岛 | Realism Island

具体位置无人知道。这座岛上曾住着快乐而天真的人，他们大多是地球上的牧羊人和农夫，都是共和主义者，想法简单而原始，喜欢在大树下闲聊自己的事情。如果他们想接近统治者本人，最直接的办法是找一个祭司或白衣女巫，这个祭司或女巫会为他们祈祷。他们崇拜太阳，但不是把太阳当作他们的偶像来崇拜，而是将其视为一位神灵的金冠，他们几乎把这位神灵看作是实实在在的太阳。

据说，他们要求祭司建造一座高塔，高塔指向天空，表示向太阳致敬。在选择建筑材料时，祭司经过反复的思考和掂量，最后决定采用一种与阳光一样清晰而美好的材料。这种材料在清洗后与雨后的天空一样白净；像金冠一样洁白无瑕；既不是奇形怪状，也不是模糊不清；既不明明白白，也不神神秘秘。高塔的所有拱门就像“笑声一样轻盈，像逻辑一样率直”。这座神庙建造成三个同轴心的庭院，每个庭院都比前一个庭院更清凉、更精美。神庙的外墙是百合花篱笆，密得几乎看不见绿色的根茎。神庙的内墙使用水晶,水晶把太阳碎成100万颗璀璨的星星。神庙最里面是一座高塔,高塔周围的喷泉喷洒着纯净的水柱,永不停歇;高塔顶端满是泡沫,塔尖有一颗硕大而耀眼的钻石,喷泉像接抛球一样不断地吐纳这颗钻石。

就在这个时候,海盗来了。他们霸占了这座海岛,逼迫牧羊人成为壮实勇敢的战士和水手。经过一段屈辱而令人恐怖的战争岁月,这些战士开始获胜,他们屡败屡战,决不气馁,最终把海盗赶出了这座岛屿。

但出于某种原因,经过这段时间的战斗,人们对神庙和太阳的看法彻底改变了。有的说,这座神庙千万不可以碰,因为它是"古典而完美的"。另一些人回答说:"那是因为神庙不同于太阳,太阳照射到世界的每个地方,既照射美好,也照射邪恶,既照射泥土,也照射怪物;神庙只属于正午,是用白色大理石一般的云彩和蓝宝石一样的天空构成的。太阳不总是属于正午,太阳每天都会死去,每天晚上都会在血与火的十字架上被钉死。"

在整个战斗过程中,祭司一直在布道,一直在战斗;他的头发已经灰白。按照新的推理,祭司写下了这样的话语:"太阳象征我们的父亲,赐予满是丑陋的世间万物以生命和力量。所有的夸张都是对的,如果他们夸张的是对的事物。让我们把长牙指向天空,把犄角指向天空,把鱼鳍指向天空,把象鼻指向天空,把尾巴指向天空,直到它们都指向天空。美丽的动物赞美上帝,丑陋的动物通常也会赞美上帝。青蛙的眼睛突出,因为它要看着天空;长颈鹿的脖子很长,也是因为它要把脖子伸向天空;驴子的耳朵在倾听,就让他听吧。"

有了这种新的灵感,现实主义岛上的居民开始计划建造一座华丽的哥特式风格的大教堂。他们要让地球上所有的动物都爬到大教堂上面,所有丑陋的事物也会构成和谐的美,因为它们都渴望那个上帝。大教堂的柱子要雕刻得像长颈鹿的脖子,大教堂的穹窿顶要像一只丑陋的乌龟,最高的小尖塔要像一只倒立的猴子,猴子的尾巴指向太阳。大教堂的整体是美丽的,因为它的姿态鲜活而富于宗教色彩，就像一个人正举着双手在祈祷。

这个宏伟的计划最终没有完成。人们用大型四轮马车运送沉重的乌龟屋顶，运送石制的长颈鹿的长脖子，运送这个整体的1001个奇怪的零件。猫头鹰、鳄鱼和袋鼠虽是丑陋的，但如果按照一定的比例，而且如果把它们献给太阳，它们就可以变得很美丽。因为这是哥特式的，这是浪漫的，这是基督教的艺术。象征这一切的是那只倒立的猴子，这属于真正的基督教，因为人是倒立的猴子。

然而，那些在长久的和平环境里变得日益放纵的富人阻挠这件事情的顺利完成，他们在一次激烈的争论中用石头砸破了祭司的头。从此，祭司失去了记忆，他看见他的面前排着青蛙、大象、猴子、长颈鹿、癞蛤蟆、鲨鱼，以及世间所有丑陋的东西，这些都是他收集起来向上帝表示敬意的。对于那个宏伟的计划，祭司已经想不起来了，他只好把这些东西胡乱地排在一起，一直排了差不多50英尺高，当他排完之后，所有的富人和显贵们都热烈地欢呼鼓掌："这就是真正的艺术！这就是现实主义！这就是事物的本相！"这就是"现实主义"在这座岛上产生的过程。

切斯特顿，"引言：论木头人"，《警告与漫谈》(G. K. Chesterton, "Introductory: On Gargoyles", in *Alarms and Discursions*, Lodnon, 1910)

真正的深渊 | Really Deep World

参阅比斯姆裂谷(Bism)。

真正的北极 | Real North Pole

某年的4月13日，亚当·杰弗森来到这里。根据他的说法，北极圈之外的冰雪里散落着岩石块或含铁的矿石；外面还覆盖着一层宝石。杰弗森推断，这些岩石块是强大的极地磁力吸引到这里来的陨石；当陨石穿过地球大气层时，可能是这里寒冷的空气阻止了它们的继续燃烧。关于这种现象的另一个解释是,这些岩石块是更强的地心引力和更低的大气密度造成的。这样的陨石在极地附近更多,它们堆积成梯田的形状,有时候堆积到更远的地方,就像散落的秋叶,因此这个地方地势很平坦。

真正的北极本身主要是一个接近于圆形的湖,长约 1 英里,湖中间升起一根低矮的大冰柱。杰弗森还记得冰柱上写了一个名字,但没人能读出这个名字;名字下面写着日期。杰弗森相信,围绕冰柱的液体以一种震颤的疯狂从东向西与整个星球一起转动,伴随着翅膀和瀑布微弱的低语。杰弗森暗示这样的液体养育了一种生灵,这种生灵生有许多眼睛,这些眼睛看起来倦怠而哀伤。这个生灵在一个颤动的地下洞里永不停歇地旋转,用它所有的眼睛一直盯着那个名字和日期。

杰弗森独自一人来到这里,经历了太多可怕的变故,他的同伴们全都死了。两个美国探险家在日志中说他们发现了另一个北极;这两个探险家分别是弗雷德里克·库克博士(Dr. Frederick Albert Cook,1865—1940)和海军少将罗伯特·佩瑞(Robert Edwin Peary,1856—1920),不过他们所说的这个发现应该完全是杜撰的。

马修·西德,《紫云》(Matthew Phipps Shied, *The Purple Cloud*, New York, 1901)

理性共和国 | Reason, Commonwealth of

具体位置不可知。整个共和国分为几个行政区,自称拥有庞大的水渠系统,这样就可以少使用马,就可以少消费农产品。

理性共和国的立国基础是理性、自由、友谊及和平,宗旨是为共和国的全体公民谋幸福。公民在享有自由时必须尊重他人的自由。理性共和国的政府既是代表性机构,也是立法机构,由各个行政区派出的代表团选举产生,遵从少数服从多数的原则。理性共和国的宪法每 7 年修订一次。理性共和国没有国教,但全体公民都享有宗教信仰的自由。

理性共和国的教育被视为自由和幸福的源泉。公立学校属于共和国所有,年龄在 4 到 14 周岁的孩子都必须上学。教师每年由公民选举产生;男教师必须年满 30 岁,而且必须已为人父;女教师必须在 36 岁以上,必须已为人母。学校不开设宗教课程,14 岁以上的孩子都必须进入国家军事学院学习,而且可以获得一把火枪和刺刀。

理性共和国的公民最低薪水是每天一蒲式耳小麦或与此等值的现金,这样他们就可以过上比较舒服的生活,不必担心会遭到富人的压迫。在家里,父亲死后,财产平均分配给他的孩子,包括他的私生子。在理性共和国,男子的结婚年龄是 18 岁,女子 16 岁,男女双方都有权要求解除婚约,只要他(她)能向陪审团提供充分的证据。法律保障新闻出版的自由。跛子、瞎子、聋子、哑巴以及疯子都由共和国供养,国家为他们提供最低生活保障。监狱距离最近的城镇至少也有两英里,所有囚犯都必须参加劳动,所得回报扣除他们在监狱里的消费后全部归他们自己所有。理性共和国没有死刑。

威廉·霍德森,《理性共和国》(William Hodgson, *The Commonwealth of Reason by William Hodgson new confined in the Prison of Newgate*, London, for Sedition, London, 1795)

红港 | Redhaven

参阅七岛(Seven Isles)。

红房子 | Red House

之所以叫这个名字,是因为这栋房子的屋顶盖的是红瓦。红房子建于 18 世纪中期,位于都柏林。然而,几十年之后,这栋豪华的房子被拆除了。一个名叫哈普尔先生的房客证明,经常有幽灵来这里行使自己的权利，赶走这里的房客，因此房客所签的租约完全作废。哈普尔先生给治安官和红房子的主人卡斯特马拉大人(Lord Castlemallard)提供了证词，这份证词为我们生动描绘了那个幽灵原告：一只孤独而肥胖的手，在红房子外徘徊逗留，显然是想进入红房子。

那只手有时会敲门和墙壁，有时会抓住阳台，去敲前门或厨房的窗户，有时会发出轻柔的摩擦声。那只手也会出现在二楼一扇大圆窗外，把整栋红房子检查一遍，然后逃到卧室里。有人认为那只手对红房子的女主人犯下了可耻的罪行，那样的罪行简直无法用体面的语言来形容。那只手曾在附近托儿所的一个壁橱里被发现，它似乎决定在壁橱里度过一段惬意的日子。

后来，哈普尔先生一家发现，那只神秘的手显然与红房子里一个被砍掉右手的祖先有密切关系；那位祖先的肖像的确在红房子的餐厅里挂过一阵子。

约瑟夫·发努，《红房子之围》(Joseph Sheridan Le Fanu, *The Siege of the Red House*, Dublin, 1863)

红岛 | Red Island

参阅萨吉尔岛(Sargyll)。

里根特鲁德王国 | Regentrude Realm

一个小小的地下王国，穿过德国北部生长的一棵中空的柳树可以到达。这个王国里住着幻雨人(the Regentrude)，一个负责降雨的疲倦女子。与梅迪辛哈特地区的首席天气制造人一样，这个女子负责在需要时降雨，但她也会在工作时睡去。她的这个地下王国跟地球表面的差不多，没有什么特别之处。

特奥多·施托姆，《幻雨人》(Theodor Storm, *Die Regentrude*, Braunschweig, 1868)

恩荡岛 | Rendang

属于印度尼西亚群岛，盛产石油，是大恩荡的一部分。大恩荡被恩荡的苏丹统治，由恩荡岛、尼科巴群岛、帕拉岛以及30%的苏门答腊岛构成。

中世纪时，恩荡岛相继遭到阿拉伯人和葡萄牙人的入侵。荷兰人也时常侵犯这座岛屿。在陆军上校迪帕(Colonel Dipa)的专制统治下，恩荡岛的军队入侵帕拉岛，并将它纳入自己的版图，目的是获得帕拉岛的石油和重要的工业产品，即铜和杀虫剂。

阿尔杜思·赫胥利，《岛屿》

瑞里克王国 | Rerek

一个荒凉的山地国家，以南是梅斯泽瑞亚王国，以北是芬格斯沃德王国。到了冬季，厚厚的积雪会堵住瑞里克王国所有的隘口。猫头鹰河谷的地貌很典型，这里也是莱马克堡垒的所在地。沿着猫头鹰河谷往前走，可见一片地势逐渐升高的凄凉的高沼地。在这片高沼地里，葱绿的蒿草与水洼不断交替出现；水洼边缘是莎草和泥炭沼。唯一的建筑是粉刷成白色的农舍和横跨小山的干砌石墙。地势较低的山谷里随处可见小无花果树、橡树和山毛榉；山上几乎不生长树。

海滨地区的乡村地势开阔得多，主要是水草丰茂的牧场。这个地区集中了瑞里克王国的自由而繁华的小镇，比如阿巴莱玛镇(Abaraima)，镇上有赏心悦目的花园和鱼塘。巴格特镇(Bagot)的居民很富裕，这个小镇坐落在宁静的内陆山谷里。大多数小镇都有严密的防御设施。比如北部的威宁镇，这是一个小河镇，三面环水，外加坚固的围墙。防御性最好的当属阿尔吉亚纳镇，这个小镇的每一面都受到阿尔吉亚纳洼地的保护，这里的沼泽广袤无垠，看不见尽头；由此可见，瑞里克王国的历史并非风平浪静。

在过去，瑞里克王国的城镇独立于各个封建领主，但经过许多个世纪以后，这些城镇逐渐受到帕瑞家族的控制。帕瑞家族离间这些城镇与北方各个小领主之间的关系，使他们彼此争斗不休，从而不断巩固他自己的势力。通过联姻，帕瑞家族与芬格斯沃德王国的皇族结成联盟，目的是利用芬格斯沃德王国的力量反对瑞里克王国内部的竞争对手。扎亚那城建立后 777 年，内战把这个王国搞得四分五裂。战争结束之后，扎亚那城的公爵巴嘉尼克斯(Barganx)成为瑞里克、梅斯泽瑞亚和芬格斯沃德三国的合法君王。

埃迪森，《情人的情人》；埃迪森，《梅米森宫里的一顿鱼餐》；埃迪森，《梅泽恩迪大门》

拉各斯城 | Rhages

法吉斯坦王国(Farghestan)的首都。

瑞塔坟冢 | Rhitta, The Barrow of

地处一片小树林附近，这片小树林位于普瑞敦王国的斯特拉德河两岸。在斯特拉德河的对岸，可以看见一座螺旋形城堡的废墟。瑞塔曾是这座城堡的主人，瑞塔坟冢就是埋葬瑞塔的地方。瑞塔死得很离奇，临死前仍然紧握着迪恩维宝剑，这把宝剑是跛子嘉万尼恩(Govannion)锻造的，是消灭那些威胁普瑞敦王国的邪恶力量的有效武器。

瑞塔死后，螺旋形城堡落入阿西伦之手。阿西伦是一个邪恶的统治者，敦之子从夏国来到这里之前，阿西伦就统治着普瑞敦王国。螺旋形城堡里阴森恐怖，真可谓罪恶的渊薮，这里就是阿西伦囚禁艾罗妮公主的地方。艾罗妮公主是里尔家族的最后一个成员。作为一个历史悠久的家族，里尔家族曾经住在凯尔-克鲁尔岛(Caer Colur)，这里距离莫纳王国的海滨地区不远。阿西伦囚禁艾罗妮公主只为要控制里尔家族传说中的魔法。艾罗妮公主在螺旋形城堡里生活了多年，在这里，她逐渐掌握了城堡里迷宫一样的地下隧道和各条通道，也更加认识到阿西伦邪恶的本性。

塔兰是凯尔-达尔本大农场的牧猪奴，被“铁锅战士”抓去后，关在这座螺旋形城堡里。“铁锅战士”是死亡之君阿诺恩利用死尸制造的一群不死的战士。在探索那些地下隧道时，艾罗妮公主发现了塔兰。她同情塔兰的遭遇，答应帮助塔兰逃走。艾罗妮公主有一个小金球，借着小金球的光亮，他们穿过了复杂的地下隧道。艾罗妮公主并不知道，这个精致的小金球其实是里尔家族的金佩里德里恩(Golden Pelydryn)，具有神奇的魔力。凭着金佩里德里恩的力量，艾罗妮公主和塔兰犹如得到了上帝的指引，走进了瑞塔坟冢。那位死去的国王就躺在坟冢里，手里依然抓着他的宝剑，身边都是死去的战士。想到他们自己也需要武器，艾罗妮公主和塔兰带走了宝剑。当他们这样做的时候，大地开始震动。他们其实并不知道，他们选择的这把宝剑将最终消灭死亡之君阿诺恩。表面看起来，这把宝剑只是一件历经岁月的普通武器，但它的力量却大得惊人。当它从坟冢里被带出来的一刹那间，螺旋城堡被一团蓝色火焰吞没，不到几分钟，整座城堡就只剩下破碎的大门框了。

劳埃德·亚历山大，《三之书》；劳埃德·亚历山大，《黑色大铁锅》；劳埃德·亚历山大，《里尔城堡》；劳埃德·亚历山大，《流浪者塔兰》；劳埃德·亚历山大，《至尊国王》

鲁道尔地区 | Rhudaur

位于中土的伊里雅多王国。这个地区贫瘠而荒凉，从西部的气象山一直延伸到北部的伊顿沼泽和以南的迷雾山脉。鲁道尔地区的水被排到霍阿维尔河(Hoarwell)和龙德瓦特河(Londwater)；在精灵的语言里，这两条河分别叫米塞特尔河(Mitheithel)和布鲁伊恩河(Bruinen)。两河之间和大东路以北是巨怪森林。巨怪森林多山，林间有巨怪出没；大东路沿着山脚绵延了数英里，位于密赛特尔河对面的末后桥与布鲁伊恩河对面的浅滩之间。

这个地区的巨怪身体庞大，脸面厚重，大腿粗壮如树干。他们愚蠢又好争论，经常抢劫游客，甚至可能杀死和吃掉可怜的游客。巨怪不知道如何建造房屋，因此一直住在山洞里。黎明到来之前，他们必须躲到地下，否则会被太阳光变成石头，回归为大山的材料，从此不再移动；他们本来就是这样的材料构成的。

鲁道尔地区一名源自早已被人们遗忘的鲁道尔国王。在遥远的中土第一纪时，鲁道尔在这里建立了一个王国。第三纪的 861 年，阿诺尔王国分裂成三个小王国，鲁道尔王国是其中之一，位于最东边。鲁道尔王国与自己的姊妹王国阿塞顿和卡多兰之间始终战火不断，这样的冲突持续了几个纪。最后在第三纪的 1974 年，阿塞顿王国走向衰落，鲁道尔王国正式解体。

托尔金，《魔戒首部曲：魔戒现身》；托尔金，《王者归来》

卢恩地区 | Rhûn

中土东部一片内陆海周围的地区，这片内陆海也叫卢恩。刚铎王国在其鼎盛时控制了大半个卢恩地区。然而在中土第三纪期间，各个民族开始聚居卢恩地区。这些民族被叫作东方人，在摩多王国的黑暗之君的挑唆下，他们经常骚扰和侵吞刚铎王国的土地。他们大多采取军事突袭，有时候也进行民族大迁徙，比如巴尔卡斯人（the Balchoth），他们入侵中土的部分地区，最后在凯勒布兰特平原大战中被歼灭。后来的入侵者也来自卢恩地区，这些人当中有战车人，他们驾着大马车奔赴战场，横扫达格拉德平原，后来遭到抵抗，最后被刚铎王国打败。

托尔金，《魔戒首部曲：魔戒现身》；托尔金，《王者归来》

雷拉若群岛 | Riallaro

位于太平洋的东南面，始终被一团雾气包围着。Riallaro 的

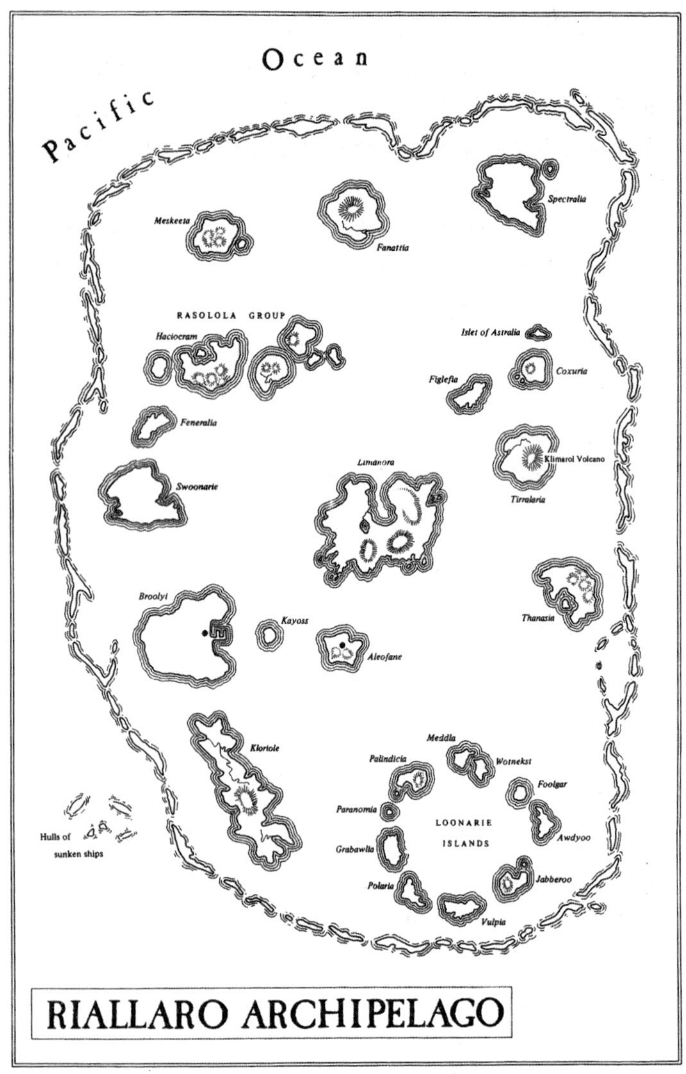
Ocean
Pacific
Meskeeta
Fanattia
Spectralia
RASOLOLA GROUP
Haciocram
Islet of Astralia
Coxuria
Figlefia
Feneralia
Limanora
Klimarol Volcano
Tirralaria
Swoonarie
Thanasia
Broolyi
Kayoss
Aleofane
Kloriole
Meddla
Palindicia
Wotnekst
Foolgar
Paranomia
LOONARIE
ISLANDS
Awdyoo
Grabawlia
Hulls of
sunken ships
Jabberoo
Polaria
Vulpia
RIALLARO ARCHIPELAGO

雷拉若群岛

意思是“雾环”，进入这座群岛附近的船只不会再出现在海上，因为它们会在迷雾和危险的水流中失去方向，最后沉入海底，因此航海者务必小心前行。其实，他们也可能会注意到周围废弃的旧船只，这说明其周围的海域很危险。这些弃船当中有一艘是西班牙的小吨位帆船；一艘是来自马来西亚的帆船，船上有一个已经死去却依然坚守在岗位上的船员；还有东印度公司的一艘大商船。

雷拉若群岛好像是沉入海底的古大陆的残留部分，主要由磁铁构成。这种磁铁产生自被火山熔化的岩石；这座火山曾经是雷拉若群岛的中心。雷拉若群岛的雾气可能是两股洋流汇合而形成的，其中一股洋流来自南极地区，另一股洋流来自热带地区。雷拉若群岛被珊瑚礁包围着，珊瑚礁内的水流很平静。构成雷拉若群岛的岛屿有阿里奥芬岛（Aleofane）、布鲁利伊岛（Broolyi）、科库瑞亚岛（Coxuria）、法纳迪亚岛（Fanattia）、菲尼拉里岛（Feneralia）、菲格勒非岛（Figlefia）、哈希科拉姆岛（Haciocram）、克罗瑞奥勒岛（Kloriole）、里曼诺拉岛（Limanora）、鲁纳瑞群岛（Loonarie）、梅斯凯塔岛（Meskeeta）、幽灵寻求岛（Spectralia）、斯乌纳瑞岛（Swoonarie）、塔纳西亚岛（Thanasia），以及迪拉拉瑞亚岛（Tirralaria）。

本世纪末，欧洲人乘“白日梦号”汽船来到雷拉若群岛。“白日梦号”汽船的力量很大，克服了雷拉若群岛的各种天然障碍。“白日梦号”穿过这座群岛，最后被允许在里曼诺拉岛登陆。“白日梦号”的船长在里曼诺拉岛上生活了多年。

戈弗雷·斯维文，《雷拉若群岛：流犯群岛》；戈弗雷·斯维文，《里曼诺拉岛：进步岛》

瑞尔芒城 | Rialmar

芬格斯沃德王国的首都，一个重要的港口城市，坐落在内陆海的北海滨一条河的河口。瑞尔芒城的街道很宽，街道和广场紧挨着一个山嘴的双角峰之间，这对双角峰分别是特瑞尼峰（the Teremne）和美伊斯波恩峰（the Mehisbon），据说这两座山峰是世

瑞尔芒城海湾对面的宙斯庙与皇宫之间的风景

界最高峰。

美伊斯波恩峰的山顶上坐落着宙斯庙。宙斯庙规模庞大,用纯黑色的大理石建造而成,这种黑色大理石没有被抛光,目的是让它的颜色看起来更暗淡。除了山形墙上的雕刻和门廊的中楣,整个宙斯庙几乎没有任何装饰;芬格斯沃德的国王和王后的陵墓就在附近。

特瑞尼峰几乎被芬格斯沃德王国的皇宫所占据,皇宫高高地坐落在拉瓦姆山谷(the Ravarm)上面的悬崖之上;游客应该来看看这座皇宫的皇后花园。奇特的设计使它隐藏于视线之外。花园朝东西方向,一面空白墙壁挡住了北风的进入。透过东西两面墙上的炮眼,我们可以看见外面的山景,看见800多英尺以下的大海。花园中心有一个椭圆形水池,围绕水池的是一条用花岗石砌成的小路,小路边摆放着用天青石和珍珠母装饰的长椅子。水池上方是一个双重露台,露台里种植了百合花、向日葵、石竹花和各种山花;爱神阿芙罗狄忒的雕像伫立在静静的水池中。

芬格斯沃德王国的皇宫里最著名的房间是海马大厅,穹窿顶,建造成一个十字架的形状,海马大厅的墙壁使用的是碧玉面板,支柱采用天青石;屋子北端是一段碧玉楼梯,碧玉楼梯的两侧是两座海马雕像,用天蓝色的大水晶岩石雕刻而成。

皇宫最古老的部分是曼迪科尔走廊(Mantichore Gallery),走廊里摆放着长桌和椅子。椅子用白色条纹的灰石做成,椅子上面铺着柔软的丝绸垫子。曼迪科尔走廊里有44盏吊灯照明。走廊的这个名字取自一幅壁画,壁画描绘的是一则寓言故事里的曼迪科尔。曼迪科尔曾经生活在芬格斯沃德王国南部多沙的荒野地区，如今只能在毒蜥国看见它。芬格斯沃德王国的曼迪科尔的脚掌和鬃毛像狮子，尾部像豪猪，尾巴像蝎子；与皮提(Pity)一样，曼迪科尔也生了一张人脸。

游客如果沿着凯旋路往前走，就可以进入皇宫。凯旋路始于瑞尔芒镇的集市，路的两边排列着玫瑰色的大理石柱。到了节日的晚上，大理石柱上就会装上耀眼的标灯，凯旋路就好像一条盘绕的火蛇。

芬格斯沃德的皇室成员无需护驾就可以进入瑞尔芒城，这已经成为他们的一种习俗。市民们把这一点看做是一种无上的荣耀，认为他们就是皇室的真正护卫。

作为芬格斯沃德王国的首都，瑞尔芒城与这个王国最重要的一些历史事件紧密相关。马达努斯国王(King Mardanus)在这里遭到刺杀，行刺的人可能是邻国阿卡玛的一个名叫阿克托尔的流浪汉。也正是在这里，马达努斯国王的儿子梅贞提乌斯第一次拟定计划，决定把芬格斯沃德王国、瑞里克王国和梅斯泽瑞亚王国置于他的控制之下。

瑞尔芒城曾两度落入阿卡玛王国之手。扎亚那城建立后770年，阿卡玛王国的萨加迪斯(Sagartis)占领了这座城市，直到他的通讯线路遭到破坏之后，萨加迪斯对瑞尔芒城的控制才宣告结束，萨加迪斯本人也在那次大战中死去。扎亚那城建立后777年，萨加迪斯的儿子德克赛斯(Derxis)攻下这座城市，激战中杀死了安迪欧普女王。后来，德克赛斯继续向南入侵瑞里克王国，结果吃了败仗，瑞尔芒城再次获得解放。

埃迪森，《情人的情人》；埃迪森，《梅米森宫里的一顿鱼餐》；埃迪森，《梅泽恩迪大门》

废话镇 | Rigmarole

奥兹国南部的一个小镇。与奥兹西北部的恐惧城一样，这座小镇也是一个防御性的定居点。从小镇的名字可以看出，那些词不达意的人就会被打发到这里来与他们的同类一起生活。他们经常使用冗长而复杂的称呼，使用大量生僻的词汇。回答一个简单的问题，他们也要发表长篇大论。

弗兰克·鲍姆，《奥兹国的翡翠城》

铃声岛 | Ringing Island

从加纳宾岛出发需要 4 天才能到达。铃声岛很容易辨认，因为当游客靠近这座岛屿的时候，这里的空气里会传来清脆的铃铛声。

铃声岛上住着西堤塞尼人(Siticines)，又叫挽歌手；他们本来是人类，后来变成了鸟儿。铃声岛上现在只住着一个人，他就是看守教堂的伊迪图斯(Master Aeditus)。铃声岛上的鸟儿生活在豪华的笼子里，每只笼子的上方都系着一个铃铛。鸟儿的体型跟人类差不多，行为方式也跟人类一样。它们有的呈白色，有的呈黑色，有些呈灰色，有些黑白相间，还有的一半白色一半蓝色，少数鸟儿呈红色；所有鸟儿的羽毛都光滑而美丽。著名的雄鸟有神职亚(clerijays)、修士亚(monajays)、祭司亚(priestjays)、修道士亚(abbeyjays)、主教亚(bishojays)、红衣主教亚(cardinjays)以及教皇亚(the Popinjay)；雌鸟有牧师吉斯(clergesses)、祭司吉斯(priestjesses)、修女吉斯(abbeyjesses)、主教吉斯(bishojesses)和红衣主教吉斯(cardinogesses)。最近几年，铃声岛遭到候鸟顽固者(bigots)的困扰。顽固者是一种很臭的鸟，其他鸟儿对它们唯恐避之不及。尽管教堂看守人已经尽力了，但似乎也不可能消灭顽固者，因为这种鸟儿死去一只，就会再出现 24 只。

无论在什么时候，铃声岛上的教皇亚始终只有一只，其他的鸟儿繁殖后代，不需要交配。神职亚生了祭司亚和修士亚；祭司亚生了主教亚，主教亚又生了大红衣主教亚。如果不死的话，大红衣主教亚最后会成为教皇亚；而如果大红衣主教亚死了，整个一窝红衣主教亚中会产生出下一任继承者，新一轮的无性繁殖就此开始。因此，这种鸟儿由一只具有永恒延续性的个体组成，这一点很像凤凰。在很久很久以前，两只教皇亚同时出生，由此引发的内战夺走了许多无辜者的生命，因为几乎每一只鸟儿都有偏袒之心。后来，铃声岛向地球上的统治者求助，但直到两只竞争的教皇亚中死去一只以后，这样的分裂才总算结束。游客很难看见那只胜利的教皇亚，因为他只在最兴奋的日子里才会唱歌，而其他的鸟儿几乎总在不停地唱歌。

铃声岛上最奇特的动物叫"好吃鸟"(gormander)，这种鸟儿的羽毛很亮，而且羽毛的颜色会变化，就像变色龙的皮肤一样。"好吃鸟"的右翅下面有一个标记，这个标记是一个圆的两条相互垂直的直径。这些混血鸟类在世界各地都有许多巢窠。他们从不唱歌，但作为补偿，它们吃得比其他鸟儿多一倍。"好吃鸟"没有雌性，它们喜欢到海滩上去活动，因此容易感染性病。

铃声岛上的鸟儿不劳动，也不开垦土地；唯一的活动就是唱歌。它们储备了丰盛的食物，都是世界各地其他国家送给它们的，北风下面的某些王国除外。

铃声岛上的鸟儿都是候鸟，最初来自其他大陆，主要来自两个地方，分别是无面包日王国(BREADLESSDAY)和它们太多之国(TOO-MANY-OF-'EM)。最糟糕的鸟儿来自驼背岛。驼背岛上生活的鸟儿要么背驼，要么患有其他的毛病。许多鸟儿都是被父母送到这座岛上来的，因为如果整天呆在家里，它们可能会吃光家里的存粮。

在一年中的任何一个季节里，如果游客准备来铃声岛的话，他们都必须在登陆前斋戒 4 天，否则就会被当作异教徒绑到火刑柱上烧死。斋戒后，游客被迫在铃声岛上大吃大喝 4 天；这被迫吃东西的 4 天主要是因为天气：一旦有陌生人来到铃声岛，大海就会掀起可怕的风暴，接连 4 天都是如此，而在冬至的前、后 7 天里，大海一直风平浪静，每当这个时候，海神忒提斯最喜欢的甜美而神圣的翠鸟就会来铃声岛产卵。

弗朗索瓦·拉伯雷,《巨人传第五部》

瑞恩斯庭院 | Rings

一个精灵庭院,位于南苏格兰的加洛韦(Galloway)。瑞恩斯庭院在很多方面与散布于欧洲各地的其他精灵庭院很相似,但只有瑞恩斯庭院里经常会有幽灵出没。这里的精灵和仙子的寿命很长,但他们最终都会死去,而且没有灵魂。瑞恩斯庭院的大管家格拉梅爵士(Sir Glamie),很受尊敬,死后经常在这个庭院里出现。格拉梅爵士的身体里显然流淌着人的血液,我们可以由此推断,人类与仙子在过去某段时间有过亲密的关系,这本身就是丑闻的原因。更可怕的是,幽灵的出现可能促使我们对死后生活产生各种恐惧的猜测。最初看见格拉梅爵士的主要是劳动仙子,而且这位爵士出现时总带着一条鱼,他生平就是一个贪婪的用虫饵钓鱼的人,他钓上来的很多鱼仍然放在北部沙龙(North Saloon)的玻璃箱里。

最初,格拉梅爵士的幽灵并不那么讨厌。后来,一个仙子在清洁温泉时碰见了他,此后一切都改变了。仙子一个深感恐怖的斜视永恒地丑化了爵士的形象。自那以后,瑞恩斯庭院一出问题,就指向这个幽灵。有一次,当听到别人在讨论这个幽灵时,格拉梅爵士忍不住跑出来干预,并指责这些讨论者,说他们根本不知道自己在说些什么;这可能是格拉梅爵士最后一次出现,自此以后,他再也没有在这座城堡里露过面,尽管有时还能看见他在河边昂首阔步,河边是他常去的地方。

希尔维亚·华纳,《精灵王国》

波纹王国 | Ripple Land

一个令人好奇的王国,位于奇想人王国和格娄利沃格王国之间。波纹王国境内多险峻的丘陵和山谷,这里的山谷会不断地变换位置，像波浪一样起伏不断。来到波纹王国的山坡上，游客会发现这里的山坡会突然下沉，变成一个山谷，而如果进入山谷，游客又会发现这个山谷突然往上升，变成一座山峰，于是游客又站在山顶上了。穿过这么一个令人困惑的地方时，地面波浪式的运动会使这里的游客产生晕船的感觉。

弗兰克·鲍姆，《奥兹国的翡翠城》

瑞普-凡-温克尔村 | Rip Van Winkle's Village

位于上纽约州的卡茨基尔山脚下。

瑞普-凡-温克尔村历史非常悠久，是最早来美洲定居的荷兰殖民者创建的。在这个村子里，你仍能看见带有花格窗的黄色砖房、山形墙的正面和风向标。村子附近有一个小山洞，在这里，你还能看见亨利·哈德森的同伴们(他们发现了哈德森河)的幽灵，他们正在玩九柱戏。据说，这些幽灵玩九柱戏时声音很大，就像夏季午后打雷的声音。如果他们邀请你一起喝酒，你最好拒绝，因为这样你可能会睡过去，20 年后才会醒过来。

瑞普·凡·温克尔是这个村子里的村民，当时管理这个村子的是英国人。温克尔与那些荷兰人的幽灵喝酒时睡着了，一睡就睡过了美国独立战争。后来，温克尔的女儿把他领回家。在生命的最后日子里，温克尔经常去杜利德先生的旅馆消遣，在那里，只要有人愿意听他讲，他就把自己的这段奇遇讲给那个人听。

华盛顿·欧文，“瑞普·凡·温克尔”，《见闻札记》(Washington Irving, “Rip Van Winkle”, in *The Sketch Book of Geoffrey Crayon, Gent.*, New York, 1819—1820)

瑞斯帕城 | Rispa

哲学家之岛(Philosophy Island)的首都。

瑞文德尔屋谷 | Rivendell

一个可以栖身的深谷，位于中土迷雾山西面的布鲁伊恩河或响水河的两岸。瑞文德尔屋谷是精灵的家园，作为精灵的一个避难所建立于中土第二纪期间，当时的精灵王国霍林已被毁。直到中土第三纪末，瑞文德尔的创建者伊尔隆德（Elrond）都是瑞文德尔的君主。在中土的西部语里，瑞文德尔最初叫卡尼古尔（Karningul），但精灵和敦丹族熟悉的名字是伊姆拉德瑞斯（Imladris），意思是“深深的裂谷”。

瑞文德尔又叫大海东部的最后家园，之所以这样叫是因为，它是真实精灵最东端的定居点。这是一栋大建筑，拥有许多通道、楼梯和大厅，高耸于布鲁伊恩河岸，站在这里可以俯瞰下面芬芳馥郁的花园。这栋建筑的宴会厅很大，宴会厅的墙上装饰着挂毯。壁炉厅也很宽敞，里面摆放着精美的壁炉，壁炉两侧是精雕细刻的柱子，壁炉里总是燃烧着旺旺的炭火。壁炉厅里通常是空空荡荡的，专门留给那些渴望和平、心怀美好理想的善良人。不过在快乐的日子里，壁炉厅就变成了歌厅，人们可以在这里吟唱古老的歌谣。

与那些生活在罗林恩王国的精灵相比，瑞文德尔的精灵更快乐，也更健谈。他们风趣幽默，喜欢彼此逗乐。与其他精灵不同，他们非常了解生活在其他国家的精灵。

瑞文德尔的精灵是西部敦丹人最亲密的盟友，他们曾在敦丹人最需要帮助的时候给予了最大的支持。索伦的黑暗势力控制中土的时候，敦丹人的酋长通常都在瑞文德尔长大。其中一个酋长名叫阿拉贡，他爱上了伊尔隆德的女儿阿文。索伦被消灭后，阿拉贡成为联合王国的伊力萨国王，阿文做了他的王后。

伊尔隆德黑发灰眼，看起来器宇轩昂；我们无法猜出他的真实年龄，他博学多才，记忆超强，是精灵与伊丹人的后裔，但他希望别人将他看作一个精灵。在整个第三纪期间，伊尔隆德拥有一枚魔戒，另外还有两枚，都是霍林王国铸造的。伊尔隆德的魔戒叫维尔亚(Vilya),又叫空气魔戒;毫无疑问,这枚魔戒帮助瑞文德尔克服了邪恶势力的影响。

为了保证瑞文德尔的安全,护戒团组织起来,全程保护护戒使者弗罗多,帮助他完成毁灭至尊戒的使命。他们要将至尊戒投进厄运裂谷,以此摧毁黑暗之君索伦的邪恶统治。护戒团共有 9 位成员,4 位是来自夏尔郡的霍比特人,其中包括弗罗多;另外还有阿拉贡、另一个人、一个侏儒、一个精灵以及巫师甘道夫。他们成功地完成了使命,至尊戒最终被毁掉,这也意味着索伦的恐怖势力彻底被摧毁,但这些精灵也损失惨重,许多精灵永远离开了中土。伊尔隆德也走了,他带上魔戒维尔亚,从灰港向西航行。伊尔隆德的女儿阿文深爱着阿拉贡,她决定放弃长生不老,留下来与阿拉贡一起生活;这个决定使她的父亲悲恸不已。

托尔金,《魔戒前传:霍比特人历险记》;托尔金,《魔戒首部曲:魔戒现身》;托尔金,《王者归来》;托尔金,《精灵宝钻》

河岸 | River Bank

指的是流经蟾宫的那条河流的两岸。河岸上绿树成荫,树林背后,茂盛的水草地一直延伸到野林的边缘,野林四周是开阔的丘陵地带。一条水渠刚好在蟾宫附近汇入那条河流的上游。河中心有一座岛,隔开了这条主要支流和一个小水湾。小水湾的上方坐落着一个带灰色三角墙的磨坊。小岛的周围有杨柳和白桦树,小岛中部生长着天然的山楂、黑刺李和野黑莓果园。有时候,小岛上能看见一种奇怪的有角小生灵,他正吹着笛子,这幅情景不会让人感到恐惧,相反会使人产生一种近乎宗教的宁静。经验丰富的游客在斯巴罗船长之岛上也会碰见这样的生灵。

河岸栖居着各种鸟类和动物,鸟类有小鹏鹏、翠鸟、黑水鸡,当然还有鸭子和水獭,但这个地区最著名的居民要算河鼠先生。河鼠先生住在河岸上的一个洞里,他的家里非常舒适,但涨水的时候会很危险。山洪爆发时,地下洞经常也是如此。河鼠先生是一个经验丰富的船夫,他最要好的朋友是鼹鼠居的鼹鼠先生和野林的獾先生。

河岸上有一个和谐的共同体,这个共同体的居民很少冒险离开他们的家园。尽管共同体内不存在任何形式的法律约束,但大家都遵守约定俗成的礼规,因此来这里的游客也应该入乡随俗才是。比方说,按照当地的传统,如果某人的朋友或熟人突然消失了,其他的人千万不可以对此作任何的评价,也不可以要求当事人作任何解释,甚至不可以考虑和暗示这种情况可能存在的任何困难和危险。总之,讨论将来的话题会被看作是没有教养的行为,游客最好避免这一点。

肯尼斯·格雷厄姆,《柳林风声》

路镇 | Roadtown

位于纽约的郊区。路镇好像一座连绵不断的建筑,有点像摩天大楼,在纽约以西的山峦间绵延了几百英里,犹如中国的长城。

路镇使用水泥建造房屋;水泥可以防火防虫,也能阻挡飓风的侵入。路镇的每一部分都有两层高,每一层都有两套住宅,住宅下面是三层地铁和所有必须安装的管道和电缆。地下铁路没有噪音,以博伊斯单轨铁路系统和一架水平电梯的想法为基础。地下铁路由短途汽车组成,汽车的门可以自动开关,车轮外面包着皮套,啮合处采用最轻的材料构成。各家各户的私人楼梯向下可以通到地下铁路,向上可以达到屋顶。屋顶中间是一颗有遮盖的散步场所。冬天,这里被玻璃封起来,里面有蒸汽加热,可以作为一条提供娱乐和消遣的街道。这里偶尔也能看见塔楼,这种建筑格局不至于单调乏味。屋顶的设计很好,下面散步的人不能透过邻居的天窗偷窥,也不能偷听邻居的谈话。

屋里除了鸟儿的歌唱,听不见任何其他的声音。每间屋子都能提供热水和加热系统,人们使用时可以根据自己的需要来调节。此外,还有一部可以用来留言的录音电话,对现在的游客来说,这或许算得上他们非常熟悉的日常用品了。路镇的女人没有义务做家务,多数家务活儿都是送到专门的店铺去处理,每个家庭成员做剩下那份属于他自己的工作就可以。路镇有一家合作洗衣店，收取的费用算在租金里面。此外还有一间合作厨房，人们可以通过打电话订餐，服务非常方便快捷。路镇的每间屋子都铺设有管道，用作抽吸式清洗。屋里的床都是机械的，所有的房屋都朝向路镇的两边，空气非常流通。

路镇建于1893年，得益于一个美国发明家做的一个梦。这个发明家名叫埃德加·察波利斯(Edgar Chambless)，当时他身无分文，前途渺茫。一天，他在纽约附近一座山上睡着了，然后就做了一个梦，于是就有了今天的路镇。

埃德加·察波利斯，《路镇》(Edgar Chambless, *Roadtown*, London & New York, 1910)

鲁宾逊·克鲁索之岛 | Robinson Crusoe's Island

参阅克鲁索之岛(Crusoe's Island)。

巨鸟岛上正在收集的午餐

巨鸟岛 | Roc, Island of The

又名鲁克岛，面积很大，岛上荒无人烟，位于中国海，美食家可以在此驻足。从远处望去，巨鸟岛像一个发光的白色大炮台，足足有100多码长；可一旦靠近它，游客就会发现，这个所谓的白色大炮台其实是大鹏鸟鲁克（rukh）生的一个硕大无比的蛋，而且我们看见的还只是这个蛋的一部分。如果游客想品尝蛋里面雏鸟的肉，就必须用镐子把蛋壳破开。游客最好把这样的鸟肉带一些到船上去，等到了另一座岛上时可以慢慢地享用。不过，这样一来，游客和他的船可能遭到鲁克鸟妈妈的攻击。鸟妈妈从空中抛下巨石，砸到这些闯入者的身上。一只发育完全的大鹏鸟是大象体重的3—4倍，因此游客最好不要与这种大鹏鸟发生冲突。

如果想吃大鹏鸟的肉，最好是把这种鸟肉加点柠檬和盐，然后放在文火上慢慢烤来吃；也可以把这种鸟肉做成菜肴，用来代替火鸡和兔肉。大鹏鸟的肉滋阴壮阳，老年人吃了可以返老还童，花白的头发可以再次变得乌黑。

无名氏，《一千零一夜》

岩石岛 | Rock Island

位于印度洋，确切地说，位于新不列颠群岛的阿普瑞里斯岛以西。之所以叫这个名字是因为这座岛屿多岩石和高山。岩石岛的大部分地区贫瘠多沙，内陆有一块绿草茵茵的大平原。最早的定居者在这个大平原上创建了一个小镇，小镇上的房子都是单层的，房屋的每一面墙上都刻着《十诫》，还刻着所有的字母。大平原上的居民说拉丁语，平时赤身裸体。

皮埃尔·舍瓦里耶·迪普莱西，《乔治·瓦尔普先生回忆录》

流氓港 | Rogues' Harbour

参阅波利普拉格莫塞尼半岛(Island of Polypragmosyne)。

洛汗王国 | Rohan

也叫"骠骑国",中土最重要的王国之一,从中土西面的伊森河一直延伸到东面的大河,以北是凡戈恩森林和林姆莱特河(River Limlight),以南是大白山脉。东南面的梅菱小溪(Mering Stream)和树沐河是洛汗王国和刚铎王国之间的界河。树沐河发祥于凡戈恩森林,穿过洛汗王国,最后汇入大河。

洛汗王国的居民愉快而慷慨,他们拥有肥美的草地,马儿在草地上自由地驰骋,姿态优雅俊美,无与伦比。洛汗王国被分成几个地区,北部的西伊姆尼特地区(Westemnet)和东伊姆尼特地区(Eastemnet)分别位于树沐河的两岸。西伊姆尼特地区地势平坦,辽阔的平原绵延数英里,某些地方生长的绿草齐腰高,飘曳的绿草下面是变化莫测的水潭和沼泽,要穿过这样的地方会非常危险。北面一条主道穿过东伊姆尼特地区,这一带的地面更坚硬;以南,沿着大白山脉坐落着东弗尔德山谷(Eastfold Vale)。大白山脉和伊森河之间是西弗尔德山谷(Westfold Vale),西弗尔德山谷的主人通常住在号角堡。号角堡规模庞大,守卫着圣盔谷的入口;最东端,越过大河以后不再是大草原,而是贫瘠的褐土地。这个地区的首都叫伊多拉斯。伊多拉斯是一座大城堡,坐落在大白山脚下的史诺伯恩河(the Snowbourn)两岸,这里可能是人口最密集的地区,也是皇室居住地。

洛汗王国的居民叫洛依瑞姆人,他们具有坚强的意志,以慷慨、诚实和勇气闻名。他们的外貌与性格一样,个个生得高大威猛,面容温和,头发梳成长辫搭在脑后。洛汗王国的骑兵远近闻名,他们身穿长至膝盖的轻便盔甲,戴轻便的头盔,随身佩戴各种武器，比如腰间带着弓箭、长矛和宝剑，肩上扛着有色盾牌。他们的马术与他们那疾驰的骏马一样出名；他们的骏马体格矫健，长长的鬃毛，披着闪闪发光的灰色马鞍。洛汗王国最好的骏马叫梅拉斯(Mearas)，供皇家专用。据说，第一匹梅拉斯叫菲拉洛夫(Felaróf)，还是一匹小马驹的时候，菲拉洛夫就被里奥德(léod)捉住了。里奥德是洛汗王国的君王，同时也是一个了不起的驯马人。等到菲拉洛夫长大以后，里奥德想驯服它，结果惹怒了菲拉洛夫，被它活活摔死。里奥德的儿子伊欧(Eorl)抓住了菲拉洛夫，他要求菲拉洛夫放弃自由，为自己造成的死亡赎罪。菲拉洛夫好像听懂了伊欧的话，最终被他驯服。从那以后，菲拉洛夫变成了伊欧的战马，随时服从这位主人的调遣，不需要缰绳，也不需要马嚼子。伊欧做了洛汗王国的国王后，菲拉洛夫的后代也成为皇室御马，继续为洛汗王国的皇室服务。塞奥顿统治期间，梅拉斯最重要的马叫影狐，这是一匹美丽的银色马，速度超群，耐力卓绝。在魔戒大战期间，影狐成为巫师甘道夫的坐骑，为魔界大战的胜利做出了非凡的贡献。

洛依瑞姆人是安杜因山谷里波宁人的亲族，也是幽暗树林以西的人类的亲族，而且始终是刚铎王国最亲密的同盟。在刚铎王国与来自卢恩地区好战的东方人交战期间，洛依瑞姆人给予刚铎王国很大的帮助，因此他们得到了现在居住的这块土地。这里以前是刚铎王国的一个行省，名叫卡兰纳宏。刚铎王国长期遭到东方人的侵略，但在洛依瑞姆人的帮助下，他们在凯勒布兰特平原大战中取得了决定性的胜利。Rohirrim 的意思是“牧马人”，少年伊欧统治时期，洛依瑞姆人在这里定居下来，他们在绿草原上放牧，在敦哈罗高地和圣盔谷重建要塞。

洛汗王国与刚铎王国之间的古老联盟从未被打破，在那场影响整个中土的魔戒大战中，洛汗王国的“牧马人”扮演了举足轻重的角色。早在魔戒大战初期，护戒团的成员就得到了这些“牧马人”的帮助。然而，就在那个时候，洛汗王国也遭到邪恶势力的威胁。洛汗王国的国王塞奥顿深受大巫师萨鲁曼的毒害，在伊森加德城堡建立了根据地。萨鲁曼再通过他的仆人格瑞玛(Gríma,又叫虫舌),使塞奥顿相信他已经年老体衰,洛汗王国只需要采取简单的防御措施就可以了。在甘道夫的帮助下,塞奥顿克服了格瑞玛的影响;他及时重振雄风,与护戒团的成员一起蓄势于圣盔谷,最终使萨鲁曼的军队遭到决定性的毁灭。后来,米那斯-提力斯城的居民请求帮助,希望共同抵抗摩多王国的军队,塞奥顿和洛依瑞姆人及时呼应,加入佩伦诺亚平原大战,塞奥顿战死疆场。

与洛汗王国的其他国王一样,塞奥顿被埋在伊多拉斯附近的山脚下。17 个国王的坟冢位于史诺伯恩河的东岸,坟上面覆盖着赛贝尔米尼(simbelmynë)白花,意思是"永恒之心",既指这 17 个国王曾经生活的地方,又指花儿终年绽放这个事实。洛汗王国的战士也埋在这些坟冢里,他们敌人的尸体被夺走和烧掉。

洛依瑞姆人有自己的语言,名叫罗伊瑞克语(Rohirric),除了他们自己,很少有人会说这种语言。对于他们的这种母语,我们几乎找不到任何相关的记载。洛依瑞姆人的国王通常说中土的通用语,即西部语。

洛汗王国没有书面语,文化主要包括诗歌和民谣,用来歌颂昔日的英雄和他们的事迹,比如洛依瑞姆人骑马去米那斯-提力斯城的英勇事迹;其他的歌曲讲述的是弗拉姆怎样带领他们来到伊欧赛特(Eothéod),即他们定居洛汗王国之前生活的地方。此外,这些歌谣还讲述了弗拉姆打败灰色山脉的巨龙史卡沙(Scatha)的故事。据说,这次胜利引发了霍比特人与伊欧赛特的人类之间的长期不和,因为伊欧赛特的人类想得到巨龙控制的宝库,弗拉姆拒绝了他们的要求。洛依瑞姆人对中土其他地方的了解,似乎也来自这些古老的歌谣,比方说,当发现护戒团成员包括夏尔郡的霍比特人时,他们感到十分惊讶。以前,他们认为霍比特人只是传说中的某种生灵,只存在于过去的歌谣里;他们还把霍比特人叫作半身人。

洛汗王国的标志是伊欧家族的那个徽章,徽章上的图案是一匹奔驰在绿色草原上的骏马。

托尔金,《魔戒首部曲:魔戒现身》;托尔金,《双塔奇谋》;托尔金,《王者归来》

罗克岛 | Roke

一座非常重要的半岛,位于地海群岛的内海中心,也就是位于地海群岛的核心地带。罗克岛上的巫师非常重要,岛上有专门培养巫师的学校。地海群岛各个岛屿之间的多数贸易都在罗克岛的特维尔港进行,但罗克岛不是重要的贸易中心。

特维尔港很小,差不多就是几条拥挤的高低不平的街道。这些街道从特维尔港一直延伸到一个广场。广场的三面都是高楼,第四面是一栋石建筑的高墙,这里就是罗克岛的魔法学校,是地海的魔法中心。罗克岛上的居民太了解这所学校所教授的魔法了,甚至自己也会一点魔法。当看见一个小男孩变成一条小鱼,看见一栋房子飞到天空,他们的眼睛都不会眨一下,因为他们非常清楚,那只是某个兴致勃勃的男巫的又一个恶作剧。罗克岛上的天气也受魔法的控制,那是一个名叫风钥匙大师的杰作。罗克岛附近的水域也被施了魔法,不管内海的风暴有多大,这里的水面总是风平浪静,因为有著名的罗克大风保护罗克岛不受邪恶力量的侵扰。

罗克岛的统治者是大巫师,大巫师是地海最了不起的巫师。大巫师只听命于地海群岛的国王,不服从其他任何人的调遣。大巫师的同事都是罗克岛的巫师,他们的地位堪比地海的王公贵族。这些巫师既是魔法的实践者,也是魔法的传授者。他们拥有各自的魔法领域和技能,比如看门大师、风钥匙大师、命名大师(致力于古语言的研究,比如龙的语言)、草药大师、变化大师(主要传授真正的变化艺术)、模式大师、召唤大师(专门研究如何召唤世间各种生灵)、吟唱大师和幻化大师(精通幻觉魔术,与真正的变化刚好相反)。这些魔法大师听从他们自己和大巫师的召唤,大巫师临死之前,会从这些魔法大师当中挑选自己的继承人。

从本质上讲,魔法与平衡或均衡有关。简言之,所有的事物都必须保持平衡,必须考虑任何一种魔法的整体效果。比如,给这座岛屿带来降雨,就意味着要使那座岛屿遭受干旱;这一片海域风平浪静就意味着那一片海域将骇浪滔天。罗克岛的魔法不是要给某个人带来终极魔法的至高权力;作为一个真正的魔法师,他不会为了一己之欲和对权力的渴望而施展魔法,他施展魔法的目的只在保持平衡,而且只做必须做的事。

来罗克岛学习魔法的人通常持有魔法师的推荐信,也有不带推荐信独自跑来的,但不管是哪种情况,这所魔法学校的大门只向那些具有魔法天赋的人敞开。据说,没有一个人是偶然来到罗克岛的,特维尔港的人们通常不会给来这所学校的陌生人带路,理由是聪明人不用问路,如果是傻瓜,问了也白搭,因为这样的人注定成不了魔法师,自然也无缘跨进这所魔法学校的门槛。进入这所魔法学校而没有毕业的学生,是不可以离开这里的,除非他得到某种许可,或者已经完成了必须的训练。从外面看上去,这所魔法学校的大门好像是纯木做的,但只要从里面看,就能清清楚楚地看见它的机关所在;这是用一颗龙牙上没有缝隙的部分雕刻出来的。大门背后是喷泉庭院,新来的学徒在这里接受大巫师的召见,学徒们要发誓效忠大巫师。魔法学校的生活很简单,学生的生活也很平常,他们睡的是粗糙的垫子,住的是没有灯光的小石屋子。罗克岛上的男权意识很浓厚,女人几乎不会坐在大厅里,也不会被邀请去赴宴;甚至许多老魔法大师好像也不赞同她们的存在。

培养一个魔法师需要很长的时间。新学徒需要掌握一些将来会很有用的技法,比如用魔法召唤大风,或者发出指令推动船只继续航行;或者研究过去的诗歌和民谣;掌握基本的异形术和假象术。学徒期满以后,学员的斗篷上会多一个银扣,表明他刚刚获得的魔法地位。接下来的学习是为了获得魔杖,魔杖是魔法师的主要标志,也是魔法师最伟大的武器。新手通常兴致极高,他们热衷于变化一些小假象和魔光,魔光是用魔法制造的一种柔和的不断移动的光亮。得到银扣之后的魔法师通常会变得更加内敛,不必使用魔法的时候，他们绝不会浪费自己的技法。在完成所有的训练之后，这些魔法师开始亲自实践一些魔法。其中一些魔法师进入罗克岛上的皇宫，其他的魔法师四处游走，通过魔法表演来维持生计，通过控制天气或使用魔法驾驶航船，从而在海上谋得一席之位。

除了魔法学校，罗克岛上还有两个重要的地方。一个是罗克山，一座绿草茵茵的小山，据说是大海里露出来的第一块陆地，还有人说，等到了世界末日那一天，这个地方将是最后一块沉入海底的陆地。另一个重要的地方叫固有的小树林，遇到重要事情的时候，魔法师就会聚集到这里，他们会在这里推选大巫师，每当这个时候，就会出现 9 堵沉默的墙，保护这片小树林。小树林看起来好像总在移动，总在摇晃，没有一个固定的位置，不过总会有一条路直接进入小树林。有人说，是时间和这个世界在小路和小树林周围发生了偏差，事实上，小路和小树林都始终是静止不动的。小树林里的树木有粗大的灰色树干，这些树在地海群岛的哈迪语里没有名字。

在地海群岛中，只有罗克岛和南部几个岛上发现有奥塔克(otak)居住。奥塔克是一种哺乳动物，体型很小，皮毛光滑，呈咖啡色，眼睛很明亮，不会吼叫，但却是一种有毒的小动物，主要靠吃鼠类为生；奥塔克很少被人当作宠物来养。罗克岛上还发现了恩德尔猎鹰(ender falcon)，这是一种褐白色的猎鱼鹰，体型很大，有黄色的爪子，与雀鹰大不相同。

乌苏拉·奎恩，《地海的巫师》；乌苏拉·奎恩，《阿土安岛的古墓群》；乌苏拉·奎恩，《地海彼岸》

罗曼西亚王国 | Romancia

一个筑有围墙的王国，从特洛西马尼亚山脉(Troximania Mountains)一直延伸到海滨地区。进入这个王国的途径很多，而且都比较容易，因为这里不会仔细检查护照和特免信。如果从陆地上来,可以先穿过一个地下通道,再进入一个山洞,最后就可以到达这个王国。还可以直接从月亮或星星上面下来;也可以通过海面进入这个王国。游客必须做的是,出发之后一直朝前走,直到进入罗曼西亚王国为止。罗曼西亚王国的围墙上有几扇大门,据说如果游客从爱情门进去,就必须从婚姻门出来。

罗曼西亚王国的卡马洛卡精灵城堡

罗曼西亚王国以前被誉为世界上最美丽的地方,这里住着王子、精灵和英雄。然而,随着越来越多的下等人的到来,当地人就不得不考虑再建造一个下罗曼西亚王国;贵族仍然住在上罗曼西亚王国。游客应当注意,下罗曼西亚王国的人口越来越多,但上罗曼西亚王国的居民也正在向下罗曼西亚王国迁徙,上罗曼西亚王国的仙女和精灵也离开了,永远不再回来了。如今,上罗曼西亚王国只剩下两座被施了魔法的城堡,分别是卡马洛卡精灵城堡(Castle of Fairy Camalouca)和库瑞亚卡精灵城堡(Castle of Fairy Curiaca),都坐落在探险森林附近。探险森林这个名字的由来是,没有人能够不经过冒险就穿过这片森林。如果想成为罗曼西亚王国的公民,新来的游客都必须首先来到探险森林。

到了上罗曼西亚王国,游客会发现这里的气候非常宜人:空气纯净而有营养,有了空气,就不必吃其他的东西了;上罗曼西亚王国的主要饮食就是空气和爱。

上罗曼西亚王国的自然景观是纵横交错的山峦、树林和果园,这一切就像一幅无比美丽的油画:小溪里流淌着奶和蜜,畅游着五颜六色的鱼儿,河底铺满奇珍异石,河流蜿蜒流过绿草茵茵的平原。当听到绝望的恋人叹息的时候,罗曼西亚的岩石就会变得敏感而温柔。这种情况有时会发生，因为在上罗曼西亚王国，恋爱和求爱受制于一部严格的法典。这部法典包括 36 条基本规范和某些特定的条款，按照这部法典的规定，凡是没有经历过所有既定阶段和考验的人都不可以结婚。为了方便情人之间的约会，上罗曼西亚王国境内到处都是爱情森林，林中种植了桃金娘、棕榈树、橘树、玫瑰和紫罗兰，鸟儿在林间婉转啼鸣。此外，也有嫉妒林、争吵林和错误宣布林。有音乐倾向的树林永远是葱绿的，它们变成了森林仙子和半人半羊的农牧神的家园，而美丽的莲花和黄花正在美丽女子的脚下绽放，那些美丽女子走到哪里，就在哪里种植花园。

罗曼西亚王国的动物有会说话的狮子、老虎和熊；会飞的马和独角兽也很常见；半狮半鹫怪和鹫头马身怪可以被轻松地驯服。林中到处可见无角公牛、三头狗、穿靴子的猫、会说多国语言的鹦鹉、火焰般绚烂的乌鸦、白色山鸟、人头马身怪、凤凰、会唱歌的天鹅和被用在运输行业的大蚱蜢。*Hirococervi* 和狮头、羊身、蛇尾的吐火怪（chimeras）被放在火坑附近的动物园里饲养，火坑里满是火蜥蜴；一个快乐的水池被用作监狱，专门关押那些用歌声诱惑英雄的妖女。

罗曼西亚王国有一个港口和一座小镇。从这个港口出发的海船可以到达世界各地，这些海船满载着生活在上罗曼西亚王国的男女英雄去进行新的探险。下罗曼西亚王国的生意人和手工艺人让这座小镇变得魅力非凡。一种贸易几乎占据了小镇的一条街，游客会被吸引到魔法灯笼制造街，或被吸引到吹气街，看这里的手艺人会无中生有地吹出大大的东西来。游客还可以去缝补街转转，那里的旧东西全都可以翻新。

不管是在上罗曼西亚王国，还是在下罗曼西亚王国，所有的居民都很年轻，他们生得美丽又健康，谈吐充满智慧，会讲所有的古语和现代语，而且都是了不起的艺术家和运动员。如果哪一位游客想改变自己的容貌，不妨到罗曼西亚王国来，因为无论是谁，只要到了这里，就会变得同这里的居民一样美。不过，值得一提的是，小人国和巨人国的居民都曾在这里短暂停留，但他们并没有觉得这个地方有什么好，之后就不得不离开了。

纪尧姆·布让，《凡·非赫旦王子在罗曼西亚的精彩之旅；包括若干历史、地理、物理、评价和道德观察》(Guillaume H. Bougeant, *Voyage Merveilleux du Prince-Fan-Férédin dans la Romancie; Contenant Plusieurs Observations Historiques, Géographiques, Physiques, Critiques et Morales*, Paris, 1735)

罗马国 | Roman State

位于北英格兰的地下，周围是一片地下海，至少有 300 英尺宽。罗马国的定居点分布在西海岸，或者任何一个可以找到淡水的地方。这个有人居住的地区周围全是贫瘠的荒地和沼泽，一直延伸到支撑地球表面的大山脚下。罗马国以北的地下海滨是一个重要的山崖。

罗马国的定居点和城市里都没有真正意义上的房屋，有的只是一块被篱笆圈起来的围场。这里唯一具有实质性意义的房屋是澡堂，这种澡堂没有屋顶，周围有围墙；澡盆从岩石上凿出，浴池里的水是流动的，沿着墙壁流进浴池。澡堂靠着大围场，围场里摆放着长椅子，可以用作睡椅。城市和定居点被分成大围场，每一个围场都被分给一种特定的产业，每个围场的生活几乎都可以做到自给自足。

罗马国的基础是个人利益绝对服从国家利益，这可能是因为罗马国的居民害怕周围的黑暗。任何与这个国家和民族的生存无关的东西都会遭到压制，因此罗马国内不可能存在暴力和反抗。由于害怕和催眠的作用，罗马国的居民已完全沦为两眼无神的机器，大多数人都只服从国家的意志，而这个国家又掌握在全能的知识大师手里，这些知识大师的目光具有强大的催眠力量。罗马国的教育旨在批量生产这种催眠状态：教师的任务是破坏孩子的活力和求知欲，他们使用轻音乐和快节奏的舞蹈来催眠，在这种状态里，个人意志遭到彻底的摧毁；孩子们只需接受将来那份工作所必备的知识就可以了，因为按照知识大师的说法，多余的知识就像有毒的食物，会毒害孩子们的身心。到了16岁，孩子们几乎完全失去了自己的个性，他们开始接受职业培训，同时也接受思想训练，以此替代语言训练；只有小孩子和心智不健全的人可以继续使用语言，那就是拉丁语。在教育的最后几个阶段里，孩子们的心灵已经遭到活解，某些意识和倾向得到加强，其他的想法全被抹去。每个人都必须相信，他们生活在一个以忠诚、友爱和愉快为基础的完美社会里。将来的教师也要训练心灵解剖和催眠，他们把小孩子当作被实验的小白鼠。

罗马国的人们死后还必须继续为国家服务，他们的尸体被用来做工业区炉子里的燃料。工作采取换班制，每天连续工作24个小时。每个围场和每个工业部门都由那些具有强大催眠能力而且技艺精湛的手艺人来管理。时间的计算采用水钟和现在的阳历。

与罗马国心灵控制的复杂性相比，罗马国的工业非常原始，仍然使用古老的工具和方法。罗马国的重要贸易有木材加工、金属制品、纺织业、制陶业和造船业；罗马国没有玻璃工艺制品。运输完全采用水运，要么用沉重而缓慢的货船，要么用多人划桨的老驳船。罗马国的居民大多穿丝绸衣服，因为罗马国养大蜘蛛，这种大蜘蛛专门用来纺纱，被饲养在规模庞大的铁围场里。大蜘蛛是一种很可怕的动物，没有人敢进入它们的铁围场。这种蜘蛛可能与人们在帕克地区看见的那种蜘蛛有亲缘关系。罗马国的居民所穿的另一种布料更粗糙，那是用灌木树皮和沼泽里生长的一种海草的长茎做的。罗马国的纺纱和织布活儿都是由女人来完成。养蛇场提供罗马国所需要的大部分食物。与罗马国的大蜘蛛不同，罗马国的蛇处于催眠状态，似乎很喜欢它们的主人。罗马国的居民除了吃蛇肉，还吃菌场生产的菌类，吃咸海里的蜥蜴和鱼，吃各种海洋植物和海草。

罗马国的起源始终是一个谜，尽管人们的语言、衣着以及所使用的船只似乎都在表明，他们是罗马人的后代。

进入罗马国有两种办法。一种是经过一个废弃的矿井底部，这个矿井的历史可以追溯到罗马时代。第二种是经过哈德良长城的基石处一道暗门或石板门，经过这两个入口都可以到达那座地下山峦的峰顶；矿井的那个入口从山顶一直延伸到一堵岩墙，岩墙堵住了一个隘口，只有经过这个隘口才可以进入罗马国北部的悬崖，悬崖附近有一个居民点；另一个入口始于朱利安水池（这其实是一个农场，位于哈德良长城附近），经地下山峰，继续向前穿过山峡，这个山峡一直延伸到一条河流处。这条河流穿过磷光闪闪的沼泽，流过一座石拱桥，最后汇入大海。如果游客继续往下走，他会穿过一些植被异常丰富的地区，这些植被的种类远远超过了其他地区所发现的植被。地势较高的地区主要生长小小的菌类植物，间或能看见一种海草似的植物，红色的茎须，小小的菌类植物带着有磷光的菌帽，闻起来有大蒜的味道；如果挤压这种植物的果实，里面就会喷出一股红色汁液，这种汁液有怎样的用途，我们目前尚且不知。接着，游客可以看见一片灌木林，灌木的茎杆油油的，更像海草，而不是某种陆地植物。地势较低的山谷里长满海草一样的树木，还有大块头的真菌，约有 100 英尺高，绿色的磷光菌帽倒立着；这样的植物被罗马国的居民用来照明。森林里生活着各种动物：体型庞大的树蜥蜴生活在高高的树枝上；鼻涕虫和兔子一样大，攀附在炽热的岩石上；树蜥蜴和鼻涕虫都可以用来做食物；大蟾蜍和陆地蜥蜴在潮湿的地方蹲伏着；大螃蟹、有触角的动物和笨拙的海豹似的野兽生活在大海里和沼泽边，这个地区最危险的动物是可以产丝的大蜘蛛，长得跟狮子一般大，它们的腿很长，像高跷，走起路来速度非常快；它们的头像皮袋子，每一面都有眼睛，并始终瞪着眼，嘴里吐出丝，然后用力弹出去捕捉猎物。

来这个地下王国的游客要注意，罗马国通常都会这样认为，既然游客愿意到这里来，就说明他愿意放弃自由，愿意接受这个国家对他的心智采取重塑的做法。来到这里后，任何人未经许可都不可以离开，罗马国也从不会答应让某个人离开。

约瑟夫·奥奈儿，《英格兰下面的陆地》（Joseph O'Neill, *Land Under*

England, London, 1935)

罗马城 | Rome

不要与意大利的首都罗马混淆,此处的罗马城指的是伊多密特帝国(Edomite Empire)的首都。游客到这里来只为观赏一座高塔。这座高塔美丽如画,难以用语言描绘,坐落在罗马城的正中央。高塔有四个入口,都被上了锁,面朝这个世界的四个方向。遵照古老的习俗,新伊多密特帝国的每个皇帝在行加冕礼的时候,都必须在每个入口挂一把新锁。如果游客能够成功地打开这些锁,就会发现每个入口后面都有一种奇怪的魔法场景。在第一个入口的背后,游客会看见一个大花园,大花园里长满了宜人的绿树,绿树之间有一个血池,血池上面浮着一个铁制的皇冠,皇冠周围伸出许多只手,这些手彼此纠缠在一起,做出攫取的姿势,看起来就像是一片小树林。在第二个入口的背后,游客只能看见一片漆黑,但他会感觉到脚下有一堆暖暖的尸体。突然,一簇蜡烛燃烧起来,周围顿时明亮如白昼,这时游客发现他正站在犹太人的一个会堂里;那些死尸慢慢醒过来,然后开始祷告,他们的唇间溅出火花。天使用翅膀托着一个白衣圣人向游客飞过来;最后,那些尸体又倒在地上,像死去时一样,蜡烛熄灭了,会堂里又是一片漆黑。在第三个入口的背后,游客会发现一个雕刻精美的金盒,金盒里装满了草叶,草叶被捆在一起,十根一捆,草叶仍是绿绿的,还散发着芳香。在第四个入口的背后,游客会发现一座用红色大理石建造的宫殿,宫殿里的房间装饰着金、银、珍珠和稀有的宝石。如果想理解这些景象的意义,游客最好去咨询他选中的那位星相大师。如果那位星相大师建议他进入第三个入口背后的小房间,建议他打开那个首饰盒,把那捆草叶分开,那么游客千万不要采纳他的建议。伊多密特帝国的某个皇帝就是因为听信了星相大师的话,结果遭到双头小牛的攻击,这双头小牛发出震耳欲聋的咆哮声,声音如熊狮,把那个皇帝活活地给吓死了。

安·斯基,《文集》(An-Ski [Solomon Samuel Rappaport], *Gesamelte Shriften*, Warsaw, 1925)

罗敏顿地区 | Rominten

一个保留区,位于东普鲁士,面积2.5万公顷。

保留区的管理者是高级林务委员会。这个地区面积广袤、森林茂密,是第三帝国的"大猎人"陆军元帅赫尔曼·戈林的私人围场。今天,游客仍能看见戈林元帅住过的那栋猎屋。猎屋由一系列低矮的建筑和一个中心庭院构成。猎屋的正面很朴素,背后的装饰豪华而奢侈。简陋的休息室里有一个硕大的石壁炉,每一间客房使用不同的木板镶嵌,有岑树、榆树和橡树等等。附近是威廉二世的猎屋,这是一座奇怪的木质城堡,好像结合了中国宝塔和瑞士小屋的建筑风格。紧靠木质城堡的是一座小教堂,这是专门为圣休伯特建造的;城堡里还竖立了一尊青铜牡鹿雕像,雕像上的牡鹿与现实生活中的一样大,是雕刻家理查·弗利森(Richard Freiser)的作品。

在戈林举办盛大的打猎聚会的那些日子里,罗敏顿地区生活着数目众多的狼群和野牛。如今,这里的野牛已经濒临灭绝,柏林动物园的园长鲁兹博士(Dr. Lutz)及时采取救援行动,让这里的野牛与西班牙的公牛杂交。成群的野猪毁掉了周围的农田,但罗敏顿地区的动物之王是十角牡鹿,这也是戈灵元帅最喜欢的猎物。

最后一次大战期间,一个名叫阿贝·帝范格斯的人曾在这个保留地住过一段时间;他报告说,进入这个地方就好像进入仙女的领地,他希望在这里看到奇妙的生灵。

米歇尔·图尼埃,《桤木王》(Michel Tournier, *Le Roi des Aulnes*, Paris, 1970)

洛卡多尔共和国 | Roncador

位于南美洲,地处阿根廷、巴拉圭和巴西的交界处,长期受西

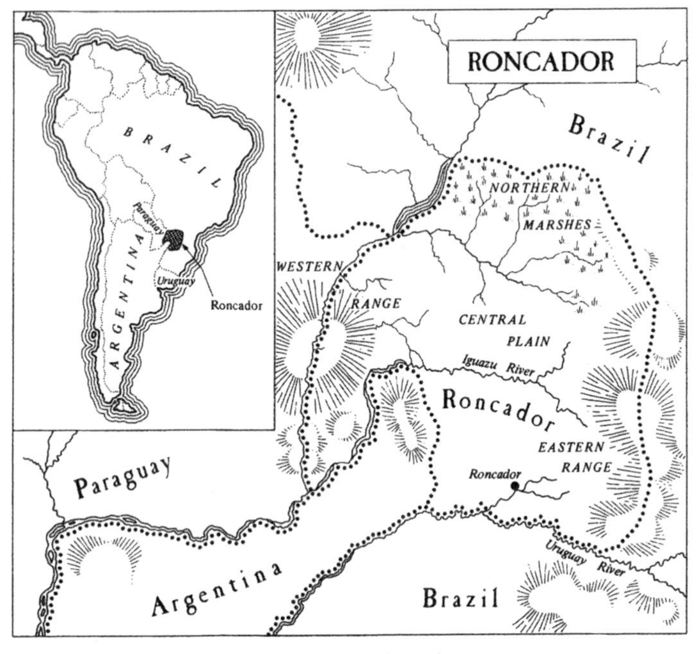

洛卡多尔共和国

班牙的统治，1839 年 4 月的第一个星期天赢得独立。当时是在庆祝什一税这个节日期间，英国人奥利弗带领一群雅各宾派人刺杀了洛卡多尔的独裁者。奥利弗变成了奥利弗博士，即洛卡多尔的独裁者，并创建了一个平等主义政府，以卢梭、沃尔尼和伏尔泰的理论为基础。奥利弗亲自起草临时政府宣言，宣言如下："上帝赐予每个人同样的才能、感官和需要，因此按照上帝的旨意，每个人都有权平等地分享地球上的一切。既然地球上的物质如此丰富，足以满足每个人的需要，那么所有的人都可以平等而自由地生活，每个人都可以主宰自己的命运。"

西班牙人不可以内部通婚，目的是为了吸收外来因素。政府制定了许多工作日，一部分为工人制定，另一部分为这个国家制定。国家的剩余产品用来交换机械产品，例如，按照固定的比率，鞋匠可以用一双鞋换取与之等量的茶叶、烟草和玉米。在洛卡多尔，男人和女人可以互相信任，共同耕种土地，依靠劳动所得幸福地生活在一起。后来，奥利弗清楚地看到，某些人贪婪的本性可能使他的理想王国遭到毁灭，于是他策划了一场谋杀自己的计划，假装自己死在一座桥上，然后让伊特比德将军(General Iturbide)继位。奥利弗回到英国，最后他确实死了，死在一个名叫绿色王国的地下王国。

在西班牙的前南美洲殖民地当中，洛卡多尔的面积最小，后来扩大到3万多平方英里，由一块高地构成，面积跟爱尔兰差不多大。许多小溪流过高地，小溪流发祥于西部山峦，延伸到北部的沼泽，最后汇成一条大河，成为阿根廷的界河。洛卡多尔的东、西两个边界地带多山，而且荒无人烟；中部平原又叫彭巴斯草原，也很少有人居住，村庄只散布在河谷地带。

洛卡多尔的首都也叫洛卡多尔，由一个中心街区构成，从中心街区的每一角开始，沿90度的方向伸出去两条街道。洛卡多尔建在山腰和一个半圆形的土丘之上；这个土丘其实是平原上的一块峭壁，峭壁下流淌着一条河。洛卡多尔城里的大教堂差不多有300多年历史了，是耶稣会士建造的。大教堂的正面设计颠覆了巴洛克风格，这是一个巨大的天盖，用石头和灰泥建成，紧靠这个天盖的是一个木柱廊，木柱廊的两侧是螺旋形的圆柱子，柱廊的顶部是一尊雕像，雕刻的是圣母升天的景象，其形象与现实生活中的一样，这些被置于一个小生境里，这个小生境是一个真实的乌鸦窝，用奇异的金属装饰而成。一段约有12级的楼梯向下通到中心街区附近的平地上；大教堂的两侧各有一座建筑，也非常有名，一座是兵营，现在可能叫军部，另一座是市政厅。

洛卡多尔国出口兽皮、巴拉圭茶、糖和烟草。洛卡多尔国的蜂雀种类众多，各种颜色的蜂雀都有。

Paî Lorenzo 写了一本非常有趣的书，书名叫《关于米西奥内斯省的记忆》(*The Memoria sobre las Misiones*)，主要讲述了洛卡多尔共和国的早期历史。

赫尔伯特·瑞德，《绿孩子》

罗迪斯勒共和国 | Rondisle

印度洋里一个内陆国，首都呈一个周长 9 英里的大圆形，城里的房屋就建在这个大圆形的边缘。一排排大树把这个大圆形分成四个部分，每个部分之间隔着草坪。大圆形的中心是一座圆形竹神庙，有四个入口，经过一段 120 级的石梯可以到达这四个入口。这座岛上的其他小镇也按照同样的模式建造，桑拿室是一间小屋子，里面有暖气供应。

罗迪斯勒是一个共和国，统治这个共和国的是 100 名酋长。罗迪斯勒共和国的人民慷慨大方、热情好客。他们喜欢开怀大笑，让你有宾至如归的感觉，他们的态度简直就像是在对身体做最好的理疗。他们讲一种混合语言，这种语言结合了葡萄牙语和法语。他们还会用各种手势表达情感，比如把一根手指插进别人的耳朵，表示友好，对着别人的手心吐口水，表示祝福，捻拇指表示快乐。他们的孩子由长者抚养，直至长大成人。孩子们平常赤身裸体，目的是为了适应不同的天气变化；他们只在进城的时候穿衣服。

罗迪斯勒共和国的葬礼也很有趣：尸体赤裸着放在一个用竹竿撑起的平台上，亲朋好友赶来为死者送行，诵读死者的生平事迹，并留下木棍；这些木棍最后被用来火化死者。死者越是德高望重，他获得的木棍就越多。最后，死者在城外哀吊者的尖叫声中被火化，而一等到尸体被烧尽，人们就围着灰烬跳舞欢笑。

皮埃尔·舍瓦里耶·迪普莱西，《乔治·瓦尔普先生回忆录》

卢塔巴加国 | Rootabaga Country

位于气球采摘者之国的另一边，这里有铁路相通。坐火车来的游客会知道，当前面的铁路不再笔直，而是变得弯弯曲曲，像一个接着一个 Z 字形的时候，这就意味着快要到达终点站了。这条铁路的形状是哲兹(zizzies)造成的；哲兹是一种臭虫，它们总是曲线运动。它们把所有的铁轨都扭曲成现在这个样子,要想再把这些铁路弄直几乎是不可能的,因为每次被弄直以后,哲兹又会把它们搞得弯弯曲曲。游客进入卢塔巴加国的另一个标志是,从火车里下来的猪都戴着口水兜:有斑纹的猪戴着有斑纹的口水兜,带圆点的猪戴着圆点口水兜,格子花纹的猪戴着格子花纹的口水兜。

卢塔巴加国的主要城市叫肝脏洋葱镇,其次可能是奶油泡沫镇,然后才是帽针村,这里是全国的帽针工业中心。卢塔巴加国以农业为主,主要的农作物有卢塔巴加和玉米,主要生长在西部高地。卢塔巴加国境内只有一条大河,名叫香波河;隆隆滚动者之湖是卢塔巴加国面积最大的水域。卢塔巴加国的法律规定,任何一个穿过香波河的姑娘都会被变成鸽子,直到她决定回来才能恢复人形。

在卢塔巴加国,松鼠搬梯子,野猫猜谜语,鱼儿跳出来跟煎锅对话,孩子们得到狒狒的照顾,黑猫经常穿橘红色和金黄色的袜子。在卢塔巴加国,魔法通常是人们生活的一部分,奇怪的事情司空见惯。举个简单的例子来说吧,在奶油泡沫镇,雪茄仓库顶上站着一个印第安人的木偶像,男士服装店的顶上是一头了不起的水牛。到了晚上,这两个雕像就会从原来的位置上下来,那位印第安人骑在这头水牛的背上,然后进入草原,黎明之前又回到原来的位置。

在卢塔巴加国的花园里,颈状罂粟很常见,各种颜色、各种形状的都有;卢塔巴加国的居民白天进城之前就会把它们挑出来。

在卢塔巴加国的所有动物当中,最奇怪的就是吃铁锈的老鼠。这种老鼠在拇指朝上村得到了最好的研究。卢塔巴加国甚至还生活着蓝鼠。总的来说,老鼠在这个国家很受欢迎,可能是因为老鼠曾经救过奶油泡沫镇的创建者。老鼠把那些创建者从平原上爆发的一场暴风雪中救了出来。卢塔巴加国最著名的鸟儿叫 *gladdywhingers*,这种鸟把带有斑点的蛋生在 *booblow* 树上的篮子状巢窠里。另一种鸟儿叫 *flummywisters*,这是一种鸣鸟,喜欢栖息在榆树上。冬天,年幼的 *flummywister* 穿着暖和的内衣。到了春天，鸟妈妈松开孩子的纽扣时，小鸟儿就会唱歌，这时候若能听到它们的歌声，就是一种吉兆。卢塔巴加国还有一个特点，蜘蛛想要一顶帽子时就会把煎锅戴在头上，至少雌蜘蛛会这么做。每年的春、秋两季，卢塔巴加国就会引进新样式的煎锅。在一簇簇粉红色的草丛中，经常可以看见一群群鼻子扭曲的蜘蛛，它们用这种粉红色的草做遮阳伞，这种遮阳伞非常有名，但从来不卖给别人，而是借给需要遮阳伞的游客，这些被借出去的遮阳伞经常会迷路，不过它们最终会设法回到蜘蛛那里。在卢塔巴加国的一个山谷里，每当要下雨的时候，孔雀就开始鸣叫，青蛙用金骰子赌博，直至午夜。

卡尔·桑德堡，《卢塔巴加故事集》

罗斯岛 | Rose

一座粉红色岛屿，很难找到；第一个发现它的人是斯劳特波船长。他是继上帝之后第一个登上“黑虎号”的勇士，“黑虎号”是一艘去七海的海盗船。

罗斯岛上生活的动物不同寻常。*Balleron* 身上有一根木脊柱；*Dignipomp* 看起来出奇的严肃；*Musterach* 敏感而阴沉；*Guggaflop* 懒惰无比。海里除了水母、海星、鱼和珍珠蚌，还生活着 *plummet*，这种动物总是把头露在水面，通过 *sleeka* 和他的儿子，不停地测算地球上正在发生的那件事情的日子。

一踏上罗斯岛，斯劳特波船长就抓到一个精灵，并把这个精灵带到他的船上。这个精灵就是黄色生灵，斯劳特波船长正是和这个精灵一起完成了远海探险。今天，“黑虎号”上的海盗解散了，他们不会在战斗中死去。斯劳特波船长又一次在这座岛屿附近抛锚了，他和黄色精灵就生活在这里。黄色精灵不用任何东西就可以为他烹制可口的食物，还和他一起去钓寓言中的大鱼。

梅温·皮克，《斯劳特波船长抛锚了》(Mervyn Peake, *Captain Slaugtherboard Drops Anchor*, London, 1939)

罗斯姆岛 | Rossum's Island

罗斯姆岛上的机器人工厂的入口

具体的位置不确定，可能位于美国东海岸。1920年，伟大的生物学家老罗斯姆(Old Rossum)来到这里研究海洋动物。他试图用化学合成方式创造一个活生生的原生质。1932年，他发现了一种原生质似的物质。然后他建了一个工厂，用来生产“机器人”。

过了一段时间，老罗斯姆生产的机器人能够独立做事了，于是它们在勒阿弗尔(Le Havre)建立了第一个国家机器人组织；这是它们的第一个独立行动。

罗斯姆的普世机器人工厂仍然屹立在那里。除了工厂，那里还设有办公室、私人住宅和一间音乐室。办公室的窗户很大，一眼望出去，可以看见工厂的一排排烟囱。办公室里的陈设有气派的土耳其地毯、一个沙发和一把皮质扶手椅。

三艘船把罗斯姆岛上的港口与大陆连接起来，这三艘船分别是“阿米莉亚号”(the Amelia)，“乌尔蒂姆斯号”(the Ultimus)以及“宾夕法尼亚号”，据说这些都是最好的船。

卡瑞尔·卡彼克，《罗斯姆的普世机器人》(Karel Capek, *R. U. R.*, New York, 1923)

罗图蒂亚国 | Rotundia

一个岛国，位于大不列颠岛附近，因岛民良好的品行而闻名。邪恶的魔法对这些岛民毫无影响，被他们像鸭背上甩出去的水一样抛在一边。

游客应该去看看岛中心的一座高高的小尖塔，又叫柱子。据说，柱子与这个世界一样古老。根据某种理论的说法，构成地球的自然物质不停地旋转、旋转，试图固定到一个合适的位置，这时候，一块泥团飞离了这个沸腾的整体，被一个坚硬的石矛刺穿。由于冲击力太大，泥块也开始旋转，但旋转方向与自然物质转动的方向相反。最后，泥团掉进大海，石矛沉入海底的一个洞里，只留下可以看得见的顶部。几百万年以后，这个圆形岛屿就变成了罗图蒂亚国。

这座偶然形成的岛上生活的动植物也受到这种奇怪的影响。动物的大小都有问题：动物园的豚鼠非常大，一次可以背起 20 个孩子；大象却非常小，比哈巴狗还要小，被当作宠物豢养。不过岛民的体型倒很正常，因为他们是诺曼征服以后才来到这里定居的。几个世纪以来，他们的生活都受到各种奇怪现象的控制；比如说，巨大的兔子挖的洞就像铁路隧道。这座岛上只有一只狗，只要这只狗一叫，岛民们就连自己说的话也听不清楚了。罗图蒂亚国的奇怪起源也引起了另一个后果，那就是，小面包和蛋糕都长在树上，蔬菜和水果则必须靠厨师做出来。

一条紫色龙的到来改变了罗图蒂亚国的现状。这条紫色龙撞上了柱子，撞坏了柱子的一侧。一开始，紫色龙在这座岛上很受欢迎，后来，当它开始四处闲逛的时候，岛上有些动物和居民便相继失踪了，也许是被它吃了。宫廷魔法师是这座岛上唯一一个坏人，这个人想利用紫色龙去毁掉他的侄女安妮公主，然后夺取她的整个王国。他建议公主把她自己作为一件生日礼物送给紫色龙。公主的朋友汤姆挫败了魔法师的阴谋。汤姆把紫色龙的尾巴拴在柱子上,然后告诉这条傻乎乎的紫色龙,只要它能够抓住安妮公主,就可以拥有公主。结果,紫色龙绕着柱子旋转起来,把自己缠在了柱子上,最后愤怒地飞走了,飞走时所产生的力量使得这座岛屿开始像陀螺一样旋转起来,不过这一次是按着正确的方向旋转,结果那些动物又恢复到原来的大小。

如今,来罗图蒂亚国的游客会发现,豚鼠、兔子和大象都与其他国家的动物长得差不多了。紫色龙变成了一个小小的紫色蝾螈,魔法师变成了一个侏儒,被放在罗图蒂亚国的动物园里,供游客观赏。

伊迪斯·贝斯比特,《詹姆斯舅舅》(Edith Besbit, *Uncle James*, London, 1899)

圆形山谷 | Round Valley

位于威尔士,呈圆形,山谷里覆盖着茂密的森林。圆形山谷里只有许多黑房子,黑房子里住着巨人,他们是一种灰胡子巨人的附庸。圆形山谷里的许多居民都被佩瑞杜尔(Peredur)杀害了;佩瑞杜尔是北方尤拉克斯(Eurawx)的儿子,也是卡默洛特城堡的圆桌骑士之一。佩瑞杜尔战胜了巨人的许多附庸,并且说服了灰胡子巨人,然后让他去卡默洛特城堡接受洗礼。

无名氏,《威尔士民间故事集》

鲁阿奇岛 | Ruach

也叫“风岛”。从野人岛出发需要航行两天才能到达。鲁阿奇岛上的居民靠风为生,吃的喝的都是风,他们住在风标里,花园里只种植银莲花和白头翁。为了摄取营养,鲁阿奇岛上的穷人使用纸扇、布扇或者羽毛扇;这主要取决于这些扇子的用途和味道。富人依靠风车,举行宴会时,富人在风车下面摆起饭桌,花几个小时来讨论不同的风的不同性质,就像其他国家的客人聚餐时喜欢讨论酒的质量一样。出去旅行时,风岛的居民会带上风箱;如果没有自然风,他们就用风箱吹出新鲜的风。

鲁阿奇岛上的居民采用空气流通的方式来治病。岛上所有的人最后都会死于水肿或腹胀。他们死的时候会放屁,男人放屁的声音很大,女人放屁的声音很轻。这些岛民受到各种疾病的摧残,所有的疾病都因肠胃胀气而起。但鲁阿奇岛上最可怕的疾病是风绞痛,治疗办法是尽可能地把风抽入巨大的玻璃吸杯里。岛民们使用一种风治好了几种可怕的疾病,这种风是风神(参阅风神岛)送给尤利西斯的,被鲁阿奇岛的国王当作圣杯一样保存着。

弗朗索瓦・拉伯雷,《巨人传第四部》

鲁法尔王国 | Ruffal

位于北极附近。游客如果要来这个国家,最好的办法是让他的船被北极的冰雪困住;这样,他的船就会变成一座冰山,向北漂去,最后就可以到达鲁法尔王国。鲁法尔王国的居民生活在地下,他们共同分享所拥有的一切。除了国王,他们都需要劳动,国王有权获得国库收入的十分之一,用来养活他和他的家人、士兵以及穷人。

鲁法尔王国有 4 座重要的城市。首都叫喀布尔城(Cambul),城里灯火通明、通风状况良好、街道笔直,安装有了不起的下水道系统。游客应该来看看皇宫和著名的喀布尔大学。喀布尔大学的图书馆里保存着《鲁法尔的历史》,书中讲述了鲁法尔王国的这些居民的历史:他们其实都是非洲移民的后裔。4000 多年前,那些非洲移民来到斯堪的纳维亚半岛,然后在一座半岛上定居下来,这座半岛因一次地震与大陆分离,飘移到了现在这个位置。

《鲁法尔的历史》还提到一个大山洞。山洞被一种火球照得通明,洞里住着一种小生灵,长得很像人;它们赤身裸体,长着蝙蝠一样的翅膀。鲁法尔王国的居民相信这种生灵是被美化了的人类,他们会通过死亡达到完美。这就造成了自杀的流行,后来由于制定了相关的法律,自杀的趋势才得到遏制。根据法律规定,如果孩子自杀了,孩子的父母就必须吃掉其尸体。

今天来鲁法尔王国的游客会发现,这里的居民虽然笨拙,却招人喜欢。他们要花很长的时间才会弄明白一件事情,他们要理解一种新观点通常也必须把这种观点重复三遍。据说,整座鲁法尔岛都严格遵循这个原则:"话说三遍自然真"。这个原则是蛇鲨岛的贝尔曼制定的。

西蒙·蒂索·德·帕托,《科尔德利耶父亲在格陵兰岛的生活、冒险与旅行》(Simon Tyssot de Patot, La Vie, *Les avantures*, *le Voyage De Groenland Du Révérend Père Cordelier Pierre De Mesange*, Amsterdam, 1720)

鲁伦贝格山 | Runenberg

德国境内一座偏远的高山,耸立在一个森林覆盖的地区,山间点缀着几处不易发现的废墟。如果游客想到达山顶,就必须穿过许多溪流和森林,然后沿着一条小路继续往前走,便可以到达一栋覆盖着青苔的古屋。到了古屋,游客会得到一个年轻女子的接待。年轻女子赤裸着身体,她会打开一个橱柜,拿出一个用宝石装饰的小盒子交给游客,并且对他说:"请带上这个,请记住我"。游客一听到这句话就会睡过去。清晨醒来,游客会发现盒子不见了,而且对所发生的事情也毫无印象。如果这位游客沿着另一条路走,就可以到达附近的一个村庄。

路德维希·蒂克,"鲁伦贝格",《艺术与情绪口袋书》(Ludwig Tieck, "Der Runenberg", in Taschenbuch für Kunst und Laune, Cologne, 1804)

鲁里坦尼亚王国 | Ruritania

位于欧洲,从德累斯顿坐火车可以到达这个王国。穿过边境之后,火车会在泽恩达镇和霍夫堡停下来,最后到达鲁里坦尼亚的

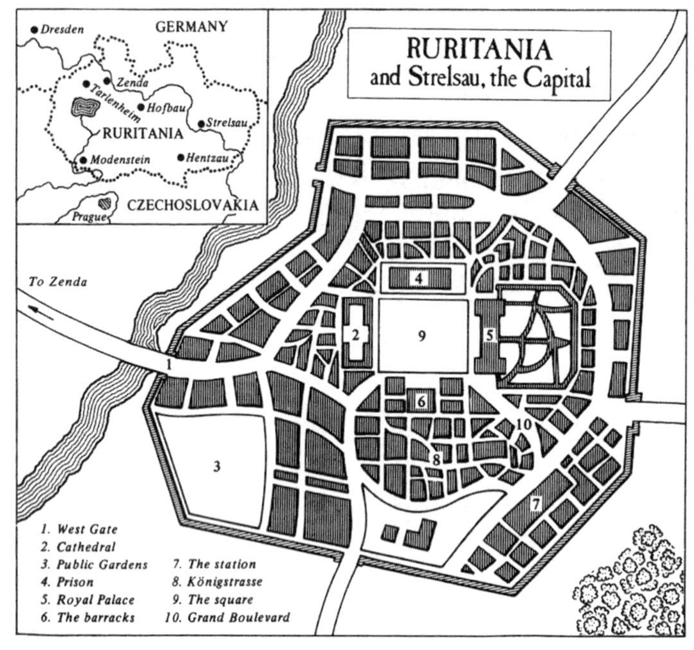

鲁里坦尼亚王国和首都斯特尔沙城

首都斯特尔沙城，首都距离边境 60 英里左右。

斯特尔沙城是新、旧建筑的一种离奇而有趣的结合体：宽阔的现代林荫道和定居点围绕着狭窄弯曲的旧街道，住在外面几环的街边的是上流人；里面几环是店铺，店铺的门面装饰豪华，隐藏了肮脏贫穷的小胡同，小胡同里住的大多是罪犯，这些地方经常发生骚乱。斯特尔沙城最古老的街道狭窄而阴郁，两边是雕刻得富丽堂皇的房屋。这些房屋彼此依靠，上面可发现"银船"二字，这是斯特尔沙城里最古老的招牌，这里住着斯特尔沙城里最著名的银匠。

沿着一条老街走，可以来到中心广场上，这里坐落着斯特尔沙大教堂，灰色的正面，包括数百尊雕像和欧洲最精美的橡木门，使得这座教堂显得格外雅致。坐落在大教堂对面的是皇宫，不幸的是，皇宫不对公众开放。然而，正是在斯特尔沙城，英国绅士鲁道夫·拉森戴尔(Rudolf Rassendyll)曾两次假扮鲁里坦尼亚的鲁道夫五世。尽管可能大多数人很了解鲁里坦尼亚的历史,但能记住某些具体的事实也许会很有用。

1733年,鲁道夫三世访问英国。在此期间,他与布尔里斯顿(Burlesdon)的伯爵夫人亚梅莉亚(Amelia)有了私情。后来,伯爵夫人生了一个孩子,这个孩子长得像鲁里坦尼亚人,鼻子长而尖,头发呈深红色,鲁道夫·拉森戴尔就是这场非法恋情的产物。在访问鲁里坦尼亚时,拉森戴尔发现他自己和那个国王简直长得一模一样,于是他在加冕礼上假扮国王,挫败了布莱克·迈克尔刺杀国王的险恶用心,救出了真正的国王。可是鲁道夫爱上了弗拉维亚(Flavia),而弗拉维亚注定会成为鲁里坦尼亚的王后。国王再次受到威胁,鲁道夫·拉森戴尔徘徊于荣誉与爱情之间,这个备受折磨的英国人最终决定再次假扮国王,而站在他与弗拉维亚之间的那个人也就是国王。鲁道夫·拉森戴尔再次假扮国王,但这次他成了被刺杀的牺牲品。死后,鲁道夫·拉森戴尔被埋在大教堂里,他的墓碑上刻着弗拉维亚皇后为他挑选的一段文字:"献给鲁道夫,不久前他统治着这座城市,他将永远活在她的心中,弗拉维亚皇后"。

如果要全面了解斯特尔沙城,游客应该去看看国王大街,正是在这条街道的19号,鲁道夫·拉森戴尔与泽恩达城堡恶毒的鲁伯特进行了一次著名的决斗;鲁伯特当时就在那里寄宿。如果参观的时间比较充裕,游客还可以爬上楼梯,到他们决斗的那间屋子里去看看。国王大街很长,几乎横穿整座古镇。

英国的游客应当注意,斯特尔沙城里有英国大使馆,福尔摩斯先生曾在大使聚会上看见了鲁道夫·拉森戴尔。

安东尼·霍普,《泽恩达镇的囚犯》(Anthony Hope [Anthony Hope Hawkins], *The Prisoner of Zenda*, Lodnon, 1894);安东尼·霍普,《亨茨奥的鲁伯特》(Anthony Hope [Anthony Hope Hawkins], *Rupet of Hentzau*, London, 1898);安东·尼霍普,《奥斯拉公主的心》(Anthony Hope [Anthony Hope Hawkins], *The Heart of Princess Osra*, London,

1906);尼古拉斯·梅尔,《百分之七解决方案》(Nicholas Meyer, *The Seven-Per-Cent Solution*, New York, 1974)

鲁瓦群岛 | Ruva

一座漂浮群岛,位于地下大陆佩鲁西达的卢拉尔-阿兹海。鲁瓦群岛跟随洋流一起移动,有时候会漂浮到大陆附近,但通常会漂到大海的深处。

鲁瓦群岛被大树并到一起,这种大树只有漂浮岛上才有;大树的木质柔软如海绵,很像一种没有脊骨的仙人掌。群岛上除了生长参天大树,还有花朵鲜艳的寄生藤蔓和一种普通的绿草。这种大树对群岛上的生命尤其重要:水可以从切开的树干或砍掉的树枝里获得;大树的嫩枝和果实是鲁瓦人的主食,也是水中鱼儿和树上鸟儿的辅食。

鲁瓦群岛上只有一个定居点,位于地势较低的中部。粗糙的棚屋中间有一个鱼洞,所谓鱼洞,其实是一个大水池,直径约 100 英尺。鲁瓦人的捕鱼技巧是向靠近水池边的鱼投下长矛,这种方法没有多大的实际效果,鱼儿好像知道如何游出他们的投掷圈。

鲁瓦人的肤色很黑,但面容美丽、体形匀称。他们实行一夫一妻制,对自己的血统深感自豪,看不起大陆上的白种人,经常把白种人当奴隶使唤。不过游客可以放心,鲁瓦人其实对奴隶很好,尽管奴隶需要做所有的体力活。

鲁瓦群岛上的男人的主要活动好像是袭击另一座漂浮岛,那就是科瓦岛(Kova)。科瓦岛的居民也会袭击鲁瓦群岛。这两座漂浮岛上都有很好的装备,但很少发生屠杀情况,因为不管遭到屠杀的是哪一方,都意味着另一方再也找不到可支配的奴隶和女人。互相袭击是岛民生活的一个重要部分,如果袭击成功,岛民会举行一场盛会,会喝一种含酒精的图-马饮料(tu-mal);雅鲁村的人也喝这种饮料。

在互相袭击时,这两座漂浮岛上的居民会使用一种精美的独木舟。这种独木舟用铁一样坚硬的原木做成。坚硬的原木经过加工,直到变得像玻璃一样光滑。不过,两座岛上都找不到这种原木,如果要造独木舟,岛民们就必须冒险去大陆上寻找。因此,这种独木舟非常珍贵,通常会从父亲传到儿子,然后再代代相传。女人和孩子很少离开自己的家园,独木舟只供男人使用。只有当部落里的男人数量超过已有的独木舟的容量时,他们才会建造新的独木舟;这种事情很少发生,因为战斗中死去的男人数量通常抵消了新生男婴的数量。

鲁瓦群岛上人口稀少,只有 40 个家庭,每个家里大概有 4 名成员,加上数目不一的奴隶。鲁瓦人的名字通常有两个音节,巫-瓦(U-Val),罗-泰(Ro-Tai)和乌-万(Ul-Van)是最常见的名字。按照当地的风俗,漂浮岛上的战士几乎不去国外生活。

雨季时,游客应当小心前行,因为暴雨有时会造成滑坡和塌方。

埃德加·巴勒斯,《恐怖王国》

萨巴城 | Saba

埃塞俄比亚的一座重要城市，又名梅罗亚城，城市周围是风景美丽的村庄；到了夏天，苹果树上的果子就会变成孩子。

萨巴城是所罗门国王的陵墓所在地，这座陵墓用水晶和黄金建造，上面镶嵌着蓝宝石和钻石。建议来这里的游客去吃一种草药，这种草药的名字叫 *apium risum*，生长在勒克塞奥菲戈斯（Lekthyophages）。这种草药可以帮助游客透过坟墓上的水晶看见坟墓里面的情景：所罗门国王正在与示巴王后跳舞，一个六翼天使在奏乐，一群贵族和贵妇人正在舞曲中寻欢作乐。跳完舞，所罗门国王和示巴王后同睡在一张床上，有趣的是，他们之间隔着一只鲜血淋淋的手，这只手里握着一把出鞘的剑。游客要注意，当地的魔法师会把游客变成野狼。

萨巴城的居民肤色天生蜡黄，随着年龄的增长，他们的皮肤会逐渐变黑。他们容易喝醉，对肉没有太多兴趣；许多人遭受痢疾的困扰，很早就夭折了。由于高温，萨巴城的河水都是咸的，人们一直躺在水里，从黎明到正午，避免阳光的照射。萨巴城里有一口井，井水白天冷得出奇，没人能从井里取水，而到了晚上，井水又烫得出奇，没人敢把手放进水里。这个地方值得一游。

约翰·曼德维尔爵士，《曼德维尔游记》；威廉·布莱恩，《一段愉快而令人同情的对话》

神圣的宫殿 | Sacred Palace

参阅伊吉普罗希斯宫（Egyplosis）。

圣谷 | Sacred Valley

位于印度和锡金的边界上，了不起的鲁恩基特山谷（Rungit）

之外。圣谷高处的群山之间，四周被岩墙围绕；由于封闭的地理位置，圣谷里气候温和、植被丰茂，一条蜿蜒的小河从高山上奔流下来，灌溉谷中的植物。游客可以从鲁恩基特山谷里的一个洞穴进入圣谷，这是一条进入圣谷的捷径。粗糙的石梯通向一系列隧道，从隧道出来之后就可以来到岩脊上，最后再垂直下降。游客会发现岩墙里固定有金属梯子，沿着金属梯下来就进入圣谷了。还有一种办法进入圣谷，不过这种办法比较危险：游客可以躺在鲁恩基特山谷里，假装睡着了，不久后，会有很多只大老虎靠近他们，但不会伤害他们，而是把他们拖走，拖到圣谷深处的迦利女神庙里。不过，游客要注意，大多数通过这种方式进入圣谷的人都会被当地人当作祭品，献给他们的神灵。托钵僧专门训练老虎和毒蛇，利用它们获得祭品。

如果从金属梯的脚下开始往前走，到达卡利庙需要 1 小时。卡利庙是一座大型建筑，寺庙的大门两边摆放着火盆，火通宵不灭。一走进庙里，游客就会注意到两尊大雕像，放在这间屋子的两边，雕像的脸部丑陋、四肢扭曲。屋子最远的一端放着一个升高了的宝座，宝座背后是迦利女神的黑色大理石雕像，脖子上戴着头骨项链，四只手里各拿着一块头骨。迦利女神庙下面是地下室，里面全是坟墓和石棺，石棺上有奇怪的雕刻。穿过光滑的岩石嵌板可以到达一条秘密通道，这条通道可以进入迦利女神庙最核心的部分；这个地方禁止入内。还有一条通道通向迦利女神庙的外面。迦利女神庙的前面有一片筑有露台的花园，花园里有支撑门廊的弯曲的柱子。在最高处的露台下面，参观者可以看见湿婆传说中的宝物，那是世界各地的王公贵族送给女神的礼物。这些宝物被放在一间屋子里，这间屋子使用最精美的大理石建成，里面装饰着珍贵的宝石。不过游客要注意，这间屋子的位置是一个秘密，不可以对外泄露。谁要是泄露了秘密，就会遭受死亡的惩罚，这样的死亡惩罚通常由可怕的毒蛇来执行。

迦利女神庙的一部分被一个湖泊包围着，湖水中生活着神圣的鳄鱼。作为祭品的囚犯被锁在一间狭小的屋子里，这间屋子位于一条隧道的尽头，隧道从迦利女神庙一直延伸到湖底。囚犯被留在那里，等着鳄鱼靠近他们，慢慢品尝他们的肉体。这种有趣的仪式使用最古老的吠陀梵语颂歌，作为献祭仪式的一部分。

圣谷里包括一些被废弃的小寺庙的废墟，这些寺庙在月光下看起来格外美丽。

莫里斯·尚帕涅，《神秘的山谷》(Maurice Champagne, *La Vallée mystérieuse*, Paris, 1915)

撒哈拉海 | Saharan Sea

一片浩瀚的人工内陆海，位于阿尔及利亚和突尼斯之间，包括以前的吉瑞德盐碱沼泽(Chott Djerid)和比斯科拉(Biskra)东南部的洼地，一系列水渠把它与加贝斯海湾(Gabès)连接起来。撒哈拉内陆海的主要港口位于拉哈马(La Hammâ)、尼夫塔(Nefta)和托泽尔(Tozeur)。这个内陆海以前是一片绿洲，由于地势较高，没有被洪水淹没；中心是一座大岛屿，名叫恩奎泽岛(Hinguiz)。

多年以来，法国管理部门一直很重视地中海水对撒哈拉沙漠的淹没工程。最早是在 1874 年，法国陆军上尉罗戴尼(Captain Roudaine)提出了这个计划，但遭到强烈的反对。1904 年，Compagnie Franco-Etrangère 公司成立，法国政府划给他们 250 万公顷土地。这家公司野心太大，他们的项目扩张过度，很快就不得不推迟股利的支付。不过，最初的工程基本完成，剩下的就是把内陆的水渠系统与加贝斯海湾连接起来。内陆被淹没的主要地区被水渠连接起来，这些水渠通向梅尔瑞盐碱沼泽(Chott Melrir)和哈尔萨盐碱沼泽(Chott Rharsa)。

20 世纪中期，法国派出一支军事探险队，检查现存水渠的运作状况。这次探测活动非常危险，因为这项计划涉及一个被极力反对者控制的地区，其中一些人的土地将被水淹没，另一些人是游牧部落图阿瑞(Tuareg)，他们经常抢劫该地区的驼队。这支探险队发现，大多数水渠的状况良好，尽管有一个挖好的坑道被图阿瑞部落填平了。

可笑的是，这个地区的淹没问题最后因为一种自然现象而得以完成。一次地震使这个地区开始往下沉，海水漫上来把这片沙漠变成了海洋。

撒哈拉海对北非的气候和经济都有一定的好处，有助于贸易和把供应品分发到法国的军事基地。同时，这个内陆海也消除了图阿瑞部落的威胁，因为再也没有驼队供他们抢劫了。

朱勒·凡尔纳，《大海的入侵》(Jules Verne, *l'Invasion de la mer*, Paris, 1905)

圣安东尼港 | Saint Anthony

参阅卡拉恩大陆(Karain Continent)。

圣布兰丹的仙岛 | Saint Brendan's Fairy Isle

也叫"圣布兰丹的幸福岛"，位于大西洋，距离爱尔兰以西很远。15 世纪时，圣布兰丹和 4 个传教士离开了爱尔兰，因为那里的人们不愿意再听他们布道。后来，他们来到这里，发现了这座岛屿。从老敦莫尔(Old Dunmor)一角看出去，圣布兰丹看见远处有一片仙女海和一座仙女岛，他把这座岛叫作"幸福岛"。

幸福岛坐落在黑色玄武岩柱上，与斯塔福岛(Staffa)上的岩柱一样，有些岩柱上还有绿色和深红色的蛇纹，有些上面有红色、白色以及黄色的沙岩。幸福岛上长满雪松，无数的鸟儿在雪松的枝头上做窝。

湖水下面有数不清的洞穴，有些呈蓝色，像卡普里岛上的洞穴；有些呈白色，像阿德尔斯贝格(Adelsberg)的洞穴。所有洞穴里面都长满了各种颜色的海草，有深红的，有紫色的，有褐色的，也有绿色的；洞穴的地面上覆盖着白沙。

幸福岛上的这些洞穴都是水孩子的家。水孩子很多很多，都是一些小孩子，他们得到好心的仙女收养。这些孩子遭到主人或父母的虐待和遗弃，其中包括患猩红热病死去的孩子；这些死去的孩子脱离人形后变成了水孩子，他们的身体仅剩下躯壳。水孩子长着鱼类的腮，变成了两栖动物，体型很小，通常不超过 4 英寸。他们用海葵、珊瑚和海草装点岩池，喜欢创造赏心悦目的岩石花园，海水退去的时候就可以看见这些美丽的花园。水孩子还经常帮助困境中的鱼类和其他海洋动物。

许多世纪以来，水孩子一直得到圣布兰丹及其同伴的教诲。每逢星期天，水孩子就从洞里钻出来，走进圣布兰丹为他们创建的主日学校里。终于有一天，圣布兰丹的视力变得越来越弱，胡子也越来越长，他不能再走路了，因为怕踩到自己的胡子。最后，圣布兰丹和其他几个传教士在雪松下睡着了，直至今天，来这里参观的游客还能看见他们。鸟儿的歌声最嘹亮的时候，睡梦中的他们也会移动身体，动动嘴唇，好像正在哼唱圣歌。这位老圣人睡去以后，水孩子得到了关心这座岛屿的海洋仙女们的教育；统治这些仙女的是备受爱戴的安菲特里忒(Amphitrite)王后。

水孩子居住的水下洞穴晚上有水蛇看守。水蛇是一种美丽的生灵，它们身穿绿色的、红色的以及黑色的天鹅绒。它们的身体分成很多个环，有些水蛇有 300 多个脑袋，这样的水蛇变成了了不起的侦探。有的水蛇每个关节上都长了眼睛，如果遇上什么讨厌的东西从它们身边经过，它们就会冲出去发起攻击。它们的几百只脚爪上放着刀铺里的所有刀子和其他武器，如果有人胆敢在海岛附近作恶，水蛇们就会把他撵走，或者把他切成小块吃掉。螃蟹会把水孩子住的洞穴里剩下的残渣吃掉，然后把洞穴收拾得干干净净。海葵、石珊瑚和珊瑚生活在这里的岩石上，把这片海水变得又甜又纯。

所有的水孩子都必须学习功课，就像陆地上的孩子一样，但他们的学习过程非常愉快，功课里也没有不好记的单词。除了学习功课，水孩子可以整天自由地玩耍。不过，他们必须非常优秀，他们的行为受到每周五来这里的罪有应得夫人(Mrs. Bedonebyasyoudid)的监视。罪有应得夫人身材高大、相貌丑陋，经常带一根白桦木大棒，但不会用这根木棒打水孩子。她总是能够准确地知道水孩子们在做什么，甚至还知道它们正在想什么，然后根据它们的所想所为，给予相应的奖励或惩罚。对于听话的水孩子，她的奖励是海洋蛋糕、海洋苹果、海洋乳糖或海洋棒冰；而不听话的水孩子得不到这些，如果它们表现得特别糟糕，它们身上就会长出讨厌的刺。罪有应得夫人本身不喜欢这样的惩罚，但她就像一架被设计了自动程序的机器，必须按照设定好的程序办事。据说，罪有应得夫人已经很老了，而且将永远活下去，只有当所有的水孩子变得既善良又有修养的时候，她才会再次美丽起来。罪有应得夫人还有其他的职责，比如惩罚那些虐待或者遗弃孩子的人，这些人中有父母、教师和医生。罪有应得夫人的惩罚是给这些人吃她胡乱开给患者的药。

另一位定期来这座海岛的人是己所不欲、勿施于人夫人(Mrs. Doasyouwouldbedoneby)，她是罪有应得夫人的妹妹。己所不欲、勿施于人夫人和姐姐一样高，但容貌美若天仙，拥有世界上最甜美、最善良、最令人愉快的容颜。她每个星期天都要来，然后把上周表现良好的孩子抱在怀里，跟他们一起玩儿。她的爱最伟大，也最让人期待。

所有的水孩子都会说水语言，它们使用水语言与周围的鱼类和其他海洋动物交流。

查理·金斯利，《水孩子：关于一个陆地婴儿的神话》

圣贝瑞格尼地区 | Sainte Beregonne

位于西德汉堡，只为那些刚好走到莫伦街(Mohlenstrasse)上酿酒者和种子商的那些彼此相连的房屋之间的人们而存在。根据当地官方的调查，一面中墙刚好就建在一条通向圣贝瑞格尼地区的街上。这条街本身不受时空的限制，它是时空之外所赐的一件礼物,也是时空之外所赐的一个私密之地,任何人都可以进来一睹它的芳容,只要他能成功地走进这里。

这条街长10英尺,前面胡同里的一个拐角挡住了游客的视线,使他们不可能看到更多平常世界里的东西。圣贝瑞格尼的墙面很粗糙,加上地面不规则的绿幽幽的鹅卵石和从石头缝里冒出来的荚蒾灌木,使人能够感受到圣贝瑞格尼真真切切的存在,同时也能让人享受到一种超乎尘世的永恒。狭窄的死胡同里的每一个拐角都让人感觉好像是走在弗兰德乡镇上的一个胡同里。此时的游客会有一种怠惰感和被抛弃感,这使他陷入一种非常不利的处境。甚至这里的季节好像也乱了套,病怏怏的灌木上冒出新芽的时候,灌木的枝丫上正积着厚厚的雪。

沿着这些墙会出现三道黄色小门,如果游客上去敲门,不会有人应答。每扇小门打开之后,游客都会看见一个走廊,走廊的地板是蓝色的,迷离的光线使人想起马格里特(Magritte)后期的画作。这时,即使是敏感的游客也会产生笨笨的感觉,但他还是应该去看看那间大厨房。大厨房的天花板很高,呈拱形;已经生锈的家具上面闪烁着蜡光;一段橡木楼梯不知通向何处,好像一头扎进一堵墙里,使那些不小心的游客摸不着头脑;微弱的光亮透过一扇大窗户,照在凄凉的空院子里,这个空院子与其他两扇小门背后的院子相呼应。

汉堡犯过邪恶而不可思议的罪。据说,时空之外的那些生灵到这里来复仇,因为他们居住的那些显然于人无害的屋子里失窃了。有人坚持认为那些生灵就是所谓的斯特莱格(Stryges);也有人认为它们只是地狱里的水蒸汽。

让·雷,《法国手稿》(Jean Ray, *Le Manuscrit français*, Burssels, 1946)

圣奥里尼克岛 | Saint Erlinique

参阅坎塔哈岛(Cantahar)。

圣智环礁 | Saint-Esprit

位于太平洋,曾经是一块核试验基地。这座小环礁由一系列沙洲和珊瑚岛构成,本是一个火山口的边缘,火山口的中心沉入海底,形成一座直径约5英里的潟湖。在构成环礁的那些岛屿当中,最大的岛屿位于潟湖的西南面,呈新月形,岛上有茂密的森林和人造林,主要部分是一个多岩石的地区,隆起为一座海拔400多英尺的高峰。山顶上屹立着一座铁塔,铁塔的电缆倾斜着穿过森林。游客把蓝色熔岩有凹槽的檐口比作死去几千年的大山的尸体,檐口斜倚在空中,犹如一具坐在露天墓地里的尸体。这里的海滩不招人喜欢,它们是一堆黑色的灰烬,灰烬上面覆盖着黄色的棕榈叶、苍白的浮木以及腐烂的蟹壳,空气中弥漫着烂鱼的恶臭。

圣智环礁是有名的稀有鸟类的繁殖地,当法国的军事工程师在这里修建飞机跑道时,圣智礁石的环境受到严重的威胁。礁石周围的珊瑚丛里生活着黑鲨鱼和蓝黄色的小鱼;环礁上最重要的居民是流浪的信天翁。信天翁已濒临灭绝,环礁上发起拯救信天翁行动,这样的拯救努力造成了好奇而悲剧的结果,使得这座环礁成为全世界关注的对象。游客也许看不见环礁上的信天翁了,据说那些加入信天翁拯救行动的人也要为信天翁的灭绝负责。

贾拉德,《奔向天堂》(J. G. Gallard, *Rushing to Paradise*, London, 1994)

萨奴塞姆海岬 | Saknussemm Cape

莱敦布洛克海里一个多岩石的海岬,位于地下几千英里深的地方。正是在这里,莱敦布洛克教授率领的探险队(他们于1863年到达地心)发现了16世纪的一把匕首,这把匕首后来被证明是著名冰岛炼金术士阿尼·萨奴塞姆的。萨奴塞姆是第一个来这里探险的人,他用这把匕首在岩石上刻了自己的名字。人们至今还能辨出那几个用古北欧文字刻写的字母。

朱勒·凡尔纳,《地心旅行》

萨奴塞姆走廊 | Saknussemm's Corridor

一个大型的地下走廊,位于冰岛下面,取这个名字只为纪念走廊的发现者。汉堡的莱敦布洛克教授发现了一张羊皮纸,这张羊皮纸夹在斯诺瑞·斯杜尔卢森(Snorri Sturluson)的一本罕见的手稿里。在这张羊皮纸上面,16 世纪杰出的冰岛炼金术士兼学者阿尼·萨奴塞姆写下了许多古北欧文字。在侄子阿克塞尔的帮助下,莱敦布洛克教授试图译出那些古文字。突然,他发现羊皮纸背面用隐形墨水写的一条秘密信息。这条信息告诉我们,如何经冰岛西部的一座死火山进入地心。在冰岛的汉斯·杰尔可(Hans Bjelke)的带领下,莱敦布洛克教授和他的侄子进入了斯纳菲尔斯-约库尔凹地(Snaefells Jökull),这里就是斯卡塔里斯山(Scartaris Mountain)的影子在 1863 年 6 月 28 日,也就是罗马古历的 7 月 1 日之前留下的记号。

朝着地心方向再走 48 个小时后,探险队会到达地下走廊里的一个交叉口,这个地点位于海平面以下 3000 米左右。探险队成员必须十分小心,这时候不可以走东边的通道,而是向西转,否则会被饿死,或渴死在地球的心脏地带。关于这个地方,还可以参阅汉斯-巴克河(Hans-Back)、莱敦布洛克海、格劳本海湾、阿克塞尔岛以及萨奴塞姆海岬。

朱勒·凡尔纳,《地心旅行》

萨利姆城 | Salem

塞萨瑞斯共和国(Cessares Republic)的首都。

萨鲁群岛 | Salu Archipelago

参阅卡加延-萨卢岛(Cagayan Salu)。

萨尔瓦拉王国 | Salvara

参阅尼欧培岛(Neopie Island)。

萨马拉城 | Samarah

不要与前苏联古比雪夫(Kuybyshev)的首府萨马拉(Samarrah)相混淆。这里所说的萨马拉城指的是阿巴赛德人(the Abassides)居住的中东部地区的首府,也是该地区最壮观的一座城市。萨马拉城最主要的部分是一座大宫殿,名叫阿尔克瑞米宫(Palace of Alkoremi),坐落在花斑马山上。大宫殿的早期工程由哈里发蒙塔塞姆(Caliph Montassem)完成,蒙塔塞姆是哈罗恩-阿尔-拉希德(Haroun-al-Rashid)的儿子;而这座大宫殿现在的工程则是蒙塔塞姆的儿子,第九代哈里发瓦提克(Vathek)完成的。瓦特克认为这座宫殿无法完全实现他的享乐需求,于是又增加了五个侧厅。这五个侧厅本身就是一座宫殿,而不只是最初那座宫殿的延伸,每一个侧厅都是为了满足一种感官享受。

不满足的宴会厅(Unsatiating Banquet)又叫永恒宫,用以满足味觉方面的享受。这座宫殿里的一张张桌子上总是摆满了最精致的美味佳肴,这样的美味佳肴白天和晚上都会提供,最美味的酒和兴奋性饮料直接从取之不竭的喷泉里流出。

旋律庙(The Temple of Melody)又叫灵魂之酒宫殿,全国最有名、技艺最精湛的诗人和音乐家都住在这里。他们不仅在宫里朗诵诗歌,也走出宫殿到首都的各个地方去巡回演出,用音乐和诗歌给每个人带去快乐。

悦目宫(Delight of the Eyes)又叫记忆宫殿,这座宫殿里收藏了大量来自世界各地的珠宝,其中包括栩栩如生的雕像和许多博物学方面的展品。

香水宫(Palace of Perfumes)又叫"激发快乐宫"。在这座宫殿的大厅里的,金香炉里燃烧着各种香油。如果你发现自己被这些香气征服了,不妨走出大厅到花园里去,使被刺激过度的感官暂时得到休息;花园里开满了芬芳馥郁的鲜花。

最后一座宫殿叫快乐宫(Retreat of Mirth),也叫危险宫,宫殿里住着许多美若天仙的女子,来这里的人会得到她们最舒服的爱抚。

第九代哈里发瓦提克渴求知识,经常和宫里最智慧的人一起讨论问题。后来,瓦提克开始喜欢神学理论,并着手建造一座高塔,试图洞悉天堂里的所有秘密。对于这位哈里发在神学方面的鲁莽行为,预言家玛霍梅特(Mahomet)很好奇,于是他命令魔仆们在晚上建造那座高塔,目的是要看看瓦提克那不虔诚的愚蠢行为会达到何种程度。魔仆们遵照预言家的命令,哈里发的工人每建造一腕尺高,魔仆们就增加两腕尺,结果这座塔很快就修建到了1500层,这已是高塔的最高处了。

除了作为一个瞭望站,这座高塔还被用作监狱;高塔最下面几层关押皇室囚犯,被七重铁栏包围着,铁栏上的每个方向都固定有许多长钉子。高塔的楼梯和通道隐藏于墙背后,游客在这里还能看到一些木乃伊,都是瓦提克的母亲卡拉赛斯(Carathis)从法老墓里盗来的。

卡拉赛斯拥有一个秘密走廊,用来收藏她收集起来的各种毒药和其他一些可怕的稀奇玩意儿。卡拉赛斯深谙占星术,而且很快就迷上了更邪恶的巫术,企图与阴间的幽灵进行交流。她在塔顶搞活人祭,这些仪式只有公主和卡拉赛斯的哑巴黑奴可以看见,他们的一只眼睛是瞎的。

哈里发瓦提克最初受人爱戴,但他对知识和权力的无限渴求最终使他走向毁灭。他不再受人欢迎,因为许多孩子被他用来做人牲，目的是安抚阴间的势力。就在他离开皇宫去伊西塔卡宫后，首都爆发了叛乱，此后他再也没有回来过。

威廉·贝克福特，《瓦提克》

沙漠之城 | Sand, city of

坐落在叙利亚共和国的沙漠里，犹如嵌在圆形洼地里的一座城市。洼地的面积比较大，多岩石，一条河流蜿蜒穿过这座城市。统治这座城市的是住在高山上的酋长，保卫城市安全的是一些军人，他们穿得像十字军战士，据说从十字军东征开始，他们就住在这里了。

沙漠之城的围墙上大多镶嵌了各种图案；沙漠之城的皇宫里堆放着很多珍贵的布料，比如丝绸、刺绣的缎子、天鹅绒以及驼绒；皇宫的拱顶嵌满了各种宝石，有红宝石、翡翠、绿宝石、蓝宝石以及钻石等等，皇宫的第三层被一架缟玛瑙楼梯连接起来。

来这里的游客会被邀请到战士屋，这是一间用人的头骨搭建起来的屋子。游客在这间屋子里必须喝下毒酒，然后被扔进沙漠里；没有多少游客能活着离开沙漠之城。

让·德·阿格雷夫，《沙漠之城》(Jean d'Agraives, La Cité des sables, Paris, 1926)

拖鞋岛 | Sandals, Isle of

贝尼乌斯三世(Benius III)统治的地方，距离奥德斯岛不远。拖鞋岛上的居民不是宗教会众的成员，他们没有什么可吃的东西，仅靠喝一种鳕鱼汤为生，不过游客在这里可以得到很好的款待，而且生命安全不会受到威胁。

拖鞋岛因一座修道院而闻名，这座修道院是贝尼乌斯三世为八分音符修士建造的。选择这个名字时，贝尼乌斯三世参考了大陆对二分音符修士和四分音符修士的规定。有人认为八分音符已经是最低等了。遵照“第五元素”的法令和通谕，这是一个最具有和谐性的音符。他们穿得像纵火犯，但也穿遮腹装；这样的衣服前后都有拖鞋状的褶皱，据说双重褶皱象征可怕的秘密。八分音符修士穿圆形鞋，下巴上的胡子刮得干干净净。为了表示对命运女神的蔑视，他们剃掉了后脑勺上的头发，只留着前额上的头发，并任由它们疯长。为了进一步挑衅命运女神，他们在腰间配着锋利的剃须刀，每天把剃须刀磨两次，晚上还要把剃须刀的锋利程度测试三次。八分音符修士的脚下系着一个铃铛，据说命运女神的脚下也有这样的铃铛。他们拉下蒙头斗篷，斗篷的边缘盖住了他们的脸，这样他们就可以毫无顾忌地嘲笑命运女神和他们自己的命运了。他们脑袋后面的部分经常露在外面，和我们的脸一样。他们高兴往前走就往前走，高兴往后走就往后走。往后走的时候，人们会相信他们是在往前走，因为他们的鞋是圆的，看不出前后，裤子又是前后都有裤兜，脑袋后面又剃得精光，并且还粗略地画着两只眼睛和一张嘴，很像一个椰子；而往前走的时候，人们会以为他们在玩捉迷藏。

八分音符修士穿着靴子和马刺睡觉，鼻梁上还架着一副眼镜。他们认为最后的审判会在入睡以后降临；因此如果他们保持这样的睡姿，就可以随时翻身上马，赶去参加大审判。每天早晨，他们都会用靴子和马刺踢打对方，他们认为这样做是出于仁慈。

拖鞋岛上所有的铃铛都被巧妙地串起来，一条狐狸尾巴被用来敲击这些铃铛。正午的钟声敲响的时候，八分音符修士醒来，他们脱掉靴子，这时候才可以放松一下自己。遵照严格的规定，他们这时候开始大打哈欠，因为哈欠就是他们的早餐。洗漱后，他们开始剔牙，直到修道院院长吹哨喊停。一听到哨声，所有的修士必须继续打半小时的哈欠，有时候打哈欠的时间会更长一些，有时候不到半小时。打哈欠的时间长短由这位修道院院长说了算；他会根据日历来估算一顿合适的早餐所需要的时间。打完哈欠后，他们还要来一次巡行祈祷。巡行时，他们打着两面旗帜，一面旗帜上画的是品德之神，另一面旗帜上画的是命运之神。走在最前面的八分音符修士举着命运之旗，另一个八分音符修士举着品德之旗跟在后面，手里还拿着一把浸过圣水的刷子，不停地敲打前面举着命运之旗的修士。在队伍行进的过程中，修士们颤抖着对唱悦耳的旋律；周围的观众已经注意到，他们是通过耳朵来吟唱的。

巡游结束后，修士们回到修道院的用餐室，开始做一些适宜的身体锻炼。他们跪在桌子底下，用胸口去抵住面前的灯笼。当修士们摆着这个姿势的时候，从外面走进来高高大大的拖鞋人，要求修士们去舔他带来的一把餐叉。修士们的这顿饭以奶酪开始，以芥末结束。到了星期天，修士们可以吃布丁、猪肠、香肠、炖牛肉、猪肝、炸肉饼以及鹌鹑肉；星期一可以吃上好的豌豆和腊肉；星期二吃圣面包、烤饼、蛋糕以及小点心；星期三吃羊头、小牛犊头和獾头（拖鞋岛上的獾很多）；星期四要喝七种汤，每喝一种汤就要吃一次芥末；星期五吃尚未熟透的山梨；星期六只能啃一点儿骨头。修士们喝的饮料是当地酿造的一种酒，名叫反财富酒。

吃完正餐后，隐士们要向上帝祷告，感谢上帝的救恩，然后把余下的时间用来做慈善：他们星期天相互击打；星期一互相拧鼻子；星期二互相抓挠；星期三互擦鼻涕；星期四互掏鼻涕虫；星期五互相瘙痒；星期六互相鞭打。

太阳落山的时候，修士们又开始踢打对方，踢打结束后才睡觉，一直睡到午夜拖鞋人走进来为止。醒来后，每个修士都必须专心致志地磨自己的剃须刀，然后再去修道院的食堂。

这个修道院里还住着 20 个女人，她们很富有，与那些修士睡在一起。3 月是修道院淫荡之风盛行的时候，这可能是因为他们在 4 月斋期间所吃的那些食物有催情作用。

弗朗索瓦·拉伯雷，《巨人传第五部》

萨吉尔城 | Sangil

安坦吉尔王国（Antangil）的首都。

萨诺岛 | Sanor

位于普鲁托大陆的主要海洋之中。普鲁托大陆上共有3座面积比较大的岛屿,萨诺岛是其中之一。这座岛屿距离阿尔布王国15里格,沿海地区多岩石,内陆多森林,主要港口坐落在一个狭窄的海湾,一座小岛形成一道天然的屏障,保护这个港口。

与普鲁托大陆的其他地方一样,萨诺岛上的人类和动植物都要比地球表面的小很多。而在整个普鲁托大陆上,萨诺人最高,有的甚至高3.5英尺,与最近的阿尔布人不同,萨诺人衣着华贵,留着长发,头发上喷了香水。他们是肉食者,经常遭到素食者阿尔布人的嘲笑,因为阿尔布人认为吃肉是对神灵的大不敬,是在亵渎神灵。

萨诺岛上实行世袭贵族制,其政治生活的最大特色在于,岛上的男女各自服从不同的权势:男人服从皇帝,女人服从皇后。在他们各自不同的服从里,皇帝和皇后的权力至高无上,但他们的权力对异性成员没有威慑力。相反,大祭司的势力更大,他对于男女两性中的死者都具有绝对的权威,而且还能控制其他活着的人。他有权处置寡妇和鳏夫,有权下令将其烧死在其死去的配偶坟前,而且对于大祭司的决定,皇帝和皇后都不可以有任何的疑问。

当萨诺岛上的皇帝死后,必须有3名年轻女子陪葬;人们相信这3名女子一定会在另一世界里侍奉亡帝。皇帝的葬礼要持续6天,接下来是为期6个月的全国哀悼。在此期间,皇后继续统治这个王国的女性,地方法官任命一个行政官来统治男人。哀吊结束以后,皇后必须再婚。

萨诺岛上的政治生活体现了性别分离,这一特点在法律方面也有所体现。全国分设男子法院和女子法院,两种法院各自面对自己的同性法官,审判由法官团来进行;罪大恶极的人由5位法官来审判,情节轻微的违规只需两位法官来审判。法官根据抽签来决定判案的先后顺序,目的是尽可能减少贿赂行为。所有的案子都有陪审团参加，陪审团由 15 人组成；陪审团成员使用彩球来作出判决。萨诺岛上的法庭没有律师，人们认为律师的出现会拖延案子的有效审判。在现代法律制度里，法官团的主席为被告主持公道，法庭对罪犯的惩罚通常比较仁慈。

下面我们来看一种典型的惩罚。这个惩罚针对的是一个诽谤者；这个诽谤者必须戴上一顶高帽子，帽子上写着“这是一个诽谤者”。诽谤者每天都被一位执法官带着穿过大街，执法官大声向市民宣布对诽谤者的判决和诽谤者的犯罪性质；这样的惩罚要持续 100 天。对那些喜欢搬弄是非或干预他人私生活的女人的惩罚差不多。这些女人受到女性法庭的裁判，如果有证据证明她们有罪，她们将当众遭到鞭打；不过鞭打通常是象征性的，遭到鞭打的不一定真的要遭受皮肉之苦。这种象征性的鞭打一般要持续到围观群众为受罚的女人求情为止。

按照当地法律的规定，如果一个女人因为被勾引而怀孕，就会被处死，除非勾引她的男人愿意娶她。这类案子通常以婚姻告终，审判这类案子的通常是一群老婆婆。这种幸福的审判结果之所以容易达成，无疑是因为两人在结婚之后可以很轻易地离婚，但离婚必须征得双方同意，而且两人至少要在一起生活 9 个月之后。

审判公民之间的恩怨以宽容为基础，但若是有人触犯了神父的权威，他就会遭到更严厉的惩罚。那些违背神父意愿的人通常会被视为叛国者，必须离开这座城市，任何人看见他们都可以得而诛之，教堂里的私人民兵也在竭力追杀他们。这样造成的后果就是，萨诺岛上的森林里到处都是强盗和不法分子，不过他们自称造反者而非罪犯，其中也有很多杀富济贫的绿林好汉。

据估计，萨诺王国至少有一半的已婚女人对丈夫不忠。法律不惩罚通奸行为，妻子对丈夫的不忠也不会影响丈夫的声誉，只是被当作一个笑话。

萨诺王国的传统婚礼非常复杂。当一对新人走进教堂的时候，会被一根丝绳捆在一起，然后被罩进一层烟雾里。接着，有人会在教堂拱顶上对着新人泼牛奶，目的是为其净身，之后，这对新人才可以被领到教堂外面。到了外面,这时新人双双跪在地毯上,身上撒满鲜花。再过一会儿,神父叫新人起来,告诉新人已获新生,并示意其共饮一杯酒,象征婚姻已将其联结成一体,使其成为了不分彼此的一家人。不过,萨诺王国的新娘在委身于丈夫之前,一定会尽力反抗。当新婚夫妇被独自留在新房里的时候,下身赤裸的新娘会借机跑开,新郎不得不去找她,如果新郎想要拥有做丈夫的权利,就必须用武力征服自己的妻子。萨诺岛上容许一夫多妻制,不过实行一夫多妻的人没有资格担任公职。

萨诺王国的首都也叫萨诺,这座城市的街道是出了名的整齐有序,所有的街道两旁都矗立着整整齐齐的两层高的楼房。这座城市的供电、塔楼和壮观的公共建筑同样也很有名。城里的居民最自豪的是他们的图书馆,图书馆建在一座规模庞大的石头宫殿里,宫殿的大门是用沉甸甸的黄铜做的。里面的图书馆被分成 6 个部分,共有图书 10 万卷。这些图书不会受到政治和道德层面的审查,但其风格和写作手法必须符合公众认可的标准。

游客会发现萨诺城的街上没有乞丐,这主要是因为法庭强制执行的那些罚款都被用来救济穷人了。穷人和那些找不到工作的人都住在公共医院里,在那里做服务工作。

萨诺王国虽然是一个重要的贸易国,但没有使用帆船,这或许是因为普鲁托大陆的风力微弱。萨诺王国的船只采用蒸汽发动机推动巨大的螺旋桨。

无名氏,《地心旅行记》或《陌生国度历险记》

桑特-叶若尼莫镇 | Sant Jeronimo

参阅伊斯拉岛(Isla)。

桑-维拉多岛 | San Verrado

属于加勒比海的鲁卡伊斯群岛,岛上的居民主要是海盗。18

桑-维拉多岛上一座已成废墟的堡垒

世纪末,岛上的一座堡垒被英国人摧毁,堡垒的废墟至今仍在。西班牙人敦-里斯卡尔在海上航行时,船被飓风吹离了航道,后来他发现了这座桑-维拉多岛,并在这座岛上进行专制统治。在他的统治下,那些岛民四处掳掠古巴女人。根据萨宾地区的女人的回忆,那些起来反抗的女人被关进地牢里,没有里斯卡尔的同意,她们绝对不可以离开桑-维拉多岛。

桑-维拉多岛上的房屋都带有花园,这些花园为居民提供足够的食物。老弱病残者住在桑-维拉多岛西部一个开阔的地带,他们在那里可以得到很好的照顾。桑-维拉多岛上的居民曾经过着声色犬马一样的生活,而今天来这里的游客会发现,桑-维拉多岛上的生活节奏已不再像从前那么明快了。

弗朗索瓦·纪尧姆·迪克雷-迪米尼,《罗洛特和凡凡》或《被遗弃在荒岛上的两个孩子的历险记》

萨柯沙岛 | Sarcosa

参阅新不列颠群岛(New Britain)。

萨吉尔岛 | Sargyll

红色群岛中最偏远的一个半岛,从菲里斯蒂亚的首都诺瓦加斯城(Novogath)出发,需要航行两天才能到达。这座半岛现在是弗瑞狄丝(Fredis)居住的地方;弗瑞迪斯是奥德拉地区以前的女王。由于害怕这位女王和她的名声,很多船员都不喜欢到萨吉尔岛来。人们都知道弗瑞狄丝毁掉了赛巴特国王(King Thibaut),同时遭受这种致命结局的还有伊斯特里亚(Istria)的公爵、卡姆维

(Camwy)的王子以及另外三、四个君王。

萨吉尔岛的法庭受巫术的控制，萨吉尔岛的安全受魔法的保护。比如说，北方人阿斯蒙德公爵在派军攻打萨吉尔岛时就被逼疯了，使得他的全军上下像野狼一样互相残杀。

萨吉尔岛的皇宫里会出现奇怪的生灵，有些生灵甚至超出了人们最离奇的想象。游客不可以相信所有长得像人的生灵，因为有人曾看见一个值夜班的人变成了一只桔红色的大老鼠，看见他急匆匆地逃进一个地洞里。伺候弗瑞狄丝女王的通常是一只黑豹和一只蜷伏着的叫不出名儿的野兽。女王的房间里挂着黑色锦缎和黄金做的锦缎，还装饰了许多花瓶，花瓶里插满了莲花；蓝色的、橘红色和红褐色的死蛇挂在天花板上，一张涂了颜色的脸正看着地面，有些像人，邪恶的眼睛半睁半闭，狞笑的嘴半开半合。

詹姆斯·卡贝尔，《地球人物：一部关于形貌的喜剧》

萨瑞地区 | Sari

一个最繁荣、最发达的地区，位于地下大陆佩鲁西达，周围的群山中有一个高原，站在高原上可以俯瞰下面的一个大海湾，大海湾从卢拉尔-阿兹海伸向内陆地区。萨瑞地区最初的居民住在悬崖上的山洞里，后来，来自美国的佩鲁西达皇帝大卫·伊尼斯(David Innes)建造了一座现代化小镇，取名萨瑞镇。萨瑞地区还建造了小型的工厂和造船厂，萨瑞地区丰富的金属矿都正在冶炼之中。

萨瑞地区的这些变化主要是阿博尼尔·佩里(Abner Perry)的功劳。佩里是大卫·伊尼斯的同伴，是那艘"鼹鼠"铁船的发明者；正是这艘铁船把他们从美国带到了佩鲁西达。多亏了佩里的努力，许多现代化的东西进入了这个原本还处于石器时代的落后地区，比如电话和抽水机。不过，游客一定会注意到，许多文明化的东西并没有得到萨瑞居民的利用，这里的女人宁愿使用最原始的方法打水，也不愿使用新式抽水机，然而这并没有阻碍佩里进行其他计划的脚步，他要创建学校，要让这里的人们学会识文断字。

萨瑞地区的皇宫坐落在萨瑞小镇，这座小镇没有建在海滨地区。萨瑞地区的主要港口是格林威治港，按照伊尼斯和佩里的计划，格林威治港建在佩鲁西达的本初子午线上，他们想在那里建造一个天文台。

埃德加·巴勒斯，《在地心》；埃德加·巴勒斯，《地下大陆佩鲁西达》；埃德加·巴勒斯，《佩鲁西达的塔纳》；埃德加·巴勒斯，《将被征服的七个世界》；埃德加·巴勒斯，《回到佩鲁西达》；埃德加·巴勒斯，《铜器时代的人类》；埃德加·巴勒斯，《驯虎女郎》；埃德加· 巴勒斯，《恐怖王国》；埃德加·巴勒斯，《野蛮的佩鲁西达》

萨克芒城 | Sarkomand

位于梦幻世界，坐落在棱格高原背后一个荒凉的山谷里，从那里经过洒满盐的石阶可以到达。萨克芒城威严而壮观，这里可见用玄武岩建造的墙壁和码头、高大的寺庙，以及装饰着雕像的大广场；花园周围和街道两旁都排列着大柱子。整座城市共有 6 扇大城门，每扇大门上都刻着斯芬克斯像，都朝向一个大型的中心广场。中心广场里有一对生有翅膀的大狮子，大狮子守在一段通向大深渊的地下楼梯的最上端。

霍华德·洛夫克拉夫特，“小人物卡达斯追梦记”，《阿克汉姆集锦》

萨拉加拉岛 | Sarragalla

智慧群岛中最发达的一座岛屿。

萨拉加拉岛拥有先进的工业文明。这种先进工业以产品的不断增加和工作效率的不断提高为基础；产品的供应与需求达到了最完美的平衡，为提高工资而进行的斗争和罢工也已经消失；劳动不再是强制的行为，相反，它变成了一种快乐之源，工人还经常要求增加工作量。

如果游客了解科学，就会发现萨拉加拉岛上的工业建立在放射性λ粒子(lambda)和原子分裂所释放的能量的基础之上。萨拉加拉岛可以从附近的沃瑞亚岛(Vorreia)上获得无尽的放射性元素，比如钍元素和铀元素。物理学家阿尔加比(Algabbi)最早在沃瑞亚岛上找到了钍矿和铀矿，尽管萨拉加拉岛上也有小规模的矿藏，但阿尔加比从未找到它们的确切位置。

萨拉加拉岛之所以能够获得成功，其根本原因是，它能够把非生产性的能量转化成生产性的能量；能够用更少的时间提高生产效率。为了节约能量，岛民的语言也遭到简化，几乎简化成电报用语了。议会只需要一早上就能讨论完一个议案的所有条款。政客的演讲不会超过35秒钟。能量节约原则还被运用在艺术方面：戏剧变成了故事梗概，但并没有失去它的喜剧效果。音乐方面的主要成就是一种被浓缩了的奏鸣曲，这种奏鸣曲不再有重复的小节、音符和韵律，而这些在传统的音乐形式里都是最主要的特色。萨拉加拉岛上的居民从国外成功引进的出版物只有《读者文摘》。

在实验机构里，科学家最近正在研究，如何把咀嚼所使用的能量利用到生产方面。这就需要使用心灵传动(telekinese)装置。这是一种很复杂的装备，可以通过复杂的发射和排放远距离地转化能量。这项研究现在还处于初期阶段，但人们已经可以很正常地坐着吃饭，他们咀嚼食物所使用的多余能量已被用来劈实验室旁边的木材了。

在医药研究方面，一个最古老的巫术神话几乎变成了现实。医生可以在病人的蜡像上做手术，然后采用特别手段把手术的效果转移到病人身上。这些特殊的医疗技术叫作特鲁吉(tellurgie)，病人甚至可能感觉不到医生是在给他做手术。尽管特鲁吉技术仍处于试验阶段，但病人对它的期望很大。

萨拉加拉岛上的交通与通讯技术几乎可以达到人们想象的高度。如果出门旅行，人们可以把自己装进一架小型飞行器里，这个飞行器简直就像他们身体的一部分。这个飞行器可以像鸟儿一样自由飞翔，完全避免了传统飞行器可能遇到的问题。在首都，移动的人行道可以延伸到周围的村庄,人们不再需要步行和私人汽车。如果是长途旅行,可以使用一种高级的单轨铁路系统。当两辆火车面对面相遇时,这两辆火车都有一个单行轨道,沿直线区间飞行的飞机在其中一辆火车的前面和后面降下,这样,其中一辆火车就可以从另一辆火车上面安全经过。而在个人通讯方面,萨拉加拉岛上的居民开始使用一种被组装在表盖里的小型收音机。

萨拉加拉岛上的教育主要是使人们学会如何尊重他人的时间,时间就是他们的私人财产。

萨拉加拉岛上的居民喜欢吃一种浮游生物,这种生物经过化学处理就变成了人和动物的主要食物。它可以被做成一种液体或是一种麦麸,做成条状或片状;味道由调味机来调制,这种调味机可以调制人类所熟知的任何一种味道。

亚历山大·莫斯柯斯基,《智慧群岛:一次冒险之旅的故事》

萨萨尼亚国 | Sasania

一个沙漠国家,首都也叫萨萨尼亚,这是一座繁忙的海港城市。国内有两座著名的宫殿,其中一座坐落在首都,游客必须在海上航行数周之后才能到达。在这段时间里,游客会经历不同的天气变化,有时微风拂面,有时狂风大作,有时又风平浪静。到达宫殿之后,一支船队会出来迎接他们。船队由数只小船组成,船上有鼓手、笛手、歌手和击钹手。船队把游客带到第一座宫殿里。这座宫殿是白色的,闪闪发光,好像是用糖浆浇铸而成,宫殿的顶部是圆屋顶和塔楼。整座宫殿很像一个蜂房,目的是遮挡阳光。宫殿里有清清凉凉的走廊构成的迷宫,走廊里铺着彩色玻璃,光亮从窗户狭窄的缝隙里照射进来,这些窗户涂上了耀眼的色彩,比如深红色、翠绿色以及天蓝色,因此照射在地板上的光线也变得色彩斑斓。宫殿中心的彩色圆屋顶跟随太阳的运动不断变换着颜色。

要到达第二座宫殿需要航行几周的时间。这座宫殿坐落在月亮群山的深处,这里被认为是魔鬼的家园。游客如果沿着一条蜿蜒的小路走，他可以来到月亮山腰处一条宽阔的隧道里。隧道里空气稀薄，继续往前走过一段长长的上坡路，就会来到一扇大木门前。如果想打开这扇木门，游客必须把自己的双唇对准锁眼旁边的一个小洞，然后轻轻地往里面吹气。这时，一个清亮的声音会传出来，就像一只看不见的排钟发出的声音。接着，门开始旋转，然后打开，映入游客眼帘的是林立的玻璃管，这些玻璃管上又插着更多的玻璃管，这更多的玻璃管就像长在玻璃管上的手臂一样，竖立在柱廊、灌木丛和圆形的栏杆里。这些柱子是中空的，里面装满了液体柱，比如酒、蓝宝石、琥珀、翡翠以及水银。如果游客摸到一个更精美的液体柱，里面的液体就会喷出来，然后再凝固起来。其他的液体柱里装的是玻璃泡沫，玻璃泡沫漂浮在水面上，这样的液体柱都带有一个有编号的金色秤砣，金色秤砣挂在液体柱的气球上。在黑暗的接待室里，奇异的蜡烛在玻璃芽中开花，或者在镶于边缘和裂缝的压花玻璃后面闪闪发光。最后，游客进入一个很高的房间，日光穿过一个高高的漏斗形窗户照进来，给人一种很神奇的感觉。这间屋子最吸引人的地方是那些真正的瀑布，清新的水花从巨大的玻璃上方飞溅下来，落到下面的水晶池里。这里的空气冷得像冰块，对于那些刚刚穿过热辣辣的沙漠来到这里的游客来说，尤其如此。据说，这个神奇的宫殿是萨萨尼亚国王为他的妻子修建的，他的妻子是一位皮肤白皙的美少女，来自寒冷的北部地区。

波亚特，《自然力：火与冰的故事》(A. S. Byatt, *Elementals: Stories of Fire and Ice*, London, 1998)

斯旺吉昂提王国 | Sas Doopt Swangeanti

位于南部海洋里的一座大岛屿，奥尔科火山的采矿殖民地就位于这个王国的边境地带。

从字面意思来看，这个王国应该叫“伟大的飞翔之国”，意思是这里的居民会飞翔。斯旺吉昂提人生来就有一个格拉恩迪(grawndee)，格拉恩迪是一只膜状的翅膀，由软骨组织连接到他们的脊背和四肢上。展开的时候,这种翅膀可以使他们在空中翱翔;不用的时候,翅膀就会折起来缠绕在身上,把身体完全包裹在这个半透明的天然外套里,这就是斯旺吉昂提人的衣服。他们也会在头上缠一根带子,戴一顶花冠。他们的外形很像欧洲人,但男人都不长胡子,女子生得很美。

斯旺吉昂提人不吃鱼和肉,但会吃当地产的两种果实。这里生长着两种灌木,分别是克鲁莫特(crullmott)和帕特赛(padsi),这两种树上结出的果实闻起来很像家禽的肉和鱼肉。

斯旺吉昂提人当中的罪犯被带到卡西多尔普城(Casheedoorpt,这个城市名的字面意思是"裂缝镇")去接受惩罚。到了卡西多尔普城,这些罪犯的翅膀被切掉,连接翅膀的那些软骨也被切断,因此他们不可能再飞行。情节严重的罪犯会被判处死刑:他们的翅膀会被除去,然后被一群男人抬起来抛到空中,活活地摔死。

斯旺吉昂提王国的首都叫布兰德加特城,一座直接从白山那坚硬的岩石上凿出的大城市。布兰德加特城呈方形,中心是一个圆形大广场。大广场和街道几乎与大山周围的平原处于同样的水平位置。庞大的建筑垂直地耸立于地下林荫道的两旁,建筑上方就是山顶。游客可以经过雕刻精美的拱门进入这样的房屋,走进这样的房屋,经过更小的拱门可以进入一系列椭圆形或圆形房间。房间里的家具只有石板,在开凿这些房屋时,这样的石板就原封不动地保留在那里。在开凿这座城市时,人们还不知道使用金属工具,因此他们使用的是一种绿色的液体,这种液体可以腐蚀岩石,把岩石变成白色的粉末。这些白色的粉末溶于水中,被用来做装饰品和装饰性花边。

布兰德加特城里的皇宫占据了城市一角,可以从中心广场进入。皇宫里有一排柱廊和历代国王的塑像。皇宫里最气派的是表演大厅,大厅呈矩形,长 130 步,宽 90 步,每面墙的中心都设有拱门;拱门的三角墙上都是庞大的雕塑,这些都是格鲁姆(Glumms)的杰作。大厅里每隔 10 步就有一些柱子,直达雕刻过的拱顶。柱子之间是雕刻的面板,面板上展示了贝格苏比克国王(King Begsurbeck)曾经参与的战斗和功绩。15 世纪时,贝格苏比克统治斯旺吉昂提王国,被尊为最伟大的君王。大厅中央悬挂着一簇华丽的大吊灯,其他的灯悬挂成南半球的星座群形状。皇宫和城里使用的灯都是天然的,灯罩是用柳条编织的,灯泡是斯维克(sweecoes),这是一种奇怪的生物,会发光,这种光明亮而纯净。与城里的其他房屋一样,皇宫里也没有楼梯,充当楼梯的是微微弯曲的岩石。

贝格苏比克国王去世约 200 年后,斯旺吉昂提王国进入历史上最困难的时期;而在贝格苏比克国王统治期间,一个祭司就预言过这段历史。斯旺吉昂提王国西部的高恩格鲁特省(Gauingrunt)发生叛乱,直接威胁着王国的统一和安全。叛乱分子雇用的间谍和特务势力强大,甚至连新任国王的亲戚和情人也参与了阴谋。根据那个古老的预言,国王和他的臣民都将无力控制局势的发展,但会有一个人来拯救这个王国。这个人不会飞翔,他的脸上有毛,他将通过火与烟雾来毁灭作乱者,改变这个王国的宗教信仰。

英国人彼得·威尔金斯来到这个王国后,这个预言应验了。威尔金斯在格劳沃里岛(Graundvolet)上生活了多年,在那里遇见了年轻女子约沃凯。失去翅膀的约沃凯被困在格劳沃里岛上。后来,约沃凯成为威尔金斯的妻子,回到家乡以前,一直与威尔金斯生活在一起。再后来,约沃凯的亲戚来拜访他们,并告诉他们有关斯旺吉昂提王国的状况和那个古老的预言,希望他们能够回去拯救危难中的王国。于是威尔金斯被一群男子带到他的新家;回到斯旺吉昂提王国,威尔金斯马上被奉为拯救者,受到热烈的欢迎。威尔金斯用烟雾和炮火打败了叛乱者,那其实是他从船上带来的一门大炮,尽管那艘船已在格劳沃里岛附近沉没,但大炮的威力足以对付那群手持石块和棍棒的叛军。凭着这样的功绩,威尔金斯劝说国王及其官员皈依了基督教,随后,其他人也开始信仰基督教。

经过威尔金斯的努力,斯旺吉昂提王国的生活有了翻天覆地的变化,奥尔科火山被开辟成一个新的定居点,不再被认为是恶魔的居所。这一认识极大地驱散了人们对光明与火的恐惧,而正是这种恐惧带给斯旺吉昂提太多的限制,致使他们始终生活在半黑暗的世界里,从不生火做饭,只用城市背后的温泉水给食物加热。由于人们在奥尔科火山上开采了一些金属矿,斯旺吉昂提王国终于有了自己的货币。最后,威尔金斯带领大家在平原上建造了一座新城市。

威尔金斯在斯旺吉昂提王国生活了许多年,与他的妻儿们幸福快乐地生活在一起,并且在这个被他拯救的王国里享有极高的声誉。妻子约沃凯去世后,威尔金斯越来越思念自己的祖国,于是他最后决定离开斯旺吉昂提王国。他坐在那张专为他设计的椅子上,由斯旺吉昂提王国的男子抬着飞走了。他们把威尔金斯留在合恩角地区的大海上,一艘航船看见了他,把他安全地带回了英国。

斯旺吉昂提王国以前不叫这个名字,而是叫诺姆兹格瓦斯王国(Normbdsgrvstt),出于对威尔金斯的尊重才使用了现在这个名字,因为威尔金斯完全不知道那个名字怎么发音。

罗伯特·帕尔托克,《康沃尔人彼得·威尔金斯的生平和历险活动》(威尔金斯从合恩角出发,乘坐“赫克托尔号”回到英国,途中,他叙述了自己的这次历险过程,由船上一位乘客 R. S. 记录)(Robert Paltock, *The life and Adventures of Peter Wilkins*, London, 1783)

绸缎王国 | Satinland

位于福瑞泽岛。宫廷侍卫都很熟悉这个名字,因为这个王国境内所有的道路都是用丝绸铺成的,这里的大树和其他植物从不落叶,也从不开花,因为它们都是用绸缎和绘有图案的天鹅绒做的。

绸缎王国的动物都是用织锦做的,这样的东西种类繁多,其中包括一些非常奇特的动物。这里拥有欧洲所有最常见的动物和鸟类,不同的是,这里的动物和鸟儿不吃东西,不唱歌,也不咬人。大象在这里很普遍，包括音乐家大象、哲学家大象、舞蹈家大象，甚至还有芭蕾舞大象。独角兽也很多，它们本性凶残，很像马，但长了牡鹿的耳朵，野猪的尾巴和一只黑色的触角，通常有 6—7 英尺长。独角兽头上的触角总是垂下来，像火鸡的鸡冠，但如果哪只独角兽想用触角去战斗，或是用触角达到某种目的的时候，就会直挺挺地竖起这只硬硬的角。除了用来战斗，独角兽的角还可以用来清洁池水和溪水。绸缎王国的凤凰也很常见，还有水螅和可怕的七头蛇。这座半岛上还能看见塞纳摩罗吉(cynamologi)、阿加迪里(argatiles)、夜莺、赛奴库里(thynunculi)、奥诺克拉特里(onocrateries)、斯蒂姆法里德(stymphalides)、鸟身女怪哈尔皮埃(harpies)、黑豹、多卡德(dorcades)、赛玛德(cemades)、眼蝶(satyrs)、卡塔佐尼(cartazoni)、奥洛克(aurochs)、莫诺佩(monopes)、佩加赛(pegasi)、奈亚德斯(naiads)、体型庞大的吸血鬼和怪兽；甚至还有更奇怪的赛菲(cephi)，前脚像人的手，后腿像人的脚；伊里(eali)的尾巴像大象，下颌像野猪，角可以像驴耳那样转动；柯克鲁塔(cocrutae)的脖子、尾巴和胸都很像狮子，腿像牡鹿，嘴巴开至耳朵，上下颚之间只有一颗牙，说话的声音像人；曼迪科尔(manticore)长得更奇怪，身体像狮子，红色毛发，脸和耳朵像人，三排牙齿就像紧紧相扣的手指，尾巴里面有一根刺，很像蝎子，因嗓音优美而闻名。绸缎王国的其他动物生有两个脊背，摆动时比鹡鸰更有力。

古代世界的许多英雄和哲学家也生活在这里，比如亚里士多德，他提着一只灯笼一直在打听、一直在思考和解释书里的一切。游客可能去家里找不到这些英雄和哲学家，因为他们有时候可能被召回巫师岛了。

这个迷人的王国也有麻烦事，那就是没有东西可吃。如果有人想吃这里的某种植物或动物，他就会遭到其他人的咒骂，因为他的嘴里正嚼着丝绸。

绸缎王国是谣言居住的地方，谣言是一个样子可怕、个头矮小、又老又瞎的驼背。驼背的嘴巴很大，一直裂到耳边，嘴里长了 7 根舌头，每根舌头又分成 7 根小舌头，这样他就可以同时用 7 种语言谈论7个不同的话题。驼背的头和身体裹在耳朵里，腿已瘫痪。无数的男男女女围着驼背，专心致志地记下他说的每件事情。他们很快变成了书记员和学者，使用精心挑选的语言谈论各类话题，他们说的那些话普通人再活一百次也理解不了。众多的历史学家和思想家，从阿尔伯图斯·玛格努斯(Albertus Magnus)到马可·波罗，都躲在一张挂毯后面，正在根据谣言所提供的信息书写各类话题。谣言也吸引了许多外国学生，他们纷纷来到这里学习如何做一个证人。学成归国后，他们将在作证行业谋生。谁愿意支付最高的报酬，他们就为谁宣誓作证，这样的职业可以使他们很快变成富人，成为受人尊敬的公民。

弗朗索瓦·拉伯雷，《巨人传第五部》

萨特拉比亚帝国 | Satrapia

大致位于东经60度，南纬40度，距离圣赫勒拿城(St. Helena)大约1000里格远，东西宽130里格，南北宽80里格，被分成不同的村镇，所有的村镇都位于一条运河上，呈方形，一条宽阔的纤道沿着运河展开，纤道两边是林荫道。每个行政区都标有序号，共有41600个序号；每个行政区共有200人。

萨特拉比亚帝国与外部世界没有联系。这个帝国位于一块富饶的平原上，平原周围是贫瘠的山峦、湖泊和沼泽，它们构成了一道天然的屏障，把帝国与海洋隔开。帝国的居民不可以跨越帝国边境。游客可以穿过河流来到其境内，但这样的旅途艰难而危险，一路的激流险滩可能把游客带到猛兽和野人出没的地方。

萨特拉比亚帝国没有战争，因为人们无法理解人类为何要自相残杀，故此，帝国内没有死刑。报复是神圣的宇宙创造者的事情，人们相信他是永恒不变的绝对的善和智者。不过，萨特拉比亚帝国对亵渎神灵的行为惩罚很严，如果有人触犯了神灵，就可能被罚去矿井终生采矿。矿井大多位于大山深处，那里富含各种矿物；萨特拉比亚帝国的铁矿开采已经几千年，至今还能发现煤炭、石灰、盐、铜矿以及锡矿。

来到高山地区的游客应当去参观一些洞穴，这些洞穴过去都曾是最基本的民宅。有人在其中一个洞穴里发现了一具骷髅，骷髅的旁边放着一块石板，石板上刻着这样的希腊文字："神圣、强大而不朽的上帝啊，请同情我们吧。"

萨特拉比亚是君主制国家，皇宫使用大理石、玛瑙和碧玉建成，柯林斯式(Corinthian)和托斯卡纳式的(Tuscan)支柱，壮观的天花板，这里值得一游。宫殿背后是参议厅，铜铸的圆屋顶，里面装饰着精美的地毯，也值得推荐。

萨特拉比亚境内有各种鸟儿和动物，动物有海龟、蛇、熊、水獭、山羊和绵羊。珀尔恩(Poln)长得很像人，长长的毛发，体型像驴子，生有一角、大耳朵、短尾巴；在萨特拉比亚的许多地方都能看见它们的身影。萨特拉比亚也是许多鹌鹑、火鸡和雌鹅的家园。

参观萨特拉比亚最好选在满月之时；这个时候的萨特拉比亚会举行各种节庆活动。如果是在夏季，人们会斗鸡、跳舞和驾着细长的小船去探险。如果是在冬天，这里的居民最主要的活动就是滑雪橇。萨特拉比亚最重要的节日是在春分之前，每到这个时候，最重要的运河中间就会竖起长杆，长杆的顶端绑着老鹰的脚，萨特拉比亚的年轻人奋力往杆子上爬，目标是杆子上的那只老鹰。这是一件很不容易做到的事情，这样的比赛通常会持续一整天，老鹰才能被抓住；而不管是谁抓住这只老鹰，他都可以与自己心仪的女孩结婚。

西蒙·蒂索·德·帕托，《雅克·马塞历险记》(Simon Tyssot de Patot, *Voyage et Avantures de Jaques Massé*, Bordeaux, 1710)

野人岛 | Savage Island

吉特尔之国所在地。吉特尔是斯尼克之岛上的奎瑞斯梅普里纳特国王(King Quaresmepreant)的宿敌；尽管双方都在长期努力交流和谈判，两个民族之间仍然无法达成和解。吉特尔是黑布丁和山地大红肠的铁杆同盟；奎瑞斯梅普里纳特国王拒绝将大红肠的山地纳入和平条约之中，而正是这一点导致了谈判的最终破裂。

吉特尔是猪的后代；他们在战争时期的守护神就是他们最早的祖先，即听忏悔的星期二，这是一头了不起的猪。这头猪生了一对粉红色的翅膀，大如风车的翼板；它的牙齿黄如黄玉，耳朵绿如生菜，眼睛像闪闪发光的红宝石；白而透明的脚上有蹼，尾巴黑而长。听忏悔的星期二出现在战场上，把芥末洒在地上以鼓励吉特尔的士气。对于吉特尔，芥末相当于圣杯和天堂里的香膏，被击倒的吉特尔战士只需在伤口上抹一点儿芥末，就会马上恢复健康；芥末还能让死去的吉特尔起死回生。

野人岛由妮芙莉赛思女王(Queen Niphleseth)统治。巨人庞大固埃来到这座岛上的时候，被误认为是奎瑞斯梅普里纳特国王，结果引发了一场声势浩大的战争。在这场战争当中，无数的吉特尔被杀死。妮芙莉赛思女王很快认识到这是一个误会，于是马上与巨人庞大固埃达成和解，并准备送给他的父亲高康大许多贵重的礼物。第二天，7.8 万吉特尔乘坐 6 艘双桅帆船去拜见高康大，高康大又把这些礼物转送给法国国王。然而，不幸的是，由于水土不服，加之缺少作为天然滋补剂的芥末，大多数吉特尔死在路途上。按照法国国王的旨意，这些死去的吉特尔被埋在法国巴黎的一个角落里，这里就是至今有名的吉特尔小巷。为了回报妮芙莉赛思女王的慷慨，庞大固埃送给她一把珀奇小刀。

弗朗索瓦·拉伯雷，《巨人传第四部》

萨沃亚岛 | Savoya

可能位于北大西洋，拉马利亚岛以东、寺庙岛以西 4 度。萨沃亚岛面积宽广、气候温和，适宜发展农业。岛上的土著人与欧洲人差别不大，他们用自己的产品换取白银和黄金；他们最喜欢白银。萨沃亚岛盛产一种水果，这种水果主要生长在高地。

萨沃亚岛被分为 5 个省，分别是荷兰省(Dutchy)、索梅塞塔尼亚省(Somersetania)、梅伯利亚省(Maypolia)、怀特-哈特省(White Hart)以及霍腾赛亚省(Hortensia),通常也叫修道院市场。萨沃亚岛的首府坐落在一条大河两岸的东南面。皇宫很壮观,以前被用作慈善事业,比如收留被其他国家驱逐的人。皇宫坐落在几条宽阔的林荫道的交会处,这些林荫道包括北林荫道,向内陆地区延伸到大门;东林荫道,通向荷兰省和索梅塞塔尼亚省。萨沃亚岛上的居民信仰基督教,但为了纪念花神,他们也崇拜五朔节花柱(Maypole)。

弗兰克·卡瑞利斯,《漂浮岛》, London, 1673)

斯卡利克罗塔城 | Scaricrotariparagorgouleo

勒塔里斯邦岛(Letalispons)的首都。

红塔岛 | Scarlet Tower, Island of The

位于大西洋,距离布列塔尼半岛的海滨不远,看见过这座半岛的人都说这是一座非常美丽的岛屿,岛上高高的山峦更增添了它的魅力。红塔岛的东海滨有一座城堡,看起来非常壮观。红塔岛上高塔众多,其中一座名叫红塔,岛名由此而来;红塔使用世界上最神奇的石头建造而成。

这座半岛的发现者和红塔的建造者都是约瑟,亚利马太的约瑟之子,正是他把圣杯带到了大不列颠群岛上。约瑟发现这个地方很富饶,也注意到这里的居民都是异教徒,于是决定一箭双雕,既把这里的居民变成基督徒,又让自己成为一个富裕的基督王国的统治者。他一方面在岛民中宣扬基督教,另一方面建造城堡和高塔,作为人们的避难所。然而,后来,这座半岛被巨人征服,在巨人的野蛮统治下,那些已经改信基督教的居民成了殉道者。最著名的巨人国王有巴兰,他统治这座半岛的时间是 16 世纪早期,比他的前任统治更宽容。

游客应该了解一下当地的一种风俗：红塔岛的国王会与任何一个在这里上岸的人决斗。如果这位上岸的人被打败，他将终生被囚，如果他赢了，就可以马上获得自由，随心所欲地参观红塔岛。

无名氏，《高卢的阿马蒂斯》

希尔达共和国 | Schilda

一个城市共和国，具体的位置不可知。在希尔达的市民历史中，只有一点可以肯定：政治家和哲学家决定来这里定居，一代杰出的学者也渐渐聚集到了这里。其他国家的国王或君主很快认识到，如果能够邀请希尔达的一位贤人进入他们的宫廷，成为他们的首相或者私人顾问，这对于他们的国家将是一种无上的荣耀。

结果这样一来，希尔达最后只剩下一个成年男子。于是希尔达的女人发出最后通牒：如果丈夫不回来，她们就出去找其他男人来代替自己的丈夫。那些做丈夫的着急了，纷纷向他们的国王请假回家。然而，回到家里以后，他们觉得有必要继续留在家里。为了实现这个愿望而又不触犯自己那强大的主人，他们决定这样干：马上开始做蠢事，做的蠢事越蠢越好，这样的话，就没有哪个国王愿意再让他们回去了。

希尔达的会议室就是具体实施这一计划的见证之地。这间会议室呈长方形，没有窗户，他们采取各种办法捕捉阳光，比如使用铁铲、木桶、铁锅，甚至用捕鼠夹，但都没有成功，结果宫廷里的听证会和其他会议都只能在黑暗里举行。

更不幸的是，希尔达市民的父辈们假装做的这些愚蠢之举影响了他们的后代。有一天，这座城市决定选举市长，人选者不能是最博学、最聪明的人，而只能是身体最好、精力最充沛的人。根据这座城市的编年史作家的记录，那个被推选为市长的人就是加斯帕德先生（Mr. Gaspard），他采取极端的孤立主义政策，比方说，规定每一本书都必须由本地人来撰写。这样做的最终结果就是政治动乱。加斯帕德市长处理动乱的办法只有一个，把所有的男性居民投进监狱。后来，当有人写信指责他和他所领导的政府时，这位市长大人又把自己投进了监狱。由于没有人留下来主持正义，希尔达的居民在地牢里日渐衰弱。又过了一段时间，这些囚犯逐渐认识到这种做法太荒唐，他们逃出监狱，努力废除古老的宪法，并宣布成立了共和国。

来到这个共和国后，游客马上就会注意到它那幸福的中产阶级氛围、它那一知半解的认识，以及滑稽可笑的统治。思考只是那位被指定的哲学家的事情，而在文学方面，专门有人负责向其他人解释应该怎样看待一本书；由于这些批评家在自己的专业领域里尽职尽责，老百姓渐渐放弃了阅读。他们对诗歌的作者和内容也不再感兴趣，这也是出于对批评家给定的那些解释的尊重。

而另一方面，希尔达共和国的戏剧却非常流行。奥古斯都的剧作上演频率最高，他的每部戏几乎无一例外地都是在描写爱情的痛苦和负债人的不幸；这些戏剧让人印象最深刻的地方是，剧情全无幽默，结局总会出现一个慷慨大方的人来赔偿一切。

在希尔达共和国的学校里，只有无知的人才可以成为老师，他们希望在授课时学习自己正在讲授的内容；与此同时，老师极力向学生灌输一个观念：千万不要相信知识。这种做法增强了他们的自信心，使他们在思想和表达方面具有令人惊讶的创新。这种学校教育最有力的体现就是希尔达共和国的一个年轻公民，人们经常可以发现他住在城外的一棵大树上；这个年轻人正在帮助一只杜鹃，因为这只杜鹃正在与邻国的杜鹃交战。

埃里希·凯斯特纳，《希尔达的市民》(Erich Kästner, *Die Schildbürger*, Munich, 1976)

咕嘟人之国 | Scoodlerland

咕嘟人的家园，位于音乐家山谷背后的山峦之间，不建议游客来这里参观。一条黑漆漆的海湾深不见底，海湾上面有一座单薄的岩桥，穿过岩桥可以到达大山上的拱形入口。一旦走进大山，游客就会发现他来到了一个呈拱形的大山洞里，光线从山洞顶上的小缝隙照进来。大山洞的边缘就是咕嘟人居住的房子，都是一些薄薄的岩石建筑，不到 6 英尺宽。咕嘟人身体瘦长，不需要住太宽敞的地方。

游客会觉得咕嘟人生得很奇怪：他们的身体与人类相像，但生有两张脸，一张脸白，一张脸黑，分别位于头部两侧，这样他们就既可以向前走，又可以朝后走。他们的脚趾头能够随意地前后弯曲，这样便于他们前后行走。他们的头可以搬家，也可以被替代，但如果头被取走，他们的身体就会朝各个方向漫无目的地转动。被激怒时，咕嘟人会取下自己的头扔向敌人，这时候，他的朋友会一个箭步跨上去，捡起那颗头放回原位，动作之麻利令人瞠目结舌。

统治咕嘟人的是一位脾气暴躁的皇太后，通过颜色就可以把这位皇太后分辨出来：皇太后的一张脸是红色的，眼睛是绿色的，头发是黑色的，而另一张脸是黄色的，眼睛是黑色的，头发是深红色的，她曾经多次把自己的头扔向众人，结果使这颗头永远地陷进了身体里。

咕嘟人天生攻击性强，如果发现外人闯进他们的家园，就会将其抓起来，与蔬菜一起放在一口悬挂在拱形洞中间的大锅里熬汤；尝过这种汤的人都说这汤的味道极好。

弗兰克·鲍姆，《奥兹国之路》

斯卡提-莫瑞亚岛 | Scoti Moria

参阅漂浮岛(Floating Island)。

塞拉岛和察瑞迪斯岛 | Scylla and Charybdis

地中海里两座彼此相邻的小岛屿，两岛之间只有一箭之遥，岛名源于各自不同寻常的居民，这些居民的习惯使得游客要穿过这片水域会极其艰险。

从东面看过去的塞拉岛和察瑞迪斯岛

第一座岛名叫塞拉岛，由一整块尖利的岩石构成，岩石的尖端高耸云霄，似乎总藏在黑云里，岩石贫瘠却非常光滑。沿着这块岩石往前走，走到一半的样子就可以看见一个山洞，山洞里黑漆漆的，这里就是塞拉居住的地方。塞拉生有12只脚，6个脖子，6个脑袋和6张嘴，每一张嘴里长了3排牙齿。塞拉通常斜靠在洞口，等着路过的海员上钩。

察瑞迪斯岛地势更低，最高处有一棵粗壮的无花果树。察瑞迪斯是一种怪物，每天都会吞吐大量的海水，每天3次，从而在海面上形成巨大的漩涡，因此游客最好不要从这里经过。

荷马，《奥德赛》；帕萨尼亚斯，《希腊的描绘》(Pausanias, *Description of Greece*, 4th cen. BC)；奥维德，《变形记》(Ovid, *Metamorphoses*, Ist cent. AD)

海儿城 | Seachild's City

建造在一座漂浮岛上，这座漂浮岛位于北大西洋的一片海域。海儿城最后一次被看见的位置是北纬55度，西经35度。游客要到达海儿城非常艰难，因为海船一出现在地平线上就会消失。海儿城里只有一个居民，一个12岁的女孩，是斯蒂恩沃尔德(Steenvoorde)某个名叫查尔斯·利文斯的人的女儿，在一片远海里失踪了。现在，这个女孩就生活在这片空旷的土地上，过着正常人的日子。人们相信这样的漂浮城有很多，都是那些在大海里失踪的孩子建造的。

朱勒·苏佩维埃尔，《远海的孩子》(Jules Supervielle, *L'Enfant de la haute mer*, Paris, 1931)

神秘湖 | Secret Lake

参阅云冈伊卡湖(Junganyika)。

塞勒涅城 | Selene

正对塞勒涅城中心一条东南方向的街道

一座吸血鬼城市，坐落在南斯拉夫贝尔格莱德的西北部，以前的匈牙利境内。可以从塞姆林(今天的泽木恩)到达这座城市，骑马和步行皆可。奥匈帝国境内有一条老军用路线，位于多瑙河沿岸，沿着这条路走，可以到达彼得斯瓦顿，又叫“彼德瓦拉丁”。从泽木恩出发之前，游客必须准备好一袋煤炭、一个小火炉、一些嗅盐瓶和一些蜡烛，另外，一名匈牙利外科医生和一把锋利的铁钎也是必需的。游客最好在上午10点左右离开泽木恩。

沿着这条路往前走，走到四分之一英里的时候，游客会发现他周围的地理环境发生了很大的变化：夹竹桃、蕨类植物以及小麦越来越少；地面最初是一片绿色，看起来非常柔和，接着慢慢地暗淡下来，好像刚刚降过一场灰雨；天空开始变得灰暗，阴郁的云层遮住了太阳。游客会感觉膝盖发软、头脑发晕，胸口会莫名其妙地发闷，好像身体突然间被黑暗包围了，当远处的钟声敲响23下之后，黑色褪去，塞勒涅城出现了。

游客突然发现，此刻他正站在塞勒涅城的正中心，背后是一座规模宏大的圆形宫殿，圆形宫殿的建筑风格不止一种，它糅合了古亚述人的主题、中国的梦幻风格，以及复杂的印度设计，这种结合成功地表现了一种令人惊讶的艺术效果。圆形宫殿不禁使人想起《圣经》里的巴别塔，它是用白色斑岩建造的，斑岩色淡，名叫“绿水”。大块的斑岩如琥珀一样透明，与精美的黑色大理石片固定在一起，整体上来看是一排排令人眼花缭乱的或大或小的支柱，一排排小尖塔、圆柱顶板，柱顶过梁和楣梁，每一部分建筑都向上形成一个核心金字塔形状，很像一座宝塔。其中一根支柱上立着一尊古雕像，雕像上的老虎正把爪子伸向一个女孩的心脏，女孩吓得魂不附体。支柱下面，在 24 根大理石基座上竖立着 24 尊少女雕像，这些女孩取站立姿势，体态优美；她们似乎对一个无形之敌怀着莫名的恐惧。这些雕像高高地耸立在广场的上方。从广场延伸出去一条条街道，这些街道把塞勒涅城分成不同的区域。每个区域似乎都没有尽头，都坐落着无数的宫殿和陵墓，一切笼罩在迷雾之中。这些宫殿就是吸血鬼贵族的住宅，每扇大门上都用黑色的粗体字写着主人的名字；有些名字看上去很眼熟，足以使人们对过去几个世纪以来所发生的历史谜案获得新的认识。

游客在选定一扇大门之后，应当马上打开一个嗅盐瓶，因为在这里，有些味道比吸血鬼还要刺鼻，尤其是吸血鬼的房间里弥漫的那种味道。匈牙利外科医生需要悄悄地走近吸血鬼，然后在它的心脏附近切一个小口，用铁钎取出它的心脏；接着取出那个事先准备好的小火炉，再往里面放些煤炭，然后把煤炭点燃，最后把吸血鬼的心脏放在小火炉上烤。这时候，吸血鬼开始大声嚎叫，不过大家千万不要理会，过一会儿，吸血鬼会变成一小堆透明的灰烬；吸血鬼的心已被烧毁，游客必须把这些灰烬收集起来备用。

此时天色可能已晚，吸血鬼的咆哮声越来越大。一束红光照着吸血鬼城的上空，照亮了每条街道远远的尽头，也照亮了尽头高柱上蹲着的 6 只石头动物，它们分别是毒蛇、蝙蝠、蜘蛛、秃鹰、猎鹰以及水蛭；它们开始慢慢地移动。在吸血鬼每天的生活里，一只水晶钟会敲 24 下，此时这只水晶钟正在敲第一下。这时，游客应该赶紧逃命，所有的大门里都会走出来高大却有些柔弱的男人和苍白瘦弱的女人，女人的眼睛发黄，嘴唇发黑。一只黑鸟从火焰里飞出，并开始唱歌；火焰是从那座宝塔似的建筑里冒出来的，遥远的鼓声开始响起，水晶钟再次敲响。无数的吸血鬼企图抓住他们见到的每个人，而这时候的游客必须镇静，然后把前面准备好的灰烬洒在吸血鬼身上，突然，一道蓝色光闪现，吸血鬼爆炸了。

等到吸血鬼城周围开始雾气弥漫的时候，游客就应该点亮蜡烛，想法走出这座城市，尽快找到那条去泽木恩的路，当然，这时候如果有一张地图就再好不过了。

保罗·费瓦,《吸血鬼》(Paul Féval, *La Ville vampire*, Paris, 1875)

希里多尔岛 | Selidor

地海群岛最西边的一座岛屿。希里多尔岛的东海滨有一条狭窄的水道,一直延伸到中心地带的一个大海湾。希里多尔岛很荒凉,却具有一种奇特的凄凉之美,滨海地区是一片沙丘,向内陆延伸了1英里左右,这时候游客可以看见潟湖、堰塞湖和水塘。希里多尔岛上的植被除了芦苇,只剩下一片片随风摇曳的野草。希里多尔岛上没有人居住的迹象,因其地理位置太偏僻,便有了"远若希里多尔岛"这样的说法;这个短语在整个地海群岛使用得非常普遍。

尽管位置偏远,希里多尔岛与地海历史上一些最重要的事情颇有关联。据说,英雄艾瑞斯·阿克比(Erreth-Akbe)被卡伽德帝国的高级祭司打败之后来到这座岛上,后来被巨龙奥姆-伊巴尔(Orm Embar)杀死。几个世纪过去了,希里多尔岛变成了罗克岛的大巫师基德与敌人科布最后决斗的地方。科布也是一个巫师,曾经在哈诺尔岛上行巫术,因此,地海群岛上的生活充满了罪恶。科布曾用长生不老的承诺诱惑人类,其实是在暗示人类,他有魔法使人类起死回生。巨龙奥姆-伊巴尔亲自告诉基德,说他的敌人科布已经在希里多尔岛出现,随他一起来的还有阿文,当时的阿文还是一个小男孩,后来成为地海群岛的国王,改名黎班嫩。巨龙奥姆-伊巴尔向科布发起进攻,被科布施了魔法的宝剑刺中,巨龙倒地,嘴里喷出的火焰烧毁了科布的面具,这时人们才发现,科布其实就是毁灭者,亦即邪恶与黑暗的一种不可触及的化身。基德和阿文紧紧跟随着这个无形的东西,一直追到亡魂城,在那里,光秃秃的山丘上可以看见黑幽幽的街道和房屋,死者的亡灵静静地在其间穿行。亡魂城之外是痛苦山,沿着痛苦山的斜坡,基德和阿文再次回到活人的世界,但死人无法穿过这座痛苦山。科布在这两个世界之间挖了一个洞,这个洞变成了一条已经干涸的暗河之源,也成了邪恶之源，经常肆虐地海群岛的居民。基德奋力堵住暗河之源，运用魔法，使毁灭魔咒阿吉尼(Agnen)跨过那道缺口，用火光闪闪的字母封住了源口；黑暗进入人类世界的那道沟堑被封住了，两位英雄回到了希里多尔岛。

乌苏拉·奎恩，《地海的巫师》；乌苏拉·奎恩，《阿土安岛的古墓群》；乌苏拉·奎恩，《地海彼岸》

瑟尔瓦格岛 | Servage

靠近威尔士的海滨，岛上森林密布，游客都知道这里非常危险。瑟尔瓦格岛曾经是一个独立的王国，统治者是一个臭名昭著的巨人，名叫黑人纳波(Nabon)。

巨人和他的儿子都死于特瑞斯坦爵士(Sir Tristram)之手。在去布列塔尼半岛的途中，特瑞斯坦爵士在瑟尔瓦格岛附近遭遇海难，幸存下来的他上岸后，任命盖尔的拉莫拉克爵士(Sir Lamorak de Gales)统治这座岛屿。如今，瑟尔瓦格岛形成了卡默洛特城堡的一部分。

托马斯·马洛礼爵士，《亚瑟王之死》

瑟斯托拉城堡 | Sestola

一座半岛城堡，坐落在梅斯泽瑞亚王国南部的瑟斯托拉湾。瑟斯托拉城堡几乎笔直地从水中升起，站在城堡上可以俯瞰众多的岛屿、孤岩和海湾。在南面或面海的一边，瑟斯托拉城堡的一面面墙壁整个儿从海里露出来，这一面面墙上几乎没有孔隙，只有一扇小水门穿过，经过小水门可以到达码头。一条柱廊围绕这座城堡而建，高出城堡的墙 150 英尺；柱廊的顶部被方形石柱支撑着。沿着柱廊走，可以直接进入宴会大厅，宴会大厅长 100 英尺长，宽 40 英尺。

瑟斯托拉城堡的墙上装饰着不同时期的武器和头盔，其中，许多武器和头盔使用黄金和白银做成波形花纹图案。墙面的西端可以看见一个音乐家画廊，位于柱廊大门的上方。还有一些小门，穿过这些小门就可以进入厨房、酒窖和仆人的卧室。画廊对面有两个高高的座位，摆放在基台上，从这里可以望见大厅里的桌子，基台上铺着地毯；银子被串起来织进羊毛里，闪闪发光如阳光下的小鱼。宴会大厅里亮着100盏灯，这些灯用青铜链子悬挂在天花板上，除了吊灯，宴会大厅里还点着很多蜡烛，这些蜡烛被放在沿墙的支架上。

瑟斯托拉城堡尽管装饰华丽，但它的功用更多是作为一座堡垒。除了宴会大厅，只有那间在西面墙上开有一扇大窗户的会议室里灯火明亮；其他的屋子和走廊的光亮都采自尖顶窗投射进来的日光，窗户里宽外窄，到了最外面就变成了一道缝隙，这样的设计显然是出于防御考虑。

扎亚那城建立后777年，梅贞提乌斯国王和他的王后在瑟斯托拉城堡里双双被毒死。

埃迪森，《情人的情人》；埃迪森，《梅泽恩迪大门》

瑟瓦拉比亚王国 | Sevarambia

位于澳大利亚岛，穿过斯波洛比亚王国和瑟瓦拉格翁达（Sevaragounda）边陲小镇可以进入这个王国，不过从瑟瓦拉格翁达小镇开始，那条路好像被高山阻隔，游客最好依靠用引力带动的大雪橇，这样的大雪橇可以把他们带到一些隧道口，沿着这些隧道可以直接到达瑟瓦拉比亚平原，然后继续往前走，可以进入这个王国的首都瑟瓦瑞迪亚城。瑟瓦瑞戈河（Sevaringo）流过整个瑟瓦拉比亚王国，最后汇入一个内陆海。这个内陆海一直延伸到南极，但内陆海的海水很温暖，好像没有结冰现象。内陆海里有几座岛屿，岛上住着凶残的怪物，此外，这些岛上还有众多的水晶岩和宝石。

瑟瓦拉比亚的第一个国王叫瑟瓦瑞阿斯（Sevarias），是一名来自波斯的游客，生于1395年。为了逃脱穆斯林的迫害，瑟瓦瑞阿斯的父亲送他离开了波斯。1427 年，瑟瓦瑞阿斯来到澳大利亚岛，他发现这里的土著人崇拜太阳，他们的财富共同拥有。后来他了解到，这些人自称普瑞斯塔拉比亚人（the Prestarambians），经常与住在高山上的斯特罗卡拉比亚人（Stroukarambians）交战，瑟瓦瑞阿斯站在普瑞斯塔拉比亚人一边，帮助打败了斯特罗卡拉比亚人。此后，两个部落联合起来，瑟瓦瑞阿斯成为这个联合部落的国王。在他统治期间，许多波斯人来到这里，与这里的土著人通婚，从而奠定了瑟瓦拉比亚文明的基础。

瑟瓦拉比人相信一个永恒的上帝，他们用一块黑布象征这位上帝，这块黑布挂在寺庙的祭坛上方。他们相信这位不死的上帝利用无穷的智慧统治整个宇宙，宇宙不是虚空的，一切都产生自其他事物。尽管太阳不是瑟瓦拉比人的上帝，但对于他们来说，太阳是上帝看得见的代表，人类的灵魂源于太阳，死后再回到太阳。除了崇拜太阳的人，还有一小部分人信仰基督教，但他们拒绝承认基督的绝对神性。

瑟瓦拉比亚的宗教节日主要有四个，游客可以参与其中一个，比如瑟瓦瑞希恩节（Sevarision），即斋戒日，用来纪念先王瑟瓦瑞阿斯；还有奥斯巴瑞尼伯节（Osparenibon），人们会在这个节日里举行集体婚礼，女人在这个节日里选择自己心仪的丈夫；还有斯特瑞卡思恩节（Stricasion），孩子们在这个节日里会被国家收养；最后是尼玛罗凯斯顿节（Nemarokiston），也就是他们的春节。

奥斯巴瑞尼伯节的时间长，仪式也很复杂。一块布把寺庙分隔成两部分，然后喇叭声响起，特制的蜡烛被放进装饰灯里，窗户被关上，布幔被拉开，露出豪华的祭坛；祭坛右边是一个明亮的水晶球，祭坛左边是一尊雕像，雕像上是一个长有多个乳房的女人，正在给众多的孩子喂奶，那块象征上帝的黑布仍然挂在祭坛的上方。瑟瓦拉比亚的总督和各级官员走进寺庙，他们手持熏香炉，后面跟着一群想结婚的男人和女人。接着，祭司询问那些想结婚的女人，她们选择谁做她们的丈夫，然后一对对新人走进祭坛，举行婚礼，并宣誓遵守婚姻法；第二天，男人必须再次回到寺庙，将一块可以证明妻子仍是处女的标志高高挂在他们随身带来的一根树枝上。在瑟瓦拉比亚,18 岁以上的女子和 21 岁以上的男子都必须结婚。

瑟瓦拉比亚的军队里既有男人,也有女人:女人大多在骑兵队里服务,担当长矛搬运员。瑟瓦拉比亚王国从不打仗,但它依然拥有完备的武装;无论何时,全国至少有十二分之一的人正在服兵役。瑟瓦拉比亚王国没有死刑,但犯罪率并不高。谋杀犯和通奸的人要坐 10 年牢狱,妻子对丈夫不忠也会坐牢,牢狱生活的时间长短取决于她们的丈夫。女孩在婚前失去贞操要被囚禁 3 年,而引诱她们的男人也要坐牢 3 年。妻子出轨会被当众鞭打,但丈夫可以代妻子受过。

瑟瓦拉比人身高 7 英尺,他们诚实坦率,从不饮酒,通常可以活到 100 多岁。瑟瓦拉比人死后通常被火化,除了那些需要保存尸体的名人。他们相信,普通人的灵魂会被烟雾送到太阳那里。

瑟瓦拉比人根据年龄来决定穿什么颜色的衣服:1—7 岁穿白色衣服,7—14 岁穿黄色衣服,14—21 岁穿绿色衣服,21—28 岁穿蓝色衣服,28—35 岁穿粉红色衣服,35—42 岁穿深红色衣服,42—49 岁穿浅灰色衣服,49—56 岁穿深灰色衣服,56 岁以上穿黑色衣服。地方官员不论年龄大小,一律穿紫色、银白色或金黄色的衣服;女人在公众场合总是戴着面纱,男人一般不剪发,直到结婚。

到这里来的游客应该学会瑟瓦拉比人打招呼的方式。与地方官员打招呼,首先要举起帽子,然后再深深地鞠一躬;与长者打招呼,只需要举起帽子,不必鞠躬;看见平辈,将手放在胸前,最好不要在众目睽睽之下亲吻女人。最常见的招呼用语是“伊瑞巴斯伊”(Erimbas erman),意思是“愿太阳爱你”。到了瑟瓦拉比亚王国,游客会得到一些年轻女奴,这些女奴为他们提供性服务,因为禁欲可不是这个王国提倡的美德。那些被当作性奴的女孩子不戴面纱,游客在与她们亲热之前,必须接受体检,以预防疾病的传染。然后,游客被关起来,与自己选定的女奴做爱,这样可以避免滥交,也可以在女奴怀孕时清楚地判定孩子的父亲是谁。

瑟瓦拉比人的语言是先王瑟瓦瑞阿斯发明的，他把当地的土话和其他语言结合起来。这种语言共有40个字母，10个元音，30个辅音，这些字母的结合可以产生多种变化的发音和词汇。在瑟瓦拉比人的语言里，单词的发音与其所描绘的事物的性质是一致的，就像英语单词中的“筛”、“刮擦”、“爆炸”、“河马”以及“豆子”。这种语言里的词汇加了后缀就被用作形容词，用来暗示事物的性质，比如，“amber”的意思是“男人”，如果变成“ambas”，意思就变成了“一个受人尊敬的男人”；“ambou”的意思是“一个流氓”，而“ambous”的意思则是“一个小流氓”。

瑟瓦拉比亚王国里生活的动物大多在其他地方找不到：索莫加（somouga）是一种熊，满身都是白色的绒毛，总是在水泽附近的树林里闲逛；班德里（The bandelies）被当作马来使用；这种动物比鹿大，头像山羊，长着透明的短角，没有鬃毛，尾巴很短，全身的毛五颜六色。还有骆驼，也被用作一种运输工具；鸬鹚被用来捕鱼；伊瑞慕斯莫达（Erimsmoda）又叫“太阳鸟”，这是一种生活在高山上的黄色老鹰。瑟瓦拉比亚王国的森林里也有狮子和老虎。

德尼斯·维拉斯，《瑟瓦拉比人的历史》

瑟瓦瑞迪亚城 | Sevarindia

瑟瓦拉比亚王国的首都，坐落在瑟瓦瑞戈河里的一座大岛屿上。这座城里的高塔好像是从海边拔地而起的，使整座城市看起来坚不可摧；城里的街道宽阔笔直，两侧的人行道上搭建了顶棚，用铁柱子支撑着，顶棚上摆放着盆景植物。瑟瓦瑞迪亚城的房屋叫奥尔马瑟斯（olmasies），更像一个个回廊，走出房间可以来到户外走廊上，这些户外走廊围绕中心草坪而建。所有的房屋都呈方形，面积很大，足可容纳1000人居住，餐厅和热水浴池公用。

参观这座城市时，游客别忘了去看看一座圆形大剧院。大剧院周长200英尺，距离市中心只有1英里。巨大的柱子支撑着剧院的穹窿顶，穹窿顶上开有水晶窗户。大剧院的露台一直延伸到一处平台，一到过节的晚上，平台上就会点亮一个水晶球。大剧院主要用来表演戏剧、体操以及人兽角斗。

到了瑟瓦瑞迪亚城，几乎没有哪个游客愿意错过太阳殿。与瑟瓦瑞迪亚城的其他建筑一样，太阳殿也呈方形，正面宽 500 英尺。除了正面的大门，太阳殿的每一面都开有 12 扇大门。太阳殿使用白色大理石建造，它结合了不同的建筑风格，神殿里装饰着五颜六色的雕塑。正大门的两侧是 244 个大理石柱和青铜柱；觐见室里的王位用象牙做成，摆放在一座半圆形的后殿里，后殿里的雕刻极其精美。

此外，太阳庙也值得一看。太阳庙是瑟瓦瑞阿斯国王（King Sevarias）命令建造的，由 60 个总督负责监管工作。太阳庙坐落在太阳殿里，其规模相当于欧洲的一座大教堂。太阳庙使用大理石建造，使用坚硬的白银做装饰。太阳庙里装饰有每个总督的雕像和记录他们功绩的油画。太阳庙的圆屋顶被镀成金色，看起来金光闪闪，很气派。

大岛屿的尽头有一个椭圆形的大水池，大水池里有微型小船正在进行模拟海战。

德尼斯·维拉斯，《瑟瓦拉比人的历史》

七城岛 | Seven Cities, Island of

参阅梅达岛（Mayda）。

七岛 | Seven Isles

正如岛名所示，这个地方由 7 座小岛组成，经过几天的航程就可以到达纳尼亚王国的海滨。在这 7 座小岛中，最西边的叫穆尔岛，穆尔岛和布里恩岛之间是一条水流湍急的海峡。布里恩岛上的红港是重要的供应基地，为这个地区的商船提供服务。至于其他几座小岛，目前尚无描述。

C. S. 路易斯,《纳尼亚传奇:“黎明踏浪号”的远航》

影子山脉 | Shadow, Mountains of

又叫“伊菲尔-杜斯山脉”,即位于摩多王国边境上的一系列锯齿状的山峰和深坑。影子山脉首先沿着摩多王国的西部边境向前延伸,继而转向摩多王国的南部边界,其形状犹如摩多王国的两翼,形成它的天然屏障。在摩多王国的西面,经西力斯-乌格尔隘口可以穿过这列山脉。影子山脉以西是刚铎王国的伊西利恩地区,由于多年遭受摩多王国黑暗之君的黑暗统治,伊西利恩荒无人烟,但如今又恢复了它的昔日之美。

影子山脉的西面有一条古道,从影子山脉北端的西力斯-哥戈隘口一直延伸到西力斯-乌格尔隘口附近的奥斯吉力亚斯城。这条古道的第一部分在建造西力斯-哥戈隘口之前就已经得到了维修,但在这段新铺砌的古道以南的路面几乎杂草丛生;在某些路段上,游客还能看见雅致的拱门留下的痕迹,下面是湍急的溪流。然而,在大多数路段,游客只能看见零散的几块铺路石;大半条古道都已经让位给荒野里的灌木丛和松林了。

托尔金,《魔戒首部曲:魔戒现身》;托尔金,《双塔奇谋》;托尔金,《王者归来》

死荫谷 | Shadow of Death, Valley of The

基督徒王国里最危险的地方,羞辱谷之外的一片荒野。据说,这片荒野的上空“总是笼罩着混乱得令人沮丧的云块,死亡也总是在那上面展开它巨大的翅膀”。死荫谷里经常有小鬼、妖怪和恶龙出没;空气里总会传来毒蛇的嗞嗞声,混杂着可怕的尖叫声。腾腾升起的烟雾与漫天火光使得死荫谷看起来更加污秽不堪;就连脚下的土地也在不断地颤动。

死荫谷的入口是一条狭窄的小路,小路的左边是深不可测的泥沼，右边是一条壕沟，泥沼与壕沟之间的小路极其难走。几个世纪以来，那些想走过这条小路的人就像瞎子领着瞎子，几乎无一例外地都掉进了下面的深沟里。即使侥幸走进了死荫谷，山谷前面的地方更危险，那里到处是陷阱和深坑，随时都可能掳走粗心的旅客。死荫谷的尽头有一个洞穴，古时候这里住着两个巨人，一个叫教皇，另一个是教皇的同党，名叫邪教徒，他们借着自己的权势，横征暴敛。如今，邪教徒死了，教皇也已年老体衰，再也无力伤害去天城的旅客了，最多只能对着旅客张牙舞爪，愤怒而绝望地猛咬自己的指甲。而在过去，这两个恶魔残骸生灵无数，山洞的周围堆满了受害者的尸骨。

死荫谷的尽头竖着一根柱子，柱子上挂着巨人茂尔的头颅，茂尔经常在山谷里出没，可谓祸害无穷，伟大心灵经常领着旅客穿过死荫谷，茂尔声称伟大心灵在带领旅客穿过山谷到达天城后绑架了他们，于是决定结束伟大心灵的这个“阴谋”。在接下来的战斗中，伟大心灵打败了茂尔，砍掉了他的脑袋；这根柱子的存在就是为了纪念伟大心灵打败茂尔时的英雄壮举。

约翰·班扬，《天路历程》(第一部，第二部)

影子城 | Shadows, city of

位于地中海的下面，一位百万富翁偶然发现了这座城市，当时他正想修一条地道，从意大利的皮姆蒂诺(Piomdino)一直通到科西嘉岛。这条地道后来遭到地震的毁坏，从此，人们再也没有找到进入影子城的新路线。影子城呈圆形，集中于一块被用来集会的巨石周围。从城市中心辐射出 6 条匀称的街道，街道两旁是小小的砖房；每栋砖房都有编号，每个编号就是一座浮雕，每座浮雕都位于大门的上方，大门用缠绕的植物纤维构成。影子城外有一条环形大路，大路外围是一条壕沟，壕沟上面有竹桥，穿过竹桥就可以进入影子城。影子城的这种设计有助于防御，可以更好地保护市民不受猿猴的攻击。这里的猿猴生性凶残，曾有两次差点毁掉这座城市。游客能够读到影子城及其市民的历史,他们的历史使用楔形文字写成,就刻在两栋房屋之间的街道的土墙上。

距离城市不远的地方是一片静止的黑湖,黑湖里的水很暖和,水温 40 度左右;黑湖周围是多淤泥的海滨。湖水中生活着许多鳄鱼,鳄鱼的眼睛都是瞎的。影子城的居民认为黑湖是世界的尽头,黑湖的另一边就是地狱。实际上,黑湖的另一边有一系列洞穴和地道,通向一座火山,从那里可以来到洞外。一些洞里因有放射能量而变得格外明亮;放射能量可以减弱地球的引力,使人产生失重感。

影子城里住着占星术士的后代;他们因生活在地下而失去了视力,也失去了关于火的所有知识。他们相信火是一种微妙的、令人安慰却很危险的元素。失去了视力,他们的触觉却变得更加完美无缺,可以使他们感知距离更远的东西。他们的脸是灰色的,看起来很不舒服。他们穿着飘曳的中性颜色的长袍,长袍上绣有图案,像浮雕一样突出。他们的食物有蘑菇和鱼。由于空间局促、环境恶劣,他们的人口始终没有多大变化。每次有孩子出生的时候,家里的老弱病残就必须被扔进黑湖,成为鳄鱼的食物。

黑湖与火山之间的洞里住着邪恶的三角龙和猿猴。对于三角龙,我们目前尚无资料可以参考。那些猿猴始终是城里市民的敌人,它们的眼睛也是瞎的,但它们的触觉没有得到更好的发展。它们有原始的语言,能够有组织地使用棍棒进行攻击。黑湖里的植物很像水下的花草,颜色灰暗,让人感到很压抑。某些植物的叶子含有一种特殊的油脂,点亮这种油脂,会使这些叶子看起来像点亮的蜡烛。如果行人想在晚上赶路,这样的叶子对他来说无疑是很有帮助的。

莱昂·格罗克,《黑暗之都》(Léon Groc, La Cité des Ténèbres, Paris, 1926)

沙迪克的王国 | Shardik's Land

参阅贝克拉帝国(Beklan Empire)。

锋利岛 | Sharping Island

从工具岛出发需要航行 3 天才能到达。锋利岛很像想象中的法国枫丹白露森林:多沙、贫瘠而有损健康。锋利岛上土壤稀薄,裸露出嶙峋的岩石,就像骨瘦如柴的人身上突出的骨骼。

锋利岛最明显的特点是两栋小骨屋,远看就像是用雪花石膏修建的,或者像覆盖着的白雪。小骨屋有 6 层,里面住着 20 个运气魔鬼。在欧洲,人们非常害怕运气魔鬼,赌徒在掷骰子之前也经常向他们祈祷。锋利岛上还住着厄运先生和他的妻子扑克脸。

锋利岛上还有一瓶圣血,有时,地方官员会把这个圣瓶展示给高贵的参观者看。他们围着这只圣瓶,所用的面纱、所举行的仪式、所点燃的蜡烛甚至超过了罗马的圣维洛尼卡(St. Veronica)的面纱。展示这只圣瓶遗物会伴随无数繁复的仪式;然而,高贵的参观者可能会感到失望,因为这只圣瓶有些像一只烤兔的鼻子。

锋利岛上的其他遗物是勒达生的两只蛋的蛋壳,据说希腊神话中的孪生子卡斯托尔和博鲁克斯就是从这两只蛋里孵化出来的。

弗朗索瓦·拉伯雷,《巨人传第五部》

希拉卜的老巢 | Shelob's Lair

也叫"托瑞奇-乌格尔"(Torech Ungol)。希卜拉的老巢其实是一系列地道,位于西力斯-乌格尔隘口西边的希拉卜山脊之下。西力斯-乌格尔隘口横跨影子山脉,经过这个隘口可以进入摩多王国。

这一系列地道是巨蜘蛛希拉卜挖掘的。希拉卜与生活在贝勒里昂王国的那些蜘蛛有亲缘关系;幽暗森林里发现的那些蜘蛛就是她的后代。我们不知道希拉卜究竟是什么时候来到摩多王国的,但有一点很清楚,这应该是在黑暗之君索伦创建邪恶的摩多王国之前，在他企图控制整个中土之前。可以说，希拉卜在西力斯-乌格尔隘口极具震慑力，索伦自然愿意她住在那里。有时候，索伦把囚犯送给希拉卜为食，但希拉卜更喜欢那些守护隘口的兽人或妖怪。在索伦看来，损失几个兽人或妖怪不算什么，这至少可以换来隘口的安全。

希拉卜是一个邪恶的生灵，模样长得像蜘蛛，体型巨大而臃肿，生有两只多面眼，眼睛里会喷火。希拉卜的腿长着块状的关节，被钢刺一样的毛发覆盖，腿的末端变成了爪子。希拉卜的皮又粗又厚，眼睛是她唯一的弱点。希拉卜的身上长满了黑色疙瘩，看起来肿得厉害，在她挤过地道时，还能听见其体内发出咯吱咯吱的声音。

以前，霍比特人高鲁姆获得了至尊戒，但很快又失去了它，于是他故意把持戒者弗罗多和他的同伴山姆·佳木吉带到了希拉卜的老巢，企图让希拉卜吃掉他们，这样他就可以再次得到至尊戒。高鲁姆的阴谋没有得逞，希拉卜被山姆刺伤，而且受伤严重，她的一只眼睛也受了伤，她不得不痛苦地离开了，一路上留下许多黄绿色的粘液。我们不知道希拉卜遭受这次攻击后是否还活着，是否还住在大山下，但不管怎样，游客都应该多加小心。当然，希拉卜也许已经被饿死了，因为她不能用仅剩的那只眼睛猎食。

托尔金，《双塔奇谋》

夏尔郡 | Shire, The

一个富饶而快乐的地方，位于中土西北部的伊里雅多王国，东、西长 40 里格，从西部的远岗一直延伸到东部的布兰迪维因河；南、北长 50 里格，从北部的荒野延伸到南部的沼泽。夏尔郡以农业为主，几条重要的河流为其农业生产提供了必要的水源。布兰迪维因河又叫巴兰杜恩河(Baranduin)，是夏尔郡最重要的河流，此外还有南部的夏尔伯恩河(Shirebourn)和水河，水河在布兰迪维因桥的上方汇入布兰迪维因河。从灰港到瑞文德尔王国，一条著名的古路穿过夏尔郡。

夏尔郡被分成 4 个区，即法森区(Farthings)，分别是东法森区、西法森区、南法森区和北法森区；然后又被分成许多个民族地区，各自以古老的统治家族来命名。如今，这些古老的家族都分散在夏尔各地，仅依靠这些家族的名字来辨别不同的民族地区已经不太可靠。因此，尽管大多数图科人(Tooks)仍然生活在缝褶地区，但许多古老家族现在已广泛地分布在整个夏尔郡。夏尔郡的巴克地区位置偏远，介于布兰迪维因河与古林的边缘。

夏尔郡的居民叫霍比特人，他们大多是农民、手工业者和小生意人。夏尔郡没有大城市，大多数人都住在比较分散的小定居点或小村庄里。夏尔郡最重要的农产品是烟草，也就是霍比特人所说的旱烟。南法森区生产的旱烟最好，上好的烟草品种有长底叶、老托比和南星。

夏尔郡气候温和，很少下雪，北法森区的荒野偶尔会堆满厚厚的积雪。

霍比特人个头矮小，一般不超过 3 英尺高；他们的眼睛明亮，脸蛋红扑扑的，可见他们的脾气很好。他们喜欢穿色彩鲜艳的衣服，尤其喜欢黄色和绿色。他们的脚上长满厚厚的褐色卷毛，头发也是褐色的卷发，他们把头发和脚上的卷毛梳洗得干干净净的。他们的脚底坚韧如皮革，因此很少穿鞋。他们的手指呈褐色，修长而灵巧，加之视力极好，因此射箭几乎百发百中。霍比特人很容易发胖，行动也不够迅速，但他们腿脚轻便，特别是在遭遇敌人的攻击时，可以做到马上消失，这种神奇的能力不是魔法，完全是他们的一种本能；霍比特人根本不使用魔法。霍比特人长到 33 岁才算成年，一般都很长寿，根据记载，霍比特人的一位著名酋长活了 130 岁。

霍比特人热情好客；比如说，在接待客人时，他们可以一天吃 6 顿饭，而且特别喜欢各种聚会和节日。他们通常不会攻击别人，但他们的温和只是表象；如果需要，他们也会勇猛而顽强，可以说，他们是能屈能伸的最好代表，但井然有序的生活不需要这样的美德，得体的举止才是最重要、最值得奖励的美德。霍比特人讨厌离奇的想法和古怪的行为，如果有人离开安逸舒适的夏尔郡，出去冒险，就会被视为不可理喻。通常而言，霍比特人对别处的生活不太感兴趣，在夏尔郡的地图上，夏尔郡的周围都是一片空白。霍比特人几乎没见过大海，他们对其他民族没有多少好感。在他们看来，布里地区的居民笨拙而无聊，巴克地区的居民都是同性恋，男人被当作猪或者蠢货。夏尔郡的霍比特人非常保守，他们热衷于家谱研究，喜欢几世同堂，经常是同一个家族始终生活在同一个地方。这些人对复杂的家族历史饶有兴致，他们似乎通过研究家谱可以获得最大的满足，即使他们已经非常熟悉那些家谱。除了研究家谱，霍比特人还喜欢学习。

霍比特人擅长交际、为人慷慨，经常举办生日派对；给自己送生日礼物是霍比特人的习俗，这就意味着他们的住处经常堆满了玛索慕斯（mathoms），即具有双重作用的礼物。过生日时送的礼物并不总是新的，玛索慕斯最初的作用已被遗忘多年。

人们通常认为所有的霍比特人最初都生活在地下。他们自己也觉得生活在地洞里会更舒服。如今，只有穷人和富人才住在地洞里，穷人生活在原始的地洞里，富人生活在豪华的地洞里，这样的地洞名叫斯米尔（smials）。由于缺乏可以建造地洞的地方，霍比特人在地势平坦的地方建造了许多砖房、石房和木房。霍比特人的建筑独具特色，他们是否向人类和精灵学习过建筑艺术，我们目前尚不知道。他们建造的最古老的房屋似乎模仿了斯米尔，狭长而低矮，屋顶用稻草或草皮铺成，屋墙向外凸出。几经演变，霍比特人的建筑风格更加复杂，但他们始终偏爱圆形的门窗。

霍比特人喜欢抽烟，他们认为抽烟是一门艺术。这种习惯好像是布里地区的霍比特人引进的，然后再传到夏尔郡，继而传给中土的其他居民。霍比特人抽烟时使用的是泥制烟斗或木烟斗，这些烟斗大小不一、形状各异。霍比特人喜欢抽烟比赛，如果有人能吹出烟圈，就可以得到特别的奖励。霍比特人也享有高尔夫球发明者这一美誉。根据夏尔郡的红皮书的记载，在2747年的格林平原大战中，绰号牛吼者的班多布拉斯·图科（Bandobras Took）率军与兽人交战，其间，图科用木棒砍掉了兽人的头领郭尔菲布尔（Golfimbul）的头颅，那颗头穿过空气刚好落进一个兔子洞里，据说这就是高尔夫球的起源。霍比特人喜欢唱歌，这也是出了名的。他们喜欢边走边唱，吃晚饭时唱，上床睡觉时唱，洗澡时唱，散步时唱，几乎随时都在唱歌。他们也非常喜欢猜谜语，品尝食物，几乎所有的霍比特人都会做饭，在掌握阅读和写作技能之前，他们首先会学习厨艺，这一点毫不奇怪。

对于霍比特人的早期历史，我们知道的非常少。有历史记载的霍比特人的生活始于他们到夏尔郡定居之时。他们的传说指向更早的流浪日子，加之语言学方面提供的证据，我们大致可以作出这样的判断：霍比特人来自以东的安杜因山谷。至于他们为何迁移到夏尔郡，这始终是一个谜。据说，这是因为男人的数量增多，因为一片巨大的阴影笼罩了这个地方。第三纪的1601年，霍比特人获得至尊国王的允许，可以渡过布兰迪维因河，定居到布兰迪维因河以外的地方。作为对至尊国王的回报，他们答应一直保留布兰迪维因以及该地区的其他道路和桥梁。尽管他们承认至尊国王的统治，但实际上逐渐实行自治，越来越与世隔绝。他们再三声称，在人类与安格玛地区的巫师国王的最后一次交战中，他们还派弓箭手帮助了人类。

率领霍比特人穿过布兰迪维因河的两兄弟出生于法罗海德斯家族（Fallohides），这个家族的历史上出现过很多名人，比如法罗海德斯是图科、布兰迪巴克（Brandybucks）和博尔格（Bolgers）的祖先，他们比大多数霍比特人都生得更高大、更英俊；身材比他们稍矮小的哈福特（Harfoots）可能是最典型的霍比特人，他们和法罗海德斯最早定居夏尔郡；斯图尔（Stoors）的身材更魁梧、更健壮，是唯一留胡须的霍比特人，他们后来也到了夏尔郡，大多数人定居东法森区、沼泽和巴克地区。人们认为霍比特人的房屋建筑艺术就是他们引进的。

随着中土北部王国的衰落，随着夏尔郡作为一个独立王国的逐渐强大，霍比特人开始推选自己的酋长做泰恩(Thain)，并赋予他独立行事的权力，而这样的权力曾经只属于至尊国王。此外，泰恩也担任夏尔委员会(紧急时会召开大会)的主席、夏尔军的总指挥以及霍比特武装部的部长。后来，泰恩这个职位差不多变成了一种名义上的荣誉，传统上这种荣耀属于图科家族。到了魔戒大战爆发的时候，夏尔郡已经没有正式的政府，各个家族自行处理各自的事务，他们把大多数的时间都用在耕作、烹饪和享受美食方面。霍比特人就这样一代又一代地生活在这里，夏尔郡完全遵循共同协商和所谓的自由意志法则；据说，这些自由意志法则来自至尊国王最初制定的律法。谚语“没听到国王那样说过”就产生自这种制度，它的意思是“人们所参照的东西没有法律依据”。整个夏尔郡只有一个真正的官员，那就是迈克尔·德尔温市长(Mayor of Michel Delving)；他既是负责邮政事务的邮政局长，又是夏尔郡警察队的总指挥，即第一郡长。夏尔郡的警力共由12个壮汉组成，主要处理迷路的动物和类似的内部问题，德尔温是队长，第二号人物叫定界员，专门打击那些越界者，处理进入夏尔郡的外地人。

总的来说，除了1636年那场黑瘟疫和2758—2759年间的饥荒，霍比特人在自己的土地上始终过着惬意的生活，这种幸福生活一直持续到中土第三纪末。第三世纪末发生了几件大事情，然后就是声势浩大的魔戒大战，夏尔郡的霍比特人也被深深地卷入了这场战争的漩涡之中，但可以毫不夸张地说，他们确实堪称这场战争中的英雄。

夏尔郡平静的乡村生活引起了黑暗之君索伦和他那帮可怕的奴才的注意。即使是在索伦被打败之后，夏尔郡也没有马上得到安宁。堕落的巫师萨鲁曼避难夏尔郡，并自称沙凯(Sharkey)；他到处散布不和、毁灭和痛苦的言论。不久后，霍比特人的英雄回到家乡，与同胞们重振旗鼓，萨鲁曼被自己的仆人杀死，萨鲁曼带来的邪恶影响很快被消除。可以说，护戒团的霍比特人回到夏尔郡的那一年很不寻常：那年的春天很美丽，秋天收成好，如今的夏尔郡比以前更美了。

虽只是弹丸之地，但夏尔郡在中土的历史上不可或缺，夏尔郡的霍比特人成了中土历史上赫赫有名的大英雄。第一个获此殊荣的英雄是比尔博·巴金斯。第三纪的2941年，在巫师甘道夫的鼓动下，比尔博加入霍比特人的探险队，把巨龙史矛戈赶出了孤独山。比尔博的身体里流躺着图科家族的血，这无疑可以解释他为何选择参加探险队，尽管他最初有些犹豫。他遇见了高鲁姆，从高鲁姆那里得到了至尊戒，至尊戒具有无比强大而可怕的威力，专为摩多王国的黑暗之君索伦打造，索伦企图用它来控制整个中土。比尔博回到家乡，至尊戒的神奇力量使他获得了长寿，但与其他戴上至尊戒的人一样，比尔博也觉得自己的身体日渐疲倦而"僵硬"。

比尔博的后继者是弗罗多·巴金斯。弗罗多从伟大的巫师甘道夫那里了解到至尊戒的属性，他决定把至尊戒带到摩多王国的毁灭山，只有在那里，至尊戒才能被彻底毁灭。第三纪的3018年，在山姆、佩瑞格林(或者叫皮品)以及梅瑞阿多克(或者叫快乐的布兰迪巴克)的陪伴下，弗罗多离开夏尔郡，经布里地区来到瑞文德尔王国，在那里组建了护戒团，并决定出发去毁灭山，完成销毁至尊戒的这一使命。他们一路险象环生，随时都可能遭到索伦的黑暗势力的恐怖袭击，但他们最终不负众望，成功地完成了这个神圣的使命。其他几个霍比特人护戒成员也以不同的方式促进了中土历史的发展：忠实宽容的山姆在重建夏尔郡时贡献卓著，几次当选为市长；据说，与比尔博和弗罗多一样，最后一个护戒成员山姆·佳木吉也乘船到了灰港。梅瑞阿多克·布兰迪巴克亲自参与了伊森加德城堡的毁灭行动，并帮忙解除了米那斯-提力斯城之围。一回到夏尔郡，梅瑞阿多克就成为巴克地区的指挥官，在击退沙凯的势力时起到了关键性的作用，最后当选为夏尔郡的泰恩。为了答应洛汗王国的国王伊欧梅尔(Eomer)的请求，梅瑞阿多克和佩瑞格林·图科一起离开了夏尔郡，死时两人仍在一起，后来被埋在米那斯-提力斯城，旁边就是国王伊欧梅尔的坟墓。

霍比特人在魔戒大战期间扮演了重要的角色，这一点唤起了他们对历史的兴趣。战争结束后，口头传诵的夏尔郡历史开始被付诸笔端,到了第四纪的第一个百年后,夏尔郡已建立起几个图书馆,这些图书馆里收藏了夏尔郡的历史典籍,其中最重要就是《红皮书》(*Red Book*),讲述的是霍比特人在魔戒大战中的重大贡献,主要包括精灵族的译本和米那斯-提力斯城的学者的评注。迈克尔玛索慕研究屋(Michel Delving Mathom House)收藏了夏尔郡最重要的武器和其他文物。

古时候的霍比特人说的好像是人类语言的一种变体,定居夏尔郡之后,他们开始说一种霍比特语,这是中土通用语的一种方言版。霍比特人的方言里包括大量的夏尔专用词,尤其是霍比特人的名字。

霍比特人的日历也很特别:一年分为 12 个月,每个月 30 天。这 12 个月分别是后庆典月(Afteryule)、泥泞之月(Solmath)、大风之月(Rethe)、萌芽之月(Astron)、牛奶之月(Thrimidge)、仲夏前月(Forelithe)、仲夏后月(Afterlithe)、杂草之月(Wedmath)、收获之月(Halimath)、冬储之月(Winterfilth)、迷雾之月(Blotmath)以及前庆典月(Foreyule)。星期六是一周的第一天,星期五是最后一天,一年的第一天总是星期六,而最后一天总是星期五。一年的最初几天和最后几天是夏尔郡最重要的节日,也就是霍比特人的圣诞日;夏尔郡的霍比特人还喜欢夏庆节,每年通常有 3 个夏庆节,闰年有 4 个夏庆节,增加的一个叫夏庆狂欢日。

托尔金,《魔戒前传:霍比特人历险记》;托尔金,《魔戒首部曲:魔戒现身》;托尔金,《双塔奇谋》;托尔金,《王者归来》;托尔金,《精灵宝钻》

西瓦普拉姆城 | Shivapuram

帕拉王国(Pala)的首都。

视觉森林 | Sight, Forest of

位于智慧王国的词汇城邦的北部,森林里住着宾族(Bing)。

他们的身体是倒着长，一生下来，头就长到了成年时身体的高度；随着年龄的增长，他们的脚终于可以接触到地面。正由于这种另类的生长方式，宾族总是以同样的视角看待事物，不过，不同的家族成员看待事物的角度又各不相同，有的可以看穿事物，却看不见鼻子前面的事；有的可以认出事物；有的关注事物；有的能看见事物的背后；有的能看到问题的另一面；有的看事物的下面，如果看不到那些事物的下面，就俯瞰那些事物。

视觉森林里有一间小屋，小屋有 4 扇门，两扇门上分别标着巨人和侏儒，另外两扇门上没有贴标签；这 4 扇门都可以进去。小屋里住着这么一个人，对于高个子来说，他太矮，对于矮个子来说，他太高，对于瘦人来说，他太胖，对于胖人来说，他太瘦。

视觉森林里有一支庞大的交响乐队，这支乐队不停地演奏，指挥家叫色度，他是色彩总指挥，也是色素大师和整个色谱的导演；每件乐器奏出一种颜色。视觉森林里的居民说，如果交响乐队停止演奏，这个世界就会失去所有的颜色。

现实城也坐落在视觉森林里，曾经是一座快乐之城，如今这种景象看不见了。一大群人在城里到处乱跑，他们的眼睛瞪着地面，正沿着并不存在的街道飞奔。曾几何时，这座城里的居民发现，如果行人只盯着自己的鞋子走路，就能更快到达目的地。因此人们不再去关注周围的美景，这样一来，现实城变得越来越丑陋，人们运动得越来越快，城里的建筑也越来越破败，街道也渐渐消失，最后连这座城市也消失了，于是现实城的很多居民搬到了附近的梦幻城。梦幻城是一座壮观的大城市，街道闪闪发光，墙壁用珠宝装饰，地面用银子铺垫，不过这一切都只是不存在的幻象而已。

诺顿·贾斯特，《幻想天堂》

安静地区 | Silence

位于利比亚境内，扎伊尔河的边缘。扎伊尔河水呈病态的橘黄色，而且不直接汇入大海，永远在阳光下跳动不已，带着不尽的喧嚣和骚动。扎伊尔河两岸数英里内都是苍白的荒漠，荒漠里生长着硕大的莲花。安静地区只有一片阴森可怕的黑森林，黑森林里生长着奇怪的毒花，虽没有风，低矮的灌木丛也会不停地摇动。河岸上有一块灰色大岩石，岩石上刻着几个字母，好像可以拼写成"荒凉"一词。安静地区随处都遭受着寂静的诅咒：月亮没有亏缺，闪电没有闪灭，云层一动不动，水域从不改变深浅，寂静的空气里听不见树的叹息；游客会发现他们在这里说不出一个词儿，因此会怀疑他们自己的耳朵莫名其妙地聋了。

爱伦坡，"安静地区：一个寓言"，《神话集》(Edgar Allan Poe，"Silence: a Fable", in *Tales*, Eew York, 1845)

希尔哈岛 | Silha

位于大西洋，靠近纳库梅拉岛。希尔哈岛方圆约 800 英里，经常有毒蛇、巨龙和鳄鱼出没，不过这些野兽不会伤害陌生的游客，只会攻击岛上的土著居民。为了保护自己，岛民经常在身上抹一种油膏，这种油膏是从利蒙斯树(limons)的果实里提炼出来的。

希尔哈岛的中心有一个湖，据说是亚当和夏娃的眼泪形成的。被上帝逐出伊甸园后，亚当和夏娃在这里的一座山上生活了 100 年。湖中有宝石和珍珠，当地的国王允许穷人每年去采集一次。

约翰·曼德维尔爵士，《曼德维尔游记》

丝绸岛 | Silk, Isle of

参阅罗巴尼瑞岛(Lorbanery)。

粉红城堡 | Silling

坐落在黑森林里的一座小山上，粉红城堡周围有不可逾越的围墙和深不可测的护城河，因此外面的人无法进入。护城河上有一座可以升降的吊桥，这是城堡与外界联系的唯一通道。后来吊桥被毁，一群老研究员被困在城堡，此后便开始举行一种似乎永无休止的宗教仪式。在这个仪式上，他们穷尽了所有的性交方式。这群人里面有 4 个年龄在 45—60 岁之间的绅士；42 个精心挑选出来的年轻男子和女子，他们在这场色情游戏里扮演性奴；此外，还有 4 个绅士的妻子、8 个小伙子、8 个女孩、8 个男同性恋者、4 个老太太、6 个厨师或仆人以及 4 个老鸨。从头一年的 11 月 1 日到第二年的 2 月 28 日，4 个老鸨母的任务就是给众人介绍 600 多种变态的性交姿势，每个鸨母讲 150 种，4 个绅士实践其中最原始的几种姿势。而其他的人不得不遭受着精心准备的各种折磨，然后被杀死；这种情形一直持续到 1800 年末。

多纳西安·萨德侯爵，《索多玛的 120 天》(Donatien-Alphonse-Francois, Marquis de Sade, *Les* 120 *Journées de Sodome*, ou L'Ecole du libertinage, Paris, 1785)

西蒙-克鲁贝里街 | Simon-Crubellier

巴黎的一条大街。这条大街的 11 号坐落着一栋公寓，这栋公寓几乎浓缩了世界历史的全部。无论从哪一个角度来看，这栋公寓都非常普通：普通的门廊；公寓一楼有一家商铺，名叫玛西亚古玩店(Marcia Antiques)；一楼以上有 6 层，外加两间阁楼，总共有 30 个寓所，包括看门人诺希尔夫人(Madame Nochère)的住所。公寓里住过许多稀奇古怪的人，特别值得一提的是珀西瓦尔·巴特利布斯(Percival Bartlebooth)，这个人可能是最古怪的一个人。他总是离群索居，用了整整 20 年时间复制世界各地的水彩画，然后把它们剪成一个个拼图小方块，再花去 20 年时间重组这些拼图小方块，然而，他这样做的目的只为毁掉那些水彩画。巴特利布斯死于 1975 年的 6 月 13 日，游客带着悲伤的朝圣心情来到他住过的那个房间，正是在那间屋子里，巴特利布斯完成了他那件毫无意义的创举。

乔治·珀雷克,《人生拼图版》(Georges Perec, *La vie, mode d'emploi*, Paris, 1978)

锡兰隆河 | Sirannon

位于霍林王国境内,中土的通用语里叫大门溪。锡兰隆河发祥于迷雾山下古老的莫瑞亚王国的西大门附近,流经天梯瀑布。天梯瀑布紧靠霍林王国和莫瑞亚王国之间的古道,曾经是水花飞溅、气势恢弘的大瀑布,如今变成了涓涓细流,因为瀑布上面修建了堤坝,形成了一个湖。

这个湖是一个怪物建造的。侏儒离去后,莫瑞亚王国被兽人控制,怪物与那些兽人形成了亲密的联盟。这个怪物从哪里来的,我们无从知道;但根据推断,他应该来自大山深处。由于他通常会静静地躺在湖水里,因此被人们叫作水中看守。如果某个游客不小心触犯了他,他会暴怒地抓起这个游客,然后把他拖到水底。这个怪物至少有 12 个触角,看起来就像一堆想要跳出湖水的蛇;怪物邪恶的臭味儿污染了湖水,湖水至今浑浊不堪,再也映照不出蔚蓝纯净的天空。

托尔金,《魔戒首部曲:魔戒现身》

西拉普城 | Sirap

梅佳帕塔哥尼亚王国(Megapatagonia)的首都。

塞壬岛 | Siren Island

位于地中海,具体的位置无法得知。游客最好不要随意靠近塞壬岛,因为岛上有一种长着一张女人脸的怪鸟,名叫塞壬。有些编年史作家把这些怪鸟与美人鱼混为一谈;这一点可以参考人鱼王国,这些编年史作家的理由是她们的习俗相似。正如德国莱茵河里一块巨岩上生活的美人鱼罗蕾莱(Mermaid Lorelei)一样,塞壬用甜美的歌声吸引海上航行的水手;由于对逼近的危险毫无所知,这些水手经常会在悬崖林立的海滨遭遇不测。据说,有三种经典的预防措施可以避免这一不幸的命运,游客可以任选一个,比如把自己紧紧地绑在桅杆上,然后用蜜蜡塞住耳朵,找一个七弦琴大师,用动听的琴声转移自己的注意力。据说,一个名叫帕耳忒诺珀(Parthenope)的塞壬失宠于伊塔卡半岛的国王之后,痛苦地溺水而亡,后来被海水冲到意大利的那不勒斯海湾,这个海湾最初就是以她的名字命名。

另一种塞壬生活在爱尔兰的都柏林,她们的外形气质很像性感的酒吧招待,闲暇时喜欢一边唱歌,一边喝健力士啤酒。

荷马,《奥德赛》;罗德岛的阿波罗尼奥斯,《阿尔戈船英雄纪》(Apollonius of Rhodes, *Argonautica*, 2nd cen. BC);亨利希·海涅,“罗瑞蕾”,《民谣集》(Heinrich Heine, “Die Lorelei”, in *Buch der Lieder*, Munich, 1827);詹姆斯·乔伊斯,《尤利西斯》(James Joyce, *Ulysses*, Paris, 1922)

赛尔特斯人之海 | Sirtes, Sea of the

参阅法吉斯坦王国(Farghestan);亦参奥森纳王国(Orsenna)。

塞塔拉王国 | Sitara

位于阿迪斯坦以北。参观塞塔拉王国的游客极少。塞塔拉王国也叫星花王国或上帝之山王国。马拉·杜瑞梅家族(Marah Durimeh)统治了这个王国几千年;马拉·杜瑞梅也就是现在的苏丹王后。塞塔拉王国从古至今都是女性统治,这是他们的传统。这个王国的居民从未听说过战争,人们谈论的只有爱与和解。

塞塔拉王国没有留下任何详尽的描述,唯一被国外游客参观过的地方是王宫所在地,伊克巴尔(Ikbal),又叫“应许之地”,位于这个王国的北部。伊克巴尔是伊德河(River Ed)里的一座岛屿;伊德河发祥于高山地区,最后流入大海,被海水彻底洗净。王宫坐落在伊克巴尔岛的中心,好似拔地而起,就像"所罗门之歌里的一句诗"那样气势恢弘;整座宫殿都是用纯白的大理石建造而成,臣民的房屋紧依王宫而建,闪烁如一粒粒珍珠。

伊克巴尔与邻国的交流通过一艘名叫威拉德(Wilahde)的帆船。这艘帆船规模庞大,按照最高标准建成,随时准备出海,它的传动装置和帆篷样式最初可能是古埃及人或巴比伦人发明的。

进入塞塔拉王国很难。塞塔拉王国的边境上有一片森林,名叫库鲁布森林(Forest of Kulub),森林里有一个古老的锻铁炉。如果要进入塞塔拉王国,游客必须首先经过这个锻铁炉的考验。游客在熊熊火焰中接受锻造和净化,目的是涤除心中的暴力倾向,使心境趋于平和,只有通过这种考验的游客才可以进入塞塔拉王国。

塞塔拉王国尽管位置偏僻,但同样具有不小的影响力。几个世纪以前,塞塔拉王国的传教士来到乌苏拉城(Ussul)[①]传播他们的信仰,从此,他们的信仰在乌苏拉城里扎下了根,这样的信仰从母亲传到女儿,然后一代代地传下去。最近,马拉·杜瑞梅派出一位大使,专门负责结束阿迪斯坦和迪金尼斯坦之间的冲突,以期恢复周边国家的和平与繁荣。

卡尔·迈,《阿迪斯坦》;卡尔·迈,《迪金尼斯坦的米尔》

骷髅岛 | Skull Island

位于印度洋的苏门答腊岛的西南面,属于典型的热带气候,岛上非常炎热,除了季风时节几乎终年无雨。周围的海域风平浪静,尽管海面上经常雾气弥漫。骷髅岛向西延伸了1英里,形成一座狭长多沙的半岛。半岛与大陆之间被悬崖隔开,悬崖高数百英尺,

---

① 后面的拼写是Ussula。

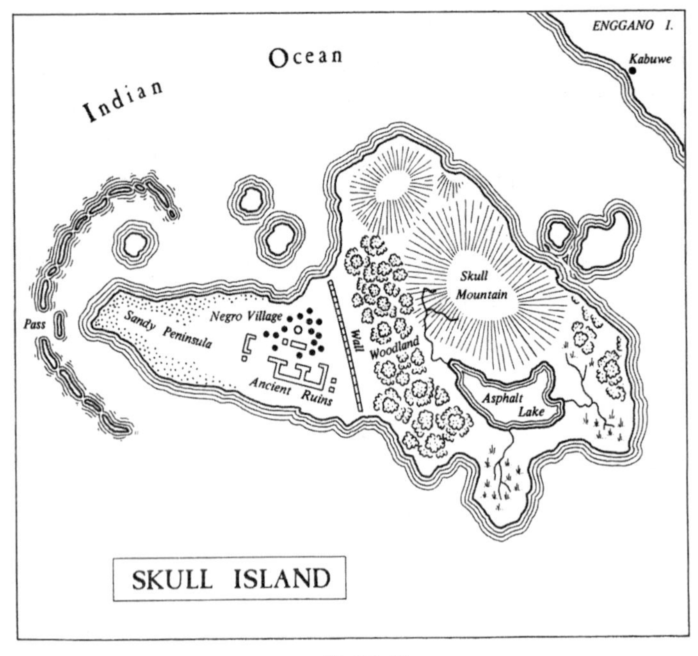

骷髅岛

悬崖以外的半岛上植被茂密。半岛的中心有一座山，山形如骷髅，半岛之名由此而来。山下有一个大大的沥青湖，山涧泉水奔流而下，汇入沥青湖。

骷髅岛与悬崖之间有一堵木墙，高130多英尺，连接着两面的海岸。木墙上有一扇大门，被两根石柱子支撑着。木墙属于一个拥有古老文明的民族，这个民族还建造了一座城，只是这座城现在已变成了废墟；废墟的遗址上坐落着一个村庄，这是骷髅岛上仅存的一个村庄。村庄里的房屋主要是用干草、泥土和树木搭建的棚屋，里面住着这个古老民族的后代，他们现在已沦落为野蛮人。这些野蛮人的心里只关心一件事情：如何保护他们的木墙；他们认为这其实也是在保护自己。他们属于黑人族，由国王统治；国王崇拜被奉为神灵的大猩猩金刚。他们的精神需求由一位女巫医来负责。

按照习俗,他们经常要给金刚送去一个新娘。新娘腰间系着衣带,脖子上戴着项链,头上戴着花冠。新娘也是那个村里的女孩,交接仪式就在村里的广场上举行。村民们站成几排,口中唱着圣歌。女巫医把新娘交给村里最高大的12个男人;这12个男人身穿粗糙的黑兽皮,头顶毛茸茸的头骨,扮着一群猩猩把被选做新娘的女孩送上祭坛,然后再把她绑在木墙另一边的两根柱子之间。这时候,国王走上来,敲响一面金鼓,木墙上的大门就会打开。那些土著人爬到木墙上观望,金刚走出来,接走他的新娘。大门关上,直到下一次结婚仪式到来之时,这扇大门才会再次打开。

骷髅岛上的植物枝叶繁茂,属于典型的热带植被。骷髅岛上还生活着史前时期幸存下来的许多动物,比如恐龙、大蜥蜴,以及飞翔的爬行动物。岛上体型庞大的昆虫数量众多,还有蛇类和秃鹰。有一次,大猩猩金刚想离开骷髅岛去纽约旅行,结果没有成功。

梅瑞安制片和执导的《金刚》(*King Kong*, produced and directed by Merian Cooper & Ernest Schoedsack, USA, 1932—33)

斯拉夫纳城 | Slavna

一座古城,克拉沃尼亚王国的首都,历经数代,已有1000多年的历史了。斯拉夫纳是一座岛屿,位于克拉斯河宽阔的河谷里。克拉斯河刚好就在斯拉夫纳城的上方分成南、北两大支流;斯拉夫纳城被紧紧环抱于一条条水渠之中。受限于克拉斯河的流向,斯拉夫纳城看起来像一只梨子,南、北两河的再次交汇形成了梨柄。

斯拉夫纳城过去所处的地理位置的防御性极好,如今,它的防御能力降低了。为了弥补这一不足,斯拉夫纳城的统治者拨款创建了一整套新型的更科学的防御体系,这套体系几乎完全毁掉了已经过时的古城墙,尽管这些古城墙曾经是斯拉夫纳城的主要防御工事。城北残留了一些古城墙,但由于北河是重要的商贸航道,沿岸全是仓库和码头,遮住了那里的古城墙。

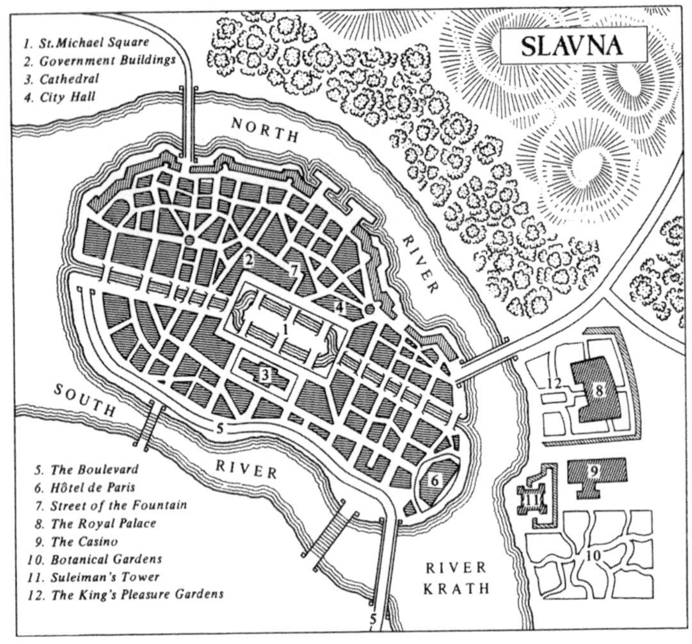

斯拉夫纳城

城南有一条林荫大道，建在古城墙的废墟上，林荫道两旁是漂亮的现代化住宅。由于北河被用于贸易，因此南河被用于城市娱乐。林荫道横跨南河，越过城市的老界限，沿着克拉斯河的右岸延伸了1英里多，形成一段清凉宜人的步行街，是斯拉夫纳城的居民散步的好去处，这些居民经常在这里举办各种健身活动。

步行街的对面、克拉斯河的左岸有一个公园，紧靠皇宫。皇宫的建造年代可以追溯到1820年，遗憾的是，这座皇宫的建筑风格已经古旧过时。公园面朝克拉斯河，克拉斯河的河道在此变宽，把国王的享乐园变成了圆形。

如果来参观斯拉夫纳城，游客别忘了去看看卡辛纳(Casina)、植物园和苏雷曼之塔(Suleiman's Tower)。苏雷曼之塔是土耳其人统治时留下的一处古塔遗址，它的建筑结构简单，一个方形的帷幕墙，帷幕墙的每一角都有一座棱堡，这些棱堡围绕着一座大

斯拉夫纳城郊外的苏雷曼之塔

圆塔。

尽管斯拉夫纳城周围的村庄地势平坦，斯拉夫纳城的形象却并不单调。克拉沃尼亚人喜欢色彩，他们用勤劳的双手为斯拉夫纳城北边那些古老的住宅的屋顶、山形墙和墙壁增添了明亮而柔和的色彩。斯拉夫纳城的中心有一条小水渠，小水渠把克拉斯河的河水引入城里的各个街区。小水渠两边各有一条宽阔的马路，一直延伸到圣迈克尔大广场。广场上面矗立着巍峨的大教堂、精美典雅的市镇厅、历时两、三百年的老屋、简陋的兵营，以及不算太难看的现代化政府办公室。斯拉夫纳城里的有轨电车上的服务很好，这些电车穿过广场和那些沿东西方向通向广场的街道。离开广场后，游客可以走走喷泉街。就是在这里，克拉沃尼亚王国的索菲救下了赛吉乌斯王子。后来，赛吉乌斯王子做了索菲的丈夫。广场下面有 10 扇门，在一个银鸡标志下有一栋房子，索菲第一次到克拉沃尼亚王国时就住在这里。

游客可以去著名的巴黎酒店住宿，巴黎酒店位于斯拉夫纳城的东南端。1860 年，法国人卢梭先生征得国王阿历克斯·斯蒂芬诺维奇(King Alexis Stefanovich)的同意之后开了这家酒店。巴黎酒店带有一个精美的露台和一间精致的咖啡厅。

安东尼·霍普,《克拉沃尼亚王国的索菲》(Anthony Hope [Anthony Hope Hawkins], *Sophy of Kravonia*, London, 1906)

伊瑞恩的睡眠者之洞 | Sleepers of Erinn, Cave of The

位于爱尔兰的山峦下面,距离格里恩-卡格尼峡谷不远。山腰有一条裂缝,有燃烧的火把作为标记;经过这条裂缝可以进入睡眠者之洞。爱尔兰的一位老神仙就住在这个洞里,神仙的名字叫安古斯·奥格(Angus Og),也叫"无限的爱情和欢乐"。安古斯·奥格容貌俊美,但他越来越不开心,因为他在乎的那些人越来越不在乎他。安古斯·奥格总是顺从不朽的神旨去帮助那些向他求助的人们。

有一次,潘神来到爱尔兰,抢走了格里恩-卡格尼峡谷里一位哲学家的女儿凯特琳。安古斯·奥格救了那个女孩,并且后来娶她为妻,被奥格形容为"贪婪、狂热、色情以及死亡"的潘神最后离开了爱尔兰,因为这个地方从来就不是他的地盘,人们对他的崇拜也从未有过持久的热情。

詹姆斯·斯蒂芬,《金坛》

睡美人的城堡 | Sleeping Beauty's Castle

中欧的一个王国。这个王国里建造了许多住宅、商店,蜿蜒的楼梯和古老的高塔。游客能在其中一座高塔里看见一台古老的破纺车,在中心大厅里看见 12 个金盘。根据某些历史学家的说法,一个聪明又精通巫术的女人给这座宫殿施了魔法。那是在 18 世纪初,国王和王后正在举行盛典,庆祝罗莎蒙德公主的出生;12 个拥有金盘的神通广大的美丽女巫被邀请参加公主出生的庆典,另一个女巫因没有第 13 个金盘而被拒之门外。对此,这个女巫怀恨在心,于是诅咒公主会在 15 岁生日时死去。后来,她的这个诅咒好像应验了，因为漂亮而可爱的罗莎蒙德公主在15岁生日那天，不小心被纺车的纺锤刺伤了手指，并且马上就睡了过去，同时睡过去的还有宫里的其余人、马厩里的动物、树林里的风，以及阳光里飞舞的苍蝇。唯有围绕花园的荆棘篱笆没有受到魔咒的影响，仍在繁茂地生长，厚厚地覆盖了这座城堡。

从南面的原野看过去的睡美人的城堡

100多年后，一位英俊的王子（一首著名的歌谣早就预示了他的到来）经过城堡，穿过厚厚的灌木丛时发现了熟睡的公主。看见如此美丽的少女，王子不由得上去亲吻了她，这时魔咒消失了，整个王宫从沉睡中醒过来。后来，王子与罗莎蒙德公主举行了盛大的婚礼，从此过着幸福快乐的生活。

受到这座城堡的启示，后来的巴伐利亚国王鲁德维奇二世和美国芝加哥的沃特·迪斯尼先生也建造了这样的城堡。

格林兄弟，《儿童和家庭故事集》(Jacob & Wilhelm Grimm, *Kinder-und Haus-märchen*, Heidelberg, 1812—1814)

无眠城 | Sleepless City

位于尼日利亚北部。无眠城的居民有一个习惯：从不睡觉，因此他们也不知道什么叫睡觉。

无眠城对于陌生人而言特别危险，因为如果某个游客在无眠城一不小心睡着了的话，这里的市民就会认为他死了，然后马上去挖个大坑，隆重地把这个可怜的入睡者埋掉。

特密昂尼，《豪萨人的迷信和习俗》(A. J. N. Tremearne, *Hausa Superstitions and Customs*, London, 1913)

睡谷村 | Sleepy Hollow

一个小村庄,距离哈得逊河两岸的格林斯堡小镇大约两英里远,村子里经常会有许多幽灵出没。格林斯堡小镇是当地有名的等待镇,镇上的男人赶集时喜欢在酒馆里逗留。睡谷村位于高山上,这里可能是世界上最安静的地方;只听得见溪水的潺潺声、鹌鹑的啭鸣,以及啄木鸟拍打翅膀的声音。睡谷村里的居民都是荷兰殖民者的直系后裔,而在当地,他们叫睡谷人。

这个村子总是被浓浓的睡意笼罩着。有人说,这个殖民地在其早期被一个德国医生施了魔法。还有人说,欧洲人来到这里之前,这个地方早已被印第安人的巫师控制了。不管是什么原因,这里的人都好像被施了魔法,总是生活在一种连续不断的睡梦之中。他们极端地迷信,看起来神情恍惚,经常会见到奇怪的景象,听到奇怪的音乐。

这里经常出没的众多幽灵当中,最重要的是一名无头骑士。据说,他曾是黑森州的一个骑兵,美国独立战争期间被炮弹炸掉了头。历史学家认为他的尸体埋在教堂的墓地里。一到晚上,他就会骑马去战场上寻找他丢失的头,天亮之前再回到墓地里。

18 世纪晚期,一个乡村校长偶然见到了这位骑士。校长伊察波德·克拉尼爱上了当地一个荷兰农民的女儿,尽管他深知自己有一个强劲的情敌。一天晚上,克拉尼校长在女友家讲故事(大多与睡谷村里的幽灵和妖怪有关),回家途中遇见了这位骑士,骑士骑着一匹黑色的骏马紧追其后。克拉尼校长的马受了惊吓,朝着村子附近的一座桥奔去。过了桥,克拉尼往背后一看,发现那个幽灵正从马镫里站起,猛地把他的头朝他扔过来。校长被头击中,倒在地上。第二天,人们发现了克拉尼校长的马,但没有找到克拉尼,也没有发现他的尸体,据说克拉尼也变成了幽灵,经常出现在那所破烂不堪的学校里。

华盛顿·欧文,“睡谷传奇”,《见闻札记》(Washington Irving,“The

Legend of Sleepy Hollow", in *The Sketch Book of Geoffrey Crayon, Gent.*, New York, 1820)

灰心沼 | Slough of Despond

参阅灰心沼(Despond, Slough of)。

斯玛德尼村 | Smalldene

位于苏塞克斯,瓦德罗斯路 14 号著名的愿望会所就坐落在此。愿望会所很小,有一间地下厨房,外加一排与这间厨房类似的屋子。这样的屋子共有 20 到 30 间,屋外有小花园,小花园的周围筑有围墙。如果游客想为自己或者爱人做点什么,他可以去敲愿望会所的前门,前门已经破烂不堪。接着,他会听见一个声音,好像是一个穿拖鞋的胖女人在厨房楼梯上走动的声音。然后,他会听见门后的木板发出吱吱吱的声音,这时候,他只需要对着一个颇似邮箱口的缝隙说出自己的愿望,这个愿望就会马上实现。周围的邻居可能会说这栋房子是空的,但游客不必在意,因为他一样可以照着指示去实现自己的愿望。

鲁特亚德·开普林,"愿望会所",《债务与信用》(Rudyard Kipling, "The Wish House", in *Debits and Credits*, London, 1926)

史密斯岛 | Smith Island

参阅孤儿岛(Orphan Island)。

蛇鲨岛 | Snark Island

位于海里的某个地方,岛上到处都是讨厌的深坑、峭壁和幽暗荒凉的山谷。如果你想找到这座岛屿,如果你相信荷兰制图学家墨卡托(Mercator)所说的北极、赤道、热带、时区以及子午线都只是常用符号的话，那么对你来说，带上一张象征大海的空白地图会很有用。明智的做法还有，随身携带一件可以防匕首的外套和两张保险单，一张用来防火，另一张预防冰雹。如果游客航行到这里时正值炎热的季节，那么他千万不可以让船首的斜桅与方向舵绞在一起；因为这样的事情经常发生，当地人把它叫作"被蛇鲨"了。

除了蛇鲨，蛇鲨岛上还生活着其他种类的动物。奇怪的爬行动物包括一种激情鸟，名叫朱卜朱卜(the jubjub)，这种动物的歌声很尖厉，听起来令人毛骨悚然，但如果把这种动物拿来做成菜，尤其是做成几种不同的菜肴时，则味道极美。班德斯纳奇(bandersnatch)是一种极其危险的猛兽，它的脖子可以伸缩，爪子非常凶猛。蛇鲨也可以用来做上好的菜肴，与绿色蔬菜搭配烹煮。布竹木(boojum)也是一种蛇鲨，如果你被它看见，你可能会不知不觉地就消失了。如何辨别一种无害的普通蛇鲨，现有的教科书里罗列了五个明显的特征：

让我们依次来看，
其一：味道
虽瘦且空，但脆：
像一件束腰外衣
带着镜花水月的味道。
其二：晚起的习惯
简直走火入魔，
经常在5点下午茶时吃早饭
第二天吃午餐。
其三：对玩笑反应迟钝。
如果你碰巧嘲笑了它
它会痛苦地叹息：
对双关语反应严肃。
其四：钟爱游泳更衣车，

总是随时携带，
并且相信它们增添了景致的美
——一种怀疑的情绪。

第五是它的野心，这也是最后一个特点。蛇鲨可以被分成两类：一种有羽毛，会咬人，另一种有胡须，会抓人。捕捉蛇鲨的方法有：

用顶针找它，但要小心；
用叉子和希望找它；
用铁路公司的股份威胁它；
用微笑和肥皂诱惑它。

路易斯·卡罗尔，《捕猎蛇鲨》(Lewis Carroll [Charles Lutwidge Dodgson], *The Hunting of the Snark*, London, 1876)

斯尼克之岛 | Sneak's Island

距离马可瑞恩岛很近，统治这座岛屿的是奎瑞斯梅普里纳特国王(King Quaresmeprenant)，这里的岛民好像总在过四旬斋①。奎瑞斯梅普里纳特国王身穿灰色的衣服，这样的衣服只有两只袖筒。国王和他的臣民们都特别喜欢吃鱼，不过也喜欢吃干豆。这座岛上没有婚俗，这里的岛民多愁善感，每天的大部分时间都在流眼泪。斯尼克之岛出口大量的烤肉扦和肉馅棒。

斯尼克之岛的国王总是喜欢入侵野人岛；只有当听忏悔的星期二保佑野人岛的时候，野人岛上的居民才可能躲过奎瑞斯梅普里纳特国王的入侵和屠杀。

---

① 大斋节，封斋期从圣灰星期三(大斋节的第一天)到复活节的40天，基督徒视之为禁食和为复活节做准备而忏悔的季节。

据说，奎瑞斯梅普里纳特国王具有灯笼国的血统，这一点也许可以用来解释，这个国王的脑子里为什么总是塞满了奇思妙想。按照一个游客的说法，奎瑞斯梅普里纳特国王的脑袋，无论是尺寸还是颜色，无论是在质感还是力量方面，都很像雌性肉虫的左睾丸。

弗朗索瓦·拉伯雷，《巨人传第四部》

雪鸟谷 | Snowbird Valley

位于加拿大的温尼伯湖与穆斯乔城之间。山谷里生长着白桦树，一到冬季，加拿大的雪鸟就会来这里做它们的雪鞋。对于这个有趣的山谷，我们知道的不多。

卡尔·桑德堡，《卢塔巴加故事集》

雪皇后的城堡 | Snow Queen's Castle

坐落在寒冷的芬兰岛上一个贫瘠的地方。雪花不是从天空飘落下来的（天空无云，因北极光的照耀而显得格外明亮），而是从地面冒出来的。这样的雪花是鲜活的，形状奇怪而可怕：有些像模样丑陋的大肥猪；有些像缠结在一起的蛇；有些像毛发直立的小胖熊，它们都是雪皇后的卫兵。

这座宫殿的墙是用积雪做的，门和窗是刺骨的风做的。宫殿里共有 100 多个大厅，最大的有好几英里长，所有的大厅被北极光照得通亮，所有的大厅风格都一样：空阔而冰冷，尽是炫目的白色，这些沉闷的大厅里传不出一丝笑声，也没有让人眼前一亮的快乐场景，即使小胖熊玩球的时候也了无生趣；即使最有煽动力的乐队，即使是后腿站立的北极熊，又或者一个为白狐狸准备的小咖啡派对，也没有多少趣味可言。

空荡荡的雪屋中间有一个冰湖，被切割成 1000 块，每块的形状和质地完全相同，有人认为这必定是超人力所为。在家的时候，雪皇后就坐在这个冰湖上。

汉斯·安德森,《冰雪女皇》(Hans Christian Andersen, *Snedronningen*, Copenhagen, 1844)

索纳-奈尔港 | Sona-Nyl

参阅南海(Southern Sea)。

索豪特城 | Sorhaute

乌瑞恩国王(King Urien)的都城,具体位置不确定。北部的11个贵族发动叛乱,结果被卡默洛特城堡的亚瑟王在贝德格莱尼森林击败,惨败后的叛乱贵族就撤退到了这座城市里。

托马斯·马洛礼爵士,《亚瑟王之死》

索萨拉港 | Sosara

参阅罗巴尼瑞岛(Lorbanery)。

声音谷 | Sound, Valley of

位于智慧王国的视觉森林的北部,统治这座山谷的是声音女王。声音女王住在一座石头宫殿里,智慧王国的老国王任命她掌管所有的声音。声音女王做事一向英明,每天黎明时分,她把一天的声音都放出去,然后在月落时把旧声音收起来,放进收藏室,每逢周一再向公众开放。随着人口的增长,大家听声音的时间越来越少,许多声音也渐渐地消失了,而与此同时,人类制造的噪音也越来越讨厌。这时候,一个名叫卡克弗诺斯(Kakofonous)的超级不和谐音博士和他的助手戴尼出现了,他们自称能搞定一切。不过,令声音女王大为恼火的是,这位博士虽然治好了一切,却留下了噪音。一气之下，声音女王消除了山谷里所有的声音；如此一来，打雷时听不见雷声，音乐会上听不见乐声。后来，有些必要的声音被碾了三遍，变成粉末，然后在需要时撒在空气里。音乐被编织进织布机里，人们可以购买交响乐地毯和协奏曲挂毯。不过，游客可以放心，现在的山谷里又听得见平常的声音了。

诺顿·贾斯特，《幻想天堂》

南海 | Southern Sea

一片茫茫的水域，位于梦幻世界的南部，海滨有强大的王国和城市。站在舒适的船上能看见扎克庙的台阶，声名狼藉的塔拉瑞恩尖塔，停尸房一样恐怖的朱纳花园，那里拥有不可获得的快乐，一对守护索纳-奈尔港的水晶海岬，以及戴拉斯里城的黑塔。

南海以西是巴萨尔特柱子(Basalt Pillars)，据说巴萨尔特柱子的背后坐落着金碧辉煌的卡苏芮亚城。有些游客说，这些巴萨尔特柱子是一个巨大的瀑布的闸门，南海的水就汇入这个大瀑布里。南海以东的绿色海滨看得见零星的小渔村、梦幻般的港口和阳光下的大渔网。以南，从戴拉斯里城出发航行5天后，就可以看见许多低矮宽敞的棕色农舍，坐落在神奇的白色蘑菇地里。这些农舍没有窗户，从外形上看就知道是爱斯基摩人居住的棚屋。据说，水手很害怕南海这片海域，因为海水下面有一座城市的废墟。这是一座非常古老的城市，已经被人遗忘了很久。风平浪静的时候，人们会看见大海深处一座大寺庙的圆顶和一条不自然的斯芬克斯林荫道，这条林荫道一直延伸到一个公共广场。对于这样的水下景观，我们知道的就更少了。

霍华德·菲利普·洛夫克拉夫，“小人物卡达斯追梦记”，《阿克汉姆集锦》

南法森区 | Southfarthing

参阅夏尔郡。

西南荒野 | Southwest Wilderness

中国的一个地区，因种植甘蔗而闻名。这里的甘蔗可以长到1000英尺高，38英寸粗，甘蔗汁可以带给人们力量和能量，还可以控制人体内寄生虫的数量。这个地区生活着一种奇怪的动物，名叫谎言野兽，很像一只长着人脸的兔子，会说人话，但经常谎话连篇，总是把好说成坏，把东说成西。不过，这种动物的肉很好吃，可是人若吃了它们的肉也会撒谎，因此它们又叫谣言。

东方朔，《神异经》(Tung-Fang Shuo, *The Book of Deities and Marvels*, 1st cent. BC)

幽灵寻求岛 | Spectralia

属于太平洋东南面的雷拉若群岛，位于科库瑞亚岛北部"雾环"的边缘。

幽灵寻求岛其实是一个昏暗的世界。这里的居民害怕阳光，当太阳升起的时候，他们就会扬起沙尘，努力遮住太阳光线。幽灵寻求岛上的居民来自里曼诺拉岛，他们是被放逐到这里来的。他们坚信，只有他们才能与幽灵世界进行交流。他们大多生活在地下，崇拜威严的幽灵。这些人分成两派，一派是古老的幽灵寻求者，这一派人相信幽灵，相信幽灵只会注视，不会交流。他们为幽灵建造城堡。另一派叫现代幽灵的寻求者，他们相信幽灵可以自由地表达，也可以随

幽灵寻求岛上的一个地下庭院

时出现;他们认为人有两个灵魂,其中一个可以离开身体而存在。

游客最好不要晚上出现在这座岛上,以防被当地居民当作幽灵带到寺庙里去做人牲。幽灵寻求岛上有两个幽灵市场,分别为这两派幽灵寻求者准备的,主要交易最近到达这座岛上的幽灵。幽灵寻求岛的附近有一座多岩石的小岛,名叫阿斯塔丽亚岛,岛上住着第三个被放逐的派别,这个派别的人也相信有幽灵存在。

戈弗雷·斯维文,《雷拉若群岛:流犯群岛》;戈弗雷·斯维文,《里曼诺拉岛:进步岛》

斯宾索尼亚岛 | Spensonia

位于乌托邦和奥西纳共和国之间。18 世纪末,许多英国人在这座岛屿附近遭遇海难,他们中的幸存者来到这座岛上,创建了一个共和国。斯宾索尼亚共和国的宪法直接以法国大革命时所提出的人权为基础:个体的自由受到他人自由的限制;政府由选举产生。斯宾索尼亚共和国包括许多州和教区,但它是一个不可分割的整体。

斯宾索尼亚共和国与世界上所有其他的共和国都保持着良好的关系,为那些被独裁和专制统治放逐的人提供政治庇护,但不干预这些国家的其他政治事务。斯宾索尼亚共和国执行殖民扩张政策,但只基于这样一个共识:斯宾索尼亚人相信,如果按照他们的模式,他们所干预的那些国家能够过得更好。

斯宾索尼亚共和国的国教是崇拜一个没有被界定的至高无上的存在。游客会发现,这个共和国的公民其实接受所有的宗教信仰。

托马斯·斯宾塞,《斯宾索尼亚岛》(Thomas Spence, *A Description of Spensonia*, London, 1795);托马斯·斯宾塞,《斯宾索尼亚共和国的宪法:一个介于乌托邦和奥西纳共和国之间的仙境国家》(Thomas Spence, *The Constitution of Spensonia: A Country in Fairyland situated between Utopia and Oceana*, London, 1798)。

斯宾兰扎岛 | Speranza

参阅克鲁索之岛(Crusoe's Island)。

蜘蛛猴半岛 | Spidermonkey Island

面积比较大,方圆100英里左右,位于大西洋的南面,靠近巴西的海滨。蜘蛛猴半岛上多山,山上有高高的火山峰,其中,第二座大山的山形很特别,像鹰隼的头。蜘蛛猴半岛上最壮观的是低语岩石之谷。这是一块天然形成的圆形凹地,中心有一张石桌,其他的岩石围绕着中心石桌,形成一组天然的座位。圆形凹地最窄的一端向外敞开,这里可以欣赏到美丽的海景,中心的盆地有几英里深,几英里宽,但不管参观者站在哪个位置,他都能听见这个天然剧场里传来的一声低语。低语岩石山谷以前一直是国王举行加冕仪式的地方;中心的石桌上摆放着一个象牙宝座。

第一个来到蜘蛛猴半岛的人是欧洲的约翰·杜利德博士。1839年,杜利德博士在寻找长箭(Long Arrow)时来到这里;长箭指的是一个了不起的印第安人。他是一位伟大的自然学家,据说就是在这座岛上失踪的。那时候的蜘蛛猴半岛是一座漂浮岛,它慢慢地向南漂去,漂向更寒冷的地方。后来,按照杜利德博士的要求,一群鲸鱼把蜘蛛猴半岛往北推移,最后推到了现在的位置。蜘蛛猴半岛曾经是南美洲的一部分,冰川时期与大陆分离,岛屿的中心是空的,里面充满了气体,这样,整座岛屿就变成了一个浮体;至于为何会如此,我们目前还不明白。蜘蛛猴半岛能够被固定到现在的位置,很大程度上要归功于杜利德博士的努力。

来到蜘蛛猴半岛不久,杜利德博士发现长箭被困在一个山洞里。长箭在与其他印第安人寻找药草和苔藓植物时遇上塌方,被岩石堵住了去路。杜利德博士及其动物朋友们设法搬走岩脚下的石板,救出了被困的长箭和其他的印第安人。那块被移走的大石板如今变成了蜘蛛猴半岛上一道永恒的风景。后来的传言则更离奇,说杜利德博士是徒手碎开山石救出了朋友。

在寻救长箭的那段日子里,蜘蛛猴半岛上的两个印第安人部落之间爆发了冲突。这两个部落分别是波普赛贝特尔人(Popsipetels)和贝格亚德拉克人(Bagjagderrags),贝格亚德拉克人虽然在人数上占优势,但他们缺乏勇气。尽管力量悬殊,波普赛贝特尔人和杜利德博士及其动物朋友们依然英勇顽强地战斗,最后,他们还得到一群黑乌鸦的帮助,从而得以扭转战局,胜利开始向他们招手。这时我们可能要问:为何会出现黑乌鸦前来助阵这样的奇事呢?原来,杜利德博士养了一只名叫波利尼西亚的鹦鹉,在它的号令下,一大群黑乌鸦飞到战场上,攻击那些贝格亚德拉克人,抓扯他们的头发,捏碎他们的耳朵,面对这从未见过的阵势,贝格亚德拉克人吓坏了,他们很快就宣布投降,并且发誓永远不再侵犯自己的邻居。"波普赛贝特尔"(Popsipetel)这个词的字面意思是"漂浮岛上的居民"。波普赛贝特尔人非常感激杜利德博士,纷纷推选他做波普赛贝特尔的国王,杜利德博士虽然不情愿,但还是接受了这一殊荣。当他们在低语岩石山谷里举行加冕仪式时,一个古老的预言最终应验了。几个世纪以来,一块巨石始终平稳地悬浮在一座早已熄灭的火山口的上方,根据这个古老的预言,当一位王中之王举行加冕仪式时,这块巨石就会掉下来,堵住岛屿内部的气体箱,使其永远固定在现在的位置上。果然,当永戈国王(King Jong,杜利德博士的臣民对他的称呼)一坐到王位上,这座岛屿就沉下来向他致敬,以后就再也没有移动过。

当这座岛屿下沉的时候,古老的波普赛贝特尔村也跟着沉下去了,但新波普赛贝特尔城耸立起来。这座美丽的新城市坐落在一条大河的河口,杜利德博士设计了一种灌溉系统,还修筑了水坝,可以不断地为这座城市提供水资源。蜘蛛猴半岛上还有一座重要的城市,那就是贝格亚德拉克人建造的石头城,坐落在半岛的南部。

波普赛贝特尔人大多是农民,在他们深爱的永戈国王到来之前,他们对火一无所知,因此直到 19 世纪才吃上煮熟的食物。他们的主要文化标志也许是图腾柱,图腾柱表明了这个家族的品质,图腾柱的顶端刻着他们的图腾形象,最高处是皇家多思图腾(Royal Thinkalot Totem),用来纪念杜利德博士。多思图腾上刻着许多动物,暗示杜利德博士非常了解动物;图腾柱的最顶端刻着一只大鹦鹉。蜘蛛猴半岛上流传的故事很多,几乎都是为了纪念杜利德博士及其动物同伴的功绩。杜利德博士最后不得不悄悄离开蜘蛛猴半岛,因为所有的岛民都不愿意让他们离开。

这座岛之所以叫蜘蛛猴半岛,是因为岛上生活着许多蜘蛛猴。此外,蜘蛛猴半岛上还生活着世上最稀罕的亚比兹里(jabizri),这是一种大甲虫,会飞翔,长 3 英寸多,下腹呈淡蓝色,背部很光滑,呈黑色,上面有深红色的斑点。

休·洛夫丁,《杜利德博士的航行》(Hugh Lofting, *The Voyages of Doctor Dolittle*, London, 1923)

幽灵山 | Spirits, Mountain of The

参阅灵山(Monte de las Animas)。

勺河村 | Spoon River

位于美国的新英格兰,因那里的公墓而闻名。墓碑上的文字描绘了死者过去的生活;通过阅读这些碑文,游客大致可以了解律师本杰明·潘迪尔(Benjamin Pantier)的全部生活;潘迪尔是被绞死的。还有亨利·查斯,这个人是镇上的酒鬼;布拉德关闭了镇上所有的小咖啡馆;罗斯科·普卡佩克离家出走一年后回到家里,自称当时在密歇根湖上遭到海盗的绑架。他还告诉他那位清教徒妻子,说自己不能再继续工作了,因为海盗的镣铐严重地伤害了他的身体;他的妻子明知丈夫说的都是谎话,但还是敞开双臂欢迎他回家。

村里最著名的铭文刻在霍腾赛·若宾丝的墓碑上；若宾丝是一个很世俗的女人，临死的时候还在梦想她在镇上吃的那顿晚餐：

我的名字过去每日可见报端，
报道我在某某地方就餐，
报道我在某某地方旅行，
报道我在巴黎租了房子，
取悦那些显贵达官。
我总在吃，总在旅游
抑或总在巴登巴登城治病。
如今，我有幸来到这里，
来到那个家的旁边
向勺河村，在我跳下来的那家的旁边。
不再有人关心我在哪里吃饭，
不再有人关心我在哪里借宿，
不再有人关心我在取悦谁，
不再有人关心我多久去巴登巴登城，
治疗一次！

游客应当注意的是，死者并不总是认同铭文的内容。每每遇到这样的情况，坟墓里就会传出抗议声。他们不停地争论，最后达成和解，至少等再次爆发争吵时才会暂时达成和解。

埃德加·马斯特斯，《勺河集》(Edgar Lee Masters, *Spoon River Anthology*, New York, 1915)

斯波洛比亚王国 | Sporoumbia

位于澳大利亚岛的东部，两河交汇形成一座冲积岛，斯波洛比亚王国就位于这座岛屿上。斯波洛比亚王国的首都叫斯波洛迪亚城，围绕中心广场而建，筑有城墙。城里的皇宫使用黑白相间的大理石建成，皇宫入口装饰着青铜雕像，黑色大理石庭院里摆放着白色的雕像。皇宫里面的房间都有镀金，看起来金光灿灿，气派非凡。斯波洛迪亚城这个城名的意思是“残废之城”，所有天生残废的人都被安排住在这座城里，这些人被叫作伊斯佩罗（the Esperou）。

斯波洛比亚境内的运河纵横交错，其风格极具创造性，它们经过斯波拉斯库姆湖（Lake Sporascumposo）汇入大海。斯波洛比亚的地狱之门是一条穿过山岩的隧道；天堂之门盘绕在山峦之间，经过这两条隧道可以进入邻国瑟瓦拉比亚。

德尼斯·维拉斯，《瑟瓦拉比人的历史》

斯波洛迪亚城 | Sporoundia

斯波洛比亚王国的首都。

泉水岛 | Springwater Isle

具体位置不清楚，可能位于地海的远东地区和卡伽德帝国以西。泉水岛比多岩石的沙洲稍稍大一点，长和宽都不到1英里，周围的水域充满浅滩和暗礁。泉水岛上只生长一种海草。岛上有一股清泉，非自然生成，泉水岛一名由此而来。这股清泉以前只是一股不知源于何处的黏糊糊的黑水，后来得到地海大巫师基德的改造。

那时候，岛上住着一对老夫妇，基德就在这座岛屿附近遭遇了海难，后来被这两位老人救出。夫妇俩拿水给基德喝，还把仅有的一点食物分给他吃，并且慢慢地喜欢上了他。后来，老婆婆把一件宝贝拿给他看，那是一件小孩子穿的绸衣，上面绣着小珍珠，小珍珠的形状像一对箭矢，象征卡伽德帝国的神灵兄弟，这件衣服的最上面是一顶王冠。老婆婆还送给基德一片暗淡的金属，那其实是一枚坏了的戒指仅留的一部分。基德心想，这对老夫妇可能是卡伽德帝国的皇室子孙，可能是被放逐到这座岛上来的。但基德看不出那枚旧戒指的意义，也没能看出这位老夫妇的真实背景。离开之前，基德用魔法改造了那股泉水，使它变得甘甜起来。

又过了很久，基德才了解到那对老夫妇和那枚戒指的故事。很久以前，地海有个巫师国王，名叫艾瑞斯·阿克比。巫师国王在一次战斗中败给了卡伽德帝国的高级祭司。老婆婆送给基德的那部分旧戒指就是巫师国王身上的护身符，不幸在这次战斗中被毁，戒指的一半被高级祭司带走，藏在阿土安岛的墓群里，另一半被艾瑞斯自己保留着，后来被送给卡伽德国王托瑞克（Thoreg），继而又被送给托瑞克的女儿做陪嫁。再后来，托瑞克家族失去了权势和地位，整个家族最后只剩下一个男孩和一个女孩。然而，现任神王仍然害怕托瑞克家族，因为有预言称托瑞克家族的后代会在某一天卷土重来，摧毁卡伽德帝国。最后，神王下令绑架了那两个孩子，把他们放逐到泉水岛。多年以后，基德在这座岛上见到的这对老夫妇就是当年的那两个孩子。

乌苏拉·奎恩，《地海的巫师》；乌苏拉·奎恩，《阿土安岛的古墓群》；乌苏拉奎恩，《地海彼岸》

钢铁之城 | Stahlstadt

德国苏尔茨教授建造的一座城市，用来对抗敌城弗朗斯城。钢铁之城坐落在俄勒冈的南部，距离太平洋海滨有 10 里格。钢铁之城所在地很像瑞士，挺拔的悬崖白雪皑皑、高耸入云；站在雪崖上可以俯瞰下面的深谷。这里的“阿尔卑斯山”其实只是一块由岩石、泥土和百年古松构成的地壳，下面蕴藏着丰富的铁矿和煤矿。如果游客离开这个宜人的地区，进入背后的荒野，就会发现几条覆盖着灰烬和煤尘的道路，道路两侧堆着黑色碎石，其中有耀眼的金属块，闪烁如蛇怪的眼睛。这里随处可见被废弃的矿井，因为久遭雨水的侵蚀，已经显得破败不堪，很像一个个小小的火山坑。空气里弥漫着令人窒息的烟雾，几乎完全看不见飞鸟和昆虫的踪迹。

在世人的记忆里,这里好像从来没有出现过蝴蝶。

如果继续向北走,游客会发现这个煤矿区慢慢地变成了一个平原。两列低矮的山脉之间是一块荒地,地下含有铁沙。直到1871年,这块地方才被叫作红沙漠,现在叫钢铁平原。

在这个平原的中心,在煤山脚下,矗立着一群奇怪而庞大的几何形建筑。这群建筑拥有几百个相同的窗户和红色烟囱,这些红色烟囱里至今还冒着有毒的绿色浓烟。这块无人居住之地就是钢铁之城留下的一切。

耶拿大学的苏尔茨教授花了5年时间建造了钢铁之城,现在,这座城市不仅变成了模范之城,而且也变成了一个模范工厂。

按照计划,钢铁之城将建成很多个同心圆,每一个同心圆里的建筑都具有不同的功能。同心圆的中心矗立着公牛塔。这是一座庞大的建筑,只开了一扇窗;塔底是苏尔茨教授的私人住房,上面是他的秘密书房;所有房间的门都被密封着。今天,游客还能看见公牛塔周围的热带公园,公园里种植着棕榈树、香蕉树、桉树、仙人掌、缠绕的藤蔓植物和多种果树,比如菠萝和番石榴。在苏尔茨教授生活的那个时代,人们采用的保温措施是用金属管来传导附近煤窑喷发的热气体。

在公牛塔的最高处,苏尔茨教授安设了一门最引人注目的大炮。这是一门远程炮,重约30万公斤,操作简便,小孩子都知道怎么使用。这门远程大炮使用的炸药威力无比,足以毁掉整座城市。1877年9月13日的早晨,准确地说,应该是那天上午的11点45分,苏尔茨教授把这门大炮对准了敌人的弗兰斯-维勒城,遗憾的是,由于计算失误,大炮竟然朝着天空发炮,炮弹绕地球轨道飞行,至今如此。然而,苏尔茨教授没有使用的那些炸药爆炸了,他也因此窒息而死。没有了领袖,钢铁之城很快陷入荒废状态;空荡荡的工厂里煤窑仍在燃烧。今天,这座钢铁之城犹如一座荒凉的纪念碑,诉说着人类曾经的虚荣。

朱勒·凡尔纳,《蓓根的五亿法郎》

标准半岛 | Standard Island

靠近新西兰的海滨，曾是一艘豪华的人工打造的岛形船，如今只剩下一堆长满珊瑚和海草的废墟。

19 世纪的最后几年，标准半岛有限公司建造了标准半岛，耗资 5 亿美元，历时 4 年竣工，覆盖了 27 平方公里的沃土。负责这项工程的是总工程师威廉·特森，总督是指挥官埃塞尔·希姆科。标准半岛上的居民是 1 万名美国百万富翁。两个水力发电站提供能源，标准半岛可以按每小时 8 英里的速度前行。

几块菜地为标准半岛提供丰富的蔬菜和食物，由于使用了新品种的化肥，蔬菜的长势很旺；到了收获时节，一根胡萝卜可以长到 3 公斤。蛇纹河穿过这片宜人的人造景区。

15 Novembre

Milliard City
Hôtel de Ville

Menu

Le potage à la d'Orléans
La crème comtesse
Le turbot à la Mornay
Le filet de boeuf à la napolitaine
Les quenelles de volaille à la viennoise
Les mousses de foie gras à la Trévise
Sorbets
Les cailles rôties sur canapé
La salade provençale
Les petits pois à l'anglaise
Bombe, macédoine, fruits
Gâteaux variés
Grissins au parmesan

Vins
Château d'Yquem. Château-Margaux.
Chambertin. Champagne.

Liqueurs variées

标准半岛米利亚城的市政厅接待塔希提岛女王所准备的菜单

标准半岛有两个港口，分别是左舷港和右舷港，位于标准半岛两个相对应的位置上，靠近轮船的推进器。船头架着 20 门加仑大炮。总体而言，标准半岛占据了 432 万立方米，方圆 80 公里。

标准半岛的中心耸立着米利亚城，占据了标准半岛总面积的五分之一。城里的天主教区和新教区都有军事警察巡逻。新教徒控制了左舷区；天主教徒占领了新教徒对面的区域。整座城市的交通通过移动人行道来进行。城里不允许开酒吧和赌场；官方使用的语言是英语和法语。

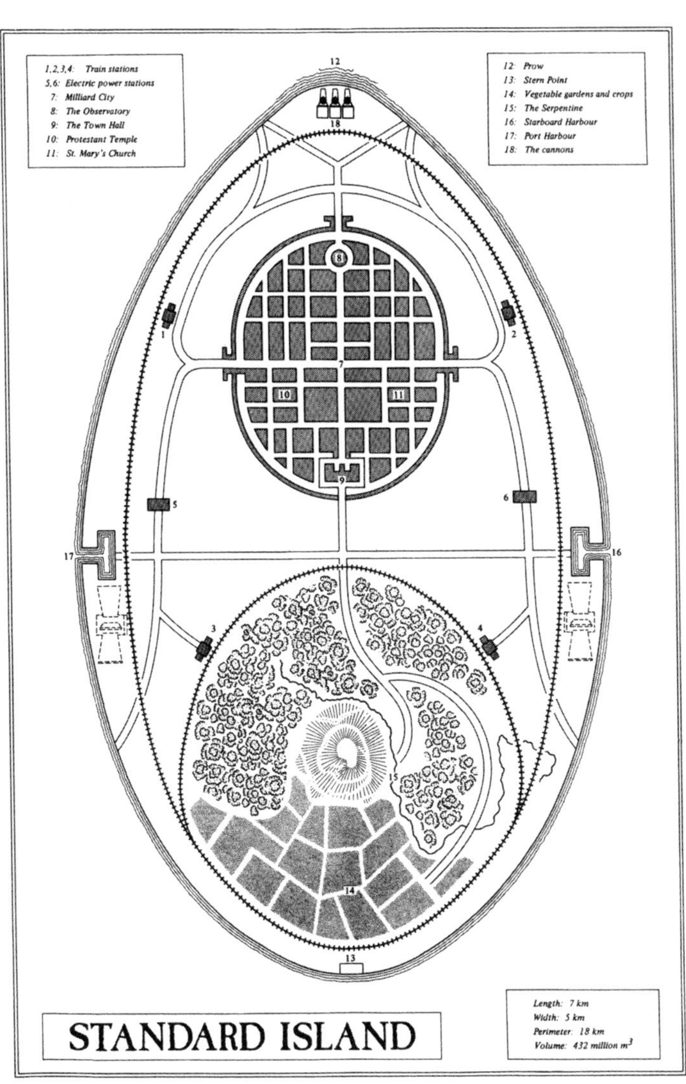
1,2,3,4: Train stations
5,6: Electric power stations
7: Milliard City
8: The Observatory
9: The Town Hall
10: Protestant Temple
11: St. Mary's Church
12: Prow
13: Stern Point
14: Vegetable gardens and crops
15: The Serpentine
16: Starboard Harbour
17: Port Harbour
18: The cannons
Length: 7 km
Width: 5 km
Perimeter: 18 km
Volume: 432 million m3
STANDARD ISLAND

标准半岛

游客既可以参观新教教堂的废墟，也可以参观圣玛丽教堂的废墟。新教教堂没有什么特色，像一块海绵似的松糕；而圣玛丽教堂则像一块采用哥特式风格过度装饰的婚礼蛋糕。这里会举行宗教仪式，圣餐通过电话或传真电报机来发送，电话和电报机直接连到百万富翁们的家里。居民购置厨房设备也采用这套系统。

在标准半岛的黄金时代，来此参观的游客通常会得到盛情的款待。标准半岛在帕皮提岛靠岸时，在甲板上为塔希提岛的女王奥普梅尔举行了隆重的欢迎仪式。他们举办了盛大的宴会，还举行了一场室内音乐会，演奏了贝多芬、莫扎特、海顿以及翁斯洛的作品。

新教徒与天主教徒经常争论不休。争论之后，标准半岛被南太平洋上的一次风暴摧毁。4 月 10 日，这艘失事船只在新西兰北岛的拉瓦拉凯海湾搁浅，从此结束了一段被誉为“世界第九大奇迹”、无与伦比的“太平洋之珠”的历史神话。后来，有人拟定重建计划，但始终没有采取任何实质性的行动。

朱勒·凡尔纳，《机器岛》(Jules Verne, *L'Ile à hélice*, Paris, 1895)

斯达克-沃尔城 | Stark-Wall

一座富饶的城市，周围筑有城墙，坐落在熊国以南开阔的平原上。规模庞大的露天广场旁边是宽阔的大街。城里最金碧辉煌的建筑是皇宫，皇宫的卧室也以黄金和玉石为顶。

正常时期，这座城市实行世袭君主制；国王死后，王位传给长子。如果没有男性继承人，第一个穿过熊国隘口的游客就会被带到这座城里来。如果这个游客长得太丑，他会被人用毯子捂死；如果他头脑太笨，就会被当作奴隶卖掉；如果他长得英俊又聪慧，就会被剥光衣服，然后赤裸着身子作出选择：要么选一套古代的战袍，要么选一套用黄金制成的衣服；如果他选择黄金制成的衣服，就会被送给别人做奴隶，如果选择战袍，则会被任命为战斗国王，成为下一任君王。

威廉·莫里斯,《世外森林》

娇妻镇 | Stepford

美国的一个小镇,与美国许多其他小镇极其相似,同样也有居民区、白色的市政大厅、小型购物中心和超市。娇妻镇最有趣的是,镇上的已婚女人都是称职的家庭主妇,她们毫无怨言地照顾孩子、清扫房间、烧菜做饭,对家务活儿乐此不疲。她们有时候也穿性感的衣服,化妆打扮,但这方面的开销不会太大。

娇妻镇的女人没有独立创造性,她们从不希望成就自己的事业,也从不希望塑造自己的人格,她们的行为其实很像机器,而现实生活中的她们也的确如此。娇妻镇的太太们之所以会变成机器,主要是她们的头脑受到一个神秘男子协会的影响。这个男子协会的总部设在娇妻镇,表面上看起来是一个男子俱乐部。不过,娇妻镇上这些女人的变化不会影响她们的繁殖能力,也没有危害她们那模式化的社交能力。

依拉·里韦恩,《复制娇妻》(Ira Levin, *The Stepford Wives*, New York, 1972)

斯蒂芬海岬 | Stephen, Cape

位于西非的海滨地区,狭长多岩石,距离凡第波王国的北部约 20 英里。游客要注意,斯蒂芬海岬对于海上的航船来说很危险,这里有神秘莫测的岩石和浅滩。海岬上有一座灯塔,由两个人看守,他们每年离开一次,回英国度假 6 周。

休·洛夫丁,《杜利德博士的邮局》

斯蒂瑞亚王国 | Stiria

参阅宝贝谷(Treasure Valley)。

斯多瑞森德城堡 | Storisende

波伊兹麦王国的伯爵居住的城堡坐落在杜阿德尼兹河的两岸，地处阿凯尔森林的边缘。斯多瑞森德城堡被大面积的花园围绕，花园里有大片的绿草坪，园中还生长着众多的枫树和洋槐；远处可见波伊兹麦王国的蓝色山峦。

斯多瑞森德城堡的一大奇观是阿吉斯屋，之所以这样叫是因为这间屋子的窗户曾是菲里斯蒂亚王国的阿吉斯庙的一部分，被阿斯蒙德公爵作为战利品带到了这里。其中两扇窗户提供了清晰的室外风光，但打开第三扇窗户的时候，这个世界的常态就会消失，只留下无垠的灰色微光，其中的东西都难以辨别。据说，任何人要是经过这扇窗户都不可能逃出他人的梦境，并且从此还会踏上表象世界之外的一段可怕的旅程。据说，解放波伊兹麦王国的大英雄曼纽尔就曾穿过那扇窗户，但此后再也没有回来。

任何人要是在黎明和日出之间进入斯多瑞森德城堡的那个大花园，他就会遇到各种各样的怪物，比如人首马身怪、仙女、小妖、瓦尔基里①以及犬狗。他们也可能看见过去的景象，看见他们小时候的朋友。

詹姆斯·卡贝尔，《朱根：正义的喜剧》；詹姆斯·卡贝尔，《地球人物：一部关于形貌的喜剧》；詹姆斯·卡贝尔，《高地：祛魅的喜剧》

斯多恩岛 | Storn

一座多风暴的小岛，距离南英格兰的海滨两英里，最近的港口和唯一的入口是布列塔尼港。

斯多恩岛是布列塔尼家族一直居住的地方；这个家族在大陆上也拥有数目可观的地产。斯多恩岛是皇家的地盘，自伊丽莎白

① 北欧神话中奥丁神的婢女之一。

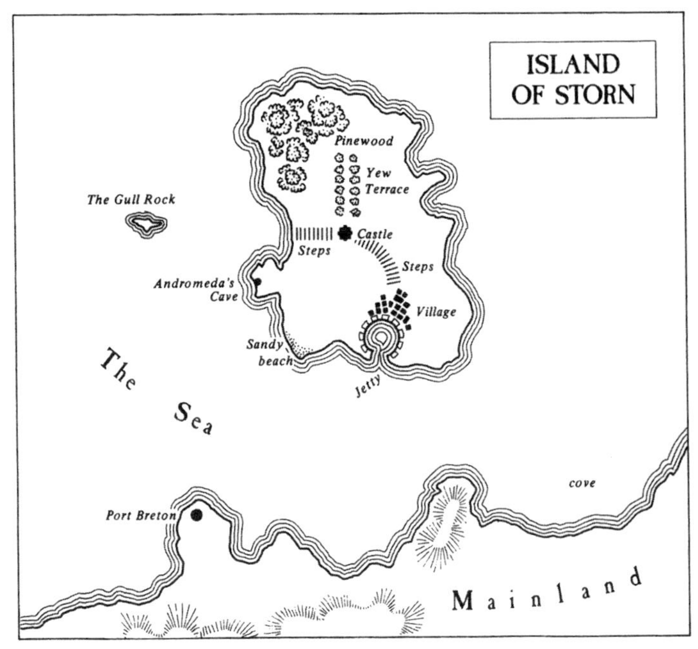

斯多恩岛

一世统治以来,摩尔(Moor,这是对斯多恩岛和大陆不动产的拥有者的传统称呼)的巡逻骑兵就向当时在位的君主纳贡。他们所交的贡品是一块黄金,据说是用来象征斯多恩岛以西的海鸥岩。这块黄金会被削去一角,然后退还给布列塔尼。

斯多恩岛上有一个小村庄,即防波堤背后一簇簇粉红色的房屋。到了夏天,一些房东为了增加收入会向游客兜售茶叶和明信片,这些茶叶和明信片都是"水仙花号"明轮船从布列塔尼带来的。斯多恩岛上的主要建筑是诺曼人的那座城堡,主要是两座圆形塔,这里是村子的中心,从陆地上就可以清楚地看到。城堡用粉红色的石头建成,这种石头会随着光线的变化而改变颜色,有时好像是粉红,有时又变成干后的血迹的颜色。这座城堡至今仍是布列塔尼家族居住的庄园,可以从一个铺着草皮的露台进去。露台的两侧生长着古老而挺拔的紫杉,这些紫杉被砍掉,做成想象中的各种动物的形状，这样的动物形状在天空中多半还能看得见。

斯多恩岛的其他地方主要生长松树，这些松树为岛上的红松鼠提供了舒适的栖所。

斯多恩岛上有一个地方游客是进不去的，那就是安德罗梅达之洞。这是一个狭窄的小洞，位于海平面之上，洞名是已故的韦恩·布列塔尼爵士取的。布列塔尼小时候总认为洞壁上的铁环就是那些用来捆缚传说中的安德罗梅达家族的铁环。据说，某年的寒冬时节，安德罗梅达家族的祖先把一个对感情不忠的女子锁在这些铁环上，一周后，一位渔夫在这个洞里避难时发现了女子的尸体。也有人说韦恩爵士曾把患白喉病的妻子绑在这个山洞里，愤怒的妻子出于报复亲吻了一下丈夫，于是韦恩爵士也患上白喉病，并且很快就死了。

维多利亚·韦斯特，《黑暗之岛》（Victoria Sackville-West, *The Dark Island*, Lodnon, 1934）

斯特拉肯兹公国 | Strackenz

德国境内一个臭名昭著的公国，公园的边界上坐落着梅科伦堡（Mecklenburg），距离波罗的海不远，长 30 英里，宽 12 英里。俾斯麦统治时期，斯特拉肯兹公国成为德意志帝国的一部分；它的大多数居民都住在首都附近的平原地区。

这个地区的一个不同寻常的特点是一排陡峭而荒凉的巉岩，名叫约屯（Jotun），巉岩间有两个漂亮的小湖泊，其中一个湖里坐落着约屯堡，是斯特拉肯兹公爵以前的要塞。约屯-吉普菲尔巉岩的最上面是一个高原，高原的周围大树参天，深深的约屯河谷横穿高原。约屯堡高耸于美丽的约屯湖上，这里矗立着一排哥特式风格的塔楼城垛，经过一座吊桥可以进入；也可以坐船从小港进入，小港直接从岩石上凿出。卡尔·古斯塔夫王子就被囚禁在这里。1848 年，这座城堡已处于半废弃状态，如今也只能看见城堡的废墟。

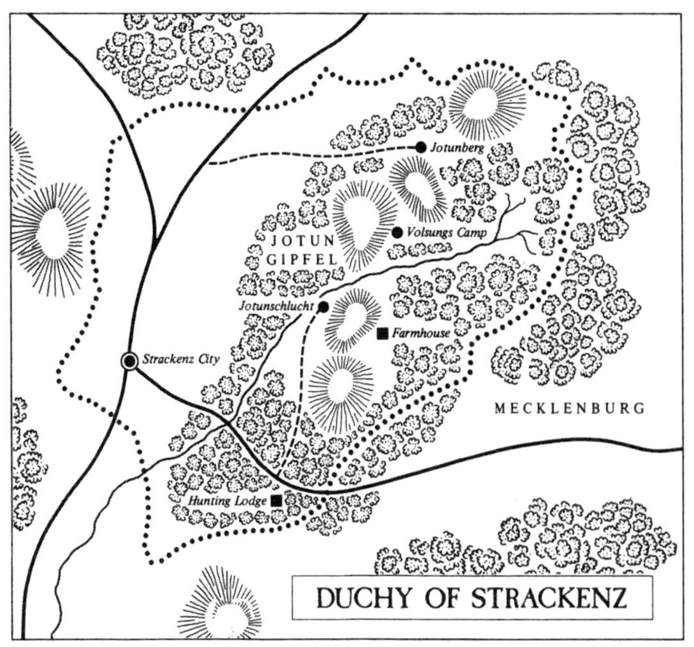

斯特拉肯兹公国

斯特拉肯兹城是斯特拉肯兹公国的首都，城里建有公爵居住的宫殿和古老的大教堂；教堂的彩色玻璃看上去非常气派。

乔治·弗拉赛尔，《皇家》(George Macdonald Fraser, *Royal Flash*, London, 1970)

流动王国｜Streaming Kingdom

位于英吉利海峡之下，靠近法国塞纳河的河口。如果要到达这个王国，游客首先需要潜水，潜水的最佳位置是法国皮卡地区的海滨。流动王国的统治者是潮湿殿下，他为众多的臣民建立了一套简单的生活法典。流动王国的居民使用手语交流，他们的皮肤会发出磷光，依靠这闪烁的磷光传递信息。他们还训练鱼类，让这些鱼为其做家务，比如用嘴搬运一些轻便的东西，用嘴清除水下花园里的杂草。参观者会发现流动王国的生活祥和而舒适，采集贝壳或在海草中寻找丢失的浮标，可以使日子过得飞快，尽管适应这里的潮湿天气需要很长一段时间。

朱勒·苏佩维埃尔，《高海的孩子》(Jules Supervielle, *L'Enfant de la haute mer*, Paris, 1931)

故事溪海洋 | Streams of Story, Ocean of The

据说，这片大海的源头在月球的南极附近，真正的故事溪流从南极向北流。这片海水经常被污染，海水中的堆积物也越来越多，水流越来越缓，最后变得像蜜糖一样粘稠。显然，这种状况是某种偶然的堵塞物造成的，阻挡了故事溪水的自由流淌。如果要到海洋的对面去，游客应该除去这些堵塞物，清洁这里的溪水。只有这样做，所有的故事，甚至最古老的故事才可能像新故事那么好。

萨尔曼·路西迪，《哈罗恩与故事海洋》(Salman Rushdie, *Haroun and the Sea of Stories*, London, 1990)

乌塔的峡谷 | Streels of Urtah

参阅乌塔(Urtah)。

斯特尔沙城 | Strelsau

鲁里坦尼亚王国(Ruritania)的首都。

愚蠢之城 | Stupidity, City of

参阅毁灭城(City of Destruction)。

自杀之城 | Suicide City

位于巴黎东部温森斯城的森林之下最深处，是在修建那条连接巴士底狱遗址和温森斯城的地铁时发现的。具体地说，这座城市是在巴黎警察局的萨瓦吉探长搜寻开挖地铁期间失踪的工人时发现的。当时不知道是出于怎样的考虑，萨瓦吉探长第一次上交这份报告时使用的是西班牙语。

统治这座城市的是一个老头儿，绰号“老大”。自杀城里的市民都是一些自杀未遂的幸运者或不幸者。根据自杀城市民的口音，游客能够弄明白世界各地的准自杀者选择自杀的原因，比如，来自西班牙和拉丁美洲的人多半是因为运气不佳的风流韵事而企图自杀；来自英国的人因为无聊而想自杀；来自法国的人因为好色而想自杀；来自德国的人害怕服兵役而想到自杀；来自美国的人因为破产而想自杀；来自加拿大的人厌烦冬天而试图自杀；许多癌症晚期病人也是这座城市的市民。

自杀之城的民法非常严苛，不容许任何形式的情感因素。自杀之城里唯一可吃的食物是一种小药丸，这种小药丸可以帮助人们活跃大脑。自杀之城的市民必须保持安静，除了被医生询问病情的时候。自杀之城的医生其实都是警察，因为这个自杀群体里没有必要做卫生保健：这里的空气百分之百的纯净，因为城市周围修建了保护墙，保护墙的历史可以追溯到史前时期。这样的保护墙可以过滤空气，在允许大量的新鲜空气进入城内的同时，也阻挡了细菌的侵入。

自杀之城的镭元素藏量丰富，还有黄金和白金。黄金是经过某种程序从白银中提炼的，白金则是从黄金中获得的。通过人工的光和热量，自杀之城的市民每年可以收获 4 次庄稼。由于蔬菜不是他们的食物，所以我们不知道他们收获的这些庄稼有什么用处。

尽管自杀之城提供的快乐显而易见，但游客还会认为它是忧郁而悲伤的。据说，自杀之城是在伦敦的自杀俱乐部倒塌之后建立起来的，不过这种历史推断缺少可靠的证据。自杀俱乐部的倒塌是一场大灾难，是波西米亚的弗洛瑞泽尔王子(Florizel Prince)造成的。

罗伯特·斯蒂文森，《新一千零一夜》(Robert Louis Stevenson, *New Arabian Nights*, London, 1882)；艾斯卡梅兹，《自杀之城》(José Muñoz Escamez, *La Ciudad de los Suicidas*, Barcelona, 1912)

夏国 | Summer Country

也叫“夏土”，与普瑞敦王国隔海相望。夏国不存在邪恶和痛苦，所有的男女都可以长生不老，所有的欲望都可以得到满足。

夏国是敦之子的王国，所谓敦之子，指的是敦夫人与太阳之王贝林所生的孩子。当富饶的普瑞敦王国遭到阿西伦及其同伙死亡之君阿诺恩的蹂躏时，敦之子坐着金船来到这里，打败了阿西伦和阿诺恩，把普瑞敦王国从邪恶里拯救出来，并为普瑞敦王国修建了防御工事。他们还建造了凯尔-达赛尔大城堡，普瑞敦王国的至尊王就住在这里。他们又在南面建造了最重要的防御工事凯尔-达尔本，这座工事看起来很像一个现代化农场，受到巨大的魔力保护。达尔本是普瑞敦王国最伟大的巫师，凯尔-达尔本城堡也是助理猪倌塔兰童年时居住的地方；塔兰最后成为普瑞敦王国的至尊王。

多年来，邪恶力量始终处于弱势，但在至尊王马斯统治时期，死亡之君阿诺恩再次出现在普瑞敦。经过漫长的战争和敦之子的鼎力相助，阿诺恩最终被彻底打败，普瑞敦最终摆脱了邪恶力量的控制。完成任务后，敦之子追随命运的指引，坐着金船回到了夏国；一同回去的还有他们所有的亲人。

敦之子的人类盟友也可以跟随他们去夏国，最后只有两个人留了下来，他们含泪与朋友挥手告别。其中一个就是塔兰，当时他已成为至尊王马斯的军事领袖格韦迪恩王子的亲密战友，他被要求留下来成为新一任至尊王。另一个是艾罗妮公主,她是里尔家族的最后一个成员;这个家族以前住在莫纳岛附近的凯尔-克鲁尔岛。因为爱恋塔兰,艾罗妮公主决定留下来嫁给塔兰,甘愿放弃自己的最后一点魔法,这是里尔家族里母亲传给女儿的魔法,这种魔法世代相传,已经过了好几个世纪。

劳埃德·亚历山大,《三之书》;劳埃德·亚历山大,《黑色大铁锅》;劳埃德·亚历山大,《里尔城堡》;劳埃德·亚历山大,《流浪者塔兰》;劳埃德·亚历山大,《至尊国王》

夏岛 | Summer Island

参阅漂浮岛(Floating Island)。

桑奇斯顿港 | Sunchildston

以前叫寒港(Cold Harbour),参阅埃瑞翁王国(Erewhon)。

太阳城 | Sun, City of The

位于印度洋的塔普罗巴尼岛,是一艘热那亚商船发现的。这艘商船在靠近塔普罗巴尼岛的时候,被一群陌生男女截获,这群人当中还有人会说流利的意大利方言。

太阳城占据了绿色平原中间的一座孤山,整座城市被分成7个同心圆,所有的同心圆都是根据七大行星来命名。早在16世纪时,人们就知道七大行星的存在。如果游客想从一个同心圆进入另一个同心圆,他可以穿过奇数同心圆上面的门。每个同心圆里都修筑了坚固的防御工事,甚至同心圆里面也建造了围墙。

统治太阳城的是一个王子,他同时也是一个祭司,名叫太阳或玄学家。这个王子既是最高的世俗统治者,又是最高的宗教领袖,他可以获得3位皇家寺僧的帮助,这3位寺僧分别是朋(Pon)、森

(Sin)和莫(Mor),分别代表权力、智慧和爱情。朋掌管军队;森负责科学和文艺,领导众多的官员,比如占星家、宇宙学家、数学家、逻辑学家、修辞学家、文法家、医生、物理学家、政治家以及伦理学家。按照森的要求,6 堵内墙上绘有科学知识简介,这样,所有公民在每日散步时就可以学习知识。太阳城的城墙上装饰着数字符号、动物、植物、矿物质以及历史人物的肖像。

莫管理食物、服装和繁殖部门,负责让合适的男女组建一个家庭。人们认为,花费心思去养狗和马而忽视人类的繁殖是很荒唐的做法,因此太阳城严格执行优生政策。女人在 19 岁之前不可以有性行为,男人在 21 岁之前不可以有性行为。女子到了 19 岁和男子到了 21 岁时,人们就会用歌声和其他的娱乐方式举行庆祝活动。太阳城不容许同性恋,如果发现有人搞同性恋,人们会在他的脖子上挂一只鞋子,表示本末倒置,然后拉出去游街两天;如果发现有人再次犯罪,那此人便会遭到更严厉的惩罚,有时甚至可能被处死。太阳城每隔 3 个晚上组织一次性交活动;忏悔和赦罪仪式结束之后,美丽的高个子女孩与英俊的大个子男人性交;瘦男和胖女性交;胖男和瘦女性交,这样做是为了平衡。如果一个女子与男子交合后没有怀孕,她会被转给另一个男人;如果她被发现没有生育能力,就会被交给一个性欲更旺盛的年轻小伙子,但她享受不到做夫人的荣誉,如果可以做夫人,她就可以参加政务会和寺庙里的祭祀活动。

孩子生下来后,母亲会给孩子喂两年奶。如果这个孩子是女孩,就交给女教师管理,如果是男孩,就交给男教师;学校的座右铭是“健全的精神依赖于健全的体魄”。

如果一个孩子被发现没有文学和数学天赋,他会被送到农村去种地,其他的孩子则接受职业培训。

太阳城的宗教很简单,太阳城的市民只相信一个上帝,这个上帝就是生命的赐予者:太阳。人们会在不同时间面朝不同的方向虔诚地祷告,早晨面朝东方,中午面朝西方,下午朝南,晚上朝北;他们祷告时不停地重复一句话,祈求上帝赐予他们健康幸福的生活。

太阳城不举行葬礼，死人统统实行火葬，太阳城的市民相信火焰会把死者的灵魂送到太阳那里。

太阳城的法律很少，都刻在寺庙的廊柱上。太阳城的判案过程很短，判决下达之后还可以上诉，首先可以向寺僧朋上诉，然后向太阳上诉。太阳城里没有监狱，对犯人的惩罚包括不可以与女人说话，不可以参加祭祀，以及不可以与其他人一起吃饭。对某些罪犯的惩罚还包括鞭打和流放，罪行较严重的犯人可能被判死刑，更严重的犯罪包括叛国罪和违背宗教教义罪。这时，有罪的一方也有权利做出解释和公开指责国家官员和神学家。当某个人遭到放逐或被处决的时候，太阳城的居民必须祷告、献祭和禁欲，以此使自己得到净化。

太阳城的居民很欣赏他们自己制定的法律，不容许外国俘虏住在城内，害怕这些外国人污染了他们的心灵。不过，有些游客可以得到很好的款待，他们洗干净了脚就可以在城里游览 3 天。

太阳城的居民讨厌黑色，因此他们讨厌那些身穿黑衣的日本人。

托马索·堪帕尼拉，《太阳城》(Tomaso Campanella, *La Città del Sole*, Lugano, 1602—23)

分裂洪水 | Sundering Flood

发祥于大山脉的一条大河，一直流到分裂洪水之城，绵延 200 多英里；分裂洪水之城坐落在河口，看起来金碧辉煌。分裂洪水的下游可以通航，上游流经一片荒漠，然后被分成 3 条大河和无数的小河，继续北流经过一列山脉后，河水变得更深更湍急。

分裂洪水上面无桥，据说只有鸟儿能够穿过这条河流。分裂洪水的下游两岸长满大树，这一带名叫无主林，一直延伸到郎夏城堡。当地人到林中砍柴伐木，有时候也狩猎野鹿。

分裂洪水的上游分成两部分，东部是丘陵，西部是山谷。游客会发现这里的居民很好客。这个地区的定居点很小，大多散布在多风的谷地。

维塞梅尔(Wethermel)是东部山谷里倒数第二个农场，属于典型的内陆定居点。为了避开暴风，这里的房屋面朝西南方，多建在隐蔽的小山上。维塞梅尔农场里养猪牧羊，主要农产品是谷物。维塞梅尔是奥斯伯尼·弗格瑞姆森(Osborne Wulfgrimmson)居住的地方。在国王与分裂洪水之城的手工业行会交战期间，弗格瑞姆森曾带着魔法武器参加战斗。那些武器是他的监护人斯蒂尔赫德(Steelhead)送给他的；斯蒂尔赫德是一个小矮人。巫术和小矮人的存在只是这个地区的一部分生活。

山谷里的生活因为这条大河而变得更加艰难。因为人们无法过河，东、西两个山谷里的居民无法交流。每逢一年的圣诞节和仲夏时节，大河两岸的居民就聚集到科罗文山的巉岩边，隔岸吆喝，传达问候。奥斯伯尼和艾菲尔德之间的爱情足以证明两岸居民交流的艰难。多年以来，这对有情人不得不隔河相爱，经过漫长而艰难的爬涉，才能到遥远的荒山里相会。

威廉·莫里斯，《分裂洪水》(William Morris, *The Sundering Flood*, London, 1897)

无阳城 | Sunless City

一座地下城市，位于努比亚沙漠的贝奥达草原(Bayowda Steppe)下面，介于埃及南部与苏丹北部之间，距离苏丹首都喀土木不远。如果游客热衷埃及学，且又在托马斯·库克(这里指的不是探险家或制图师托马斯·库克)的带领下渡过了尼罗河，那么不妨来这座城里看看。尽管天气很热，游客最好还是多穿几件衣服，因为无阳城的入口有一片流沙，靠近一座古老的金矿。一旦被埋进流沙里，游客就会发现他其实已经到了沙漠以下100米左右，换句话说，他已经到了一座规模庞大的埃及城市的中心，这里就是无阳城，城里的居民采用人工照明。

无阳城是 1926 年 5 月被发现的，发现者是法国的埃及学家艾米丽·丹特瑞蒙特(Emile Dantremont)和马希尔·佩格利特(Martial Pigelet)，陪同他们的是一位英国官员约翰尼·瓦霆顿(Johnny Wartington)。他们在这里目睹了一次大地震，这次大地震摧毁了无阳城的一部分建筑，但他们最终成功地离开了这座城市。

无阳城里通向埃及大厅的石头怪物走廊

今天，游客依然能欣赏到一个漂亮的埃及大厅；大厅建在一长排石头怪物的尽头，大厅里有两扇用黄金做的大门。无阳城的建筑属于公元前 667 至前 663 年期间的埃及风格。那时候，一些埃及人为了躲避亚述人的入侵而逃到地下，在这里建立了一个王国，建造了一座城市，由法老的后代来统治；因此法老家族的血脉延续至今，被誉为“无阳王国的主人”。尽管这些地下居民讲的是古埃及语，游客也可以用几句简单的法语与他们交流。这些居民还保留了古老的习俗，与他们那些生活在地球表面的祖先一样，他们也会为死者做防腐处理，也会穿薄纱衣，也会用弓箭作战。

无阳城里看不见一只鸟，但能看见非洲大象和狮子，它们在荒郊里漫游。无阳城附近有一个湖，名叫圣湖，圣湖中心有一座岛屿，名叫麻风病人之岛，这座岛不值得一游。

阿尔伯特·波诺，《无阳城》(Albert Bonneau, *La Cité sans soleil*, Paris, 1927)

斯瓦特之洞 | Svartmoot, Cave of The

一个长廊似的山洞，上面突出一块狮子头形状的岩石。斯瓦特之洞位于英国柴郡境内的奥尔德利山崖。山洞里住着一群小精灵，名叫斯瓦特-阿尔法(svart-alfar)，他们聚在一起吸收一种火焰，这种火焰产生自一个盛满沸腾岩浆的石杯。吸收了这种火焰，他们就能毫无痛苦地注视光亮。

艾伦·加纳，《宝石少女》(Alan Garner, *The Weirdstone of Brisingamen*, London, 1960)

斯乌纳瑞岛 | Swoonarie

属于太平洋东南部的雷拉若群岛。斯乌纳瑞岛上的居民发明了许多神奇的东西，比如他们发明了一种可以从星光里提取银子的坩埚，一种可以把高山夷为平地的铁铲，还有一种可以抗拒地心引力的装置。不过，这些发明都没有被派上用场，因为没有哪一个岛民能搬得动它们。这些岛民喜欢吃一种名叫爱鲁尔(ailool)的鸦片，一吃完就睡着了，这样一来就找不到人干活了。

戈弗雷·斯维文，《雷拉若群岛:流犯群岛》;戈弗雷·斯维文，《里曼诺拉岛:进步岛》

塞尔瓦尼亚王国 | Sylvania

欧洲的一个小国家，位于弗瑞多尼亚王国以南。过去，塞尔瓦尼亚的政府经常干预邻国弗瑞多尼亚的内政，他们大搞间谍活动，诋毁弗瑞多尼亚政府，试图挑起叛乱。这种颠覆活动大多是塞尔瓦尼亚派驻弗瑞多尼亚的大使特恩蒂诺策划并组织的。不过，特恩蒂诺最终没有得逞，弗瑞多尼亚的总统卢夫斯·菲尔弗莱挫败了他的一系列阴谋。另一方面，特恩蒂诺的间谍组织也没有派上大用场，他的间谍实际上听命于卢夫斯总统。

特恩蒂诺受到卢夫斯总统的侮辱，两国关系因此迅速白热化，战争一触即发。战争初期，弗瑞多尼亚的总部遭到围攻，胜利似乎属于塞尔瓦尼亚，但不久后形势陡转，特恩蒂诺被捕，不久宣布投降。

汉斯德莱赛和维阿德·伊宁执导，《鸭汤》(Hans Dreier & Wiard B, *Duck Soup*, Ihnen, USA, 1933)

塞姆佐尼亚王国 | Symzonia

一个地下王国,1820 年被赛博恩船长(Captain Seabourn)率领的南极探险队发现。这支探险队设法穿过南部冰川,证明了同心球体理论。该理论是约翰·赛梅斯(John Cleves Symmes)1818 年提出的,后来在 1826 年,赛梅斯与同事詹姆斯·梅布拉德(James Mcbrade)一起出版了《赛梅斯的同心球体理论》(*Symmes' Theory of Concentric Spheres*)一书。

根据这一理论,地球是由一系列球体组成的,这一系列球体很像中国套盒,也像嵌套在一起的俄罗斯娃娃。这样的球体共有 5 个,球体之间被一层大气隔开,5 个同心球体被庞大的地道连接起来,这样的地道可以通过南、北两极进入,两极的缝隙吸进海水,使所有的船只都可以轻松进入。

1818 年,赛梅斯率领 100 人乘坐驼鹿雪橇从西伯利亚出发,不过他的这次探险并没有成功。15 年后,赛博恩船长从另一端进入地球。为了纪念赛梅斯这位杰出的理论家,赛博恩船长把自己发现的这个地区叫作"塞姆佐尼亚"(Symzoniz),这个地区是一系列"中国套盒"中的第二个。

赛博恩船长对塞姆佐尼亚了解不多,因为当地人害怕外来者破坏他们近乎完美的制度,他们赶走了这位船长。根据赛博恩船长的报告,塞姆佐尼亚的城市与地表的城市相似,但有一点与地表的不同:塞姆佐尼亚的一切都白得像雪;居民的肤色是纯白的,穿的衣服也是纯白的,他们用音乐一样的语言进行交流。他们缺乏物质财富,但生性聪明,这足以使他们过得快乐而幸福。塞姆佐尼亚人利用镜像原理,获取从极地缝隙照射进来的太阳光和月光。他们发明了推进反应堆,使用这种反应堆引导船只的航行;他们还发明了飞船和火炬,但他们不太欢迎游客。

亚当·赛博恩船长,《塞姆佐尼亚:发现之旅》(Captain Adam Seabourn, *Symzonia*, *A Voyage of Discovery*, New York, 1820)

塔卡黎加岛 | Tacarigua

位于加勒比海，首都叫库纳库纳城，一座非常美丽的城市，也可以说是世界上最富有魅力的城市，极具世界性和异国情调，诗人称它是"燃烧的塔卡黎加"。库纳库纳城的居民来自四面八方，城里的娱乐活动丰富多彩：惊险刺激的夜生活随处可见；市中心的戏剧院专门用来表演高雅艺术，而码头的爵士乐厅里的表演则更加富有激情，一些酒吧里有女孩子表演独特而疯狂的赫德达(hodeidah)色情舞。大剧院有时候也举办芭蕾舞会，表演大胆刺激，舞蹈动作都是出自一个苏格兰寡妇之手。她说当她第一次来到这座岛上的时候，就被这里的自然风光吸引了，她的灵魂受到极大的震撼，而她的大胆创新着实也震撼了库纳库纳城的市民，要知道，这些市民也绝非拘谨不开化之辈。

库纳库纳城的酒吧擅长调制令人兴奋的鸡尾酒，这一点可谓远近闻名，尤其是坐落在自由广场周围的那些酒吧。自由广场上看得见库纳诗人萨巴·马塞拉(Samba Marcella)的雕像，他是著名的"反叛歌手"。对那些喜欢享乐的市民来说，阿拉梅达(The Alameda)林荫道很适合夜间漫步，林荫道的两旁长满了含羞草；去马塞拉花园散步也是不错的选择。这两个地方经常会出现漂亮的男妓和妓女，这里的男妓为库纳库纳城丰富多彩的享乐生活作出了巨大的贡献。

沿着库纳库纳城的街道往前走，你会发现市场上的商品琳琅满目。这里能买到塔卡黎加岛上生产的所有东西。街上有警察巡逻，警察身穿折叠裙，头戴遮阳帽，帽子上还插着羽毛，看起来浪漫而放荡，毫无威武庄重的和平卫士的气势。

塔卡黎加岛上的时尚生活主要集中在大剧院周围和独立的发拉纳卡(Faranaka)郊区。这里是社会名流居住的地方，他们的大宅院掩映在凤凰树荫之间。发拉纳卡林荫道上的灌木丛闪闪发光，活像魔法师的花园。

库纳库纳城的人口很复杂，城里住着中国人、印度人、非洲黑人等等；许多人都渴望过更刺激的生活，渴望得到更高的报酬。他们走出乡村，来到这座大都市里生活。然而，城市生活的各种压力使得很多人不得不走上犯罪或卖淫之路。不过，从另一个方面来讲，库纳库纳城也是塔卡黎加岛的精英汇聚之地，这些人四海为家，被塔卡黎加岛的无限魅力吸引到此。他们大多是欧洲人，喜欢离群索居，几乎与当地人不相往来。

塔卡黎加岛的内陆村庄与首都库纳库纳城迥乎不同，尤其是那些位于岛屿南海滨的偏僻小山村。这些小山村里的居民仍然生活在传统的茅草屋里，他们几乎赤身裸体，头戴花环，腰间缠一块粗布带。这样的内陆地区只有几个简单的作坊似的小集镇，基本上以农业为主，主要农作物有甘蔗、菠萝、香蕉和肉豆蔻。沿海的居民靠捕鱼贴补家用。内陆地区虽穷，但自然风光极美。大草原对面，棕榈树正在风中摇曳，大草原上的天然雪松和竹林为塔卡黎加岛众多的蝴蝶、蜂鸟和树蛙提供了栖息之地，到了晚上，随处可见萤火虫发出的微光，到处星星点点的，使无边的夜色充满了暖意。

塔卡黎加岛的乡村生活保留了早期文化的诸多特点，而对于这种早期文化，国际化氛围浓郁的城市生活已经不再拥有。在乡村，古代部落留下来的那些歌曲仍然还在传唱，这使我们想起了奴隶社会的生活，更使我们想起了非洲人的生活。施洗和赞美复兴的仪式依然存在，尽管如此，大多数村民依然相信奥比巫术，相信幽灵、树精和吸血鬼的存在；他们经常把那些被叫作“幸运球”的符咒挂在嘴边。库纳库纳城随性恣肆的道德生活在乡村里也很普遍，结婚之前有几个情人也属于正常现象。村里的结婚仪式仍然很传统：新郎和新娘会站在路边，接待各位来宾，然后进屋去看送给新娘的那些传统礼物，比如子安贝壳、羽毛和橙花。

塔卡黎加岛最近爆发了一次大地震，地震造成了极大的恐慌，好在库纳库纳城的损失不大。在内陆乡村，情况就不一样了；在位于五朔节山背后的卡苏比省（Casuby Province），地震对这里的种植园和房屋破坏很大，萨萨播撒(Sasabonsam)女修道院完全变成了一堆废墟。这座修道院原本是一栋非常珍贵的热带建筑，马塞拉在《恐慌》(*The Panic*)一书里把它奉为圣物。不过，我们的悲伤女士的雕像却奇迹般地幸存下来，如今，它吸引了整座塔卡黎加岛上的居民到这里来朝圣。大地震也掀起了塔卡黎加岛上的宗教复兴热，代祷服务替代了上流社会精英更平常的兴趣。剧院的歌手被聘用到拥挤的教堂里唱圣歌，一些酒吧和其他娱乐场所因缺少顾客而被迫停业。不过，这种狂热的宗教复兴现象只是昙花一现，库纳库纳城很快又恢复了往日的享乐主义传统。

罗纳德·费班克，《昂首阔步的苦工》(Ronald Firbank, *Prancing Nigger*, New York, 1924)

塔尔戈-纳迪波王国 | Taerg Natirb

位于红海的一个岛国，靠近埃塞俄比亚的海滨，盛产羊毛和玉米，首都叫伊娜特尼普城，又叫纳德诺尔城，希腊人把这座城市叫作弥陀诺亚城(Metonoyae)。伊娜特尼普城建造了高高的城墙，安息日那天，城门会关闭。塔尔戈-纳迪波王国的防御良好，沿海修建了城堡和灯塔，首都四周有训练有素的海军和陆军巡逻，有力地保证了王国的安全。

塔尔戈-纳迪波王国的居民身高20英尺，他们衣着朴素，豁达好客；他们都是新教徒，敬畏神灵，信奉上帝所说的每一句话。塔尔戈-纳迪波王国共有1560座小教堂，每座教堂里都有两个牧师，学问高的那个牧师负责布道，另一个主持圣礼。教堂的门上刻着“务要尊敬众人，亲爱教中的弟兄，敬畏神，尊敬君王”。

塔尔戈-纳迪波王国的法律规定：所有人一律平等，不分高低贵贱；犯强奸、盗窃和谋杀罪的人都会被处以死刑；酒鬼会被关进监狱，几天不给食物；诅咒他人会被割去舌头，作伪证同样会被割去舌头，然后被处死；不诚实的律师要坐牢，他的财产会被君王没收；天主教徒会被烧死。由于法律的严苛，塔尔戈-纳迪波王国在最后100年里几乎没有发生过严重的犯罪行为。为了让所有人都能得到正义和平等，律师的薪水全部由君主支付，客户无需付一分钱。

威廉·布莱恩，《一段愉快而令人同情的对话》

塔斯托瑞亚 | Tallstoria

波斯境内一个自治区，周围全是高山，与外界接触很少。塔斯托瑞亚土地肥沃，这里的居民自给自足，从无野心扩张领土。他们现有的领土也获得了双重保护，其一是周围的高山，这些高山犹若天然的屏障阻挡了外敌的入侵；其二是他们向波斯交保护费，求得波斯的保护。塔斯托瑞亚的生活安全而舒适，虽谈不上奢侈，但他们交给波斯的保护费足以抵消其作为军事防御的费用。

塔斯托瑞亚的罪人正义制度值得注意。比如说，被指控有罪的小偷必须把偷来的东西退还给受害者，如果赃物已不在这个小偷手里，他就必须根据赃物的价值赔偿受害人，扣除这一部分钱后，这个小偷的其他财产都交给他的妻儿来管理。除了武装抢劫犯会坐牢，其他的罪犯都被雇去做公益事业，待遇也不算太糟糕。罪犯工作的时间较长，每天晚上都要点名，点名之后，他们就会被锁起来，但他们的生活还是比较人性化，食物供给来自国家、自愿捐赠和税收。有些地方的人也会雇佣罪犯，这些人付给罪犯的报酬比付给自由劳动者的要少。总之，这种对待罪犯的方法比较自由，可以慢慢地感化罪犯，使他们逐渐变成社会的良民，成为真正的劳动者，用自己的劳动弥补自己给社会造成的伤害。

真正的罪犯通常指的是奴隶，他们的衣服颜色与其他人的不同，头发剪得非常短，耳朵被割去一小块。所有的奴隶都必须戴上标记，表明是从哪个地区来的，如果取下标记，就是犯了死罪。离开自己的地区或与其他地区的奴隶说话，这也是死罪。如果一个奴隶怂恿其他人逃跑，就会被处死，而如果一个自由人怂恿他人逃跑，他就会沦为奴隶；如果一个奴隶说出某人的逃跑计划，或某人准备逃跑这一事实，他就可以重获自由。奴隶不可以带武器，身上也不可以有钱，如果被发现身上带钱，也是犯罪。在这种制度下，很少有罪犯胆敢冒险重操旧业，因此他们被当作远足游客最可靠的向导。游客按照一种接替制度雇佣他们，一个奴隶负责一个地区。奴隶不可能图谋推翻政府，他们根本没有机会与其他地区的奴隶见面，更别说策划阴谋了。每一个奴隶都有希望重获自由，只要他们遵纪守法，只要当权者相信他们已经改过自新；每年都会有很多奴隶因表现良好而获得自由。

托马斯·莫尔爵士，《乌托邦》

塔末岛 | Tamoe

位于太平洋，南纬 260—263 度之间，方圆约 50 里格，除了南部的一个小海湾，整座岛屿完全被无法靠近的巉岩包围。塔末岛气候宜人、空气纯净、植物葱郁，冬天会下小雨，主要集中在七、八月份。

塔末岛上共有 16 座城市，首都也叫塔末城，沿海而建。海港周围建有欧洲风格的防御工事。从海港出发，沿着一条宽阔的林荫大道走可以到达首都，这条林荫大道掩映于四行棕榈树之间。塔末城完全按照对称的设计方案来建造，形状像一个完美的圆，周长约两里格；城里的街道笔直，街道两侧是人行道，人行道的两旁种植了美丽的绿树。街面铺着细沙，车辆经过时可以减少噪音。整座城里的建筑都按照同样的模式修建，都有两层高，屋顶呈梯形，属于意大利风格，大门两侧各有一扇窗户；所有的房屋都被粉刷成均匀的粉色和绿色的正方形。公园中心有两栋圆形建筑，比其他的建筑更高：一栋是酋长居住的宫殿，另一栋是公共管理办公室。

塔末岛是一艘法国商船发现的，当时是法国国王路易十四统治的最后几年。那艘法国商船上的一个年轻军官爱上了岛上一个土著女孩，于是决定在这座岛上隐居起来。年轻的法国军官与岛

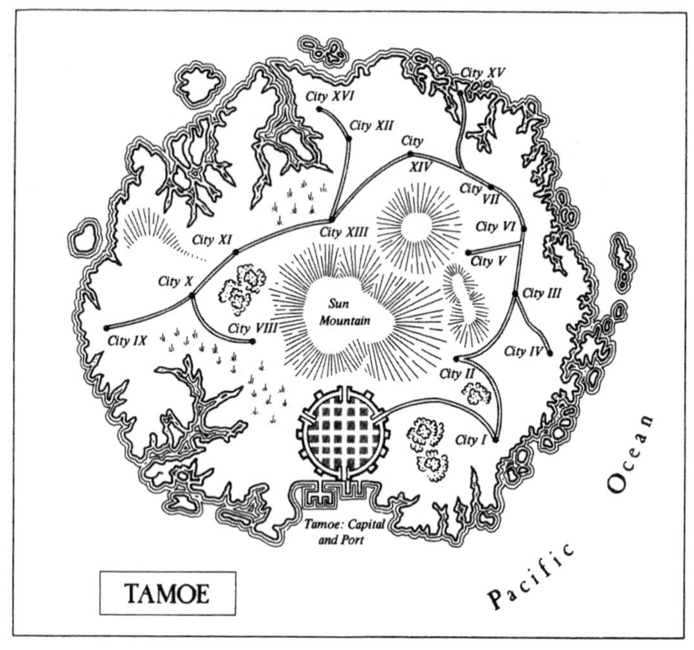

塔末岛

上的土著人生活在一起；他想努力改变土著人的生活习惯，建造和加固首都的防御，最后，他在塔末岛上建立起一个繁荣有序的国家。

这个法国改革者追求平等，认为平等可以有效地克服过激的情绪。从此，法律被废除，因为恶习消除了，法律也就失去了存在的意义，但邪恶的监狱依然存在，因为岛上还住着一群讨厌而冥顽不化的人。

塔末岛上的孩子统一由国家来抚养。哺乳期一结束，所有的孩子都必须离开自己的父母，去过集体生活。这样的日子一直要持续到 15 岁，然后由国家安排他们结婚。在 15 岁生日那天，男孩要被带到女孩生活的房间里，去挑选他的新娘。如果女孩愿意成为他的新娘，俩人就可以结成夫妻，如果女孩不同意，男孩就必须再做选择，直到他选中的那个女孩同意与他结婚为止；每对夫妇婚后都可以分到一套房子。塔末岛也允许单身,不过单身的人必须发誓为国家服务。塔末岛上的离婚现象很普遍,按照规定,每座城市都划分了单身和离婚的人居住的地方。他们住在一条街道的两侧,那里的房子比分配给每对夫妻居住的房子要小。离婚的人如果决定再婚,必须在单身和离过婚的人当中选择,也必须征得被选人的同意。失去劳动能力的老人住在专门为他们修建的房子里,每座城市都会选一个老人作为管理者,另外选出两位老人协助他的工作,其中一个老人从单身中选出,为的是均衡和平等,这样,两类人都有各自的代表。素食主义者依靠国家分给他们的土地为生,他们的主要娱乐活动是发现和观赏有趣的事情,比如去剧院演出他们自编自导的伦理剧。

塔末岛上的宗教是太阳崇拜,表示对创造万物的那个不可知的存在的敬畏。唯一的大型仪式是全民参加的定期游行,举行仪式的地点是在距离首都不远的一座高山上。他们爬到山顶上,张开双臂跪拜太阳。除了这种仪式,岛上再无别的仪式,既没有祭司,也没有寺庙。

国家是塔末岛民唯一的主人,所有的居民地位平等,共同分享国家财富,拒绝奢侈的生活。他们穿的衣服款式相同,都是一件精美而轻盈的外套;只是颜色不同而已,老人穿灰色衣服,中年人穿绿色,年轻人穿粉色,他们的衣服都按照亚洲人的着衣方式披在身上。

多纳西安·阿尔丰斯·弗朗斯瓦·迪·萨德侯爵,《阿丽娜和瓦尔古》

坦达尔岛 | Tandar

一座面积比较大的岛屿,位于地下大陆佩鲁西达的科萨尔-阿兹海。坦达尔岛的沿海地区多悬崖峭壁,看似无法攀登,但一处瀑布从崖顶飞泻而下,瀑布旁边有一个山洞,穿过这个山洞可以进入一个通风井,沿着这个通风井可以直接到达坦达尔岛的最高处。坦达尔岛的内陆多为密不透风的热带丛林。

坦达尔岛上生活着两个部落,分别是坦达尔人和马纳特人。

这两个部落之间经常交战，但他们各自生活在坦达尔岛的两端，想要到达对方，即使是急行军也需要两、三天。游客要注意，丛林里的狭窄小道很难走，很容易迷路。

坦达尔人生活在沿海一个崖村里。他们身材高大，皮肤呈古铜色。他们居住的房屋由许多崖洞组成，都是从高高的悬崖上直接凿出来的。坦达尔人驯服了佩鲁西达的马齿类老虎塔拉戈(tarag)，只有他们才能驯服这种老虎，其他地方的人很害怕塔拉戈，唯恐避之不及。塔拉戈体型庞大，身上长有斑纹，经常在村子里闲逛，它们的作用不是狩猎，而是战斗和复仇。马纳特人驯化了山洞狮子塔沃(taho)，世界上也只有他们才能够驯服塔沃。

我们对坦达尔人日常生活的了解比对他们的宿敌马纳特人的了解更全面。坦达尔人的生活与塔拉戈老虎紧密相关，部落里的男男女女都用这种老虎的皮做腰带：士兵头上戴的是塔拉戈的头皮做的头巾，用的是由带斑纹的塔拉戈皮做的箭袋。外来人有时候会被当作奴隶，但更多时候是被当作食物，用来喂养塔拉戈，外地来的女人也难逃此劫，根据坦达尔部落的习俗，坦达尔岛上的战士不可以选女奴作为伴侣。

对于马纳特人的生活状况，我们了解不多。他们也生活在洞穴里，至于那些洞穴是天然形成的，还是从岩石上开凿出来的，就不得而知了。我们所知道的只是，他们在丛林中穿行时总会牵着洞狮塔沃，为的是防备塔拉戈老虎的攻击。

埃德加·巴勒斯，《驯虎女郎》

唐吉瑞纳岛 | Tangerina Island

参阅野岛(Wild Island)。

谭吉宫殿 | Tanje

位于阿特瓦塔巴王国，按照气动导管来测，从卡尔诺戈城到谭吉宫殿大约 15 英里。谭吉宫殿值得一提的是一些花园，花园里保存着菲迪斯（the phytes），即从植物到动物的演化关联。谭吉宫殿的花园里有许多这样的菲迪斯，大概不少于 200 多个品种，包括一种鸟儿形状的蕨类植物，一种会飞翔的野草，以及一种像苹果的花儿。

威廉·布拉德萧，《阿特瓦塔巴女神，内陆世界的发现史和阿特瓦塔巴王国的征服史》

塔普罗巴尼岛 | Taprobane

位于南印度洋，大多数地区覆盖着密不透风的森林。岛上生活着一种奇特的蛇，名叫两头蛇。顾名思义，两头蛇的身体两端各有一颗头，头上长满尖利的毒牙。两头蛇能迅速地改变自己的方位，它们的眼睛闪闪发光，犹如点亮的蜡烛。

据说，两头蛇由蚂蚁来照顾，也从蚂蚁那里获得营养。如果它们的身体被砍成两截，这两截身体又可以再次连接复原。

老普林尼，《自然史》；老普林尼，《发现自然》；卢坎，《法萨里亚》；布鲁尼托·拉蒂尼，《宝库》（Brunetto Latini, *Li Livres dou Tresor*, Milan, 1266）；托马斯·布朗爵士，《庸俗的错》（Sir Thomas Browne, *Vulgar Errors*, London, 1646）

塔尔塔罗斯 | Tartarus

一个幽暗的地区，位于利拉尔花园（Lillar）①的南部，经过一座城堡废墟和一个果园可以到达这里；果园里的果树已被砍掉。游客首先穿过一片凄凉的荒地，就可以来到一堵黑墙边。黑墙上竖立着一尊石膏像，黑墙的背后耸立着一座高塔，高塔安设有隐形窗。一条大路绕黑墙而建，但沿着这条路走不到高塔的入口，不过

① 前面该词条的拼写是 Lilar。

游客可以踩着一块石头进入高塔入口；因为这块石头可以使黑墙的某个地方让路。

黑墙内流淌着一条暗河，暗河两岸生长着枝叶缠绕的树木。吃饱了肚子的动物站在暗河边，好像在饮那黑糊糊的河水。树林那边可见摩拉维亚人的教堂墓地，这块墓地里有一个花园，掩映于低垂的白桦树林间；花园里看不见鲜花。游客经过一段石梯可以进入潮湿的地下墓穴，墓穴的墙壁里曾嵌进去一个修女。墓穴里躺着一个死去的矿工，矿工的尸体已经石化，变成了骷髅，只剩下镀金的肋骨和大腿。墓穴里还有那些被火绳枪刺死的男人的黑纸心；还有一根木棒，这根木棒曾被用来打死过一个已获得原谅的忏悔者；还有一些玩具，一尊玻璃半身像，以及一具侏儒骷髅。

从地下墓穴往前走，可以看见路上站着一具骷髅，这具骷髅带着一把风弦琴守候在那里，游客此时最好不要再继续往前走。

让-保罗，《提坦》

鞑靼沙漠 | Tartary Desert

一片面积广袤而多岩石的沙漠。沙漠里无人居住，方圆好几平方英里，位于巴斯蒂亚尼堡垒(Bastiani)的北部；沙漠四周是无法穿越的山脉。给这片沙漠取名的那些鞑靼人要么早已不在人世，要么从来就没有存在过。

众所周知，没有人能够活着走出鞑靼沙漠。从巴斯蒂亚尼堡垒的最前哨新瑞多布特(New Redoubt)看过去，这里是一望无垠的岩石地区，这里的岩石呈雪白色；此外还能看见几处散布的沼泽。薄雾永远笼罩着沙漠以北的视野。几个边防战士发誓说，在偶尔出现的晴朗日子里，他们看见过白色的塔楼或正在冒烟的火山。

鞑靼沙漠的北部有一个没有名字的国家，这个国家已经开始修建一条高速公路，这条高速公路像一条精美的曲线穿过寂静的沙漠，无人知道这条高速公路始于何处，又去向何处。

迪诺·布扎蒂，《鞑靼人的荒漠》

泰山的棚屋 | Tarzan's Abode

比较小,坐落在非洲的西海岸附近,南纬 10 度左右。灰炉王约翰和他的妻子不幸遭遇海难后来到这里避难。他们用泥土做墙,树枝做窗,包装盒做门,用茅草搭建起 A 字形的屋顶,就这样做好了俩人的避难所。为了让妻子住得舒适点,约翰用石头做了一个小壁炉,还做了几件简易的家具:一张床、两把椅子和一张桌子。书架上摆放着小孩子学习用的字母表,字母表中的第一张是"A",表示"弓箭手"。离棚屋不远的地方有一个食人村,森林里还住着一个巨人猿部落,他们经常骚扰约翰一家,关于这一点,可以参阅人猿王国。

正是在这间棚屋里,灰炉王永远失去了妻子,他的妻子被一头大猩猩残忍地杀死了。当时他们的儿子还是一个小婴儿,后来被一只刚刚失去孩子的母猿卡拉救走。卡拉悉心抚养这个婴儿,婴儿长大后取名泰山,成为森林之王,对非洲大陆具有持久而深远的影响。

泰山曾这样总结自己的哲学思想:"让我看看这个富裕的胖懦夫吧,他曾怀着一个美丽的理想。在武装冲突中,在生存战斗中,在面临饥饿、死亡和危险的考验中,在表现为最可怕的自然力的上帝面前,人类心中产生的都是最最美好的东西。"在猿猴的语言里,泰山叫塔曼加尼(Tarmangani),或者叫"白猿"。

埃德加·巴勒斯,《人猿泰山》;埃德加·巴勒斯,《泰山和奥巴的珠宝》;埃德加·巴勒斯,《未驯服的泰山》(Edgar Rice Burroughs, *Tarzan the Untamed*, New York, 1919)

塔西巴城 | Tashbaan

卡罗门帝国(Calormen)的首都。

特里尼亚宾岛和吉妮尼亚宾岛 | Teleniabin and Geneliabin

两座美丽的小岛屿，因生产灌肠剂而闻名。

弗朗索瓦·拉伯雷，《巨人传第四部》

特里皮鲁斯-里斯特瑞哥尼亚城 | Telepilus Laestrygonia

坐落在地中海的海滨，可能位于西西里岛或南意大利。这是一座港口城市，城市上空高耸着一块巨大的巉岩，巉岩周围是危险的岩石，只有狭窄的入口通向大海。城里的居民叫里斯特瑞哥尼亚，他们都是巨人，不可以信赖；如若不信，你会发现自己最后变成了血淋淋的餐桌上的一道主菜。

荷马，《奥德赛》

温柔乡 | Tendre

又叫“友爱国”，具体位置不清楚，大致位于危海海岸。想去温柔乡的人很多，但很少有人能找到去温柔乡的路。从新友谊出发也许能够到达。温柔乡被感激河、声明河、附属河以及尊严河隔开，三条河流向下流入危海的入口。仇恨海上有一些城市，它们分别是背信城、诽谤城以及其他一些城市；这些地方游客最好不要去，不过这里距离声明河岸美丽的友爱城不远。关心村、同情村以及永恒友谊村这样的小村庄值得一游。此外，重要的城市还有情书城、美诗城和顺从城。温柔乡的首都是尊严河上的友爱城。温柔乡的西部地区很荒凉，那里有冷漠湖。

玛德琳·德·斯库德芙，《拉克雷莉》(Madeleine De Scudéry, *La Clélie*, Paris, 1660)

腾特诺尔城 | Tentennor

阿尔桑多斯帝国(Empire of Alsondons)的首都。

特瑞宾赛亚岛国 | Terebinthia

靠近纳尼亚王国的海滨,大致位于嘉尔玛岛以北。人们非常熟悉这座岛屿,岛上经常有海盗出没。嘉斯滨十世在去东方的航行中访问过这座岛屿,但他没能进入那个重要的城市,因为当时的那座城市正处于检疫期。

C. S. 路易斯,《纳尼亚传奇:“黎明踏浪号”的远航》;C. S. 路易斯,《能言马和男孩》

特瑞科纳尔特王国 | Terekenalt

位于贝克拉帝国以西。因为重建奴隶贸易,贝克拉帝国境内爆发了战争,南方各省与特瑞科纳尔特王国联合起来,共同对抗贝克拉城的中央政府。

特瑞科纳尔特王国的蓝色森林卡特瑞亚(Katria)与一些传说紧密相关。这些传说围绕德帕瑞阿斯(Deparioth)展开,德帕瑞阿斯是耶尔达王国(Yelda)传说中的解放者。据说,德帕瑞阿斯遭到背叛,被抛弃在蓝色森林里,被一位女王般高贵的美丽女子救下。女子悉心照料他,然后带他走出蓝色森林,回到他的家乡。然而,当德帕瑞阿斯的朋友围过来的时候,美丽女子变成了一朵高高的银色百合花。据说,德帕瑞阿斯一直渴望回到偶遇这位神秘女子的蓝色森林。

理查·亚当斯,《巨熊沙迪克》

特拉比尔城堡 | Terrabil Castle

坐落在英格兰康沃尔郡,是廷塔杰尔(Tintagel)公爵建造的。

与廷塔杰尔的命运一样，特拉比尔城堡也遭到英格兰国王奔德拉贡(Uther Pendragon)的围攻，因为这个国王想霸占公爵的妻子伊格拉妮(Igraine)。廷塔杰尔公爵死于这次大围攻，英格兰国王得到了公爵的妻子伊格拉妮。俩人一起住在这座城堡里，后来，伊格拉妮怀孕生下将来的亚瑟王。亚瑟王在卡默洛特城堡建立起自己赫赫有名的宫廷。

托马斯·马洛礼爵士，《亚瑟王之死》

奥斯特拉利大陆 | Terre Australe

又叫"南部大陆(Southern Lands)"，位于 52 度到 40 度纬线圈内，即胡斯特地区(Hust)。宽约 3000 里格，长 4500 里格，包括 27 个不同的国家：北海滨有胡伯国(Hube)；以东是胡德国和胡奥德国(Hüed and Hüod)；以西是胡普国(Hump)，位于依拉波海湾(Il-ab)边缘的是胡戈国(Hug)，普格海湾(Pug)背后是纯洁国，大陆以西还有苏波国(Sub)、胡尔戈国(Hulg)、普尔戈国(Pulg)以及穆尔戈国(Mulg)；以南是伊瓦斯山脉(Ivas Mountains)，海拔高过比利牛斯山，伊瓦斯山脚下的国家有胡夫国(Huff)、库尔德国(Curd)、古尔夫国(Gurf)、杜尔夫国(Durf)、鲁尔夫国(Iurf)以及苏尔夫国(Surf)(位于大海上)；伊瓦斯山脉和南海滨之间有特鲁姆国(Trum)、苏姆国(Sum)、布尔德国(Burd)、普尔德国(Purd)、布尔弗国(Burf)、图尔弗国(Turf)以及普戈国(Purg)；伊瓦斯山脉背后是一条宽阔的山谷，山谷里有两条河流经过，分别是向西流的苏尔姆河(the Sulm)和向东流的胡尔姆河(the Hulm)，两河之间的地区叫基金谷(the Fund)，长约 800 里格，宽 600 里格，该地区包括 12 个好斗的王国。

整个大陆稍稍向南倾斜，但地势平坦。除了伊瓦斯山脉，看不见其他的山峦，因此很多国家的语言、习俗甚至建筑风格都极其相似。奥斯特拉利大陆土壤肥沃、气候温和。周围的海水很浅，在距离海滨 1 里格远的地方，海水深度很少超过 1 英尺，几乎不可能通

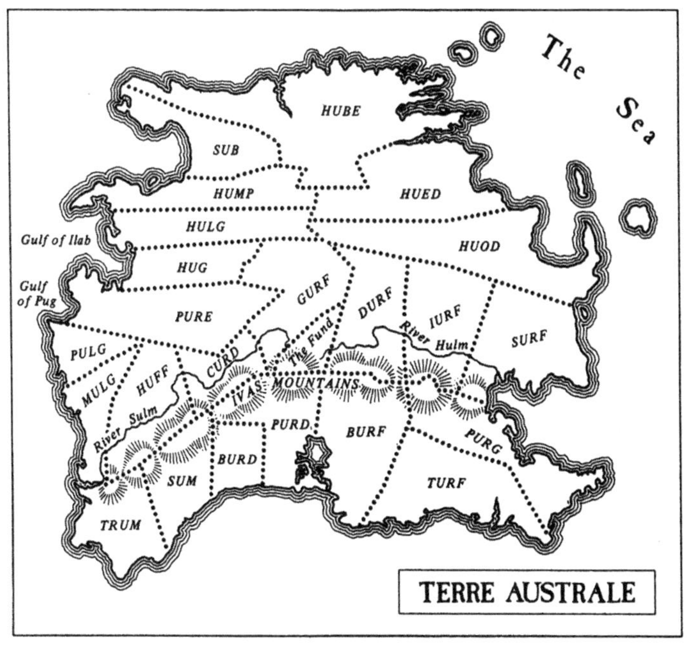

奥斯特拉利大陆

航。再有，奥斯特拉利大陆沿海地区戒备森严，任何人不可以进入，除非当地人知道你的名字、国籍和性格。奥斯特拉利大陆的土著人认为欧洲人都是些海怪，都是他们的敌人，如果这样的敌人擅自闯入，他们就会发射火箭进行预警，然后，各个国家的居民纷纷聚集起来，共同抵挡欧洲人登陆靠岸。

奥斯特拉利大陆没有苍蝇、蜘蛛以及任何有毒的生灵，不过游客会在这里发现一种猴子。这种猴子几乎长了一张人脸，看起来有趣而友好。有一种动物叫胡姆(hums)，模样像猪，全身的毛发很光滑，天生会耕田犁地，但它们对农作物的危害很大，因此在许多地区都已经绝种。还有各种颜色的绵羊，比如红色、绿色、黄色以及蓝色的绵羊；长着翅膀和爪子的马；一种怪熊，它的每只脚都与身子一样大；一种奇怪的猪，无需有人监督，它们会自觉地去犁地，而且犁得很均匀，为播种做好准备；一种独角兽，名叫苏夫(the suef);一种单峰驼,背上有一个大窝,足够两个人舒舒服服地躺在里面,被用作运输工具;一种猩红色的鸟儿,名叫艾弗(effs),有小鸡那么大;一种群居的鸣禽,叫帕克(the pacd),与当地人一起吃饭,随时可以进入民宅;一种巨鸟,名叫乌格(urgs),总是与当地人冲突不断,有公牛那么大,能一口吃掉海鱼和人;一个土著部落,大腿上刺有斑纹,使人想起他们那些长得半人半虎的祖先。

奥斯特拉利大陆的城市叫赛扎恩(sezains),被分成住宅区和校区:住宅区的建筑呈圆形,使用半透明的石头建造;校区是年轻人和老师居住的地方。宗教在奥斯特拉利大陆是一个非常敏感的话题,谈论宗教就是犯罪;不过人们有信仰宗教的自由,只是不可以在公众场合讨论宗教。

奥斯特拉利大陆的居民雌雄同体,如果生下来的孩子是单性的,一出生就会被勒死。奥斯特拉利人的头发呈黑色,胡子很美,从不修剪,因为他们的胡须长得很慢。他们身高 8 英尺有余,皮肤呈红色,胸部窄小,腹部平坦,常常赤裸着身体。有些奥斯特拉利人是了不起的“发明家”,他们能用泥土制做鲜活的鸟和狗,用枯木做鲜花。由于谈论性繁殖也是犯罪,因此我们还不知道他们是怎样生育后代的。然而,根据他们的法律,每人都必须至少生育一个孩子。奥斯特拉利人像兄弟姐妹一样生活在一起,从不吵架。奥斯特拉利大陆缺乏肉食,但游客会发现,树上结满了各种可吃的水果。奥斯特拉利大陆还盛产独特的蔬菜,比如一种美味的蓝色胡萝卜。奥斯特拉利大陆的土著人使用独特的液体灌溉植物,这种液体可以使所灌溉的植物产生独特的气味。游客别忘了尝尝巴尔夫树(balf)上的果实。巴尔夫树又叫幸福树,大多数城市的中心广场上都种有这种树,这种树结的果实呈红色,与橄榄一样大,游客如果吃上 4 个这样的果实,就会感到非常的快乐和幸福;如果吃 6 个,就会连续睡上 24 小时;如果吃 6 个以上,不仅会睡过去,而且还会长眠不醒,因此对于游客来说,吃 4 个足矣,干嘛要那么贪嘴呢?!

加布里埃尔·弗瓦涅,《雅克·萨德尔奇遇记》(Gabriel Foigny, *Les Aventures De Jacques Sadeur*, Vannes, 1676)

自由地区 | Terre Libre

地势平坦,位于太平洋的新喀里多尼亚岛以北。自由地区有森林、田野、小溪,也有山峦,最高的山不超过300米;唯一的野生动物是山羊和小羚羊;原始居民叫长肋骨部落,因为他们的肋骨像狼一样垂直地突出在体外。

自由地区只有一座小镇,也可以叫作定居点,是以前的囚犯修建的。这些囚犯曾在法国发动政变,失败后沦为囚犯,被发配到这里。他们在发配途中遭遇了海上风暴,幸存下来的囚犯登上这座岛屿,成为这里的开拓者。他们在岛上创建了一个无政府主义社会;小镇上的那些房屋都建在他们选定的地方。单身汉被安排住在一栋大房子里,每一个单身汉都有独立的屋子,有餐厅和起居室;厨房共用。

自由地区刚出土的艺陶

自由地区的居民建立了共产主义制度,所有人平等地分享一切。这些居民还建了一个水电站、一个下水道系统以及一个陶瓷厂。陶瓷厂的产品独具风格,如今可谓远近闻名。自由地区的居民在海滨架起大炮,用以保护这里的开拓者不受外界的伤害。如果游客要来这里参观,千万别忘了提前告知一声。

让·格拉芙,《自由地区》(Jean Grave, *Terre Libre*, Paris, 1908)

特托布格森林 | Teutoburger Forest

位于堪帕格纳王国以北。特托布格森林是兰格酋长的地盘。兰格酋长是一个暴君，来自毛里塔尼亚，他向所有的避难者提供庇护，这其中包括匈奴人、鞑靼人、吉普赛人、阿比尔教徒、逃跑的罪犯、波兰的抢劫犯、妓女、魔法师、炼金术士，以及花衣魔笛手的孩子们。[①] 一个名叫雷梅尔部落(the Lemers)的女人经常来慰藉这些避难者。

特托布格森林里生长着芦苇和接骨木，厚密的山茱萸和黑刺李篱笆，以及老榆树和山毛榉；林中空地里可见红色的蘑菇、黄色的毛地黄，以及致命的茄属植物；附近是一个可怕的谷仓，谷仓上面装饰着人的头骨和手。森林里随处可见兰格酋长的旗帜，上面的图案是一只红猪的头。

恩斯特·荣格尔，《在花岗岩危崖上》

塔拉瑞恩塔 | Thalarion

参阅南海(Southern Sea)。

---

① "花衣魔笛手"(The Pied Piper of Hamelin)，又名魔笛，是格林兄弟的作品。传说在公元1284年，德国普鲁士的哈梅林(Hamelin)发生鼠疫，死伤极多，居民们束手无策。后来，来了一位法力高强的魔笛手，身穿红黄相间的长袍，自称能消灭老鼠。镇上的长老们答应给他丰厚的财宝作酬劳，魔笛手便吹起神奇的笛子，结果，全村的老鼠都在笛声的指引下跑进河里，全部被消灭了。但那些见利忘义的长老们没有兑现承诺，拒绝付给他酬劳。为了报复，花衣魔笛手又吹起笛子，全村的小孩都跟着他走了，从此无影无踪。公元1816年，德国格林兄弟根据这个传说写下了"The Pied Piper of Hamelin"，告诫人们要诚实守信。后来，英国诗人罗伯特·勃朗宁(Robert Browning)也借这个故事写了一首诗，题目叫"The Pied Piper of Hamelin: A Child's Story"。再后来，有人把它改编成电影《仙笛神童》(Pied Piper, The)，导演是雅克·戴美(Jacques Demy)。如今的"Pied Piper"具有政治方面的含义，通常用来指那些善开空头支票的领导者。它用幽默而有力的方法暗示我们，如果你盲目地跟随或支持这样的政治人物，就会和传说中的老鼠一样，其结果只能是自寻死路(文字材料来自 http://blog.sina.com.cn/appleroom，稍作修改)。

塔纳西亚岛 | Thanasia

属于太平洋东南面的雷拉若群岛；想寻死或想自杀的里曼诺拉人就被驱逐到这座岛上（参阅里曼诺拉岛），他们最终也死在这座岛上。为了确保一种有效的死亡方式，这些逃亡者搭起火葬柴堆，这样的柴堆可以在暴风雨来临之时被雷电击中；燃烧的火葬柴堆变成了一种有趣的景观。然而，现在，这里只留下一堆堆烧焦了的东西。

自那以后，塔纳西亚岛上再也没人居住过。

戈弗雷·斯维文，《雷拉若群岛：流犯群岛》；戈弗雷·斯维文，《里曼诺拉岛：进步岛》

特克拉城 | Thekla

亚洲一座只建造了一半的城市。城里的居民说，他们花那么长的时间建造特克拉城，因此特克拉城的毁灭不可能开始。特克拉城的蓝图就是繁星点点的天空。

伊塔洛·卡尔维诺，《看不见的城市》

特勒梅修道院 | Theleme

坐落在法国卢瓦尔河的南岸，距离胡阿特港（Port-Hualt）的大森林两里格远。公元 6 世纪，为了感谢让-恩托梅乌斯（Jean Des Entommeures）修士所作的贡献，巨人高康大建造了这座修道院，总共花去 2700 和 831 金神羔羊克朗（Agnus Dei crowns），每年又多花去 1000 和 669 日克朗（sun crowns）。巨人高康大每年捐给修道院 236.9 万克朗。

特勒梅修道院呈六边形，每一处转角都耸立着一座大圆塔，直径约 60 码。最北部的圆塔坐落在河岸边，名叫北极塔。其他的圆

特勒梅修道院的南门

塔分别叫卡拉尔塔(Calaer)、安那托里塔(Anatole)、梅塞姆布瑞尼塔(Mesembrine)、赫斯柏瑞塔(Hesperie)以及柯瑞尔塔(Cryere)。两座相邻的圆塔之间的距离都是312码,圆形塔高6层,包括地下室,第二层有一个高高的穹窿顶,其余各层的天花板采用弗兰德斯石膏,都呈圆形。屋顶盖着带有铅印的精美石板,上面装饰着奇特的人物肖像和各种小动物的形象。修道院里突出来的排水沟被漆成蓝色,和金色的对角线一起一直延伸到地面上,然后与大型管道相连接,污水经过这些管道被排到大海里。特勒梅修道院共有9332个套间,每个套间又包括一间内厢房、一个壁橱、一个衣柜和一个小教堂;所有的套间都与中央大厅相通。修道院的楼梯采用的是斑岩和努米利亚人生产的大理石,楼梯的每一处平台上都有两个拱廊,这里可以提供照明;这样的楼梯一直通到屋顶,屋顶最上面有一个亭子。

随着一年四季的不同,每间屋子、每个壁橱以及大厅里都会悬挂各种不同的地毯。地板上铺着绿布,床单上有刺绣。女子的闺房里挂着一面大大的水晶镜子,镜子的边框镶嵌着黄金。

北极塔和柯瑞尔塔之间是特勒梅修道院的图书馆。图书馆里的藏书很多,包括各个语种的书籍,比如拉丁语、希腊语、希伯来语、法语、意大利语以及西班牙语;不同版本的书放在不同的楼层。

图书馆的中心是螺旋形楼梯,楼梯的入口在外面,经过一个对称的拱门,拱门宽 36 英尺。安那托里塔和梅塞姆布瑞尼塔之间是画廊,这里的画廊描绘了历史和地形学方面的景象。画廊的中心又有一段楼梯,与河岸的主大门相连。主大门的上方刻着一句话:严禁伪君子、顽固者、高利贷者、律师、悲伤者、嫉妒者,以及喜欢吵架的人进入这座修道院。

中心庭院里有壮观的喷泉,采用精美的优质雪花石膏做成。喷泉最上面站着美惠三女神,她们手拿丰饶之角,丰饶之角的天然深孔里正喷着泉水;正对中心庭院的那些房间里装饰着动物和各种怪物的形象。

特勒梅修道院没有围墙,恩托梅乌斯说:"哪里有围墙,哪里就有抱怨,哪里就有阴谋和嫉妒。"

特勒梅修道院男女兼收:男孩入院的年龄要求在 10 岁到 15 岁,女孩的年龄要求在 12 岁到 18 岁。特勒梅修道院只招收品貌端正的人。如果有人想离开,他也可以随时离开。特勒梅修道院蔑视常规的修行制度,不要求修士和修女宣誓独身和服从,修道院里所有的人都可以结婚生子,也可以做生意发财,可以过自由自在的生活。

修道院的修女住在北极塔和梅塞姆布瑞尼大门之间的公寓里,修士住这所公寓的其他房间。修女居住区的前面是倾斜的庭院、剧院、赛马场以及游泳池。河流两岸有游乐园,游乐园的中心是一座构思独特的迷宫。柯瑞尔塔旁边是一个果园,果园里的果树品种丰富,果园的尽头有一个大公园,大公园里有各种游戏,射箭、猎鹰和打猎,这些都是他们最喜欢的娱乐活动。

只要坚持维护基本的秩序,修女们可以按照自己的品味和喜好着装,但她们逐渐养成了穿金黄色的罩衫,穿红色的丝绸长袍或其他好衣料做成的长袍。夏天,她们喜欢轻薄的披肩或摩尔人穿的无袖披风,冬天,她们喜欢塔夫绸长袍,长袍的边缘镶有昂贵的软毛;她们戴的串珠、项链以及项圈都是用珍贵的宝石做的。冬天,她们也喜欢戴法式头巾,夏天喜欢意大利风格的头巾,春天喜欢穿西班牙风格的衣服，而在出席宴会或做礼拜时，她们总是喜欢穿法国风格的衣服。

修士同样穿得五颜六色，而且衣服的面料十分昂贵。他们喜欢穿金黄色的棉布紧身衣，也喜欢穿天鹅绒紧身衣和各种绫罗绸缎做成的紧身衣；他们喜欢戴金黄色的布斗篷，也喜欢天鹅绒斗篷。他们戴的帽子是黑色的天鹅绒做的，帽子上装饰有许多小环和纽扣。所有的修士都佩剑，金黄色的剑柄，天鹅绒的剑鞘，选择金黄色只为搭配他们穿的长筒袜。在某些场合，修女和修士必须穿同样的衣服，因此，专门有绅士负责告诉他们，第二天应该穿什么颜色的衣服；这样的事情通常听从修女的意见。特勒梅修道院非常尊重女性，一位绅士去拜访某位修女之前，必须首先经过香水商和理发师的精心打理。每天早晨，这些作为服务人员的香水商和理发师要为修女们提供玫瑰水、橘子水、樱桃水，以及一个香气四溢的珍贵首饰盒。特勒梅修道院里的衣服和珠宝都出自一些技艺精湛的手艺人，他们住在特勒梅树林的小屋子里。

特勒梅修道院这个共同体只遵从一个原则："按照你自己的意愿行事"，因为天生高贵自由且受过良好教育的人都会自觉地追求美德，美德就是他们的荣誉。特勒梅修道院的生活就是以这条原则为准绳，修道院里的所有人都完全按照自己的意愿决定，何时起床，何时吃饭，何时工作和睡觉，他们可以随心所欲地做任何事情。

因此，特勒梅修道院里不用钟和表。

弗朗索瓦·拉伯雷，《巨人传》

特奥多拉城 | Theodora

具体的位置不清楚。在其几百年的历史里，特奥多拉城经常遭到侵略者的骚扰和入侵。城里的居民击退了这群敌人的入侵，又会遭到那群强敌的进攻，他们的生存不断遭到入侵者的威胁。当城市上空没有飞过秃鹰的时候，这些市民不得不面对大肆繁殖的毒蛇；当他们消灭了蜘蛛之后，苍蝇又迅猛地繁殖起来，到处都是黑压压的一片；当他们消灭了白蚁之后，这座城市又会遭到蛀虫的控制。不过，这些与特奥多拉城为敌的动物最终会一个个灭绝。城里的居民剥掉它们的鳞片和甲壳，拔掉它们的鞘翅和羽毛，从而使特奥多拉城成为一座人类居住的城市，并且使它至今保留着这种特色。

可是首先，多年来我们都不敢肯定的是，特奥多拉城的最后胜利会不会属于今天向人类主权挑战的最后一种动物：老鼠。每一代老鼠都是杀不尽的，总有若干只老鼠留下来，继续繁殖出更强大的后代。它们不怕陷阱，也不怕毒药。它们只需要几个星期，就可以塞满特奥多拉城的阴沟。最后，强大而充满杀机的人类凭着一次凌厉的大屠杀，终于击溃了那些自大的敌人。

特奥多拉城最终沦为动物王国的一座大公墓，最后，几具身上带有跳蚤和细菌的尸体也被掩埋，这座城市被关闭，细菌再也找不到了。人类在这里重建世界的秩序，但这种秩序令他们感到不安：所有可能引起他们怀疑的动物都被消灭光了。为了回忆这些被消灭的动物，为了让人们知道什么叫动物，特奥多拉城的图书馆里保存了法国博物学家布丰(Buffon)和瑞典博物学家林奈(Linnaeus)的作品。

至少这就是特奥多拉城的居民相信的东西，他们从未想到，有一种被忘掉的动物会从沉睡中醒来。另一种动物自从被逐出未绝种的动物体系之后，曾经销声匿迹了多年，此刻在存放古书的地库里又开始蠢蠢欲动了。它们从地下书库的柱头和下水道里跳出来，蹲伏在入睡者的床边，开始再度入侵这座城市，它们当中有人头狮、吸血蝙蝠、独角蛟、九尾狐、人狼以及两头蛇。

伊塔洛·卡尔维诺，《看不见的城市》

温度计岛 | Thermometer Island

位于大西洋，之所以叫这个名字，是因为根据当地的法律，一对夫妻只有在当其性器官被特制的温度计测量达到同样的温度之后，才可以睡在一起。温度计岛上的男人性器官的形状很奇特，有的呈平行六面体，有的呈金字塔形，还有的像圆柱体，刚好与女性的生殖器相吻合。温度计岛上的女王是从那些能够最快测出自己及其伴侣生殖器温度的女人中选出来的；这种测量的敏捷性被视为最大的荣耀。

温度计岛上的居民生来就带有明显的职业标志，通过这种方式，一个人的命运生来就已经注定了。那些将来要做绘图工作的人，他们生来手指就像圆规。如果某个人将来会成为天文学家，那么他的眼睛生来就呈望远镜的形状。如果某个人将来要做地理学家，那么他生来头就像地球仪。如果做音乐家，他生来耳朵就像喇叭。水力工程师生下来的时候睾丸长得像水泵，很小的时候就能尿很远。某些居民生来就兼有几种特点，不过后来证明，这样的人在生活中总是一事无成。

温度计岛上有一种奇怪的乐器，这种乐器在其他地方是找不到的。游客肯定会对这种乐器感兴趣。这是一种大键琴，它产生的不是声音而是颜色，被女人用来搭配自己的衣服。

邓尼斯·狄德罗，《泄露隐情的首饰》

特斯莫格拉菲亚王国 | Thesmographia

具体位置不可知。特斯莫格拉菲亚王国的公民都有明确的职业、官衔和职责。被指控有罪的人会沦为其他人的奴隶。特斯莫格拉菲亚王国的法律基础是“己所不欲，无施予人”。从严格意义上讲，特斯莫格拉菲亚王国的宗教可以追溯到福音时代，只是涤除了其中那些经过几个世纪积累下来的抑郁。在特斯莫格拉菲亚王国，谋杀犯会被贴上标签拉出去卖掉，所卖的钱用来给受害者的家人买一个仆人。如果没有被卖掉，这个杀人犯将被交给外科医生做实验。如果被抓的是一个纵火犯，这个纵火犯就必须去当消防员。

特斯莫格拉菲亚王国的土地每50年重新分配一次，并举行丰盛的宴会来庆祝这个特别的日子。当国内人口越来越多的时候，国家就鼓励居民去开拓海外殖民地，因此，世界上许多地方都能看见特斯莫格拉菲亚人的身影。

尼古拉·埃德姆·雷蒂夫·德·拉布勒东，《特斯莫格拉菲亚王国》(Nicolas Edme Restif de la Bretonne, *Le Thesmographe*, Paris, 1789)

盗贼之城 | Thieves City

位于加拿大的克朗代克地区，距离白令海峡不远。盗贼之城的面积是巴黎的 6 至 7 倍，城下是一个沸腾的湖泊，因此可以不受北极寒冷气候的影响。盗贼之城的居民说法语。高度发达的技术大大改变了他们的农业状况，他们可以随时调节降雨的时间，他们一般选在晚间降雨。他们还可以采用高度机械化的方式耕种播收，这样他们就获得了类似于温带气候的农业耕作方式。他们的机器和运输系统均由短波来操作，只是我们目前尚且不知道，这个过程是怎样进行的。盗贼之城的周围是一条宽阔的护城河，直径约 5 万米。

如果想获得进入盗贼之城的许可证，游客必须完成一定的任务。这种任务的选择太多太多，足以帮助游客成为合格的申请者。游客选择的任务可以是抢商店的钱柜、绑架名人、寻找新的偷税方法、打牌作弊、做盗版或者采用别的方式做违法乱纪的事。完成了这样的任务之后，他们的申请信被交给盗贼之城的主管人达西塔恩先生。达西塔恩先生在一家进出口公司上班，这个公司其实只是一个幌子。达西塔恩先生可以放心大胆地在这家公司履行他的职责。这家进出口公司位于巴黎的邵蒙公园，具体而言，这家公司地处孤独路和伯兹里路之间。盗贼之城的居民主要是小偷、谋杀犯、没有诚信的生意人和逍遥法外的罪犯。然而，盗贼之城里不容许犯罪，犯了罪的人必然遭到严惩。走进盗贼之城，游客最好住在卡尔杜什大酒店。这家酒店里的所有房间都装有窃听器，这在整个盗贼之城里都是极其普遍的做法。盗贼之城里有几家向公众开放的赌场，这些场所比较正规，不容许欺骗，如有人胆敢违规行骗，必遭杖击五十。盗贼之城也有不方便的地方，但总体来说还不错，除了拉斯维加斯，盗贼之城算得上是最好的享乐之地了。

莫里斯·勒维尔，《盗贼之城》(Maurice Level, *La Cité des voleurs*, Paris, 1930)

顶针国 | Thimble Country

距离卢塔巴加国不远。顶针国的所有居民都会戴顶针，女人在顶针盆里洗东西，男人用顶针铲工作。

最近，顶针国变成了左撇子和右撇子的大战场。这场战争似乎没有影响到顶针国的居民，他们坐在那里观阵，不时地挥舞着手绢，这些人当中既有左撇子，也有右撇子。这场战争最终被烟窗搞定，他们依靠活动扳手把交战双方扳开。这些活动扳手上面装饰有猴子的脸，这样可以把敌人吓跑。至于这次战斗的最后结果，我们无从得知。

卡尔·桑德堡，《卢塔巴加故事集》

瘦子王国 | Thinifer Kingdom

参阅胖子王国和瘦子王国(Fattipuff And Thinifer Kingdoms)。

特兰城 | Thran

坐落在魔法森林的南部边境上，具体来说，特兰城建在梦幻世界的思凯河两岸。特兰城的条纹大理石岩墙高得出奇，朝内倾斜，形成一个坚固的整体。然而，城内林立的高塔全是白色的，有着金色的尖顶，这使得这些高塔显得更高，平原地区来的游客会觉得它们好像直耸云霄。这些高塔有时候闪闪发光，有时候塔顶被罩在云层中，有时候高塔的小尖顶在水汽之上闪耀着璀璨的光芒。

特兰城的门朝向大码头，大码头都用大理石建造，华丽的大帆船慢慢地在这里停靠。这些大船帆是用芬芳的雪松和东印度柿木建造而成的。船上的水手留着胡子，样子看起来很奇怪。他们坐在木桶上和货物包上，这些木桶和货物包都标着记号，有些记号像象形文字，只是不知道是什么意思。特兰城背后有一片农场，白色的小农舍散布在小山间，狭窄的小路绕行于溪流和花园之间，小路上建有许多石桥。

霍华德·洛夫克拉夫特，“小人物卡达斯追梦记”，《阿克汉姆集锦》

三零七岛 | Three-O-Seven

属于阿留申群岛，岛上多岩石。今天，这座岛上只剩下一堆燃烧过的岩石和一个大弹坑。不久以前，三零七岛还是一座美丽富饶的岛屿。后来，一位印度科学家在这座岛上发现了一种不灭病毒 JL3，从此，这座岛就被隔离起来，因为岛民都感染了这种病毒。世界上最好的化学家和生物学家纷纷来到三零七岛，试图找到一种解毒剂。这些科学家很快建立起地下实验室，并给岛上所有的动物和植物注入了 JL3 病毒，希望找到一种治愈的方法。这些动物和植物被注入病毒后长势更好，比例也非常好，长得又漂亮又健康。岛上出生的孩子很快变成了俊美成熟的少年，他们不断地渴望爱情，这使得岛上的人口猛增，其增长之势几乎快要威胁到岛民的生存。于是，岛上的居民开始采取一种避孕措施，但女人拒绝采用这种避孕措施。此后，这座岛上充满了骚乱和暴动。最后，为了阻止不灭病毒的继续扩散和蔓延，世界各国政府做出了一个艰难的决定：轰炸三零七岛。没有人知道，遭到轰炸的那些不朽之物的最终命运如何。

勒内·巴尔雅韦尔，《大秘密》(René Barjavel, *Le Grand Secret*, Paris, 1973)

图勒岛 | Thule

有时候又叫“最后的图勒岛”，位于北大西洋，从英国奥克尼郡出发，需要航行 6 天。图勒岛面积大，差不多是大不列颠岛的 10 倍，大部分地区土壤贫瘠，周围的空气是海水和氧气共同形成的一种混合物。

图勒岛上每年都会发生一种奇怪的自然现象。夏至时，太阳不落山，始终挂在天空，一直等到冬至的到来；在接下来的 40 个昼夜里，太阳始终隐藏着，到处都是漆黑一片，岛民除了睡觉，什么也干不了。

图勒岛上生活着几个部落，其中一个部落叫思科瑞迪非尼人(the Scritifines)。思科瑞迪非尼人的生活很像兽类，他们从不穿衣穿鞋，从不喝酒，也从不耕田犁地，只捕猎森林里的大动物。到了冬天，他们就把自己裹在兽皮里取暖，从动物的骨头中抽取骨髓喂养自己的孩子。他们的孩子没有奶吃，一生下来就被放在那些挂在树上的皮摇篮里。母亲把骨髓喂到孩子嘴里，然后就跟随孩子的父亲一起去打猎。

图勒岛上的另一个部落崇拜许多神灵和魔鬼，他们说这些神灵和魔鬼住在每一块石头、每一条河流里，以及每一棵树上。他们把人当作祭品，供奉给那些所谓的神灵和魔鬼。他们要么在祭坛上杀死受害者，要么把受害者绑在树上刺死，要么把他们摔死在洞里。

另一个比较友好的部落会制作美味的蜂蜜酒。

狄奥多罗斯·西库鲁斯，《历史图书馆》(Diodorus Siculus, *The Library of History*, 1st cen. BC)；斯特拉波，《地理志》(Strabo, *Geography*, 1st cen. BC)；普洛柯比乌斯，《哥特战争》(Procopius, *The Gothic War*, 4th cen. AD)

拇指向上村 | Thumbs Up

卢塔巴加国境内的一个村庄，距离肝脏洋葱镇不远也不近。

这里以前叫拇指向下村,现在改名字了。根据估计,这个村庄的名字会在拇指朝上和拇指朝下之间不断地变换。

拇指向上村值得一提的是老木材院里生长的夹竹桃和野玫瑰,这些花儿得到热恋中的情侣们的精心照料。这些情侣坐在篱笆上,遥看流星从天空坠落,这是月夜里最流行的消遣方式。

拇指向上村的老鼠也很有名。这是一种很奇怪的老鼠,它们住在木材院里。有时候,生锈的钉子会从木头里掉下来,老鼠就会张嘴接住钉子,含在嘴里咀嚼几下,然后吞掉。卢塔巴加国所有喜欢吃钉子的老鼠都被它们的父母送到这里来,它们在这里就靠吃锈钉子长得膘肥体壮。

当一只年轻老鼠遇见去木材院子的同伴时,它会用下面这个问题跟它打招呼:“你要去哪里?”他的同伴通常会这样回答:“去拇指向上村”。这种交流方式会继续进行下去:“你感觉怎样”,“感觉像钉子一样硬”,他的同伴回答说。当老鼠坐下来嚼钉子的时候,它们总是会通过讲故事来打发时间。

卡尔·桑德堡,《卢塔巴加故事集》

图瑞亚王国 | Thuria

位于地下大陆佩鲁西达,距离萨瑞地区的西南部大约 250 英里,地处可怕的影子王国的边缘。图瑞亚王国的地貌很怪异:静止不动的河流却能穿过它,一种奇怪的植被在王国境内到处出没。

与佩鲁西达的其他部落相比,图瑞亚人不算原始,他们开垦荒地,进行刀耕火种的农业生产。他们住在茅草屋里,而佩鲁西达的大多数部落仍住在山洞里。图瑞亚王国的村庄通常呈矩形,村庄的四周是用粗糙的原木和大漂石建造的围墙,围墙上面没有设计大门,只有通过梯子进入围墙内,晚上再把梯子收起来。

图瑞亚王国生活着里迪(lidi),这种动物经常在以它命名的平原上闲逛。里迪很像美国的食草类恐龙,或者叫梁龙,曾经生活在地球表面,身体可以长到 100 英尺,脖子很柔软,头很小,行走缓慢,但一步能跨很远,所以游客会发现里迪其实走得非常快。图瑞亚人把里迪当坐骑,或者用它们来托运东西,最近几年,里迪还被出口到佩鲁西达的其他地区。

萨戈(the Tharg)是一种大麋鹿,这个地区也很常见,游客会发现,传统捕猎萨戈的方法特别需要集中注意力。首先,猎人必须想办法引起萨戈的注意,故意使它发起进攻,萨戈一旦看见什么东西,就会不断地进攻。这时候,藏在灌木丛里的猎人跑出来,追逐萨戈,设法抓住它的鬃毛,然后跳到它的背上,用一把碎石刀刺穿它的脖子,接着大伙儿齐上阵,一阵棍棒和长矛,就把这只大野兽打死了。

埃德加·巴勒斯,《在地心》;埃德加·巴勒斯,《地下大陆佩鲁西达》;埃德加·巴勒斯,《佩鲁西达的塔纳》

特维尔港 | Thwil

参阅罗克岛(Roke)。

迪里贝特岛 | Tilibet

位于暹罗海湾,北纬 12 度、东经 104 度。迪里贝特岛上的时间走得比其他地方的时间快得多,因此,这个岛上的居民寿命都很短。婴儿生下来就会大笑,然后飞速成长,而且婴儿刚出生一天就会说话,活到 24 岁便会死去,这时候的他们已是满脸皱纹、形容枯槁。他们一夜只睡一个小时,因此非常珍惜现在。他们忘记过去,也不在乎将来,不会因为无聊而外出远航,在他们看来,生命太短暂,需要珍惜,绝不会把时间浪费在冒险的旅程上。

这些岛民 4 岁成年,16 岁进入老年。他们的国王从中年人当中选出,首相在老年人当中选择。迪里贝特人鄙视珠宝,不喜欢钱财,丈夫完全信任妻子,妻子对丈夫也是绝对的忠诚。

迪里贝特岛没有其他特色可言,整座岛上只有一小部分可耕种的土地，房屋经济而实惠，村庄干净而整洁，岛民的生活尤其注重实效。

皮埃尔·德方丹神甫，《新居利维或居利维船长之子让-居利维之旅》

迪拉拉瑞亚岛 | Tirralaria

一座面积比较小的岛屿，属于太平洋东南部的雷拉若群岛。迪拉拉瑞亚岛的最高处是一座浓烟滚滚的火山，名叫克里马洛尔火山（Klimarol）。迪拉拉瑞亚岛的山呈梯形，满山遍野都是鲜花和绿草。站在壮观的寺庙和大理石尖塔上，可以俯瞰下面一个已经荒废的港口。这里尤其值得一提的是一座高高的圆顶寺庙的废墟，寺庙里面还能看见一幅残留的古代壁画；如今，这座寺庙的废墟变成了流浪汉的栖身之处。

克里马洛尔火山被用来火化尸体和焚烧垃圾，这个任务由奴隶来完成。除此之外，这些奴隶还必须负责岛上的生产劳动。火山坑里留下了早期文明的痕迹，比如一些残破的圆屋顶、塔楼以及寺庙。迪拉拉瑞亚岛上最早的居民来自里曼诺拉岛，都是被驱逐到这里来的，他们大多是罪犯和社会主义狂热分子。

迪拉拉瑞亚岛上实行共产主义，除了奴隶，没有其他的阶级之分。奴隶负责劳动，其他人不用劳动，因此没有必要组织劳动。没有律师和医生，老弱病残都交给自然来处理。有时候，岛民会组织成立一个委员会，专门负责分发果实。迪拉拉瑞亚岛上没有什么财物属于私人所有，人们可以随意拿取他人的东西。家庭正在慢慢解体，于是出现了一夫多妻和一妻多夫。迪拉拉瑞亚岛上的居民衣衫褴褛，他们戏称自己身上的破衣服是“天堂里的原始衣服”，大多数人都住在地洞里。迪拉拉瑞亚岛上没有学校，岛民们认为学校象征社会的不公平，也是滋生不公平的温床。

迪拉拉瑞亚岛上的宗教属于多神教。岛民认为宇宙中充满了各种神灵，这些神灵既不需要食物，也不需要生存空间。他们都可以成为神灵，就像构成身体的细胞一样。如果一个人死了，他的灵魂马上就会变成一个神，得到同样的崇拜。岛上所有的人都是祭司，他们可以自主地选择做礼拜的地方，既可以在寺庙，也可以在室外。

戈弗雷·斯维文，《雷拉若群岛：流犯群岛》；戈弗雷·斯维文，《里曼诺拉岛：进步岛》

迪西克王国 | Tishk

一个默默无闻的精灵王国，位于俄国的乌拉尔山。我们对这个精灵王国的了解非常少；西欧精灵王国的居民好像没有谁来过这里。然而，有一个事件众所周知，那就是年轻女王的一个好斗的舅舅曾经起来叛乱，企图推翻女王的统治。那次叛乱遭到残酷的镇压，叛乱的始作俑者全部被砍头，叛乱的支持者被流放到伏尔加河以外。其中一个被放逐的人叫塔玛瑞德，他最后到了德莱维尔特城堡，打破了那个王国的平静。塔玛瑞德称自己是女巫巴巴·雅佳的侄儿，但他的这种说法好像缺少证据。

希尔维亚·华纳，《精灵王国》

迪迪普镇 | Titipu

位于日本，由日本天皇利用高级刽子手来统治。迪迪普镇的刑罚极其残酷：无论是谁，只要挑逗他人或对他人暗送秋波，都会被砍头；丈夫受刑死去后，妻子也要被活埋。

如果天皇发现迪迪普镇很久没有谁被判死刑了，他就会下令每个月砍去一个人的头，否则的话，高级刽子手的职位可能不保，而且迪迪普镇也会被降级，沦为一个村落。结果，经过一系列错综复杂的事件之后，天皇的儿子也差点成为这条命令的受害者，所幸的是，随后出现的一连串令人高兴的喜事儿扭转了他的命运。今天，如果游客想去参观迪迪普镇，他最好首先弄清楚迪迪普镇的法律。这个小镇的法律复杂多变，稍不注意，就有可能犯下这个小镇的杀头之罪。

迪迪普镇的居民很像日本的花瓶、陶罐、银幕以及纸扇上的人儿。本世纪末到下世纪初，这些东西在英国非常流行。

威廉·吉尔伯特爵士，《米卡多》或《迪迪普城镇》(Sir William Schwenck Gilbert & Sir Arthur Sullivan, *The Mikado*; *or The Town of Titipu*, first performance, London, 1885)

迪瓦勒拉岛 | Tivalera

参阅智慧群岛(Isles of Wisdom)。

蟾宫 | Toad Hall

坐落在河边；那条河流过河岸。蟾宫是一座高贵而庄严的建筑，使用青砖建成；窗户属于法国的建筑风格，窗外有开满鲜花的草坪，这样的草坪一直延伸到水边。蟾宫的背后是庞大的附属建筑，这里有马厩、猪圈、一间鸽子屋和一个鸡圈，外加一间花园式厨房，周围筑有围墙，看上去非常美。据说，蟾宫的部分建筑可以追溯到14世纪，尽管如此，它同样享有一切现代化设施的便利，绝对算得上最适合绅士居住的宅院。蟾宫靠近高尔夫球场、邮局和教堂；附近还有一条小溪，小溪上坐落着一间泊船屋。从这里到河岸有一条地下通道，好像是几百年前建的，蟾宫现任主人的父亲又重新修葺了它。

蟾宫是蟾蜍先生的祖宅。蟾蜍先生在当地很有声望。他心地善良、待人慷慨，不过有些自负，喜欢自夸。蟾蜍先生的兴趣爱好颇多，但那些都是昙花一现的东西，而且他的那些爱好在过去既昂贵又危险。最近，他疯狂地迷上了汽车，结果弄出几次车祸；后来又因偷车入狱。蟾蜍先生设法逃出了监狱，却发现蟾宫已被鼬鼠和白鼬占据，就在他被迫离开自己的家园时，这些家伙从野林来到这里。它们大肆破坏蟾宫，还吃掉了蟾蜍先生储备的许多粮食。

不过，它们最终被蟾蜍先生、河岸的河鼠先生、野林的獾先生以及鼹鼠居的鼹鼠先生赶出了大厅。他们四个从地下通道（当时只有獾先生知道这条通道）进入蟾宫，当时，那些鼬鼠和白鼬正在举行宴饮，场面非常喧闹，但很快他们就被击溃。如今，蟾宫又恢复了平静和秩序。对于以前头脑发热的蟾蜍先生来说，这件事情好似一副有益健康的镇静剂。

肯尼斯·格雷厄姆，《柳林风声》

奇姆克城 | To-At-Chimk

参阅玛波迪金-杜尔达岛（Marbotikin Dulda）。

图胡岛和波胡岛 | Tohu and Bohu

两座小岛屿，紧靠秘书岛。这两座岛上的居民都很穷，家里连一口最普通的煎锅都找不到，因为巨人布里格纳瑞里（Giant Bringuenarilles）吃掉了所有的炒锅、煎锅、茶壶以及大锅炉。以前，这个巨人主要吃风车，可是连风车都被他吃光了。巨人的消化系统对付不了铁锅这样的食物，不久就患了重病，由于找不到任何医治的良方，最后他遵照医嘱，吃热炉子上烤化的黄油，不幸被噎死了。

弗朗索瓦·拉伯雷，《巨人传第四部》

托尔-艾瑞希岛 | Tol Eressë

也叫“孤独岛”，一座呈船形的岛屿，位于阿曼大陆东部海岸的艾达玛海湾。托尔-艾瑞希岛以前可以漂移，它载着中土的万娅尔精灵和诺尔多精灵穿过大海来到阿曼大陆。后来，泰勒瑞精灵也以同样的方式漂洋过海。在这些精灵的要求下，托尔-艾瑞希岛不再向前漂移，而是停靠在艾达玛海湾，成为它们的家园，尽管后来许多精灵还是去了艾达玛海湾。

托尔-艾瑞希岛看起来一片光明，这光亮来自佩罗瑞山脉的隘口。佩罗瑞山脉是阿曼大陆的天然屏障。托尔-艾瑞希岛的西部海滨土壤肥沃，这里的植被郁郁葱葱。

这里种了一棵加拉塞里恩树苗（Galathilion）；加拉塞里恩是艾尔达玛的白树。这棵树苗最初来自米那斯-提力斯城，后来成为刚铎王国的标志。托尔-艾瑞希岛的主要城市是阿瓦罗尼城，城里最有名的就是灯火通明的码头和了不起的大白塔；大白塔是引导船只西行的重要导航助手。

伊兰纳岛上的努曼诺尔遭到毁灭之后，托尔-艾瑞希岛与阿曼大陆一样，也被移走了，远远地离开了人类的视线。

托尔金，《魔戒首部曲：魔戒现身》；托尔金，《王者归来》；托尔金，《精灵宝钻》

托姆多迪岛 | Tomtoddies, Isle of

有人说，这座岛就是莱缪尔·格列佛船长所说的拉普塔岛。

托姆多迪岛上住着一群不幸的孩子。在父母的逼迫下，这些孩子必须不停地学习，整整一周都是如此。他们没有时间去玩，必须静静地坐着，应对无休止的测验和考试。结果他们的脑袋变得越来越大，身体越来越小，直到有一天，他们一个个都变成了萝卜，萝卜里面几乎只有水。即便如此，父母还要不断地摘他们身上的叶子，长得越快，他们就摘得越快，直到这些孩子身上不再有什么绿色的东西出现。孩子们的大腿变成了根须，一直往下生长到地下，因为他们从来不玩游戏，把所有的时间都用在了学习上。

这些萝卜不断地唱"托姆多迪之歌"（the Tomtoddies）："我不能准备我的功课；监考官来了。"考试是他们伟大的偶像，这是考试崇拜中不可分割的一部分。主考官大步流星地穿梭于可怜的萝卜间，给他们施加最恐怖的压力，又朝着他们大喊大叫，态度极为专横。惊恐万状的萝卜们拼命地应对考试，结果因塞得太快，好多都爆裂开来。即便如此，没有什么能够逃过主考官，主考官的鼻子有9000英里长，可以伸到世界上的任何一个地方，去监督那里的小男孩和他们的老师。

托姆多迪岛上还有一种生灵，那是一根棍子。这根棍子曾属于罗格·阿沙姆先生(Mr. Roger Ascham)，棍子的一头刻着爱德华六世的半身像。它正在等待罪有应得夫人下达命令，一接到命令，它就可以把那个主考官痛打一顿；对于这一天，棍子满怀希望、耐心地等待着。

游客一来到这座岛上，就会被不幸的萝卜团团围住。萝卜会不停地问这样一些问题："穆迪乌斯·斯卡沃拉的第三个表弟的外祖母的奴仆的那只猫叫什么名字？""你能告诉我一个地方的名字吗？一个没有人听说过的地方，一个没有发生过任何事情的地方，而且属于一个还没有被发现的国家？"萝卜不知道他们为什么需要这样的知识，也不知道这样的知识究竟对他们有什么用处；他们唯一知道的只是，那个可怕的主考官要来了。

托姆多迪岛的海滨竖着一根大柱子，上面写着："这里禁止玩具入内"。

查理·金斯利，《水孩子：关于一个陆地婴儿的神话》

坦达尔岛[①] | Tondar

参阅佩鲁西达大陆(Pellucidar)。

工具岛 | Tool Island

一座尚未开发的半岛，岛上几乎无人居住，从铃声岛出发需要航行两天才能到达。工具岛上的树长得很像陆地上的动物，这些树生得有血有肉，有皮肤和脂肪，也有骨头。根据推测，它们可能

---

① 这个词条在前面的拼写是Tandar。

也有正常的内脏器官。它们的头(树干)朝下,头发(树根)深入地下,脚(树枝)伸展在空中。它们不会结出正常的果实,而是生产各种工具和武器,从鹤嘴锄到弯刀,从钩镰到标枪,想要什么工具和武器,只需要摇摇它们,这些工具和武器就会像熟透的果子一样从树上掉下来。当这些工具和武器快要接触地面的时候,就会碰到刀鞘草,这种植物把它们包在其中。游客要小心,千万不要被掉下来的工具和武器砸伤。有些树下的草长成长矛、弹簧和叉子的形状,然后朝上生长,直到能够接触到那棵可以找到合适的端口和刀刃的大树。这样的树上也可能长出畸形的工具和武器,不过这种情况极其罕见,比如长出半支矛,半支矛的顶端是一个扫帚柄,而不是一根钢尖。尽管如此,工具岛上生长的一切都有用处。

弗朗索瓦·拉伯雷,《巨人传第五部》

他们太多之国 | Too-Many-of-Em

许多贵族家里的孩子生活的地方,他们住在铃声岛以西。有时会发生这样的情况,一个贵族家因为孩子太多,如果平均分配财产的话,就会导致整个家族的财产被耗光。因此,一旦遇到这样的情况,父母就赶紧把一些孩子送到铃声岛,这样就可以确保这些孩子都能够活下来。

弗朗索瓦·拉伯雷,《巨人传第五部》

托瑞洛王国 | Torelore

一个小小的封建王国,具体位置不可知,但它有时可能会出现在地中海沿岸,也可能出现在地中海的海滨附近。

托瑞洛王国有一个奇特的习俗:妻子怀孕生子的时候,丈夫会躺在床上休养。妻子不生孩子的时候,就要出去当兵打仗。战争在托瑞洛王国是违反传统的,比如,杀死敌人或企图杀死敌人被视为不友善,因此在打仗的时候,托瑞洛王国的女人使用苹果、腐烂的蔬菜和新鲜的奶酪当作武器。

无名氏,《奥卡森和尼各莱特》(Anonymous, *Aucassin et Nicolette*, 14th cen. AD)

托瑞德鲁地区 | Tφrrendru

有时位于中西伯利亚高原以东,有时位于其以北。遗憾的是,游客无法靠近这个地区。因为当有人从远处感觉到这个地区,并且试图靠近它的时候,它就会立即将自己连根拔起,移到另一个地方去。

托瑞德鲁地区被描绘成一个"被最大的幸福包围着"的地方。名贵的古树和一望无际的果园使这块平坦之地分外美丽;蓝色的湖水和水晶般的溪流映照出蔚蓝而宁静的天空;丰茂的绿色田野绵延于色调柔和的山地之间。这里的天气几乎没有任何变化。

然而,托瑞德鲁地区的居民却是地球上最悲惨的人。他们被雌鹅嘉兰泰(Galantai the Goose)及其无数有翼的仆从召集起来,一直在寻找人类制造的那些恐惧;在城市里,在杀戮的战场上,在炎热的地方,他们搜出被屠杀的血腥场面、孩子以及动物,这些无辜的受害者正是他们自己的脆弱造成的。

托瑞德鲁地区自有史以来就已经存在,管理者是一批智慧卓绝的大师。多年来,托瑞德鲁地区的政府被林务官克瓦斯(Quasso)控制着。如今,克瓦斯正在等待一位学徒。这个地区的政府可能会发生变化,因此游客在出发之前最好弄清楚这里的局势。

艾萨克·曼斯克,《恩威瑞克·奥尔森的坐骑》(Izaak Mansk, *The Ride of Enveric Olsen*, London, 1999)

托西城 | Tosh

参阅格拉布拉伯王国(Gramblamble Land)。

托腾霍特沙漠 | Tottenhotland

位于奥兹国的加德林国边缘，这片沙漠里只生长棕榈树，棕榈树下面有奇怪的东西，呈圆形，样子很像倒过来的茶壶，这些就是托腾霍特人居住的房屋。

托腾霍特沙漠里的住宅

托腾霍特人体形很小，皮肤黝黑，猩红色的头发直愣愣地竖立在头上。他们几乎赤身裸体，只在腰间围一张动物皮。他们喜欢佩戴装饰物，他们的手腕上戴着手镯，脚踝上戴着脚环，耳朵上戴着耳坠，脖子上戴着项链。

托腾霍特人主要在夜间活动，为的是躲避白天明晃晃的阳光。到了晚上，他们从各自的圆房子里走出来，在月光下玩耍和跳舞。他们有时候也很狡猾，而且攻击性很强，但不会伤害愿意参加游戏的人。他们似乎对奥兹国的其他民族了解很少，也没有兴趣离开自己的沙漠家园。

弗兰克·鲍姆，《奥兹国的缝补女孩》

白塔山 | Tower Hills

伊里雅多王国境内的一列山脉，位于夏尔郡以西，山顶上矗立着 3 座白塔，白塔山一名由此而来。有人认为白塔是精灵建造的，时间是在阿诺尔王国建立之后。最高的白塔里曾经放着一颗水晶石，又叫帕兰迪瑞。虽说其他的帕兰迪瑞极其宝贵，可以了解到整个中土所发生的事情，但白塔山的水晶石只能看到遥远的阿曼大陆，因此对影响白塔山的那些战争起不了多大作用。

夏尔郡的霍比特人说，站在最高的白塔山上可以看到大海。这座白塔坐落在绿幽幽的山丘上，与其他的白塔有一定距离，但尚无记载表明，霍比特人曾去过那座白塔。中土的第四纪初，白塔山被认为是夏尔郡的西部边界。

托尔金，《魔戒首部曲：魔戒现身》；托尔金，《双塔奇谋》；托尔金，《王者归来》；托尔金，《精灵宝钻》

玩具城 | Toyland

玩具城的居民全是童话里的人物和经典的玩具。游客会看到积木搭建的小房子和出售各种玩具的小店铺。玩具城的下面是怪物王国，那里到处可以看见鳄鱼和其他可怕的生灵。

童话里的人物与玩具似乎保持着明显的距离。牧羊女小波碧、风笛手的儿子汤姆和鹅妈妈对待不爱动脑筋的诺蒂、大耳朵、毛茸茸的猫小姐以及诺亚夫妇总是彬彬有礼。

游客应该知道，玩具城严格遵守道德规范，并且以更传统的英国育儿理论为基础。城里的治安由警察普罗德先生和小锡兵来维持，它们经常在城里巡逻。玩具城里的食物主要是英国风味的家常菜，外加果子冻、果浆软糖和硬糖。玩具城里的童话人物的生活区稍有不同。

伊妮德·波里顿，《小诺蒂游玩具城》(Enid Blyton, *Noddy goes to Toyland*, London, 1929)；电影《玩具城的芭比》(*Babes in Toyland*, directed by Gus Meins & Charles Rogers, USA, 1934)

特拉卡达岛 | Tracoda

位于太平洋，岛上住着穴居人，靠吃蛇为生。这些穴居人不会说话，只会像蛇一样发出咝咝声。

约翰·曼德维尔爵士，《曼德维尔游记》

特拉德拉杜城 | Traldragdubb

参阅拉格奈格岛(Luggnagg)。

宝岛 | Treasure Island

大约长 10 英里,宽 5 英里,靠近墨西哥的海滨。宝岛的南端有一堆岩石,名叫骷髅岛。海水退潮的时候,宝岛与骷髅岛之间有狭窄的沙地相连。宝岛上有 3 座山,分别是前桅山、后桅山和主桅山,又叫远眺山,由北向南连成一排。主桅山最高,比其他两座山高 200—300 英尺。宝岛上有一个天然港口,名叫基德船长的停泊处,坐落在南海滨,几乎被陆地包围。陆地上草木葱葱,茂密的树林直逼高水位的标志。两条发端于沼泽的溪流汇入这个隐蔽的海湾;河口周围的树叶表面发出有毒的光泽。游客可以在北海湾靠港;北海湾很窄,沿岸是茂密的树林。

宝岛的西南沿海,帆索海角的周围全是 40—50 英尺高的悬崖,这里无法进入。往北,这些悬崖渐渐消失,这时候可见沙滩,然后是森林覆盖的海岬;涨潮时海水湍急而危险,尤其是海岬的西海岸。

宝岛上的建筑只有一个围栏和一栋松木房。松木房隐藏在南部海湾附近的树林里,围栏建在一座小山上,大约可以容纳 40 人。围栏下面是一汪清泉,围栏的每一面都有观察孔,整个围栏显然是为了防御而建。

宝岛的大部分地区都覆盖着灰树林,偶尔能看见更高的松林。低矮的常青树在这里很常见。开花的灌木林和丁香树生长在基德船长停泊处上方的丘陵上。宝岛上生活的动物尚未得到详细的研究,尽管海滨地区可以看见海狮。

1754 年,为了把宝物藏在这座岛上,弗林特船长绘制了这座岛的地形图,“宝岛”一名由此而来。弗林特船长的名声很臭,在伙

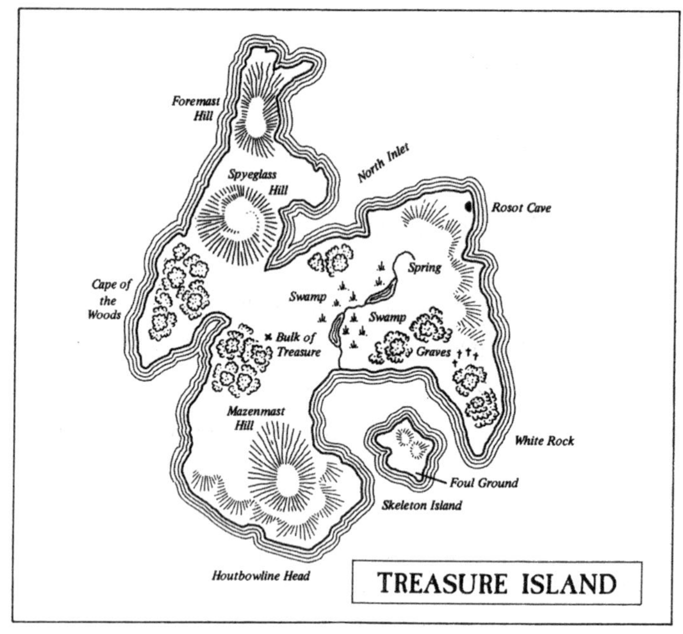

宝　岛

同其他 6 人埋掉价值 70 万英镑的宝物之后，又把这 6 个见证人统统杀掉。关于藏宝的地点，唯一的记录就是一张粗糙的地图，这是船长的副手比尔·波尼斯绘制的。弗林特船长死后多年，这些藏宝信息在黑山湾的本波上将酒馆里被发现。

宝物被埋藏几年之后，本·刚恩乘坐另一艘船偶然经过此岛。本·刚恩以前是弗林特船长手下的一个水手，他认出了这座岛屿，于是劝说船长和水手们上岸寻宝。他们靠了岸，结果没有找到藏宝的地点，一气之下，船长把刚恩扔在这座荒岛上，让他在这里孤零零地生活了 3 年。

带着藏宝图，乡绅特洛尼带领一伙人去寻找弗林特船长的宝物。他们乘坐“伊斯帕尼奥拉”从布里斯托尔港出发。特洛尼没有意识到，他所雇佣的那些水手里有几个是弗林特船长的人，其中包括弗林特的老舵手，长腿赛尔维。一到达宝岛，船上就发生了冲突，领头的就是长腿赛尔维。经过长时间的激战，古老的围栏处也发生了激战，特洛尼的寻宝团最终获胜。这时，长腿赛尔维改变了立场，站到了胜利者一方，希望也能得到一份传说中的宝物。其实，本·刚恩已经找到了宝物，并且把宝物转移到另一个更隐蔽的地点。剩下的探险队成员与本·刚恩一起回到了英国，在返航途中，大家抛弃了长腿赛尔维，但给他留了一些钱，后来就再也没有他的消息。最初发起冲突的那 3 个成员留在了宝岛，他们后来的命运如何，至今也无人知道。

罗伯特·斯蒂文森，《宝岛》

宝贝谷 | Treasure Valley

一座非常富饶而肥沃的山谷，位于斯蒂瑞亚王国，四面是终年积雪的山峦。宝贝谷是金河的发祥地，金河的源头附近有两块黑岩石，据说这与山谷的历史及其所经历的一系列变化有着紧密的联系。

很久以前，这座山谷为三兄弟所有，这三兄弟分别是汉斯、施瓦兹和格鲁克。两个哥哥长相丑陋、性情残暴，他们杀死所有的生灵只因为这些生灵没有为他们的生存付费。他们杀死黑鸟是为了防止它们吃水果；杀死刺猬是为了阻止它们吸食奶牛的乳汁；他们甚至杀死农舍里的鸡，只为阻止它们吃掉地上的碎食。他们拒绝支付仆人的酬金，其他人收成不好的时候，他们却从中大发不义之财。此外，稍有不顺，他们就殴打三弟格鲁克。有一次，两个哥哥在风雨交加的夜里回到家，发现格鲁克把一个头戴尖顶帽的陌生老人留在家里过夜，便大为恼怒，动手驱赶可怜的老人，但他们很快就发现，在这位老人面前，他们简直不堪一击。当他们企图攻击老人的时候，倒在地板上呻吟的却是他们自己。老人离开之前警告他们，他还会回到这里。果然在午夜来临之前，老人回来了，而且带来了一场大风暴，毁灭了大半个村子。离开时，老人留下一张字条，可惜愚蠢的兄弟俩没有意识到这张字条的作用，仍在徒劳地与西南风搏斗。到了早晨，他们惊恐地发现山谷里爆发了洪水，大部分农田被淹没。这位神秘的老人再也没有回来，他带走了所有的风。由于山谷里没有河流经过，只能依靠大风带来一些雨水，现在没有了大风，山谷很快就变成了贫瘠的荒漠。

绝望之余，兄弟俩来到附近一座镇上干起了金匠的活。他们的生意很差，又因酗酒，花去了赚来的所有财富，很快就一贫如洗了。为了赚钱，他们甚至把小格鲁克喜欢的一只杯子也投进了熔炉(这是一只奇怪的旧杯子，杯面上刻着小矮人的一张脸)。当杯子融化的时候，格鲁克听见一个声音在对他说话。一个小矮人从融化的金属里走了出来，声称自己是金河之王，只是被强大的魔法变成了一只杯子。小矮人对格鲁克解释说，如果往他们在镇上看到的那条河里滴三滴圣水，那河水就会变成金子，这也正是格鲁克所希望的，而如果滴进河里的不是圣水，他自己就会变成一块黑石。

听到这个故事，施瓦兹和汉斯两兄弟决定先下手为强，抢先得到这笔巨大的财富。他们带着两瓶圣水爬到山上；这两瓶圣水一瓶是偷来的，另一瓶是从一个堕落的祭司那里弄来的。当兄弟俩爬到山顶的时候，他们遇见一个孩子、一条狗和一个老人，他们都快渴死了，但兄弟俩见死不救，拒绝把水送给这几个虚弱者，而是把瓶子投进了河里。马上，施瓦兹和汉斯就变成了黑石头。当格鲁克爬到山上时，他也遇到了同样的情形，不同的是，他把圣水分给了这几个需要帮助的人。于是，那条狗变成了金河之王，他对格鲁克解释了那两兄弟被变成石头的原因，因为他们拒绝了快渴死的那些人的请求，因此这些水不管有多少圣人祝福过，也不能被称之为圣水。最后，金河之王送给格鲁克三滴水，让他把这三滴水滴进河里。当格鲁克回到家时，他发现金河流过高山，流进山谷，已经开始灌溉村里的农田了。河里的水被证明是真正的金子，宝贝谷再次焕发了生机，变成一个富饶而肥沃的地方。

约翰·巴斯金，《斯蒂瑞亚的传奇：金河之王或黑兄弟》(John Buskin, *The King of the Golden River or The Black Brothers. A Legend of Stiria*, London, 1851)

树城 | Trees, City of

参阅卡拉斯-加拉松城(Caras Galadhon)。

特美尼斯城 | Tremenes

阿卡奥斯王国(Archaos)的首都。

特林奎拉格城堡 | Trinquelage

中世纪的一座城堡,采用巨大的石头建成,坐落在法国普罗旺斯温托克斯山(Mount Ventoux)的山腰上。在过去,这座城堡里住的是特林奎拉格(Trinquelage)的贵族。穿过城堡的护城河就可以进入城堡的第一个院子,经过这个院子可以进入一座小教堂。小教堂可能是城堡里最有趣的地方。

特林奎拉格城堡里经常有幽灵出没,尤其是到了圣诞节的时候,一束怪诞的神秘之光就会穿透城堡的石墙。去做弥撒的时候,人们会看见小教堂里有人影晃动,教堂里点亮了蜡烛,但那些蜡烛是看不见的。午夜时,院子里可见美丽的女子和绅士,女子身穿刺绣精美的衣服,绅士穿着精美的大衣,他们都是幽灵。一个如梦如幻的讲坛上站着一个矮小的幽灵,他正在大声朗读一本书,但他读的每个字我们都无法理解。据说,这个老幽灵是特林奎拉格城堡某个祭司的灵魂。他遭到永恒的咒诅,因为在做第三次圣诞弥撒时,他想吃火鸡,不想诵读福音书。这一年的每一天里,阴冷的寒风都会吹过这座城堡。

阿尔丰斯·都德,《磨坊书简》(Alphonse Daudet, *Lettres de mon moulin*, Paris, 1866)

特里索德王国 | Trisolday

一个幅员辽阔的地下王国，这里生活着虫人。虫人的上半身像人，下半身像虫，他们要么在地上滑行，要么跳跃，用手把身体弹射到空中。他们的鼻子长而尖，眼睛很小，皮肤有鳞，像蛇；男性虫人的脸呈红色，女性的脸如鼹鼠一样呈浅黄色；他们在挖隧道方面的能力十分了得。

这些虫人崇拜巨大的怪虫冯德维尔（Ver-Fundver-Ne）。他们还相信虔诚的人一定会得到奖赏，这样他们就可以到外面的世界去看日光。有罪的人会遭到谴责，将永远陷入黑暗之中。虫人的寺庙规模庞大，所使用的建筑材料不可知，寺庙里有柱子支撑，寺庙的建筑体呈锥形，上面雕刻的是巨虫冯德维尔的叉形尾巴。

寺庙里的房间装饰着最珍贵的东西，这些东西都是在地下发现的。这座寺庙给人印象最深的是一间方形圆顶屋。圆顶屋的走廊使用透明石，上面装饰有珠宝。寺庙背后是一座由洞穴和隧道构成的迷宫。经过其中一个洞穴可以来到一条水银河。这个洞里装饰着浮雕，浮雕上面刻画的是一群男女；浮雕的起源无人知晓。

特里索德王国实行君主选举制，君主的权力受到大会议的长老的制约。这种权力制衡的方式是特里索德王国的开创者介绍进来的。大会议的长老有权推选君王、监督法律的实施；如果发现被选出的君王可能是一个暴君，他们就可以废除他。在被选为君王之前，候选人首先必须证明他能胜任君王之职，他必须去探险，去创造新的奇迹。

特里索德王国的法律规定，虫人不可以与另一个民族结盟，外来者都被称为 *Tumpigands*。参观者要注意，胆敢闯入特里索德王国的外来者必遭毁灭。然而，如果外来者是人类，他们就还有一种选择——砍掉自己的四肢，然后举行浓重的仪式烧掉自己被砍掉的四肢，这样，他们就可以使自己看起来更像虫人。巨虫冯德维尔也接受这些愿意把自己身体弄残的人。人类以前被当作异类，豢养在特里索德王国的皇家动物园里，不过尚无记载表明，人类愿意将自己变为残废，沦为虫人。

如果虫人被救过一命，不管救他的是人还是虫人，他都会马上成为这位恩人的奴隶，他的发誓方式是把唾沫吐在恩人的脸上。

虫人的食物主要是烤鼻涕虫。在虫人看来，这是一种难得的美味。特里索德王国的动物都是虫人的宿敌，包括骑在疾驰的蠕虫身上的大蟾蜍。在外面的洞穴里有时候会发现一种长得像狗的动物，这种动物与驴子差不多大，但动作优雅如小鹿，皮毛呈蓝色，上面有黑色的斑点。虫人特别害怕这种动物；地下河边的树洞里栖居着不会飞的猩红色和黑色的水鸟，它们像鸭子一样蹒跚而行，叫声却像鸽子，它们的身体只有上半部分长羽毛，肚皮包裹在鳞甲里。此外，还有几种蜥蜴和舌头上有刺的龙。

特里索德王国与外界的接触受到极大的限制。曾经在一次例行的探险中，一位虫人国王找到了去安菲克勒欧王国的路。他绑架了安菲克勒欧王国的公主阿斯卡利丝，希望她能答应被砍去四肢，然后与他结婚。公主的父亲跟踪来到特里索德王国，参与策划了一起阴谋，试图废除这个虫人国王。然而，他们的阴谋被揭穿，接下来便发生了一系列暴乱，公主的父亲在暴乱中丧生。为了赢得阿斯卡利丝公主的爱情，虫人国王答应为她的父亲建一座大陵墓。这座陵墓至今仍在，它是用彩石建成的，陵墓的形状像人，由四尊巨大的虫人雕塑支撑着。后来，阿斯卡利丝公主被阿布达勒王国的继承人莫塔卡救走。

如果决定参观特里索德王国，游客应当注意，只有经过那些从阿布达勒王国境内的一个深坑底部延伸出去的地道才能到达。

夏尔·菲厄·德·穆依，《拉美奇斯，一个埃及人的内陆奇幻之旅》

可悲的罗伊老宅 | Triste-Le-Roy

坐落在一座位置尚无法确定的城市南面。老宅的花园里随处可见无用的对称：一个戴安娜对应着另一个戴安娜；一个阳台对应着另一个阳台；一个双层平台对应着另一个双层平台；镜子也是对称的。一切都按照同样的模式来建造，老宅的上面是一座钟塔。

只有一个人成功地来过可悲的罗伊老宅，这个人通过三次谋杀才做到了这一点。第一次是在 12 月 3 日那一天，地点是在北方旅馆，针对的是一位拉比。这位拉比拥有《卡布拉的辩护》(*The Defence of the Kabbalah*)的副本，罗伯特·弗拉德的《哲学的检验》(*The Examination of Philosophy*)，《创造之书》(*Sepher Yezirah*)的一版直译本，《巴尔·西姆》(*Baal Shem*)传记，以及《哈西德派教徒的历史》(*A History of the Hasidim*)。第二次谋杀发生在次年的 1 月 3 日，地点是在西大街一家印染商铺前面。第三次谋杀是虚构的，时间是 2 月 3 日，地点是土伦大街的一家酒店，这家酒店坐落在城市以东。

发生谋杀的这三个地点好像构成了一个等边三角形的三个点，或者说一个神秘的三角形，通过这个神秘的三角形刚好可以进入可悲的罗伊老宅。接下来，游客需要知道隐秘的神的名字(这个名字包含 4 个字母)，然后带着一对测径器和指南针去寻找第四个点，这个点和其他三个点一起构成一个完美的菱形，而这第四个点就是游客将会遭遇死亡的地方，这个点位于无尽的桉树气味里。

豪尔斯·博尔赫斯，“死亡与指南针”，《虚构集》(Jorge Luis Borges, “La Muerte y la Brújula”, in *Ficciones*, Buenos Aires, 1956)

巨怪王国 | Troll Kingdom

位于挪威中部的多维里-菲伊尔山脉(Dovre Fjell Mountains)。巨怪王国里住着各种巨怪、棕色仙女和小妖怪，其中最奇怪的居民可能就是伟大的波伊戈(Boyg)；这是一种可怕的没有任何形状的巨怪。人们可以通过周围的粘液和巨怪身体里分泌的一种霉味，感觉到它的存在。波伊戈不喜欢战争，它总是采用温柔战术战胜敌人。当听到教堂钟声的时候，它会马上缩小，小到连肉眼也无法看见。猪头怪是巨怪王国里最常见的怪物，它们头戴白色睡帽。如今，巨怪王国里的双头怪很少见了，三头巨怪几乎也已灭绝。

尽管巨怪看见的事物都是事物原本的样子，但视力正常的游客都会注意到，在巨怪王国里，任何东西似乎都具有双重形状或性质。比如说，游客可能把一个弹竖琴的美丽姑娘看成一头奶牛正在用蹄子弹奏羊肠线，甚至还会把一个跳舞的姑娘看成一头穿着短袜子的大母猪，这头大母猪一直在努力地跳舞，但从来没有成功。巨怪王国里的每一样东西看起来既是白色的，又是黑色的；既是丑陋的，又是美丽的。曾有一个巨怪国王提议挖去一个参观者的左眼，这样，这位参观者就可以看见完美的事物了，如此一来，这个参观者也变成了一个巨怪。

巨怪避开日光，晚上出来活动。他们与这个地区的人类有接触，特隆德巨怪就曾与山上放牛的姑娘们做爱，前巨怪国王的女儿在山里遇见一个名叫培尔·金特的男人，后来就嫁给了这个男人。

巨怪可以信仰任何一种宗教，只要他们的态度和穿着符合这个王国的习惯就行。巨怪通常在尾巴上戴着丝绸蝴蝶结，参观者应该知道，收到一个火红的蝴蝶结应该是一种荣耀。

巨怪喜欢以自我为中心，他们的座右铭是“巨怪，对你自己好就足够了”。因此，巨怪王国里没有慈善事业、储备银行和养老院。

对农业感兴趣的游客应当注意，巨怪饲养的公牛生产蜂蜜酒，而奶牛为他们的主人生产蛋糕。

亨利克·易卜生，《培尔·金特》(Henrik Ibsen, *Peer Gynt*, Kristiania, 1867)

热带山谷 | Tropical Valley

也叫“断头谷”、“无头谷”或“神秘谷”，位于南纳哈尼河(South Nahanni River)的两岸；麦肯齐山脉(Mackenzie Mountains)的心脏地带；西北地区的西南角；英国哥伦比亚以北；加拿大的育空地区以东。Nahanni 的意思是“那边的人们”。

热带山谷是一块温暖的绿洲，隐藏于终年的积雪之中，山谷里有热温泉、雾霭、热带植物、史前动物、奇怪的部落，以及一位白衣女王。此外，人们还在山谷里发现了猎取人头的野蛮人。1908年，人们在山谷里找到了弗兰克和梅里奥德两兄弟的尸体，他们的头已被砍掉。

皮尔·贝尔顿，《神秘的北方》(Pierre Berton, *The Mysterious North*, Toronto 1956)

真实王国 | Trueland

具体位置不可知。在这个王国里，任何不真实的事情既不可以说，也不可以做。参观者一到达这里，就会发现他们的一举一动都必须符合勇敢的准则和良好的行为规范。不管是在什么时候，许下的诺言必须兑现。如果参观者在一尘不染的街道上掉了一张纸屑，他会发现这张纸屑又会马上跳到他的口袋里；这是真实王国里最让人感到不舒服的地方，这种不愉快的感觉使得它的居民不再饲养宠物狗。在真实王国里，攻击者打出的每一拳都会打在他自己身上，侮辱他人的人会感到受侮辱的其实是他自己。参观者可以融入真实王国的日常生活，但在真实王国里，最平常的应酬也被认为是最虚伪的交际和最虚假的应付，是不可以容忍的。游客到达真实王国后，他曾经的友谊、生意关系和婚姻都很容易破裂，他也很难再重操旧业。

菲利普·马里沃，“真实王国之旅”，《哲学内阁》(Pierre Carlet de Chamblain de Marivaux, “Voyage au Monde Vrai”, in *Le Cabinet du Philosophe*, Paris, 1734)

特里菲梅王国 | Tryphême

位于地中海岸，巴利阿里群岛的对面，介于法国和西班牙之间。特里菲梅王国境内土地肥沃，西北面是比利牛斯山，东南面是

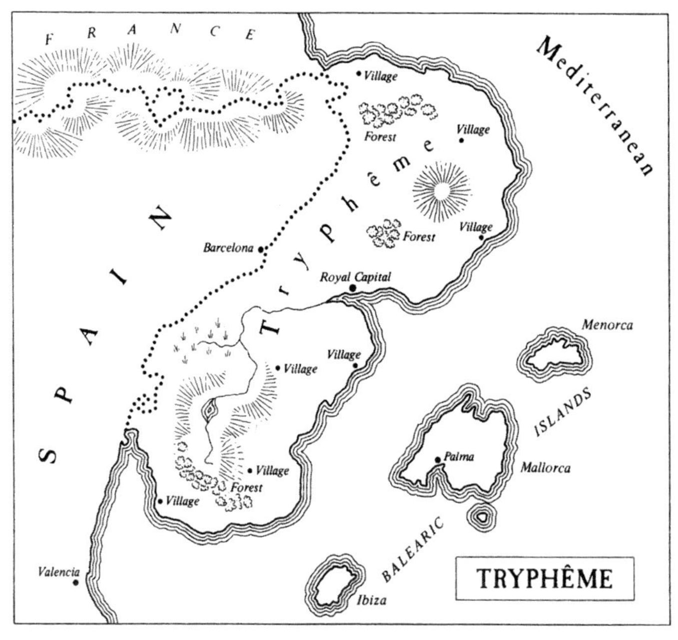

特里菲梅王国

地中海,多森林和村庄。村里的房屋低矮,红砖为顶,还有独立的农舍。特里菲梅王国的皇宫是帕索里国王建造的,采用的是希腊拜占庭风格。皇宫里最引人注目的是它那希腊风格的梁柱支撑的正面。围绕皇宫而建的是一些露天小寺庙,由大理石柱支撑着,穹窿顶,此外还有一些雕塑和人工瀑布。

在特里菲梅王国,国王拥有至高无上的权力。他的后宫嫔妃366个,个个都是国内最美丽的女子,国王每天至少要选一个妃子侍寝。这种安排似乎很适合那些高级妓女,第366号妃子除外,她只有在闰年才能见到国王。特里菲梅王国的法律有两条:第一、不要打扰你的邻居;第二、必须遵守第一条;然后就可以想做什么就做什么。特里菲梅王国的人民生活很幸福,他们不必虚伪度日,每天都过着快乐的生活,也感觉不到羞耻,可以充分享受个人的自由。国王帕索里的统治原则是一切顺其自然,需要做的决定很少,当需要做决定的时候也不用着急，甚至可以在很久以后才执行所做出的选择，这样的统治模式被其他国家争相效仿。

特里菲梅王国的女人头戴黄色方巾，脚穿银色拖鞋，很多人还赤脚而行，因为这里的天气非常好。出于某种原因，地理学家想隐瞒这个幸福的国度，他们在地图上用一片汪洋大海代替了这个王国的位置。

比埃尔·路易斯，《帕索里国王的冒险》(Pierre louÿs, *Les Aventures du Roi Pausole*, Paris, 1900)

萨拉尔岛 | Tsalal

位于一片黑黝黝的大海上，南极圈以外的纬度 83.20 度，西经 43.5 度，周围有 7 座海岛。海岸陡峭，内陆覆盖着茂密的森林。萨拉尔岛上气候宜人，周围的海水不结冰，这样的纬度范围会有如此的气候和景象，简直不可想象。萨拉尔岛上岩石的体积、颜色和层理都不同寻常，这里的植被也与其他地方很不相同。萨拉尔岛上的水也很独特，虽然可以喝，却具有溶解阿拉伯树胶的浓度。这样的水在流淌的时候，会呈现出深浅不一的紫色，就像一种混合色的丝绸，但如果把这样的水倒在碗里，就会看见它形成了几种颜色的纹路。这些纹路不会混合，尽管不同粒子的聚合很完美，但纹理之间的聚合并不完美。如果用刀切进去，水会立即握紧刀刃，而如果用这把刀轻轻地切入两层纹理之间，就会获得一种完美的分割，这些纹路也不会马上合拢。

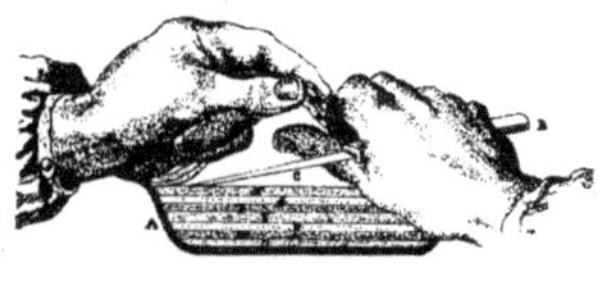

萨拉尔岛上分隔水的方法：把水收集到碗里(A)；右手握刀(B)；把刀锋插进水纹里(C)

萨拉尔岛上的居民肤色像黑檀木一样黑；他们留着长发，头发像厚密的羊毛。他们跟普通的欧洲人差不多高，但赤裸的肌肉更发达，也更健康。他们的战士身穿厚实而柔软的黑色动物皮，穿这样的动物皮需要费很大的劲。他们的武器是黑木棍、长矛和弹弓。他们住的房屋非常简陋,这些房屋形成一个小山村,名叫克拉克-克拉克村(Klock-Klock)。他们大多数的住宅都是小窑洞,直接从陡峭的黑色岩壁上凿出来。有的房屋其实就是一棵树,这棵树在距离地面约4英尺高的地方被砍掉,然后在上面搭一张黑色的动物皮,就形成了这些土著人的栖身之处。还有的房屋用粗糙的树枝(包括枯萎的树枝)搭建而成,呈45度角倾斜,斜靠在一堆泥土上。这些泥土堆到五、六英尺高,形状不规则。还有的房屋只是一些洞穴,直接在地面上挖一个坑,然后用树枝盖上,有时候也使用分叉的树枝,把树枝竖起来,砍去上面的部分,以便弯曲在树枝下面,这样可以形成更厚实、更御寒的住所。

萨拉尔岛上的动物很奇怪。在人们驯养的动物当中,有一种动物体型庞大,身体和口鼻像猪,尾巴很粗,纤细的大腿像羚羊。这种动物行动笨拙,很少跑动。还有其他类似的动物,只是它们的身体更长,身上长满黑毛。许多被驯服的家禽是这些岛民的主食,其中包括鸭子、黑塘鹅和非肉食的秃鹰。土著人也驯化信天翁,这些信天翁会定期飞到大海上,然后再飞回村子里。还有各种鱼类和乌龟,岛上的蟒蛇虽然可怕,但没有毒,也基本不会吓着当地人。黑色信天翁把自己的巢穴建在萨拉尔岛的南方,那里有许多海鹿。

据我们所知,真正到过萨拉尔岛的探险船只有"简盖伊号"(Jane Guy)。这是一艘帆船,1928年1月19日从利物浦启航,整个探险队里只有两个队员得以幸存,其他成员全部遇难。其中一个幸存者名叫戈登·皮姆先生,来自楠塔基特岛。他在萨拉尔岛的内陆地区发现了一些裂缝,在最东端的那条裂缝的最东端,皮姆先生还发现了一些雕刻,这些雕刻恰恰产生了埃塞俄比亚语的动词词根"变黑",从这个动词词根又产生了所有表示"阴影"或"黑暗"的词汇;此外还产生了阿拉伯语的动词词根"变白",从阿拉伯语的这个动词词根又演化出所有表示"光亮"和"纯洁"的词汇;最后还包括一个埃及词汇,表示"南部地区",上面还刻画了一个人的形象,这个人正用手指向南方。有趣的是,萨拉尔岛上的白色东西很少,岛民一看见白色的东西就会感到恐惧。在萨拉尔岛的南部,所有东西都是黑色的。“简盖伊号”上的船员之所以遭到杀害，可能就是因为他们的白皮肤。如果从文献学的角度来考察一下萨拉尔岛这个岛名的含义，我们也许就能揭示那些刻在内陆围墙上的人物形象之间的某种关联了。

爱伦坡，《南塔基特的亚瑟·皮姆的故事》(Edgar Allan Poe, *The Narrative of Arthur Gordon Pym of Nantucket*, New York, 1838)

托邦尼斯坦王国 | Tshobanistan

一个幅员辽阔的国家，介于朱卢比斯坦和乌苏里斯坦之间，奇怪的卡特地峡把这两个王国连接起来。托邦尼斯坦王国的大部分地区是广袤的大草原和沙漠，中心地区有苏尔河的灌溉。

人们认为托邦尼斯坦所处之地曾是面积广阔的湖泊，被一堵岩墙与大海分开。当湖水漫过岸边，慢慢地就形成了现在的卡特地峡。当湖水逐渐枯竭的时候，浅浅的湖底露出来，形成了现在的托邦尼斯坦王国。

托邦人属于游牧部落，逐渐发展成为典型的沙漠居民。设想如果水再次漫过田野，是否会有效地改变他们的生活方式，我们就不知道了。这些人通常衣着鲜艳，一块大披肩遮盖了身上的夹克和裤子；喜欢穿皮马靴也是这个游牧部落的风格。他们所戴的头巾暗示了他们的头衔，比如预言家玛霍梅特的后代通常戴绿色头巾，表示尊贵。头衔最高的托邦人会扎辫子，辫子里会放进金币和银币。

作为一个游牧部落，托邦人已经在沙漠里生活了许多个世纪，因而他们怕水。他们完全不会游泳，这可能就是他们从来不去乌苏里斯坦的首都乌苏拉城的原因，乌苏拉城没有城墙，周围只有积满水的壕沟做防御。

卡尔·迈，《阿迪斯坦》；卡尔·迈，《迪金尼斯坦的米尔》

缝褶地区 | Tuck, Territory of

环抱污水海的有三个地区，缝褶地区是其中之一；其他两个分别是混乱山和废纸地区。缝褶地区的土壤是用黏糊糊的劣质太妃糖做的，这个地区到处可见深深的裂缝和洞穴，洞里塞满被风吹掉的苹果、蔷薇果和山楂以及孩子们喜欢吃但却非常有害的零食。仙女们想方设法把这些东西藏起来，但坏人很快就会把它们找出来，然后将其混在一起，做成各种各样的零食，运到集市上出售，企图毒害那些孩子。

查理·金斯利，《水孩子：关于一个陆地婴儿的神话》

图比亚岛 | Tupia

一座小岛，属于马蒂群岛，许多世纪以来岛上都没有人居住。附近的几座岛上流传着一个离奇而有趣的故事，与图比亚岛有关。据说，100 万个月落以前，这座小岛上住着一个小人族，他们只有几英寸高，身上长满纤细柔软的绒毛；他们的头上不长头发，而是长着一种非常娇弱的绿草，草叶呈矛尖形状。男人头上的草留得很短，女人把露水洒在头上的草叶上，使其更加繁茂，然后再让那些猩红色的鸟儿在上面筑巢，这样她们就可以行走在鸟儿甜美的歌声里，行走在瑟瑟作响的林叶间了。19 世纪末，英国一个怪老头也这样对待过自己的胡须，他在胡须里装了两只猫头鹰、一只母鸡、四只云雀和一只鹪鹩。

据说，图比亚岛上的姑娘不能用手拥抱自己的情人，但可以用她们头上生长的植物这么做。很小的时候，她们头上的植物会开花，这表示一种绝对的衰势。因为一旦花儿完全盛开，这些女孩就会死去。然而，在她们的坟头，绿草般的发丝会继续生长，继续开花。

赫尔曼·梅尔维尔，《马蒂群岛：一次旅行》；爱德华·李尔，“白胡子老人”，《无稽之谈》(Edward Lear, “There was an Old Man with a beard”, in *A Book of Nonsense*, London, 1846)

图罗尼城 | Turoine

一座小小的自由之城，坐落在米斯贝克荒野的边缘，城里盛行黑、白两种巫术。城里所有的建筑都标有五角形和三角形图案，还有十二宫图的符号；金银花、海芋植物、黑色罂粟和致命的茄属植物在这里生长繁茂。

图罗尼城流行的魔法既有复仇的，也有如何打开监狱之门的，甚至还有如何实现梦中罪行的。有些魔法师能使他们的反对者身患疾病，有些魔法师可以改变天气，还有的魔法师可以把自己变成狼、猫或兔子一样的动物。

图罗尼城的郊外坐着一个怪人，他正在用一支黑色钢笔在一本黑色大书里写着什么。他已经在那里坐了很久很久，一半身体已经埋进了脚下的红沙里。这个怪物的性别还不能确定，你可以称呼他先生，也可以称呼她女士。也许可以这样解释，他保持不动是因为他已经发现，所有的运动和活动都比不上他正在努力写的这本书；然而，他连第一段都写得很困难，这一段主要总结稍后将会出现并需要处理的事情。许多个世纪过去了，这个怪物始终在

图罗尼城外的斯芬克斯，正在努力完善他的那本书的第一段

努力构思第一段,却始终没有写出来。

詹姆斯·卡贝尔,《夏娃的故事》

度朔山 | Tushuo, Mountain

沧海之中有度朔山。山上有大桃木,其屈蟠三千里;桃木枝间东北曰鬼门,万鬼出入之地。山上有二神人,一曰神荼,一曰郁垒,俩人捉恶害之鬼喂虎,此地饿虎众多。于是黄帝下令老百姓每年立大桃木,门户画神荼、郁垒与虎,悬苇索以御。后来,神荼和郁垒就变成了门神。

无名氏,《简介三种宗教中的神灵》(Anonymous, *The Compendium of Deities of the Three Religions*, 3rd cen. BC);无名氏,《山海经》

图图王国 | Tutuland

一个小王国,位于一座小岛的东海之滨。图图王国附近有一个山谷,山谷里生长有神奇的无花果树,谁要是吃了树上的无花果,就会长出一只硕大的鼻子,只有山谷底部的一股清泉才能使鼻子复原。整座小岛都有一位仙女的保护,每隔 100 年,这位仙女就会把魔法赐给她选中的一个凡人。

19 世纪早期,一个堕落的气压计制造者被赐予了这样的魔法。后来,图图王子的女儿左雷德又偷走了魔法。为了惩罚左雷德,气压计制造者设法获得左雷德的女仆的帮助,让公主吃下可怕的无花果,迫使她为了换取解药不得不归还她偷走的魔法。

斐迪南·雷蒙,“魔道上的晴雨表制造者”,《斐迪南·雷蒙德全集》(Ferdinand Raimund, “Der Barometermacher auf der Zauberinsel”, in *Sämtliche Werke*, Munich, 1837)

泰维斯-特戈王国 | Tylwyth Teg

一个地下王国,国王是仙子族的艾迪里格;有人曾在普瑞敦王国见过这些仙子。自从普瑞敦王国摆脱邪恶力量的控制后，人类就再也不可能进入这个王国了；因此，如今没有人知道这个王国的具体位置。以前，人们可以通过地道和普瑞敦王国的黑湖底部到达仙子王国，但现在，这里的入口也早已被封上了。

仙子族生活在普瑞敦王国四通八达的地洞、地道和地下矿井里；仙子王国的中心是一间穹窿顶的大屋子，刚好位于黑湖的底部。

仙子族不是单一的一个种族，这只是对所有生活在普瑞敦王国的小矮人、鬼怪以及仙子的统称，过去，他们在普瑞敦王国并不常见，而在普瑞敦王国的所有居民当中，人们最熟悉的是小矮人。小矮人制作的手工艺品远近闻名，尤其是他们制作的珠宝首饰和金属制品。这些手工艺品的材料采自大矿井，所以说采矿是小矮人的财富来源。他们开采的宝石珍贵而美丽，地球表面的宝石在这里只配用来铺路。如果你见过小矮人使用的武器，你会发现，他们的武器比地球表面的居民制造的武器更好，也更锋利，甚至自由的科莫特地区的名匠也不得不承认，自己也制造不出这样精美的武器。

仙子族对人类的态度粗暴无理，因为他们不相信人类，认为人类在利用他们获得财富或实现愿望。尽管如此，他们在反抗死亡之君阿诺恩和那些威胁普瑞敦王国的邪恶力量时，还是与人类结成了同盟。

在战争初期，小矮人多利脱颖而出。多利是凯尔-达尔本农场的一名猪倌。普瑞敦王国未来的至尊国王塔兰和他的朋友偶然闯进了泰维斯-特戈王国，当时他们正在寻找一头具有预言能力的猪，名叫合温。当阿诺恩的军事头领，有角国王靠近的时候，合温从凯尔-达尔本农场跑出来了。在仙子族的帮助下，至尊国王塔兰找到了她。多利带领塔兰一行人来到凯尔-达赛尔城堡，这里是敦之子的地盘。普瑞敦王国的至尊王教会了多利隐身法，这是仙子族的一种传统魔法。多利以前没有掌握这种魔法，心里十分恼火。而现在，多利惊喜地发现，这的确是至尊王赐给他的一件最珍贵的礼物，因为这件礼物在战场上特别有用。可即便如此，多利又开始埋怨，因为隐身会使他的耳朵里产生难受的嗡嗡声。

在对抗阿诺恩期间，仙子族保留的秘密路桩对人类很有用处。有时，这些路桩为遭到阿诺恩密探追赶的人提供了安全的藏身之处。这些路桩都是秘密的隐藏点，里面备有食物和日用品，位置非常隐蔽，这样，仙子族就会知道地球表面正在发生的事情。路桩看守人必须给任何一个陷入危险的仙族成员或同盟提供庇护，而且随时准备应对紧急情况。反对阿诺恩的战争结束之后，泰维斯-特戈王国不再向人类开放，路桩也随之被废。

尽管仙子族对人类向来不够友好，但他们与里尔家族的关系一直很融洽。里尔家族居住在莫纳王国海滨附近的一座城堡里，这个家族的最后一个成员最后成了普瑞敦王国的至尊王后。为了庆祝里尔王后安加拉德母亲的婚礼，他们送给这位王后一颗珍贵的宝石，这颗宝石具有很强的魔力。然而，宝石不幸落入邪恶者之手，这对仙子族构成了极大的威胁。安加拉德的女儿被邪恶之君阿诺恩的妻子阿西伦带走，安加拉德去寻找女儿时误入一间小棚屋，遭到藏在那里的巫师莫达的谋杀。莫达巫师对王后佩戴的这颗宝石早就垂涎三尺，有了这颗宝石，莫达就可以拥有更大的魔力，不仅可以找到仙族隐藏的宝物，建造一堵坚不可摧的荆棘墙，把他的家隐藏在普瑞敦王国以南的森林里，而且还可以把他自己的生命藏在身体之外，从而使自己变得刀枪不入。他的生命力被储存在一根手指里，而这根手指被砍下来，放在一个保险箱里。

莫达巫师最后成功地找到了如何将仙子族变成动物的魔法。没有人完成过这件事，但莫达拥有那颗宝石的魔力，这可能是仙子族面临的最大危险。

不过，当至尊国王塔兰穿过普瑞敦王国去寻找失踪的父亲时，无意之中找到了杀死莫达巫师的办法。塔兰及其朋友乌尔吉和弗露杜尔·弗拉姆一起来到南部森林，但他们并不知道这里就是莫达巫师的藏身之处。后来，小矮人多利在这里撞见莫达巫师，却被他变成了一只青蛙，这使多利倍感羞耻和愤怒，也让塔兰和他的朋友意识到了莫达对仙子族的威胁。不久,塔兰和两个同伴也不幸落入莫达之手,乌尔吉被变成一只田鼠,弗拉姆被变成一只兔子,但就在莫达戏弄塔兰的时候,却因太得意而犯了一个致命的错误。他告诉塔兰他的魔力从何而来,以及他那毫无灾祸的生命是怎么一回事。这时候,塔兰突然想起与他结伴而行的那只被驯服的乌鸦哈维,哈维发现了一个神秘的保险箱,保险箱里装了一根手指骨。塔兰毁掉了这根手指骨,从而也毁掉了莫达巫师的魔力。最后,塔兰把安加拉德的宝石还给了仙子族的代表多利。据说这是人类对仙族所做的最大的贡献。

劳埃德·亚历山大,《三之书》;劳埃德·亚历山大,《黑色大铁锅》;劳埃德·亚历山大,《里尔城堡》;劳埃德·亚历山大,《流浪者塔兰》;劳埃德·亚历山大,《至尊国王》

巫多尔佛城堡 | Udolpho, Castle of

位于亚平宁山脉的深处。因为这座城堡的存在,19 世纪的欧洲出现了许多类似的建筑。巫多尔佛城堡掩映于茂密的落叶松林里,它采用悬崖边的暗灰色岩石建成,筑有防御塔、城垛和壁垒。

两座圆塔被一面城垛似的幕墙连接起来,幕墙下面有一个闸门。两座圆塔守护着这个闸门,闸门外面有两个院子,通向一个哥特式风格的大厅,大厅里可见拱门和柱子。沿着大理石楼梯可以来到楼上,楼上有美丽的浮雕,一扇落地五彩窗装嵌在黑色松木里。坚实的墙后面有许多秘密的通道。巫多尔佛城堡的部分建筑已变成废墟,城堡东翼附近有一座小教堂,如今也成了废墟,但城堡的主要部分还能住人,从这里还可以看见森林、峭壁、山谷以及一条奔腾不息的大河的全景。

游客应该去看看城堡里的一间小屋。小屋里放着一尊蜡像,其原形其实是一个人的尸体,已经被蛆虫啃噬殆尽;蜡像身上盖着黑纱。这尊蜡像被用作巫多尔佛家族一位侯爵的忏悔之物,因为侯爵触犯了教堂里的规定,必须忏悔。这尊蜡像也必须由巫多尔佛家族来保存,否则这个家族的部分领地会被没收。

巫多尔佛城堡里发生过几桩谋杀案,也发生过其他一些莫名其妙的事;据说,这样的事情现在再也没有出现过。

安·拉德克利夫夫人,《巫多尔佛城堡的神秘事》(Mrs. Ann Radcliffe, *The Mysteries of Udolpho*, Dublin, 1794)

巫敦谷 | Udûn

位于摩多王国的西北部,被影子山脉和艾瑞德-利苏伊山脉环抱;从一侧山腰经伊森茂特隘口可以进入这个山谷。索伦准备与西部军队进行最后的决战时,巫敦谷曾是非常重要的战略中心,整个地区的地下挖掘了许多地道做军械库,索伦在这里暗暗集结自己的力量，准备做最后一搏。

托尔金，《王者归来》

巫发岛 | Uffa

一座神秘的岛屿，根据乌尔弗博士在《夏洛克地图册》(Dr. Julian Wolff, *The Sherlockian Atlas*, New York, 1952)中的描述，这座岛屿可能属于所罗门群岛。在这座岛上，格里斯·帕特森经历了神奇的历险，但这次历险没有被记录下来。

科南·道尔爵士，"五个桔核"，《福尔摩斯探案集》(Sir Arthur Conan Doyle, "The Five Orange Pips", in *The Adventures of Sherlock Holmes*, London, 1892)

乌尔米亚岛 | Ulmia

位于本色列岛(Bensalem)附近。

乌尔萨镇 | Ulthar

一个精致小巧、风景旖旎的村庄，位于梦幻世界的思凯河附近；穿过思凯河上的一座石桥可以到达。300 年前，石匠在建造这座桥时曾把一个大活人封固在石桥中心的拱门里。

乌尔萨镇的周围气候宜人，这里有小小的绿色村舍和干净整齐的农场。其实，乌尔萨镇本身更不错，这里有古老的尖屋顶、垂悬的楼层、众多的烟囱顶管、狭窄多坡的街道，游客可以在这样的街道上看见古老的大鹅卵石，倘若乌尔萨镇成群结队的猫能让出那么一丁点儿地方的话。乌尔萨镇的猫数不胜数，根据一条古老的法律规定，任何人在这里都不可以杀猫。

霍华德·洛夫克拉夫特，"小人物卡达斯追梦记"，《阿克汉姆集锦》

最后的图勒岛 | Ultima Thule

参阅图勒岛(Thule)。

河下地区 | Under River

一个地下世界,位于一条湍急的大河下面。游客会发现,这里可以清楚地听见湍急的水流声。穿过许多地道可以进入这个地区,但它的入口大多非常隐蔽,很难找到。河下地区的顶部由粗糙的柱子支撑着,经常漏水,类似矿井里使用的搁架。河床用砖块和石头铺砌,间或有湖泊和水池,不过这些水域经常处于干涸状态。

河下地区聚集了一群怪人,其中包括被驱逐的人、逃亡的人和失败的人;他们被迫从外面逃到这里来。小偷和三流诗人就像闪烁的光亮里飘动的影子,混居在潮湿的贫民窟里。贫民窟里摆放着破破烂烂的桌子、床和凳子。河下地区没有正式的组织,居民之间几乎互不相识,但这里有几个统治者,比如一个叫"面纱"的人,他曾是某个集中营里的守卫,逃到这里后变成了一个残忍的统治者。

河下地区曾庇护过歌门鬼城的继承人提图斯·格罗恩。提图斯无所事事,曾遭到警察的逮捕;为了躲避警察,他从自家的祖宅里跑出来,差点死在"面纱"手里,后来幸运地获救,逃出了这个邪恶的地方。

梅伟恩·彼克,《孤独的提图斯》(Mervyn Peake, *Titus Alone*, London, 1959)

通用水龙头屋 | Universal Tap Room

位于英国某座山峦的下面。游客会发现,整间屋子都是从坚硬的岩石上凿出来的。屋子的一面墙上排列着水龙头,与浴室里的水龙头差不多。不过,这间屋子里的水龙头也有不同之处,它们被用来改变天气。每个水龙头上都贴了标签，上面写着"阳光明媚"、"天气逐渐转好"或者"天已放晴"；对面墙上是一面大镜子，从这面镜子里可以看见世界上其他地方正在发生的事情。

游客会饶有兴趣地发现，英国的坏天气是缘于这样一个事实：标写着"阳光明媚"、"晴好适中"以及"阵雨"的水龙头被粘住了，因此不能正常运转。这是19世纪末发生的一系列离奇事件造成的。当时，英国突然遭到巨龙的浩劫，两个孩子决定去向圣乔治求助，他们亲吻圣乔治的大理石雕像，唤醒了这位圣人。圣乔治建议他们去通用水龙头屋里转动标有"水"和"石头"的水龙头，用水浇灭巨龙的火焰，杀死那条巨龙。然后巨龙的尸体通过转动标有"废物"的水龙头，被送到英国中部的一个大洞穴里。事情做成之后，两个孩子决定把英国的天气恢复正常，却发现水龙头被粘住了，因此直到今日，雨伞都是英国人出门的必备物件。

艾迪斯·勒斯比，《祖国的解救者》(Edith Nesbit, *The Deliverers of Their Country*, London, 1899)

未知岛 | Unknown Island

位于印度洋，表面上看起来阴森恐怖，其实却隐藏着一片溪水潺潺的原野。到这座岛上旅游的最佳时节是春季。每逢这个时节，空气里总是散发着茉莉花的芬芳，到处可见鸽子、长尾小鹦鹉、雌性苏格兰雷鸟、鸭子，以及一种比蜜蜂稍小一点的鸟儿。穿过平原地区可见一座高山，高山上长满青苔一样的灵芝草，成群的企鹅、瞪羚和麝香鹿在这里闲逛。海滨附近的小树林里有一种动物，名叫巴布，又叫刺脸，体型比狗大。

如果游客乘飞行器去未知岛，他会发现这座岛的形状很像一只倒过来的意大利靴子。

纪尧姆·格里韦尔，《未知岛或骑士加斯蒂纳回忆录》(Guillaume Grivel, *L'Isle inconnue, ou Mémoires du chevalier de Gastines*, Paris & Brussels, 1784)

去不了天堂之镇 | Unreturnable-Heaven

尼日利亚的一座小镇，坐落在灌木路的北边。有时，去往这座小镇的路上看不见一个人，游客不必为此感到惊讶，因为这里的人不怎么好客。

建议游客不要来这个地方。如果执意要来，他们可能会在又厚又高的城墙外面等上 3 小时，城门才会打开。接着，他们会感到自己被一股无形的力量吸进了城内。城里的大人和小孩对待人类都很冷漠，并且总是采取最残忍的方式虐待人类。据说，这里的成年人经常鞭打游客，小孩子也会向游客扔石头。如果发现某个游客是人类，他们会活生生地割去这个不幸者身上的肉，有时候，他们甚至还会拿刀子刺进游客的眼睛，直到这个受害者被活活地痛死。

去不了天堂之镇的居民的做事方式不同寻常。如果想爬上一棵树，他们首先会爬到梯子上，然后再把梯子靠在树上。他们把房子建在陡峭的悬崖边，并且使房子向下弯曲，好像随时都会掉下来；孩子们经常会从屋子里滚落到山脚下，而孩子的父母对此也漠不关心。小镇上的居民从不洗澡，但时常会给家里豢养的动物洗澡。这些居民身穿树叶，而给动物穿昂贵的衣服；他们从不修剪指甲，却给自己的宠物修剪指甲。小镇的统治者与他的臣民一样残忍。

阿莫斯·图托拉，《死亡镇的棕榈酒酒鬼和他那已故的棕榈酒酒保》

奥普梅德王国 | Upmeads

一个小国家，可能位于北欧。已故国王彼得统治期间，这个国家很有名，虽没有多少财富和重要的建筑，但却是一个让人感到舒服的地方。奥普梅德河缓缓流淌过起伏的草地。王国北部多山，沼泽地被森林覆盖，多猎物，这里正是奥普梅德与邻国的争端之源。王国以南是一条东西走向的山脊，这里是王国的边境地带。奥普梅德王国值得注意的是王宫的高屋和圣劳伦斯教堂，这座教堂有点像涂了颜色的坟墓。奥普梅德人很有主见，从不屈从于任何权威。

对于游客来说，参观奥普梅德王国将会是一次非常愉快的经历，因为拉尔夫国王在父亲退位之后建立了一个公正而强大的政府，奥普梅德王国的所有邻国都是它永远的同盟。

奥普梅德王国有许多值得参观的有趣的小镇。路上的海姆(Higham-on-the-Way)是一座筑有围墙的小城，距离乌尔斯特德(Wulstead)40英里，刚好坐落在奥普梅德王国南部边境的对面。小镇上的城堡和修道院都非常有名；小镇的事务由修道院的院长来管理，小镇的市场极富特色。这个地区土地肥沃，盛产上等羊毛；附近的白垩悬崖上可见精美的雕刻和熊堡，精美的雕刻上画的是一棵大树，树的两边各有一头熊。海姆城堡坐落在小山上，被一条河流环抱，距离修道院不远。修道院正对着宽阔的广场，那里举办过一次仲夏之夜节。

危险树林的对面是一座四海口城堡，城堡周围有一些石头瞭望塔和茅草建筑。城堡的墙高得出奇，城堡的大门有护城河的保护，在过去，外地的女子经常被卖给这里出价最高的人。城堡背后和森林的边缘有一片祥和而富有的农业区，这里就是富饶平原，统治者是城堡里的富饶女士。

富饶城堡坐落在河边一个绿色的山丘上，是奥普梅德王国的一个明显标志。城堡里装饰着挂毯，挂毯上面描述了亚历山大的故事。城堡里还摆放着一个象牙宝座，这是奥普梅德王国的主要财富之一。富饶平原之外是陡峭的山谷和砂岩，这个地区叫荒野。这里可见一些土墩子，其实是一些古屋的遗迹。河边有一个山洞，建议游客去看看这个山洞，山洞名叫“荒野之屋”或“夏潮大厅”，山洞的地面铺着精美的白沙。

荒野背面是绵延的高山，更远的地方是廉价的诺维镇，被置于城堡主人的残暴统治之下。希尔城堡完全被绞刑架遮住了，这些绞刑架上面还晃动着男人、女人和孩子的尸体，这些人都是因为冒犯了残暴的城堡主人而被处死的。一些被砍去双手的人正在街上艰难地前行,但这里的风景却异常美丽,这里有生机勃勃的柠檬树、柑橘树和石榴树。

距离廉价的诺维镇50英里远的地方,穿过格尔堡的山峦,就是白城;白城的房屋全部用木材搭建而成。格尔堡坐落在山坡上,部分地区被一条河流围绕着,统治者是一位女王。这是奥普梅德王国最美丽的城市之一;人们相信,如果这座城市衰落了,整个世界都会受到影响。从格尔堡的东面一直延伸到山脚下的世界之墙的是巫特波尔城(Utterbol),这座城市曾遭到一个暴君的统治,这个暴君就是一个魔鬼,后来被城里的英雄蓬头公牛推翻。据说,这座城市现在的生活与天堂一样美好。

最后,游客不妨去参观一下中山屋(Mid-Mountain House)。这个地方也很有意思,位于北部边境上,从维特沃镇(Whitwall)出发需要6天才能到达。中山屋其实是一家客栈,低矮而狭长,坐落在山脊上。这里是休战区,禁止交战。如果敌对双方在此相遇,他们在追打敌人之前,首先必须让敌人先跑1小时。北部边境的对面坐落着世界尽头的水井之国。

威廉·莫里斯,《世界尽头的那口井》(William Morris, *The Well at the World's End*, London, 1896)

上莫韦恩地区 | Upper Morven

一个令人感到恐惧的地方,位于波伊兹麦王国境内,建议游客不要去。很久以前,这里的人们崇拜维尔蒂诺神(Veltyno),菲里斯蒂亚王国也崇拜这位神灵。游客在这里可能会遇见一些怪物,它们伪装成大象、猪和美丽女子的样子。

詹姆斯·卡贝尔,《地球人物:一部关于形貌的喜剧》

高罗曼西亚王国 | Upper Romancia

参阅罗曼西亚王国(Romancia)。

乌拉诺城 | Uranopolis

位于马其顿王国的哈尔基季基州的阿特半岛，创建者是卡桑德尔的哥哥亚历撒库斯，他曾是马其顿的国王。这个人有一个怪癖，喜欢绕来绕去地表达日常的普通事物，比如说，他把闹钟叫作“黎明的传报者”，把理发师叫作“凡人的剃须刀”，把古希腊钱币叫作“一个银块”，把一夸脱叫作“日常饲养员”，把传令官叫作“大声叫卖者”。有一次，亚历撒库斯给卡桑德里亚当局发去一个奇怪的单词，对于这个单词的意思，就连特尔斐城的神灵也没有弄明白。Uranopolis 的意思是“天上之城”。

老普林尼，《自然史》；阿忒纳乌斯，《晚餐上的智术师》(Athenaeus, *The Deipnosophists*, 3rd cen. AD)

乌尔戈镇 | Urg

梦幻世界的一座小镇，低矮的圆屋顶，游客和高玛瑙矿工们在去因奎诺克城的路途中，都会在此稍作停留。

霍华德·洛夫克拉夫特，“小人物卡达斯追梦记”，《阿克汉姆集锦》

乌尔地区 | Urnland

位于维斯瓦河流域的低地，或者说位于大海湾背后的沙漠边缘，距离有名的野马饲养村不远。乌尔人住在用木头和泥土搭建的村舍里，他们的国王住在一栋没有窗户的圆屋里，圆屋里装饰有驼皮。乌尔人是养马高手，由于乌尔男人喜欢模仿自己的敌人，因此跟邻居一样，他们也是敏捷的射手和骑手。此外，他们还是牧羊人、水手、魔法师、镀金匠和铁匠，但他们不种地。

乌尔人的整个文学和语言都由一个词 *undr* 构成，意思是“奇迹”，有时候用一条鱼来表示，有时候又用一根红色的杆子或一个圆盘来表示。在这个词里，任何一个听者都会承认他的劳动，他的爱情，他内心的隐秘，他见过的事物和他认识的人，也就是他会承认一切。

11世纪时，不莱梅的亚当描写过乌尔地区，他的那些描述性文字由拉彭贝格(Lappenberg)发表在《日耳曼文集》(*Analecta Germanica*, Leipzig, 1894)里；拉彭贝格在牛津大学图书馆里找到了那份手稿。

豪尔斯·博尔赫斯，"奇迹"，《砂之书》(Jorge Luis Borges, "Undr", in *El libro de arena*, Buenos Aires, 1975)

乌尔西纳岛和瓦尔比纳岛 | Ursina and Vulpina

北大西洋里的两座岛屿。乌尔西纳岛拥有著名的圆形大剧场，在这个大剧场里，象征十二宫图的动物被迫在庞大的观众队伍前面表演节目。瓦尔比纳岛又叫维拉-弗朗卡岛(Villa Franca)、鲁帕尼亚岛(Lupania)或拉马利亚岛(Ramallia)；Vulpina出自荷兰语的Ramykins。这座岛屿因拥有强大的舰队而闻名。首都有几栋古建筑，其中，一座公羊形状的奇特建筑尤其引人注目。

弗兰克·卡瑞利斯，《漂浮岛》

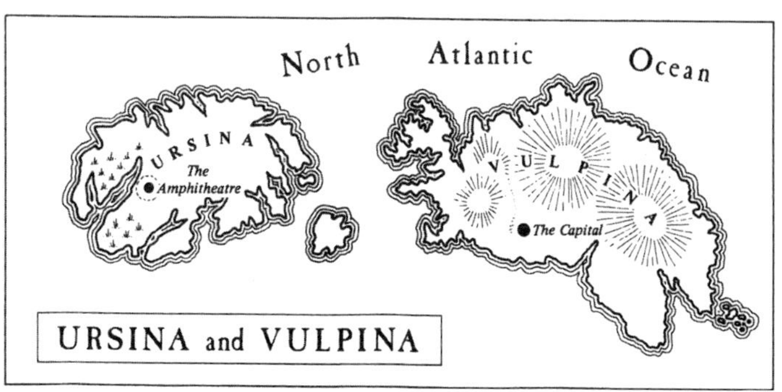

乌尔西纳岛和瓦尔比纳岛

乌塔的峡谷 | Urtah, The Streels of

三条神秘的峡谷,它们好像突然打破了贝克兰帝国中心平原的西北部,看起来就像一个巨人用一把叉子刮伤了那块陆地。三条峡谷大致平行,且长度相同,其间有半英里左右的土地。这些峡谷陡峭而狭窄,两岸的树枝几乎可以交叠,形成一片绿荫,因此,从上面测量这些峡谷的深度几乎是不可能的。按照当地人的说法,这些峡谷是地狱之门,邪恶的灵魂在黑夜来临之时就从这里进去。

游客要注意一个与这些峡谷相关的习俗。没有人知道这个习俗是怎么来的,但一群看守认为,他们自己就是某个未知的神灵复仇的工具,因此他们会在此等候那些被当作祭品的受害者;他们把那些受害者叫作“罪人”。也许那些“罪人”认为他们是偶然来到乌塔的,但那些看守会认为,他们被带到这里都是命运的安排。他们对这些“罪人”很好,带他们去看峡谷,问他们是否知道这个峡谷的名字,当这些毫不警觉的游客回答说“不”的时候,看守们就会诱惑他们进入峡谷。一旦游客不明就里走进了峡谷,那些看守就会杀死他们,然后把他们的尸体扔进深谷,就像印度那些恶人所做的那样,看守们冷漠地执行着他们的杀戮,但受害者身上的钱财,他们会分文不动。

理查·亚当斯,《巨熊沙迪克》

乌苏拉城 | Ussula

乌苏里斯坦的首都,也是乌苏里斯坦唯一的一座重要城市,坐落在一个低矮的平原上。由于这个地区缺乏合适的石材,这座城市只好利用水来作为防御。河流穿过乌苏拉城的中心,形成无数纵横交错的水渠和沟堑。在郊区,一栋房子就是一座孤岛;而在市中心,所有的房屋都拥挤在一起。相比而言,乌苏拉城的桥梁很少,大多数交通都采用驳船,或者更简单的方式就是游过去。乌苏拉城里所有的居民，无论男女老少，都会像鱼儿一样自由地游泳。

城里唯一的石头建筑是寺庙和宫殿，坐落在中心岛上，筑有围墙，围墙高 20 英尺，直径约 150 英尺。城墙上方是宏伟的高塔，寺庙和宫殿都围绕中心高塔而建，上面是木头顶子，木顶有柱子支撑，上面的柱子之间是空的，没有相连接的墙壁，这样可以保证上面的屋子有较好的采光。

宫殿和寺庙里都没有什么装饰，但看起来非常壮观，这可能是因为城里其他建筑更简单的缘故。宫殿的底层主要是一个面积比较大的室内庭院，环绕中心的圆柱而建。庭院里摆放着一些垫子和枕头，两个大壁炉位于屋子的两边。这个中心庭院经常被用作一个会议室，私人的房间正对着中心庭院。宫殿的第二层有一个大厅，水泥地板，被用作宴会厅。由于空气潮湿，乌苏拉城的居民不可能像东方人那样席地就餐，相反，他们必须坐在高高的桌子旁进餐，这就是所谓的欧洲人的就餐风格。也因为潮湿，他们在每间屋子里都会生火。

宫殿和寺庙之间是一尊大木雕，雕刻的是一匹马，这是唯一能表现这座城市艺术传统或艺术知识的地方。人们当初想雕刻一个骑手，用来纪念某位伟人。这种想法好像来自国外，但没有人能够决定，哪位公众人物有资格成为那个骑手。显而易见的是，如果所有重要的公民都以这样的方式获得荣誉，那么就需要雕刻不计其数的骑手，如此一来，整个计划最终泡汤。那匹马仍然留在原地，暗示了那些人的愚蠢。阿迪斯坦的米尔统治时，命令所有国家都要为他立纪念碑，乌苏拉人妥协了，保留了那尊木马像，然后让一个人骑到木马背上，代表米尔。这种妥协方案被保留下来，一旦有重要的嘉宾来参观这座城市时，就会有人骑到木马背上。

寺庙的结构与宫殿极为相似，不同的只是寺庙里的屋子都是空的。站在寺庙顶端可以看见远处的火山。塞塔拉王国的传教士介绍进来的崇拜当中，这些火山占有重要的地位，它们每隔 100 年就会爆发一次，象征打开的天堂之门。

宫殿附近有一座小岛，曾被用作监禁之地，四周是一圈木栅栏，木栅栏之外环绕了一层密不透风的荆棘灌木丛；守护这座小岛的是一群食人狗。

卡尔·迈，《阿迪斯坦》；卡尔·迈，《迪金尼斯坦的米尔》

乌苏里斯坦王国 | Ussulistan

位于托邦尼斯坦以北，两国之间是卡特地峡。乌苏里斯坦的北部海滨是贫瘠而无人居住的沼泽。内陆地区森林密布，森林的远处是宽阔的平原，围绕着乌苏拉城。乌苏拉城是乌苏里斯坦的首都，也是乌苏里斯坦唯一一座城市。人们通常认为，托邦尼斯坦是它的一条河流穿过卡特地峡之后形成的一块沙洲。如果这种说法是真的，那么，托邦尼斯坦的这种地理起源就可以用来解释这个地方的地质构成，尤其是其北部地区的形成。整体看起来，托邦尼斯坦好像扮演了一块海绵的作用，它吸收海水，然后通过自然过程进行去盐处理，从而形成了许多淡水湖和沼泽。

乌苏拉人的生活习性很好地利用了这种地理环境，当遭遇宿敌托邦尼斯坦的攻击时，他们并不还击，而是向湖中央的小岛或深水区撤退。假如托邦人不习水性，乌苏拉人的这种防御无疑是一种最佳方案，尽管他们留下的大部分土地都遭到了掠夺。

乌苏拉城的另一边多岩石。许多个世纪以来，这里一直是荒漠，直到后来出现了河流，荒漠状况才有所改变。在过去，乌苏拉城南部的这个地区几乎找不到水源，只有几处秘密的地下储水池和水库，水库周围有迪金尼斯坦的米尔树立的天使石像，作为指示牌。

乌苏拉人是一个巨人族，他们的头和肩膀比一般的欧洲人高，他们穿的是粗糙的兽皮和皮外套，使用的武器与他们自己的身体成正比。比方说，他们插在腰间的大刀在别的国家会被当作斧头。乌苏拉人熟悉火器，但火器对他们来说基本没用，因为这里的气候很潮湿。乌苏拉城的女人与男人一样高，但穿的兽皮衣服剪裁得更精致，并且染了色。作为一个部落，乌苏拉人不够智慧，如果是在战场上，他们很容易被一些最简单不过的战术弄得昏头昏脑。乌苏拉城的女人比男人聪明，她们的脾气极好，又很忠诚，只是容易受人控制。她们身体强壮，由于这里环境潮湿，她们几乎可以算是两栖动物。

乌苏里斯坦因饲养巨马而闻名。乌苏里斯坦的马儿身体虽然笨拙，但行动很快，天生不怕任何天然的障碍物。与骑在它们身上的人一样，这些马儿更熟悉水性，简直可以被称为海洋动物。由于它们总是把自己埋进泥土里，以避免蚊虫的叮咬，因此很难分辨它们皮毛的颜色。与沉重的身体极不协调的是，这些马儿长了一双小而美丽的眼睛。如果人类对它们仁慈的话，它们将会成为非常忠实的坐骑，但遗憾的是，对动物仁慈可不是乌苏拉人的一贯做法。乌苏里斯坦也养狗，这些狗体型大，力气大，而且擅长游泳，可以用来寻找乌苏拉城以外更干燥地区的水源，也被用来捕猎和打仗。

几个世纪以来，乌苏里斯坦都处于阿迪斯坦的米尔的控制之下，整个地区都必须向他缴税。米尔的保镖由强壮的乌苏拉人组成，这些乌苏拉人的衣服和薪水都由他们自己的国家支付。乌苏里斯坦只打发罪犯、流氓和病人去充当米尔的保镖，这样的病人一旦离开气候潮湿、地势低矮的祖国，就会很快恢复健康。许多保镖在为米尔服务期间受伤，回到乌苏里斯坦之后，这些人通常去守卫乌苏拉城的宫殿。

乌苏拉人通常靠打猎为生，他们好像很少种庄稼。虽说有少量的水果和蔬菜，但总体而言，他们的农业发展水平很低。当迁徙的时候，他们依靠打猎和采集，采集一般是女人做的事情。乌苏拉人待人很热情，对来访的参观者很友好，他们用盐和现烤的面包招待客人，宴席上还会摆上一种名叫 *simmsenn*（*simm* 和 *senn* 的意思都是“毒药”）的饮料，这种饮料其实是一种相当有后劲的烈酒，闻起来很像普通的酒精。

卡尔·迈，《阿迪斯坦》；卡尔·迈，《迪金尼斯坦的米尔》

厨具王国 | Utensia

一个独立的城市王国，位于奥兹国。具体而言，厨具王国指的是加德林国北部树林里的一个开阔地区。这片土地上整齐地摆放着各种炊具、炉灶和烤架，它们的形状和大小各异，旁边有许多橱柜和碗橱，所有的柜子里都放着各式各样的炊具，从炖锅到擀面杖，应有尽有。这些都是菜刀国王的东西。菜刀国王经常坐在位于厨具王国中心的一个屠夫街区。

菜刀国王的主要官员有筛子法官和滤锅大祭司。筛子法官的任务是核实国家事务中的所有证据；滤锅大祭司是这个小王国里最神圣的居民。法庭上的律师要么是软木塞螺丝，喜欢出现在门闩上；要么是电熨斗，因为他们熨衣服的本事很高。厨具王国保留了军队，即勺子旅。这支军队在这片空地的周围巡逻，他们把所有的囚犯都带到菜刀国王面前接受审判。游客应当注意，整个厨具王国里都找不到可吃的东西。

厨具王国的公民只承认菜刀国王，声称他们从来没有听说过奥兹国的统治者奥兹玛。就像在奥兹国以外的地区发现的许多怪物一样，厨具王国的公民可能攻击陌生人，但不构成真正的威胁。

弗兰克·鲍姆，《奥兹国的翡翠城》

乌托邦 | Utopia

距离拉丁美洲的海滨约 15 英里，以前的名字叫桑斯库洛迪亚岛(Sansculottia)，与大陆之间最初有地峡相连。

乌托邦现在的名字与乌托普国王(Utopos)有关。乌托普国王是乌托邦历史上最早的国王，他在乌托邦与大陆之间开凿了水渠，使乌托邦脱离大陆，变成了一座岛屿。这座岛屿最宽的地方约 200 英里，继而越变越窄，最后弯曲成一个圆弧，活像一轮完美的新月。新月岛的两端被一条 11 英里宽的海峡分开。进入海峡的

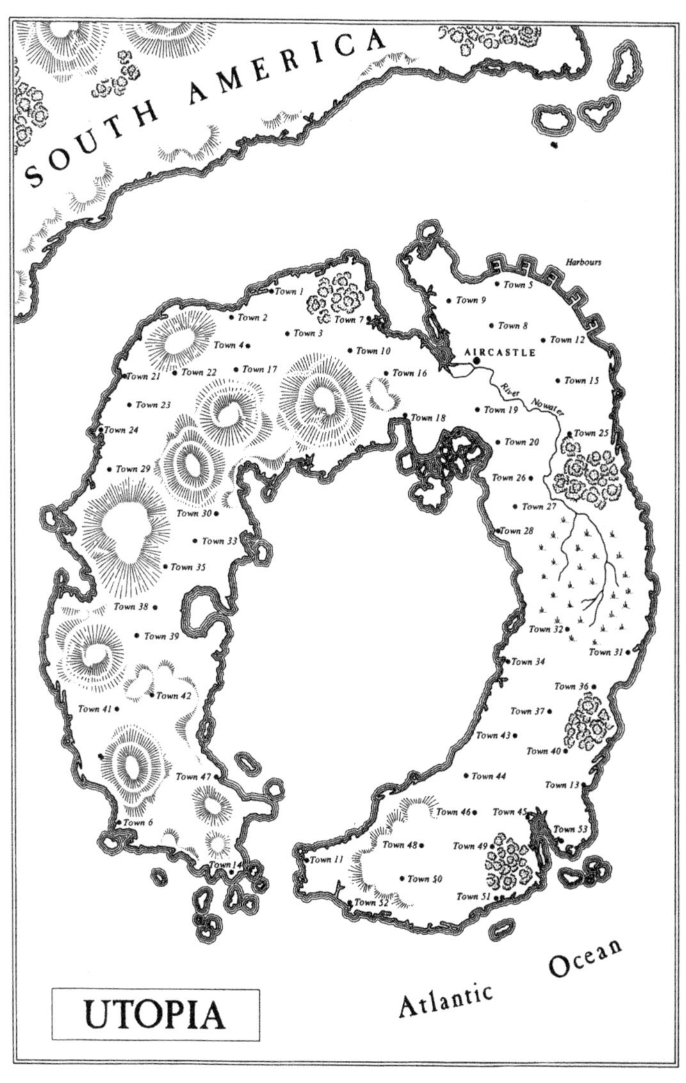
SOUTH AMERICA
UTOPIA
Atlantic Ocean
AIRCASTLE
River Nowater
Harbours
Town 1
Town 2
Town 3
Town 4
Town 5
Town 6
Town 7
Town 8
Town 9
Town 10
Town 11
Town 12
Town 13
Town 14
Town 15
Town 16
Town 17
Town 18
Town 19
Town 20
Town 21
Town 22
Town 23
Town 24
Town 25
Town 26
Town 27
Town 28
Town 29
Town 30
Town 31
Town 32
Town 33
Town 34
Town 35
Town 36
Town 37
Town 38
Town 39
Town 40
Town 41
Town 42
Town 43
Town 44
Town 45
Town 46
Town 47
Town 48
Town 49
Town 50
Town 51
Town 52
Town 53

乌托邦

海水形成一个大湖，大湖被陆地环抱，可以不受风暴的影响。这样一来，乌托邦的整个内陆地区就像一个巨大的天然港，而中心的内陆海也有助于内陆地区的交通和运输。巫托普斯修建的那条水渠的入口非常危险，水下布满了岩石和浅滩，一块醒目的岩石上矗立着一座高塔。只有乌托邦的居民才知道哪些水渠是安全的，因此如果没有当地的领航员，外来的游客几乎不可能安全进入这片天然海。甚至在某些时候，当地的水手也觉得难以进入这个港口。如果乌托邦的居民弄走岸上的路标，他们就很容易歼灭敌船。乌托邦另一边的港口更多，但防守甚严，仅靠一小队人马就可以轻而易举地抵挡庞大的入侵。

乌托邦拥有 54 座大城市，所有的城市都按照同样的风格来设计和建造。两座城市之间最短的距离是 24 英里，最远的地方步行一天就可以到达。乌托邦的首都叫空气堡，或者叫阿马乌罗提城(Amaurote)，坐落在乌托邦的中心地区，从每个地方出发都可以到达。空气堡建造在无水河(River Nowater)上游一个坡度不大的山坡上，呈方形，每边各长两英里，非常实用。阿马乌罗提城的四周建有高高的防御墙，防御墙上又建造了许多高塔和碉堡。三面防御墙被一条干涸的护城河所环绕，护城河里荆棘丛生。无水河是第四面防御墙的保护河，在阿马乌罗提城，无水河仍有涨潮的时候，这样一来，船只就可以直接进入无水河，尽管它距离海洋还有好几英里远。无水河在阿马乌罗提城与另一条河流交汇，这是一条小河流，形成于城里的一处井泉，这就意味着，阿马乌罗提城永远不会遭受水荒，即使是处于最漫长的围困时期，这座城市也不会。

乌托邦首都空气堡的一个社区花园

据说，空气堡是乌托普设计的。根据历史记载，这座城市最早搭建的只是一些小棚屋或农舍,使用的是他们能够获得的最原始的材料。现在的空气堡大不相同,所有的房屋整整齐齐地建于街道两旁,形成长长的两排,房屋之间是20英尺的马路,每栋房屋的后面都有一个大花园。花园沿街而建,一直延伸到另一条纵向街道的背后。每栋房屋都有前、后两道门,这两道门只要一碰就会打开,而且也会自动关闭。所有房屋的正面都采用燧石、岩石或砖块,屋顶采用一种特别的混凝土。这种混泥土很便宜,但与铅皮相比,它更能有效地抵御恶劣的坏天气。此外,这种混凝土还有一种特别的优势,那就是它可以防火。这样的房屋大多都安装了玻璃窗,没有安装玻璃的窗户也装有亚麻布窗帘,这种窗帘密封性比较好,还可以防风。城里的房屋都根据抽签来分配,每隔10年再重新分配一次。城里的居民很在乎自己的花园,他们都是热心的园艺工,总是在自己的花园里种上葡萄和各种花卉植物。他们之所以如此喜欢园艺,部分是因为街道与街道之间经常举行比赛,评选出最好的花园。

在农村,每隔一定的距离就可以看见一些房屋。这些房屋提供开垦土地所需要的一切。每栋房屋可以容纳40个成年人居住,还包括两个永远依附于这栋房屋的奴隶。管理这些房屋的是能力比较强的地区管理者,每个管理者负责30栋房屋。每年有20个人从农村来到城市,同时又有20个城里人去农村,这些城里人都接受过在农村呆过一年的那些人的培训,这样的替换每年都有一次。通常,城里人在农村只需要住满两年,不过很多人都愿意住得更久一些。在农村生活期间,农艺工人负责开垦土地、饲养牲畜和培植森林。在乌托邦岛上,农业已成为一门高度发达的艺术,养鸡也是通过人工孵蛋来完成。

种植业其实是所有乌托邦人都熟悉的职业,学校很早就开始教授农业技术。除此之外,每个乌托邦人都必须掌握一门手艺,比如编织、纺纱、石匠、铁匠以及木工。所有的乌托邦人都穿同样的衣服,因此乌托邦不需要裁缝,这样就可以让他们腾出更多的时间去从事生产。大多数孩子会继承父业,但如果他们想选择其他的职业，就必须征得那些专门从事这种职业的家族的同意。如果某个人掌握了一门手艺，他就有资格去学习另一门手艺，而一旦掌握了两门手艺，他就可以按照自己的意愿去选择职业，除非其中一种职业比另一种对公众来说更有必要。工作是乌托邦社会的基础，所有的男人和女人都必须工作，即使是考虑到某些特殊的原因，每座城市里不从事工作的人最多不超过500。乌托邦如此注重工作的人数和个人职业的选择，难怪这个社会如此繁荣发达。此外，乌托邦的生产也是经过精心计划和安排的，比如说，粮食需求都必须经过当地专家的精确计算，每个地区种植的玉米和饲养的牲畜都必须超出自己的需要，目的是在自己的邻居缺乏粮食时能够给与及时的援助；过剩的资源会很快转移到其他可能需要的地方。使用劳动力也要经过类似的计算：庄稼收获之前，各个地区的管理者要向专家打报告，说明他们需要多少额外的劳动力；这样才可能保证在适当的时候有适当数量的劳动者可用。经济的有效性在于，即使把工作日减少到6天，也不会产生必须的生活资料和服务的匮乏。减少奢侈品行业或不必要的行业里的雇佣劳动者，可以更有效地促进经济的发展。由于全国的人力(或者绝大部分人力)都可以各尽其用，这样就能够储备大量的劳动力，让他们投入公共建设之中，比如修路。这也就意味着，当没有什么紧急事情需要做的时候，国家可以宣布放公休假，从而给人们锻炼身体和丰富内心世界的机会。

乌托邦实行内部交换，这样可以避免某个地区或城镇出现物资匮乏，同时过剩的产品还能出口。乌托邦出口大量的玉米、蜂蜜、羊毛、亚麻、木材、纺织品、兽皮、动物脂肪、皮革以及牲畜。总出口价值的七分之一被作为礼物送给进口国家的穷人，余下的按照合理的价格出售。正常时期，乌托邦只进口铁矿、黄金和白银，其结果便是，乌托邦人储备了大量的黄金和货币，尽管黄金在国内并没有

乌托邦的酒杯、盘碟和小罐子

固定的价值。这样的储备却能够保证战时或发生任何重大危机时提供保护。比如,这些东西可以用来贿赂敌人,也可以用来支付为乌托邦打仗的外国雇佣兵。在过去,对于自己出口的产品,乌托邦人坚持要求对方支付黄金或者其他的货币,而现在因为有了这样的储备,对方是支付现金还是使用信用卡就没有什么分别了。但是,如果买方真的使用信用卡,进口地区就必须签订具有法律效力的合同,当支付期限到了的时候,官方就会从相关的个人那里把钱收拢,纳入公共基金,在乌托邦人来收取之前,官方有权动用这笔资金。

从政治上来讲,乌托邦是一个共和国。这个共和国里没有任何的私有财产,每个人都必须严格履行自己的社会责任。这样的共和国里没有富人,也没有穷人,没有物资缺乏,公共仓库永远是满满的。由于国家实行有效的经济政策,合理计划和安排国家资源以及废除私有财产制,从而抑制了人们对财富和特权的贪欲,失去了对财富和金钱的贪婪,也杜绝了犯罪的滋生,消灭了贫穷。

从政治制度上讲,乌托邦把全国人口分成若干个单位,每个单位由 30 个家庭组成。每个单位推选出一个地区管理者(Styward),每 10 个地区管理者当中选出一个高级地区管理者(Bencheater)。高级地区管理者每年选举一次,但不经常更换,其他的市政官员也是一年选举一次。每个镇共有 200 个地区管理者,这些管理者从 4 个候选人当中选出市长。这种选举是匿名投票,这些地区管理者必须庄严宣誓,他们选出来的那个人最有能力担当市长一职。市长和高级地区管理者每隔两天见一次面,两个地区管理者也必须在场,讨论公共事务和解决个人争端。为了避免出现仓促的决定,他们所讨论的公共事务和个人争端需要经过 3 天以上的辩论,才可能消除公众当中可能产生的怀疑。死罪将在大会议或地区管理委员会之外进行讨论,这显然是为了避免市长和高级地区管理者压制全体人民的意愿。同样,任何有争议的问题都要求助于地区管理委员会,他们把这些争议解释给他们所代表的那些家庭成员听,然后再继续进行讨论,把讨论结果汇报给大会。为了避免仓促的决定，乌托邦还制定了一条原则，即任何决议在其被提出后的第一天都不做讨论；所有的讨论活动都必须推迟到下一轮出席情况较好的会议上进行。每个镇按国家级别分派三名代表，参加每年在空气堡召开的议会。议会的大部分工作是组织生产和分配，此外也负责接待外国使节。

地区管理者的主要职责是组织劳动。这些地区管理者自己可以不参加劳动，但他们通常还是会自愿参加劳动，目的是树立一个良好的榜样。如果有人希望继续学习，他也可以不参加劳动，但必须获得牧师的推荐，必须以秘密的投票方式获得地区管理者的证明。如果他在学习方面进步不大，就必须参加劳动。当然，工人通过业余时间的努力学习也可能进入知识阶层。外交官、地区管理者、牧师以及高级地区管理者都是从知识阶层中选拔出来的。

乌托邦虽是一个共和国，但从严格意义上讲，它并不完全奉行平等原则。每个家庭都必须听从家里最年长的男性，妻子服从丈夫，孩子听从父母的意见，年轻人服从老年人。乌托邦仍然存在奴隶制，奴隶的来源不是战俘，绝大多数奴隶都是来自其他国家的罪犯，有些人仅仅因为一个小小的指控就变成了罪犯，有些却是因为遭受了不白之冤。此外，乌托邦的奴隶还包括乌托邦本国的罪犯，他们被迫带着镣铐，辛苦地劳动。不过，乌托邦本土的囚犯所遭受的虐待要比外国的囚犯严重得多，其理由是，如果一个受过良好教育和道德熏陶的人还要明知故犯，他就应该受到更严厉的惩罚。乌托邦的奴隶的第三个来源是外籍工人。他们宁愿到乌托邦来过奴隶一样的生活，也不愿意守在家乡过自由的穷日子，这样的人通常会得到仁慈的对待和尊重，虽然他们在自己的国家已经习惯了这一点，但他们比乌托邦本国的公民更勤劳。如果愿意，他们也可以随时离开，并且还能获得一小部分的礼物；只是他们大多不愿意离开。

乌托邦人认为战争不会带来任何荣耀，战争只是一种更适合于动物的行为。世界上对战争持这种看法的民族寥寥无几。然而，乌托邦的男男女女都必须接受军事训练，因为这样才能抵御外敌入侵。乌托邦人也会在军事方面极力支持友邦,他们不仅保卫友邦的疆土,也帮助他们还击敌人,或者帮助维护那些在国外遭受不公正待遇的生意人的权利。谋杀或伤害国外的乌托邦公民会引发迅速而具有决定性的军事干预,每每这个时候,乌托邦不会接受任何缓和局势的做法,除非与此相关的人表示投降,并立即被判处死刑或者沦为奴隶。乌托邦人通常不希望出现嗜血的胜利,如果可以智取敌人,那是最好不过的上策。按照这个原则,乌托邦人广泛使用密探,奖励刺杀敌军的头领。在敌国支持反乌托邦政策的人会被列入黑名单,这样的黑名单被四处散发,捉住或杀死名单上的人会得到重赏。乌托邦付给敌营中的叛徒的钱财数不胜数。有时候,他们的这种不光彩的做法会遭到批评,但乌托邦人有他们自己的理由,他们认为使用这样的办法去解决重大的战争问题更明智,这远远好过打仗和屠杀成千上万的无辜者。导致战争的最后一个因素是乌托邦人对待殖民化的态度。如果乌托邦的人口过多,一部分人就必须离开乌托邦,去大陆开拓一块新的殖民地,不管这块殖民地在哪里,只要它足够大,而且也还没有被土著人占据。土著人可以融入这个殖民地的生活,成为乌托邦共同体的一员。如果他们拒绝接受乌托邦的命令,就会遭到驱逐,如果他们起来反抗,乌托邦就会马上对他们宣战。乌托邦人认为,当一个国家拒绝使用这块土地,继而也否定其他人对这块土地的使用权的时候,他们就有充分的理由对它宣战。

令人惊讶的是,乌托邦与邻邦的关系十分友好。大多数的邻邦已经摆脱了曾经压迫它们的独裁统治,乌托邦向许多这样的邻邦派遣行政官员。这种制度不断得到其他国家的效仿,比如美国和俄罗斯,但不知道为什么,这些国家的效仿从未发挥过任何作用。乌托邦的这种安排对它的邻邦非常有利,因为乌托邦培训的行政官员都是非常优秀的公仆,他们从不接受贿赂,因为经过一段时间后,他们也将回到自己的国家,在那里,金钱对他们来说毫无用处。正式的约定暗示了共同的敌对程度,这些约定难免漏洞百出。乌托邦人认为,不应该把一个没有给他们造成伤害的人视为敌人，他们认为人的本性是最有效的约定，人类之所以能够更紧密地团结起来，依靠的是良心而不是任何书面的约定。

当战争成为必要的时候，乌托邦人宁愿使用雇佣兵，这些雇佣兵通常来自维纳尼亚王国（Venalia）。乌托邦既愿意剥削坏人，也愿意雇佣好人。乌托邦雇佣兵的第二个来源是乌托邦为之战斗的那个民族。乌托邦自己的分遣队由自愿者组成，没有人被派往国外打仗，即使当他们在别国积极服务的时候，各个单位也不会出去打仗，除非必须这么做，而当他们真的去打仗的时候，是宁死也不会投降的。他们的战术不是空架子，而是采用有特色的楔形法来消耗敌人，抓获或消灭对手，这样不会造成最严重的伤亡。乌托邦的军队从不会破坏休战区，毁坏敌人的领地和摧毁庄稼。相反，他们会把敌人的庄稼当作自己的来极力保护，任何一个投降的城镇可以马上获得赦免，城里没有掠夺，即使是他们通过袭击而获得的城镇，那里的居民也不会受到任何伤害。他们总是要求被打败的敌人给与赔偿，不管是用现金还是不动产，这就使得乌托邦在其他许多国家拥有大量的财产，为将来可能发生的战争提供足够的后备资源（如果有必要进行战争的话）。如果有敌军准备进攻乌托邦的本土，乌托邦人会派出大部队前去拦截，他们绝不容许敌军进入自己的领地。

宗教宽容是乌托邦宪法中一条最古老的原则。各种信仰可以友好共存。在乌托邦，一些人崇拜月亮、太阳或其他天体；另一些人则把历史上的某个伟人作为至高无上的神灵。大多数人都相信世间有一个神灵，他的存在不是一种实体，而是一种活力，遍布于宇宙万物之中，完全超越了人类的理解。乌托邦人把这种力量叫作父母，因为无法确定它的性别，如果它真有性别之分的话。乌托邦人也信仰一个名叫密特拉斯的至高无上的存在，人们对于密特拉斯的确切本质争议颇多，而每个人都声称，这位神灵的存在形式与大自然相同，是万物的唯一根源。渐渐地，基督教开始为人们所接受，但乌托邦严厉禁止疯狂宣传一种宗教而排斥另一种宗教的做法，这种做法虽不被视为一种亵渎，而只被认为是破坏了宗教之间的和平氛围,但如果有人继续这样做,他就会遭到驱逐。

宗教宽容这一原则可以追溯到乌托普国王征服乌托邦之时。被征服之前,乌托邦因为严重的宗教分歧而被搞得四分五裂,实际上,不同的宗教派别拒绝以合作的方式保卫自己的祖国。正是这样的分裂给乌托普国王带来了可乘之机,使他可以轻而易举地征服乌托邦。因此在征服乌托邦之后,乌托普国王宣布,任何人都拥有信仰的自由,都可以劝说其他人归依他自己的信仰,但必须通过和平手段和理性的说服。乌托普国王之所以颁布这道法令,部分原因是出于政治方面的考虑,因为这样可以确保国家的安定团结。不过,乌托普国王好像也相信,彻底的宽容是为了宗教本身的利益,上帝让人们信仰不同的东西,因为上帝希望人们以不同的方式崇拜他。所有的人都可以自由地选择自己的信仰,只要他们各自的选择不违背人类本身的尊严。总体而言,乌托邦接受两个最基本的观念,其一,人的灵魂不会像人的肉体那样遭到毁灭;其二,宇宙是神灵的一种有目的性的创造。乌托邦人也相信人死之后依然存在赏罚。他们声称思想不同的人没有资格做人,因为这样的人糟践了自己的灵魂,使自己沦落为动物的肉身。这样的人通常会遭到鄙视,他们不可以进入任何一个公共部门,但他们不会因此而遭受惩罚或者恐吓,也不会因此被迫遮掩自己的信仰。他们不可以在公共场合表达自己的观点,但鼓励私下里的讨论,因为乌托邦人相信,他们的谬误最终经不起理性的论证。乌托邦存在唯物主义者,但只是少数。与他们针锋相对的人则声称动物也有不朽的灵魂,虽然它们的灵魂比人类的低劣。大多数乌托邦人都相信,他们能够通过研究自然世界来取悦上帝,但一小部分重要人物会因为自己的宗教信仰而忽略对知识的追求,转而投身于各种慈善事业。

乌托邦人可以细分为两个主要的派别。一派信奉独身,不吃猪肉,某些时候拒绝吃任何动物的肉;他们抛弃世俗的享乐,只渴望来世的生活。另一派不拒绝享乐,如果享乐不影响工作的话;他们赞成婚姻,相信繁衍后代是公民对国家应尽的义务,也是人类的本性。那些属于第一派的人受到极大的尊重，而且被认为比第二个派别的成员更虔诚；他们通常就是人们熟悉的世俗僧侣。

乌托邦人坚信人死后可以获得无限的快乐，因此他们不会哀悼死去的同胞，除非同胞是意外死亡或者惩罚性的死亡。为一个本不想死的死者举行的葬礼总是笼罩在悲伤的沉默之中，在这样的葬礼上，人们只祈求上帝宽恕这位亡者的灵魂，原谅他的缺失，然后再把死者埋掉。人们不会哀吊那些快乐而死的人，他们只会在这位死者的葬礼上唱圣歌，然后满怀着敬意而非悲伤的心情去火化他的尸体。葬礼结束后，人们回到家，讨论死者的品性和素质，他们之所以这样做，是因为考虑到死者也会赞同他们的做法，尽管死者看不见，但他肯定也参与了他们的讨论。人们相信死去的人与活着的人自由地生活在一起，死去的人能注意到世界上发生的每件事情，他们几乎被视为活着的人的守护天使。正因为感觉到他们的存在，人们才不敢总在私下犯错。

在乌托邦，人们不会去关心迷信、预兆以及算命这类行为，而这些行为在其他国家则显得非常重要。另一方面，乌托邦人又特别尊重奇迹，因为奇迹是上帝的力量和威严的明证。据说，奇迹在乌托邦时常发生，事实上每逢危急时刻，全体乌托邦人都会祈求奇迹的发生，也许是因为他们的虔诚，他们的祈祷总能成真。

尽管乌托邦的人民很虔诚，牧师却比较少。每个镇上只有 13 个牧师，每个教堂里只有一个牧师。在这 13 个牧师当中，只有一个拥有大主教的地位。所有牧师都由全体公众以匿名方式投票选出。牧师的职责是引导政府职能部门，监督社会的道德行为和负责年轻人的教育问题。如果有人不得不站在教会的法庭上，面对道德方面的指控，那将是一件极不体面的事情。当然，市长和市政官员负责镇压犯罪行为，而牧师有权将某个人逐出教会，这可能是乌托邦内最可怕的惩罚。如果一个人被逐出教会，他的人身安全将会受到威胁，因为如果他不能使牧师相信他已经改过自新，那么他将再次遭到逮捕，并且会因为自己不虔诚的行为而受到委员会的惩罚。

男牧师可以结婚。女人也可以成为牧师，尽管实际上只有年老的寡妇才有资格成为牧师。没有哪个公众人物能够比牧师更受尊敬，牧师的妻子形成乌托邦社会的乳膏。牧师阶层的地位如此之高，即使某个牧师犯了罪，他也不会受到迫害。谁要是对这个牧师指指点点，就是犯了大不敬；这个牧师的罪过只交给上帝和他自己的良心来裁断。

牧师跟随乌托邦的军队南征北战。他们通常会跪在距离战场不远的地方，向上帝祈求和平；如果和平不可得，他们就祈祷能赢得一场不流血的胜利。如果乌托邦的军队看起来像要取胜的样子，这些牧师就跑进战场，试图阻止所有不必要的流血冲突。如果敌军的某个士兵想要活命，他只需对着这些牧师大声求饶就可以了。如果他能接触这些牧师飘曳的长袍，他的财产就可以得以保全。有时候，牧师的干预确实可以阻止一场大屠杀。

乌托邦的教堂美丽而壮观，教堂里面则显得有些灰暗，因为人们相信黄昏时分更适合进行默祷。在教堂里举行的仪式和祈祷同样适合所有的信仰，它们只与对上帝的崇拜有关。各种教派独有的仪式都在私下进行。同样的原因，这些教派的教堂里没有摆设上帝的肖像，因此每个人都可以在心里想象自己理想的上帝模样。

在乌托邦，主要的宗教节日总是在每年或每月的第一天或最后一天举行，第一天举行的叫开始节(Dogdates)；最后一天举行结束节(Turndates)。在结束节那天，乌托邦人要整日斋戒，然后晚上去教堂向上帝感恩，感谢上帝保佑他们安然无恙地度过了这一年或这个月。在进入教堂之前，女人要带着孩子向她们的丈夫忏悔，请求丈夫宽恕她们在过去一个月里可能犯下的罪过。忏悔这种习俗消除了任何的怨恨和仇视，如果一个人怀着不安或愤怒的心情走进教堂，那么他将被看作是在亵渎神灵。接下来的一天当然是一个开始节，人们一早就聚集到教堂里，祈求来年或将来的这个月里能得到幸福和财富。在教堂的集会上，男人坐在右边，女人坐在左边，所有乌托邦人都身穿白衣，牧师穿着饰有各种鸟羽的制服。这样的集会不需要献祭，但需要点蜡烛和熏香，烛光和熏香对上帝虽然没有什么用处，但它们可以渲染仪式的气氛，提高会众的注意力；赞美诗在甜美的器乐声中唱起来，在那些被用来演奏的乐器当中，许多乐器都是别的国家所没有的。

乌托邦人相信，善良的上帝创造他们就是要让他们获得幸福。这有助于解释这个教派对待快乐的态度。与世俗僧侣不同，这个教派不排斥现世的快乐；他们还有意识地培养更高形式的快乐。他们认为，尽可能地使自己生活得舒适而幸福，同时也帮助他人获得幸福，这是每个人的职责。这种原则有效地贯穿于产品和财富的分配之中。假如法律是以公正为基础的，那么考虑自己利益的同时也兼顾社会利益就是绝对正确的做法。为了自己能够享受某种快乐而否定他人的幸福，这种做法显然是错误的。同时，放弃小快乐通常意味着会得到某种回报。因此乌托邦人认为快乐是每个人努力的终极目标，即使是当他们在做至善之事的时候。而且任何状态的快乐都是可以的，只要是使人自然而然地感到愉悦，这里需要强调的是“自然而然地”，这就意味着其他国家的许多所谓的快乐被视为虚幻的东西而遭到摒弃。如此一来，喜欢修饰、炫耀似的挥霍、赌博以及打猎这样的快乐方式都属于这一范畴，这样的快乐方式绝不会给个人带来真正的快乐。乌托邦人特别讨厌打猎，他们不明白，为何有人可以在猎狗的狂吠声中找到乐趣，更不明白，为何这些人可以在毫无理由地猎杀小动物时感到快乐。在乌托邦，杀戮为自由人之尊严所不容，杀戮是那些屠夫干的事儿，而那些屠夫只是一些奴隶。

乌托邦人对待金银的态度也是如此。从逻辑上讲，金银对于物质生活来说还不如铁矿重要，其经济制度的有效性意味着个人没有必要囤积黄金，因而过度关心个人财富被视为一种虚幻的快乐。为了避免黄金具有其在别国的那种重要性，乌托邦人发明了一种奇怪的价值刻度。乌托邦人使用的盘子和酒杯设计精美，但都是些廉价的玻璃制品或陶器；相反，黄金和白银被用来制作普通的东西，比如最粗陋的日常家庭用具——尿壶。奴隶戴着黄金锁链参加劳动，最可耻的犯人被迫戴着金环和金项链四处游行。此外，乌托邦人对待珠宝的态度也是如此。乌托邦岛上多宝石，但乌托邦人把宝石看得一钱不值，只有小孩才会得意地戴着宝石，但他们很快就会将其丢弃。作为一个外交官，如果他不了解乌托邦人轻视宝石和黄金的这种态度，不了解他们的生活方式和习俗，有时候就可能陷入尴尬的境地。比如一群来自法图里纳(Fatulina)的使节曾访问过乌托邦，这些人衣着华丽，佩戴珠光宝气的黄金和宝石，他们这样的穿戴其实都是乌托邦人用来惩罚奴隶、羞辱罪犯的东西或是小孩子的玩具。因此，他们成了乌托邦人嘲笑和取乐的对象，而对于这样的情形，这些使节恐怕还得花一段时间才能弄明白，自己为何会遭到他们的耻笑。

另一方面，乌托邦人高度重视真正的快乐，不管这种快乐是精神的，还是肉体的。精神层面的快乐包括在理解某件事情或思考真理时所产生的满足感。肉体的快乐又细分为两类：第一类包括身体所能感受到的快乐，负重感的消除或紧张情绪的释放；第二类以一种神秘的方式作用于人的各个感官；这种方式不需要真正的器质性需要，音乐垄断了感官的兴趣。这样的快乐依赖于完美的健康；乌托邦共同体积极鼓励这种健康。

为了重新获得健康，病人可以得到最好的照顾和治疗，但如果病人得的是不治之症，就会有一位牧师或政府官员来拜访他，告诉他安乐死的诸多好处，并极力劝说他自愿接受安乐死。如果病人觉得活着只是一种形同拷打一样的痛苦，而且也愿意去另一个更美好的世界，那么他可以选择自己被饿死，或者被注射一种催眠药，这种药可以使人毫无痛苦地死去。安乐死是一种体面的死，那些没有充分的理由就选择自杀的人不可以被火葬或掩埋，人们也不会为他们举行任何形式的葬礼，而只是随意地把他们的尸体扔进池塘了之。

乌托邦的婚俗具有一定的特别之处，至少从一个游客的角度来看是如此。乌托邦的女孩要到 18 岁才可以结婚，男孩还需要再等两年才可以。任何人，不论是男是女，如果在婚前就有性行为，都会被取消结婚资格，除非这一罪过能得到市长的赦免。而且，俩人的监护人也会因此受到惩罚，因为他们纵容孩子破坏了规矩。这个问题背后的逻辑是，很少有人愿意结婚，愿意一辈子只与一个人生活在一起，如果他们不能避免婚外性行为，又会引发许多其他的问题。结婚之前，新郎和新娘必须赤身露体，然后相互注视，其间有一位年长的女伴在场，目的是避免他们因对彼此身体的不满而引发的争端。乌托邦实行一夫一妻制，离婚的唯一理由是通奸或者一方有不可宽恕的行为。如果是通奸，有罪的一方会遭到谴责，不可以再结婚，无辜的一方可以再婚。不过，也有例外，即如果夫妻双方性格不和，而且各自又找到了可能使他或她感到更幸福的伴侣时，便可以离婚。这种情形需要做全面的调查，调查由高级地区管理者和他们的妻子来完成，但这种情况的离婚很少被通过。通奸者要服劳役，诱奸未遂或既成事实的诱奸行为也会遭到严惩。

对诱奸未遂或既成事实的诱奸行为的处理，使我们看到了乌托邦法律的奇特之处。任何一个没有成功实施犯罪行为的人都会遭到惩罚。乌托邦的律师认为，因为没有成功实施犯罪并不能表明罪犯没错，因此，如果他不受到惩罚就没有道理可言。乌托邦的法律条文极少；乌托邦人甚至还批评其他国家的法典太过冗长。他们认为成文法太深奥，一般老百姓都看不懂，这样做极不公平。而且他们还声称，与一个雇用的专业人士相比，每个人都能更好地陈述自己的理由。如果正式的法律条文越少，这样的制度就越可以发挥更完美的作用，每个公民都能够成为自己的法律专家。乌托邦人不会没完没了地去讨论一条法律的正确解释，在他们看来，最不加修饰的解释才是正确的。法律的基础不只是威慑，遵纪守法的人可以获得公共荣誉。比如，对于那些对社会做出过卓越贡献的杰出人士，乌托邦人会为他们树碑立传，这样做既是为了记住他们的成就，也是为了鼓励更多的人以他们为榜样。

乌托邦人的大部分生活都是公共的集体生活。比如说，乌托邦人通常聚在公共食堂里吃饭，各家的女人轮流去公共食堂准备食物。年轻人和老人总是与其同龄人坐在一起，但也可以混坐在不同年龄的人当中。他们的理由是，对长者的尊敬可以劝阻年轻人当中的不良行为，尤其是如果年轻人的言行都被坐在他们旁边的老人注意到的话。在吃饭的时候，专门有人看护5岁以下的孩子、孕妇以及需要照顾的母亲。乌托邦人的食物很充足，他们的饮料有白酒、苹果酒和梨子酒，他们有时在水里加蜂蜜或甘草；乌托邦不生产啤酒。

乌托邦社会高度发达。乌托邦人能够娴熟地使用科技，将贫瘠的荒岛变成沃土。自然科学、气象学和天文学在这里都得到了高度的发展。实际上，乌托邦唯一不如欧洲国家的地方就是它的逻辑学，乌托邦人在这个领域极不擅长。

乌托邦人殷勤好客，他们会张开双臂欢迎远道而来的游客，尽管这样的游客不多。他们也会热情地款待心智不健全的人，认为侮辱这样的人表明他们自己缺乏教养，虽然这些人的愚蠢行为时常令人发笑。

游客要注意，乌托邦人极其讨厌任何人为的修饰，因此衣着华丽是不明智之举，这可是法图里纳（Flatuline）①的使节们付出了惨重的代价之后才悟出的道理。乌托邦人通常衣着朴素，他们在工作时穿着宽松的皮外套，在公众场合穿自然色的羊毛斗篷；乌托邦人不知何谓时尚。

乌托邦人从何而来，这个问题尚不清楚，尽管语言方面的证据显示，他们可能是希腊人或波斯人的祖先。乌托邦人说话的声音很好听，而且表现力很强，渐渐地，这个地区的其他民族也开始说这种语言，只是说得不够好。

对于乌托邦的早期历史，我们几乎一无所知。有关这座岛屿的最早、也是最准确的描写记录被一个去美洲探险的亚美利哥·韦斯普奇（Amerigo Vespucci）探险队于1504年带到了欧洲。而让乌托邦最闻名于世的地方在于，这里曾是巨人庞大固埃的出生之地。欧洲探险队发现乌托邦不久，庞大固埃的父亲高康大统治着这个国家。庞大固埃的母亲是阿马诺特人（the Amaurotes）的

---

① 前面的拼写是Fatulina。

国王之女巴蒂比。巴蒂比只生了庞大固埃一个儿子，生下庞大固埃后因难产而死，高康大立了一块纪念碑来纪念她，这块纪念碑至今矗立在乌托邦岛上。

高康大死后，乌托邦岛遭到迪普索得人（the Dipsodes）的入侵，这在乌托邦历史上还是第一次，入侵者最后被打败，并被赶出了乌托邦。有人认为，迪普索得人的溃败表明乌托邦人再次回到了黄金时代。遵照乌托邦人的习俗，庞大固埃率领一支殖民军队进入迪普索得人的地盘，最终将它纳入自己的统治。

托马斯·莫尔爵士，《乌托邦》；弗朗索瓦·拉伯雷，《巨人传》（Francois Rabelais, *Pantagruel roi des Dipsodes, restitué à son naturel avec ses faictz et prouesses espouvantables*, Lyons, 1532）

乌萨尔岛 | Uxal

又叫“乌克斯玛岛（Uxmal）”，位于南太平洋。大约是在1452年或1453年，玛雅王子查克·修（Chac Tutul Xiu）发现了这个地方，他离开自己的故土余卡坦（Yucatán），为玛雅人在这座岛上创建了一块殖民地。

乌萨尔岛的首都是岛上唯一一座城市，名叫琪成-依扎市（Chichen Itza）。城市周围是玉米地和甜薯地，城市中心有一座小山，山顶有一座金字塔，塔顶上有一座寺庙。金字塔是用一块块火山岩建成的，通向山顶的石梯也是火山岩，城墙上有临时使用的大门。

乌萨尔岛上的居民生活得很像古时候的玛雅人。他们崇拜几位神灵，分别是神圣的山神或山谷之神乌兹·呼克（Huitz-Hok）、森林神柴（Che）、天神伊察姆纳（Itzamna）、冥神昏豪（Hun Ahau）、战神阿库雅克（Aychuykak），以及数目众多的地神。这些居民的语言很难理解，可能是从古代玛雅语演变过来的。

埃德加·巴勒斯，《泰山与被抛弃的人》（Edgar Rice Burroughs, *Tarzan and the Castaways*, New York, 1964）

巫泽瑞王国 | Uziri Country

位于非洲。巫泽瑞王国里住着野蛮的巫兹瑞部落,灰炉王泰山在此拥有庞大的地产。

泰山的农场遭到敌人阿希梅特·泽克的洗劫,被泽克一把大火化作乌有,但泰山利用他从奥巴城带回的黄金重建了这个农场。二战期间,泰山的农场再次遭遇大火,因为施奈特上尉绑架了泰山的妻子简·克莱顿,又放火烧了这个农场。农场附近一个小玫瑰园里埋了一具女尸,泰山以为是妻子的尸体,后来他发现妻子还好好地活着,但他没有去打扰这具无名女尸,只是再次重建了农场。

埃德加·巴勒斯,《泰山的野兽们》(Edgar Rice Burroughs, *The Beasts of Tarzan*, New York, 1914);埃德加·巴勒斯,《泰山和奥巴的珠宝》;埃德加·巴勒斯,《未驯服的泰山》

瓦贡城堡 | Vagon

位于卡默洛特城堡附近。在这座城堡里，150 名圆桌骑士度过了最后一夜，然后分头去寻找圣杯。在这一群圆桌骑士当中，只有 3 人具备足够的美德到达卡邦尼克城堡，成功完成了寻找圣杯的使命。

托马斯·马洛礼爵士，《亚瑟王之死》

瓦拉皮岛 | Valapee

也叫“亚姆斯岛”，似乎被一条海峡分开，属于马蒂群岛，由两条笔直的山脊构成。这两条山脊向空中伸展三箭之高。山脊之间是宽阔的峡谷，峡谷地势平坦，翠绿的小树林与潟湖交相辉映。

瓦拉皮岛上的土著人有一个奇特的习惯，他们向国王致敬时会遮住自己的胸部。用鼻子致敬是他们的一种更古老的习俗，这种习俗如今已经废弃。为了表达更狂热的忠心，瓦拉皮岛上的贵族曾来到这座岛屿的继承者面前，用鼻子支撑住倒立的身体来完成宫廷仪式，瓦拉皮岛上的土著居民把这种习俗叫作“普佩拉”(Pupera)。聪明的参观者认为，老酋长那扁平的鼻子就是这种仪式造成的结果。如今，游客依然能够看到这种兴起于忠诚之热的习俗。酋长把头放在两腿之间，离开的时候，他们的脸依然谦恭地面对着自己的国王和主人。

瓦拉皮岛上的流通货币是人的牙齿。奴隶在幼年时就被主人拔去了牙齿；死人的牙齿被他的哀悼者分掉。作为一种流通货币，牙齿远不如椰果那么大而笨重。的确，在某些岛上，男人故意用椰果来控制女人的奢侈消费，因为椰果货币携带不方便。在瓦拉皮岛上，土著居民最神圣的誓言是“以这颗牙齿担保”。

赫尔曼·梅尔维尔，《马蒂群岛：一次旅行》

瓦尔德拉达城 | Valdrada

亚洲的一座城市，古人把这座城市建在湖畔，城里有阳台的房子层层重叠，大街在临湖的一边有铁栏围着护墙。这样，旅客可以在这里看见两座城：一座直立湖畔，一座是这座城市在湖中的倒影。湖畔瓦尔德拉达城不论发生什么事情，都会在湖中瓦尔德拉达重复一次，因为城市结构特点的每个细节都反映在镜子里，湖中的瓦尔德拉达不仅具备房屋外表所有的凹凸饰纹，还反映出内部的天花板、地板、过道和衣橱的镜子。

瓦尔德拉达的居民知道，他们的一举一动都会马上成为一个个镜像，这些镜像具有特别的尊严。这种认识使他们的举止不敢太随便。甚至当恋人之间肌肤相亲扭动赤裸的身体寻求最舒适的姿势时，或当杀人凶手的刀刺向受害者的颈动脉时（血流得愈多，刀刃插得愈深），重要的都不是这现实世界里的交合或者凶杀，而是镜中那些清晰又冰冷的形象的交合或凶杀。

镜子有时提高或贬低了事物的价值。在镜子之外似乎很贵重的东西，在镜像里却不一定是这样。这两座孪生城市并不平等，因为在瓦尔德拉达发生的事物并不对称：每张面孔和每个姿态在镜子里都有各自相应的面孔和姿态，可是它们是颠倒的。两座瓦尔德拉达城相依为命，它们目光相接，却没有表达真实的感情。

伊塔洛·卡尔维诺，《看不见的城市》

瓦林诺地区 | Valinor

位于阿曼大陆，面积广袤。阿曼大陆位于西海对面，与中土相距甚远。巨大的佩罗瑞山脉守护着阿曼大陆的海滨，佩罗瑞山脉的背后就是瓦林诺地区，这里是瓦拉第一次与麦耳卡或莫高斯大战之后所到的地方；当时，他们帮助创造的中土大部分地区已被摧毁。瓦林诺地区的第一个春季比中土更美。这是一个神圣而迷人的地方，这里的一切都不会褪色和死去，这里没有疾病和灾难。瓦林诺地区的东南面森林密布，西部是农田和牧场。

瓦林诺城也叫“瓦尔玛城”或“瓦里玛城”，坐落在佩罗瑞山脉背后的平原上。瓦林诺城筑有围墙，黄金做城门，银子做圆屋顶，黄金铺成的街面。西城门附近是审判场（the Máhanaxar）。瓦拉人在这里举行委员大会，审判违法者。这扇城门前面的一个绿色山丘上有两棵白树，分别是泰尔佩瑞安（Telperion）和罗瑞林（Laurelin）。泰尔佩瑞安的叶子最初呈暗绿色，叶子的底面呈银色，银色的露珠从叶子上滴落到地上。罗瑞林的叶子呈亮绿色，叶子的边缘呈金色，树上开的花儿呈黄色，金色的雨水从黄色叶子上滴落下来，罗瑞林既能发光，又能发热。这两棵白树会定期循环，每个周期都要持续 7 小时。在此期间，树开始开花，然后发光，继而暗淡。泰尔佩瑞安的这个过程结束之后，罗瑞林开始发光，这样的光亮又会持续 6 小时，因此阿曼大陆的白天可以持续 12 小时。后来，这两棵白树被麦耳卡和大蜘蛛昂哥立安摧毁，幸运的是，它们的存在被作为证据保留下来；它们的光亮被留在精灵宝钻（the Silmarils）这样神圣的宝石和日月之中。

瓦林诺地区是瓦拉的家园，瓦拉又叫“爱奴尔”或“幽灵”，来自世界另一边的永恒大厅；他们最后决定与伊露维塔的子孙们生活在一起。伊露维塔是中土形成时期最早创造出来的生灵。瓦拉的力量受制于世界的局限，因此他们就是这个世界的生命，这个世界也就是他们的生命。他们将一直存在，直到世界末日。他们名字的最初意思好像是世界的力量。在中土，他们化身为威严的国王和王后，但外形不是他们存在的根本，他们可以随意地放弃这样的外形。瓦拉有 7 个国王和 7 个王后，每个都有其自身的力量大小和行动范围；7 个国王分别是曼威（Manwë）、乌尔莫（Ulmo）、奥勒（Aulë）、奥若梅（Oromë）、曼多斯（Mandos）、罗林恩（Lórien）以及图卡斯（Tulkas）；王后分别是瓦达（Varda）、雅瓦娜（Yavanna）、妮娜（Nienna）、艾丝特（Estë）、瓦瑞（Vairë）、瓦娜（Vána）以及尼萨（Nessa）。

曼威是瓦拉最伟大的国王，瓦达是他的夫人，夫妇俩住在坦尼奎提山(the Taniquetil),佩罗瑞山脉的一座山峰,也是地球上的最高峰,山上终年积雪。住在这里的国王曼威可以比任何人看得更远,瓦达也能听见更遥远的地方传来的声音。

精灵住在佩罗瑞山脉另一边的艾达玛海湾,但在大山的隘口,他们建造了一座城市,名叫蒂瑞昂城,白色的围墙,白色的露台和水晶楼梯。城里最高的塔叫英格威,塔里点亮了一个银灯笼。精灵很喜欢白树泰尔佩瑞安,他们在蒂瑞昂城也种了一棵这样的白树,名叫加拉塞里恩,这棵树很像泰尔佩瑞安,只是本身不会发光。

瓦林诺地区以西很远的地方坐落着死人屋,也叫曼多斯大厅。麦耳卡与瓦拉的第一次战斗结束时,麦耳卡就被囚禁在这里。当人类和精灵在中土的辉煌日子结束之后,他们的幽灵也来到了这里。不久,精灵的灵魂得到解放,可以生活在阿曼大陆;人类的灵魂也从那个已知的世界消失了。我们无法确定,小矮人的灵魂是否也来到这里,尽管他们自己坚信这一点。曼多斯大厅不断变大,大厅内悬挂着纺织者瓦瑞编织的挂毯,纺织者瓦瑞在挂毯里编织了过去发生的每一个故事。

据说,瓦林诺地区的花园是世界上最美丽的地方,由罗林恩照管,为市民提供了很好的休息场所,瓦拉经常到这里散步。

曼威每年都要在坦尼奎提山上举办盛宴,赞美造物主伊鲁。从生理方面来讲,瓦拉不需要食物,但他们还是会大吃大喝,因为他们爱精灵也爱人类,正是这样的爱使他们乐意接受肉体的形式。

托尔金,《魔戒首部曲:魔戒现身》;托尔金,《王者归来》;托尔金,《精灵宝钻》

浮华市集 | Vanity Fair

一座重要城市,坐落在毁灭城与基督徒王国的天城之间的那条朝圣路上。浮华市集这个名字来自在这里举办的永恒展览会,最初的创建者是魔王、魔鬼及其众喽啰;主要的公民有肉欲爵士、奢华爵士、好色爵士以及贪婪爵士。浮华市集上出售的都是虚幻的东西,种类繁多,从房子、地皮、爵位到小孩、妻子、娼妓以及鸨母,再从灵魂到宝石,可谓应有尽有。浮华市集上拥挤不堪,变戏法的、赌徒和小偷横行,更不用说通奸的、杀人的了。城里的各条街道都是根据它所出售的商品的来源地来命名,比如英国大街、意大利街、西班牙大街等等。与大多数集市一样,浮华市集上也有一种最受欢迎的商品,那就是罗马人的东西,只有英国商人不喜欢这些东西。

对于旅客来说,以前的浮华市集是一个非常危险的地方。如果有人胆敢拒绝集市上所出售的东西,他就会遭到逮捕,甚至还会遭到毒打,被套上枷锁带到憎恶大人面前受审,罪名是扰乱市场秩序和引起镇上的宗教纷争。如果被认定有罪,即使只是莫须有的罪名,受害者也会被绑在火柱上活活烧死。

今天的浮华市集没有以前那么危险了,旅客可以很安全地来这里参观。这种变化部分得益于伟大爱心的出现,这个人会把旅客带到天城去。浮华市集变得越来越宽容,这种宽容大大减少了穷困者的痛苦。

浮华市集经常遭到一个怪物的攻击。这个怪物身子像龙,7个头、10只角,曾经杀死过很多孩子,目的是迫使人们接受它提出的种种无理要求。贪生怕死的人接受了它的这些条件,最后不得不听任其摆布和驱遣。这个凶猛的怪物受控于一个女人,最近被伟大爱心率领的勇士们刺伤,而且伤势严重。但这样一来,浮华市集上安静多了,大多数人都相信这个怪物伤势过重死了。

约翰·班扬,《天路历程》(第一部、第二部)

凡诺娃-雷波里岛 | Vanoua-Leboli

参阅维蒂群岛(Viti Islands)。

蔬菜海 | Vegetable Sea

大西洋的一部分,长约50英里。蔬菜海里的松树和柏树都漂浮在水面上，没有根须。这些大树紧抱在一起，游客可以从其上空掠过，前提是这位游客有风力相助，能够设法首先把船升到树梢上去。

撒莫萨塔的吕西，《真正的历史》

威宁镇 | Veiring

参阅瑞瑞克王国(Rerek)。

维米希岛 | Vemish

位于地海群岛的东端，从双手岛出发，需要航行半天的时间才能到达。维米希岛的面积很小，岛上只有一个港口，名叫密西港(Mishport)，坐落在岛屿的东南海滨。

乌苏拉·奎恩，《地海的巫师》

维纳尼亚王国 | Venalia

一片蛮荒之地，距离乌托邦以东约500英里，境内有幽暗的森林和陡峭不平的高山。维纳尼亚的居民就像野蛮的原始人，没有多少艺术天分，对种植农业也不感兴趣，主要依靠打猎和偷盗为生。他们身体强健，是天生的士兵，杀戮几乎成了他们的谋生手段。

在战场上，谁付钱给他们，谁就是他们的主人，谁付钱最多，他们就听命于谁，他们可以随时倒戈，哪怕正在酣战之中。每场战斗的双方士兵大多是维纳尼亚人，他们还经常为乌托邦人打仗，因为乌托邦人付的钱最多。维纳尼亚人被派去从事的都是最没有希望的职业，只有极少数人能够活着回来领取酬金。乌托邦的管理者从不关心他们派去送死的维纳尼亚人，因为他们认为这是出于人道的考虑，消灭维纳尼亚人这样的渣滓对人类世界终归是一件好事。维纳尼亚人或许能够获得丰厚的赏赐，但他们几乎不能从这样的赏赐中获得多少永恒的价值，因为他们会拿着这些赏赐去做最肮脏的交易。

托马斯·莫尔爵士，《乌托邦》

温杜奇岛 | Vendchurch's Island

西印度群岛上一个荒漠似的岛屿。苏格兰人亚历山大·温杜奇在一次兵变后被抛弃在此。温杜奇岛盛产上好的牡蛎，但这些牡蛎不好采集，因为野人和食人海狮守护着这里的海滩，它们会吃掉任何一个闯入者。

安布罗斯·埃文斯，《詹姆斯·杜泊迪安夫妇的探险及其令人惊讶的获救经历》

文鲁斯堡(1) | Venusberg(1)

又叫"霍赛尔堡"；一座大山，山下是维纳斯女王的地盘。维纳斯女王的宫殿周围是一个大花园，花园里有林荫道、小瀑布、拱门、亭台楼阁、人造洞窟，以及一些具有生殖器崇拜特点的雕像。宫殿远处有一个湖泊，湖水周围是休眠植物；休眠植物的形状似乎会不断地发生变化。继续往前走，游客会感到地面充满了萦绕不断的神秘之音。如果要进入维纳斯女王的地盘，游客可以经过一排白石柱廊和一条阴暗的隧道。柱廊上挂满了淫秽的雕像，可以与日本的技艺媲美。阴暗的隧道里杂草丛生，巨大的飞蛾在隧道里的上空盘旋，飞蛾的翅膀华美无比，宛若美丽的挂毯。

走进宫殿里，游客应该注意一下维纳斯女王的更衣室。这间屋子里镶嵌了让·巴蒂斯·蒂约尔的精美油画。维纳斯女王的卧室呈八边形，是伯爵设计的：丝绸窗帘、柔软的垫子、明亮的镜子、壮观的枝形大烛台、蜡像、灰绿色的古董花瓶、象牙箱子、无指针闹钟以及瓷器小雕像；4 个可折叠的屏风有效地构成了一间屋中屋，屏风上面被 De La Pine 装饰了克劳狄的山水画。屋中屋里充满了红玫瑰和薰衣草香精的香味。站在维纳斯女王的卧室里，可以俯瞰室外的公园和花园，卧室的露台上有一个青铜喷泉，喷泉带了 3 个水池：第一个水池里升起一条龙和 4 个小爱神丘比特；这条龙长了许多只乳房，小爱神丘比特站在天鹅身上；第二个水池里竖着一些金柱子，金柱子上停歇着白鸽子；第三个水池里表现的是一群离奇的妖怪，妖怪的脖子上是小孩的头，水从天鹅的眼睛、鸽子的胸口、妖怪的角以及孩子们的卷发里喷出来。如果参观者被邀请去参观维纳斯女王的宫殿，一定要注意，这些房间里装饰着蒂约尔最著名的色情画，其中一幅描绘的情景是一个老侯爵正在自慰，而他的情人正在与呼吸急促的狮子狗交欢。

游客通常可以得到维纳斯女王及其侍从的热情款待。他们被带到赌场里去寻欢作乐，那里正在上演芭蕾舞、喜剧、音乐剧以及歌剧。他们还会被带去看维纳斯女王的独角兽阿多尔弗，这是一匹乳白色的牡马，生活在它自己用绿叶和金条建造的宫殿里。每天，深情款款的维纳斯女王会把阿多尔弗抚摸得服服帖帖。

在文鲁斯堡附近可以看见旅行者的一根手杖。这根手杖插在土里，上面整年花开不败。据说，它属于 13 世纪一位名叫汤豪塞的绅士，这个绅士与维纳斯女王交欢后就死在了这里。

理查·瓦格纳，《汤豪塞》（首演）（Richard Wagner, *Tannhäuser*, first performance, Dresden, 1845）；奥布里·比亚兹莱，《山下》（Aubrey Beardsley, *Under the Hill*, London, 1897）

文鲁斯堡(2) | Venusberg(2)

一个名不见经传的小共和国的首都。这个小共和国位于波罗的海，过去由德国和俄国分而治之，后来经过反苏战争，很快赢得了独立。经过这次独立战争，文鲁斯堡(2)的居民长期抵制俄罗斯人。

文鲁斯堡分成两部分：高镇和低镇。高镇主要为木建筑，其建

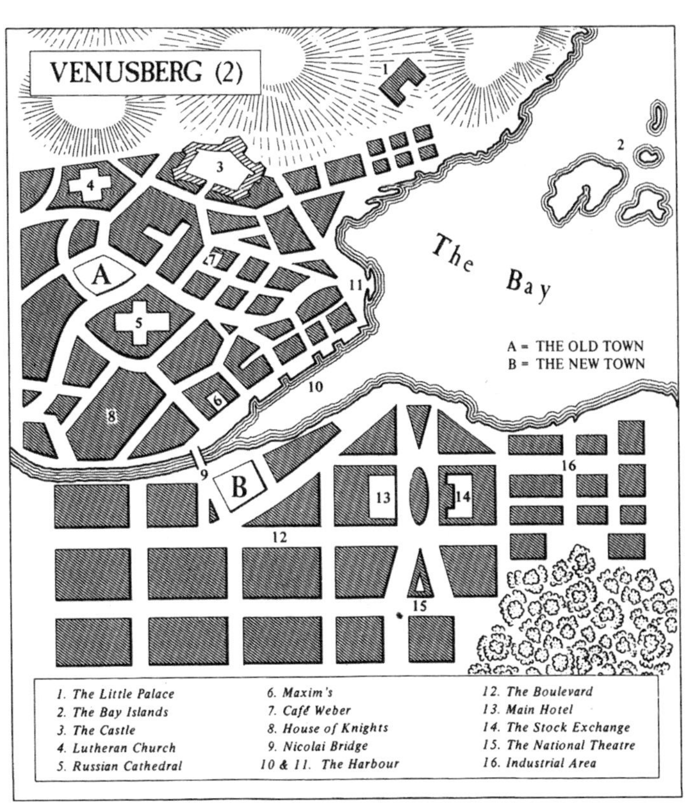
VENUSBERG (2)
The Bay
A = THE OLD TOWN
B = THE NEW TOWN
1. The Little Palace
2. The Bay Islands
3. The Castle
4. Lutheran Church
5. Russian Cathedral
6. Maxim's
7. Café Weber
8. House of Knights
9. Nicolai Bridge
10 & 11. The Harbour
12. The Boulevard
13. Main Hotel
14. The Stock Exchange
15. The National Theatre
16. Industrial Area

文鲁斯堡(2)

筑史可追溯到中世纪，拱门和台阶隔断了狭窄而弯曲的街道。下雪的时候，高镇总是让人想起舞台布景。高镇的上空耸立着灰色城堡、路德派教堂的尖顶以及用红砖建造的俄罗斯大教堂的镀金炮塔。

低镇比高镇建造得更具现代化气息，街道也更宽阔。股票交易所和大宾馆附近坐落着国家剧院。这是一座没有多少名气的剧院，属于帕拉迪奥风格。低镇的上空也能看见弥漫于高镇上空的那种不真实的氛围，尤其是在海港的周围。低镇的码头向内陆延伸很远，从远处看，船只似乎就停泊在街道之间。

文鲁斯堡的工业区位于城市的东部，作为边界的是一些低矮的绿色房屋。俄罗斯统治时期，这些房屋被用作政府办公室，后来改成住宅区。城市中心有一座桥，名叫尼古拉桥，一直通到更贫穷的地区。这座桥与文鲁斯堡历史上发生的诸多暴力事件密切相关。偏远的锡棚屋上方耸立着尚未竣工的公寓楼，尽管这些公寓楼必须完成，可那里的炼铁厂已经生锈，炉墙已经坍塌。

文鲁斯堡最有特色的建筑是骑士楼，那里每年都会举行交谊舞会。骑士楼的正面装饰着木制品和怪物形状的滴水嘴。舞厅很大，很像训练厅，两堵墙的侧面有壁橱，壁橱里站着身穿盔甲的人，他们大多戴着突出的鸭舌帽，多为俄罗斯风格或波兰风格，弯曲的帽尖就像波斯人的头盔。大厅里的所有圆柱顶端都装饰着城里那些显赫家族的族徽。

文鲁斯堡的郊区有一座小宫殿，属于严格的巴洛克风格，宫殿的四周生长着白桦和冷杉。这栋房屋如今空着，很多人建议把它改建成一家医治心理疾病的国家医疗机构。站在小宫殿的露台上可以很好地欣赏城市风景，还可以欣赏海湾里的小岛。那里既是渔夫的家，也是走私犯的老巢；走私犯经常与海岸警卫队擦枪走火。独立后，小宫殿的露台一度成为广受欢迎的散步场所。如今，露台几乎被废弃，最时尚的散步场所转移到低镇的林荫道。

从许多方面来讲，文鲁斯堡的社会生活保留了更早时期的古老方式。社会大事由贵族和身穿制服的年轻官员说了算。这种贵族制似乎与北欧的许多最古老的家族有关。文鲁斯堡是一座享乐之城，是滋生风流韵事、私通、三角恋的温床。城里时常发生决斗，尽管这种行为的当事人经常会遭受 3 年的牢狱之灾。然而，如果决斗一方的荣誉受到玷污，这 3 年牢狱之灾可以抵消一半。文鲁斯堡的大部分社交生活都集中在不同团体组织举办的舞会上。马克西姆之家是一个小型夜总会，属于法兰西第二帝国时期的风格。马克西姆之家和韦伯咖啡厅都是很受欢迎的娱乐场所。

如今，这个国家虽是民主共和国，但它并非没有政治方面的问题。阴谋家几次三番企图刺杀警察署长兼陆军军官库洛，由于负责镇压独立战争及随之而来的内战所造成的骚乱，库洛将军树敌颇多。

在哥本哈根坐汽船可以到达文鲁斯堡。

安东尼·鲍威尔，《文鲁斯堡城》(Anthony Powell, *Venusberg*, London, 1932)

维鲁西亚岛 | Venusia

位于大西洋，靠近赤道。维鲁西亚岛的港口坐落在海湾地区，入口有两尊大雕像，雕刻的是两个裸体女人；她们好像正在看海，海水拍打着她们的大腿。游客会发现，进入维鲁西亚岛很容易，因为这个港口几乎已被废弃。远离海湾的地方坐落着首都封斯-贝里城(Fons Belli)。这是一座色彩明艳的城市，街道呈几何形结构。封斯-贝里城里最有名的是它的花园，这里是胜利女神维纳斯最喜欢去的地方。花园围绕封斯-贝里城的护城河一周，花园里的秋海棠和兰花等热带植物簇拥着女神、酒神的女祭司，以及亚马逊女战士的雕像。封斯-贝里城的上面有一座小山，小山上也建造了很多花园和大理石别墅，周围是橘园和柠檬园，顶端建有一座铜塔，支撑着 4 尊女人雕像，这 4 尊雕像又撑起一尊金像，金像上面的女人正摆出一副胜利者的姿态，她的脚下趴着一个男奴，男奴的手指向雕像上的文字：胜利女神维纳斯。

封斯-贝里城被分成 4 个同心圆地区，分别是寺庙区、圆顶屋建筑区、花园别墅区，以及围绕布里比纳港（Plebeana）而建造的街区。这里值得一提的是军事领袖居住的宫殿。这座宫殿很像一座希腊寺庙，被一些细长的小圆柱支撑着，圆柱上雕刻的是正在跳舞和弹奏乐器的少女，这些雕刻景象栩栩如生，游客说他们好像听见了乐声。

维鲁西亚岛最初是一座火山岛，包括一列山脉和适合放牧的高地牧场。火山只爆发过一次，地震很少见。阿施塔特山附近有维纳斯之城，即母亲之城。这里的硫磺和热温泉非常有名，城里的居民主要是那些被选出来专门从事繁衍的男人和女人。男人属于国家所有，很小开始学习各种技艺，学成之后被分送给女人为奴；每个女人都可以拥有 1—5 个男奴，地位高的女人可以获得质量更好的男奴。年轻女子在成为母亲之前必须服兵役，在服兵役期间必须保持处女之身，违者会被活活烧死。

维鲁西亚岛最初的定居者是一群西班牙女人，在哈德良统治时期，她们乘坐的长船向南被吹到了大西洋。茱莉亚·塞尼西带领大家在这座岛上建立起一个社会组织。因为仇恨男人，塞尼西还组织人们崇拜女神维纳斯。几个世纪以来，两个敌对的派别产生了，分别是相信性别平等的男性派和信奉女性至上、并急切渴望征服这个世界的维纳斯派。不久，内战爆发，但内战的结果尚无确切的记载。

维鲁西亚岛的文明沿袭了罗马时代的许多特点，比如在语言和军事组织方面，但它也拥有发达的科学和技术。到了 1788 年，维鲁西亚岛开始投入使用飞行器、机动车、潜水艇以及汽船。早在两个世纪以前，维鲁西亚岛上的居民就发明了火器，但他们的法律规定不允许使用火器。维鲁西亚岛的居民也有自己的语言，游客只需要稍稍具备一点拉丁语知识就可以与这里的岛民顺利地进行交流。

雷蒙·克洛泽尔，《女人岛》（Raymound Clauzel，*L'lle Des Femmes*，Paris，1922）

天堂城 | Very Heavenly City

参阅简纳提-沙尔城(Jannati Shahr)。

文扎罗岛 | Vezzano

位于奥森纳王国的南海岸附近，是奥森纳王国的前哨，距离奥森纳王国的宿敌法吉斯坦最近。

文扎罗岛上的白色悬崖笔直地耸立于赛尔特斯人之海上，其间有深深的裂缝和沟壑，这些沟壑一直延伸到岛屿中部绿草幽幽的高原。白色悬崖的某些地方有溪流穿过，溪流的位置很隐蔽，可以为船只提供安全的天然停泊点。文扎罗岛的东端也是陡峭而连绵不断的悬崖。

文扎罗岛的海底石窟很出名，有些石窟几乎延伸到整座岛屿。

过去的文扎罗岛上经常有海盗出没，这些海盗洗劫了奥森纳王国的滨海民居。那个时期唯一留下的只是一座已变成废墟的高塔。

于连·格拉克，《沙岸风云》

维奇博克国 | Vichebolk Land

位于北极圈之外，距离北角之北 2300 英里。维奇博克国以前是一个繁荣的王国，但自从兴起维特索神(Vietso)崇拜以后，这个王国渐渐走向贫穷。为了遵照这位不可思议的神灵的指示，实现所谓的平等，所有的财富被废除，工业生产开始停滞，整个民族走向衰落，尽管官方认为这个地区可以“摆脱自负和财富的束缚”。居民衣衫褴褛、饥肠辘辘；又因为遭到军队的镇压，他们情绪消沉，道德败坏，任由维特索的祭司们把他们当作垃圾堆上的蘑菇一样践踏。

维奇博克国的首都库莫斯(Koumos)坐落在一个被悬崖环抱的天然港口之上,如今已处于半荒废状态,变成了世界上最痛苦的地方,倒塌的城墙和宫殿随处可见。维特索神住在一座已变为废墟的城堡里,城堡的窗户破破烂烂,房屋倾斜,屋内垃圾满地。宝座室稍稍干净些,屋内褪色的镀金椅子上坐着 12 个衣着华丽长袍的男人,维特索神的高级祭司斯多托就在这里接待所有的造访者。

由于不知从什么时候起,水手们就已经知道了这个地方,1721 年,莱缪尔・格列佛船长找到了这个地方。游客应当记住,一旦进入维奇博克国的水域,船上的货物就会属于维奇博克国所有,船上试图反抗的人只会被折磨死。

维奇博克国的语言是一种无法理解的亚洲方言,不过维特索神的祭司大多说欧洲语言,包括英语。

安德烈・利什唐贝尔热,《英式泡菜或英式故事》

维多利亚城 | Victoria

一座模范城市,建于一条可以通航的河流两岸,靠近英格兰的海滨。维多利亚城得到模范城市联合有限公司的财政资助,初衷是联合各种节制团体和社会代表团。这座城市的名字来自维多利亚女王,但这座城市的名字也表明道德战胜了邪恶;邪恶的事物曾使英国社会备受折磨。创建维多利亚城需要 300 万英镑,外加 100 万英镑的初期投资。维多利亚城的建造原则是身体健康、心灵平静、劳逸结合以及热爱同胞。维多利亚城禁止酗酒、吸毒、抽烟和使用武器,这里保障崇拜自由,严格遵守安息日。如果一桩婚姻破裂,夫妻双方、牧师以及这场婚礼的所有见证人都要被驱逐出境。维多利亚城的孩子由训练有素的护士抚养,父母可以探视孩子。维多利亚城提供免费的医疗帮助。

维多利亚城的平面设计图与克里斯托夫・雷恩爵士为遭遇火灾后的伦敦设计的重建图很相似。维多利亚城呈方形,每条边都

VICTORIA

A Outer Square of 1000 Houses & Gardens, 20 feet frontage, 100 feet deep.
B Second Square - Covered Arcade for Workshops, 100 feet wide.
C Third Square - 560 Houses & Gardens, 28 feet frontage, 130 feet deep.
D Fourth Square - Covered Arcade for Retail Bazars , 100 feet wide.
E Fifth Square - 296 Houses & Gardens, 38 feet frontage, 160 feet deep.
F Sixth Square - Covered Arcade for Winter Promenade, 100 feet wide.
G Seventh Square - 120 Houses & Gardens, 54 feet frontage, 200 feet deep.
H Central Square - 24 Mansions & Gardens, 80 feet frontage, 250 feet deep.
I 5 Churches or Places of Public Worship, 200 feet by 130.
J Library below and Gallery of the Fine Arts and Antiquities above.
K University below and Museum of Natural History above.
Kk Hall for Public Meetings below and Concert Room above.
L 12 Dining Halls below, and Drawing Rooms above, 100 feet by 65.
M 12 Public Baths below and Reading Rooms above, 100 feet by 65.
N 8 Infant Schools, Gymnasium below, School above, 100 feet by 65.
O 4 Boys' Schools from 5 to 10 years of age, same division and size.
P 4 Girls' Schools from 5 to 10 years of age – as above.
R 4 Boys' Schools from 10 to 15 years of age – as above.
S 4 Girls' Schools from 10 to 15 years of age – the same
T 8 Avenues 100 feet wide in the centre, 20 feet Colonnade each side.
U 24 Streets 100 feet wide in the centre and 20 feet Colonnade.
V 24 Open Grafs Lawns for Dining Halls, Baths, Schools &c 150 feet wide.
W Inner Grafs Lawns for Dining Halls, Baths, Schools &c 150 feet wide.
X 8 Fountains - 100 feet diameter below and 50 feet jet.
Y Inner Square or Forum with Porticos and Public Offices 700 feet Square.
Z Central Tower for Electric Light, Clocks, and Gallery, 300 feet high.

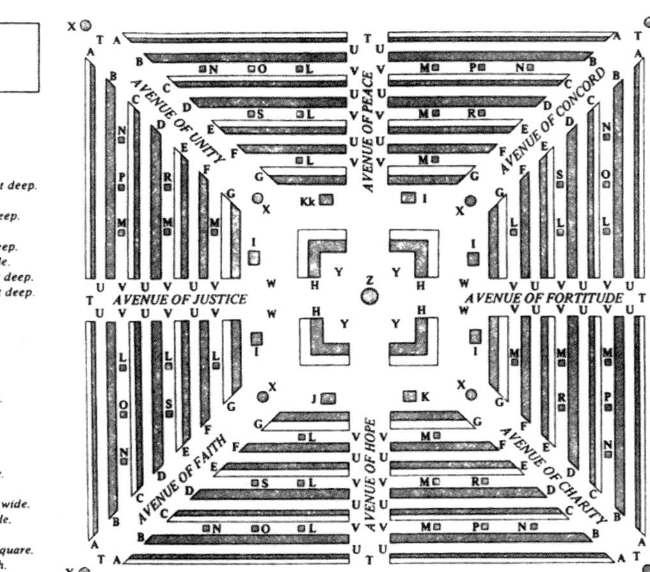

维多利亚城

有1英里长，从更小的方形结构一直通向一个更壮观的内部方形结构，这里就是集会的地方。沿着内部方形的一边是一排哥特式柱廊，用来遮挡阳光或避雨，这样的布局是为了避免产生隐蔽的角落，因为隐蔽的地方最容易滋生罪恶。

詹姆斯·白金汉，《国家罪恶和实际的补救措施，有计划的模范镇》(James S. Buckingham, *National Evils and Practical Remedies, with a Plan of a Model Town*, London, 1849)

中国齐托尔的胜利塔

胜利塔 | Victory Tower

位于中国的齐托尔(Chitor)，请不要与印度的契图尔(Chitorgarh)混为一谈。站在胜利塔高高的环形露台上，可以欣赏到世界上最美丽的景物。阿巴瓦库住在螺旋形楼梯的底部，当有人上楼梯的时候，近乎透明的阿巴瓦库就会苏醒过来，紧跟在这个人的后面往上爬。每上一步楼梯，阿巴瓦库的颜色就会变得更深一些，然后发出一种逐渐加强的光芒。如果这位爬上楼梯的游客的精神世界完美无瑕，阿巴瓦库就能上到楼梯的顶端；否则，阿巴瓦库就始终处于瘫痪的不完整状态，其颜色开始变得暗淡，光芒慢慢消失。如果不能到达楼梯的最高处，这只敏感的野兽就会发出无力的哀嚎，像摩擦丝绸的声音。当游客下楼的时候，阿巴瓦库也跟着滚到楼梯下面，筋疲力尽不成形状，然后再次回到昏昏欲睡的状态。好几个世纪以来，阿巴瓦库只有一次到达过环形露台。

理查·伯顿爵士，《〈一千零一夜〉译本注释》(Sir Rihard Francis Burton, *in a note to his translation of The Arabian Nights Entertainments*, London, 1885—88)

威灵斯山 | Villings

位于太平洋,有时被错误地认为是埃利斯群岛的一部分,或者图瓦卢群岛的一部分。威灵斯岛距离新不列颠岛的腊包尔港不远。这座岛屿的第一位编年史作家正是从腊包尔港出发,开始这次旅行的。后来,这位编年史作家因莫须有的罪名遭到迫害。在此期间,他从加尔各答的一个意大利商人那里了解到威灵斯岛。根据那个意大利商人的说法,威灵斯岛是滋生一种神秘疾病的中心,这种疾病最初表现为皮肤溃烂,然后向体内发展,引起受害者的头发和指甲脱落,继而使受害者的皮肤和眼角膜脱落,接下来的8至15天,受害人的整个身体开始溃烂。尽管知道有这种可怕的疾病,这位编年史作家还是决定逃往威灵斯岛,并于20世纪40年代早期来到了这座岛上。

1924年,几个白人定居威灵斯岛,在这里建起了一个博物馆、一座小教堂和一个游泳池。这些建筑后来都遭到废弃。当这位编年史作家逃到威灵斯岛,看到这里的废墟和植被的时候,他惊呆了,因为只有几棵小树苗似乎还是健康的,其他的树全都枯死了。

在探索这些废墟时,这位逃亡者发现游泳池里满是毒蛇、青蛙和水虫。博物馆有3层,还有一座圆柱形高塔,共有15间屋子,屋子里装饰了许多油画,有几幅是毕加索的作品。其中一间屋子里藏书丰富,其中包括小说、诗歌集和戏剧集,只有一篇科普论文,是贝立多(Bellidor)的《波斯人的磨坊工程》(*Travaux, Le Moulin Perse*, 1737)。餐厅长约60米,宽12米,四周摆放着四尊固定的印度雕像或埃及神像,雕像上的形象是普通人的三倍。

这位编年史作家突然发现岛上多了一大群人,可是他既没有看见有海船靠岸,也没有看见任何飞行器飞过这里,更没有看见可以驾驶的飞船来到这座岛上。这一大群人有的在跳舞,有的在散步,有的在充满恶臭的水池里游泳,快乐得就像在玛丽亚温泉市消暑一样。一部超音量的留声机里放着《瓦伦西亚》(*Valencia*)和

《鸳鸯茶》(*Tea for Two*)，乐声淹没了呼啸的风声和喧嚣的波涛声。在接下来的几天几夜里，这个编年史作家一直在观察这些人，并且爱上了其中一个名叫福斯丁的姑娘，可是那个姑娘对他毫不在意。最后他终于明白了真相。

这座岛屿曾被某个名叫莫雷尔的人买过来。莫雷尔是一个世故的科学家，他决定把这座岛屿作为复制现实生活的一个生动的实验舞台。莫雷尔发明了一种机械装置，这种装置能够产生三维的物体、植物和人物，创造双重的现实，完全忠实于可触及的原始现实。通过这种方式，莫雷尔能够永久地保存朋友的形象，重复他们的行为，保持他们的青春。然而，复制活人所需要的射线对这些活人来说是致命的；这就造成了威灵斯岛上流行的那种神秘瘟疫。由于这位逃亡的编年史作家不小心接触了其中一条射线，因此他在完成威灵斯岛的记录后不久就死了。至于那种瘟疫今天是否还会发生，去威灵斯岛是否仍然存在那样的危险，我们就不得而知了。

阿道夫·卡萨雷斯，《莫雷尔的发明》(Adolfo Bioy Casares, *La invención de Morel*, Buenos Aires, 1941)

维拉吉尼亚王国 | Viraginia

参阅新基尼亚王国(New Gynia)。

贤女城 | Virtuous Women, City of

也就是人们熟悉的女子城，或者叫“女士城”。对于这座著名的城市，我们知道的东西不多。城里只有女人居住，因为这些女子美丽的天性，人们认为她们比男人更重要，更值得注意。

女子城使用巨大的岩石建成，每块石头上都刻着一位杰出女性的名字。游客辨认得出的名字有塞米拉米斯(Semiramis)、亚马逊、季诺比亚(Zenobia)、阿耳忒弥斯、贝蕾尼斯(Berenice)、克勒莉亚(Clelia)和弗雷德葛丽达(Fredegorida),虽然她们的事迹现在很少有人知道。据说,如果游客想打开女子城的城门,他必须亲自使用一把用审慎、节约和教养制造的钥匙,此外没有别的办法。

克里斯蒂娜·皮桑,《女子城》(Christine de Pisan, *La Cité des Dames*, Paris, 1405)

维蒂群岛 | Viti Islands

不要与维迪岛(Viti)或斐济岛混淆。维蒂群岛是南太平洋的波利尼西亚境内的一组群岛。1831 年,法国海船“卡莱姆利德号”(Calembredaine)发现了这个群岛。第一座被发现的岛屿名叫凡诺娃-雷波里岛(Vanoua-Leboli),如今完全变成了一座荒岛。在这座空旷的岛上,游客经常可以看见一些大村庄,却看不见一栋房屋。附近的坎巴顿岛上尽是累累白骨,表明这座岛上曾住过食人族,一块藤木板上刻着古老的文字:

Egnam sius em
Emêm-iom
regnam à neir sulp tnaya'n
emêrtxe miaf am ed emitciv

这段文字的意思是“再也没有什么东西可以吃了,我饥饿难忍,只能吃自己了”。

在维蒂群岛的其他岛屿中,最重要的莫过于文明岛了。

亨利-弗洛郎·戴尔莫特,《巴拉圭工业及风景之旅和南半球的再生》

维勒哈岛 | Vléha

一座火山岛,属于北太平洋中的智慧群岛。

维勒哈岛目前是智慧群岛中最引人注目的一座岛屿。这座岛屿中部是一列西北走向的山脉，可以阻挡北风进入低地，因此这里属于亚热带气候。维勒哈岛上的高山极尽变化之能事，展示出不断变换的风景，既有白云石山脉的风景，也有圣女峰或艾格峰的景致；雪线之上可见繁茂的极地植物，而山谷和低矮的地方则是密布的丛林，再加上炙热的阿特拉托火山，丰富的高山景色更趋于完美。

维勒哈岛上的植物和动物同样复杂而壮观。低矮的山坡上生长着繁茂的棕榈树、李子树、杜鹃和玉兰；树上停歇着色彩明艳的蝴蝶。维勒哈岛上的鸟儿既具有蜂雀的优雅，又拥有天堂鸟的美丽和夜莺的歌喉。令人奇怪的是，具有这种气候的维勒哈岛上居然看不见有毒的爬行动物。这里的响尾蛇只有一种，而且是无害的，被作为一种活泼有趣、供孩子们玩耍的咯咯作响的玩具。维勒哈岛上土生土长的其他蛇类的牙齿会分泌一种液体，可以用来制作安眠药。

因为自然景色旖旎优美，维勒哈岛变成了一个旅游胜地：带露台的平房在乡间随处可见，很像东印度群岛上的那些小平房，方便游客来此投宿。岛上的铁路线纵横交错，缆车可以把游客带到山顶去滑雪，或者做其他有益的冬季运动。

不过，维勒哈岛上的居民很少使用这些复杂的交通工具，对于身边的这些热闹景象，他们表现得很冷漠。他们的肤色比智慧群岛上的其他岛民更黯黑，样子看起来也很慵懒，缺乏活力。不过，他们的相貌很吸引人，尤其是这里的女人，非常性感，只可惜她们对自己的魅力不太在意。维勒哈人对未来的生活似乎毫无盼望，这是因为他们世世代代生活在火山口，随时都有可能失去他们所拥有的一切。

维勒哈岛上没有成文法，也没有正式的政府组织，既不是共和国，也不是君主国，最高官员不能担任国王、总统或者高级祭司，尽管他在某些方面确实履行了这样的职责，但没有得到正式的任命，只是人们的愿望与他们对某个人的尊敬相符合。

维勒哈岛的政治生活总是与宗教联系在一起。维勒哈岛上的居民信佛教，声称“统治者”就是3000多年前制定佛教基本准则的一个沃拉合（Vlaho）的直系后代，后来通过灵魂转世，沃拉合到了印度，在那里化身为佛，这就意味着维勒哈岛是佛教的发源地。维勒哈岛的佛教理想是用智慧战胜情感，通过压制肉体的快乐来消除痛苦与快乐这两极之间的差距，这种意图无疑有助于解释岛民的消极情绪和对周遭事物的冷漠态度。

维勒哈岛上的居民保留了许多奇风异俗，其中最典型的就是他们的婚礼。新娘和新郎被放进有通风口的棺材里，然后被抬进教堂，象征他们的结合就是把生命交与自己的后代，当这对新人被扶出棺材的时候，执行祭司就会给他们解释这其中的道理。

不过，最近几年来，岛民的冷漠和自我克制的处世哲学遭到年轻人的反对。造反派斯蒂瑞多（Sterridogg）领导了这一反对浪潮。斯蒂瑞多来自维勒哈岛以北的半极地岛屿巫那拉士卡岛（Unalaschka）。他怂恿岛民打破高山的障碍，这样整座岛屿就会遭到北风的肆虐，从而使岛民改变他们的信仰，相信痛苦和艰辛的劳作就是真正快乐的方式。斯蒂瑞多的这种煽动在年轻人当中引起了极大的反响，许多种植园在两代之间的这种信仰冲突中被付之一炬。至于这种破坏究竟到了何种程度？其结局又如何？我们就拭目以待吧。

亚历山大·莫什科夫斯基，《智慧群岛：一次冒险之旅的故事》

维欧山谷 | Voe, Valley of

位于金字塔山的山脚下，像一个大酒杯的杯身；金字塔山山势较缓，逐渐形成绿幽幽的丘陵。维欧山谷里有草坪、花园、果园和小树林，果树上结满丰硕的异域水果，小树林里生长着参天大树。维欧山谷里的房屋美丽如画，点缀于田野和林间，而不是集中建在村里或镇上，房屋之间铺着漂亮的鹅卵石路。果园和田野间溪水潺潺，清澈见底；山谷里的空气芳香馥郁、干净清新。

维欧山谷里的居民都是隐形的，山谷里所有的鸟儿和动物也是如此，这是因为他们吃了达玛水果，因为任何人吃了这种水果都会隐形。达玛水果生长在一种低矮的灌木上，灌木的叶子很宽，果实和桃子一般大小，闻起来很香，颜色诱人；吃过的人都说这是世界上最好吃的水果。

尽管可以隐身，山谷里的这些居民还是无法免遭凶残而又会隐形的黑熊的伤害。黑熊经常在山谷里游荡，但它们不会冒险走进水里，因此另一种魔力植物可以用来对付它们。山谷里的居民用这种植物的树叶揉搓鞋底就能在水面上行走，因此，他们经常采用这种方式行走于溪流之上。

山谷里的居民善良而好客，他们热情款待远道而来的客人，愿意与客人分享自己的一切。他们与其他民族的接触很少，但了解木头人之国的木头居民。传说，维欧山谷的超人英雄阿努与木头人大战了 9 天，最后阿努大呼口号，打败了木头人。阿努从未详细描述过这次战斗和他的敌人，因为不久后他被一头黑熊吃掉了。阿努一生杀死了 11 头黑熊，这是一个凡人杀死黑熊最多的纪录。然而，这一次，他被黑熊撕成碎片，他的尸体后来被他的最后一个木头人对手找到了。

弗兰克·鲍姆，《桃乐丝与奥兹国的巫师》

话语岛 | Voices, Island of

位于死水岛以西，地势较低，岛上有维护得非常好的草坪和公园。话语岛上只有一栋重要建筑，它是一栋低矮的石房，沿着一条林荫道就可以到达。石房是科里亚金的家园；科里亚金是纳尼亚王国的缔造者阿斯兰指定的话语岛的行政官。话语岛上还住着单足人，也叫笨人，这些人生来就很愚蠢，但对其他人无害。单足人最初的样子很像纳尼亚王国的小矮人，由于不听话，做事效率低，比如为了节约后面的时间，他们在就餐前洗碗，为了不再煮土豆，他们种植煮过的土豆，科里亚金就把他们变成了丑八怪。这些笨人对自己丑陋的相貌感到非常羞耻，他们偷了科里亚金的魔法书里的一条魔咒,用来把自己隐藏起来。自那以后,这座岛屿就有了它现在的名字,话语岛,游客能听到说话声,却什么也看不见。这些隐形的笨人最后变成了可以被看见的单足人,他们的脚很大,脚趾很宽,这条粗壮的独腿从身体中间长出来。单足人跳跃前行,平躺休息时把腿伸向空中,这种姿势的好处是,可以用脚保护自己不被日晒雨淋,这样的大脚还可以用作筏子。以前的笨人好像非常满意他们的这种新外形,但他们总是发不好"monopod"这个音,最后只好把这个词和他们最初的名字结合起来,于是形成了"笨人"这个名字;他们至今还在使用这个名字。虽然他们服从科里亚金的权威,但也接受酋长提出的每个建议,不管这些建议多么微不足道或自相矛盾。

C. S. 路易斯,《纳尼亚传奇:"黎明踏浪号"的远航》

沃顿沃提米提斯小镇 | Vondervotteimittiss

荷兰的一个自治小镇,距离任何一条主干道都很遥远。如果有人想要深入了解这个小镇的由来,他可以去查阅笨蛋先生所著的《旁敲侧击先辈的演讲集》或傻瓜先生的《派生词》。至于这个小镇是何时建造的,我们无从得知。

山谷里铺着平平整整的土砖,整个山谷看起来非常平坦;一排彼此连接的小房屋沿着山谷展开,共有 60 栋。这些小房屋背靠大山,面朝平原的中心,每栋房子的前门距离平原都有 60 码远;每栋房子正前方都有一个小花园,花园里有一条圆形小径、一个日晷和 24 棵白菜。这些房屋看起来几乎一模一样,人们很难把它们区分开来。由于建造的年代久远,这些房屋的建筑风格也有些奇怪,但并不难看。这些房屋采用的是小红砖,红砖的边缘呈黑色,因此整个墙壁看起来就像一个棋盘,只是规模更大而已。尖顶屋的两端山形墙被转向前面,檐口与房屋的其余部分一样大,突出于屋檐和正大门的上方;房屋的窗户很窄很深,上面有很小的窗格和许多框格;屋顶上盖着瓦片,瓦片的瓦耳长而弯曲。房屋里的所有木制品都是黑色的,上面有许多雕刻,雕刻的图案变化不大,因为很久以前,沃顿沃提米提斯小镇的雕刻匠从来没有刻出过两件以上的东西,他们只会雕刻座钟和卷心菜。但他们的雕刻工艺非常好,但凡可以下刀的地方都刻得极富特色。

房屋里的风格与外面一样,所有的家具都按照同样的风格来制作。地板用的是方形瓦,桌子和椅子用黑木,桌腿弯曲,像小狗的脚;壁炉架很宽很高,壁炉架的前面不仅刻了座钟和卷心菜,壁炉架的中间还嵌着一只真正的座钟,这只座钟发出响亮的滴答声。此外,壁炉架的每一边还摆放着一个花盆,每个花盆里都种着一颗卷心菜,每颗卷心菜和座钟之间还放了一个小瓷人,小瓷人的肚子很大,中间是一个大圆洞,圆洞里放着一只表的表面。

壁炉很大很深,带着弯曲的柴架。一个大坛子里装满了泡菜和猪肉,这个大坛子悬挂在跳跃的火焰上,这是贤惠的家庭主妇常用的东西。

沃顿沃提米提斯小镇最了不起的东西被放在镇议会大厅的尖塔里。这是一只大钟,共有 7 个面。镇议会大厅的尖塔有 7 条边,每条边上都有大钟的一个面。这只大钟是村里的骄傲,也是这里的奇观。小镇的整个生活都被这只大钟管理得井然有序;几个世纪以来,骚乱只发生过一次。那次骚乱的起因是一个陌生人干扰了大钟的工作,致使这只脆弱的大钟敲了十三下。如此一来,卷心菜变红了,家具开始跳舞,猫和猪乱抓乱挠,尖叫着四处乱跑。据说,这个陌生人一边用牙齿咬住钟楼上的钟绳,一边用大提琴弹奏一首爱尔兰小调。至于这座小镇的古老秩序此后是否得到恢复,我们就不得而知了。

爱伦坡,"钟楼里的魔鬼",《爱伦坡短篇小说集》(Edgar Allan Poe, "The Devil in the Belfry", in *Tales*, Philadelphia, 1845)

维奈德克斯山 | Vraidex

位于波伊兹麦王国西北部的名字小镇背后,山势高耸入云,山顶上坐落着米拉蒙的可疑宫殿。米拉蒙是九个睡眠之王,他设计人们的梦,然后把这些梦变成白色的水蒸气送到山下,放进人们的心里。

维奈德克斯山低矮的山腰上全是裸露的岩石,不远处是一个不规则的平原,平原上覆盖着斑鸠菊和游客的尸体;这些游客都曾试图爬上山顶。可疑宫殿坐落在一个高原上,这个高原上只生长一种邪恶的大树,树叶呈紫黄色。可疑宫殿用黄金和黑漆建成,上面绘有天鹅、蝴蝶和乌龟的图案;牛角门和象牙门通向一条红色走廊,穿过这些大门可以进入可疑宫殿。宫殿的中心放着巨兽贝希摩斯的一颗牙齿。

进入山里的路上有东、南、西、北的毒蛇把守,这些都是米拉蒙创造的梦中动物。

东方的毒蛇骑着一匹黑马,黑马的头上站着一只黑鹰,黑马后面跟着一条黑犬。这条毒蛇吃下一个鸡蛋就会失去毒性,据说一个魔力鸡蛋就可以置它于死地,因此毒蛇害怕鸡蛋。

北方的毒蛇从土里抬起头来,下半身盘踞在诺鲁威(Norroway)的地基上。这条毒蛇最害怕缰绳,因为它相信一条名叫格莱普尼尔的魔绳会要了它的命,这条魔绳是用鱼的呼吸、鸟儿的唾沫以及猫的脚步声编织而成的。

西方的毒蛇身上有蓝色和金黄色的条纹,头上戴着一顶用蜂雀羽毛制成的帽子。这条毒蛇守护着一座排列了8只矛的大桥。如果它看见一只乌龟,就可以放你走,因为后来它知道,从不撒谎的乌龟图拉品会杀死它,而且图拉品与其他的乌龟之间看不出区别,它也不能把它们区分开来。

南方的毒蛇最小,样子也最美,同时也是这四条毒蛇中毒性最大的,可以用来征服这条毒蛇的前两种工具我们叫不出名字;第三种是一根小榛木。

下山的路也危险重重,游客常常会在这段路途中遇见死神,他是米拉蒙同父异母的兄弟。他会邀请游客去骑一匹黑马,这匹黑马不知疲倦地向前奔跑,骑在黑马上的人永远不可能再回来。

詹姆斯·卡贝尔,《地球人物:一部关于形貌的喜剧》

维利-亚王国 | Vril-Ya Country

一个地下王国，可能位于英格兰的纽卡斯尔下面。如果游客想进入这个地下王国，必须首先穿过一座矿山，然后走过一条宽阔平坦的大路，大路边挂着灯笼，灯笼里点亮的是一种人造气体。顺着这条大路走，游客可以来到一栋建筑前。这栋建筑里有埃及大圆柱，这里可以看见一条宽阔的山谷，山谷里满是奇异的金红色植物，以及很多湖泊和溪流；还有巨大的蕨类植物和蘑菇，蕨类植物细长的茎干上开着一簇簇小花。此外，山谷里有很多凶残的爬行动物，比如大鳄鱼，还有一群群小鹿或麋鹿，以及一种大老虎，大老虎的脚掌比印度老虎更宽，前额更靠后，这种老虎经常出现在湖边和水池边，喜欢吃鱼，不过现在快要绝种了。山谷里还有许多会唱歌的小鸟，通常被人们当作乐器关在笼子里。还有一种美丽的白鸽子，其鸟冠很大，冠子的羽毛呈蓝色。

街道两边都是房屋，房屋之间有花园，花园里生长着色彩缤纷的植物，开满奇异的鲜花。这些房屋好像都属于埃及风格，里面的圆柱子很像芦荟和蕨类植物；地上铺的是大方块的珍稀金属，部分地面上铺着地毯，地毯上摆放着很多柔软的垫子和长沙发椅。打

维利-亚王国入口一个具有埃及风格的柱廊

开的电梯从天花板上悬挂下来。墙面装饰了水晶石、贵金属和未雕琢的宝石，墙上开着未装玻璃的大窗户，一到春天，这些窗户就会拉上百叶窗，这种百叶窗不像玻璃那么透明。精致的金香炉里散发出浓郁的香味；大多数房屋都有宽敞的阳台。

这里的居民叫维利-亚，他们用嘴唇接触一下就可以治病。他们的书很小，保存在那具有欧洲风格的图书馆里。他们使用机器人和一种电报系统，在自己家里使用一个刻有奇怪形象的金属盘发送电报。他们相信一种电磁波和一种名叫维利的电流。一根被小孩子握在手里的棍子，其中空部分的维利电流就能震动一栋建筑。

维利-亚王国最重要的办公室是光能供应者，能随时提供照明。在维利-亚王国，男人和女人享有平等的权利，但女人的力气比男人大，因此女人是这个国家的统治者；孩子是工厂里的劳动者。维利-亚人的娱乐通常是空中运动（因为他们都有翅膀）和到公众大厅里听音乐。维利-亚王国还建造了剧院，剧院里有时会上演古戏，这一点不禁让人想起中国。

维利-亚人大概可以活到 130 岁，死后一般被火化。火化前，死者的棺材上写着“借给我们”和“我们的回忆”，意思是“出生日”和“死亡日”。他们的一天有 24 个小时：8 小时“睡眠”，8 小时“工作”，还有 4 小时的“休闲”。

从外形上看，维利-亚人很像伊特鲁里亚花瓶或东方陵墓上描绘的魔鬼，他们的脸像斯芬克斯，红皮肤、眼睛大而黑，个头比较高，说话声音像唱歌。当他们把一对大翅膀折叠在胸前的时候，翅膀的末端可以抵至膝盖。他们穿束身衣，系用薄纤维做的绑腿。

维利-亚王国有几个部落，每个部落都由 1.2 万个家庭组成。每个部落都拥有自己的地盘，均可自给自足。必要的时候，多余的人会自愿离开，到其他地方去寻找栖身之地。维利-亚人的政府原则是“统一”。他们选出一个至高无上的执政官，名叫图尔，这位执政官终生拥有这个职位，但他的居住条件和收入与其他的维利-亚人没有什么区别。维利-亚王国没有犯罪，也没有审判犯罪的法庭，偶尔发生的民事争端交由双方的朋友或贤人大会来裁决。维利-亚王国没有法律，遵守秩序是每个人的本能。维利-亚王国流行一句老话："没有秩序就没有幸福，没有权威就没有秩序，没有统一就没有权威。"维利-亚人无法想象粗暴的行为，甚至最年幼的孩子也学会了蔑视过激的情绪。

维利-亚人拥有共同的语言，但也会说几种方言，方言的基础是可以转换的前缀。前缀 *Gl* -的意思是事物的一种集合或联合；*oon* 的意思是房子，因此 Gloon 的意思就是"城镇"；*Na* -的意思是生命、快乐或舒适的对立物，*Nax* 的意思是"黑暗"，*Narl* 的意思是"死亡"，*Nania* 的意思是"罪恶"或"邪恶"。维利-亚人的语言有四格，其中三格带有变化的词尾，第一格带有一个不同的前缀：

单　数

(Nom.)*An*	Man
Dat. *Ano*	to Man
ACC. *Anam*	Man
VOC. *Hil-An*	O Man!

复　数

Nom. Ana	Men
DAT. Anoi	to Men
ACC. Ananda	Men
VOC. Hil-Ananda	O Men!

维利-亚人的文学是过去发生的事情。维利-亚王国禁止写历史和小说，他们认为历史和小说有害于人类社会的福祉，不允许任何东西来打扰其现在的快乐。

维利-亚人的宗教很简单，他们都相信自己公开承认的宗教信条，并按照信条所阐释的内容去做。他们的上帝就是宇宙的创造者，他们认为这位神灵是维利电流的源头，传达了每一种可以理解的观点，因为普通人不可能创造一种思想。维利-亚人相信自己是青蛙的后代。

爱德华·鲍沃尔,《一个即将来临的种族》(Edward George Earle Lytton Bulwer, Lord Lytton, *The Coming Race*, Lodnon, 1871)

瓦尔比亚岛 | Vulpia

参阅鲁纳瑞群岛(Loonarie)。

瓦尔比纳岛 | Vulpina

参阅乌尔西纳岛(Ursina)。

瓦非达诺岛 | Waferdanos

位于北大西洋，介于大不列颠岛和纽芬兰岛之间。瓦非达诺斯岛上气候宜人、森林茂密、土壤肥沃、猎物众多。瓦非达诺人很容易相处；他们从头到脚长满柔软的褐色长毛，这种长毛保暖性好，因此不用再穿衣服，对他们来说，穿衣服简直就是一种很奇怪的想法。他们只知道自然法则，不懂别的什么法律，也不了解什么手艺和艺术。他们的建筑很原始；竹棚满足了他们对住房的全部需求，所获的猎物和种植的蔬菜就是他们全部的食物。

瓦非达诺人的社会以宽容、友爱和互助为基础，最智慧的人叫“人民的国王”，每天早晨，这位智者就坐在高高的竹子露台的顶端办公，这个高高的露台名叫“神庙”。所有人都来向智者问好，向他寻求建议，议事一结束，“人民的国王”又变成了平民，与其他人一起参加每天的狩猎活动。正午的时候，所有人聚在一起吃饭，然后就是做爱和玩游戏。瓦非达诺人的宗教源于对自然的爱，即正义和兄弟之情。他们喜欢讨论哲学，但又觉得生活很无聊，容易陷入莫名的忧伤。

在这座岛上，似乎没有什么可以扰乱瓦非达诺人这个乏味的社会。17 世纪末，两个遭遇海难的欧洲人来到这座岛上，不过他们的到来也并没能改变这种状况。这两个欧洲人试图用三角阉牛大奎尔的皮为这里的岛民做衣服，而岛民的国王则坚持传统，继续赤身裸体，不过国王允许人们在腰间系上用大奎尔牛皮做的腰带。

无名氏，《一个费城人在新国度的好奇之旅》

望夫崖 | Waiting Wife

位于中国武昌阳新县北，这块岩石形状像一个女人。根据历史的记载，古时有一对夫妇，丈夫离家服兵役，忠贞的妻子带着孩子送行到山脚下，此后每天都站在那里，等待丈夫归来。就这样日复一日，年复一年，女人最后变成了一块石头。

无名氏，《太平广记》

流浪者群岛 | Wanderers, Islands of The

位于西海，确切的位置至今不可知。岛上的土著居民是希腊殖民者的直系后裔，这些人现在仍然说古希腊语，保留着希腊祖先的古老习俗。

流浪者群岛的首都建造了白色的围墙，站在围墙上可以俯瞰四面的绿色海洋。首都的中心广场是人们聚会的地方，这里建造了一排大理石宫殿和一个美丽的喷泉。广场一边坐落着神圣的寺庙，人们在这里以传统方式崇拜古老的神灵。广场的北面是议政厅，议政厅的走廊里装饰着神灵的金雕像。市政官的职位标志是一根精雕细琢的长乌木杖，上面装饰着银带子；市政官通常在议政厅商议政事。

流浪者群岛上的居民很富有，他们的房间里通常装饰着昂贵的丝绸挂毯，酒杯用坚硬的黄金做成。

流浪者群岛这个名字与这里的原始居民无关，它出自中世纪来到这里的一群流浪者。这些人来自不同的国家，他们离开欧洲去寻找世俗天堂，当时的欧洲正遭受黑死病的肆虐，然而他们没有成功。那些经历重重危险得以幸存的流浪者得到岛民的慷慨帮助，最终在这座岛上定居下来。

来到这里之后，这群流浪者开始举行盛宴，每月两次。宴席间，他们和古希腊人的后裔轮流讲述天南海北的传奇故事。

威廉·莫里斯，《世俗天堂》

漂流岩 | Wandering Rocks

地中海里一系列被强大的洋流不断推移的岛屿。据说，许多海船因撞到海边林立的悬崖而沉入了大海。“阿尔戈号”的船长伊阿宋在那次著名的航行中也遇上了这样的悬崖，不过他幸运地逃过一劫。没有经验的游客尽可能避开这里为妙。

荷马，《奥德赛》；罗德岛的阿波罗尼斯，《阿尔戈船英雄纪》

漂流岩

瓦奇群岛 | Waq Archipelago

由 7 座岛屿组成，位于印度洋中一片没有界定的海域。瓦奇群岛的名字源于一座大山，大山上生长着一棵大树，大树的树枝长得像人头。太阳升起的时候，这些人头一样的树枝就会大叫“*Waq*, *Waq*, *Khallaq*”，阿拉伯语里的意思是“Waq, Waq, 赞美造物主”。太阳下山的时候，这些树枝会再次这样叫起来。陌生人在这里不受欢迎，商人也不例外：他们把商品带来，到达第一座岛屿的海滨时直接把那些商品留下，接过那些看不见的手留给他们的交换物品后赶紧离去，其间始终看不见一个人影。

原因是瓦奇群岛只有女人居住，她们到了晚上才去海滩上收集商人送来的商品。海滩上有无数的长凳，累了的时候，这些女人就躺在凳子上休息。想要参观瓦奇群岛的游客最好躲在长凳下面，到黄昏时，他可以抓住某个女人的腿，请求她的保护和帮助，这样就能够平安无事地参观这座岛了。

如果游客想要参观这 7 座岛屿，他至少需要 7 个月的时间，而且还必须日夜兼程。游客首先来到鸟岛，这里只听得见鸟儿拍打翅膀和歌唱的声音。接着，他来到野兽岛，这里听得见狮子的咆哮、鬣狗的嚎叫以及野狼的吠声。然后，他来到鬼岛，这里的鬼怪大声尖叫着，嘴里喷出火焰，想方设法要拦住游客，这使得游客很难听见或看见其他的东西；如果不想死的话，游客千万不要往后

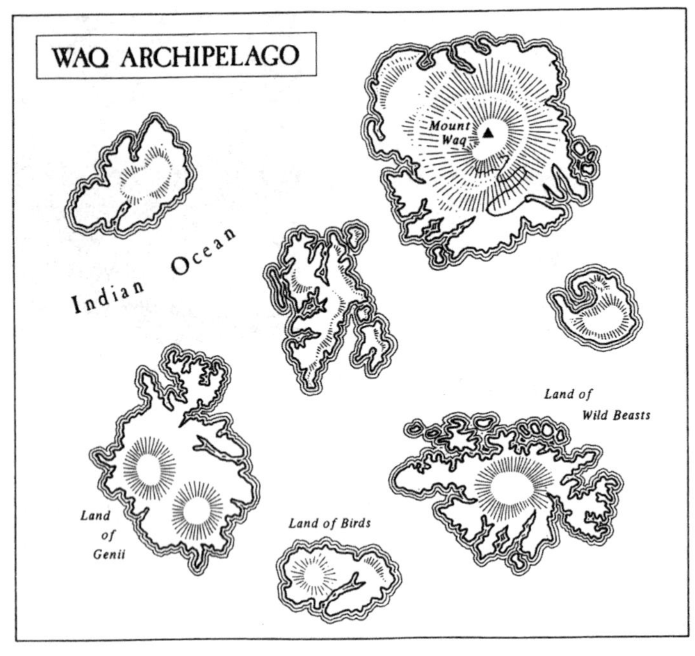

瓦奇群岛

看。接下来游客要参观的3座岛不需要特别说明。最后，游客来到第七座岛上，这座岛上主要是一列山脉，山间有潺潺的溪流，山上的最高峰叫瓦奇峰。这7座岛屿由一位国王的女儿统治，她亲自指挥一支年轻的处女队伍，这些女子身穿盔甲，用弯刀作武器。游客最好不要与这位公主交好。

无名氏，《一千零一夜》

废纸王国 | Wastepaperland

具体位置不确定，所有愚蠢的书都堆放在这里，就像一棵冬树上的叶子。废纸王国的人们在成堆的愚蠢的书里又挖又刨，从中拣出更糟糕的书，把它们烧成粉尘，然后卖掉。他们就靠这种营生过活，而且过得很好，尤其是那些专门做儿童文学和现代浪漫小说的居民。

查尔斯·金斯利,《水孩子:关于一个陆地婴儿的神话》

守望者之角 | Watcher's Corner

可能位于小亚细亚某地,介于一个无名定居点和一片沙漠之间。看守这里的是一只庞大的怪物,这个怪物四处走动,沉浸在对地平线的无限冥想之中。当游客问这个怪物,为何要守在这样一个凄凉的地方时,怪物满怀忧伤地说,它在等待某个来自沙漠的人。如果游客问这个怪物等的是谁,如果他是在白天问这个问题,怪物会拒绝回答;但如果是在黄昏时问,那么这时怪物已深感疲倦,又因紧张的等待而精疲力竭,因此它会坐到一块岩石上,满脸忧伤地转向那片沙漠,瞪着询问者的眼睛,然后转而注视地平线的方向,再转过头来,喃喃自语道:"我在等一只骆驼,它的驼峰上点着两支蜡烛"。接着,怪物会向游客讲述那只不寻常的骆驼。原来,那只骆驼把一个巨人救出了困境,然后在自己的驼峰上点亮了蜡烛,两支烛芯都是一次性点亮的,然后它朝着沙漠走去,给所有的凡人带去光明和好消息,此后就再也没有回来过。

尼斯特,《沉思》(Der Nister [Pinhas Kahanovitch], *Gedakht*, Berlin, 1922)

瓦特霍特岛 | Wathort

面积比较大,位于地海群岛的内海以南。霍特港坐落在北海岸,是地海群岛的主要港口之一,也是整个南部区域的贸易中心。这里既可以看见来自内海的大商船,也能看见来自地海南部水域的航船。内陆湖的大商船主要依靠划桨,这些商船靠近海岸线,无论什么时候,都可以在港口过夜,但来自地海南部水域的船很狭长,上面又有高高的三角帆,在南部海域炙热无风的时候,这样的三角帆可以控制高空的气流。

霍特镇建在3座小山及其陡峭的山谷里。这个镇从宽阔的海湾和海港处笔直升起，形成迷宫一样狭窄而弯曲的胡同和小径。阁楼的屋顶几乎彼此连接，使得街道变成了隧道，而不是宽阔的露天大道。街道稍宽的地方搭起了五颜六色的遮阳篷，用来遮住露天市场。街道两边的房屋被漆成红色、橙色、黄色以及白色，屋顶上通常盖着紫红色的瓦片。

在霍特镇上交易的大多是地海的产品，从罗巴尼瑞岛的丝绸到龚特岛的羊毛。不过，霍特镇的名声不太好，这里经常有海盗出没，而且又靠近南部地域的奴隶贸易中心。

与地海的大多数地方一样，瓦特霍特岛也深受多年前地海群岛上出现的邪恶和腐化势力的影响。霍特镇的居民生活开始衰落，并且很快就陷入了无政府主义状态。霍特镇以前的统治者一部分已退休，其他的要么死了，要么遭到谋杀，最后，霍特镇被不同的部落酋长分而治之。霍特港遭到地头蛇的控制，这些人向停泊的航船索要高价，目的是想弄清楚这些船是否有害。一度盛行的巫术渐渐消失，再也没有巫师去表演那些虚幻的魔法，但过去正是因为这些巫术，霍特镇才展现出它无穷的魅力。而今更痛苦的折磨却是哈兹毒品的入境。

哈兹是一种迷幻剂，具有镇定作用，会使人产生云游梦里的迷幻景象。这种东西容易上瘾，长期使用可能导致瘫痪，甚至死亡。在那些堕落的年月里，霍特镇的街道和广场挤满了深受其害的瘾君子，这些人在阳光下一动不动，或坐或躺，又青又肿的嘴唇上爬满了苍蝇，他们也懒得去赶。哈兹毒品毒害着这座城市，腐蚀着城市的每个角落。市场上的商品价格越来越高，质量却越来越糟，但很少有人去关注这一切，他们的毒瘾如此之大，由此可见一斑。尽管如此，霍特镇依然是一座美丽的城市，街上的房屋鲜亮，彭迪奇树上开着暗红色的花。

地海群岛统一后，瓦特霍特岛和岛上的港口又恢复了往日的繁华。

乌苏拉・奎恩，《地海的巫师》；乌苏拉・奎恩，《地海彼岸》

沃特金斯岛 | Watkinsland

一座近海岛屿,可能属于拉丁美洲;岛上只有沿海的狭长地带及其上面的高原有人去过,并得到过详细的描述。

沃特金斯岛的主要沙滩是一块平坦的白沙地。沙滩之外有一条宽阔的河流,湍急的河水穿过茂密的树林。当地面升高的时候,河床变浅,河面上显露出岩石、激流和小岛。一条小路沿河而建,一直延伸到高原的屏障下面。只有穿过一道陡峭的岩石裂口才能进入高原顶部。

攀爬岩石裂口必须具备专业攀岩者的技巧,必须用肩膀和双脚抵住岩墙。经过岩石裂口之后,攀岩者就会来到一个狭窄的岩架上,岩架大约有 20—30 英尺高,上面是光滑如镜的岩面。跨过岩架的那条粗糙的小径几乎是看不见的,就像是在透明的岩石上划了一道痕迹。

最后,攀岩者来到高原顶部一个宽阔的大草原上,一群群乳白色的牛正在草原上吃草。草原以西约 50 英里远的地方是高高的山脉,高原上的那条河流穿过大草原之后,流进一个约 100 英尺深的裂口。

来到沃特金斯岛上,游客应当去看看高原上的一座城市废墟。没有人知道这座城市是谁建造的,建于何时,最后又为什么遭到废弃。这座城市采用火砖和岩石建成,坐落在高原的边缘,这里可以俯瞰那条大河、森林以及沙滩。城里所有的房屋都没有屋顶,也许是因为这些房屋曾使用茅草或瓦片为顶,后来被狂风暴雨破坏了。房屋的所有墙壁和地板都完好无缺,地板用精美的镶嵌图案构成,这些图案有蓝色、绿色和金黄色。空荡荡的建筑之间生长着绿树和花期植物,可能都是这座城市花园留下的。城市中心是一个大广场,用平滑的石头铺砌,与那些连接其他地方的所有建筑的水渠连成一体。广场宽 70—100 码,中心有一个直径约 50 码的内环,增强了广场的几何中心感。内环里看得见一些奇怪的图案,象征花园和花园里的鲜花，也暗示了与天体运动的某种一致性。

据我们所知，沃特金斯岛上的居民住在高原的森林里，似乎从不敢去那座被废弃的城市。他们身佩弓箭，捕杀草原上的牛群，然后聚在户外燃起火堆，烧烤牛肉，饮牛血。很明显，他们乐在其中，他们边吃边唱，野性十足。

沃特金斯岛上的生活很平静，不管是这里的鸟儿还是动物，它们都不怕人。这里的猫体型很大，很像美洲豹或黑豹，待人好像不太友善，海滨附近可以看见它们的身影。

沃特金斯岛上还有几种奇怪的动物，其他地方是看不见的。比如一种巨鸟，展开翅膀身体可达 10—12 英尺宽，休憩时至少有 4 英尺高，生活在幽暗的树林里，笔直的嘴呈黄色，看起来极其威严，除了黄色的嘴，巨鸟全身雪白。空荡荡的城市附近能看见一种黑猩猩；还有一种老鼠狗，头像猴子，浓密的棕毛像狗，长尾巴像老鼠，这种动物如果用后腿行走，足有人那么高，但它多数时候都用后腿走路；不过以前好像是四足行走，因此直立行走后，它的视力出现了问题，不能聚焦了。

老鼠狗用吠叫和吹口哨进行交流，它们似乎还会使用木棍和粗糙的石器。它们的社会组织好像不太发达，通常分组行动，有时候也聚在一起，由一只雄性或雌性老鼠狗领导，因为它们经常争吵，成员经常发生变化，因此，许多老鼠狗不得不单独行动，它们想参加群体活动，但它们的努力总是遭到敌对成员的破坏。

老鼠狗的主要活动是打架、混战和交配。它们的性能力很强，这可能是因为其生殖器几乎总是暴露在外面。雌性老鼠狗很好辨认，其肛门和下腹之间有一条斑纹，斑纹的边缘呈猩红色。只要一看见雌性老鼠狗的生殖器，雄性老鼠狗就会产生强烈的性兴奋。老鼠狗大多数时间都在展示它们的性魅力，它们公开勾引和抢夺其他老鼠狗的性伴侣，而与此同时，它们又在观望第三方的性交姿势。老鼠狗性交时也会寻找隐蔽处，但不可避免地总会遭到围观，围观的老鼠狗看到其他老鼠狗性交也会兴奋，于是也开始交配；他们一次交配足以产生半天或更长时间的性兴奋。

老鼠狗对自己的优势深信不疑，沃特金斯岛上的其他动物似乎也认同这一点。另一方面，老鼠狗经常与黑猩猩发生激烈的冲突，酣战时甚至可能伤及同类。尽管嗜食同类，但这两种动物似乎都会举行简单的葬礼。他们把同伴的尸体拖到河边，然后投进深坑。

沃特金斯岛这个名字取自剑桥一位古典学教授查尔斯·沃特金斯。根据沃特金斯教授的叙述，他在南大西洋遭遇海难后被一只小海豚带到了这座岛上。

沃特金斯教授还说，一个发光的圆盘把那座弃城中心的圆圈作为着陆点，他暗示那个圆盘可能是一个飞碟。沃特金斯教授的这种说法至今没有得到确切的证实，但游客最好还是小心前行。

多瑞丝·莱辛，《简述下地狱》(Doris Lessing, *Briefing for a Descent into Hell*, London, 1971)

气象群山 | Weather Hills

一些小山峦，位于布里地区和米塞特尔河之间那条路的北边；米塞特尔河流经伊顿沼泽。气象群山连绵起伏，海拔 1000 英尺，在历史上具有重要的战略地位。

如果参观者站在气象群山之巅，就能看到中土北部的大部分地区，天气晴朗的时候，他还可以清楚地看到群山以东迷雾山脉的山峰。

气象群山上的那些废墟可以证明，这个地区曾经在历史上发挥了重要作用。气象顶山是最高的山，位于气象群山的最南端；山顶有一个石环，是宏伟的阿蒙-苏尔钟楼留下的唯一物件。阿蒙-苏尔钟楼建于已灭亡的阿诺尔王国早期。石环里的一颗预言石帕兰迪瑞就藏在这座钟楼里。帕兰迪瑞可以帮助西部人看守他们的领土。正是在阿蒙-苏尔钟楼里，西部人的国王伊伦迪尔等待着朋友吉尔加拉德的到来，吉尔加拉德是最后一个伟大的精灵国王；他们将联合攻打摩多王国的黑暗之君索伦，后来被索伦杀死在摩多王国的火山峰奥诺杜因山上。

到了第三纪，西部人起来反抗安格玛王国的巫师王。其间，他们加强了气象群山的防御工事，建造了壁垒和围墙。这些防御工事的遗迹至今可见。

魔戒大战期间，正是在这座气象顶山上，夏尔最著名的霍比特人弗罗多被戒灵纳古尔弄伤。人们以为纳古尔的国王就是安格玛的巫师王，只不过换了一种形式而已。气象顶山是为数不多的几个生长阿夕拉斯(athelas)的地方。阿夕拉斯也叫王箔草，是一种草药。显然，这种草药是西部人带到中土来的，因为这种草药只生长在西部人生活或露营的地方。阿夕拉斯的味道很刺鼻，在愈合伤口方面具有神奇疗效。

托尔金，《魔戒首部曲：魔戒现身》；托尔金，《王者归来》

哭泣岛 | Weeping Isle

参阅艾布达岛(Ebuda)。

世界尽头的水井之国 | Well at the World's End, Land of The

位于奥普梅德王国以北，也许位于北欧。那些希望改变自己容貌的游客可以到这里来避难。

去水井之地的那条路标示得很清楚。翻过那些被叫作世界之墙的高山，游客就会到达一块宽阔的熔岩地。沿着熔岩地对面的那条路往前走，然后穿过一片草原，就能进入第二座高山。这条路上的标志刻在岩石上；这个标志是一把穿过树枝的剑，树枝上有三片叶子。在第二座高山上，游客可以看见一尊骑士雕像，骑士身穿盔甲，手握一把宝剑，剑尖指向一个隘口。穿过那个隘口，可以进入一个小小的山谷。

一个山洞的标志也是一把剑和一根树枝，游客可以进入这个

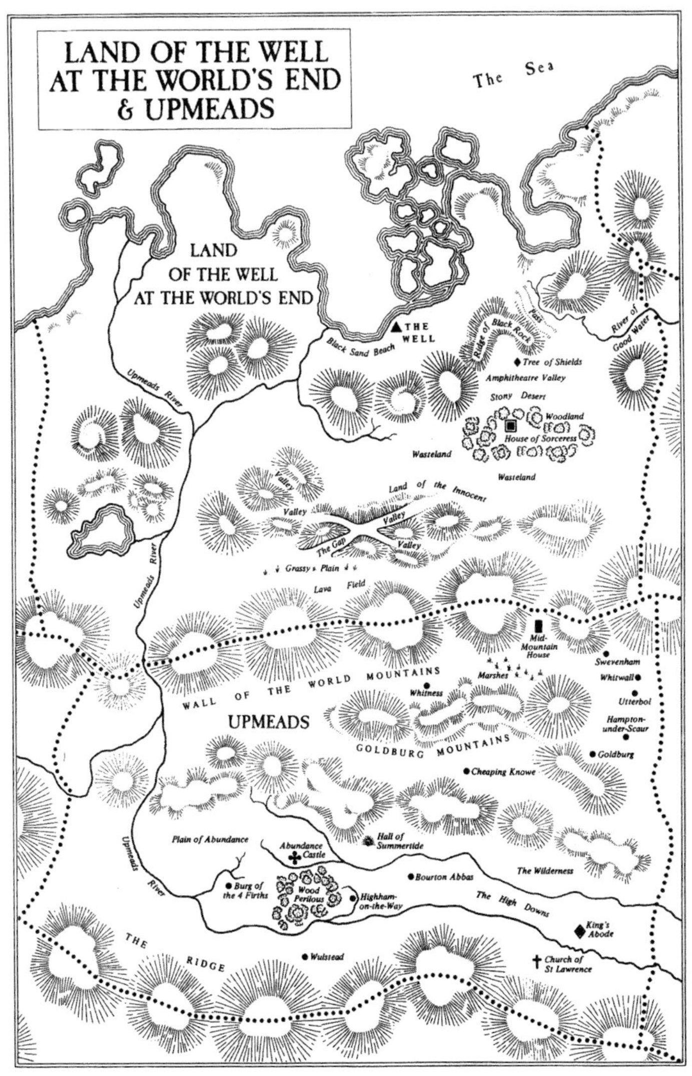
LAND OF THE WELL AT THE WORLD'S END & UPMEADS
The Sea
LAND OF THE WELL AT THE WORLD'S END
THE WELL
Black Sand Beach
Ridge of Black Rock
Pass
River of Good Water
Tree of Shields
Amphitheatre Valley
Stony Desert
Woodland
House of Sorceress
Wasteland
Wasteland
Upmeads River
Land of the Innocent
Valley
Valley
Valley
Valley
The Gap
Grassy Plain
Lava Field
Upmeads River
Mid-Mountain House
Swevenham
Whitwall
Marshes
Whitness
Utterbol
WALL OF THE WORLD MOUNTAINS
UPMEADS
Hampton-under-Scaur
GOLDBURG MOUNTAINS
Goldburg
Cheaping Knowe
Plain of Abundance
Abundance Castle
Hall of Summertide
Upmeads River
Bourton Abbas
The Wilderness
Burg of the 4 Firths
Wood Perilous
Higham-on-the-Way
The High Downs
King's Abode
THE RIDGE
Wulstead
Church of St Lawrence

世界尽头的水井之国

山洞，稍做休息。山洞附近有一条路，笔直地通向前方，沿着这条路步行 8 天，就能到达无辜者之国。这里不值得停留太久。游客如果继续往前走 12 天，就会来到一片了无生气的荒漠。荒漠里只有一栋房屋，那就是魔法师之家，房屋里住着一个老人和他的孙子；他们会热情地接待远方游客。魔法师之家坐落在一片小树林里，树林边有一片多岩石的沙漠，沙漠里堆满了那些想要穿过这片沙漠的旅客的尸体。

尽管有这样的警告，游客还是应该继续大无畏地往前走。如果能成功地穿过沙漠，他就会到达一座形如圆形剧场的山谷。山谷里有一棵没有树叶的枯树，生长在一个毒水池里，树上挂着许多骑士的盾牌和武器。死去的男人、女人以及孩子的尸体堆在山谷的斜坡上。再往前走两天，游客会来到善水河的黑石桥上。

悬崖上开凿了一排石梯。如果沿着这排石梯走，好像只能走进大海里。然而，当潮水退去的时候，游客就能看见一片黑沙滩和一个用岩石砌成的大水池。水池里盛满了泉水，水池上刻着这样一段话："你千里迢迢来看我，如果你认为自己真的愿意忍受漫长的时日，就请喝我吧；否则就别喝，但请告诉你的朋友，告诉他们，你见识了一个多么伟大的奇迹"。游客会发现旁边有一个金杯，上面刻着这样的文字："内心强大的人会喝下我"，这就是世界尽头的那口水井。那些喝了井水的人会长生不老、永葆青春；他们身上的疤痕会完全消失，他们就像统治地球的那些真神。不过，真正能够到达这里的游客并不多。

威廉·莫里斯，《世界尽头的那口井》

温克村 | Weng

一个偏远而阴郁的山村，位于奥地利的高山上。高山下 5000 米的工业谷里有一个火车站，不过，温克村只有通过步行才能到达。来到温克村，游客看见的只是狂吠的狗和凄凉的风景。然而，这要比世界上的许多美景更吸引人，这种吸引力之大足以使人疯狂，因此，游客最好学会转移注意力，去嫖妓、祈祷或者酗酒都可以。

温克村里住着一个心智脆弱的侏儒民族，他们身高不足1.4米，总是一副醉醺醺的样子，说话尖声尖气，很像小孩子。

托马斯·伯恩哈特，《霜冻》(Thomas Bernhard, *Frost*, Frankfurt, 1963)

西部荒野 | Western Wild

一个多山的地区，位于纳尼亚王国以西。高高山峰之间有一片平静的湖水，这里就是大河的源头。湖水上方是一座绿幽幽的小山，小山顶上有一个赛马场。小山上建有一些金门，通过这些金门，游客就可以进入世界上最奇妙的花园。

游客参观这个花园出于三种考虑：赎罪、寻求个人的满足，以及服从纳尼亚王国的缔造者阿斯兰的命令。游客要么穿过高山和河谷，步行到花园，要么乘飞马弗里奇(Fledge)来到花园；弗里奇负责纳尼亚王国和西部荒野之间的运输。

游客不可以忽略金门上雕刻的银色文字：

从金门进来，否则别来，
为其他人或先祖拿去我的果实。
因为那些偷窃的人或攀爬我围墙的人，
将会发现他们心中的欲望，继而发现绝望。

金门只需要轻轻一碰就会打开。金门后面有一棵银色的苹果树，如果游客能够得到一个银苹果，就会获得最大的幸福；但如果是偷了这样一个苹果，那他将会感到疲倦不堪，而且永远讨厌水果的味道。

花园里住着两只动物，一只是会说话的田鼠，另一只是美丽的鸟儿。鸟儿充当哨兵，监视那些从它栖息的树上下来的人。这只鸟比老鹰大，藏红色的胸脯，紫色的尾巴，猩红色的鸟冠。

C. S. 路易斯,《魔法师的侄儿》;C. S. 路易斯,《最后一战》

西法新地区 | Westfarthing

参阅夏尔郡(The Shire)。

无人讲话王国 | Where-Nobody-Talks

位于我们的声音里,紧靠讲话人王国。无人讲话王国的街道、人行道、屋顶以及汽车的挡风玻璃上都覆盖着厚厚的看不见的积雪,积雪淹没了一切。

无人讲话王国的居民都是哑巴,但这并不意味着他们没有理解说出来的话语;相反,他们比那些使用语言交流的人更善于交流。人们就像葡萄藤上的蚂蚁,彼此不断地见面、传递消息,只是从不被别人听见。

无人讲话王国里感觉不到寒冷,一切温和而平静。如果游客想到达这个王国,必须直接穿过邻国,也就是讲话人王国。他们会发现自己的周围充满了痛苦的回音,比如汽车声音、收音机声音以及字母压榨机的声音,接着,这些声音开始打架,最后两败俱伤,它们的声音彼此抵消。

让马利·古斯塔夫,《另一边的旅行》(Jean-Marie-Gustave, *Le Clézio Voyages de l'autre côté*, Paris, 1975)

奇想人王国 | Whimsies, Land of The

距离诺梅王国不远。奇想人是一个奇怪的民族,他们长得高大强壮,但头极小,大脑极不发达。为了补偿太小的头部,他们习惯在头上罩着一个大纸板盖,上面粘着粉红色、绿色以及淡紫色的羊毛。他们在这样的人工脸上涂着奇奇怪怪的图案,他们那庞大的身躯与其古怪的特点形成强烈的反差,这样的反差使他们因此而得名。

奇想人很可怕,因为他们力大无穷,在战场上又特别残忍。他们似乎是打不败的,这其实是因为他们感觉不到自己的失败。他们接受一位酋长的统治,因为他们找不到比酋长更聪明、更有能力的人。

弗兰克·鲍姆,《奥兹国的翡翠城》

奇想人王国一个居民的纸板头

白房子 | White House

英格兰肯特郡的一栋小农舍,距离罗切斯特不远。这栋房子本身没有什么特别之处,尽管屋顶上的铁护栏和顶盖被说成是一个建筑师的噩梦。白房子的位置偏僻,坐落在一个白垩采石场和一个废弃的砾石坑之间,距离其他建筑物都很远,这也许是白房子的一个主要特点,也是它的优势所在。

正是在这个砾石坑里,5个住在白房子里的孩子发现了沙仙萨梅特(Psammead)。当时他们正在挖一个洞,准备从这个洞回到澳大利亚。萨梅特是唯一一个还活着的沙仙,它的眼睛生在长角上,很像蜗牛的眼睛,这样的眼睛能够被移进移出;它的耳朵像蝙蝠,肥胖的身体像蜘蛛,全身覆盖着厚厚的毛,手和脚很像猴子。

沙仙已经存在了几千年,好像史前时期就已经普遍存在。它们生活在沙滩上,史前时期的孩子为它们建造了沙塔,但不幸的是,这些孩子也在沙塔周围开挖了一条护城河,允许潮汐涌进来。然而,如果沙仙身上沾了水,它们就会着凉,通常也会死去。孩子们在砾石坑里发现的那个沙仙比它的大多数同类要幸运得多,它的身体从来没有被真正淋湿过,只是左边的胡须尖曾沾过水,它在沙子里挖了一个深洞，然后躲在里面得以幸存。此后，它在这个洞里躲了几千年，从不接触其他生灵。

游客应当注意，萨梅特虽有实现人们愿望的魔力，但它这样的魔力只能持续到日落。为了实现人们的一个愿望，萨梅特屏住呼吸，直到眼珠突出，整个身体也开始鼓起来，然后它长长地叹息一声，这个愿望就会马上实现。如果那 5 个孩子的经历是一个典型，那么萨梅特实现的许多愿望都会带来令人尴尬的结果。当那 5 个孩子希望和白天一样美丽的时候，他们的愿望确实实现了，可他们的家人却认不出他们，把他们赶出了家门。有人希望那个砾石坑里满是黄金，这个愿望也实现了，可是那些金子在英国不被接受，从而导致了他们与警察之间的一场冲突。还有人希望自己生出一对翅膀，这个愿望也实现了，可是当魔力在日落时消失后，可怜的飞行者被困在了一座教堂的尖顶上，进退两难。

伊迪丝·内斯比特，《五个孩子和一个怪物》(Edith Nesbit, *Five Children and It*, London, 1902)

白人岛 | White Man's Island

位于爱尔兰海，具体位置不确定，这里生活着古老的德鲁伊教祭司。无论什么时候，只要水手一靠近白人岛，白人岛会就马上消失。只有一个人曾经在这里靠过岸，他坐在一小块从公墓里带来的石板上到了这里，然后就再也没有回去，也无法讲述他的这次经历，因此对于这座岛屿，我们也无从了解更多。

维勒马克，《古代布列塔尼人的传奇》(Hersart de Villemarque, Romans de anciens Bretons, Paris, n/d)

大白山脉 | White Mountains

也叫"伊瑞德-尼姆拉斯山脉"，位于中土，山顶终年积雪，介于刚铎王国和洛汗王国之间。大白山脉东西走向，从米那斯-提力斯城几乎一直延伸到海边，主要山峰有明多鲁恩山，紧靠明多鲁恩山的米那斯-提力斯城、位于敦哈罗的洛汗王国堡垒之上的厉角山，以及圣盔谷上面的斯利西恩山（Thrihyrne）的三重高峰。大白山脉下面是一条条地道，名叫死亡通道，从洛汗王国一直延伸到刚铎王国。

托尔金，《魔戒首部曲：魔戒现身》；托尔金，《双塔奇谋》；托尔金，《王者归来》；托尔金，《精灵宝钻》

白石岛 | White Stone, Island of The

参阅皮埃尔-布兰奇岛（Isle de la Pierre Blanche）。

维克特岛 | Wicket

距离秘书岛不远，岛上住着可怕的毛猫。毛猫生活在大理石板上，专吃小孩子的肉。它们的毛发往身体里长，爪子长而有力，爪子末端如钢铁一样坚硬，任何东西一旦被这样的爪子掌握，就在劫难逃。有些毛猫头戴方顶帽，也有些戴有四个褶皱的帽子，还有的戴修改过的马笼头。不过，所有的毛猫都带着一个敞开的袋子，作为标志。毛猫的统治者是一个怪物，名叫克洛普斯大公爵，这个怪物的爪子长得像希腊神话里的鸟身女怪，嘴像乌鸦的嘴，长长的牙齿像野猪，眼睛像地狱之口。这个怪物喜欢藏在灰泥和碾槌里，只把爪子露在外面，平时坐在一个新架子上。当它坐在法庭上的时候，它的上方就坐着一个老妇人，象征它的正义。老妇人戴着眼镜，左手拿着一个镰刀箱，右手握着正义天平；正义天平的凹面是一对天鹅绒袋子，一个袋子是空的，另一个袋子里装满了金银；这是毛猫国衡量公正的最精确方法。毛猫的法律就像蜘蛛网，只能捉住小苍蝇和小飞蛾，很容易遭到大马蝇（抢劫犯和暴君）的破坏。进入维克特岛没有什么限制，但逃离这个地方的唯一方法只能是听从法庭的命令或得到法庭的释放。即使不遭到法庭审判的折磨，当事人在之前的听证会上也不可避免地会遭到审问。要想避免惩罚，唯一办法就是向克洛普斯行贿，这也是最通常的做法。事实上，毛猫的主要收入就是受贿，通过从世界各地获得贿赂而过着安逸的生活。它们无所畏惧，人们也心甘情愿地献上自己的财物，这总比拿自己的生命去满足毛猫对人血的贪欲强得多。

对于毛猫而言，邪恶就是美德，邪恶的行为就是善行，叛国就是忠诚，而偷窃就是“光明正大”；抢劫是它们的口号。游客将会明白，全世界所遭受的瘟疫、饥荒、战争以及自然灾害，都不是行星之间的碰撞造成的，也不是源于某种自然或超自然的力量，而是毛猫的计谋和诡计；世界上的所有罪恶都是毛猫造成的。如果没有一个强大的行政官来阻止它们，恐怕它们将来某一天会控制整个世界。

弗朗索瓦·拉伯雷，《巨人传第五部》

野兽王国 | Wild Beasts, Land of

参阅瓦奇群岛(Waq Archipelago)。

野岛 | Wild Island

可能位于大西洋，野岛与唐吉瑞纳岛之间相连接的是一排岩石。野岛主要由一处丛林和一个狭窄的海滩构成，一条河流几乎把它一分为二；河流两岸多沼泽。丛林里有野猪、猴子、乌龟、嚼口香糖的老虎、犀牛、狮子、猩猩以及爱吃棒棒糖的鳄鱼。一个名叫埃尔默·爱乐维特(Elmer Elevator)的人收养了一只迷路的猫，他从这只猫那里听说了野岛。于是他来到野岛上，并且救了一条绝望无助的龙。这条龙从低矮的云层里掉下来，被其他动物用来托运货物。河岸上竖着一个标牌，上面的文字依然清晰可见，文字内容大致如下：“要使唤这条龙，请用力拉这个曲柄，向大猩猩报告任

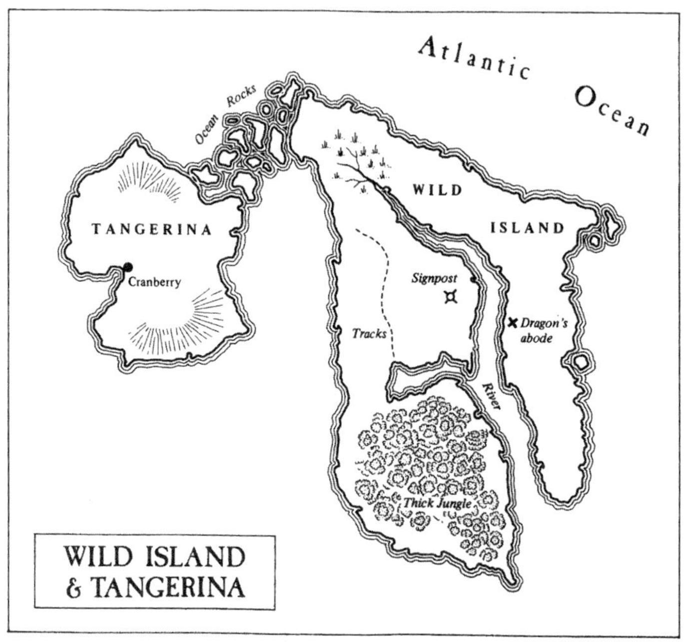

野岛和唐吉瑞纳岛

性的行为”。曲柄的一端绑在绳子上，另一端绕在巨龙的脖子上。今天，游客必须使用木筏才能到达河对岸。

露丝·加纳特，《爸爸的小飞龙》(Ruth Stiles Gannet, *My Father's Dragon*, London, 1957)

野林 | Wild Wood

一片宽阔的树林，位于河岸的水草地边缘。从远处看，野林幽深可怖。河岸的居民很少来这里，那些误闯进来的人会谈到“野林的恐怖”。冒险进入这片树林的游客，立刻就会感觉到他们正受到监视，甚至可能看见密不透风的灌木丛里有锐利的眼睛和残忍的面孔对着他们。灌木丛林里传来脚步声和口哨声，如果游客不了解野林里动物所使用的暗号和标记，如果不在口袋里放一些不同的植物作为预防，他最好不要到这片树林里来。

野林里住着各种各样的动物，松鼠、刺猬和野兔都是无害的，尽管野兔可能傲慢又胆怯，但更多危险的动物如狐狸、黄鼠狼、白鼬以及雪貂会潜伏在暗处，游客不可以相信它们。

野林以前好像是人类居住的一座城市，但不知为什么，这座城市被废弃了，最终退回到原始状态。这里的小树渐渐长大，落叶覆盖了地面，变成了肥料，小溪流带来了土壤，最后，动物也回到了这里。

野林的中心是獾先生的地下家园。獾先生可能是这片树林里最聪明的动物了。它生活在纵横交错的隧道里；这些隧道大多是那座废城被掩埋的街道，这样的隧道在树林下面四通八达，大多都有隐蔽的入口，这些入口只有獾先生才知道；有些隧道甚至延伸到了野林的边缘。獾先生的家里温暖而舒适，一间砖砌的厨房看起来非常气派，橡木长凳子就放在大壁炉的两边，壁炉里的火焰闪烁着，旁边有一张扶手椅；砖砌的壁炉角提供了舒适而通风的座位；木椽子上挂着火腿、一串串药草和一长串洋葱。其他房间的大小各不相同，有些房间比碗橱大不了多少，有些几乎与蟾宫的宴会厅一样大。

獾先生讨厌社交，但他其实是一个很不错的东道主，也是一个忠实的朋友。尽管如此，野林里的鼬鼠妈妈经常用它的名字吓唬不乖的孩子，说獾先生会来抓他们。獾先生很喜欢孩子，但这种警告也会产生鼬鼠妈妈想要的效果。

肯尼斯·格雷厄姆，《柳林风声》

风岛 | Windy Island

参阅鲁阿奇岛(Ruach)。

温克菲尔德之岛 | Winkfield's Island

位于北美洲的东海滨附近，尽管确切的位置不可知，但它好像靠近偶像岛。

这座岛屿以温克菲尔德小姐为名。温克菲尔德小姐独自在偶像岛上生活了好几年,并且成功地使当地的印第安人放弃了传统的太阳崇拜,转而信仰基督教。一段时间后,温克菲尔德小姐嫁给了她的表哥;表哥是一位牧师,千里迢迢出来找她,并且最终在偶像岛上找到了她,后来他们一起完成了印第安人的信仰转变。如今,温克菲尔德之岛上兴起了一个繁荣的基督教社会,这里的岛民既不与欧洲人密切来往,也不与其他外国人交往,更不欢迎游客。

温克菲尔德,《那个美国女人》或《温克菲尔德小姐探险记》

温顿池塘 | Winton Pond

位于英国东英格利亚的一个小庄园,因为一座具有不同大小的岛屿而闻名;岛下面是一系列隧道构成的迷宫。温顿池塘有时候看起来有一个湖泊那么大,沿着暗路走就可以到达池塘边,而所谓暗路,其实就是小庄园的花园里的一条月桂路。据说,这座岛屿有桌面那么大,但有时候又比桌子大很多,游过或趟过湖水就可以到达,有时候也可以撑竹筏过去。

到了这座岛上之后,游客应该去希望营投宿。希望营是一个中转战,名字是威廉·维尔迪奇取的,他是第一个去那里探险的人。距离希望营约300码远的地方有一棵老橡树,老橡树的根盘绕于地面,其中一条根形成一扇约两英尺高的拱门,拱门后就是星期五之洞。从这里开始,游客需要穿过一个低矮的隧道,他必须像蠕虫一样慢慢地往前挪,慢慢地来到地底下。最后,游客会来到一间屋子前,或一排屋子前,屋子的一面墙壁上用凿子刻了一条大鱼的形象和几个模糊难辨的文字。

这里住着一对老夫妇,老婆婆像鸭子一样嘎嘎叫,老头子喜欢哲学思考。他们生活在废弃的家具和土豆袋子里,喝一种用菲多菜做的营养汤。老头子希望威廉·维尔迪奇留下来,并坚持要把他的许多旧报纸读给他听。威廉想离开,于是趁老婆婆不注意的时候，把老头子绑起来，然后就逃走了。嘎嘎叫的老婆婆回过神来，在后面紧追不舍。对于这段经历，威廉现在回想起来都觉得惊心动魄。

人们相信这老两口在地下埋了很多宝贝，比如项链、手镯、小金盒、脚镯、别针、戒指、耳坠、纽扣、旅行纪念品、金币、用宝石做的小鸟、玫瑰色的红宝石发夹、金牙签、调酒棒、金耳勺、钻石烟斗、小芳香剂盒或小鼻烟盒、钥匙圈，以及用黄金和搪瓷做的肖像画，这些东西对游客来说无疑是非常诱人的；它们包含了人们以往失去的所有有价值的东西。一旦回到地面上，如果游客放弃他的那部分宝物，那部分宝物就会失去它应有的价值，就好像抹去了它在地下生活的所有痕迹。

在这个地下王国里，字母“*W*”好像非常重要，这可能是因为，如果把它倒过来写就可能具有另一层含义吧。在字母表里，这样的字母只有一个。如果游客去过仙境王国，也许会从那个老头子的言语中觉察出仙境王国的某些说教特点。

格拉哈姆·格瑞尼，“花园下面”，《现实感》(Graham Greene, “Under the Garden”, in *A Sense of Reality*, London, 1963)

智慧群岛 | Wisdom, Isles of

大概包括三、四百座岛屿，这座岛屿位于北太平洋塔斯卡洛拉之声(the Tuscarora Sound)以北及东北部，总面积还不到1000平方英里。这些岛屿面积较小，而且距离码头较远，长时间以来都不为人所知。20世纪的20年代早期，一支美国探险队来到智慧群岛，但他们没有到达智慧群岛的所有地方，因此，他们对智慧群岛的报道也比较片面。

智慧群岛的位置很偏僻，几乎与外界隔绝。几个世纪以来，这里的居民不断派人出去了解外界信息，希望他们把外部世界的科学知识带到群岛上来。因此，尽管许多作品在其原始国已很难找到，但它们的思想却奠定了智慧群岛上不同文化和文明的基础。

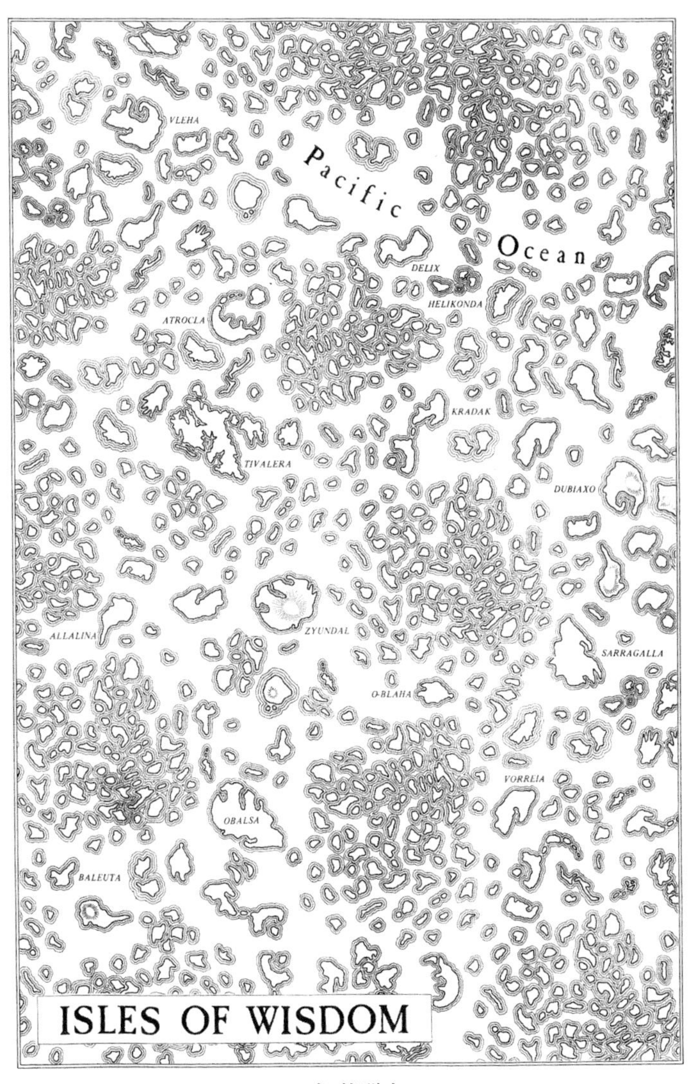
VLEHA
Pacific
Ocean
DELIX
HELIKONDA
ATROCLA
KRADAK
TIVALERA
DUBIAXO
ALLALINA
ZYUNDAL
SARRAGALLA
O-BLAHA
VORREIA
OBALSA
BALEUTA
ISLES OF WISDOM

智慧群岛

智慧群岛上拥有不同程度的文明，从萨拉加拉岛的机械文化到赫里柯达岛的文化，从维勒哈岛的传统佛教到阿特诺克拉岛复杂的政府机构，各不相同。尽管各个岛屿的差异显而易见，但它们的居民都有共同的特点：他们有共同的语言，独立于外部世界。在此，我们会专门介绍几个重要的岛屿，包括已经提到的那些岛屿，比如沃瑞拉岛(Vorela)①、科拉达克岛和巴露塔岛。

智慧群岛使用相同的流通货币，叫德拉哥马(dragoma)；1 德拉哥马相当于 100 德拉哥米纳(dragomina)，大致相当于 25 美分，但实际的兑换率差别很大，比如说，在巴露塔岛上，美国探险队不得不拿出 10 美元去换 1 德拉哥马。

杜比亚克索岛上居住的是怀疑论者。作为一个民族，他们坚持认为人类不可能准确地了解一件事情，他们甚至怀疑自己的存在。根据他们的哲学观点，怀疑是思想的主宰。统治杜比亚克索岛的是怀疑论者，他扮演的角色是确保人们对每件事物都保持怀疑和争论；尤其负责在所有课程中引入怀疑论和不确定论。

杜比亚克索岛与邻岛迪瓦勒拉岛形成强烈的反差，这种反差就是智慧群岛的典型特点。迪瓦勒拉岛上的居民熟悉相对论已经 400 多年，相对论最初是由奥尔哈真(Olhazen)发现的，他与哥白尼是同时代的人。如今，这里的岛民已经非常熟悉相对论，可以毫不夸张地说，他们似乎生来就懂相对论。比如说，一个玩铁环的孩子很容易这样想：根据相对论，他的铁环也许是固定不动的，运动的是地球。这些岛民的语言也体现了相对论，如果被问到时间，他们可能会非常完美地回答道："6 米"；同样，"这辆马车沿着马路运动"完全等同于"这条道路在马车下面做反方向运动"；"他击打灌木"等同于"灌木击打他"。在这座岛上，所有的公共权力和机构，从婚姻到政府，一律被视为具有相对的重要性，因此官员、军官以及配偶也可以互相交换。根据报道，迪瓦勒拉岛上的居民在时间的逆流中做实验，他们使用的是快速移动的迂回路线。

---

① 前面没有 Vorela 这个词条。

迪瓦勒拉岛的邻岛奥巴萨岛的情况则相反,这座岛屿受制于“好像”哲学。岛上曾经实行君主立宪制,国王的统治“好像”受制于宪法。后来,国王遭到废黜,他以前的臣民表现得若无其事,就“好像”他们从来没有被君主统治过似的。如今的奥巴萨岛上有一个共和国,所有的公民都表示效忠这个共和国,就“好像”他们历来如此一样。

在奥巴萨岛上,离婚与结婚一样平常;刚结婚的时候,新婚夫妇坚信自己离开对方就没办法生活,但很快他们又坚信,与对方生活在一起同样很艰难。当他们还是夫妻的时候,他们的生活就“好像”不是为二人世界设计的:他们大办舞会,急切要求客人一直留下,就“好像”真的不愿意客人离开似的。再后来,他们假装彼此恩爱,但实际上已经水火不容。

诗人、作家和画家坚持不懈地创作文学和艺术。他们疯狂工作,就“好像”如果一放下手中的笔和刷子,可怕的事情就会发生。奥巴萨岛的所有标志都被赋予了特别的重要性,这是奥巴萨岛的一大特色,比方说,国旗比其所代表的理想重要得多。

在智慧群岛的所有小岛中,游客最好不要去阿特诺克拉岛。阿特诺克拉岛一度是智慧群岛中最富饶的岛屿,岛上的公民都不需要向国家交税,相反,他们每月还能得到政府发放的津贴。不久,这座岛上出现了这样的观念:如果一个人太幸福了,他就会堕落,就会想把快乐与痛苦之间的平衡带到岛民生活中。为了遵照《复杂艺术》的要求,岛民们建立起各种机构。生活的所有需求都变得更加复杂,就连天才也解不开其中的结。规章制度涵盖了日常生活的方方面面,细致入微的法律也应运而生。其结果便是,所有的岛民都发现自己莫名其妙地就违了法,并且还受到相应的惩罚;而那些逃脱惩罚的人很快又会引起同胞们更大的怀疑。

阿特洛拉岛的律法书共有35万卷,保存在国家图书馆里。为了不走漏消息,这些律法书还被上了锁。为了进一步挫败那些偷窃法律知识的人的意图,一部分图书管理员不可以提供任何律法书的信息,另一部分管理员只提供错误的或带有欺骗性的信息。

这个国家永不停歇地开发数据技术，确保人们马不停蹄地填写各种数据表，这样的任务通常一做就是一整天，直至半夜。为了这些数据表，国家任命了大量的政府官员，这些官员都享受丰厚的俸禄。

阿特洛拉岛对任何东西都要征税，语言里的每一个单词对国家所具有的财政价值都必须经过仔细的评估。邪恶、美德和愚蠢要被征税，甚至诚实也要被征税。如此一来，国家的车轮吸入所有粘在它们上面的金子，因此在阿特洛拉岛，国家付出了最大的努力，最终得到的只是最小的效应。

德里克斯岛在许多方面刚好与阿特洛拉岛上的情形相反。从地形和气候来看，德里克斯岛可以享受一切自然优势，德里克斯岛上的居民尽可能地让自己的每一天都过得开心快乐。他们就这样追求快乐的生活，经常想象自己是生活在古典作家所描绘的世俗天堂里。他们实际上过着快乐而体面的生活，而且坚信，如果吸收了足够多的快乐事物之后，他们最终会感觉到自己正在过的这种生活是真正幸福快乐的。

在过去，快乐部遵照伊壁鸠鲁的描绘提供盛宴。然而，不幸的是，人们的恣意放纵造成了几起死亡事件。自此，人们开始崇尚健康，把身体健康视为真正的幸福之源。他们以科学的方法精心测量一切，目的是延年益寿；他们甚至会在吃饭时精确计算下颌的运动。健康规则几乎涵盖了日常生活的各个方面，尤其是一定要避免“接吻带来的细菌”所造成的危险。不过，现在的人们似乎不再像以前那样注重健康，许多岛民接受了犬儒主义思想，声称这些思想才是真正的幸福之本。

智慧群岛的各个岛屿之间存在的政治差异，很好地表现为阿拉利那岛和欧-布拉哈岛的和平主义；阿拉丽那岛在这方面更典型。在这座岛上，所有的法律规定都出自一本名叫 *Trismagest* 的圣书。这本书非常清楚地表明，所有的罪人都应该得到原谅，任何人都不应该被视为复仇的对象，而另一方面，阿拉丽那岛的法律又宣称，人们应该“以眼还眼、以牙还牙”。为了克服这两种法律制度之间的冲突,两个法庭建立起来,由廉洁之人担任法官。这两个法庭一个执法极度严苛,另一个比较宽容,选择哪个法庭根据抽签来决定。阿拉丽那岛设有十二级法庭,被判有罪的人可以向上级法院上诉;他还可以向作为一个整体的民族上诉,由公民投票作出最终的裁决。阿拉丽那岛的法律有一个特点:法官在定案的时候不仅要考虑被告的犯罪行为,还会考虑被告的犯罪动机。一个处女因为想流产而被关进了监狱;原因是她以为自己怀孕了,于是想流产;尽管这样的事情没有发生,但判定她有罪是因为她起过这样的念头,因此坐牢自然就是应该的了。

最近,阿拉丽那岛与欧-巴拉哈岛之间的关系非常紧张,这两座岛上的居民一向崇尚和平,认为应该用正确的思想和行为抵制所有以自我为中心的情感。多年以来,他们深入研究各种已知的道德体系,但却始终不明白"道德"一词的真正含义。阿拉丽那岛变成了更理想主义的"左派"和平主义者的家园,而更注重实践的"右派分子"则逐渐控制了欧-巴拉哈岛。为了消除这两者的分歧,岛民们召开了联合会议。然而,当他们一致要求废除战争,使人类变成一个幸福的大家庭时,更严重的分歧产生了,对于是否应该发动一次正义之战,他们也无法达成一致。最后,联合会议陷入不可收拾的混乱局面,两个坚持和平主义的岛屿最终开战。根据报道,这两座岛屿如今都拥有先进而危险的武器,双方都依靠萨拉加拉岛提供军火。

最后值得一提的是遵达尔岛,这里是普拉米特族的家园。没有人知道普拉米特族从哪里来,只知道他们一直在整个智慧群岛上流浪,而且总是遭到其他岛民的嘲笑和迫害,最后才在遵达尔岛上找到了栖身之处。然而,普拉米特族似乎不喜欢定居生活,仍然喜欢早年的流浪,尽管这样的流浪生活带给他们更多的是艰难。

亚历山大·摩斯科夫斯基,《智慧群岛:一次冒险之旅的故事》

智慧王国 | Wisdom Kingdom

经过一个公路收费亭就可以到达。如果想参观智慧王国,游

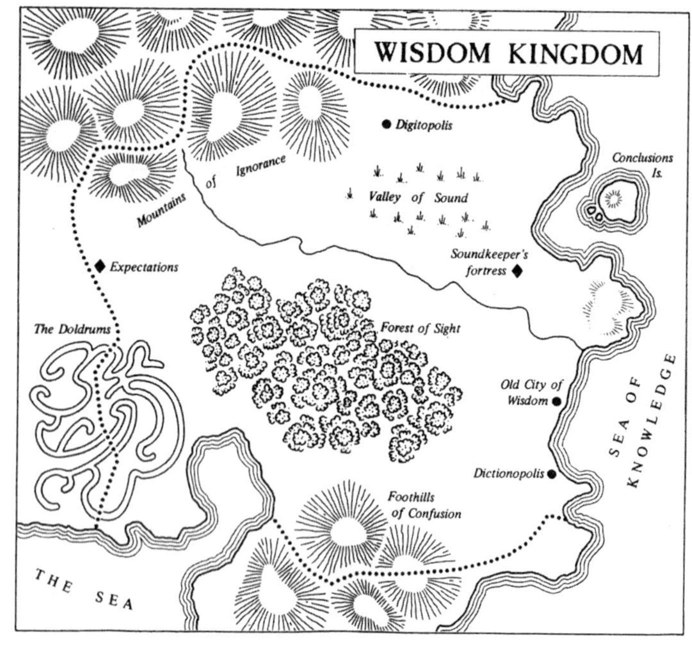

智慧王国

客最好带一个工具箱，工具箱里装上地图、硬币和一本规章制度小册子。不能保证这些游客能够得到好结果，但浪费的时间可以获得补偿。

智慧王国以前叫零城，是一片贫瘠而恐怖的荒野，这里住着邪恶的魔鬼。历史告诉我们，一位年轻的王子穿过知识海洋去追求未来，并以善和真理的名义要求得到零城。零城是一座古城，经常遭到魔鬼、怪物和巨人的侵扰；经过王子的整治，这座古城逐渐变成了一个繁荣之国。后来，王子的两个儿子出去建造新城，他们在无知山的南面建造了词汇城邦，北面建造了数字城邦。这两座新城的居民总是在争论：与智慧相比，数字更重要还是词汇更重要。结果他们成了势不两立的敌人，这样的敌对阵势最终又导致了智慧王国的毁灭。不过，国王收养的两个女儿，韵律和理性成功组织起智慧王国的军队，最后在统一大战中获得胜利，恢复了和平的统治。

诺顿·贾斯特，《幻想天堂》

愿望屋 | Wish House

参阅斯玛德尼村(Smalldene)。

狼谷 | Wolf's Glen

波希米亚的狼谷之景

位于波希米亚，热衷运动的游客在此可以拿自己的灵魂去换野蛮猎人萨米尔的七发魔力子弹。这其中的六发魔力子弹可以自己寻找目标，第七发可以随猎人的意愿，想到哪里就到哪里。狼谷里到处都是死者的幽灵，这些死人曾劝告自己的孩子离开这里。死尸和幽灵一样的动物嘴里喷着火焰，在岩洞之间爬来爬去。

卡尔·玛利亚，《自由猎手》(Carl Maria, Freiherr von Weber & Johann Friedrich Kind, *Der Freischütz*, first performance, Berlin, 1821)

女儿岛 | Women's Island

中国海里的一座大岛屿，岛上的居民无一例外都是女人。从女儿岛出发去任何一个有人烟的地方，都需要 3 天时间。岛上的女人如果吃了风带来的种子或当地树上的果子，就会怀孕，不管是属于哪一种情况，这些女人怀孕后只会生女孩。如果来女儿岛玩，男性游客要注意，女儿岛不欢迎他们；如果不想被处死的话，已经到了这里的男性游客最好马上坐船离开。

女儿岛上最著名的建筑是太阳屋，因为太阳每次都是从这栋房屋的东边升起，从它的西墙落下。每当这个时候，所有的居民都会从家里跑出来，大声呼喊："在那里！在那里！"然后对着太阳做祷告和各种敬拜仪式。

无名氏，《印度的奇迹》（Anonymous, *Le livre de merveilles de l'Inde*, transl. L. M. Devic, Leiden, 1883—86）

奇景王国 | Wonder, Land of

位于黑暗山脉的背后，萨姆巴腾河（Sambatyon River）的对岸，这里住的都是红发犹太人。信心石宫殿是皇家居住的地方，坐落在奇景王国的首都。这是一座非常气派的白色大理石宫殿，周围是一个绿树幽幽的公园，宫殿里的金柱子成百上千，宫殿里的砖石窗户成千上万。

奇景王国闻名遐迩，因为黑皮肤的侏儒部落曾与所罗门国王的玄孙所罗门二十七世在此言和。来过奇景王国的游客会赞美这里的夜莺，这些夜莺栖息在皇宫花园里果实累累的树枝上。至于奇景王国其他方面的情况，我们就无从得知了。

艾萨克·佩瑞茨，《全集》(Isaac Lieb Peretz, *Ale Verk*, Vilna, 1912)

仙境王国 | Wonderland

位于英格兰岛的下面，居民是一副纸牌和其他几个生灵。可以经过一个兔子洞进入仙境王国；这个兔子洞可能位于泰晤士河的两岸，介于牛津的愚蠢桥与戈斯托(Godstow)之间。

进入兔子洞以后，游客会感到自己在一直往下坠落，身体会碰到许多家庭用品，最后会踩到一堆树枝和枯叶上。从这里出发，游客会发现一条长长的地道，沿着这条地道往前走，可以进入一间低矮的厅堂，厅堂的天花板上挂着一排吊灯。靠着大厅的地方有几扇门，游客最好使用低矮的窗帘背后的一扇微型门；穿过这扇微型门就可以看见女王的玫瑰园了。

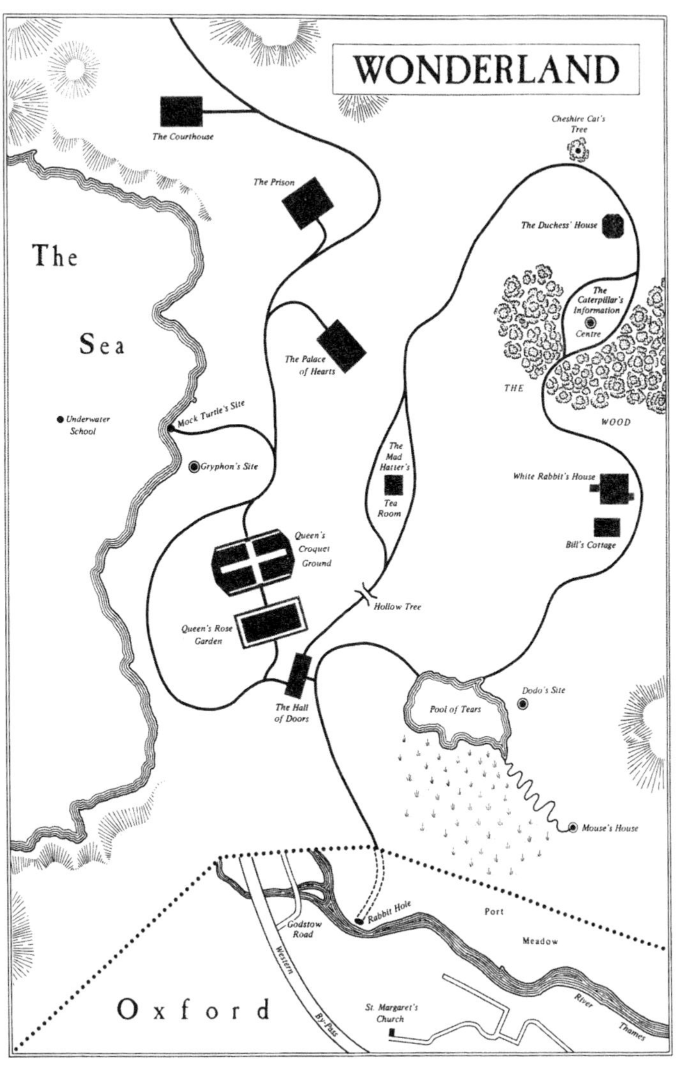
WONDERLAND
The Courthouse
The Prison
Cheshire Cat's Tree
The Duchess' House
The
Sea
The Caterpillar's Information Centre
The Palace of Hearts
THE
WOOD
Mock Turtle's Site
Underwater School
Gryphon's Site
The Mad Hatter's Tea Room
White Rabbit's House
Bill's Cottage
Queen's Croquet Ground
Hollow Tree
Queen's Rose Garden
The Hall of Doors
Pool of Tears
Dodo's Site
Mouse's House
Rabbit Hole
Port
Meadow
Godstow Road
Western By-Pass
Oxford
St. Margaret's Church
River Thames

仙境王国

一把小小的金钥匙可以打开这扇微型门。金钥匙放在一张紧靠微型门的结实的玻璃桌上。想要穿过微型门，游客的身体不能比一只老鼠大，否则最好吃下一种补品或一些小蛋糕，可以在那张放金钥匙的玻璃桌上找到这些食物。需要注意的是，游客在仙境王国吃的任何食物，喝的任何饮料都会使他的身体立刻变小，因此在吃的时候一定要小心。

仙境王国有几个地方值得一游，比如玉兔的精致小屋、女公爵之家，尤其是那间香气扑鼻的厨房，尽管不太被人注意；还有疯子帽商全天开放的露天茶房。

仙境王国的统治者是红心国王和王后，不过，实权掌握在红心王后手里。仙境王国喜欢砍头，但很少真正执行。皇宫里喜欢玩槌球游戏，就是把鲜活的火烈鸟和刺猬拿来玩。这种游戏虽然有趣却很难学，游客最好不要去尝试。

仙境王国似乎没有系统的、有组织的教学活动，只有水下学校开设的一些秘密指导。去这些学校上学的都是半狮半鹫的怪兽和假海龟，即小牛和乌龟杂交后产下的后代，可以用来熬制假海龟汤。这些水下学校教授许多离奇的课程，比如旋转、腾挪身体、不同分支的算术(野心、分心、丑化和嘲笑)、古代和现代的未解之谜、海洋学、艺术(在线圈里的挪动、伸展和衰弱)、古典学、大笑以及悲伤；此外还有法语、音乐和洗涤(课外活动)。水下学校坚持一个特别的传统，那就是龙虾四对舞；半狮半鹫的怪兽、假海龟、海豹、大马哈鱼，以及其他一些鱼类也会参加这种舞蹈，他们个个都有龙虾作为舞伴。如果游客想参观这些水下学校，他们需要海豚的帮忙，否则哪里也去不了。

仙境王国的司法制度以陪审团的审判为基础。国王像法官一样指导陪审团，不过陪审团很少采纳国王的建议，坚持欢呼和喝彩的观众会遭到镇压，这些观众会被装进大帆布袋子里，袋口被系上绳子。

仙境王国的植物没有什么特别之处。女王的槌球游戏场附近有一种白玫瑰，有时被涂成红色。仙境王国的动物很独特，大多数动物都会说英语，有些动物，比如老鼠，还会说一点点法语。仙境王国的动物有狗、豚鼠、螃蟹、穿马甲的兔子、蜥蜴、青蛙、陆地鱼、喜欢吃糖蜜的睡鼠、爱发情的野兔，以及一只来自柴郡的猫。柴郡猫谈吐机智，有时会咧嘴一笑，还会隐身，半空里漂浮着他那露齿一笑。仙境王国还会发现猪或已变成猪的男婴，此外还有许多鸟类，比如鸭子、渡渡鸟（这种鸟在其他地方已经绝迹）、鹦鹉、鸽子、幼鹰以及火烈鸟。

去过仙境王国的游客很少。1860 年，爱丽丝・里德尔在仙境王国待了几个小时；1937 年的某个时候，当公爵的遗孀蒙切西夫人的妹妹阿加莎走进那扇微型门低矮的门廊时，她听见远处有轻轻的说话声，就在那个时候，一只黑色渡鸦好像受了惊吓，惊慌失措地从她的头顶掠过；这只渡鸦可能与附近的镜子国里那只可怕的乌鸦是亲戚。

如果游客在仙境王国迷了路，他可以去请教仙境王国里一只抽水烟的博学的毛毛虫。

路易斯・卡罗尔，《爱丽丝梦游仙境》；艾略特，《家庭团聚》（T. S. Eliot, *The Famliy Reunion*, London, 1939）

世界之间的树林 | Wood Between The Worlds

一个梦境一样安静的地方：没有声音，没有运动，也没有鸟类和动物，只听得见树木生长的声音。这片树林生长得很茂密，一切都好像沐浴在温暖的绿光之中，整个树林就好像总是处于晨辉之中。

林间每隔几码远的地方就有一个水塘，经过水塘可以进入无数其他的世界。水塘里的水很奇特，不会打湿进入水塘里的人的皮肤。不过，游客要注意，林中也有一些普通的小水潭，这些水潭里的水却很普通。

游客可以使用魔戒进入树林，这些魔戒是用树林里的泥土做的。黄色魔戒又叫“回家”魔戒，可以把游客带到这片树林里；绿色魔戒又叫“出去”魔戒，可以把游客带到其他的世界里。这些魔戒必须直接接触游客的皮肤,如果戴在手套外面就会失效。戴上魔戒的人千万不要接触其他人,否则他会像一块磁铁,带着那些人一起去别的地方。

林间的那些水塘极其难辨,认错了就可能走错地方,因此游客务必小心。如果想回到树林里,就必须戴上一枚黄色魔戒,然后再一头扎进相应的水池里。

去过世界之间的树林的游客说,这片树林虽然安静,但却生机盎然。他们还说,到达这片树林后,他们就想不起自己是怎么来到这里的了,会觉得这片树林似曾来过,又觉得他们以前的生活简直就像一场梦,一场已经褪色的梦。但丁·加布里耶尔·罗塞蒂好像也来过这片树林,而且还曾为之赋诗一首。

但丁·加布里耶尔·罗塞蒂,"突然的光亮",《诗歌集》(Dante Gabriel Rossetti,"Sudden Light", in *Poems*, London, 1870);C. S. 路易斯,《魔术师的侄儿》

世外森林 | Wood Beyond the World

位于熊国以北,境内多起伏平缓、树木茂密的丘陵,大部分地区生长着橡树、角树、花楸、榛树和甜栗;以南是多石的荒野和山峦,山峦尽头是一面陡峭的崖墙,站在崖墙上可以俯瞰远处的大海。

世外森林里只有两栋建筑,包括一间简陋的茅舍,茅舍周围是一个玫瑰园。另一栋是精雕细琢的金屋,采用白色大理石建成。这些大理石上雕绘了人物形象和镀金的壁龛,门廊柱之间还能看见男人和野兽的画像。金屋因其金色的屋顶而得名。金屋的主大厅呈拱形地排列着一排柱子;主大厅的墙壁呈金黄色和深蓝色,地板的色彩很多,窗户装了玻璃,上面装饰着花结和图画,大厅的中央有镀金的喷泉。

金屋只属于世外森林里的统治者圣母,人们把圣母当作自己的母亲和女神。世外森林的邻国熊国也崇拜圣母。圣母拥有了不起的魔法，她可以利用魔法改变周围的人和物的外貌、控制天气，掌握男人的心思。好色的男性游客要注意了，如果圣母的处女膜破了，她的魔法也会随之消失。

世外森林也是侏儒居住的地方，侏儒没有智力，他们像兔子一样聚集在一起，有时候直立行走，有时候四肢爬行。

威廉·莫里斯，《世外森林》

词汇城 | Words, City of

参阅词汇城邦(Dictionopolis)。

天涯岛 | World's End Island

距离纳尼亚王国以东地区很远很远，就连这里的星空都是完全不同的，这里的太阳看起来要比纳尼亚王国的大得多。天涯岛上覆盖着鲜美的春草，春草之间点缀着一、两株石南花。

天涯岛上只有一栋“建筑”：面积很大，没有屋顶，光滑的石地板，四周是灰色的柱子；一张桌子几乎跟石地板一样大，上面铺了一张粉红色的桌布，几乎快要掉落到地上。桌子的每一边都摆放着雕刻精美的石椅子，石椅子上铺着丝绸垫子。这张桌子是纳尼亚王国的缔造者阿斯兰放到这里的，桌上摆满了最美味的食物，因此游客可以来这里恢复体力。每天都有一群来自东方的大白鸟把食物带到这里，然后又把食物带走。每当它们从天空俯冲下来的时候，嘴里都会哼唱着一首歌，我们不知道这是一首什么样的歌，但能听出它们哼唱的是人类的语言。

这座岛屿是拉曼度(Ramandu)的家园；拉曼度是一颗星星，正处在返老还童时期，期望能够重获自己在天宇中的位置。与纳尼亚王国的天空一样，这个地区的星星也不是燃烧的气体球，而是人；这些人头发是银色的，身穿银色衣服，全身闪闪发光。当变得衰老无用的时候，拉曼度就被带到天涯岛上。每天，鸟儿从太阳谷那里为他带来一只火浆果，这种浆果能够颠倒时序，使拉曼度再次年轻，从而变成天空中的一颗行星。

天涯岛位于最后的海洋里。这片水域清澈见底，看得见行船的影子穿过海底；海水清澈而甘甜，像一种浓郁的清酒，极有营养，使航行在这片水域的人既不需要吃饭，也无需睡觉。清澈的海水下面是这样的地貌，有高山、丘陵，也有森林和开阔的公用地。水下的山谷漆黑而危险，是邪恶的鱿鱼、海蛇以及北海巨妖的窝巢。不过，这片海底世界的丘陵地区温暖而平静，城市和城堡就建在此地，其中一座被一个美国记者称为“死亡宝座”。这些建筑呈珍珠白或象牙色，顶部建有无数的小尖塔和圆屋顶。不要把这片海里的居民与人鱼王国的混为一谈。这里居民的皮肤呈老象牙色，头发是黑紫色。国王及其随从头戴小王冠和珍珠链，翠绿或橘红色的饰带随着水流飘过他们的肩头。当贵族骑在马上的时候，他们最热衷的消遣就是打猎；凶猛的小鱼被用来猎取其他的鱼类。

这片海域里既没有风，也没有浪，只有一股约 40 英尺宽的水流，从西流到东。当一个人朝东走的时候，他会发现天空变得更加明亮，最后他可以一直不眨眼地望着太阳，还能看见一群正准备飞往天涯岛的白鸟。

这片大海的最后一部分叫银海，因为海面覆盖着百合一样耀眼的花朵。银海的水位逐渐变浅，只有小帆船才能到达世界的尽头。从远处看去，世界的尽头似乎是一面墙，其实是一朵巨大的海浪，处于永久的结冰状态，太阳从这个巨型海浪的背后升起；而远方就是阿斯兰的国度。

爱伦坡，“海底城市”，《乌鸦及其他诗歌》(Edgar Allan Poe, “The City Under the Sea”, in *the Raven and Other Poems*, New York, 1845)；C. S. 路易斯，《狮子、女巫和衣橱》；C. S. 路易斯，《嘉斯滨王子》；C. S. 路易斯，《纳尼亚传奇：“黎明踏浪号”的远航》

沃特尼科斯特岛 | Wotnekst

参阅鲁纳瑞群岛(Loonarie)。

鬼岛 | Wraith-Island

尼日利亚一片无名的灌木丛里有许多岛屿和沼泽,鬼岛是其中之一。鬼岛上的居民出了名的好客;他们热情地接待八方来客,并为游客提供舒适的居所。这些居民唯一的工作就是种粮食,娱乐方面除了唱歌跳舞,基本没有别的事情可做。他们虽然不属于人类,形体却很优美,尤其是当他们穿上衣服的时候,游客会不由自主地认为他们就是一群普通男女。

鬼岛地势很高,与其他的岛屿一样,完全被海水包围,但这并不能使其免遭野兽的威胁。这里的一种食草怪物经常毁坏庄稼。这种怪物与大象一般大,长长的指甲,有角的头比身体大 10 倍,嘴里的牙齿足有 1 英尺长,有牛角那么厚,身体完全覆盖在长长的黑色毛发里。如果游客没有给它带合适的礼物,就会被它当作不虔诚的外来者,然后被迫骑在它那多毛的背上,被带到它的家里,在那里种植一些容易早熟的谷物,直到这个怪物感到满意为止。另一种可怕的怪物就是所谓的猎物幽灵。这种怪物大如河马,像人一样直立行走,两条大腿上各长了两只脚,头上覆盖着坚硬的鳞甲,与铲子或锄头一样大小,所有的鳞甲都朝身体里面弯曲。如果猎物幽灵想要抓住猎物,它只需要站在某地,看着猎物就可以了。它会闭上眼睛,当它再次睁开眼睛的时候,猎物就会死去;它的眼睛会放出银色光芒,可以用来警告夜出冒险的游客。

阿莫斯·图托拉,《死亡镇的棕榈酒酒鬼和他那已故的棕榈酒酒保》

埃克斯城 | X

没有边界,具体位置不确定,从这里去最近的火车站步行也需要 3 周,仅就这一点来判断,埃克斯城也绝不可能是欧洲之城。曾经驻足埃克斯城的游客只有来自布达佩斯的 A. G. 。对于这座城市,A. G. 为我们提供了不完全的描述,他于 1929 年撰写了这份报告。

A. G. 在终点站下了火车;他忘了提及终点站的名字,然后在一个好心的铁路工人的帮助下,坐一辆驴拉车继续走了 4 天,然后再步行穿过一个灰蒙蒙的平坦地区,这个地区常年多风。首先,他来到一个开阔之地,这里堆积着金属碎片。两天过去了,他只看得见一些破碎的管道和交错的钢丝绳。第二天,他只找到一堆厨具,比如用过的炖锅、破碎的滤器、凹进去的煎锅等,堆在一起有一人那么高。又过了一整天,他只找到一些齿轮。接下来的两天里,整个国家好像覆盖着不同厚度的铁片。最后,他走进这座城市,穿过用武器、铁路传动装置和汽车零部件组成的一个圆圈。

埃克斯城的市郊完全是一片废墟。A. G. 又花了 3 天时间才穿过这片没有尽头、满是废旧屋子的郊区。到了第四天,他才遇见一个人。在接下来的那一天里,他到达了埃克斯城里的居民区。根据他的描述,埃克斯城根本没有一个中心,它既没有地理中心,也没有精神中心;既没有商业中心,也没有历史中心。这座城市极具欺骗性,它好像是用橡胶做的,时而延伸,时而收缩。不知道为什么,埃克斯城一端的一个城区遭到废弃;同样也不知道为什么,埃克斯城的另一端又出现了一个新城区,其实没有人想要在这个新城区安居。可不知不觉地,这座城市又开始变得拥挤不堪,连那些被废弃的房屋里也挤满了人。整座城里的街道看起来都一样:街道两旁的房屋破破烂烂,房屋之间摆放着一些建材、一堆堆用来铺路的沙子和砖头、废弃的自来水厂以及寒酸的商店,商店里正在出售一些小东西,比如面包、鞋子和其他一些物品。

无论是在白天，还是深夜，街上都是穿梭的人群，他们衣衫褴褛、邋遢不堪。狭窄的轨道上，一辆小火车缓缓驶过，但没有人知道该从哪儿上车，因为没有任何明确标示的站牌和路标。街上当然也有出租车站，但却一辆也看不到。至于餐馆，如果能找到的话，里面提供的食物也每况愈下，而且那样的餐馆会随时大门紧闭。至于宾馆，即使是最舒适的宾馆，它的墙面上也是轰隆隆的老式水泵；房间里的灯没有单独的开关，全部统一控制，白天亮着，一到天黑就关上。电梯速度超快，没有控制按钮，因此乘客想去的楼层必须根据电梯上下所需的时间来推算。

对于埃克斯城的管理方式，A. G. 谈得很少。他只告诉我们，埃克斯城的居民根据手臂的长短来推选他们的总统，他们最爱戴的总统名叫拉拉大人，他的手臂几乎比他所有前任的都要长两英寸，他可以毫不费力地把自己的右手放到左边裤袋里，或者把左手放在右边裤袋里。根据 A. G. 的说法，埃克斯城的居民没有生活目标，如果他们有一个生活目标，也完全不知道怎样去实现这个目标。这种心理状态与他们的城市建筑不谋而合，他们建造的东西一半已成废墟，一半尚未完工。

提波尔·戴瑞，《G. A. 眼中的埃克斯城》(Tibor Déry, *G. A. úr X.-ben*, Budapest, 1963)

上都 | Xanadu

位于亚洲的海滨地区，忽必烈汗曾下令在此建造一座富丽堂皇的逍遥宫；后来这座逍遥宫变成了“一个鬼斧神功的奇迹”；金碧辉煌的宫殿下面是迷人的冰窟。逍遥宫至今仍在，至少已竣工的部分依然屹立在那里。一个来自波拉克的人阻止了逍遥宫的最终完工。逍遥宫覆盖了方圆 10 英里的沃土，四周建有围墙和高塔，花园里溪水潺潺，枝头鲜花烂漫。

逍遥宫附近是幽幽古林，在这蛮荒之地，在这神秘之地，似有断肠女子为亡夫之灵哀泣之声，有喷泉在呼啸，在翻滚，从深深的沟壑里喷涌而出，这里就是圣阿尔弗河的源头。

圣阿尔弗河全长5英里，它穿过森林，漫过山谷，跌进幽深的洞穴，喧嚣着向冥冥沧海奔流而去。从圣河的喧嚣声里，忽必烈汗听到了先祖征战的召唤之声。

塞缪尔·柯勒律治，《忽必烈汗：梦中情景》(Samuel Taylor Coleridge, *Kubla Khan, a Vision in a Dream*, London, 1816)

上都的圣阿尔弗河；背后是逍遥宫

塞克索特王国 | Xexotland

位于地下大陆佩鲁西达的西南面，地处可怕的影子王国和连接科萨尔-阿兹海与索亚-阿兹的无名海峡的背后，那里住着黄皮肤的塞克索特人。塞克索特王国的文化发展大致与地球上的铜器时代相同。与佩鲁西达的多数人不同，塞克索特人生活在筑有围墙的城市里。尽管他们住的是简陋的泥房，城里的街道狭窄，胡同蜿蜒，但他们仍然代表了佩鲁西达文明的最高水平。塞克索特人最伟大的建筑成就是圆形寺庙，这些寺庙的设计大胆奔放，外观看起来金碧辉煌，游客最好不要错过。

塞克索特人拥有原始的货币经济，以八角形铜币为基础。他们使用铜制武器，身穿皮围裙，围裙上绣着亮丽的图案。不管是男是女，一律上身赤裸，小孩子则全身光着；而祭司的打扮与众不同，他们穿长长的皮衣，脸上带着丑陋的面具。

佩鲁西达有宗教信仰的民族不多，塞克索特人是其中之一。佩鲁西达的居民大多相信，他们居住的这个世界其实漂浮于燃烧的摩洛普-阿兹海之上，作恶的人会被那里的邪恶小人撕成碎片，然后带到这片火海里。似乎只有塞克索特人在心中构想了天堂卡拉纳(Karana)的概念,而具有美德的人才可能死后升天;卡拉纳也是万能的上帝普(Pu)居住的地方。

埃德加·巴勒斯,《回到佩鲁西达》;埃德加·巴勒斯,《铜器时代的人类》

赛梅科王国 | Ximeque

南大西洋的格诺提亚大陆最强大的王国。游客可以参观格诺提亚海湾的佩纳西尔,那里的居民已经开始崇拜蜜特拉神(波斯神话中的太阳神)。

路易·阿德里安·迪佩龙·德·卡斯特拉,《命运与热情剧院》

塞罗斯岛 | Xiros

位于爱琴海,可以通过一种特别的瑞诺斯(Rynos)小船或渡船来到这座岛上;渡船每5天有一班,每次来的时候都会留下粮食,并带走渔夫们捕获的鱼。

从远处看,尤其是在中午的时候,塞罗斯岛特别像一只腿悬空的乌龟。塞罗斯岛的南部海滨不适宜居住,但越往西走,就会出现一块殖民地,那里住着吕底亚人或希腊人。参观者别忘了看看这里的两根石柱,这两根石柱支撑着码头,石柱上面装饰有象形文字,这是某个名叫哥德曼的教授发现的。

赛罗斯岛的主要特点是,一旦被看见,哪怕是从远处被看见,就难以忘怀;赛罗斯岛的形象将会萦绕游客的一生。游客将会渴望岛上的白沙和骄阳,当最终到达塞罗斯岛的时候,他会因为自己来到这个朝思暮想的庇护所而快乐至极。然而,这种快乐极其短暂,因为几小时的快乐之后,死亡就会临到他的头上。

对于塞罗斯岛的这种难以忘怀的特点,我们还可以在一种东西里发现,这种东西叫扎希尔(zahir),它有好几种形象,比如一块

20分的阿根廷硬币、一只老虎、一个盲人、一台古代天体观测仪、一个小小的指南针、科多瓦清真寺的1200根大理石柱中某一根上面的一种纹理,以及特图安的一口水井的底部。一旦被看见,这样的东西就永远无法走出游客的记忆。

豪尔斯·博尔赫斯,"扎希尔",《阿莱夫》(Jorge Luis Borges,"EL Zahir", in *El Aleph*, Buenos Aires, 1949);胡利奥·科塔萨尔,"中午在岛上",《万水归一》(Julio Cortázar,"La isla a mediodia",in *Todos los fuegos el fuego*, Madrid, 1976)

绪嘉王国 | Xujan Kingdom

非洲一座筑有围墙的城市,城里住着一个崇拜鹦鹉的疯子部落。他们的宗教仪式极其讨厌,这样的仪式涉及到鹦鹉,也许正因为如此,这个疯人部落至今很愚蠢。这些绪嘉人在许多方面的表现都很怪异;他们的崇拜形式怪异,像其他人养牛那样豢养狮子,他们养的狮子用来产奶和提供肉食;他们从不接触鸟肉和猴肉,而是用猪和羚羊来喂养狮子。

绪嘉人身体强壮,黄色皮肤坚硬如皮革,乌黑的头发短而硬,上排牙齿长而尖利,眼珠紧靠着黑色虹,好像眼睛的白色部分遮盖了整个眼球;他们不长胡须,下嘴唇很厚,下巴不明显,面容好像被肮脏而不体面的思想玷污了。他们经常在大街上生气动怒,发出野蛮的尖叫或无缘无故地攻击无辜的孩子。

这座城市拥有许多圆屋顶和尖塔,围墙约有300英尺高,形成一个狭长的方形。围墙里面的街道蜿蜒曲折,沿着大街走,迎面可见一条宽阔的林荫道和一个大潟湖。城里的房屋很高,上面装饰着金灿灿的鹦鹉、狮子和猴子。大潟湖周围耸立着七层高的皇宫,看起来非常气派,可以通过梯子进入,梯子旁边有大石狮守护,皇宫入口的两侧有两只石鹦鹉。

游客应当留意皇宫里的房间,幔帐把房屋的墙壁全部遮掩起来,幔帐上面刺绣了数以千计的鹦鹉;地板上镶嵌着金色的鹦鹉;

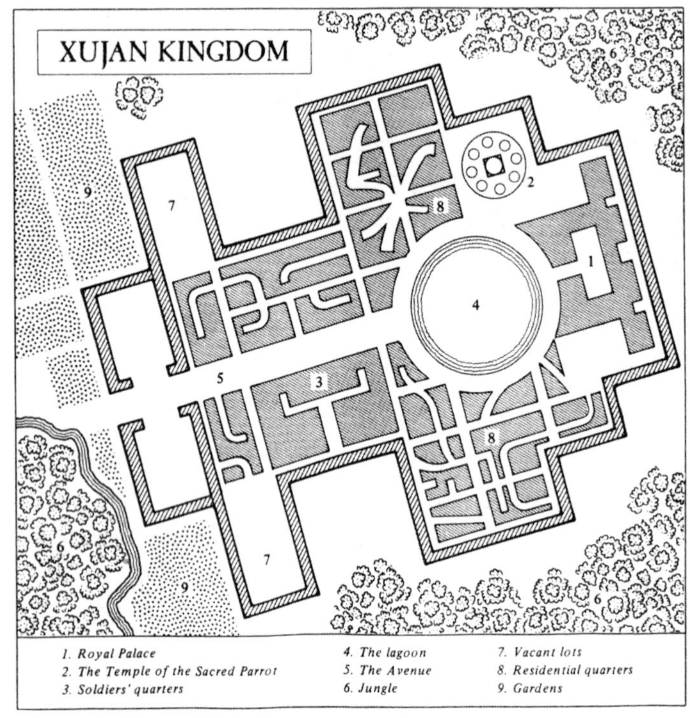

绪嘉王国

天花板上描画着飞翔的鹦鹉。

游客应当注意,参观绪嘉王国可能会非常危险。如果游客是一个女子,她可能遭到绑架,之后很快被国王遗忘在皇宫里的某间屋子里。如果是一个男子,他可能被杀死,或者沦落为做苦力的奴隶。游客想要逃跑也极其难,囚室的窗户上了木栅,大门有阉人把守,街上有士兵和被训练成看门狗的狮子巡逻。据说,16 世纪时,一个西班牙人在参观这座城市时被抓起来,后来变成了一个奴隶,当他设法逃跑时,一直被追杀到荒漠的尽头。灰炉王泰山也参观过绪嘉王国,但他最后幸运地逃走了,除他以外,再没有第二个人能安全地离开这里。

埃德加·巴勒斯,《未驯服的泰山》

雅尔丁塔 | Yalding Towers

雅尔丁勋爵的宅邸，非常气派，靠近英国汉普郡的利德斯比镇。这栋房屋属于意大利的建筑风格，坐落在非常开阔的地方：沿着一条柏树林荫道走，可以来到一个大理石露台前，站在这里可以俯瞰一个观景湖。观景湖中央有一座小岛，湖边垂柳依依，天鹅优雅地穿梭于莲叶之间。雅尔丁塔的左面是花神庙，一座白色大理石亭遮住了女神的雕像。这里还能看见为太阳神福布斯和酒神狄奥尼索斯建造的寺庙，花园里随处可见古神灵的雕像。观景湖的右边是一条飞流直下的人工瀑布。观景湖的上方有一个露台，站在露台上，隐约可见雅尔丁塔上面装饰性的小塔，小塔的周围都是柠檬树。雅尔丁塔的旁边还有一座迷宫和一座掩映于紫杉树林间的玫瑰园。19世纪中期，也就是万国工业博览会结束后不久，这些玫瑰园里增添了许多史前动物的化石；与伦敦水晶宫里的那些动物化石一样，这里的动物化石蹲伏在灌木丛里，样子看起来有些可怕。

雅尔丁塔的边缘是一片山毛榉树林，山毛榉树林之外形成一个地势平坦的小山顶，小山顶上面有一圈竖起的石头，其中一块石头上钻了一个奇怪的圆孔，圆孔的边缘很平滑，可能是英国雕塑家芭芭拉·赫普沃斯的前辈雕刻的。石圈的中心有一块平滑的石头，上面充满了古老信仰的遥远记忆。

雅尔丁塔本身值得一提的地方是雕刻的墙壁镶板和餐厅里存列的武器。这栋房子里最不寻常的是一间圆顶小厢房，蓝色天花板上描绘着金色的五星。

雅尔丁塔是它的现任主人的一个祖先建造的，为了表达自己对一个法国女人的爱慕和练习魔法之用。魔法来自这个家族世代相传的一枚戒指，这枚戒指最初是一位神灵赐给一个凡人的。如果要使用这枚戒指，就必须付出代价。然而，还没等到这个痴情人把事情做完，那个法国女人就死了。

游客如果要去雅尔丁塔，他会找到那枚戒指，会发现那枚戒指能使戴上它的人拥有隐身之法，还可以使花园里的雕像和那些已经石化的史前动物复活。此外，那枚戒指还有更实际的作用：至少有一次在它的帮助下，人们发现了价值不菲的珠宝。

雅尔丁塔一周只向公众开放一次，而且禁止游客带野餐入内。

伊迪丝·尼斯比特，《被施了魔法的城堡》(Edith Nesbit, *The Enchanted Castle*, London, 1907)

亚姆斯岛 | Yams, Isle of

参阅瓦拉皮岛(Valapee)。

耶尔达王国 | Yelda

位于贝克拉帝国的东南面，这里曾经只是一个行省。据说，这个王国是被英雄德帕瑞阿斯解放出来的，乌塔的峡谷中幸存下来的只有一个人，德帕瑞阿斯就是这个幸存者的儿子。英雄的古老传说和歌谣在贝克拉帝国流传甚广，甚至在贝克拉城也是如此。

理查·亚当斯，《巨熊沙迪克》

伊鲁安那岛 | Yluana

位于盘河，距离大海 4 英里远，在地图上没有任何标记。它的存在只有附近一个地区的耶稣会传教士知道。伊鲁安那岛美丽富饶，岛上有绿树幽幽的山岭和清澈的小溪。

伊鲁安那岛上的居民最初来自东方，他们是伟大的立法者琐罗亚斯德(Zoroaster)[①]的追随者；琐罗亚斯德就是这些东方人熟知的扎-塔奇(Zar-Touche)，是他把东方人带到这座岛上来的。几

---

① 伊朗先知(公元前 628—前 551 年)，琐罗亚斯德教或拜火教的创始人。

个世纪之后，更多的人来到这座岛上，他们来自北方，是秘鲁的印第安人，从残暴的西班牙人那里逃出来的。这两个民族走向完全的融合，都信仰瑣罗亚斯德创立的宗教。

国王被当作世俗的父亲，国王也把自己的臣民看作他自己的孩子。王位通常由国王的儿子继承，但如果王子的德行不足以担此重任，就可能被一个流动委员取消继承权。同样，这个委员会也充当法官，尽管这座岛上还没有听说过犯罪行为。对伊鲁安那人来说，最糟糕的惩罚莫过于让他们感到羞耻。

伊鲁安那人不看重金银，尽管他们清楚地意识到，金银在欧洲人的眼里是多么重要。伊鲁安那人满足于自己的所得，从不贪恋他人的财物。他们鄙视所谓的文明，不愿意与耶稣会会士有任何的接触，因为耶稣会会士生活奢侈，总是剥削这里的土著人。皇家派出的大使每年都要出访教区，他们嘲笑文明，但很好客，他们讨厌战争，但如果他们的祖国遭遇挑衅，他们会随时准备出征作战。

为了人丁兴旺，伊鲁安那岛上的居民鼓励早婚。男女的结婚年龄分别是 19 岁和 17 岁，岛上多年未发生过通奸行为，从理论上讲，犯通奸罪的人通常会被处死。人们也从没听说过刻意的恭维和撒谎，忘恩负义的行为会被视为罪中罪。伊鲁安那人崇尚的是爱、快乐和友谊。

伊鲁安那人的房屋良好，没有繁复多余的装饰。皇宫规模宏大，简单而优雅；豪华的建筑是献给神灵的寺庙。

伊鲁安那岛上的男人喜欢穿白色长袍，头戴飘逸的红斗篷。皇室成员的斗篷是蓝色的，皇冠是一个朴素的金圈；国王经常带一根顶端用银子制成的黑杖。伊鲁安那岛上的女人在发间插着鲜花，穿优雅的长袍，有时候也戴紫色的花环。

查尔斯·希勒，《流浪者或查尔斯·希勒回忆录》（尤其是希勒与许多传奇人物的海陆探险记；希勒在现实生活中的有趣处境；以及各种怪事》（Charles Searle [?]，*The Wanderer*：*Or*，*Memoirs Of Charles Seale*，London，1776）

约卡岛 | Yoka Island

太平洋里的一座热带岛屿,岛上的政府机构设在约卡村,这座岛屿因此而得名。约卡岛面积大,多山,海岸陡峭,岛上有几个宁静的小海湾。岛上的土著居民生活原始,本性凶残;喜欢人头。日本幕府统治时期的足利王朝被推翻之前,一群日本武士逃到这座岛上。大约350年前,他们与当地女子结婚生子。他们的后代就是今天的约卡武士,这些人个头矮小、皮肤棕黑,小小的黑眼珠嵌在多肉的眼眶里。约卡武士的发型很奇怪:头部四围的头发被剪去,头顶上留一小撮头发,梳成一个发髻。他们头戴钢盔,身穿中世纪的甲胄,佩戴邪恶的宝剑;他们也说日语。

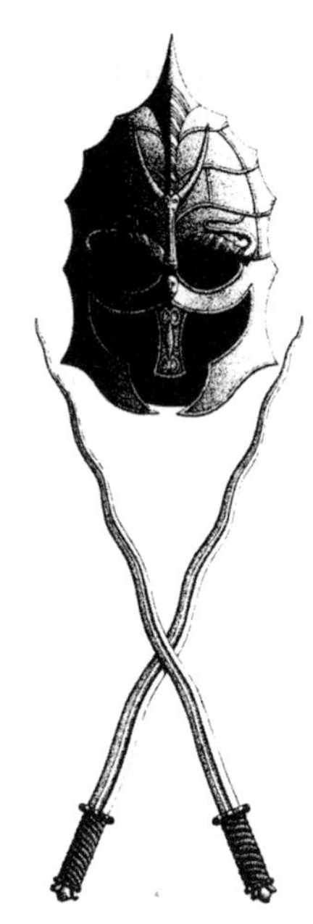

约卡岛上的头盔和宝剑

约卡村位于高山上,村民住茅草屋,这样的住宅一半埋在土里,墙和顶棚离地面最多只有4英尺高。有时候,他们也会多搭一间房屋,用来养猪和鸡。他们还建有粮仓,分散于大山深处。约卡村的国王拥有绝对的权威,深受村民尊重和爱戴。

第一个谈及约卡岛的人是来自美国芝加哥的一个拳击手,他是在20世纪初来到这座岛上的。

埃德加·巴勒斯,《无赖》(Edgar Rice Burroughs, *The Mucker*, New York, 1914)

优卡里岛 | Youkali

差不多位于世界的尽头,岛上只住着一位仙子,她的任务就是欢迎孤独的游客。任何一个失落的灵魂到达优卡里岛之后,都会受到热烈的欢迎,并在这位仙子的陪同下游览整个岛屿。因此,孤独的灵魂心里充满了最美好的愿望和最快乐的向往。优卡里岛曾被描绘成“忧伤的尽头”,或者“最适合谈情说爱、海盟山誓的地方”,以及“每个人心中的希望”。一些游客宣称世界上不存在这样的地方,优卡里岛只是一个令人绝望的白日梦。不过,对于这些游客的说法,我们暂时还不能盖棺论定。

库特·维尔和若格尔·费内,“优卡里岛:哈巴涅拉舞”(Kurt Weill & Roger Fernay,“Youkali: Tango Habanera”, New York, 1935)

老少岛 | Young And Old, Isle of The

参阅大水湖(Great Water)。

伊斯城 | Ys

一座城市的废墟,位于法国菲尼斯特的杜阿雷尼兹海湾,靠近普洛马奇镇(Plomarch)。4 世纪末,伊斯城兴建了大水坝,保护这座城市不受海水的侵蚀。大水坝的闸门被隐藏起来,只有国王才可以打开。不幸的是,一个神秘的陌生人引诱了国王的女儿。为了取悦这个陌生人,公主偷走了父亲放在房间里的钥匙。大水坝的闸门打开了,伊斯城被海水淹没。

直至今日,游客仍能听见伊斯城的教堂里传来的钟声,那悠远的钟声回荡在绿荫遮蔽的海湾深处。

布劳和拉罗,《伊斯城的国王》(Edouard Blau & Edouard Lalo, *Le Roi d'Ys*, first performance, Paris, 1888);查尔斯·哥雅,《伊斯城传奇》(Charles Guyot, *La Légende de la ville d'Ys d'aprés les anciens textes*, Paris, 1926)

伊斯帕达-盆卡瓦城堡 | Yspaddaen Penkawr

位于威尔士一个空旷的平原的中部。不知道为什么，游客越靠近这座城堡，就越觉得这座城堡距离他们很远。如果能够到达城堡的主厅，游客就会发现有 9 扇门可以进入主厅，每扇门的旁边都站着看门人，这些看门人都带着一只狗。

无名氏，《威尔士民间故事》

扎克庙 | Zak

参阅南海(Southern Sea)。

扎卡隆王国 | Zakalon

幅员辽阔,从这里骑马到贝克拉帝国东部大约需要 10 天。扎卡隆王国的统治者是先祖卢恩国王。扎卡隆王国的社会体系发达而复杂,文化和哲学的水平极高。扎卡隆王国的各个城市里的花园众多。

那场分裂贝克拉帝国的战争结束之后,扎卡隆王国和贝克拉帝国之间的贸易开始展开。如今,扎卡隆王国从贝克拉帝国进口酒、黄金、铁矿及其他产品,贝克拉帝国生产的刺绣在扎卡隆王国特别受欢迎。贝克拉帝国首次从扎卡隆王国进口马匹,在两国之间的贸易关系建立之前,贝克拉帝国对扎卡隆王国的马匹毫无所知。

理查·亚当斯,《巨熊沙迪克》

赞索顿地区 | Zanthodon

位于地下,面积 25 万平方英里,只有经过北非阿加地区的一座死火山才可以进入,与地下大陆佩鲁西达惊人的相似。

人们认为赞索顿地区的形成与一颗巨大的流星有关。这颗大流星撞入死火山,与坚硬的物质撞击之后,在地球内部引起大爆炸;爆炸造成大块坚硬的物质产生分裂,从而形成了熔岩的众多气泡,这就是赞索顿地区的外壳。整个赞索顿地区永远沐浴在不自然的白光里,有人认为这种白光是化学光致发光(photoluminescence)产生的,而光致发光又是那次大爆炸所释放的物质造成的。赞索顿地区的天空没有恒星,也没有行星,因而不可能设定指示方

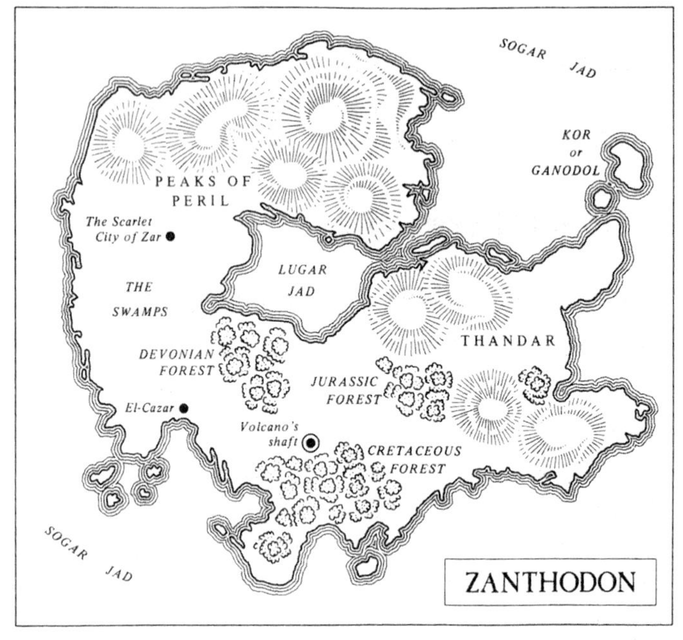

赞索顿地区

向的天文系统；永恒的白昼意味着这里没有测算时间的自然方法，事实上，时间在这里也不存在。从气候方面讲，赞索顿地区暖和而湿润，经常会有暴雨。

赞索顿地区几乎完全处于蛮荒状态，大多数地方森林密布。这里的动物很像地球表面生活的史前动物。火山口的底部、多水的地方被森林覆盖，属于典型的白垩纪早期的森林。巨大的蕨类植物有些像羽毛竹，树叶宽大呈扇形，树枝粗大而弯曲。其他地方还可以看见侏罗纪时期的针榈树，还有泥盆纪时期地球表面生长的植物，比如纤细的塞罗松、石松植物以及一种很像棕榈的绿树，但有交叉的树干，像松树的外围；高高飘曳的绿草覆盖了整个平原地区。

赞索顿地区有两大海洋：索加海又叫大海；小的内陆海叫鲁加海。索加海岸是一片从低到高绵延的山峦，山峦的最高处是险峰；

可以说，险峰这个名字再恰当不过了，因为这里是赞索顿地区最邪恶的动物翼龙的主要聚居地。翼龙是一种会飞的大型两栖动物，它们就在险峰嶙峋而陡峭的悬崖上筑巢，繁衍后代。虽是腐食动物，翼龙却能够轻松自如地捕获猎物，他们有时甚至连成年人也不放过。这些翼龙大小各异，最大的约莫 30 多英尺长。险峰也是穴居熊的家园，这种动物在地球上已经灭绝了几千来。

丛林的沼泽里生活着一种原始鳄鱼，有 3—4 英尺长，背部有厚厚的鳞甲。这种鳄鱼的皮呈绿色，喉咙处有黄色小斑，眼睛呈明亮的深红色。在赞索顿地区的平原上，游客会看见一种很像蜥蜴的动物 *coelorosaur*；这种动物可以长到 3 英尺长，还会用后腿直立行走。在这片森林的干燥地区和平原上生活着剑齿虎，这是一种黄褐色的猫科动物，从鼻子到尾巴长约 17 英尺。

在赞索顿地区发现的动物其实大多是凶残的食肉动物。一种小型哺乳动物可能是马的远祖，还有生活于地球冰河时代的大毛猿，除了这两种动物，其他哺乳动物都是食草类动物，如果不遭到袭击或受到惊吓，它们一般不危险，不会攻击人。

赞索顿地区的物种起源和演化始终是一个谜。这个地下世界里生活着不同地理时期的动物。根据推断，随着冰川的向前推移，地球表面的许多动物穿过曾经连接欧非之间的大陆桥，向南迁徙，最后来到了赞索顿地区。不知道为什么，这个地下世界的生物演化没有遵循地球表面的演化过程。

赞索顿地区至少生活着四种不同的人类，尽管他们各自的生活习惯尚未得到进一步的研究。索加湖里有一座大岛，名叫加诺多尔。岛上的克尔地区是尼安德特猿人的家园。这些猿人身体强壮、相貌丑陋，全身长满粗糙的毛发。他们身穿动物皮，头戴海贝饰物，随身带着粗糙的棍棒和长矛，长矛尖端绑着石块。根据赞索顿地区居住的其他民族的说法，这些猿人吃人肉，不过现在我们还没有找到确切的证据，证实他们的这种说法。尼安德特猿人的国王住在一个山洞里，山洞位于克尔地区多岩石的山里，洞里点着火把，国王的宝座看起来十分可怕，因为这个宝座是用铅把许多人的头骨连接而成的。所有来过这个地下王国的游客都未曾见过这里的母猿。据说，母猿的相貌极丑，性情非常凶悍，为了得到相貌更英俊的配偶，这些母猿会袭击生活在桑达尔地区的克鲁马努人；桑达尔地区由平原和多岩石的丘陵构成。克鲁马努人比穴居猿人更文明，他们很瞧不起野蛮的尼安德特猿人，称他们是“丑陋的人”。

尼安德特猿人把克鲁马努人叫作“潘亚妮”(Panjani)，或“皮肤光洁者”。克鲁马努人当中有容貌美丽却毫无自我意识的女人。这些女人身穿动物皮，胸部赤裸，她们懒得自寻烦恼去找东西遮住胸口。克鲁马努人体型高大、眼睛碧蓝、头发金黄，虽与猿人一样穿动物皮，但他们的皮革加工技术比那些猿人先进得多。他们经常佩戴着青铜饰物，腰带上还挂着光滑的鹅卵石。

潘亚妮是一个很有组织的部落，由酋长阿玛德统治，阿玛德的继承人叫亚玛达，女儿叫戈玛达。在这个部落里，女人没有权利选择自己的配偶，婚姻通常只是男人之间的争夺。

出去探险的时候，潘亚妮使用鞣制过的皮做帐篷，把原木拴在一起做成栅栏过夜。这是一种很粗糙却很有成效的能够防御肉食动物入侵的办法。潘亚妮不懂捕鱼，仅依靠打猎和采集为生。

还有两个种族生活在赞索顿地区，但我们对其知之甚少。红皮肤的扎尔城居民生活在距离鲁加海很远的内陆，他们似乎具有高度发达的文明，但至今没有一个地球人去过他们的城市。对于赞索顿地区居住的第四类人，我们了解的也不多。索加海里可以看见有船桨的狭长船只，具有之前巴巴里海盗船的风格。这些大船由海盗控制，这些海盗以艾尔-查扎尔为基地；艾尔-查扎尔是一个尚无外人涉足的港口。人们认为这些海盗可能是巴巴里人的后裔，19 世纪时被法国人从地中海驱赶到这里，从内陆逃到阿哈加尔山脉时发现了这个地下世界的入口。

赞索顿地区的所有居民都说同一种语言。这种语言其实就是被复制的原雅利安语。人们相信这是一种通用语，由这种通用语产生了梵语，最后产生了世界上印欧语系的其他语言。原雅利安语非常简单，包括动词、名词和形容词，没有任何复杂的时态变化，很容易学会。根据那些研究者的说法,学习这种语言的过程就好比是在回忆一种被遗忘的记忆,而非学习一种全新的语言。

关于赞索顿地区的形成,有很多流传了多个世纪的传说。对闪族人来说,这个王国是 Na-an-Gub,即"伟大的地下王国";古老的希伯来神话里把它叫作 Tehom,即"伟大的深渊和巨人的家园";对于埃及人来说,这里就是 Amenet,意思是"圣地"或"西方的土地";对穆斯林而言,这个王国叫 Shadukiam,巨灵们的地下世界,由阿尔-迪米亚特(Al-Dimiryat)统治,古巴比伦的《创世诗》(*Enuman Elish*)里也提到过它。

直到 20 世纪 60 年代晚期,赞索顿地区才为人所知。当时,波特(Percival Penthesilia Potter)教授将搜集的证据仔细研究后,在阿加地区的火山里找到了入口。波特教授与一个年轻的美国冒险家卡斯泰尔斯(Eric Carstairs)一起,乘坐直升机来到火山堆附近,由此得到了我们今天所知道的信息。

林·卡特,《地下世界之旅》(Lin Carter, *Journey to the Underground World*, New York, 1979)

扎拉的王国 | Zara's Kingdom

一座南部海岛,帕拉蒙特国王(King Paramount)的那些懒惰的臣民在这里创建了一个繁荣的王国,这得好好感谢在英国求学的扎拉公主。游客会发现,皇宫周围的棕榈树景观和皇宫内部的装饰都受到英国皇室的影响,均按照维多利亚女王的一间画室的建筑风格来布置。

扎拉公主在回到自己家乡时带回去 6 个英国人,她授予这 6 个人"六朵进步之花"的称号,象征英国文化的最高成就,作为这里的岛民生活的榜样。这 6 个人分别是负责戏剧审查的内务大人、公司倡导者、郡长、精通语言且能巧妙使用"是"与"否"的律师、海军上校柯克兰(Corcoran K. C. B.),以前是英国皇家海军舰艇的成员,他所研究的汽船淘汰了船帆;最后一位是第一卫队长菲茨巴特勒(Captain Fitzbattleaxe)。这 6 个英国人做事近乎完美,他们建立起完美的国家制度,使得这座岛上的所有律师失业,所有医生无事可做,所有邻国解除了武装;因为几乎没有任何战事发生。然而,后来,岛民们开始讨厌这种状态,他们纷纷起来反抗,但扎拉公主想起了英国最重要的一种政治手段——政党制度;她的民族一定能因此获救。在这种政治制度之下,没有一种政治措施能够长久,因为一个政党肯定不会支持另一个政党的提议。当抱怨的人被杀,狡猾的人担心而死,国家的立法将陷于停滞状态。更令人高兴的是,政党政治会引发大量的疾病、复杂的法律诉讼、拥挤的监狱以及混乱的军队;总之,政党政治带来了全面而无限的兴旺与繁荣。

斯文克爵士和苏利文爵士,《有限的乌托邦》或《进步之花》(Sir William Schwenck Gilbert & Sir Arthur Sullivan, *Utopia Limited* or *The Flowers of Progress*, First Performance, London, 1893)

扎罗夫之岛 | Zaroff's Island

也叫“巴兰卡岛”,位于加勒比海。在老地图上,这个岛屿叫陷船岛;据说,船员很害怕来到这里,平常也是唯恐避之不及。扎罗夫之岛的四周是嶙峋的岩石,一片茂密的丛林一直延伸到悬崖边上;中心是连绵起伏的高地;东南角有一个流沙潭,名叫死亡沼泽;北端的岩石上有一座灯塔。仅从以上情形来看,扎罗夫之岛应该算是一个安全的海峡。不过游客应该提高警惕,千万不要被表象所迷惑,因为这里的灯塔只为引诱过往船只去撞击危险的礁石。整座岛屿的上方隐约可见扎罗夫伯爵的城堡,高高坐落在一处三面环海的绝壁上。城堡的四周尖塔林立,尖塔的装饰极其奢华,尖塔的墙壁是用猎物的头(或人头)做装饰;城堡周围有最凶猛的猎狗看守。

扎罗夫伯爵是一个极具献身精神的猎人。从小在俄罗斯长大,童年时就学会了使用猎枪,然后到世界各地捕猎不同种类的动物，几乎可以智胜最狡猾、最凶残的野兽，但他最终还是厌倦了捕猎动物，觉得只有人类才是他唯一感兴趣的对手。于是，扎罗夫伯爵藏身岛上，那些受灯塔误导触礁沉没的船只，那船只上幸存下来的人就变成了他的猎物。

游客最好不要来这座岛上，如果万一靠近了它，就有必要了解扎罗夫伯爵的打猎习惯。通常的情形是，扎罗夫伯爵首先会给他的猎物 3 小时的时间逃命，然后再出手把猎物弄死。只要能坚持 3 天，任何猎物都可以获得自由，重回大陆，但到目前为止，没有一个猎物能成功坚持到第三天。

不过，根据报道，扎罗夫伯爵已经死了，他的尸体已被他自己养的猎狗吃掉了。只是这个消息的真实性有待核实，游客还须小心为妙。

理查·康奈尔，“最危险的游戏”，《故事集》(Richard Connell, “The Most Dangerous Game”, in *Stories*, New York, 1927)；《最危险的游戏》(*The Most Dangerous Game*, directed by Ernest Schoedsack & Irving Pichel, USA, 1932)

扎瓦提尼亚村 | Zavattinia

面积很小，有时被当作一个贫民窟，位于资本主义欧洲的大都市邦巴郊外。村里有许多简陋的小棚屋，坐落在干净的道路两边，小棚屋上面写有说明性的名字，比如“1+1=2”，或谦卑的工人或失业者的称呼。在扎瓦提尼亚村的中心广场上，村民们竖了一尊雕像，奇怪的是，这尊雕像到了晚上就会复活，不过现在已被废弃。

只需要付几里拉，游客就可以欣赏到黄昏时分的壮丽景色，他们可以坐在扎瓦提尼亚村西边的木椅子上，静静地享受迷人的日落。

扎瓦提尼亚村的村民们在邦巴靠乞讨为生，摩比斯很讨厌他们。摩比斯是一种心肠很硬的生灵，他们身穿皮大衣，住在附近的城市里。扎瓦提尼亚村的管理者是一个青年男子，名叫托托；生在一棵大白菜里，他那死去的母亲转世为一只鸽子，经常为儿子出谋划策。

切萨雷·扎瓦蒂尼，《好人托托》(Cesare Zavattini, *Totò il Buono*, Milan, 1943)

扎亚那城 | Zayana

梅斯泽瑞亚王国的首都，是公爵的宫廷所在地，四面是古老的红沙岩围墙。扎亚那城主要建在风暴广场之上。七百根柱子大道从主城门一直延伸到高扎亚那(Acrozayana)城堡的大门；这座城堡坐落在一段用紫绿色的 panteron 石铺砌的台阶最上面。

在这座宫殿式的城堡里，最气派的当属觐见室。觐见室的围墙用精美的黄金建成，上面描绘了各种花鸟和动物的形象。觐见室的柱子比人高 4 倍，柱子上雕刻了一条巨蟒，用带白色纹理的黑玛瑙雕刻，支撑着一个刻有花朵形象的黑玉中楣；屋顶用象牙和黄金做装饰。觐见室是一间呈矩形的屋子，屋子里的每个角落都放着金三脚架，支撑着月光石盆，石盆里盛满了香水和香精；地板用帕罗斯大理石和黄玉镶嵌成菱形图案。公爵的宝座放在一个黄玉平台上，这个宝座是用一整块有银灰色纹理的梦幻岩石雕刻的，看起来非常素朴，隐藏于两个篷盖之下，篷盖上面镶有上千只小孔雀的金翅膀。游客需要注意的是，当公爵来到觐见室的时候，会响起一阵喇叭声，接着有 30 只孔雀开屏，它们成对地走进来，最后在公爵的宝座两边各就各位。

游客最好不要错过观赏公爵卧室的机会。这间卧室的床是用黄金做的，床柱的形状像金色的半鹰半马的怪兽，怪兽的眼睛用的是蓝宝石。

扎亚那城以南，大瑞亚山岭微微向莱丝玛海滨倾斜。莱丝玛海的中心有一座小岛，也就是人们熟悉的安伯岛(Ambermere)，掩映于林荫之中。扎亚那城的东南端是一个由白沙构成的天然小港。扎亚那城的西北端是一个小花园，花园里满是橡树、雪松以及奇特的杨梅树，这里是公爵举行宴会、露天舞会或者假面舞会的地方。

埃迪森，《情人的情人》；埃迪森，《梅米森宫里的一顿鱼餐》；埃迪森，《梅泽恩迪大门》

泽姆鲁德城 | Zemrude

亚洲的一座城市。泽姆鲁德城的面貌取决于你用什么样的心情去看待它。如果你当时正吹着口哨，昂首阔步地往前走，那么你对它的认识是从下而上的：窗台、飘动的窗帘和喷泉；而如果你当时指甲掐着掌心，垂头丧气地往前走，那么你的眼睛就只看得见地面、阴沟、井盖、鱼鳞和废纸。你不能说这种面貌比那种面貌更真实，可是你所听到的有关泽姆鲁德城高处的传说，大部分都来自别人的记忆，因为他们正在向泽姆鲁德城的低处下沉，每天沿着相同的街道走，每天早晨看到墙脚嵌着前一天的忧愁。总有一天，我们每个人的视线都会移向排水管，再也离不开铺路的石头。相反的情形也并非不可能，但是比较少见：因此，我们继续走过泽姆鲁德城的街道，目光渐渐伸向地窖、地基和下水道。

伊塔洛·卡尔维诺，《看不见的城市》

泽恩达镇 | Zenda

一座不受任何干扰的安静的小村镇，属于鲁里坦尼亚，距离这个王国的首都斯特瑞思奥(Streslau)约 50 英里，距离边境约 10 英里。泽恩达镇本身并没有多大特色，城里重要的场所只是一家电报局和一个火车站。去泽恩达镇的墓地看看，勉强算得上是一个不错的主意，鲁道夫五世被烧焦的躯体就安息在那里。

泽恩达镇地处谷地，四周是树木繁茂的群山，其中一座山上建有泽恩达镇最著名的城堡，名叫塔伦海姆城堡(Tarlenheim)，距离小镇中心约 5 英里，这里是古菲斯屯堡(Festenburg)的遗址。尼

从泽恩达城堡后面的窗户看过去的现代城堡

克拉斯伯爵加强了这座城堡的防御工事，其战斗力和规模几乎要超过泽恩达镇。在与鲁道夫三世玩掷骰子游戏的时候，尼克拉斯伯爵赢了，但后来遭到莫顿斯泰主教，泽恩达城堡的弗雷德里希(Frederick of Hentzau)的谋杀，因为尼克拉斯伯爵绑架了鲁道夫三世的妹妹奥斯拉；菲斯屯堡因此遭到洗劫，护城河也被填平。

泽恩达城堡是鲁瑞塔尼亚的国王们的乡间别墅。古时候这里是一座防御工事，至今保存完好，看起来非常壮观。防御工事后面是原城堡的另一部分，而在这一部分的背后又是非常气派的现代城堡，是鲁道夫五世的父亲布莱克·迈克尔建造的，被深深的护城河隔开。

泽恩达城堡的新、旧两部分被一座吊桥连接起来，也有一条宽阔而漂亮的林荫道通到这座现代城堡。古老和现代的完美结合，为人们提供了一个理想的居所。来这里的游客最好结伴而行，这座城堡就是服务于这个目的，如果仅是一个人而且不得不穿过那座吊桥的话，那就只能是这个人自己去拉起吊桥了。

当城堡上空飘扬着皇家国旗的时候，游客就知道鲁瑞塔尼亚的国王或王后目前也住在城堡里。当国王或王后不住在城堡里的时候，这座城堡的部分空间会向公众开放。

安东尼·霍普，《泽恩达镇的囚犯》；安东尼·霍普，《亨茨奥的鲁伯特》；安东尼·霍普，《奥斯拉公主的心》

泽诺比亚城 | Zenobia

亚洲的一座城市;虽然位于干燥地带,整座城市却建在高高的桩柱上,房屋用竹子和锌片做成,不同高度的支架撑起许多纵横交错的亭子和露台,亭子与露台之间以梯子和悬空的过道相连,最高处是锥形屋顶的瞭望台、贮水桶、风向标、突出的滑车,还有钓鱼竿和吊钩。

没有人记得,创建泽诺比亚城最初是基于怎样的需要和欲望。我们现在所见的这座城市是否合符理想,其实也很难说,历年的补建使得这座城市已经扩大,最初设计的模样已经无法辨认。然而,有一点是可以肯定的,即假如让泽诺比亚城的居民描绘他心目中的幸福生活,他所讲的必定是这座泽诺比亚城,有脚桩和悬空的梯子,当然,现在的泽诺比亚城已经大不相同,上空有飘扬的旗帜和彩带,但仍然是由原模型的成分组合而成。

既然如此,我们就不必去研究泽诺比亚城应该是快乐的,还是不快乐的城市了。这样把城市分成两类是没有道理的,如果要分类的话,也应该是分成另外两类:一类是历尽沧桑而仍然让欲望来决定其面貌的城市,另一类是抹杀了欲望或被欲望抹杀了的城市。

伊塔洛·卡尔维诺,《看不见的城市》

泽瑞地区 | Zeray

一块多树的蛮荒之地,位于贝克拉帝国的东北部。以南,位于泽瑞边境地带的是维拉克河,这条河最后流进贝里尔峡谷附近的特尔塞纳河。过去,泽瑞地区被视为贝克拉帝国的一个垃圾堆,实际上,这个地区一直延伸到卡宾小镇的边陲。泽瑞地区不受法律的约束,没有道路,也没有真正的村庄和城镇。即使贝克拉帝国处于最鼎盛时期,泽瑞地区的居民也不交税,巡逻的军队也从来不敢进入此地。泽瑞地区主要是森林和沼泽,是形形色色的强盗和罪犯藏身的好去处。这里的人没有安全感,谋杀和强奸是家常便饭,强盗有时仅为争夺一些在泽瑞地区都不使用的硬币而自相残杀。泽瑞地区仅有一些小建筑,算不上一个真正的小镇:这里没有明显的街道,只有简陋的棚屋,像田野里的蚁丘随处散布。

如今的泽瑞地区比过去文明多了。人们希望这个地方能够发展成为一个可以与扎卡隆王国进行贸易的边疆小镇。可以看见一艘渡船已下水启航,简陋的小镇似乎正在发生变化。极具讽刺的是,泽瑞地区的发展只因为一段迷信巨熊沙迪克的历史。在贝克拉城,巨熊沙迪克象征着上帝的力量。

贝尔卡-查泽特最早知道泽瑞地区与巨熊沙迪克崇拜有关。贝尔卡以前是奥特伽岛的高级男爵,被沙迪克的支持者驱逐到这里。来到泽瑞地区后,贝尔卡试图在这里建立一种新秩序,并开始着手与贝克拉帝国进行谈判。遗憾的是,这件事情尚未开花结果,贝尔卡就因感染疾病离世了。

又过了一段时间,贝克拉城的前祭司国王凯尔德瑞克来到泽瑞地区寻找巨熊沙迪克。在这里,祭司国王遇见了图根达,或者说沙迪克崇拜的高级女祭司。高级女祭司离开奎索岛后也到这里来寻找巨熊。后来,凯尔德瑞克又遇到梅拉赛斯,另一个崇拜的女祭司。此时他开始明白,崇拜沙迪克招致的更多是邪恶而非良善,于是他把巨熊崇拜逐渐转变成一种不正当的政治力量之源,不再是一种纯粹的宗教信仰。最后,他甚至想杀死巨熊。然而,不幸的是,在出去寻找巨熊时,他落到一个奴隶贩子的手里。他绝望地意识到形势的危急,但可笑的是,允许贝克拉帝国内实行奴隶制的就是这个祭司国王本人。与其他奴隶一样,祭司国王的耳朵上也被穿了一根链子,他不得不忍受着极度的痛苦。

后来,这群奴隶获救了,救他们的就是巨熊沙迪克。因为那个奴隶主碰巧遇上了沙迪克,并企图用火箭攻击沙迪克,结果与沙迪克同归于尽。这就好比巨熊沙迪克无意中解救了那些因崇拜它而沦为奴隶的人。

祭司国王凯尔德瑞克和其他一些人被一群战士发现,被带到泽瑞地区以北的提撒河。凯尔德瑞克和前女祭司在那里定居下来,休战时期成为泽瑞地区的统治者。

泽瑞地区有一个特点:这里的居民年龄很小;捕鱼和大多数农活都是孩子们在做,战争期间,这里是贝克拉帝国的孤儿、走失的或被抛弃的孩子们的避难所。

沙迪克崇拜在泽瑞地区终于有了最终的形式。至于这种崇拜在贝克拉帝国的其他地方发展到了什么程度,我们还不知道。把那些孩子从奴隶主手里救出来之后,巨熊沙迪克变成了有名的"为孩子而牺牲的沙迪克王"。沙迪克的尸体和被奴隶主杀死的小女孩莎拉一起被放在一艘燃烧的竹筏上,竹筏顺河而下,这个仪式就叫莎拉节。人们会在春节时庆祝这个节日,节日当天,河面上漂浮着扎满鲜花的木筏,木筏里火焰熊熊,而与此同时,巨熊沙迪克的泥塑像也随着木筏顺水漂流。渡船上的船夫号子们讲述的就是巨熊沙迪克和那群孩子的故事。

理查·亚当斯,《巨熊沙迪克》

朱纳花园 | Zura

参阅南海(Southern Sea)。

朱尔特山谷 | Zurtland

这是一条很狭窄的山谷,位于地下大陆佩鲁西达,与萨瑞城之间横着恐怖山脉。一条多鳄鱼的大河流过朱尔特山谷,穿过快乐村,最后汇入科萨尔-阿兹海。朱尔特山谷深入内陆后越来越窄,最后形成一座森林茂密的高原。

朱尔特山谷一名源自这里居住的朱尔特人。朱尔特人生活在一个很大的村子里,村子与山谷之间有一段距离。朱尔特人住在一些用离地 10 英尺高的竹竿撑起来的草屋里。他们的皮肤和头发像乌鸦一样黑。来这里的游客要注意,根据朱尔特人的风俗习惯,一个外国女人来到这里,她必须睡30个觉(这是佩鲁西达用来测量时间的唯一方法,佩鲁西达没有夜晚的概念)后才可以自由离开;再有,如果她被某个朱尔特人看中的话,就别想离开了。

朱尔特山谷饲养约洛克狼狗,在佩鲁西达,饲养约洛克狼狗的地区不多。约洛克是佩鲁西达土生土长的一种狼狗,与美洲豹一般大,只是腿比美洲豹更长。这种狼狗的背部和两侧都长着蓬松的黑毛,肚子和胸部的毛是白色的。约洛克通常成群结队地出去捕猎,它们生性凶猛,即使是佩鲁西达最大的动物遇见它们也难以全身而退。在朱尔特山谷里,它们可以保护朱尔特人的人身安全,使其不受人类和其他敌人的伤害。至于朱尔特人是怎样生活的,他们又是何时开始驯养这种可怕的狼狗的,我们就不得而知了。

埃德加·巴勒斯,《野蛮的佩鲁西达》

朱温迪王国 | Zuvendis

位于东非,面积广袤,约有一个法国那么大,很难进入,四周是森林、沼泽、沙漠以及不可逾越的高山。朱温迪王国气候温和凉爽,因为海拔很高的缘故,这里雨水不多,整个王国境内土地肥沃,盛产黄金,也产大理石和煤矿。朱温迪一名来源于这里出产的金矿,在土著语里,Zuvendis 的意思就是"黄金地区"。王国境内有许多很重要的高山和湖泊,最大的湖位于首都米罗赛斯城的前面。

朱温迪王国的人口约有1000万,都是白人。这些白人从哪里来,我们无从得知。

朱温迪王国的建筑大致与古埃及人或亚述人的建筑相同,但朱温迪的居民在举止方面与叙利亚人或波斯人很相像,他们跟波斯人一样敬畏河马,认为河马是象征太阳的圣物。

朱温迪王国的居民好战,经常与其他民族交战。朱温迪王国实行君主制,但国家权力掌握在祭司和贵族手里,朱温迪人被严格地划分为乡绅、手工艺人和农民三个阶层。从理论上讲,朱温迪人实行一夫多妻制,但现实生活中拥有几个妻子的男人并不多。

朱温迪王国的法律包括三种极其严厉的惩罚:当众鞭打、强制劳动和死刑。死刑犯会被扔进米洛斯城的太阴庙的火炉里,死刑罪有严重的叛国罪、欺骗孤儿寡妇罪以及亵渎神灵罪。

亨利·哈迦德,《阿兰·奎特梅恩》

朱亦王国 | Zuy

荷兰一个富饶的精灵王国。在欧洲众多的精灵王国当中,朱亦王国最讲秩序;这也可能是因为这个精灵王国最富裕的缘故。朱亦王国在东印度贸易活动中举足轻重,它进口香料、一种轻薄的棉布和美洲豹皮,出口音乐盒、栗子糖汁、淀粉、药剂以及宗教题材的油画。

其他精灵王国可能不太喜欢商业活动,比如布拉塞里昂。这个王国的居民认为朱亦王国不过是一个镀金的杂货店。对此,朱亦王国的精灵和仙子不以为然,他们无心理会布拉塞里昂的形式主义和传统做法;对于布拉塞里昂通过赌博而非城市贸易提高收入的这种做法,他们也表示极端的愤怒和鄙视。此外,朱亦王国的精灵也看不起英国威尔士的精灵,认为那里的精灵野蛮成性,这不仅是因为那些精灵生活在山里,也因为他们的绿色皮肤。

正是在从朱亦王国出发的一次探险中,人们发现了仙女王国。这是一个富有传奇的地方,欧洲的所有精灵和仙子都是这个王国的后裔。通过这次探险活动,朱亦王国与中东建立起贸易关系,朱亦王国的财富也大大增多了。

西尔维亚·华纳,《精灵王国》

遵达尔岛 | Zyundal

参阅智慧群岛(Isles of Wisdom)。

图书在版编目(CIP)数据

想象地名私人词典/(加)A. 曼古埃尔,(意)G. 盖德鲁培 著;赵蓉 译. --上海:华东师范大学出版社,2016. 8
ISBN 978-7-5675-5317-0

Ⅰ. ①想… Ⅱ. ①A… ②G… ③赵… Ⅲ. ①小说—文学欣赏—世界—近代—词典 ②小说—文学欣赏—世界—现代—词典 Ⅳ. ①I106. 4-61

中国版本图书馆 CIP 数据核字(2016)第 138025 号

华东师范大学出版社六点分社
企划人 倪为国

想象地名私人词典

著　　者　(加)A. 曼古埃尔,(意)G. 盖德鲁培
译　　者　赵　蓉
责任编辑　徐海晴
封面设计　达　醴

出版发行　华东师范大学出版社
社　　址　上海市中山北路 3663 号　邮编　200062
网　　址　www. ecnupress. com. cn
电　　话　021-60821666　行政传真　021-62572105
客服电话　021-62865537　门市(邮购)电话　021-62869887
地　　址　上海市中山北路 3663 号华东师范大学校内先锋路口
网　　店　http://hdsdcbs. tmall. com

印 刷 者　上海中华商务联合印刷有限公司
开　　本　890×1240　1/32
印　　张　48. 5
字　　数　1000 千字
版　　次　2016 年 8 月第 1 版
印　　次　2016 年 8 月第 1 次
书　　号　ISBN 978-7-5675-5317-0/G・9555
定　　价　148. 00 元(全二册)

出 版 人　王　焰

(如发现本版图书有印订质量问题,请寄回本社客服中心调换或电话 021-62865537 联系)

THE DICTIONARY OF IMAGINARY PLACES
by Alberto Manguel and Gianni Guadalupi

Published by arrangement with Schavelzon Graham Agencia Literaria, S. L., through The Grayhawk Agency.

上海市版权局著作权合同登记 图字:09－2006－657号